KB061171

《천수석》 연작 2부작 중 제2부작

원 문 교 정 한 자 병 기 주 석 을 더 한

고주본

화산선계록 1

〈천수석〉 연작 2부작 중 제2부작

화산선계록 1

교주 최길용

學古房

이 논문 또는 저서는 2018년 대한민국 교육부와 한국연구재단의 지원을 받아 수행된 연구임 (NRF-2018S1A5A2A01038643)

This work was supported by the Ministry of Education of the Republic of Korea and the National Research Foundation of Korea (NRF-2018S1A5A2A01038643)

서 문

최 길 용
(전북대학교 겸임교수)

〈화산선계록〉은 〈천수석〉연작의 제2부작이다. 이 연작은 9권9책 15만6천여 자로 된 〈천수석〉과 80권80책 101만4천여 자로 된 〈화산선계록〉을 합해, 그 작품총량이 89권89책 117만여 자에 달하는 거질의 대 장편소설로, 그 외적 양식 면에서는 〈천수석〉-〈화산선계록〉으로 이어지는 연작소설이며, 그 내적 양식 면에서는 당말(唐末: 선종-희종)과 오대(五代: 後梁-後唐-後晉-後漢-後周)·송초(宋初: 太祖-太宗)를 무대로 하여 위씨가문 6대인물들(위광미-위보형-위사원-위복성-위현-위인창·웅창형제) 이 펼쳐가는 가문사가 주된 흐름을 이루고 있는 가문소설이다.

그 대강의 내용을 보면, 〈천수석〉은 위씨가문 2대 인물 위보형의 삶을 중심으로 위보형과 설소저가 겪는 혼사장애갈등과 그 3대인물 이사원(위보형의 장자로 진왕 이극용의 養子가 되었다가 후에 제위에 올라 후당 명종이 된다)의 무용담(武勇談)과 등극담(登極談)이 중심 플롯으로 결구(結構)되어 있는데, 속편인 〈화산선계록〉은 〈천수석〉 결미부에서 명종의 장자인 서정공 위복성이 本姓인 위씨성을 회복하여 화산에 은거한 이야기를 다시 부연하면서, 위복성의 아들 위현과 위현의 이·유·정 3부인이 겪는 혼사장애갈등, 위현의 활인담(活人談)과 출장입상담(出將入相談), 이부인의 활인담(活人談), 그리고 위씨가문 6대인물들인 위인창·웅창 등의 결혼담, 연화주·양혜주·원희주 등의 혼사장애갈등, 연희숙·양계흥·전약수 등의 효행담 등이 파란만장하게 펼쳐져 있다.

이 책『교주본 화산선계록』은 유일본인 낙선재본 〈화산선계록〉을 저본으로 하여 그 원문을 전산입력하고, 이를 원문교정을 통해 그 필사과정에서 생긴 원문의 誤字·脫字·衍文·誤記·缺落·落張·磨滅字·錯簡들을 교정한 후, 여기에 띄어쓰기와 한자병기 및 광범한 주석을 가해 편찬한 것이다.

그 목적은 첫째로 연구대상 작품의 可讀性을 높이고 해석적 불완전성을 제거하여 일반 독자들이나 연구자들이 이에 쉽게 접근할 수 있게 하는데 있다.

둘째로는 필사본 텍스트들이 갖고 있는 태생적 오류, 곧 작품의 創作 또는 轉寫가 手記로 이루어질 수밖에 없었던 한계 때문에, 마땅한 퇴고나 교정 수단이 없음으로 해서 불가피하게 방치해버린, 잘못 쓰고, 빠뜨리고, 거듭 쓴 글자들이나 문장들, 그리고 문법이나 맞춤법 · 표준어 규정 같은 어문규범이 없었던 시대에, 글쓰기가 전적으로 필사자의 작문능력에 따라 달라질 수밖에 없음으로 해서 생겨난 무수한 非文들과 誤記들, 이러한 것들을 텍스트의 이본대교와, 전후 문장이나 문맥, 필사자의 文套나 글씨체 등을 비교 · 대조하여 바로잡는 데 있다. 또 이러한 교정과정을 일정한 기호를 사용하여 원문에 병기함으로써, 원문을 원표기 그대로 보존하여 보여주는 한편으로, 독자가 그 교정 · 교주의 타당성을 판단할 수 있게 하는데 있다. 그 이유는, 이렇게 함으로써 텍스트의 불완전성을 극복할 수 있을 뿐만 아니라, 원문의 표기법을 원문 그대로 재현해 놓음으로써 원본이 갖고 있는 문학적 · 어학적 가치는 물론 그 밖의 여러 인문 · 사회학적 가치를 훼손함이 없이 보존하고 전승해 갈 수 있다고 믿기 때문이다.

컴퓨터 문서통계 프로그램이 계산해준 이 책『교주본 화산선계록』全80권80책의 파라텍스트(para-text)를 제외한 본문 총 글자 수는 2,041,000여 자다. 원문 1,014,000여 자를 입력하고, 여기에 206,500여 자의 한자병기와 2,412 곳의 오자 · 탈자 · 마멸자 · 결락 · 낙장 · 오기 · 연문 · 錯簡 등에 대한 원문교정과, 12,634개의 주석이 가해져서 이루어진 820,500여자의 주석글자수가 합해진 결과다.

이 책의 출판에는 홍현성 박사와 정재윤 선생이 공동입력한 '낙선재본 〈화산선계록〉1-80권 원문입력파일'의 도움이 컸다. 오랜 시간 품을 들여 입력한 파일을 낯선 연구자에게 흔쾌히 내어준 두 분께, 이 자리를 빌려 무한한 감사를 드린다.

이 책이 좋은 편집으로 독자 제현께 다가갈 수 있게 된 것은 삼백예순날을 한결같은 정성으로 편집실을 지켜온 학고방출판사의 조연순 팀장과 여러 직원들의 노력 덕택이다. 또 어려운 출판여건 속에서도 인문학의 위기를 걱정하며 출판을 마다하지 않은 하운근 대표님의 결단이 있었기에 가능했다. 모든 분께 깊은 감사를 드린다.

필자가 '학고방'에 기대어 고소설 교주작업과 현대어화 작업에만 몰두해온 세월이 어언 10년을 넘어섰다. 부디 학고방출판사가 더욱 발전하여 필자가 출판걱정 없이 오래도록 연구에만 정진할 수 있기를 소망해 본다.

2022. 4. 5. 청명절 아침

蟄士齋에서 저자 識

* 일러두기 *

이 책『교주본 화산선계록』은 유일본인 낙선재본〈화산선계록〉을 저본으로 하여 그 원문을 전산입력하고, 이를 원문교정을 통해 그 필사과정에서 생긴 원문의 오자·탈자·연문·오기·결락·낙장·마멸자·착간들을 교정한 후, 여기에 띄어쓰기와 한자병기 및 광범한 주석을 가해 편찬한 것이다.

본 연구책임자는 지금까지 모든 교감본 또는 교주본의 편찬에서, 원문에 가해진 위와 같은 교정·보완 사항들을 일관성 있게 보여주고, 이를 원문과 구별할 수 있게 하기 위해, 다음 부호들을 사용해오고 있다.

( ) : 한자병기를 나타내는 부호. ( )의 앞에 한글을 적고 속에 한자를 적는다.
예) 대명(大明) 셩화년간(成化年間)의 셩의빅(誠意伯) 유정경은 셰딕명문이니

[ ] : 원문의 잘못 쓴 글자를 바로잡거나 빠진 글자를 보충해 넣은 부호. 오자·탈자·결락·낙장·마멸자 등의 교정에서 바로잡거나 빠진 글자를 보충해 넣을 때 사용한다.
예) 번셩ᄒᆞ믄[믈], 번셩○[ᄒᆞ]믈, 번□□[셩ᄒᆞ]믈,

○ : 원문의 필사 과정에서 생긴 탈자를 표시하는 부호. 3어절 이내, 또는 8자 이내의 글자를 실수로 빠트리고 쓴 것을 교정하는 경우로, 빠진 글자 수만큼 '○'를 삽입하고 그 뒤에 '[ ]'를 붙여, '[ ]'안에 빠진 글자를 보완해 넣어 교정한다.
예) 넉넉ᄒᆞ○○○[미 이시]니

{ } : 중복된 글자나 불필요하게 들어간 말을 표시하는 부호. 衍字나 衍文을 교정하는 경우로, 중복해서 쓴 글자나 불필요한 말의 앞·뒤에 '{' 과 '}'를 삽입하여 연자나 연문을 '{ }'로 묶어 중복된 글자이거나 불필요한 말임을 표시한다.
예) 공이 청파의 희연히{희연히} 쇼왈

《 ‖ 》: 원문의 필사 과정에서 두 글자 이상의 단어나 구·절 등을 잘못 쓴 오기를 교정하는 부

호. 이때 '‖'의 앞은 '원문'이고 뒤는 '바로잡은 글자'를 나타낸다.

예) 《잠비‖잠미》를 거ᄉᆞ리고

○…결락○자…○ : 원문에 3어절 이상의 말을 빠뜨리고 쓴 것을 보완하여 교정할 때 사용하는 부호. '○…결락○자…○' 뒤에 '[ ]'를 붙여 보완할 말을 넣고, 빠진 글자수를 헤아려 '결락' 뒤의 '○'를 지우고 결락된 글자 수를 밝힌다.

예) ○…결락9자…○[졔손의 혼인을 셔돌식]

○…낙장○자…○ : 원문에 본디 낙장이 있거나, 원본의 책장이 손상되어 떨어져 나간 것을 보완할 때 사용하는 부호. '○…낙장○자…○' 뒤에 '[ ]'를 붙여 보완할 말을 넣고, 빠진 글자 수를 헤아려 낙장 뒤의 '○'를 지우고 빠진 글자 수를 밝힌다.

예) ○…낙장 2,884자…○[ᄂᆞᆫ 듯ᄒᆞ여 간빅 업ᄉᆞ더라 찻던 주머니 ᄭᅳᆫ이……소 뎌를 빅에 ᄂᆞ리와]

□ : 원본의 글자가 마멸되거나 汚損으로 인해 판독이 불가능한 글자를 표시하는 부호. 마멸 또는 오손된 글자 수만큼 '□'를 삽입하고 그 뒤에 '[ ]'를 붙여, 마멸 또는 오손된 글자를 보완해 넣는다.

예) 번□□[셩ᄒᆞ]믈

❙①❬ ❭❙ : 원문에 필사자가 책장을 잘 못 넘기거나 착오로 쓰던 쪽이나 행을 잘못 인식하여 글의 순서가 뒤바뀐 착간(錯簡)을 교정하는 부호. 필사착오가 일어난 처음과 끝에 '❙'를 넣어 착오가 일어난 경계를 표시한 후, 순서가 뒤바뀐 부분들을 '❬ ❭'로 묶어 순서에 맞게 옮긴 뒤, 각 부분들 곧 '❬ ❭'의 앞에 원문에 놓여 있던 순서를 밝혀 두어, 교정 전 원문의 순서를 알 수 있게 한다.

예) 원문의 글이 ❙①❬ ❭②❬ ❭③❬ ❭❙의 순서로 쓰여 있는 것이 '②❬ ❭-①❬ ❭-③❬ ❭'의 순서로 써야 옳다면, 이를 옳은 순서대로 옮기고, 각 부분들의 앞에는 본래 순서에 해당하는 번호를 붙여❙②❬ ❭①❬ ❭③❬ ❭❙으로 교정한다.

목 차

〈화산선계록〉의 이야기 줄거리

서정공 위복성은 당 명종의 적자로 조황후 소생이다. 일찍이 명종은 당나라가 오래가지 못할 것을 알고 복성에게 본성인 '위' 씨 성을 회복시켜 화주에 내려가 살게 하였다. 복성은 화산 청운동 승지에 대규모 저택을 짓고 부인 설씨와 함께 한가한 생활을 즐기는데, 장자 '경'은 16세로 승상 풍도의 딸과 결혼하였으며, 차자 '희'는 14세인데 태우 범진의 녀와 혼인했다. 장녀 '규옥'은 미혼이고 만득자인 '현'은 두 형들보다 용모가 뛰어나고 귀인의 상(相)이 있다. (1)

1. 화산처사 진도람, 서정공과 교우가 매우 깊다. 위부에 와 현의 명론(明論)을 듣고 데려다 천문지리(天文地理)와 육도병서(六韜兵書)를 가르친다. (1)
2. 조빈, 난세에 유랑하다가 모친의 권유로 숙부 서정공을 찾아가 위부에 머물다, 서정공의 천거로 진처사의 제자가 되어 수학하며. 서정공의 아들 위현과 지기상합(志氣相合)한다. (1)
3. 조빈, 진처사의 심부름으로 위부에 왔다가, 숙모 설부인이 권하는 술을 마시고 잘못 위규완의 처소인 선연루에서 자다가, 이를 모르고 들어온 규완의 발에 밟히는 난처한 처지에 놓인다. 조광윤, 조빈을 만나러 위부에 왔다가 조빈과 위규완의 기연(奇緣)을 듣고 양인의 혼사를 중매한다. 조빈 · 위규완, 결혼한다. (1)
4. 시영 · 정은, 조광윤을 만나러 위부에 왔다가 위공[서정공]을 배알한다. 위공 · 진처사, 조광윤과 시영이 후에 천자가 될 것을 예견하고 후대한다. 시영 · 조광윤 · 정은 · 조빈 · 위현, 지기상합하여 교도를 맺고 지우(知友)가 된다. (1)
5. 시영 · 조광윤, 선혜공주(위공의 누이동생, 두경양에게 시집갔다)의 두 딸 두월영(장녀) · 두월희(차녀) 자매가 현미하다는 말을 듣고 조빈을 통해 청혼하고, 시영은 월영 과 조광윤은 월희와 각각 결혼한다. (1)
6. 시영 · 조광윤 · 조빈, 대업을 이루기 위해 부인들을 위부에 남겨둔 채 작별하고 화산을 떠난다. (2)
7. 주태조, 후주 건국. (조광윤 등이 후주 천자를 도와 건국한 사연은 〈잔당연의〉에, 위 공의 본 사적은 〈천수석〉에 자세하게 기록했기 때문에 이 책에서는 기록하지 않는다.) 시영 · 조광윤 · 조빈, 후주 건국에 큰 공을 세워 작위가 숭고하며. 부인들을 장안으로 맞아와 각각 가정을 이룬다. (2)
8. 이옥수, 당조(唐朝) 태학사 이한성의 딸로 현숙하고 미모가 뛰어나다. 부모 사후계모 슬하에서 지낸다. 계모 탕씨, 옥수를 없애고 이부(이府) 재산을 독차지하고자, 오라비 탕관으로 하여금 옥수를 부상(富商)인 조원외에게 팔아넘기게 한다. 이옥수, 탕관의 딸 교란으로부터 이 사실을 전해 듣고, 교란의 음심(淫心)을 충동하여 자기 대신 팔려가게 하여 화를 모면한다. (2)

9. 탕춘(탕관의 아들), 탕씨와 짜고 옥수를 소승상의 아들 소금오에게 은 오백냥을 받고 납치해서 넘기려 한다. 양칠아, 사대부가의 딸로 모친과 함께 살다가 탕춘의 겁탈한 바 되어 '춘'과 동거하고 있으나, 항상 '춘'과 불화하며 모친을 그리워한다. 이옥수, 양칠아를 자신으로 꾸며 대신 납치되어 가게 하여 소금오의 정실부인이 되게 한다. (2-3권)
10. 탕춘, 옥수가 피화하여 의구히 집에 있다는 말을 듣고 소부에 동정을 살피러 갔다가, 소금오의 정실부인이 되어있는 양칠아에게 중장(重杖)을 당하는 보복을 받고 돌아온다. (3-4권)
11. 탕춘, 탕씨 · 진여회 등과 모의하여 이옥수를 겁탈할 흉계를 꾸민다. 굴씨(탕춘의모)를 옥수 처소에 보내 술을 대작하며 감시케 하고, 옥수가 취한 틈을 타 진여회를 투입시켜 납치하려 한다. 이옥수, 기미를 알고 굴씨를 독주를 먹여 취하게 하여 자신으로 위장시켜 놓고 집을 빠져나가 위험에서 벗어난다. (4)
12. 진여회, 술에 취해 굴씨를 옥수로 알고 탈취하여 업고 제 집으로 가 강간하였다가, 이튿날 굴씨의 추악한 모습을 보고, '옥수가 요술로 변형하였다'고 하여, 본형을 드러내라고 채찍으로 난타한다. 탕춘, 이 장면을 목격하고 동조하여 양혈(羊血)을 얻어다가 굴씨에게 뿌린다. 탕관, 아내 굴씨의 행방을 몰라 진여회의집에 왔다가 굴씨의 참혹한 모습을 보고 격분한다. 탕관 · 탕춘 부자, 격노하여 진여회와 난투를 벌리다가 이를 보고 몰려든 군중들에게 웃음거리가 되고, 군사들에게 붙잡혀 서경유수 조광윤에게 끌려간다. (4)
13. 조광윤, 탕춘 · 탕관 · 진여회 등을 문초하여 모든 악사(惡事)를 밝혀내, 중장(重杖)을 가해 하옥하고, 탕씨는 이한승(옥수의 사촌오빠) 장군과 옥수의 체면을 보아 그 죄를 사 (赦)한다. 양칠아, 탕춘 등의 죄상이 드러남에 따라 소금오와 함께 증인으로 조광윤에게 불려나와, 자신의 신분을 밝히고 '가(假) 이옥수'가 아닌 양칠아로서 광명정대하게 소금오의 정실부인이 된다. (4-5권)
14. 위현, 조광윤을 찾아왔다가 광윤이 탕춘 등을 치죄하는 장면을 참관한다. 조광윤, 이옥수의 총명 현숙함을 듣고 위현에게 옥수와 결혼할 것을 권하고, 이한승 장군에게 구혼하는 친서를 써서, 현에게 주어 경사로 떠나게 한다. (5)
15. 이옥수, 계모의 독수(毒手)를 벗어나 이한승 장군을 찾아 비자들과 함께 남복으로 바꿔 입고 경사를 향해 떠난다. (5)
16. 이옥수, 소화산을 지나다 강도를 만나 나귀를 빼앗기고, 산골짜기 한 노파의 집에서 유숙하며 나귀를 구해 길을 떠난다. (5)
17. 이옥수, 화음현 청진산 아래서 퉁소 소리를 인연하여 유 · 정 소저와 만난다. 유 · 정소저, 유소저는 후한 고조의 공주로 국망 후 외가인 정처사의 집에 의탁하여 외종사촌 동생이 되는 정소저와 함께 지내다가 정처사 사후, 두 내외종자매가 서로 의지하여 시비들과 함께 산속에서 고적하게 살고 있다. 정소저의 친족으로는 정은 장군이 있으나 서로 소식을 모른다.
18. 이 · 유 · 정 3소저, 서로 지기상합하여 자매의 의를 맺고 사생을 함께 하기로 결의한다. 이

옥수, 노복을 경사에 보내 이한승 장군에게 자신이 화음현 청진산 중에 머물고 있음을 알리고. 자신을 데려가 줄 것과 정은 장군의 소식을 알아봐 달라는 서간을 전하게 한다. (6)

19. 위현, 경사에 도착하여 조부(조府)에 머물면서 조광의 · 정은 · 석수신 · 이한승 등 당대 영웅들과 교유한다. 이한승, 조광윤의 서간을 보고 옥수와 현의 결혼을 쾌허한다. 그러나 옥수의 행방을 몰하 근심한다. (6)
20. 이한승 · 정은, 옥수가 보낸 노복으로부터 옥수와 정소저의 소식을 알고 위현을 찾아가 옥수와 정소저를 함께 부인으로 맞이할 것을 청한다. 위현, 이소저에게는 백옥건잠(白玉巾簪)을, 정소저에게는 명월패 한 쌍을 각각 빙물로 납채한다. 위현 · 이한승 · 정은, 혼구(婚具)를 차려 화음으로 떠난다. (6)
21. 이 · 유 · 정 3소저, 시서음률(詩書音律)로 소일하며 서로 의지하여 정이 더욱 깊어진다. 이소저는 신과 같은 총명으로 앞뒷일을 미리 헤아릴 수 있는 능력이 있고, 유소저는 음률과 제자백가(諸子百家)에 통달하여 새소리를 듣고 길흉을 판단할 수 있는 능력이 있으며, 정소저는 지식이 유여(裕餘)하며 금돈을 던져 화복을 점칠 줄 아는 능력이 있다. (7)
22. 화음현위 고덕경, 황제의 미인을 헌납하라는 조서가 전국에 내리자 이를 빙자해서 아들 고담의 미부를 구하고자 매파들을 독려하여 미인 징색을 혹독히 한다. 구매파, 딸 은낭으로부터 정처사 댁의 유 · 정 2소저가 절세미인이라는 말을 듣고 이를 고 현위에게 알린다. 유 · 정 소저, 이를 미리 알고, 추영 · 난혜 두 시비를 유 · 정 2소저로 꾸며 고 현위에게 보낸다. 고 현위, 절염미색을 고대하다가 용모가 평상치도 못한 2녀를 보고 대로하여 구 매파를 중타(重打)하고 2녀를 도로 보낸다. (7)
23. 은낭, 정부(정府)에 잠입하여 직접 유소저를 엿보아 절세미인임을 확인하고, 2소저가 시비를 보내 현위를 속였다고 고변한다. 고 현위, 정소저의 모친 제사일에 관비들과 은낭 · 구매파 등을 보내 2소저를 잡아오게 한다. 이옥수, 추영 · 난혜를 다시 유 · 정 소저로 꾸며 제사를 받들게 하고, 유 · 정 소저와 함께 원중 석실로 피신다. 은낭 · 구매파, 관비들과 함께 정부를 샅샅히 뒤졌으나, 두 소저를 얻지 못하고 돌아가, 고 현위에게 관장을 속인 죄로 중장(重杖)을 받는다. (7-8권)
24. 이 · 유 · 정 3소저, 석실에서 화를 피하던 중, 한 여동의 인도를 받아 여선 괵국부인(당현종 때 양귀비의 언니)을 만난다. 괵국부인, 이소저에게 천문 · 치세에 관한 책을, 유소저에게는 음률에 관한 책을, 정소저에게는 역서(易書)와 의서를 각각 주고 가르쳐 준다. 또 작별할 때에 정소저에게 환약 두 개를, 이소저에게 제요(制妖)하는 거울과 검을 주고 작별한다. 이 · 유 · 정 3소저, 괵국부인과 작별하고 다시 정부로 돌아온다. (8)
25. 위현 · 이한승 · 정은, 화음현에 도착하여 3소저와 상봉한다. 위현, 이한승 · 정은의 주혼(主婚)으로 이 · 유 · 정 3소저와 결혼한다. 위현 · 3부인 · 이한승 · 정은, 함께 장안으로 돌아간다. (8)
26. 위현과 3부인, 장안의 위부 동창궁에서 신혼생활을 하며, 대연(大宴)을 열어 친척 붕우로 즐긴다. (8)

27. 탕씨, 옥수가 집을 떠난 후, 탕관 부자의 원찬(遠竄)에 따른 노비(路費)를 징색 당해 생활이 빈곤하자, 장녀 주애를 왕언장의 후손으로 이부와는 원수 가문인 왕문석의 아들과 결혼시키고 왕가에 의탁한다. 주옥(탕씨의 차녀), 모친의 실덕을 간하다가 듣지 않자 침실에 들어박혀 두문불출한다. (9)
28. 주애, 동생 주옥을 제거하고 친가(親家) 재산을 독점할 흉심을 품고 구가(舅家) 왕조봉의 불구자(不具子) '언시(言尸)'와 주옥의 혼인을 획책해, 모친 탕씨를 속여 허혼케 한다. 주옥, 이를 알고 유모 경씨 집으로 피신한다. 유모 경씨, 서녀 '우두랑(醜女)'을 주옥으로 꾸며 왕언시와 결혼시켜 살게 한다(우두랑은 왕언시와 화락해 5자3녀를 낳고 평안한 생애를 보낸다). (9)
29. 이한승, 이府에 가 숙모 탕씨를 배알하고, '주애를 원수 가문인 왕家와 성친하고, 또 주옥을 왕家 불구자와 결혼시키려 하여 주옥이 이를 피해 집을 나가고, 서매(庶妹)가 대신 왕가에 혼인한 사연들'을 듣고 대로하여, 왕조봉과 매파를 잡아들여 중타(重打)하다가 위현의 이府 방문으로 중지한다. 왕수재(주애의 남편), 이부에 나와 양가(兩家)의 구원(仇怨)이 잔당오대(殘唐五代) 시기의 선조들이 각기 자기 나라를 위해 충절을 다한 데서 비롯된 것임을 설득한다, 이한승, 왕수재의 비범함에 감탄하여 왕가와 화해한다. (9)
30. 이옥수, 친가에 돌아와 위현과 함께 부부가 탕씨를 배알한다. 주옥, 이한승과 옥수가 집에 돌아왔다는 소식을 듣고 유모 경씨 집에서 본가로 돌아와 모친과 이한승, 옥수·위현부부와 상봉한다. 이府, 가족이 모두 화해하여 화목한 가정을 이룬다. (9)
31. 이한승, 옥수로부터 이학사의 유서를 받아보고, 그 유언을 받들어 학사의 계자(繼子)가 된다. 잔치를 열어 옥수·위현·조광윤 등과 작별하고 탕씨와 주옥을 권솔하여 경사로 떠난다. (9)
32 위현, 조광윤의 참모사가 되어 광윤과 함께 서달(西㺚)을 평정하기 위해 출정한다. (10)
33 곽소옥·부옥대, 선시(先時)에 곽위(후주 태조가 됨)와 부의운(장군, 곽위의 벗)이 등주 위태공의 두 딸과 각각 결혼하여 낳은 이종자매(姨從姊妹)로, 일찍이 부친과 이 산하여 둘다 모친과 함께 마원의 적당(賊黨)에게 붙잡혀, 그 소굴에서 자라난다. 곽위가 즉위하여 후주 태조가 되고 부의운은 태조를 돕다가 전망(戰亡)하였다는 소식을 듣고, 부옥대의 생모 小위씨가 과도히 상심하여 죽자, 곽소옥의 생모 위씨와 함께 3인이 小위씨의 관을 운구하여 상경한다. 후주 태조, 위씨(소옥의 생모)를 덕 비로 소옥을 숙정공주로 각각 봉하고, 옥대에게는 집과 노비를 주어 부모의 제사를 받들게 한다. (10)
34. 후주 태조, 즉위 3년 만에 붕어한다. 세종, 시황후(태조의 정비)의 친조카로 이름은 시영이다. 태자에 책봉되었다가 태조 붕어 후 세종으로 즉위한다. 위후·숙정공주, 선제가 제위를 친녀 숙정공주에게 잇게 하지 않고, 외인인 시영에게 물려준 것을 원망하여 앙앙불락한다. 세종, 즉위한지 얼마 되지 않아 또 시황후 마저 붕어하자, 선제와 합장하여 장례를 마치고, 위후(덕비)를 효봉하고 숙정공주를 애중하여 우애 지극하다. (10)
35. 부옥대, 우연히 위현의 풍채를 보고 흠모하여 위현의 넷째 부인이 될 뜻을 품고 숙정공주

와 위후에게 도움을 청한다. (10)

36. 조광윤 · 위현, 승전반사(勝戰班師)한다. 세종, 조광윤은 모부인 시병(侍病)을 위해 사직(辭職)을 간청하므로 허락하고, 위현에게는 이부시랑 문연각태학사를 제수한다. (10)
37. 숙정공주, 우연히 누대에 올라 자정전 연석의 위현을 보고 상사병이 나, 7일을 밥을 먹지 않고 모친 위태후와 황제께 위현과 결혼시켜 주기를 간청한다. 세종, 위태후의 강청(强請)을 거스르지 못하여 위현을 명초(命招)하여, 숙정공주와 결혼할 것을 권한다. 위현, 3처와 인륜을 끊을 수 없음을 들어 단호히 이를 거부한다. (10)
38. 신주절도사 한통, 권도(權道)로 자기 아들 한웅을 위현으로 속여 숙정공주와 결혼시킬 것을 세종에게 주청한다. 세종, 한통의 주청을 가납(嘉納)하여 예부로 하여금 숙정공주의 혼사를 추진케 한다. (11)
39. 부옥대, 한통의 주청을 간파하고 이를 숙정공주에게 알려준다. 숙정, 옥대에게 위현과 결혼하면 옥대를 부빈(副嬪)으로 맞게하여 함께 위현을 섬길 것을 언약하고 옥대의 헌계(獻計)를 좇아 위현과의 늑혼(勒婚)을 획책한다. (11)
40. 숙정 · 옥대, 세종이 정촉장수(征蜀將帥)들을 위해 잔치를 베푸는 때를 이용하여, 환관을 매수해 위현의 술에 취하는 약을 타 극취(極醉)케 한다. 세종, 위현이 과취(過醉)하여 인사불성(人事不省)임을 보고, 궐내 취화루에서 자게 한다. (11)
41. 숙정 · 옥대, 취화루에 돌입하여 인사불성인 위현에게 음행(淫行)을 저지른다. 위현, 술이 깨어 두 음녀를 보고 대로하여 칼을 빼들고 참수하려 하나, 양녀가 황급히 도망하는 바람에 뜻을 이루지 못한다. (11)
42. 위현, 세종께 두 음녀를 붙잡아 참형에 처하여 풍교(風敎)를 맑게 할 것을 주청한다. 위태비, 숙정공주가 이제 타문에 혼인치 못하게 되었음을 들어, 세종에게 위현과 숙정을 혼인시켜 주도록 강박한다. (11)
43. 세종, 위태비가 자결을 기도하는 등 과도한 행동으로 겁박하자 위현을 불러 숙정공주를 제4부인으로 맞아 결혼토록 설득한다. 위현, 부모의 허락을 득해야 함을 들어 말미를 청해 화산으로 돌아간다. 세종, 위현에게 추밀부사 상서복야를 제수하고 금은채단을 주어 부모께 헌수(獻壽)케 한다. 또 예부와 흠천감에 하교하여 공주궁을 건축하고 혼일(婚日)을 택일케 한다. (11-12권)
44. 이 · 유 · 정 3부인, 꿈에 괵국부인이 나타나 다가올 화액(禍厄)을 예고하고 금낭(錦囊)과 신삭(神索)을 주어 화를 방비케 한다. 위현, 화산으로 돌아가는 길에 장안 동창궁에 들러 3부인과 상봉하고 숙정공주의 작변(作變)이 있을 것을 알려준다. (12)
45. 조광의(趙匡義, 북송 2대 황제. 조광윤의 동생), 동창궁의 풍경을 유람타가 홍영(良家女로 정부인에게 의탁하고 있다)의 미모를 보고 위현에게 청해 홍영을 취(娶)해 함께 상경한다. (12)
46. 위현, 3룡(龍)이 이 · 유 · 정 3부인의 침당으로 들어가는 태몽을 꾸고 3부인의 잉태를 예견한다. 3부인과 작별하고 화산으로 떠난다. (12)

47. 위현, 화산에 도착하여 부모 · 형제 · 친척들과 상봉한다. 황사(皇使)와 본읍 자사가 위부에 나와 위현의 금의환향(錦衣還鄕)을 치하한다. 위부, 연석을 열고 삼일을 즐긴다. (12)
48. 신양, 후진 절도사 신경의 아들로 부친을 여의고 모친과 함께 기아를 이기지 못해 스스로 몸을 팔아 남의 종이 되었다. 위현, 신양의 비범함을 보고 은 100냥을 주고 속량하여 그 모친과 함께 위부에서 살게 한다. (12)
49. 신양, 진처사에게 검술을 전수 받고 신검(神劍)을 받는다. (13)
50. 위현, 신양을 장안으로 보내 3부인을 화액(禍厄)에서 구하게 한다. (13)
51. 부태사, 황명으로 부옥대를 궁으로부터 데려다 엄책(嚴責)하고 심당(深堂)에 수계(囚繫)한다. (13)
52. 숙정공주, 부옥대의 헌계를 좇아 자객 호정을 매수하여 3부인 살해를 기도한다. 3부인, 함정을 파놓고 적변(賊變)을 대비한다. 신양, 함정에 빠진 자객을 끌어내, 양팔을 벤 후 돌려보낸다. (13)
53. 숙정공주, 3부인 살해 기도가 미수에 그치자 옥대와 밀통하며, 그 헌계를 좇아 호정을 독살하고, 다시 자객을 구한다. (13)
54. 세종, 혼일(婚日)이 다가오자 화산에 사신을 보내 위현을 부르고 이부총재 문연 각태학사를 제수한다. 위현, 신양을 대동하고 경사로 떠난다. (13)
55. 위현, 동평부에 이르러 신양을 시켜 화진 남매의 위기를 구한다. 화진, 조실부모(早失父母)하고 처 홍씨와 누이 교옥으로 더불어 살아가던 중, 동평지부의 외아들 마송의 청혼을 거절했다가, 처와 누이를 약탈당하고 살해될 위기에서 신양에게 구출된다. 위현, 신양과 화교옥의 결혼을 주선하고 신양 · 화교옥 · 화진부부를 화산으로 보낸다. (13)
56. 위현, 경사 도착, 숙정공주와 결혼하나 조금도 부부의 정을 펴지 않는다. (13)
57. 위현, 왕정빈 · 석수신 등의 서촉 정벌군이 적을 파하지 못하고 조정에 구원병을 청하여 오자 출정을 자원하여 대원수가 되어 서촉으로 출병한다. (13)
58. 화진, 꿈에 선친이 나타나 마송이 묘를 파헤쳐 유골을 분해하려 한다는 계시를 받고 신양에게 이를 막아줄 것을 청한다. 신양, 송절산 모소에 가 마송을 참수하여 묘의 훼손을 막는다. (13)
59. 신양 · 화진 일행, 화산 위부 도착, 신양 · 화교옥, 위공의 도움을 받아 위부에서 결혼식을 올린다. (13)
60. 신양 · 화진, 위현의 부름을 받고 화산에서 곧바로 서촉으로 출전한다. (14)
61. 부옥대, 자신을 못에 빠져 죽은 것으로 위장해놓고, 집을 떠나 숙정궁에 은신하여, 숙정과 함께 이 · 유 · 정 3부인을 없앨 흉계를 모의한다. (14)
62. 숙정공주, 금선불 · 호선낭 두 요도(妖道)를 사귀고 이들을 부려 이 · 유 · 정 3부인을 살해하려 한다. 금 · 호 양요(兩妖), 대망(大蟒)이를 이끌고 동창궁에 침입한다. 이 · 유 · 정 3부인, 조마경 · 홍금삭 · 신검을 사용하여 금 · 호 두 요도를 베어 죽이니, 시체가 금선불은 사슴으로, 호선낭은 여우로 변한다. (14)

63. 신양, 동창궁에 나가 금 · 호의 요변(妖變)을 수습하고, 신술(神術)을 부려 금 · 호두 요도가 끌고 온 대망이를 끌고 요괴의 소굴로 가, 요괴의 잔당을 탕멸(蕩滅)하고, 요괴들이 축재한 보물들을 대망이로 하여금 잘 지키도록 엄명한 후 돌아온다. (14)
64. 신양 · 화진, 위원수의 군영에 도착. 원수를 도와 큰 전공을 세운다. 위현, 신 · 화양인의 전공에 힘입어 토번을 평정한다. (14)
65. 위현, 서촉 정벌군 왕정빈 · 석수신의 요청을 받고 신양을 파견하여 왕 · 석 두 장군을 돕게 한다. 신양, 촉군과 대전하여 세 번 싸워 세 번을 다 이기고, 또 신술로 촉왕의 옥잠과 문서를 빼내온다. 촉왕, 전의(戰意)를 잃고 항복한다. (14)
66. 신양, 왕 · 석 양장과 작별하고 화산으로 가 위공에게 위원수의 승전소식과 원수의 명으로 이 · 유 · 정 3부인을 화음현 정처사 댁으로 피화시키려 함을 알리고 화음현으로 떠난다. (14)
67. 숙정공주 · 부옥대, 금 · 호 두 요도를 보낸 후 소식이 없자, 평경을 보내 3부인의존 · 몰을 탐지케 하여 전말을 알고 낙담초조 한다. 흑룡산 산적 석용의 군대와 결탁해 이들로 하여금 동창궁을 습격 3미인과 재물을 약탈케 한다. (14-15권)
68. 석용, 모사(謀士) 장만에게 수천병(數千兵)을 주어 3부인을 납치해 오도록 명한다. 숙정 · 옥대, 3부인 납치 현장을 직접 목격하기 위해 변복하고 장안 동창궁으로 떠난다. (15)
69. 숙정 · 옥대, 매화장(梅花欌) 장수가 동창궁에 들어가는 틈을 타 구경꾼으로 가장하여 궁에 잠입해, 3부인를 보고 그 경국지색에 탄복해 시기심으로 교아절치(咬牙切齒)하며 숨어 동정을 살핀다. (15)
70. 장만, 수천의 적병(賊兵)을 이끌고 동창궁을 급습한다. 이 · 유 · 정 3부인, 적환(賊患)을 예견하고 미리 초인(草人)을 만들어 못에 투신자살한 것으로 가장해놓고, 매화장 장수로 가장하고 들어온 신양의 도움을 받아, 매화장 속에 숨어 탈출한다. (15)
71. 신양, 3부인을 여점(旅店)에 안둔하고 서경유수 조광윤에게 군사를 지원받아 적병(賊兵)을 섬멸한다. 조광윤, 익사한 가(假) 3부인의 시신을 찾아 장례를 치루게 하고, 장만을 잡아 문초하여 숙정공주가 교사한 바를 자백 받고 장만을 참수한다. 이어 숙정공주의 죄상과 함께 관련자 '평경을 잡아 문초할 바'를 황상께 주문(奏聞)한다. 숙정 · 옥대, 동창궁 안에서 군사들의 모든 동태와 조광윤의적도들에 대한 치죄과정을 엿보아, 3부인의 죽음을 확인하고 기뻐하나, 죄를 입을까 두려 급히 상경한다. 상경 즉시 석용과 내통했던 평경을 멀리 도망케 하여 증거를 인멸하고, 죄를 모면한다. (15)
72. 이 · 유 · 정 3부인, 화음현 정府를 향해 출발하여, 신양이 3부인을 호행한다. (15)
73. 이부인(이옥수), 동평부의 한 여점(旅店)에서 여자의 통곡소리를 듣고, 소府 진부인 · 소소저 · 소세광 3모자의 급화를 구한다. 진부인, 장례비가 없어 남편의 장례를 치루지 못하고, 인근 부호에게 딸(소소저)을 빼앗길 위기에 처해 통곡하다가, 이부인의 구원을 입고, 또 동행하는 유 · 정부인이 진외가 6촌자매가 됨을 알게 되어 서로 친척의 의로 반긴다, 이부인, 진부인과 결의자매(結義姉妹)하여, 4부인이 모두 일시에 자매가 되어, 소처사의 시신을

거두어 정부로 향한다. (15-16권)

74. 이·유·정·진 4부인, 도중에 조실부모하고 걸식하는 양월희·문홍 남매를 보고 측은히 여겨 불러 그 성씨와 부모를 묻던 중, 그 남매가 간직하고 있는 족보를 보고, 문홍 남매가 진부인의 고종 5촌 조카들임을 확인하고, 숙질이 상봉하여 동행한다. (16)

75. 이부인, 화음현 지계(地界)의 한 여사(旅舍)에서 딸의 이름을 부르며 울부짖는 양칠아의 모친을 발견하고 노비(路費)를 주고 교자를 태워 장안 소금오 댁으로 보내 모녀를 상봉케 한다. (16)

76. 이부인 일행, 화음현 정부에 안착한다. 신양, 이부인 일행과 작별하고 화산으로가 위공에게 이부인 일행이 무사히 화음현 정부에 안착함을 고하고, 다시 위원수의 군중으로 떠난다. (16)

77. 이·유·정 3부인, 진부인 3모자와 함께 소처사를 안장하고, 진부인 3모자와 양소저 남매로 더불어 자매숙질의 정으로 서로 위로하며 지낸다. (16)

78. 이·유·정 3부인, 위공의 부름을 받고 진부인 등과 작별하고 화산 위부로 가 시부모께 현알하고 종묘(宗廟)에 현배(見拜)한다. 위공부부, 3부인의 현미함을 보고 크게 기뻐한다. (16-17권)

79. 이·유·정 삼부인, 각각 순산생남(順産生男)한다. (17)

80. 위현, 승전반사(勝戰班師)한다. 세종, 교외에 친행(親行)하여 대군을 맞이하고 장졸을 위로한 후, 위현에게 이부상서겸홍문관태학사 무양후를 봉하고, 신양과 화진에게는 각각 표기장군, 용양장군을 제수한다. (17)

81. 세종, 신·화 양장(兩將)의 원을 좇아 신양에게 화주자사를 제수해 노모를 봉양케하고, 화진은 동평지부를 제수해 고향을 선치하게 한다. (17)

82. 세종, 위현에게 3부인 참사(慘死)를 조위(弔慰)한다. 위현, 조용한 틈을 타 3부인의 면사(免死)함을 아뢴다. 세종, 부부복합을 치하하고 근친(覲親) 말미를 주어 영친회합(榮親會合)의 잔치를 하사한다.

83. 위현, 금의환향(錦衣還鄕)하여 부모·형제·3부인·3아(兒)와 서로 반긴다. 세 아들의 이름을 인창(장자, 이부인 소생)·웅창(차자, 유부인 소생)·현창(삼자, 정부인소생)이라 한다. (17)

84. 신양·화진, 결약형제(結約兄弟)하여 신양이 형이 되고 화진이 동생이 된다. 각각 가족을 권솔(眷率)하여 화산을 떠나 임지에 부임하여 선정을 베푼다. (18)

85. 세종, 병세가 위중하다. 위현, 상경하여 입궐한다. (18)

86. 세종, 일찍이 두황후에게 아들이 없어 부귀비 소생으로 태자를 삼았는데, 두황후가 아들을 낳고 승하하자, 두황후의 아들을 진왕에 봉한 바 있다. 태자가 혼암하여 나라가 장차 망하고 숙정공주의 작해가 어진 진왕에게 미칠 것을 염려하여, 조광윤과 위현을 불러 진왕을 당부한다. 진왕에게는 위현을 아버지로 섬겨 세상에 나오지 말 것을 당부하고 죽는다. (18)

87. 태자 종훈, 즉위하여 공제가 된다. (18)
88. 위현, 진왕을 데리고 물러가려 하나 공제의 허락을 얻지 못한다. (18)
89. 이부인, 남편 위현과 진왕의 대화(大禍)를 예견(豫見)하고 신양과 화진에게 신약(神藥: 환약 두 알)과 피화계책을 쓴 서간을 주어 위현에게 보낸다. 위현, 이부인의 서간과 천문을 보아 대화가 임박하였음을 알고, 이부인의 계책을 따라 방비한다. (18)
90. 위태비 · 숙정공주 · 옥대, 공제를 핍박하여 위현과 진왕의 화산행을 막고 살해할 흉계를 모의한다. (18)
91. 조부인(조빈의 처 위규완), 진왕을 극진히 보호한다. 이부인의 계책에 따라 진왕을 한상궁에게 맡기고 화산으로 근친을 떠난다. (18)
92. 숙정공주 일당, 시비 교랑을 시켜 진왕의 미음에 독약을 넣는다. 위현, 신양으로 하여금 미음을 엎지르게 하여 위기를 모면하고, 이 사실을 공제께 고하고 죄인을 다스릴 것을 청한다. 공제, 위태비의 명을 받아 교랑을 방면한다. (18)
93. 숙정공주 일당, 진왕과 위현을 궁에 불러들여 독살할 흉계를 꾸민다. 위현, 신양을 귀신형상을 하여 궁내에 잠입케 하고, 화진에게 신약을 주어 백운동 홍영의 집에 피화처를 마련케 하여 이를 대비한다. 숙정공주 일당, 진왕을 궁에 불러들여 독살한다. 신양, 귀신형상을 하고 내전에 돌입하여 위태비와 숙정공주 일당을 난타하고 진왕을 빼앗아 백운동으로 데려온다. (18)
94. 숙정공주 일당, 진왕의 시신을 잃었으나 이를 귀신의 작용으로 알고 진왕의 죽음을 확신한다. 다시 위현을 독살하기 위해 진왕의 급환(急患)을 칭탁하여 위현을 내전으로 청한다. 숙정공주 · 옥대, 궁녀로 변장하여 독이 든 탕을 위현에게 권해 독살한다. 신양, 위태비의 궁녀로 변장하여 혼절한 위현을 거두어 급히 백운동으로 옮긴다. (18·19권)
95. 조광윤 등 대신들, 진왕 · 위현 독살사건을 규명하여 죄를 다스릴 것을 상소한다. 공제, 모친 부귀비로부터 위태비 · 숙정공주 모녀의 범죄 전모를 듣고 이를 근심할 뿐, 아무런 조치도 취하지 못한다. (19)
96. 조광윤 · 신양 · 화진 등, 백운동 홍영의 처소에서 진왕과 위현을 신약(神藥)을 먹여 회생시키고 극진히 간호한다. 위현, 조광윤 등과 작별하고 진왕 · 신양 · 화진 등과 함께 비밀리에 화산으로 떠난다. 조부인, 중로(中路)에서 합류하여 진왕을 극진히 간호한다. (19)
97. 이 · 유 · 정 3부인, 점괘와 건상(乾象)을 보아 남편의 무사함을 알고 구고(舅姑)를 위로한다. 위공, 두황후가 나타나 위현의 무사함과 그 장래를 예언한다. (19)
98. 위현 일행, 화산에 도착하여 가족과 상봉한다. 위공 부부 등 위부 제인, 위현 · 진왕 등의 무사 귀환을 함께 기뻐하고 서로 반긴다. (19)
99. 위현, 화산에 머물며 부모를 섬기며 진왕과 세 아들의 교육에 힘쓴다. (20)
100. 진처사, 위현 · 진왕 · 인창 · 웅창 · 현창 등의 장랴를 예언한다. (20)
101. 위현, 건상을 보고 국망을 헤아려 탄식하며 세종을 사모하다 꿈에 세종을 배알하고, 세종으로부터 천의를 좇아 진주(眞主,조광윤)를 섬겨 충성을 다하라는 당부를 받는다. (20)

102. 위현, 화산에 올라 세종의 몽중계시(夢中啓示)를 상기하며 탄식하다 비몽사몽간(非夢似夢間)에 제갈무후를 만나 천의를 따라 진명천자(眞命天子)를 섬기라는 계시를 받는다. (20)

103. 숙정공주, 한웅을 부마로 삼아 음욕을 즐긴다. (20)

104. 조광윤, 나라가 오래가지 못할 것을 헤아려 벼슬을 버리고 화산으로 가 위현 등과 국사를 근심한다. (20)

105. 숙정공주 일당, 공제와 부귀비를 짐살(鴆殺)하고 한웅을 황제로 세워, 공주가 정궁낭낭, 부옥대는 첩여(婕妤), 위태후는 황태후가 된다. 이로써 충신은 모두 사직하고, 간신배만 남아 국정이 어지러워진다. (20)

106. 위현, 조광윤과 함께 기병하여 위태비 · 맹첩여 등 간당을 주멸하고 국난을 평정하고 천명을 좇아 조광윤을 제위(帝位)에 추대한다. 조광윤, 남송황제에 즉위한다. (조광윤의 천하 얻던 전후사적은 남송연의에 세세히 기록한 고로 차전(此傳)에는 빼다.) (20)

107. 남송황제 조광윤, 위현을 참지정사 단명전태학사를 삼고 화산에 남송건국을 알린다. 조부인, 이 · 유 · 정 3부인, 진왕 · 인창 · 웅창 · 현창 등, 상경한다. (20)

108. 황제, 역괴(逆魁) 곽소옥 · 부옥대가 걸안에 투항하여 군사를 징발하여 전란을 일으키려 한다는 첩보를 듣고 분개해, 제신을 명초(命招)하여, '오랑캐를 치고 역신을 멸할' 장수를 자모(自募) 받는다. 위현, 자원출정하여 평북대원수를 배명한다. (20)

화산션계록 권지일

화셜(話說)[1] 셔뎡공 복셩의 본셩(本姓)은 위시니 당(唐)[2] 명둉(明宗)[3] 황야(皇爺)의 ᄋᆞᄃᆞᆯ이요, 조황후의 쇼ᄉᆡᆼ이라. 명둉이 비록 제인(諸人)의 촉져(屬猪)[4] ᄒᆞ믈 면치 못ᄒᆞ여 텬ᄌᆡᆨ 되시나, 왕실이 능히 오ᄅᆡ지 못ᄒᆞᆯ 쥴 알고 만민의 도탄ᄒᆞ믈 어엿비 넉여 검덕인화(儉德仁和)[5]ᄒᆞ믈 힘써 정ᄉᆞᄅᆞᆯ 다ᄉᆞ려 셰상을 평안케 ᄒᆞ고 ᄆᆡ셕(每夕)의 분향ᄒᆞ여 진인(眞人)이 나 만민의 부모 되기ᄅᆞᆯ 튝(祝)ᄒᆞ며 젹ᄌᆞ(嫡子) 복셩을 위시(魏氏)ᄅᆞᆯ 삼ᄋᆞ 화쥐(華州)[6]로 도라 보ᄂᆡᄆᆡ, 뎡공 복셩이 부인 셜시로 더부러 **【1】** 번화셰물(繁華世物)[7]을 ᄎᆞᆺ지 아니ᄒᆞ고 죵묘(宗廟)ᄅᆞᆯ 밧드러 제ᄉᆞᄅᆞᆯ 졀(絶)치 아니려 ᄒᆞᆯ ᄉᆡ, 공이 ᄉᆞᄅᆞᆷ 되오미 ᄆᆞᆰ고 됴흐며 단졍ᄒᆞ여 관후(寬厚) ᄆᆡᆼ녈(猛烈)ᄒᆞ며 풍ᄎᆡ(風彩) 긔질(氣質)이 진토(塵土)의 탈츌(脫出)ᄒᆞᆫ지라.

---

1)화설(話說) : 고소설에서 새로 이야기를 시작하거나 장면을 전환 할 때에 쓰는 '익설(益說)' '화표(話表)' '각설(却說)' 따위와 같은 화두사(話頭詞).

2)당(唐) : =후당(後唐). 923-936년. 중국 오대십국 시대 중 오대(五代)의 두 번째 왕조로 이국창(李國昌)의 손자이며, 진왕(晉王) 이극용(李克用)의 아들 이존욱(李存勖)이 건국한 나라. 당(唐)나라의 후계자를 자임하여 국호를 당으로 하였는데, 당(唐)나라와 구별하기 위해 후당으로 부르고 있다. 수도는 낙양(洛陽)이다.

3)명둉(明宗) : 중국 오대십국 시대의 후당(後唐)의 제2대 황제. 이름은 이사원(李嗣源, 867- 933년)이고 이극용(李克用, 856년-908년)의 양자로 본명은 막길렬 (邈佶烈), 묘호는 명종(明宗)이다

4)촉져(屬猪) : 촉저(屬猪). '돼지띠(亥年)'에 태어난 사람'이란 뜻으로, 중국 송나라 건국 황제인 조광윤(趙匡胤)이 '돼지띠'의 해에 태어났다 하여, '조광윤' 또는 '송(宋)나라'를 달리 이르는 말로 쓰인다. 여기서는 '황제로 추대하다'는 뜻으로 쓰였다. 곧 '속(屬)'은 '권할 촉'자로도 쓰이기 때문에 '추대하다'는 뜻으로 해석할 수 있다고 보는 것이다. *촉저(屬猪)는 '자흑색촉저(紫黑色屬豬: 붉은 색을 띤 흑돼지)'의 준말로, 후주(後周) 사람 장영덕(張永德)이 한 이인(異人)으로 부터 '공이 혹 자흑색(紫黑色) 돼지띠에 해당하는 사람으로서 잘 싸우고 살벌(殺伐)에 과감한 자를 보면 잘 대우하라(公或覩紫黑色屬豬人善戰果於殺伐者 善待之)'는 말을 들었는데, 조광윤이 해년(亥年)에 태어났고, 다른 것도 이인의 말에 부합하는 것을 확인하고, 물심양면으로 그를 도와 황제의 위에 오르게 하여, 마침내 좌명(佐命) 훈신(勳臣)과 동등한 예우를 받고 부귀를 누렸던 고사에서 유래한 말이다. (『事實類苑 卷5』 占相醫藥 張永德 條.)

5)검덕인화(儉德仁和) : 행실이 검소하고 어진 덕을 베풀어 다른 사람들과 화합함.

6)화쥐(華州) : 중국 섬서성(陝西省)에 있었던 주(州) 이름. 오늘의 화음시(華陰市)를 말한다.

7)번화셰물(繁華世物) : 번화로운 세상물정.

화쥐의 집을 일울ᄉᆡ 화산(華山)8)ᄋᆞᄅᆡ 청운동이란 동뷔(洞部) 잇ᄉᆞ니, 뫼 ᄋᆞᄅᆡ 물을 씌여 산슈(山水) 명낭(明朗)ᄒᆞ미 도원(桃源) 슈ᄇᆡᆨ니(數百里)○[가] 평탄(平坦)ᄒᆞ여 옥야쳔니(沃野千里)9)오, 텬부지국(天府之國)10)이라.

이곳의 일좌(一座) 광하(廣廈)를 세오니, 오령각(於鈴閣)11) ᄌᆡ목(材木)은 견강(堅剛)ᄒᆞᆫ 숑ᄇᆡᆨ(松柏)이요, 셔록(西麓) 단청(丹靑)은 오ᄉᆡᆨ ᄭᅩᆺ출 일워시니, 명동이 【2】 비록 검박(儉朴)ᄒᆞᆫ 님군이오, 뎡공이 비록 물욕(物慾)이 업ᄉᆞ나 삼도(三道) 식읍(食邑)의 가음열미12) 극ᄒᆞ고 텬ᄌᆞ의 귀ᄒᆞ무로 팔방(八方)의 쇼산(所産)과 만국○[의] 옥식(玉食)을 기우려 오니, 그 화미(華美)ᄒᆞ미 텬ᄌᆞ 궁즁만 못ᄒᆞ나, 정묘(精妙)ᄒᆞ고 공교(工巧)ᄒᆞ미 ᄎᆡ봉(彩鳳)의 ᄂᆞᆯ기를 드리온 듯ᄒᆞ며, 옥섬13)과 금옥난간(金玉欄干)이 굴곡(屈曲)ᄒᆞ고, 일홈난 ᄭᅩᆺ과 보ᄇᆡ에 풀이 향긔 가득ᄒᆞ여 지상(地上)의 금슈(錦繡)를 편듯ᄒᆞ며, 창숑(蒼松)과 녹쥭(綠竹)이 안ᄀᆡ를 먹음어 시며, 미록(麋鹿)과 난ᄒᆞᆨ(鸞鶴)이 오악(五嶽)으로 됴ᄎᆞ 나리며, 현원(玄猿)14)과 【3】 ᄇᆡᆨ녹(白鹿)은 ᄭᅩᆺ출 무러 희롱ᄒᆞ니, 봉ᄂᆡ션경(蓬萊仙境)이요 텬상궁뮈(天上窮廡)15)라.

화장궁ᄋᆞ(化粧宮娥)와 경군취ᄃᆡ(輕裙翠帶)16)ᄂᆞᆫ 궁즁으로 됴ᄎᆞ 나리오신 ᄌᆡ요, 금은옥ᄇᆡᆨ(金銀玉帛)은 어고(御庫)를 몌여시니, 범 ᄀᆞᆺᄒᆞᆫ 장확(臧獲)17)은 문을 호위ᄒᆞ엿고, 젼계(前溪)의 그물을 드리오며 화산(華山)의 ᄇᆡᆨ쥴 노ᄂᆞᆫ 뉘 오십여인이

---

8)화산(華山) ; 중국의 오악(五嶽)가운데 서악(西岳)을 말한다. 섬서성(陝西省) 화음시(華陰市: 옛 행정구역 명은 화주華州다) 경내에 있으며 높이는 2,160미터의 명산(名山). * 전편 <천수석>에서 후당(後唐) 명종(明宗)은 당이 오래가지 못할 것을 알고 적자(嫡子) 복성에게 본인의 본성(本姓)인 위씨 성을 회복시켜 고향인 화주(華州)에 내려가 살게 하였다. 본 작품에서 위복성은 화주의 이곳 화산 청운동 승지(勝地)에 큰 집을 짓고 부인 설씨와 함께 한가한 삶을 살아간다. 뒤에 그의 자손들이 출사(出仕)하여 황도(皇都)인 변경(卞京)으로 가 생활하면서도 일이나 기회가 있을 때마다 이곳에 내려와 머물다 감으로써, 이곳은 변경·장안과 함께 이 작품의 중심무대의 하나이자, 작중 인물들이 꿈꾸는 이상향(理想鄕)이다.

9)옥야천리(沃野千里) : 끝없이 넓은 기름진 들판.

10)텬부지국(天府之國) : 땅이 매우 기름져 온갖 산물이 많이 나는 나라.

11)오령각(於鈴閣) : =영각(鈴閣). 하인을 부를 수 있도록 처마 끝에 작은 종을 매달아 놓은 건물이라는 뜻으로, 한림원 혹은 장수나 지방 장관이 집무하는 관아를 말한다. 여기서는 주인이 거처하는 가장 큰 집을 이른 말이다. *'於鈴閣'의 '於'는 음이 '어' 또는 '오'로. 장소나 위치를 나타내는 어조사 '…에'에 해당하는 말이다.

12)가음열다 : 부유(富裕)하다.

13)옥섬 : 옥(玉) 같이 고운 섬돌. 곧 대궐 안의 섬돌을 뜻한다. =옥계(玉階).

14)현원(玄猿) : 검은 털의 원숭이.

15)텬상궁뮈(天上窮廡) : 천상에 있는 궁궐.

16)경군취ᄃᆡ(輕裙翠帶) : 치장하지 않은 치마차림과 푸른 띠를 두른 차림.

17)장확(臧獲) : 종. 장(臧)은 사내종을, 획(獲)은 계집종을 말함.

요, ○[양]젼미답(良田美畓)[18]의 녁농(力農)[19]ᄒᆞᄂᆞᆫ 가졍이 쳔여회(千餘戶)라. 고즁(庫中)의 미곡(米穀)이 십년 져축ᄒᆞ며 능나필ᄇᆡᆨ(綾羅疋帛)이 뫼 ᄀᆞᆺ고, ᄉᆞ환(使喚)[20]이 구름 ᄀᆞᆺ흐니, 뎡공이 청풍명월(淸風明月)의 부운(浮雲) ᄀᆞᆺ흔 명니(名利)를 헌신 【4】 ᄀᆞᆺ치 넉여, 됴양셕월(朝陽夕月)[21]의 ᄌᆞ녀를 희롱ᄒᆞ며, 셰월이 흐르ᄂᆞᆫ 듯ᄒᆞ여 ᄌᆞ네 댱셩ᄒᆞ니, 댱ᄌᆞ 경의 년이 십뉵세라. 승상 풍도의 녀와 졍친(定親)[22]ᄒᆞ고, ᄎᆞᄌᆞ 희의 년이 십ᄉᆞ니 태우 범진의 댱녀로 졍친ᄒᆞ고, 쇼녀 규완은 년이 십이로ᄃᆡ 졍친ᄒᆞᆫᄃᆡ 업더라.

부인이 만년의 잉ᄐᆡᄒᆞ여 ᄉᆡᆼᄌᆞ(生子)ᄒᆞ니, 미뫼(美貌) 강산의 ᄆᆞᆰ은 졍긔를 타나, 웅위슈미(雄偉秀美)ᄒᆞ여 냥형(兩兄)의셔 더으[ᄒᆞ]니, 부뫼 귀즁ᄒᆞ여 반ᄃᆞ시 귀인이 될 쥴 알고, 댱상보옥(掌上寶玉)[23] ᄀᆞᆺ더라.

두 신부 【5】를 다려와 ᄌᆞ뷔(子婦) 쌍쌍이 시봉(侍奉)ᄒᆞ니, 공의 부뷔 ᄌᆞ부의 쵸세(超世)ᄒᆞ믈 두굿기며 포의초리(布衣草履)[24]로 산슈간(山水間)의 오유(遨遊)ᄒᆞ며, 흥(興)을 붓칠ᄉᆡ, 화산쳐ᄉᆞ(華山處士) 진도람으로 교계(交契) 심후(深厚)ᄒᆞ여 진쳐ᄉᆞ로 더브러 화산 벽실(壁室)의 가 반일이나 머무더라.

청운동 밧긔 쳔쳑(千尺) 폭푀(瀑布) 화산 봉두(峯頭)로셔 모라 나려, 흰 뇽(龍)이 하ᄂᆞᆯ의 드리워 여의쥬(如意珠)[25]를 희롱ᄒᆞᄂᆞᆫ 듯ᄒᆞ며, 은하쉬(銀河水) 것구로 흐르ᄂᆞᆫ 듯ᄒᆞ여 큰 ᄂᆡ히 되엿고, 옥셕(玉石)이 ᄊᆞ히 셜니이고, 바회 갈나져 물 【6】이 흐르니, ᄉᆞ오십니(四五十里)의 흙이 업더라.

뎡공이 ᄒᆞᆫ 쥴기 물을 인연ᄒᆞ여 후원의 다혀 큰 못슬 ᄆᆡᆫ다ᄅᆞ 하화(荷花)를 《슴으니‖심으니》, 원님(園林)이 화산을 둘넛ᄂᆞᆫ지라. ᄒᆞᆫ 곳 동산이 ᄉᆞ시의 봄빗츨 머무러 풍경이 졀승ᄒᆞ고[니] 못가의 졍ᄌᆞ를 지여 호왈, ‘ᄎᆡ련각(採蓮閣)’이라 ᄒᆞ고, 못 속의 돌흘 무어[26] 셤을 ᄆᆡᆫ들고 일홈을 ᄒᆡ학졍(海鶴亭)이라 ᄒᆞ여 슈간 졍ᄌᆞ를 지으니, 븕은 난간과 푸른 기동이 물 속의 허여져 그림 가온ᄃᆡ 쌍쌍ᄒᆞᆫ 금어

---

18)양젼미답(良田美畓) : 작물(作物)이 아름답게 자라난 기름진 밭과 논.
19)녁농(力農) : 힘써 농사를 지음.
20)ᄉᆞ환(使喚) : 관청이나 사삿집에 고용되어 잔심부름을 맡아 하는 사람을 말함.
21)됴양셕월(朝陽夕月) : 아침 해가 떠오르는 때와 저녁달이 떠오르는 때. 곧 아침저녁을 말함.
22)졍친(定親) : 혼인을 정함. 정혼(定婚)함.
23)댱상보옥(掌上寶玉) : 손바닥 위의 귀한 보물. 보배처럼 여겨서 사랑하는 물건. =장중보옥(掌中寶玉).
24)포의초리(布衣草履) : 베로 지은 옷을 입고 짚신을 신은 차림.
25)여의쥬(如意珠) : 용의 턱 아래에 있는 영묘한 구슬. 이것을 얻으면 무엇이든 뜻하는 대로 만들어 낼 수 있다고 한다. ≒보주(寶珠).
26)무으다 : 쌓다. 만들다.

(金魚)ᄂᆞᆫ 셕츅 밋히 쒸놀고, 홍빅 【7】 화(紅白花)ᄂᆞᆫ 난간의 어롱지니, 희혹졍 풍경이 진실노 세렴(世念)이 ᄉᆞ라지ᄂᆞᆫ지라.

뎡공이 집의 잇시믹 진쳐ᄉᆞ를 청ᄒᆞ여 이 졍ᄌᆞ의셔 바독 두어 둉일(終日)ᄒᆞ더니, 일일은 시졀이 계하(季夏)라. 텬긔(天氣) 심히 더우니 위공이 삼ᄌᆞ로 더브러 희혹졍의 셔 ᄭᅩᆺ출 보더니, 셔동이 진공의 니르러시믈 고ᄒᆞ니, 위공이 크게 깃거 ᄯᅴ를 ᄯᅳ어 연망이 마ᄌᆞ니, 쳐ᄉᆡ 네파의 우어 왈,

"셕실(石室)이 죵용(從容)ᄒᆞ니, 조으름이 바햐흐로 나ᄂᆞᆫ지라. 공을 ᄎᆞᄌᆞ 말ᄒᆞ고ᄌᆞ ᄒᆞ더니, 연홰(蓮花) 퓌여 손 【8】 을 ᄃᆡ졉ᄒᆞ니, 뉴흥(遊興)이 빅빅(倍百)[27]ᄒᆞ도다."

뎡공이 쇼왈,

"쇼뎨 돈ᄋᆞ(豚兒)[28]들노 더브러 소일ᄒᆞ며 졍히 형을 ᄉᆡᆼ각더니, 진실노 형이 니르미 긔회(機會)로다."

이에 슐을 ᄂᆞ와 둉용(從容)이 말ᄒᆞ며 고기 노ᄂᆞᆫ 양과 ᄭᅩᆺ치 우ᄉᆞ믈 완농(玩弄)ᄒᆞ더니, 진쳐ᄉᆡ 위공ᄌᆞ 경을 보며 우어 ᄀᆞᆯ오ᄃᆡ,

"진실노 화산 유복ᄒᆞᆫ 쳐ᄉᆡ(處士)로다. ᄎᆞ랑(此郎)이 쳥녀(淸麗)ᄒᆞ여 지상신션(地上神仙)이 될 복이 ᄎᆞ랑의게 잇도다."

ᄯᅩ 희를 보고 ᄀᆞᆯ오ᄃᆡ,

"ᄎᆞ랑은 도연(道緣)이 잇ᄉᆞ니, 쇼뎨 이를 어더 도뎨(徒弟)를 삼고져 ᄒᆞ노라."

공이 크게 【9】 깃거 희를 불너 진쳐ᄉᆞᄭᅴ 졀ᄒᆞ여 뎨ᄌᆞ를 삼고 잔을 드러 치ᄉᆞ(致謝)ᄒᆞ더라.

삼공ᄌᆞ 현이 뉵세라 겻히셔 웃고 ᄀᆞᆯ오ᄃᆡ,

"남ᄋᆡ 상호봉시(桑弧蓬矢)[29]로 ᄉᆞ방의 오유(遨遊)ᄒᆞ여 츌댱입상(出將入相)ᄒᆞ여 치군요슌(致君堯舜)[30]홀지니, 엇지 괴로이 양ᄉᆡᆼ슈도(養生修道)[31]ᄒᆞ여 쵸목(草木)과 ᄀᆞᆺ치 셕으리오."

진쳐ᄉᆡ 현을 ᄭᅮ지져 왈,

"황구유ᄌᆞ(黃口幼子)[32] 무ᄉᆞᆷ 말을 ᄒᆞᄂᆞ뇨? 네 조뷔 대당(大唐) 명군(明君)이로

---

27)빅빅(倍百) : =백배(百倍). 백 곱절이라는 뜻으로, 비교할 수 없을 만큼 아주.

28)돈ᄋᆞ(豚兒) : '돼지새끼'라는 뜻으로, 자신의 아들을 남에게 낮추어 이르는 말.

29)상호봉시(桑弧蓬矢) : 남자가 큰 뜻을 세움을 이르는 말. 옛날 중국에서 남자가 태어나면, '뽕나무로 만든 활' [桑弧] 로 '쑥대로 만든 살' [蓬矢] 을 천지 사방에 쏘아, 큰 뜻을 이루기를 빌던 풍속에서 유래한다. ≒상호(桑弧)

30)치군요슌(致君堯舜) : 임금이 요(堯)·순(舜)과 같은 성군(聖君)이 되도록 충성을 다해 보필함.

31)양ᄉᆡᆼ슈도(養生修道) : 몸을 잘 다스려 오래 살기를 꾀하고 도를 닦아 세속의 번뇌에서 벗어남.

ᄃᆡ 네 부친이 텬ᄌᆞ의 위ᄅᆞᆯ 헌신 ᄀᆞᆺ치 바리니, 이ᄂᆞᆫ 난셰(亂世)의 ᄂᆞ기ᄅᆞᆯ 그릇ᄒᆞ고 엇지 망녕되이 부귀ᄅᆞᆯ 니르ᄂᆞᆫ다? 이 아ᄒᆡ 【10】 ᄅᆞᆯ 도덕지문(道德之門)의 두지 못ᄒᆞ리로다. 샐니 드러가라.”

현이 ᄂᆡᆼ쇼왈,

“월영즉휴(月盈則虧)33)ᄒᆞ고 비즉ᄐᆡ○[ᄅᆡ](否則泰來)34)ᄒᆞᄂᆞ니, 우리 당되(唐朝) 멧 ᄃᆡ(代)ᄅᆞᆯ 니엇ᄂᆞ뇨? 텬운(天運)이 슌환(循環)○○[ᄒᆞ고] 쥬류금난(主流禁亂)35)ᄒᆞ니 오ᄅᆡ지 아냐 졍(定)ᄒᆞᆯ지라. 쇼ᄌᆡ 엇지 쓰일 곳이 업ᄉᆞ리잇고? 당ᄉᆡᆼ불ᄉᆞ(長生不死)36)ᄒᆞ여 텬녹(天祿)37)이 즁ᄒᆞ기ᄂᆞᆫ 션ᄉᆡᆼ이 나으시고, 현양부모(顯揚父母)38)ᄒᆞ고 ᄌᆞ숀이 영효(榮孝)ᄒᆞ믄 쇼ᄌᆡ 션ᄉᆡᆼ도곤 나을가 ᄒᆞᄂᆞ이다.”

진쳐ᄉᆡ 놀나 반향(半餉)39)의 공ᄌᆞᄅᆞᆯ 나호여40) 안고 공다려 왈,

“이 ᄋᆞᄒᆡ 쇼견(所見)이 텬니(天理)의 합(合)ᄒᆞ니, ᄂᆡ 다려가 졔셰안 【11】 민(濟世安民)41)과 풍운뇌우(風雲雷雨)42)의 슐법(術法)을 ᄀᆞ르쳐 일위(一位) ᄀᆡ국(開國)ᄒᆞᆯ 보좌(輔佐)ᄅᆞᆯ ᄆᆡᆫ들고져 ᄒᆞ노라.”

위공이 상시(常時) 삼ᄋᆞ의 긔상이 산님쳐ᄉᆞ(山林處士)로 잇지 아닐 쥴 아더니, 진도람의 말을 깃거 현다려 무러 왈,

“네 션ᄉᆡᆼ의 ᄀᆞ르치믈 바드랴?”

현이 ᄃᆡ 왈,

“쇼ᄌᆞ의 원(願)이 션ᄉᆡᆼ의 니르ᄂᆞᆫ ᄇᆡ라. 일노 됴ᄎᆞ 션ᄉᆡᆼ 궤장(几杖)43)을 밧들니

---

32)황구유ᄌᆞ(黃口幼子) : ‘젖내 나는 어린아이’라는 말로, 나이 어린 사람을 낮잡아 이르는 말.

33)월영즉휴(月盈則虧) : 달도 차면 이즈러진다. 일중즉측(日中則昃) : 해도 중천에 오면 기울어진다.

34)비즉ᄐᆡᄅᆡ(否則泰來) : 언짢다가도 좋아진다. *태즉비래(泰則否來) : 좋다가도 언짢아진다.

35)쥬류금난(主流禁亂) : 큰 흐름은 작은 혼란을 용납하지 않는다.

36)당ᄉᆡᆼ불ᄉᆞ(長生不死) : 오래도록 살고 죽지 아니함.

37)텬녹(天祿) : 하늘이 주는 복록.

38)현양부모(顯揚父母) : 어버이를 세상에 높이 드러냄.

39)반향(半餉) : =반나절. 꽤 오랜 시간을 뜻함.

40)나호여다 : 나아오게 하다.

41)졔셰안민(濟世安民) : 세상을 구제하고 백성을 편안하게 함.

42)풍운뇌우(風雲雷雨) : 비, 바람, 구름, 우레. 또는 비, 바람, 구름, 우레 따위의 기상현상.

43)궤장(几杖) : 방석과 지팡이를 함께 이르는 말. *궤(几): 안석(案席). 벽에 세워 놓고 앉을 때 몸을 기대는 방석. 『역사』 늙어서 벼슬을 그만두는 대신이나 중신(重臣)에게 임금이 주던 물건. 앉아서 팔을 기대어 몸을 편하게 하는 것으로, 양편 끝은 조금 높고 가운데는 둥글게 우묵하고 모가 없으며, 구멍이 있어 제면(綈綿)을 잡아매었다

이다."

공이 깃거 션싱긔 냥ᄌᆞ(兩子)를 의탁ᄒᆞᄆᆡ, 션싱이 본ᄃᆡ 텬하의 ᄠᅳᆺ을 두어ᄂᆞᆫ지라. 삼공ᄌᆡ 보필ᄒᆞᆯ 그릇신 쥴 깃거 힘써 ᄀᆞᄅᆞ치니, 텬문 【12】 지리(天文地理)[44]와 뉵도병셔(六韜兵書)[45]를 닉여 묘(妙)ᄒᆞᆫ 곳을 ᄒᆡ혹(解惑)ᄒᆞ니, 공ᄌᆞᄂᆞᆫ 텬품이 신이(神異)ᄒᆞ여 ᄒᆞ나ᄒᆞᆯ ᄃᆞ러 ᄇᆡᆨ(百)을 통ᄒᆞ고, ᄒᆡ 쏘 ᄡᅴᄃᆞᆺᄂᆞᆫ 거시 ᄋᆞ[46]의게 지지 아니ᄒᆞ더라.

위공이 부인으로 더브러 냥ᄌᆞ의 스싱 어드믈 깃거ᄒᆞ나, 녀ᄋᆞ 규완이 년급십이(年及十二)[47]의 댱셩(長成)ᄒᆞ여시되 산즁이 벽원(僻遠)ᄒᆞ고 진ᄋᆡ(塵埃)[48] 분분(紛紛)ᄒᆞ니, 난셰(亂世)를 당ᄒᆞ여 녀ᄋᆞ의 ᄶᅡᆼ이 어려오ᄆᆡ 졍(正)히[49] 시름ᄒᆞ더니, 시ᄌᆡ(侍者) 명쳡(名帖)을 ᄃᆞ려 ᄀᆞᆯ오ᄃᆡ,

"조국공 부즁(府中)의셔 공ᄌᆡ 와 문 【13】 외(門外)의 ᄉᆞ후(伺候)[50]ᄒᆞᄂᆞ이다."

위공이 경희(驚喜)ᄒᆞ여 명쳡을 보니 종쳑(宗戚) 조빈이라 ᄒᆞ엿거ᄂᆞᆯ, 공이 ᄲᆞᆯ니 조싱을 부ᄅᆞ니, 이윽고 조싱이 아관박ᄃᆡ(峨冠博帶)[51]로 편편(翩翩)이[52] ᄃᆞ러와 녜(禮)를 파(罷)ᄒᆞᄆᆡ, 공이 눈을 ᄃᆞ러 조싱을 보니, 긔골이 웅위(雄偉)ᄒᆞ고 풍치 헌앙(軒昂)ᄒᆞ여[53] 흰 ᄂᆞᆺ과 놉흔 코히며 큰 귀와 져비턱[54]이 우쥬를 밧들 영걸이라.

공이 심즁의 긔이히 넉여 문왈,

"현질(賢姪)이 산야(山野) ᄉᆞ롬을 ᄎᆞᄌᆞ니 반가온 즁 놀나온지라. 경ᄉᆞ(京師)의 무ᄉᆞᆫ 일이 잇ᄂᆞ냐?"

---

44)텬문지리(天文地理) : 천문과 지리를 함께 이른 말. *천문(天文): 우주와 천체의 온갖 현상과 그에 내재된 법칙성. *지리(地理): 땅의 형세에 따라 얻는 이로움이나 편리함.
45)뉵도병셔(六韜兵書) : 중국 주(周)나라 태공망이 지은 병법서(兵法書). 무경칠서(武經七書)의 하나로 문도(文韜), 무도(武韜), 용도(龍韜), 호도(虎韜), 견도(犬韜), 표도(豹韜)의 6장으로 되어 있다. 6권 60편.
46)ᄋᆞ : 아우.
47)년급십이(年及十二) : 나이가 열두살에 다다름.
48)진ᄋᆡ(塵埃) : 티끌과 먼지를 통틀어 이르는 말. 세상 또는 세상의 속된 것을 비유적으로 이르는 말.
49)졍(正)히 : 진정으로 꼭. 마침.
50)사후(伺候) : 웃어른의 분부를 기다리는 일.≒대후(待候).
51)아관박대(峨冠博帶) : 높은 관과 넓은 띠라는 뜻으로, 사대부의 의관이나 차림을 가리킴.
52)편편(翩翩)이 : 나는듯이. *편편(翩翩)하다 : ①나는 모양이 가볍고 날쌔다. ②풍채가 멋스럽고 좋다
53)헌앙(軒昂)ᄒᆞ다 : ①풍채가 좋고 의기가 당당하다. ②너그럽고 인색하지 아니하다.
54)져비턱 : 제비턱. 밑이 두툼하고 널찍하게 생긴 턱. 또는 그런 턱을 가진 사람을 비유적으로 이르는 말.

조싱 왈, 【14】

"부뫼 노왕(潞王)[55]을 멸홀 쎡 난을 피ᄒᆞ여 산동(山東)의 뉴(留)ᄒᆞ엿더니, 슈년 젼 도라와 부친이 기셰(棄世)ᄒᆞ시고, 쇼ᄌᆡ ᄂᆞ히 어려 쎠ᄂᆞ지 못ᄒᆞ엿더니, 진쥐(晉主) 훙(薨)ᄒᆞ고 질ᄌᆞ(姪子) 걸안(契丹)[56]으로 혐극(嫌隙)이 잇ᄉᆞ니, 걸안이 즁국을 멸ᄒᆞ고 유지원(劉知遠)[57]이 님군이 되어시니, 슉ᄌᆞ(叔者)[58]의 집의 소ᄌᆡ(小子) 잇더니 《슉ᄌᆞ의‖슉ᄌᆡ》 난을 피ᄒᆞ여 섬셔(陝西)[59]의 왓ᄂᆞᆫ지라. 쇼ᄌᆡ 쏘ᄒᆞᆫ 니르럿더니, 모친이 소ᄌᆞ를 경계ᄒᆞ여, '슉부긔 ᄒᆞᆨ문을 ᄇᆡ호라' ᄒᆞ【15】시ᄆᆡ 쳔니(千里)를 왓ᄂᆞ이다."

공이 진(晉)[60]이 망ᄒᆞ믈 듯고 영명공쥐 쥭어 난셰의 참예치 아니믈 깃거 ᄒᆞ더라. 조싱 다려 부인긔 뵈라ᄒᆞ고 부인다려 왈,

"이 ᄋᆞ히ᄂᆞᆫ 표질ᄋᆞ(表姪兒)[61]니 난을 피ᄒᆞ여 뉴락(流落)다가 왓다"

ᄒᆞ니, 부인이 쥬찬(酒饌)을 ᄀᆞᆺ초와 빈쥐(賓主) 즐길식, 조싱이 뎐각(殿閣)의 굉녀(宏麗)홈과 부인의 셩ᄌᆞ미질(聖姿美質)을 ᄎᆞ탄ᄒᆞ며 몸이 요지(瑤池)[62]의 오른

---

55)노왕(潞王) : 후당(後唐) 제4대 황제 이종가(李從珂, 885-937). 후당의 마지막 황제로 명종 이사원의 양자였고, 명종의 친아들인 민제 이종후를 축출한 후 제위를 차지하였으나, 그 자신도 후진(後晉) 고조 석경당(石敬瑭)에게 축출당했다. 본명은 왕종가(王從珂). 재위기간 934-937. 노왕은 이종가가 황제에 오르기 전 작위다.

56)걸안(契丹) : 거란(契丹). 『역사』 5세기 중엽부터 내몽골의 시라무렌강(Shira Müren江) 유역에 나타나 살던 유목 민족. 몽골계와 퉁구스계의 혼혈종으로, 10세기 초 야율아보기가 여러 부족을 통일하여 요나라를 건국한 후 발해를 멸망시키고 고려에도 세 차례나 쳐들어왔으나, 12세기 초 금나라의 성장으로 말미암아 세력이 약화되어 다시 부족 상태로 분열하였다.

57)유지원(劉知遠) : 후한 고조(後漢高祖). 재위 947-948. 후당 명종(明宗)의 신하였으나, 후당이 멸망한 후, 후진(後晉) 황제 석경당(石敬瑭)의 신하가 되어. 후진 건국에 공을세워 군부의 요직을 역임했다. 947년 개봉(開封)에서 스스로 즉위 하여 후한(後漢)을 건국하였고, 다음해인 948년 연호를 건우(乾祐)로 개원을 하였고 이 해에 사망하였다.

58)슉ᄌᆞ(叔者) : 아저씨. 부모와 같은 항렬에 있는, 아버지의 친형제를 제외한 남자를 이르는 말.

59)섬셔(陝西) : 섬서성(陝西省). 『지명』 중국 중서부에 있는 성. 예로부터 관개 농업이 발달하여 쌀, 밀, 목화, 차 따위의 농산물이 많이 난다. 석탄과 석유가 풍부하게 매장되어 있으며 제철, 기계, 방직 공업이 발달하였다. 북부의 옌안(延安)은 중국 공산 혁명의 발상지이다. 성도(省都)는 시안(西安), 면적은 19만 6000㎢.

60)진(晉) : =후진(後晉). 『역사』 중국 오대(五代) 가운데 936년에 석경당(石敬瑭)이 후당(後唐)을 멸하고 중원(中原)에 세운 나라. 수도는 변경(汴京)이며 946년에 요나라에 망하였다.

61)표질ᄋᆞ(表姪兒) : =표질(表姪). 외사촌 형제들의 자녀.

62)요지(瑤池) : :중국 곤륜산에 있다는 못. 신선이 살았다고 하며, 주나라 목왕이 서왕모를 만났다는 이야기로 유명하다.

듯ᄒᆞ더라.

공이 ᄉᆡᆼ을 셔헌(書軒)의 하쳐(下處)63)ᄒᆞ고 셔동(書童)○○[으로] 문방(文房)64)을 ᄀᆞ초와 보ᄂᆡ니, 조ᄉᆡᆼ이 평안이 쉬며 산즁 경치와 공의 【16】 부귀ᄅᆞᆯ 긔특이 넉이더라.

위공이 조ᄉᆡᆼ의 긔상이 비범ᄒᆞ믈 보고 반ᄃᆞ시 큰 댱ᄌᆡ(長者) 될 쥴 지긔ᄒᆞ더라.

평명의 진도람을 가 보니, 션ᄉᆡᆼ이 현으로 더브러 풍경을 보다가 위공을 보고 문왈,

"형이 쳥(請)치 아나 오뇨?"

위공이 소왈(笑曰),

"오ᄋᆞ(吾兒) 냥인(兩人)이 션ᄉᆡᆼ긔 이시ᄆᆡ 질ᄋᆞ(姪兒) 하나흘 엇지 용납지 못ᄒᆞ리오. ᄂᆡ 이졔 간셰(間世)65)ᄒᆞᆫ 영ᄌᆞ(英子)ᄅᆞᆯ 어드니 반ᄃᆞ시 한신(韓信)66) ᄑᆡᆼ월(彭越)67)의 뉴(類)라. 형과 상의ᄒᆞ여 ᄀᆞᆯ으쳐 일위 명댱(名將)을 ᄆᆡᆫ들고ᄌᆞ ᄒᆞ노라."

션ᄉᆡᆼ이 우어68) 왈,

"형의 【17】 쳔거ᄒᆞᄂᆞᆫ ᄉᆞᄅᆞᆷ이 쇽ᄌᆞ(俗子)ᄂᆞᆫ 아니려니와 귀곡ᄌᆡ(鬼谷子)69) 방연(龐涓)70)을 ᄀᆞᄅᆞ치믈 ᄂᆡ 괴이히 넉이ᄂᆞ니, 아지못게라! 그 ᄒᆡᆼᄉᆡᆨ(行色)이 엇더ᄒᆞ뇨?"

공이 소왈,

---

63)하쳐(下處) : ≒사처. 손님이 길을 가다가 묵음. 또는 묵고 있는 그 집. *하쳐하다 : 묵다. 또는 묵게 하다.

64)문방(文房) : 문방구(文房具). 종이·붓·벼루 등의 글씨를 쓰는데 필요한 물품들을 통틀어 이르는 말.

65)간셰(間世) : 여러 세대를 통하여 드물게 남.

66)한신(韓信) : ? – BC196. 중국 한(漢)나라 때의 무장(武將). 한 고조를 도와 조(趙)·위(魏)·연(燕)·제(齊)나라를 멸망시키고 항우를 공격하여 큰 공을 세웠다.

67)팽월(彭越) : 중국 한(漢)나라 고조(高祖) 때의 무장(武將). 원래 항우(項羽)를 섬기다가 한나라에 귀순하여 큰 공을 세우고 양왕(梁王)에 봉해졌는데, 같은 개국 공신인 한신(韓信)의 죽음을 보고 두려워한 나머지 병력을 동원하여 자신을 보호하다가 모반죄로 몰려 폐서인(廢庶人)되었고, 결국에는 낙양(洛陽)에서 참형(斬刑)을 당하였다. 《史記 卷90 彭越列傳》

68)우어 : 웃으며. *우으다 : 웃다. 우습다.

69)귀곡자(鬼谷子) : 중국 전국 시대 초나라의 종횡가(縱橫家). 은신하던 지방인 귀곡(鬼谷)를 따서 호로 삼았으며, 도술에 능통하여 따르는 제자가 많았고, ≪鬼谷子≫ 3권을 지었다고 한다.

70)방연(龐涓) : 중국 전국시대 위(魏)나라 장수(將帥). 병법가(兵法家). 제(齊)나라 손빈(孫臏)과 함께 귀곡자(鬼谷子)에게 병법을 공부한 후, 위나라 장수가 되었다. 손빈을 시기하여 위나라로 부른 뒤 첩자로 누명을 씌워 무릎 뼈를 도려내는 형벌을 가했다. 그러나 뒤에 마릉(馬陵) 전투에서 손빈에게 패해 자결하였다.

"긔품이 비록 호탕ᄒᆞ나 심졍은 어지더라. 명일 져를 보ᄂᆡ리니 잘 ᄀᆞ르치라."

션싱이 깃거 허락ᄒᆞ니, 공이 슈일 머므러 집의 도라와 싀문(柴門)[71]의 님ᄒᆞᄆᆡ 경·희 이ᄌᆞ(二子) 조빈(曺彬)[72]으로 더브러 ᄂᆞ와 맛거ᄂᆞᆯ, 공이 조빈다려 왈,

"표질(表姪)이 ᄂᆞ의 ᄀᆞᆺ던 곳을 아ᄂᆞ냐?"

조싱 왈,

"슉뷔(叔父) ᄉᆞ시(四時)로 풍경을 ᄎᆞᄌᆞ시니 쇼ᄌᆡ ᄀᆞᆺ 와 ᄯᆞᆯ와 【18】 뫼셔 구경치 못ᄒᆞᆷ을 한ᄒᆞᄂᆞ이다."

공이 소왈,

"네 듯지 못ᄒᆞ엿ᄂᆞ냐? 텬히유도즉여물기창(天下有道則與物皆昌)[73]ᄒᆞ고 무도(無道) 즉 ᄇᆡᆨ운(白雲)[74]의 올나 뎨향(帝鄕)[75]의 놀니니, ᄂᆞᄂᆞᆫ 송리ᄇᆡᆨ운(松裏白雲)[76]ᄒᆞᄂᆞᆫ 뉴(類)요, 너ᄂᆞᆫ 졍(正)히 만물(萬物)을 기창(皆昌)ᄒᆞᄂᆞᆫ 《지라∥뉴(類)라》. 쇽졀업시 풍월(風月)을 읇퍼 쥬어리미[77] 무익(無益)ᄒᆞ니, 쳐ᄉᆞ(處士)의 문인(門人)이 되어 늙으리오. ᄂᆡ 오날 네 스싱을 어드니 황셕공(黃石公)[78] 젹송ᄌᆞ(赤松子)[79]의 비길 거시오. 츈츄지시(春秋之時)[80]를 의논ᄒᆞᆫ 즉 귀곡ᄌᆞ(鬼谷子)의 뉴(類)라. 네 가셔 ᄒᆞᆨ문을 ᄇᆡ호라."

조빈이 ᄃᆡ열(大悅) 왈, 【19】

---

71)싀문(柴門) : 사립문. 나뭇가지를 엮어서 만든 문짝을 달아서 만든 문. ≒사립짝문.

72)조빈(曺彬) : 후주(後周)·송초(宋初)의 무장(武將)·정치가. 송나라 때 태사(太師)를 지냈고 노국공(魯國公)에 봉해졌다. 시호(謚號)는 무혜(武惠), 제양군왕(濟陽郡王)에 추봉(追封)되었다.

73)텬히유도즉여물기창(天下有道則與物皆昌) : '성인은 천하에 도가 베풀어지고 있으면 만물과 함께 번성한다'는 말로 《장자》 〈천지(天地)〉 편에 나온다. 즉, "夫聖人… 天下有道 則與物皆昌 天下無道, 則修德就閒 : 성인은 천하에 도가 베풀어지고 있으면 만물과 함께 번성하고, 천하에 도가 베풀어지고 있지 않으면 자기 본래의 덕을 닦으며 고요한 삶을 사는 것이다."라고 한 말을 인용한 표현이다.

74)ᄇᆡᆨ운(白雲) : '색깔이 흰 구름'이란 뜻으로, 속세를 떠나 부나 명예와 같은 현실적인 이익을 추구하는 마음으로부터 벗어난 탈속적 삶을 비유적으로 이르는 말.

75)뎨향(帝鄕) : ①하느님이 있는 곳. ②황제가 있는 나라의 서울. =황성. ③제왕(帝王)이 난 곳.

76)송리ᄇᆡᆨ운(松裏白雲) : '소나무 사이와 흰 구름 속의 세계'라는 뜻으로 '탈속적 세계'를 비유적으로 이른 말.

77)쥬어리다 : 주절거리다. 낮은 목소리로 혼잣말을 계속하다.

78)황셕공(黃石公) : 무경(武經) '육도삼략(六韜三略)을 장자방(張子房)에게 전수한 것으로 전하는 병가(兵家) 인물이며, 도가 사상가이기도 하다.

79)적송자(赤松子) : 신농씨 때 비를 다스려다는 신선의 이름.

80)츈츄지시(春秋之時) : 춘추시대(春秋時代). 중국 주나라가 동쪽으로 도읍을 옮긴 기원전 770년부터 기원전 403년까지 약 360년간의 전란 시대. 공자가 역사책인 ≪춘추≫에서 이 시대의 일을 서술한 데서 붙여진 이름이다.

"쇽뷔 지교(指敎)ᄒᆞ시니 쇼ᄌᆞ 진심치 아니리잇고 마ᄂᆞᆫ, 쇼ᄌᆞ ᄌᆡ죄 용녈(庸劣)ᄒᆞ여 스싱을 욕먹일가 두리ᄂᆞ이다."

공 왈,

"션싱은 진도람이니 ᄂᆡ 냥ᄋᆡ 뎨ᄌᆞ 되여 ᄒᆞᆨ습ᄒᆞᄂᆞ니라."

이에 희로 ᄒᆞ여금 조빈을 다려와 산으로 보ᄂᆡ니, 냥인이 화산의 니르니, 조빈이 경치를 보미 산형이 옥을 ᄵᆞᆨ근 듯ᄒᆞ고, 은은ᄒᆞᆫ 폭푀 쳔쳑(千尺) 깁을 드리온 듯, 물 흐르ᄂᆞᆫ 소ᄅᆡ 낭낭ᄒᆞ니, 상영(湘靈)[81]이 구술 ᄀᆞ약고[82]를 타ᄂᆞᆫ 듯, 《숑회‖숑뢰(松籟)[83]》 창창(瑲瑲)ᄒᆞ고[84] 숑쥭(松竹)이 밀밀(密密)ᄒᆞ니 진실노 보 【20】 지 못ᄒᆞ던 션계(仙界)라.

시ᄂᆡ가의 슈간(數間) 셕실(石室)이 잇ᄂᆞᆫᄃᆡ, ᄉᆞ립[85] 밧긔 쳥의(青衣) 도동(道童)이 냥싱의 오믈 보고 쳐ᄉᆞ긔 고ᄒᆞ니, 쳐ᄉᆡ 현다려 부르라 ᄒᆞ니, 현이 ᄂᆞ와 형과 빈을 볼ᄉᆡ, 빈이 평싱 안공(眼孔)이 태과(太過)터니, 위공ᄌᆞ 냥인을 보고 긔ᄃᆡ ᄒᆞ나 위공ᄌᆞ 형뎨ᄂᆞᆫ 《녹약‖녹야(綠野)[86]》 가온ᄃᆡ ᄉᆞ롬이라. 조빈과 위인이 ᄀᆞᆺ지 아니ᄒᆞ여 각각 서로 회포를 니르지 아냣더니, 현이 오륙세 소동(小童)이나 긔상이 창낙(暢樂)[87] 헌앙(軒昻)[88]ᄒᆞ여 영걸이라.

빈이 심즁의 놀나 희다려 문 왈, 【21】

"ᄎᆞᄋᆡ 녕졔(令弟)다?"

희 왈,

"연(然)ᄒᆞ다."

냥인이 셔당의 니르니, 쳐ᄉᆡ 갈건포의(葛巾布衣)[89]로 셔안(書案)의 비겻다가

---

81) 상영(湘靈) : 상령은 순(舜) 임금의 두 비(妃)인 아황(娥皇)과 여영(女英)의 신령(神靈)을 말한다. 《초사(楚辭)》 〈원유(遠遊)〉에 "상령으로 하여금 가야금을 탄주하게 함이여. [使湘靈鼓瑟兮]"라는 표현이 나온다. 아황(娥皇)과 여영(女英)은 요(堯)임금의 두 딸로, 함께 순임금에게 시집가 서로 투기하지 않고 화목하게 잘 살았으며, 순임금이 소상강(瀟湘江) 강변의 창오(蒼梧)에서 죽자 함께 소상강까지 찾아가 슬피 울다가 강물에 빠져 죽었다. 소상강(瀟湘江) 일대에는 소상반죽(瀟湘斑竹)이란 자줏빛 반점이 있는 대가 자라는데, 전설에 의하면 순(舜) 임금의 두 비(妃)인 아황과 여영이 흘린 눈물이 묻어서 생긴 것이라 한다

82) ᄀᆞ약고 : 가야금(伽倻琴). 『음악』 우리나라 고유 현악기의 하나. 오동나무로 된 긴 공명판 위에 열두 줄의 명주 줄을 매고 손가락으로 뜯어 소리를 낸다. 가실왕이 처음 만든 것으로 알려져 있다.

83) 숑뢰(松籟) : 솔숲 사이를 스쳐 부는 바람.=송풍.

84) 창창(瑲瑲)ᄒᆞ다 : 옥이나 악기가 울리는 것처럼 소리가 맑고 또랑또랑하다.

85) ᄉᆞ립 : 사립짝을 달아서 만든 문. =사립문. *사립짝 : 나뭇가지를 엮어서 만든 문짝.

86) 녹야(綠野) : 푸른 들판.

87) 창낙(暢樂)ᄒᆞ다 : 마음이 온화하고 맑아 즐겁다.

88) 헌앙(軒昻)ᄒᆞ다 : ①풍채가 좋고 의기가 당당하다. ②너그럽고 인색하지 아니하다.

눈을 드러 빈을 보ᄆᆡ 깃거 ᄉᆞ뎨(師弟)의 녜로 마즐ᄉᆡ, 빈다려 무러 왈,

"네 위공의 명으로 ᄂᆡ게 오니 아지못게라![90] 셩현셔(聖賢書)를 닑어 ᄐᆡᄇᆡᆨ(太伯)[91] ᄒᆞᆨᄉᆞ쳐로 ᄒᆞ고ᄌᆞ ᄒᆞᄂᆞ냐? 운쥬유악(運籌帷幄)[92]ᄒᆞ여 결승쳔니(決勝千里)[93]ᄒᆞ고ᄌᆞ ᄒᆞᄂᆞ냐? 마상영웅(馬上英雄)[94]으로 삼진(三陣)을 돗마[95] 듯ᄒᆞ고ᄌᆞ ᄒᆞᄂᆞ냐?"

조빈이 념슬(斂膝) 정ᄉᆡᆨ 왈,

"쇼ᄌᆡ 시년(時年)이 십뉵세나 풍진난셰(風塵亂世)의 골몰ᄒᆞ여 엄친이 아니 계시고 스싱이 업【22】ᄉᆞ니 ᄒᆞᆨ문이 쇼여(疎如)ᄒᆞᆯ 분 아니라. 니ᄒᆞᆨᄉᆡ(李學士)[96] 불과 운몽(雲夢)[97]의 가음연[98] ᄌᆡ됴로 글을 됴화ᄒᆞᄂᆞᆫ 님군을 맛나, 일ᄃᆡ(一代) 문당을 쳔ᄌᆞ(擅恣)ᄒᆞ나, 공명(功名)은 한님ᄒᆞᆨᄉᆞ로 슉소(宿所)ᄂᆞᆫ 금난뎐(金鑾殿)[99] 입번(入番) ᄲᅮᆫ이라. 붓ᄉᆞ로 셕 ᄌᆞ ᄯᆞ흘 못어든지라. 쇼ᄌᆡ 원이 아니오, 공명(孔明)[100]이 님군의 스싱이 되여 ᄂᆞ라흘 열고 ᄯᆞ흘 널니나, 혹 젹숑ᄌᆞ(赤松子)ᄅᆞᆯ ᄎᆞᄎᆞ며 혹 피ᄅᆞᆯ 토ᄒᆞ고 쥭으니, 이ᄂᆞᆫ 쇼ᄌᆞ ᄀᆞᆺᄒᆞ니 밋지 못ᄒᆞᆯ ᄇᆡ라. 그도 원치 아니며, 오직 황금시셕(黃金矢石)[101] ᄉᆞ이 ᄇᆡᆨ만군졸(百萬軍卒)을 거ᄂᆞ려 【23】

---

89)갈건포의(葛巾布衣) : =갈건야복(葛巾野服). 갈건과 베옷이라는 뜻으로, 은사(隱士)나 처사(處士)의 거칠고 소박한 옷차림을 이르는 말.

90)아지못게라! : '모르겠도다!' '모를 일이로다! '알지못하겠도다!' 등의 감탄의 뜻을 갖는 독립어로 작품 속에서 관용적으로 쓰이고 있다.

91)이ᄐᆡᄇᆡᆨ(李太白) : 이백(李白) 701~762. 중국 성당기(盛唐期)의 시인으로, 자는 태백(太白)이며 호는 청련거사(靑蓮居士). 두보(杜甫)와 함께 '이두(李杜)'로 병칭되며, 중국 최고의 시인으로, '시선(詩仙)'으로 일컬어진다.

92)운쥬유악(運籌帷幄) : 장막(帳幕) 안에서 주판을 놓듯이 이리저리 궁리하고 계획함.

93)결승천리(決勝千里) : 교묘한 꾀를 써서 먼 곳에서 일어나는 싸움의 승리를 결정함.

94)마상영웅(馬上英雄) : '말을 탄 영웅'이란 뜻으로 전장에서 군대를 진두지휘하며 적군과 싸우는 장수를 이르는 말.

95)돗마다 : '돗+마다'의 합성어. 돗자리를 말다. 석권(席卷)하다. 빠른 기세로 영토를 휩쓸거나 세력 범위를 넓히다. *돗: 돗자리. *마다: 말다.

96)니학사(李學士) : 이백(李白)을 말함.

97)운몽(雲夢) : 초(楚)나라의 칠택(七澤)의 하나로 사방 9백리나 되는 큰 호수. 『사기史記』의 저자인 사마천(司馬遷)은 젊은 시절에 많은 곳을 여행하였는데, 특히 원수(沅水)·상수(湘水)를 따라 선상여행을 하면서 운몽 호수 주위의 순(舜)임금의 묘(廟)와 이비묘(二妃廟) 등 많은 사적지(史蹟址)를 답사하여 글을 썼는데, 여기에서 '운몽'은 비유적인 표현으로, 사마천이 운몽 호수 근처의 사적들을 답사한 경험을 한껏 살려 명문을 쓴다는 의미.

98)가음열다 : 부유(富裕)하다.

99)금난뎐(金鑾殿) : 당대(唐代)의 궁전 이름.으로, 천자가 조회를 받는 정전(正殿).

100)공명(孔明) : =제갈공명(諸葛孔明). 중국 삼국 시대 촉한의 정치가 제갈량(諸葛亮; 181-234). 자(字)는 공명(孔明). 시호는 충무(忠武). 뛰어난 군사 전략가로, 유비를 도와 촉한(蜀漢)을 세웠다.

말을 달녀 치빙(馳騁)ᄒᆞ며 창을 드러 종횡(縱橫)ᄒᆞ여 군신(君臣)이 탕화(湯火) ᄀᆞ온ᄃᆡ ᄉᆡᆼ녕(生靈)을 건지며, ᄉᆡ로온 덕과 빗난 덕으로 화이(華夷)를 진복(鎭服) ᄒᆞ미 소ᄌᆞ의 원(願)이로ᄃᆡ, 회음후(淮陰侯)[102]의 권세를 합ᄒᆞ여 미앙궁화(未央宮禍)[103]를 바드니, 쇼ᄌᆡ 결연(決然)이 효측(效則)지 아닐가 ᄒᆞ나이다."

희와 현은 져두(低頭) 함소(含笑)ᄒᆞ고 션ᄉᆡᆼ이 잠소(暫笑) 왈,

"네 말을 드르니 ᄂᆡ의 혜아림과 ᄀᆞᆺ도다. 삼가 ᄇᆡ호고 져바리지 말나."

ᄉᆡᆼ이 ᄇᆡᄉᆞᄒᆞ더라.

션ᄉᆡᆼ의[이] 희로써 셩현셔(聖賢書)를 힘쓰게 ᄒᆞ고 현은 글을 가르친 【24】 후, 텬문지리(天文地理)와 진법(陣法)을 ᄀᆞ르치니, 조빈은 텬문지리와 뉵도삼냑(六韜三略)[104]을 ᄀᆞ르치ᄆᆡ, 삼ᄉᆡᆼ(三生)이 되(道) ᄀᆞᆺ지 아니나, 현이 조ᄉᆡᆼ으로 더브러 졍이 ᄌᆞ별(自別)ᄒᆞ고 셔로 친ᄋᆡ(親愛)ᄒᆞ더라.

이러틋 일년이 되ᄆᆡ 삼인의 ᄌᆡ뫼 크게 이니, 일일은 조ᄉᆡᆼ을 다리고 뫼 ᄋᆞᄅᆡ ᄂᆞ려 돌노 진을 치고, 미진(未盡)ᄒᆞᆫ 곳의 지휘ᄒᆞ더니, ᄉᆡᆼ다려 왈,

"너희 여력(膂力)[105]이 과인(過人)ᄒᆞ나, 말을 달니고 칼흘 써 ᄂᆡᆨ이지 아니ᄒᆞ니 엇지 대댱(大將)이 되리오. 집의 쥰마(駿馬) 일필(一匹)과 창검(槍劍)을 ᄀᆞᆺ다가 예셔 【25】 ᄂᆡᆨ이라."

빈이 슈명ᄒᆞ고 위부로 올ᄉᆡ, ᄶᅴ의 위공이 유산(遊山)ᄒᆞ라 ᄂᆞ가고, 경은 벗 보라 나ᄀᆞᆺ더라. ᄉᆡᆼ이 위공 부ᄌᆡ 업ᄉᆞ니 외당의셔 머무더니, 일긔(日氣) 쵸츄(初秋)라. 심히 더우니, 옷슬 벗고 붓치질 ᄒᆞ다가 쇼동다려 무러 왈,

"ᄂᆡ 못가의 가 목욕ᄒᆞ고ᄌᆞ ᄒᆞᄂᆞ니 어느 못시 맑으뇨?"

동ᄌᆡ 왈,

"상공이 오시며 화산의 가시기를 ᄒᆞ시ᄆᆡ 이 집 형(形)을 알니오. 집 쥬회(周回) 뫼흘 등져 이십 니의 버러시니, ᄂᆡ각(內閣) 뒤히 화원의 물이 깁허 큰 ᄇᆡ를 ᄯᅴ 【26】 오고, 그 물 너뷔 십니를 가고, 그 쇽의 연홰(蓮花) 무밀(茂密)ᄒᆞ니 물이 엇지 더우리오."

조ᄉᆡᆼ 왈,

---

101)황금시석(黃金矢石) : 황금 투구와 갑옷 차림의 장수들과 화살과 돌이 어지럽게 날고 구르는 전장.

102)회음후(淮陰侯) : 중국 한(漢)나라 개국공신 한신(韓信)의 작위(爵位).

103)미앙궁화(未央宮禍) : 중국 한(漢)나라 개국공신 회음후 한신이 여태후(呂太后)·소하(蕭何) 등의 계략에 빠져 입궐하였다가 붙잡혀 미앙궁(未央宮)에서 참살(斬殺)당한 일을 말함. 이 때 자신의 처지를 토사구팽(兎死狗烹)에 비유한 명언을 남기기도 했다.

104)뉵도삼냑(六韜三略) : 중국의 오래된 병서(兵書). ≪육도(六韜)≫와 ≪삼략≫을 아울러 이르는 말.

105)여력(膂力) : 육체적으로 억누르는 힘. 근육의 힘.

"닉 슉모긔 현알(見謁)치 못ᄒᆞ여시니, 닉각(內閣) 뒤흘 엇지 가리오. 원문(園門)으로 인도ᄒᆞ라."

쇼동 왈,

"이 집은 노야(老爺)와 부인 한유(閒遊)ᄒᆞ시는 집이라. 쇼복이 거일 진션싱을 뫼셔 드러가 구경ᄒᆞ여실 ᄲᅮᆫ이라, 동산이 닉근(內近)ᄒᆞ기로 직흰 원공(園工)도 거긔 감히 잇지 못ᄒᆞ여 장외(牆外)의셔 살며, 잇다감 노야의 명으로 드러가 슈소(修掃)ᄒᆞ거든 쇼동이 엇지 드러가리오."

싱이 노【27】왈(怒曰),

"나는 노야의 질ᄌᆞ(姪子)라. 네 날을 인도치 아니면 노야긔 알외여 너를 치리라."

쇼동이 두려 싱을 다리고 층층(層層)ᄒᆞᆫ 계(階)를 지ᄂᆞ며 즁즁(重重)ᄒᆞᆫ 화계(花階)를 도라, 손으로 ᄒᆞᆫ 장원(莊園)을 ᄀᆞᄅᆞ쳐,

"이 문 밧기 외화원(外花園)이라. 상공이 비록 이의 오시나 문이 잠겨시니 엇지 ᄒᆞ리오."

싱 왈,

"너는 셔당을 직희라. 나는 목욕ᄒᆞ고 가리라."

동ᄌᆡ 가거늘 조싱이 잠은 문골희를 ᄲᅢ혀 드러가며 눈을 드러 보니, 만쥬양뉴(萬株楊柳)106) 슈풀을 일웟고, 누각(樓閣)이 참【28】치(參差)ᄒᆞᆫᄃᆡ 여러 녀ᄌᆞ의 언쇼(言笑) 들니며, 향풍(香風)이 품기니, 싱이 빈 동산으로 아라 의긔 호방(豪放)타가 ᄉᆞ름 잇시믈 알고 진퇴냥난(進退兩難)ᄒᆞ니, ᄀᆞ마니 ᄭᅮ지져 왈,

"츅싱(畜生)이 날을 속엿다."

ᄒᆞ고, 몸을 버들의 감쵸고 보니, 너른 못 가온ᄃᆡ ᄎᆡ각(彩閣)이 연화(蓮花) 속의 소슷고, 아ᄅᆡ 뎍은 ᄇᆡ를 ᄆᆡ엿는ᄃᆡ 아릿ᄯᆞ온 녀ᄌᆞ들이 못 속의 드러 ᄭᅩᆺ출 ᄯᆞ며 마롬을 ᄯᆞ니, 쇼셩(笑聲)이 낭연(朗然)ᄒᆞ며, 비단 옷시 ᄭᅩᆺ빗치 바ᄋᆡ니107) ᄉᆞ름의 ᄉᆡᆨ틱(色態) 눈의 쏘이더라.

위공 부인이 쇼년【29】녀ᄌᆞ 슈인을 다리고 ᄎᆡ련(採蓮)ᄒᆞ는 냥(樣)을 보니, 그 즁 ᄒᆞᆫ 쳐녜 이시니 침어낙안지용(沈魚落雁之容)108)과 폐월슈화지틱(閉月羞花之態)109)라. 깁옷ᄉᆞ로 가는 허리를 단장(丹粧)ᄒᆞ엿고 지분(脂粉)은 부용(芙蓉) ᄂᆞᆺ

---

106)만쥬양뉴(萬株楊柳) : '만 그루나 되는 버드나무'라는 말로, '헤아릴 수 없을 만큼 많은 버드나무'를 표현한 말.

107)바ᄋᆡ다 : ≒밤븨다. 빛나다. (눈이) 부시다.

108)침어낙안지용(沈魚落雁之容) : 미인을 보고 물 위에서 놀던 물고기가 부끄러워서 물속 깊이 숨고 하늘 높이 날던 기러기가 부끄러워서 땅으로 떨어질 만큼, 아름다운 여인의 용모를 비유적으로 이르는 말. ≪장자≫ <제물론(齊物論)>에 나온다.

출 빗닉여시며, 텬궁(天宮)의 직네(織女)110) 아니면 요지(瑤池)111)의 션네 하강(下降)ᄒᆞ엿더라.

ᄉᆡᆼ이 크게 놀나 ᄉᆡᆼ각ᄒᆞ되,

“오릐 집이 아니로ᄃᆡ ᄭᅩᆺ출 잠가 ᄉᆞᄆᆡ(邪魅)112) 되엇ᄂᆞᆫ가. ᄉᆔᆨ모 겻희 안ᄌᆞᆫ 녀ᄌᆞᄂᆞᆫ ᄉᆞᄅᆞᆷ이 아니로다.”

ᄉᆞᆷ을 길게 쉬고 보기를 다시금 ᄒᆞ더니, 못가 ᄎᆡ누(彩樓) 우희 듕년(中年) 궁네 웨여 【30】 왈,

“날이 느져시니 부인 쇼져ᄂᆞᆫ 졈심을 ᄂᆞ오쇼셔.”

부인이 시녀로 ᄇᆡ를 난간 아ᄅᆡ 다히라 ᄒᆞ니, 녹의홍상(綠衣紅裳)○[의] 시녀 ᄎᆡ션(彩船)을 다히고 부인을 븟드러 올니ᄂᆞᆫ지라.

조ᄉᆡᆼ이 셔셔 보다가 ᄇᆡ 졈졈 물가의 다ᄃᆞ르며 부인 쇼졔 ᄇᆡ의 ᄂᆞ려 진쥬(珍珠)신을 ᄭᅳ을고 옥계(玉階)의 오르니, 그 쇼졔 ᄀᆞᄀᆞ이 오ᄆᆡ ᄭᅩᆺ ᄀᆞᄐᆞᆫ 광ᄎᆡ풍용(光彩風容)이 더옥 승(勝)ᄒᆞ더라.

오ᄂᆞᆫ 길희 ᄉᆡᆼ의 알플 지ᄂᆞᄂᆞᆫ지라. 의복이 녹양(綠楊) ᄉᆞ이로 빗최니, 부인이 몬져 볼가 담을 크게 ᄒᆞ고 【31】 부인긔 ᄂᆞᄋᆞ가 절ᄒᆞ니, 부인이 놀ᄂᆞ 왈,

“조랑이 엇지 이의 왓ᄂᆞ뇨?”

ᄉᆡᆼ이 ᄯᅩᄒᆞᆫ 풍·범 냥쇼져로 녜를 맛고 ᄃᆡ 왈,

“쇼질이 션ᄉᆡᆼ의 명으로 오오니 ᄉᆔᆨ부와 형이 아니 계시니, 더운ᄃᆡ 길흘 오ᄆᆡ 몸이 곤ᄒᆞ여 목욕ᄒᆞ여 더위를 씨사려 오옵다가 ᄉᆔᆨ모긔 녜를 일쾌이다.”

부인이 보니 녀ᄋᆡ 가산(假山)113) 겻히 칠보션(七寶扇)114)으로 옥안(玉顔)을 ᄀᆞ리고 도라 셧ᄂᆞᆫ지라. 우으며 불너 ᄀᆞᆯ오ᄃᆡ,

“녀ᄋᆞᄂᆞᆫ 븟그려 말고 이리와 형을 보라”

ᄒᆞ고 ᄉᆡᆼ으로 【32】 더브러 누의 올나가ᄆᆡ, 두 ᄌᆞ부ᄂᆞᆫ ᄯᆞ라오ᄃᆡ 쇼져ᄂᆞᆫ 누하(樓下) 쇼실노 드러가니, 부인 왈,

“이ᄂᆞᆫ 녀ᄋᆞ 규완이라. 연이 십오로ᄃᆡ 산즁이 벽원(僻遠)ᄒᆞ여 ᄉᆞᄅᆞᆷ이 오ᄂᆞ니 업ᄉᆞ니 향암(鄕闇)115)되기 심ᄒᆞᆫ지라. 현질은 웃지 말나.”

---

109)폐월슈화지ᄐᆡ(閉月羞花之態) : 꽃도 부끄러워하고 달도 숨을 만큼 여인의 얼굴과 맵시가 매우 아름답다는 것을 비유적으로 이르는 말.

110)직녀(織女) : 견우직녀 설화에 나오는 여자 주인공.

111)요지(瑤池); 중국 곤륜산에 있다는 못. 신선이 살았다고 하며, 주나라 목왕이 서왕모를 만났다는 이야기로 유명하다.

112)ᄉᆞᄆᆡ(邪魅) : 요사스러운 귀신.=사귀.

113)가산(假山) : ≒석가산(石假山). 정원 따위에 돌을 모아 쌓아서 조그마하게 만든 산.

114)칠보션(七寶扇) : 칠보(七寶)로 화려하게 꾸민 부채. *칠보(七寶); 일곱 가지 주요 보배. 대체로 금・은・유리・파리・마노・거거・산호를 말한다

이에 시녀로 쥬반을 ᄂᆞ와 빈쥐 ᄉᆞ오슌ᄇᆡ(四五巡杯) 지ᄂᆞᄆᆡ, 조ᄉᆡᆼ이 쥬긔 ᄂᆞᆺ 우희 올나 부인긔 품 왈,

"쇼ᄉᆡᆼ이 우연이 목욕감고ᄌᆞ ᄒᆞ여 원즁이 뷔온 가 아랏습다가 슉모를 뫼셔 슐을 취ᄒᆞ오니 황감ᄒᆞ여이 【33】 다. 쇼제(小姐) 좌(坐)의 드지 아니시고 쇼ᄌᆡ(小子) 슐이 취ᄒᆞ오니 물너 가ᄂᆞ이다."

드러오던 문으로 ᄂᆞ와 의구히 잠으고 ᄂᆞ올 ᄉᆡ, ᄭᅩᆺᄂᆞ무 ᄉᆞ이의 ᄂᆞ와 안ᄌᆞ 쉬며 ᄀᆞᆯ오ᄃᆡ,

"미인을 구경ᄒᆞ고 슐을 취ᄒᆞ니 ᄀᆞ장 됴흐나 《불ᄭᅩᆺ틱 ‖ 불볏틱116)》 왕ᄂᆡᄒᆞ미 우읍도다."

ᄒᆞ고, 눈을 드러보니 화원 담안히 표묘(縹緲)ᄒᆞᆫ117) 화각(華閣)이 셕양(夕陽)을 ᄯᅴ여 구슬발의 바ᄋᆡ니, ᄉᆡᆼ이 깁히 드러가니 문이 반만 열녓거ᄂᆞᆯ 문을 드러가 보니, 담안히 흑각문이 닷쳐ᄂᆞᆫᄃᆡ 고요ᄒᆞ거ᄂᆞᆯ 【34】 졈졈 드러가니, ᄎᆡ누(彩樓) ᄋᆞ리 셕가산(石假山)을 무어118) 화쵸와 긔이ᄒᆞᆫ 즘ᄉᆡᆼ이 ᄀᆞᆺ쵸 잇시며, 가산 밋 못시 연홰(蓮花) 퓌엿고 못 가의 보ᄇᆡ의 ᄭᅩᆺ분을 버리고 포도 가ᄌᆞ(架子)119)를 ᄒᆞ여시니, 구슬여름120)이 표표(表表)ᄒᆞ여 가려ᄒᆞ미 ᄎᆡ련졍의셔 더ᄒᆞ더라.

ᄉᆡᆼ이 못가의 안ᄌᆞ 물을 쥐여 낫출 씨사며 ᄇᆡ회(徘徊)타가 난간의 올나 ᄉᆞᄆᆡ로 낫출 덥고 잠드니, 조ᄉᆡᆼ의 오날 오미 하ᄂᆞᆯ 연분이라. 부인이 ᄯᅥ의 ᄌᆞ녀들노 더브러 드러오니, 연졍 뒤흐로 【35】 됴ᄎᆞ 졍당의 니르러 셕식을 ᄂᆞ오고ᄌᆞ ᄒᆞ더니, 위공과 댱ᄌᆡ(長子) 드러와 입실ᄒᆞ니, 부인은 ᄯᅳᆺ밧긔 조ᄉᆡᆼ을 보니라 ᄒᆞ여 조ᄉᆡᆼ은 말을 아니 ᄒᆞ고 셕식을 파ᄒᆞ고, 밧긔셔 믄득 젼하ᄃᆡ 됴공ᄌᆡ 조ᄉᆡᆼ을 ᄎᆞᄌᆞ왓다 ᄒᆞ거ᄂᆞᆯ, 공 왈,

"조ᄉᆡᆼ이 산즁의 가시니 오ᄋᆡ 숀을 ᄃᆡ졉ᄒᆞ고 조ᄉᆡᆼ의게 긔별ᄒᆞ라."

부인 왈,

"조ᄉᆡᆼ이 ᄂᆞ됴히121) 사부의 명으로 이의 왓더니, 상공이 모로시ᄂᆞ잇가"?

공 왈,

"ᄂᆡ 밧긔셔 보지 못ᄒᆞᆫ ᄇᆡ니 쇼년의 《경 ‖ 셩》 이 【36】 급ᄒᆞ여 져물기를 혜ᄋᆞ리지 못ᄒᆞ고 아니 도라가냐? 됴공ᄌᆞᄂᆞᆫ 반ᄃᆞ시 됴홍은의 ᄌᆞ뎨로다."

---

115)향암(鄕闇) : 시골에서 지내 온갖 사리에 어둡고 어리석다.
116)불볏틱 : 불볕에. 몹시 뜨겁게 내리쬐는 햇볕.
117)표묘(縹緲)ᄒᆞ다 : 끝없이 넓거나 멀어서 있는지 없는지 알 수 없을 만큼 어렴풋하다.
118)무으다 ; ①만들다. 이루다. ②쌓다
119)가ᄌᆞ(假子) : 가지가 늘어지지 않도록 밑에서 받쳐 세운 시렁.
120)구슬여름 : 구슬 같은 열매.
121)ᄂᆞ됴 : ①낮. ②저녁.

즉시 밧그로 ᄂᆞ가니 부인이 쇼져로 더브러 한담(閑談)ᄒᆞ다가 월ᄉᆡᆨ이 동녕(東嶺)의 빗최니, 소제 유모 시녀로 더브러 침소로 도라갈 ᄉᆡ, 시의 조ᄉᆡᆼ이 ᄂᆞ직 이의 와 취ᄒᆞ믈 견ᄃᆡ지 못ᄒᆞ여 경ᄀᆡ도 보지 아냐시니, 이거시 쇼져의 장ᄃᆡ(粧臺)믈 아라시리오.

난간의 누어 ᄌᆞ다가 술이 ᄭᆡ여오니 치운지라. 난간 ᄉᆞ이 장(帳)을 다릐여[122] 몸을 덥고 다시 잠드니, 【37】 쇼져와 유뫼 무심 즁 아지 못ᄒᆞ고 문을 여니, 누문(樓門)이 ᄯᅩ 장을 ᄀᆞ리왓ᄂᆞᆫ지라. 유랑이 쇼져 금침(衾枕)을 포셜(鋪設)ᄒᆞ고 쇼져ᄂᆞᆫ 숀의 금션(錦扇)을 쥐여 바름을 ᄂᆡ며 월광(月光)을 바라보고 ᄇᆡ회(徘徊)ᄒᆞ더니, 연뵈(蓮步) 힝홀 ᄉᆞ이의 조ᄉᆡᆼ의 숀을 드ᄃᆡ여[123], 조ᄉᆡᆼ이 놀나 ᄭᆡ여 하픠옴[124] ᄒᆞ니, 쇼제 무어시 드ᄃᆡ며 우레 ᄀᆺ흔 소릐 ᄂᆞ니 크게 놀나 범이라 소릐지르고 것구러져 조ᄉᆡᆼ의 몸의 업더지니, 유모 시ᄋᆡ(侍兒) 황황ᄒᆞ여 쇼릐지르고 ᄂᆡ다르니, 공 【38】 ᄌᆞ 경의 ᄋᆞ들 문창이 년이 뉵셰라. 슉모긔 어들 거시 잇셔 오다가 이 쇼릐의 놀나 셜연누의 범드럿다 웨여 누(樓)우히 니르니, 조ᄉᆡᆼ은 쑴속의 ᄉᆞ롬이 업더지ᄆᆡ 놀나 ᄭᆡ여 눈이 멀거ᄒᆞ고, 쇼져ᄂᆞᆫ 긔졀ᄒᆞ여 업더졋ᄂᆞᆫ지라.

좌위(左右) ᄃᆡ경(大驚)ᄒᆞ고 문창이 박장ᄃᆡ쇼(拍掌大笑)[125] 왈,

“나ᄂᆞᆫ 범을 보고ᄌᆞ ᄒᆞ엿더니 외인 ᄉᆞ롬 조 슉(叔)이랏다.”

유랑이 비로소 넉슬 졍ᄒᆞ여 쇼져를 븟드러 니르혀니, 이ᄡᅥ 조ᄉᆡᆼ이 쇼져의 쇼릐지를 ᄯᅢ의 ᄭᆡᄃᆞ라 【39】 ᄌᆞᄀᆡ[긔] 장(帳)[126] 밋히 드러왓ᄂᆞᆫ 쥴 짐작ᄒᆞ고, 미인이 몸의 업더지ᄆᆡ 니향(異香)이 만신(滿身)ᄒᆞ니 ᄀᆞ마니 숀을 드러 만지니, 옥 ᄀᆺ흔 응지(凝脂) ᄎᆞ기 어름 ᄀᆺ흐니, ᄀᆞ마니 웃고 쇼ᄋᆞ의 희롱ᄒᆞ믈 보고 관을 어루만져 쓰며 완완이 니러 ᄀᆞᆯ오ᄃᆡ,

“나직 슉뫼 권ᄒᆞ시무로 술이 취ᄒᆞ여 길흘 그릇 드러 예 와 잠드러 쇼져를 놀나시게 ᄒᆞ거다.”

외당으로 ᄂᆞ갈ᄉᆡ, 부인이 ‘범드럿다!’ 웨ᄂᆞᆫ 쇼릐의 놀나 외당의 보ᄒᆞ고 쇼져 침당의 니르 【40】 니, 조ᄉᆡᆼ은 ᄂᆞ갓고 유뫼 쇼져를 븟드러 진졍(鎭靜)ᄒᆞ엿더라. 부인이 시말을 듯고 탄 왈,

“연분이로다. 조ᄉᆡᆼ이 어ᄃᆡ 가뇨?”

유뫼 ᄃᆡ 왈,

---

122)다릐다 : 당기다.

123)드ᄃᆡ다 : 디디다. 밟다.

124)하픠옴 : 졸리거나 고단하거나 배부르거나 할 때, 절로 입이 벌어지면서 하는 깊은 호흡. .ᄂᆖ애기.

125)박장ᄃᆡ쇼(拍掌大笑) : 손뼉을 치며 크게 웃음.

126)장(帳) : 장막(帳幕).

"외당으로 가시니이다."

쇼졔 붓그리고 노ᄒᆞ여 ᄀᆞᆯ오ᄃᆡ,

"어ᄃᆡ로 못쓸 슐쥬머니[127] 드러와 날노 가업ᄉᆞᆫ 붓그러오믈 지으뇨?"

ᄒᆞ거ᄂᆞᆯ, 부인이 녀ᄋᆞᄅᆞᆯ 안위(安慰)ᄒᆞ고 ᄂᆡ당으로 가니라.

위공이 됴공ᄌᆞᄅᆞᆯ 보니 됴공ᄌᆞ(趙公子) 광윤(匡胤)[128]이라. ᄀᆡ상을 보니 은은이 텬ᄌᆞ의 ᄀᆡ상이니 공이 크게 놀나, 진도람의 계괴 헛된 ᄃᆡ 【41】 도라가믈 알고, 공경ᄒᆞ여 녜ᄅᆞᆯ 파ᄒᆞᄆᆡ, 됴공ᄌᆡ ᄀᆞ로ᄃᆡ,

"폐우(弊友)[129] 조빈이 거년의 예 오더니 그져 잇ᄂᆞ니잇가"

공 왈,

"조빈이 화산쳐ᄉᆞ 진담의게 ᄒᆞᆨ슐(學術)ᄒᆞ니 화산의 잇ᄂᆞ이다."

이의 식반(食飯)을 드려 ᄃᆡ졉ᄒᆞ니, 됴공ᄌᆡ 위공의 청낭관인(淸朗寬仁)[130]ᄒᆞ믈 흠탄ᄒᆞ고 둉용(從容)이 한담(閑談)ᄒᆞ더니, 연각의 범이 드럿다 ᄒᆞ니, 위공이 칼흘 들고 됴공ᄌᆡ 궁시(弓矢)를 가져 오가다가 조빈을 맛ᄂᆞ니, 공 왈,

"현질이 법을 보앗ᄂᆞ냐?"

ᄉᆡᆼ 왈,

"이 명산(明山)의 범 【42】 이 잇ᄉᆞ리오. 범이 아냐 쇼질(小姪)이니이다."

공이 묘ᄆᆡᆨ(苗脈)이 잇ᄉᆞ믈 알고 삼인이 외당의 나와 됴(趙)·조(曹) 이인(二人)이 반기고 무르되,

"형이 이ᄃᆡ도록 먼니 발셥ᄒᆞ시뇨?"

됴공ᄌᆡ 왈,

"ᄂᆡ 뎡은으로 더브러 굴 안히 가 노다가, 사봉(斜封)[131]이[을] 한쥬(漢主)[132]의게 구ᄒᆞ여 장ᄎᆞ 홰(禍) 밋출 ᄃᆞᆺᄒᆞ기로 도망ᄒᆞ여, ᄂᆡ 너ᄅᆞᆯ ᄯᅥ난지 오ᄅᆡ니 보고ᄌᆞ 니르럿더니, 쥬옹(主翁)이 너ᄅᆞᆯ 화산(華山)의 잇다 ᄒᆞ시니, 명일 가 볼가 ᄒᆞ더

127)슐주머니 : =슐즙치. 술을 유난히 많이 먹으며 행실이 바르지 못한 사람을 비겨 이르는 말

128)됴공ᄌᆞ(趙公子) 광윤(匡胤) : 조광윤(趙匡胤). 『인명』 중국 송나라의 제일 대 황제(927~976). 본디 후주(後周)의 절도사(節度使)로, 송나라를 건설하여 문치주의에 의한 군주 독재화를 꾀하였다. 재위 기간은 960~976년이다.

129)폐우(弊友) : 말하는 이가 자기 벗을 낮추어 이르는 말

130)청낭관인(淸朗寬仁) : 사람됨이 맑고 명랑하며 너그럽고 어짊.

131)사봉(斜封) : 조정에서 관리를 봉하는 것이 아니고 궁중에서 사사로이 관리를 임명하는 것을 이르는 말. 당 중종(唐中宗) 때 위후(韋后) 및 태평 안락 공주(太平安樂公主) 등이 정치를 천단할 적에, 내전에서 멋대로 관리를 봉해 먹으로 써서 바로 칙서를 내렸다. 『신당서(新唐書) 권45』 '선거지하(選擧志下)'.

132)한쥬(漢主) : 중국 잔당오대(殘唐五代) 때 후한(後漢)의 임금.

니, 엇지 ᄂᆡ당(內堂)으로 나오뇨?"

조ᄉᆡᆼ이 웃고 왈,

"쇼뎨 ᄂᆡᄂᆡ 화산 【43】 의셔 ᄇᆡ혼 거시 미정(未定)ᄒᆞ니 가지 못ᄒᆞ나, 미구(未久)의 형을 ᄎᆞᄌᆞ려 ᄒᆞ더니, ᄉᆞ부의 명으로 창검궁시(槍劍弓矢)를 슉부긔 빌나 오니, 슉부와 형이 ᄂᆞ가셧ᄂᆞᆫ지라. ᄒᆞᆫᄌᆞ 빈 방의 잇셔 덥기 심ᄒᆞ여 연졍(蓮亭)의 목욕ᄒᆞ라 ᄀᆞᆺ다가, 슉모의 유완ᄒᆞ시ᄂᆞᆫ ᄯᆡ라. ᄉᆞ오ᄇᆡ(四五杯) 호쥬(壺酒)를 마시니, 취안(醉眼)이 황난(慌亂)ᄒᆞ여 길흘 그릇 드러 ᄂᆡ루(內樓)의 드러가 인젹 업ᄉᆞ믈 방심ᄒᆞ여 ᄌᆞ더니, 범이라 웨ᄂᆞᆫ 쇼ᄅᆡ의 놀나 ᄭᆡ여 본즉 범은 업고 쇼졔(小弟)를 보고 【44】 모다 놀ᄂᆞ니, 그 연고를 엇지 알니오."

쇼공ᄌᆡ 우어 왈, '슉뫼 조ᄉᆡᆼ의 손을 드ᄃᆡ니 조ᄉᆡᆼ이 합희움ᄒᆞᄂᆞᆫ 쇼ᄅᆡ 웅댱(雄壯)ᄒᆞ니 그릇 범이라 부르지디거늘, 모다 여ᄎᆞ여ᄎᆞᄒᆞᆫ 소유(所由)를 뎐ᄒᆞ니', 됴·조 이인은 함소ᄒᆞ고, 위공이 탄 왈,

"진실노 괴이ᄒᆞᆫ 일이로다."

됴공ᄌᆡ 문 왈,

"명공(名公)이 ᄒᆡᄋᆞ(孩兒)의 말을 듯고 쥬져ᄒᆞ시믄 엇진 일이니잇고? ᄉᆡᆼ각건ᄃᆡ 조빈은 웅ᄌᆡᄃᆡ략(雄才大略)이 ᄉᆞ롬 ᄀᆞ온ᄃᆡ 영웅이오, 녕ᄋᆞ쇼졔(令兒小姐) 빈혀 ᄭᅩᆺ지 아냐시면 일 【45】 노써 인연ᄒᆞ여 '진진(秦晉)의 호연(好緣)'을 일우미 맛당ᄒᆞᆫ가 ᄒᆞ나이다."

위공이 침음 ᄃᆡ 왈,

"흑ᄉᆡᆼ의게 녀ᄋᆡ 일인 ᄲᅮᆫ이라. 난셰(亂世)의 니가(離家)ᄒᆞ믈 ᄎᆞ마 못ᄒᆞ여 금년이 삼오(三五)로ᄃᆡ 졍혼(定婚)ᄒᆞᆫ ᄃᆡ 업더니, 조랑(曹郎)의 인ᄌᆡ(人才) 당당ᄒᆞ니 무ᄉᆞᆷ 가치 아니미 잇시리오마ᄂᆞᆫ, 심규약질(深閨弱質)노 창농ᄆᆡᆼ호(蒼龍猛虎) ᄀᆞᆺᄒᆞᆫ 군ᄌᆞ를 ᄇᆡ필(配匹)ᄒᆞ미 불합ᄒᆞ니, 일ᄃᆡ가랑(一對佳郎)을 마ᄌᆞ 산즁의셔 의지ᄒᆞ리를 구ᄒᆞ더니, ᄉᆞ오년 젼의 셩산(聖山) 도ᄉᆡ 진도람을 보라 왓다가, 흑ᄉᆡᆼ 【46】 이 녀ᄋᆞ의 가긔(佳期)를 무르니 일오ᄃᆡ,

"쳣 가을 달 ᄋᆞᄅᆡ ᄆᆡᆼ호(猛虎)를 드ᄃᆡ여야 텬연(天緣)이니, 귀인이 즁ᄆᆡᄒᆞ여 십년 안ᄒᆡ 공후(公侯)의 부인이 되리라. ᄒᆞ거늘, 허랑ᄒᆞᆫ 말이라 ᄒᆞ엿더니, 금일 조영우의게 마ᄌᆞ니 역시 텬연이오, 공이 권ᄒᆞ니 귀인이 공이 아니오 뉘리오. 흑ᄉᆡᆼ이 결(決)ᄒᆞ여 냥연(良緣)을 ᄆᆡᄌᆞ리라."

조ᄉᆡᆼ이 크게 깃거 니러 ᄇᆡᄉᆞ(拜辭)ᄒᆞ니, 됴공ᄌᆡ 찬됴(贊助)ᄒᆞ여 빈쥬(賓主) 환희ᄒᆞ더라. 위공이 조ᄉᆡᆼ ᄎᆡ일(采일)[133]을 셤겨 조 【47】 국구 ᄐᆡᆨ상의 보ᄂᆡ여 혼닌을 결ᄒᆞ시게 ᄒᆞ고, 일변 혼구(婚具)를 쥰비ᄒᆞ여 늘을 기다리고, 됴·조 냥인이 날

133)ᄎᆡ일(采일) : 남ᄎᆡ(納采)하는 일.

노 화산 풍경을 유람ᄒᆞ고 한가지로 화산 ᄋᆞ릐 광야(廣野)의 가 학무(學武) 습ᄉᆞ(習射)ᄒᆞ여 션싱을 ᄎᆞᄌᆞ 텬하 정(定)ᄒᆞᆯ 묘칙을 의논ᄒᆞ니, 션싱이 됴공ᄌᆞ를 보고 대경ᄒᆞ여 조빈 다려 닐오ᄃᆡ,

"됴광윤(趙匡胤)이 진짓 영웅이라. ᄎᆞ인이 만일 세상을 진복(鎭服)ᄒᆞᆯ진ᄃᆡ 만민의 도탄(塗炭)을 건지리로다."

됴공ᄌᆡ 이 말을 【48】 듯고 심즁의 깃거 ᄒᆞ더라.

조부인이 위공의 구친(求親)ᄒᆞ믈 듯고 크게 깃거 허혼(許婚)ᄒᆞᄂᆞᆫ 글을 ᄉᆡᆼ의게 붓치고, 황금팔쇠와 ᄇᆡᆨ벽(白璧) 일쌍을 보ᄂᆡ여 빙물(聘物)134)을 삼고, 조가 슉뷔 미됴ᄎᆞ 니르니, 조ᄉᆡᆼ과 위공이 깃거 쇼져 길일을 ᄐᆡᆨᄒᆞ니, 길긔(吉期) 달이 못가렷더라. 위부인이 쇼져 일인을 두어 춍ᄋᆡ(寵愛)ᄒᆞ미 만금 ᄀᆞᆺ고, 쇼제 ᄌᆡ뫼(才貌) 탁월ᄒᆞ니 옥인가랑(玉人佳郞)을 구ᄒᆞ나 가긔(佳期) ᄎᆞ라ᄒᆞ더니135), 조ᄉᆡᆼ의게 【49】《방ᄆᆡ ‖ 즁ᄆᆡ(仲媒)》를 일우고[니] 용뫼 ᄀᆡ셰호걸(蓋世豪傑)136)이라. 그러나 도ᄒᆞᆨ군ᄌᆡ(道學君子) 아니오, 셰단부쥬(勢單不周)137)ᄒᆞ니 흡연(洽然)ᄒᆞ미 업셔 흥미 쇼삭ᄒᆞ더라.

얼푸시 즁츄(仲秋) 긔망(旣望)이 되니 쇼져 길긔라. 위공이 크게 연셕(宴席)을 ᄀᆡ장(開場)ᄒᆞ고 진도람과 화산 은거(隱居)ᄒᆞᆫ 션ᄇᆡ 아관박ᄃᆡ(峨冠博帶)로 좌우의 버러시며, 조ᄉᆡᆼ의 슉부와 위공ᄌᆞ 삼인이 다 모닷더라.

미쥬가효(美酒佳肴)와 팔진셩찬(八珍盛饌)138)을 나와 통음(痛飮)ᄒᆞ고 당하(堂下)의 홍장미녀(紅粧美女)와 공후관현(箜篌管絃)을 제쥬(齊奏) 【50】 ᄒᆞ니, 위의(威儀)에 부셩(富盛)ᄒᆞᆷ과 문구(門口)의 번화ᄒᆞ미 일호(一毫) 산님벽쳐(山林僻處)의 침폐(沈廢)ᄒᆞᆫ 거동이 업ᄉᆞ니, 됴공ᄌᆡ 조빈다려 ᄀᆞᆯ오ᄃᆡ,

"명둉(明宗)139)은 진실노 어려온 님군이로다. 오ᄂᆞᆯ 날 ᄌᆞ숀의 보젼ᄒᆞ미 헌신

---

134)빙물(聘物) : 납폐(納幣). 혼인할 때에, 정혼이 이루어진 증거로 신랑 집에서 신부 집으로 보내는 예물.

135)ᄎᆞ라ᄒᆞ다 : 아득하다. 아득히 멀다.

136)ᄀᆡ셰호걸(蓋世豪傑) : 기상이나 위력, 재능 따위가 세상을 뒤덮을 만한 인품을 갖춘 호걸(豪傑).

137)셰단부쥬(勢單不周) : 형세가 외롭고 원만하지 못함.

138)팔진셩찬(八珍盛饌) : 팔진지미(八珍之味) 곧 여덟 가지 진귀한 음식을 갖추어 아주 잘 차린 음식상을 이르는 말. *팔진지미는 순모(淳母), 순오(淳熬), 포장(炮牂), 포돈(炮豚), 도진(擣珍), 오(熬), 지(漬), 간료(肝膋)를 이르기도 하고 용간(龍肝), 봉수(鳳髓), 토태(兎胎), 이미(鯉尾), 악적(鶚炙), 웅장(熊掌), 성순(猩脣), 수락(酥酪)을 이르기도 한다.

139)명둉(明宗) : 중국 오대십국 시대의 후당(後唐)의 제2대 황제. 이름은 이사원(李嗣源, 867-933년)이고 이극용(李克用, 856년-908년)의 양자로 본명은 막길렬(邈佶烈), 묘호는 명종(明宗)이다

ᄀᆞᆺ치 ᄃᆡ위(大位) 바린 효험(效驗)이 아닌가?"

조빈이 쇼왈,

"형은 보라. 위공이 산즁의 쳐ᄉᆡ(處士)지 어ᄃᆡ 뎨왕의 상(相)이 잇ᄂᆞ뇨? 실노 명둉이 분향튝텬(焚香祝天)ᄒᆞ여 진인(眞人)140) ᄂᆞ기를 빌고, 젹ᄌᆞ(嫡子)를 보ᄂᆡ여 셩(姓)을 닛게 ᄒᆞ니, 공번된141) 마음 【51】 을 감동ᄒᆞ미라."

됴공지 졈두ᄒᆞ고 현을 ᄀᆞ르쳐 니로ᄃᆡ,

"이 ᄋᆞ히 진짓 냥긔(良器)142)라. 우쥬를 밧들 ᄌᆡ상(宰相)이로다."

조빈 왈,

"형뎨 즁 뎨일인(第一人)이오 ᄌᆡ략이 비범ᄒᆞ니, 타일 형을 도울가 ᄒᆞ노라."

ᄒᆞ더라.

길시(吉時) 니르ᄆᆡ 신낭(新郞)이 길복을 닙고 좌위 인도ᄒᆞ여 ᄂᆡ당(內堂)으로 드러가니, 두 ᄶᅢ 홍군(紅裙)이 쇼져를 븟드러 교ᄇᆡ(交拜)143)ᄒᆞᆯ ᄉᆡ, 진션싱○[이] 됴공지 스싱 《이오∥으로》 ᄯᅩᄒᆞᆫ 혼닌의 즁ᄆᆡ되여 신인(新人)을 바라보니, 옥안 《화염∥화협》(玉顔花頰)144)의 칠보(七寶) 【52】 를 드리워시니, 일좌(一座) 부용(芙蓉)이 됴하(朝霞)의 소ᄉᆞᆺᄂᆞᆫ 듯 옥누상월(玉樓霜月)145)이 광ᄎᆡ를 놀니ᄂᆞᆫ 듯, 텬하의 ᄶᅡᆨ업ᄉᆞᆫ 미인이오, 셰상의 희ᄉᆡᆨ(希色)146)이라. 됴공지 기려 왈,

"조빈(曺彬)147)이 비록 영웅이나 엇지 혹(惑)지 아니리오."

ᄒᆞ고 모다 신부의 슈미(秀美)ᄒᆞᆷ을 하례ᄒᆞ니, 조싱이 웃고 합환쥬(合歡酒)148)를 파(罷)ᄒᆞᄆᆡ 외당(外堂)으로 나가니, 진도람이 우어 왈,

"녀우야, 네 비록 호걸이나 네 형포(荊布)149)를 보니 진짓 국ᄉᆡᆨ(國色)이라. 오늘날노 됴ᄎᆞ ᄉᆞ방(四方)의 노라 붕우(朋友)를 【53】 ᄎᆞᆺ지 못ᄒᆞᆯ가 두리노라."

조싱이 ᄃᆡ 왈,

"미ᄉᆡᆨ을 혹(惑)지 아니ᄆᆡ 댱뷔(丈夫)니 온유향(溫柔鄕)150)의 잠기ᄂᆞᆫ 호걸을 보

---

140)진인(眞人) : 도교(道敎)에서 참된 도를 체득한 사람을 일컫는 말.
141)공번되다 : 공변되다.
142)냥긔(良器) : '좋은 그릇'이란 뜻으로, '훌륭한 인물'을 비유적으로 이른 말.
143)교ᄇᆡ(交拜) : 전통 혼인례에서, 신랑과 신부가 서로 맞절을 함.
144)옥안화협(玉顔花頰) : 옥 같은 얼굴과 꽃처럼 아름다운 볼.
145)옥누상월(玉樓霜月) : 옥으로 장식한 누각 위로 비치는 서릿발 처럼 하얀 달빛
146)희ᄉᆡᆨ(希色) : 매우 드문 미인.
147)조빈(曺彬) : 후주(後周)・송초(宋初)의 무장(武將)・정치가. 부(父) 운(芸). 자(字) 국화(國華). 송나라 때 태사(太師)를 지냈고 노국공(魯國公)에 봉해졌다. 시호(諡號)는 무혜(武惠), 제양군왕(濟陽郡王)에 추봉(追封)되었다.
148)합환쥬(合歡酒); 전통 혼례식에서 신랑 신부가 서로 잔을 주고받아 마시는 술.
149)형포(荊布) : 형차포군(荊釵布裙)의 준말. 가시나무로 만든 비녀와 무명옷을 입은 사람이란 뜻으로, 자기의 아내를 남에게 낮추어 일컫는 말.

지 못ᄒᆞ엿ᄂᆞ이다."

됴공직 우어 왈,

"네 오놀 큰 말을 ᄒᆞ엿시니 나를 됴ᄎᆞ 가지 아니면 너를 다시 호걸이라 아니리라."

조빈 왈,

"부녀를 미혹ᄒᆞ미 진실노 남ᄋᆞ의 홀 비 아니라. 쇼데 안히를 어더 노모를 뫼시며 울울히 창하(窓下)의 잇ᄉᆞ리오. 쇼데 ᄉᆞ싱의 은혜를 닙어 빅혼 거시 됵(足)ᄒᆞ니 형을 됴ᄎᆞ 놀 【54】 녀 ᄒᆞ더니라."

언미파(言未罷)151)의 문니(門吏)152) 보왈(報曰),

"싀공ᄌᆞ와 뎡은이 밧긔 와 됴·조 냥상공을 ᄎᆞᄌᆞᄂᆞ이다."

됴·조 이인이 위공긔 고 왈,

"이는 소싱의 붕위라, 쳔니(千里)의 ᄎᆞᄌᆞ와시니, 쥬인의 명을 쳥ᄒᆞᄂᆞ이다."

위공이 졔ᄌᆞ로 이싱(二生)을 쳥ᄒᆞ고 조빈다려 왈,

"이는 엇진 ᄉᆞ름고?"

됴공직 답 왈,

"이는 《동시‖동치(童穉)》 아ᄇᆡ(兒輩)니 골육의 붕우(朋友)로소이다."

냥싱이 드러와 좌즁의 힝녜(行禮)ᄒᆞ니, 위·진 이공이 거안시지(擧眼視之)ᄒᆞᄆᆡ, 뎡싱은 톄용(體容)이 웅댱(雄壯)ᄒᆞ 【55】 고 핑월(彭越)153)의 무리오, 싀싱은 상뫼(相貌) 당당ᄒᆞ여 복녹이 광윤(匡胤)만 못ᄒᆞ나 현명인화(賢明人和)ᄒᆞᆫ 쳔ᄌᆞ(天子)러라. 진·위 냥공이 눈쥬어 놀나믈 마지 아니코, 진션싱이 ᄂᆞᆺ빗치 다르믈 면치 못ᄒᆞ더라.

이 텬ᄌᆞ와 두 장싊 좌(坐)의 이시니, ᄌᆞ연ᄒᆞᆫ 위뮈(威武) 타인과 ᄀᆞᆺ지 아닌지라. 셔로 공경ᄒᆞ여 술을 부을 ᄉᆡ, 됴공직 ᄀᆞᆯ오ᄃᆡ,

"구란원 일노 단니ᄆᆡ 졍쳐(定處) 업거든 형이 엇지 잘 ᄎᆞᄌᆞ오뇨?"

이싱 왈,

"형의 니가(離家)ᄒᆞᆫ 쇼식은 녕데(令弟) 【56】 왕졍빈으로 긔별(奇別)ᄒᆞ여시니

---

150)온유향(溫柔鄕) : 따뜻하고 부드러운 곳이라는 뜻으로, 미인의 처소나 미인의 부드러운 살결을 이르는 말.

151)언미파(言未罷) : 말을 마치지 못하여서.

152)문니(門吏) : 문을 지키는 사람.

153)핑월(彭越) : 중국 한(漢)나라 고조(高祖) 때의 무장(武將). 원래 항우(項羽)를 섬기다가 한나라에 귀순하여 큰 공을 세우고 양왕(梁王)에 봉해졌는데, 같은 개국 공신인 한신(韓信)의 죽음을 보고 두려워한 나머지 병력을 동원하여 자신을 보호하다가 모반죄로 몰려 폐서인(廢庶人)되었고, 결국에는 낙양(洛陽)에서 참형(斬刑)을 당하였다. 《史記 卷90 彭越列傳》

알고 ᄉᆞ렴(思念)ᄒᆞ여 우리 두 ᄉᆞᄅᆞᆷ이 셕슈신(石守信)154)의 집의 가 무ᄅᆞ니, 조보(趙普)155)의 집으로 가더라 ᄒᆞ거ᄂᆞᆯ, 조가의 가 ᄎᆞᄌᆞ니, 형이 조빈을 ᄎᆞᄌᆞ 화산쳐ᄉᆞ 집으로 곳다 ᄒᆞ거ᄂᆞᆯ 이리 오괘라."

됴ᄉᆡᆼ 다려 왈,

"형이 어ᄃᆡ 갓다가 오ᄂᆞᆯ 보ᄂᆞ냐?"

됴공지 우어 왈,

"여우를 보완지 오ᄅᆡᄆᆡ 보라 왓더니, 여위 범이 되여 가인(佳人)을 무러 와 인연ᄒᆞ여 머므러 형을 슈고롭게 ᄒᆞ도다."

이인이 연고(然故)를 뭇거ᄂᆞᆯ, 【57】 됴공지 시말을 니ᄅᆞ니 냥ᄉᆡᆼ이 ᄃᆡ쇼(大笑)ᄒᆞ고, 날이 져물ᄆᆡ 삼인을 셔실(書室)의 안둔(安屯)ᄒᆞ고 조빈은 신방의 드러가니, 슈호(繡戶)의 명쵹(明燭)이 휘황ᄒᆞ여 쌍쌍ᄒᆞᆫ 시ᄋᆡ 마ᄌᆞ 드리니, 상상(床上)의 금금(錦衾) 요셕(褥席)156)이 이목의 바ᄋᆡ고, 안ᄌᆞᄆᆡ 궁ᄋᆡ 금쥰(金樽)의 ᄉᆞᆯ을 부어 드리니, 호찬(好饌)은 금반(金盤)의 ᄀᆞ득ᄒᆞ여, 셕일 치련졍의 ᄉᆞᆯ을 취(醉)ᄒᆞ고 난간(欄干)의셔 팔흘 베고 장을 덥허 구으던 거동과 현격(懸隔)ᄒᆞᆫ지라. 취흥이 발연ᄒᆞ여 눈을 드러 【58】 보니, 쇼졔 운무병(雲霧屛)157)을 의지ᄒᆞ여 단졍이 안ᄌᆞᆺᄂᆞᆫ지라.

희롱 왈,

"쇼졔 오날은 ○○[엇디] 여우의 숀을 드ᄃᆡ지 아니ᄒᆞ고 안ᄌᆞᆺᄂᆞ뇨? 부인이 형ᄆᆡ지의(兄妹之義)로 보라 ᄒᆞ실 젹도 넉외 ᄒᆞ시○[더]니, 호랑○[이] 압히 스ᄉᆞ로 오미 괴이ᄒᆞ도다."

쇼졔 홍광이 만면(滿面)ᄒᆞ여 져슈(低首) 묵묵(默默)ᄒᆞ니, ᄉᆡᆼ이 대소ᄒᆞ더라.

군ᄌᆞ 슉네 금슬우지(琴瑟友之)158)의 낙(樂)이 지극ᄒᆞ되, 조ᄉᆡᆼ이[은] 호걸이라. 붕우를 됴ᄎᆞ 놀고ᄌᆞ ᄒᆞ여 쇼져를 권귀(眷歸)159)ᄒᆞ려 ᄒᆞ니, 위공이 녀ᄋᆞ 니별을 ᄎᆞ마 못ᄒᆞ 【59】 여 조ᄉᆡᆼ 슉부와 상의ᄒᆞ여, 조ᄉᆡᆼ으로 ᄒᆞ여금 부인을 뫼셔오라 ᄒᆞ고, ○[또] 됴·ᄉᆈ·뎡 삼ᄉᆡᆼ(三生)이 권ᄒᆞ니, ᄉᆡᆼ이 모친을 뫼셔와 별당의 안둔ᄒᆞ고 쇼져를 현셩(見成)ᄒᆞ니, 이ᄂᆞᆯ 연셕의 됴공지 ᄉᆈ·뎡 냥인을 다리고 부인긔 현슈

---

154)셕슈신(石守信) : 후주(後周)와 송초(宋初)의 무장(武將). 후주에서 홍주방어사(洪州防禦使)를 지냈고 송 태조(太祖) 때 위국공(魏國公)에 봉해졌다. 시호는 무열(武烈).

155)조보(趙普) : 북송 건국기의 정치가. 자(字) 칙평(則平). 태조 때 승상을 역임했다.

156)요셕(褥席) : =요. =욕(褥). 침구의 하나. 사람이 앉거나 누울 때 바닥에 까는 물건.

157)운무병(雲霧屛) : 안개처럼 둘러 있는 병풍.

158)금슬우지(琴瑟友之) : '거문고와 비파를 타며 서로 사귄다'는 뜻으로 『시경』 <국풍> '관저(關雎)'편에 나오는 시구.

159)권귀(眷歸) : 데리고 돌아감.

(獻壽)ᄒᆞ며 쇼져로 ᄒᆞ여금 제ᄉᆡᆼ긔 뵈니, 삼인이 쇼져를 칭찬ᄒᆞ여 하례 분분(紛紛)ᄒᆞ고, 조부인이 크게 깃거 하져(下箸)ᄒᆞᆯ 쥴 니져시ᄃᆡ, 뎡은은 ᄌᆞ촉ᄒᆞ여 큰 그르ᄉᆞ로 진취(盡醉)토록 먹으며 ᄀᆞᆯ오ᄃᆡ,

"미ᄉᆡᆨ(美色)은 요괴【60】로와 멧 영웅이 망ᄒᆞᆯ엿ᄂᆞ뇨? ᄂᆞᄂᆞᆫ 미인을 불관(不關)이 넉이더니, 오ᄂᆞᆯ 슈슈(嫂嫂)ᄂᆞᆫ 고으나 졍졍(貞正)ᄒᆞ니 형을 위ᄒᆞ여 깃거 ᄂᆞ노라."

좌위 뎡ᄉᆡᆼ의 질직(質直)ᄒᆞ믈 웃더라. 됴공ᄌᆞ 쇼왈,

"녀우야, 위부 연셕을 보니 졀ᄉᆡᆨ이 하나 둘히 아니라. '농쵹(隴蜀)의 무염(無厭)한 욕심(慾心)'160)이 잇ᄂᆞ냐? 엇지 하나 둘흘 어더 손을 ᄃᆡ졉지 아니ᄒᆞᄂᆞ뇨?"

조빈이 동녁 장하(帳下)를 ᄀᆞ르쳐 왈,

"졔 미인이 잇ᄉᆞ니 형의 ᄀᆡᆨ회(客懷)를 위로ᄒᆞ라."

됴공ᄌᆞ 미소【61】ᄒᆞ더라.

ᄎᆞ야의 조ᄉᆡᆼ이 션연누의 니르니 쇼제 왈,

"군ᄌᆞ의 붕우를 보니 다 호걸이라. 일ᄃᆡ 고붕(高朋)이 만흐믈 하례ᄒᆞᄂᆞ니, 존고(尊姑) 봉양은 쳡이 당ᄒᆞ리니, 져를 됴ᄎᆞ 노라 공명을 도모ᄒᆞ미 엇더ᄒᆞ니잇고?"

ᄉᆡᆼ이 ᄃᆡ희 왈,

"그ᄃᆡ 신혼 원별(遠別)을 근심ᄒᆞᆯ가 ᄒᆞ엿더니, 댱부의 ᄯᅳᆺ이 잇ᄉᆞ니 졍이 연연ᄒᆞ여 미인 거시 잇ᄂᆞᆫ 듯ᄒᆞ도다. 됴·ᄉᆡ 냥형은 실노 영걸이오, 관인ᄃᆡ덕(寬仁大德)ᄒᆞ니 그ᄃᆡ 졈복(占卜)ᄒᆞ라. 져의 곤궁ᄒᆞ미 멧 번을【62】지ᄂᆞ리오. 날을 ᄯᆞ라와 녀관(女款)161)의 젹요(寂廖)ᄒᆞ믈 희롱ᄒᆞ니 가인(佳人)을 어더 져의 ᄀᆡᆨ회(客懷)를 위로코ᄌᆞ ᄒᆞ나이다."

쇼제 답 왈,

"쥬ᄉᆡᆨ(酒色)의 황음ᄒᆞ믄 큰 ᄒᆡ라. 져 ᄀᆞᆺ흔 영웅이 미ᄉᆡᆨ(美色)의 호탕(豪宕)ᄒᆞ미 잇ᄉᆞ리오. ᄉᆞ업을 일우ᄆᆡ 미네 구름 못 듯ᄒᆞ리니, 미인이 업ᄉᆞᆯ가 두리랴?"

ᄉᆡᆼ이 잠쇼ᄒᆞ더라.

조부인이 여러 ᄒᆡ 난(亂)의 분쥬ᄒᆞ다가 이에 와 쇼져의 봉효(奉孝)를 바다 몸이 평안ᄒᆞ니, ᄉᆡᆼ을 명ᄒᆞ여 됴공ᄌᆞ를 됴ᄎᆞ 공명(功名)을 도모ᄒᆞ라 ᄒᆞ【63】니, 빈이 슈명ᄒᆞ고 ᄒᆡᆼ구(行具)를 타졈(打點)ᄒᆞᆯ ᄉᆡ, 공ᄌᆞ 현이 ᄎᆞ마 ᄯᅥᄂᆞ지 못ᄒᆞ여 ᄉᆞ부의게 말ᄆᆡᄒᆞ고 ᄉᆡᆼ으로 더브러 왓ᄂᆞᆫ지라. 삼ᄉᆡᆼ이 갈 날이 ᄀᆞᆺ가오니, 마ᄌᆞ막 한유

160)농쵹(隴蜀)의 무염(無厭)ᄒᆞᆫ 욕심 : '농(隴)과 촉(蜀)까지 차지하려는 끝없는 욕심'이라는 뜻으로, '그칠 줄 모르는 욕심'에 대한 비유로 쓰인다. *농촉(隴蜀)은 중국 사천성과 섬서성 사이에 있는 지명으로, 후한(後漢) 광무제(光武帝)가 한중(漢中)을 평정하고도 다시 농촉을 정벌하려는 욕심을 냈던 고사에서 온 말.

161)녀관(女款) : 여성과의 육체적 관계를 맺는 행위. 또는 그 대상이 되는 여성.

(開遊)코ᄌᆞ ᄒᆞ여 쥬호(酒壺)를 동ᄌᆞ로 메오고 과합(果盒)을 닛그러 위쳐ᄉᆞ 집 동셔 화원을 완상(玩賞)ᄒᆞᆯ ᄉᆡ, 계홰(桂花) 바야흐로 퓌워시니 쳥향(淸香)이 먼니 쏘이더라.

삼인이 조빈과 위공ᄌᆞ를 쥬인 삼ᄋᆞ 원즁의 올나 유람ᄒᆞ더니, 냥향누란 집이 졍ᄌᆞ 즁의 크고 표묘(縹緲)ᄒᆞ여[162] 운간(雲間)의 다핫 【64】ᄂᆞᆫ지라. 오인이 누의 올나 원근을 창망(悵望)ᄒᆞ니, 층암(層巖)은 옥으로 무은[163] 듯ᄒᆞ고, 취쥭(翠竹)은 쳥운이 머흔[164] 듯ᄒᆞ며, 폭포ᄂᆞᆫ 구텬(九泉)의 드리온[165] 듯○○[ᄒᆞ니], ᄉᆞ인이 기려 ᄀᆞᆯ오ᄃᆡ,

"과연 션악(善岳) 복지(福地)로다. 공명부귀(功名富貴)○[가] 무어시리오. 우리ᄂᆞᆫ 어느날 공을 일우고 이런 셰계의 와 누어실고?"

북녁 놉흔 분칠(粉漆)ᄒᆞᆫ 담과 쥬박(珠箔)[166]은[이] 함(陷)한[167] 집을 ᄀᆞ르쳐 왈,

"져ᄂᆞᆫ 엇던 집이완ᄃᆡ 님목(林木)이 무셩ᄒᆞ고 당ᄉᆡ(堂舍) 져리 웅장ᄒᆞ뇨?"

현이 답 왈,

"져ᄂᆞᆫ 졍히 둉뫼(宗廟)[168]니 황됴(皇祖)[169] 무묘(武廟)[170] 【65】를 봉안(奉安)ᄒᆞ엿ᄂᆞ니다."

ᄉᆡ공ᄌᆡ 탄 왈,

"어지다 명둉(明宗)이여 십일뎨(十一帝) 둉묘(宗廟)를 어ᄃᆡ 두리오. ᄌᆞ손을 두어 '혈식(血食)을 쳔츄(千秋)ᄒᆞ미'[171] 엇지 긔이(奇異)치 아니리오."

됴공ᄌᆡ ᄀᆞᆯ오ᄃᆡ

"위가(家) 부ᄌᆡ 다 온양인화(溫良人和)ᄒᆞ여 텬슈(天壽)를 붉게 아니 ᄌᆞ손이 오

---

162)표묘(縹緲)ᄒᆞ다 : 끝없이 넓거나 멀어서 있는지 없는지 알 수 없을 만큼 어렴풋하다.
163)무으다 : 쌓다. 만들다.
164)머흐다 : 험하다. 궂다. 울퉁불퉁하다. 연기나 구름 따위가 뭉게뭉게 피어오르다.
165)드리오다 : 드리우다. 한쪽이 위에 고정된 천이나 줄 따위가 아래로 늘어지다. 또는 그렇게 되게 하다.
166)쥬박(珠箔) : 구슬 따위를 꿰어 만든 발. =주렴.
167)함(陷)하다 : 기운이 빠져 축 늘어져 있다
168)둉뫼(宗廟) : ①조선 시대에, 역대 임금과 왕비의 위패를 모시던 왕실의 사당. ②중국 제왕가 조상의 위패를 두던 묘. 주나라 이후 천자는 7묘(廟), 제후(諸侯)는 5묘를 베풀었다.
169)황조(皇祖) : 황제를 지낸 선조(先祖)
170)무묘(武廟) : ①중국 삼국 시대 촉한의 장수 관우의 영(靈)을 모시는 사당. 조선 시대에 서울에 동묘, 서묘, 남묘, 북묘가 있었다. =관왕묘. *여기서는 후당 명종의 신주를 모신 사당을 말한다. 명종의 시호는 성덕화무흠효황제(聖德和武欽孝皇帝)이다
171)혈식(血食)을 쳔츄(千秋)함 : 나라에서 지내는 제사가 오래도록 끊이지 아니함. *혈식(血食): 국전(國典)으로 제사를 지냄

릴지라. 현마 너도 쳐싀 되랴?"

현이 탄 왈,

"황죄(皇祖) 본듸 텬하의 마음을 두지 아니ᄉᆞ 본싱부모(本生父母)[172] 찻기의 원(願)이 밋쳐 진쥐(眞主) 나 텬하 맛트믈 튝원ᄒᆞ니, 엇지 위(位)예 오【66】르고ᄌᆞ ᄒᆞ시미 텬ᄌᆞ 되여시리오. 잉도곡의셔 핍박ᄒᆞ믈 면치 못ᄒᆞ여 부득이 님군이 되시니, 우리 부친은 조후의 싱ᄋᆞ젹ᄌᆡ(生兒嫡子)라. 본셩(本姓)은 위시니 황됴(皇祖) 싱시(生時)의 빅셩을 민드라 보닉시니, 우리 공명(功名)의 뜻이 잇ᄉᆞ리오마는, 쇼뎨는 그러치 아냐 장안(長安)[173]의 노라 군웅(群雄)을 ᄉᆞ괴고 명듀(明主)를 ᄎᆞᆺ고ᄌᆞ ᄒᆞ것마는, ᄂᆞ히 어려 이번 형을 둇지 못ᄒᆞ니, 졔형은 원컨듸 쇼뎨를 닛지 말나."

됴공지 현의 손을 잡고 왈,

"네 비록 말이 【67】크나, ᄂᆞ 보기는 하 고으니 계집ᄋᆞ힌가 시부고나."

싀싱이 쇼 왈,

"이 ᄋᆞ히(兒孩) 일기 다 고으니 곱기야 괴이ᄒᆞ랴마는 댱슈(將帥)의 쇼임은 못 홀가 《ᄒᆞ도다 ‖ ᄒᆞ노라》."

현이 쇼 왈,

"댱냥(張良)[174] 딘평(陳平)[175]이 미여관옥(美如冠玉)[176]이나, 유악(帷幄) ᄀᆞ온듸 결승쳔니(決勝千里)[177]ᄒᆞ니, 힘 셰여 댱쉬 되는 거시 운쥬유악(運籌帷幄)[178]만 못ᄒᆞ니이다."

냥싱이 칭ᄋᆡ(稱愛) 왈,

"션(善)타 네 말이여! 우리 비록 텬ᄋᆡ(天涯)의 가나 너를 니즈리오. ᄂᆞ히 ᄎᆞ거든 우리 너를 ᄎᆞᄌᆞ리라."

말홀 ᄉᆞ이의 문창이 ᄂᆞ오거늘, 싀싱이 옷고【68】왈,

---

172)본싱부모(本生父母) : 양자로 간 사람의 생가의 부모.≒본생친, 생부모, 생아자

173)장안(長安) : ①중국 섬서성(陝西省) 서안시(西安市)의 옛 이름. 한(漢)나라·당나라 때의 도읍지. ②수도라는 뜻으로, '서울'을 이르는 말.

174)댱냥(張良) : BC ?-189. 중국 한나라의 정치가, 건국공신. 이름은 량(良). 자는 자방(子房). 유방의 책사로 홍문연(鴻門宴)에서 유방을 구하고 한신을 천거하는 등, 유방이 한나라를 세우고 천하를 통일할 수 있도록 도왔다. 소하·한신과 함께 한나라 건국 3걸로 불린다.

175)딘평(陳平) : 중국 한(漢)나라 때 정치가. 유자(孺子)는 그의 별명. 한 고조 유방(劉邦)를 도와 여섯 번이나 기발한 꾀를 내, 천하를 평정케 하였다.

176)미여관옥(美如冠玉) : 아름답기가 관옥과 같음. *관옥 : 관(冠)을 꾸미는 옥(玉).)

177)결승천리(決勝千里) : 교묘한 꾀를 써서 먼 곳에서 일어나는 싸움의 승리를 결정함.

178)운쥬유악(運籌帷幄) : 장막(帳幕) 안에서 주판을 놓듯이 이리저리 궁리하고 계획함.

"이ᄂᆞᆫ '틱빅(太伯) 《쥬랑 ‖ 즁옹(仲雍)'[179]》 의 무리라. 또 ᄉᆞ랑흡[흡]도다. ᄂᆡ 젼일 명둉(明宗) 츌궁(出宮)의 관광(觀光)ᄒᆞ니 웅위(雄威) 쥰슈(俊秀)ᄒᆞ더니, 위공부터 누를 달마 분면미인(粉面美人) ᄀᆞᆺᄒᆞᆫ고? 괴이(怪異)토다."

문창 왈,

"우리 궁녀의게 드르나, 황됴(皇祖) 싱모 국틱부인(國太夫人) 셜시 텬하 졀ᄉᆡᆨ이라. 미ᄉᆡᆨ이 그리ᄒᆞ여 ᄂᆞ렷다 ᄒᆞ더이다. 형들이 우리 슉모 조랑부인을 곱다 ᄒᆞ여도 두가(家) 냥 슉모ᄂᆞᆫ 더 고으니이다."

ᄉᆡ싱 왈,

"이ᄂᆞᆫ 엇던 ᄉᆞ름고?"

문창 왈,

"이ᄂᆞᆫ 조부의 동복저ᄆᆡ(同腹姐妹) 션혜공쥬 【69】 녀ᄌᆞ(女子)니, 옥쥐 부마 두경양의게 하가(下嫁)ᄒᆞ여 황죄(皇祖) 붕(崩)ᄒᆞ시니, 부친을 됴ᄎᆞ 이의 니르러 계시더니, 옥쥐 ᄒᆡ를 연ᄒᆞ여 싱산ᄒᆞ고 졸ᄒᆞ시ᄆᆡ 두공이 기셰ᄒᆞ니, 조뷔 ᄋᆞ희들을 길너 슈년 젼의 두가 형이 취쳐ᄒᆞ여 집을 다ᄉᆞ리ᄆᆡ 냥ᄆᆡ를 ᄎᆞ마 써ᄂᆞ지 못ᄒᆞ여 다려 가니이다."

현이 문창을 눈 기여[180] 왈,

"규슈(閨秀)의 말을 외인이 무르시ᄂᆞ뇨?"

냥싱이 말을 ᄀᆞᆺ치더라. 셕양이 되도록 음쥬ᄒᆞ더니, 현이 위공의 명 【70】 으로 드러가니, 됴공지 문창을 다리여 왈,

"네 ᄂᆞ히 현의게 두 ᄒᆡ 못ᄒᆞ거ᄂᆞᆯ 현의게 구속ᄒᆞᄂᆞᆫ다? 네 앗가 니르던 두가 슉뫼 ᄂᆞ히 언마나 ᄒᆞ며 뉘 더 고으뇨?

문창 왈,

"맛은 십뉵세오, ᄋᆞ은 십ᄉᆞ세로ᄃᆡ 맛슉모ᄂᆞᆫ 잔약ᄒᆞ고 곱기 셜상ᄆᆡ화(雪上梅花) ᄀᆞᆺ고, ᄎᆞ슉모ᄂᆞᆫ 유화풍영(柔和豐盈)ᄒᆞ니 츈풍(春風)의 도화(桃花) ᄀᆞᆺᄒᆞ니이다."

조빈이 쇼왈,

"네 슉뫼 져리 고으되 두가 쇼져만 못ᄒᆞ다 ᄒᆞ니, 네 슉모다려 닐너 ᄆᆡ를 맛치리라."

---

179)틱빅(太伯) 중옹(中甕) : 중국 주(周)나라 태왕(太王) 고공단보(古公亶父)의 세 아들 중 첫째 둘째 아들. 부왕이 셋째 아우인 계력(季歷; 문왕의 아버지)에게 왕위를 물려주고자 하는 뜻을 알고, 태백(太伯)과 중옹(仲雍)은 함께 머리를 깎고 몸에 문신을 하여 왕위를 사양하고 형만(荊蠻)으로 옮겨 은거함으로써, 셋째 아우인 계력(季歷)이 왕위를 계승케 하였다. 뒤에 형만족(荊蠻族)의 추대를 받아 오(吳)나라를 건국하고, 형제가 차례로 왕위를 계승하였다.

180)기다 : 눈짓하다.

문창 왈,

"슉뷔 혹흔 【71】 눈의 슉모만 고은가 넉여도, 두슉모는 우리 슉모 도곤 나은 즁, 셩힝(性行)이 어즈러 빗난 거시 더ᄒᆞ니이다."

조싱 왈,

"네 슉모는 ᄉᆞ오ᄂᆞ오냐?"

문창 왈,

"두슉모는 ᄂᆡ 침당의 가 문방을 흐젹셔도181) 일졀 ᄉᆞ동182)을 아니시되, 우리 슉모는 방 밧긔 화초나 즘싱이나 잡으면 큰 ᄆᆡ로 휘쏘ᄎᆞ니183) 엇지 ᄉᆞ오납지 아니리오."

졔싱이 무장대소(撫掌大笑)184) ᄒᆞ더라.

ᄉᆡ·됴 냥인이 두가 쇼져의 현미ᄒᆞ믈 듯고 마음의 그윽이 취코ᄌᆞ ᄒᆞ여 조싱으로 ᄒᆞ 【72】 여금 위공긔 통ᄒᆞ니, 위공이 큰 귀인이믈 알고, 두싱이 병잔(病殘)ᄒᆞ고 냥질(兩姪)이 상뫼(相貌) 긔특ᄒᆞ여 가셩(家聲)을 니르혈185) 쥴 ᄎᆞ탄ᄒᆞ더라. ᄒᆞ믈며 난혜의 산님186)이 궁박(窮迫)ᄒᆞ야 가셔(佳壻)를 맛ᄂᆞ기 어려오니, 이 ᄊᆡ의 져로 더브러 질ᄋᆞ의 호구(好逑)187)를 삼고ᄌᆞ ᄒᆞ여 두싱의게 이 쯧을 의논ᄒᆞ니, 두싱은 위인이 어질고 온화ᄒᆞ여 츄탁(推託)188)ᄒᆞ는 닐이 업고 병약ᄒᆞ여 가ᄉᆞ를 위공긔 취품(就稟)189)ᄒᆞ는지라.

즉시 허혼ᄒᆞ니, ᄉᆡ·됴 냥싱이 턱 【73】 일 셩친(成親)ᄒᆞ려 홀 ᄉᆡ, ᄉᆡ싱은 ᄯᅴ엿던190) 보검(寶劍)으로 납치(納采)191)ᄒᆞ고 두가 댱쇼져긔 졍ᄒᆞ고, 됴싱은 ᄯᅴ엿던 ᄯᅴ돈192)으로 ᄎᆞ쇼져긔 빙(聘)ᄒᆞ니193), ᄉᆡ싱은 됴싱긔 흔 ᄒᆡ 맛194)이라. ᄎᆞ례로

181)흐젹시다 : 어지럽히다. 모든 것을 뒤섞거나 뒤얽히게 하여 갈피를 잡을 수 없게 만들다.

182)ᄉᆞ동 : 꾸중. 꾸지람. 아랫사람의 잘못을 꾸짖음.

183)휘쏘ᄎᆞ다 : 휘쫓다. 어떤 자리에서 떠나도록 마구 쫓다.

184)무장대소(撫掌大笑) : 손뼉을 치며 크게 웃음. =박장대소(拍掌大笑).

185)니르혀다 : 일으키다.

186)산님 : 살림. 살아가는 형편이나 정도.

187)호구(好逑) : 좋은 짝.

188)츄탁(推託) : 다른 일을 핑계로 거절함.

189)취품(就稟) : 웃어른께 나아가 여쭘.

190)ᄯᅴ다 : 띠다. 물건을 몸에 지니다.

191)납치(納采) : 혼인례에서, 신랑 집에서 신부 집에 혼인을 구하는 의례. 또는 정혼이 이루어진 증거로 신랑 집에서 신부집에 보내는 예물.

192)ᄯᅴ돈 : 띳돈. 옛날 조복(朝服)의 띠에 붙이던 납작한 장식. 품계에 따라 서각(犀角), 금, 은을 썼다.

193)빙(聘)ᄒᆞ다 : =납빙(納聘)하다. 납폐(納幣)하다. 혼인할 때에, 사주단자의 교환이 끝난 후 정혼이 이루어진 증거로 신랑 집에서 신부 집으로 예물을 보내다.

경ᄒᆞ미라.

길신(吉辰)[195]이 ᄉᆞ오일 격ᄒᆞ엿더라. 조쇼제 댱부(丈夫)의 익우(益友)를 위ᄒᆞ여 길복(吉服)[196]을 다ᄉᆞ리고 ᄯᅩ 츄의(秋衣) 세 벌을 ᄒᆞ여 각각 보ᄂᆡ니, 삼ᄉᆡᆼ(三生)이 조쇼저의 춍혜(聰慧)ᄒᆞ믈 탄복ᄒᆞ더라.

길일의 셜연쳥빈(設宴請賓)[197]ᄒᆞ고 위의(威儀)에 셩비(盛備)ᄒᆞ미 위쇼져 혼인의서 더ᄒᆞ니, 이【74】ᄂᆞᆫ 션혜공쥬의 부귀로써 위공의 부려(富麗)ᄒᆞ믈 더으고, 두ᄉᆡᆼ이 고혈(孤孑)ᄒᆞᆫ 냥ᄆᆡ(兩妹)를 극진ᄒᆞ미라.

장즁(帳中)의 두쌍 신인(新人)이 쌍쌍이 교ᄇᆡ(交拜) ᄒᆞ니, 신낭(新郎)의 풍용(風容)이 인즁긔린(人中騏驎)[198]이요, 신부의 화용(花容)이 인즁신션(人中神仙)[199]이라. 견ᄌᆡ(見者) 칙칙(嘖嘖) 칭찬ᄒᆞ더라.

냥ᄉᆡᆼ(兩生)이 동방(洞房)[200]의 도라와 눈을 드러 보니, 운환(雲鬟)[201]의 구름이 어릐엿고, ᄒᆞᆫ 쌍 뉴미(柳眉)[202]ᄂᆞᆫ 반월(半月) ᄀᆞᆺ고 비 마즌 연(蓮)이 됴양(朝陽)을 ᄯᅴ흠 ᄀᆞᆺᄒᆞ니, 보ᄂᆞᆫ 눈이 어리로온[203] 쥴 ᄭᆡᄃᆞ라 쾌락(快樂)ᄒᆞ더라.【75】

---

194)맛 : 맏-. '손위'의 뜻을 더하는 접두사.

195)길신(吉辰) : =길일(吉日). 운이 좋거나 상서로운 날.

196)길복(吉服) : 혼인 때 신랑 신부가 입는 옷.

197)셜연쳥빈(設宴請賓) : 잔치를 베풀고 손님을 청함.

198)인즁긔린(人中騏驎) : '사람 가운데 천리마'라는 뜻으로, 사람 가운데서 뛰어나게 잘난 사람을 이르는 말

199)인즁신션(人中神仙) : '사람 가운데 신선'라는 뜻으로, 사람 가운데서 뛰어나게 잘난 사람을 이르는 말

200)동방(洞房) : 신방(新房). 신랑, 신부가 첫날밤을 치르도록 새로 차린 방.

201)운환(雲鬟) : 여자의 탐스러운 쪽 찐 머리.≒운계(雲髻).

202)뉴미(柳眉) : 버들잎 같은 눈썹이란 뜻으로, 미인의 눈썹을 이르는 말.≒유엽미(柳葉眉).

203)어리롭다 : 눈부시다. 아리땁다.

화산션계록 권지이

ᄎᆞ셜(且說)[204] 위공이 명일의 졔ᄉᆡᆼ(諸生)으로 연낙(宴樂)ᄒᆞᆯ ᄉᆡ, 위부인이 삼녀(三女)ᄅᆞᆯ 삼셔(三壻)와 ᄒᆞᆫ 당(堂)의 모화 셔로 보니, 위부인의 풍완호질(豊婉皓質)[205]의 복녹(福祿)이 어ᄅᆡ여시니, 삼쇼졔 병좌(竝坐)ᄒᆞ여 ᄉᆡᄉᆡᆼ부인은 금분옥ᄆᆡ(金盆玉梅)[206] 츄상(秋霜)을 두리지 아닛ᄂᆞᆫ 듯ᄒᆞ고, 됴공ᄌᆞ 부인은 ᄒᆞ억ᄒᆞᆫ[207] 도화(桃花) 츈ᄉᆡᆨ(春色)을 마셧ᄂᆞᆫ 듯ᄒᆞ니, 삼인이 각각 도라보고 우음을 먹음더라. 위부인이 빗난 말숨으로 위ᄌᆞ(慰藉)ᄒᆞ고 호쥬미찬(壺酒美饌)으로 ᄃᆡ졉ᄒᆞ니라.

일 【1】 일은 뎡은이 눈셥을 찡긔여 왈,

"삼형ᄋᆞ, 부가 녀셰(女壻) 되여 쥬ᄉᆡᆨ으로 풍신(風神)ᄒᆞ려 ᄒᆞᄂᆞ냐? 쇼제(小弟)의 몬져 가믈 막지 말나."

삼인이 경왈(驚曰),

"명일 ᄒᆞᆫ가지로 가리니 형은 방심(放心)ᄒᆞ라"

ᄒᆞ고, 위·두 냥부의 하직ᄒᆞ고 삼인이 각각 신혼 니별을 연연(戀戀)ᄒᆞ여 슈이 못기ᄅᆞᆯ 당부ᄒᆞ고 위공긔 하직(下直)ᄒᆞ니, 위공 왈,

"공 등이 비록 영걸이나 호탕(浩蕩)ᄒᆞ여 ᄉᆞ업을 엇지ᄒᆞ리오. 됴공은 더욱 시봉길의 함ᄒᆡ(陷害)ᄒᆞ믈 닙어 도라가기 어려온지라. ᄂᆡ 옛 【2】 집이 당안(長安) 광하이의 잇셔 비복(婢僕)이 슈호(守護)ᄒᆞᄂᆞ니, 만일 더러이 아니 넉일진ᄃᆡ 원듕(園中) 오동나무 밋ᄐᆡ 약간 ᄌᆡ물을 무덧시니, ᄂᆡ여쓰기를 혐의(嫌疑)치 말나."

삼인이 ᄇᆡᄉᆞ(拜謝)ᄒᆞ고 말긔 오르니, 현이 눈물을 ᄲᅮ려 니별ᄒᆞ더라. 삼낭ᄌᆡ(三娘子) 당부(丈夫)ᄅᆞᆯ 보ᄂᆡᆫ 후로 후회ᄅᆞᆯ 긔약지 아냐시니 도라오미 아으라ᄒᆞᆫ[208]지라. 아미(蛾眉)[209]의 시름이 ᄆᆡᆺ쳐 두 소졔 션연각의 오지 아니면 위쇼져ᄅᆞᆯ ᄎᆞᄌᆞ

---

204)ᄎᆞ셜(且說) : 고소설에서 새로 이야기를 시작하거나 장면을 전환 할 때에 쓰는 '화설(話說)' '익설(益說)' '화표(話表)' '각설(却說)' 따위와 같은 화두사(話頭詞).

205)풍완호질(豊婉皓質) : 풍만하며 아름답고 해맑은 자질.

206)금분옥ᄆᆡ(金盆玉梅) : 금빛 화분에 피어난 옥빛 매화.

207)ᄒᆞ억ᄒᆞ다 : ᄒᆞ벅지다. 탐스럽게 두툼하고 부드럽다.

208)아으라ᄒᆞ다 : 아스라하다. 아득하다. 보기에 아슬아슬할 만큼 높거나 까마득하게 멀다.

209)아미(蛾眉) : 누에나방 같은 눈썹이라는 뜻으로, 가늘고 길게 굽어진 아름다운 눈썹을 이르는 말.

유현궁으로 가니, 정의(情誼) 동포(同胞)ᄒᆞ여 ᄆᆡᆼ셰ᄒᆞ여 화 【3】 {화}복(禍福)을 ᄒᆞᆫ가지로 ᄒᆞ믈 원ᄒᆞ더라.

션시의 션혜 공쥬 ᄭᅮᆷ의 두 달이 품으로 쇼ᄉᆞ나 하ᄂᆞᆯ의 오르니, 광명이 됴요ᄒᆞ더니, 몬져 오른 달은 즉시 셔북으로 ᄲᅥ러지고 ᄂᆞ둉 오른 달은 빗치 더옥 찬난ᄒᆞ믈 보고 연ᄒᆞ여 냥녀를 ᄉᆡᆼᄒᆞ니, 산시(産時) 침실의 니향(異香)이 만실ᄒᆞ고 븕은 구름이 집 우희 어리여 오ᄅᆡ도록 흣터지지 아니 ᄒᆞ니, 반ᄃᆞ시 비상ᄒᆞᆯ 쥴 알고, 댱은 명을 월영이라 ᄒᆞ고, ᄎᆞᄂᆞᆫ 명을 월희라 ᄒᆞ니, 냥 쇼제 ᄌᆞᄉᆡᆨ(姿色)이 츌 【4】 뉴(出類) ᄒᆞ며 셩ᄒᆡᆼ이 춍명ᄒᆞ여, 조대가(曹大家)[210] 반쳡여(班婕妤)[211]의 문장이 잇고, 위부인의 필법을 모습(模襲)ᄒᆞ니, 공쥬 ᄉᆞ랑ᄒᆞ여 댱즁보옥(掌中寶玉) ᄀᆞᆺ치 ᄒᆞ더니, 두 소졔 강보의 공쥬 졸(卒)ᄒᆞ니, 님망(臨亡)의 위공긔 고 왈,

"ᄎᆞ 냥녀ᄂᆞᆫ 범인이 아니라. 쇼ᄆᆡ 그 영귀ᄒᆞ믈 보지 못ᄒᆞ고 죽으믈 슬허ᄒᆞᄂᆞ니, 오형(吾兄)은 속ᄌᆞ의 ᄇᆡ필을 삼지 마라, 명쥬(明珠) 니토(泥土)의 바리ᄂᆞᆫ 탄(歎)이 업게 ᄒᆞ쇼셔."

유언을 ᄌᆡ삼 정녕(丁寧)이 부탁ᄒᆞ니, 위공이 쇼져를 다려다가 션현각의 기른 ᄇᆡ라. 됴·싀 【5】 냥인이 크게 귀인 될 쥴 알고 즉시 허ᄒᆞ여 셩네(成禮)ᄒᆞ엿더니, 싀공ᄌᆞᄂᆞᆫ 졍히 '쥬셰둉(周世宗) 싀영(柴榮)'[212]이니, 두시로 황후를 삼ᄋᆞ 셰둉 즉위 삼년의 두휘(后) ᄉᆡᆼᄌᆞ 냥삭(兩朔)의 붕(崩)ᄒᆞ시니, 셰둉이 슬허 다시 황후를 셰우지 아니 ᄒᆞ고, ᄉᆡᆼᄋᆞ(生兒)를 ᄐᆡᄌᆞ를 봉ᄒᆞ려 ᄒᆞ나, ᄂᆞ히 어리무로써 후궁의 난바 종훈(宗訓)[213]을 셰워 텬ᄌᆞ(天子)를 삼앗더니, 간ᄒᆡ(姦害)를 닙어 망국(亡國)ᄒᆞ고, 숑(宋) 태죄(太祖) 즉위ᄒᆞ여 두후의 ᄋᆞᄌᆡ(兒子) 쥰호상활(俊豪爽闊)[214]ᄒᆞ

---

210)조대가(曹大家) : 본명 반쇼(班昭). 중국 후한(後漢)의 시인(?49~?120). 자는 혜희(惠姬). 반고(班固)와 반초(班超)의 여동생으로, 남편 조세숙(曹世叔)이 죽은 후 궁정에 초청되어 황후・귀인의 스승이 되었으며, 당시 화제(和帝)의 희등(熹鄧)태후가 그녀에게 '대가(大家)'라는 호를 하사하여 '조대가(曹大家)'로 불리었다. 반고의 유지(遺志)를 이어 『한서(漢書)』를 완성하였으며, 저서에 『조대가집』이 있다.

211)반첩여(班婕妤) : 중국 한(漢)나라 성제(成帝)의 후궁. 시가(詩歌)를 잘하여 성제의 총애를 받았으나 조비연(趙飛燕)에게 참소를 당하여 장신궁(長信宮)에 있으면서 부(賦)를 지어 상심을 노래하였다.

212)주셰종(周世宗) 시영(柴榮 : 중국 잔당오대(殘唐五代) 후주(後周)의 2대 황제(재위:954- 959). 이름은 시영(柴榮: 921-959)이다. 태조 곽위(郭威)의 양자가 되어 태조가 죽자 황위(皇位)를 승계했다. 후촉(後蜀)의 진(秦)·봉(鳳)·성(成)·계(階) 등 4주(州)와 남당(南唐)의 회남(淮南)지방 14주를 병합하고, 거란을 공격하여 영(瀛)·막(莫)·이(易) 등의 3주와 와교(瓦橋)·익진(益津)·어구(淤口) 등의 3관(關)을 수복, 영토를 확장했다.

213)종훈(宗訓) : 후주(後周) 세종(世宗)의 아들 공제(恭帝) 시종훈(柴宗訓: 953-968). 부황(父皇)의 급서(急逝)로 960년 7세의 나이로 제위에 올랐다가 그 해에 절도사 조광윤(趙匡胤)에게 황위(皇位)를 양위(讓位)했다.

믈 크게 쓰고즈 ᄒᆞ시니, 태됴 황후는 세동【6】 황후 동포즈ᄆᆡ(同胞姉妹)라. 궁녀와 유모로 더브러 보호ᄒᆞ믈 어닌 옥 ᄀᆞᆺ치 ᄒᆞ여, 댱셩ᄒᆞᄆᆡ 황후 댱공쥬 옥셩과 셩친ᄒᆞ니, ᄉᆡ부ᄆᆡ 송됴 명신이 되니라.

이 ᄯᅢ 텬ᄒᆡ(天下) 흉흉ᄒᆞ여 걸안이 크게 작난ᄒᆞ고, '진(晉)·한(漢)'[215]이 망ᄒᆞ게 되ᄆᆡ 쥬텬ᄌᆡ(周天子) 닙국(立國)ᄒᆞ니, 됴공ᄌᆞ(趙公子) 광윤(匡胤) 등이 쥬텬ᄌᆞ를 붓드러 텬하를 졍(定)ᄒᆞᄆᆡ, 닙국 ᄉᆞ연은 잔당연의(殘唐演義)에 긔록ᄒᆞ고, 위공의 본ᄉᆞ젹은 본뎐(本傳) 텬슈셕(泉水石)의 ᄒᆡ비(賅備)이 긔록ᄒᆞᆫ 고로 ᄎᆞ젼(此傳)의는 위현의 ᄉᆞ젹만 긔록ᄒᆞ고 다른 ᄉᆞ【7】 연은 번다(煩多) 불긔(不記)ᄒᆞ다.

쥬쥐(周主) 즉위ᄒᆞᄆᆡ 됴광윤(趙匡胤)은 셔셩 ᄐᆡ쉬 되엿고, 뎡은 니한승 등이 다 작위(爵位)의 거(居)ᄒᆞ고, 조빈이 작위 슝고(崇高)ᄒᆞ고, 위현은 아직 닙됴(入朝)치 아냣더라.

인ᄒᆞ여 화산의 긔별ᄒᆞ고, 조부인 두쇼져 냥인을 다 경ᄉᆞ(京師)의 올니ᄆᆡ, 위부 동창궁을 슈리ᄒᆞ여 머무를 ᄉᆡ, 됴쇼졔 공이 텬하 인심을 안무(按撫)ᄒᆞ려 각도(各道)의 진무(鎭撫)[216]ᄒᆞ니, 한 부즁(府中)의 잇지 못ᄒᆞ여 혹(或) 경ᄉᆞ의 거ᄒᆞ며, 동창(同昌)[217]의 거ᄒᆞ며, 셔셩의 머므니, ᄉᆡ싱은 국됵(國族)[218]이무로 두쇼져와 ᄃᆡᄂᆡ(大內)[219]의 잇더【8】라.

각셜(却說)[220] 시시(是時)의 동창부(同昌府) 엽히 일위 ᄃᆡ가(大家) 잇ᄉᆞ니, 이는 곳 당됴 ᄐᆡ혹ᄉᆞ 니한셩의 부즁이라. ᄃᆡᄃᆡ로 문벌이 혁혁ᄒᆞ고 부귀 졔미(齊美)ᄒᆞ더니, 일즉 상실(喪室)ᄒᆞ고 다만 뉴하(乳下) 일녀를 거ᄂᆞ려 셰월을 보ᄂᆡ니, 무ᄌᆞ(無子)ᄒᆞ믈 슬워ᄒᆞ나[221], 녀ᄋᆞ의 고혈(孤孑)ᄒᆞ믈 어엿비 녁이고 명을 옥슈라

214)쥰호상활(俊豪爽闊) : 도량이 크고 호방하며 상쾌함.

215)진(晉)·한(漢) : 중국 오대(五代) 가운데 석경당(石敬瑭)이 후당(後唐)을 멸하고 중원(中原)에 세운 후진(後晉: 936-946)과 유지원(劉知遠)이 후진(後晉)을 멸하고 대량(大梁)에 세운 후한(後漢: 947-950).

216)진무(鎭撫) : 안정시키고 어루만져 달램.≒진안(鎭安).

217)동창(同昌) : 동창궁(同昌宮). 작중인물 위복성의 선조모(先祖母)로 설정되어 있는 동창공주(同昌公主)의 궁으로 장안(長安)에 있다. *동창공주(同昌公主): 당(唐) 의종(懿宗: 재위860-873)과 곽숙비(郭淑妃) 사이에서 출생하여 의종의 지극한 사랑을 받았다. 당대(當代)의 관리(官吏) 위보형(韋保衡: 작중인물 위복성의 先祖父로 설정되어 있다)과 결혼하였으나 병으로 일찍 죽자 의종은 몹시 슬퍼하여, 치료를 맡았던 한종소(韓宗劭) 등 의관(醫官) 20여 명을 죽이고 그 친족 300여 명을 잡아다 옥에 가두기까지 하였다. 『舊唐書 卷19 懿宗紀』

218)국됵(國族) : 임금의 혈족.

219)ᄃᆡᄂᆡ(大內) : 대궐(大闕)의 안.

220)각셜(却說) : 고소설에서 화제(話題)를 돌려 다른 이야기를 시작할 때 쓰는 '화설(話說)' '화표(話表)' '차설(且說)' 따위와 같은 화두사(話頭詞).

221)슬워ᄒᆞ다 : 설워하다. 서럽게 여기다.

ᄒᆞ여 가장을 맛져 영웅을 ᄀᆞᆯ히여 ᄇᆡ필을 졍ᄒᆞ고ᄌᆞ ᄒᆞ니, 옥슈 방년 십셰의 안ᄉᆡᆨ이 웃ᄂᆞᆫ ᄭᅩᆺ ᄀᆞᆺ고 ᄐᆡ되 뎔셰(絶世)ᄒᆞ며, 셩ᄒᆡᆼ(性行)이 ᄲᅱ여ᄂᆞ고 ᄉᆞ광지총(師曠之聰)[222]과 니루지명(離婁之明)[223]과 제갈(諸葛)[224]의 【9】 지혜 잇ᄉᆞ니, 장하(粧下)[225]의 옥소 등 ᄉᆞᄀᆡ 시ᄋᆞ(侍兒)와 유모로 더브러 침션(針線)을 부즈러니 ᄒᆞ여 부공을 밧들고 가ᄉᆞᄅᆞᆯ 션치(善治)ᄒᆞ더니, 니공이 본ᄂᆡ 친쳑이 녕졍(零丁)[226]ᄒᆞ고 다만 질ᄌᆞ(姪子) 일인이 잇스니 명은 한승이라. 위인(爲人)이 호쥰(豪俊)ᄒᆞᆫ 영걸(英傑)이라.

ᄌᆞ로[227] 왕ᄂᆡᄒᆞ나, 니공이 무후(無後)ᄒᆞ믈로 됴둉(祖宗)을 념녀ᄒᆞ여 후취(後娶) 탕시ᄒᆞ니, 용ᄉᆡᆨ이 비록 졀미ᄒᆞ나, 마음이 어질지 못ᄒᆞ더라. 일즉 냥녀ᄅᆞᆯ ᄉᆡᆼᄒᆞ고 혹ᄉᆞ 공이 셰상을 바리니, 옥슈쇼져의 지통(至痛)은 방인(傍人)이 낙누(落淚)ᄒᆞᆯ지라. 【10】

슬푸미 쥭고ᄌᆞ ᄒᆞ나, ᄃᆡ의ᄅᆞᆯ 잡ᄋᆞ 녜로써 션산의 장(葬)ᄒᆞ고 쵸둉(初終)[228] 졔ᄉᆞ와 삼년(三年)[229] 향ᄉᆞ(享祀)ᄅᆞᆯ 지셩으로 지ᄂᆡᄆᆡ, 일은바[230] 남의 십ᄌᆞ(十子)ᄅᆞᆯ 불워 아닐너라.

탕시 믄득 불현ᄑᆡ악지심(不賢悖惡之心)이 니러ᄂᆞ니, 슬하의 냥녜 잇셔 화월지ᄉᆡᆨ(花月之色)을 가져시나, 옥슈의게 비ᄒᆞᄆᆡ 여러 층 ᄂᆞ리고, 셩ᄒᆡᆼᄌᆡ덕(性行才德)은 더옥 의논치도 못ᄒᆞᆯ지라.

ᄀᆞ마니 그 오라비 탕관을 불너 의논ᄒᆞ되,

"뎍녀(嫡女)의 ᄌᆞᄉᆡᆨ은 고금의 업ᄉᆞᆯ지라. ᄌᆡ물 잇ᄂᆞᆫ ᄌᆡ ᄒᆞᆫ 번 보면 몸을 바려 취

222)ᄉᆞ광지총(師曠之聰) : 사광(師曠)의 총명함. 중국 춘추(春秋) 때 사광이란 사람이 소리를 잘 분변하여 길흉을 점쳤다는 고사에서 유래한 말.

223)니루지명(離婁之明) : 눈이 매우 밝음을 비유적으로 이르는 말. 중국 황제(黃帝) 때 사람인 이루(離婁)가 눈이 밝았다는 데서 나온 말이다.

224)제갈(諸葛) : 제갈량(諸葛亮). 181~234. 중국 삼국 시대 촉한의 정치가. 자(字)는 공명(孔明). 시호는 충무(忠武). 뛰어난 군사 전략가로, 유비를 도와 오(吳)나라와 연합하여 조조(曹操)의 위(魏)나라 군사를 대파하고 파촉(巴蜀)을 얻어 촉한을 세웠다. 유비가 죽은 후에 무향후(武鄕侯)로서 남방의 만족(蠻族)을 정벌하고, 위나라 사마의와 대전 중에 병사하였다

225)장하(粧下) : 장대하(粧臺下). '화장대 아래'라는 말로, 화장을 돕거나 화장도구 따위를 관리하는 여자 종을 이르는 말.

226)녕졍(零丁) : 세력이나 살림이 보잘것없이 되어서 의지할 곳이 없음.

227)ᄌᆞ로 : 자주. 같은 일을 잇따라 잦게.

228)쵸둉(初終) : '초종장사(初終葬事)'의 준말. 초상이 난 뒤부터 졸곡까지 치르는 온갖 일이나 예식.

229)삼년(三年) : 삼년상(三年喪), 부모의 상을 당해 삼 년 동안 거상하는 일.≒삼년초토(三年草土), 삼상(三喪).

230)일은바 : 이른바. 세상에서 말하는 바.≒소위(所謂),

코ᄌᆞ ᄒᆞ리니, 널니 듯보 【11】 아 뎍녀를 쳐치ᄒᆞᆫ 즉, 그ᄃᆡ도 ᄌᆡ물을 엇고 ᄂᆞ도 니부 ᄌᆡ물을 독당(獨當)ᄒᆞᆯ 거시요, 니시 뎍친(族親)이 희쇼(稀少)ᄒᆞ고, 다만 뎍녀의 둉형(宗兄) 니댱군 한승이 잇ᄉᆞ나, 이졔 분운(紛紜)ᄒᆞᆫ 텬하(天下)의 뎜검(點檢)231)ᄒᆞ노라 먼니 가고 뉘 잇셔 시비ᄒᆞ리오. ᄲᆞᆯ니 도모ᄒᆞ라."

탕관은 일ᄀᆡ ᄌᆡ물을 됴화ᄒᆞᄂᆞᆫ 도젹이요, 아모 분슈(分數) 업ᄂᆞᆫ 어림장이라. 일즉 취쳐(娶妻) 굴시ᄒᆞ니, 굴시의 위인이 텬졍ᄇᆡ필(天定配匹)이요, 화락ᄒᆞᄂᆞᆫ 모양 ᄀᆞᆺᄒᆞ여 일ᄌᆞ일녀를 두어 ᄉᆞ니, ᄌᆞ의 명은 츈이니, 위인이 호 【12】 ᄉᆡᆨ방탕(好色放蕩)ᄒᆞ고 음쥬ᄌᆞ락(飮酒自樂)ᄒᆞ여 벗 ᄉᆞ괴기를 됴화ᄒᆞ고, 무뢰ᄇᆡ를 쳐결ᄒᆞ여 부녀 겁탈ᄒᆞ기로 ᄉᆡᆼᄋᆡ(生涯)를 삼ᄋᆞ, 벗 진여회로 지긔(知己) 되여 허심붕위(許心朋友)232) 되엿더니, 일즉 양가 녀ᄌᆞ를 강탈ᄒᆞ여 ᄉᆞ니, 명은 칠ᄋᆡ요, 나흔 십칠이라.

벌열 후예로 난을 맛나 부모친쳑이 망ᄒᆞ고, 홀노 봄을 늣기되 그윽이 군ᄌᆞ를 바라다가 그릇 탕츈의 겁탈ᄒᆞᄂᆞᆫ 슈즁의 걸니여 욕을 보고 의지ᄒᆞ니, 심즁은 ᄂᆡ도ᄒᆞ여 날마다 ᄊᆞ홈이 닐고 【13】 닷토기로 ᄉᆡᆼᄋᆡ러라.

탕관의 녀ᄋᆞ의 명은 교란이니, 방년 십ᄉᆞ의 면츄(免醜)ᄂᆞᆫ ᄒᆞ엿스나, 음물(淫物)이라. 농츈지졍(弄春之情)233)을 것잡지 못ᄒᆞ여 ᄆᆡ양 부모를 원망ᄒᆞ여 가셔(佳壻)를 ᄐᆡᆨ(擇)지 아닛ᄂᆞᆫ다 발작ᄒᆞ며 스ᄉᆞ로 츌입을 임의로 ᄒᆞ여, 니부의 왕ᄂᆡ도 ᄒᆞ며 노즁(路中) 쇼년을 그윽이 유의ᄒᆞ더니, 니부의 와 탕시의 냥녀 쥬ᄋᆡ 쥬옥과 니쇼져 옥슈로 놀ᄉᆡ, 비록 ᄀᆞᆺ흔 녀ᄌᆡ나 옥슈의 긔이ᄒᆞᆫ ᄌᆡᄉᆡᆨ을 ᄉᆞ랑ᄒᆞ여 우러러 흠모ᄒᆞ며 일시도 ᄯᅥᄂᆞ지 아니ᄒᆞ 【14】 니, 옥싊 여신(如神)ᄒᆞᆫ 춍명으로 탕시 모녀의 심슐을 지긔ᄒᆞ고, 탕교란의 불미ᄒᆞ믈 아나 밀위여 쓸 곳이 잇실가 ᄒᆞ여 거즛 ᄉᆞ랑ᄒᆞᄂᆞᆫ 졍을 둣터이 ᄒᆞ니, 탕교란이 더욱 뎡을 쏘다 슉모의 셰밀지ᄉᆞ(細密之事)를 다 와 보ᄒᆞ더라.

이날 탕관이 니부의 니르러 ᄆᆡ랑(妹娘)의 다ᄅᆡ오믈 드르ᄆᆡ 이런 닐의ᄂᆞᆫ 발 벗고 ᄂᆡ닷ᄂᆞᆫ지라. 흉휼(凶譎)ᄒᆞᆫ 우음 슈삼ᄎᆞ(數三次)의 쾌히 허락ᄒᆞ고 ᄂᆞᄋᆞ가, 부상ᄃᆡ고(富商大賈) 됴원외를 보고 뎔ᄉᆡᆨ(絶色) 미인 ᄆᆡᄆᆡ(買賣)ᄒᆞ믈 의논ᄒᆞ니, 됴 【15】 원외ᄂᆞᆫ ᄉᆡᆨ(色)의 아귀(餓鬼)234)라. 뎔ᄉᆡᆨ(絶色) 곳 잇ᄉᆞᆫ 즉 만금을 앗기지 아닛ᄂᆞᆫ지라. ᄃᆡ희ᄒᆞ여 쇼연(所然)235)을 무러 알고 쾌히 오ᄇᆡᆨ금을 쥬니, 탕관이 다

231)뎜검(點檢) : 무관 관직의 하나. 금군(禁軍)을 통솔하는 관직의 이름.

232)허심붕위(許心朋友) : 서로 마음을 허락라여.

233)농츈지졍(弄春之情) : 질탕하게 정욕을 펴고자 하는 마음.

234)아귀(餓鬼) : 『불교』 사천왕에 딸린 여덟 귀신의 하나. 계율을 어기거나 탐욕을 부려 아귀도에 떨어진 귀신으로, 몸이 앙상하게 마르고 배가 엄청나게 큰데, 목구멍이 바늘구멍 같아서 음식을 먹을 수 없어 늘 굶주림으로 괴로워한다고 한다

235)쇼연(所緣) : 소이연(所以然). 그리된 까닭.

시 계교를 졍ᄒᆞᆯ ᄉᆡ, '노변(路邊)의 무뢰ᄇᆡ를 쳐결ᄒᆞ여 겁탈ᄒᆞ게 ᄒᆞ라' ᄒᆞ고, 밀밀의 상의ᄒᆞ고 와 ᄆᆡ랑을 보고 계교를 일으니, 탕시 깃거 왈,

"명일 맛당이 옥슈로 가군 묘상(墓上)의 향ᄉᆞ(享祀)ᄒᆞ고 오게 ᄒᆞ리니, 일을 주밀(周密)이 ᄒᆞ라."

탕관이 고ᄀᆡ 돗고 가더라. 탕시 옥슈를 불너 니로ᄃᆡ,

"가군(家君)이 무후(無後)ᄒᆞ여 널노써 ᄋᆞᄃᆞᆯ을 ᄃᆡ(代)ᄒᆞ【16】엿ᄂᆞᆫ지라. 너ᄂᆞᆫ 모로미 명일 묘상의 ᄂᆞᄋᆞ가 향ᄉᆞᄒᆞ고 도라오라."

쇼제 슌슌 슈명ᄒᆞ고 물너 침쇼의 도라와 그윽이 혜ᄋᆞ리더니, 교란이 ᄂᆞᄋᆞ와 은근이 늣겨 왈,

"져져(姐姐)236)야! 명일 묘ᄒᆡᆼ(妙行)이 필유묘ᄆᆡᆨ(必有苗脈)ᄒᆞ늘 아ᄂᆞ냐?"

옥ᄉᆔ 짐ᄌᆞᆨ고 말노써 도도아 무르니, 교란이 탕가 남ᄆᆡ의 계교ᄒᆞ든 말을 셰셰이 니르고 탄왈,

"야속ᄒᆞᆯ ᄉᆞ 부모로다. 과년ᄒᆞᆫ ᄯᆞᆯ을 두고 ᄀᆞᆺᄒᆞ여 ᄉᆞᆱ도 안 《ᄉᆞᆱ‖ᄉᆞᄂᆞᆫ》 규슈를 쥬어 보ᄂᆡᆯ 용심이 잇ᄉᆞ리오."

쇼제 청파의 어히업서 묵연냥구(默然良久)의 ᄀᆞᆯ오ᄃᆡ,

"현ᄆᆡᄂᆞᆫ【17】 근심 말나. ᄂᆡ ᄒᆞᆫ 계괴 잇ᄉᆞ니, ᄂᆞᄂᆞᆫ 실노 츈심이 쇼연히 업ᄂᆞᆫ지라. 현ᄆᆡ 나를 ᄃᆡ신ᄒᆞ여 져곳의 ᄂᆞᄋᆞ가 화락ᄒᆞ미 엇더ᄒᆞ뇨?"

교란이 듯고 깃거 왈,

"져져의 인후(仁厚)ᄒᆞᆫ 지괴(指敎) 아니면 ᄂᆡ 실노 팔십 안의ᄂᆞᆫ 남녀 졍욕을 모ᄅᆞᆯ 지라. 쥬변237)업ᄉᆞᆫ 부모를 바라고 어느 셰월을 구ᄎᆞ(苟且)이 기다리이요. 져져ᄂᆞᆫ 묘계를 됴히 ᄒᆞ쇼셔."

쇼제 귀의 다혀 두어 말을 니르니, 교란이 쳘업시 깃거 ᄒᆞ더라.

명됴의 탕시 뎡하(庭下)의 교ᄌᆞ를 ᄀᆞᆺ초와 놋코 쇼져를 부르니, 쇼제 【18】능소를 눈쥬고 뎡당의 ᄂᆞᄋᆞ가니, 탕시 흔연이 교ᄌᆞ의 들기를 명ᄒᆞ거ᄂᆞᆯ 쇼제 슌슌이 ᄒᆞ직고 교ᄌᆞ의 오르ᄆᆡ 교뷔 즉시 메오고, 능쇠 뒤흘 됴ᄎᆞ 문을 ᄂᆞ니, 탕시 다시 념네 아니ᄒᆞ고 가장 깃거 ᄒᆞ더라.

교뷔 밧 문의 밋ᄎᆞᄆᆡ 능쇠 교ᄌᆞ를 머무러 왈,

"쇼제 급히 뎡당의 드러오시ᄆᆡ 됼지의 역복지 못ᄒᆞᄉᆞ, 하졀(夏節)의 더위를 니긔지 못ᄒᆞ시리니, ᄌᆞᆷ간 쇼져 침당 협문의 머무른 즉, ᄌᆞᆷ간 ᄀᆡ복ᄒᆞ시게 ᄒᆞ라."

교뷔 엇지 듯지 아니 ᄒᆞ리오. 즉【19】{즉}시 쇼져 침당 협문 압 누(樓)의 머

---

236)져져(姐姐) : '누님'을 달리 이르는 말.
237)쥬변 : 일을 주선하거나 변통함. 또는 그런 재주. ≒두름손. *주변머리: '주변'을 속되게 이르는 말. .

무니, 능쇠 압셔 급히 드러가 탕쇼져를 불너 닉여 교즈의 녓코, 쇼져는 여젼이 침실의 잇더라.

교뷔 아모란 듈 모로고 메오고 문을 나 힝ᄒᆞ여 그윽ᄒᆞᆫ 동구를 지ᄂᆞ더니, 탕관의 무뢰비 미복ᄒᆞ여 기다리다가 닉다라, 교즈를 겁탈ᄒᆞ여 됴원외의게 가니, 원외 급히 쥬렴(朱簾)을 들츄고 미인의 졀세ᄒᆞ믈 깃거 쥬식과 금은을 흣터 악쇼년을 ᄉᆞ례ᄒᆞ고, 미인을 빅의 시러 본향으로 도라가니라. 【20】

교뷔 낭핀ᄒᆞ고 도라와 탕시긔 고ᄒᆞ니, 탕시 ᄀᆞ장 깃거 흔흔ᄒᆞ더니, 탕관이 니르러 쥬식(酒食)을 《증식∥징식(徵索)》ᄒᆞ며 쾌락ᄒᆞ더니, 쥬익 교란을 부르라 니쇼져 침실노 가더니, 황망이 도라와 쇼릭질너 왈,

“큰일이 낫나이다. 업스라ᄒᆞᆫ 니옥슈는 완연이 잇고, 분명이 잇던 탕교란은 간 곳이 업ᄉᆞ니, 이 아니 밧고미 잇는가?”

탕관이 혼비빅산(魂飛魄散)ᄒᆞ고 탕시 급히 쇼져 침쇼의 가니, 완연이 니러 맛는지라. 묵연(默然) 반향(半晌)의 발작 왈,

“녀직 즈라면 셔방맛고 【21】 남직 즈라면 입장(入丈)ᄒᆞ미 셩인(聖人)의 법네(法禮)라. 네 ᄂᆞ히 과년(過年)ᄒᆞ미 널니 구혼ᄒᆞ되 맛당ᄒᆞᆫ 곳이 업는지라. 향관 부가(富家) 즈데로 결혼코즈 ᄒᆞ미 네 분명 고집홀지라. 묘상 힝ᄉᆞᄒᆞ고 회환 길의 바로 빅년군즈를 맛게 ᄒᆞ엿거늘 네 엇지 어룬의 깁흔 뜻과 닉도ᄒᆞ여 교란과 밧고뇨?”

쇼제 정식 딕왈,

“남녜 혼취(婚娶)는 오륜(五倫)의 큰 네(禮)니, 부모의 명과 믹작(媒妁)의 통(通)ᄒᆞ미 잇셔 뉵녜(六禮)[238]를 구힝(具行)ᄒᆞᄂᆞ니, 쇼녀는 더옥 뎨왕후예(諸王後裔)로 야애 아니 계시고, ᄉᆞ룸의 【22】 업슈이 넉이믈 밧지 마라, 네도를 씩씩이 ᄒᆞ미 부인 녀즈의 덕힝이니, 밋 문회(門戶) 상당(相當)ᄒᆞ며 직뫼 ᄀᆞᆺ흔 연후의야 친ᄉᆞ를 의논홀지라. 금즈(今者) 혼ᄉᆞ는, 쳣직 동독(種族)이 모로고, 둘흔 즁믹(仲媒) 업고, 셰흔 모친이 경계ᄒᆞ시미 업고, 네흔 납폐문명(納幣問名)이 업고, 다ᄉᆞᆺ슨 셩명거쥬(姓名居住)도 아지 못ᄒᆞ니, 이 무슨 혼인이라 ᄒᆞ여, 무뢰 강도를 됴ᄎᆞ 문호를 욕ᄒᆞ리오. 거일(去日)의 탕쇼제 쇼녀 다려 니로딕, ‘부친이 ᄂᆞ를 바리고 ᄀᆞᆺᄒᆞ여 쇼문도 모로는 쇼녀를 【23】 부가의 팔녀 ᄒᆞ니, 쥬변 업ᄉᆞᆫ 부모를 밋다가는 팔십 안의 규녀를 면치 못홀지라. 혼닌(婚姻)은 닉 ᄉᆞᄉᆞ로 당홀 거시니 향ᄉᆞ도 그만두고, 침당의 드러 잇ᄉᆞ라’ ᄒᆞ딕, ᄀᆞ마니 잇슬 ᄲᅮᆫ이니이다.”

부인이 홀 말이 업셔 도라와 탕관을 보고 숀벽쳐 왈,

238)뉵녜(六禮) : 우리나라 전통혼례의 여섯 가지 의례. 납채(納采), 문명(問名), 납길(納吉), 납폐(納幣), 청기(請期), 친영(親迎)을 이른다.

"됴치 아니코 됴치 아니타. 교란을 ᄒᆞᆫ ᄂᆞᆺ 상고의 ᄇᆡ필을 쥬엇도다. 탕관이 ᄯᅩᄒᆞᆫ ᄒᆞᆯ일업셔 도라가 굴시다려 니르니, 굴시 하ᄂᆞᆯ ᄀᆞᆺ치 분ᄒᆞ나 ᄉᆞ세(事勢) ᄒᆞᆯ일 없ᄂᆞᆫ지라. 묵묵이 안져 다 【24】 만 상고의게 바든 ᄌᆡ물을 어루만지더니, 그 ᄋᆞᄃᆞᆯ 탕츈이 방탕ᄒᆞ기 심ᄒᆞ여 호(號)를 '쌍호졉(雙胡蝶)이라 ᄒᆞ고, 부모도 ᄎᆞᆺ지 아니ᄒᆞ고 양칠ᄋᆡ로 더브러 음낙(淫樂)ᄒᆞ가다 이ᄂᆞᆯ 아비를 보라 니르니, 부뫼 능나(綾羅) 금은(金銀)을 ᄊᆞ코, 일변 울며 일변 즐겨ᄒᆞ거ᄂᆞᆯ, 탕츈이 무르ᄃᆡ,

"모친ᄋᆞ! 이 ᄌᆡ물이 어ᄃᆡ셔 ᄂᆞᆺᄂᆞ냐?"

굴시 왈,

"네 슉뫼 옥슈를 상고의게 파라 이 금은을 밧고 속여 보ᄂᆡ려 ᄒᆞ엿더니, 네 누의 셔방 ᄆᆞᄌᆞ니, 이거시 그 금이로다."

탕츈이 【25】 대경 왈,

"우리 문미(門楣)[239] 엇더ᄒᆞ관ᄃᆡ 그런 노르ᄉᆞᆯ 져즈시니잇가? 쇼ᄌᆞ를 ᄆᆡ양 더러온 ᄌᆞ식이라 ᄒᆞ더니, 부친의 닐은 ᄆᆡ오 문호의 유익ᄒᆞ도소이다."

탕관이 ᄌᆞ초곡절(自初曲折)[240]을 니르니, 탕ᄉᆡᆼ이 숀벽쳐 왈,

"니쇼제 져를 파ᄂᆞᆫ 쥴 알고 쇼ᄆᆡ를 함정의 너헛시니, 쇼ᄌᆡ 보슈(報讐)ᄒᆞ리이다. 슉모긔 의논ᄒᆞᄉᆞ 니시를 쇼ᄌᆞ의 실(室)를 삼으면, 쇼ᄌᆡ 둉신(終身)토록 부모를 셤기게 ᄒᆞ여, ᄆᆡᄌᆞ(妹子)의 먼니 간 한(恨)을 제게 옴겨 욕ᄒᆞ고, 이 혼ᄉᆡ 못되면 【26】 건장ᄒᆞᆫ 역ᄉᆞ(力士)로 져를 오욕(汚辱)ᄒᆞ여, 다려가 슉모의 후환(後患)을 ᄭᅳᆫᄎᆞ리라."

ᄒᆞ니, 탕관이 대희ᄒᆞ여, 이 ᄂᆞᆯ이야 ᄋᆞᄃᆞᆯ노 더브러 밥 먹고 니부의 니르니, 탕시 마져 탄식ᄒᆞ거ᄂᆞᆯ, 탕관 탕츈이 우어 왈,

"슉모ᄂᆞᆫ 번뇌치 마르쇼셔. 니쇼제 비록 진평(陳平) 댱냥(張良)의 모계(謀計) 잇셔도 날ᄀᆡ 업ᄉᆞ니 어ᄃᆡ로 다라ᄂᆞ리잇가?"

탕시 환희(歡喜) 왈,

"질ᄋᆞ야 네 일양 유탕(遊蕩)[241]ᄒᆞ니, 아니 날을 속여 금은을 취ᄒᆞ려 ᄒᆞᄂᆞ냐? 무ᄉᆞᆷ 계괴뇨?"

탕츈이 쇼왈,

"이 일이 각별 【27】 슉모를 속일 ᄇᆡ 아니라. 슉뫼 몬져 쇼져를 다리여 쇼질의게 셩친ᄒᆞ려 ᄒᆞ여 슌둉(順從)ᄒᆞ면 그만 ᄒᆞ려니와, 불연이면 쇼질의 향환(鄕宦) 쇼금

---

239)문미(門楣) : ①문벌, 가문. ②창문 위에 가로 댄 나무. 그 윗부분 벽의 무게를 받쳐 준다.

240)ᄌᆞ초곡절(自初曲折) : 처음부터 순조롭지 아니하게 얽힌 이런저런 복잡한 사정이나 까닭.

241)유탕(遊蕩) : 기분 내키는 대로 마음껏 놂. 또는 음탕하게 놂.

오는 승상 봉필의 ᄋᆞ돌이라. ᄉᆡ로 미인을 구ᄒᆞ니, 가음열미 나라흘 ᄃᆡ적(對敵)ᄒᆞᄂᆞ니, 져를 다리여 위력으로 취ᄒᆞ게 ᄒᆞ고, 그도 듯지 아니면 ᄯᅩ 무슴 ᄭᅬ를 ᄒᆞ거든, 쇼질의 벗 진여회란 ᄉᆞ름이 힘이 쳔근을 드니, 바로 다라드러 아ᄉᆞ 가미 엇더ᄒᆞ니잇고?"

부인이 대희 왈,

"네 말 ᄀᆞᆺᄒᆞ 【28】 면 무슴 근심이 잇ᄉᆞ리이오. 빙금(聘金)242)을 반식 난호리라."

탕시 슉질이 졍히 의논홀 ᄉᆞ이의, 옥슈 쇼졔 모친의 무류(無聊)ᄒᆞᆫ243) 가온ᄃᆡ 일을 져즐가 의심ᄒᆞ여, 능소로 ᄒᆞ여금 탐지ᄒᆞ고 ᄂᆡ쇼ᄒᆞ기를 마지 아냐, 눈으로 두 시녀를 보니, 냥인이 뜻을 알고 ᄃᆡ후 ᄒᆞ더라.

이 밤의 쇼졔 부인긔 드러가니, 탕시 다시 불호(不好)ᄒᆞᆫ 빗출 아니ᄒᆞ고 한담ᄒᆞ다가 도라보ᄂᆡ니, 쇼졔 뎨긔(提起)치 아니터라.

일일은 유모를 불너 ᄀᆞᆯ오ᄃᆡ,

"옥슈 댱셩ᄒᆞ여시나 【29】 과모(寡母)의 집의 쥬장ᄒᆞ리 업셔 가셔(佳壻)를 ᄐᆡᆨ지 못ᄒᆞ여 우민(憂悶)터니, ᄂᆞ의 질ᄋᆡ 풍뉴(風流) 쥰슈(俊秀)ᄒᆞ니, 녀ᄋᆞ의 인연을 졍코ᄌᆞ ᄒᆞ노라."

유뫼 ᄃᆡ왈(對曰),

"쇼져의 슌향(順向)244)을 부인이 션ᄐᆡᆨᄒᆞ시니 쳔녜(賤女) 간예(干與)ᄒᆞ리잇가?"

부인 왈,

"쇼졔 무어시라 ᄒᆞᄂᆞ고 무러보라. ᄂᆡ 길일을 ᄐᆡᆨᄒᆞ니 슈일 ᄂᆡ의 되ᄂᆞᆫ지라. 질ᄋᆡ '입막의 손'245)이 되면 가ᄉᆞ(家事)의 다 슌편(順便)ᄒᆞ리로다."

유뫼 깃분 얼골노 가거ᄂᆞᆯ, 부인이 쥬ᄋᆞ다려 왈,

"노물(老物)이 이 혼인을 깃거ᄒᆞ니 아지 못ᄒᆞ리로다."

ᄒᆞ 【30】 더라. 탕츈이 니르니 탕시 왈,

"너ᄂᆞᆫ 은ᄌᆞ(銀子)를 바다 쓸ᄃᆡ로 쓰고, ᄂᆡ ᄌᆡ물은 허비치 말나."

탕츈이 웃고 ᄀᆞᆯ오ᄃᆡ,

"슉모의 말슴도 올흐시니 쇼질이 니쇼져를 파라도 날을 맛져 두려 ᄒᆞ시면, 쇼질이 낭즁취물(囊中取物)246) ᄀᆞᆺ치 ᄆᆡᄆᆡ(買賣)ᄒᆞ미 됴흘 쇼이다."

---

242)빙금(聘金) : 『역사』 중국에서, 결혼할 때 신랑이 신부의 친정에 주던 돈.
243)무류(無聊)하다 : 부끄럽고 열없다.
244)슌향(順向) : 후사(後嗣)를 이어갈 사람. 배우자.
245)입막(入幕)의 손 : =입막지빈(入幕之賓). 잠자는 휘장 안으로까지 들어오는 손님이라는 뜻으로, 사위 또는 특별히 가까운 손님을 이르는 말.
246)낭즁취믈(囊中取物) : 주머니 속에서 물건을 꺼내듯이 아주 손쉽게 얻을 수 있음을

부인이 답 왈,

"현질ᄋᆞ! 쇼문ᄂᆡ지 말고 옥슈를 쥭이나 파나 네 뜻ᄃᆡ로 ᄒᆞ여 ᄌᆞ최를 업시ᄒᆞ여 말ᄂᆡ기를, '옥쉬 ᄉᆞ름의게 ᄉᆞ졍(事情)이 잇셔 다라ᄂᆞ다' ᄒᆞ면, ᄂᆡ한승이 엇지 ᄒᆞ리오. 《ᄂᆡᄌᆞ‖ᄂᆡ가(李家)》의 지산 【31】만 포식(飽食)ᄒᆞ기를 원ᄒᆞᄂᆞ니, 너ᄂᆞᆫ 됴히 쳐치ᄒᆞ라."

탕츅(畜)이 ᄃᆡ희ᄒᆞ여 쇼승상 ᄋᆞ들 금오를 다리려 가더라.

소금오ᄂᆞᆫ 가음열미 누거만(累巨萬)을 두엇고, 호탕ᄒᆞ여 미인 모호기를 위업(爲業)ᄒᆞ니, 민간의 불의를 힝ᄒᆞ여 졀염(絶艶)을 구ᄒᆞ나, 엇기 어려워 좌ᄉᆞ우상(左思右想)[247]ᄒᆞ여 가인(佳人) 구ᄒᆞ미 방하(放下)치 못ᄒᆞ더니, 탕츈의 말을 듯고 ᄂᆡ흑ᄉᆞ의 쳔금교녜(千金嬌女)[248] 침어낙안지ᄉᆡᆨ(沈魚落雁之色)[249]으로 ᄌᆞ방(子房)[250]의 ᄭᅬ와 공명(孔明)[251]의 슬긔로 계모의 계교를 버셔나 츈광(春光)이 아 【32】릿ᄯᆞ오믈 젼ᄒᆞ니, 탐화광졉(貪花狂蝶)[252]이 마른 츈이 갈(渴)ᄒᆞ여 인연(因緣)ᄒᆞᆯ 길이 업ᄉᆞ믈 한ᄒᆞ더니, 쌍호졉(雙胡蝶)의 됴흔 ᄭᅬ로 탕부인이 녀ᄋᆞ로ᄡᅥ 쳔금을 취ᄒᆞ믈 듯고, 만심환열ᄒᆞ여 쥬찬을 정히 ᄀᆞ쵸와 탕츈을 먹이고, 몬져 ᄇᆡᆨ은 두 덩이를 쥬어 ᄀᆞᆯ오ᄃᆡ,

"ᄂᆡ쇼져 ᄌᆞᄉᆡᆨ(姿色)이 일향(一鄕)의 유명ᄒᆞ니, 녀ᄌᆞ의 지뫼(智謀) 용쇽(庸俗)지 아냐 우젼(于前)[253] 냥가(兩家)의 견픽(見敗)ᄒᆞ미니, 빙금(聘金)을 몬져 쥬리오. ᄂᆡ쇼져 다려오ᄂᆞᆫ 날 형이 맛당이 큰 져울노 가져 갈지라. ᄂᆡ 오ᄇᆡᆨ 【33】냥 은ᄌᆞ를 보ᄂᆡ리라."

탕츈이 ᄃᆡ희 왈,

"ᄂᆡ가 부인은 쇼싱의 슉뫼라. 녀ᄌᆞ의 다모(多謀)ᄒᆞ믈 두려 일이 신쇽ᄒᆞ미 귀타

이르는 말. ≒탐낭취물(探囊取物).

247)좌ᄉᆞ우상(左思右想) : 이리저리 생각하고 헤아림.=좌사우고(左思右考).

248)쳔금교녜(千金嬌女) : 천금이나 나갈 만큼 귀한 미녀.

249)침어낙안지ᄉᆡᆨ(沈魚落雁之色). 미인을 보고 물 위에서 놀던 물고기가 부끄러워서 물 속 깊이 숨고 하늘 높이 날던 기러기가 부끄러워서 땅으로 떨어질 만큼, 여인의 미모가 매우 아름다움을 비유적으로 이르는 말. 『장자 제물론(齊物論)』에 나온다.

250)ᄌᆞ방(子房) : 장량(張良)의 자(字). BC ?-189. 중국 한나라의 정치가, 건국공신. 이름은 량(良). 자는 자방(子房). 유방(劉邦)의 책사로 홍문연(鴻門宴)에서 유방을 구하고 한신을 천거하는 등, 유방이 한나라를 세우고 천하를 통일할 수 있도록 도왔다. 소하·한신과 함께 한나라 건국 3걸로 불린다.

251)공명(孔明) : 제갈량(諸葛亮)의 자. 181-234. 중국 삼국시대 촉한(蜀漢)의 정치가. 자 공명(孔明). 시호 충무(忠武). 뛰어난 군사 전략가로, 유비를 도와 오(吳)나라와 연합하여 조조(曹操)의 위(魏)나라 를 대파하고 파촉(巴蜀)을 얻어 촉한을 세웠다.

252)탐화광졉(貪花狂蝶) : '꽃을 탐하는 미친 나비'라는 말로, 여색에 빠져 헤어나지 못하는 탕아(蕩兒)를 비유적으로 이르는 말.

253)우젼(于前) : 전(前)에. 어떤 일에 앞서서.

ᄒᆞ오니, 상공이 슈히 ᄒᆡᆼᄉᆞ(行事)ᄒᆞ시믈 바라ᄂᆞ니, 귀부(貴府)의셔 길일(吉日)을 ᄀᆞᆯ희시면 건장ᄒᆞᆫ 가졍(家丁)을 발ᄒᆞ여 쇼져 장누(墻樓)ᄅᆞᆯ 싸고 탈취ᄒᆞ여가면, 일인도 알니 업ᄉᆞᆯ지라. 쇼졔 지량(智量)이 굉원(宏遠)ᄒᆞ나 불과 쇼녀ᄌᆞ라. 상공 봉예(鋒銳)ᄅᆞᆯ 엇지 당ᄒᆞ리오. 향금슈막(香衾繡幕)254)의 됴흔 권변(權變)255)은 상공 손의 이시니, 탕츈의 【34】 알 ᄇᆡ 아니라."

금외(金吾)256) 대락(大樂)ᄒᆞ여 즉시 ᄐᆡᆨ일ᄒᆞ니 길일이 ᄉᆞ오일이 격ᄒᆞ니, 쇼져 강탈ᄒᆞᆯ 긔계(奇計)ᄅᆞᆯ ᄭᆞ미고 혼인을 ᄎᆞᆯ히더라.

탕ᄉᆡᆼ이 여러 ᄇᆡᆨ금을 엇게 되니 깃거 ᄉᆡᆼ각ᄒᆞ되,

"슈고아냐 금은을 어드니 큰 집을 ᄉᆞ고 ᄉᆡᆼᄋᆡ(生涯)ᄅᆞᆯ 여러, 우양(牛羊)을 잡ᄋᆞ ᄉᆞᆯ을 버려 ᄉᆞᆫ을 ᄃᆡ졉ᄒᆞ고, ᄂᆞ기257) 붓치며 돈치ᄂᆞᆫ258) 졈방(店房)259)을 여러 곳을 베풀고, 노ᄅᆡ 부르고 풍뉴ᄒᆞ고 나기ᄅᆞᆯ 만히 모화 남의 ᄉᆡᆼ계ᄅᆞᆯ 아ᄉᆞ ᄌᆡ물을 모호면, 셕슝(石崇)260)을 불워 【35】 아니ᄒᆞ리로다."

ᄒᆞ고, 집의 니르니, 쳐의 양칠이 아미ᄅᆞᆯ 찡긔고 문가의 ᄂᆞ와 무르ᄃᆡ,

"눅칠일 ᄉᆞ오일식 집의 오지 아니ᄒᆞ니, ᄯᅩ 어ᄃᆡ가 ᄉᆞ오나온 노르ᄉᆞᆯ ᄒᆞ며, 날노 ᄒᆞ여금 괴로이 쥬리게 ᄒᆞᄂᆞ뇨?"

탕츈이 취안(醉顔)이 몽농ᄒᆞ여 칠ᄋᆞᄅᆞᆯ 보니, 운환(雲鬟)을 헛틀고 분협(粉頰)261)의 누흔(淚痕)이 어롱져시니, 도홰(桃花) 취우(驟雨)의 저젓ᄂᆞᆫ 듯 태되 졀셰ᄒᆞ니, 취흥(醉興)이 발연(勃然)ᄒᆞ여 ᄂᆞᄋᆞ가 안으며 우어 왈,

"ᄂᆡ 무ᄉᆞᆷ ᄉᆞ오나온 일을 ᄒᆞ리오. 쳔금 【36】 이 목젼의 잇실 지혜로온 노르시오, 널노 ᄒᆞ여금 부요ᄒᆞᆫ 집 대랑(大郞)262)의 가뫼(家母) 되여 금슈진미(錦繡珍味)263)로 일ᄉᆡᆼ이 편케 ᄒᆞ리라."

칠ᄋᆡ 상시 탕츈의 츄한(醜漢)264)ᄒᆞ믈 ᄃᆡᄒᆞ여 일분 은ᄋᆡ(恩愛) 업고, 모친을 ᄉᆡᆼ

---

254)향금슈막(香衾繡幕) : 향긋한 이불 속과 수놓은 휘장(揮帳) 안.
255)권변(權變) :때와 형편에 따라 둘러대어 일을 처리하는 수단.
256)금오(金吾) : 중국 한나라 때에, 대궐 문을 지켜 비상사(非常事)를 막는 일을 맡아보던 벼슬.
257)ᄂᆞ기 : 내기. 금품을 거는 등 일정한 약속 아래에서 승부를 다툼. 이긴 사람이 걸어 놓은 물품이나 돈을 차지한다.
258)돈치다 : 내기로 돈치기할 때에, 돈을 던지고 목대로 맞히다.
259)졈방(店房) : 가게로 쓰는 방.
260)셕슝(石崇) : 중국 서진(西晉)의 부호(富豪)(249~300). 자는 계륜(季倫). 형주(荊州) 자사(刺史)를 지냈고, 항해와 무역으로 거부가 되었다.
261)분협(粉頰) : 분 바른 뺨. 화장한 얼굴.
262)대랑(大郞) : 서방님. '남편'의 높임말.
263)금슈진미(錦繡珍味) : 화려하게 수를 놓은 비단옷과 맛 좋은 음식.
264)츄한(醜漢) : 생김새나 행실이 더럽고 막된 사내.

각ᄒᆞ고[면] 이 ᄉᆞᆺ는 듯 ᄒᆞ되 쇼식을 통ᄒᆞᆯ 길히 업고, 다시 쳑미(隻米)265) 업셔 칠이 ᄒᆞᆫ ᄢᅵ를 쉬지 못ᄒᆞ여 탕ᄌᆞ의 의식을 니으되, 쥐후 노긔를 발ᄒᆞ면 녹발을 � 드며 뉴지(柳枝) ᄀᆞᆺᄒᆞᆫ 몸을 박ᄎᆞ니 괴로오미 만상(萬狀)266)이러니, 오ᄂᆞᆯ 날 쳔금 날 【37】 방약(方略)이 잇다 말을 드르니, 분ᄒᆞ미 쳘골(徹骨)ᄒᆞ여 ᄉᆡᆼ각ᄒᆞ되,

"이 ᄉᆞ오나온 도젹놈이 어ᄃᆡ 가 미인을 노략ᄒᆞ고 날을 창가(娼家)의 팔녀ᄒᆞᄂᆞᆫ 도다."

ᄒᆞ여, 셤농(纖籠)267) ᄀᆞᆺᄒᆞᆫ 손가락을 펴 탕ᄉᆡᆼ의 ᄲᅵᆷ268)을 치며 ᄂᆞ롯ᄉᆞᆯ ᄯᅳ드니, 탕츈이 그 욕ᄒᆞ미, 무심ᄒᆞᆫ 즁 금을 만히 엇게 되여 마음이 교만ᄒᆞᆫ지라. 대로ᄒᆞ여 칠ᄋᆞ를 ᄎᆞ고 대ᄆᆡ 왈,

"완악(頑惡)ᄒᆞᆫ 발부(潑婦)269)야! ᄂᆡ 경상문미(卿相門楣)270)로 너 쳔ᄒᆞᆫ 둉을 취ᄒᆞ미 무ᄉᆞᆷ 변(變)이완ᄃᆡ, ᄆᆡ양 ᄂᆡ게 견집(堅執) 불슌(不順)ᄒᆞ【38】뇨? 직물이 ᄂᆡ게 죡ᄒᆞᆫ 후ᄂᆞᆫ 너ᄂᆞᆫ 창가음녀(娼家淫女)를 ᄆᆡᆫ들고 규문옥녀(閨門玉女)를 어더 히로(偕老)ᄒᆞ리니, 비록 그 ᄢᅵ 뉘웃쳐도 밋지 못ᄒᆞ리라."

칠ᄋᆡ 통곡 왈,

"ᄂᆡ ᄯᅩᄒᆞᆫ ᄌᆡ상네(宰相女)라. 네게 강포(强暴)ᄒᆞᆫ 욕(辱)을 씻지 못ᄒᆞ고 셜워ᄒᆞᄂᆞ니, ᄂᆡ 만일 ᄯᅳᆺ을 어드면 네 머리를 버히고 긋치리라."

탕츈이 다라드러 치고자 ᄒᆞ더니, 문밧긔셔 부르거ᄂᆞᆯ 탕츈이 ᄂᆞ가 보니 벗 여희라. 웃고 ᄀᆞᆯ오ᄃᆡ,

"무ᄉᆞ 일노 부인 녀ᄌᆞ와 힐난ᄒᆞᄂᆞ뇨?"

탕ᄉᆡᆼ이 탄식 왈,

"쇼【39】데(小弟) 팔ᄌᆞ(八字) 긔괴ᄒᆞ여 쇼쳡(少妾)이 셩되(性度) ᄉᆞ오나와 부부의 도리 업ᄉᆞ니 쥭이고ᄌᆞ ᄒᆞ더니, 형이 니르러 졔 목슘을 아직 ᄉᆞ(赦)ᄒᆞ엿노라."

진여희 쇼왈,

"남ᄋᆡ(男兒) ᄯᅳᆺ을 어드ᄆᆡ 미인이 구름 ᄆᆞᆺ듯ᄒᆞ리니, 불슌(不順)ᄒᆞ믈 《개렴‖괘념(掛念)271)》 ᄒᆞ리오. 드르니 형이 어ᄂᆞ 곳 미인을 어더 ᄆᆡᄆᆡ(買賣)ᄒᆞᆫ다 ᄒᆞ니, 못쓸 형아! 이런 묘ᄒᆞᆫ 닐을 혼ᄌᆞ ᄒᆞ려 ᄒᆞᄂᆞ뇨?"

---

265)쳑미(隻米) : 한 톨의 쌀. *척(隻) : 쌍(雙)이 아닌 '하나'를 뜻하는 말.
266)만상(萬狀) : 일만 가지나 된 만큼 한 없이 많음.
267)셤농(纖籠) : 가는 대나무 가지로 만든 대바구니.
268)ᄲᅵᆷ : 뺨.
269)발부(潑婦) : 패역(悖逆)한 여자. 무지막지한 여자.
270)경상문미(卿相門楣) : 재상가문의 문벌(門閥).
271)괘념(掛念) : 마음에 두고 걱정하거나 잊지 아니함.

탕싱 왈,

"과연 일이 일게 되여시니 형으로 의논코즈 ᄒᆞ더니라."

ᄒᆞ고, 진여히로 ᄉᆞᄆᆡ를 잡ᄋᆞ 나가며 문 【40】 을 잠으니, 칠ᄋᆡ 안히셔 져의 슈작(酬酌)ᄒᆞ믈 다 규청(窺聽)272)ᄒᆞ엿ᄂᆞᆫ지라. 마음이 더옥 놀나오니, 분히ᄒᆞ여 왈,

"ᄂᆡ 당쵸의 더러온 욕을 감심ᄒᆞ여 살미 모녜 ᄎᆞᆼ(此生)의 맛ᄂᆞ기를 크게 넉여 목슘을 보젼ᄒᆞ엿더니, 츅싱(畜生)의게 이졔 팔니이믈 입으니, 몸이 아모 곳으로○[도] 모녀의 싱별(生別)ᄒᆞᆫ 슬푸믈 위로ᄒᆞᆯ ᄇᆡ 업고, 문호의 욕되미 쥭음만 ᄀᆞᆺ지 못ᄒᆞ다."

ᄒᆞ여, 들보273)의 목○[을]ᄆᆡ려 ᄒᆞ더니, 가산 우히셔 ᄒᆞᆫ 미인 【41】 이 불너 왈,

"양낭ᄌᆞ야 무ᄉᆞ 일 ᄭᆞ ᄀᆞᆺ흔 얼골노 들보 귀신이 되고ᄌᆞ ᄒᆞᄂᆞ뇨?"

ᄒᆞ거ᄂᆞᆯ, 칠ᄋᆡ 놀나 도라보니 그녀ᄌᆡ 삼오이팔은 ᄒᆞ고 분면화안(粉面花顔)274)이 졍묘쇄락(淨妙灑落)ᄒᆞ고 쌍미냥안(雙眉兩眼)의 맑근 졍긔 어ᄅᆡ여시니, 니부 댱쇼졔(長小姐) 시ᄋᆞ 능쇠러라.

칠ᄋᆡ 능소를 임의 친ᄒᆞ든지라. 울며 왈,

"계 낭ᄌᆞ야 집이 고요ᄒᆞ여 박명(薄命) 쳡(妾) 일인 밧긔 ᄉᆞ름이 업ᄉᆞ니, 와 쳡의 비회(悲懷)를 드르라."

능쇠 쳔쳔이 ᄂᆞ려오며 쇼왈,

"낭ᄌᆡ 쇼년부뷔 화 【42】 락ᄒᆞ여 무숨 셜우무로 쥭고ᄌᆞ ᄒᆞᄂᆞ뇨? 탕낭이 쳡을 어덧ᄂᆞ냐?"

양시 읍왈(泣曰),

"낭ᄌᆡ 탕츅으로ᄡᅥ ᄂᆞ의 댱뷔라 ᄒᆞᄂᆞ냐? 탕가 츅싱이 날을 겁탈ᄒᆞ여 와 파라 쳔금을 어드려 ᄒᆞ니, 모친이 어ᄃᆡ 뉴락(流落)ᄒᆞ여시며, 쳡신은 뉘집의 가 포락(炮烙)275)ᄒᆞ리요. 셜우미 가득ᄒᆞ니, ᄲᆞᆯ니 쥭어 탕츅의 고기를 너흘고자276) ᄒᆞ노라."

능쇠 거즛 실ᄉᆡᆨ(失色) 왈,

"가히 잔잉ᄒᆞ고277) 어엿븐 일이로다. 낭ᄌᆡ 용뫼 ᄇᆡᆨ승셜(白勝雪)278)이요, ᄌᆡ졍(才情)279)이 회문영 【43】 셜(回文詠雪)280)의 지ᄂᆞ니, 일싱이 금옥(金玉)의 잠기

---

272)규청(窺聽)ᄒᆞ다 : 엿듣다.

273)들보 : 『건설』 칸과 칸 사이의 두 기둥을 건너질러 도리와는 'ㄴ' 자 모양, 마룻대와는 '十' 자 모양을 이루는 나무. ≒보

274)분면화안(粉面花顔) : 꽃처럼 화려하게 화장한 얼굴.

275)포락(炮烙) : ①불에 달구어 지짐. ②뜨겁게 달군 쇠로 살을 지지는 형벌.=포락지형(炮烙之刑)

276)너흘다 : 물다. 물어뜯다. 씹다.

277)잔잉ᄒᆞ다 ; 자닝하다. 애처롭고 불쌍하여 차마 보기 어렵다.

278)ᄇᆡᆨ승셜(白勝雪) : 흰빛이 눈보다도 더 흼.

일 거시여ᄂᆞᆯ, 홍안박명(紅顔薄命)이 여ᄎᆞᄒᆞ니 엇지 죽고져 아니리오마ᄂᆞᆫ, 쳡의 쇼견은 낭ᄌᆡ 그른가 ᄒᆞ노라. 우리 쇼제 금옥 ᄀᆞᆺᄒᆞᆫ 문미(門楣)의 부명(賦命)[281]이 박(薄)ᄒᆞ여 부모ᄅᆞᆯ 됴상(早喪)ᄒᆞ고, 계모의 부ᄌᆞ(不慈)ᄒᆞ시미 ᄒᆡ명(害命)ᄒᆞ기의[를] 도모ᄒᆞ시되, 마ᄎᆞᆷᄂᆡ 죽고ᄌᆞ 아니시믄 노야(老爺)와 부인(婦人) ᄉᆞ후(死後)를 념녀ᄒᆞ미라. 낭ᄌᆞᄂᆞᆫ 더옥 형뎨 업고, 녕졍(零丁)ᄒᆞᆫ 일신 【44】 이 노모ᄅᆞᆯ 바리고 간인의 손의 ᄲᅥ러져 ᄌᆞᄉᆞ(自死)ᄒᆞ미 죄인이 아닌가. 살길히 잇시면 ᄉᆞ라 노모ᄅᆞᆯ ᄎᆞᄌᆞ며 계활(契活)[282]을 빗ᄂᆡ여 탕가의 ᄋᆡ[283]ᄅᆞᆯ ᄲᅥ러 바리고, 일ᄉᆡᆼ이 아름다오면 그 즐거오믈 니르리오."

칠ᄋᆡ ᄉᆞ왈(謝曰),

"낭ᄌᆞ의 말이 금옥 ᄀᆞᆺᄒᆞ나 ᄉᆞ고무친(四顧無親)ᄒᆞᆫ ᄯᆞ히 튝ᄉᆡᆼ(畜生)이 비록 늑칠일식 ᄂᆞ가나 문을 잠으고 노ᄌᆡ 밧그로 직희여시니, 셩식(聲息)[284]을 뉘게 통ᄒᆞ리오. 마ᄎᆞᆷᄂᆡ 유익지 아니코 더러온 ᄃᆡ ᄉᆡᆨ질가 ᄒᆞ노라."

능쇠 【45】 탄왈,

"낭ᄌᆞ의 쇼회(所懷)ᄅᆞᆯ 드르니 가련ᄒᆞᆫ지라. 낭ᄌᆡ ᄋᆡ용(愛容)이 미려ᄒᆞ니, 아직 ᄉᆞ라 ᄂᆞ둉을 보라. 우리 쇼제 춍명 영니ᄒᆞᄉᆞ 지뫼 긔특ᄒᆞ시고, 또 탕부인 ᄯᅳᆺ을 그ᄃᆡ 낭군의 부ᄌᆡ 도와 교문(喬門)[285]을 업슈이 녁이니 심즁의 통한ᄒᆞ시ᄂᆞᆫ지라. 쳡이 이일을 쇼져긔 의논ᄒᆞ리라."

양시 크게 깃거 ᄉᆞ왈,

"쇼져의 신명ᄒᆞ신 지모ᄅᆞᆯ 쳡이 ᄆᆡ양 항복ᄒᆞ여 뵈ᄋᆞᆸ고ᄌᆞ ᄒᆞ나 쳐쇠 머니 됸안을

---

279)ᄌᆡ정(才情) : 재치 있는 생각. 또는 재치 있게 계책을 세우는 생각.=재사(才思).

280)회문영셜(回文詠雪) : 중국 동진(東晉) 때 두도(竇滔)의 아내 소혜(蘇惠)의 회문시(回文詩)와 진(晉)나라 왕응지(王凝之)의 아내 사도온(謝道韞)의 영설지재(詠雪之才)를 함께 이른 말. *회문시(回文詩); 머리에서부터 내리읽으나 아래에서부터 올려 읽으나 뜻이 통하고, 평측(平仄)과 운(韻)이 맞는 한시체(漢詩體). '소혜(蘇惠)- 자(字)는 약란(若蘭)'의 840자로 된 회문시(回文詩) <직금회문선기도(織錦回文璇璣圖)>가 가장 유명하다. 『진서(晉書)』에 이야기가 전한다. *영셜지ᄌᆡ(詠雪之才): 사도온(謝道韞)이 어려서 눈을 버들가지에 비유해 즉흥으로 묘구(妙句)를 지어낸 고사에서 유래한 말로, 사도온의 숙부 사안(謝安)이 집안의 여러 아이들을 모아 놓고 문장을 강론하면서, "저 분분히 날리는 눈이 무엇을 닮았느냐?"고 묻자, 사도온이 "버드나무 꽃이 바람에 흩날리는 것 같습니다"라고 답하자, 사안이 그 묘재(妙才)를 탄복했다 한다. 이후 '영설지재(詠雪之才)'는 '여자의 뛰어난 글재주'를 이르는 말로 쓰이고 있다. 『진서(晉書)』 '왕응지처 사씨전 (王凝之妻 謝氏傳)'에 전한다.

281)부명(賦命) : 타고난 운명.=천명(天命).

282)계활(契活) : 삶을 위하여 애쓰고 고생함.

283)ᄋᆡ : 애. ①초조한 마음속. ②몹시 수고로움.

284)셩식(聲息) : 소식이나 편지.=음신(音信).

285)교문(喬門) : 지체가 높은 가문.

앙쳠치 못ᄒᆞ더니 【46】 금일 낭ᄌᆡ 긔특ᄒᆞᆫ 계교로 날을 구학(溝壑)의 건져ᄂᆡ면 은혜를 감골(感骨)ᄒᆞ리라.”

능쇠 왈,

“낭ᄌᆞ의 말이 과도ᄒᆞ도다. 쳡의 이곳의 오미 ᄌᆞ최 번거ᄒᆞ고 탕ᄉᆡᆼ이 잇ᄉᆞ면 보기 어려올가 ᄒᆞᄂᆞ니, 낭ᄌᆡ 가산(假山)286) 우희 와 이 창을 치면 쳡이 응ᄒᆞ리라.”

능쇠 허락ᄒᆞ고 도라오니, 쇼제 웃고 왈,

“네 가셔 공을 일워온다?”

능쇠 웃고 ᄃᆡ왈,

“양칠ᄋᆡ 시방 ‘활 그림ᄌᆞᄅᆞᆯ 보고 노(怒)을{ᄋᆞᆯ} 【47】 어덧더이다’287).”

쇼제 왈,

“엇지 니르미뇨?”

쇠 ᄃᆡ왈,

“쇼비 명을 밧ᄌᆞ와 가산 우희 가 칠ᄋᆡᄅᆞᆯ 보고ᄌᆞ ᄒᆞ더니, 탕젹이 옷 가슴을 헷치고 희희이 우으며 드러오거ᄂᆞᆯ, 쇼비 가산 슈목 ᄉᆞ이의 슘어 보니, 탕젹이 칠ᄋᆞᄅᆞᆯ 희롱ᄒᆞ며 금은(金銀) 어드믈 ᄌᆞ랑ᄒᆞ니, 칠ᄋᆡ 의심ᄒᆞ여 탕젹을 욕ᄆᆡ(辱罵)ᄒᆞ여 싸호미 된지라. 칠ᄋᆡ 져ᄅᆞᆯ 파ᄂᆞᆫ가 ᄒᆞ여 쥭으려 ᄒᆞ니, 엇지 ‘활 그림ᄌᆡ’ 아니리잇가?”

쇼제 왈,

“ᄂᆡ 일이 급ᄒᆞᆫ지라 부득 【48】 이 칠ᄋᆞᄅᆞᆯ 다ᄅᆡ여 탕젹의 날 욕(辱)ᄒᆞ려 ᄒᆞᄆᆞᆯ 갑흐려 ᄒᆞ엿더니, 칠ᄋᆡ 탕젹을 즈레 의심ᄒᆞ여시니, 하ᄂᆞᆯ이 도으미로다. ᄂᆡ 반간계(反間計)288)ᄅᆞᆯ 못밋쳐 써 칠ᄋᆞᄅᆞᆯ 낭즁취물(囊中取物)을 믿드니, 만일 능쇠 아니면 이 일을 엇지 ᄒᆞ리오.”

능쇠 황망이 ᄇᆡᄉᆞ(拜謝) 왈,

“쇼져 춍명이 댱즁(帳中)의 안ᄌᆞ 쳔니(千里)의 일을 산두시니289) 엇지 쇼비의

---

286)가산(假山) : 석가산(石假山)의 준말. *석가산(石假山): 정원 따위에 돌을 모아 쌓아서 조그마하게 만든 산

287)활 그림ᄌᆞᄅᆞᆯ 보고 노(怒)를 얻다 : ‘활 그림자를 보고 분노를 품게 되다’는 뜻으로, 술잔 속에 비친 활 그림자를 뱀으로 오인하여 병(病)을 얻었다가 그것이 뱀이 아닌 벽에 걸린 활의 그림자였음을 알고 나서 병이 나았다‘는 ’배중사영(杯中蛇影)‘ 고사를 변용한 표현. *배중사영(杯中蛇影): 진(晉)나라 태수(太守) 악광(樂廣)이 일찍이 친구와 술을 마신 적이 있는데, 그때 그 친구가 술잔 속에 비친 뱀의 그림자를 보고는 마음이 섬뜩하여 그길로 병이 나 위중해졌다가, 뒤에 그 뱀의 그림자가 바로 그 청사의 벽에 걸린 활의 그림자였음을 알고 나서 그 병이 저절로 나았다는 고사로, ’진실을 알지 못하고 엉뚱한 오해를 하는 것이 주는 폐해‘을 비유하는 말이다. 《晉書 卷43 樂廣列傳》에 나온다.

288)반간계(反間計) : 두 사람이나 나라 따위의 중간에서 서로를 멀어지게 하는 술책.=이간책.

공이리잇고? 만일 홍영이 조이(爪牙)290) 되지 아냐시면, 튝싱(畜生)이 쇼가의 가쇼져를 팔냐 ᄒᆞᄂᆞᆫ 쥴 엇지 ᄌᆞ【49】시 알니잇가? 홍영이 쇼비도곤 ᄂᆞ으니이다.”

쇼제 고기 됴ᄋᆞ 왈,

“여언이 올타.”

ᄒᆞ더라. 홍영은 쇼져 시이(侍兒)러니, 비단 ᄶᆞ고 금[침]션슈치(針線繡緻)의 지되 지극 공교로와 인세(人世) ᄉᆞ롬의 슈단이 아니라. 부인이 앗겨 아ᄉᆞ 쥬ᄋᆞ의 의상을 ᄀᆞ음알게 ᄒᆞ니, 홍영이 분히ᄒᆞ믈 참ᄋᆞ 부인을 봉승(奉承)ᄒᆞ며 부인의게 졍셩을 ᄂᆞᆺ토고, 부인의 쇼ᄎᆞ두(小叉頭) 쇼운이 탕시의 심복시녀 경션의 ᄯᆞᆯ이라. 위인이 영오간교(穎悟奸巧)ᄒᆞᆫ지라. 탕시 슈【50】족(手足) ᄀᆞᆺ치 ᄉᆞ랑ᄒᆞ니 홍영이 부인 ᄯᅳᆺ을 영합ᄒᆞ여 ᄀᆞ마니 쇼운을 결납(結納)291)ᄒᆞᄆᆡ ᄉᆞ경을 ᄂᆞᆺᄂᆞᆺ치 긔찰(譏察)ᄒᆞ니, 젼후 화ᄉᆞ(禍事)를 졔방ᄒᆞ미 ᄒᆞᆫ두 슌이 아닌 거시 홍영 형뎨의 지뫼(智謀)러라.

쇼제 ᄉᆞ야의 부인과 쥬이 잠들기를 기다려, 능소로 ᄒᆞ여금 후원 문을 열고 원즁으로 붓터 가산 우흐로 탕가의 보ᄂᆡ여, 칠ᄋᆞ다려 ᄒᆞᆯ 말을 ᄀᆞ르치고, 능쇠 가산우의 가 벽딩이로 창을 친ᄃᆡ, 칠이 혼ᄌᆞ 안ᄌᆞ 됴으다가 ᄂᆡ다【51】라 불너 왈,

“집의 ᄂᆞᆫ뿐이니 의심치 말고 오라.”

능쇠 드러와 니로ᄃᆡ,

“낭ᄌᆞ야 됴흔 일이 잇다. 만일 이 ᄀᆞᆺ치 ᄒᆞ면 쇼져와 낭ᄌᆡ 평안ᄒᆞ고 탕가의 원슈를 갑흐리라.”

칠이 황망이 문왈,

“쳡 혼ᄌᆞ 무ᄉᆞᄒᆞ기도 어렵거든 쇼제 날노ᄒᆞ여 무ᄉᆞ 일 무ᄉᆞᄒᆞ리오.”

능쇠 우어 왈,

“쇼랑이 만일 알고ᄌᆞ ᄒᆞ면 이 ᄶᅵ의 그윽ᄒᆞ니 날을 됴ᄎᆞ 쇼져긔 뵈오면 근심이 업ᄉᆞ리라. 낭ᄌᆞᄂᆞᆫ 탕싱이 일됴의 은졍이 변ᄒᆞ여 그ᄃᆡ를 한ᄒᆞᆯ 【52】쥴 아ᄂᆞᆫ다? 그 일이 본ᄃᆡ 근본이 잇ᄉᆞ니 화ᄉᆞ(禍事)의 근본이 우리 쇼져긔로셔 인ᄒᆞ여 소랑의 신상의 밋쳐시니, 이러무로 쇼제 낭ᄌᆞ를 불상이 녁이ᄉᆞ 됴흘 길을 인도ᄒᆞ여, 쇼져도 무ᄉᆞ하고 낭ᄌᆞ도 평안ᄒᆞ고, 탕싱만 속이려 ᄒᆞᄂᆞ니라.”

칠이 경희(驚喜) 왈,

“쳡은 연무즁(煙霧中) ᄉᆞ롬이라. ᄒᆞᆫ ᄀᆞᆺ 탕젹의 궤상육(机上肉)292)이 되고[어],

---

289)산두다 : 산 놓다. 셈하다.

290)조이(爪牙) : ①손톱과 어금니를 아울러 이르는 말. ②누군가를 돕거나 호위하는 사람을 비유적으로 이르는 말.

291)결납(結納) : 일정한 목적으로 서로 마음이 통하여 도움.

292)궤상육(机上肉) : =조상육(俎上肉. 도마에 오른 고기라는 뜻으로, 어찌할 수 없게 된

방외ᄉᆞ(房外事)[293]를 알니오. 이 일의 근본을 아지 못ᄒᆞ나, 이제 궁진(窮盡)ᄒᆞ여 은정(恩情)이 업고 도적의 욕심이 불 【53】 ᄀᆞᆺᄒᆞ니, ᄒᆞᆫᄀᆞᆺ 금은을 취ᄒᆞ고 날을 바릴가 ᄒᆞ엿더니, 아지 못게라! 돈(尊) 쇼져의 화환(禍患)이 쳡의게 ᄂᆞ리믄 무ᄉᆞᆫ 닐고?"

능쇠 기리 탄 왈,

"낭ᄌᆞ야! 오히려 취몽즁(醉夢中)의 잇도다. ᄂᆞ의 가산의 오르미 무슴 닐만 넉이ᄂᆞ뇨? 낭ᄌᆞ의 뎡셰를 어엿비 넉여 이의 니르럿거ᄂᆞᆯ, 이 엇진 말이뇨? 일젼 (日前) 와실 ᄯᆡ 낭ᄌᆡ 비록 부뷔 힐난ᄒᆞ나, 녀ᄌᆞ의 마음이 물 ᄀᆞᆺᄒᆞ니, 탕ᄉᆡᆼ 흉휼(凶譎)의 ᄲᅡ져 누셜(漏泄)ᄒᆞᆯ가, 그져 도라가니, 쇼제 곡졀을 모[무]로시 【54】 거ᄂᆞᆯ, ○…결락…○[내용미상] 탄ᄒᆞ여 ○…결락…○[내용미상] '그릇ᄒᆞ믈 ᄉᆞ죄ᄒᆞᆫ 후야 부뷔 되ᄂᆞ니, 양시의 ᄎᆞᆼ명현미(聰明賢美)ᄒᆞ미 금옥(金屋)[294]의 쥬난(朱欄)[295]이여ᄂᆞᆯ, 탕ᄉᆡᆼ은 ᄒᆞᆫ ᄂᆞᆺ 궁귀(窮狗)[296]라. ᄇᆡ필의 ᄆᆞᆺ가ᄌᆞ미[297] 업셔, 이 소랑(少娘)의 한(恨)이 호가(虎家)의 십팔삭(十八朔) ᄲᅮᆫ이리오. 이제 그 몸을 도적ᄒᆞ여 오욕(汚辱)ᄒᆞ고 마ᄎᆞᆷᄋᆡ[298] 팔녀ᄒᆞ니, 양시의 모친이 슈건과 ᄂᆞ못ᄭᅵᆫ[299]을 ᄆᆡ지 아녓거든 제 무ᄉᆞᆫ 부뷔리오[300]. 네 엇지 녀ᄌᆞ의 호의(狐疑) 과도ᄒᆞ여 연무 즁의 ᄲᆡ져 긔변(機變)[301]이 업게ᄒᆞᄂᆞ뇨? 쾌 장ᄎᆞ ᄂᆡ게셔 ᄂᆞ시니, 역시 나 【55】 의 근심이라.' ᄒᆞ시거ᄂᆞᆯ, 다시 왓노라. 우리 쇼져를 부인이 싀오(猜惡)ᄒᆞ여 젹인(適人)[302]ᄒᆞ여 ᄲᆞᆯ니 보ᄂᆡ려 ᄒᆞ시믄, 부인이 니시의 ᄇᆡᆨ만(百萬) ᄌᆡ산을 가져 냥 쥬쇼져긔 옴기려 ᄒᆞ시미요, 쇼져의 구지 ᄉᆞ양ᄒᆞ믄 쇼져의 녜법이 고졀(高絶)ᄒᆞ여 니시 동독(宗族)이 못고 ᄇᆡᆨ냥(百輛)[303]의 마즘과 요ᄀᆡᆨ(繞客)[304]의 옹후(擁後)ᄒᆞᄂᆞᆫ 녜를 일치 아니려

운명을 이르는 말.

293)방외사(房外事) : 집 밖의 일.

294)금옥(金屋) : ①금으로 꾸민 화려한 집 ②궁궐(宮闕)을 달리 이르는 말.

295)쥬난(朱欄) : 붉은 칠을 한 난간(欄干).

296)궁귀(窮狗) : 궁지에 빠진 개.

297)ᄆᆞᆺ가ᄌᆞ다 : 맞다. 알맞다. 일정한 기준, 조건, 정도 따위에 넘치거나 모자라지 아니한 데가 있다.

298)마ᄎᆞᆷᄋᆡ : 마침내. 드디어 마지막에는.≒급기(及其).

299)ᄂᆞ못ᄭᅵᆫ : 주머니의 끈.

300)'모친이 슈건과 ᄂᆞ못ᄭᅵᆫ을 ᄆᆡ지 아녓거든 제 무ᄉᆞᆫ 부뷔리오' : 전통혼례에서 우귀(于歸) 때에 신부의 어머니가 신부에게 수건을 넣은 주머니를 치마끈에 매어주며 시집살이를 잘하도록 당부하던 풍속이 있었는데, 위 본문의 표현은 양칠아의 어머니가 시집가는 딸에게 주머니 끈을 매어 준 사실도 당부도 없었기 때문에, 양칠아와 탕생 사이에는 부부의 의가 없다는 말이다.

301)긔변(機變) : 임기응변(臨機應變)의 준말. 그때그때 처한 사태에 맞추어 즉각 그 자리에서 결정하거나 처리함.

302)적인(適人) : 시집 감.

ᄒᆞ미라. 젼일 상고(商賈)의게 쇼져ᄅᆞᆯ 팔ᄆᆡ 쇼졔 계교로 탕ᄉᆡᆼ의 ᄆᆡ랑(妹娘)을 보ᄂᆡ시니, 그 부뫼 금ᄇᆡᆨ을 어더 요ᄉᆞ이 【56】 의식이 빗ᄂᆞ고 탕시 부귀ᄅᆞᆯ 누리나, 부인과 탕낭이 감격ᄒᆞᆫ[ᄒᆞᆯ] 쥴 아지 못ᄒᆞ고 도로혀 싀긔ᄒᆞ여, 소금오의 ᄂᆞ히 쇼년이오 풍ᄎᆡ 쥰슈ᄒᆞ며 부귀 일향의 유명ᄒᆞ니 무어시 부독ᄒᆞ여 불허 ᄒᆞ리오마ᄂᆞᆫ, 제 임의 구혼ᄒᆞᆯ 뜻이 업셔 그ᄃᆡ 댱뷔 소금오집 가무(歌舞)ᄒᆞᄂᆞᆫ 동 숑운을 미혹ᄒᆞ여, 금오 집의가 청녕(聽令)ᄒᆞ여, 금오ᄅᆞᆯ 다리여 ᄎᆞ혼을 일우고 숑윤을 어더 살녀하니, 부인이 깃거 쇼져 다려 니르지 아니코 【57】 쇼져ᄅᆞᆯ 아ᄉᆞ다가 친영(親迎)305)ᄒᆞ려 ᄒᆞᆫ다 ᄒᆞ니, 빙즉위쳐(聘則爲妻)306)요 분즉위쳡(奔則爲妾)307)이라. 명문슉녀로 엇지 쇼실(小室)이 되리오. 이 일을 아르시되 모로ᄂᆞᆫ 쳬ᄒᆞ믄 겁칙(劫勅)ᄒᆞᄂᆞᆫ 날 축ᄉᆡᆼ(畜生)의게 죄ᄅᆞᆯ 씌우려 ᄒᆞ시니, 또 드ᄅᆞ니 숑츈이 탕ᄉᆡᆼ의 쳬(妻) 잇단 말을 듯고 셰가지 언약을 ᄒᆞ되, 일은 쳐ᄅᆞᆯ 아됴 삼ᄇᆡᆨ니 안희 두지 말고, 둘흔 큰 집을 쥬고, 셰흔 녜ᄅᆞᆯ 출혀 장가들나 ᄒᆞ니, 탕ᄉᆡᆼ이 니러무로 ᄌᆡ물이 업셔 낭ᄌᆞᄅᆞᆯ 【58】 즁가(重價)ᄅᆞᆯ 밧고 팔녀ᄒᆞ미라. 낭ᄌᆡ 양가지녀(良家之女)로 교방(教坊)의 팔녀 쳔역(賤役)의 ᄉᆡᆨ져 어ᄂᆞ날 청운(靑雲)의 오르리오. 그ᄃᆡ 권쳑(權戚)이 혹 잇ᄉᆞ리니, 교방의 숀이 구름 못 듯ᄒᆞᄂᆞ니, 낭ᄌᆞ의 얼골 아ᄂᆞ니 잇ᄉᆞ면 젼젼(轉傳)ᄒᆞ여 문호(門戶)의 더러운 ᄌᆞ식이 되고, 가셩(家聲)을 욕먹인 죄인이 되리니, 가히 잔잉ᄒᆞᆫ지라. 쇼졔 비창(悲愴)이 넉이ᄉᆞ 쇼랑을 위ᄒᆞ여 계교(計巧)ᄅᆞᆯ ᄂᆞᆺ토와308) ᄭᅩᆺ을 옴겨 남긔 졉ᄒᆞ면 탕젹의 ᄭᅬ 그릇되여 붓그러오믈 보【59】리라."

양시 ᄇᆡᆨᄉᆞ 왈,

"쇼져의 지뫼(智謀) 긔특ᄒᆞ시니 쳡을 그릇 믿드지 아니시리니, ᄂᆡ 가고 쇼제 잇시면 말이 누셜ᄒᆞᆯ 거시니, 쇼가의 후회 업ᄉᆞ며 쇼졘들 무ᄉᆞᄒᆞ시리오?"

능쇠 우어 왈,

---

303)ᄇᆡᆨ냥(百輛) : '백대의 수레'라는 뜻으로, 『시경(詩經)』 「소남(召南)」 편, <작소(鵲巢)>시의 '우귀(于歸) 백량(百輛)'에서 유래한 말이다. 즉 옛날 중국의 제후가(諸侯家)에서 혼례를 치를 때, 신랑이 수레 백량에 달하는 많은 요객(繞客)들을 거느려 신부집에 가서, 신부을 신랑집으로 맞아와 혼례를 올렸는데, 이 시는 이처럼 혼례가 수레 백량이 운집할 만큼 성대하게 치러진 것을 노래하고 있다.

304)요ᄀᆡᆨ(繞客) : 위요(圍繞). 상객(上客). 혼인 때에 가족 중에서 신랑이나 신부를 데리고 가는 사람.

305)친영(親迎) : 혼인례의 육례(六禮)의 하나. 신랑이 신부의 집에 가서 신부를 직접 맞이하는 의식이다.

306)빙즉위쳐(聘則爲妻) : 예를 갖추어서 혼인하면 처(妻)가 된다. 『禮記 內則』에 "聘則爲妻 奔則爲妾"이란 말이 나온다. *빙(聘): 예를 갖추어서 혼인함.

307)분즉위쳡(奔則爲妾) : 예를 갖추지 않고 혼인하면 첩(妾)이 된다. 『禮記 內則』에 "聘則爲妻 奔則爲妾"이란 말이 나온다. *분(奔): 예를 갖추지 않고 혼인함.

308)ᄂᆞᆺ토다 : 나토다. 나타내다. 보이지 아니하던 어떤 대상이 모습을 드러내다.

"이 일을 쇼졔 다 지교(指敎)ᄒᆞ신 ᄇᆡ니, 낭ᄌᆞᄂᆞᆫ ᄌᆞ시 드르라."

ᄒᆞ고 두어 말을 니르니,

칠ᄋᆡ 숨이 쳐음으로 쉰 듯ᄒᆞ여 묘ᄒᆞ믈 ᄎᆞ탄(且歎)ᄒᆞ더라. 능쇠 왈,

"야심ᄒᆞ엿고 낭지 영민(穎敏)ᄒᆞ여 ᄂᆡ ᄒᆞᆫ 일을 닐너 열 일을 ᄭᆡᄃᆞ르니, 편히 잇셔 긔 【60】 약이 니르ᄂᆞᆫ 날, ᄂᆡ 다려가리라."

양시 탄왈,

"녀ᄌᆞ의게 졀ᄒᆡᆼ(節行)이 읏듬이니, ᄂᆞᄂᆞᆫ 사부(士府) 규ᄋᆞ(閨兒)로 탕적의게 노략(擄掠)ᄒᆞ여 욕ᄒᆞᆫ ᄇᆡ 되고, 다시 두 셩(姓)의 붓그러오믈 지으니, ᄒᆞᆫ 번 죽음만 ᄀᆞᆺ지 못ᄒᆞ도다."

능쇠 위로 왈,

"문군(文君)[309]이 실ᄒᆡᆼ(失行)ᄒᆞ여시되 후셰의 미담(美談)이 되고, 쵀염(蔡琰)[310]이 호지(胡地)[311]의 가 두 ᄌᆞ식을 나하시되 ᄉᆞ롬이 더럽다 아냐시니, 낭ᄌᆞ의 ᄒᆞ고ᄌᆞ ᄒᆞᆫ ᄇᆡ 아니니 탕가의 잇ᄉᆞ미 엇지 오ᄅᆡ리오."

양시 타루부답(墮淚不答)[312]이 【61】 러라.

능쇠 도라오ᄆᆡ 쇼졔 등ᄒᆞ(燈下)의셔 고셔(古書)를 보거ᄂᆞᆯ, 능쇠 ᄂᆞᄋᆞ가 ᄀᆞ마니 문답을 알외니, 쇼졔 역(亦) 탄왈,

"가련타 양시여 실졀(失節)ᄒᆞ믈 슬허ᄒᆞ나 마지 못ᄒᆞ여 ᄒᆞ미니 현마 엇지ᄒᆞ리오."

능쇠 왈,

"양시 마ᄎᆞᆷᄂᆡ 탕적의게 둉신(終身)치 못ᄒᆞ리니, 이번 일은 쇼가 셩친이여니와 벅벅이[313] 그러ᄒᆞ리이다. 양시 탕츈을 바리고 쇼가의 가미 일만장(一萬丈) 굴헝

---

309)문군(文君) : 탁문군(卓文君). 한나라 때의 부호 탁왕손(卓王孫)의 딸로 어릴 때부터 재용(才容)이 뛰어났다. 탁문군이 과부가 되어 친정에 와 있을 때, 사마상여(司馬相如)가 거문고를 타며 음률을 좋아하는 문군의 마음을 돋우자, 문군은 사마상여의 거문고 소리에 반해 밤중에 집을 빠져나가 사마상여의 집에 가서 그의 아내가 되었다. 한편 남편이 첩을 얻으려 하자 남편의 변심을 야속해하는 마음을 담아 <백두시(白頭詩)>라는 시를 읊어, 남편의 마음을 돌이키게 했다는 일화가 전한다.

310)쵀염(蔡琰) : 동한(東漢)의 학자 채옹(蔡邕)의 무남독녀로 자는 문희(文姬)다. 음악을 잘하고 전적(典籍)에 능통하였데, 위중도(衛中道)에게 시집가 사별하고, 전란이 나 흉노(匈奴)에게 잡혀가 그 왕과의 사이에 아들 둘을 낳았다. 후에 조조(曹操)가 채옹과의 우정을 생각해 데려와 동사(董祀)에게 결혼시켰으나 절개를 잃은 것을 상심하고 또 그 두 아들을 잊지 못하여 비분(悲憤)한 마을을 담아 <호가십팔박(胡笳十八拍)>을 지었다. 『後漢書 卷114 列女傳』에 나온다.

311)호지(胡地) : 오랑캐 땅. 여기서는 기원 1세기 경 중국 한나라 때 몽골고원에서 활약하던 유목국가인 흉노(匈奴)를 말한다.

312)타루부답(墮淚不答) : 눈물만 흘릴 뿐 대답이 없음.

313)벅벅이 : 반드시, 틀림없이.

을 바리고 비등청운(飛騰靑雲)[314]ᄒᆞ미니 무어시 불 【62】 상ᄒᆞ리오. 이제 양시를 ᄃᆡᄒᆞᄆᆡ 탕가의 원슈는 더을지라. 쇼져는 엇지 ᄉᆡᆼ각ᄒᆞ시ᄂᆞ니잇가?"

쇼제 왈,

"일을 임의 혜아린 ᄇᆡ나 너의 너의 두 사ᄅᆞᆷ이 ᄂᆡ의 상협(箱篋)의 션ᄐᆡᄐᆡ(先太太)[315] 쥬신 칠보쥬옥(七寶珠玉)과 야야(爺爺)[316]의 쥬신 보경픠물(寶鏡佩物) ○[등(等)] 바리지 못ᄒᆞᆯ 뉴(類)를 궤(櫃)의 두어시니, 야야둉묘(爺爺宗廟)○[의] 잣나무 압희 뭇고 그 우희 솔을 심거 두라."

냥시ᄋᆡ(兩侍兒) 즉시 궤를 가지고 묘젼(廟前)[317] 문을 열고 드러가니, ᄂᆡ공 ᄉᆡᆼ시의 부인이 쥭은 후 녀ᄋᆞ를 【63】 이 누(樓)의 쳐(處)ᄒᆞ게 ᄒᆞ미 뜻이 잇ᄉᆞ니, 소제 됴셕의 가 허ᄇᆡ(虛拜)[318]ᄒᆞᄂᆞᆫ지라. 이 묘문(廟門) 밧 ᄇᆡᆨ보허(百步許)[319]의 쇼져 장뉘(粧樓)[320] 잇셔 분장(粉牆)[321]이 길게 둘너, 젼후문(前後門)이 잇ᄉᆞ니, 압문은 ᄂᆡ당으로 가고 후문은 외화원으로 가고, 화원가산(花園假山) 담 밧근 탕가의 집이요, 남으로 문ᄋᆞᄅᆡ 난 냥 쥬소져 댱각(莊閣)이니, 냥 쥬소져 댱누(粧樓) 밧근, 문마다 쇄약(鎖鑰)을 긴긴히 잠가 노원공(老園工)[322]이 동문 밧긔셔 살며 직희여시니, 위부 동창궁은 묘문 남녁히러라.

능소 능옥 【64】 이 궤를 안고 잠기[323]로 ᄯᅡ흘 팔식 ᄡᅥ 쵸츄망간이라. 이슬이 풀숫히 젓고 월광(月光)이 됴요(照耀)ᄒᆞ여 ᄉᆡ소ᄅᆡ도 업ᄉᆞᆫ지라.

냥인이 탄왈,

"노야와 부인이 쇼져를 두ᄉᆞ 귀ᄒᆞ미 공쥬도곤 나으시더니, 이제 참난이 여ᄎᆞᄒᆞ니, 하일(何日)의 편ᄒᆞᆷ을 어더 노야의 졔ᄉᆞ를 밧들니오. 원컨ᄃᆡ 신령은 쇼져를 도으ᄉᆞ 일ᄉᆡᆼ이 평안케 ᄒᆞ쇼셔."

ᄒᆞ고, 그르슬 ᄯᅡ희 뭇고 솔을 그 우희 두 쥬(株)를 심으니라.

솔을 심으고 창텬(蒼天)긔 비러 왈,

---

314)비등청운(飛騰靑雲) : 높은 지위에 오름. 또는 크게 출세함.
315)션ᄐᆡᄐᆡ(先太太) : 돌아가신 어머니를 높여 이르는 말. *태태(太太): 중국어 간접차용어로 예전에 중국에서 쓰던 '어머니' 또는 '부인'에 대한 존칭어.
316)야야(爺爺) : 예전에, '아버지'를 높여 이르던 말.
317)묘젼(廟前) : 조상의 위패를 모신 사당의 앞. *묘(廟): 조상 · 성인 · 신(神) · 신주(神主) · 위판(位版) · 영정(影幀) 따위를 모신 사당. 종묘 · 문묘를 통틀어 이른다..
318)허배(虛拜) : 신위에 절을 함. 또는 그 절.
319)ᄇᆡᆨ보허(百步許) : 백보(百步) 쯤 되는 곳. *-허(許): 「접사」 그 거리쯤 되는 곳, 또는 그 시간쯤 걸리는 곳이라는 뜻을 더해 주는 접미사.
320)댱누(粧樓) : 잘 단장한 누대, 곧 '단청을 한 누대'를 이르는 말.
321)분장(粉牆) : 갖가지 색깔로 화려하게 꾸민 담.
322)노원공(老園工) : 늙은 정원지기. 정원을 관리하고 지키는 늙은이.
323)잠기 : ①병장기. 무기. ②연장. 쟁기.

"두 쥬 숄노 심으니, 【65】 물이 님ᄌ를 슈히 맛나리라 ᄒ거든, 숄이 쥭지 아냐 무셩(茂盛)케 ᄒ쇼셔."

툑파(祝罷)의 도라오니, 계셩(鷄聲)이 악악(諤諤)324)ᄒ고 북쇼릐 들니더라. 쇼졔 ᄎ후 타연(泰然)이 지ᄂ더니, 슌일 후 쇼가 긔약이 되니 유모로 당즁의 긴요ᄒ 거슬 ᄎ오고, 쇼찰(小札)을 봉ᄒ여 양상궁긔, 보ᄂ고 능소로 ᄒ여금 ᄎ장(彩粧) 슈식(繡飾)을 쥬어 후루(後樓)의 두고, 황혼의 양시를 다려오려 약쇽을 졍ᄒ 후, 명됴의 쇼졔 부인긔 【66】 문안ᄒ니, 부인이 흔연이 말ᄒ다가 침당의 도라오니, 냥 쥬쇼졔 됴ᄎ와 둉일 박혁(博奕) 시셔(詩書)로 희롱ᄒ니, 이는 쇼졔 무ᄉ 변고를 지을가 ᄌ희미라.

쇼졔 환소(歡笑)ᄒ여 늘이 져물ᄆ 삼쇼졔 부인긔 문안ᄒ니, 부인이 그 무심ᄒ믈 힝희(幸喜)ᄒ여, 셕반을 ᄀ치 먹어 능소의 힝계(行計)ᄒ미 됴케 ᄒ니, 가히 우엄 ᄌ ᄒ더라.

시의 양시 능소를 보ᄂ고 ᄉ각ᄒ니, 니시 노쥬(奴主)를 맛나 《구확‖구학(溝壑)325)》을 면케 되니, ᄉ즁구ᄉ(死中求生)326)ᄒ지라. 방심(放心) 【67】 ᄒ고 누엇더니, 탕츈이 슐을 미란이 취ᄒ고 드러와 옷슬 버ᄉ니, 양시 ᄀ마니 문틈으로 보니 창을 다드며 탁ᄌ 우희 무어슬 놋는지라. 의심ᄒ되, '툑ᄉ이 날을 파라 은을 감쵸노라 왓도다' ᄒ여, 쥭은 ᄃ시 누엇더니, 탕ᄉ이 드러와 양시 누어시믈 보고 놀나 왈,

"무슴 병이 잇ᄂ냐?"

양시 부답(不答)ᄒ니, 탕ᄉ이 그 덥흔 거슬 아스니, 두발이 헛트럿고 누쉬 흘넛는지라. 놀나 왈,

"어ᄃ를 알흐며 어이 슬허ᄒᄂ뇨? 깃븐 일이 잇ᄉ 【68】 니 ᄂ말을 드르라."

양시 답왈,

"그 날 듕히 박ᄎ니 ᄲ 상ᄒ고 장뷔(臟腑) ᄲᆯ녀 긔거치 못ᄒ고 알푸니, 쥭을가 슬허ᄒ노라."

탕ᄉ 왈,

"됴리ᄒ면 슈이 나으리라."

ᄒ고 두어 냥 은ᄌ를 쥬며 왈,

324)악악(諤諤) : 거리낌 없이 바른 말을 하다. 닭이나 새 따위가 거리낌 없이 소리를 내지르다.

325)구학(溝壑) : 구렁. 움쑥하게 파인 땅. 빠지면 헤어나기 어려운 환경을 비유적으로 이르는 말.

326)ᄉ즁구ᄉ(死中求生) : 죽을 수밖에 없는 처지에서 한 가닥 살길을 찾음.=사중구활(死中求活).

"일노 쥬육(酒肉)을 ᄉᆞ먹으라. 내 ᄂᆡ일 나가면 ᄉᆞ오일 뇨리(料理)[327]ᄒᆞ고 큰 집의 갈 거시니 마음을 편히 ᄒᆞ고 잇시라."

ᄒᆞ고 ᄂᆞ가거ᄂᆞᆯ, 양시 여어보니 탕싱이 문을 열고 등하의셔 무ᄉᆞ 일을 ᄒᆞ여 보ᄂᆞᆫ 그림ᄌᆡ러니, 이윽고 ᄂᆞ오거ᄂᆞᆯ 양시 ᄌᆞᄂᆞᆫ 체ᄒᆞ니 탕싱 【69】 이 양시 ᄌᆞᄆᆞᆯ 보고 보고 도로 드러가거ᄂᆞᆯ, 양시 창틈으로 여어보니, 싱이 반ᄌᆞ(板子)[328]를 ᄠᅳᆺ고 무어ᄉᆞᆯ 녓ᄂᆞᆫ 듯 그림ᄌᆡ 빗최거ᄂᆞᆯ, 양시 우어 왈,

"ᄎᆞ적(此賊)이 ᄌᆡ물을 탐ᄒᆞ여 불의를 ᄒᆞᄂᆞ, 나 칠ᄋᆡ 졔게 엇던 ᄉᆞ름이라 몸갑ᄉᆞᆯ 일푼인ᄃᆞᆯ 져를 쥬리오."

ᄒᆞ고 ᄌᆞ더니, 명됴의 탕싱이 드러와 문왈(問曰),

"오ᄂᆞᆯ은 엇더ᄒᆞ뇨?"

양시 왈,

"쥬육(酒肉)을 먹엇더니 져기 낫괘라."

탕싱 왈,

"ᄂᆡ 슈일 후 올 거시니 잘 잇ᄉᆞ라."

양시 왈,

"젼일은 은을 어더도 쥬지 아 【70】 니터니, 오날은 어이 쥬ᄂᆞ뇨?"

탕싱이 웃고 양시 두발을 쓸며 왈,

"쳔금(千金)이 슈즁의 이시니 무어시 귀ᄒᆞ리오."

ᄒᆞ고 ᄂᆞ가거ᄂᆞᆯ, 양시 문을 걸고 방의 드러가 반ᄌᆞ(板子)를 들고보니, 젼ᄃᆡ(纏帶)[329]의 은ᄌᆞ를 봉ᄒᆞᆫ ᄌᆡ 오ᄇᆡᆨ냥을 너허시니, 양시 은ᄌᆞ를 탁상의 노코 젼ᄃᆡ의 돌 열 봉지를 봉ᄒᆞ여 도로 너흔 후, 졔 방의 와 상ᄌᆞ의 은을 ᄡᅡ 너코 환희ᄒᆞ여 혜오ᄃᆡ,

"이놈이 날을 ᄉᆞ디(死地)의 보ᄂᆡ려 금을 밧고 쾌(快)ᄒᆞᆫ 체ᄒᆞ더니, 낭픽ᄒᆞ더[도]다. 【71】 은을 ᄂᆡ 어더시니 이졔ᄂᆞᆫ 집을 ᄶᅥᄂᆞ리로다."

ᄒᆞ더니, 노뢰(奴虜)[330] 쥬육(酒肉)과 실과(實果)를 ᄉᆞ왓거ᄂᆞᆯ, 양시 웃고 왈,

"네 집 상공이 돌연(猝然)이 됴흔 마음이 낫던가, 슈냥(數兩) 은ᄌᆞ를 다 먹으라 ᄒᆞ니 ᄂᆞ도 먹으려니와, 너도 져므도록 문만 직희고 잇ᄉᆞ니 너도 먹으라."

ᄒᆞ고, 슐 ᄒᆞᆫ 병과 고기 반을 쥬어 왈,

"오날은 쥬육이 잇ᄉᆞ니 네 밥만ᄒᆞ여 먹고 드러오지 말나."

---

327)뇨리(料理) : 어떤 대상을 능숙하게 처리함을 속되게 이르는 말.
328)반ᄌᆞ(板子) : 판자(板子). 판판하고 넓게 켠 나뭇조각.=널빤지.
329)젼ᄃᆡ(纏帶) : 돈이나 물건을 넣어 허리에 매거나 어깨에 두르기 편하도록 만든 자루. 주로 무명이나 베로 폭이 좁고 길게 만드는데 양 끝은 트고 중간을 막는다.≒견대
330)노뢰(老虜) : 노로(老虜). 늙은 종.

노뢰(老奴) ᄉᆞ례 왈,

"어진 낭ᄌᆡ(娘子)야, 관인(官人)331)이 셩이 포려(暴戾)ᄒᆞ여 ᄒᆞᆫ 슐 물인들 엇지 공(空)332)이 【72】 먹이리오. ᄂᆡ 숀(孫)333)이 업셔 본향(本鄕)의 가지 못ᄒᆞ고 괴로오미 심ᄒᆞ더이다."

양시 탄 왈,

"너는 ᄂᆞ히 만흐나 남ᄌᆡ라. 굿ᄒᆞ여 이 강도의 집을 직희랴. 네 의복이 다 ᄒᆡ여져시니, ᄂᆡ 바ᄂᆞ질 ᄒᆞ여 어든 바 슈냥 은ᄌᆡ 잇시니 옷슬 ᄉᆞ 닙으라."

노뢰 황망이 ᄉᆞ례ᄒᆞ고 은ᄌᆞ를 바다 가지고 ᄂᆞ가거ᄂᆞᆯ, 양시 노로(老奴)를 보ᄂᆡ고 머리의 금ᄎᆞ(金釵)334)를 ᄭᅩᄌᆞ며 지분(脂粉)을 셩히ᄒᆞ니, 아황(蛾黃)335) 분빅(粉白)336)은 명월(明月)이 탁운(濁雲)을 버슨 듯, '쵸산(楚山) 가월미(佳月眉)'337)와 도【73】화(桃花) 냥협(兩頰)338)이 졀셰(絶世)ᄒᆞ니, 칠이 탄식 왈,

"궁진(窮盡)ᄒᆞ여 니쇼져 ᄃᆡ신(代身)이 되니, 뉘 집으로 갈고?"

ᄉᆡ로이 심ᄉᆡ 어득ᄒᆞ니 쥬육(酒肉)을 맛보더니, 일낙함지(日落咸池)339)ᄒᆞ미 가산(假山)의셔 돌홀 더지거ᄂᆞᆯ, 연망(連忙)이 보니 능쇠 부르거ᄂᆞᆯ, 양시 상ᄌᆞ(箱子)를 안고 ᄂᆞ오니 셔로 함쇼(含笑)ᄒᆞ더라.

이 ᄯᆡ 쇼져는 졍당의 잇고 능소 능옥 양인이 탕싱의 말을 ᄒᆞ고 웃더니, 양시 니르미, 능쇠 양시의 빈혀를 ᄲᆡ히고 금ᄎᆞ를 ᄭᅩᄌᆞ며 월긔탄(月琪彈)340)을 드리오고 【74】금슈의상(錦繡衣裳)을 밧고니, 녹운(綠雲) ᄀᆞᄐᆞᆫ 취환(翠環)341)은 상셔(祥瑞)의 긔운이 층층ᄒᆞᆫ 듯, 청나단(靑羅緞)342)의 금봉(金鳳)343)을 그려시니, 태진

331)관인(官人) : 종이 주인을 가리켜 이르는 말.
332)공(空) : 공짜(空짜). 힘이나 돈을 들이지 않고 거저 얻은 물건.
333)숀(孫) : 자손(子孫). 또는 후손(後孫).
334)금ᄎᆞ(金釵) : ①금비녀. ②첩(妾)을 달리 이르는 말.
335)아황(蛾黃) : 아황(蛾黃)은 예전에 여자들이 얼굴에 바르던 누런빛이 나는 분으로, 여기서는 분바른 얼굴을 뜻함.
336)분빅(粉白) : 분처럼 흼.
337)초산(楚山) 가월미(佳月眉) : 초산(楚山)위에 떠 있는 초승달처럼 아름다운 눈썹. * 초산(楚山): 중국 초(楚)나라에 있는 산. 변화씨(卞和氏)가 이 산에서 명옥(名玉) 화씨벽(和氏璧)을 얻었다고 한다.
338)냥협(兩頰) : 얼굴 양쪽에 붙어 있는 두 뺨.
339)일낙함디(日落咸池) : 해가 함지에 떨어진다는 뜻으로, 해가 짐을 이르는 말. *함지(咸池): 해가 진다고 하는 서쪽의 큰 못.
340)월긔탄(月琪彈) : 달 모양의 둥근 옥구슬.
341)취환(翠環) : 비취(翡翠)와 환옥(環玉)을 함께 이르는 말. 비취나 환옥은 둘 다 장신구로 쓰는 보석이다
342)청나단(靑羅緞) : 푸른 비단.
343)금봉(金鳳) : 금색 봉황

(太眞)344)이 침향뎐(沈香殿)345) 난간(欄干)의 의지ᄒᆞ엿ᄂᆞᆫ 듯ᄒᆞ더라.【75】

344)ᄐᆡ진(太眞) : 양귀비(楊貴妃). 중국 당나라 현종(玄宗)의 비(妃)(719~756). 이름은 옥환(玉環). 도교에서는 태진(太眞)이라 부른다. 춤과 음악에 뛰어나고 총명하여 현종의 총애를 받았으나 안녹산의 난 때 죽었다

345)침향뎐(沈香殿) : 중국 서안(西安)에 있는 당(唐) 현종(玄宗)의 별궁(別宮)인 화청궁(華淸宮) 내의 한 전각.

화산션계록 권지삼

ᄎᆞ셜 능옥이 우어 왈,

"소랑(小娘)의[은] 졀세{ᄒᆞ미} 가인(絶世佳人)이라. 소가의셔 금ᄎᆞᄌᆡ미(金釵在美)346)를 쳔ᄌᆞ(擅恣)ᄒᆞ나347) 낭ᄌᆞ 우희 오르리 업술지라. 소가의 가나 마ᄎᆞᆷ 쇼져(小姐)의 향명(香名)을 의탁ᄒᆞ여시니, 징힐(爭詰)ᄒᆞ기를 ᄆᆡ몰이348) 말고 너모 깃거도 마라, 냥신(良辰)을 ᄐᆡᆨ일(擇日)ᄒᆞ고 홍안(鴻雁)349)을 젼ᄒᆞ여 동방화쵹(洞房華燭)350)을 일우면 타일이 그릇되나, 소셩(小星)351)의 ᄂᆞ리지 못ᄒᆞ리라."

양시 고ᄀᆡ 둣더라.

냥시ᄋᆡ(兩侍兒) 양시를 협실(夾室)의 두고 ᄎᆞ(茶)를 달히더니, 이윽고 【1】 쇼졔 도라와 웃옷슬 벗고 능소의 옷술 닙고 능옥 등으로 흣터지니, 양시 상상(床上)의셔 고셔(古書)를 보며 유모ᄂᆞᆫ 장(帳) 안히셔 조으더니, ᄎᆞ시 소금외(소金吾) 건장ᄒᆞᆫ 창두(蒼頭) 뉵칠인과 댱ᄀᆡᆨ(莊客)352) 이십 명으로 교ᄌᆞ(轎子)를 뒤히 ᄀᆞᆷ쵸고, 탕싱으로 니부의 니르니, 부인이 심복(心服)으로 문을 여러 드리니, 금외(金吾) 탕츈 《을‖으로》 ○○○[더블어] ᄀᆞ마니 쇼져 침당 창 밋히 가 여어보니, 쇼졔 분명이 안ᄌᆞ 셔안(書案) 우히 ᄎᆡᆨ을 보거놀, 비록 등 도라 안ᄌᆞ시나, 비봉(飛鳳) 냥익(兩翼)의 셤약(纖弱)ᄒᆞᆫ 【2】 긔질이 그림 속의 《단장‖단봉(丹鳳)353)》 ᄀᆞᆺᄒᆞ니, 금외 발 구르믈 ᄭᆡᄃᆞᆺ지 못ᄒᆞ더라.

유뫼 왈,

"소져야, 인젹(人跡)이 잇ᄉᆞ니 도젹이 왓ᄂᆞᆫ가 ᄒᆞ나이다."

쇼제 왈,

---

346)금ᄎᆞᄌᆡ미(金釵在美) : 미인을 첩 삼는 일. *금ᄎᆞ(金釵): 첩(妾)을 달리 이르는 말.

347)쳔ᄌᆞ(擅恣)ᄒᆞ다 : 제 마음대로 하여 조금도 꺼림이 없다.

348)ᄆᆡ몰이 : 매몰차게. 인정이나 싹싹한 맛이 없고 아주 쌀쌀맞게.

349)홍안(鴻雁) : 큰 기러기와 작은 기러기를 아울러 이르는 말.

350)동방화쵹(洞房華燭) : 동방에 비치는 환한 촛불이라는 뜻으로, 혼례를 치르고 나서 첫날밤에 신랑이 신부 방에서 자는 의식을 이르는 말. ≒동방

351)소셩(小星) : ①작은 별. ②'첩'을 달리 이르는 말.

352)댱ᄀᆡᆨ(壯客) : '체격이 건장한 사람'이란 뜻으로 '장정(壯丁)'을 달리 표현한 말.

353)단봉(丹鳳) : 목과 날개가 붉은 봉황.

“나는 듯지 못홀와. 어미는 겁닉지 말고 노즈(奴子)를 부르라.”
ᄒᆞ는 쇼릭 가느라 겨유 아라드를만 ᄒᆞ더라.
유뫼 문을 열고 ᄂᆞ오며 왈,
“능옥 능소는 어딕 갓ᄂᆞ뇨?”
ᄒᆞ고, 닉당 문으로 드러가거놀, 탕싱이 나는 ᄃᆞ시 닉다라 모든 강도를 부르고, 쇼금외 다라드러 쇼져를 안흐니, 쇼제 젹은 【3】 상ᄌᆞ를 안고 다라ᄂᆞ려 ᄒᆞ거놀, 금외 문을 막ᄋᆞ 쇼져를 붓잡으니, 소가 노복이 교ᄌᆞ를 난간의 노코 쇼져를 븟드러 너흐니, 제적(諸賊)이 교ᄌᆞ(轎子)를 총총(悤悤)이 메고 가더라.
유뫼 숨어서 보며 능소 능옥 등이 울며 왈,
“도적(盜賊)이 쇼져 댱누(粧樓)의 긔용(器用)을 다 가져가[간]다!”
ᄒᆞ니, 부인이 거즛 울며 ᄭᅮ지져 왈,
“옥쉬 음분(淫奔)[354]ᄒᆞ여 다라ᄂᆞ미라. 어이 도적이 드러시리오.”
ᄒᆞ고, 협실을 뒤여 요긴혼 거술 가져가며,
“쥬ᄋᆞ의 쳐쇠 겨 【4】 울이면 치우니 예 잇ᄉᆞ라.”
쥬익 왈,
“능소 능옥도 쇼네 부리려 ᄒᆞ나이다.”
부인 왈,
“제 항것[355]시 음분(淫奔)ᄒᆞ미 져의 죄라. 치죄(治罪)코져 ᄒᆞ더니, 네 부린다니 아직 짐작ᄒᆞ느니, 너희는 튱의(忠義)를 갈진(竭盡)ᄒᆞ라.”
ᄒᆞ고 드러가니, 유모와[가] 능소 등을 다리고 쇼져를 청ᄒᆞ여다가 앗가 놀나온 말을 ᄒᆞ며, 부인의 거동을 젼ᄒᆞ고 혹소역탄(或笑亦嘆)[356]ᄒᆞ니, 쇼제 묵묵탄식(默默歎息)ᄒᆞ며 좌우를 당부ᄒᆞ여 왈,
“여등(汝等)이 나의 말을 젼파치 말고 슈일 【5】 을 ᄀᆞ마니 이시라. 양시 날노 더브러 통모(通謀)혼 쥴 도적이 아지 못ᄒᆞ고, 탕츈의 집의 ᄉᆞ롬이 잇셔야 우리 일이 아직 위틱치 아니홀 거시니, 능소야! 네 탕가의 가 여ᄎᆞ여ᄎᆞ ᄒᆞ여, 양시 잇는 ᄃᆞ시 ᄒᆞ라.”
능쇠 답 왈,
“쇼져는 편히 쉬쇼셔. 명딕로 ᄒᆞ리이다.”
소제 냥 시ᄋᆞ로 평안이 ᄌᆞ니라.

354)음분(淫奔) : 남녀가 음란하고 방탕한 짓을 함. 또는 그런 행동.
355)항것 : ‘상전(上典)’ 또는 ‘주인’을 낮잡아 이르는 말. *상것(常것): 예전에, 양반 계급이 평민을 낮잡아 이르던 말.
356)혹소역탄(或笑亦嘆) : 혹은 웃기도 하고 또한 탄식하기도 함.

능쇠 탕가의 가 양시 방의 잇더니, 노뢰(老虜) 문틈으로 됴반을 드리거늘, 능쇠 미미(微微)히 니르딕,

"문을 단단이 닷고 가라."

ᄒᆞ고, 밥을 ᄀᆞ지고 부즁(府中)의 와 【6】 능옥을 쥬며 우어 왈,

"탕젹이 졔 계집 셔방 맛치노라 근노(勤勞)ᄒᆞᄂᆞᆫ 도다."

유뫼 왈,

"져녁의ᄂᆞᆫ 눌을 보ᄂᆡ리오."

능쇠 왈,

"가기 어렵지 아니나 셩음(聲音)이 다르니 동반(同班)의 유녀(幼女)의 쇼릭 양시와 ᄀᆞᆺᄒᆞ니○[를] 불너 말을 가르쳐, 셕양(夕陽)의 탕가로 보ᄂᆡ며 왈, '셕식(夕食)을 게셔 먹고 노싀(老厮)357) 어딕 가거든 명신(明晨)358)의 이리이리 ᄒᆞ라.'"

유네 답쇼왈(答笑曰),

"어렵지 아니ᄒᆞ되 탕젹이 오면 엇지 ᄒᆞ리오."

능쇠 왈,

"슈일 ᄂᆡ의 오지 아니리라. 노싀 보와도 양시 【7】 의 옷슬 닙으라."

양시 버슨 옷슬 쥬니, 유네 웃고 옷슬 착(着)ᄒᆞ니, 용뫼 다르나 셩음(聲音) 신댱(身長)이 흡ᄉᆞᄒᆞ니, 모다 웃더라.

유네 탕가의 가 누엇더니, 노싀 드러와 밥을 ᄒᆞ거늘 유네 문 왈,

"네 집 관인(官人)은 어딕가 므엇 ᄒᆞ더뇨?"

노싀 왈,

"쇼승상 틱 부귀 긔특ᄒᆞ더이다. 우리 상공이 ᄂᆡ부 쇼져를 도젹ᄒᆞ여 쥬니, 쇼노애 신부를 다려 갈 식, 길히셔부터 취악(吹樂)359)이 젼후(前後)ᄒᆞ니, 뉘 도젹질ᄒᆞᆫ 혼인이라 ᄒᆞ리오. 그 소제 졀식이라, 쇼노 【8】 애 크게 깃거 핍박ᄒᆞ니 쇼제 불허ᄒᆞ고, 셰가지 언약을 밧고 명일 셩친ᄒᆞ랴 ᄒᆞ기○[로], 쇼노애 쥬찬으로 하례ᄒᆞ니, 상공이 흠 ᄀᆞᆺ치 취(醉)ᄒᆞ고 빅 불너, 오늘 쇼복(小僕)을 불너 쥬육(酒肉)을 먹이고 ᄂᆡ일도 와 먹으라 ᄒᆞ며, 두어 곳 가ᄉᆞ(家舍)를 ᄆᆡᄆᆡ(賣買)ᄒᆞ려 집 흥정 붓치ᄂᆞᆫ 댱셕고 뉴효ᄋᆞ를 부르며 가기의 못와시니, 관인(官人)의 즐기기 오늘 처음이로소이다."

유네 실소ᄒᆞ고 문왈,

"네 관인이 '념통 업슨'360) ᄉᆞ름이로다. 이졔 조ᄎᆞ 게 잇셔 무엇 【9】 ᄒᆞ려 ᄒᆞᄂᆞ

---

357)노싀(老厮) : 늙은 종.
358)명신(明晨) : 내일 새벽. 이튿날 새벽. *명일(明日): 오늘의 바로 다음 날.=내일.
359)취악(吹樂) : 악기를 붊.

뇨?"

뒤왈,

"금외(金吾) 즁보를 쥬고 사 곳는지라. 혼시(婚事) 그릇 될가 ᄒᆞ여 셩친(成親) ᄒᆞ믈 보고 오려 ᄒᆞ시ᄂᆞ이다."

유녜 왈,

"너ᄂᆞᆫ 일ᄌᆞᆨ 오라."

ᄒᆞ거ᄂᆞᆯ, 노싀 응ᄒᆞ니,

유녜 왈,

"ᄂᆡ 더 알푸니 밥을 아됴 지어쥬고 가셔 일ᄌᆞᆨ 오라."

노뢰 왈,

"낭ᄌᆡ 알푸시면 약을 ᄌᆞ시게 상공다려 니르ᄉᆞ이다."

유녜 왈,

"네 상공 도젹놈이 날을 쳐셔 알케 ᄒᆞ니, 약은 무ᄉᆞᆷ 닐고? 어졔 네 집 노관인(老官人)[361]이 드러오려 ᄒᆞ되 문을 잠가시니 ᄭᅮ짓고 【10】 명일 오마 ᄒᆞ여시니, 문을 잠으지 말나."

노뢰 왈,

"쇠나 두고 갈 거시니, 노관인이 오시거든 가실젹 '문을 잠으고 가쇼셔' ᄒᆞ라 ᄒᆞ고, 밥을 먹으라."

ᄒᆞ니, 유녜 왈,

"아직 두엇다 먹고ᄌᆞ ᄒᆞ노라."

노뢰 부억의셔 그릇술 셔릇고[362] 문을 잠으고 나가니, 유녜 밥을 먹으며 우어 왈,

"익구즌[363] ᄂᆡ식[364]. 졔[365], ᄶᅩᆼ 곳흔 밥을 먹지 눅눅ᄒᆞᆫ[366] 거ᄉᆞᆺ 먹으리오."

ᄒᆞ고, 불을 혀고 양시의 셰ᄉᆞ(細事)[367]를 뒤여보니, ᄌᆞ근 ᄡᆞᆷ지의 바으락[368] 은과 팔쇠 잇거ᄂᆞᆯ ᄉᆞ미 【11】 의 너코 ᄎᆞ야를 계유 ᄉᆡ오더라.

360)염통 없다 : 넋 빠지다. 생각 없다.
361)노관인(老官人) : '주인'을 높여 이르는 말.
362)셔릇다 : 설거지하다. 먹고 난 뒤의 그릇을 씻어 정리하다.
363)익궂다 : 애꿎다. 아무런 잘못 없이 억울하다.
364)ᄂᆡ식 : 날세. 나일세.
365)제 : 제기. 언짢을 때에 불평스러워 욕으로 하는 말.=제기랄.
366)눅눅하다 : 축축하다.
367)셰ᄉᆞ(細事) : 세간살이. 집안 살림에 쓰는 온갖 물건.≒세간붙이,
368)바으락 : 부스러기. 잘게 부스러진 물건. *바으다: 부수다. 단단한 물체를 여러 조각이 나게 두드려 깨뜨리다.

이러구러 식비의 니르러 문 두다리는 쇼릭 잇거놀, 유네 만신의 뚬을 흘니고 급히 니러 어두온 구셕의 부딕쳐 드르니, 탕싱이 제방의 가 옷술 가라 닙으며 불너 왈,

"그딕 조눈다? 닉 젼역의 올 거시니 밧바 보지 못흐믹 괴이히 넉이지 말나."

유네 마음을 진정흐여 답 왈,

"무亽 일 괴이(怪異)흐리오. 져녁의나 일즉 오라."

탕싱 왈,

"부릴딕 잇亽니, 노싀를 일369) 보닉라."

흐고, 닉 【12】 닷거놀, 유네 니러나 세슈흐고 총총이 문의 누오니, 노쇠(老쇠)370) 발셔 문졍(門庭)의 왓거놀, 유네 왈,

"네 상공이 너를 일 보닉라 흐여시니, 어셔 가 단녀오라."

노쇠 응흐고 가거놀, 유네 방문을 닷고 부즁의 니르니, 날이 식고져 흐더라.

쇼져를 딕흐여 지난 바를 니르니, 능쇠 쇼왈,

"져졔(姐姐)371) 탕적이 와셔 본 즉 반드시 긔졀흐여시리라. 도적이 만일 져져를 양시만 넉여 칠우의 소임을 당흐라 흐면 엇지려 흐더뇨?"

유 【13】 네 왈,

"도적이 비록 방즁의 드러온들 흑애(黑夜) 칠흔 듯흐고, 닉 쇼릭 굿흐니 급히 알눈 형상을 흐고 쯰여372) 보닉기 무러시 어려오리오."

쇼졔 왈,

"네 실노 담딕흐니 뚝히 근심치 아닐지라. 졔 어이 강박흐리오."

졔 시익 웃더라.

화셜 쇼금외 양시를 교즁(轎中)의 너허 노상(路上)의 닉다르니, 촉농(燭籠)과 촉(燭)이 별 굿고 고악(鼓樂)이 훤천(喧天)흐여 쇼부의 니르러 닉청(內廳)의 교조를 부리오니, 시녀 추환의 무리 양시를 붓드러 닉니, 양시 【14】 짐즛 통곡 왈,

"나눈 상문(相門) 규슈여놀 도적이 강취(强取)흐니, 닉 추마 셩시 향관도 모로눈 집의 와 엇지 욕을 보리오."

머리를 부딕이져 쥭으려 흐거놀, 모든 시네 붓들고 금오의게 보흐니, 금외 황망이 드러와 읍흐여 왈,

"쇼져야! 쇼싱은 본향(本鄕) 쇼승상 우돌 금오당군(金吾大將軍) 쇼뫼니, 쇼젼들 모로시리잇가? 문회(門戶) 상젹(相敵)흐고 부귀 참치(參差)흐니, 쇼싱이 네로 구

---

369)일 : 일찍.

370)노쇠(老쇠) : 작중인물 '노뢰(老虜)' '노싀(老厮)'의 또 다른 이름. '노쇠(奴쇠)'의 '쇠'는 '돌쇠' '장쇠' 등의 이름에서 보는 것처럼 남자를 낮잡아 이르는 말이다.

371)져졔(姐姐) : 여자가 손위 '언니'나 손위 '동서'를 이르는 말.

372)쯰여 : 떼어. *떼다: 떨어지게 하다.

혼ᄒᆞ니 됸부인이 쇼져의 고집을 두려 쇼ᄉᆡᆼ다려 강탈ᄒᆞ여 가라【15】 ᄒᆞ니, 됸부인 명을 인ᄒᆞ여 쇼져를 ᄂᆡ 집의 뫼셔와시니, 쇼져ᄂᆞᆫ '도요(桃夭)의 한(恨)'[373]이 업고, 쇼ᄉᆡᆼ이 비록 희쳡(姬妾)이 만흐나 실ᄀᆡ(室家) 병폐(病廢)ᄒᆞ여 쥭고 신취(新娶)ᄒᆞ미 업ᄂᆞᆫ지라. 혼인이 녜의 어긔미 업거ᄂᆞᆯ 무ᄉᆞ 일 이 ᄀᆞᆺ치 슬허ᄒᆞ시ᄂᆞ뇨? 됸부인이 쇼져긔 됴흔 뜻이 업셔 여러 슌(順) 우가 젼가의 상고(商賈)의 부ᄒᆞ믈 구ᄒᆞ다가 ᄂᆡ게 도라보ᄂᆡ니, ᄎᆞ역(此亦) 인연이라. 과도이 슬허 마르쇼셔."

양시 눈물을 거두고 왈,

"셩시(姓氏)와 거쥬(居住)를 드르ᄆᆡ ᄂᆡ 몸이【16】 욕되지 아니ᄒᆞ고, 니르시ᄂᆞᆫ ᄇᆡ 유리ᄒᆞ나, 쳡이 세 가지 품은 쇼회 잇ᄉᆞ니, 군이 만일 드르시면 쳡이 둉신(終身)을 허ᄒᆞ려니와, 불연즉(不然則) 슈보(數步) ᄉᆞ이의 쳡의 잔혼(殘魂)이 녕낙(零落)ᄒᆞ여 경혈(頸血)노써 군의게 ᄲᅮ리리라."

금외 쇼져의 언ᄉᆡᆨ 경녀(勁厲)ᄒᆞ여[374] 셩음(聲音)이 낭낭(朗朗)[375]ᄒᆞ믈 듯고 놀나 혜오ᄃᆡ,

"니가 녀ᄌᆡ 담냑(膽略) 춍명(聰明)이 과인(過人)ᄒᆞ다 ᄒᆞ더니, 또 언변이 여ᄎᆞᄒᆞ니 일홈 ᄋᆞᄅᆡ 허언이 아니로다."

ᄒᆞ고 눈으로 ᄌᆞ시 보니, 쇼제 별 ᄀᆞᆺ흔 눈의 쥬루(珠淚)【17】를 먹음고 뉴미(柳眉)[376]를 반츅(半顣)[377]ᄒᆞ여시니, 작약영농(綽若玲瓏)[378]ᄒᆞ여 ᄆᆡ홰(梅花) 납셜(臘雪)[379]을 빗겨시며[380] 니화일지(梨花一枝) 취우(翠雨)를 씌엿ᄂᆞᆫ 듯, 분협(粉頰)이 연화(蓮花) ᄀᆞᆺ고 잉슌(櫻脣)이 단ᄉᆞ(丹砂) ᄀᆞᆺᄒᆞ여, 교요염녀(皎曜艶麗)[381]ᄒᆞ미 ᄶᆞᆨ업시 아릿ᄯᆞ오니, 졔시비(諸侍婢) 금ᄎᆡ(金釵)[382] 좌우의 잇시ᄆᆡ 명월(明月) ᄋᆞᄅᆡ 쇠잔ᄒᆞᆫ 셩신(星辰)[383]이라.

심흥(心興)이 쾌창(快暢)ᄒᆞ니 의ᄉᆡ(意思) 젼도(轉倒)ᄒᆞ여 ᄉᆞ왈,

"쇼져 말ᄉᆞᆷ이 불가ᄒᆞ미 업ᄉᆞ리니, 세가지 아냐 삼쳔 가지라도 쇼ᄉᆡᆼ이 다 드르리

373)도요(桃夭)의 한 : 혼인에 방해가 될 만한 흠결.
374)경녀(勁厲) : 굳세고 맹렬함.
375)낭랑(朗朗) : 또랑또랑함.
376)뉴미(柳眉) : 버들잎처럼 아름다운 눈썹.
377)반츅(半顣) : 반쯤 찡그리다.
378)작약영롱(綽若玲瓏) : 몸매가 가냘프고 아리따우며 광채가 남.
379)납셜(臘雪) : 음력 섣달(12월))에 내리는 눈.
380)빗기다 : 비끼다. 비스듬히 놓거나 차거나 하다.
381)교요염려(皎曜艶麗) : 밝고 빛나며 곱고 아름다움.
382)금치(金釵) : ①금비녀. ②첩(妾)을 달리 이르는 말.
383)셩신(星辰) : 『천문』 빛을 관측할 수 있는 천체 가운데 성운처럼 퍼지는 모양을 가진 천체를 제외한 모든 천체. =별.

니, 시험(試驗)ᄒᆞ여 니르쇼서."

양시 왈, 【18】

"다르미 아니라, 일은 ᄂᆡ 금지옥엽(金枝玉葉)으로 겸(兼)ᄒᆞ여 상문교옥(相門嬌玉)[384]이라. 시운이 불힝ᄒᆞ며 명되 다쳔(多舛)ᄒᆞ여[385] 군ᄌᆞ(君子)의 강탈ᄒᆞ믈 맛ᄂᆞ니, 녀ᄌᆞ의 둉신(終身)이 맛ᄎᆞᆷᄂᆡ 구ᄎᆞ(苟且)ᄒᆞ면 ᄇᆡᆨ년(百年)의 븟그러오미 엇지 쳡 ᄲᅮᆫ이리오. 군직 바리지 아니시면 타일 둉형(宗兄)과 친권(親眷)이 드러도 피차 허물이 업술지라. 냥신(良辰)[386]을 튁(擇)ᄒᆞ고 됸문(尊門) 친척을 모화 뉵녜(六禮)로 셩친ᄒᆞ미 원이오. 둘지는 남ᄌᆞ 쳐세ᄒᆞᄆᆡ 익우(益友)와 현붕(賢朋)이 교회(敎誨)ᄒᆞ여 붕우 【19】 칙션(朋友責善)[387]이 ᄇᆡᆨ힝(百行)의 웃듬이요, 눈상(倫常)의 말(末)이여ᄂᆞᆯ, 군직 탕가 음적(陰賊)을 ᄉᆞ괴여 불의(不義)ᄒᆞ미 몸을 욕ᄒᆞ고 됴션쳥덕(祖先淸德)을 문희치니, 쳡이 비록 녀지나 무힝(無行)ᄒᆞᆫ ᄉᆞᄅᆞᆷ의 ᄶᅡᆨ 되기 븟그러온지라. ᄒᆞ물며 져 도적이 니를 보ᄆᆡ 의를 아지 못ᄒᆞ여 우리 가ᄉᆞ(家事)를 그릇 ᄆᆡ들며, ᄌᆞ의(慈意)를 니간(離間)ᄒᆞ여 쳡이 이의 니르니, 쳡이 비록 미셰ᄒᆞ나 ᄌᆡ상규싊(宰相閨秀)라. 엇지 져의 긔홰(奇花)되여 팔니미 상한(常漢) ᄀᆞᆺᄒᆞ리오. ᄎᆞᄉᆞ를 ᄉᆡᆼ각ᄒᆞ면 시방 【20】 군ᄀᆡ(君家) 호부(豪富)ᄒᆞ니, 졔 도로혀 봉승ᄒᆞ거니와, 군ᄀᆡ 고단(孤單)ᄒᆞ면 쳐쳡을 도적ᄒᆞ여 팔미 이 ᄀᆞᆺᄒᆞ리니, 군이 가히 ᄉᆞ괴염즉ᄒᆞ며 쳡으로 더브러 불공ᄃᆡ쳔지싊(不共戴天之讎)오 군을 그릇 인도 ᄒᆞ리니, 군이 마ᄎᆞᆷᄂᆡ ᄎᆞ적(此賊)을 교회(交會)ᄒᆞᆫ 즉, 쳡의 둉신이 불힝ᄒᆞ니 하면목(何面目)으로 군을 조ᄎᆞ리오. 셰흔 그ᄃᆡ 가즁의 희쳡(姬妾)이 만당(滿堂)ᄒᆞ고 쥬뫼(主母) 업ᄉᆞ니, 쳡을 셰워 쥬모를 삼지 아니면 쳡이 군의 집 금ᄎᆞ지열(金釵之列)이니, 어느 ᄂᆞᆺᄎᆞ로 타일 둉형(宗兄) 【21】 을 보리오. 군과 쳡이 다 져 강포ᄒᆞᆫ 노(怒)를 맛날가 두려 ᄒᆞᄂᆞ니, 만일 이 셰가지를 됴ᄎᆞ면 ᄉᆞ라 군ᄌᆞ를 셤기고 불연즉(不然則) 쳡의 목숨을 긋기 무어시 어려오리오."

금외 황망(慌忙)이 ᄀᆞᆯ오ᄃᆡ,

"어질며 놉다! 쇼져의 셰 가지 다 쇼ᄉᆡᆼ의 원이라. 만일 다시 튁일ᄒᆞ여 셩녜코ᄌᆞ ᄒᆞ시면 십칠일(十七日)이 황도길일(黃道吉日)[388]이니 가즁의 대연을 베퍼[389] 셩

384)상문교옥(相門嬌玉): 재상 가문의 예쁜 딸.
385)다쳔(多舛)ᄒᆞ다 : 어긋남이 많다.
386)냥신(良辰) : 혼례를 이루기에 좋은 날.
387)붕우칙션(朋友責善) : 벗끼리 서로 좋은 일을 하도록 권함.
388)황도길일(黃道吉日) : 지구가 태양의 둘레를 공전하는 시간선상에서 인간이 어떤 일을 거행하기에 가장 좋다는 날. *황도(黃道); 태양의 둘레를 도는 지구의 궤도가 천구(天球)에 투영된 궤도를 말한다. 즉 지구가 공전하며 태양의 둘레를 도는 길을 말함. 천구의 적도면(赤道面)에 대하여 황도는 약 23도 27분 기울어져 있으며, 적도와 만나는 두 점을 각각 춘분점, 추분점이라 함. *길일(吉日); 운이 좋거나 상서로운 날을 뜻한

네ᄒᆞ고, 그 날 됸ᄒᆞ여 부인을 삼ᄋᆞ 가ᄉᆞ를 다ᄉᆞ리게 ᄒᆞ고, 탕ᄉᆡᆼ을 슷ᄎᆞ미 무어시 어려오리오 【22】 마ᄂᆞᆫ, 쇼져 말숨이 뉴슈(流水) ᄀᆞᆺᄒᆞ시나 긔운이 앙앙(怏怏)ᄒᆞ여 분긔(憤氣) 어릭여시니 불의지환(不意之患)을 두리ᄂᆞ니, 져놈이 ᄂᆡ 직물을 만히 가져ᄂᆞᆫ지라. 아직 셩네ᄒᆞ기가지 두어 영영 못오게 ᄒᆞ리라."

쇼제 묵연부답(黙然不答)ᄒᆞ고 탄셩읍하(歎聲泣下)ᄒᆞ니, 금외 좌우를 분부ᄒᆞ여 잘 뫼시라 ᄒᆞ고 ᄂᆞ가니, 양시 금오의 풍ᄎᆡ 쥰슈ᄒᆞ며 가즁이 번화ᄒᆞᆷ을 보고 그ᄋᆞᆨ이 깃거ᄒᆞ나, 거즛 슬허ᄒᆞ더니, 십칠일 능신(凌晨)390)의 모든 시네 붓드러 쇼세(梳洗)ᄒᆞ니, 단장을 어 【23】 릭게 ᄒᆞ고, 칠보로 녕농이 ᄭᅮ미고 금슈로 일신을 옹위ᄒᆞ여 길셕(吉席)의 세우니, 금외 길복이 졍졔ᄒᆞ여 홍안지녜(鴻雁之禮)391)를 일우고, 냥(兩) 신인(新人)이 동방(洞房)의 드러와 ᄌᆞ하상(紫霞觴)392)을 난홀ᄉᆡ, 양시 깃브고 역시 슬허 눈셥을 ᄶᅵᆼ긔니, 신낭이 웃고 위로 왈,

"부인이 진짓 텬연(天緣)이니 그ᄃᆡ 원을 다 됴ᄎᆞ리니 옥질화안(玉質花顔)을 상히(傷害)오지 말나."

모든 ᄎᆞ환을 분부 왈,

"여등(汝等)이 쇼져를 뫼셔 쉬게 ᄒᆞ라. 내 밧긔가 숀을 ᄃᆡ졉ᄒᆞ고 오리니 그 ᄉᆞ이 다 【24】 탕(茶湯)으로 부인긔 ᄂᆞ오라."

ᄒᆞ고, 양시 다려 왈,

"명일은 부인이 ᄉᆞ묘(四廟)393)의 현알(見謁)ᄒᆞ고 우명일(又明日)은 가즁 잉쳡(媵妾)비복(婢僕)의 녜(禮)를 밧고, 훗날은 ᄀᆞ즁(家中) 보ᄇᆡ394)를 졈고(點考)ᄒᆞᆯ 거시니, 날마다 쉬지 못ᄒᆞ리니, 약질을 잘 보호ᄒᆞ쇼셔."

ᄒᆞ고, 외당의 ᄂᆞ오니 탕ᄉᆡᆼ이 혼인이 슌히 되니, 졔 계집을 《위유셔다가‖위유(慰諭)ᄒᆞ여셔395)》 쇼금오를 쥰 즄 어이 알니오. 모든 협긱총즁(俠客叢中)396)의 안ᄌᆞ 큰 잔치를 밧고 깃거 왈,

---

다

389)베퍼 : 베풀어. *베푸다: 베풀다. 일을 차리어 벌이다. ≒설(設)하다.

390)능신(凌晨) : 새벽

391)홍안지예(鴻雁之禮) : 전안지례(奠雁之禮). 혼인 때에 신랑이 신부의 집에 가서 기러기를 전하는 의식.

392)ᄌᆞ하상(紫霞觴) : 전설에서, 신선들이 술을 마실 때 쓰는 잔. '자하'는 신선이 사는 곳에 서리는 보랏빛 노을이라는 말로, 신선이 사는 선계(仙界)를 뜻한다. 따라서 선계의 신선이 입는 치마를 자하상(紫霞裳), 그들이 마시는 술을 자하주(紫霞酒), 그들이 사는 곳을 자하동(紫霞洞)이라 이른다.

393)ᄉᆞ묘(四廟) : 고조부모, 증조부모, 조부모, 부모 등 4대 조상의 신위를 모신 사당.

394)보ᄇᆡ : 보배. 아주 귀하고 소중한 물건.

395)위유(慰諭)ᄒᆞ다 : 위로하고 타일러 달래다.

396)협긱총즁(俠客叢中) : 협객의 무리 가운데.

"쇼금외 몟낫 희쳡(姬妾)이 잇└뇨? 지금 부인을 셰오지 못 【25】 ᄒᆞ고 이십이 넘도록 쥬당(主掌)ᄒᆞᆫ 가뫼(家母)[397] 업다가, ᄂᆡ 일계(一計)로 쳔고슉완(千古淑婉)을 쳔거ᄒᆞ여 평ᄉᆡᆼ 뜻을 일우니, ᄂᆡ 공이 젹지 아니ᄒᆞ고 계괴 신묘ᄒᆞᆫ지라. 니쇼졔 반ᄉᆡᆼ 간모(奸謀)로써 ᄂᆡ 손을 버셔나지 못ᄒᆞ니, ᄂᆡ 별호를 쌍호졉(雙胡蝶)이라 ᄒᆞ미 오히려 젹은 쥴 졔형이 다 알나."

ᄒᆞ며 양양흔흔(揚揚欣欣)[398]ᄒᆞ여 슐을 진취(盡醉)ᄒᆞ고 향과(香果)를 쥬어[399] ᄉᆞᄆᆡ의 너허 도라가 양시를 ᄌᆞ랑코ᄌᆞ ᄒᆞ더라.

금외 좌의 ᄂᆞ아 안ᄌᆞ 슌ᄇᆡ(巡杯) 지ᄂᆞᄆᆡ 풍물(風物)[400]을 졔쥬(齊奏)ᄒᆞ며, 시ᄌᆞ(侍者)로 【26】 ᄒᆞ여금 은ᄌᆞ 이십냥을 ᄂᆡ여다가 탕ᄉᆡᆼ의게 보ᄂᆡ고, 잔을 들고 탕ᄉᆡᆼ과 졔인을 ᄃᆡᄒᆞ여 ᄀᆞᆯ오ᄃᆡ,

"열위(列位) 졔형(諸兄)은 ᄒᆞᆫ가지로 드르라. 쇼뫼(쇼某) 가인을 어드니, 쇼ᄅᆡ 녕셩(鈴聲) ᄀᆞᆺ고, 말ᄉᆞᆷ이 《현ᄋᆞ‖현ᄒᆞ(懸河)》 ᄀᆞᆺ하며, 쇼견(所見)이 급암(汲黯)[401] ᄀᆞᆺ고, 현쳘(賢哲)ᄒᆞ미 댱강(莊姜)[402] ᄀᆞᆺᄒᆞ니, 이 진실노 탕형의 주미라. 그 공이 엇지 즁치 아니리오마ᄂᆞᆫ 졔 작일 날다려 셰 가지 언약을 두고 비로소 '이셩(二姓)의 친(親)'[403]을 일우니, 비록 시ᄒᆡᆼ치 아냐도 됴흘 듯ᄒᆞ되, 이 녀ᄌᆡ 셩ᄒᆡᆼ이 강 【27】 ᄀᆡ열열(慷慨烈烈)ᄒᆞ여 결연이 ᄉᆞᆺ치 잇실 위인이니, 오날 부득이 네를 일우나, 눈셥의 분긔(憤氣)와 냥안(兩眼)의 누쉬(淚水) ᄆᆡᆺ쳐, 지극히 원(怨)ᄒᆞ고 분ᄒᆞ믈[믄] 졍히 날도곤 탕형이라. ᄂᆡ 져를 ᄃᆡᄒᆞ여 언약(言約)ᄒᆞᄆᆡ, 탕형의 덕을 져바리니 심히 불안ᄒᆞ되, 탕형을 뉴쳐(留處)ᄒᆞ여 교유ᄒᆞ면 실가로 화목지 못ᄒᆞᆯ 거시니, 이 일을 엇지ᄒᆞ리오."

탕ᄉᆡᆼ이 쳥ᄎᆞ(聽此)의 ᄂᆞᆺ치 달호이고[404] 귀 붉으믈 ᄭᆡ듯지 못ᄒᆞ고, 좌ᄀᆡᆨ이 경문기고(驚問其故)[405]ᄒᆞ니, 금외 동두 【28】 지미(從頭至尾)를 다 젼ᄒᆞ니, 좌ᄀᆡᆨ(座客)이 경복(敬服)ᄒᆞ여 칙칙탄상(嘖嘖歎賞) 왈,

397)가모(家母) : 한 집안의 주부.
398)양양흔흔(揚揚欣欣) : 매우 만족스럽고 기쁜 얼굴빛을 띰.
399)쥬다 : 쥐다. 재물 따위를 벌거나 가지다.
400)풍물(風物) : 풍물놀이에 쓰는 악기를 통틀어 이르는 말. 꽹과리, 태평소, 소고, 북, 장구, 징 따위이다.
401)급암(汲黯) : 중국 전한(前漢) 무제 때의 충신(忠臣)(?~B.C.112). 자는 장유(長孺). 성정이 엄격하고 직간을 잘하여 무제로부터 '사직(社稷)의 신하'라는 말을 들었다.
402)당강(莊姜) : 중국 춘추시대 위(衛)나라 장공(莊公)의 처. 아름답고 덕이 높았고 시를 잘하였다.
403)이셩(二姓)의 친(親) : 성씨가 다른 두 남녀가 혼인하여 성적결합(性的結合)을 맺음.
404)달호이다 : 닳다. 달구어지다. 빨개지다.
405)경문기고(驚問其故) : 크게 놀라 그 까닭을 물음.

"부인 쇼견이 진실노 쳔고(千古)의 희한(稀罕)ᄒᆞ니 형의 유복ᄒᆞᆷ을 치하ᄒᆞ노라."

《탕형‖탕싱》이 젼후 부인긔 득죄 비경(非輕)ᄒᆞ니, 부인이 비록 이 ᄀᆞᆺ치 아니시나 ᄒᆞᆯ 말이 업셔 묵묵ᄒᆞ니, 금외 손을 잡고 왈,

"부부의 은졍이 듕ᄒᆞ여 형을 아직 ᄀᆞᆺᄎᆞ나 형의 공이 듕ᄒᆞ니 타일 엇지 ᄎᆞᄌᆞ미 업ᄉᆞ리오."

은근이 이십냥 은을 쥬니, 탕싱이 마지 못 【29】 ᄒᆞ여 슐을 마시고 은을 바드며 골오ᄃᆡ,

"쇼뎨 상공의 슉녀 ᄉᆞ모ᄒᆞ미 간졀ᄒᆞᆷ을 인ᄒᆞ여 계괴(計巧) ᄉᆞ오나오믈 ᄭᆡ닷지 못ᄒᆞ더니, 부인이 깁히 노ᄒᆞ시니 견마(犬馬)의 졍셩을 다 못ᄒᆞ고 물너가믈 한(恨)ᄒᆞ노라. 은ᄌᆞᄂᆞᆫ 형의 후의를 감ᄉᆞᄒᆞᄂᆞ니, 타일 다시 오리이다."

ᄒᆞ고 니러나 모든 ᄃᆡ 하직고 나오니, 노쇠 나믄 음식을 진냥(盡量)406)ᄒᆞ고 조으다가 탕싱을 보고 왈,

"뉴효의 남문의 금경향을 푸ᄌᆞ(鋪子)407) 겻히 됴 【30】 이랑이 푸ᄌᆞ와 집을 ᄲᅧ팔고 그 겻히 명창 ᄇᆡᆨ셜은의 쥬인 진경이 ᄯᅩ 푸ᄌᆞ졈(鋪子店)을 파니, 두 곳 방ᄉᆞ(房舍)의 상공이 ᄉᆞ고ᄌᆞ ᄒᆞ시ᄂᆞᆫ 곳을 ᄀᆞᆯ히쇼셔."

ᄒᆞ더이다. 탕싱 왈,

"댱셕의 왓더냐?"

노쇠 ᄃᆡ 왈,

"그ᄂᆞᆫ 아직 오지 아냣ᄂᆞ이다."

탕싱 왈,

"네 가 뉴호ᄋᆞ 다려 ᄂᆡ일 아ᄎᆞᆷ의 흥졍이 되게 됴이랑의 졈방 갑슬 졍ᄒᆞ고 ᄂᆡ게로 오라 니르라."

노쇠 왈,

"아ᄎᆞᆷ의 낭ᄌᆡ(娘子) 알파라 ᄒᆞ시더니, 어셔 가쇼셔."

ᄒᆞ거ᄂᆞᆯ, 탕싱이 【31】 뷔ᄯᅮᆨ이며408) 집의 오니, 두 ᄶᅩᆨ 문이 황연(荒然)이 열○[니]고 인적이 업거ᄂᆞᆯ, ᄃᆡ경(大驚)ᄒᆞ여 쇼ᄅᆡ 지르며 부르되 ᄃᆡ답ᄒᆞ리 업고, 방은 젹젹(寂寂)히 닷쳐 뷘 ᄯᅳᆯ히 마을 집 ᄀᆡ 드른409) 거ᄉᆞᆯ 쥬어 먹다가 놀나 다라ᄂᆞ니, 탕싱이 치다라410) 방문을 열ᄆᆡ 양시ᄂᆞᆫ 보지 못ᄒᆞ고 경ᄃᆡ와 거울은 의구(依

406)진냥(盡量) : 양을 다 채움.

407)푸ᄌᆞ(鋪子) : 중국어 '포자(鋪子 pùzi)'의 직접 차용어. 점포(店鋪), 가게.

408)뷔ᄯᅮᆨ기다 : 비틀거리다. 몸을 바로 가누지 못하고 이리저리 쓰러질 듯이 계속 걷다.

409)들니다 : 흘리다. 떨어지다. 떨어뜨리다.

410)치달다 : 치닫다. 위쪽으로 달리다. 또는 위쪽으로 달려 올라가다.

舊)히 노혀시며, 양시 의복은 상의 걸넛고 셰슈ᄒᆞ던 그릇셰ᄂᆞᆫ 연지분과 먹던 밥은 완연이 노혓고 갓 나간 ᄌᆞ최러라.

측간(厠間)과 ᄯᅳᆯ히 가 【32】 웨지지다가 드러와 혜오ᄃᆡ,

“졔 어듸로 가리오. 혹 모친이나 슉모ᄂᆞ 다려 갓도다.”

ᄒᆞ고, 쓰러져 누어 잠드믈 ᄭᆡ닷지 못ᄒᆞ엿더니, 이 ᄯᅢ 당셕이 집을 듯보고 와 문을 두ᄃᆞ리ᄃᆡ 아모 ᄃᆡ답이 업거ᄂᆞᆯ, 문틈으로 여어 보니 탕츈이 혼ᄌᆞ 자고 ᄀᆡᆨ당(客堂) 문을 잠가시니, 도로 가려 ᄒᆞ다가 ᄉᆡᆼ각ᄒᆞ되,

“이 놈이 ᄉᆞ오ᄂᆞ와 즉시 와 아니 일넛다 ᄒᆞ고 쑤어린 즉 괴로온지라. 흥졍은 되나 못 되나 와셔 어이 도라 가리오.”

문을 밀치고 【33】 드러가 쇼ᄅᆡ 질너 ᄭᆡ오ᄃᆡ, 코 고으ᄂᆞᆫ 쇼ᄅᆡ 우레 갓고 ᄭᆡ지 아니ᄒᆞ니, 쳥(廳)의 안ᄌᆞ 보니, 탕츈의 옷 속의 쥽치[411] ᄂᆡ밀거ᄂᆞᆯ 만져보니, 분명이 은ᄌᆞ(銀子)라. 웃고 왈,

“혼 ᄂᆞᆺ 궁귀(窮狗) 큰 집과 졈방을 ᄉᆞ려 ᄒᆞ거ᄂᆞᆯ 의심ᄒᆞ더니, 강도질 ᄒᆞᆫ 거시[슬] 옷쇽의 ᄀᆞᆷ초고 ᄌᆞᄂᆞᆫ도다.”

ᄒᆞ고, 은을 아ᄉᆞ 가지고 총총(怱怱)이 다라ᄂᆞ니, 탕츈이 연야(連夜) 졉목지 못ᄒᆞ여ᄂᆞᆫ지라. 반일을 ᄌᆞ더니 황혼의 노쇠 뉴효ᄋᆞ로 더브러 오니, 탕ᄉᆡᆼ이 ᄌᆞᄂᆞᆫ지라. 뉴효ᄋᆡ 쇼ᄅᆡᄒᆞ여 ᄭᆡ 【34】 오니, 탕ᄉᆡᆼ이 놀나 닖쎠나 눈을 ᄡᅳ고 노쇠다려 무르ᄃᆡ,

“낭ᄌᆞ 도라왓ᄂᆞ냐?”

노쇠 답왈,

“낭ᄌᆞ 어ᄃᆡ 가시니잇고?”

탕ᄉᆡᆼ 왈,

“이 즘ᄉᆡᆼᄋᆞ! 낭ᄌᆞ 어대 잇ᄂᆞᆫ가 ᄲᆞᆯ니 대관(大官)의 집과 슉모긔 가 낭ᄌᆞ를 다려 갓ᄂᆞᆫ가 뭇고 오라.”

뉴호ᄋᆡ 왈,

“관인(官人)ᄋᆞ! 됴가 졈(店)을 판부문 밧 왕대랑이 ᄉᆞ려ᄒᆞᄂᆞᆫ 거ᄉᆞᆯ, 노쇠 그ᄃᆡ ᄉᆞ련다 ᄒᆞ기○[로] 은 두냥을 더 쥬마! ᄒᆞ고 말녀시니, 졔 은을 급히 쓰려 ᄒᆞ니 흥졍을 슈이 ᄒᆞ여, 노신(老身)의게 말이 오게 말나! 그 흥졍을 말니노라 【35】 노쇠와 내 목이 다 쇠엿노라.”

탕ᄉᆡᆼ 왈,

“슈고ᄒᆞ니 다ᄉᆞ(多謝)ᄒᆞᆯ와[412]. 명됴의 흥졍ᄒᆞᆯ 거시니 은 두어 냥이 무어시리오. ᄂᆞ도 져녁을 못 먹고 너도 슈고ᄒᆞ여시니, 쥬졈의 가 ᄉᆞᆯ을 먹고 시부되 집이 뷔여

411)쥽치 : ‘주머니’의 옛말.

412)다ᄉᆞ(多謝)ᄒᆞᆯ와 : 감사ᄒᆞ도다. *다ᄉᆞᄒᆞ다: 감사하다. *ㄹ와: 종결어미 -도다. -는구나.

시니, 네 가 ᄉᆞ오미 엇더ᄒᆞ뇨?"

ᄒᆞ고, 금낭(錦囊)을 더듬으니, 이십냥 원뵈(元寶)413) ᄒᆞᆫ 됴각인들 잇ᄉᆞ리오. ᄒᆞ나토 업고 뷘 됴희414)만 드렷ᄂᆞᆫ지라. 눈이 멀거ᄒᆞ여 쇼ᄅᆡ 질너 왈,

"가히 괴히토다. 금낭 쇽의 은ᄌᆞ 하나토 업ᄉᆞ니, 뉘 여기 왓더냐?"

뉴효【36】ᄋᆡ 놀나 왈,

"ᄂᆡ 노쇠로 더브러 ᄒᆞᆷ긔 오니 아모도 오니 업고 밧 문을 닷고 그ᄃᆡ 혼ᄌᆞ 누엇고 노쇠 증인(證人)이니 그 은ᄌᆞ를 뉘 ᄂᆡ여시리오."

탕싱 왈,

"쇼금오의 쥬던 이십냥 은과 쓰던 것 됴ᄎᆞ 이십뉵냥을 분명이 너헛시니, 아모도 오니 업ᄉᆞ면 뉘 ᄂᆡ여시리오."

효ᄋᆡ 웃고 왈,

"ᄂᆡ 혼ᄌᆞ 아니와시니 두렵지 아니되 그ᄃᆡ 의심ᄒᆞ니 뒤여보라."

ᄒᆞ고, 옷슬 버셔 써니, 벌건 몸 ᄲᅮᆫ이라. 탕싱 왈,

"노쇠 날을 ᄭᆡ오더냐?"

효ᄋᆡ 왈,

"쇼ᄅᆡᄒᆞ며 【37】드러오니 ᄭᆡᆫ지라. 노쇠 겻ᄐᆡ도 아니 가니라. 그ᄃᆡ ᄌᆡ물도 일헛고 날도 져무럿시니 ᄂᆡ일 ᄒᆞᆼ경ᄒᆞ고 날노ᄡᅥ 시비를 듯지 아니케 ᄒᆞ라."

ᄒᆞ고 가거늘, 탕싱이 어린ᄃᆞ시 안ᄌᆞ 마음이 밋칠듯ᄒᆞ여 노쇠를 기디리더니, 노쇠 밧비 도라와 ᄀᆞᆯ오ᄃᆡ,

"상공ᄋᆞ! 두 곳의 낭ᄌᆞ 간 일이 업ᄉᆞ니, 오날 나를 불너 가지 아냐던들 이런 일이 어이 잇ᄉᆞ리오."

탕싱 왈,

"ᄂᆡ 오날 ᄉᆡ벽 명명이 낭ᄌᆞ로 더브러 말ᄒᆞ엿더니, 제 세슈와 밥 【38】먹던 ᄌᆞ최로 ᄀᆞᆺ나간 거동이라. ᄂᆡ 요ᄉᆞ이 날포415) ᄂᆞ가 잇더니, 응당 음분(淫奔)ᄒᆞ여 ᄀᆞᆺ도다. 너도 문을 인ᄒᆞ여 나간 일노 이 환(患)을 ᄂᆡ엿도다."

노쇠 왈,

"연일ᄒᆞ여 문외의 안ᄌᆞ시되 ᄉᆞ롬의 그림ᄌᆞ도 업ᄉᆞ니, 뉘와 다려가리오. 낭ᄌᆞ 앗츰의 니르되,

"대관인(大官人)이 어제 왓다가 문을 여지 못ᄒᆞ고 노ᄒᆞ여 가시니, 오날 ᄯᅩ 올거시니 여러두라 ᄒᆞ거늘 ᄂᆡ 쇽ᄋᆞ 즘으지 아냐더니, 앗가 뭇ᄌᆞ오니 본ᄃᆡ 온 일이 업

413)원뵈(元寶) : 옛날 중국에서 쓰던 화폐의 하나. 말굽 모양의 은덩이로 된 화폐.
414)됴희 : 종이.
415)날포 : 하루가 조금 넘는 동안.

셰라 ᄒᆞ시 더이다."

탕싱 왈,

"또 【39】 괴이ᄒᆞᆫ 일이 잇ᄉᆞ니, 음뷔(淫婦) 다라ᄂᆞ고 너도 업ᄉᆞ니, ᄂᆡ 뷘 집의 잇ᄂᆞᆫᄃᆡ, ᄂᆡ 금낭의 이십뉵냥 은ᄌᆡ 덩이ᄌᆡ416) 업ᄉᆞ니, 무ᄉᆞᆫ 변괸고 의려ᄒᆞ노라."

노쇠 ᄃᆡ경 왈,

"ᄂᆡ 앗가 뉴효ᄋᆞ로 더브러 ᄒᆞᆷ긔 드러오니, 상공이 ᄭᆡ여 니러ᄂᆞ거ᄂᆞᆯ 우린들 어이 알니오. 낭ᄌᆡ 아니 어ᄃᆡ 어ᄃᆡ가 ᄉᆞᆷ어 희롱ᄒᆞᄂᆞᆫ가?"

탕싱이 기리 탄왈,

"음뷔 발셔 도망하여시니 어ᄃᆡ 잇셔 희롱ᄒᆞ리오. ᄂᆡ 당당이 가ᄉᆞ(家舍)를 일우고 져도곤 ᄇᆡᆨ승(百勝)ᄒᆞᆫ 안ᄒᆡ를 어더 【40】 안친417) 후, ᄉᆞᄒᆡ(四海)를 쥬류(周流)ᄒᆞ여 음부를 ᄎᆞᄌᆞ 쥭이고 말니라. 그년이 ᄂᆡ게 완지 두ᄒᆡ로ᄃᆡ ᄒᆞᆫ 번도 웃ᄂᆞᆫ 말이 업셔 열번 불너야 ᄒᆞᆫ 번 ᄃᆡ답ᄒᆞ더니, 어ᄃᆡ가 창가 교방의 투입ᄒᆞ엿거나 뉘 졔 어미를 ᄎᆞᄌᆞ 쥬마 달ᄂᆡ니 가미라."

이리 ᄭᅮ지ᄌᆞ며 양시의 미모(美貌) 염ᄐᆡ(艶態)를 ᄉᆞ상(思想)ᄒᆞᄆᆡ 옥모셩음이 니변(耳邊)의 징연(錚然)ᄒᆞ니, 가슴의 불이나 ᄋᆡ달오미 맛칠 듯ᄒᆞ되, 셕식을 굼고 뷘 집의 안ᄌᆞ 노를 풀 곳이 업ᄉᆞᆫ지라. ᄉᆞᄆᆡ 【41】 속의 ᄒᆞᆫ 돈 은ᄌᆡ 맛ᄎᆞᆷ 잇ᄂᆞᆫ지라. 노쇠다려 쥬육(酒肉)을 ᄉᆞ오라 ᄒᆞ여 먹고, 혼ᄌᆞ 불을 혀 가지고 방의 드러가 ᄉᆡ도록 번뇌ᄒᆞ다가 날이 ᄇᆞᆰ거ᄂᆞᆯ, 반ᄌᆞ(板子)의 너흔 젼ᄃᆡ(纏帶)를 ᄂᆡ니 무거와 봉ᄒᆞᆫ 거시 의구(依舊)ᄒᆞ니, 다시금 만져보고 단단이 ᄊᆞ 노쇠를 메오고 길히 ᄂᆞ오니, 뉴효ᄋᆞ를 맛나 ᄒᆞᆫ가지로 됴가 졈의 니르니, 됴 이랑이 증인 셔문슉과 문셔 쓸 당ᄃᆡ슉 등이 모다 치하 왈,

"탕대랑이 일향(一向) 표탕(漂蕩)ᄒᆞ더니, 어진 실가(室家)를 【42】 엇고, 또 가ᄉᆞ를 일워 원의(原意)418) 되게 ᄒᆞ여시니, 못ᄂᆡ 하례ᄒᆞ노라."

됴이랑 왈,

"ᄂᆡ 집과 은푸ᄌᆞ 졈방 쳐 ᄉᆞᄇᆡᆨ팔십냥을 바닷더니, 뉴효ᄋᆡ 두 냥을 더ᄒᆞ여 물너시니 대관도 아랏ᄂᆞᆫ다?"

탕싱 왈,

"임의 ᄌᆞ시 아랏ᄂᆞ니, ᄂᆡ 은ᄌᆡ 오ᄇᆡᆨ냥이니, 모든 ᄃᆡ 풀고 남은 은ᄌᆞᄂᆞᆫ 쓸 세ᄉᆞ(世祀)의 거시나 장만코ᄌᆞ ᄒᆞ노라."

일변(一邊) 니르며 은을 ᄂᆡ여 달나 ᄒᆞ니, 됴랑이 져울을 들고 은 즁슈(重數)나

---

416)-ᄌᆡ : -째. '그대로', 또는 '전부'의 뜻을 더하는 접미사.
417)안치다 : 앉히다. 앉게 하다. 어떤 직위나 자리를 차지하게 하다.
418)원의(原意) : 본디의 뜻.

됴흐냐? 달고자 ᄒᆞ노라."

탕싱이 ᄒᆞᆫ【43】 봉 쏨지를 풀거ᄂᆞᆯ, 모다 보니 엇지 은이리오.

거믄 돌 열아문[419] 됴각이라. 탕싱과 견ᄌᆡ(見者) 만분ᄎᆞ악(萬分嗟愕)[420]ᄒᆞ여 쇼ᄅᆡ 질너 왈,

"쳥쳔ᄇᆡᆨ일(靑天白日)의 이런 무상(無狀)ᄒᆞᆫ 일이 어ᄃᆡ 잇ᄉᆞ리오. 져거ᄉᆞᆯ ᄡᅡ 가지고 은이라 ᄒᆞᄂᆞ냐?"

탕싱이 황겁(惶怯)ᄒᆞ여 부답ᄒᆞ고, 둘ᄌᆡ 봉을 푸니 거믄 돌이라. 탕싱이 두로[421] 굴믄 속의 이 은ᄌᆞ를 ᄐᆡ산 ᄀᆞᆺ치 미더, 경영(經營)ᄒᆞ기를 하날 ᄀᆞᆺ치 ᄒᆞ여, 양시의 다라남과 이십뉵냥 은ᄌᆞ 일흠도 오히【44】려 ᄀᆡ회(介懷)[422]치 아니터니, 봉지와 ᄡᅳᆫ 거시 의구(依舊)ᄒᆞ고 일됴(一朝)의 돌히 되니, 심혼(心魂)이 비월(飛越)ᄒᆞ여 크게 쇼ᄅᆡ 질너 통곡ᄒᆞ고 졋바져 긔졀ᄒᆞ니, 모다 쥐물너 반향의 ᄭᆡ거ᄂᆞᆯ, 모다 불상이 녁여 노쇠로 ᄒᆞ여금 붓드러 집으로 가라 ᄒᆞ니, 됴랑이 ᄃᆡ로ᄒᆞ여 닐더나[423] 유효ᄋᆞ의 ᄲᅣᆷ을 쳐 왈,

"이 불인(不人)ᄒᆞᆫ 놈ᄋᆞ! ᄂᆡ 흥졍ᄒᆞᆫ 집을 네 희지어[424] 낭픽ᄒᆞ게 ᄒᆞ니, 이 집을 왕가다려 도로 ᄉᆞ라 ᄒᆞ면 날을 엇던 ᄉᆞ름으로【45】알며, 졔 살가 시브냐?"

효ᄋᆡ ᄆᆡ를 맛고 ᄃᆡ로ᄒᆞ여 탕싱을 ᄭᅮ지져 왈,

"이놈이 원ᄂᆡ 거즛 은(銀)이 잇다 ᄒᆞ여 어졔 공연이 '도젹마졋노라' ᄒᆞ고 날을 의심ᄒᆞ거ᄂᆞᆯ, 측히 녁여 옷ᄉᆞᆯ 버셔 뵈엿더니, ᄇᆡᆨ쥬(白晝)의 돌흘 ᄡᅡ 가지고 은이라 ᄒᆞ니, 이놈으로 ᄒᆞ여 ᄂᆡ 욕을 보도다."

셔문슉이 소왈,

"탕싱이 날과 ᄀᆞᆺ치 궁박ᄒᆞᆫ ᄉᆞ름이러니, 돌연(猝然)이 오ᄇᆡᆨ냥 은ᄌᆡ(銀子) 잇다 ᄒᆞ고 큰 말을 ᄒᆞ거ᄂᆞᆯ 괴이히 녁엿더니, 원ᄂᆡ 허명ᄒᆞᆫ 은【46】ᄌᆡ로다."

됴이랑 왈,

"ᄂᆡ 열위를 쳥ᄒᆞ여 증인ᄒᆞ미 업던들 져 불인ᄒᆞᆫ 놈들이 분명 은ᄌᆡ라 욱일낫다."

탕싱이 졔인의 됴희(嘲戲)ᄒᆞ믈 보니 가ᄉᆞᆷ이 터지ᄂᆞᆫ 듯 갑갑ᄒᆞᆫ ᄀᆞ온ᄃᆡ 분ᄒᆞ믈 니긔니 못ᄒᆞ여, 시비곡직(是非曲直)[425]을 분변치 아니ᄒᆞ고 닐써나 ᄒᆞᆫ 손으로 됴

---

419)열아믄 : 여남은. 열이 조금 넘는 수. 또는 그런 수의.

420)만분차악(萬分嗟愕) : 매우 크게 놀람. *만분(萬分): 대단히. 매우. 몹시. *차악(嗟愕): 크게 놀람

421)두로 : 두루. 빠짐없이 골고루

422)ᄀᆡ회(介懷) : 어떤 일 따위를 마음에 두고 생각하거나 신경을 씀. =개의(介意).

423)닐더나다 : '일떠나다'의 옛말. *일떠나다 : 벌떡 일어나다. 기운차게 일어나다.

424)희짓다 : 남의 일에 방해가 되게 하다.

425)시비곡직(是非曲直) : 옳고 그르고 굽고 곧음.≒시비곡절, 시비선악.

이랑의 상토를 잡고 발노 셔문슉의 가슴을 치니, 두 ᄉᆞ룸이 ᄃᆡ로ᄒᆞ여 급히 탁ᄌᆞ 발을 ᄲᅢ혀 들고, 탕싱의 등과 가슴이며 ᄃᆡ골을 무슈이 난타ᄒᆞ니, 머 【47】 리의ᄂᆞᆫ 오악산(五嶽山)426)이 ᄂᆞ려지ᄂᆞᆫ 듯 골졀(骨節)이 바아지ᄂᆞᆫ 듯, 등의ᄂᆞᆫ 별악이 울히ᄂᆞᆫ 듯ᄒᆞ니, 졍히 쥭게 되엿더니, 댱ᄃᆡ슉은 됴랑을 붓들고 뉴효ᄋᆞᄂᆞᆫ 셔문슉을 붓드니, 노쇠 탕싱을 붓들고 쥐 슘 듯, 졔 집의 도라오니, 머리와 등이 뒤웅427) ᄀᆞᆺ치 부퍼 올나 알푸기 심ᄒᆞᄃᆡ, 오히려 마즌 거슨 쇼ᄉᆡ(小事)요, 그 은ᄌᆡ 변ᄒᆞ믈 놀나고 의심ᄒᆞ여 방셩통곡(放聲痛哭)ᄒᆞ니, ᄎᆞ시 엇지 된고?.

이ᄯᅢ 노쇠 부엌의셔 '상ᄉᆞ(喪事)난 집 ᄀᆡ'428) ᄀᆞᆺ치 【48】 쥿구려429) 안ᄌᆞ 양시의 두고 간 밥을 먹고, 탕츈은 허다 ᄌᆡ물이 츈몽 ᄀᆞᆺᄒᆞ니, 쇼금오의 쥴 젹 멀건 두 눈으로 ᄌᆞ시 보니 상품 은ᄌᆡ요, ᄯᅩ 오ᄇᆡᆨ냥을 올케 다라와, 양시와 노로(老虜)430)도 못 보게 야반의 혼ᄌᆞ 괴431)도 쥐도 모로게 너허시니, ᄉᆞ룸이 아지 못ᄒᆞᆯ 거시오, ᄉᆞ룸이 비록 도젹ᄒᆞᆫ들 봉지와 졔도(製圖)432) 의구(依舊)ᄒᆞ고 봉ᄒᆞᆫ 속 은(銀)만 업셔시니, '귀신이 아ᄉᆞ간가?' '하늘이 쇽이신가?' 허다(許多) 공역(功力)을 드려, 오ᄇᆡᆨ이십뉵냥 은을 다 【49】 일허 낭탁(囊橐)433)이 쇼연(蕭然)ᄒᆞᆫ 즁, 계오 어든 안히를 마ᄌᆞ 일허시니, 쇼ᄅᆡ 나믈 ᄭᆡ닷지 못ᄒᆞ여 가슴을 두다리며 우레 ᄀᆞᆺ치 부르지져 통곡ᄒᆞ더니, 니부 시녀 경션이 가삼을 두다리며 드러와 ᄀᆞᆯ오ᄃᆡ,

"상공ᄋᆞ! 큰 일이 낫나이다."

탕싱이 우름을 긋치고 문 왈,

"무삼 일이 잇ᄂᆞ냐?"

경션 왈,

"거일(去日)의 쇼금오와 상공이 분명이 니쇼져를 아사 ᄀᆞᆺ더니, 쇼졔 의구히 잇시되 됴금도 경동(輕動)ᄒᆞ미 업ᄉᆞ니, 부인이 상공 【50】을 쳥니 불너오라 ᄒᆞ시거ᄂᆞᆯ 왓더니, 아니 쇼가의셔 쇼져를 일코 상공을 보칙ᄂᆞ니잇가? 무ᄉᆞ 일이 낫ᄂᆞ니잇

---

426)오악산(五嶽山) : 얼굴의 두 눈과 두 콧구멍, 입을 비유적으로 포현한 말.

427)뒤웅 : 박을 쪼개지 않고 꼭지 근처에 구멍만 뚫어 속을 파낸 바가지. 마른 그릇으로 쓴다.=뒤웅박.

428)상ᄉᆞ(喪事)난 집 ᄀᆡ : 초상난 집 개. 먹을 것이 없어서 이 집 저 집 돌아다니며 빌어 먹는 사람이나 궁상이 끼고 초췌한 꼴을 한 사람을 비유적으로 이르는 말.

429)쥿구리다 : 쭈그리다. 웅크리다.

430)노로(老虜) : 늙은 종.

431)괴 : '고양이'의 옛 말.

432)제도(製圖) : 기계, 건축물, 공작물 따위의 도면이나 도안을 그림. 또는 그 그린 도면이나 도안. *위 본문에서는 작중인물 탕춘이 은을 10여개의 봉지에 넣어 봉한, 봉지들의 '생김새'나 '모양'을 이른 말이다.

433)낭탁(囊橐) : 주머니와 전대를 아울러 이르는 말.

가?"

탕ᄉᆡᆼ이 ᄎᆞ언을 듯고 급ᄒᆞᆫ 벽녁(霹靂)이 두상(頭上)의 님ᄒᆞᆫ 듯, 슈독(手足)이 져리니 말을 못ᄒᆞ다가 경션을 ᄶᆞ르니, 니부의 니르ᄆᆡ 부인이 만면(滿面) 통홍(通紅)ᄒᆞ여 왈,

"네 옥슈를 다리라 금오가지 다리고 와셔 엇지 옥슈를 두고 간다?"

탕ᄉᆡᆼ이,

"그날 쇼질(小姪)이 분명 쇼져를 안ᄋᆞ 교ᄌᆞ의 ᄐᆡ와다가 셩네 ᄒᆞ여시니, 【51】 쇼졔 여긔 어이 잇ᄉᆞ리오?"

부인 왈,

"옥슈를 다려간 후 쥬ᄋᆞ를 옴겨 졔 시녀가지 머무러 두엇더니, 오날 아ᄎᆞᆷ의 가 보니 옥쉬 의구히 잇거ᄂᆞᆯ, ᄂᆡ 놀나 무른즉, ᄂᆡᆼ쇼ᄒᆞ여 ᄀᆞᆯ오ᄃᆡ, '나ᄂᆞᆫ 하ᄂᆞᆯ이 돕ᄂᆞᆫ ᄉᆞᄅᆞᆷ이라. 도적인들 엇지 ᄒᆞ리오. 피ᄒᆞ여 숨엇더니, 젹이 흣터진 후 ᄂᆞ오니, 쳐음붓터 평안ᄒᆞᆯ와.' ᄒᆞ고, 우왈(又曰), '그날 야긔(夜氣)를 쏘여 실셥(失攝)ᄒᆞ니 됴보(調保)ᄒᆞ노라 드럿거ᄂᆞᆯ, 모친이 엇지 쇼녀를 의심ᄒᆞᄂᆞ뇨?' ᄒᆞ 【52】 니, 쇼ᄅᆡ나 얼골이나 다 옥쉬오, 시녀 ᄎᆞ뒤 다 잇ᄉᆞ니, 쇼가의 간ᄌᆞᄂᆞᆫ 뉘뇨? 텬하의 이런 요괴로온 일이 쳐음이로다."

탕ᄉᆡᆼ이 숨이 갈(渴)ᄒᆞ여 젼후 슈말(首末)과 오날날 은이 변ᄒᆞ여 돌이 된 바를 ᄌᆞ시 젼ᄒᆞ며, 눈물을 흘녀 왈,

"슉모ᄂᆞᆫ 니쇼져를 겨오 면(免)ᄒᆞ여, ○○[ᄃᆞ시] 니쇼졔 잇셔 근심ᄒᆞ시고, 쇼질은 겨오 어든 은이 돌히 되니, 이런 요괴 어ᄃᆡ 잇ᄉᆞ리오. 슉모ᄂᆞᆫ 젹은 듯 ᄎᆞᆷᄋᆞ 져를 덧ᄂᆡ여 의심치 아니케 ᄒᆞ쇼셔. 쇼 【53】 질이 부ᄃᆡ 져를 업시 ᄒᆞ리이다."

부인 왈,

"네 양시를 일헛다 ᄒᆞ거ᄂᆞᆯ, ᄂᆞᄂᆞᆫ 명명이 옥슈의 쇠의 양시 ᄉᆡᆨ졋ᄂᆞᆫ가 녁엿더니, '어제 아ᄎᆞᆷ의 양시 잇더라' ᄒᆞ니, 옥슈 ᄃᆡ신은 그 뉜고? 옥쉬 하 간능(奸能)ᄒᆞ니 쇼금오를 또 속이고 도망ᄒᆞ여 와시면 이 쳐치 아됴 쉬오니, 네 ᄲᆞᆯ니 쇼가의 가 동정을 보고, 만일 닐헛거든434) 바른ᄃᆡ로 닐너 졀노써 쳔만ᄀᆞ지 욕을 다 보게 ᄒᆞ리라."

탕ᄉᆡᆼ 왈,

"니시 명명이 도망ᄒᆞ여 왓나 【54】 이다. 져 집의 가셔 쇼금오 다려, 쇼질을 ᄉᆞᆺ쳐 못오게 ᄒᆞ라 ᄒᆞᆫ다 ᄒᆞ더니, 이런 못쓸 쇠를 ᄒᆞ려 ᄒᆞ고 속엿ᄂᆞ이다."

부인이 탕ᄉᆡᆼ을 ᄌᆡ촉ᄒᆞ여 밥을 먹이며, 'ᄲᆞᆯ니 가라' ᄒᆞ니, 탕ᄉᆡᆼ이 쇼부의 니르러 금오를 보아지라 ᄒᆞ니, ᄎᆞ뒤(叉頭)435) ᄃᆡ왈,

---

434)닐헛거든 : 잃었거든. *닗다: 잃다.

"노애 앗츰의 곡강(曲江)436)의 션유(船遊)ᄒᆞ라 가시니, 아모날 오실 쥴 모로ᄂᆞ이다."

탕싱 왈,

"너의 노애 싀 부인을 어드시미 가식 평안ᄒᆞ시냐?"

ᄎᆞ뒤 ᄃᆡ왈,

"싀부인이 ᄇᆡᆨᄉᆞ(百事) 션【55】능(善能) ᄒᆞ시고 씩씩 엄졍ᄒᆞ시니, 노애 금슬(琴瑟)이 즁(重)ᄒᆞ시고 희쳡(姬妾)이 다 츄복(推服)437)ᄒᆞᄂᆞ이다."

탕싱이 ᄎᆞ언을 드르ᄆᆡ 혀를 ᄲᅢ지오고 아모 말을 ᄒᆞᆯ 쥴 몰나,

"우리 부인이 어ᄃᆡ 계시뇨?"

ᄎᆞ뒤 왈,

"부인이 졍당의 계시거니와, 상공이 무ᄉᆞ 일 슈상(殊常)이 구ᄂᆞ뇨?"

싱 왈,

"우연이 뭇거니와 싀 부인 고으시미 너희 노야의 희쳡 즁 엇더타 ᄒᆞᄂᆞ뇨?"

ᄎᆞ뒤 왈,

"싀 부인이 양비(楊妃)438)의 둔ᄒᆞ믈 ᄂᆞ모라고, '비연(飛燕)의 경신(輕身)'439)ᄒᆞ믈 우으니, 【56】희쳡○[이] 쳔만(千萬)인들 무어시 쓰리오."

싱이 어린 듯ᄒᆞ여 ᄉᆡᆼ각ᄒᆞ되,

"텬하의 이런 무셔온 변홰 잇ᄉᆞ리오. 니쇼졔 곱기로 유명ᄒᆞ더니, 이 말노 츄이(推移)ᄒᆞ면 진짓 니쇼제라. 이곳 니쇼졔 진짓 ᄉᆞ름이면, 부즁 니쇼져는 ᄎᆞ하인(此何人)고?440) 니쇼졔 젼부터 변화ᄒᆞ는 슐이 잇ᄉᆞ니 이 녀지 무슴 변화를 ᄒᆞ는가?"

침음(沈吟)ᄒᆞᆯ ᄉᆞ이의 ᄒᆞᆫ 무리 ᄎᆞ뒤(叉頭) 벌의 ᄯᅦ ᄀᆞᆺ치 다라드러 탕싱의 목과 ᄉᆞ지(四肢)를 각각 잡ᄋᆞ 슈리 톳기 ᄎᆞ드시【57】 잡ᄋᆞ가니, 머리의 망건은 ᄯᅥᆨ히

---

435)ᄎᆞ두(叉頭) : 차환(叉鬟). 주인을 가까이에서 모시는 젊은 계집종.

436)곡강(曲江) : 중국 섬서성(陝西省) 시안(西安) 동남쪽 장강(長江) 지류인 한수(漢水)에 있는 연못인데 강물이 굽이져 흐른다 하여 '곡강지(曲江池)'라고도 한다. <두시상주杜詩詳註>를 보면 "장안(長安) 주작가(朱雀街) 동쪽에 강물 흐름이 굽이진 곳이 있는데 이를 곡강(曲江)이라 한다."고 한다.

437)츄복(推服) : 높이 받들고 복종함.

438)양비(楊妃) : 양귀비(楊貴妃). 중국 당나라 현종(玄宗)의 비(妃)(719~756). 이름은 옥환(玉環). 도교에서는 태진(太眞)이라 부른다. 춤과 음악에 뛰어나고 총명하여 현종의 총애를 받았으나 안녹산의 난 때 죽었다.

439)비연(飛燕)의 경신(輕身) : '조비연(趙飛燕)의 가벼운 몸'이란 말로, 조비연이 몸이 몹시 가벼워, 전한(前漢) 성제(成帝)의 손바닥 위에서 춤을 추었다는 고사를 이르는 말. *조비연(趙飛燕). 중국 전한 성제의 비(妃). 시호는 효성황후(孝成皇后). 가무(歌舞)에 뛰어났고 빼어난 미모로 성제의 총애를 받아 황후에까지 올랐다.

440)ᄎᆞ하인(此何人)고? : 이는 어떤 사람인가?

ᄯᅥ러져 붋히고 의복은 편편이 ᄯᅥ러젓더라.

탕ᄉᆡᆼ이 쇼ᄅᆡ 질러 왈,

“ᄂᆡ 비록 피폐(疲弊)ᄒᆞ나 유관(儒冠)ᄒᆞᆫ 션ᄇᆡ라. 네 집 노야의 붕위(朋友)니 여등이 무슴 연고로 이리 무례ᄒᆞ뇨? 너의 노애 아르시면 여등의 죄 경(輕)치 아니리라.”

제인이 우어 왈,

“네 불과 유의유건(儒衣儒巾)ᄒᆞᆫ 도젹 놈이지 무ᄉᆞᆫ 션ᄇᆡ리오. 노애 가즁 경ᄉᆞ를 ᄉᆡᆨ 부인긔 맛지시고 난간의 팔장 ᅀᅩᄌᆞ 부귀만 누리시【58】니, 우리도 부인만 알고 노야를 모로ᄂᆞᆫ지라. ‘불문텬ᄌᆞ됴(不聞天子詔)ᄒᆞ고 단문댱군녕(但聞將軍令)’441) 이라 ᄒᆞ믈 듯지 못ᄒᆞ엿ᄂᆞᆫ다.”

ᄒᆞ고, ᄉᆞ지(四肢)를 헤엉가ᄅᆡ442) 쳐, ᄒᆞᆫ 곳의 다ᄃᆞ라 ᄡᅥᆨ히 ᄂᆞ리쳐 ᄉᆞᆯ니며 웨여 고왈,

“탕가 툭ᄉᆡᆼ을 잡ᄋᆞ왓ᄂᆞ이다.”

탕ᄉᆡᆼ이 눈을 드러 보니, 일좌(一座) 고뤼(高樓) 운간의 소ᄉᆞᆺᄂᆞᆫᄃᆡ, 쥬렴을 지우고443) 일위 부인이 안ᄌᆞ시니, 칠보(七寶) 그림ᄌᆞ와 홍금(紅錦) 옷시 발444) ᄉᆞ이의 어른어른ᄒᆞ며, 향풍(香風)이 진울(震鬱)ᄒᆞᆯ445) ᄲᆞᆫ이오, 얼골은 보지 【59】 못ᄒᆞ나 고은 빗치 바ᄋᆡ더라.

진쥬(珍珠) 발 ᄉᆞ이의 청의(靑衣) 두 쥴이 잇셔, 말을 전ᄒᆞ여 호령을 도으니, 건당ᄒᆞᆫ 창두 이십여인이 버러 셧고, 븕은 ᄆᆡ를 단단이 헷쳐 위엄이 상풍(霜風) ᄀᆞᆺᄒᆞ며 살긔 ᄀᆞ득ᄒᆞ여, 녀와시(女媧氏)446) 치우(蚩尤)447)를 칠젹과 방불ᄒᆞ고, 후토

---

441)불문텬ᄌᆞ됴(不聞天子詔)ᄒᆞ고 단문댱군녕(但聞將軍令) : 다만 장군의 명령을 들을 뿐 천자의 명령은 듣지 못한다.

442)헤엉가ᄅᆡ : 헹가래. 사람의 몸을 번쩍 들어 자꾸 처들었다 내렸다 하는 일. 또는 던져 올렸다 받았다 하는 일. 기쁘고 좋은 일이 있는 사람을 축하하거나, 잘못이 있는 사람을 벌줄 때 한다.

443)지우다 : 주렴이나 천 따위를 아래로 늘어뜨려 가리다.

444)발 : 가늘고 긴 대를 줄로 엮거나, 줄 따위를 여러 개 나란히 늘어뜨려 만든 물건. 주로 무엇을 가리는 데 쓴다.

445)진울(震鬱)ᄒᆞ다 : 진동(震動)하다. 냄새 등이 매우 강렬하게 풍기다.

446)여와씨(女媧氏) : 중국 고대신화에서 인간을 창조한 것으로 알려진 여신(女神), 삼황오(三皇五帝)제 중 하나로. 인간의 머리와 뱀의 몸통을 갖고 있으며 복희와 남매라고도 알려져 있다. 처음으로 생황(笙簧)이라는 악기를 만들었고, 혼인의 예를 제정하여 동족간의 결혼을 금하였다고 한다.

447)치우(蚩尤) : 중국에 전하는 전설상의 인물. 신농씨 때에 난리를 일으켜 황제(黃帝)와 탁록(涿鹿)의 들에서 싸우면서 짙은 안개를 일으켜 괴롭혔는데, 지남차를 만들어 방위를 알게 된 황제에게 패하여 잡혀 죽었다고 한다. 후세에는 제나라의 군신(軍神)으로서 숭배되었다.

부인(后土夫人)448)이 지부(地府)449)를 님흔 듯호니, 혼빅(魂魄)이 비월(飛越)호여 웨지져,

"탕츈이 무숨 죄 잇관디, 부인이 쥭이려 호시누니잇고? 비록 부인을 놀닌 죄 이시나, 【60】 부인이 소부 부귀와 가권(家眷)을 젼주(專恣)호시미450) 쏘흔 탕츈의 공이니, 수죄(赦罪)호시믈 바라 누이다."

믄득 쥬렴 속의셔 셔안을 두다리고 낭낭한 셩음이 얼푸시 들니며, 발 밧긔셔 추추 슈죄호여 탕츈을 쑤지주니, 동시 엇지 된고 하회(下回)를 보라.

추셜 션시의 양시 소금오로 더브러 셩친호여 부뷔 되미, 금오는 쥬식지인(酒色之人)이라. 양시의 진뫼 졀세호며 지릉(才能)이 졀는(絶倫)호믈 과혹(過惑)호여 됸(尊)호여 부인을 숨 【61】 으니, 양시 소가의 가뫼(家母) 되미 누거만(累巨萬) 지산이 다 쟝즁물(掌中物)이 되고, 쇼금외 호신(豪身)451) 쇼년으로 목젼(目前)의 흔 수령(使令)452)이 되어, '십이금치(十二金釵) 깁붓치'453) 더울 날이 업수니, 진실노 '회두일소빅미싱(回頭一笑百美生)이오 뉵궁분디무안식(六宮粉黛無顔色)이라'454). 단장은 화려호고 용모는 날노 풍영(豐盈)호니, 엇지 탕가 츄악흔 슐쥼치455)를 디호여 쵸실(草室) 수오간의 흔낫 시이 업시, 식반을 숀됴456)호고 쵸식(草食)이 비를 취오지 못호여, 시름이 아미(蛾眉)를 좀으고 【62】 근노(勤勞)호미 침션(針線)을 둉야(終夜)홀 젹과 又흐리오.

입의 진미(珍味)를 염어(厭飫)457)호고 금슈(錦繡)를 능만(凌慢)458)홀 젹은 니쇼져의 묘흔 계교를 감은각골(感恩刻骨)호며 싀훤호미 등의 가싀459)를 버슨 듯호여, ᄀ마니 겻히 노힌 오빅 은주를 어로만져 스수로 우어460), 탕가의 쵸됴착급(焦

448)후토부인(后土夫人) : 토지를 맡아 다스린다는 여신(女神).
449)지부(地府) : 사람이 죽은 뒤에 그 혼이 가서 산다고 하는 세상.=저승.
450)전주(專恣)호다 : 거리낌 없이 제멋대로 함부로 하는 태도가 있다.
451)호신(豪身) : 풍채와 위세를 갖춘 몸. 많은 미녀들의 시중을 받는 몸.
452)수령(使令) : 조선 시대에, 각 관아에서 심부름하던 사람.
453)십이금치(十二金釵) 깁붓치 : '12줄로 늘어선 여인들이 비단부채를 들고 바람을 부친다.'는 말로 많은 시녀들의 시중을 받고 있음을 표현한 말.
454)'회두일쇼빅미싱(回頭一笑百美生) 뉵궁분디무안식(六宮粉黛無顔色)' : '고개를 돌려 한번 미소하매 온갖 교태 피어나니, 여러 후궁 분단장도 얼굴빛을 잃었구나.'라는 뜻으로 중국 당나라 때의 시인 백거이(白居易 : 772-846)의 시 <장한가(長恨歌)>의 한 구절.
455)슐쥼치 : 술주머니. 고주망태. 술에 몹시 취하여 정신을 가누지 못하는 상태에 있는 사람.
456)숀됴 : 손수. 남의 힘을 빌리지 아니하고 제 손으로 직접.
457)염어(厭飫) : 싫증이 날 정도로 너무 많이 먹음.
458)능만(凌慢) : 업신여겨 깔봄.
459)가싀 : 가시.
460)우으다 : 웃다. 비웃다.

燥着急)ᄒᆞ믈 넉넉히 헤ᄋᆞ리고, 니쇼져의 무ᄉᆞᄒᆞ믈 탕가 슉질이 발셔 보아실지라. 반다시 무ᄉᆞᆫ 탐지(探知) 잇ᄉᆞ리라 헤아리ᄆᆡ, 이의 좌우ᄅᆞᆯ 분부ᄒᆞ여,

"만일 탕젹이 오【63】거든 ᄲᆞᆯ니 고ᄒᆞ라."

금외 문왈,

"부인이 비록 져의게 속ᄋᆞ 젼젼(前前) 악희(惡戲)461) 비경(非輕)ᄒᆞ나 이번은 구ᄐᆞ여 욕되지 아냐, 우리 냥인이 금슬우지(琴瑟友之)ᄒᆞ여 부인을 됸듕(尊重)ᄒᆞ미 극ᄒᆞ거ᄂᆞᆯ, 탕츈을 원(怨)ᄒᆞ미 엇지 이리 심ᄒᆞ뇨?"

양시 념용(斂容) 체읍 왈,

"쳡이 유시(幼時)의 이친(二親)을 됴별(早別)ᄒᆞ고 '뉵ᄋᆞ(蓼莪)의 셜우믈'462) 계모의게 븟쳐 모녜 셔로 의지ᄒᆞᆯ 거시여ᄂᆞᆯ, ᄎᆞ젹(此賊)의 부ᄌᆡ 힝흉(行凶)이 불측(不測)ᄒᆞ여 모야(暮夜)의 돌입 겁탈코ᄌᆞ 계모ᄅᆞᆯ【64】다ᄅᆡ다가 ᄯᅳᆺ을 일우지 못ᄒᆞᄆᆡ, 도로혀 상공의 은을 취ᄒᆞ니 ᄂᆡ게 욕되미 심ᄒᆞ고 제게 니(利)ᄒᆞ미 무궁ᄒᆞ거ᄂᆞᆯ, 도로혀 쳡을 긔화(奇貨)463) 삼ᄋᆞ 무고히 상공 가ᄌᆡ(家財)ᄅᆞᆯ 진탈(盡脫)코자 ᄒᆞ니, 욕심이 강도의 ᄂᆔ(類) 아니리오. 쳡이 당당ᄒᆞᆫ ᄉᆞ독(士族)으로 엇지 탕젹의 긔홰되여 지아븨 집을 기우려 ᄌᆞ뢰(藉賴)ᄒᆞ리오464). 그 심슐이 일일도 용납지 못ᄒᆞᆯ지라. 군ᄌᆞ긔 고(告)ᄒᆞᆫ ᄇᆡ 잇더니, 오히려 아지 못ᄒᆞᄂᆞᆫ도다. ᄎᆞ젹이 만심(萬心) 간교(奸巧)ᄒᆞ니【65】ᄂᆡ 져ᄅᆞᆯ 뮈워ᄒᆞ믈 한ᄒᆞ여 ᄯᅩ 무ᄉᆞᆫ 슐노 ᄂᆞ와 상공을 평안이 못살게 희(戲)지으리니, 군ᄌᆡ 옛 면분(面分)이 박졀치 못ᄒᆞ거든 날을 맛져 두라."

금외 쇼왈,

"ᄌᆡ(子)465) 하 뮈이 넉이니 엇지 ᄒᆞ리오."

ᄒᆞ더니, 일일은 쇼부 하인이 탕츈이 돌 가지고 집 ᄉᆞ라와던 쥴을 보고 와 젼ᄒᆞᆫᄃᆡ, 금외 심즁의 ᄉᆡᆼ각ᄒᆞ되,

"부인의 말이 과연ᄒᆞ다. 져의 ᄉᆞ오나오미 이 ᄀᆞᆺᄒᆞ여, ᄇᆡᆨ쥬(白晝)의 '은이 변ᄒᆞ여 돌이 되엿다.' ᄒᆞ고,【66】'돌흘 ᄡᅥ 은이라.' ᄒᆞ니, ᄉᆞ괼 ᄇᆡ 아니라."

ᄒᆞ고, 시ᄌᆞ(侍者)로 ᄒᆞ여금 탕츈이 오나든466) ᄂᆞ갓다 니르라. 약쇽ᄒᆞ니, 인졍의

---

461)악희(惡戲) : 못된 장난을 함. 또는 그 장난.

462)뉵아(蓼莪)의 셜움 : =뉵아지통(蓼莪之痛). 어버이가 돌아가시어 봉양할 길이 없는 효자의 슬픔. 『시경(詩經)』 《소아(小雅)》 편 <곡풍(谷風)>장 가운데 있는 '륙아(蓼莪)' 시에서 온 말.

463)긔화(奇貨) : ①진기한 재물이나 보배. ② '…을 기화로' 구성으로 쓰여, 뜻밖의 이익을 얻을 수 있는 물건. 또는 그런 기회.

464)ᄌᆞ뢰(藉賴)ᄒᆞ다 : 무엇을 빙자하여 의지하다.

465)ᄌᆡ(子) : 자(子). 그대. 듣는 이가 친구나 아랫사람인 경우, 그 사람을 높여 이르는 이인칭 대명사. 하게할 자리나 하오할 자리에 쓴다.

ᄌᆞ연 집안 거슬 가져가ᄂᆞᆫ 거슬 뮈워 ᄒᆞᄂᆞᆫ지라. 져마다 탕쥰을 뮈워ᄒᆞ되 쥬군의 붕위(朋友)라. 감히 말을 못ᄒᆞ다가 ᄃᆡ희(大喜) 응ᄃᆡ(應對)ᄒᆞ더니, ᄎᆞ일 져의 와시믈 양시 듯고 져를 규ᄉᆞ(窺伺)ᄒᆞ라 오믈 알고 크게 놀ᄂᆡ여, 홋길흘 ᄭᅳᆫᄎᆞ려 ᄒᆞ여 누상(樓上)의 좌를 베풀고 탕츅을 다ᄉᆞ리려 ᄒᆞᄂᆞᆫ 녕이 ᄂᆞᄆᆡ, 희 【67】 쳡 ᄎᆞ뒤 일시의 모히니, 양시 금슈의상(錦繡衣裳)을 찬난이 ᄒᆞ고 두상(頭上)의 칠보화관(七寶花冠)467)을 쓰고 산호교위(珊瑚交椅)468)의 놉히 안ᄌᆞ니, 누젼(樓前) 쥬렴은 구슬을 얽엇고, 황금 향노의 명향(名香)이 보욱ᄒᆞ여 황운(黃雲)이 어ᄅᆡ여시며, 십이금ᄎᆞ(十二金釵)ᄂᆞᆫ 두 편의 갈나셧고, 슈십 홍분(紅粉)은 발 밧긔 버러, 위의 부셩ᄒᆞ미 양귀비(楊貴妃) 풍뉴(風流) 속의 안즌 듯, ᄇᆡᆨ홰(百花) 셩이 퓐 듯ᄒᆞ니, 금외 ᄂᆞᄋᆞ가 교위(交椅)를 ᄀᆞᆲ469) 노코 쇼이농왈(笑而弄曰)470),

"현쳐(賢妻) 오날 광ᄉᆡᆼ(狂生)을 다ᄉᆞ리려 ᄒᆞ미, 완 【68】 연이 상완[원]부인(上院夫人)471)이 봉쳑(封陟)472)을 벌(罰)ᄒᆞ며 녀와낭낭(女媧娘娘)473)이 치우(蚩尤)474)를 다ᄉᆞ림 ᄀᆞᆺᄒᆞ니, 오날 그ᄃᆡ를 보니, 탕츈이 ᄂᆡ게 가장 공이 놉고 죄 업도다."

양시 탄왈,

"ᄎᆞ젹이 만일 ᄒᆞᆫᄀᆞᆺ475) 욕심 ᄲᅮᆫ 무상(無狀)ᄒᆞ면 쳡이 무ᄉᆞ 일 이리 노ᄒᆞ리오. 완음불의(頑淫不義)476) 무상ᄒᆞ니 상공이 보라. 상공이 쥰 은ᄌᆡ 엇지 변ᄒᆞ여 돌이 되며, 돌이면 졔 엇지 바다시리오. 쳥텬ᄇᆡᆨ일(靑天白日)의 눈 ᄀᆞᆺᄒᆞᆫ 은ᄌᆞ를 돌히라 ᄒᆞ며, 돌을 가져 은이라 ᄒᆞ니, 이를 츄이(推移)컨ᄃᆡ 오ᄅᆡ지 【69】 아냐 쳡을 모히

---

466)오나든 : 오거든. *오나다: 오다.

467)최보화관(七寶花冠) : 칠보로 꾸민 화관. 대례복에 갖추어 쓴다.

468)산호교위(珊瑚交椅) : 산호교의(珊瑚交椅). 산호로 장식한 의자.

469)ᄀᆞᆲ : 나란히. 함께. 똑같이.

470)쇼이농왈(笑而弄曰) : 웃으면서 희롱하여 말함.

471)상원부인(上院夫人) : 도교의 선녀(仙女).

472)봉쳑(封陟) : 도교의 선녀 상원부인(上院夫人)이 인간계에 내려와 자신과 결혼하기를 청하였는데 이를 거절하였다는 고집스런 선비. 『谿谷先生集卷之三 雜著, 漫記』에 나온다.

473)여와낭랑(女媧娘娘) : 여와(女媧). 여와씨(女媧氏) 등으로 불려진다. 중국 고대신화에서 인간을 창조한 것으로 알려진 여신이며, 삼황오제(三皇五帝) 중 한명이기도 하다. 인간의 머리와 뱀의 몸통을 가지고 있으며 복희씨(伏羲氏)와 남매라고 알려져 있다.

474)치우(蚩尤) : 중국에 전하는 전설상의 인물. 신농씨 때에 난리를 일으켜 황제(黃帝)와 탁록(涿鹿)의 들에서 싸우면서 짙은 안개를 일으켜 괴롭혔는데 지남차를 만들어 방위를 알게 된 황제에게 패하여 잡혀 죽었다고 한다. 후세에는 제나라의 군신(軍神)으로서 숭배되었다.

475)ᄒᆞᆫᄀᆞᆺ : 한갓. 다른 것 없이 겨우.

476)완음불의(頑淫不義) : 완고하고 음탕하며 의롭지 못함.

ᄒᆞ여, 니시 녀직 아니라 ᄒᆞ거나, 또 니쇼졔 집의 잇다 ᄒᆞ거나, 쳡의 일홈을 비러 ᄉᆞ롬을 쇽이거나, 쳡을 도모ᄒᆞ여 팔거나 ᄒᆞᆯ 거시니, 엇지 져를 가마니 두리잇고?"

좌우 금ᄎᆞ(金釵)들이 금오의 춍권(寵眷)을 유셰(有勢)ᄒᆞ여477) 긔탄(忌憚)업시 화락ᄒᆞ다가, 양시 젼춍(專寵)ᄒᆞ여 져의 감히 금오를 바라지 못ᄒᆞ고, 금외 져희를 아오로 양시를 맛져 사환(使喚)케 ᄒᆞ니, 그 원(怨)이 탕츈의게 어리여 ᄒᆞᆫ 번 그 고기를 먹고ᄌᆞ ᄒᆞᄂᆞᆫ 【70】 지라.

쥬모(主母)의 다ᄉᆞ리고ᄌᆞ ᄒᆞ믈 보고, 져희 역시 통치(痛治)478)○○○[ᄒᆞ고자] ᄒᆞ여, 일시의 품왈(稟曰),

"부인 발숨을 듯ᄌᆞᆸ건ᄃᆡ, 탕젹은 진실노 셰상의 두기 무셔온 도덕이라. 그 죄를 다ᄉᆞ리미 부인이 근노ᄒᆞ시미 유익지 아니ᄒᆞ니, 쳡 등이 됸명(尊命)을 바다 ᄃᆞᄉᆞ리고ᄌᆞ ᄒᆞ나이다."

양시 본ᄃᆡ 탕젹을 쇼ᄅᆡ 들니믈 아쳐ᄒᆞ던지라479). 대희 왈,

"그ᄃᆡ 등이 날을 위하여 슈고ᄒᆞ믈 다ᄉᆞᄒᆞ노라. 져놈의 죄 무궁ᄒᆞ니 ᄂᆡ 친히 슈죄(數罪)코ᄌᆞ ᄒᆞᄆᆡ, 누상이 【71】 머러 분명치 아닐가 ᄒᆞ더니, ᄀᆞ장 깃거 ᄒᆞᄂᆞ니, 그ᄃᆡ 어음(語音)이 ᄀᆡ랑(開朗)480)ᄒᆞ니,{로} 안ᄌᆞ 날쳐로 슈죄(數罪) 호령(號令) ᄒᆞ고 치게 ᄒᆞ라."

졔희(齊姬) 용약(勇躍) 환희(歡喜)ᄒᆞ여 졔이희(第二姬) 옥연이 난간 가, 발 밋ᄐᆡ 안ᄌᆞ, '광젹(狂賊)을 잡ᄋᆞ드리라' ᄒᆞ니, 모든 창뒤(蒼頭) 응명ᄒᆞ여 슈리481) 병든 톳기 ᄎᆞ듯, 탕츈의 ᄉᆞ지(四肢)를 동당이쳐482) 잡ᄋᆞ드리니,

옥연이 잉셩(鶯聲) ᄀᆞᆺᄒᆞᆫ 쇼ᄅᆡ로 슈죄 왈,

"탕가 쇼츅(小畜)ᄋᆞ, ᄂᆡ 부친 ᄉᆡᆼ시의 너희 부ᄌᆡ(父子) 가되(家道) 상망(喪亡)ᄒᆞ여 동ᄃᆡ셔걸(東貸西乞)483)ᄒᆞ미 셩명(性命)을 【72】 보젼치 못ᄒᆞ믈 불샹이 넉이ᄉᆞ 의식(衣食)을 ᄌᆞ뢰(藉賴)ᄒᆞ미, 다 ᄂᆡ 집 고즁(庫中)으로셔 ᄂᆞ더니, 불힝ᄒᆞ여 야애(爺爺) 기셰ᄒᆞ시고 너의 부ᄌᆡ ᄂᆡ 집의셔 투ᄉᆡᆼ(偸生)ᄒᆞ여 ᄡᅧ 비록 탕ᄀᆡ(탕家)나 살흔 니시의 거시여ᄂᆞᆯ, 무슨 일을 원(怨)ᄒᆞ여 모부인을 니간(離間)ᄒᆞ여 날을 만단(萬端) 간모(奸謀)로 ᄉᆞᆯᄉᆡᆼ(殺生)ᄒᆞ기를 도모ᄒᆞ여, 상고(商賈)의 금은을 바다

477)유셰(有勢)ᄒᆞ다 : 자랑삼아 세력을 부리다.
478)통치(痛治) : 엄중히 다스림.=엄치(嚴治).
479)아쳐ᄒᆞ다 : 싫어하다.
480)ᄀᆡ랑(開朗)ᄒᆞ다 : 개랑(開朗)하다. 소리가 탁 트여 맑다. ≒카랑하다.
481)슈리 : 수리. 독수리.
482)동당이치다 : 동댕이치다. 들어서 힘껏 내던지다.
483)동ᄃᆡ셔걸(東貸西乞) : 동에서 구하고 서에서 빌린다는 뜻으로, 여러 곳에서 빚을 짐을 이르는 말. =동추서대(東推西貸). 동취서대(東取西貸).

ᄂᆞ를 팔고ᄌᆞ ᄒᆞ니, ᄂᆡ 엇지 너 탕가를 요ᄃᆡ(饒貸)ᄒᆞ리오. 네 어린 누의 힝실이 더럽고 음난ᄒᆞ미 무상(無常)ᄒᆞᆫ지라. ᄂᆡ 탕관의 녀ᄌᆞ를 가져 【73】 네 ᄒᆞ고ᄌᆞ ᄒᆞᄂᆞᆫ 혼인을 응케 ᄒᆞ미 진실노 하늘 ᄀᆞᆺᄐᆞᆫ 은덕이어놀, 네 도로혀 날을 원(怨)ᄒᆞ여 오ᄇᆡᆨ냥 원보(元寶)484)를 밧고, 쇼시의 집의 파라 언연이 네 집 긔화(奇貨)를 민드니, 네 니르라. ᄂᆡ 엇던 ᄉᆞ름이라 너의 팔니믈 닙으뇨? ᄂᆞᄂᆞᆫ 혹ᄉᆞ의 녀ᄌᆡ요, 쇼공은 승상의 ᄋᆞᄃᆞᆯ이라. 만일 혼인ᄒᆞ미 모친과 동형(宗兄)이 의논ᄒᆞ여 듕ᄆᆡ(中媒) 길을 통ᄒᆞ고, 요ᄀᆡᆨ(繞客)485)이 뒤흘 조ᄎᆞᆯ 거시여놀, 네 간특(奸慝)ᄒᆞᆫ 음모의 ᄊᆡ져 상공이 오ᄇᆡᆨ냥 은ᄌᆞ를 너를 쥬어시니, 【74】 네게 난망지은(難忘之恩)이라. 머리를 움치고 기리 슘어실 거시여놀, 이졔 빈빈(頻頻)이 왕ᄂᆡᄒᆞ여 ᄌᆡ물을 더 탐(貪)코ᄌᆞ ᄒᆞ며, 다시 흉ᄉᆞ(凶事)를 베퍼 ᄉᆞ름의 눈을 ᄀᆞ리오려 ᄒᆞ니, ᄂᆡ 만일 너를 잡ᄋᆞ 법부(法部)의 보닐진ᄃᆡ, 네 머리를 버혀 원슈를 쾌히 갑흘 거시로ᄃᆡ, 십분 짐ᄌᆞᆨᄒᆞᄂᆞ니, 임의 츌가(出嫁)ᄒᆞ미 네게 빙금(聘金)을 쥴 녜되(禮道) 잇시리오. ᄲᆞᆯ니 은ᄌᆞ(銀子)를 밧치고 약간 장칙(杖責)을 바드라.”

ᄒᆞ니, ᄎᆞ회(次回) 엇지 된고? 분셕(分析) 하젼(下傳)ᄒᆞ라. 【75】

484)원보(元寶) : 옛날 중국에서 쓰던 화폐의 하나. 말굽 모양의 은덩이로 된 화폐.

485)요긱(繞客) : 혼인 때에 가족 중에서 신랑이나 신부를 데리고 가는 사람.=위요(圍繞).

화산션계록 권지ᄉᆞ

ᄎᆞ셜 탕ᄉᆡᆼ이 업ᄃᆡ여 듯기ᄅᆞᆯ 다ᄒᆞᄆᆡ 쇼ᄅᆡ 질너 왈,

"니부인ᄋᆞ! 이거시 탕츈의 죄 아니라. 니가 부인의 ᄀᆞ르치미니, 쇼ᄉᆡᆼ의 죄 아니로소이다."

옥연이 대ᄎᆡᆨ(大責) 왈,

"니부인긔 허물과 죄ᄅᆞᆯ 도라보ᄂᆡ여 말을 막거니와, 부인이 날을 파라 계시면, 네 엇지 은ᄌᆞᄅᆞᆯ 씻ᄂᆞᆫ다? 부인이 ᄯᅩ 너ᄅᆞᆯ 보ᄂᆡ시더냐? 좌우ᄂᆞᆫ 쌜니 ᄎᆞ젹(此賊)을 ᄆᆡ이 쳐, ᄂᆡ 분(忿)을 풀게 ᄒᆞ라."

언미필(言未畢)의 건장ᄒᆞᆫ 창뒤(蒼頭) ᄂᆡ다라 탕ᄉᆡᆼ을 형판(刑板)의 업지르 【1】 고, 홍ᄉᆞ(紅絲)로 일신을 결박ᄒᆞ니, 이 ᄢᅴ 탕ᄉᆡᆼ의 쵸ᄒᆞᆫ흉간(楚悍凶奸)486)ᄒᆞ무로도 능히 ᄒᆞᆯ 일 업더라. ᄒᆞᆫ 창두ᄂᆞᆫ ᄆᆡ이 치기ᄅᆞᆯ 웨고, ᄒᆞᆫ 창두ᄂᆞᆫ 옷ᄉᆞᆯ 메와다487) ᄆᆡᄅᆞᆯ 잡ᄋᆞ시니, 쥬곤(朱棍)488)이 번ᄃᆡ기고 마른 남글 ᄶᅵᆨ며 구든 돌을 ᄯᆞ리ᄂᆞᆫ 듯ᄒᆞᆫ지라.

ᄉᆞ오장(四五杖)이 얼푸시 지ᄂᆞ며 살히 ᄡᅥ러져 븕은 피 돌돌ᄒᆞ니489), 탕ᄉᆡᆼ이 알프믈 니긔지 못ᄒᆞ여 고ᄀᆡᄅᆞᆯ ᄉᆞ덕이며 통호(痛乎) ᄋᆡ걸(哀乞) 왈,

"활불(活佛) 쇼져야! 활불 부인ᄋᆞ! 쇼ᄉᆡᆼ의 죄ᄅᆞᆯ 아ᄂᆞ이다. 비록 쥭이신들 일흔 은ᄌᆞ(銀子)ᄅᆞᆯ 【2】 엇지 가져오리잇가? 목숨을 ᄉᆞᆯ오시면 가산(家産)을 진탕(盡蕩)ᄒᆞ여490) 은ᄌᆞᄅᆞᆯ 물니이다491)."

쇼제 왈,

"네 간교ᄒᆞᆫ 쥐 부리492)ᄅᆞᆯ 취혀들고493) ᄯᅩ 거즛 말을 ᄒᆞ리니, 닙ᄀᆡᆨ(立刻)의494) 문서ᄅᆞᆯ ᄒᆞ여 두고 가면 형벌을 면ᄒᆞ고 즉금 살기ᄅᆞᆯ 빌니리라."

---

486)쵸ᄒᆞᆫ흉간(楚悍凶奸) : 초독(楚毒)하고 사나우며 흉악하고 간사함.
487)메왇다 : 메왓다. 옷을 걷어올리다.
488)쥬곤(朱棍) : 붉은 칠을 한 곤장(棍杖). *곤장(棍杖): 예전에, 죄인의 볼기를 치던 형구. 또는 그 형벌. 버드나무로 넓적하고 길게 만들었다.
489)돌돌ᄒᆞ다 : 돌돌 솟아나오다.
490)진탕(盡蕩) : 재산 따위를 다 팔아 없앰
491)물다 : 남에게 입힌 손해를 돈으로 갚아 주거나 본래의 상태로 해 주다.
492)부리 : 새나 일부 짐승의 주둥이.
493)취혀들다 : 추켜들다. 치올리어 들다.
494)닙ᄀᆡᆨ(立刻)의 : 바로. 즉시, 당장에.

탕싱이 숀을 치며 웨여 왈,

"비록 머리를 버혀도 원(怨)치 아니코, 은을 물 거시니, 명문(明文)[495]을 ᄒᆞ고 믹를 면ᄒᆞ여지이다."

창두 둘이 일시의 대소(大笑)ᄒᆞ고 필연(筆硯)을 ᄂᆞ오며 민 거술 그르니, 탕츈이 민 거술 풀미 알푸믈 니긔지 【3】 못ᄒᆞ여, 긔여 니러나 문장을 써 올니되,

"탕츈은 무뢰빅(無賴輩) 악쇼년(惡少年)이라. '빅지(白紙)의 풍낭(風浪)을 지어[496]' ᄉᆞ롬의 은ᄌᆞ(銀子)를 앗더니, 니학ᄉᆞ의 쇼제(小姐) 침어낙안지틱(沈魚落雁之態)[497] 잇시믈 듯고, 향낙시(香낙시)[498]를 민ᄃᆞ라 쇼금오를 속이고 은ᄌᆞ 오빅 냥을 밧고 쇼져를 핍박ᄒᆞ여 금오의게 파랏더니, 텬의(天意) 돕지 아냐 은ᄌᆞ를 일코, 쏘 쇼져의 죄 쥬시믈 맛나 정원(情願)ᄒᆞᄂᆞ니, 은ᄌᆞ를 츄후(追後)ᄒᆞ여 무러[499] 밧칠 거시니, 아직 관정(官庭)의 보(報)ᄒᆞ기를 날회쇼셔[500]."

ᄒᆞ여 제 일홈○[을] 두고[501] 【4】 슈례(手例)[502] ᄒᆞ여 올니니, 쇼져와 금외 우음을 참지 못ᄒᆞ더라.

발 속으셔 여셩(厲聲)[503]ᄒᆞ여 ᄀᆞᆯ오되,

"ᄎᆞ젹이 임의 문장을 ᄒᆞ여시니 그만ᄒᆞ여 닉치라. 네 다시 못쓸 노르슬 ᄒᆞ다가ᄂᆞᆫ 닉 반ᄃᆞ시 관가의 결송(決訟)ᄒᆞ여 네 슈형(首形)[504]을 보젼(保全)치 못○○[ᄒᆞ게] ᄒᆞ리라."

제뇌(諸奴) 탕츈을 업질너 부인의 분부를 드르라 ᄒᆞ니, 탕츈이 연셩(連聲) 청녕(聽令)ᄒᆞ고 쥐 숨듯 긔여 문 밧긔 ᄂᆞ오니, 일신이 찌여지ᄂᆞᆫ[505] 듯ᄒᆞ여 울며 겨오 도라올 식, 심즁(心中)의 슉모를 원망ᄒᆞ여 ᄀᆞᆯ오되,

---

495)명문(明文) : ①사리가 명백하고 뜻이 분명하게 작성한 글. ②어떤 사실을 증명하는 문서.

496)빅지(白紙)의 풍낭(風浪)을 지어 : 하얀 종이처럼 아무 잘못도 없는 사람에게 감당할 수 없는 극심한 분쟁을 일으켜 곤경에 빠지게 함.

497)침어낙안지틱(沈魚落雁之態) : 미인을 보고 물 위에서 놀던 물고기가 부끄러워서 물속 깊이 숨고 하늘 높이 날던 기러기가 부끄러워서 땅으로 떨어질 만큼, 여인의 얼굴과 맵시가 매우 아름다움을 비유적으로 이르는 말. 『장자 제물론(齊物論)』에 나온다.

498)향낙시(香낙시) : 미인을 미끼로 삼아 사람을 꾀는 일.

499)물다 : 남에게 입힌 손해를 돈으로 갚아 주거나 본래의 상태로 해 주다.

500)날회다 : 느리게 하다. 늦추다. 멈추다.

501)두다 : 적다. 쓰다.

502)슈례(手例) : 수례(手例). 예전에, 자기의 성명이나 직함 아래에 도장 대신에 자필로 글자를 직접 쓰던 일. 또는 그 글자. =수결(手決).

503)여셩(厲聲) : 성이 나서 큰 소리를 지름. 또는 그 소리.

504)슈형(首形) : 머리의 모양.

505)찌여지다 : 찢어지다. 찢기어 갈라지다.

"니 【5】 쇼제 분명이 쇼가의 잇지 아니면 뉘 잇서 젼젼과악(前前過惡)을 이 굿치 니르리오. 슉뫼 눈이 머럿는506) 냥(樣)ᄒᆞ여 니쇼졔 잇다 닐너 이 욕을 보게ᄒᆞ니, 슉모긔 가 발작(發作)ᄒᆞ여 분을 풀니라."

ᄒᆞ고, 춘춘이 긔여 오더니, 노상 일인이 불너 왈,

"탕형ᄋᆞ! 이 말을 ᄒᆞ려ᄒᆞ되 알파 못ᄒᆞ게시니, 슈고로오나 날을 븟드러 집의 가셔 이 분ᄒᆞᆫ 말을 드러보라."

여히 웃고 탕싱을 븟드러 집의 드러가 웃고 왈,

"형ᄋᆞ! 젼일 니쇼져를 파라 오빅 【6】 냥 은ᄌᆞ를 바들 졔, ᄂᆡ 구시나 보앗ᄂᆞ냐? 오늘날 돌연(猝然)이 어ᄃᆡ가 교틱(嬌態)겨온 ᄆᆡ를 맛고, 날을 보고 반겨ᄒᆞᄂᆞᆫ다?"

탕싱 왈,

"형은 다시 그런 말 말나. 은이 변ᄒᆞ여 돌히 되고, ᄉᆞ롬이 변ᄒᆞ여 둘히 되니, 이런 요괴로온 ᄌᆡ변(災變)이 극진ᄒᆞ기의 쇼데 이 ᄆᆡ를 마즛노라."

여히 놀나 문기고(問其故) ᄒᆞ니,

"탕취(탕醜) 숩을 ᄂᆡ쉬며 젼후 곡졀을 니르니, 여히 쳥필(聽畢)의 박장ᄃᆡ쇼(拍掌大笑) 왈,

"ᄎᆞᄉᆡ(此事) 심히 긔괴(奇怪)ᄒᆞ다. 형의 은ᄌᆞ를 양시 아니 도젹ᄒᆞᆫ가?"

탕츈 왈,

"양시 【7】 원간 ᄂᆡ게 ᄆᆡ 마ᄌᆞ 누어시니, 니소져 파ᄂᆞᆫ 연유도 모를 ᄲᅮᆫ 아니라, ᄂᆡ 비록 부뷔나 져를 밋지 아냐 져를 뵌 일이 업ᄉᆞ니, 도젹도 본 후야 ᄒᆞ거든, 졔 무숨 신통을[으]로 잠은 방 반ᄌᆞ507) 쇽 은을 ᄂᆡ리오. ᄒᆞ물며 동포ᄒᆞᆫ 거시 의구ᄒᆞ고 거믄 돌히 되여시니, 아니 공교ᄒᆞ냐? ᄒᆞ물며 요간(腰間)의 은ᄌᆞᄂᆞᆫ 더옥 양시 도망ᄒᆞᆫ 후요, 인젹이 고요ᄒᆞ니, ᄎᆞᄉᆡ 더욱 괴이ᄒᆞ도다."

여히 왈,

"은ᄌᆞᄂᆞᆫ 그러ᄒᆞ거니와, 니쇼졔 둘히 되엿다 ᄒᆞ니, ᄂᆡ ᄉᆡᆼ각의 니부 【8】 니시야 졍(正) 니신(李氏)가 ᄒᆞᄂᆞ니, 니쇼졔 지모(智謀) ᄀᆞ장 놉다 ᄒᆞ니, 쇼가의 가기를 원ᄒᆞᆯ 니 업ᄉᆞ니, 이거시 ᄒᆞᆫ 의심이오, 쇼가의 쇼져ᄂᆞᆫ 보니508) 업고, 니가 니시ᄂᆞᆫ 부인과 두 아이 다 진짓 니시라 ᄒᆞ니, 이야 진짓 니시라. 형이 져 녀ᄌᆞ를 인ᄒᆞ여 젼후 낭픽ᄒᆞ고, ᄒᆞ믈며 이졔 졀노 더브러 세 냥닙(兩立)지 못ᄒᆞᆯ 거시오, 형이 도금(到今)ᄒᆞ여ᄂᆞᆫ 져 녀ᄌᆞ의 말을 다시 니르지 말나. 비록 항우(項羽)의 용녁과 ᄌᆞ

506)멀다 : 시력이나 청력 따위를 잃다.
507)반ᄌᆞ : 반자. 『건설』 지붕 밑이나 위층 바닥 밑을 편평하게 하여 치장한 각 방의 윗면.
508)보니 : 본 이. 본 사람.

방(張子房)의 지모와 귀곡(鬼谷)[509]의 신뮈(神武)라도 져를 다시 쇽이 【9】 지 못ᄒ리라."

여회 왈,

"형이 계교를 완완(緩緩)이 ᄒ여 제 긔미(機微)를 짐작ᄒ고 방신(防身)훌 계교를 상냥ᄒ니, 도쳐(到處)의 견픽ᄒ미 일노써 비로ᄉ미라. 급훈 우레 귀를 밋쳐 가리오지 못ᄒ고, 날닌 군ᄉ는 명당도 당치 못ᄒᄂ니, 군가(君家) 모부인이 가셔 니쇼져를 술을 취토록 먹이고, 훈 가지로 취(醉)ᄒ여 ᄌ는 체ᄒ고 져를 직희여, ᄌ거든 형은 압문을 직희고 ᄂ는 뒷문으로 다라드러 불시의 업어닉면, 제 바야흐로 취몽 즁 【10】 의 ᄎ화를 엇지 도망ᄒ리오. 그딕와 닉 다리고 가며 오욕(汚辱)ᄒ여 원슈를 갑고, 쇼항쥐(蘇杭州)[510] 부상딕고(富商大賈)와 공ᄌ왕숀(公子王孫)의게 금을 바드면, 몃냥 금빅이 되ᄂ뇨?"

탕싱이 이 말을 드르믹 취몽(醉夢)이 씐 듯ᄒ여 우음을 먹음고 골오딕,

"현형의 ᄀ르치미 유리ᄒ니, 형은 이곳의 잇시라. 내 슉모와 가친으로 더브러 의논ᄒ리라."

냥젹(兩敵)이 계교(計巧)를 졍ᄒ고 부인을 와 볼식, 뜻긴 옷과 헛튼 머리의 막딕를 집고 드러오니, 부인이 딕경ᄒ 【11】 여 왈,

"질ᄋ(姪兒)야, 앗춤의 셩ᄒ믈[511] 보왓더니 엇지 져리 즁상ᄒ엿ᄂ뇨? 쇼가의 가ᄉ긔를 술피고 온다?"

탕츈이 만면이 통홍(通紅)ᄒ여 ᄀ장 분분(忿憤) 왈,

"쇼질이 슉모의 공동(恐動)[512]ᄒ는 허언을 듯고 쇼가의 가니, 금오는 업고 니쇼졔 혼ᄌ 잇다가 쇼질을 잡ᄋ드려 젼젼원슈(前前怨讎)를 슈죄(數罪)ᄒ며 일빅댱(一百杖) 듕댱(重杖)을 치니, 하마 죽을 번ᄒ엿더니, 쇼질의게 은을 물니려[513] 문댱(文章)을 밧고 ᄉ(赦)ᄒ여 닉치니 겨오 ᄉ라온지라. 니쇼졔 쇼가의 【12】 잇지 아니면 뉘 그리 모진 일을 ᄒ리오. 쇼질을 타죄(打罪)[514]훌 씩의 십장누의 쥬취(珠翠)로 장속(裝束)ᄒ고 밍셩으로 호령ᄒ니, 진실노 화월(花月) ᄀ흔 쇼제러이다."

---

509)귀곡(鬼谷) : 귀곡자(鬼谷子). 중국 전국 시대 초나라의 종횡가. 은신하던 지방인 귀곡(鬼谷)을 따서 호로 삼았으며, 『귀곡자(鬼谷子)』 3권을 지었다고 한다.

510)소항쥐(蘇杭州) : 중국의 도시인 소주(蘇州)와 항주(杭州)를 함께 이르는 말. 소주는 강소성(江蘇省}에, 항주는 절강성(浙江省)에 있다.

511)셩ᄒ다 : 성하다. ①물건이 본디 모습대로 멀쩡하다. ②몸에 병이나 탈이 없다.

512)공동(恐動) : 위험한 말을 하여 두려워하게 함.

513)물리다 : '무르다'의 사동사. ①사거나 바꾼 물건을 원래 임자에게 도로 주고 돈이나 물건을 되찾다. ②이미 행한 일을 그 전의 상태로 돌리게 하다.

514)타죄(打罪) : 죄인을 매로 때려 벌하는 일.

부인이 황망{이}쵸됴(慌忙焦燥)[515] 왈,

"질ᄋᆡ(姪兒)야 이 아니 괴이ᄒᆞ냐? 옥쉬 날을 ᄀᆞᆺ보고 제방을 갓ᄂᆞᆫᄃᆡ, 쇼가의 옥쉬 또 어이 잇던고? 젼일 옥쉬 《ᄌᆞ란∥교란》과 몸 밧고던 법이 다 묘리(妙理) 잇ᄉᆞ니, 이를 엇지 ᄒᆞ리오."

탕ᄉᆡᆼ이 우어 왈,

"열 쇼제 잇슨들 열 ᄂᆞᆺ출 다 졔어(制御)ᄒᆞ미 무어시 어려오리오. 【13】 젼일은 일을 잘 못ᄒᆞ여 홰(禍) ᄂᆞ시니, 쇼질이 니번은 제게 쇽지 아니리이다."

탕시 문기고(問其故) ᄒᆞ니, 탕ᄉᆡᆼ이 벽좌우(辟左右)[516]ᄒᆞ고, ᄀᆞ마니 두어 말을 ᄒᆞ니, 탕시 ᄃᆡ희ᄒᆞ여 슉질이 맛치[517] 약속ᄒᆞ고, 쥬ᄋᆞ와 심복으로 더브러 탕관의 안히 굴시를 불너 계교를 쥰비ᄒᆞ며 의논을 맛치ᄒᆞ여, 쇼져를 취(醉)ᄒᆞ여 지우고[518] 금낭취물(錦囊取物)[519]노 업시ᄒᆞ려 ᄒᆞ더니, 홀연 능옥이 압히와 고ᄒᆞ되,

"쇼비(小婢)의 어미 긔일(忌日)이 명신(明晨)이니, 부인의 허ᄒᆞ시믈 엇ᄌᆞ 【14】 오면, 어믜 무덤의 가 제(祭)ᄒᆞ고ᄌᆞ ᄒᆞᄂᆞ이다."

탕시 바야흐로 쇼져의 좌우 심복을 ᄎᆡ오지 못ᄒᆞ여 근심ᄒᆞ다가 흔연이 허락ᄒᆞ니, 능옥이 ᄇᆡᄉᆞ(拜辭)ᄒᆞ고 ᄂᆞ갈ᄉᆡ, 쇼제 무순 계교로 능옥을 ᄎᆡ우ᄂᆞᆫ가 ᄒᆞ여, 냥녀로 ᄒᆞ여금 비쥬(婢主)의 긔ᄉᆡᆨ을 보라 ᄒᆞ니, 냥 쥐 형의 침쇼의 니르니 쇼제 태연 무심ᄒᆞ여 안상(案上)의 셔화를 졈검ᄒᆞ다가, 능옥의 하직(下直)ᄒᆞ믈 보고 ᄀᆞᆯ오ᄃᆡ,

"녀ᄌᆞ의 츌입이 졍되(正道) 아니니, 네 비록 쳔ᄒᆞ나 또 쳐ᄌᆡ(處子) 【15】 라. 교외(郊外) 츌입이 불가ᄒᆞ도다."

옥이 쳥녕(聽令) ᄇᆡᄉᆞ왈(拜辭曰),

"쇼비 ᄌᆞ소(自少)로 쇼져를 뫼셔 효졀(孝節)노 ᄒᆞᆨ습ᄒᆞ니, 몸이 쳔ᄒᆞ무로ᄡᅥ 녜를 폐ᄒᆞ리잇가마ᄂᆞᆫ, 명되(命途) 긔험(崎險)ᄒᆞ여 남녀간 친쳑이 업셔 ᄇᆡᆨ냥숑츄(白楊松楸)의 ᄎᆞᆷ이 것츠럿ᄂᆞᆫ지라. 규즁의 무ᄉᆞᄒᆞ니, ᄎᆞ시 몸을 비러 무덤을 슈호(守護)ᄒᆞ고 어미 제(祭)를 일우고져 ᄒᆞᄂᆞ이다."

쇼제 안ᄉᆡᆨ이 쳐연 왈,

"네 졍이 효셩의 비로순 ᄇᆡ요 부인이 쾌허ᄒᆞ시니, ᄂᆡ 엇지 막으리오. 【16】 ᄂᆡ 좌위(左右) 젹막ᄒᆞ니 슈히 도라오라."

옥이 슈명 ᄇᆡᄉᆞᄒᆞ니, 쥬ᄋᆞ 등이 이를 보ᄆᆡ 쇼져의 아득히 모로믈 환희ᄒᆞ여, 원듕 풍경을 완상(玩賞)ᄒᆞ여 ᄇᆡ회ᄒᆞ니, 쇼제 미미히 ᄂᆡᆼ쇼ᄒᆞ더라.

---

515)황망쵸됴(慌忙焦燥) : 몹시 당황하고 조마조마함

516)벽좌우(辟左右) : 밀담을 하려고 곁에 있는 사람을 물리침.

517)맛치 : ①마침. 마침맞게 ②마치. 거의 비슷하게.

518)지우다 : 재우다. 잠을 자게하다. '자다'의 사동사.

519)금낭취물(錦囊取物) : 비단주머니에서 물건을 꺼내듯 함.

ᄎᆞ일 황혼의 쇼졔 혼졍(昏定)[520]홀 식, 굴시 겻히 잇다가 ᄀᆞᆯ오ᄃᆡ,

“쳡이 ᄆᆡ양 오고ᄌᆞ ᄒᆞ되 비루ᄒᆞᆫ ᄌᆞ최로 감히 쇼져 당젼의 납명(納名)치 못ᄒᆞ고 ᄆᆡ양 교ᄌᆞ쳥질(嬌姿淸質)[521]을 슉야(夙夜)의 ᄉᆞ랑ᄒᆞ오ᄃᆡ, 노쳡(老妾)이 감히 쇼져의 미담향언(美談香言)을 듯ᄌᆞᆸ지 못 【17】 ᄒᆞ니 가탄(可嘆)이로다.”

쇼졔 쇼왈,

“잉잉[522]이 모부인 동긔(同氣)시니, 쳡이 감히 만홀ᄒᆞ리오마ᄂᆞᆫ 연긔(年紀) 부젹(不適)ᄒᆞ니, 감히 안ᄌᆞ셔 쳥치 못ᄒᆞ나이다.”

탕시 쇼왈,

“녀ᄋᆡ ᄂᆡ ᄌᆞ식이니 형과 슉질지의(叔姪之義)라. 무ᄉᆞ 일 녀ᄋᆞ 침쇼의 못 가리오. 오날은 ᄒᆞᆫ가지로 가셔 친친지의(親親之義)를 ᄆᆡᄌᆞ며 장각(莊閣)을 구경ᄒᆞ쇼셔.”

굴시 깃거 담쇼ᄒᆞ더니, 쇼졔 쵹을 잡히고 도라갈 식, 굴시 ᄒᆞᆫ가지로 됴ᄎᆞ오거ᄂᆞᆯ, 쇼졔 유모 시녀 등을 눈 쥬어 우으니, 삼인이 【18】 ᄯᅩᄒᆞᆫ 눈으로 ᄯᅳᆺ을 알외더라.

쥬ᄋᆞ ᄌᆞᄆᆡ 굴시로 더브러 누상(樓上)의 모드니, 쇼졔 웃고 유모다려 왈,

“탕 잉잉이 누쳐의 니르시니, 진실노 감격 황공ᄒᆞᆫ지라. 모친긔 두어 쥰 슐을 어더오라. 잉잉긔 ᄉᆞ례ᄒᆞ리라.”

유뫼 즉시 드러가더니, 이윽고 쥬육과 과실을 가지고 와 부인 말ᄉᆞᆷ을 젼어 왈,

“‘형이 녀ᄋᆞ로 더브러 즐기나 내 맛ᄎᆞᆷᄂᆡ ᄉᆞ괴 잇셔 못가니, ᄀᆞ장 창결(悵缺)[523] ᄒᆞ이다.’ ᄒᆞ시더이다.”

쇼졔 왈,

“어미ᄂᆞᆫ 슐을 부으라 비록 당돌 【19】 ᄒᆞ나 외람이 쥬인이[의] ᄌᆞ리의 잇ᄉᆞ니 ᄒᆞᆫ 잔을 먼져 잡고 잉잉긔 나오리라.”

유뫼 쇼왈,

“우리 쇼졔 일양(一樣) 쳐창(悽愴)이 도장[524]의 시름을 ᄡᅵ여 지ᄂᆡ시더니, 냥쇼져와 잉잉이 모드시니, 쇼져의 즐기시믈 엇과이다. 일변 니르며 ᄒᆞᆫ 잔을 부어 드

520)혼졍(昏定) : 잠자리에 들 때에 부모의 침소에 가서 잠자리를 살피고 밤 동안 안녕하기를 여쭙는 예절.
521)교ᄌᆞ쳥질(嬌姿淸質) : 아름다운 자태와 맑은 자질.
522)잉잉 : 내내(奶奶). 할머니. 주부나 부인에 대한 경칭. *‘잉잉’은 ‘내내(奶奶)’를 오독(誤讀)한 것이다. 중국어 ‘잉잉(仍仍)’은 ‘①많은 모양 ②뜻을 이루지 못한 모양.③의기소침하다’의 의미이다.
523)창결(悵缺)ᄒᆞ다 : 몹시 서운하고 섭섭하다.
524)도장 : =규방(閨房). 부녀자가 거처하는 방.

리니, 쇼졔 마시고 쇼졔 친히 흔 잔을 잡으 굴시긔 드려 왈,

"쇼졔 친히 흔 잔을 잡으 굴시긔 드려 왈,

"쇼쳡이 잉잉긔 득죄흐미 만흐니, 잉잉은 빌건디 용셔흐쇼셔."

굴시 황망이 바다 마시고 스례 왈,

"쇼져의 은근흐시믈 【20】 다스(多謝)흐느니, 무슴 쳡의게 득죄흐미 잇느니잇고?"

쇼졔 염용(斂容) 왈,

"쇼쳡이 부명(父命)이 긔박(奇薄)흐여 냥친을 됴상(早喪)흐고 녕졍(零丁)흔525) 일신이 스룸의게 욕(辱)지 아니니[나], 계괴 부뚝흐여 녕으로 흐여금 먼니 슬하를 니별케 흐니, 진실노 가고즈 흐기는 녕이(佾兒)요, 보닉기는 쳡의 일이라. 잉잉이 엇지 원(怨)치 아니시리오."

굴시 이 말을 드르미 낫치 벌거흐여 침스냥구(沈思良久)의 디왈,

"이는 텬연(天緣)이 미인 비니, 쇼져를 유감(遺憾)흐리오. 쳡은 젼【21】일을 다 니젓느이다. 쇼져나 노졸(老卒)의 부쳐를 원(怨)치 마르쇼셔."

쇼졔 웃고 낫치 쏫 굿흐여 낭낭이 답 왈,

"황감(惶感)흐여라. 잉잉이 은노(隱怒)흐미 업스면 디 엇지 유감흐리잇고? 금일 피치 미친 말을 파셜(破說)흐니 우연흔 못거지526) 경하(慶賀)흐는 연셕이라. 셔로 회포를 여러 진취(盡醉)흐고 파(罷)흐스이다."

굴시 심듕의 디희흐여 혜오디,

"쇼고(小姑)는 니 쇼져의 다모(多謀)흐믈 겁흐여 술을 아니 먹을가 겁흐더니, 오늘 날 져의 디익(大厄)【22】이 박두흐니, 스스로 진취(盡醉)흐는도다."

이리 혜우리미, 즉시 디왈,

"쇼져의 말슴이 올흐이다. 즈네 한을 풀미 엇지 깃브지 아니리오."

흐고, 이의 오는 뚝뚝527) 잔을 스양치 아니흐고, 쇼졔 낭낭(朗朗)흔 말슴이 현으[하](懸河)528) 굿흐여, 옥비(玉杯)를 즈로 거후르며 굴시를 은근이 권유흐니, 굴시 쇼져를 취흐여 지우려 흐다가, 제 도로혀 만취(滿醉)흐여 흔 쌍 눈이 푸러지고, 술진 낫치 벌거흐니, 좌상(座上)의 박혀 안지 못흐여 분벽(粉壁)을 의지【23】흐여 됴으는지라.

니 쇼졔 또흔 취식(醉色)이 홍도(紅桃) 굿흐여 벼기의 구러지니, 유뫼 역시 디

525)녕졍(零丁)흐다 : 세력이나 살림이 보잘것없이 되어서 의지할 곳이 없다.
526)못거지 : 모꼬지. 놀이나 잔치 또는 그 밖의 일로 여러 사람이 모이는 일.
527)뚝뚝 : 족족. 어떤 일을 하는 하나하나.
528)현하(懸河) : 급한 경사를 세게 흐르는 하천.

취(大醉)ᄒᆞ여 뷔드르며529) 니러나 쇼져의 의상을 벗겨 ᄌᆞ리의 누이ᄂᆞᆫ지라.

쥬ᄋᆞ 등이 이럿틋 ᄒᆞᆫ 쇼식을 보ᄒᆞ니, 탕시 왈,

"옥슈도 쇽을 젹이 잇도다. 우리 형이 슐을 말이나 먹으니, 그 두어 잔의 엇지 취ᄒᆞ리오마ᄂᆞᆫ 짐즛 이셔 옥슈ᄅᆞᆯ 직희려 ᄒᆞᄂᆞᆫ 뜻이니, 너희 져져ᄅᆞᆯ 게 두고 각각 허여지라."

ᄒᆞᄆᆡ, 졔인이 각산(各散)ᄒᆞ고 좌위(左右) 고요ᄒᆞ니, 【24】 옥쉬 쇼졔 바야흐로 니러나 의복을 곳쳐 닙고, 유모로 ᄒᆞ여금 ᄒᆞᆫ 벌 ᄉᆡ 니불을 밧고아 펴고, 굴시ᄅᆞᆯ 붓드러 의상(衣裳)을 다 벗겨 니불이[을] 나리530) 덥흐되, 노물(老物)이 ᄒᆞᆰᄀᆞᆺ치 취ᄒᆞ여 젼혀 쥭은 ᄉᆞᄅᆞᆷ ᄀᆞᆺᄒᆞ니, 엇지 ᄒᆞᆫ 가지 슐의 쇼져ᄂᆞᆫ 덜 취ᄒᆞ고 노물이 이ᄀᆞᆺ치 취ᄒᆞ리오마ᄂᆞᆫ, 원ᄂᆡ 연유(緣由) 이시니, 니쇼져ᄂᆞᆫ 텬지간 정명지긔(精明之氣)531)라. 지명ᄎᆞ쳘(至明且哲)532)ᄒᆞ고 슬거오니533), 양시ᄅᆞᆯ 보ᄂᆡ 그 날 발셔 금일을 혜아린 ᄇᆡ라. 외면의 ᄉᆞᄅᆞᆷ을 노 【25】 화 동정(動靜)을 탐지ᄒᆞᄆᆡ, 비록 져의 계교ᄅᆞᆯ ᄌᆞ시 모로나 탕부인이 굴시ᄅᆞᆯ 침쇼의 보ᄂᆡ고, 굴시 원ᄒᆞ여 ᄌᆞ긔ᄅᆞᆯ 됴차오믈 보ᄆᆡ 발셔 직희라 오믈 알고, 지뫼(智謀) ᄒᆞᆫ 번 운동ᄒᆞᄆᆡ 능옥을 보ᄂᆡ여 양상궁으로 더브러 획칙(劃策)ᄒᆞ여 국화원의셔 맛게ᄒᆞ고, 굴시ᄅᆞᆯ 취ᄒᆞᄂᆞᆫ 약을 슐의 타 ᄌᆞ로 권ᄒᆞ며, 쇼져ᄂᆞᆫ ᄉᆞ탕물을 밧고와 붓게 ᄒᆞ니, 이ᄊᆡ 노쥐 취ᄒᆞ미 업더라.

능쇼 여옥 여화 당의(唐衣)534) 의복을 밧고고 셧겨 누하로 ᄂᆞ려와 【26】 몸을 ᄉᆡᆨ혀 못가의 와, ᄎᆡ련(採蓮)ᄒᆞᄂᆞᆫ 쇼션(小船)의 비쥬(婢主) 사인이 몸을 ᄀᆞᆷ쵸와 못 속으로 쎠드러가니, 동창궁 장하(墻下)의셔 슈문을 열ᄆᆡ ᄌᆞ근 ᄇᆡ 물노 됴ᄎᆞ 흘너 드러가니, ᄉᆞᄅᆞᆷ이 잇셔 슈문을 닷고 쳘삭(鐵索)을 도로 걸ᄆᆡ, 젹연(寂然) 고요ᄒᆞ여 못가의 깃드린 즘ᄉᆡᆼ이 ᄊᆡ지 아니ᄒᆞ니, 오직 연ᄃᆡ(蓮대)535) 잇다감 흔들이니, 위궁(위宮)○[이] 곡강(曲江)536) 물을 유인ᄒᆞ여 후원 ᄂᆡ(內)○[로] 흘너 못슬 민

529)뷔드르다 : 비틀거리다. 힘이 없거나 어지러워서 몸을 바로 가누지 못하고 이리저리 쓰러질 듯이 계속 걷다. ≒비틀대다.

530)나리 : 내리. 위에서 아래로.

531)정명지긔(精明之氣) : 깨끗하고 밝은 기운.

532)지명ᄎᆞ쳘(至明且哲) : 지극히 밝고 총명함.

533)슬거오다 : 슬기롭다. 슬기가 있다.

534)당의(唐衣) : 여자들이 저고리 위에 덧입는 한복의 하나. 앞길과 뒷길이 저고리보다 길고 도련은 둥근 곡선으로 되어 있으며 옆은 진동선 아랫부분이 트여 있다. 조선 시대에 예복으로 사용하였다.≒당저고리.

535)연ᄃᆡ(蓮대) : 연꽃의 줄기.

536)곡강(曲江) : 중국 섬서성(陜西省) 시안(西安) 동남쪽 장강(長江) 지류인 한수(漢水)에 있는 강인데 강물이 굽이져 흐른다 하여 '곡강(曲江)'이라고 한다. <두시상주杜詩詳註>를 보면 "장안(長安) 주작가(朱雀街) 동쪽에 강물 흐름이 굽이진 곳이 있는데 이를 곡강(曲江)이라 한다."고 하였다.

드니, 큰 못싀 ᄌᆞ근 빅를 부리ᄂᆞᆫ지라. 물흐르ᄂᆞᆫ 굼글537) 돌문으로 막고 【27】 쳘삭을 얽어시니, 이 나부ᄂᆞᆫ 위공 숀지[질]538)ᄒᆞ던 궁감의 집이라. 못시 ᄒᆞᆫ 물노 민들고 ᄉᆞ이의 셕문(石門)이 막혓더라.

유뫼 짐즛 긔명(器皿)539)을 셔릇고, ᄎᆞ두(叉頭)의 무리를 웨여540) 명일 직ᄉᆞ를 긔결ᄒᆞ고 바야흐로 촉을 ᄭᅳ고 누어 ᄉᆞ긔를 보더니, 이윽고 《쇼호∥포효》ᄒᆞᄂᆞᆫ 쇼릭 ᄂᆞ며 지게를 열치고 ᄒᆞᆫ 건장ᄒᆞᆫ 남ᄌᆡ 다라드러 흑야 즁 굴시의 누은 상의 다ᄅᆞ라 굴시를 니불 ᄌᆡ 깁으로 동혀 지고 ᄂᆡᄃᆞ르니, 유뫼 거즛 ᄌᆞᄂᆞᆫ 체ᄒᆞ고 ᄀᆞ마니 웃더라.

도뎍(盜賊)이 【28】 갓 문을 나며, 탕부인이 촉을 잡히고 다라드러 녀ᄋᆞ를 부르니, 유뫼 어즐ᄒᆞᆫ ᄃᆞ시 긔여 니러ᄂᆞ며 놀나 왈,

"부인ᄋᆞ! 엇지 쇼져를 부르시ᄂᆞ뇨?"

탕시 발굴너 왈,

"이 몹쓸 늙은 거ᄉᆞ, 술을 탐ᄒᆞ여 예셔 ᄌᆞ며 쇼져를 도뎍이 업어간 쥴 모로ᄂᆞᆫ다?"

유뫼 양경(佯驚)541) 왈,

"도젹이 어이 와시리잇가? 쇼져를 갓 ᄌᆞ리의 누이고 비ᄌᆡ 쏘ᄒᆞᆫ ᄌᆞᄂᆞ이다."

부인이 불을 빗최며 구셕구셕 보며 골오ᄃᆡ,

"쇼져의 의복ᄌᆡ 업ᄉᆞ니 어ᄃᆡ 누엇다 ᄒᆞᄂᆞ뇨?"

유뫼 왈,

"이 일이 【29】 괴이ᄒᆞ다. 도젹이 엇지 흔젹 업시 들니오."

ᄒᆞ고, 쇼져야! 쇼져야! 부르지져 통곡 왈,

"과연 쇼졔 업ᄉᆞ니 도젹의게 ᄯᆞ로이여542) 어ᄃᆡ 슘엇ᄂᆞᆫ가 ᄒᆞ엿더니, 이 일이 엇지 일인고? 원슈 술이 ᄉᆞ롬의 젼졍을 그릇 민드도다. 노물(老物)이 션부인과 노야 명으로 쇼져○[를] 양휵(養慉)ᄒᆞ더니, 쇼져를 일코 어ᄂᆞ 낫ᄎᆞ로 살니오."

통곡ᄒᆞ니, 말이 ᄎᆞ셔(次序) 업고 오히려 혜 곱ᄋᆞ ᄃᆡ칙지 못ᄒᆞ니, 탕시 깃브며 ᄉᆡ훤ᄒᆞ여 ᄂᆡᆼ쇼 왈,

"옥싊 반ᄉᆡᆼ(半生)을 ᄌᆞ부(自負)ᄒᆞ여, '하날이 져를 돕ᄂᆞᆫ 【30】 다' ᄒᆞ더니, 오날이 하놀이 져를 아니도왓도다! 녀ᄌᆞ의 가츄(嫁娶)ᄒᆞ미 덧덧ᄒᆞᆫ 네(禮)여ᄂᆞᆯ, 도장을

537)굼글 : 구멍을. *굼긔: 구멍
538)숀질 : 손질. 머리나 의관 등을 손을 대어 잘 매만지는 일.
539)긔명(器皿) : 살림살이에 쓰는 그릇을 통틀어 이르는 말.
540)웨다 : 외치다.
541)양경(佯驚) : 거짓으로 놀라는 체함.
542)ᄯᆞ로이다 : 따라잡히다. 뒤엣것에 가까워져 나란히 되다. '따라잡다'의 피동사.

직희여 셔방 맛지 아니ᄒᆞ더니, 오ᄂᆞᆯ날 돌연이 다라ᄂᆞ니 젼붓터 간뷔(姦夫) 잇던가 시브니, 너를 즁히 져쥬어 무를 ᄇᆡ로ᄃᆡ, 규문(閨門)의 욕이 참혹ᄒᆞ고, ᄂᆞ의 녀ᄋᆡ 이인이 쳐ᄌᆡ(處子)라. 외인의 시비(是非) 잇실 가 긋치ᄂᆞ니, 어리게 우ᄂᆞᆫ 쳬 말나."

ᄒᆞ고, 좌우로 ᄒᆞ여곰 유모를 모라 ᄂᆡ치고, 당을 잠으며 시비를 다 모라 정당으로 드러가 【31】 니, 유뫼 밧긔와 부뷔 힝장을 츌혀 승야(乘夜)ᄒᆞ여 변경(汴京)543)으로 가더라.

이 ᄯᆡ 탕츈 부ᄌᆡ 쐬를 의논ᄒᆞ여 굴시로써 쇼져를 직희오고, 슈됵(手足)을 놀니지 못ᄒᆞ게 긔찰(譏察)ᄒᆞ며, 황혼의 진여희를 불너 니부 셔당의셔, 쇼져 동정을 경션을 셰워 연속ᄒᆞ여 보(報)ᄒᆞ게 ᄒᆞ며, 슐을 드려 통음(痛飮)ᄒᆞ니, 진여희 용ᄆᆡᆼ을 ᄌᆞ랑ᄒᆞ여 쇼져 ᄀᆞᆺ은 약질을 엽히 일ᄇᆡᆨ이나 씰 드시 없슈이 녁여, 일ᄇᆡ일ᄇᆡ부일ᄇᆡ(一杯一杯復一杯)ᄒᆞ여 오십ᄇᆡ를 독ᄒᆞᆫ 【32】 쥴 모로고 먹고, 반만 취ᄒᆞᄆᆡ 더옥 긔운이 쾌창(快暢)ᄒᆞ여, 져른544) 옷과 가ᄇᆡ야온 신을 신고, 요ᄃᆡ(腰帶)를 단단이 ᄌᆞ르고545), 쇼져 장각(莊閣)을 향ᄒᆞᆯ ᄉᆡ, 경션이 뒷문을 여러 진싱을 유인ᄒᆞ엿ᄂᆞᆫ지라.

ᄀᆞ마니 풀 속의 업ᄃᆡ여 바라보니, 흑야(黑夜) 침침ᄒᆞᆫᄃᆡ 누상의셔 쇼어(笑語)ᄒᆞᄂᆞᆫ 옥음이 낭낭ᄒᆞ니, 져비546) 말ᄒᆞ며 쐬소리 웃ᄂᆞᆫ 듯ᄒᆞ니, 진싱이 이의 숀츔츄며547) 발굴너 왈,

"진여희 반싱을 표탕(飄蕩)548)ᄒᆞ여 졀ᄉᆡᆨ 미인을 구ᄒᆞ되 엇지 못ᄒᆞ엿더니, 【33】 다ᄒᆡᆼ이 오날 긔묘(奇妙)ᄒᆞᆫ 조각을 맛나 이러틋 졀ᄃᆡ가인(絶代佳人)549)을 엇게 되니, ᄒᆞᆫ 덩이 온유향(溫柔鄕)550)이[을] 등 우희 지고 가, 엇지 남의게 ᄉᆞ양ᄒᆞ리오. 져의 취몽즁(醉夢中)을 인ᄒᆞ여 연분(緣分)을 ᄆᆡᄌᆞ리니, 제 비록 ᄭᆡ여 안들 임의 여희의 가인(佳人)이 된 후 엇지 ᄒᆞ리오."

계괴 이의 밋쳐ᄂᆞᆫ 숀츔츄기를 마지 아니ᄒᆞ고, 졈졈 취(醉)ᄒᆞ이니 ᄒᆞᆫ 시ᄀᆡᆨ(時刻)

---

543)변경(卞京) : 중국 하남성(河南省) 개봉시(開封市)의 옛 이름. 오대(五代)의 4왕조(後粱, 後晋, 後漢, 後周)와 북송(北宋, 960년~1126년)의 수도였다.
544)져르다 : 짧다.
545)ᄌᆞ르다 : 조르다. 동이거나 감은 것을 단단히 죄다.
546)져비 : 제비.
547)숀츔츄다 : 손을 놀려 춤을 추다.
548)표탕(飄蕩) : 정처 없이 헤매어 떠돎.
549)졀ᄃᆡ가인(絶代佳人) : 세상에 견줄 만한 사람이 없을 정도로 뛰어나게 아름다운 여인.=절세가인.
550)온유향(溫柔鄕) : 따뜻하고 부드러운 고을이라는 뜻으로, 미인의 처소나 미인의 부드러운 살결을 이르는 말.

의 ᄂᆞ라드지 못ᄒᆞ믈 갑갑ᄒᆞ여, 머리를 ᄌᆞ로 느리혀 바라보되, 쇼졔 오ᄅᆡ도록 잘의식 업고 또 취(醉)ᄒᆞ미 업ᄂᆞᆫ 【34】 지라. 참지 못ᄒᆞ여 ᄂᆞ아와 탕싱다려 니로ᄃᆡ

"형ᄋᆞ ᄂᆡ 니ᄌᆞᆫ ᄇᆡ 잇다."

탕싱이 놀ᄂᆞ 왈,

"무ᄉᆞᆫ 닐고?"

진싱 왈,

"져 녀ᄌᆞ를 업어ᄂᆡᆯ 졔, 혹 ᄭᆡ여도 ᄒᆞᆫ 필 깁을 어더 아ᄅᆡ 우흘 ᄊᆞᄆᆡ고ᄌᆞ ᄒᆞ노라."

탕츈이 깃거 즉시 깁 ᄒᆞᆫ 필과 ᄒᆞᆫ ᄉᆞ발 슐을 주며 왈,

"형ᄋᆞ 져 녀ᄌᆡ 가장 간능(奸能)ᄒᆞ니, 비록 오날 취즁의 형의게 잡혀가나, 명일 니러 잠 곳 ᄭᆡ면 또 무ᄉᆞᆷ 변괴 잇실가 두리ᄂᆞ니, 만일 변이 잇거든 ᄆᆡ이551) 방비ᄒᆞ라."

진싱 왈,

"졔 비록 간 【35】 능ᄒᆞ나 ᄂᆡ 팔쳑 댱뷔라. 졔 엇지 항거ᄒᆞ리오. 형은 념녀 말나."

탕싱 왈,

"이 녀ᄌᆡ 젼붓터 ᄉᆞ슐(邪術)이 만하 몸을 《일슈‖일즉》 피ᄒᆞ고, 쇼가의 강취(强取)ᄒᆞ미 몸이 둘히 되니, 반ᄃᆞ시 요슐(妖術)을 정통ᄒᆞᄂᆞᆫ가 시브니, 형의 등의 동혀져 간들 졔 만일 요슐 곳 ᄒᆞ려ᄒᆞ면, 형이 비록 팔쳑 댱뷘들 엇지 능히 막으리오."

진싱 왈,

"요슐은 더옥 쉬오니라. ᄂᆡ 이슐(異術)552) 파(破)ᄒᆞᄂᆞᆫ 법을 아니, 그○[ᄂᆞᆫ] 너의 근심홀 ᄇᆡ 아니니, 이졔 찬 슐 ᄒᆞᆫ 【36】 ᄉᆞ발과 마ᄂᆞᆯ 파 한 ᄂᆞ물을 가져오라. 이거시 졔일 묘법(妙法)이니라."

탕싱이 연망이 큰 ᄉᆞ발의 ᄀᆞ득ᄒᆞᆫ 슐과 마ᄂᆞᆯ 파 ᄒᆞᆫ 치쇼 ᄒᆞᆫ 졉시를 갓다가 진싱을 쥬니, 진싱이 더욱 목이 갈(渴)ᄒᆞᆫ지라. 두 사발을 다 먹고 ᄯᅱ여 원듕으로 드러가니, ᄎᆞ시 유뫼 졍히 그르ᄉᆞᆯ 셔르ᄌᆞ며 불을 ᄭᅳ고 장을 지윗ᄂᆞᆫ지라.

이윽고 고요ᄒᆞ여 슘쇼ᄅᆡ ᄂᆞ즉ᄒᆞ니, 진싱이 창밧긔 ᄂᆞᄋᆞ가 규청(窺聽)ᄒᆞ기를553) 냥구(養久)히 ᄒᆞ다가, 쇼졔 깁히 ᄌᆞ믈 알고 창을 열고 드리다 【37】 라, 장(帳)을 것고 상(牀) 우흘 보니, 이 ᄯᅢ 발셔 삼경(三更)이라.

금음달이 으스무러ᄒᆞ여554) 잠간 구셕이 뵈니, ᄒᆞᆫ 노픠 쇼져 발치 누엇고, 또 ᄒᆞᆫ

551)ᄆᆡ이 : 매우. 매섭게. 힘껏.
552)이슐(異術) : 요술이나 마술 같은 이상한 술법.
553)규청(窺聽)ᄒᆞ다 : 엿듣다.

ᄉᆞ롬이 당션(當先)ᄒᆞ여 ᄌᆞᄂᆞᆫᄃᆡ 상 우희 비단 니불을 덥고 누엇시니, 진ᄉᆡᆼ이 ᄃᆡ열ᄒᆞ여 ᄉᆞᆫ을 만져보니, 그 녀ᄌᆡ 니불노 ᄂᆞᆺ출 덥고 향벽ᄒᆞ여 누엇ᄂᆞᆫ지라. 혹 ᄭᆡᆯ가 두려 니불 ᄌᆡ 휘모라 뵈555)로 그 머리를 ᄆᆡ여 지고 ᄂᆡ다르되, 녀ᄌᆞ와 노ᄑᆡ ᄭᆡ지 못【38】 ᄒᆞ더라.

진여희 우어 왈,

“탕가 노잉잉이 역시 취ᄒᆞ엿던가 짐즛 모로ᄂᆞᆫ 쳬 ᄒᆞ던가. 이졔야 니쇼져를 속엿다 ᄒᆞ고, 급급히 한ᄉᆞᆷ556)의 졔 집의 도라와 문을 더듬어 열고, 방즁의 드러와 ᄆᆡᆫ 거ᄉᆞᆯ 버셔 녀ᄌᆞ를 누이ᄃᆡ 쥭엄 ᄀᆞᆺᄒᆞ여, 잠간 움즉움즉 ᄒᆞ다가 도로 ᄌᆞ거ᄂᆞᆯ, 진ᄉᆡᆼ이 역시 ᄉᆞᆯ긔운이 진취(盡醉)ᄒᆞ여 겨오 ᄆᆡᆫ 거ᄉᆞᆯ 푸러 바리고, 이불ᄌᆡ 안ᄋᆞ 상의 누이고 의관(衣冠)을 그르고 녀ᄌᆞ의 겻희 누으ᄆᆡ, 니쇼져로 알고 【39】 ᄉᆞᆫ으로 그 녀ᄌᆞ의 《긔보‖긔부(肌膚)》를 달화557)보ᄃᆡ, ᄀᆞᆰ은 ᄲᆡ 뫼(矛)558) ᄀᆞᆺ고 ᄂᆞᆰ은 가족이 쇼559) ᄀᆞᆺᄒᆞ믈 아지 못ᄒᆞ고, 잇다감 보도라온 비단 니불이 ᄉᆞᆫ의 다흐니, ᄉᆞᆫ이며 니불을 아지 못ᄒᆞ고, 취홰(醉華)560) 요요(搖搖)ᄒᆞ니561), 드ᄃᆡ여 녀ᄌᆞ로 더부러 운우지낙(雲雨之樂)562)을 일우되 ᄯᅩᄒᆞᆫ 뎍연(寂然)이 아지 못ᄒᆞ더라.

냥인이 아지 못ᄒᆞ다가 날이 ᄇᆞᆰ으며 그 녀ᄌᆡ ᄭᆡ더 안ᄌᆞ, 겻희 흉악ᄒᆞᆫ 대한이 잇ᄉᆞ믈 보고 대경ᄒᆞ여 니러나려 ᄒᆞᄃᆡ 옷시 업ᄂᆞᆫ지라. ᄇᆞᆰ은 ᄉᆞᆫ으로 【40】 ᄂᆞᆺ출 가리오고 통곡(慟哭)ᄒᆞ니, 진ᄉᆡᆼ이 쑴속의 놀나 황망이 눈을 드러보니 녀ᄌᆡ ᄂᆞᆺ출 ᄡᆞ고 금금(錦衾) ᄉᆞᆨ의셔 우ᄂᆞᆫ지라. 쇼ᄅᆡ 흉악ᄒᆞ여 ᄂᆞᆰ은 승냥이 즁야(中夜)의 골 ᄉᆞᆨ의셔 부르지지ᄂᆞᆫ 듯ᄒᆞ니, 심즁의 크게 놀나 밧비 니불을 열고 녀ᄌᆞ의 ᄂᆞᆺ출 보려 ᄒᆞ니, 녀ᄌᆡ 쥭기로써 여지 아닌 ᄃᆡ, 얼골은 보지 못ᄒᆞ나 힐난 ᄒᆞᆯ ᄉᆡ의 반 ᄶᅩᆨ ᄇᆞᆰ은 볼기 드러나니, 그 볼기 ᄉᆞᆯ히 말나 여윈 ᄂᆞ무 ᄀᆞᆺ고, 두로 얽힌 힘즄은 ᄂᆞᆰ은 ᄎᆞᆰ이 등걸남 【41】 긔 얽혓ᄂᆞᆫ 듯, 검고 쓔그러진 비 마ᄌᆞᆫ ᄂᆞᆰ은 《마치‖마귀(魔鬼)》 ᄀᆞᆺᄒᆞ니, 진ᄉᆡᆼ이 놀나 넉시 몸의 븟지 아냐 ᄉᆡᆼ각ᄒᆞᄃᆡ,

---

554)으스므러ᄒᆞ다 : 어스무레하다. 어슴푸레하다. 빛이 약하거나 멀어서 어둑하고 희미하다.

555)뵈 : 베. 삼실, 무명실, 명주실 따위로 짠 피륙.

556)한숨 : 숨을 한 번 쉴 동안. 또는 잠깐 동안.

557)달화 : 달호와. 다루어. *달호다: 다루다. 가죽 따위를 매만져서 부드럽게 하다.

558)뫼(矛) : 모(矛). 자루가 긴 창.

559)쇼 : 소. 포유류 동물.

560)취화(醉華) : 취화(醉華). 술에 취하여 일어나는 흥취.=취흥(醉興)

561)요요(搖搖)ᄒᆞ다 : 마음이 흔들려 안정되지 아니하고 들뜨다.

562)운우지락(雲雨之樂) : 구름과 비를 만나는 즐거움이라는 뜻으로, 남녀의 정교(情交)를 이르는 말. 중국 초나라의 회왕(懷王)이 꿈속에서 어떤 부인과 잠자리를 같이했는데, 그 부인이 떠나면서 자기는 아침에는 구름이 되고 저녁에는 비가 되어 양대(陽臺) 아래에 있겠다고 했다는 고사에서 유래한다.≒운우락.

"알괘라! 탕츈이 니쇼졔 요슐노 져의를 속엿다 ᄒᆞ더니, 이졔 ᄯᅩ 날을 속이ᄂᆞᆫ도다. 날을 속이고 다라나고ᄌᆞ ᄒᆞ나 내 엇지 졔 슐의 ᄲᅢ지리오. 졔 요슐을 푸러 아릿ᄯᅡ온 얼골을 ᄂᆡ게 ᄒᆞ면 다시 날을 속이지 못ᄒᆞ고 두려ᄒᆞ리라."

ᄒᆞ여, 즉시 옷슬 닙고 니러나 진녁(盡力)ᄒᆞ여 말니인 니불을 벗기질너 븕은 몸을 드러ᄂᆡ니, 【42】 그 녀ᄌᆡ ᄂᆞ히 오뉵십이나 ᄒᆞ고 상뫼(相貌) 츄악ᄒᆞ여, 반만 셴 머리의 ᄒᆞᆫ쌍 써진 눈망울의 눈물을 먹음어시나, 술진 귀밋과 긴 코히 토지묘(土地廟)563)의 늙은 판관(判官)564) ᄀᆞᆺᄒᆞ니, 진여히 벽상(壁上)의 걸닌 마혁(馬革)565)을 ᄂᆞ리와, 시비(是非)를 뭇지 아니코 뫼 ᄀᆞᆺᄒᆞᆫ 엉덩이를 ᄂᆞ리 두다려 니를 ᄀᆞ라 왈,

"이 요괴로온 계집ᄋᆞ! 날을 눌만 넉여 흉악ᄒᆞᆫ 얼골을 지어 속이고ᄌᆞ ᄒᆞᄂᆞᆫ다? 네 비록 귀곡(鬼谷)566)의 도슐이라도 날을 속이지 못ᄒᆞ리라. 네 감히 변화ᄒᆞᄂᆞᆫ 신션(神仙)이여든 【43】 다라나고, 그러치 아냐 좀567) 요슐이어든 ᄲᆞᆯ니 항복ᄒᆞ여 진짓 아릿ᄯᆞ온 얼골을 ᄂᆡ여 이 ᄆᆡ를 맛지 말나."

져히며 난타ᄒᆞ니 굴시 망극ᄒᆞ여 통곡ᄒᆞ더니, 문 밧긔셔 볼나 왈,

"큰 형ᄋᆞ ᄉᆞ긔 엇더 ᄒᆞ관ᄃᆡ 이리 요란ᄒᆞ뇨?"

ᄒᆞ거늘, 진여히 왈,

"네 ᄲᆞᆯ니 드리와 요물이 다라날가 ᄀᆞ지 못ᄒᆞ니 네 이 압 졈(店)의 가 양혈(羊血)을 어더와 이 요물을 ᄂᆞ리 ᄡᅵ워 변형을 못ᄒᆞ게 ᄒᆞ라."

탕츈이 황황급급(遑遑急急)히 뎡가졈의 가 양혈을 구ᄒᆞ니, 뎡ᄀᆡ 괴이히 너【44】겨 무르ᄃᆡ,

"관인ᄋᆞ! 고기 나 구ᄒᆞ려니와 이 더러온 피를 ᄀᆞᆺ다가 장ᄎᆞ 무어시 쓰려 ᄒᆞᄂᆞ뇨?"

탕츈 왈,

"뎡쇼삼ᄋᆞ! 네 불과 바리ᄂᆞᆫ 피를 쥬며 여러말 ᄒᆞ여 밧바 하ᄂᆞᆫ ᄉᆞ롬을 셰워두ᄂᆞᆫ

---

563)토지묘(土地廟) : 옛날 중국에서 촌락마다 두었던 농신(農神)의 화상을 모신 사당(祀堂). 박지원(朴趾源) 『연행일기(燕行日記)』 에 보인다.

564)판관(判官) : 『민속』 궁중에서 역귀(疫鬼)를 쫓기 위하여 하는 의식인 구나(驅儺)를 할 때, 나자(儺者)의 하나. 녹의를 입고 탈과 화립을 쓴다. *위 본문의 판관은 토지묘에 봉안된 농신의 화상을 이른 말.

565)마혁(馬革) : 말안장 양쪽에 장식으로 늘어뜨린 고삐.=말혁

566)귀곡(鬼谷) : 귀곡자(鬼谷子). 중국 전국 시대 초나라의 종횡가(縱橫家). 은신하던 지방인 귀곡(鬼谷)을 따서 호로 삼았으며, 도술에 능통하여 따르는 제자가 많았다. 전국시대 방연(龐涓)·손빈(孫臏) 등이 그에게 병법을 배웠다고 하며, 『귀곡자(鬼谷子)』 3권을 지었다고 한다.

567)좀 : '조금'의 준말.

다?"

쇼삼이 ᄒᆞᆫ 그릇 더러온 피를 주니, 탕싱이 두 숀으로 밧들고 진여히 집을 향ᄒᆞ여 가거ᄂᆞᆯ, 뎡쇼삼의 뎍은 아ᄃᆞᆯ이 괴이히 넉여 ᄯᆞ라 닷더니, 탕츈이 졔양(羝羊)568)의 혈긔(血器)를 들고 진싱의 방 안히 드러가니, 진여히 ᄒᆞᆫ 녀ᄌᆞ를 발노 즈르 드듸고 마혁으로 치거ᄂᆞᆯ, 탕 【45】 츈이 니쇼제 변화ᄒᆞ엿다 ᄒᆞ고 피 ᄒᆞᆫ 그르ᄉᆞᆯ ᄂᆞ리 씌오니, 흰 머리 ᄭᆡᆺ히 븕은 머리 된지라. 일신(一身)이 피빗치 되어 흉악ᄒᆞ믈 ᄎᆞ마 보지 못ᄒᆞᄂᆞᆫ지라."

이인(二人)이 ᄃᆡ소ᄒᆞ고, 졍히 그 낫출 뒤지버 보고져 ᄒᆞ더니, 등 뒤히 ᄀᆞᆺ븐 슘쇼ᄅᆡ ᄂᆞ며 탕관이 압흘 헷치고 드러오며 ᄀᆞᆯ오ᄃᆡ,

"대ᄉᆡ 그릇 되거다! 우리 잉잉이 간ᄃᆡ 업ᄉᆞ니, 니쇼제 무ᄉᆞᆫ ᄉᆞᆯ노 ᄒᆡ(害)ᄒᆞᆫ가 ᄒᆞ여 니쇼져 다려 무르라 왓노라. 니쇼져ᄂᆞᆫ 어ᄃᆡ 가고 져 흉ᄒᆞᆫ 귓거ᄉᆞᆯ 무ᄉᆞ 일노 치ᄂᆞ뇨?"

그 맛 【46】 던 녀ᄌᆡ 이 말을 듯고 울며 닒써나 탕관의게 다라드러 ᄭᅮ지ᄌᆞ되,

"이 못쓸 쥭일놈들ᄋᆞ! 너희 부ᄌᆡ 엇지 날을 이리 괴로오믈 밧게 ᄒᆞᄂᆞ뇨? 취몽즁ᄌᆞ다가 ᄭᆡ여 보니, 겻히 흉ᄒᆞᆫ 놈이 누어 더러인 형젹이 현연(顯然)ᄒᆞ거ᄂᆞᆯ 마음이 놀나, 니쇼제 날을 취ᄒᆞ여 지우고569) 너를 뮈이 넉여 둉놈을 맛쳐 욕ᄒᆞᄂᆞᆫ가 우더니, 이놈이 날을 무슈 난타ᄒᆞ며, 고은 얼골을 ᄂᆡ라 피를 씌오고 ᄯᆞ리{려ᄒᆞ}더니, 네 쇼ᄅᆡ를 듯고 ᄉᆡᆼ각ᄒᆞ니, 진여히란 놈 【47】 이 니쇼져ᄂᆞᆫ 못다려 오고 날을 다려와 욕ᄒᆞ거나, 그러치 아니면 니쇼져ᄂᆞᆫ 곰쵸고 날을 밧고와 온 쳬ᄒᆞ고 거즛 쇼제 변화ᄒᆞ다 ᄒᆞ고, 이 늙은 거시 이놈의게 욕을 보고 ᄆᆡ를 즁히 마ᄌᆞ니, 일이 다 너의 부ᄌᆞ의 타시라."

븟들고 우니, 왼 ᄂᆞᆺ치 피 무든ᄃᆡ 눈물의 씻기인 거시 븕은 비 나리듯 어롱어롱ᄒᆞ니, 그 무셔온 거동을 ᄎᆞ마 보지 못ᄒᆞ고, 일신의 ᄀᆞ리온 거시 업ᄉᆞ니, 탕관은 어린 듯 왼몸을 ᄯᅥᆯ고, 탕츈은 제 옷ᄉᆞᆯ 버셔 어 【48】 미를 ᄀᆞ리오며, 다라드러 진여히 머리를 ᄢᅳ어 업지르며 발노 어즈러이 ᄎᆞ고 왈,

"이놈ᄋᆞ! 네 그ᄃᆡ도록 착ᄒᆞᆫ 쳬ᄒᆞ며, 두 눈이 머럿관ᄃᆡ 이 늙은 노모를 니쇼제라 밧고와 왓ᄉᆞ랴? 네 반ᄃᆞ시 간모(奸謀)를 ᄂᆡ여 니쇼제 ᄃᆞ려 올 제 모친 됴ᄎᆞ 다려다가, 니쇼져를 편탈(騙奪)ᄒᆞ려 ᄂᆡ 모친을 즐욕ᄒᆞ며 거즛 속은 쳬ᄒᆞ고, 날 괴이○[고] 속여 '니쇼제 변형ᄒᆞ엿다' ᄒᆞ고, 이 피됴ᄎᆞ 씌운다?"

진여히 셩ᄂᆡ여 닒더나 탕츈의 가ᄉᆞᆷ을 치며 탕관의 ᄃᆡ골을 【49】 ᄢᅳ어다가 업지르며 ᄭᅮ지져 왈,

---

568)제양(羝羊) : 저양(羝羊). 양의 수컷. 숫양.
569)지우다 : 재우다. 잠을 자게하다. '자다'의 사동사.

"네 엇지 날을 욕ᄒᆞᄂᆞᆫ다? 네 니쇼져를 도적ᄒᆞ여 ᄂᆡ라 ᄒᆞ거ᄂᆞᆯ 드러가 보니, 녀ᄌᆡ 상상의 누엇거ᄂᆞᆯ 내 ᄉᆞᆯ김의 니쇼져라 ᄒᆞ여 업어다가 ᄀᆞᆺᄀᆞ이 ᄒᆞ여 운우(雲雨)를 일우ᄃᆡ, ᄉᆞᆯ김의 진가(眞假)를 몰낫더니, 앗ᄎᆞᆷ의 ᄭᆡ여 보고 네 말을 곳이 드러, 니쇼제 요ᄉᆞᆯ노 변화ᄒᆞᆫ가 아라, 약간 치고 양혈을 부을 제, 너도 어민 ᄌᆞᆯ 몰나 부어두고, 엇지 ᄶᆞᆫ 말을 ᄒᆞᄂᆞᆫ다? 일노 츄이(推移)ᄒᆞ니, 니쇼져를 ᄀᆞᆷ쵸고 【50】 날을 속이도다."

탕츈 왈,

"네 ᄎᆞ마 이런 무상(無狀)ᄒᆞᆫ 말을 ᄒᆞᄂᆞᆫ다? ᄉᆞᄅᆞᆷ이 엇지 어미를 ᄂᆡ여 속이리오. 만일 네 말 ᄀᆞᆺᄒᆞ면 니○○[쇼져]ᄂᆞᆫ 어ᄃᆡ 가고 모친은 엇지 상상(牀上)의 누엇더니잇가?"

굴시 븟그리고 노왈(怒曰),

"쇼져와 방의셔 ᄉᆞᆯ먹고 ᄌᆞᆺ지, 무ᄉᆞ 일노 상상금니(上上衾裏)의 누어 잘니 잇ᄉᆞ리오. 져놈의 거즛 말이니 곳이 듯지 말나."

탕츈이 진여희를 붓들고 니로ᄃᆡ,

"네 말이 간ᄉᆞᄒᆞ다. 네 ᄉᆞᆯ김의 ᄂᆡ여와신들, 니쇼져 용모를 밧비 보앗실 【51】 거시여ᄂᆞᆯ, 엇지 보지 아니ᄒᆞ고 범ᄒᆞ여시며, 져 늙은 ᄉᆞᄅᆞᆷ을 욕ᄒᆞᆯ 제 엇지 분변치 못ᄒᆞ시리오. 네 당당이 니쇼져를 못다려오고 ᄂᆡ 모친을 알며 더려엿ᄂᆞ니라."

여희 왈,

"ᄂᆡ ᄉᆞᆯ을 과취(過醉)ᄒᆞ여 취듕 술피지 못ᄒᆞ여시니, 만일 ᄉᆞᆯ이 미란(迷亂)치 아냐시면, 너의 잉잉을 ᄃᆡᄒᆞ여 보기도 무셔온 상을 무어시 탐져어 더러이며, 잉잉인들 제 부쳐(夫妻) ᄉᆞ이 ᄀᆞᆺ치 ᄉᆞᆫ둉ᄒᆞ여시리오. 이 거시 피ᄎᆞ 다 그른 일이여ᄂᆞᆯ 홀노 【52】 날을 욕ᄒᆞᄂᆞ냐?"

굴시 울며 왈,

"이 말을 닐너도 부졀업다. 진 관인이 일시 속은 일이여ᄂᆞᆯ 이제 ᄊᆞ화 부졀업고, 남이 알면 엇지 웃지 아니리오. ᄂᆡ 집의 도라가면 흔적이 업ᄉᆞᆯ ᄇᆡ요, ᄂᆡ ᄆᆡ 마즌 거시야 엇지 ᄒᆞ리오."

탕츈 왈,

"모친은 모로ᄂᆞᆫ 말 마르쇼셔. 니쇼제 그리[러]면 어ᄃᆡ 가다 ᄒᆞ시ᄂᆞᆫ니잇가? 분명 이놈이 어ᄃᆡ ᄀᆞᆷ초왓ᄂᆞ이다."

탕관 왈,

"네 ᄌᆞ시 듯지 아녓도다. 네 막으며 ᄆᆡᄌᆡ(妹子) 니쇼져 시비를 다 불너 ᄂᆡ니, 쇼져 좌 【53】 우 시비 ᄉᆞ인이 하나토 업고 우리 잉잉ᄌᆡ570) 업ᄉᆞ니, ᄆᆡᄌᆡ(妹子)

570)-ᄌᆡ : -째. 「접사」 '그대로', 또는 '전부'의 뜻을 더하는 접미사.

날다려 니로ᄃᆡ,

"니시 진여ᄒᆡ 집의 갈시 올흔가 ᄀᆞ보라 ᄒᆞ거ᄂᆞᆯ ᄂᆡ 왓ᄂᆞ니, 진ᄉᆡᆼ이 비록 니시ᄅᆞᆯ ᄀᆞᆷ촌들 ᄉᆞ시ᄋᆞ와 잉잉을 엇지 다 ᄀᆞᆷ쵸와 ᄂᆡ여와시리오."

탕ᄉᆡᆼ 왈, "ᄉᆞ시비ᄂᆞᆫ 모로거니와 니쇼져ᄂᆞᆫ 이놈이 ᄀᆞᆷ쵸앗ᄂᆞ 《니라‖이다》."

이리 ᄊᆞ홀 제, ᄃᆡᆼ쇼삼의 ᄋᆞᄃᆞᆯ이 듯고 길ᄒᆡ ᄂᆡᄃᆞ라, 네 ᄉᆞᄅᆞᆷ의 우은 말을 포장(包裝)ᄒᆞ여 옴길 제, 니쇼져 세ᄌᆞ(3字)ᄅᆞᆯ 그릇 듯고,

"탕관이 제 누의ᄅᆞᆯ 진여ᄒᆡ의게 【54】 파라 겁탈ᄒᆞ[홀] 제, 진여ᄒᆡ 그릇 《제‖탕관의》 안ᄒᆡᄅᆞᆯ 밧고와 ᄂᆡ여와 더러엿다."

젼ᄒᆞ니, 길ᄒᆡ ᄀᆞ득ᄒᆞᆫ ᄉᆞᄅᆞᆷ이 져마다 ᄃᆡ소(大笑)ᄒᆞ며 벌 뭉긔듯 셔셔 듯더니, 그 즁의 모험지ᄉᆞ(冒險之士)[571] 운용이란 놈과 구미원(俱未遠)[572] 강여츙이란 놈이 악쇼년(惡少年)이라.

'탕관의 부ᄌᆡ 니혹ᄉᆞ 집 ᄌᆡ물을 도적ᄒᆞ여 마음 것 쓰더니, 이제 니부인을 마ᄌᆞ 음분(淫奔)케 ᄒᆞ여시니, 이놈의 간정(奸情)을 잡아ᄂᆡ면 우리 냥인이 쓰기 넉넉ᄒᆞ게 금을 밧고 모든 벗들노 ᄉᆞᆯ갑ᄉᆞᆯ 어드리라.'

ᄒᆞᆫ 【55】 무리 악쇼년이 '평지(平地)의도 풍파(風波)'[573]ᄅᆞᆯ 지어 남의 ᄌᆡ물을 앗ᄂᆞᆫ지라. 이제 기름진 집의 음ᄆᆡ(淫賣)[574]ᄒᆞᆫ 정적(情迹)을 키여 ᄂᆡ여 깃브믈 니긔지 못ᄒᆞ여, 긴 바[575]와 븕은 능장(稜杖)[576]을 ᄀᆞ지고 진가의 다라드러[577] 시비곡직(是非曲直)을 뭇지 아니코 여ᄒᆡ 탕관 탕츈 굴시 등 ᄉᆞ인을 잡ᄋᆞ ᄆᆡ니, 탕츈이 웨여 왈,

"너희 제인(諸人)이 엇지 우리ᄅᆞᆯ 잡ᄂᆞ뇨?"

모든 악쇼년이 에워 셔셔 닐오ᄃᆡ,

"너희 은밀ᄒᆞᆫ 일을 우리 다 아랏ᄂᆞ니, 쳥텬ᄇᆡᆨ일지하(青天白日之下)의 아ᄌᆞ미ᄅᆞᆯ 파라 은을 밧【56】고, 남의 안ᄒᆡᄅᆞᆯ 음난ᄒᆞ니, 이런 ᄉᆞ오나온 도적놈을 구의[578]

---

571)모험지ᄉᆞ(冒險之士) : 위험을 무릅쓰고 어떠한 일을 하는 것을 즐기는 사람.
572)구미원(俱未遠) : 멀지 않은 곳에서 함께 살고 있음.
573)평지풍파(平地風波) : 평온한 자리에서 일어나는 풍파라는 뜻으로, 뜻밖에 분쟁이 일어남을 비유적으로 이르는 말. 당나라의 시인 유우석(劉禹錫)의 <죽지사(竹枝詞)>에 나오는 말이다.
574)음ᄆᆡ(淫賣) : 돈을 받고 몸을 팖.=매음(賣淫).
575)바 : 삼이나 칡 따위로 세 가닥을 지어 굵다랗게 드린 줄.=참바.
576)능장(稜杖) : 『역사』 밤에 순찰을 돌 때에 쓰던 기구. 150cm 정도의 나무 막대의 끝에 쇳조각 따위를 달아 소리가 나게 하였다.
577)다라들다 : 달려들다.
578)구의 : 『역사』 벼슬아치들이 나랏일을 보던 집. =관청(官廳). 관아(官衙). 관가(官家).

예 고(告)치 아니리오".

탕츈 왈,

"녈위ᄂᆞᆫ 그릇 아랏도다. 내 아ᄌᆞ미를 판 일이 업서, ᄂᆡ 아ᄌᆞ미 명을 바다 ᄒᆞᆫ 규슈(閨秀)를 진여희게 쳔거ᄒᆞ니, 그 규쉬 좃지 아니커ᄂᆞᆯ 진여희로 ᄒᆞ여금 업어ᄂᆡ라 ᄒᆞ엿노라."

모든 악쇼년 왈,

"이놈이 더욱 쥭을 죄를 지엇다. 네 남의 양가 녀ᄌᆞ를 도적ᄒᆞ니 법부(法部)의 엇지 죄를 도망ᄒᆞ리오."

긴긴이 결박ᄒᆞ니, 진여회 용ᄆᆡᆼ을 밋고 ᄂᆡ다라, 【57】 모든 악쇼년의 ᄆᆡ를 아ᄉᆞ 즛두다리며 다라ᄂᆞ랴 ᄒᆞ더니, 악쇼년이 고함쳐 왈,

"강적(强賊)이 ᄇᆡᆨ쥬(白晝)의 ᄉᆞ름을 쥭인다! 길히 ᄉᆞ름은 져 도적을 다라ᄂᆞ게 말나!"

ᄒᆞᆯ 제, ᄒᆞᆫ 댱ᄉᆡ 여희 가ᄂᆞᆫ 길흘 막ᄋᆞ 긴 팔흘 늘리혀 진여희를 활착(活捉)ᄒᆞ며 쇼ᄅᆡ질너 왈,

"좌우 ᄉᆞ름은 어ᄃᆡ가고 ᄎᆞ적(此賊)을 잡지 아니ᄒᆞᄂᆞ뇨?"

말이 맛지 못ᄒᆞ여셔 한 ᄯᅢ 금포군관(錦袍軍官)579)이 탕관·탕츈· 굴시 등과 악쇼년을 모도 ᄆᆡ니, ᄎᆞ(此) 하인(何人)고? 하회(下回)를 보라.

ᄎᆞ셜 셰둉 황뎨 ᄉᆡ로 셔시ᄆᆡ 텬【58】히 어ᄌᆞ러오믈 근심ᄒᆞᄉᆞ, 청명영위(淸明英偉)580)ᄒᆞᆫ 당슈(將帥)를 ᄲᅢ ᄉᆞ방을 슌무(巡撫)ᄒᆞ실ᄉᆡ, 젼젼졈검ᄉᆞ(殿前點檢使) 됴광운(趙匡胤)을 셔경뉴슈(西京留守)581)를 삼ᄋᆞ 이 ᄯᅡ희 진무(鎭撫)ᄒᆞ시니, 이 졍히 당실(唐室) 고읍(古邑)이라. {효둉(孝宗)이 쥬ᄋᆞ의게 ᄂᆡ글려 연경(燕京)의 쳔도(遷都)ᄒᆞ시나 셩곽 궁실이 의구ᄒᆞ니, 졔일 큰 ᄯᅡ히라.}582) 도적이 ᄌᆞ로 니러

---

579)금포군관(錦袍軍官) 비단으로 지은 도포를 입은 군관.

580)청명영위(淸明英偉) : 성품이 맑고 밝으며 풍채가 영걸스럽고 위대함.

581)서경유수(西京留守) : 후주(後周) 세종(世宗: 柴榮)이 옛 당나라의 수도였던 장안(長安)을 후주의 수도 변경(汴京)과 같은 반열의 수도로 격상하여 서경(西京)이라 칭하고, 조광윤(趙匡胤)을 그 관장(官長)에 임명한 관직명. *유수(留守): 중국 당·송나라에서 옛 왕조의 도읍지에 두어 그 행정을 담당하게 한 관직. 또 수도에는 경성유수(京城留守)를 두어 황제 부재 시 수도를 지키게 하였다.

582)효둉이 … ᄯᅡ히라 : 이 문장은 전·후 문장과 시·공간적 연속성과 서사의 인과성을 결여하고 있을 뿐 아니라, 문장 속에 담겨진 역사적 사실 곧 '효종(孝宗)의 연경(燕京) 천도(遷都)'는 전혀 사실이 아닌 것으로, 역사성까지도 갖추고 있지 못하다. 즉 전·후 문장은 조광윤의 시점에서 AD955년경 장안을 배경으로 서사가 전개되고 있는데, 이와는 아무런 상관도 없는 1163년 송11대(남송2대)황제 효종 시점의 서사가 돌출한 것이다. 특히 효종은 남송의 수도 남경(南京)에서 즉위해 재위기간(1163-1189) 동안 수도를 옮긴 사실이 없는데, '연경(燕京: 지금의 北京)으로 천도하였다'고 한 위 본문 서사

ᄂᆞ니 됴공이 이의 무휼(撫恤)ᄒᆞ믈 지극히 ᄒᆞ니, 지방이 평안ᄒᆞ여 ᄇᆡᆨ셩이 고무(鼓舞)ᄒᆞ고 깃거 ᄒᆞ더라.

ᄆᆡ양 편당(偏將) 두 사ᄅᆞᆷ을 미복(微服)으로 민졍을 탐지ᄒᆞᆯ 시, 우연 【59】 이 거리로 단니다가, 이웨는583) 쇼ᄅᆡ를 듯고 진여히를 잡으ᄆᆡ고 졔인을 잡으 관문(官門)으로 오라ᄒᆞ니, 탕츈 등이 넉시 몸의 붓지 아냐 고기 �인 ᄃᆞ시 잡히여 관부(官府)의 니르ᄆᆡ, 편장 두거리 품왈,

"하관(下官)이 오날 져직 우히셔 ᄒᆞᆫ 강뎍(强賊)의 무리를 잡으 문밧긔 ᄃᆡ후(待候)ᄒᆞ엿ᄂᆞ이다."

됴공이 문왈,

"엇던 도젹의 무리뇨?"

두거리 왈,

"악쇼년들이 무슨 은졍(隱情)을 잡으ᄂᆡ여 ᄊᆞ홈 ᄀᆞ온ᄃᆡ, '난법(亂法)ᄒᆞᄂᆞᆫ 젹(賊)이라' ᄒᆞ며, '부녀를 겁탈ᄒᆞᄂᆞᆫ 도젹이라' 【60】 ᄒᆞ여, 두세(頭序) 업ᄉᆞ니 무러야 알 쇼이다."

됴공이 ᄎᆞ시의 바야흐로 졔댱을 모호고 아문(衙門)의 잇셔 좌긔(坐起)ᄒᆞ더니, 아역(衙役)이 졔인을 모라 ᄒᆞᆫ 무리 악쇼년이 드러와 고왈,

"셩쥬(城主) 대야야(大爺爺)! 쇼인 등은 간셥지 아닌 ᄉᆞᄅᆞᆷ이로쇼이다. 이제 도젹이 부녀(婦女)를 음오(淫汚)ᄒᆞ여 셔로 싸호거ᄂᆞᆯ, 관가의 보(報)ᄒᆞ여 우리 대야(大爺) 교화를 빗ᄂᆡ려 ᄒᆞ다가, 이의 잡혀 왓ᄂᆞ이다."

됴공이 진여히다려 왈,

"이 놈이 도젹의 괴슈나?"

여히 ᄭᅮ러 고왈,

"쇼싱이 도젹이 아니라, 【61】 도젹의 부촉을 듯고 그릇 ᄉᆞ죄의 ᄲᅢ젓ᄂᆞ이다."

됴공이 문왈,

"뉘 너를 ᄀᆞᄅᆞ쳐 도젹을 식이며, 져 녀ᄌᆞᄂᆞᆫ ○○○○○[무슴 녀ᄌᆞ뇨]? 괴로이 형벌을 밧지 말고 고ᄒᆞ라."

여히 우러러 보ᄆᆡ 아으라ᄒᆞᆫ 뎐각의 됴졈검이 큰 교위(交椅)의 거좌(踞坐)ᄒᆞ여 시니, 텬위 묵묵ᄒᆞ여 무죄ᄒᆞᆫ ᄌᆞ도 ᄌᆞ연 숑뉼(悚慄)ᄒᆞ며, 교위 가의 댱창ᄃᆡ검(長槍大劍)을 빗겨 시립(侍立)ᄒᆞᆫ 댱싊 북극텬신(北極天神) ᄀᆞᆺ고, 계하(階下)의 위ᄉᆞ(衛士) 검극(劍戟)을 잡으 위엄이 뇌졍(雷霆)ᄀᆞᆺᄒᆞ니, 혼불부톄(魂不附體)ᄒᆞ여 ᄯᅥᆯ며

는 명백한 오류다. 따라서 이 문장은 교정이 불가능한 비문(非文)으로 '연문(衍文)'처리한다.

583)이웨다 : 웨다. 웨지지다. 외치다. 계속하여 시끄럽게 소리치다.

졔 졍 【62】 젹(情迹)을 다 알외려 ᄒᆞ니, 됴공이 졍히 뭇고ᄌᆞ ᄒᆞ더니, 문니(門吏) 급보왈(急報曰),

"밧긔 쇼년 포의(布衣)[584] 용뫼 옥 ᄀᆞᆺᄒᆞᆫ ᄌᆞ 일필 건녀(健驢)를 타고 와, '고인(故人)이 먼니셔 왓노라 품(稟)ᄒᆞ라.' ᄒᆞ나이다."

공이 침음(沈吟)ᄒᆞ다가,

"쳥ᄒᆞ라."

ᄒᆞ니, 어시의 탕츈 등은 웃녁 계하의 ᄉᆞ러[럿]고, 간증(干證)[585] 악쇼년 등은 좌녁 계하의 ᄉᆞ러시니, 두 편의 븕은 곤장은 슈풀 ᄀᆞᆺᄒᆞ여 위엄을 베푸ᄂᆞᆫ지라.

아문 졔ᄉᆡ(諸使)[586] 져 포의 쇼년이 드러오믈 괴이히 녁여 눈을 기우려 【63】 바라 보니, 그 쇼년의 연긔(年紀) 삼오(三五) 이팔(二八)은 ᄒᆞ고, 미목(眉目) 용뫼(容貌) 텬지슈긔(天地秀氣)를 거두어시니, 표표(表表)ᄒᆞ미 신션 ᄀᆞᆺᄒᆞᆫ지라. 당상당히(堂上堂下) 다 놀나 바라볼 ᄉᆡ, 됴공이 쇼년을 보고 안ᄉᆡᆨ이 흔연(欣然)ᄒᆞ여, 녜(禮)ᄒᆞᆯ 결을이 업시 숀을 잡ᄋᆞ 왈,

"현데 무ᄉᆞᆷ 일노 이르며 녕죤(令尊)도 안강ᄒᆞ시냐? 졔형은 근간 어ᄃᆡ 잇ᄂᆞ뇨?"

쇼년이 ᄃᆡ 왈,

"쇼데 진념(塵念)이 잇셔 뫼 밧긔 ᄂᆞ니, 쥬샹과 형을 ᄉᆞ모ᄒᆞ며 조가 형데를 ᄎᆞᆺ고ᄌᆞ ᄒᆞ고, 이 ᄯᅡ히 고틱이 잇ᄉᆞ니, 【64】 옛 긔업(基業)을 슈습ᄒᆞ여 뉴쳐(留處)ᄒᆞᆯ 곳을 삼고, 형을 ᄎᆞᄌᆞ려ᄒᆞ엿더니, 조가 ᄆᆡ제(妹弟) 병이 잇시믈 알고 오날 도라오ᄂᆞᆫ 길히라. 아문 압흘 지나니 형의 됸안(尊顔)을 반기고ᄌᆞ 하미니이다. 가친과 졔형은 아직 연괴 업ᄉᆞᄃᆡ, ᄆᆡ일 됸형을 ᄉᆞ모ᄒᆞ여 글을 붓치더이다."

ᄒᆞ고, ᄉᆞᄆᆡ 속으로셔 일봉 셔간을 ᄂᆡ여 드리니, 공이 ᄡᅥ혀보고 쇼왈,

"현데 오미 졍히 우리 ᄯᅳᆺ이여니와, 그 ᄀᆞ온ᄃᆡ 별단 연괴 이시니, 진실노 현데를 ᄃᆡᄒᆞᆯ 냥 【65】 필(良匹)이 업슬가 ᄒᆞ노라."

ᄉᆡᆼ이 잠쇼ᄒᆞ더라.

공이 우문 왈,

"경ᄉᆞ를 갓 ᄡᅥᄂᆞ시니 상휘(上候)ᄂᆞ[ᄂᆞᆫ] 엇더ᄒᆞ시며 조여위 무양(無恙)ᄒᆞ더냐?"

ᄉᆡᆼ이 ᄃᆡ왈,

"상휘 안강ᄒᆞ시고 여우 형은 북뇨(北遼)를 막으라 왕경빈으로 더브러 ᄀᆞᄂᆞ이다."

당하 죄슈를 굴으쳐 쇼왈,

584)포의(布衣) : 벼슬이 없는 선비를 비유적으로 이르는 말. ≒백의(白衣), 백포(白衣).
585)간증(干證) : 『법률』 예전에, 남의 범죄에 관련된 증인.
586)제ᄉᆡ(諸使) : 모든 사령(使令)

"됸형의 직됴를[로] 텬하를 가히 안(安)ᄒᆞ려니와, 쇼뎨는 산간 우미(愚迷)ᄒᆞᆫ ᄋᆞ희라. 형의 안유(安諭)ᄒᆞ시는 ᄃᆡ하(臺下)를 마ᄌᆞ 구경ᄒᆞᆯ소이다."

됴공 왈,

"ᄀᆡ국지쵸(開國之初)라 민심이 상난(喪亂)587)ᄒᆞ니 목민어[지]관(牧民之官)588)이 【66】 되여 공뮈(公務) 번다ᄒᆞ니 엇지 일마다 잘ᄒᆞ기를 미드리오. 이 옥ᄉᆡ ᄀᆞ장 긔괴ᄒᆞ니 현뎨는 니를 보라."

드ᄃᆡ여 탕관을 몬져 압히 쑬니고 므러 왈,

"네 거동을 보니 향환(鄕宦)이로소니, 엇지 분(分)을 직희지 아니코 무뢰(無賴)589)ᄒᆞ미 이의 밋쳐ᄂᆞ뇨? ᄌᆞ시 고ᄒᆞ여 죄를 남의게 밀위지 말나."

탕관이 ᄃᆡ왈,

"쇼싱은 진실노 ᄉᆞ됵(士族)이라. 궁유(窮儒)를[로] 비록 궁곤(窮困)ᄒᆞ나 본업을 직희여 평안이 잇더니, 늙기야590) 안히를 도적놈 진여히게 도적 【67】 마ᄌᆞ니, 안히를 ᄎᆞᄌᆞ 여히 집의 부ᄌᆡ 오ᄆᆡ, 도적 여히○○[놈이] 쇼싱의 쳐ᄌᆞ를 더러이고, 다시 쇼싱을 무홈(誣陷)ᄒᆞ니, 셔로 상힐(相詰)ᄒᆞᆯ 즈음의 잡히여 오이다."

됴공 왈,

"어ᄂᆡ 거시 네 안ᄒᆡ며 이제 어ᄃᆡ 잇ᄂᆞ뇨?"

굴시 붓그리고 모든 ○○[ᄉᆞ룸] ᄀᆞ온ᄃᆡ 고ᄀᆡ를 슉이고 업ᄃᆡ엿다가 긔여 니러나니, 탕관이 ᄀᆞ르쳐 왈,

"져거시 쇼싱의 쳐요, 진가의 집으로셔 이의 잡혀와시니, 그 낭픽ᄒᆞᆫ 졍젹(情迹)을 도망치 못ᄒᆞ엿ᄂᆞ이다."

좌위(左右) 이 거동을 보고 닙을 가 【68】 리오고 됴공이 보니, 그 녀ᄌᆡ 머리 반ᄇᆡᆨ이요, 거믄 살히 능증ᄒᆞ며591) 것츤 눈셥이 누러ᄒᆞ니 풍도뎐(酆都殿)592) ᄋᆞᄅᆡ ᄌᆞ근 귓거시 아니면 슈궁야치(水宮夜叉)593)러라.

두 다리를 ᄀᆞ리오지 못ᄒᆞ여시니, 남ᄌᆞ의 흰 뵈도포(베道袍)를 닙어시며, 붓그려 ᄂᆞᆺ치 벌거ᄒᆞᆫᄃᆡ 눈물을 흘녀시니, 칠(漆) 버슨 귀왕(鬼王) ᄀᆞᆺᄒᆞᆫ지라. 됴공이 ᄉᆞ지

587)상난(喪亂) : 전쟁, 전염병, 천재지변 따위로 많은 사람이 죽고 세상이 어지러움.
588)목민지관(牧民之官) : 백성을 다스려 기르는 벼슬아치라는 뜻으로, 고을의 원(員)이나 수령 등의 외직 문관을 통틀어 이르는 말.=목민관.
589)무뢰(無賴) : 성품이 막되어 예의와 염치를 모르며 함부로 행동함. 또는 그러한 사람.
590)늙기야 : 늙게야. 늙어서야. 늙고 나서야. 늙은 뒤에야.
591)능증ᄒᆞ다 : ①능청하다. 위에서 아래로 축 늘어져있다. ②능청맞다. 태도가 음흉하고 능청스러운 데가 있다.
592)풍도뎐(酆都殿) : 도가에서, '지옥'을 이르는 말.=풍도(酆都). 풍도옥(酆都玉)..
593)슈궁야치(水宮夜叉) : 수궁에 사는 야차. *야차(夜叉): 『민속』 모질고 사나운 귀신의 하나. =두억시니

져 왈,

“노물(老物)이 상뫼(相貌) 져 ᄀᆞᆺᄒᆞ니 결연이 도적ᄒᆞ여 가지 아니리니, 네 나히 임의 쇠모(衰耗)ᄒᆞᄆᆡ 음ᄒᆡᆼ을 감심치 못ᄒᆞᆯ지라. 네 부ᄌᆡ ᄒᆞᆫ 【69】 집의 이시니 진여히 홀노 드러와 아ᄉᆞ 갈 ᄇᆡ 아니오, 진젹이 노모를 다려다가 음오ᄒᆞ미 반ᄃᆞ시 곡졀이 잇ᄂᆞ니, 네 부ᄌᆡ 안히와 어미를 일호ᄆᆡ 진여히 집의 가믈 엇지 아랏ᄂᆞ뇨?”

탕관이 고셩(高聲) ᄃᆡ왈,

“쇼ᄉᆡᆼ의 집의 진여히 ᄀᆞᆺ 단녀ᄀᆞᆺ고, 이 도적이 ᄒᆡᆼ실이 더러오ᄆᆡ 가 보니이다.”

여히 고셩 왈,

“부모 은상(恩相)[594]ᄋᆞ! 쇼민(小民)의게ᄂᆞᆫ 원ᄂᆡ 간셥지 아니ᄒᆞ니, 탕관 부ᄌᆡ 원간 죽을 죄 잇ᄂᆞ이다. 탕관ᄋᆞ! 네 안히가 어ᄃᆡ가 아름답 【70】 관ᄃᆡ, ᄂᆡ 간뷔(奸夫) 되며, 네 집의 단닌들 네 안히 흉모(凶貌)를 구경이나 ᄒᆞ엿더냐? 네 ᄋᆞ들이 어제 밤의 ○○[ᄂᆞ 를] 니혹ᄉᆞ 부즁(府中) 외당(外堂)의 안치고, 슐을 취토록 먹이고 날을 다ᄅᆡ여 니쇼져를 속여 져ᄂᆡ라 ᄒᆞ거ᄂᆞᆯ, ▌①《ᄂᆡ》③《일시의 분변치 못ᄒᆞ고》②《그릇 노물(老物)을 ᄂᆡ여와》▌, 앗츰의 그 흉모를 보고 네 니로ᄃᆡ, ‘니쇼제 용모를 변화ᄒᆞᄂᆞᆫ 요슐(妖術)이 잇다’ ᄒᆞ여, 피 그르슬 부으미 비로소 너의 ᄒᆞᆫ ᄇᆡ 아니냐?”

됴공이 크게 불너 각각 형판(刑板)의 【71】 ᄆᆡ고 굴시를 몬져 뎌쥬어[595] 왈,

“실ᄒᆡᆼ(失行)ᄒᆞᆫ 음뷔(淫婦) 임의 간졍(奸情)을 토상(吐詳)[596]ᄒᆞ여시니, 니혹ᄉᆞ ᄃᆡᆨ 쇼져를 네 ᄌᆞ식이 엇지 도적ᄒᆞ며, 무ᄉᆞ 일노 그 가온ᄃᆡ 드러 몸으로써 화를 스ᄉᆞ로 ᄃᆡ(代)ᄒᆞ뇨? 괴로이 맛지 아냐셔 ᄌᆞ시 고ᄒᆞ라.”

언필(言畢)의 좌우 ᄉᆞ예(司隷) 흰 ᄆᆡ를 더지ᄆᆡ, 쇼ᄅᆡ를 니어 ‘바로 알외라’ ᄒᆞ니, 위엄이 등등엄슉(騰騰嚴肅)[597]ᄒᆞ니, 향촌 늙은 계집이 본ᄃᆡ 담긔(膽氣) 업고, 겸ᄒᆞ여 실ᄒᆡᆼᄒᆞᆫ 붓그러오미 몸의 이시니, 댱부와 ᄋᆞ들을 졀치(切齒)ᄒᆞ여, 【72】 즁인(衆人) 쇼시(所視)의 스ᄉᆞ로 지으니[미] 아니오, 무졍지되(無情之罪)[598]로, 쇼져의 속이믈 ᄇᆞᆰ히려 ᄒᆞ니, 쇼져의 뎐후(前後) ᄒᆡᆼ젹의 긔이(奇異)ᄒᆞ믈 드러ᄂᆡ더라. 【73】

594)은상(恩相) : ‘은혜로운 상공’이라는 뜻으로, 고위직에 있는 벼슬아치를 높여 이르는 말.

595)뎌쥬다 : 형문(刑問)하다. 신문(訊問)하다.

596)토상(吐詳) : 자세하게 토설(吐說)함.

597)등등엄숙(騰騰嚴肅) : 기세가 무서울 만큼 높고 엄숙하다.

598)무정지되(無情之罪) : 전혀 고의(故意)로 지은 죄가 아님.

화산션계록 권지오

ᄎ셜 굴시 울며 고왈(告曰),

“쇼쳡은 진실노 익미ᄒᆞ고 원통ᄒᆞ니 이 일이 다 니가 계모의 식인 바롤 댱부(丈夫)와 ᄋᆞᄌᆡ(兒子) 니어 밧드니, 일이 다 뒤쳐599) 욕(辱)되며 긋기미 다 니쇼져의 요슐(妖術)이로쇼이다. 니한셩 혹시(學士)○[ᄂᆞᆫ] 젼됴(前朝) 직상(宰相)이요, 당실(唐室) 후예로딕 ᄋᆞ돌이 업고 일네 강보(襁褓)600)의 금현(琴絃)601)이 쇼졀(所絕)ᄒᆞ니602), 혈쇽(血屬) 이으믈 크게 넉여 탕관의 쇼미(小妹) 탁월ᄒᆞ믈 듯고 취(娶)ᄒᆞ여 계실(繼室)을 삼으니, 탕시 니가의 드러 【1】 가 냥녀를 낫코 혹시 죽은지라. 니혹ᄉᆞ 젼부인 ᄯᆞᆯ의 명은 옥쉬니 경국지ᄉᆡᆨ(傾國之色)이며 경인지풍(驚人之風)603)이 잇셔, 규즁 슉덕이 반쇼쳡여(班昭婕妤)604)의 어질미 잇고, 니공이 둉ᄉᆞ(宗事)롤 댱녀(長女)의게 븟치니, 탕시 십만가직(十萬家財) 옥슈의게 도라가믈 참지 못ᄒᆞ여, ᄀᆞ마니 쇼져를 업시코ᄌᆞ ᄒᆞᄆᆡ[미] 여러 슌(順)○○○[이로딕], 옥슈 쇼제 지혜 잇고 춍명영니(聰明怜悧)ᄒᆞ여 간ᄉᆞ(奸邪)ᄒᆞᆫ 딕 ᄲᆡ지지 아니ᄒᆞ니, 원방(遠邦)의 파라 보닉고ᄌᆞ ᄒᆞᆫ 즉, 그 질ᄌᆞ(姪子) 한승이 강밍(强猛)ᄒᆞ여 숙모를 요딕(饒貸)홀605) 직 아 【2】 니라. 탕시 ᄀᆞ마니 탕관의 부ᄌᆞ(父子)롤 불너 만금(萬金)을 밧고 원긱상고(遠客商賈)606)의게 파라 쇼져를 업시코ᄌᆞ ᄒᆞᄆᆡ, 됴원외게 겨오 오빅금(五百金)을 밧고 ᄭᅬ를 묘(妙)히 ᄒᆞ여 쇼져를 다리여 니혹ᄉᆞ 분묘(墳墓)의 졔ᄉᆞ를 일우라 ᄒᆞ고 보닉엿더니, 엇지 ᄒᆞ여 쳔쳡(賤妾)의 친녀(親女)를 보닉고

---

599)뒤쳐 : 뒤쳐져. 뒤집혀 *뒤쳐지다: 뒤집히다. 되어 가는 일이나 하기로 된 일이 되돌려져 틀어지다. ‘뒤치다’의 피동사.

600)강보(襁褓) : 포대기. 어린아이의 작은 이불. 덮고 깔거나 어린아이를 업을 때 쓴다. 여기서는 포대기 속에 감싸여 있는 때. 곧 ‘갓난아기 때’를 말함.

601)금현(琴絃) : 거문고의 줄. 여기서는 ‘아내’를 비유적으로 일컬은 말.

602)쇼졀(所絕)ᄒᆞ다 : 소절(所絕)하다. 끊어지다. 끊다. 중단하다. 죽다.

603)경인지풍(驚人之風) : 사람들을 놀라게 할 미모.

604)반쇼쳡여(班昭婕妤) : 반첩여(班婕妤). 중국 한(漢)나라 성제(成帝)의 후궁. 시가(詩歌)를 잘하여 성제의 총애를 받았으나 조비연(趙飛燕)에게 참소를 당하여 장신궁(長信宮)에 있으면서 부(賦)를 지어 상심을 노래하였다.

605)요딕(饒貸)ᄒᆞ다 : 너그러이 용서하다.

606)원긱상고(遠客商賈) : 자기 고향을 멀리 떠나 객지에서 하는 장사. 또는 그런 장사를 하는 사람.

의구(依舊)히 가즁의 잇ᄉᆞ니, 탕시 쇽으믈 분(忿)ᄒᆞ고 요변(妖變)을 놀나, 쇼금오의 후빙(後聘)ᄒᆞᄂᆞᆫ 뜻을 보고, 그 위엄과 세를 ᄉᆡᆼ각ᄒᆞᄆᆡ 쇼제 버셔ᄂᆞ지 못ᄒᆞᆯ 쥴 혜ᄋᆞ려, 쇼져 【3】 를 빙금(聘金) 오ᄇᆡᆨ냥(五百兩)을 밧고 깃브고 요힝(僥倖)ᄒᆞᆫ ᄆᆞ온ᄃᆡ, 또 쇽을가 ᄒᆞ여 방어ᄒᆞ미 젼도곤 ᄌᆞ셔(仔細)ᄒᆞᆫ지라. 명명이 쇼제 방즁 상상(牀上)의 잇시믈 보고 금외 숀됴 안ᄋᆞ 교ᄌᆞ의 너흐니, 쇼제 아릿ᄯᆞ이 가ᄂᆞ리 울고 가믈 보앗더니, 쇼제 ᄇᆞᆰᄂᆞᆫ 날 엄연(儼然)이 안ᄌᆞ시니, 탕시 그 변괴 난측(難測)ᄒᆞ믈 놀나ᄂᆞᆫ지라. 쳔ᄌᆞ(賤子)[607] 탕츈으로 ᄒᆞ여금 쇼가의 쇼식을 듯보라[608] 보ᄂᆡ니, 쇼가 ᄭᆞᆺ ᄀᆞᆺ흔 쇼제 발셔 부인이 되여 문을 ᄂᆞ미 업ᄂᆞᆫ지라. 이젼 원슈로 【4】 ᄋᆞᄌᆞ를 모지리 치고 빙금(聘金)을 물ᄂᆞ ᄒᆞ니, ᄒᆞᆫ 옥슈를 업시치 못ᄒᆞ여 원(願)ᄒᆞ며 슈고ᄒᆞᆫ 거시 두 옥쉬 되여 낭즁물(囊中物)이 되지 아냐시니, 쇼가의셔 막기 어렵고, 쇼져 일인의 요괴로온 거슬 비로쇼 《어ᄌᆞ러웟ᄂᆞᆫ지라 ‖ 아릇ᄂᆞᆫ지라》. 한(恨)ᄒᆞ며 뮈워 쥭이고ᄌᆞ ᄒᆞ니, 엇지 춤을 거시 이시리오. ᄋᆞ직 쇼가의 가 ᄆᆡ를 맛고 오ᄂᆞᆫ 거름의 진여히 붓드러 도라오ᄆᆡ, 쐬를 드려[609] '졔 도덕ᄒᆞ여 먼 ᄯᆞ히가 창가(娼家)의 ᄆᆡᄆᆡ(買賣)ᄒᆞᄌᆞ' ᄒᆞ니, 탕시 【5】 작일의 여희를 외당의 슘기고, 쳔쳡(賤妾)[610]을 보ᄂᆡ여 쇼져를 직희오고, 슐을 드려[611] 쇼져를 지우고[612], 여희로 ᄒᆞ여금 깁으로 니불ᄌᆡ 동혀 져다가 ○○[파라], 슈고ᄒᆞᆫ 갑슬 갑고 니(利)를 난호ᄌᆞ ᄒᆞ엿더니, 쇼져ᄂᆞᆫ 엇지 ᄒᆞᆫ지 못 ᄂᆡ여오고 쳡은 취즁의 잡혀오니, 명시(明時)의 진여히 쳡을 무슈이 치며 진짓 고은 면목을 ᄂᆡ라 ᄒᆞᆯ ᄯᆡ의, ᄋᆞ직 니르러 요슐(妖術)이라 ᄒᆞ여 피를 씨우고 치다가, 댱부(丈夫)의 ᄎᆞᄌᆞ믈 인ᄒᆞ여 셔로 ᄭᆡᄃᆞ라 놀나 보니, 니쇼져의 화(禍)를 쳔 【6】 쳡이 ᄃᆡ(代)ᄒᆞ여, 이 ᄯᆞ히 니르럿ᄂᆞ이다."

탕츈 부ᄌᆞᄂᆞᆫ 묵묵히 업ᄃᆡ여 쇼ᄅᆡ도 업ᄉᆞ니, 진여히 다시 업ᄃᆡ여 왈,

"이 노물의 말의 쵸ᄉᆡ(招辭)[613] 명ᄇᆡᆨᄒᆞ니, 다시 무르실 말이 업나이다. 쇼민도 탕가 부ᄌᆞ의 흉모의 ᄲᅡ져 죄의 드러시니 원컨ᄃᆡ ᄉᆞ라지이다."

됴공이 탕츈다려 왈,

"네 어미 다 승복ᄒᆞ여시니 다 아랏거니와, 니쇼제 본부의 이시믈 그 계뫼 보고

---

607)쳔ᄌᆞ(賤子) : '천한 아들'이라는 뜻으로 신분이 낮은 사람이 남에게 자기의 아들을 낮추어 이르는 말.

608)듯보다 : 듣보다. 듣기도 하고 보기도 하며 알아보거나 살피다.

609)드려 : 들려, 들려주어. *드리다 : 들리다. 들려주다.

610)쳔쳡(賤妾) : 부인이 남편이나 신분이 높은 사람을 상대하여 자기를 낮추어 이르는 일인칭 대명사.

611)드려 : 드리다. '주다'의 높임말.

612)지우다 : 재우다. 잠을 자게하다. '자다'의 사동사.

613)쵸ᄉᆡ(招辭) : 초사(招辭), 『역사』 조선 시대에, 죄인이 자기의 범죄 사실을 진술하던 말.

다시 도모ᄒᆞᆯ ᄇᆡ{니} 명ᄇᆡᆨᄒᆞ려니와, ᄒᆞᆫ ᄉᆞ름이 둘히 되믄 ᄆᆡᆼ낭ᄒᆞ니 쇼가 【7】의 아ᄉᆞ간거ᄉᆞᆫ 엇던 거시며 바든 바 ᄇᆡᆼᄒᆞᆫ 거ᄉᆞᆫ 뉘 도뎍(盜賊)ᄒᆞ614)엿ᄂᆞ뇨?"

탕츈이 ᄃᆡ 왈,

"텬지(天地) 노야(老爺)야! 쇼민(小民)이 우암(愚暗)ᄒᆞ여 ᄉᆞᆨ모의 간교(奸巧)의 [이] 다ᄅᆡ믈 밋고, 쥭을 죄와 큰 붓그러오믈 보왓ᄂᆞ이다. 쇼가의 간 거ᄉᆞᆫ 엇던 거신지 모로ᄃᆡ, 쇼져 좌우 복쳡이 다슈(多數) 잇ᄉᆞ니 결연이 ᄃᆡᄒᆡᆼ(代行)ᄒᆞ리 업고, 만일 다른 녀ᄌᆡ면 니시와 ᄀᆞᆺᄒᆞ여, 쇼져의 원한이 ᄇᆡ 속의 잇셔 쇼민을 치죄(治罪)ᄒᆞ리잇고? ᄇᆡᆼ금(聘金)은 ᄉᆞᆨ뫼 명ᄒᆞ여 취(取)ᄒᆞ라 ᄒᆞ니, 그 ᄯᆞᆺ이 ᄇᆡᆼ금을 쥬어 슈고 【8】 ᄒᆞᄂᆞᆫ ᄯᆞᆺ을 ᄃᆡ(代)ᄒᆞᄂᆞᆫ 일이라. 환환(歡歡)ᄒᆞ며 낙낙(樂樂)ᄒᆞ여, 혹 도젹이 여어볼가 념녀ᄒᆞ여 혼야(昏夜)의 집 우흘 ᄯᆞᆺ고 구지615) 간ᄉᆞᄒᆞ616)엿더니, 금을 ᄂᆡ여 뎜ᄉᆞ(店舍)617)를 ᄆᆡᄆᆡ(買賣)ᄒᆞ려 ᄒᆞ니, 은이 봉(封)ᄒᆞᆫ ᄌᆡ618)로 이시되, 십(十) 봉(封)619) 눈빗 ᄀᆞᆺᄒᆞᆫ 은이 변ᄒᆞ여 어름 ᄀᆞᆺᄒᆞᆫ 잡돌이 되어시니, 즁인(衆人)이 다 본 ᄇᆡ니이다. 쇼민의 집의 ᄌᆞ근 계집을 두고 부뫼 ᄯᅩᄒᆞᆫ 각거(各居)ᄒᆞ니, 쇼민이 ᄌᆡ물을 두ᄆᆡ 져믄 계집과 노모를 다 의심ᄒᆞ여 알뇌온620) 일이 《업ᄉᆞ니‖업ᄉᆞᆸ고》, 문호(門戶)를 잠ᄀᆞᆺ더니, 【9】 쇼쳡(小妾)이 누일(累日) 젼 도쥬ᄒᆞᄆᆡ, 이ᄂᆞᆫ 도망ᄒᆞᆫ 음부(淫婦)의 알 ᄇᆡ 아니니이다."

됴공 왈,

"네 그 은을 바들 제 다 보고 바다시며, 니쇼져를 쇼가의 보ᄂᆡᆫ 후 네 쳡을 보앗ᄂᆞᆫ다?"

챵졸(倉卒)의 ᄃᆡ왈,

"은ᄌᆞᄂᆞᆫ ᄒᆞᆫ 봉지도 그져 밧지 아니ᄒᆞ여 ᄂᆞᆺᄂᆞᆺ치 ᄉᆞᆯ펴보고 바닷ᄂᆞ이다. 쇼금외 ᄯᅩ 니쇼져를 다려와 셩녜(成禮)ᄒᆞᆯ ᄉᆡ, 쇼민이 즁ᄆᆡ(仲媒) 되여 관복(冠服)621)을 닙고 참녜ᄒᆞᆯ ᄉᆡ, ᄉᆡ옷ᄉᆞᆯ ᄀᆞ라 닙노라 집의 오니, 음뷔 쇼민과 상젼(相戰)622)ᄒᆞ여 즐타(叱打)ᄒᆞ믈 밧고, 원(怨)ᄒᆞ여 눕고 니지 아니니 【10】 엇지 셔로 볼 샌이리잇

---

614)도뎍(盜賊)ᄒᆞ다 : 도적(盜賊)하다. 남의 재물을 몰래 훔치거나 빼앗다.
615)구지 : 굳이. 단단한 마음으로 굳게.
616)간ᄉᆞᄒᆞ다 : 간수하다. 물건 따위를 잘 보호하거나 보관하다.
617)뎜ᄉᆞ(店舍) : 가게. 작은 규모로 물건을 파는 집.=점포(店鋪).
618)ᄌᆡ : 채. 「의존 명사」 ((‘-은/는 채로’, ‘-은/는 채’ 구성으로 쓰여)) 이미 있는 상태 그대로 있다는 뜻을 나타내는 말.
619)봉(封) : ((수량을 나타내는 말 뒤에 쓰여)) 물건을 봉지 따위에 담아 그 분량을 세는 단위.
620)알뇌오다 : 알리다. 알게 하다. 아뢰다. *여기서는 ‘알게 하다’의 뜻으로 쓰였다.
621)관복(冠服) : 갓과 의복을 아울러 이르는 말.
622)상젼(相戰) : 서로 싸우거나 말다툼함.

고? 가ᄉᆞᄅᆞᆯ 분부ᄒᆞ니 말도 ᄒᆞ엿ᄂᆞ이다. 쇼금오 연상(宴上)[623]의 ᄀᆞᆯ ᄉᆞ이 음뷔 다라ᄂᆞ니, 쇼가의 간 ᄌᆡ(者) 음뷔 아니라, 니쇼제로 더브러 알오미 업더니이다."

됴공 왈,

"풍화ᄅᆞᆯ 어즈러이ᄂᆞᆫ 도덕을 엇지 미들 길히 이시리오. 이 말이 결연이 간○[ᄉᆞ](奸邪)ᄒᆞ니, 아장(亞將)[624] 두 ᄉᆞᄅᆞᆷ이 ᄉᆞ예(司隸)[625]ᄅᆞᆯ 다리고 니부의 가, 쇼져와 부인의 근신(謹愼)ᄒᆞᆫ 비ᄌᆞ 슈인을 잡ᄋᆞ오고, 또 쇼금오 집의 쇼져와 쇼금오ᄅᆞᆯ 불너와 ᄃᆡ면ᄒᆞ게 ᄒᆞ라."

이인이 【11】 청녕(聽令)ᄒᆞ고 급히 쇼가의 니르니, 이적의 칠ᄋᆡ 분위(分位)[626] ᄒᆞ믈 바다 가제(家齊)ᄒᆞ미 법되 잇고, 비복을 인의(仁義)로부리며 제희(諸姬)ᄅᆞᆯ 후ᄃᆡᄒᆞ니, 금외 날노 미혹(迷惑)ᄒᆞ여 부뷔 상득(相得)ᄒᆞ더니, 비복이 급급히 보왈(報曰),

"밧긔 관ᄎᆡ(官差) 와서 '노야와 부인을 법부(法部)의 드러와 ᄃᆡ증(對證)ᄒᆞ라' ᄒᆞᆫ다."

ᄒᆞ거ᄂᆞᆯ, 금외 ᄃᆡ경(大驚)ᄒᆞ여 양시다려 니로ᄃᆡ,

"ᄂᆞᄂᆞᆫ 환과고독(鰥寡孤獨)[627]이라. 비록 관면(冠冕)[628]을 젼됴(前朝)의 바든 ᄇᆡ라도, 관정(官庭)의 변정(辨正)[629]ᄒᆞᆯ ᄇᆡ 아니오, 부인은 녀ᄌᆡ라. 간셥ᄒᆞᆯ ᄇᆡ 【12】 아니니, 이 반ᄃᆞ시 한승이 지어ᄂᆡ여 ᄎᆞᆺ고ᄌᆞ ᄒᆞ미로다."

양시 임의[630] 짐ᄌᆞᆨᄒᆞ미 잇ᄂᆞᆫ지라. 놀나지 아니ᄒᆞ고 잠간 우서 왈,

"한승이 엇지 밋쳐오리오. 이 일이 젼혀 탕적의 빌ᄆᆡ[631]니, ᄂᆡ 비록 가나 됴금도 히로오미 업ᄉᆞ리라. ᄉᆞᄅᆞᆷ이 엇지 본적(本籍)을 ᄆᆡ양 ᄀᆞᆷ쵸리오. ᄂᆡ 또ᄒᆞᆫ 상공만ᄒᆞᆫ ᄉᆞ독(士族)이니 오날 쾌이 원슈ᄅᆞᆯ 씨ᄉᆞ리라."

---

623)연상(宴上) : 연회(宴會). 축하, 위로, 석별 따위를 위하여 여러 사람이 모여 베푸는 잔치.

624)아장(亞將) : 대장(大將) 또는 주장(主將)의 바로 아래 직급의 장군을 이르는 말.

625)ᄉᆞ예(司隸) : 중국 주나라 때 추관(秋官: 刑部)에 소속된 관리. 한나라 때는 사예교위(司隸校尉)라는 관직명이 보인다. *여기서는 서경유수(西京留守) 소속의 군사(軍士)를 이르는 말로 쓰였다.

626)분위(分位) : 지위(地位)를 구분함. *여기서는 작중인물 소금오가 양칠아를 자신의 여러 희첩(姬妾)들과 구분하여 정실부인(正室婦人)을 삼은 일을 말한다.

627)환과고독(鰥寡孤獨) : 늙어서 아내 없는 사람, 늙어서 남편 없는 사람, 어려서 어버이 없는 사람, 늙어서 자식 없는 사람을 아울러 이르는 말.

628)관면(冠冕) : 갓과 면류관이라는 뜻으로, 벼슬아치를 비유적으로 이르는 말.

629)변정(辨正) : 옳고 그른 것을 따지어 바로잡음.

630)임의 : 이미. 다 끝나거나 지난 일을 이를 때 쓰는 말. '벌써', '앞서'의 뜻을 나타낸다. ≒기위(旣爲), 기이(旣已).

631)빌ᄆᆡ : 빌미. 재앙이나 탈 따위가 생기는 원인.

언필(言畢)의 니러나 칠보금장(七寶金裝)[632]을 벗고 청의(靑衣)를 닙고 지분(脂粉)을 씨셔, 단도(短刀)를 품고 교즈의 오르니, 【13】 이 일이 다 ○○○[스스로] 지휘ᄒᆞ미라.

칠이 ᄯᅩᄒᆞᆫ 춍명혜일(聰明慧逸)ᄒᆞ여 ᄒᆞᆫ 일을 드르ᄆᆡ 빅ᄉᆞ를 씨[셕]치니, 쇼금오ᄂᆞᆫ 곡졀을 모로고 ᄯᅩᄒᆞᆫ 졔 슈슈(嫂嫂)를 강탈ᄒᆞᆫ 죄 잇ᄂᆞᆫ지라. 두리며 뉘웃쳐 ᄉᆡᆼ각ᄒᆞ되,

"니쇼졔 ᄂᆡ게 와 됴금도 슈란(愁亂)[633]ᄒᆞ미 업ᄉᆞ니, 당일 네(禮)로 ᄒᆡᆼ빙(行聘)ᄒᆞ여 됴금도 어려오미 업ᄉᆞᆫ 거ᄉᆞᆯ, 탕젹의게 쳔금을 일코 관부(官府)의 욕되믈 보아, 향니의 업슈이 녁임과 젼졍의 ᄒᆡ로오미 무궁ᄒᆞ고, 셜ᄉᆞ 큰 죄를 면ᄒᆞ여도 댱칙(杖責)을 닙으리라."【14】

ᄒᆞ여 번뇌(煩惱)ᄒᆞ되, 감히 지류(遲留)치 못ᄒᆞ여 말을 타고 공쳥(公廳)의 니르니, 칠ᄋᆞ 교ᄌᆞ도 왓더라.

됴공이 공쳥의 놉히 좌ᄒᆞ고 위의(威儀) 삼삼ᄒᆞ니[634], 텬위(天威) 비룡(飛龍) ᄀᆞᆺᄒᆞ여 쇽ᄌᆞ(俗子)와 다른지라. 금외 황공젼뉼(惶恐戰慄)ᄒᆞ여 몸을 굽혀 왈,

"쇼ᄉᆡᆼ이 무ᄉᆞᆷ 죄로 법뷔 잡ᄋᆞ 오시니잇고?"

됴공 왈,

"녕됸(令尊)이 젼됴(前朝) ᄌᆡ상(宰相)으로 일홈이 듕(重)ᄒᆞ고, 됵ᄒᆡ(足下)[635] 관뉴(貫流)ᄒᆞ던[636] ᄉᆞ롬이라. 법네(法禮)를 알 거시여ᄂᆞᆯ 엇지 져 우밍(愚氓)의 무리와 ᄀᆞᆺ치 ᄒᆞᆨᄉᆞ문호(學士門戶)의 규ᄋᆞ(閨兒)를 강탈ᄒᆞ여 몸 【15】 이 도뎍(盜賊)이 되여 문호(門戶)와 뉸긔(倫紀)를 도라보지 아니ᄒᆞᄂᆞ뇨?"

금외 부복(俯伏) 고왈,

"쇼ᄉᆡᆼ이 진실노 방탕ᄒᆞ여 그릇 탕관 부ᄌᆞ를 ᄉᆞ괴여 붓그러옴과 욕되미 ᄃᆡ인의 분부ᄒᆞ심과 ᄀᆞᆺᄉᆞ오니, 죄를 엇지 면코ᄌᆞ ᄒᆞ여 거즛 말을 ᄒᆞ리잇고? 당쵸의 니ᄒᆞᆨᄉᆞ 부인이 친네(親女) 아니믈 혐의ᄒᆞ여 상한쳔긱(常漢遷客)[637]의게 ᄂᆞᆫ가(亂嫁)[638]ᄒᆞ미 ᄒᆞᆫ 긔홰(奇話) 되여시니, ᄂᆡ 쇼졔 그 ᄀᆞ온ᄃᆡ 변화(變化)ᄒᆞ미 신긔ᄒᆞ여 향니(鄕里)의 유명ᄒᆞᆫ 녀ᄌᆡ라. 쇼ᄉᆡᆼ이 문회(門戶) 상뎍(相敵)ᄒᆞ고, 【16】 서로

632)칠보금장(七寶金裝) : 칠보와 금으로 치장한 장식물(裝飾物).
633)수란(愁亂) : 시름이 많아서 정신이 어지럽다.
634)삼삼ᄒᆞ다 : 사물이나 사람의 생김새나 됨됨이가 마음이 끌리게 그럴듯하다.
635)됵ᄒᆡ(足下) : 족하(足下). 같은 또래 사이에서, 상대편을 높여 이르는 말. 흔히 편지를 받아 보는 사람의 이름 아래에 쓴다.
636)관뉴(貫流)ᄒᆞ다 : 꿰뚫어서 통하다. 어떤 현상이나 사실을 꿰뚫어 보는 식견이 있다. ≒관통(貫通)하다.
637)상한천객(常漢遷客) : 상놈과 귀양살이하는 죄인을 함께 이르는 말.
638)ᄂᆞᆫ가(亂嫁) : 신분질서를 어지럽혀 시집을 보냄.

고분지탄(叩盆之嘆)639)이 잇ᄂᆞᆫ지라. 거믄고 쥴을 닛지 못ᄒᆞ여 녜로 구혼ᄒᆞ니, 니부인이 허혼(許婚)ᄒᆞ고 빙녜(聘禮)를 쳔금(千金)으로 ᄒᆞ니, 길긔(吉期)를 졍ᄒᆞᄆᆡ 말을 보ᄂᆡ되, '쇼졔 즐겨 뜻지 아니니 길일의 교ᄌᆞ를 ᄀᆞ지고 와 담ᄋᆞ가라' ᄒᆞ니, 그 어미 ᄯᆞᆯ을 허ᄒᆞ여 보ᄂᆡ니 쇼ᄉᆡᆼ이 발셔 져집 문셰(門壻)라. 쇼져를 다려오ᄆᆡ 강박ᄒᆞ미 잇셔 잠간 실녜ᄒᆞ믈 면치 못ᄒᆞ엿ᄉᆞ오나, 셩친(成親)ᄒᆞᄆᆡ 녜(禮)ᄃᆡ로 ᄒᆞ여 졍실【17】을 삼고 화락(和樂)ᄒᆞ니, 쇼ᄉᆡᆼ의 죄 오히려 경(輕)ᄒᆞᆫ가 ᄒᆞᄂᆞ이다."

언미(言未)640)의 당하(堂下)의 두어 ᄎᆞ환(叉鬟)이 미인을 븟드러 올나오니, 그 녀ᄌᆡ 푸른 머리를 단졍이 ᄒᆞ고 금봉(金鳳)641) 빈혜642)를 ᄭᅩᄌᆞ시며, 눈 ᄀᆞᆺᄒᆞᆫ ᄂᆞᆺ치 푸른 면ᄉᆞ(面紗)643)를 드리워시니, ᄒᆞᆫ ᄯᅦ 탁운(濁雲)이 명월(明月)을 ᄀᆞ리와시며, 져믄 안ᄀᆡ ᄉᆞ악(四岳)644)을 덥흔 듯ᄒᆞ니, 당상당히(堂上堂下) 져를 진짓 니쇼져라 ᄒᆞ여 ᄀᆞ마니 혀ᄎᆞ고 져마다 칭션(稱善)ᄒᆞ더라.

그 녀ᄌᆡ 져비645) 말ᄒᆞ며【18】 쐬소리 우ᄂᆞᆫ ᄃᆞ시 고ᄒᆞ여 ᄀᆞ로ᄃᆡ,

"쇼쳡 쇼금오의 쳐 양칠ᄋᆞᆫ 일만 번 머리를 됴ᄋᆞ 은대야(恩大爺)646) 일월지공(日月之公)647)의 원앙(怨怏)648)을 알외ᄂᆞ이다. 쇼쳡은 북한(北漢)649) 젹 신ᄌᆞ(臣子) 졀도ᄉᆞ(節度使) 양경셩의 ᄯᆞᆯ이라. ᄂᆞ라히 망ᄒᆞ고 부형이 쥭으ᄆᆡ 외로온 노뫼 쇼쳡을 길너 '도요(桃夭)의 시(詩)'650)를 읇지 못ᄒᆞ엿더니, 탕츈 도젹이 쇼쳡이 곱단 말을 듯고 혼야(昏夜)의 물외적(無賴賊)651)을 모화 집을 돌입ᄒᆞ미, 산촌 고단ᄒᆞᆫ 집의 노모와 약녜 강【19】도를 엇지 졔방ᄒᆞ리오. 쇼쳡이 잡혀오ᄆᆡ 노모의

639)고분지탄(叩盆之嘆) : '물동이를 두드리는 탄식'이라는 뜻으로, 아내가 죽은 슬픔을 이르는 말.

640)언미(言未) : 말의 끝.

641)금봉(金棒) : 쇠로 만든 막대기.

642)빈혜 : 비녀. 여자의 쪽 찐 머리가 풀어지지 않도록 꽂는 장신구.

643)면ᄉᆞ(面紗) : 결혼식 때에 신부가 머리에 써서 뒤로 늘이는, 흰 사(紗)로 만든 장식품.=면사포(面紗布).

644)ᄉᆞ악(四岳) : 중국의 태산(泰山), 화산(華山), 형산(衡山), 항산(恒山)을 이르는 말.

645)저비 : 제비. 『동물』 제빗과의 새.

646)은대야(恩大爺) : 은혜로우신 대야(大爺). *대야(大爺) : ((흔히 성이나 직함 뒤에, 또는 호칭어로 쓰여)) 남을 높여 이르는 말. =노야(老爺).

647)일월지공(日月至公) : 해와 달이 어느 쪽으로도 치우침이 없이 지극히 공평한 것처럼, 그렇게 공평하다는 말.

648)원앙(怨怏) : 원통하고 억울함.

649)북한(北漢) : 『역사』 중국의 오대십국 가운데 후한이 멸망한 후 951년에 유숭(劉崇)이 태원(太原)에 세운 나라. 거란과 손을 잡고서 송나라에 대항하였으나 979년에 송나라에 멸망하였다.

650)도요(桃夭)의 시(詩) : 시경(詩經) <주남(周南)> 편에 있는 시. 시집가는 아가씨의 아름다움과 행복을 노래하고 있다.

651)무뢰적(無賴賊) : 성품이 막되어 예의와 염치를 모르며 함부로 행동하는 도적(盜賊).

ᄉᆞ싱(死生)을 아지 못ᄒᆞ고, 도젹의 구박ᄒᆞ믈 면치 못ᄒᆞ미, 문호를 도라보니 상당(相當)치 아니미 텬지 ᄀᆞᆺ고, 인품을 의논ᄒᆞᆫ 화담(話談)[652]이 오랑키 ᄀᆞᆺ흔지라. ᄒᆞ믈며 화쵹(華燭)의 베푸미 업고 길신(吉辰)을 ᄐᆡᆨᄒᆞ미 업ᄉᆞ니, 쳔ᄒᆞ미 뎍은 둉쳡(종妾)[653]과 ᄀᆞᆺᄒᆞ니, 욕되고 셜우미 ᄒᆞ로 보ᄂᆡ미 히 ᄀᆞᆺ기 두히의, 도덕의 마음이 궁극ᄒᆞ여 일됴의 흉심을 ᄂᆡ여 쇼쳡을 창【20】가(娼家)의 파라, 돈을 어드려 ᄒᆞ니, 쇼쳡이 약ᄒᆞ고 졸(拙)ᄒᆞ여 제게 타욕(唾辱)ᄒᆞ믈 남은 ᄯᅡᆨ히 업시ᄒᆞ고, ᄯᅩᄒᆞᆫ 스ᄉᆞ로 쥭지 못ᄒᆞ여 계괴 업습더니, 도적이 져의 슉모의 마음을 도도와 니쇼져를 쇼금오 집의 빙폐(聘幣)를 밧고 장ᄎᆞ 구박(拘迫)[654]ᄒᆞ려 ᄒᆞ니, 니시 춍명영혜(聰明穎慧)[655]ᄒᆞ여 긔미를 알고 몸을 벗고ᄌᆞ ᄒᆞ여, 쇼쳡의게 ᄉᆞ룸을 보ᄂᆡ여 ᄀᆞ르치니, 금오의 안히 되미 니시 ᄀᆞᆺ흔 슉녀ᄂᆞᆫ 원치 아니려니와, 쇼쳡은 임의 분토(糞土) 즁【21】쏫치오, 졔 ᄌᆡ상(宰相)[656]이라. 탕츈의 더러오믈 보고 다시 창가의 팔니이미, 엇지 상당ᄒᆞᆫ 가문의 쥰슈ᄒᆞᆫ 낭군을 ᄇᆡ합(配合)ᄒᆞᆷ이 비기리오. 졍졀(貞節)이 비록 ᄂᆞᆺᄀᆞᄌᆞ나[657] 진실노 부뫼 명ᄒᆞ여 결승(結繩)의[ᄒᆞᆫ] 아름다온 혼닌(婚姻)이 아니라. 실은 도젹의게 몸을 버셔 ᄉᆞ룸의게 허빙(許聘)ᄒᆞ미니, 맛ᄎᆞᆷᄂᆡ 창ᄀᆞ의 낙누(落陋)[658]홈만 비기지 못홀 ᄇᆡ니, 쇼져의 지휘ᄒᆞ미라. 바라건ᄃᆡ 누누하졍(縷縷下情)[659]을 됴감(照鑑)ᄒᆞ사 명명일월(明明日月)노 쳐치ᄒᆞ시믈【22】바라ᄂᆞ이다."

됴공이 쳥필의 우어 왈,

"탕츈 도젹이 쳐음은 누의를 팔고, 버거ᄂᆞᆫ 안히를 팔고, 나둉은 어미를 셔방(書房)[660] 맛치니 도젹 즁의 금싊(禽獸)라. 명ᄒᆞ여 ᄃᆡ상(臺上)의 양시를 좌를 쥬고 다시 니가 ᄎᆞ환을 부르니, 냥 노픽 ᄂᆞ아와 쳥녕(聽令)ᄒᆞ미, 됴공이 문왈,

"니쇼져의 뎐후ᄉᆞ(前後事)ᄂᆞᆫ 도젹의 쵸ᄉᆞ(招辭)의 명ᄇᆡᆨᄒᆞ니 아라거니와, 양시 쇼가의 간 후 탕츈이 '졔 집의 잇더라' ᄒᆞ니, ᄎᆞᄉᆞ(此事)ᄂᆞᆫ 엇진 닐이며, 쇼제 즉금 집의 잇ᄂᆞ냐?"

노픽 ᄂᆞ려 졀하【23】고 ᄉᆞ러 ᄃᆡ 왈,

---

652)화담(和談) : 주고받는 말. 또는 말투.
653)둉쳡(종妾) : 종으로 부리는 첩. 천한 종.
654)구박(拘迫) : 강제로 구속(拘束)하며 핍박(逼迫)함.
655)춍명영혜(聰明穎慧) : 매우 영리하고 지혜로움.
656)ᄌᆡ상(宰相) : 『역사』 임금을 돕고 관원들을 지휘하고 감독하는 일을 맡아보던 이품 이상의 벼슬.
657)ᄂᆞᆺᄀᆞᄌᆞ다 : 낮다. 품위, 능력, 품질 따위가 바라는 기준보다 못하거나 보통 정도에 미치지 못하는 상태에 있다.
658)낙루(落陋) : 더러운 곳에 떨어짐.
659)누누하졍(縷縷下情) : 아랫사람의 자잘한 사정.
660)셔방(書房) : '남편'을 낮잡아 이르는 말.

"이 말ᄉᆞᆷ이 ᄯᅩᄒᆞᆫ 연괴 잇시미라. 쇼비 ᄌᆞ시 알외리이다."

드ᄃᆡ여 니쇼져 시ᄋᆞ 즁의 형(形)과 셩음(聲音)이 양시 ᄀᆞᆺᄒᆞᆫ ᄌᆞᄅᆞᆯ 보ᄂᆡ여 응변(應變)ᄒᆞᆫ ᄉᆞ연을 ᄌᆞ시 알외고, ᄀᆞᆯ오ᄃᆡ,

"쇼비ᄂᆞᆫ 니쇼져ᄅᆞᆯ 휵양(慉養)ᄒᆞᆫ 유뫼(乳母)라. 쇼져 좌우의 ᄒᆞᆫ ᄭᅴ도 ᄯᅥᄂᆞ지 못ᄒᆞᆯ ᄇᆡ 잇ᄉᆞ오ᄃᆡ, 쇼져긔 시호(侍護)ᄒᆞᄂᆞᆫ 시ᄋᆞ(侍兒) ᄉᆞ오인이 잇ᄉᆞ오니, 쳥의(靑衣) ᄀᆞ온ᄃᆡ ᄀᆡᄌᆞ취(介子推)661)라. 쇼졔 강도ᄅᆞᆯ 능히 ᄆᆡ양 벙으리왓지662) 못ᄒᆞ고, 옥 ᄀᆞᆺᄒᆞᆫ 신상의 욕되미 심ᄒᆞ온지라. 니댱군 노애 【24】 형ᄆᆡ(兄妹)663)의 친ᄒᆞ미 잇고, 노야의 긔탁(寄託)을 밧ᄌᆞ온 ᄇᆡ라. 《기리∥기픠664)》 숨어 양시ᄅᆞᆯ ᄃᆡ(代)ᄒᆞ고 굴시ᄅᆞᆯ 보ᄂᆡᄆᆡ, ᄀᆞ마니 ᄉᆞᄀᆡ 비ᄌᆞ로 얼골을 밧고며 ᄒᆡᆼ니(行李)ᄅᆞᆯ 경영ᄒᆞ여 후문을 열고 경ᄉᆞ(京師)로 가시니, 쇼인의 지아비와 노복(奴僕) 두어 ᄉᆞᄅᆞᆷ이 부인을 속이고 다른 ○○[널로] 츄탁(推託)ᄒᆞ여, 몬져 집을 ᄯᅥ나 슐위와 말을 ᄀᆞᆺ쵸와 쇼져ᄅᆞᆯ 뫼시고 간지 슈일이 지ᄂᆞᆺᄂᆞ이다. 이 일이 다 탕가 부ᄌᆞ의 부인을 다릐여 니시의 ᄌᆡ산과 쇼져ᄅᆞᆯ 탈취ᄒᆞ려 ᄒᆞ【25】미니, 부인은 본ᄃᆡ 쇼져ᄅᆞᆯ 함ᄒᆡ(陷害)ᄒᆞᆯ ᄯᅳᆺ이 업더니이다. ᄎᆞ적(此賊)이 ᄉᆞᄅᆞᆷ의 모녀간을 니간(離間)ᄒᆞ고, 둉ᄉᆞ(宗嗣)ᄅᆞᆯ 어즈러이고 가산(家産)을 탈취ᄒᆞ려 ᄒᆞ미니, 노야ᄂᆞᆫ 이 도뎍을 업시ᄒᆞ여 니혹ᄉᆞ 문호ᄅᆞᆯ 보젼케 ᄒᆞ쇼셔."

됴공이 쳥파의 칠ᄋᆞ다려 다시 무르되,

"탕츈이 은ᄌᆞᄅᆞᆯ 다 일헛노라 ᄒᆞ니, ᄌᆡ(子)665) 아니 가지미 잇ᄂᆞ냐? 양시 탕츈을 원(怨)ᄒᆞ미 각골(刻骨)ᄒᆞᆫ지라. 그 은ᄌᆞᄅᆞᆯ ᄂᆡ여오미 호ᄆᆡ(狐魅)666)의 정적 ᄀᆞᆺᄒᆞ니 알 길히 업고, 빙금은 가져ᄀᆞᄆᆡ 【26】 혹 탕츈 ᄎᆞ즐가 두려 ᄢᅦ쳐 ᄃᆡ답ᄒᆞ되, 쇼쳡이 탕적의 치물 넙어 방즁의 누어시니 은이 잇ᄉᆞ믈 엇지 알니잇고? 그 ᄭᅴ 경상을 ᄉᆡᆼ각건ᄃᆡ 쳡이 농즁(籠中)의 ᄉᆡ ᄀᆞᆺᄒᆞ니, 쇼쳡의 머리터럭 ᄒᆞ나토 ᄀᆞᆷ출 ᄃᆡ 업고, 몸이 니부(李府) 가산(假山)을 말ᄆᆡ암ᄋᆞ 겨오 쇼져 상ᄒᆞ(床下)의 숨으니, 의상도 탕가 거ᄉᆞᆯ 닙고 쇼가의 간 거시 업셔이다."

---

661)ᄀᆡᄌᆞ츄(介子推) : 중국 춘추시대 사람. 진(晉)나라 문공(文公)을 섬겨 19년 동안 함께 망명 생활을 하였다. 이때 문공의 굶주림을 면케 하기 위해 자신의 넓적다리 살을 베어서 바쳤다는 고사가 전한다. *위 본문에서는 개자추처럼 충성스러운 비자(婢子)들이라는 뜻으로 이른 말.

662)벙으리왓다 : =벙으리완다. 막다. 맞서 버티다. 대적(對敵)하다. 거스르다.

663)형ᄆᆡ(兄妹) : 오누이. 오라비와 누이를 함께 이른 말.

664)기픠 : 깊이.

665)ᄌᆡ(子) : 「대명사」 문어체에서, '그대'를 이르는 2인칭대명사.

666)호ᄆᆡ(狐魅) ; 여우도깨비. 곧 여우의 형상을 한 도깨비. *도깨비; 동물이나 사람의 형상을 한 잡된 귀신의 하나. 비상한 힘과 재주를 가지고 있어 사람을 홀리기도 하고 짓궂은 장난이나 심술궂은 짓을 많이 한다고 한다.

됴공이 탕츈 다려 므로되,

"이 말이 올흔 말가?"

탕츈이 묵묵ᄒᆞ여 감히 ᄃᆡ답지 못【27】ᄒᆞ고, 칠ᄋᆞ를 ᄭᅮ지져 왈,

"일만 번이나 쥭엄즉ᄒᆞᆫ 음뷔 ᄂᆞᄋᆡ 일을 그릇 밋드니 이 원슈를 갑지 못ᄒᆞ면 귀신이 너를 너흘니라667). 네 더욱 니쇼졔 체ᄒᆞ고 날을 독히 치믄 엇디뇨?"

칠ᄋᆡ 면ᄉᆞ(面紗)668)를 즘간 것고 버들 ᄀᆞᆺ흔 눈셥을 거ᄉᆞ리고 단ᄉᆞ(丹砂) ᄀᆞᆺ흔 입을 여ᄂᆞᆫ 곳의 ᄆᆡᆼ셩으로 ᄭᅮ지져 왈,

"너{ᄂᆞᆫ} 난법(亂法) 강되 날노 더브러 무ᄉᆞᆫ 원쉬완ᄃᆡ, ᄂᆞᄋᆡ 명졀과 ᄂᆞᄋᆡ 문호를 ᄼᅳᆺᄼᅳᆺ치 어즈러이고 날을 파라 쳔금을 바드ᄆᆡ,【28】임의 뎍흔 ᄇᆡ여늘, 쇼가의 츌입ᄒᆞ여 쇼군을 마ᄌᆞ 외입(外入)게 ᄒᆞ니 너를 엇지 그만 칠 ᄲᅮᆫ이리오. 아됴 쥭여도 귀신이 음ᄉᆞ(陰司)669)의 곤돈(困頓)ᄒᆞ믈670) 바들 ᄇᆡ니, 엇지 감히 나를 ᄒᆡᄒᆞᆯ ᄇᆡ 리오."

됴공이 이의 소금오 다려 니로ᄃᆡ,

"뎍히(足下)671) 니쇼져의 규합(閨閤)의 드러가 친히 강탈ᄒᆞ니, ᄉᆞᄒᆡᆼ(士行)이 아됴 문허져시니 그 죄 엇지 진여희와 다르리오마ᄂᆞᆫ, 오히려 그 모친긔 ᄒᆡᆼ네(行禮)ᄒᆞ고 위의로ᄡᅥ 구박(拘迫)ᄒᆞ니, 여희 쳔인으로ᄡᅥ ᄉᆞ부가(士夫家)의【29】도춰(盜取)홈과 《ᄂᆞᆺ지‖ᄀᆞᆺ지》 아니코, 마ᄌᆞ 가ᄆᆡ 부녀 ᄃᆡ졉ᄒᆞᄂᆞᆫ 네로ᄡᅥ 마ᄌᆞ, 후일의 당명(當明)672)ᄒᆞ니 다시 뭇지 아닛ᄂᆞ니, ᄒᆡᆼ실을 가다듬ᄋᆞ 됸옹(尊翁)을 져바리지 말나. 양시 부형이 됸옹으로 더브러 동품(同品)673)의 ᄉᆞ름이니 피ᄎᆞ 욕되미 업ᄂᆞᆫ 지라. 족히 구ᄒᆞ여 엇지 못ᄒᆞᆯ ᄌᆡ품이니 화락ᄒᆞ고 다시 어즈럽지 말지여다."

금외 연망이 ᄇᆡᄉᆞᄒᆞ고 깃브기 바란 바의 지ᄂᆞ니, 도로혀 니쇼졔 아니믈 다ᄒᆡᆼ이 너겨, 양시로 더부러 도【30】라갈 ᄉᆡ 고왈,

"탕젹이 니쇼져를 가져 쇼ᄉᆡᆼ의게 ᄇᆡᆼ금을 바다 니부인긔 드리미 업고, 양시 졔 도젹ᄒᆞ여 온 ᄉᆞ름이라. 양시의 모친긔 ᄇᆡᆼᄒᆞᆯ ᄌᆡ물이니, 탕가의 간셥지 아닌지라. 도젹이 간ᄉᆞ(奸邪)ᄒᆞ여 은이 변ᄒᆞ여 돌이 되엿다 ᄒᆞ나, 그 말이 ᄆᆡᆼ낭ᄒᆞ여 ᄋᆞ히도

667)너흘다; 물어뜯다. 씹다. 함부로 물다.

668)면ᄉᆞ(面紗) : 면사포(面紗布). 예전에 여자들아 외출할 때에 얼굴을 가리기 위해 길게 내려 쓰던 천.

669)음사(陰司) : 『불교』 죄업을 짓고 매우 심한 괴로움의 세계에 난 중생이나 그런 중생의 세계. 또는 그런 생존. =지옥(地獄)

670)곤돈(困頓)ᄒᆞ다 : 아무것도 할 기력이 없을 만큼 지쳐 몹시 고단하다.=곤비하다.

671)뎍히(足下) : '발아래'라는 뜻으로, 같은 또래 사이에서, 상대편을 높여 이르는 말. 흔히 편지를 받아 보는 사람의 이름 아래에 쓴다.

672)당명(當明) : 당당하고 밝음.

673)동품(同品) : 벼슬의 품계가 같음.

쇽지 아닐 ᄇᆡ니, ᄎᆞᄌᆞ 쥬시믈 바라지 못ᄒᆞ나, 구외674)에 쇽ᄒᆞ여 군냥을 치용케 ᄒᆞ쇼셔.”

됴공이 탕츈 다려 니로ᄃᆡ,

“금오의 말이 올흐니 그 은을 【31】 마침ᄂᆡ 은닉지 못ᄒᆞ리라.”

탕츈이 ᄒᆞ일업셔675) 웨지져676) 발명(發明)ᄒᆞ기ᄅᆞᆯ 지리히 ᄒᆞ되 그 발명이 효험치 못ᄒᆞ니, 됴공의 뇌(怒) 불 우희 기름 ᄀᆞᆺᄒᆞ여, 탕관의 부ᄌᆞᄅᆞᆯ 형판(刑板)의 긴긴이 동히고 엄치(嚴治)677) ᄇᆡᆨ을 치니, 살이 써흔 듯ᄒᆞ여 ᄂᆞ믄 곳이 업더라.

칼 메워 옥의 ᄂᆞ리오고 굴시ᄅᆞᆯ 불너 ᄀᆞᆯ오ᄃᆡ,

“네 향환(鄕宦)의 녀ᄌᆞ로셔 ᄉᆞ오나온 댱부와 ᄑᆡᄌᆞᄅᆞᆯ 도와 혹ᄉᆞ의 문호ᄅᆞᆯ 더러이고ᄌᆞ ᄒᆞ다가, 도로혀 네 음뷔(淫婦) 되니 하ᄂᆞᆯ이 스ᄉᆞ로 식이미라. 【32】 법을 경히 ᄒᆞ여 실ᄒᆡᆼ(失行)ᄒᆞᆫ 녀ᄌᆞᄅᆞᆯ 쥭이지 아니 ᄒᆞᄂᆞ니, 쇼소(小小)ᄒᆞᆫ 벌을 바드라.”

드ᄃᆡ여 ᄉᆞ십여 장을 쳐 ᄂᆡ치고, 진여희ᄅᆞᆯ 불너 ᄀᆞᆯ오ᄃᆡ,

“네 ᄒᆞᆫ 쳔인으로셔 상문규슈(相門閨秀)ᄅᆞᆯ 욕ᄒᆞ려 ᄒᆞ니 그 죄 즁ᄒᆞᆫ지라. 법이 당연히 쥭일 ᄇᆡ로ᄃᆡ, 네 슈범(首犯)이 아니니 관뎐(寬典)678)으로 장(杖) 팔십ᄒᆞ여 먼니 츙군ᄒᆞ리라.”

이의 팔십을 쳐 가도니, 니가 복쳡(僕妾)이 ᄉᆞ례ᄒᆞ고 흣터지거ᄂᆞᆯ, 됴공이 니쇼져의 유모ᄅᆞᆯ 불너 문왈,

“네 집 쇼제 ᄒᆞᆫ ᄀᆞᆺ 녹녹ᄒᆞᆫ ᄋᆞ녀ᄌᆞ의 쇼 【33】 견이 아니라. 반ᄃᆞ시 젼졍(前程)을 계교(計巧)ᄒᆞ미 잇실 거시오, 친ᄉᆞ(親事)ᄅᆞᆯ ᄌᆞᄐᆡᆨ(自擇)ᄒᆞᄂᆞ냐? 니댱군긔 쇽탁(屬託)ᄒᆞ여 그 명을 기다리ᄂᆞ냐?”

노ᄑᆡ ᄃᆡ왈,

쇼제 셩ᄒᆡᆼ이 츄상 ᄀᆞᆺᄒᆞ여 ‘비례부동(非禮不動)ᄒᆞ며 비례불쳥(非禮不聽)’679)ᄒᆞ시니, 일즉 쳔쳡의 회즁(懷中)의 셔 졋ᄉᆞᆯ 먹을 ᄊᆡ부터 ᄒᆡᆼ실이 졀노 니러시니, 엇지 댱부ᄅᆞᆯ ᄌᆞᄐᆡᆨᄒᆞᄂᆞᆫ 남ᄉᆡ 잇시리잇고? 니댱군긔 쇼져의 둉신(終身)을 노애 긔탁ᄒᆞ여 계시니, 쇼져의 념녀ᄒᆞ시미 업ᄂᆞ니이다. 오직 쇼져의 심ᄉᆞ(心思)ᄂᆞᆫ ‘증증예(烝烝乂)ᄒᆞ며 【34】 불격간(不格姦)’680)ᄒᆞᄉᆞ, ‘ᄃᆡ슌(大舜)이 우물 속의셔 피ᄒᆞᆷ’681) ᄀᆞᆺ

674)구외 : 관청(官廳). 관아(官衙) 관가(官家) 따위를 이르던 옛 우리말.

675)하일업다 : ①달리 어떻게 할 도리가 없다. ②조금도 틀림이 없다.

676)웨짖다 : 외치다. ①큰 소리를 지르다. ②의견이나 요구 따위를 강하게 주장하다.

677)엄치(嚴治) : 엄중히 다스림.

678)관전(寬典) : 관대한 은전(恩典). 특히 죄수의 은사(恩赦) 같은 것을 이른다.

679)비례부동(非禮不動) 비례불청(非禮不聽) : 비례물동(非禮勿動) 비례물청(非禮勿聽). 예가 아니면 움직이지 말고 예가 아니면 듣지 말라는 말로, ≪논어≫의 사물(四勿; 非禮勿視 非禮勿聽 非禮勿言 非禮勿動) 가운데 나오는 말이다.

680)증증예불격간(烝烝乂不格姦) : 차츰 어진 길로 나아가게 하여 간악한 데에 빠지지 않

ᄒᆞ시니, 다만 부인의 뜻을 엇줍지 못ᄒᆞ믈 슬허ᄒᆞ시ᄂᆞ니, 업ᄃᆡ여 빌건ᄃᆡ 부인의 져ᄌᆞᆫ ᄇᆡ 아니오, 탕적의 ᄀᆞᄅᆞ치민 쥴 용ᄉᆞᄒᆞ쇼셔."

됴공 왈,

"네 집 부인이 엇지 죄 업ᄉᆞ리오마ᄂᆞᆫ 혹ᄉᆞ의 ᄂᆡ상(內相)이며 팔좌(八座)의 됸(尊)ᄒᆞ믈 고ᄌᆞ(顧藉)ᄒᆞ며682) 쇼져와 니당군을 고렴(顧念)ᄒᆞ미니라."

노픽 ᄇᆡ사ᄒᆞ고 ᄀᆞ마니 눈을 드러 위ᄉᆡᆼ(위生)을 보고 지류(遲留)ᄒᆞ여, 문을 ᄂᆞ와 위ᄉᆡᆼ의 셩명을 무러 왈,

"대야 겻희 옥면 쇼낭【35】군이 엇던 ᄉᆞᄅᆞᆷ인고?"

문니 ᄀᆞᆯ오ᄃᆡ,

"ᄂᆞ됴희683) ᄀᆞᆺ 원방으로셔 오나, 셩명도 통ᄒᆞ미 업셔 ᄃᆡ노야긔 드러가니, ᄃᆡ애(大爺) 후례(厚禮)로 ᄃᆡ졉ᄒᆞ시고 말솜ᄒᆞ실 적 쥬상폐하와 조·니 제 당군을 다 붕위(朋友)라 ᄒᆞ시니, ᄂᆞ히 비록 쇼년이나 큰 귀인(貴人)이니라."

노픽 머리 됫고 도라가니라.

좌긔(坐起)를 파ᄒᆞᄆᆡ 위ᄉᆡᆼ을 다리고 둉용(從容)이 말솜 ᄒᆞᆯᄉᆡ, 우어 왈,

"현뎨(賢弟) 앗가 니가 녀ᄌᆞ의 젼후ᄉᆞ를 다 드러시니, 아니 이 녀ᄌᆡ 셔시(西施)684)의 용모와 ᄌᆞ방(子房)685)의 쇠를 겸하엿【36】고, ᄉᆞ광(師曠)의 춍(聰)과 니루(離婁)의 명(明)을 두어 독ᄒᆡᆼ(篤行)이 긔특ᄒᆞ니, ᄂᆡ 뜻의ᄂᆞᆫ 현데 ᄉᆞ방으로 가인(佳人)을 구ᄒᆞ니[나] 이만 못ᄒᆞᆯ가 ᄒᆞ노라. 니한승이 혼인을 쥬장(主掌)ᄒᆞᆫ 즉, 형ᄆᆡ(兄妹) 셔로 맛나 도요시(桃夭詩)를 읇흐기 느져시지믈 보면, 혼ᄉᆞ를 ᄉᆡᆼ니 일우미○○○[되리니], 경ᄉᆞᄂᆞᆫ 인ᄌᆡ 모히ᄂᆞᆫ ᄯᆡ히요, 무뷔(武夫) 호의(狐疑) 업셔 질독ᄌᆞ(疾足者)의게 정친(定親)ᄒᆞᆫ 후면 너ᄂᆞᆫ 외방으로셔 ᄀᆞᆺ와 판밧686) ᄉᆞᄅᆞᆷ이 될 거시니, ᄂᆡ 임의 녕됸(令尊)의 부탁ᄒᆞ믈 바닷ᄂᆞᆫ지라. 편지를 써 너를 쥴 거시니, 네 ᄂᆡ ᄋᆞ오 광【37】의(匡義)687)를 쥬어 니한승의게 젼케 ᄒᆞ고, 셕슈신(石守

게 함. 『동몽선습(童蒙先習)』 '부자유친(父子有親)'조에 나오는 말.

681)ᄃᆡ슌(大舜)이 우물 속의셔 피흠 : 순의 완악한 부모가 그를 우물에 들어가게 한 후 우물을 묻어 죽게 하였으나, 순이 우물에 숨을 구멍을 파, 이를 잘 피하여 효(孝)를 완전케 하였던 고사. 『맹자』 <만장장구상(萬章章句上)>에 나온다.

682)고ᄌᆞ(顧藉)ᄒᆞ다 : 돌아보다. 다시 생각하여 보다.

683)ᄂᆞ됴희 : ᄂᆞ됴ㅎ. 낮. *ᄂᆞ도희: 낮에.

684)셔시(西施) : 중국 춘추 시대 월나라의 미인. 오나라에 패한 월나라 왕 구천이 서시를 부차에게 보내어 부차가 그 용모에 빠져 있는 사이에 오나라를 멸망시켰다.

685)ᄌᆞ방(子房) : 중국 한나라의 건국공신 장량(張良)의 자(字). *댱냥(張良) : BC ?-189. 중국 한나라의 정치가, 건국공신. 유방의 책사로 홍문연에서 유방을 구하고 한신을 천거하는 등, 유방이 한나라를 세우고 천하를 통일할 수 있도록 도왔다. 소하·한신과 함께 한나라 건국 3걸로 불린다.

686)판밧 : 판밖. 일이 벌어진 자리 밖.

信)688)으로 ᄒᆞ여금 힘써 일우게 ᄒᆞ라."

위ᄉᆡᆼ이 쇼왈,

"쇼데 비록 외방 산인(散人)689)이나 ᄃᆡ댱뷔 ᄒᆞᆫ 안ᄒᆡ 엇기 ᄅᆞᆯ 근심ᄒᆞ리잇가? 형을 됴ᄎᆞ 노다가 공명(功名)을 일우고 쳔쳔이 실가(室家)690)ᄅᆞᆯ 마ᄌᆞ려 ᄒᆞ엿더니, 이 녀ᄌᆞᄅᆞᆯ 쇼데의 노비ᄌᆞ(老婢子) 양시 셩히 닐너 ᄒᆡᆼ적을 임의 드럿고, 그 부형이 쇼데로 더부러 형세 셔로 ᄇᆞ리지 못ᄒᆞᆯ 거시니, 뜻의 머무르미 잇더니, 됸형이 만일 쥬션ᄒᆞ미 이시면 쇼데 쳐음 계교ᄅᆞᆯ 【38】 바리고, 경ᄉᆞ로 갈쇼이다."

됴공 왈,

"인뉸대ᄉᆞᄅᆞᆯ 경(輕)히 못ᄒᆞᆯ 거시니 이 녀ᄌᆞᄂᆞᆫ 다시 엇기 어려오리니, 네 다시 햐쳐(下處)691)로 가지 말고, ᄂᆡ 부즁의 머므러 ᄒᆡᆼ니(行李)692)ᄅᆞᆯ 출혀 경ᄉᆞ로 가미 됴흐니라,"

드ᄃᆡ여 숀을 ᄂᆡᆺ글고 ᄂᆡᄋᆞ(內衙)의 드러가셔 부인을 쳥ᄒᆞ여 셔로 보라 ᄒᆞ니, 두 부인이 위ᄉᆡᆼ을 보ᄆᆡ 니별ᄒᆞ연지 ᄉᆞ오년이라. 반기며 슬허 눈물 흐르믈 ᄭᆡᄃᆞᆺ지 못ᄒᆞ더라.

각각 평부(平否)ᄅᆞᆯ 뭇고 다시 조부닌의 복녹을 일ᄏᆞ라 ᄀᆞᆯ오ᄃᆡ,

"우리 '삼동 【39】 ᄌᆞᄆᆡ(三從姉妹)'693) ᄒᆞᆫ가지로 ᄉᆞ름을 됴ᄎᆞᄆᆡ, 우리 형뎨 슬ᄒᆡ(膝下) 뎍막(寂寞)ᄒᆞ고 조ᄆᆡ ᄌᆞ네 여러히니, 슉부모의 복녹을 앙모ᄒᆞ더니, 깃브고 쾌ᄒᆞᆫ 바ᄂᆞᆫ 현데 공명을 일우ᄆᆡ ᄒᆞᆫ가지로 경ᄉᆞ의 잇셔, 우리 다시 슉부ᄅᆞᆯ 뫼심 ᄀᆞᆺ틀가 영ᄒᆡᆼ(榮幸)ᄒᆞ여라."

위ᄉᆡᆼ 왈,

"쇼데ᄂᆞᆫ 임의 부뫼 허ᄒᆞ여 제형을 의탁ᄒᆞ여 공명을 일우라 ᄒᆞ신 ᄇᆡ니, 져져들노

---

687)광의(匡義) : 조광의(趙匡義). 북송의 2대 황제(939-997) 태종(太宗). 태조(太祖) 조광윤(趙匡胤)의 아우로 중국의 통일을 완성하여 태조 조광윤과 함께 개국 초 송나라의 기틀을 세웠다. 재위 중 과거제도를 확립하고 전매(專賣)·상세(商稅) 제도를 바로잡아 군주의 통치권을 강화하였다. 재위 기간은 976~997년이다.

688)셕슈신(石守信) : 후주(後周)와 송초(宋初)의 무장(武將). 후주에서 홍주방어사(洪州防禦使)를 지냈고 송 태조(太祖) 때 위국공(魏國公)에 봉해졌다.

689)산인(散人) : 세상일을 멀리하고 한가하게 사는 사람. 흔히 아호(雅號) 밑에 붙여서 겸손의 뜻을 나타낸다.

690)실가(室家) : '집안일을 하는 사람'이라는 뜻으로 '자기의 아내' 곧 '실인(室人)'을 달리 이른 말. 《시경(詩經) 주남(周南)》 '도요(桃夭)' 시에 "싱싱한 복숭아나무, 꽃이 활짝 피었도다. 그녀 시집감이여, 집안 살림 잘 하리라(桃之夭夭 灼灼其華 之子于歸 宜其室家)" 보인다.

691)햐쳐(下處) : 사처. 손님이 길을 가다가 묵음. 또는 묵고 있는 그 집.

692)힝니(行李) : ①여행할 때 쓰는 물건과 차림.=행장. ②『군사』 예전에, 말이나 수레 따위에 실은 여러 가지 군대의 전투나 숙영에 따른 물품.

693)삼동ᄌᆞᄆᆡ(三從姉妹) : 팔촌(八寸)이 되는 여자형제.

더브러 쎠ᄂᆞ지 아니려니와, 부뫼 산즁의셔 ᄂᆞ오실 뜻이 업ᄉᆞ시니, 쇼뎨의 니친(離親)ᄒᆞᆫ 정이 졀박ᄒᆞ고, ᄆᆡ【40】져(妹姐)와 조져ᄂᆞᆫ 보려니와 낭낭은 온 쥴도 모로시리니, 어느날 뵈오믈 어드리오. 낭낭의 탄ᄉᆡᆼ치 못ᄒᆞ시믄 국운(國運)의 잇ᄂᆞᆫ ᄇᆡ여니와, 현져(賢姐) ᄐᆡ경(胎慶)이 느져시니 괴이ᄒᆞ이다."

뎌공이 쇼왈,

"부인이 이졔야 회잉(懷孕)ᄒᆞ미 잇시니 언마ᄒᆞ여 긔린을 ᄂᆞ흐리오. ᄂᆡ 희쳡(姬妾)의도 ᄌᆞ식이 업ᄉᆞ니 괴이ᄒᆞ더니, 부인긔 경ᄉᆡ 잇시니, 낭낭(娘娘) 츈취 졍졍ᄒᆞ시니 엇지 져ᄉᆡ(儲嗣)694) 근심되리오."

두부인이 기리 탄왈,

"쥬상이 인현(仁賢)ᄒᆞ시나 후궁의 춍(寵)이 셩ᄒᆞ고, 황귀비 【41】황ᄌᆞ를 ᄉᆡᆼᄒᆞ니 거오(倨傲)ᄒᆞ여 분의(分義)를 직희지 아니ᄒᆞ니, 엇지 낭낭이 평안ᄒᆞ시리오. 도라보건ᄃᆡ 친쇽(親屬)695)이 녕졍(零丁)ᄒᆞ고 신셰 괴로오니 산즁의 초구(草具)696)를 먹을 젹만 ᄒᆞ리오. 부귀ᄒᆞ미 도로혀 즐겁지 아니ᄒᆞ도다."

위ᄉᆡᆼ이 쳐연ᄒᆞ여 즐기지 아니ᄒᆞ더라.

"ᄂᆞᆺ은 형ᄆᆡ지의(兄妹之誼)로 무ᄋᆡ(撫愛)ᄒᆞ믈 닙고 밤은 뎌공을 뫼셔 ᄌᆞ니, 공이 ᄉᆡᆼ의 고상(高爽)ᄒᆞᆫ 셩졍이 잇ᄉᆞ니, 상상(常常) 우어 왈,

"네 날노 더부러 년【42】갑(年甲)이 ᄂᆡ도ᄒᆞ되, 붕우(朋友)의 도와 형뎨의 졍으로 ᄃᆡ졉ᄒᆞ믄 너의 ᄌᆡ품이 인뉴(人類)의 쒸여ᄂᆞ믈 ᄋᆡ즁ᄒᆞ미니, 네 니르라, 조여뮈[위] 날노 더브러 졍의(情誼) 엇더ᄒᆞ뇨?"

ᄉᆡᆼ이 ᄃᆡ왈,

"조형은 친동긔(親同氣)오, 형은 표둉인친(表從姻親)697)이니 졍의 간격이 잇신 듯ᄒᆞ되, 여우 형이 관인후즁(寬仁厚重)698)ᄒᆞ나 물념(物念)699)이 만흔 ᄉᆞ름이오, 형은 관인념결(寬仁廉潔)700)ᄒᆞᄉᆞ 어질며 활ᄃᆡ(豁大)ᄒᆞ미 쇽ᄌᆞ(俗子)701) 아니시니, 쇼뎨 마음을 기우려 앙모(仰慕)ᄒᆞ미 지극ᄒᆞᆫ지라. 여우 형이 업ᄉᆞ면 쇼뎨 다시 공명【43】을 ᄒᆞ지 아니리이다."

뎌공이 웃고 어루만져 왈,

---

694)져ᄉᆡ(儲嗣) : 『역사』 제후국에서, 임금의 자리를 이을 임금의 아들.=왕세자.
695)친쇽(親屬) : 촌수가 가까운 일가.=친족(親族).
696)초구(草具) : 풀로 마련한 음식이라는 뜻으로, '악식(惡食)'을 이르는 말.
697)표둉인친(表從姻親) : 외종사돈. 혼인으로 맺어진 외가(外家)의 친척.
698)관인후즁(寬仁厚重) : 성품이 너그럽고 인자하며 중후함.
699)물념(物念) : 세상의 이러저러한 사물이나 현상에 대한 생각.
700)관인념결(寬仁廉潔) : 성품이 너그럽고 인자하며 청렴하고 결백함.
701)쇽ᄌᆞ(俗子) : 일반의 평범한 사람.=속인(俗人)

"너와 나ᄂᆞᆫ 골육의 정이 잇ᄉᆞ니 마음 알미 지극ᄒᆞ다 ᄒᆞ리로다. ᄂᆡ 또 텬하 영웅의 벗이 불가승싊(不可勝數)로ᄃᆡ 너 ᄀᆞᆺ치 심ᄋᆡ(心愛)ᄒᆞᄂᆞᆫ ᄌᆞᄂᆞᆫ 업ᄂᆞᆫ지라. ○○○○[네 업ᄉᆞ면] 벼술의 길흘 ᄊᆞᆺᄎᆞ리라."

ᄉᆡᆼ이 쇼왈,

"형의 말ᄉᆞᆷ이 올흐시되 너모 과도ᄒᆞ이다. 셕슈신(石守信)·왕정빈·니한승 등은 일ᄃᆡ호걸(一代豪傑)이요, 쇼뎨ᄂᆞᆫ 잔용(孱庸)[702]ᄒᆞᆫ 문치[703]라. 의논치 못ᄒᆞ려니와 형이 엇지 위ᄌᆞ(慰藉)[704]ᄒᆞ기ᄅᆞᆯ 이러트시 ᄒᆞ시ᄂᆞ뇨? 쇼뎨ᄂᆞᆫ ᄒᆞᆫ 졸뷔(拙夫)[705]라. 【44】 환노(宦路)의 마음을 ᄊᆞᆺᄎᆞ려 ᄒᆞ여 쇼임이 적고 쓸ᄃᆡ 업ᄉᆞ니 세상이 ᄎᆞᆺ지 아니ᄒᆞ리니, 형을 위ᄒᆞ여 이 말 ᄀᆞᆺ치 ᄒᆞ려 ᄒᆞ여도 쉽거니와, 형은 하날을 밧들며 ᄉᆞ희(四海)ᄅᆞᆯ 건질 ᄌᆡ뫼 잇ᄉᆞ니, 반ᄃᆡ불[706] ᄀᆞᆺᄒᆞᆫ 쇼뎨 업ᄉᆞᆫ들 몸을 마음으로 ᄒᆞ리오."

됴공이 쇼왈,

"이 ᄋᆞ희 엇지 날을 이리 위ᄌᆞᄒᆞᄂᆞ뇨?"

ᄒᆞ더라.

위공ᄌᆞᄂᆞᆫ 세상의 ᄇᆞᆰ은 션ᄇᆡ라. 니밀(李密)[707] 등우(鄧禹)[708]의 무리여날, 됴공의 ᄉᆞ랑ᄒᆞ미 과도ᄒᆞ여 오ᄂᆞᆯ 날 이 말ᄉᆞᆷ이 우연이 발 【45】 ᄒᆞ여, 공ᄌᆡ 맛ᄎᆞᆷᄂᆡ ᄌᆡ됴ᄅᆞᆯ 다 못ᄒᆞ고 청풍명월의 님ᄒᆞ로 물너ᄂᆞ니, ᄎᆞ희라! 군신의 지극ᄒᆞ미여!

됴공이 공ᄌᆞ의 친ᄉᆞᄅᆞᆯ 념녀ᄒᆞ여 니당군긔 구혼ᄒᆞᄂᆞᆫ 셔간을 쓰고, 광의(匡義)의

---

702)잔용(孱庸) : 됨됨이가 못생기고 연약함. =용잔(庸孱)

703)문치 : 문치적거리는 사람. *문치적거리다: 일을 결단성 있게 하지 못하고 어물어물 끌어가기만 하다.

704)위자(慰藉) : 위로하고 도와줌.

705)졸부(拙夫) : 졸장부(拙丈夫). 도량이 좁고 졸렬한 사내.

706)반딕불 : 반딧불. 반딧불이의 꽁무니에서 나오는 빛.≒소화(宵火), 인화(燐火), 형광(螢光).

707)이밀(李密) : 224~287. 자(字) 영백(令伯). 삼국시대 촉한(蜀漢)에서 낭관(郎官)을 지내고, 촉한이 망한 뒤 서진에서 상서랑(尙書郞)·하내온령(河內溫令)·한중태수(漢中太守)를 지냈다. 문장이 뛰어나, 진무제(晉武帝)에게 올린 진정표(陳情表)〉로 이름이 높다. 그는 어려서 아버지를 여의고 어머니가 개가(改嫁)하였으므로, 조모 유씨(劉氏)가 양육하였는데, 표문에서 "신이 폐하에게 충절을 다할 날은 길고, 조모 유씨(劉氏)에게 보답할 날은 짧습니다."라고 하여, 90세가 넘은 조모의 곁을 잠시도 떠날 수 없다며, 조모를 끝까지 봉양할 수 있게 해달라고 청원하였다. 『고문진보후집(古文眞寶後集)』 <진정표(陳情表)> 에 나온다.

708)등우(鄧禹) : 후한(後漢) 광무제(光武帝)를 도와 천하를 평정한 개국공신으로, 광무제가 즉위하자 24세 때 삼공(三公)의 하나인 대사도(大司徒)에 임명되고 고밀후(高密侯)에 봉해졌다. 공신각 운대이십팔장(雲臺二十八將) 가운데 제일공신(第一功臣)에 기록되었다. 『후한서(後漢書)』 16권 〈등우전(鄧禹傳)〉 에 나온다.

게 친셔를 닥가 공즈를 경도(京都)로 보니니, 공지 미져를 니별ㅎ고 일노(一路)의 무스이 힝ㅎ여 경스의 니르니, ㅊ혼이 엇지 된고? 하회를 보라.

화셜 니쇼져 옥슈 계모의 무궁흔 용계(用計)를 맛나 부모의 일졈 혈육으로써 분토(糞土)의 욕 【46】 을 볼가 두려, 양시긔 쐬를 젼ㅎ여 스오십년 아지 못ㅎ는 슈문(水門)을 열고, 젹은 비를 타 물결 스이로 됴ㅊ 흘너 위부 동창궁(同昌宮)의 숨으니, 이쩍 위싱이 동행흔 쩍라.

양상궁이 ㄱ마니 탄ㅎ여 이달나 쇼져의 용모긔질(容貌氣質)을 보고 십분 흠이(欽愛)ㅎ며 이디(愛待)ㅎ여 금국 원쇼루의 안헐(安歇)ㅎ니, 쇼져 노쥬 화망(禍亡)을 버셔느 운궁의 쥬인ㅎ여, 거쳐 음식이 부즁도곤 평안ㅎ되, 그물의 버셔는 고기와 농즁(籠中)의 ㄱ 노힌 【47】 시 ㄱㅎ여, 규즁옥쉬(閨中玉秀)[709] 쳔니원힝(千里遠行) 《ㅎ여 ‖ 이》 힝되 암연(暗然)ㅎ되 《힝식 ‖ 형셰(形勢)》 오릭 잇지 못흘지라.

유부(乳夫)[710] 노로(奴虜)[711] 삼인이 힝니(行李)를 《쥰부 ‖ 쥰비》 ㅎ니 쇼졔 품 ㄱ온디 보빗 유여흔지라. 힝노의 근심이 업더라.

양시와 졔상궁을 니별ㅎ고 식비 남즈의 건복(巾服)을 밧고와 댱(帳) 두른 슈레를 타고 졔시이(諸侍兒)를 다 인가의 셔동(書童)의 모양을 ㅎ여 힝ㅎ다가 나귀 스오필을 스 쇼져와 졔시이 길흘 힝ㅎ며, 각부(脚夫)[712]를 셰(貰) 주어 도라보니니, 이 뜻 【48】 이 힝젹을 숨겨 스룸이 아지 못ㅎ게 ㅎ미러라.

마을을 맛느면 션비 건복(巾服)을 닙고 뫼골[713]을 맛나면 도스(道士)의 의관을 ㅎ니, 일노(一路)의 됴흔 경(景)과 놉흔 뫼흘 지나 흔 곳의 니르니, 이 쩍 병난(兵亂)이 굿고 군식 쌘기[714] 히마다 ㅎ니, 빅셩이 편안이 스지 못ㅎ고 촌스(村舍) 산협(山峽) 다히[715]는 더옥 스룸의 집이 업스니, 이날 졍히 져물 쩍의 인가를 엇지 못ㅎ고 큰 뫼 밋틱와 날이 져믄지라.

쇼졔 노왕을 불너 글오디,

"네 【49】 날을 젼면과[의] 느무 그늘의 느리오고 의관(衣冠)을 다 닉여오라."

노왕이 즉시 푸기를 풀고 유의(儒衣)를 느오니, 쇼져 일힝이 션비 옷슬 곳쳐 닙

709)규즁옥쉬(閨中玉秀) : 규수(閨秀). ① 남의 집 처녀를 정중하게 이르는 말. ② 학문과 재주가 뛰어난 여자.
710)유부(乳夫) : 유모의 남편.
711)노로(奴虜) : 종. 예전에, 남의 집에 딸려 천한 일을 하던 사람.
712)각부(脚夫) : 품삯을 받고 먼 길을 걸어서 심부름을 하는 사람.≒각력.
713)뫼골 : 산골. 외지고 으슥한 깊은 산속.
714)쌘다 : 뽑다.
715)다히 : ①쪽, 편, ②대로. ③처럼. 같이.

고, 옷 속의 경보(輕寶)를 너허 추고, 건냥(乾糧)과 의복을 의구히 시르니, 노쉬 쑤러 왈,

"일노의 큰 뫼흘 지느미 여러히로딕 쇼쥬인이 이 굿치 두려호시미 업더니, 이곳은 엇지 념녀호시느뇨?"

쇼제 쇼왈(笑曰),

"너희 아지 못호는도다. 젼노(前路)는 길히 바르고 바로 뫼흘 넘은 뎍이 업거니와, 【50】 이곳은 인긔 슈십 니(里) 남으[716] 긋치고, 슈목이 총울(葱鬱)호고 길히 덥거치니[717], 흉호미 만코 길호미 뎍은지라. 혹 불의지변(不意之變)이 잇셔도 방어호는 계교를 미리 쓸[씀]만 굿지 못호도다. 너희 비록 도젹을 맛나도 각각 도싱(圖生)호여 싱활(生活)홀 계교를 호미 올흐니라."

노왕 왈,

"만일 이 굿호면 날이 임의 느져시니 옛 길노 가 다른 길히 업는가 뭇스이다."

쇼제 왈,

"인가 지난이 발셔 팔구십니나 호니, 비록 반노 졈스 【51】 라도 스십여리나 지낫는지라. 이제 가리오."

호고, 나귀의 올나 뫼흘 타 지날 시, 치[718]쳐 이십니를 산곡 녕상(嶺上)으로 가되 도젹도 업고 뫼 즘싱도 업더라.

노싀(老厮) 쇼왈,

"쇼쥬인이 담긔 약호스 도젹을 두려 뫼넘기를 근심호더니, 뫼흔 비록 험호나 스슴 톳기와 날즘싱도 업스니, 됴흔 곳이로소이다."

쇼제 답왈,

"이 더욱 흉(凶)호니라. 이런 심산쥰녕(深山峻嶺)의 쵸제싀랑(貂猪豺狼)[719]이 업스니 반드시 뫼 속의 군미(軍馬) 【52】 잇스미라. 너희는 방심치 말고 샐니 녕(嶺)을 나리와라."

노싀 등이 우으며 다시 느귀를 모라 녕(嶺)을 느리며[믹], 홀연 슈풀 속으로셔 고함쇼릭 진동호며 슈십 강되 닉다라, 창검궁시(槍劍弓矢)를 각각 씌고 웨여 왈,

"너희 엇지 우리 뫼흘 공(空)히[720] 지느리오. 길살돈[721]이 업거든 탄 나귀와

---

716)남으 : 나마. 「의존명사」 크기, 수효, 부피 따위가 어느 한도에 차고 조금 남는 정도임을 나타내는 말.=남짓.
717)덥거치다 : 덥거칠다. 나무나 풀 덩굴 따위가 빽빽하게 자라 무성하다.
718)치 : 채찍. 말이나 소 따위를 때려 모는 데에 쓰기 위하여, 가는 나무 막대나 댓가지 끝에 노끈이나 가죽 오리 따위를 달아 만든 물건.
719)쵸제싀랑(貂猪豺狼) : 산짐승 가운데, 담비·멧돼지·승냥이·이리를 함께 이른 말.
720)공(空)히 : 공짜로.

반젼(盤纏)[722]을 모도와 쥬고 가라. 쇼져와 ᄉᆞ비ᄌᆡ(四婢子) ᄂᆞ귀에 ᄡᅱ여 나려 뫼아ᄅᆡ로 다라나니, 노ᄉᆡ 등이 ᄯᅩᄒᆞᆫ 진 거ᄉᆞᆯ 버셔 바리고 쇼져를 ᄯᆞ라 ○○[다라]ᄂᆞ니, 제적이 제 【53】 뷘몸으로 다라ᄂᆞ믈 보고, 숀펵[723]쳐 우셔 다시 ᄯᆞ로지 아니ᄒᆞ고, ᄂᆞ귀를 닛글고 짐을 메여 ᄃᆞ라ᄂᆞ니, 쇼제 뫼히 ᄂᆞ려 슈리ᄂᆞᆫ ᄀᆞᄆᆡ 비로쇼 쳔식(喘息)을 졍ᄒᆞ고 길가 돌 우히 안ᄌᆞ 쉴 ᄉᆡ, 이윽고 노왕과 시ᄋᆞ들이 뉵쇽(陸續)[724]ᄒᆞ여 ᄯᅩᆺᄎᆞ오니, 쇼져긔 노ᄉᆡ 등이 ᄇᆡᄉᆞ(拜謝) 왈,

"쇼쥬인(小主人)은 텬신이라. 마쵸와 미리 계교ᄒᆞ미 업던들 우리 등이 엇지 도창궁시(刀槍弓矢)[725]의 명을 도망ᄒᆞ며, 비록 ᄉᆞ라나믈 어든 들 어ᄃᆡ가 반젼(盤纏)을 경영ᄒᆞ리오. 일이 무ᄉᆞ 【54】 ᄒᆞ미 다 쇼쥬인의 혜ᄐᆡᆨ이로소이다."

쇼제 쇼왈,

"우리 길흘 근심치 아니ᄒᆞ고 ᄲᆞᆯ니 평안ᄒᆞ믈 구ᄒᆞ려 ᄒᆞ다가 낭ᄑᆡᄒᆞ믈 맛ᄂᆞ 이의 니르러시니, 이 무ᄉᆞᆫ 지혜 잇ᄉᆞ리오. 이제 날이 어둡고 쵼낙이 업ᄉᆞ니, ᄆᆡ양 산곡의 잇지 못ᄒᆞᆯ 거시오. 도적의 굴혈(窟穴)이 ᄀᆞᆺ가오니, 압흐로 ᄂᆞᄋᆞ가 인가를 무를 거시라."

ᄒᆞ고, 노쥐 셔로 븟드러 ᄉᆞ오리(四五里)를 ᄒᆡᆼᄒᆞ니, 달이 ᄀᆞᆺ[726] 도다 ᄇᆞᆰ기 ᄂᆞᆺ ᄀᆞᆺ더라. 눈을 드러 알플 보니, ᄒᆞᆫ ᄣᅦ 슈양(垂楊)[727]이 ᄂᆡ가흘 덥허, 【55】 물 흐르ᄂᆞᆫ 쇼ᄅᆡ 잔완(孱緩)[728]ᄒᆞ고 희미히 ᄀᆡ 즛ᄂᆞᆫ 쇼ᄅᆡ 들니거ᄂᆞᆯ, 쇼제 노왕을 보ᄂᆡ여 '몬져 쥬인(主人)ᄒᆞᆯ 곳을 ᄎᆞᄌᆞ라' ᄒᆞ고, 날호여 거러 장문(墻門) 압히 다ᄃᆞ르니, 슈풀이 듕듕(重重)ᄒᆞ고 숑ᄇᆡᆨ이 덧것ᄎᆞ러 슈간(數間) 모옥(茅屋)을 덥허시니, 불빗치 잇다감 반ᄃᆞᆨ이고 달발[729] ᄋᆞᄅᆡ ᄉᆡ문(柴門)을 구지 다다시니, 조금안[730] ᄀᆡ 그 쇽의 업ᄃᆡ여 ᄉᆞᄅᆞᆷ을 보고 향ᄒᆞ여 즛ᄂᆞᆫ지라.

노ᄉᆡ 문을 두다려 쥬인을 부르니 이윽고 ᄒᆞᆫ 머리 센 노괴 막ᄃᆡ를 집고 ᄂᆞ오 【56】 며 ᄀᆞᆯ오ᄃᆡ,

"황산(荒山) 심협(深峽)의 엇던 도뎍이 ᄂᆡ집의 무어시 잇다고 와 요란이 구ᄂᆞᆫ

---

721)길살돈 : 길을 지나가는 대가로 내는 돈.
722)반젼(盤纏) : 먼 길을 떠나 오가는 데 드는 비용.=노자.
723)숀펵 : 손뼉. 손바닥과 손가락을 합친 전체 바닥.
724)육속(陸續)ᄒᆞ다 : 잇달다. 잇따르다. 어떤 물체가 다른 물체의 뒤를 이어 따르다.
725)도창궁시(刀槍弓矢) : '칼·창·활·화살'을 함께 이른 말.
726)ᄀᆞᆺ : 갓. 이제 막.
727)슈양(垂楊) : 수양(垂楊). 버드나뭇과의 낙엽 활엽 소교목. =수양버들.
728)잔완(孱緩) : 물이 잔잔하고 느리게 흐름.
729)달발 : 달뿌리풀로 엮어 만든 발.≒난렴. *달뿌리풀: 『식물』 볏과의 여러해살이풀. 주로 냇가에 서식하며 한국의 경북 · 제주 · 함경, 일본 등지에 분포한다.≒갈.
730)조금안 : 조그마한.

뇨?"

노싀 닉즉이 쇼릭후여 왈,

"마마(媽媽)731)야! 우리는 도젹이 아니라. 도젹의게 쫏치인 수룸이로소이다. 한나라 수룸이 《황야‖혼야(昏夜)》의 의지 업수믈 고렴(顧念)후여, 하로 밤 더식고732) 가기를 허후쇼셔."

노인이 문을 열고 보다가 밧긔 여러 수룸이 잇수믈 보고 황망이 무러 골오딕,

"그딕는 힝긱(行客)이니 이의 오미 괴이치 아니되, 져 뒤히 쇼년 상공은 아마 【57】 여긔 올 수룸이 아니로다. 닉 눈이 흐려 호믹(狐魅)733)의게 속은가 의혹후누니, 엇던 수룸이 어느 쪽흐로셔 어딕로 가고주 후누뇨?"

노왕이 웃고 왈,

"노믹(老媽) 엇지 이 상공을 보고 이러틋 의심후누뇨? 우리는 동경(東京)734) 가는 슈주(豎子)735)를 뫼시고 이 쪽히 와 뫼길히 닉지 못후여 게오 귀장(貴莊)의 니르럿누이다."

노픽(老婆) 비로소 미더 칭찬 왈,

"노신(老身)이 팔십여년을 세상의 수라시되 일즉 상공 굿흔 수룸을 본 빅 업누니, 엇지 놀나지 아니리오. 가히 어엿브【58】다! 년쇼 상공이 놀나오믈 굿초 격고, 오히려 길 가온딕 잇도다."

후고, 청후여 초당으로 드러오며 늣 검고 머리 누른 노싀(老厮)를 불너, '불혀오라.' 후고, 일변(一邊) '셕○[식](夕食)을 을 출혀오라' 후니, 부억 우릭 져믄 녀지 믹반(麥飯)을 삼고736) 취깅(菜羹)을 달히더라.

노픽 쇼져를 수랑후여 드러가지 아니후고 창압히 안줏거놀, 쇼제 수례 왈,

"밤이 깁흔 딕 문 두다리믈 칙(責)지 아니후고, 귀수(貴舍)를 요란이 후니, 쥬

731)마마(媽媽) : ①나이 든 하녀. ②벼슬아치의 첩을 높여 이르는 말. ③마마; 임금과 그 가족들의 칭호 뒤에 쓰여, 존대의 뜻을 나타내던 말. ④'천연두'를 일상적으로 이르는 말.

732)더식다 : 더새다. 길을 가다가 날이 저물어 정한 곳 없이 들어가 밤을 지내다.

733)호믹(狐魅) : 여우와 도깨비.

734)동경(東京) : 중국의 사경(四京)의 하나로, 낙양(洛陽)을 이르는 말. 그 외 서경(西京)은 장안(長安), 남경(南京)은 금릉(金陵), 북경(北京)은 연산(燕山=燕京)을 각각 이른다. *낙양(洛陽): 중국 하남성(河南省) 서북부에 있는 성 직할시. 화북평야(華北平野)와 위수(渭水)강 분지를 잇는 요지로, 농해철도(隴海鐵道)가 지난다. 광산 기계·트랙터·방적 따위의 공업이 활발하며, 부근에서 목화가 많이 나고 석탄·금속 자원도 풍부하다. 예로부터 여러 왕조의 도읍지로 번창하여 명승고적이 많다.

735)슈주(豎子) : 더부룩한 머리털을 가진 사람. 곧 아직 장가가지 않은 '총각'을 이르는 말.

736)삼다 : 삶다. 물에 넣고 끓이다.

인의 념녀ᄒᆞ미 지극 감ᄉᆞᄒᆞᆫ지라. 쇼ᄉᆡᆼ【59】이 엇지 은혜를 니즈리오. 쇼ᄉᆡᆼ의 도젹 맛ᄂᆞ던 뫼히 십니ᄂᆞᆫ ᄒᆞ고, 이곳이 촌낙(村落)이 업ᄉᆞ니, 노ᄑᆡ 엇지 외로이 잇ᄂᆞ뇨?"

노ᄑᆡ 기리 탄 왈,

"뫼골의 집을 ᄒᆞ고 ᄉᆞ란지 슈십년의 졔ᄀᆡᆨ(諸客)을 맛나 말ᄉᆞᆷᄒᆞ미 쳐음이로쇼이다. 상공 츈취(春秋) 져므시고 경ᄉᆞ(京師)로 가시미 쳐음인가, 길흘 졍히 그릇 드럿도다. 상공의 도젹 만나던 곳은 일홈이 쇼화산이니, 이 뫼 쥬회(周回) 칠ᄇᆡᆨ니오, 험쥰ᄒᆞ기 ᄶᆞᆨ업ᄉᆞ니, 시졀이 어ᄌᆞ로오믈 인ᄒᆞ여 녹님(綠林)의 【60】 도젹이 뫼흘 의지ᄒᆞ여, 길가ᄂᆞᆫ ᄉᆞ름을 노략ᄒᆞ니, 이 뫼 압히 경ᄉᆞ 졍뇌(正路)로ᄃᆡ 도젹이 셩(盛)ᄒᆞ기로, 길흘 즈레 동으로 큰 길을 지나, 뫼 남녁 머리 큰 길노 단니니, 이러무로 이 ᄀᆞ온ᄃᆡ 이셔도 ᄒᆡᆼ인을 보지 못ᄒᆞ고, ᄒᆡᆼᄀᆡᆨ(行客)이 비록 지ᄂᆞ나 드러오ᄂᆞ니 업ᄉᆞ니, 늙으니 ᄂᆡ물을 ᄂᆡᆺ그러 보리ᄡᆞᆯ흘 ᄉᆞᆯ물 ᄲᅮᆫ이오, 쇼ᄉᆡ(少廝) 남글 지오니, 뫼 속의 일월(日月)이 'ᄇᆡᆨ구(白駒)의 틈 지남'[737] ᄀᆞᆺᄒᆞ【61】여 나히 쇠ᄒᆞ고 셰상 영욕을 다 니덧ᄂᆞ이다. 노신(老身)은 진됴(晉朝)[738] 젹 궁녀(宮女)라. 걸안(契丹)[739]이 듕구(中冓)[740]를 잡ᄋᆞ ᄂᆡᆯ 시졀의 지아비 금문(禁門)[741] 직흰 군ᄉᆡ러니, 병난 ᄀᆞ온ᄃᆡ 쳡을 다리고 동대부의 가 ᄉᆞ더니, 악당군 이 동ᄃᆡ부 졀도ᄉᆡ 되여 군ᄉᆞ를 ᄉᆡᆫ니, 지아비 쳡을 다리고 이곳의 와 집을 일우고 밧갈고 산영[742]ᄒᆞ여 됴히 지ᄂᆡ더니, 십여년 젼 쥭고 ᄒᆞᆫ ᄋᆞᄃᆞᆯ이 잇ᄉᆞᄃᆡ, 궁ᄆᆡ(弓馬) 한슉(嫺熟)ᄒᆞ고[743]

---

737)ᄇᆡᆨ구(白駒)의 틈 지남 : ᄇᆡᆨ구과극(白駒過隙). 망아지가 빨리 달리는 것을 문틈으로 본다는 뜻으로, 인생이나 세월이 덧없이 짧음을 이르는 말.

738)후진(後晉) : 『역사』 중국 오대(五代) 가운데 936년에 석경당(石敬瑭)이 후당(後唐)을 멸하고 중원(中原)에 세운 나라. 수도는 변경(汴京)이며 946년에 요나라에 망하였다.

739)걸안(契丹) : 거란(契丹). 『역사』 5세기 중엽부터 내몽골의 시라무렌강(Shira Müren江) 유역에 나타나 살던 유목 민족. 몽골계와 퉁구스계의 혼혈종으로, 10세기 초 야율아보기가 여러 부족을 통일하여 요나라를 건국한 후 발해를 멸망시키고 고려에도 세 차례나 쳐들어왔으나, 12세기 초 금나라의 성장으로 말미암아 세력이 약화되어 다시 부족 상태로 분열하였다.≒글안(契丹).

740)듕구(中冓) : 중구(中冓). 내실(內室). 집의 깊숙한 곳에 있어 남이 볼 수 없는 곳. 즉 부부가 거처하는 방을 이른다. 『시경』 <장유자(牆有茨)>시의 "내실에서 새나오는 말들은 입에 올릴 수도 없구나(中冓之言 不可道也)"라 한 시구(詩句)에서 나온 말이다. *위 본문에서는 내실에서 생활하는 부녀자·궁녀 등의 여성을 이르는 비유적 표현으로 쓰였다.

741)금문(禁門) : ①대궐의 문.=궐문. ②출입을 금지한 문.

742)산영 : 사냥. 총이나 활 또는 길들인 매나 올가미 따위로 산이나 들의 짐승을 잡는 일. ≒수렵, 엽취, 전렵.

743)한슉(嫺熟)ᄒᆞ다 : 한숙(嫺熟)하다. 단련되어 익숙하다.=연숙(鍊熟)하다

무예(武藝) 쵸쥰(超俊)744)ᄒᆞ여 즐겨 농ᄉᆞ를 아니ᄒᆞ고 공명의 【62】 마음이 잇셔, 경ᄉᆞ의 가 경당(丁壯) 색ᄂᆞᆫ ᄃᆡ 참예ᄒᆞ여 북뇨(北遼)745)를 치라가니, 노모로 ᄒᆞ여금 의려(倚閭)746)의 바라미 괴롭게 ᄒᆞ고, 《쇼ǁ쏘》 져로 ᄒᆞ여금 춘 달을 옮게 ᄒᆞ니, 창을 베여 잠ᄌᆞ며 구든 칼의 엇지 위틱치 아니며, 괴롭지 아니리잇고? 슬푸고 노(怒)ᄒᆞ와 슈ᄌᆞ(豎子)를 보오ᄆᆡ, 혹 경ᄉᆞ 북평 파ᄒᆞᆫ 쇼식을 드럿ᄂᆞᆫ가 뭇ᄂᆞ이다.”

쇼졔 위로 왈, 노픽 녕낭을 변방의 보ᄂᆡ고 ᄌᆞ모의 졍이 엇지 헐ᄒᆞ리오마ᄂᆞᆫ, 영낭(令郎)의 위인이 녹녹(碌碌)지 아닌 【63】 가 시부니, 쥬상(主上)이 셩명(聖明)ᄒᆞ시고 문뮈(文武) 다 영웅이라. 됴고만 북젹을 엇지 근심ᄒᆞ리오.“

이윽고 셕반(夕飯)이 니르니 쇼ᄉᆞ치깅(疏食菜羹)747)이 소담ᄒᆞ여, 톡히 긔갈(飢渴)을 위로ᄒᆞ리러라.

노쥐 먹기를 다ᄒᆞᄆᆡ 쇼싀(小廝) 그르슬 셔르지니 노왕 등은 쇼싀로 더브러 부억의셔 ᄌᆞ고, 쇼져ᄂᆞᆫ 쵸당(草堂)의셔 졸식, 볽은 달이 숑쳠(松簷)748)의 ᄇᆡ이고 풀버러지749) 슈풀 속의셔 우니, 쇼졔 읍읍경경(悒悒煢煢)750)ᄒᆞ여 ᄌᆞ지 못ᄒᆞ고, 능쇼를 ᄭᆡ와 ᄀᆞᆯ오ᄃᆡ,

“ᄂᆡ 다리 앎파 ᄂᆡ일 【64】 길가기 진실노 어렵고, 이 집 노괴(老姑) 혼ᄌᆞ 잇ᄉᆞ니 머물미 평안ᄒᆞᆫ지라. 노고다려 일죽이 먼니 ᄂᆞ가 인가나 장시나 ᄎᆞᄌᆞ ᄂᆞ귀나 세(貰)ᄂᆡ면, 다시 냥쳐(良處)ᄒᆞ미 잇시리라.”

능쇠 밧긔 ᄂᆞ와 노고다려 니르고, 냥인이 이 밤을 지ᄂᆡᄆᆡ 노고와 쇼싀 니러나 밥을 짓거ᄂᆞᆯ, 쇼졔 노고를 불너 닐오ᄃᆡ,

“잉잉751)ᄋᆞ! 쥬가(主家)의 슈고로오믈 다ᄉᆞ(多謝)ᄒᆞᄂᆞ니, 숀이 엇지 공(空)ᄒᆞᆫ 밥을 먹으리오. ᄂᆡ ᄂᆞ귀를 도적의게 일코, 노싀(老廝)○[로] 안마(鞍馬)752)를 어

744)쵸쥰(超俊) : 재주가 매우 뛰어남.
745)북요(北遼) : 요(遼)나라. 『역사』 916년에 거란족의 야율아보기가 세운 나라. 몽골·만주·화베이의 일부를 지배하였으며, 1125년에 금나라와 송나라의 협공을 받아 망하였다.
746)의려(倚閭) : 어머니가 마을 어귀에 서서 자식이 돌아오기를 기다림. 또는 그런 어머니의 마음.=의문이망(倚門而望). 의려지망(倚閭之望).
747)쇼ᄉᆞ치깅(疏食菜羹) : 거친 밥과 나물 국.
748)숑쳠(松簷) : 소나무의 가지로 인 처마.
749)풀버러지 : 풀벌레.
750)읍읍경경(悒悒煢煢) : 마음이 몹시 답답하고 걱정이 많음.
751)잉잉 : 내내(奶奶). 할머니. 주부나 부인에 대한 경칭. ‘잉잉’은 ‘내내(奶奶)’를 오독(誤讀)한 것이다. 중국어 ‘잉잉(仍仍)’은 ‘①많은 모양 ②뜻을 이루지 못한 모양.③의기소침하다’의 의미이다.
752)안마(按摩) :안장을 얹은 말.=안구마.

드라 ○○[ᄒᆞ여] ᄒᆞ로 더 머믈믈 쳥ᄒᆞᄂᆞ니, 【65】 마츰 반젼(盤纏)ᄒᆞ던 은ᄌᆞ(銀子) 약간 머무릿ᄂᆞ니, 쥬긱(主客)이 일일○[은] 지닐가 ᄒᆞ노라."

ᄒᆞ고, 능소로 ᄒᆞ여금 슈십냥 은ᄌᆞ를 ᄂᆡ여 노파를 쥬니, 노픽 놀나 왈,

"이 날을 희롱홈가? 진짓 닐가? 상공이 비록 슈일을 더 뉴쳐ᄒᆞ시나 독 속의 보리 두어 말이 잇ᄉᆞ니, 냥식을 달ᄂᆞ지 아니려든, 상공이 도젹의게 힝니(行李)를 다 아이고 길히 오히려 반이라. 노비를 엇지 써 날을 쥬어 남기지 아닛ᄂᆞ요?"

"노괴 ᄉᆡᆼ익(生涯)753) 불상 【66】 ᄒᆞ니 어엿비754) 녁여 쥬미라. 무어시 만타ᄒᆞ고 의심ᄒᆞ리오."

노픽 크게 깃거 닙으로 아미타불(阿彌陀佛)755)을 부르고, 두 숀으로 바다 ᄒᆞᆫ 됴각을 쇼ᄉᆡ(小廝)를 쥬어 왈,

"네 노공(老公)756)과 ᄒᆞᆫ 가지로 압 마을의 가 됴흔 쌀과 술을 ᄉᆞ오라. ᄂᆡ 은인 상공을 ᄃᆡ졉ᄒᆞ리라."

쇼ᄉᆡ와 노공이 간 후 쇼제 문왈,

"노픽야 젼촌(前村)이 몃 니(里)나 ᄒᆞ뇨?"

노픽 왈,

"일즉 단녀 보지 안냐시되 드르니 삼ᄉᆞ십니(三四十里)나 ᄒᆞ다 ᄒᆞ더이다."

인ᄒᆞ여 쇼져를 뫼셔 둉용(從容)이 말숨홀 ᄉᆡ, 진쥬고ᄉᆞ(晉周古事)757) 【67】 와 결안의 난니(亂離)를 닐너 날이 기울믈 �센닷지 못ᄒᆞ더니, 노왕과 쇼ᄉᆡ 드러와 고 왈,

"젼촌(前村)의 인기 슈십여호(數十餘戶) 이시되, 노마(路馬)758)를 파ᄂᆞᆫ 니 업셔 도라오더니, 휘쥐 긱인(客人)이 동{ᄎᆞ}거(同車)759)의 《ᄎᆞ가옴을‖ᄎᆞ(茶)을 가

---

753)ᄉᆡᆼ익(生涯) : ①살아 있는 한평생의 기간. ②살림을 살아 나갈 방도. 또는 현재 살림을 살아가고 있는 형편.=생계(生計).

754)어엿비 : 가엾게. 불쌍하게. 딱하게. *어엿브다: 가엾다. 불쌍하다. 딱하다.

755)아미타불(阿彌陀佛) : 『불교』 서방 정토에 있다는 부처. 대승 불교 정토교의 중심을 이루는 부처로, 수행 중에 모든 중생을 제도하겠다는 대원(大願)을 품고 성불하여 극락에서 교화하고 있으며, 이 부처를 염하면 죽은 뒤에 극락에 간다고 한다

756)노공(老公) : 나이가 지긋한 귀인(貴人)이나 노인을 높여 이르는 말.

757)진쥬고ᄉᆞ(晉周古事) : 중국 오대(五代) 때에 후진(後晉)과 후주(後周)에서 일어났던 지난 역사적 사건들. *후진(後晉): 오대 가운데 936년에 석경당(石敬瑭)이 후당(後唐)을 멸하고 중원(中原)에 세운 나라. 수도는 변경(汴京)이며 946년에 요나라에 망하였다. *후주(後周): 오대의 마지막 왕조. 951년에 곽위(郭威)가 후한(後漢)을 멸하고 변경(汴京)을 도읍으로 하여 세운 나라로 3대 10년 만에 송(宋)나라에 망하였다.

758)노마(路馬) : 임금이 타는 수레를 끄는 말. *여기서는 '수레를 끄는 말'의 의미로 쓰였다.

759)동거(同車) : 같은 수레. 이 수레.

음760)》 싯고 왓다가 《ᄎᆞᅵ ᄃᆞ》 팔고 도라가믈 인ᄒᆞ여, 은ᄌᆞ(銀子) 셕냥을 쥬고 ᄉᆞ왓ᄂᆞ이다761)."

쇼졔 깃거 왈,

"툑(足)히 ᄉᆞ오일을 가리라."

ᄒᆞ더라.

노픽 쇼져의 은덕을 감격ᄒᆞ여 고기를 닉이고 슐을 더이며 밥을 지어 디졉ᄒᆞ니, 노쥐(奴主) 이날 편히 쉬믹, 명신(明晨)의 됴반(朝飯)을 파 【68】 ᄒᆞ고 길흘 오롤 시, 노픽(老婆) 눈물을 쓰려 슬허 왈,

"노쳡(老妾)이 ᄂᆞ히 늙어 다시 상공의 은덕을 갑지 못ᄒᆞᆯ 거시니, 다른 날 요힝(僥倖) ᄌᆞ식이 도라오거든 귀ᄒᆞᆫ 셩명을 드러762) 문하의 ᄂᆞᄋᆞ가 ᄉᆞ례케 ᄒᆞ리이다."

쇼졔 답왈(答曰),

"노픽 엇지 이런 과도ᄒᆞᆫ 말을 ᄒᆞᄂᆞ뇨? 녕낭(令郞)의 셩명을 아랏다가 혹 경ᄉᆞ(京師)의 가 맛ᄂᆞ거든 노파의 됸문(存問)763)을 젼ᄒᆞ리라."

노픽 고두(叩頭) 왈(曰),

"쇼ᄌᆞ의 일홈은 당픽니 왕장군의 막하(幕下)의 잇ᄂᆞ이다."

ᄒᆞ더라.

쇼졔 고기 됴ᄋᆞ 허락ᄒᆞ 【69】 고 써나 힝ᄒᆞᆯ 식, 노쥐 여러날 힝ᄒᆞ여 ᄂᆞᄋᆞ가더니, 심히 뇌곤(勞困)ᄒᆞᆫ지라. 쵼쵼뎐진(寸寸前進)764)ᄒᆞ니, 쇼졔 명녀(明麗)ᄒᆞᆫ 산쳔을 맛ᄂᆞ믹 쉬여 가고ᄌᆞ ᄒᆞ여, 닉가의 ᄂᆞ려 마른 미시765)를 먹으며 더위를 피ᄒᆞ고, ᄉᆞ시익(四侍兒) 머리의 써던 갈숫갓766)슬 쓰고 노왕이 그늘 ᄋᆞ릭 쉬더니, 믄득 길가의 젼뷔(佃夫) 밧틱 조이삭을 거두어 등의 싯고 압흘 지ᄂᆞᆫ지라. 노싀(老厮) 읍ᄒᆞ고 문왈,

"젼옹(田翁)ᄋᆞ! 이 압마을을 지나도 인기(人家) 잇ᄂᆞ냐?"

젼뷔 왈

"이 마을노셔 십니는 가셔 너 【70】 른 들히오, 이십니를 가면 큰 쵼낙(村落)이 잇ᄂᆞ니라."

---

760)가음 : 가득.
761)ᄉᆞ다 : 사다. 대가를 치르고 사람을 부리다. *여기서는 '대가를 치르고 수레를 빌리다' 의 의미로 쓰였다.
762)드러 : 들어. '듣다'의 부사형. 다른 사람에게서 일정한 내용을 가진 말을 전달받다.
763)됸문(存問) : 소식.
764)쵼쵼뎐진(寸寸前進) : 조금씩 조금씩 앞으로 나아감.
765)미시 : =미수. '미숫가루'의 옛말. 찹쌀이나 멥쌀 또는 보리쌀 따위를 찌거나 볶아서 가루로 만든 식품. ᄂᆞ초(麨).
766)갈숫갓 : 비나 햇볕을 막기 위하여 갈대로 거칠게 엮어서 만든 갓.

쇼졔 노싀(老廝)를 불너 왈,

"압길히 멀고 일셰 느져시니, 오날 이 마을의 ㅈ고 닉일 발힝ᄒ리라. 네 유벽(幽僻)ᄒ 집을 빌고 날을 다려가라."

노싀 응낙ᄒ고 촌듕(村中)의 가 쥬인ᄒ 곳을 엇고 쇼져를 청ᄒ더라. 【71】

화산션계록 권지뉵

ᄎᆞ셜 쇼졔 쳔쳔이 거러 촌ᄉᆞ(村舍)의 니르니 이 집이 뫼 압ᄒᆡ 이시니, ᄉᆞ오간(四五間) 모옥(茅屋)이 숑님(松林)의 《슈것‖슈멋》 ᄂᆞᆫ지라. 져근 싀문(柴門)을 열고[ᄆᆡ] ᄆᆞᆰ은 시ᄂᆡᄂᆞᆫ 셩권 울 밧긔 흐르니, 경치 한가ᄒᆞ여 그윽ᄒᆞᆫ 유취(幽趣) 고루(高樓)와 걸각(傑閣)도곤 더 됴흔 듯 ᄒᆞ더라.

집안으로셔 노고(老姑)의 부쳬(夫妻) ᄂᆞ와 숀을 ᄃᆡ졉ᄒᆞ여 초당(草堂) 우희 안치고 ᄎᆞᄅᆞᆯ 갓다가 쇼져긔 드릴ᄉᆡ 노픠 놀나 왈,

“이 상공이 반ᄃᆞ시 달의 졍녕(精靈)이 아니면 ᄭᅩᆺ칙 【1】 혼신(魂神)이로다. 뉘집 귀공ᄌᆡ 무ᄉᆞ 일 이리 초초(悄悄)이 먼길ᄒᆡ 단니ᄂᆞ뇨?”

노싀(老厮)767) 왈,

“어느 달이 져 공ᄌᆞ ᄀᆞᆺ치 ᄌᆞᄐᆡ(姿態) 잇시며, 어느 ᄭᅩᆺ치 져 공ᄌᆞ ᄀᆞᆺ치 빗ᄂᆞ더뇨? ᄂᆡ ᄯᅳᆺ은 옥쳥진군(玉淸眞君)768)이 하계(下界)의 ᄂᆞ렷ᄂᆞᆫ가 ᄒᆞ노라.”

ᄉᆞ(四) 시ᄋᆡ(侍兒) 쇼왈,

“우리 환가(宦家) ᄌᆞ뎨(子弟) 공ᄌᆞᄂᆞᆫ 향즁(鄕中)의 단니라 ᄀᆞᆺ다가 경ᄉᆞ로 오시더니, 쇼화산의셔 ᄒᆡᆼ장(行裝)을 도젹이 아ᄉᆞ가니, 겨오 이곳의 와 ᄂᆞ귀를 ᄉᆞ 길흘 가려 ᄒᆞ나이다.”

노픠 ᄎᆞ탄(嗟歎)ᄒᆞ고 셕식(夕食)을 ᄒᆞ여 올니니, 누른 ᄃᆞᆰ을 잡고 기장 밥 【2】을 ᄒᆞ여시나 길 가온ᄃᆡ 긔갈이 심ᄒᆞᆫ지라. ᄯᅩᄒᆞᆫ 먹엄즉 ᄒᆞ더라.

노인 부부와 두어 ᄋᆞᄒᆡ 일769) 누어 ᄌᆞ고, 노싀 등이 《밧비‖밧긔》 ᄌᆞᄃᆡ, 쇼졔 느즌 더위 ᄀᆞ온ᄃᆡ 경ᄀᆡ(景槪) 졀승(絶勝)ᄒᆞ믈 인ᄒᆞ여 잠을 ᄌᆞ지 못ᄒᆞ니, 홀노 심히 무류(無聊) ᄒᆞᆫ지라. 시비 능소로 더브러 창을 열고 ᄀᆞᄇᆡ야이 거러 달 ᄋᆞᄅᆡ ᄂᆡ경(內景)을 ᄎᆞᄌᆞ가니, 슈풀 ᄋᆞᄅᆡ 뫼ᄉᆡ770) 잇다감 놀나 울고 슬픈 바ᄅᆞᆷ이 ᄊᆡᄊᆡ ᄂᆞᆺ치 쏘이니, ᄒᆡᆼᄒᆞᄂᆞᆫ 쥴 ᄭᆡᄃᆞᆺ지 못ᄒᆞ여 시ᄂᆡ를 인연ᄒᆞ여 향풍이 《옥가‖옷가》

---

767)노싀(老厮) : 늙은 비자(婢子)
768)옥청진군(玉淸眞君) : 도교의 최고의 신인 원시천존(=옥황상제)이 산다는 옥청궁에서 옥황상제를 보좌하는 신선.
769)일 : 일찍.
770)뫼ᄉᆡ : 산새.

【3】 ᄅᆞᆯ 젼ᄒᆞ며, 상영(湘靈)771)이 구슬 ᄀᆡ약고772)를 타ᄂᆞᆫ 듯ᄒᆞ니, 쇼져 비쥬(婢主) 황산(荒山) ᄀᆡ촌의 이 쇼ᄅᆡ를 괴이히 넉이며, 일변 '반ᄃᆞ시 아름다온 ᄉᆞᄅᆞᆷ이 잇도다. 셔셩이 낭낭ᄒᆞ여 남ᄌᆞ의 쇼ᄅᆡ 아니니 집이 어ᄃᆡ 잇ᄂᆞ뇨?'

ᄒᆞ더니, 먼니 푸른 기왜 슈양(垂楊) 쇽의 ᄂᆡ밀넛거ᄂᆞᆯ773) 슈풀을 헷쳐 집 알ᄑᆡ ᄂᆞᄋᆞ가니 쇼ᄅᆡ 업고 고요ᄂᆞ죽ᄒᆞ여 인젹이 업거ᄂᆞᆯ, 쇼제 왈,

"글 쇼ᄅᆡ 이 다히774)셔 ᄂᆞ더니, 여긔 오니 ᄉᆞᄅᆞᆷ이 【4】 긔쳑이 업ᄉᆞ니 도라 갈 거시라."

능쇠 왈,

"오날 이경(二更)775)이 못ᄒᆞ여시니 ᄉᆞᄅᆞᆷ이 잘 ᄯᆡ 일넛고, 이 집이 고요ᄒᆞ니 일졍 피란ᄒᆞ여 ᄂᆞ간 뷘 집이로쇼이다. 그러치 아니면 이 벽원(僻遠) 산즁의 혼ᄌᆞ 엇지 살니오."

이리 니ᄅᆞᆯ ᄉᆞ이의 안흐로셔 통쇼 부ᄂᆞᆫ 쇼ᄅᆡ 나거ᄂᆞᆯ, 쇼제 귀를 기우려 이윽이 듯다가 발굴너 왈,

"능쇼야! 날 ᄀᆞᆺ흔 녀ᄌᆡ 이의 ᄯᅩ 잇도다. 곡됴를 드르니 변난(變亂)의 부모를 일흔 녀ᄌᆡ 혼ᄌᆞ 잇ᄂᆞᆫ 《글∥쥴》을 통쇼의 올녀 부니, ᄂᆡ 이 녀ᄌᆞ【5】의 근본을 엇지 ᄒᆞ여○[야] 알니오."

능쇠 왈,

"쇼제 통쇼로 그 녀ᄌᆞ의 ᄯᅳᆺ을 아르시리니, 슈연(雖然)이나 그 인품이 엇던 동776) 알니잇고?"

쇼제 왈,

---

771)상영(湘靈) : 상령은 순(舜) 임금의 두 비(妃)인 아황(娥皇)과 여영(女英)의 신령(神靈)을 말한다. 《초사(楚辭)》 〈원유(遠遊)〉 에 "상령으로 하여금 가야금을 탄주하게 함이여. [使湘靈鼓瑟兮] "라는 표현이 나온다. 아황(娥皇)과 여영(女英)은 요(堯)임금의 두 딸로, 함께 순임금에게 시집가 서로 투기하지 않고 화목하게 잘 살았으며, 순임금이 소상강(瀟湘江) 강변의 창오(蒼梧)에서 죽자 함께 소상강까지 찾아가 슬피 울다가 강물에 빠져 죽었다. 소상강(瀟湘江) 일대에는 소상반죽(瀟湘斑竹)이란 자줏빛 반점이 있는 대가 자라는데, 전설에 의하면 순(舜) 임금의 두 비(妃)인 아황과 여영이 흘린 눈물이 묻어서 생긴 것이라 한다

772)ᄀᆡ약고 : ᄀᆞ약고. 가야금(伽倻琴). 『음악』 우리나라 고유 현악기의 하나. 오동나무로 된 긴 공명판 위에 열두 줄의 명주 줄을 매고 손가락으로 뜯어 소리를 낸다. 가실왕이 처음 만든 것으로 알려져 있다.

773)ᄂᆡ밀니다 : 신체나 물체의 일부분이 밖이나 앞으로 나가게 되다. '내밀다'의 피동사.

774)다히 : ①쪽, 편, ②대로. ③처럼. 같이.

775)이경(二更) : 하룻밤을 오경(五更)으로 나눈 둘째 부분. 밤 아홉 시부터 열한 시 사이이다.

776)-ㄴ동 : -ㄴ지. 막연한 의문이 있는 채로 그것을 뒤 절의 사실이나 판단과 관련시키는 데 쓰는 연결 어미.

“옛 뉴ᄇᆡᆨᄋᆡ(兪伯牙)777) 듕ᄌᆞ긔(鍾子期)778)로 더브러 지음(知音)779)으로 ᄉᆞ괸 ᄇᆡ 이시니, 졔 범상ᄒᆞᆫ ᄇᆡ 아니로다. 음뉼이 ᄆᆞᆰ고 곡되 현쳘(賢哲)ᄒᆞ여 듕화(中和)780)의 풍ᄎᆡ(風采) 이시니 이 녀ᄌᆡ 엇지 어질지 아니리오.”

ᄂᆞᄋᆞ가기를 ᄭᆡ닷지 못ᄒᆞ여 임의 장하(墻下)의 다ᄃᆞ라ᄂᆞᆫ 이곳의 문이 업고 분칠ᄒᆞᆫ 담이 녹기 셩곽 ᄀᆞᆺᄒᆞ니, 쇼제 임의 방황ᄒᆞᆯ ᄉᆞ 【6】 이의 홀연 보니, 후문 장(墻)으로셔 문 여ᄂᆞᆫ 쇼ᄅᆡ ᄂᆞ며, 일위 노괴(老姑) ᄇᆡᆨ발황두(白髮黃頭)로 굽은 등이 뫼 ᄀᆞᆺᄒᆞ여, 어두온 눈이 감은 듯ᄒᆞ며, 막ᄃᆡ를 집고 ᄒᆞᆫ 손의 유디(油脂)781)를 들고 ᄂᆡ가흐로 가거ᄂᆞᆯ, 능쇠 여러번 노파를 부르되, 노괴 귀 먹어 아라듯지 못ᄒᆞ고 지나 닷거ᄂᆞᆯ, 쇼져와 능쇠 문을 ᄎᆞ고 드러가니, 녹님(綠林)이 어린 속의 젹은 문 쪽이 반만 열녓더라.

두 ᄉᆞ름이 문을 드니, 이 ᄀᆞ온ᄃᆡ 엇지 ᄉᆞ름이 잇시리오. 젹젹ᄒᆞᆫ 원즁의 오직 젹은 【7】 못솔 님(臨)ᄒᆞ여 슈간(數間) 뎡ᄌᆡ(亭子) 잇고, 달 ᄋᆞᄅᆡ 나모 그림ᄌᆡ 어른어른ᄒᆞ니, 쇼져와 능쇠 방황ᄒᆞ여 빗긴 돌다리와 층층ᄒᆞᆫ 《계산‖계단》 을 지나 ᄉᆞ오십 보(步)ᄂᆞᆫ 가니, 바야흐로 일좌(一座) 봉ᄂᆡ션뷔(蓬萊仙府)782) 잇더라.

집이 젹으ᄃᆡ 표묘(縹緲)ᄒᆞ고783) 유벽(幽僻)ᄒᆞ되 번화(繁華)ᄒᆞ여 ᄠᅳᆯ 가온ᄃᆡ 졍ᄌᆞ(亭子)ᄂᆞᆫ 셕가산(石假山)을 ᄃᆡᄒᆞ여 지엇고, ᄆᆞᆰ은 못 속의ᄂᆞᆫ 연홰(蓮花) 아릿ᄯᅡ와시며, 푸른 솔 ᄋᆞᄅᆡᄂᆞᆫ ᄇᆡᆨ학이 됴을고, 계슈(桂樹) 총즁(叢中)의ᄂᆞᆫ 흰구름이 잠겻시니, 풍경이 졀쇄(絶灑)ᄒᆞ여 몸이 신션(神仙)의 집 【8】 의 든 듯ᄒᆞ더라.

이곳의 ᄉᆞ름이 업셔 오ᄅᆡ ᄇᆡ회ᄒᆞ나 뭇ᄂᆞ니 업거ᄂᆞᆯ, 졍ᄌᆞ 속으로 드리미러 보니, 그림 그린 창을 열고 븕은 발을 지워시며, 좌우 벽상의 도셔(圖書)와 명화(名畫)

---

777)뉴ᄇᆡᆨ아(兪伯牙) : 중국 전국시대 초(楚)나라의 음악가. 거문고의 명수였고, 종자기(鍾子期)와 지음지기(知音知己)로 유명하다. 자신의 음악을 누구보다 잘 이해해 주던 종자기가 죽자 거문고 줄을 끊고 다시는 거문고를 타지 않았다고 한다(伯牙絶絃). 『열자(列子)』 <탕문편(湯問篇)>에 나온다.

778)듕ᄌᆞ긔(鍾子期) : 중국 전국시대 초(楚)나라의 음악가. 유백아(兪伯牙)와 지음지기(知音知己)로 유명하다. 백아는 자신의 음악을 누구보다 잘 이해해 주던 그가 죽자 거문고 줄을 끊고 다시는 거문고를 타지 않았다고 한다(伯牙絶絃). 『열자(列子)』 <탕문편(湯問篇)>에 나온다.

779)지음(知音) : ①음악의 곡조를 잘 앎. ②마음이 서로 통하는 친한 벗을 비유적으로 이르는 말. 거문고의 명인 백아가 자기의 소리를 잘 이해해 준 벗 종자기가 죽자 자신의 거문고 소리를 아는 자가 없다고 하여 거문고 줄을 끊었다는 데서 유래한다. ≪열자(列子)≫의 <탕문편(湯問篇)>에 나오는 말이다. ≒지음인(知音人). 지음지우(知音之友).

780)중화(中和) : 감정이나 성격이 치우치지 아니하고 바른 상태..

781)유지(油脂) : 동물 또는 식물에서 채취한 기름을 통틀어 이르는 말.

782)봉ᄂᆡ션뷔(蓬萊仙府) : 봉래산에 있다고 하는 신선들이 살고 있는 선계(仙界). 봉래는 동해 가운데 있다는 삼신산(三神山)의 하나로, 선가(仙家)의 상상 속의 산이다.

783)표묘(縹緲)ᄒᆞ다 : 끝없이 넓거나 멀어서 있는지 없는지 알 수 없을 만큼 어렴풋하다.

를 걸고 산호셔안(珊瑚書案)784)과 딕모벼로(玳瑁벼루)785)의 문방ᄉ우(文房四友)를 정제(整齊)히 버려시며, 셔칙이 좌우의 ᄀ득ᄒ여시니, 능쇠 놀나 왈,

"이곳이 반다시 남ᄌ의 쳐쇼로 소이다. 쇼제 이리 깁히 드러와 남ᄌ의 쳐쇼 ᄀ흐면 엇지려 ᄒ시ᄂ뇨?"

쇼제 쇼왈,

"글 쇼릭 녀ᄌ요, 퉁쇼 곡 【9】 됴의 졔 회포를 임의 드러ᄂ여시니, 엇지 남ᄌ의 집이리오. 만일 남ᄌ 잇는 집이면 엇지 이리 젹연(寂然)ᄒ여 ᄒᄂᆞᆺ 됴흔 경ᄌ(亭子) 뷔여시랴. 네 밋지 아니커든 당즁(堂中)의 드러가 녀ᄌ의 장물(粧物)을 어더 오라."

능소로 더브러 발을 들고 드러가보니, 방 안히 바독판이 노혀시니, 청홍이 흣터져 ᄀ 두던 형상이 잇고, 겻히 슈틀(繡틀) 우희 비단 보흘 덥혓거늘, 달 빗치 보니 셔쵹 홍금문(紅錦紋)786)의 모란을 슈노화(繡놓아) 다 맛지 못ᄒ여더라. 【10】

능쇠 깃거 ᄀ로딕,

"쇼져의 명감(明鑑)이 그르지 아니시고, 이를 보니 녀ᄌ의 쳐쇠로 쇼이다."

언필의 발ᄌ최 쇼릭 나며 ᄒᆫ 청의 미인이 아미를 찡긔고 달을 바라며 녑으로 당젹(唐적)787) 명시(名詩)를 읇푸며 천천이 거러 못가의셔 빅회ᄒ더니, 또ᄒᆫ 녀ᄌ 박산화로(珀珊火爐)788)를 가산(假山)789) ᄋ릭 노코, 금졍(金鼎)790)의 ᄎ를 달히며 계슈남글 지혀 문왈,

"져져야! 냥쇼졔 오날 엇지 ᄉ로이 젹젹ᄒ여 이런 됴흔 밤의 달도 아니 보시고 잠도 아니 ᄌ시고 슬허ᄒ시 【11】 ᄂ뇨?"

그 미인이 왈,

ᄂ라히 망ᄒ고 신세 외로온 녀ᄌ 산즁 니믹(魑魅)791)로 벗ᄒ여, 셰상 고락을

---

784)산호셔안(珊瑚書案) : 산호(珊瑚)를 장식하여 제작한 책상.

785)딕모벼로(玳瑁벼루) : 대모(玳瑁)의 껍데기를 장식하여 만든 벼루. *대모(玳瑁): 『동물』 바다거북과의 하나. 몸의 길이는 60cm 정도이며, 등딱지는 노란색에 구름 모양의 어두운 갈색 무늬가 있다.

786)홍금문(紅錦紋) : 붉은 비단 무늬.

787)당젹(唐적) : 당나라 때.

788)박산화로(珀珊火爐): 호박(琥珀)과 산호(珊瑚)로 장식한 화로. *호박(琥珀): 『광업』 지질 시대 나무의 진 따위가 땅속에 묻혀서 탄소, 수소, 산소 따위와 화합하여 굳어진 누런색 광물. 투명하거나 반투명하고 광택이 있으며, 불에 타기 쉽고 마찰하면 전기가 생긴다. 장식품이나 절연재 따위로 쓴다

789)가산(假山) : 석가산(石假山).

790)금정(金鼎) : 금으로 만든 솥.

791)이매(魑魅) : 얼굴은 사람 모양이고 몸은 짐승 모양으로 되어 있다는 네발 가진 도깨비. 사람을 잘 홀리며 산이나 내에 있다고 한다.

아지 못ᄒᆞ고, 냥쇼월야(良宵月夜)[792]의 고원(故園)을 념녀ᄒᆞ여 늣기미 엇지 ᄉᆡ로오리오. 우리 월궁신션이 아니로ᄃᆡ, 상ᄋᆞ(嫦娥)[793]로 벗ᄒᆞ여 인간ᄉᆞ를 모로고 븕은 귀밋치 늙어 가니, 넨들 잠이 달가 시브냐?“

ᄎᆞ 달히던 ᄌᆡ 대쇼 왈,

“홍낭이 ᄀᆞ마니 근심이 잇고, 쇼졔 슬허 ᄌᆞ지 아니시니, 엇지 청ᄒᆞ여 노지 아닛ᄂᆞ뇨?”

미인 왈,

“네 져를 청치 아냐도 ᄂᆡ 임의 쇼져의 뜻을 【12】 아노라. 앗가 퉁쇼를 부더니, 뎡쇼졔 ᄀᆞ오ᄃᆡ, ‘통소 쇼ᄅᆡ 고로지 아냐 음뉼이 흣터지니, 반ᄃᆞ시 ᄉᆞ름이 여어 듯ᄂᆞᆫ다’ ᄒᆞ니, 쇼졔 ○○[어느]결[794]의 긋치시고 촉하의셔 돈을 더져 졈(占)ᄒᆞ더니, 너를 명ᄒᆞ여 ᄎᆞ를 달히라 ᄒᆞ시니, 졔 아니 와 ᄌᆞ고 엇지 ᄒᆞ리오.”

ᄎᆞ환이 우어 왈,

“오라, 이 ᄎᆡ 다 달흐면 져져의 말이 다 녕(靈)ᄒᆞ믈 알니로다.”

쇼졔 능소ᄃᆞ려 ᄀᆞ마니 니로ᄃᆡ,

“능소야! 이 말을 드러보라. ᄂᆡ 아니 일으더냐? 이 범상ᄒᆞᆫ 무린가?”

능쇠 【13】 ᄃᆡ왈,

“퉁쇼를 지음(知音)ᄒᆞ시미 과연 유둉(兪鍾)[795]의 지ᄂᆞ니, 쇼져들은 신션의 무리라.”

ᄒᆞ더라.

이윽고 십여세ᄂᆞᆫ ᄒᆞᆫ 쇼ᄎᆞ뒤(小叉頭)[796] 이위(二位) 쇼져를 인도ᄒᆞ여 ᄂᆞᄋᆞ오니, 쇼져와 능쇠 먼니 바라보니, 달 그림ᄌᆡ 별 ᄉᆡ이의 어른기니, 비록 당면(當面)ᄒᆞ여 보니와 다르나, 형용은 ᄌᆞ셔ᄒᆞᆫ지라. 그 쇼졔 홍군취삼(紅裙翠衫)[797]의 ᄉᆞ민 거시 업고 지분을 바르지 아니ᄒᆞ되, 그림 속 션네 ᄀᆞᆺᄒᆞ여 쳔연ᄒᆞᆫ 졀ᄉᆡᆨ이 세상의 독보(獨步)ᄒᆞ더라.

ᄯᅩ ᄒᆞᆫ 시녜 슈셕(繡席)[798]을 옥계(玉階)의 【14】 펴니 두 쇼졔 명월을 향ᄒᆞ여

---

792)냥쇼월야(良宵月夜) :달이 밝고 바람이 없는 아름다운 밤

793)상ᄋᆞ(嫦娥) : 달 속에 있다는 전설 속의 선녀.≒항아.

794)어느 결 : 어느 사이. ((관형사, 어미 ‘-는’ 뒤에서 주로 ‘-결에’ 꼴로 쓰여)) ‘때’, ‘사이’, ‘짬’의 뜻을 나타내는 말.

795)유둉(兪鍾) : 중국 춘추 시대 진(晉)나라의 음악가인 유백아(兪伯牙)와 종자기(鍾子期)를 함께 이르는 말.

796)쇼ᄎᆞ뒤(小叉頭) : 소차두(小叉頭). 주인을 가까이에서 모시는 어린 계집종. =소차환(小叉鬟)

797)홍군취삼(紅裙翠衫) : 붉은 색 치마와 비취색 저고리.

798)슈셕(繡席) : 수를 놓아 만든 방석. *방석(方席). 앉을 때 밑에 까는 작은 깔개. 네모

엇기ᄅᆞᆯ ᄀᆞᆯ와 안ᄌᆞ니 광ᄎᆡ 됴요ᄒᆞ여 만실(滿室)의 쏘이더라. 셔로 ᄀᆞᆯ오ᄃᆡ,

"옛날 니화원(頤和園)799)의셔 달 볼 제ᄂᆞᆫ 달빗치 번화(繁華)ᄒᆞ더니, 달도 ᄉᆞᄅᆞᆷ을 위ᄒᆞ여 시름ᄒᆞ는도다. 계산(溪山)이 젹막ᄒᆞ고 두견(杜鵑)의 쇼ᄅᆡ 쳐량ᄒᆞ여, 외로온 명월이 더옥 슈인(愁人)의 심회ᄅᆞᆯ 돕ᄂᆞᆫ도다."

몬져 나온 홍낭이란 미네(美女) 웃고 왈,

"ᄃᆞᆯ이 엇지 시름이 잇ᄉᆞ리오. 월궁의 상ᄋᆡ(嫦娥) 금일을 더 시름ᄒᆞᄂᆞᆫ가? 비ᄌᆡ 보기의ᄂᆞᆫ 월광이 더 【15】 슬푸이다."

ᄒᆞᆫ 쇼제 ᄭᆞ지져 왈,

"쳔비 엇지 됴희(嘲戲)ᄒᆞᄂᆞᆫ 말을 ᄒᆞᄂᆞ뇨? 상ᄋᆞ(嫦娥)800)의 시름이 엇지 우리 시름 ᄀᆞᆺᄒᆞ리오."

긔ᄎᆞ(其次)801) 안ᄌᆞᆫ ᄌᆡ 탄왈,

"셰상의 우리 ᄀᆞᆺᄒᆞᆫ ᄉᆞᄅᆞᆷ을 맛ᄂᆞ야 졍히 우리 시름을 알거시니, 쳔비의 무리ᄅᆞᆯ 엇지 니르리오. 형이 앗가 니로ᄃᆡ, '긔특ᄒᆞᆫ ᄉᆞᄅᆞᆷ이 곡됴ᄅᆞᆯ 여어 듯ᄂᆞᆫ다.' ᄒᆞ고, 'ᄒᆞᆫ가지로 붕위(朋友) 목젼(目前)의 니르리라.' ᄒᆞ더니, 쇽졀업ᄉᆞᆫ 거품의 지음(知音)을 ᄎᆞᆺ지 못ᄒᆞ고, 홍년의 긔롱을 듯거이다. 임의 【16】 ᄂᆞ와 노다가 앗가 곡됴ᄅᆞᆯ 다시 시험ᄒᆞ여 다시 변ᄒᆞ며 아니ᄅᆞᆯ 알니라."

우편(右便)의 좌ᄒᆞᆫ ᄌᆡ 우어 왈,

"ᄋᆞ의 쇼견(所見)이 최션ᄒᆞ다. ᄂᆞ의 쇼견이 혹 그ᄅᆞᆯ진ᄃᆡ 웃지 말나."

ᄒᆞ고, 드ᄃᆡ여 ᄒᆞᆫ 상(床)을 못가의 노코, ᄉᆞᄆᆡ802)ᄅᆞᆯ 것고 상가의 안ᄌᆞ 이윽이 됴현(調絃)803)ᄒᆞ여, 의란됴(猗蘭操)804) ᄒᆞᆫ 곡됴(曲調)ᄅᆞᆯ 타니, 옥셩(玉聲)이 쇄락

지거나 둥글며, 주로 밑이 배기거나 바닥이 찰 때 쓴다.≒좌욕(坐褥).

799)니화원(頤和園) : 이화원(頤和園). 중국 북경에 있는 황가원림(皇家園林). 청나라 건륭제(乾隆帝)가 1750년 모후(母后)의 60세 생일을 경축하여 조성하기 시작하여 15년의 대역사 끝에 1764년 완공하고 이름을 청의원(淸漪園)이라 하였다. 1860년 아편전쟁 중에 영국·프랑스군에 의해 불타버린 것을 1888년에 서태후가 다시 지어 '이화원'이란 이름을 붙였다, 만수산(萬壽山)과 곤명지(昆明池)를 둘러싸는 웅대한 정원으로 1998년 유네스코 세계문화유산으로 등재되었다. *위 본문의 '니화원'은 현 북경의 '이화원'과는 시공간적 배경이 다르다. 다만 북경의 이화원에 조성한 곤명지(昆明池)가 장안(長安)의 '곤명지(昆明池)'를 본떠 조성한 못이라는 점에서, 장안의 '곤명지'를 '이화원'으로 바꿔 말한 것으로 보인다.

800)상ᄋᆞ(嫦娥) : 달 속에 있다는 전설 속의 선녀. =항ᄋᆞ(姮娥).

801)긔차(其次) : 그것에 뒤이어 오는 때나 자리. =그다음.

802)ᄉᆞᄆᆡ : 소매. 윗옷의 좌우에 있는 두 팔을 꿰는 부분.≒옷소매, 의몌(衣袂), 팔소매.

803)됴현(調絃) : 『음악』 현악기의 음률을 고름.

804)의란됴(猗蘭操) : 공자가 지은 금곡(琴曲)의 이름. 『고금악록(古今樂錄)』에, "공자가 제후들을 찾아다녔으나 아무도 자신을 등용해 주지 않자, 위(衛)나라에서 노(魯)나라로 돌아오다가 깊은 골짜기에 무성히 핀 난초를 보고 탄식하기를, '난초는 의당 왕자(王

ᄒᆞ여 건곤(乾坤)의 됴화를 아ᄉᆞᆺᄂᆞᆫ지라.

벽히청천(碧海晴天)[805]의 외로온 홍안(鴻雁)이 브르지지며, 청파히듕(淸河海中)[806]의 신뇽(神龍)이 읇쥬어리ᄂᆞᆫ 듯, 【17】 좌위(左右) 숀츔[807] 츄고 발 구러믈 셕듯지 못ᄒᆞ더니, 곡됴(曲調)를 반을 못 타셔 손가락 ᄋᆞ릐 쥴이 ᄡᅥ러지니, 젹은 쇼졔 웃고 ᄀᆞᆯ오ᄃᆡ,

"져져(姐姐)야, 형의 쇼견이 올타! 쇼졔의 거믄고 쇼릐의 어진 ᄉᆞᄅᆞᆷ이 ᄀᆞᆺ가이 슘어 시니, 쥴이 ᄌᆞ연 ᄭᅳᆺ쳐지니, 미인이 반ᄃᆞ시 십보(十步) 안희 잇도다."

대쇼졔(大小姐) 거믄고를 물니치고 쇼 왈,

"쇼릐 도젹ᄒᆞᄂᆞᆫ 녀ᄌᆡ ᄌᆞ못 ᄭᅩᆺᄉᆞ이의 잇지 아니면 가산(假山) 뒤희 이실 거시니, 너희 날을 위ᄒᆞ여 어더 볼지어다."【18】

니쇼졔 이 거동을 발 안희셔 ᄌᆞ시 보고 ᄉᆞ랑ᄒᆞ오며 심복ᄒᆞ믈 니긔지 못ᄒᆞ여, 몸의 남의(男衣) 잇ᄉᆞ믈 니져 바리고, 발을 들고 낭낭이 우셔 ᄀᆞᆯ오ᄃᆡ,

"거믄고를 도덕(盜賊)ᄒᆞ며 퉁소를 엿드르미 나 니옥쉬 아니면 뉘 잇셔 지음(知音)이 되리오. 문ᄂᆡ(門內) 군ᄌᆡ 잇시면 문외(門外) 군ᄌᆡ 니른다 ᄒᆞ미 어이 옛 말이 아닌가."

냥 쇼졔 대경ᄒᆞ여 급히 눈을 드러보니, 이 엇진 쇼제리오. 일위 쇼년 셔싱(書生)이 미려(美麗)ᄒᆞᆫ 서동(書童)을 다리고 독용(足容)이 듕지(重至)ᄒᆞ여 【19】 드러오ᄂᆞᆫ지라. 규듕녀ᄌᆡ(閨中女子) 춍혜(聰慧)ᄒᆞ고 지음이 신긔ᄒᆞ여, 일위 미ᄋᆡ(美兒) ᄀᆞᆺᄀᆞ이 잇시믈 혜ᄋᆞ려 시험ᄒᆞ나, 이곳의 툘연(猝然)이 쇼년이 니르믈 보ᄆᆡ, 놀나 히음업시[808] 연보(蓮步)[809]를 두루혀ᄆᆡ, 셰류(細柳) ᄀᆞᆺᄒᆞᆫ 허리ᄂᆞᆫ 촉 깁을 묵근 듯, 경쳡(輕捷)ᄒᆞᆫ 긔품(氣稟)은 표일(飄逸)[810]ᄒᆞ여 놀난 기러기 ᄀᆞᆺ더라.

니쇼졔 ᄃᆡ쇼 왈,

"됸(尊) 쇼져ᄂᆞᆫ 놀ᄂᆞ지 말고 ᄎᆞ환(叉鬟)을 보ᄂᆡ여 날을 보라. ᄂᆡ 엇지 남ᄌᆡ리

者)를 위해 향기를 피워야 하거늘, 지금 홀로 무성하여 뭇 풀들과 섞여 있구나.'하고, 수레를 멈추고 거문고를 연주하여 때를 만나지 못한 자신의 신세를 안타까워하며 '의란조(猗蘭操)'를 지어 마음을 의탁하였다(孔子聘諸侯, 莫能自任, 自衛反魯, 隱谷之中, 見香蘭獨茂, 喟然嘆曰, '蘭當爲王者香, 今乃獨茂, 與衆草爲伍.' 乃止車援琴鼓之, 自傷不逢時, 作猗蘭操以託意.)"고 하였다.

805)벽히청천(碧海晴天) : 푸른 바다 위의 맑게 갠 하늘.

806)청파히듕(淸波海中) : 맑은 물결이 일렁이는 드넓은 바다.

807)숀츔 : 손춤. 손을 놀려 추는 춤.

808)히음업다 : 하염없다. 시름에 싸여 멍하니 이렇다 할 만 한 아무 생각이 없다.

809)연보(蓮步) : 금련보(金蓮步). 미인의 정숙하고 아름다운 걸음걸이를 비유적으로 이르는 말.

810)표일(飄逸) : 성품이나 기상 따위가 뛰어나게 훌륭하다.

오. ᄒᆞᆫ 강도를 피ᄒᆞ여 경ᄉᆞ의 친쳑을 ᄎᆞᄌᆞ 가더니, 도적의 【20】 게 힝니(行李)를 아이고 낭픽ᄒᆞ여 압희 촌가의 왓더니, 퉁쇼 쇼릐를 됴ᄎᆞ 귀틱(貴宅)의 니르러 쇼져 등을 맛나괘라."

그 쇼졔 비로소 거름을 멈츄고, 노양낭(老養娘)811)이 압희 와 ᄀᆞᆯ오ᄃᆡ,

"쇼졔 비록 남ᄌᆞ 아니나 의관(衣冠)을 보옵건ᄃᆡ 놀나오니, 원컨ᄃᆡ 표젹(表迹)을 보아지이다."

니쇼졔 놀호여 웃고 나숨(羅衫)812)을 거더 쥬졈(朱點)813)을 뵈니, 옥비(玉臂) 잉되814) 월하(月下)의 더 고운지라. 노픽 흔흔이 웃고 왈,

"어엿부다! 규즁옥홰(閨中玉花) 엇지 명되(命途) 이 ᄀᆞᆺ치 험 【21】 ᄒᆞᆫ고? 쇼졔야! 일위 옥 ᄀᆞᆺᄐᆞᆫ 쇼졔니 놀ᄂᆞ지 마르시고 와셔 ᄃᆡ졉ᄒᆞ쇼셔."

또 ᄀᆞᆯ오ᄃᆡ,

"뉘 집 낭군이 져ᄃᆡ도록 고으리오. 알고보니, 더옥 남이 아니로다. 이쇼져(二小姐)는 ᄲᆞᆯ니 나오쇼셔."

쇼졔 이 말을 듯고 가비야이 거러 계상(階上)의 좌ᄒᆞ미, 홍년 등 시녀의 무리는 두 쇼져 등 뒤희 셧고, 능소는 니쇼져 겻틱 셧더라.

쇼졔 ᄎᆞ환을 불너 청다(淸茶)를 ᄀᆞ다가 셰히815) 먹은 후, 이인(二人)이 ᄀᆞᆯ오ᄃᆡ,

"현져(賢姐)로 더브러 셔로 맛ᄂᆞ미 진실노 긔특 【22】 ᄒᆞ니, 우리 ᄌᆡ됴를 시험치 못ᄒᆞ여○○[시니] 쇼뎨(小弟) 다시 거믄고를 타○[면], 쇼졔(小姐) 다시 ᄃᆡ답ᄒᆞ시랴?"

니쇼졔 왈,

"다시 쇼져의 긔특ᄒᆞᆫ ᄌᆡ됴를 구경ᄒᆞ미 쳡의 원(願)이러니, 만일 됴ᄒᆞᆫ 곡되 잇거든 쳡을 시험ᄒᆞ라."

그 쇼졔 깃거 좌탁(坐卓)816)을 옴기고, 금노(金爐)의 청향(淸香)을 퓌오고 셤

---

811)노양낭(老養娘) : 늙은 여자 종.
812)나숨(羅衫) : 비단으로 지은 저고리.
813)쥬졈(朱點) : '앵혈'의 다른 용어. 개용단·회면단·도봉잠 등과 함께 한국고소설 특유의 서사도구의 하나. 앵혈은 어려서 이것으로 여자의 팔에 점을 찍어두거나 출생신분을 기록해 두면, 남성과의 성적 결합을 갖기 전에는 지워지지 않는 효능을 갖고 있기 때문에, 주로 남녀의 동정(童貞) 여부를 감별하거나 부부의 성적 결합여부를 판별하는 징표로 사용되지만, 이에 못지않게 신분표지나 신원확인의 수단으로도 많이 활용되고 있다.
814)잉되 : 앵두. 앵두나무의 열매. 모양이 작고 둥글다. 붉게 익으면 식용하며, 잼·주스·술 따위의 원료로도 쓰고 약재로도 쓴다.
815)셰히 : 셋이. 세 사람이.
816)좌탁(坐卓) : 의자 없이 바닥에 앉아서 사용하도록 만든 탁자. 탁자의 다리가 짧으며, 주로 거실에 설치한다.

셤옥슈(纖纖玉手)로 《긋쳐진‖늣쳐진》 쥴을 다시 죄와 ᄯᅩ ᄒᆞᆫ 곡됴를 타니, 니쇼제 쳑연(慽然) ᄃᆡ 왈,

"'훤최(萱草)817) 북당(北堂)818)의 푸르시고 기럭의819) 항녈(行列)을 일치 아녓ᄂᆞᆫ다?' ᄒᆞ여시니, 이ᄂᆞᆫ '쳡의 부【23】뫼 구존(俱存)ᄒᆞ시며 형뎨 번셩ᄒᆞ냐?' 뭇ᄂᆞᆫ 뜻이라. 만일 '반의(斑衣)의 즐김'820)과 '쳔년(天年)의 노르미'821) 이실진ᄃᆡ, 엇지 규즁녀ᄌᆡ(閨中女子) 쳔니(千里)의 발셥(跋涉)ᄒᆞᄂᆞᆫ 괴로오미 잇시리오."

그 쇼제 답지 아니코 ᄯᅩ ᄒᆞᆫ 곡됴를 타니, 니쇼제 고ᄀᆡ를 슉이고 오ᄅᆡ 머뭇기다가 ᄀᆞᆯ오ᄃᆡ,

"쵸(楚)ᄂᆞ라 계집이 빈혀822)를 품고 부명(父命)을 직희믈 일너시니, 이ᄂᆞᆫ 쳡의 이 길히 언약(言約)을 직희여 사ᄅᆞᆷ을 ᄎᆞᆺᄂᆞᆫ가 무르미로다. 녀ᄌᆞ의 집을 두미 인간의 대ᄉᆞ(大事)니 둉형(從兄)이 어진 【24】ᄌᆡ 잇ᄉᆞ니, 이를 의지ᄒᆞ여 둉신ᄃᆡᄉᆞ(終身大事)823)를 계교ᄒᆞ려 ᄒᆞ미로소이다."

그 녀ᄌᆡ 요금(瑤琴)824)을 더지고 니러 절ᄒᆞ여 ᄀᆞᆯ오ᄃᆡ,

"쇼져ᄂᆞᆫ 진실노 ᄇᆡᆨ이(伯夷)825) ᄉᆞ양(師襄)826)의 무리로다. 규즁 녀ᄌᆡ 이러

---

817)훤최(萱草) : 원추리. 백합과의 여러해살이풀. 『시경』 <위풍(衛風)> '백혜(伯兮)'편의 "어디에서 훤초를 얻어 북당에 심을꼬.(焉得萱草 言樹之背 *背는 이 시에서 北堂을 뜻함)"라 한 시구에서 유래하여, 주부가 자신의 거처인 북당에 심고자 했던 풀이라는 데서, '어머니'를 뜻하는 말로 쓰였다.

818)북당(北堂) : 집의 북쪽에 있는 건물로 집안의 주부(主婦)가 거처하는 곳이어서 '어머니'를 이르는 말로 쓰였다. 그러나 아버지도 어머니와 같이 계시는 경우가 많기 때문에 '부모님이 계신 당(堂)'을 뜻하는 말로도 쓰인다.

819)기럭의 : 기러기의.

820)반의(斑衣)의 즐김 : 무채지락(舞彩之樂). 색동옷을 입고 춤을 추어 어버이를 즐겁게 해 드림. 중국 춘추 때 초나라 사람 노래자(老萊子)가 70세에 색동옷을 입고 어린애 장난을 하여 늙은 부모를 즐겁게 해드렸다는 고사를 이르는 말.

821)쳔년(天年)의 노름 : '천년(天年)의 놀음'이란 말로, 타고난 수명을 다 살 때까지 즐겁게 노는 일. 또는 그런 활동

822)빈혀 : 비녀'의 옛말.

823)둉신ᄃᆡᄉᆞ(終身大事) : 평생에 관계되는 큰일이라는 뜻으로, '결혼'을 이르는 말.

824)요금(瑤琴) : ①옥으로 꾸민 거문고. ② 아름다운 소리를 내는 거문고.

825)ᄇᆡᆨ이(伯夷) : 은말(殷末) 주초(周初)에 고죽국(孤竹國)의 왕자. 주(周)나라 무왕(武王)이 은(殷)나라를 치러 나가자 아우 숙제(叔齊)와 함께 무왕의 말고삐를 잡고 치지 말 것을 간하였으나, 받아들여지지 않자, 숙제와 함께 수양산에 들어가 고사리를 캐먹다 굶어죽었다 한다. 『논어』 〈미자(微子) 편에서 공자는 "그 뜻을 굽히지 아니하고 그 몸을 욕되게 아니한 자는 백이와 숙제다(子曰 不降其志 不辱其身 伯夷叔齊與)."고 하였다.

826)ᄉᆞ양(師襄) : 춘추 시대 노(魯)나라의 악사(樂師)로 '양자(襄子)' 또는 '사양자(師襄子)'로 불리기도 한다. 거문고 연주에 능하여, 공자가 그에게 거문고를 배웠다는 기록이 『공자가어(孔子家語)』에 나온다. 『논어』 〈미자(微子) 편에, (노나라의 음악이 쇠퇴

니[827] 업ᄉᆞ리라." ᄒᆞ여, 쳡이 평ᄉᆡᆼ의 "ᄂᆡ 혼ᄌᆞ 잇노라." ᄒᆞ더니, 셩ᄒᆡ(星海) 우ᄒᆡ 은ᄒᆡ(銀河) 잇ᄂᆞᆫ지라. ᄌᆞ허(自許)ᄒᆞ미 어이 우읍지 아니리오. 아지못게라![828]. 쇼제 엇지ᄒᆞ여 이 ᄀᆞᆺ흔 ᄌᆡ용(才容)으로 일신(一身)이 표령(飄零)[829]ᄒᆞᄂᆞ뇨? 셩시(姓氏)와 향관(鄕貫)을 듯고ᄌᆞ ᄒᆞ노라."

니쇼제 왈,

"쳡은 뎨왕(諸王)의 ᄌᆞ【25】숀이요, 공후(公侯)의 묘예(苗裔)니, 당(唐)나라 망(亡)치 아냐실 제 십팔제후(十八諸侯)를 모도와 황하 (黃河) 가의셔 다ᄉᆞᆺ 히 ᄊᆞ홈ᄒᆞ던 ᄃᆡ당왕 니우금의 후숀이오, 북한(北漢)[830] 태됴(太祖) 시졀의 뇽닌(龍鱗)[831]을 밧드러 금난뎐(金鑾殿)[832]의셔 경ᄉᆞ를 다ᄉᆞ리던 니혹ᄉᆞ의 녀ᄌᆡ라. 부명(賦命)[833]이 긔박(奇薄)ᄒᆞ여 강보(襁褓)의 ᄌᆞ모를 상(喪)ᄒᆞ고, 십세 후 가친이 됼(卒)ᄒᆞ시니, 집을 니을 ᄋᆞ들이 업고, 계뫼 ᄉᆞ랑치 아니시니 슬푸믈 먹음어 몸 직희믈 옥 ᄀᆞᆺ치 ᄒᆞ여, 강포(强暴)ᄒᆞᆫ 도젹이 지쳑(咫尺)의 이시니【26】 이 졍히 계모의 질ᄌᆡ(姪子)라. 궁흉ᄒᆞᆫ 의ᄉᆡ 하로도 ᄇᆡᆨ츌(百出)ᄒᆞ니 시러금 마지 못ᄒᆞ여 이의 니르괘라."

드ᄃᆡ여 젼후 변화(變禍)[834]를 가져 일장을 토셜(吐說)ᄒᆞ니, 냥쇼졔 ᄎᆞ탄(嗟歎) 왈,

"만일 쇼져의 지모현ᄌᆡ(智謀賢才) 곳 아니면, 옥이 니토(泥土)의 ᄲᅧ러지며, ᄭᅩᆺ치 분토(糞土)의 ᄲᅧ러질낫다! 쇼ᄆᆡ 등이 역시 ᄀᆞᆺ흔 화(禍)를 두려 ᄒᆞᄂᆞ니, 산즁 난셰의 엇지 불의지홰(不意之禍) 두렵지 아니리오마ᄂᆞᆫ, 쇼져ᄂᆞᆫ 오히려 둉형(從兄)이 잇거니와 쇼쳡 등은 뉘 잇셔 돌보【27】리오"

니쇼제 왈,

"쇼져 등을 보니 골격이 존귀ᄒᆞ고 용안이 비속(非俗)ᄒᆞ여 귀인의 모양이 잇거ᄂᆞᆯ 무ᄉᆞᆫ 연고로 일ᄃᆡ(一代) 녀반(女伴)[835]이 산듕의 홀노 잇ᄂᆞ뇨? 혜ᄋᆞ리건ᄃᆡ 남

하여 모든 악사들이 사방으로 흩어질 때) "경쇠를 치던 사양(師襄)은 바다를 건너 섬으로 들어갔다(擊磬襄 入於海)"고 한 기록이 있다.

827)이러니 : '이런 이'의 연철표기.

828)아지못게라! : '모르겠도다!' '모를 일이로다! '알지못하겠도다!' 등의 감탄의 뜻을 갖는 독립어로 고소설 작품들 속에서 관용적으로 쓰이고 있다.

829)표령(飄零) : ≒표락(飄落). ①나뭇잎 따위가 바람에 나부끼어 흩날림. ②신세가 딱하게 되어 안착하지 못하고 이리저리 떠돌아다님.

830)북한(北漢) : 중국의 오대십국(五代十國)의 하나(951~979). 후한(後漢)이 멸망한 다음해 유숭(劉崇)이 태원(太原)에 건국하였다가 송(宋)나라에 의해 멸망했다.

831)뇽닌(龍鱗) : ①용의 비늘. ②천자나 영웅의 위엄을 비유적으로 이르는 말.

832)금난뎐(金鑾殿) : 당대(唐代)의 궁전 이름.으로, 천자가 조회를 받는 정전(正殿).

833)부명(賦命) : 하늘로부터 부여받은 수명이나 운명.

834)변화(變禍) : =화변(禍變). 매우 심한 재액(災厄).

악(南岳) 위진군(魏眞君)[836]의 도(道)를 닷그미 아니오, 달으릭 졀ᄒᆞ여 션녀를 빅(拜)ᄒᆞ미 아니라. 품은 쇼회(所懷) 잇도다."

댱쇼졔(長小姐) 오열(嗚咽)ᄒᆞ여 눈물이 푸른 ᄉᆞᄆᆡ의 져져 ᄀᆞᆯ오ᄃᆡ,

"문운이 불힝ᄒᆞ여 뎍화(賊禍)를 맛ᄂᆞ니, 문회(門戶) 엇지 엄ᄒᆞ다 ᄒᆞ리오."

ᄒᆞ고 드ᄃᆡ여 근본을 ᄌᆞ시 니르니, 장소져ᄂᆞᆫ 뉴 【28】 시니, 후한(後漢)[837] 고됴(高祖)의 공쥐러니, ᄂᆞ라히 망ᄒᆞᄆᆡ 졍쳐ᄉᆞ를 됴ᄎᆞ 예 와 의지ᄒᆞ니, 이 집 쇼져ᄂᆞᆫ 졍시니 ᄂᆡ외죵간(內外從間)[838]이러라.

니쇼졔 놀나 다시 니러나 옷깃ᄉᆞᆯ 염의고[839] ᄌᆞ리를 ᄯᅥ나 ᄀᆞᆯ오ᄃᆡ,

"옥쥬(玉主)ᄂᆞᆫ 졍히 고군(故君)의 지엽(枝葉)[840]이라. 쇼쳡이 아지 못ᄒᆞ고 무례ᄒᆞ니, ᄉᆞ죄(謝罪)로쇼이다. 장원(莊園)이 심슈(深邃)ᄒᆞ니 ᄂᆞ라도 넘기 어려온지라. 쇼쳡이 엇지 슈히 드러오리잇고? 다만 ᄒᆞᆫ 노괴(老姑) 잇셔 그르ᄉᆞᆯ 들고 시ᄂᆡ가흐로 지나거ᄂᆞᆯ, 그 사이 【29】 문이 열녀시믈 인ᄒᆞ여 드러와 옥쥬를 맛ᄂᆞ니, 이 엇지 연분(緣分)이 아니리잇고?"

뉴쇼졔 연망이 숀ᄉᆞ(遜辭)ᄒᆞ고 뎡쇼졔 ᄯᅩᄒᆞᆫ 말을 펴, 잠시 좌셕이나 마음을 피ᄎᆞ 쏘 다 지긔상합(志氣相合)ᄒᆞ여, 피ᄎᆞ 져바리지 아니키를 당부 ᄒᆞ더니, 뎡쇼졔 왈,

"붕우(朋友)를 ᄉᆞ괴ᄆᆡ 지긔(知己)를 엇기 어려오니, 쇼져와 쳡 등은 지긔라. 쇼졔 엇지 쳡을 져바리며, 쳡 등이 쇼져를 져바리이요. 오직 집을 올무며 ᄉᆞ룸을 ᄯᆞᆯ오미 녀 【30】 ᄌᆞ의 홀노 ᄌᆞ려(自勵)홀[841] 빅 아니니, 쇼졔 만일 쳡 등을 어엿비 넉일진ᄃᆡ 경ᄉᆞ의 가셔든 녕형(令兄)다려 닐너, 뎡은의 셩명이 혹 군듕 듕의 나 드럿ᄂᆞᆫ가 무러볼지어다. 이 ᄉᆞ룸이 극히 웅위(雄偉)ᄒᆞ니, 반ᄃᆞ시 군마의 둉횡(縱橫)홀지라. 니댱군이 요힝 알진ᄃᆡ, 쳡이 져를 인연ᄒᆞ여 뫼흘 ᄯᅥ나 쇼져와 상둉(相從)ᄒᆞ리라."

쇼졔 응슌(應順)ᄒᆞ고 슈작(酬酌)이 이윽ᄒᆞᄆᆡ 니러ᄂᆞ 작별 왈,

"쳡이 길 ᄀᆞ온ᄃᆡ 숀이라. 니별을 고ᄒᆞᄂᆞ이다." 【31】

---

835)녀반(女伴) : 뜻이나 행동을 같이하는 여자들

836)위진군(魏眞君) : 도교에서 중국 오악(五岳) 가운데 하나인 남악(南岳) 곧 항산(恒山)에 살고 있다고 하는 선녀(仙女)의 이름.

837)후한(後漢) : 『역사』 중국에서, 947년에 후진(後晉)의 절도사 유지원(劉知遠)이 대량(大梁)에 도읍하여 세운 나라. 950년에 후주(後周)에 멸망하였다.

838)내외종간(內外從間) : 내종사촌과 외종사촌의 사이.

839)염의다 : 여미다. 벌어진 옷깃이나 장막 따위를 바로 합쳐 단정하게 하다.

840)지엽(枝葉) : ①'식물의 가지와 잎'을 뜻하는 말로 '자손'을 비유적으로 이르는 말. ②본질적이거나 중요하지 아니하고 부차적인 부분. ③식물의 가지와 잎.

841)ᄌᆞ려(自勵)ᄒᆞ다 : 어떤 일이나 행동을 스스로 힘써 하다.

두 쇼제 ᄲᆞᆯ니 ᄂᆞ슈(羅袖)842)ᄅᆞᆯ 잡고 머므러 왈,

"쇼져야! 이 엇진 말고? 쇼제 녕형이 마ᄌᆞ 도ᄅᆞ가ᄂᆞᆫ 날이라도 쇼뎨 등을 맛나 ᄎᆞ마 슈이 도라가지 마람즉 ᄒᆞ거ᄂᆞᆯ, ᄒᆞ믈녀 년쇼 녀ᄌᆡ ᄌᆞ근 ᄎᆞ환과 늙은 둉을 밋고 쳔니 길흘 엇지 득달ᄒᆞ리오. 이 ᄯᆞ히 유벽(幽僻)ᄒᆞ고 쥬인이 비록 미(微)ᄒᆞ나, 경의 골육 ᄀᆞᆺᄒᆞ니 만젼(萬全)ᄒᆞᆫ 모ᄎᆡᆨ(謨策)을 의논ᄒᆞᆯ진ᄃᆡ, 쇼제 이곳의 머믈고 노로(老虜)843)ᄅᆞᆯ 슈일을 쉬워 녕형의게 ᄀᆡ별ᄒᆞ여, 졔 안마(鞍馬) 【32】ᄅᆞᆯ 가지고 와 마ᄌᆞ 가미 아니 올흐냐? 쇼제 우리 알기ᄅᆞᆯ 이리 셔어히 ᄒᆞ며 우리로 져져ᄅᆞᆯ ᄯᆞ로라 ᄒᆞᄂᆞ냐?"

쇼제 웃고 곳쳐 안ᄌᆞ ᄀᆞᆯ오ᄃᆡ,

"쇼제 이러틋 ᄒᆞ니 쇼ᄆᆡ(小妹) 다시 할 말이 업도다. ᄀᆞ르치시믈 어그럿디 아니리이다."

냥쇼제 ᄃᆡ열(大悅)ᄒᆞ여 셔로 숀을 닛그러 ᄂᆡ당(內堂)의 드러올 ᄉᆡ, 뎡쇼제 ᄀᆞᆯ오ᄃᆡ, "니져(李姐)야! 쇼ᄆᆡ ᄒᆞᆫ 말이 잇시니 져져ᄂᆞᆫ 엇더타 ᄒᆞᄂᆞ뇨? 져제(姐姐) 규즁 옥슈(玉樹)로ᄃᆡ ᄀᆡ질이 호상(豪爽)ᄒᆞ여 귀관(貴貫)844) 명쥬(明紬)845) ᄀᆞᆺ흔 ᄀᆞ온ᄃᆡ, 표일(飄逸) 【33】 뎡ᄃᆡ(正大)ᄒᆞ니, 남복을 닙어시ᄆᆡ '승난(乘鸞)ᄒᆞᄂᆞᆫ 젹션(謫仙)'846)이요 ᄒᆞᆨ상(鶴上) 진군(眞君)이라. 눈을 드러 볼 ᄯᆡ의 마음이 평안치 아닌지라. 우리 규즁 녀ᄌᆞ의 방의 져 의관이 엇지 괴이치 아니리오. 금일노 됴ᄎᆞ 단장을 곳치미 엇더뇨?"

니쇼제 ᄃᆡ쇼 왈,

"녀화위남(女化爲男)847)ᄒᆞ미 부득이 ᄒᆞ미라. 평안ᄒᆞᆫ 곳의 와 엇지 우은 복식을 ᄒᆞ리오."

삼쇼제 촉하(燭下)의셔 다시 말ᄉᆞᆷᄒᆞᆯ ᄉᆡ, 니쇼제 능소ᄅᆞᆯ 보ᄂᆡ여 ᄉᆞ시ᄋᆞ(四侍兒)와 노왕 등을 불너오니, 사시ᄋᆡ ᄭᅮᆷ 【34】 가온ᄃᆡ 쇼져의 간 곳을 몰나 방황ᄒᆞ더니, 능쇼의 젼언으로 됴ᄎᆞ 크게 깃거, 두 쇼져긔 고두(叩頭) ᄒᆞ여 뵈고, 비쥬(婢

---

842)ᄂᆞ슈(羅袖) : 비단 옷소매.

843)노뢰(老虜) ; 늙은 종.

844)귀관(貴貫) : 귀한 관자(貫子). 금이나 옥으로 만든 관자. *관자(貫子) : 망건에 달아 당줄을 꿰는 작은 단추 모양의 고리. 신분에 따라 금(金), 옥(玉), 호박(琥珀), 마노, 대모(玳瑁), 뿔, 뼈 따위의 재료를 사용하였다.

845)명주(明紬) : 명주실로 짠 비단 옷.

846)승난(乘鸞)ᄒᆞᄂᆞᆫ 젹션(謫仙) : 난(鸞)새를 탄 이백(李白)'이란 말로, 이백의 시 <비룡인(飛龍引)>의 "승란비연역불환(乘鸞飛煙亦不還; 난새 타고 연기 속을 날아 다시 돌아오지 않았네)"라 한, 시구를 인용하여, 난새를 탄 신선(神仙) 같은 이백의 풍모를 표현한 말. *적선(謫仙): 중국 당나라의 시인 '이백'을 달리 이르는 말.

847)녀화위남(女化爲男) : 여자로서 남자로 변장하여 남자행세를 함.

主) 오인이 ᄒᆞᆫ가지로 장속(裝束)을 곳처 삼쇼졔 ᄒᆞᆫ가지로 앗츰 단장을 다ᄉᆞ리니, 구름 ᄀᆞᆺᄒᆞᆫ 귀밋ᄐᆡ 금봉(金鳳) 빈혀를 ᄭᅩᄌᆞ며, 반면월ᄋᆡᆨ(半面月額)848)의ᄂᆞᆫ 아황(蛾黃)849) 빗치 ᄉᆡ로오니, 분면도협(粉面桃頰)850)이 능나물(綾羅물)851) 우희 삼지년화(三支蓮花)852)요, 뇨지금원(瑤池禁苑)853)의 다ᄅᆞᆷ쇄854)라. 별 ᄀᆞᆺᄒᆞᆫ 눈과 푸른 눈셥이 셔로 바ᄋᆡ니, 이를 보ᄆᆡ 낙포션ᄌᆞ(洛浦仙子)855) ᄀᆞᆺ고 져를 보ᄆᆡ 무산션녀(巫山仙女)856) 【35】 ᄀᆞᆺᄒᆞ니, 셔로 ᄋᆡ모(愛慕)ᄒᆞ믈 니긔지 못ᄒᆞ더라.

ᄉᆞ시ᄋᆞᄂᆞᆫ 녹나상(綠羅裳)857)과 쳥금의(靑錦衣)858)로 눈셥을 그리고 머리를 ᄡᅱ여 홍영 등으로 더브러 삼쇼져를 뫼시니, ᄀᆡ이(奇異)ᄒᆞᆫ 안ᄉᆡᆨ(顔色)과 혜힐(慧逸)859)ᄒᆞᆫ 풍치 쳥의(靑衣) ᄀᆞ온ᄃᆡ 가인(佳人)이라. 어제 날 삿ᄀᆞᆺ술 쓰며 포의(布衣)를 닙은 거동이 하나토 업ᄂᆞᆫ지라.

홍영이 믄득 쇼왈,

“이 뫼 속이 공연ᄒᆞᆫ ᄯᆞᆫ 셰계로다. 우리 무리 십여 인이 남ᄌᆞ의 얼골을 못보아더니, 너희 남ᄌᆡ 무ᄉᆞ일노 녀ᄌᆡ 되엿ᄂᆞ뇨? 일노 볼작【36】시면 쳔만년이라도 남ᄌᆞ의 얼골을 못볼거시니, 셔량녀국(西涼女國)이라. ᄒᆞ고 셰 쇼졔 도읍(都邑)ᄒᆞ여 왕낙(王樂)을 누리미 됴흘노다.”

---

848)반면월액(半面月額) : 반달처럼 둥근 이마.

849)아황(蛾黃) : 예전에, 여자들이 발랐던 누런빛이 나는 분.

850)분면도협(粉面桃頰) : 분 바른 얼굴에 복숭아꽃처럼 붉은 뺨.

851)능나물(綾羅물) : 비단처럼 빛나는 잔잔한 물결.

852)삼지년화(三支蓮花) : 세 송이 연꽃.

853)요지금원(瑤池禁苑) : 요지(瑤池)에 있는 동산. *요지(瑤池); 곤륜산에 있다고 하는 연못으로, 서왕모(西王母)가 살고 있다고 하며, 주(周) 목왕(穆王)이 이곳에서 서왕모(西王母)를 만났다는 전설이 전하고 있다. *금원(禁苑); 예전에, 궁궐 안에 있던 동산이나 후원을 이르던 말.

854)다룸쇄 : 다람화. ①담화(曇華). 우담화(優曇華). 『불교』 인도에서, 삼천 년에 한 번 전륜성왕이 나타날 때에 꽃이 핀다고 하는 상상의 식물. ≒우담발라. ②담화(曇華); =홍초(紅草). 칸나과의 여러해살이풀. 높이는 1~2미터이며, 잎은 큰 타원형이고 끝이 뾰족하다. 여름과 가을에 꽃잎 모양의 수술을 가진 꽃이 잎 사이에서 나온 꽃줄기 끝에 총상(總狀) 화서로 피고 열매는 삭과(蒴果)로 10월에 익는다. 관상용이고 말레이시아, 인도차이나가 원산지로 각지에 분포한다.

855)낙포선자(洛浦仙子) : 낙포(洛浦)의 수신(水神). 낙포는 중국 하남성(河南省) 낙수(洛水) 가에 있는 지명으로 복희씨(伏羲氏)의 딸 복비(宓妃)가 이곳에 빠져죽어 수신(水神)이 되었다고 한다.

856)무산선녀(巫山仙女) : 무산(巫山)의 선녀(仙女). 무산은 중국 사천성(四川省)에 있는 산으로, 이곳에서 전국시대 초(楚) 나라 양왕(襄王)이 꿈속에서 무산선녀를 만나 운우지락(雲雨之樂)을 나누었다는 이야기가 송옥(宋玉)의 <고당부(高唐賦)>에 전한다.

857)녹나상(綠羅裳) : 녹색 비단치마.

858)청금의(靑錦衣) : 푸른 비단저고리.

859)혜일(慧逸) : 시원스럽고 빼어남.

청향이 ᄶᅮ지져 왈,

"홍져(洪姐)ᄂᆞᆫ 말마다 단졍치 아니니 어느날 ᄉᆞ롬이 되리오. 규즁이 ᄆᆞᆰ고 됴흐니 쇼져ᄅᆞᆯ 뫼셔 향을 퓌오며 슈션(繡線)을 다ᄉᆞ려 봄 ᄭᅩᆺ치 한유(閒遊)ᄒᆞ며 ᄀᆞ을 달의 즐길 거시니, 엇지 셰상을 ᄉᆞ모ᄒᆞ리오."

쇼제 ᄯᅩᄒᆞᆫ ᄎᆡᆨ왈,

"홍영이 말마다 이러ᄒᆞ니, 불구(不久)의 변이날가 두립도다. 【37】 네 임의 져러틋 고쵸(苦楚)ᄒᆞ믈 념(厭)ᄒᆞᆯ진ᄃᆡ 뉘 너ᄅᆞᆯ 말뉴(挽留)ᄒᆞ관ᄃᆡ 녀인국(女人國) 고쵸ᄒᆞ믈 견ᄃᆡᄂᆞᆫ다?"

홍영이 웃고 왈,

"쇼져ᄂᆞᆫ 니르지 마르쇼셔. 상원부인(上院夫人)[860]은 신션(神仙)이로ᄃᆡ, 봉쳑(封陟)[861]의게 스ᄉᆞ로 가고, 직녀(織女)ᄂᆞᆫ 텬숀(天孫)이로ᄃᆡ 칠셕가회(七夕嘉會)[862]ᄅᆞᆯ 즐기니, ᄒᆞ믈며 왕뫼(王母)[863] 목왕(穆王)의 슐위ᄅᆞᆯ 머무르니 이 무숨 ᄯᅳᆺ이뇨? 텬지(天地) 이시ᄆᆡ 만물이 뉴셩(有盛)[864]ᄒᆞ고 무졍(無情)ᄒᆞᆫ 쵸목도 '연니(連理)ᄒᆞᄂᆞᆫ 가지'[865] 잇고, ᄯᅳᆺ업ᄉᆞᆫ 금슈(禽獸)도 비목(比目)[866]ᄒᆞᄂᆞᆫ 금싊 잇ᄉᆞ니, 지상의 쌍원앙(雙鴛鴦) 【38】 과 ᄃᆡ하(大河)의 쌍봉황(雙鳳凰)이 시 짓ᄂᆞᆫ ᄉᆞ롬의 {게} 마음을 감동ᄒᆞᄂᆞᆫ지라. 어진 계집이 '도요(桃夭)의 시'[867]ᄅᆞᆯ 읇고, 문왕(文

---

860)상원부인(上院夫人) : 전설에서, '옥황상제의 궁에서 문서를 맡은 신선'의 이름이라 함.

861)봉척(封陟) : 인간계의 고루한 선비로. 천상에서 상원부인이 내려와 짝이 되기를 청했는데 고집을 부려 이를 허락하지 않았다고 한다. 『계곡집(谿谷集)』 '잡저(雜著) 만기(漫記)'에 나온다.

862)칠석가회(七夕嘉會) : 견우직녀 설화에서, 칠월칠석날 저녁에 까마귀와 까치가 은하수에 오작교를 놓아, 견우와 직녀를 만나게 해준다는, 이 둘의 아름다운 만남을 이르는 말.

863)왕뫼(王母) : 서왕모(西王母). 중국 신화에 나오는 신녀(神女)의 이름. 불사약을 가진 선녀라고 하며, 음양설에서는 일몰(日沒)의 여신이라고도 한다. 곤륜산(崑崙山)에 있는 요지(瑤池)에 사는데 이곳은 주(周)나라 목왕(穆王)이 서왕모를 만나 서로 즐겼다는 이야기로 유명하다.

864)뉴셩(有盛) : 한창 성하게 일어남.

865)연니(連理)ᄒᆞᄂᆞᆫ 가지 : 연리지(連理枝). 두 나무의 가지가 서로 맞닿아서 결이 서로 통한 것을 뜻하여 화목한 부부나 남녀의 사이를 비유적으로 이르는 말.

866)비목(比目) : '눈을 나란히 짝을 이뤄 다닌다.'는 말로 '넙치(比目魚)'라는 바닷물고기의 생태를 말한 것이다. 즉 '넙치'는 한자어로 비목어(比目魚)라 하는데, 눈이 짝을 이루고 있는 모든 동물들과 달리, 외눈으로 한쪽에만 붙어 있어 '두 마리가 짝을 짓지 않고는 다니지 않는[불비불행(不比不行)]'의 특성을 갖고 있다. 이러한 생태적 특성에 연유하여 예로부터 '화목한 부부'나 '형제' 또는 '그림자처럼 붙어 다니는 친구' 관계를 이르는 말로 쓰였다.

867)도요(桃夭)의 시 : 도요시(桃夭詩). 『시경(詩經)』 <주남(周南)> 편에 있는 시. 시

王)868)이 젼젼반측(輾轉反側)869)ᄒᆞ시미 인뉸(人倫)을 크게 ᄒᆞ시미라. 엇지 음난ᄒᆞᆫ 말이리오. 인싱이 ᄂᆞᆷ의 부뷔 화락ᄒᆞ며 ᄌᆞᄉᆞᆫ이 션션(詵詵)870)ᄒᆞ여 복녹이 《창션‖창셩(昌盛)871)》 ᄒᆞᆫ ᄇᆡ니, 쇼졔 말ᄉᆞᆷ ᄀᆞᆺᄒᆞ면 공문니고(孔門尼姑)872)와 심궁궁녀(深宮宮女)873)라. 슉녀 졍졀이 부부쌍유(夫婦雙遊)ᄒᆞᄂᆞᆫ ᄌᆞᄂᆞᆫ 다 음녀 니잇가? 홍영이 아비 쥭고 어미 늙으니 엇지 삼둉(三從)874)의 근심이 업ᄉᆞ【39】리잇고? 그러나 영의 ᄯᅳᆺ이 잇실진ᄃᆡ 이 뫼 밧근 길히요, 안흔 집이니 셰상의 엇지 용납홀 ᄯᅡᄒᆡ 업셔 시름ᄒᆞ리오마ᄂᆞᆫ 노류장화(路柳墻花)875)ᄂᆞᆫ 녀ᄌᆞ의 쳔(賤)ᄒᆞᆫ 쇼임이오, ᄆᆡᆨ상농가(陌上農家)876)ᄂᆞᆫ 쳡의 원(願)이 아니라. 오직 텬일(天日)을 보ᄂᆞᆫ 날 몸을 셰워 아름다온 댱부의 안히 되려 ᄒᆞᄂᆞ니, 금년 십팔의 츈광(春光)이 느져 가되 뫼흘 ᄯᅥ날 긔약이 업ᄉᆞ니, 시(詩) 왈, '도지요요(桃之夭夭)여 기엽진진(其葉蓁蓁)'이라'877) ᄒᆞ니, 영의 탄(嘆)ᄒᆞᄂᆞᆫ ᄇᆡ라. 쇼졔 엇지 【40】 홍영 보기를 ᄂᆞᆺ게 녁이ᄉᆞ 변(變)을 ᄂᆡ리라 ᄒᆞ시ᄂᆞ니잇가?"

삼 쇼졔 다시 칙(責)지 아니ᄒᆞ고 모든 시ᄋᆡ(侍兒) 우음을 먹음더라.

홍영이 물너 가거늘, 니쇼졔 ᄀᆞᆯ오ᄃᆡ,

"이 녀ᄌᆡ 말ᄉᆞᆷ이 쾌ᄒᆞ고 졍이 만흐니, 쇼져의 시ᄋᆞ 되미 맛당치 아닌지라. 엇던 ᄉᆞ름이뇨?"

뎡쇼셰 왈,

"젼일 부친이 우리 형뎨를 다리고 난을 피홀 적, 모친은 기셰ᄒᆞ연지 오린지라.

집가는 아가씨의 아름다움과 행복을 노래하고 있다.

868)문왕(文王) : 중국 주나라 무왕(武王)의 아버지. 이름은 창(昌). 기원전 12세기경에 활동한 사람으로 은나라 말기에 태공망 등 어진 선비들을 모아 국정을 바로잡고 융적(戎狄)을 토벌하여 아들 무왕이 주나라를 세울 수 있도록 기반을 닦아 주었다. 고대의 이상적인 성인 군주의 전형으로 꼽힌다.

869)젼젼반측(輾轉反側) : 잠이 오지 않아 누워서 엎치락뒤치락 함.

870)션션(詵詵) : 수가 많은 모양.

871)창셩(昌盛) : 기세가 크게 일어나 잘 뻗어 나감.

872)공문니고(孔門尼姑) : '공자의 문하(門下)에 수학하는 여승(女僧)'이란 뜻으로, '유문(儒門)여자가 남녀화락(男女和樂)을 단정치 못한 행실이라고 꾸짖는 것'에 대해, 이를 '공자 문하에 어울리지 않는 여승'과 같다고 비꼰 말.

873)심궁궁녀(深宮宮女) : 깊은 대궐 안에 갇혀 사는 궁녀.

874)삼둉(三從) : 삼종지탁(三從之託). 예전에, 여자가 따라야 할 세 가지 도리를 이르던 말. 어려서는 아버지를, 결혼해서는 남편을, 남편이 죽은 후에는 자식을 따라야 하였다.

875)노류장화(路柳墻花) : 아무나 쉽게 꺾을 수 있는 길가의 버들과 담 밑의 꽃이라는 뜻으로, 창녀나 기생을 비유적으로 이르는 말.

876)ᄆᆡᆨ상농가(陌上農家) : 논·밭의 두렁 위에 있는 농가. 곧 농촌생활을 달리 표현한 말.

877)도지요요(桃之夭夭) 기엽진진(其葉蓁蓁) : '어여쁜 복숭아꽃, 그 잎이 무성도 하다.' 『시경(詩經)』 주남(周南) 편 도요(桃夭) 시의 한 구절.

셔뫼(庶母) 흔 쑬이 잇셔 일홈이 홍영이러니, 길히셔 셔모와 홍영을 일 【41】 코 일홈을 불너 ᄎᆞᄌᆞ니, 이 녀직 ᄃᆡ답고 바회 속으로셔 ᄂᆞ오니, 부친이 아을 ᄎᆞᆺ지 못ᄒᆞ고 이 녀ᄌᆞ를 다리고 오시니, 져제(姐姐) 보던 노고ᄂᆞᆫ 그 어미라. 본ᄃᆡ ᄉᆞ됵(士族)의 쳡으로셔 홍영을 ᄂᆞ코 당뷔 쥭으니, 의지 업셔 여긔 이시니, 동도 아니오 친쳑도 아니로ᄃᆡ 아시 붓터 ᄒᆞᆫ가지로 ᄌᆞ라니, 졍의(情誼) 얽ᄆᆡ엿ᄂᆞᆫ지라. 졔 말숨이 활발ᄒᆞ고 긔운이 넘ᄂᆞ며, 마음이 놉고 가ᄉᆞ(歌詞) 풍월(風月) 셔화(書畫) 음뉼(音律)을 모를 거시 업ᄂᆞ니 【42】 이다."

ᄒᆞ더라.

니쇼졔 뉴쇼져의 고초(苦楚)ᄒᆞ믈 보고 어엿비 녁여 ᄒᆞᆫ가지로 가고ᄌᆞᄒᆞ여, 두어 날 후의 노왕을 보ᄂᆡ려 ᄒᆞ더니, 노싀 길히 여러날 ᄋᆡ써 병이나 반월을 신고ᄒᆞ여 살믈 어드니, 비로소 글을 닷가 니댱군긔 보ᄂᆡ니, 그 글의 ᄒᆞ엿시되,

"쇼ᄆᆡ 옥슈ᄂᆞᆫ 글을 동형 안ᄒᆞ(案下)의 올니ᄂᆞ니, 셔로 써나미 오ᄅᆡ나 그 사이 귀쳬 엇더 ᄒᆞ시뇨? 쇼녀ᄂᆞᆫ 죄역(罪逆)이 심듕(深重)ᄒᆞ여 '민쳔(旻天)의 슬픔'878) 과 【43】 '쇼장(蘇張)의 변(變)'879)을 맛나, 규즁 약질이 창황(蒼黃)ᄒᆞ여 슈긔 노로(奴虜)와 삼ᄉᆞ 시ᄋᆞ로 더브러 옷슬 밧고며 머리를 변ᄒᆞ여 형당을 ᄎᆞᄌᆞ 경ᄉᆞ로 향ᄒᆞ다가, 쇼화산 녹님 강젹의게 노싀와 힝니를 다 아이고 요힝 몸이 무ᄉᆞᄒᆞ니, 촌촌(村村) 젼진ᄒᆞ여 화음현 쳥진산ᄒᆞ의 와 고(故) ᄌᆡ상(宰相) 뎡공의 집의 상난(喪亂)880)을 맛나881) 남ᄌᆞ와 부인이 다 망ᄒᆞ고 쇼져 이인(二人)이 남앗ᄂᆞᆫ지라. 유벽(幽僻) 은밀(隱密)ᄒᆞ미 쇼ᄆᆡ의 몸을 슘길 곳이 【44】 오, 두 쇼졔 괴로이 만뉴(挽留)ᄒᆞ여 ᄌᆞᄆᆡ 되여 이의 안신ᄒᆞ고, 노싀(老厮)를 몬져 보ᄂᆡᄂᆞ니, 거거ᄂᆞᆫ 쇼ᄆᆡ를 다려가쇼셔. 머믄 집이 고요ᄒᆞ여 세상으로 더브러 현격(懸隔)ᄒᆞ나 녀ᄌᆞ의 오ᄅᆡ 머물 곳이 아니니, 냥 녀ᄌᆞ의 졍과 은혜 가ᄇᆡ얍지 아니ᄒᆞ고 냥인의 졍니(情理) 가히 어엿분지라. 그 부친의 표뎨(表弟) 뎡은이 뉴락(流落)ᄒᆞ여 간 바를 아지 못ᄒᆞᆫ다 ᄒᆞᄂᆞᆫ지라. 각각 젼니(田里)의셔 상망(相望)ᄒᆞ고 몸을 의탁ᄒᆞᆯ 곳이 업셔 【45】 슬허ᄒᆞ니, 형이 만일 뎡은의 간 곳을 ᄎᆞᆺ게 ᄒᆞ시면, 우리 지졍(至情)이 ᄌᆞᄆᆡ 又ᄒᆞ여 ᄉᆞ싱을 ᄒᆞᆫ가지로 ᄒᆞᄌᆞ ᄒᆞ여시니, ᄒᆞᆫ가지로 도라가고ᄌᆞ ᄒᆞᄂᆞ이다. 젼후 곡졀을 노싀다려 무르시면 아르시리니, 쇼ᄆᆡ 졍심(定心)이 아득ᄒᆞ고 눈물이 알플 ᄀ

878)민쳔(旻天) 슬픔 : =민천(旻天)의 울음. 옛날 중국의 순(舜)임금이 어버이에게 사랑을 받지 못함을 원망하여 밭에 나가 하늘을 향해 울었던 고사를 말함.

879)쇼장(蘇張)의 변(變) : 중국 전국시대의 세객(說客)인 소진(蘇秦)과 장의(張儀)가 일으킨 변란이란 뜻으로, 남을 헐뜯거나 모함하는 말로 인하여 일어난 변란을 비유적으로 표현한 말.

880)상난(喪亂) : 전쟁, 전염병, 천재지변 따위로 많은 사람이 죽는 재앙.

881)맛나다 : 만나다. ①어떤 일을 당하다. ②누군가 가거나 와서 둘이 서로 마주 보다.

리오니, 글의 말솜을 다 못ᄒᆞᄂᆞ이다."

ᄒᆞ엿더라. 노싀 다려 닐오ᄃᆡ,

"형을 보아 말을 젼홀 제 아는 바를 다 알외라. 뎡은 댱군 【46】 을 ᄎᆞᆺ게 ᄒᆞ믈 잘 알외여 우리의 원(願)을 일우게 ᄒᆞ라."

노싀 응낙ᄒᆞ고 반젼(盤纏)882)을 슈습ᄒᆞ여 길히 오르니라.

화표(話表)883), 시시의 위공ᄌᆡ 니쇼져의 긔특ᄒᆞᆫ 지모(智謀)와 쌍졀(雙節)ᄒᆞᆫ 긔질을 드른 후는 마음이 밧브고 의ᄉᆡ 쾌ᄒᆞ여, 됴공의 글을 밧ᄌᆞ와 바로 경ᄉᆞ의 드러가 몬져 조부의 가니, 조부인이 놀ᄂᆞ며 반겨 왈,

"현뎨 어린 ᄂᆞ히 먼길흘 엇지 ᄌᆞ로 단니ᄂᆞ뇨? 반ᄃᆞ시 연괴(然故) 잇ᄉᆞ미로다."

공ᄌᆡ 온 연유를 니르니, 부인이 【47】 ᄃᆡ희 왈,

"이 ᄀᆞᆺ치 긔묘ᄒᆞᆫ 녀ᄌᆞ는 엇기 어렵고 제 길 난지 오릐니, 니댱군이 다른 ᄃᆡ 허치 아냐셔 쌜니 도모ᄒᆞ고 일치말나."

공ᄌᆡ 이놀 머므러 ᄌᆞ고 명일 됴공ᄌᆞ를 보니. 광의(廣義)884) 이젼 조빈의 집의 가 위공ᄌᆞ를 보앗는지라. 셔로 보고 반겨 형의 평부를 뭇고 셔신을 보ᄆᆡ, 싱다려 닐오ᄃᆡ,

"ᄉᆞ빅(舍伯)885)의 지교(指敎)ᄒᆞ시미 ᄌᆡ삼 졍녕ᄒᆞ시고, 그ᄃᆡ 쳔니의 와시니 ᄂᆡ가 한승을 보미 무어시 어려오리오마는, 흥졍886)이 ᄂᆡ 문 【48】 의 와야 됴타ᄒᆞ니, ᄂᆡ일 여러 붕우를 못고 한승을 ᄒᆞᆫ가지로 쳥ᄒᆞ여 이 일을 의논ᄒᆞ리라. 그ᄃᆡ 아름다온 가긔(佳期)를 우리 이러틋 진심ᄒᆞ니 타일 가긔를 일울진ᄃᆡ 무어ᄉᆞ로 ᄉᆞ례코ᄌᆞ ᄒᆞᄂᆞ뇨?"

위싱이 쇼왈,

"냥형(兩兄)의 ᄉᆞ랑을 이러틋 닙으니, 본ᄃᆡ 친ᄋᆡ(親愛)ᄒᆞ미 ᄇᆡᆨ녀교계(百年交契)를 허ᄒᆞᄂᆞ니, 이 밧긔 무어시 이시리오."

됴공ᄌᆡ 쇼왈, 널노 더브러 인ᄋᆞ(姻婭)887)의 친(親)홈과 붕우의 졍으로 ᄉᆞ랑ᄒᆞ

---

882)반젼(盤纏) : 먼 길을 떠나 오가는 데 드는 비용.=노자.

883)화표(話表) : 고소설에서 새로 이야기를 시작할 때 쓰는 '화설(話說)' '익설(益說)' '각설(却說)' 따위와 같은 화두사(話頭詞).

884)광의(匡義) : 조광의(趙匡義). 중국 북송의 제2대 황제 태종(太宗: 939~997). 성은 조(趙). 이름은 광의(匡義/光義). 중국을 통일하고 과거 제도를 확립하였으며, 전매(專賣)・상세(商稅) 제도를 바로잡아 군주의 독재권을 강화하였다. 재위 기간은 976~997년이다.

885)ᄉᆞᄇᆡᆨ(舍伯) : 남에게 자기의 맏형을 겸손하게 이르는 말.≒가백(家伯), 가형(家兄), 사형(舍兄).

886)흥정 : ①물건을 사고팖. ②물건을 사거나 팔기 위하여 품질이나 가격 따위를 의논함.

887)인ᄋᆞ(姻婭) : 사위 쪽의 사돈과 사위 상호간. 곧 동서(同壻) 쪽의 사돈을 아울러 이르

는 밧긔, 위인(爲人)이 ᄌ방(子房)[888] 진평(陳平)[889] 【49】 의 무리니, 우리 듕히 녁여 골육의 정이 잇는지라. 네 교분을 석로이 일카ᄅ 막을 빅 아니니, 타일 호쥬(好酒)와 미인으로 우리를 ᄉ례ᄒ라."

공직 대쇼ᄒ더라. 명신(明晨)의 됴공지 붕우 슈인을 청ᄒ니, 이윽고 뎡은과 됴뵈(趙普)[890] 드러와 위싱을 보고, 뎡은이 반겨 별회를 니르고, 뫼흘 써나무로써 ᄉ모ᄒ던 회포를 펴니, 됴뵈 비로소 조빈(曺彬)[891]의 쳐남이오 위쳐ᄉ의 ᄋ들인 쥴 알고, 풍신(風神) 인물이 기세(蓋世)ᄒ믈 흠앙(欽仰)ᄒ여 셔로 셩명을 통 【50】 ᄒ고 동용이 말숨홀식, ᄒ문이 광박(廣博)ᄒ고 흉치(胸次)[892] 활연ᄒ여 뉵칠[츌]긔계(六出奇計)[893]ᄒ던 묘산(妙算)이 잇고, 결승쳔니(決勝千里)[894] ᄒ는 지라.

됴뵈 놀나고 ᄉ랑ᄒ여 이날 븟터 문경(刎頸)의 벗[895]이 되여 믹ᄌ니, 위싱이 뎡은 등의 영웅을 공경ᄒ나, 흔ᄀ 낙낙(落落)흔[896] 무뷔(武夫)니 말숨ᄒ미 쇼담치[897] 아니터라. 됴보의 침묵온화(沈默溫和)ᄒ며 졍디슉목(正大淑穆)ᄒ미 진짓 군지니 심허(心許)ᄒ여 십분(十分) 상즁(相重)[898]ᄒ더니, 이윽고 시지(侍者) 보왈(報曰),

---

는 말. '인(姻)'은 사위의 아버지. '아(婭)'는 사위 상호간을 말함.

888)ᄌ방(子房) : 장량(張良). BC ?-189. 중국 한나라의 정치가, 건국공신. 이름은 량(良). 자는 자방(子房). 유방의 책사로 홍문연(鴻門宴)에서 유방을 구하고 한신을 천거하는 등, 유방이 한나라를 세우고 천하를 통일할 수 있도록 도왔다. 소하·한신과 함께 한나라 건국 3걸로 불린다.

889)진평(陳平) : ? - BC178. 중국 한(漢)나라 때 정치가. 유자(孺子)는 그의 별명. 한고조 유방(劉邦)를 도와 여섯 번이나 기발한 꾀를 내, 천하를 평정케 하였다.

890)조뵈(趙普) : 북송 건국기의 정치가. 자(字) 칙평(則平). 태조 때 승상을 역임했다.

891)조빈(曺彬) : 후주(後周)・송초(宋初)의 무장(武將)・정치가. 부(父) 운(芸). 자(字) 국화(國華). 송나라 때 태사(太師)를 지냈고 노국공(魯國公)에 봉해졌다. 시호(謚號)는 무혜(武惠), 제양군왕(濟陽郡王)에 추봉(追封)되었다.

892)흉치(胸次) : 마음속 깊이 품은 생각.=흉금(胸襟).

893)육출기계(六出奇計) : 중국 한나라 정치가 진평(陳平; ? - BC178)이 한고조(漢高祖) 유방(劉邦)을 도와 낸 여섯 번의 기발한 꾀. .

894)결승쳔니(決勝千里) : 교묘한 꾀를 써서 천리 밖의 먼 곳에서 일어나는 싸움의 승리를 결정함.

895)문경(刎頸)의 벗 : ≒문경지우(刎頸之友). 서로를 위해서라면 목이 잘린다 해도 후회하지 않을 정도의 사이라는 뜻으로, 생사를 같이할 수 있는 아주 가까운 사이, 또는 그런 친구를 이르는 말. 중국 전국 시대의 인상여(藺相如)와 염파(廉頗)의 고사에서 유래하였다.

896)낙낙(落落)ᄒ다 : 작은 일에 얽매이지 않고 대범하다.

897)쇼담ᄒ다 : 생김새가 탐스럽다.

898)상즁(相重) : 서로 중대(重待)함.

"셕공이 드러오시ᄂᆞ이다."

졔공이 마ᄌᆞ 녜롤 필ᄒᆞ고 【51】 좌롤 졍ᄒᆞ니, 셕슈신(石守信)899)이 ᄀᆞᆯ오ᄃᆡ,

"앗참의 뎡형이 '됴형이 졔붕(諸朋)을 쳥ᄒᆞ여 여긔와 말솜ᄒᆞᆫ다' ᄒᆞ니, 셔경(西京) 긔별이 와 무솜 긴요ᄒᆞᆫ 말이 잇ᄂᆞᆫ가 ᄒᆞ여 여기 왓ᄂᆞ이다."

됴공직 왈,

"셔경의셔 평셰(平書) ᄀᆞᆺ 오니, 가형(家兄)이 일향(一向) 무ᄉᆞᄒᆞ시고 다른 쇼식이 업ᄉᆞᄃᆡ, 맛참 한가ᄒᆞ믈 인ᄒᆞ여 말솜ᄒᆞ고 슐 먹고ᄌᆞ ᄒᆞ여 약간 돗글 여럿더니, 형이 잘 오도다."

셕슈신이 위싱을 ᄀᆞᄅᆞ쳐 니로ᄃᆡ,

"공ᄌᆞ(公子) 좌하(座下)의 쇼년은 엇던 ᄉᆞ뇨?"

뎡은 왈,

"이ᄂᆞᆫ 【52】 여우 형의 쳐남이오, 위공의 ᄋᆞ들이라. 오날 우리 모드미 이 ᄉᆞ롬을 위ᄒᆞ미라."

ᄒᆞ고, 됴공의 편지롤 ᄂᆡ여 슈신을 쥬니, 슈신이 보기롤 맛고 크게 우어 왈,

"신낭이 ᄐᆡ을진군(太乙眞君)900) ᄀᆞᆺ고, 됴공의 형뎨 갈녁(竭力)ᄒᆞ거놀 졔 만일 규슈의 좀 ᄌᆞ용을 밋고 허치 아닐진ᄃᆡ, 우리 일반 붕위 져 하나흘 쳐치 ᄒᆞ지 못ᄒᆞ리오. 동혀 지우고901) 아ᄉᆞ랴 ᄒᆞ여도 어렵지 아니타."

좌위 대소ᄒᆞ더라.

이윽고 니한승이 드러오니 표(豹)의 머리오, 곰의 【53】 등이요, 용뫼 웅댱ᄒᆞ고 위풍이 텬신 ᄀᆞᆺ더라. 드러와 좌즁의 녜ᄒᆞ고, 됴공ᄌᆞ 다려 문왈,

"형이 무ᄉᆞᆫ 일이 잇셔 쳥ᄒᆞ며 졔형이 셩(盛)히 모닷ᄂᆞ뇨?"

됴공직 왈,

"약간 쥬빅(酒杯) 이시믹 졔형으로 더브러 챵음(唱吟)902)ᄒᆞ여 쇼일(消日)코ᄌᆞ ᄒᆞ미로다. 졔형이 한마(汗馬)903)의 근노(勤勞)ᄒᆞ여 됴졍의 이실 ᄯᅢ 젹으니, 오놀날 한가히 즐기미 엇더ᄒᆞ뇨?"

---

899)셕수신(石守信) : 928~984. 후주(後周)와 송초(宋初)의 무장(武將). 후주에서 홍주방어사(洪州防禦使)를 지냈고, 송나라 개국공신으로 태조(太祖) 때 위국공(魏國公)에 봉해졌다. 시호는 무열(武烈).

900)태을진군(太乙眞君) : =태을성군(太乙星君). 음양가에서, 북쪽 하늘에 있는 별인 태을성(太乙星)의 성군(星君)이면서, 병란·재화·생사 따위를 맡아 다스린다고 하는 천상선관(天上仙官)이다.

901)지우다 : 물건을 짊어서 등에 얹게 하다. '지다'의 사동사.

902)창음(唱吟) : 노래함.

903))한마(汗馬) : ①줄곧 달려 등에 땀이 밴 말. ②전투장에서 말을 타고 힘겹게 왔다 갔다 함. ③'말이 땀을 흘릴' 정도로 매우 힘써 일한 것을 비유적으로 이르는 말.

한승 왈,

"졍히 됴은 못거지904)로다. 슐이 잇거든 쾌히 먹을 거시라."

위 공ᄌᆞ를 보다가 ᄀᆞᆯ오ᄃᆡ,

"됴형ᄋᆞ! 져 쇼【54】년이 뉘뇨? 과연 긔이ᄒᆞ니 오ᄂᆞᆯ날 형의 집 슐 먹기도곤 쇼년의 풍모를 구경ᄒᆞ미 쾌ᄒᆞ도다."

됴뵈 ᄀᆞᆯ오ᄃᆡ,

"이ᄂᆞᆫ 됴형의 못니져 니르시던 위공의 졔 삼낭(三郎)이니, 형도 드렀시리라."

니한승이 격졀(擊節) 탄상 왈,

"한승의 눈 앏히 ᄉᆞ름 보미 젹지 아니ᄃᆡ, 골격이 위형 ᄀᆞᆺ치 ᄆᆞᆰ고 놉흔 ᄌᆞ를 처음 보ᄂᆞ니, 이ᄂᆞᆫ '상산(尙山)의 긔이ᄒᆞᆫ 무리'905)오. 당시(唐時) 졍ᄎᆡᆨ(定策)906)ᄒᆞ던 니젹(李勣)907)의 뉘(類)라. 우리 낙낙(落落)ᄒᆞᆫ 무부(武夫)의 의논ᄒᆞᆯ ᄇᆡ 아니로다. 아지【55】못게라! 시년(是年)이 언마나 ᄒᆞ뇨?"

위ᄉᆡᆼ이 흠신(欠身) 답왈,

"십뉵셰를 헛도이 지ᄂᆡ녀더니, 오날 군형(群兄)의 셩히 위ᄌᆞ(慰藉)ᄒᆞ시믈 닙으니, 산인(山人)이 븟그러 쥭으리로쇼이다."

한승이 오ᄅᆡ도록 찬양ᄒᆞ거ᄂᆞᆯ 됴공지 ᄀᆞᆯ오ᄃᆡ,

"우리 가형이 형의게 ᄒᆞᆫ 글을 븟쳐시되 밋쳐 젼(傳)치 못ᄒᆞ엿시니, 형이 개간(開看)ᄒᆞ라."

드ᄃᆡ여 됴공이 니부(李府)의 븟친 셔간을 ᄂᆡ여 쥬니, 한승이 보기를 반을 못ᄒᆞ여셔 낫빗치 퍼러ᄒᆞ고 노긔 북밧쳐908) 두 눈의 번긔 【56】번득이더니, 반을 너므ᄆᆡ 도로혀 평안ᄒᆞ여 마ᄌᆞ 본 후ᄂᆞᆫ 희ᄉᆡᆨ(喜色)이 눈셥을 츔추니, 셔간을 ᄉᆞᄆᆡ의 너코 위ᄉᆡᆼ을 향ᄒᆞ여 ᄀᆞᆯ오ᄃᆡ,

"됴형이 안유(安諭)909)ᄒᆞ실 ᄶᅥᆨ의 형이 참쳥(參聽)ᄒᆞᆫ다?"

---

904)못거지 : 모꼬지. 놀이나 잔치 또는 그 밖의 일로 여러 사람이 모이는 일.

905)상산(尙山)의 긔이한 무리 : ≒상산사호(商山四皓). 중국 진시황 때에 난리를 피하여 섬서성(陝西省) 상산(商山)에 들어가서 숨은 네 사람. 동원공, 기리계, 하황공, 녹리선생(甪里先生)을 이른다. 호(皓)란 본래 희다는 뜻으로, 이들이 모두 눈썹과 수염이 흰 노인이었다는 데서 유래한다.

906)정칙(定策) : 신하가 임금의 옹립을 꾀함.

907)이적(李勣) : 이세적(李世勣). 중국 당나라의 무장(594~669). 본명은 서세적(徐世勣)이나, 당 고조 이연에게 이씨 성을 하사받았다. 나중에 이세민이 황제로 즉위하자 이세민과 겹치는 '세'자를 피휘(避諱)하여 이적(李勣)이라 했다. 이정(李靖)과 함께 태종을 도와 당나라의 국내 통일에 힘썼다. 이후 동돌궐을 정복하고 644년과 666년의 두 차례에 걸쳐 고구려에 침입, 668년 보장왕의 항복을 받아 고구려를 멸망시켰다.

908)북밧치다 : 복받치다. 감정이나 힘 따위가 속에서 세차게 치밀어 오르다.

909)안유(安諭) : ①안심하도록 위로하고 타이르다. ②안무사(安撫使) 등이 전쟁이나 반

위싱이 왈,

"ᄌᆞ셔튼 못ᄒᆞ여도 됴형이 젼ᄒᆞ시ᄆᆡ 약간 드럿ᄂᆞ이다."

한승이 빈미(嚬眉) 탄왈,

슉뷔 현인군ᄌᆞ로 일즉 기셰ᄒᆞ시고 둉ᄆᆡ(從妹) 일인이 요힝 규즁의 잔미(孱微)ᄒᆞᆫ 녀ᄌᆡ 되미 앗가오니, 둉ᄉᆞ를 크게 미덧더니, 슉뫼 무상ᄒᆞᆫ 질ᄌᆞ(姪子)로 더브러 니시 【57】 의 쳥덕을 더러이니, 맛죠와 종ᄆᆡ(從妹) 곳 아니런들 엇지 화를 면ᄒᆞ리오. ᄂᆡ 슉부의 쇼탁(所託)을 밧ᄌᆞ와, 공명의 분쥬ᄒᆞ여 쳔금옥질(千金玉質)910)이 도로의 분쥬ᄒᆞ게 ᄒᆞ니, 엇지 슬푸고 붓그럽지 아니리오."

됴공ᄌᆡ ᄀᆞᆯ오ᄃᆡ,

"녕ᄆᆡ(令妹) 임의 도라왓ᄂᆞ냐?"

한승 왈,

"위형은 몬져 왓다 ᄒᆞ되, ᄂᆡ 집의 온일은 업ᄉᆞ니, 반ᄃᆞ시 연괴 잇ᄂᆞᆫ가 의려ᄒᆞ노라."

됴뵈 왈,

"만일 규즁의셔 네 번 탕가를 물니치던 지혜로 의논ᄒᆞ면, 비록 노ᄎᆞ(路次)911)의 근 【58】 심이 잇시나 몸을 보젼ᄒᆞ려니와, 쇼소ᄒᆞᆫ 녀ᄌᆡ 힝싀이 비편(非便)ᄒᆞ고 도덕이 쳐쳐의 은복(隱伏)ᄒᆞ여 ᄉᆡᆼ화(生禍)912)ᄒᆞ니, 불의에 강되 작화(作禍)ᄒᆞᆯ진ᄃᆡ 댱ᄉᆡ(壯士)라도 어려올지라. 무ᄉᆞᄒᆞ물 엇지 어ᄃᆞ리오."

한승이 겁ᄂᆡ지 아냐 웃고 ᄀᆞᆯ오ᄃᆡ,

"아ᄆᆡ(我妹)ᄂᆞᆫ 얼골 고은 황부인(黃夫人)913)이요 치마 ᄆᆡᆫ 진승상(陳丞相)914)이라. 됴금도 어렵지 아냐 불일(不日)의 도라오려니와, 연이나 됴형의 됴흔 뜻을 보건ᄃᆡ 위랑의게 친ᄉᆞ(親事)를 구ᄒᆞ라 ᄒᆞ여시니, 위랑의 풍치 골 【59】 격은 진실노 ᄂᆡ 누의 쌍이로되 ᄒᆞᆨ문ᄌᆡ화(學問才華)ᄂᆞᆫ 일졍 아ᄆᆡ의만 못ᄒᆞ리라. 위형이 만일 바리지 아니ᄒᆞ면 쇼ᄆᆡ 도라오ᄂᆞᆫ 날 친ᄉᆞ를 일우리라."

란, 가뭄·홍수 등의 재난으로 동요하는 민심을 타이르고 어루만져 위로함.

910)쳔금옥질(千金玉質) : 천금처럼 귀하고 아름다운 자질.

911)노ᄎᆞ(路次) : 길을 가는 중간. =도중(道中)

912)ᄉᆡᆼ화(生禍) : 화(禍)를 일으킴.

913)황부인(黃夫人) : 중국 촉한의 정치가 제갈량(諸葛亮)의 아내. 얼굴은 박색이었으나 지덕이 뛰어났다. 후한(後漢) 때의 은사(隱士) 양홍(梁鴻)의 처 맹광(孟光)과 함께 중국의 대표적인 '추녀(醜女)'로 꼽힌다.

914)진승상(陳丞相) : 중국 한나라의 정치가 진평(陳平). 가난한 집에서 태어났으나 용모가 뛰어나고 독서를 좋아하였다. 처음 초나라의 항우를 섬겼으나 뒤에 한 고조를 섬겼는데 여섯 번 기이한 꾀[六出奇計]를 내어 천하 통일을 이루었으며, 여태후가 죽은 뒤 주발(周勃)과 힘을 합하여 여씨 일족의 반란을 평정하였다.

위ᄉᆡᆼ이 ᄉᆞ왈(謝曰),

“됴형이 넝ᄆᆡ의 뇨됴ᄒᆞ믈 셩히 일ᄏᆞ라 쇼뎨로 ᄒᆞ여금 형의게 친ᄉᆞᄅᆞᆯ 구ᄒᆞ라 ᄒᆞ시니, 쇼뎨 쳔니ᄅᆞᆯ 먼니 아니 넉여 이의 니르러시나, 인품이 ᄂᆡ도ᄒᆞ미 봉황(鳳凰)과 오작(烏鵲) ᄀᆞᆺᄒᆞ니, 산즁의 향암(鄕闇)[915]된 ᄋᆞ히 우러러 구혼ᄒᆞᆯ 의ᄉᆡ 업더니, 형이 일언(一言)의 허ᄒᆞ시니 【60】 쇼뎨 용우ᄒᆞᆫ ᄀᆡ질이 넝ᄆᆡᄅᆞᆯ 욕ᄒᆞᆯ가 두려 ᄒᆞ노라.”

한승이 니러나 위ᄉᆡᆼ의 겻히 와 ᄉᆡᆼ의 숀을 어루만져 ᄀᆞᆯ오ᄃᆡ,

“쇼ᄆᆡ 만일 용쇽(庸俗)ᄒᆞᆯ 녀ᄌᆞᆯ진ᄃᆡ 엇지 지금 ᄉᆞ라(絲蘿)[916]ᄅᆞᆯ 맛지 못ᄒᆞ여시리오마ᄂᆞᆫ 진실노 ‘하쥐(河洲) 우희 슉네(淑女)’[917]라. 쇼뎨 션슉(先叔)의 고탁(孤託)[918]ᄒᆞ시믈 밧ᄌᆞ와, 져의 ᄌᆡ용(才容)을 ᄎᆞ마 져바리지 못ᄒᆞ여 부셔(夫壻)ᄅᆞᆯ ᄐᆡᆨᄒᆞ연지 ᄉᆞ오년의 일인도 마음의 드ᄂᆞ니 업더니, 형 ᄀᆞᆺᄒᆞᆫ 군ᄌᆞ영웅을 맛ᄂᆞ니 진실노 녈위(列位) 군형(群兄)의 덕이 【61】 라. 슉부의 졍녕(精靈)이 엇지 도으시미 아니리오.”

긧브고 쾌ᄒᆞ여 회포(懷抱)ᄅᆞᆯ 여러 창음(唱吟)ᄒᆞ니, 뎡당군이 감회 탄 왈,

“쇼뎨 형의 위형을 어더 ᄆᆡ부 삼으믈 보건ᄃᆡ 믄득 마음의 슬허ᄒᆞᄂᆞᆫ ᄇᆡ 이시니, 쇼뎨 본ᄃᆡ 친쳑이 희소(稀少)ᄒᆞ거ᄂᆞᆯ ᄒᆞᆫ ᄂᆞᆺ 둉형이 잇ᄉᆞ니 한됴(漢朝) 국귀(國舅)라. 져ᄂᆞᆫ 경ᄉᆞ의 잇고 쇼뎨ᄂᆞᆫ 향니의 잇셔 셔로 샹둉(相從)ᄒᆞᆯ ᄯᆡ의 둉형의 만ᄂᆡ(晩來) 일왜(一瓦)[919] 잇셔 셔로 샹둉ᄒᆞᆯ ᄯᆡ의 둉형의 만ᄂᆡ{만ᄂᆡ} 일왜 이시니, 용뫼 교염(嬌艶)ᄒᆞ미 인셰의 ᄒᆞ나히오, ᄎᆞᆼ명영혜(聰明穎慧) 【62】 ᄒᆞ여 됴ᄃᆡ가(曹大家)[920] 채문희(蔡文姬)[921]의 무리 될지라. 형이 심히 ᄉᆞ랑ᄒᆞ고 쇼뎨 친녀 ᄀᆞᆺ치

---

915)향암(鄕闇) : 시골에서 지내 온갖 사리에 어둡고 어리석음. 또는 그런 사람.

916)ᄉᆞ라(絲蘿) : ‘면사포(面紗布)’를 달리 이르던 말로, 옛날에 궁중에서 결혼식 때 공주가 머리에 쓰던 붉은 빛깔의 비단으로 만든 보(褓). 금박으로 봉황무늬와 ‘壽福康寧(수복강녕)‘ 네 글자를 수놓았다. 고소설에서 'ᄉᆞ라(絲蘿)‘는 주로 '혼인‘ 또는 '배우자‘를 뜻하는 비유적 표현으로 쓰이고 있다. 위 본문에서는 '짝‘ '배우(配偶)‘ '배필(配匹)‘의 의미로 쓰였다.

917)하쥐(河洲) 우희 슉네(淑女) : 강물 모래톱 위에 있는 숙녀라는 뜻으로 주(周)나라 문왕(文王)의 비(妃)인 태사(太姒)를 말한다. 문왕과 태사 부부의 사랑을 노래한 『시경』 <관저(關雎)>시의 “관관저구 재하지주 요조숙녀 군자호구(關關雎鳩 在河之洲 窈窕淑女 君子好逑)”의 ‘하주(河洲)’ ‘숙녀(淑女)’서 온말.

918)고탁(孤託) : 탁고(託孤). 고아의 장래를 믿을 만한 사람에게 부탁함.

919)일홰(一瓦) : 한 딸. *와(瓦: ‘농와지경(弄瓦之慶)’의 ‘와(瓦)’로 ‘실패를 가지고 노는 딸’을 비유적으로 일컫는 말. *실패: 예전에 바느질할 때 쓰기 편하도록 실을 감아 두는 작은 도구.

920)됴ᄃᆡ가(曹大家) : 반쇼(班昭). 중국 후한(後漢)의 시인(?49~?120). 자는 혜희(惠姬). 반고(班固)와 반초(班超)의 여동생으로, 남편 조세숙(曹世叔)이 죽은 후 궁정에 초청되어 황후·귀인의 스승이 되었으며, 당시 화제(和帝)의 희등(熹鄧)태후가 그녀에게 ‘대

이듕ᄒᆞ더니, 녹발이 귀밋ᄐᆡ 덥허셔 망국지난(亡國持難)을 맛나 ᄉᆞᄉᆡᆼ됸문(死生存聞)922)을 모로더니, 드르니 죵형이 쥭다ᄒᆞ되, 진젹(眞的)ᄒᆞᆫ 쇼식을 모로고, ᄉᆞ라 잇다 ᄒᆞᆫ 즉 셔로 ᄎᆞᄌᆞ미 업ᄉᆞ니 질ᄋᆞ의 ᄉᆞᄉᆡᆼ을 알 길히 업ᄉᆞ니, 니형의 누의 완젼ᄒᆞ여 군ᄌᆞ의게 셩혼ᄒᆞ믈 보니, 엇지 참괴(慙愧)치 아니리오."

제공이 다 위로ᄒᆞ더라.

이날 영웅호【63】걸이 맛나 군ᄌᆞ슉녀의 아름다온 혼인을 뎡ᄒᆞ고 쥬긱이 다 즐겨 둉일토록 진취ᄒᆞ고 파ᄒᆞ여 도라가니라.

화셜 위ᄉᆡᆼ이 됴부의 머므러 됴공ᄌᆞ를 ᄎᆞᄌᆞ '금난(金蘭)의 ᄉᆞ괴미'923) 둣거워 반월(半月)을 뉴쳐(留處)ᄒᆞ며 니쇼져의 쇼식을 기다리더니, 일일은 됴공ᄌᆡ 위ᄉᆡᆼ다려 왈,

"아춈의 니한승을 맛ᄂᆞ니, 우으며 니로ᄃᆡ, '어졔 노왕(老枉)924)이 둉ᄆᆡ의 셔찰을 가져오니, 무양(無恙)ᄒᆞ여 날을 기다리ᄂᆞᆫ지라. 뎡댱군을 ᄎᆞᄌᆞ 보【64】고 상냥(商量)ᄒᆞᆯ 말이 잇ᄉᆞ니, 됴쇼925) 그ᄃᆡ를 와 보리라."

ᄒᆞ더라.

위ᄉᆡᆼ 왈,

"져의 둉ᄆᆡ(從妹)를 ᄃᆞ려와 셩혼(成婚)ᄒᆞᄆᆡ 쇼뎨와 상의ᄒᆞᆯ 거시여ᄂᆞᆯ 몬져 뎡공을 ᄎᆞᄌᆞ보미 무ᄉᆞᆷ 곡졀이잇고?"

의심ᄒᆞ더니, 셕양의 뎡·니 이공이 ᄒᆞᆫ가지로 됴부의 니르러 ᄀᆞᆯ오ᄃᆡ,

"어졔 ᄆᆡ랑(妹娘)의 글월이 니르럿거ᄂᆞᆯ 보니 평안ᄒᆞ고 즁노(中路)의 머므러시니, 슈히 마ᄌᆞ가믈 기ᄃᆞ리노라 ᄒᆞ여시니, 지극히 다ᄒᆡᆼᄒᆞᆫ 일이로ᄃᆡ, 그 듕의 ᄉᆞ괴(事故) 잇【65】셔 위형으로 더브러 의논코ᄌᆞ ᄒᆞ노라."

이졔 텬ᄌᆡ 션뎨(先帝) 복(服)을 맛ᄎᆞ시ᄆᆡ, 궁빙(宮娉)926)을 ᄲᆡ려 ᄒᆞ시ᄂᆞᆫ 됴셔

가(大家)'라는 호를 하사하여 '조대가(曹大家)'로 불리었다. 반고의 유지(遺志)를 이어 ≪한서≫를 완성하였으며, 저서에 ≪조대가집≫이 있다.

921)채문희(蔡文姬) : 후한(後漢) 채옹(蔡邕)의 딸, 본명은 채염(蔡琰)이다 문장으로 유명했고, 음률(音律)에도 뛰어났다. 처음에 위중도(衛仲道)란 사람에게 시집갔으나, 남편이 죽자 친정에 와 있다가 난리를 만나 흉노에게 사로잡혀 흉노 땅에 12년 있다가 조조(曹操)의 주선으로 돌아와 동사(董祀)란 사람에게 개가하였다, 흉노에서 지내던 때의 체험을 담아 지은 『호가십팔박(胡笳十八拍)』이 유명하다.(『後漢書 卷84』'董祀妻傳')

922)ᄉᆞᄉᆡᆼ됸문(死生存聞) : 살아있는지 죽었는지에 대한 소식.

923)금난(金蘭)의 사괴 : 금란지교(金蘭之交). 단단하기가 쇠와 같고 향기롭기가 난초(蘭草)와 같은 사귐이라는 뜻으로 친구 사이의 우정이 매우 두터운 것을 이르는 말

924)노왕(老枉) : '늙어서 허리가 구부정한 하인'을 일컫는 말이 아닐까 생각한다.

925)됴쇼 : 좇아. 따라. 뒤따라. *죠ᄎᆞ다: 좇다. 따르다. 뒤따르다.

926)궁빙(宮娉) : 궁첩(宮妾). 고려와 조선 시대, 궁궐 안에서 임금, 왕비, 왕세자를 모시

(詔書)의 ᄒᆞ여시되, '신민(臣民)의 녀ᄌᆞ 두니ᄂᆞᆫ ᄀᆞᆷ쵸지 말고 다 간션(揀選)케 ᄒᆞ라' ᄒᆞ여 계시니, ᄆᆡ랑(妹娘)이 만일 이 뉴(類)의 들면 버셔ᄂᆞ지 못ᄒᆞᆯ 거시오, 형의 집의 정친ᄒᆞᆫ 쥴 알외면 죄난 업고 허ᄒᆞ시려니와, 마ᄎᆞᆷᄂᆡ 여러 말이 되리니, ᄐᆡᆨ일(擇日)ᄒᆞ여 ᄒᆡᆼ빙(行聘)ᄒᆞ고 형으로 더브러 ᄂᆞ려가 ᄆᆡᄌᆞ(妹子)ᄅᆞᆯ 다려다가 됴형의 아문(衙門)의셔 셩 【66】 녜(成禮) 코ᄌᆞ ᄒᆞ엿더니, 쇼ᄆᆡ의 하쳐(下處)ᄒᆞᆫ 쥬인은 졍히 뎡형의 둉질녀(從姪女)니, 뎡형이 닐오ᄃᆡ,

"일헛던 골육의 됸문(存聞)을 드르니 깃브미 니를 거시 업거니와, 둉형의 일졈 골육을 ᄀᆞᆺ다가 궁졍(宮庭)의 쳡(妾)을 ᄆᆡᆫᄃᆞ라 텬ᄌᆞ의 황음(荒淫)을 도으믄 ᄂᆡ ᄎᆞ마 못ᄒᆞᆯ 거시니, 이 ᄋᆞ히 ᄋᆞ시(兒時)의 침어낙안지용(沈魚落雁之容)[927]이 잇던 거시니, ᄒᆞᆫ번 궁듕의 들면 텬ᄌᆞ의 ᄀᆞᆯᄒᆡᄂᆞᆫ 바의 버셔ᄂᆞ지 못ᄒᆞᆯ지라. ᄂᆡ 창됼(倉卒)의 져와 ᄀᆞᆺᄒᆞᆫ 군ᄌᆞᄅᆞᆯ 【67】 어ᄃᆡ 가 어드리오. 텬하ᄅᆞᆯ 기우려도 위랑의 풍ᄎᆡ(風彩)와 위인(爲人) ᄒᆞᆨᄒᆡᆼ(學行) ᄀᆞᆺᄒᆞ니ᄅᆞᆯ 엇지 못ᄒᆞᆯ 거시니, 형의 발이 ᄲᆞ르고 형의 숀이 날ᄂᆞ믈 불워ᄒᆞ노라."

ᄒᆞ거ᄂᆞᆯ, ᄂᆡ ᄒᆞ되,

"일반(一般) 붕위(朋友) 마음과 뎡(情)이 혈육 ᄀᆞᆺᄒᆞ니, 형의 질ᄋᆡ(姪兒) 엇지 아ᄆᆡ(我妹)와 다르리오. 아ᄆᆡᄂᆞᆫ 용뫼 ᄇᆞᆰ은 달과 흰 연화(蓮花) ᄀᆞᆺᄒᆞ여, 셩인군ᄌᆞ의 마음이 잇ᄉᆞ니, 남ᄋᆞ(男兒) 즁의도 이 ᄀᆞᆺ기 쉽지 아니니, ᄒᆞ로 밤 ᄉᆞ이의 지긔(知己) 되여 의지ᄒᆞ여시니, 녕질(令姪) 【68】 의 아름다오믈 알 거니오. ᄯᅩ 다시 긔특ᄒᆞᆫ 바ᄂᆞᆫ 뎡쇼져의 셔셩(書聲)과 통쇼 소ᄅᆡᄅᆞᆯ 쇼ᄆᆡ 듯고 ᄎᆞᄌᆞ가니, 뎡쇼져의 현금(弦琴)[928] 쇼ᄅᆡ의 격동(激動)ᄒᆞ다 ᄒᆞ니, 옛 쵀문희(蔡文姬) 일곱 살의 어ᄆᆡ 품의셔 ᄌᆞ다가 쵀옹(蔡邕)[929]의 거믄고 쥴 긋쳐진 쥴 알고, 뉴ᄇᆡᆨᄋᆡ(兪伯牙)[930] ᄇᆡ 가온ᄃᆡ셔 둉ᄌᆞ긔(鍾子期)[931]의 여어 드르믈 아다 ᄒᆞ거ᄂᆞᆯ 내 긔특이 넉엿더니,

---

고, 궁중의 일을 보던 여자를 통틀어 이르는 말

927)침어낙안지용(沈魚落雁之容) : 미인을 보고 물 위에서 놀던 물고기가 부끄러워서 물 속 깊이 숨고 하늘 높이 날던 기러기가 부끄러워서 땅으로 떨어질 만큼, 아름다운 여인의 용모를 비유적으로 이르는 말. ≪장자≫ <제물론(齊物論)>에 나온다.

928)현금(弦琴) : 거문고를 탐.

929)쵀옹(蔡邕) : 중국 후한 때의 문인·서예가(133~192). 자는 백개(伯喈). 시문에 능하며, 수학·천문·서도·음악 따위에도 뛰어났다. 영자팔법을 고안하였다. 딸 채문희(蔡文姬)[일명 채염(蔡琰)] 또한 문장에 능했다. 저서에 『채중랑집(蔡中郞集)』 『독단(獨斷)』 등이 있다.

930)뉴ᄇᆡᆨ아(兪伯牙) : 중국 전국시대 초(楚)나라의 음악가. 거문고의 명수였고, 종자기(鍾子期)와 지음지기(知音知己)로 유명하다. 자신의 음악을 누구보다 잘 이해해 주던 종자기가 죽자 거문고 줄을 끊고 다시는 거문고를 타지 않았다고 한다(伯牙絶絃). 『열자(列子)』 <탕문편(湯問篇)>에 나온다.

931)둉ᄌᆞ긔(鍾子期) : 중국 전국시대 초(楚)나라의 음악가. 유백아(兪伯牙)와 지음지기

규즁 십여셰 녀ᄌᆡ 스ᄉᆡᆼ이 업고 부뫼 업ᄉᆞ니, 이 ᄀᆞᆺᄒᆞ니ᄂᆞᆫ 아ᄆᆡ(我妹)로 더브러 하날이 ᄂᆡ신 인ᄌᆡ(人材)라. 【69】 반ᄃᆞ시 ᄒᆞᆫ 곳의 모다 지음(知音)ᄒᆞ미 텬신이 유의ᄒᆞ여 인도ᄒᆞ미니, 위랑의 ᄀᆡ질이 일쳐(一妻)로 늙을 ᄌᆡ 아니라. 이위(二位) 슉녀로써 혼ᄉᆞ를 위랑의게 ᄆᆡᄌᆞ미 엇더ᄒᆞ뇨? ᄒᆞ니, 뎡형이 깃거 형과 다시 의논ᄒᆞ려ᄒᆞ여 우리 등이 ᄒᆞᆷᄀᆡ 왓노라.”

됴공ᄌᆡ 크게 놀나 칭찬 왈,

“니형의 ᄆᆡᄌᆡ ᄀᆡ특ᄒᆞ믈 듯고 비상(非常)이 넉엿더니, 뎡형의 질녜 니쇼저로 일반 인품인가 시브니, 위랑의 복녹이 ᄀᆡ특ᄒᆞ도다.”

위 【70】 ᄉᆡᆼ 왈,

“가인(佳人)은 ᄃᆡ(代)마다 ᄂᆞ지 아니ᄒᆞ니, 숀ᄇᆡᆨ부(孫伯符)[932] 쥬공근(周公瑾)[933]은 한말(漢末) 영웅이로ᄃᆡ, 이교(二喬)[934]의 하ᄂᆞ흘 엇고 마ᄎᆞᆷᄂᆡ 복을 누리지 못ᄒᆞ엿거ᄂᆞᆯ, ᄌᆞ원은 뎍은[935] 아ᄒᆡ라. ᄒᆞᆫ 안ᄒᆡ도 분의 넘거든 엇지 이위슉녀(二位淑女)의 가ᄀᆡ(佳期)[936]를 당ᄒᆞ리오. 냥형이 쇼뎨를 과도히 도라보와 산계비질(山鷄卑質)[937]을 봉황(鳳凰)[938]으로 일ᄏᆞᆺ고 외람ᄒᆞᆫ 은혜를 드리오나, 쇼뎨 스

(知音知己)로 유명하다. 백아는 자신의 음악을 누구보다 잘 이해해 주던 그가 죽자 거문고 줄을 끊고 다시는 거문고를 타지 않았다고 한다(伯牙絶絃). 『열자(列子)』 <탕문편(湯問篇)>에 나온다.

932)숀ᄇᆡᆨ부(孫伯符) : 손책(孫策,175~200). 중국 삼국시대 오(吳)나라 시조. 자는 백부(伯符). 손견(孫堅,155~191)의 아들로 아우 손권(孫權,182~252)과 함께 후한(後漢) 말기에 강동(江東) 지방을 차지하여 오(吳)나라를 세우고, 북쪽 조비(曹丕)의 위(魏)나라와 서쪽 유비(劉備)의 촉한(蜀漢)과 정립(鼎立)하여 천하를 삼분하였다. 그러나 삼국 초에 26세의 젊은 나이로 자객의 화살을 맞고 대업을 이루지 못한 채 죽어, 아우인 손권이 222년 오나라 초대 황제에 올랐다

933)쥬공근(周公瑾) : 주유(周瑜,175~210). 중국 삼국 시대 오(吳)나라 장수. 자는 공근(公瑾).손권(孫權)을 보좌하면서 여러 차례 위(魏)나라의 군대를 물리쳐 명성을 떨쳤는데, 특히 208년에 남하(南下)하는 조조(曹操)의 군대와 맞서, 적벽(赤壁)에서 화공(火攻)을 펼쳐 대승을 거둔 일로 유명하다.

934)이교(二喬) : 중국 삼국 시대(三國時代) 강동(江東)의 교공(喬公)이라는 사람이 두 딸을 두어 절세미인이었는데, 언니는 손책(孫策)의 아내가 되고, 동생은 주유(周瑜)의 아내가 되었다. 이들을 ‘교씨(喬氏) 두 딸’이라 하여 ‘이교(二喬)’라 일컫는다.

935)뎍다 : 작다. 길이, 넓이, 부피 따위가 비교 대상이나 보통보다 덜하다.

936)가ᄀᆡ(佳期) : 사랑을 처음 맺게 되는 좋은 시기.

937)산계비질(山鷄卑質) : 꿩처럼 자질이 비천함. *산계(山鷄); 꿩.

938)봉황(鳳凰) : 예로부터 중국의 전설에 나오는, 상서로움을 상징하는 상상의 새. 기린, 거북, 용과 함께 사령(四靈) 또는 사서(四瑞)로 불린다. 수컷은 ‘봉’, 암컷은 ‘황’이라고 하는데, 성천자(聖天子) 하강의 징조로 나타난다고 한다. 전반신은 기린, 후반신은 사슴, 목은 뱀, 꼬리는 물고기, 등은 거북, 턱은 제비, 부리는 닭을 닮았다고 한다. 깃털에는 오색 무늬가 있고 소리는 오음에 맞고 우렁차며, 오동나무에 깃들이어 대나무 열매를 먹고 영천(靈泉)의 물을 마시며 산다고 한다.≒단조, 봉, 봉새, 봉조, 봉황새, 인조

ᄉᆞ로 도라 보건ᄃᆡ 단양(端陽)939)의 뵈옷 닙은 셔ᄉᆡᆼ(書生)이 갓 화산(華山)940)을 ᄂᆞ와 빙쳥(氷淸) 【71】 ᄒᆞ미 부유(浮遊)941) ᄀᆞᆺ거ᄂᆞᆯ, 공경(公卿)의 ᄆᆡ질(妹姪)942)을 ᄀᆞᆺ쵸 취(娶)ᄒᆞ면 ᄉᆞᄅᆞᆷ이 ᄂᆞ의 외람ᄒᆞᆷ믈 우을가 ᄒᆞ노라.”

뎡은 왈,

“형의 ᄉᆞ양이 공근(恭謹)ᄒᆞᆫ 뜻이나, 우리 결단ᄒᆞ여 형을 그릇 보지 아니리니, 형이 이졔ᄂᆞᆫ 곤군(困窘)ᄒᆞ나 언마ᄒᆞ여 공경(公卿)이 되리오. ᄉᆞᄅᆞᆷ이 부셔(婦壻)943)를 ᄀᆞᆯᄒᆡ믹 형을 바리고 다른 ᄃᆡ 구치 아닐 거시니, ᄂᆡ 비록 무뷔(武夫)나 ᄯᅩᄒᆞᆫ 식견이 잇ᄂᆞ니, 질ᄋᆡ 만닐 용렬ᄒᆞ면 굿ᄒᆞ여 형을 구(求)치 아니리라.”

됴공지 왈,

“뎡·니 【72】 이공의 말이 올흐니, 이 슉완(淑婉)이 각각 쳔니(千里)의 ᄂᆞ, ᄌᆡ용(才容)이 방불ᄒᆞ고 ᄌᆡ죄944) ᄒᆞᆫ가진 ᄌᆞ, ᄒᆞᆫ 집의 모도기 우연ᄒᆞᆫ 일이 아니오, 위형 형뎨 비록 번셩ᄒᆞ나, 쳥운(青雲)945) ᄇᆡᆨ운(白雲)946)의 길히 다르니, 여러 부인을 취ᄒᆞ여 둉ᄉᆞ(宗嗣)947)를 션션(詵詵)948)ᄒᆞ미 올흐니라.”

위ᄉᆡᆼ이 비로쇼 허혼ᄒᆞ니, 뎡·니 이인이 깃거ᄒᆞ고, 됴공지 아름다히 찬됴(贊助)ᄒᆞ여, 이날 빈쥬(賓主) 진환(盡歡)ᄒᆞ고 명일 길신(吉辰)949)을 ᄀᆞᆯᄒᆡ여 튁일 ᄒᆞ여 ᄒᆡᆼ빙(行聘)950)ᄒᆞᆯ ᄉᆡ, 니가의ᄂᆞᆫ 됴공지 듕ᄆᆡ(仲媒)되여 【73】 ᄇᆡᆨ옥건잠(白玉巾簪)951)이 빙물(聘物)이 되고 뎡가의ᄂᆞᆫ 니공이 즁ᄆᆡᄒᆞ여 ᄒᆞᆫ쌍 명월픽(明月牌)로 납ᄎᆡ(納采)ᄒᆞ니 ᄎᆞ물(此物)이 다 동창공쥬(同昌公主)952)의 구물(舊物)이니, 위가

---

939)단양(端陽) : 단오(端午). 한국 중국 등의 명절의 하나. 음력 5월 5일로, 한국에서는 단오떡을 해 먹고 여자는 창포물에 머리를 감고 그네를 뛰며 남자는 씨름을 한다

940)화산(華山) : 『지명』 중국 오악(五嶽) 가운데 하나. 섬서성(陝西省) 화음시(華陰市) 경내에 있으며 높이는 2,160미터.≒서악(西岳).

941)부유(浮遊) : 행선지를 정하지 아니하고 이리저리 떠돌아다님. 또는 그러한 사람.

942)ᄆᆡ질(妹姪) : 누이와 조카를 함께 이른 말.

943)부셔(婦壻) : 며느리와 사위를 함께 이른 말.

944)ᄌᆡ죄 : 재주. 무엇을 잘할 수 있는 타고난 능력과 슬기.

945)쳥운(青雲) : ①푸른 빛깔의 구름. ②높은 지위나 벼슬을 비유적으로 이르는 말.

946)ᄇᆡᆨ운(白雲) : ①흰 빛깔의 구름. ②높은 지위나 벼슬을 추구하지 않는 삶을 비유적으로 이르는 말.

947)둉ᄉᆞ(宗嗣) : 종가 계통의 후손.

948)션션(詵詵): 헤아릴 수 없이 많음.

949)길신(吉辰) : 운이 좋거나 상서로운 날. =길일(吉日)

950)ᄒᆡᆼ빙(行聘) : 전통혼례에서 혼인예물을 보내는 절차.

951)ᄇᆡᆨ옥건잠(白玉巾簪) : 백옥으로 만든 건잠. *건잠(巾簪); 망건(網巾)에 달아 당줄을 꿰는 작은 단추 모양의 고리로 신분에 따라 금(金), 옥(玉), 호박(琥珀), 마노, 대모(玳瑁), 뿔, 뼈 따위의 재료를 사용하였음.

952)동창공쥬(同昌公主) : 중국 당나라 제17대 황제 의종(懿宗, 833-873)의 공주. 곽숙비 소생. 849- 870. 위국문의공주(衛國文懿公主)에 책봉되었다.

의 젼ᄂᆡ(傳來)ᄒᆞᄂᆞᆫ 보ᄇᆡ오, 상셰(上世)[953]의 드믄 진뵈(珍寶)오, 당시 의둉(懿宗)[954]황뎨 어고(御庫)를 기우려 공쥬와 부마의 ᄌᆞ장(資粧)[955]을 도으신 ᄇᆡ러라.

뎡·니 냥댱군이 ᄆᆡᄌᆞ(妹子)와 질여(姪女)의 빙물을 밧고 ᄒᆡᆼ열(幸悅)ᄒᆞ여 표(表) 올녀 뉴락(流落)ᄒᆞᆫ 친쳑을 ○○[다려]오믈 쥬ᄒᆞ고 말ᄆᆡ[956]를 쳥ᄒᆞ니, 쥬쥐(周主) 일삭(一朔)을 허ᄒᆞ시니, 냥인이 치ᄒᆡᆼ(治行) 【74】 ᄒᆞ여 길 날ᄉᆡ, 됴공ᄌᆡ 댱안(長安)[957]의 가 형을 보고 모친긔 근친(覲親)코ᄌᆞ ᄒᆞ여 ᄒᆞᆫ가지로 나가니, 이젹의 뎡은의 벼술은 호위대댱군(護衛大將軍)이오, 니댱군은 금의도지휘(禁義都指揮)라. 부귀ᄒᆞᆫ 후 각각 집을 졍ᄒᆞ고 부인을 다려와 범ᄉᆡ 졍제ᄒᆞ니, 안마(鞍馬)의 셩(盛)ᄒᆞᆷ과 혼구(婚具)의 부려(富麗)ᄒᆞ미 ᄎᆞᆼ냥(測量) 업더라.

조부인이 쳔금을 허비ᄒᆞ여 공ᄌᆞ의 길복(吉服)과 신부의 ᄌᆞ장(資粧)을 ᄀᆞᆺ쵸와 ᄒᆡᆼ즁(行中)의 보ᄂᆡ니, 삼공이 위랑을 다리고 ᄒᆡᆼᄒᆞ여 화음현의 니 【75】 르러 노왕으로 ᄒᆞ여금 길흘 인도ᄒᆞ라 ᄒᆞ여, 일ᄒᆡᆼ이 젼촌(前村)의 안돈(安頓)ᄒᆞ고 쇼져긔 뎡공이 와시믈 보ᄒᆞ니라. 【76】

---

953)상셰(上世) : 윗대.

954)의종(懿宗) : 833-873, 당나라의 제17대 황제, 재위 859-873. 휘는 최(漼), 연호는 함통(咸通)이다. 초명은 온(溫)으로 운왕(鄆王)에 봉해졌다가 뒤에 변왕(汴王)으로 전봉(轉封)되었다.

955)ᄌᆞ장(資粧) : 여자의 몸단장에 관한 준비. 또는 여자가 화장하는 데 쓰는 물건들.

956)말ᄆᆡ : 말미. 일정한 직업이나 일 따위에 매인 사람이 다른 일로 말미암아 얻는 겨를.

957)장안(長安) : ①중국 섬서성(陝西省) 서안시(西安市)의 옛 이름. 한(漢)나라・당나라 때의 도읍지. ②수도라는 뜻으로, '서울'을 이르는 말.

화산션계록 권지칠

어시(於時)의 니쇼제 노왕을 보ᄂᆡ여 써난 후 마음이 평안ᄒᆞ여, 냥쇼져로 더브러 시ᄉᆞ(詩詞)와 경젼(經典)으로 ᄯᅳᆺ을 붓쳐 정의(情誼) 상득(相得)ᄒᆞ여 셔로 써날 ᄯᅳᆺ이 업ᄉᆞ니, 뉴쇼져ᄂᆞᆫ 용뫼 교교(嬌嬌)ᄒᆞ고 셩질이 화슌(和順)ᄒᆞ여 츈풍이 만물을 회ᄉᆡᆼ(回生)ᄒᆞᄂᆞᆫ 듯, 시ᄉᆞ와 음뉼을 졍통ᄒᆞ여 졔ᄌᆡ백가(諸子百家)958)의 모ᄅᆞᆯ 거시 업ᄉᆞ니, 이ᄂᆞᆫ 한대(漢代)의 궁인 진부인이란 ᄌᆡ, 공쥬의 춍혜(聰慧)ᄒᆞ믈 ᄉᆞ랑ᄒᆞ여 ᄀᆞ르치니 공쥐 【1】 하나ᄒᆞᆯ 드러 ᄇᆡᆨ(百)을 아더니, 난을 만나 외구(外舅)ᄅᆞᆯ 됴ᄎᆞ 산즁의 오ᄆᆡ 셰상 뉸의(倫義)ᄅᆞᆯ 아지 못ᄒᆞ고, 두 쇼제 고요ᄒᆞᆫ 가온ᄃᆡ 학습ᄒᆞ니, ᄌᆞ득(自得)ᄒᆞᆫ 거시 젼(前)의셔 ᄇᆡ(倍)ᄒᆞ니, 녀ᄌᆞ의 춍명이 남○[ᄌᆞ]도곤 나으믄 졍신이 온젼ᄒᆞ여 어ᄌᆞ럽지 아니미라.

ᄒᆞ믈며 뉴쇼졔 뇽둉옥골(龍種玉骨)959)노 텬ᄉᆡᆼ녀질(天生麗質)960)이 신션(神仙)이니, 타ᄂᆞᆫ961) ᄌᆡ되 엇지 범상ᄒᆞ리오. ᄒᆞᆫᄀᆞᆺ 음뉼(音律)이 졍통ᄒᆞᆯ 분 아니라, 쇼ᄅᆡᄅᆞᆯ 드러 먹음은 ᄯᅳᆺ을 알고 ᄉᆡ 쇼ᄅᆡᄅᆞᆯ 드 【2】 러 길흉(吉凶)을 아ᄂᆞᆫ지라. 비록 쇼져의 얼골을 가진 ᄌᆡ 잇시나 쇼져의 ᄌᆡ됴ᄅᆞᆯ 가진 ᄌᆡ 업ᄉᆞ리러라.

뎡쇼져ᄂᆞᆫ 그 부친이 셰상을 피(避)ᄒᆞ여 청산운월(青山雲月)962)의 한가히 누어시니, 슬하의 가ᄎᆞᄒᆞ여 시름을 푸ᄂᆞᆫ ᄇᆡ 쇼져 ᄒᆞᄂᆞ히라. 어려셔붓터 춍명이 잇ᄉᆞ니 부친이 ᄉᆞ랑ᄒᆞ여 글을 ᄀᆞ르치니, 십셰 젼의 임의 문장이 되니, 뎡쳐ᄉᆡ 본ᄃᆡ 못넑은 글이 업ᄂᆞᆫ지라. 《쇼옹(邵雍)‖화타(華佗)963)》의 의슐(醫術)과 곽박(郭

---

958)졔ᄌᆡ백가(諸子百家) : 춘추 전국 시대의 여러 학파. 공자(孔子), 관자(管子), 노자(老子), 맹자(孟子), 장자(莊子), 묵자(墨子), 열자(列子), 한비자(韓非子), 윤문자(尹文子), 손자(孫子), 오자(吳子), 귀곡자(鬼谷子) 등의 유가(儒家), 도가(道家), 묵가(墨家), 법가(法家), 명가(名家), 병가(兵家), 종횡가(縱橫家), 음양가(陰陽家) 등을 통틀어 이른다.

959)용둉옥골(龍種玉骨) : 왕손의 고결한 품격

960)텬ᄉᆡᆼ녀질(天生麗質) : 타고난 아리따운 자질

961)타ᄂᆞ다 : 타고나다. 어떤 성품이나 능력, 운명 따위를 선천적으로 가지고 태어나다.

962)청산운월(青山雲月) : 푸른 산과 구름, 달을 함께 이른 말로 '자연'을 뜻한다.

963)화타(華佗) : 중국 후한(後漢) 말기에서 위나라 초기의 명의(名醫)(?~208). 약제의 조제나 침질, 뜸질에 능하고 외과 수술에 뛰어났으며, 일종의 체조에 의한 양생 요법인 '오금희(五禽戲)'를 창안하였다

璞)964)의 츄슈(推數)965)ᄒᆞ기를 다 ᄀᆞ르치니, 쇼【3】제 ᄇᆡ호미 신긔ᄒᆞ고 ᄒᆡ득ᄒᆞ미 공교ᄒᆞ여, 의심된 일이 잇ᄉᆞ면 세슈 분향ᄒᆞ여 금돈을 더지며 능히 화복(禍福)을 셔셔 결단ᄒᆞ니, ᄒᆞ믈며 용모의 단정ᄒᆞ며 연미(姸美)ᄒᆞ미 분장(扮裝)의 공교로온 ᄆᆡ화와 옥분(玉盆)의 아릿ᄯᆞ온 국홰라. 옷 ᄀᆞᆺ흔 ᄌᆞᄐᆡ와 향염(香艶)ᄒᆞᆫ 지질이 월젼(月殿) 상ᄋᆞ(孀娥)와 쳔한(天漢)966)의 직녀(織女) ᄀᆞᆺᄒᆞ니, 삼쇼제 단장을 힘쓰지 아니ᄒᆞ고 지분(脂粉)을 췌ᄉᆡᆨ(取色)967)지 아니ᄒᆞ여, 쇼셰를 다ᄒᆞᄆᆡ 셔안을 ᄃᆡᄒᆞ여 글 보기로 날을 맛ᄎᆞ니, 【4】세히 셔로 ᄃᆡᄒᆞ여시믈 바라보ᄆᆡ, 눈 ᄀᆞᆺ흔 살흔 흰 기름이 엉긘 듯ᄒᆞ고, 어름 ᄀᆞᆺ흔 정신은 옥(玉)의[이] 더러온 거슬 《버셔ᄂᆞ니‖버셔ᄂᆞᆫ 듯ᄒᆞ니》, ᄆᆞᆰ은 눈은 가을 물결이 ᄉᆡ벽 별을 잠ᄀᆞᆺ고, 푸른 눈셥은 원산(遠山)의 비 쳐음으로 ᄀᆡ여시니968), 고은 빗치 셔로 쏘이며 츈산(春山)의 안ᄀᆡ ᄶᅵ인 듯, 피ᄎᆞ 고ᄒᆞ를 분변키 어려오니, 친익 ᄒᆞᄂᆞᆫ 정이 날노 ᄉᆡ롭더니, 이 ᄯᆡ 화음 현위(縣尉) 고덕경이 한 ᄋᆞ들을 두어시니 명은 담이라.

ᄂᆞ히 이십의 취쳐를 못ᄒᆞ여 평ᄉᆡᆼ【5】의 텬하제일ᄉᆡᆨ(天下第一色)의 미인을 구ᄒᆞ더니, 맛쵸와 텬ᄌᆡ 미인을 ᄲᆡᆫ 후 궁의 드리려 ᄒᆞ여, 됴셰(詔書) 각 부의 쥬현(州縣)의 ᄂᆞ리니, 고담이 ᄯᆡ를 엇고 대희ᄒᆞ여 ᄆᆡᄑᆞ(媒婆)를 불너 공후귀쳑(公侯貴戚)과 녀항촌녀(閭巷村女)를 의논치 말고, 고은 녀ᄌᆞ를 둔 집은 다 알외라 ᄒᆞ니, 화음현이 쇼요(騷擾)ᄒᆞ여 녀ᄌᆞ 둔 집의 큰 난니를 맛낫더라.

고현위 날마다 공당(公堂)의 좌긔ᄒᆞ여 녀ᄌᆞ 둔 집을 단ᄌᆞ(單子)를 밧고 ᄆᆡ파들을 듕히 쳐 은닉ᄒᆞᆫ 집을 젹더니, 임의【6】오뉵ᄇᆡᆨ 녀ᄌᆞ를 올녀 볼 ᄉᆡ, 그 즁의 계오 ᄉᆞ오인이 ᄲᆡ혀난 ᄌᆡ 잇ᄉᆞ니, 진짓 경국지ᄉᆡᆨ(傾國之色)이라.

다ᄉᆞᆺ 녀ᄌᆞ를 ᄂᆡᄋᆞ(內衙)의 보ᄂᆡ여 부인으로 ᄒᆞ여금 쥬식을 ᄃᆡ졉ᄒᆞ라 ᄒᆞ고, 그 남은 녀ᄌᆞᄂᆞᆫ 도로 보ᄂᆡ고 ᄀᆞ마니 고담을 불너 ᄀᆞᆯ오ᄃᆡ,

"각 현 미인을 ᄲᆡᆫ 상ᄉᆞ(上司)의 보ᄂᆡ면 상시 그 즁의 ᄯᅩ ᄲᆡᆫ 경ᄉᆞ로 올니니, 이 고을 미인이 갈 ᄲᆡᆫ 아니로ᄃᆡ, 오뉵ᄇᆡᆨ 녀ᄌᆞ 즁 져 다ᄉᆞᆺ 미인이 졀ᄉᆡᆨ이라. 이 밧긔 ᄯᅩ 어ᄃᆡ 잇시리오. 네 이【7】즁의 ᄯᅳᆺ의 맛ᄂᆞᆫ 니 잇거든 머무르고 혼닌(婚姻)을 의논ᄒᆞ리라."

---

964)곽박(郭璞) : 276~324. 진(晉)나라의 문신이자 학자로 자는 경순(景純)이다. 동진(東晉)의 원제(元帝) 때 상서랑(尙書郎)을 지냈다. 오행(五行)과 천문, 점서(占筮)에 밝아 국가의 운명과 길흉화복을 예언하였으며, 문학과 문자(文字), 훈고학(訓詁學) 등에도 조예가 깊어 《이아(爾雅)》에 주를 달았다.

965)츄슈(推數) : 닥쳐올 운수를 미리 헤아려 앎.

966)쳔한(天漢) : '은하(銀河)'를 달리 이르는 말. 『천문』 천구(天球) 위에 구름 띠 모양으로 길게 분포되어 있는 수많은 천체의 무리.

967)취색(取色)ᄒᆞ다 : 윤을 내거나 색깔을 내거나 하다.

968)ᄀᆡ다 : 개다. 흐리거나 궂은 날씨가 맑아지다.

고담이 연망이 나아가 그 녀ᄌᆞ들을 여어보고 아뷔게 ᄂᆞᄋᆞ가 머리를 흔드러 왈,

“쇼직 져 미인을 보니 다 ᄂᆞ모ᄉᆞ롬969)과 치식그림970)의 하ᄂᆞ토 졀싁이 업더이다. ᄋᆞ히 이 ᄀᆞ흔 미인을 취(取)ᄒᆞ량이면 엇지 이십의 실게[가](室家) 업ᄉᆞ리잇고?”

현위 놀나 왈,

“ᄂᆡ 그 녀ᄌᆞ들을 보니 평싱 처음 보ᄂᆞᆫ가 ᄒᆞ엿더니, ᄂᆡ ᄋᆞ히 눈이 고상ᄒᆞ여 이런 미인 【8】 을 졀싁이 아니라 ᄒᆞ니, 어ᄃᆡ 가 졀싁 미인을 어드리오.”

고담 왈,

“ᄋᆞ히 눈이 놉흔 쥴이 아니라, 미인이 진실노 미인이 아니니, 텬ᄌᆞ 궁즁의 어이이만 미싁이 업셔 군현을 쇼요(騷擾)ᄒᆞ리오. 상ᄉᆞ(上司)의 가 부친이 죄를 닙으실가 두려ᄒᆞ니, 이졔 화음현 즁의 부가(富家) 향환(鄕宦)이 뎍지 아니ᄒᆞ니, 엇지 ᄒᆞᆫ 낫 졀싁이 업ᄉᆞ리잇가? ᄆᆡ파들이 갑슬 밧고 녀ᄌᆞ 둔 집을 긔이고 관니(官吏)도 인졍(人情)을 밧고 관부 【9】 를 긔망(欺罔)ᄒᆞᄂᆞ니, 부친이 다시 즁ᄒᆞᆫ 법으로 져 무리를 다ᄉᆞ려, 졀싁 녀ᄌᆞ를 어더 드리면 듕상(重賞)ᄒᆞ고, 긔망ᄒᆞᄂᆞ니ᄂᆞᆫ 즁죄를 쥬게 ᄒᆞ쇼셔.”

현위 그러히 넉여 이날 녀ᄌᆞ들을 도라 보ᄂᆡ고, 다ᄉᆞᆺ 녀ᄌᆞ를 별관(別館)의 두고 ᄆᆡ파를 모화 호령ᄒᆞ되,

“너희 보(報)ᄒᆞᆫ 녀ᄌᆡ 하나토 아름답지 아니 ᄒᆞ니, 형벌을 면치 못ᄒᆞ리라.”

각각 이십을 치고 관니를 ᄀᆞ져971) 뎌쥬어972), ᄆᆡ파의 어미와 ᄌᆞ식을 잡ᄋᆞ다가 칼 메워 옥 【10】 의 가도고, 십일 ᄂᆡ의 미인 두 곳을 어더 알외지 아니ᄒᆞ면, 등ᄉᆞ십(等四十)973)을 쳐 ᄉᆞ문도의 귀향974) 보ᄂᆡ려 ᄒᆞ니, 이ᄯᅢ를 당ᄒᆞ여 ᄯᆞᆯ 둔 집은 도로혀 곱지 아니믈 깃거하고, ᄆᆡ파들은 션약(仙藥)975)을 먹여 녀ᄌᆞ의 용모를 곱게 민드지 못ᄒᆞ믈 갑갑ᄒᆞ여 ᄒᆞ더라.

쳔진산이 관가의셔 ᄉᆞ이 멀고 골이 깁흐며 마을의 ᄇᆡᆨ셩이 만치 아니ᄒᆞ니, 더옥 뉴·경 이 쇼져의 집 말니 나모 ᄉᆞ이의 ᄀᆞᆷ쵸여 ᄉᆞ롬이 아지 못 【11】 ᄒᆞᄂᆞᆫ지라.

---

969)ᄂᆞ모ᄉᆞ람 : 목인(木人). 나무로 만든 사람 형상.=목우(木偶).

970)치싁그림 : 색칠한 그림처럼 아무런 감각이 없음.

971)ᄀᆞ져 : 가져. ‘가지다’의 부사형. 누구를 시키어. ≒하여금.

972)뎌쥬다 : 형문(刑問)하다. 신문(訊問)하다.

973)등ᄉᆞ십(等四十) : 똑같은 사십(四十). *등(等)-: ‘같은’ ‘똑같은’의 뜻을 더하는 접두사.

974)귀향 : 귀양. 고려·조선 시대에, 죄인을 먼 시골이나 섬으로 보내어 일정한 기간 동안 제한된 곳에서만 살게 하던 형벌. 초기에는 방축향리(放逐鄕里)의 뜻으로 쓰다가 후세에 와서는 도배(徒配), 유배(流配), 정배(定配)의 뜻으로 쓰게 되었다.

975)션약(仙藥) : 효험이 썩 좋은 약.

쳔고(千古)의 업슨 가인(佳人)이 셰(歲)토록[976] 곰쥰여시믈 ᄉᆞ름이 보니 업고 방향(芳香)을 누셜ᄒᆞ리 업더니, 마ᄎᆞᆷ 슐파ᄂᆞᆫ 뉵일낭의 며ᄂᆞ리ᄂᆞᆫ ᄒᆞᆫ 눈 먼 구ᄆᆡ파의 ᄯᆞᆯ이라. 일일은 슐을 니고 뉵일낭을 ᄯᆞ라 촌 밧 길가의 ᄂᆞ가 슐 파ᄂᆞᆫ ᄃᆡ셔 노더니, 졔 어미 구ᄑᆡ 막ᄃᆡ 집고 ᄒᆞᆫ 거름의 두 번식 업더지며 통곡ᄒᆞ고 오거ᄂᆞᆯ, ᄯᆞᆯ이 보고 놀나 황망이 븟들고 문왈,

"오ᄅᆡ 모친을 보지 못ᄒᆞ엿더니 이 무슨 일을 맛낫관ᄃᆡ, 낭ᄑᆡ(狼狽)ᄒᆞᆫ 거 【12】 동이 잇ᄂᆞ뇨?"

구ᄑᆡ 울며 뎐후 곡졀을 니르고, 우러 왈

"허다(許多)ᄒᆞᆫ 미인을 진짓[977] 국ᄉᆡᆨ(國色)이 아니라 ᄒᆞ고, 네 형을 옥의 가도고 십일 ᄂᆡ의 미인을 어더ᄂᆡ라 ᄒᆞ니, 하날이 우리를 어엿비 녁여 옥뎨(玉帝) 향안뎐(香案前)[978]의 옥녀(玉女)를 보ᄂᆡ셔도, 구만니(九萬里)[979] 댱텬(長天)의 십일 ᄂᆡ로 올 길히 업고, 북두셩이 우리를 불상이 녁여, 오날노셔 양귀비(楊貴妃)[980] 셔시(西施)[981] 곳ᄒᆞ니를 인간의 졈지[982]ᄒᆞ여도, 십일 ᄂᆡ의 날 길히 업시 면 ᄯᆞᄒᆡ 다라ᄂᆞ고ᄌᆞ ᄒᆞ나, 네 형 【13】 을 엇지 ᄒᆞ고 가리오. 너를 차ᄌᆞ 보고 출하리 ᄌᆞ슈(自水)[983]ᄒᆞ여 관가의 괴로오믈 면ᄒᆞ리라."

그 ᄯᆞᆯ이 ᄀᆞ장 영니ᄒᆞ더니 어믜 말을 듯고 ᄀᆞᆯ오ᄃᆡ,

"각뷔(各府)[984] 다 미인을 ᄲᅢ니 우리 고을 ᄲᅮᆫ 아니라. 업슨 미인을 엇지 ᄒᆞ리오. 모친은 근심치 말고 가장(家藏)을 파라 은젼(銀錢)을 민ᄃᆞ라 관니를 쥬고 무ᄉᆞ케 못ᄒᆞᄂᆞ뇨?"

구ᄑᆡ 왈

"네 아됴[985] 두미(頭尾)를 모로ᄂᆞᆫ도다. 텬ᄌᆞ의 미인 만ᄒᆞ여시면 엇지 이ᄃᆡ도록 굴

---

976)셰(歲)토록 : 세세(歲歲)토록. 오랜 세월이 지나도록. *-토록: 「조사」 앞말이 나타내는 정도나 수량에 다 차기까지라는 뜻을 나타내는 보조사.

977)진짓 : ①정말(正말). 거짓이 없이 말 그대로임. 또는 그런 말. 정말로. ②진짜(眞짜). 본뜨거나 거짓으로 만들어 낸 것이 아닌 참된 것. 진짜로.

978)향안뎐(香案前) : 향을 피운 향로나 향합(香盒)을 올려놓은 상의 앞.

979)구만리(九萬里) : 아득하게 먼 거리를 비유적으로 이르는 말.

980)양귀비(楊貴妃) : 중국 당나라 현종(玄宗)의 비(妃)(719~756). 이름은 옥환(玉環). 도교에서는 태진(太眞)이라 부른다. 춤과 음악에 뛰어나고 총명하여 현종의 총애를 받았으나 안녹산의 난 때 죽었다.

981)셔시(西施) : 중국 춘추 시대 월나라의 미인. 오나라에 패한 월나라 왕 구천(句踐)이 서시를 부차(夫差)에게 보내어 부차가 그 용모에 빠져 있는 사이에 오나라를 멸망시켰다.

982)졈지 : 신불(神佛)이 사람에게 자식을 갖게 하여 줌.

983)ᄌᆞ슈(自水) : 자기 스스로 물에 빠져 죽음.

984)각뷔(各府) : 각각의 관부(官府).

985)아됴 : 아주. 조금도, 전혀. 완전히.

니요."

고현위 일직 이시니 용뫼 다랍고[986] 호【14】싀(好色)의 아귀(餓鬼)라 뜻만 놉하 졀염미쳐(絶艶美妻)를 구ᄒᆞ니, 현위 그 뜻으로, 위ᄒᆞ여 더옥 우리를 신칙(申飭)ᄒᆞ니, 이 일이 다 졔일이여ᄂᆞᆯ 은을 뉘게 밧치리오. 관부 아젼도 우리를 ○[가]도와 긔(欺)인다[987] ᄒᆞ여, 임의 다 듕형ᄒᆞ여 가도인 지 태반이라. ᄂᆡ ᄉᆞ라 하ᄂᆞᆯ의 오르고져 ᄒᆞ여도 문이 업고, ᄯᅡᄒᆡ 들고ᄌᆞ ᄒᆞ여도 굼기[988] 업도다."

은낭이 어미 울믈 보고 침음(沈吟) ᄒᆞ다가 어미 다려 ᄀᆞᆯ오ᄃᆡ,

"모친은 우지 말고 날을 됴ᄎᆞ오라."

구픽 ᄯᆞᆯ의 거【15】동을 보고 슈상이 넉여 ᄯᆞ라 그윽ᄒᆞᆫ ᄃᆡ 가, 무러 왈.

"네 아니 어ᄃᆡ 미인이 잇셔 이 화(禍)를 풀가 시브냐."

은낭이 ᄉᆞᆫ으로 뎡부(鄭府)를 ᄀᆞ르쳐 왈

"져 가온ᄃᆡ ᄉᆞ람 슐올 냥반(兩班)이 잇ᄂᆞ니라."

구픽 왈,

"그 가온ᄃᆡ 엇던 ᄉᆞ롬이 잇ᄂᆞ뇨?"

은낭 왈

"드르니 뎡쳐ᄉᆞ 부뷔 쥭은 후 두 ᄯᆞᆯ이 혼ᄌᆞ 이시니, 긔야[989] 진짓 텬하 경국지식(傾國之色)이라. 셔방 맛지 아냣고, 나히 삼오이팔(三五二八)[990]은 ᄒᆞᆫ가 시브니, 엇지 냥반이 아니리오?"

구픽 왈

"네 엇지 져 쇼져의 아름다오믈 알【16】며, 친히 본 ᄇᆡ 잇ᄂᆞ냐?"

은낭 왈

"져 쇼져ᄂᆞᆫ 향규(香閨)[991]의 슘엇고 쇼녀ᄂᆞᆫ 들 밧긔 이시니, 져의 용모를 엇지 보아시리오. 셕 쇼고(小姑)의 뫼(母)이실 제, 쳐ᄉᆞ 노애(老爺) 쥭으니, 《고쇼‖쇼고(小姑)》ᄂᆞᆫ 쳐ᄉᆞ집 동이라. 상ᄉᆞ(喪事)를 인ᄒᆞ여 쇼져를 보니, 쇼졔 피발곡용(被髮哭踊)[992]이니, 그 ᄯᅦ 엇지 안식(顏色)이 잇ᄉᆞ리오마ᄂᆞᆫ, '녹발(綠髮)노 ᄂᆞᆺ출 덥허시니 ᄒᆞᆫ 졔 《명월(明月)이 녹운(綠雲)을‖녹운(綠雲)이 명월(明月)을》 ᄀᆞ리온 듯, 눈물이 귀밋ᄐᆡ 져져시ᄆᆡ, 녹슈홍년(綠水紅蓮)[993]이 비 가온ᄃᆡ 휘듯ᄂᆞᆫ[994] 듯ᄒᆞ여 심혼(心魂)이

986)다랍다 : 언행이 순수하지 못하거나 인색하다.
987)긔(欺)이다 : 기(欺)이다. 어떤 일을 숨기고 바른대로 말하지 않다.
988)굼기 : '굼ㄱ+주격조사ㅣ'의 형태. 구멍
989)긔야 : 그야. 앞서 한 말의 이유를 뜻하는 말.
990)삼오이팔(三五二八) : 십오륙(15-6)세.
991)향규(香閨) : 규방(閨房)을 아름답게 표현한 말. *규방(閨房): 부녀자가 거처하는 방.
992)피발곡용(被髮哭踊) : 머리를 풀고 발을 구르며 슬피 욺.

표탕(漂蕩)ᄒᆞᄂᆞᆫ 듯 ᄒᆞ더니, 뉴쇼제 쇼복(素服) 【17】 이 쵸쵀(憔悴)ᄒᆞᆫ 얼골을 ᄀᆞ리와, 쇼져를 븟드러 셔로 빗쵀고, 고으미 ᄎᆞ등(差等)이 업셔 일쌍명쥬(一雙明珠)요, 두 숑이 ᄭᅩᆺ치더라.' ᄒᆞ니, 이러무로 져 쇼제 빗ᄂᆞ며 아름다오믈 아나이다."

구픿 왈

"너의 말을 드르니 비록 아름다온 듯ᄒᆞ나, 고현위 눈이 우리 눈과 달나 ᄲᅢᆫ995) 바다ᄉᆞᆺ 녀직 우리 무리ᄂᆞᆫ 쳐음 보ᄂᆞᆫ 빅로듸, 제 쵸ᄀᆡ(草芥) ᄀᆞᆺ치 보니, ᄂᆡ 친히 보지 못ᄒᆞ고 관부의 고하여, 만일 맛지 아니면 다시 슈욕(數辱)을 보기 젼도곤 ᄯᅥᄒᆞᆯ가 두리노라."

은낭 왈

"이럴 【18】 니 잇ᄉᆞ리잇가? 고뫼(姑母) ᄉᆞ라실 졔, 날노 ᄒᆞ여금 슐노 노랑(老娘)996)의게 헌슈(獻壽)ᄒᆞ니, 이ᄂᆞᆫ 쇼져 시ᄋᆞ 홍영의 어미라. 슐을 밧고 ᄉᆞ례ᄒᆞ여 홍낭을 불너 과반(果盤)을 ᄀᆞᆺ다가 날을 먹이니, ᄂᆡ 홍낭을 보니 셰상의 ᄲᅢ혀난 ᄌᆡ라. 도라와 칭션(稱善)ᄒᆞ믈 결을치 못ᄒᆞ더니, 친괴(親姑) 듯고 우어 왈,

"홍낭이 쇼져 겻희 이시ᄆᆡ '달ᄋᆞ릭 반듸997)오 ᄭᅩᆺ바틱998) 쇼홰(小花)라' ᄒᆞ니, 일노 보ᄆᆡ 엇지 범상ᄒᆞᆫ ᄉᆞ름이리오."

구픿 바야흐로 깃거 왈

"만일 이 ᄀᆞᆺ 【19】 ᄒᆞ면 관부의 가 일홈을 보ᄒᆞ고 단ᄌᆞ(單子)를 바다 가리라."

은낭이 모친을 위로 왈,

"모친이 관부의 슈욕(受辱)ᄒᆞ미 모친의 탈빈(脫貧)999)ᄒᆞᄂᆞᆫ 시졀이라. 관뷔(官府) 만일 쇼져를 보면 눈셥을 두루혈 ᄯᅢ의 후(厚)ᄒᆞᆫ 상을 바다, 우름이 화(化)ᄒᆞ여 우음이 되리라."

모녜(母女) 가마니 말ᄒᆞᆯ 젹, ᄉᆡᆼ각 밧 ᄉᆞ름이 엿드르미 되어 그윽ᄒᆞᆫ 계교를 누셜ᄒᆞ니, 슈풀 쇽의셔 냥인의 슈작ᄒᆞ믈 듯고 보ᄂᆞᆫ ᄌᆞ난 뉵일낭의 젹은 ᄋᆞ들 뉵쇼을이라.

연(年)이 십삼 【20】 셰로듸 ᄀᆞ장 영오(穎悟)하더니, 구은낭이 집을 밧든 후 쇼을 ᄃᆡ졉ᄒᆞ믈 박히ᄒᆞ여, 아비난 슐 팔나 가고 형은 기음ᄆᆡ라 단니니, 쇼을이 집안 잡역의 쉴 ᄯᅢ 업ᄉᆞ되, 은낭이 ᄆᆡ양 부됵(不足)ᄒᆞ여 제 형의게 ᄒᆞ라1000) ᄆᆡ맛치고, 제 부ᄌᆞ란

993)녹슈홍년(綠水紅蓮) : 푸른 물결 위에 피어 있는 붉은 연꽃.
994)휘듯다 : 흔들리다. 흔들흔들하다.
995)ᄲᅢ다 : 뽑다. 여럿 가운데에서 골라내다.
996)노랑(老娘) : 늙은 여자.
997)반듸 : 반디. 반딧불잇과의 딱정벌레. 몸의 길이는 1.2~1.8cm이며, 검은색이고 배의 뒤쪽 제2마디에서 제3마디는 연한 황색으로 발광기가 있으며 머리의 뒷부분이 앞가슴 밑에 들어가 있다. 한국, 일본 등지에 분포한다.=반딧불이.
998)ᄭᅩᆺ바틱 : 꽃밭에.
999)탈빈(脫貧) : 가난을 벗어남.

ᄀᆞᄂᆞ리[1001] 먹이고 금은과 음식을 모도와 구파의게 보ᄂᆡ니, 상시(常時) 마음의 야쇽ᄒᆞ여 뮈이 넉이더니, 이날 님즁(林中)의 드러 남글[1002]ᄒᆞ다가, 은낭이 구파로 더브러 사ᄅᆞᆷ을 피ᄒᆞ여 말ᄒᆞᆷ을 【21】 보고, ᄀᆞ마니 숨어 모녀의 ᄒᆞᄂᆞᆫ 말을 다 듯고 ᄃᆡ경 왈,

"ᄉᆡᆼ각 밧 우리 쳔금 귀쇼져의 ᄃᆡ화(大禍)를 비즈려 ᄒᆞ니, ᄂᆡ 이졔 쇼져긔 가 알외리라."

ᄒᆞ고, 도라가 두 ᄉᆞᄅᆞᆷ이 도라가믈 기다려 슈풀 밧긔 쒸여 ᄂᆡ다라 ᄉᆞᆯ펴보니, 은낭의 모녀 임의 도라가고 업거ᄂᆞᆯ, 남글 볏히 널고, 바로 쇼져 잇ᄂᆞᆫ 집문 밧긔 니르니 문을 구지 닷고 노왕공이 혼ᄌᆞ 버들 그ᄂᆞᆯ 아ᄅᆡ 안ᄌᆞᆺ거ᄂᆞᆯ, 쇼을이 읍(揖)하고 왈

"왕공ᄋᆞ! 안희 ᄇᆡᆨ 유랑(乳娘)을 잠 【22】 간 보고ᄌᆞ ᄒᆞᄂᆞ니 불너 쥬시리잇가?"

왕공이 ᄭᆞ지져 왈,

"젹은 ᄌᆡ납이 아됴 법녕(法令)을 아지 못ᄒᆞᆫ다? 네 비록 우리 집 동이나 밧긔셔 사환(使喚)을 아니ᄒᆞ니, 엇지 쇼져의 녕(令) 업시 드러오며, ᄇᆡᆨ 마마(嬤嬤)[1003]ᄂᆞᆫ 안희 잇ᄂᆞᆫ 노유뫼(老乳母)여ᄂᆞᆯ, 네 아희 ᄀᆞᆺ치 불러오라 ᄒᆞᄂᆞᆫ다?"

쇼을 왈,

"ᄂᆡ 엇지 무단이 유랑을 보아지라 ᄒᆞ리오. 아ᄎᆞᆷ의 ᄇᆡᆨ마ᄆᆡ ᄂᆡ게 젼갈(傳喝)[1004]ᄒᆞ여 어ᄃᆡ 보ᄂᆡ려 ᄒᆞ고 오라 ᄒᆞ엿ᄂᆞ니라."

왕공이 곳이 듯고 즁쥬어려[1005] 왈,

"부릴 【23】 곳이 잇시면 날다려 니르지, 젹은 ᄌᆡ납이 무어시 부리려 ᄒᆞᄂᆞᆫ고? ᄀᆞ장 일모로ᄂᆞᆫ 유뫼로다."

ᄒᆞ고, ᄎᆞ두(叉頭)를 불너 왈,

"뉵쇼을이 와셔 유마를 보아지라 ᄒᆞᆫ다."

ᄒᆞ니, ᄇᆡᆨ유랑은 뎡쇼져 유랑이라. 튱근ᄒᆞ고 상(常)히 쇼져 겻ᄒᆞᆯ ᄯᅥᄂᆞ지 아니ᄒᆞ더니, 이 말을 듯고 괴이히 넉여 왈,

"쇼을이 무엇ᄒᆞ라 날을 ᄎᆞᆺᄂᆞᆫ고? 네가 불너오라."

ᄎᆞ뒤 ᄂᆞ와 쇼을 다려 왈,

"노픽(老婆) 너를 부른다."

1000)ᄒᆞ라 : 하리하여. '하리하다'의 부사형. *하리: 남을 헐뜯어 윗사람에게 일러바치는 일.

1001)ᄀᆞᄂᆞ리 : 가늘게. *가늘다: 양(量)이 보통보다 적다.

1002)남글 : 나무를.

1003)마마(嬤嬤) : 벼슬아치의 첩을 높여 이르던 말.

1004)젼갈(傳喝) : 사람을 시켜 말을 전하거나 안부를 물음. 또는 전하는 말이나 안부.

1005)즁쥬어리다 : 중얼거리다. 남이 알아듣지 못할 정도의 작고 낮은 목소리로 혼잣말을 자꾸 하다.≒중얼대다.

ᄒᆞ니, 쇼을이 ᄂᆞᄋᆞ가 졀ᄒᆞ여 【24】 왈,

"마마ᄂᆞᆫ 만복(萬福)ᄒᆞ쇼셔."

유뫼 우어 왈,

"네 ᄂᆡ게 와 만복ᄒᆞ라, 부러 와 ᄎᆞᆺᄂᆞᆫ다."

쇼을이 ᄃᆡ왈,

"마마긔 대ᄉᆞ를 고변(告變)ᄒᆞ라 왓시니, 좌우를 츼우쇼셔."

노ᄑᆡ ᄃᆡ경(大驚)ᄒᆞ여 좌우를 물니치니, 쇼을이 ᄂᆞᄋᆞ가 유랑의 귀의 다혀, 구 ᄆᆡᄑᆞ(媒婆)와 졔 아ᄌᆞ미 말을 ᄌᆞ시 젼하며 당부 왈,

"이 일을 쇼져긔 고ᄒᆞ여 잘 션쳐ᄒᆞ시고, ᄂᆞ의 알믈 아ᄌᆞ미[1006]게 마르쇼셔."

언필의 밧그로 ᄂᆞ가니, ᄇᆡᄑᆡ 이 말을 드르ᄆᆡ 마른 하날의 급ᄒᆞᆫ 우 【25】 레[1007] 니마를 두르ᄂᆞᆫ 듯ᄒᆞ더라.

ᄎᆞ시 뉴쇼졔 뎡쇼져로 더브러 글을 보다가, 뉴쇼졔 왈,

"현뎨(賢弟)야! 니형을 쵸츄(初秋)의 맛ᄂᆞ니, 그 ᄯᆡ 연실(蓮實)이 ᄀᆞᆺ ᄆᆡᄌᆞᆺ더니, 요사이 금풍(金風)[1008]이 셔늘ᄒᆞ고 옥뇌(玉露) ᄯᅥ러지니, 경ᄀᆡ(景槪) 가려(佳麗)할 분 아냐, 연실이 거머실[1009] 거시니, 오날은 지당(池塘)의 노ᄂᆞᆫ 냥을 보고져 ᄒᆞ노라."

뎡쇼졔 왈

"니형이 셰슈ᄒᆞ라 가시니, 장쇼를 맛ᄎᆞ든 ᄒᆞᆫ가지로 가ᄉᆞ이다."

뉴쇼졔 왈

"우리 몬져 가 ᄌᆞ리를 잡고 니형 【26】 을 ᄌᆡ촉ᄒᆞ여 다려가ᄌᆞ!"

ᄒᆞ고, 두 쇼졔 홍영·쳥향·녹슈 등을 거나려 못가의 ᄂᆞ오니, 이의 니쇼져 맛ᄂᆞ던 ᄯᆡ히라. 두 쇼졔 지당의 ᄌᆞ리를 펴고 고기 노ᄂᆞᆫ 양을 보며, 쳥향은 년을 ᄏᆡ고 녹슈ᄂᆞᆫ 니쇼져를 쳥ᄒᆞ라 가더니, 이윽고 니쇼졔 가ᄇᆡ야온 깁옷슬 닙고, 지분(脂粉)을 쇼아(素雅)이 베퍼 ᄌᆞ약히 거러ᄂᆞ오니, 표일(飄逸)ᄒᆞᆫ ᄌᆞᄐᆡ와 염녀(艶麗)ᄒᆞᆫ 거동이 완연이 요지션ᄌᆡ(瑤池仙子)라.

냥쇼졔 바라보고 기려 왈,

"아름답다. 니형이여! 【27】 하날 ᄭᅩᆺ치 향긔를 토ᄒᆞ고, ᄆᆞᆰ은 달이 바야흐로 둥그러시니, 인셰의 ᄀᆞᆺᄒᆞᆫ ᄌᆡ 이시리오."

니쇼졔 듯고 우어 왈,

"쇼ᄆᆡᄂᆞᆫ 냥위(兩位) 져져를 바라보니, 쇠잔ᄒᆞᆫ 연엽(蓮葉)의 두 숑이 ᄉᆡ로 핀 연쇄

1006)아ᄌᆞ미 : 아주미. '아주머니'의 낮춤말.

1007)우레 : 뇌성과 번개를 동반하는 대기 중의 방전 현상.=천둥.

1008)금풍(金風) : '가을바람'을 달리 이르는 말. 오행에 따르면 가을은 금(金)에 해당한다는 데에서 이르는 말이다.

1009)검다 : 숯이나 먹의 빛깔과 같이 어둡고 짙다.

(蓮花)라. 도로혀 쇼ᄆᆡ의 용우ᄒᆞᆫ 얼골을 위ᄌᆞ(慰藉)ᄒᆞ니 쇼ᄆᆡ 붓그려 쥭으리로쇼이다.”

냥쇼졔 좌를 ᄀᆞ리와[1010], 못가의 안ᄌᆞ 셤셤옥슈(纖纖玉手)로 연을 ᄯᅡ먹으며, 물결을 희롱ᄒᆞ니 븕은 단장의 옥 ᄀᆞᆺᄒᆞᆫ 낫치 ᄆᆞᆰ은 못시 빗쇠여 완연【28】이 무산션녀(巫山仙女) ᄎᆡ운(彩雲)을 타고 구쇼(九霄)[1011]의 오르ᄂᆞᆫ 듯, 삼인이 셔로 ᄋᆡ모ᄒᆞ며 흠탄ᄒᆞ여 믄득 탄왈,

“져져야! 우리 스ᄉᆞ로 ᄌᆞ랑ᄒᆞᄂᆞᆫ 말이 아니라. ᄌᆡ뫼(才貌) 진실노 이 ᄀᆞᆺᄒᆞ여시되, 부명(賦命)[1012]이 긔구ᄒᆞ여 부뫼 두굿기믈[1013] 보지 못ᄒᆞ고, 쳑녕(鶺鴒)[1014]의 노름이 슛쳐지니, 상가셔(相家書)[1015]의 닐너시되 태안미(胎안美)[1016]ᄂᆞᆫ 복(福)이 박(薄)다 ᄒᆞ니, 엇지 그른 말이리오.”

니쇼졔 왈

“각각 ᄶᅡ히 각각 셩(姓)의 ᄂᆞᆺ시되, 팔ᄌᆞ(八字) 경ᄉᆡ(情事) 거의 ᄀᆞᆺᄒᆞ니, 이ᄂᆞᆫ 젼셰(前世)의【29】죄악(罪惡)이 ᄀᆞᆺᄒᆞ미라. 형뎨 되여 화복(禍福)을 ᄀᆞᆺ치 ᄒᆞ리라.”

뎡쇼졔 ᄃᆡ희(大喜) 왈,

“우리 다 동년ᄉᆡᆼ(同年生)이로ᄃᆡ ○○○[니형이] ᄉᆡᆼ월(生月)이 맛이오 뉴형이 둘ᄌᆡ요 쇼ᄆᆡ 셋ᄌᆡ니, ᄎᆞ례로 형뎨 되미 됴흘 쇼이다.”

니쇼졔 왈,

“뉴져져ᄂᆞᆫ 군부(君父)의 녀ᄌᆡ요, 쳡이[의] 부형이 북면(北面)ᄒᆞ여[1017] 셤겨시니, 쳡이 감히 형이 되리오. 뉴쇼져를 위형(爲兄)[1018]ᄒᆞ미 올흐리이다.”

뉴시 정ᄉᆡᆨ 왈

“망국지엽(亡國枝葉)이 엇지 위셰(威勢)를 빙ᄌᆞ(憑藉)ᄒᆞ리오. 형이 ᄯᅩᄒᆞᆫ 당가(唐家)[1019] 둉뎍(宗族)이【30】아니냐. 연ᄎᆞ(年差)를 의논컨ᄃᆡ 형뎨니, 엇지 외ᄃᆡ(外待)ᄒᆞᄂᆞᆫ 말을 ᄒᆞᄂᆞ뇨?”

1010)ᄀᆞ려 : 가려. *가리다: 여럿 가운데서 하나를 구별하여 고르다.
1011)구소(九霄) : 높은 하늘.
1012)부명(賦命) : 하늘로부터 부여받은 수명이나 운명.
1013)두굿기다 : 대견해하다. 자랑스러워하다. 흐뭇해하다. 기뻐하다.
1014)척령(鶺鴒) : 할미새. 형제가 급한 난(難)을 만남을 암시하는 새. 『시경(詩經)』 <소아(小雅)> '상체(常棣)편'에, “척령이 언덕에 있으니, 형제가 급한 난을 만나도다.(鶺鴒在原 兄弟急難)”라는 구절에서 유래하였다.
1015)상가셔(相家書) : 관상 보는 사람들의 책.
1016)태안미(胎안美) : 모태(母胎)에서 태어날 때부터 아름다운 사람. '탯(胎)속 미인' 또는 '타고난 미인(美人)'을 이른 말.
1017)북면(北面)ᄒᆞ다 : 신하로서 임금을 섬기다.
1018)위형(爲兄) : 형을 삼음. 또는 형이 됨.
1019)당가(唐家) : 당(唐)나라 황족(皇族).

드ᄃᆡ여 삼인이 향다(香茶)를 붓고 연실(蓮實)을 버리고 못가의셔 졀ᄒᆞ여 형뎨되니, 니쇼져의 ᄉᆞᄀᆡ(四個) 비ᄌᆡ(婢子)며, 뉴·졍의 시ᄋᆞ(侍兒)들이 다 ᄆᆡᄌᆞ 형뎨 되니, 낭낭ᄒᆞᆫ 담쇼(談笑)와 활연(豁然)ᄒᆞᆫ 즐기미 평ᄉᆡᆼ 처음 일너니, 믄득 ᄇᆡᆨ유랑이 놀난 빗ᄎᆞ로 ᄀᆞᆺ분 숨이 쳔쵹(喘促)ᄒᆞ여 드러와,

"쇼져야! 쇼져야! 화ᄉᆞ료(禍事了)![1020] 화사료(禍事了)!"

ᄒᆞ니, 삼쇼졔 대경(大驚) 문왈,

"무ᄉᆞ 화ᄉᆡ(禍事) 잇ᄂᆞ뇨?"

ᄇᆡᆨᄑᆡ(白婆) 왈,

"이 【31】 일이 극히 의외로 ᄂᆞᆺ나이다."

드ᄃᆡ여 뉵쇼을의 말을 젼ᄒᆞ니, 냥쇼졔 어린[1021] 듯 ᄒᆞ다가, 눈물을 흘녀 왈,

"ᄉᆞ오나온 동년이 우리를 업슈이 넉여 져의 무리 긔화(奇禍)[1022]를 삼으며, 고현위 텬ᄌᆞ의 위엄을 빙ᄌᆞ하여 우리를 핍박ᄒᆞᆯ진ᄃᆡ, 이 화를 엇지 도망ᄒᆞ리오. 일즉 ᄒᆞᆫ 거름 이[도] 문 밧글 드ᄃᆡ지 아니ᄒᆞ엿고, ᄒᆡᄂᆡ(海內)[1023]의 의지ᄒᆞᆯ ᄃᆡ 업사니, 우리 ᄌᆞᄆᆡ 《벽ᄂᆞ ‖ 멱ᄂᆞ(汨羅)[1024]》 의 ᄉᆡᆨ질 ᄲᆞᆫ이로다."

모든 시ᄋᆡ 황황(惶惶)ᄒᆞ여 울거 【32】 ᄂᆞᆯ, 냥쇼졔 울며 보니 니쇼졔 됴금도 경동(驚動)ᄒᆞ미 업고 잠간 웃거ᄂᆞᆯ, 냥쇼졔 왈,

"니져(李姐)야! 엇지 이리 타연(泰然)ᄒᆞ뇨?"

니쇼졔 왈,

"홰(禍) 오ᄆᆡ 화(禍)를 막고, 복이 오ᄆᆡ 복을 바들 거시니, 화복(禍福)이 엇지 문이 잇ᄉᆞ리오."

냥쇼졔 비로쇼 눈물을 씻고 문왈,

"져져야! 화를 무슨 힘으로 막ᄌᆞᄒᆞᄂᆞ뇨? 빌건ᄃᆡ ᄀᆞ르치라."

니쇼졔 쇼이ᄃᆡ왈(笑而對曰),

"아직 니르지 못ᄒᆞᆯ 거시니, 침쇼의 가 동용이 의논ᄒᆞᆯ 거시니, 현ᄆᆡᄂᆞᆫ 경동치 말고, 오날 후 ᄂᆞ오미 쉽 【33】 지 못ᄒᆞ니, 동일토록 유람ᄒᆞ리라."

ᄒᆞ고, 원근을 ᄀᆞᆯ으쳐 쵹노(蜀路)[1025] 금원(禁苑)[1026]을 ᄎᆞ즐ᄉᆡ 송ᄇᆡᆨ(松柏)은 창창

1020)화ᄉᆞ료(禍事了)! : 큰일 났다!

1021)어리다 : 어리석다. 얼떨떨하다. 멍하다.

1022)긔화(奇禍) : 뜻밖에 당하는 재난.

1023)ᄒᆡᄂᆡ(海內) : 바다로 둘러싸인 육지라는 뜻으로, 나라 안을 이르는 말.

1024)멱ᄂᆞ(汨羅) : 멱라수(汨羅水). 중국 호남성(湖南省) 상음현(湘陰縣)의 북쪽에 있는 강 이름. 중국 전국시대 초나라 시인 굴원(屈原: BC343-277)이 반대파의 모함을 받아 유배되었다가 울분을 못 이겨 이 강물에 빠져 죽었다.

1025)쵹로(蜀路) : 촉(觸)나라에 이르는 험난(險難)한 길이라는 뜻으로, '화(禍)를 피해 나아갈 길'을 이르는 말

(蒼蒼)ᄒᆞ고 녹쥭(綠竹)은 의의(依依)ᄒᆞ며1027) 고산(高山)은 최외(崔嵬)ᄒᆞ고1028) 졀벽(絶壁)은 그린 듯 ᄒᆞ여 슈국단풍(水菊丹楓)의ᄂᆞᆫ 니슬이 ᄆᆡᆺ쳣고, 녹음방쵸(綠陰芳草)의ᄂᆞᆫ 금풍(金風)이 쇼쇼(蕭蕭)ᄒᆞ니, 마음의 세상이 닛치이고 흥미(興味) 산슈(山水)의 ᄀᆞ득ᄒᆞᆫ지라.

힝ᄒᆞᄂᆞᆫ 쥴 ᄭᆡ돗지 못ᄒᆞ여, 뫼 우희 오르ᄆᆡ 졀벽이 슈(繡)노흔 듯ᄒᆞ여, 병풍을 두른 듯, 여윈1029) 숄과 늙은 잣남기 하늘을 ᄀᆞ리와거ᄂᆞᆯ, 【34】

니쇼졔 왈,

"뫼히 《호의 ‖ 호위(護衛)》 ᄒᆞ며 바회 담을 ᄊᆞ시니, ᄂᆞᄂᆞᆫ 도젹도 무셥지 아니토다. 이 뫼도 유완ᄀᆡᆨ(遊玩客)이 단니ᄂᆞ냐?"

홍영 왈,

"뫼히 다 졀벽이오, 길히 편치 아냐 잔도검각(棧道劍閣)1030) ᄀᆞᆺᄒᆞ니, ᄒᆞᆫ 사ᄅᆞᆷ이 단닐 ᄲᅮᆫ근 톡젹을 븟칠 곳이 업ᄉᆞ니, 원님(園林)의[이] 집과 갓갑고, 뫼흘 ᄶᅡᆨ가 동산1031)을 삼ᄋᆞ시니, 노야 계실 젹붓터 ᄉᆞᄅᆞᆷ 단니기를 허치 아니시고, 이편 뫼흔 오르려니와 졀벽 밧긔야 뉘 단니리잇고?"

쇼졔 왈,

"졀벽 밧기 길히라도 졀벽 【35】 은 너머 오를 곳이로다."

ᄒᆞ고, 한유(閒遊)ᄒᆞ다가 도라오니, 날이 느졋ᄂᆞᆫ지라 셕식을 파ᄒᆞ고 쵹(燭)을 혀ᄆᆡ, 뉴쇼졔 다시 ᄀᆞᆯ오ᄃᆡ

"져져야! 그 ᄉᆞ오나온 파ᄌᆞ(婆者)1032) 년을, 일졍(一定)1033) 못쓸 부리1034)를 놀니면, 현위 모진 위엄으로 우리를 침노ᄒᆞᆯ 거시니, 무ᄉᆞᆫ 계교로 막으리오?"

쇼졔 왈,

"쇼ᄆᆡ(小妹) ᄀᆞᆺ 와 여긔 쇼임을 모르니, 촌즁 계집들이 츌입ᄒᆞ여 현ᄆᆡ 등을 보니 만코, 시비의 부뫼 다 촌즁의 잇ᄂᆞ냐?"

1026)금원(禁苑) : 예전에, 궁궐 안에 있던 동산이나 후원. 여기서는 화(禍)를 피해 숨을 공간을 이르는 말.

1027)의의(依依) : 숲이 무성하여 싱싱하게 푸르다.

1028)최외(崔嵬)ᄒᆞ다 : 산이 높고 험하다.

1029)여외다 : 야위다. 마르다.

1030)잔도검각(棧道劍閣) : 중국 사천성 검각현(劍閣縣)에 있는 잔도(棧道). '잔도'는 험한 벼랑 같은 곳에 선반처럼 달아서 낸 길로, 특히 검각현의 대검산 소검산 사이에 난 잔도는 험하기로 유명하다. '검각(劍閣)'은 지명(地名).

1031)동산 : 마을 부근에 있는 작은 산이나 언덕.

1032)파자(婆者) : 할미.

1033)일졍(一定) : 분명코. 틀림없이. 반드시.

1034)부리 : ①새나 일부 짐승의 주둥이. ②사람의 입을 낮잡아 이르는 말.

냥쇼제 왈,

“야애 계실 젹도 난시(亂時)의 【36】 강포훈 무리 쇠잔훈 문호롤 업슈이 녁여, 불의로 침노홀가 두려 일죽 마을 동도 드러오게 아냐시니, 뉵픽 엇지 날을 보와시리오?”

니쇼제 왈,

“이러흐면 ᄀ장 쉽다.”

훈고, 계교롤 니르니 두 쇼졔 크게 깃거 웃고 왈,

“형은 냥평(良平)1035)의 무리라 쇼믹 등의 밋출 빅 아니라.”

훈고, 이날 평안이 ᄌ고 명신의 두 쇼졔 빅유랑 진유랑을 불너 일용응딕(日用應待)1036)를 다 가르치고, 다반(茶飯)을 파훈 후, 셜상궁으로 더브 【37】 러 후각(後閣) 쇼실(小室)의 삼쇼졔 숨으니, 진·빅 냥픽 가마니 츄영·난혜 냥 시ᄋ를 부르니, 츄영 등은 뉴쇼져롤 좃ᄎ 온 한됴(漢朝) 궁녀러라.

냥인이 쇼져의 분부롤 ᄌ셔히 니르고, 칙삼홍군(彩衫紅裙)의 픽향(佩香)1037)·울금(鬱金)1038)·잠(簪)·탄월(彈月)1039)의 칠보(七寶)1040)롤 ᄭ미니, 염여(艶麗)훈 틱되(態度) 진짓 옥규(玉閨) 쇼져라. 엇지 화음현 향암(鄕闇)된 녀ᄌ 곳흐리오.

빅파랑이 우어 왈

“츄영과 난혜야! 너희 오늘 밤 무순 션몽(仙夢)1041)을 ᄭ엇관딕, 이딕도록 됸영(尊榮)훈 모양을 어덧눈 【38】 뇨?. 치치1042)면 금황뎨(今皇帝)의 후궁이 되고 나리치1043)면 지현(知縣)의 며ᄂ리 될 거시니 아니 거록흐냐?”

1035)냥평(良平) : 중국 한(漢)나라 때의 책사(策士) 장량(張良)과 진평(陳平)을 함께 이르는 말. *장량(張良) : BC ?-189. 중국 한나라의 정치가, 한 고조 유방(劉邦)의 책사로 홍문연에서 유방을 구하고 한신을 천거하는 등, 유방이 한나라를 세우고 천하를 통일할 수 있도록 도왔다. 소하·한신과 함께 한나라 건국 3걸로 불린다. *진평(陳平). ? - BC178. 중국 한(漢)나라 때 정치가. 한 고조 유방(劉邦)를 도와 여섯 번이나 기발한 꾀를 내, 천하를 평정케 함.

1036)일용응딕(日用應對) : 날마다 상대방의 행위에 대응할 일이나 방법.

1037)픽향(佩香) : 몸에 지니거나 차고 다니는 향(香).

1038)울금(鬱金) : 『한의』 ‘강황’의 덩이뿌리를 말린 약재. 가을에 덩이뿌리를 캐서 잔뿌리를 다듬고 물에 씻은 뒤 햇볕에 말려 지통제나 지혈제로 쓴다.=강황(薑黃).

1039)탄월(彈月) : 월기탄(月琪彈). 예전에, 허리나 가슴에 차던 달 모양의 둥근 옥구슬. =월패(月佩).

1040)칠보(七寶) : ① 『불교』 일곱 가지 주요 보배. 무량수경에서는 금・은・유리・파리・마노・거거・산호를 이르며, 법화경에서는 금・은・마노・유리・거거・진주・매괴를 이른다. ≒칠진(七珍). ② 『공예』 금, 은, 구리 따위의 바탕에 갖가지 유리질의 유약을 녹여 붙여서 꽃, 새, 인물 따위의 무늬를 나타내는 공예. 또는 그 공예품

1041)선몽(仙夢) : 신선(神仙)의 꿈.

1042)치치다 : 아래에서 위로 올려치다.

1043)나리치다 : 내리치다. 위에서 아래로 내려치다.

난혜 쇼왈

"노랑(老娘)은 이리 니르지 마르쇼셔. 우리는 옛늘 댱낙궁(長樂宮)1044)의셔 부귀를 누릴 젹은 이 단장(丹粧)도곤 더 곱게 흐더니이다. 황뎨의 후궁도 바라지 아니커든 지현의 며느리 되기야 무슴 영홰리오?"

언미(言未)의 부문(府門)이 요요(擾擾)흐여 지져괴며, 노픽 두 눈이 뒤박혀 호흡이 쳔촉(喘促)1045)흐여 웨여 왈,

"됴치 아니타! 엇【39】던 진1046) 부리1047) 우리 집을 들먹여셔, 쇼졔 잇다 흐여 궁녀 색는 뒤 단즈(單子)하라 흐고, 관치(官差)와 흔 무리 미픽(媒婆) 와셔 쇼져를 보려 흔다. 유랑은 느와 이 거동을 보라."

진시 왈,

"나는 쇼져를 직흴 거시니 그뒤는 누가 져를 잘 방편흐라."

빅시 상즈의셔 돈을 닉여 가지고 느가더니 홍영 청향 등이 놀느며 두려 황망이 방으로 드리닷더니, 믄득 쇼져는 업고 츄영 난혜 단장을 녕농이 흐고 단졍이 안즈 네긔를【40】보는지라. 홍영이 이 거동을 보고 우읍기를 참지 못흐여, 다라드러 쇼져를 박츳며 쇼왈,

"네 복이 됴핫다. 어졔 밤의 난간 구셕의 업드려 됴으더니 오날 불시의 네긔는 무슴 닐고?"

츄영이 밀치며 니로뒤,

"좌우 시으는 이 밋친년을 《ᄭ러∥ᄭ러》 닉라."

청향 능쇼 등이 홍영을 ᄭ어 닉니, 웃는 쇼릭 낭낭흐여 근심을 다 니젓는지라. 진시 손을 져으며 홍영을 쥬머괴로 치니 영이 웃고 물너느더라.

빅시 밧긔【41】느와 쥬식을 닉여 쥬며 됴흔 말노 골오뒤,

"노애 업소시고 남직 업소시니 뫼 밧긔 셰상이 잇소믈 모로는지라. 황뎨 엇지 됴셔를 산곡 고단흔 녀직 공후(公侯)의 빅필도 바라지 못흐거든, 흐믈며 쵸방(椒房)1048) 비빙(妃嬪)이랴! 이는 영요(榮耀)흔 쇼식(消息)이라. 늣기야 알믈 이달나 흐거든 무스일 츄탁(推託)1049)흐리오. 우리 쇼져난 진실노 긔특흐니 너희 파즈 등이 보려 흐여도

1044)댱낙궁(長樂宮) : 『역사』 중국 한(漢)나라 고조가 진(秦)나라의 흥락궁(興樂宮)을 고쳐 지은 궁전. 그 안에 태후의 거처였던 장신궁(長信宮)이 있었다.

1045)쳔촉(喘促) : 숨을 몹시 가쁘게 쉬며 헐떡거림.

1046)진 : 직다. 재다. ①동작이 재빠르다. ②참을성이 모자라 입놀림이 가볍다.

1047)부리 : ①새나 일부 짐승의 주둥이. ②사람의 입을 낮잡아 이르는 말.

1048)쵸방(椒房) : ①산초나무 열매의 가루를 바른 방이라는 뜻으로, 왕비가 거처하는 방이나 궁전 따위를 이르는 말. 산초나무는 온기가 있고 열매가 많은 식물로서, 자손이 많이 퍼지라는 뜻에서 왕비의 방 벽에 발랐다. ≒초정(椒庭). ②왕비를 달리 이르는 말.

1049)츄탁(推託) : 다른 일을 핑계로 거절하다.

어렵지 아니ᄒᆞ거니와, 쇼뎨 본셩이 둘약(拙弱)ᄒᆞ시고 산듕 【42】 의셔 길니여 ᄉᆞ름 보기를 아녀시니, 단ᄌᆞ를 가지고 도라가라."

ᄆᆡ픽 왈,

"현위 상공이 분뷔 엄ᄒᆞ시니 엇지 그져 도라가리오. 우리 드러가 쇼져를 보온 후야 도라갈쇼이다."

드ᄃᆡ여 다시 말을 기다리지 아니ᄒᆞ고 바로 쇼져 잇ᄂᆞᆫ 졍당의 니르니, 진시 ᄭᅮ지져 왈,

"집이 비록 산곡의 잇시나 사부가(士夫家)요, 쇼제 만일 놉히 ᄲᅢ히면 후비(後妃) 될 거시오. ᄲᅢ히지 못ᄒᆞ면 향환가(鄕宦家) 녀ᄌᆞ이어든, 너희 무리 드레 【43】 여 돌입ᄒᆞ니, 쇼제 놀나셔 상ᄒᆞ실진ᄃᆡ, 큰 죄 잇ᄉᆞ리라."

ᄇᆡᆨ시 왈,

"녈위난 물너셔셔 우러러 보라. 현위 상공 명이 계시니 너희를 용서ᄒᆞ노라."

드ᄃᆡ여 녹창(綠窓)을 빗기 여니, 쥬렴(珠簾)을 반기흔ᄃᆡ 쇼제 단졍이 안ᄌᆞ시니, ᄭᅩᆺ ᄀᆞᆺ흔 ᄐᆡ되 눈이 황홀ᄒᆞ고 아리ᄯᅡ온 향ᄂᆡ 코히 가득ᄒᆞ니, ᄆᆡ파 등이 만구칭희(滿口稱喜)ᄒᆞ여 ᄂᆡᆯ니 단ᄌᆞ를 가지고 가니, 냥쇼져와 니쇼제 비로쇼 우음을 머금고 방으로셔 ᄂᆞ오니, 난향 등 【44】 이 ᄃᆡ쇼ᄒᆞ며 오슬 벗더라.

니쇼제 왈,

"현ᄆᆡ야! 명일은 현위 교ᄌᆞ를 보ᄂᆡ여 두 ᄋᆞ(兒)를 다려갈 거시니 계교를 이 ᄀᆞᆺ치 아니면 구픽 반ᄃᆞ시 흔번 듕히 마ᄌᆞ 졔 부리 놀닌 죄를 바드리라."

진·ᄇᆡᆨ 냥파(兩婆)와 쇼제 환희 왈

"쇼제 계시니 우리ᄂᆞᆫ 근심치 아닛ᄂᆞ이다. 탕가 츅ᄉᆡᆼ(畜生)이 쇼져를 범ᄒᆞ엿시ᄆᆡ, 산니ᄒᆞ여 더러온 욕을 보니, 구ᄆᆡ픽 진짓 탕츅의 ᄶᅡᆨ이로다."

니쇼제 왈,

"이후 또 무ᄉᆞᆫ 일이 잇실 듯ᄒᆞ니 마음을 노 【45】 치 못ᄒᆞ리라."

ᄒᆞ더라.

명일 삼쇼제 일[1050] 됴반(朝飯)ᄒᆞ고 범ᄉᆞ를 지휘ᄒᆞᆫ 후, 또 후당의 ᄉᆞᆷ으니 진시·ᄇᆡᆨ시 난혜 츄영을 다리고 장쇼(粧梳)[1051]를 일울 ᄉᆡ, 지분(脂粉) ᄀᆞ온ᄃᆡ 누른 약을 ᄀᆡ여 바라고[1052], 눈셥을 휘여 그리고, 나상(羅裳)을 착체(着體)[1053]치 아니케 ᄆᆞᆺ그니, 진짓 산촌 《고긔‖괴긔(怪奇)》 로온 녀ᄌᆞ라.

1050)일 : 일찍.
1051)장소(粧梳) : 화장을 하고 머리를 빗질하여 몸을 단장함.
1052)바라고 : 바르고. 바르다: 차지게 이긴 흙 따위를 다른 물체의 표면에 고르게 덧붙이다.
1053)착체(着體) : 몸에 딱 달라붙음.

어제 얼골 보다가는 반이나 그릇되여시니, 두 영오(穎悟)혼 녀직 쏘혼 쳐변(處變)을 거동과 굿게 ᄒᆞ여, 엇기를 우스리혀고1054) 고기를 슉이고 눈을 즈리쳐감【46】 ᄋᆞ1055) 츅쳑(踧惕)혼 모양과 황망(遑忙)혼 거동이 굿지 아닌지라.

좌우 시ᄋᆞ들이 닙을 ᄀᆞ리오고 허리를 알하, 녹쉬 난혜의 뺨을 치고 ᄀᆞᆯ오ᄃᆡ,

“어ᄃᆡ셔 난 촌것1056)시 후비(后妃)되려 ᄒᆞ고 눈 지○[긋]이 ᄂᆞ리 쓰고 고은 쳬 ᄒᆞᄂᆞ뇨.”

홍영 왈,

“황뎨(皇帝) 쥬리고 밋쳐도 너 굿흔 거ᄉᆞᆫ 궁즁의 붓치지 아니코 독갑이1057) 왓다 ᄒᆞᆯ 거시니, 엇기는 나즉이 가지라. 어ᄃᆡ를 ᄂᆞ라 가려 ᄒᆞ고 《버리ᄂᆞᆫ‖벌리ᄂᆞᆫ》 고?”

능쇄 왈,

“황뎨 겻히 어셔 가려하고 시방 ᄂᆞᄂᆞᆫ고나.”【47】

난혜 웃고 밀쳐 왈,

“너희 용심(用心)이 나 이러틋 구ᄂᆞᆫ다? 위션 ᄂᆡ 교ᄌᆞ(轎子) 뒤히 셔셔 ᄂᆡ 풍역을 보라.”

청향 왈,

“귀비 낭낭아! 말ᄉᆞᆷ을 원ᄂᆡ 그릇 ᄒᆞ여시니 ᄉᆞ죄ᄒᆞ쇼셔. 위엄을 다 아라 보앗ᄂᆞ이다.”

냥 유뫼 ᄭᅮ지져 왈,

“화ᄉᆡ(禍事) 불의(不意)에 핍박(逼迫)ᄒᆞ니, 쇼졔 우슈(憂愁)ᄒᆞ시ᄂᆞᆫᄃᆡ 너희ᄂᆞᆫ 우ᄉᆞᆯ 일이 잘 나ᄂᆞ뇨?”

졔 시ᄋᆡ 닙을 가리오고 구을며 웃더라.

이윽고 아역(衙役)과 교ᄌᆞ(轎子)를 보ᄂᆡ니 위엄이 진동혼지라. ᄆᆡᄑᆡ 교ᄌᆞ를 인【48】 ᄒᆞ여 ᄂᆡ당의 드러와 ᄀᆞᆯ오ᄃᆡ,

“날이 느졋고 노애(老爺) 공당(公堂)의셔 기다리니 어셔 가ᄉᆞ이다.”

진·ᄇᆡᆨ 냥인이 두 쇼져를 붓드러 머리의 비단 보흘 덥허, 옹위(擁衛)ᄒᆞ여 교즁의 들식, 두 쇼졔 분부 왈

“시ᄋᆞ 등은 뉘 가ᄂᆞ뇨?”

유뫼 ᄃᆡ왈

“부즁 교ᄌᆞ의난 쇼졔 타시고, 쳡 등 이인이 쇼교(小轎)를 타고 가니, ᄋᆞ히들이 무어ᄉᆞᆯ 타고 가리잇고? 집을 직희오ᄉᆞ이다.”

1054)우스리혀다 : 움츠리다. 몸이나 몸의 일부를 몹시 오그리어 작아지게 하다.
1055)즈리쳐감다 : 지르감다. 눈을 내리눌러감다. *지르밟다 : 발을 내리눌러밟다.
1056)촌것(村것) : 시골 사람이나 시골에서 난 물건을 낮잡아 이르는 말.
1057)독갑이 : 도깨비. ①동물이나 사람의 형상을 한 잡된 귀신의 하나. ②주책없이 망나니짓을 하는 사람을 비유적으로 이르는 말.

도라 시녀다려 니로듸

"문호(門戶)를 굿게 닷고 힘써 직【49】희며 마음듸로 갈닉지 말나."

니르고, 교즈(轎子)의 오르니, 이쩍 촌가 노비 다 와 굿보는지라. 먼니셔 바라보고 칭찬ᄒᆞ며 지져괴니 구은낭이 ᄉᆞ름 쇽의셔 보고 ᄀᆞ장 깃거 ᄒᆞ더라.

교직 오릭지 아냐 현위 공당 압히 니르니, 고현위 부직 구파의 기리는 말과 모든 믹파의 칭찬ᄒᆞ는 풍문을 듯고, 발구르며 숀 츔츄어 용약(踊躍)하여 마즈라 보닉고, 더듸믈 갑○[갑]ᄒᆞ여 ᄒᆞ더니, 교직 오믹 마음이 급ᄒᆞ고【50】말이 밧바 '구믹파(구媒婆)야!' 부르는 쇼릭를, '구믹직(구妹子)야! 쇼낭자를 붓드러 닉라' ᄒᆞ니, 믹파와 냥유랑이 교즈 발을 것고 쇼져를 ᄂᆞ오라 ᄒᆞ니, 쇼제 귀먹장이[1058]쳐로 드른 체 아니ᄒᆞ고 무흔[1059] 발을 나리오니, 고공직 더옥 급ᄒᆞ여 교즈를 쎠드러 셤 가의 올니고, 쇼져를 직쵹ᄒᆞ여 닉니, 쇼제 머리의 보흘 벗지 아니ᄒᆞ니, 믹픽 왈

"현위 듹애(大爺) 좌상의 계시니 쇼져난 힝네ᄒᆞ쇼셔."

ᄒᆞ고 우김질노 보흘 아【51】ᄉᆞ니 유뫼 ᄉᆞ러 고왈,

"향곡(鄕谷) 녀직 향암(鄕闇)되고 우돌(愚拙)ᄒᆞ니 노야는 ᄉᆞ죄(赦罪)ᄒᆞ쇼셔."

현위 부직 이 거동을 보고 깃거 아니터니, 쇼져 두상의 보흘 아ᄉᆞ믹, ᄂᆞᄋᆞ가 졀ᄒᆞ고 안즈니, 현위 밧비 눈을 드러 보믹, 용뫼 비록 표치(標幟)이시나 고긔(古奇)로온[1060] 거동과 향암된 태되 볼 거시 업는지라. 젼의 다숫 미인보다{가}도 일분이나 못ᄒᆞ니, 양양(揚揚)ᄒᆞᆫ 희긔 경긱의 홋터지고, 노긔 ᄀᆞ득ᄒᆞ나 강잉ᄒᆞ여 무르되,

"두 낭직 형뎨냐? 표동(表從)【52】이냐? 얼골이 다르도다."

유뫼 듹왈

"하나흔 뎡쳐ᄉᆞ 상공의 친네(親女)시오. 하나흔 표동(表從)이시니, ᄒᆞᆨᄉᆡᆼ(學生)[1061]의 녀직로쇼이다."

현위 왈,

"그리면 엇지 ᄒᆞᆫ 집의 잇ᄂᆞ냐?"

유뫼 듹왈,

"뉴 ᄒᆞᆨᄉᆡᆼ이 쳐사 노야긔 의지ᄒᆞ엿더니, 쳐ᄉᆞ 부뷔 남이 업고 두 쇼제 홀노 잇나이다."

현위 왈,

"두 쇼제 병식이 잇ᄉᆞ니 엇지 그러ᄒᆞ뇨?"

1058)귀먹장이 : 귀먹쟁이. 귀머거리. '청각 장애인'을 낮잡아 이르는 말.

1059)무흐다 : 쌓다, 묶다.

1060)고긔(古奇)롭다 : 예스럽고 기괴(奇怪)함.

1061)ᄒᆞᆨᄉᆡᆼ(學生) : 생전에 벼슬을 하지 않고 죽은 사람의 명정, 신주, 지방 따위에 쓰는 존칭.

빅시 딕왈,

“뎡쇼져는 난니(亂離)의 물을 그릇 먹고 누른 병이 잇셔, 쥬인 싱시(生時)의 약(藥) ᄒᆞ여 곳쳐시되 병식이 잇【53】고, 뉴쇼져는 난병(亂兵)의 ᄯᆞ로여1062) 뫼히 구으러 쇽병이 잇ᄂᆞ이다.”

현위 왈,

“두 낫 병든 녀ᄌᆞ를 응됴(應朝)치 못할 거시니 도로 다려가라.”

ᄒᆞ고, 노(怒)를 니긔지 못ᄒᆞ여 도예(徒隸)1063)를 불너, 구파를 ᄭᅳ어 업지르고 거즛 말 ᄒᆞᆫ 죄로 오십 틱(笞)1064)를 치니, 뉴랑과 난혜 우읍고 쾌ᄒᆞ믈 니긔지 못ᄒᆞ나, 거즛 황공ᄒᆞ여 놀나는 빗촐지어 쇼져를 붓드러 하직고 교ᄌᆞ의 드니, 교뷔 나는 ᄃᆞ시 메여 집으로 도라오니 날이 임의 황혼이러라.【54】

유랑이 구○[픽]의 ᄉᆞ름《으로‖의게》 슐과 돈을 쥬어 보ᄂᆡ고 드러오니, 삼쇼제 츄영 등의 모양을 보고 우으며 슈말(首末)을 ᄌᆞ시 뭇고 크게 우어 왈,

“구픽 ᄆᆡ를 마ᄌᆞ니 일이 ᄀᆞ장 쾌ᄒᆞ도다.”

니쇼졔 왈,

“ᄉᆞ오나온 년이 ᄆᆡ를 맛고 그만ᄒᆞ여 잇ᄉᆞ면 됴커니와, 촌즁의 포려(暴戾)ᄒᆞᆫ 뉘 혹 누셜ᄒᆞ면 ᄯᅩ 딕홰 잇ᄉᆞ리라.”

시비 등을 당부ᄒᆞ여 우음을 금하더라.

구픽 이날 듕형을 닙어 병드러 누엇더니, 은낭이 이【55】쇼식을 듯고 놀나며 두리더니 홀연 ᄉᆡᆼ각ᄒᆞ되,

“고뫼(姑母) 쇼져를 그ᄃᆡ도록 기리더니, 현마 눈이 잇는 ᄉᆞ름이 병든 줄 모로리오. 현위 그릇 보거나, 고뫼 그릇 보거나, 둘 즁 그릇 보니 잇도다.”

아모커나 틈을 어더 쇼져를 보고져 ᄒᆞ나 드러갈 길이 업더니, 맛쵸와 뎡쳐ᄉᆞ 부인 졔ᄉᆡ(祭祀) 다ᄃᆞ르니, 촌즁 노복이 ᄉᆡᆼ어를 낙그며 과실을 밧치는지라. 일낭(一郎)이 ᄇᆡ를 가지고 가며 노왕공을 쥬려 ᄒᆞ거【56】늘, 은낭 왈,

“이 과실은 쳡이 가지고 가리라.”

뉵ᄆᆡ 왈

“무숨 ᄯᅳᆺ으로 네 가고ᄌᆞ ᄒᆞᄂᆞ뇨?”

은낭 왈

“급슈(汲水)ᄒᆞ는 ᄎᆞ두(叉頭) 모녜(母女) ᄂᆡ게 와 돈을 ᄭᅮ어 가더니 쥬지 아니ᄒᆞ고,

1062)ᄯᆞ로여 : 따르다가. 따라가다가.

1063)도예(徒隸) : 관청에 소속된 하인(下人).

1064)틱(笞) : 태형(笞刑)에서 죄인의 볼기를 형장(刑杖: 笞)으로 때리는 횟수를 세는 단위.

ᄂᆡ 집의 오지 아니나, 무고히 가지 못ᄒᆞ더니, 이를 인ᄒᆞ여 목녀를 보고ᄌᆞ ᄒᆞᄂᆞ이다."
뉵ᄆᆡ 왈,
"집의 몟낫 돈이 잇관ᄃᆡ 남을 쥬고 못바다 ᄒᆞᄂᆞ뇨? 쇼제 가법이 엄ᄒᆞ시니 ᄉᆡᆼ심도 가 드레지[1065] 말고 안히 드러가지 말나."
은낭이 응슌ᄒᆞ고 과실 그르ᄉᆞᆯ 니고 슐 【57】 병을 가지고 부즁의 니르니, 노ᄉᆡ(老厮) 문 밧긔 안ᄌᆞᆺ거ᄂᆞᆯ, 은낭이 만복ᄒᆞ며 ᄀᆞᆯ오ᄃᆡ,
"왕공아! 우리 집 늙으니 슐 팔나 가셔 댱부로 ᄒᆞ여곰 과실을 밧치라 ᄒᆞ엿더니, 장뷔 불시의 병드니 ᄂᆡ 친히 왓ᄂᆞ이다."
노ᄉᆡ 왈,
"은낭이 그르다. 제 와 밧치지 아니코 쇼랑을 엇지 보ᄂᆡ더뇨?"
은낭 왈
"ᄂᆡ 오미 과실도 밧치고 엄파랑의게 슐갑도 밧고ᄌᆞ ᄒᆞ여 왓노라. 이 슐을 엄파도 밧ᄌᆞ오려니와 노공도 우리 집 【58】 일반(一般) 어루신ᄂᆡ니 ᄌᆞ시쇼셔."
ᄒᆞ고 ᄒᆞᆫ 그르ᄉᆞᆯ 먹이니, 노공이 깃거 왈,
"일낭은 미련한 늙으니러니 쇼부난 ᄀᆞ장 ᄉᆞᆯ가온 ᄉᆞᄅᆞᆷ이로쇼이다. 쇼제(小姐) 홍낭의 모친이 마을의 가 슐 ᄉᆞ먹ᄂᆞᆫ다 듯고 금ᄒᆞ시니, 넌즈시 ᄎᆞᄌᆞ 보고 가라."
낭이 ᄉᆞ례ᄒᆞ고 밧비 안문가의 가셔 머리를 늘희여 바라보며 ᄉᆡᆼ각ᄒᆞ되,
"ᄀᆞ장 괴이ᄒᆞ다. 쇼져ᄂᆞᆫ 교ᄌᆞ의 들 제 보흘 덥허시니, ᄂᆡ 그 압희셔 바라보아도 곱더니, 현위 무ᄉᆞ일 그ᄃᆡ도록 노ᄒᆞ 【59】 여 ᄂᆡ 모친을 즁타(重打) 《ᄒᆞ고∥ᄒᆞᆫ고?》 다시 얼골을 보아[면] 상시 ᄉᆞᄅᆞᆷ의 눈과 현위 눈이 다르믈 알니라."
ᄒᆞ고, ᄀᆞ마니 거러 ᄂᆡ문(內門)을 넘어 쇼져 침쇼의 셧더니, 홀연 보니 누창(樓窓)을 여ᄂᆞᆫ 쇼ᄅᆡ 나며 일위 쇼제 숀의 양치ᄃᆡ(養齒臺)[1066]를 들고, 옥셩(玉聲)으로,
"쳥향ᄋᆞ! 셰슈 가져오라."
ᄒᆞ니, 그 쇼제 운환(雲鬟)을 헷치고 쇼셰(梳洗)를 아냐시되, 쳔연ᄒᆞᆫ 졀ᄉᆡᆨ이 단장이 졀노 니러 옥안(玉顔)이 분바른 듯ᄒᆞ고, 붉은 눈이 츄슈(秋水) ᄀᆞᆺᄒᆞ며, 귀 밋ᄎᆞᆫ 연화 ᄀᆞᆺ 【60】 고 허리난 버들 ᄀᆞᆺᄒᆞ여, 고은 빗치 무루 녹고 어엿븐 거동이 취(醉)ᄒᆞ이니, ᄀᆞᆺ 퓐 도홰(桃花) 츈우(春雨)의 휘듯ᄂᆞᆫ[1067] 듯 ᄒᆞ더라.
낭이 황홀ᄒᆞ여 바라보더니, 쳥향이 나오다가 은낭을 보고 크게 ᄭᆞ지즈되,
"쳔한 년이 어ᄃᆡ라 드러와 무슨 일을 ᄒᆞ려ᄒᆞ고 ᄀᆡ눈 ᄀᆞᆺᄒᆞᆫ 더러온 눈을 ᄡᅧ 쇼져를 여어보ᄂᆞ뇨?"

1065)드레다 : 들레다. 야단스럽게 떠들다. 떠들썩하다.
1066)양치대(養齒臺) : 양치질하는데 쓰는 소금이나 그릇 따위를 올려놓은 받침대.
1067)휘듯다 : 흔들리다.

쇼졔 누창을 다드며 빅유랑이 닉다라 냥의 머리를 쓰어 업지르고, 어즈러이 치며 닐오딕,

"이 못쓸 년이 【61】 긴 혀를 놀녀 구믹파 늙은 기 귀에 쇼져를 하랏는1068) 쥴 닉 임의 아더니, 네 무스일 쏘 와 집안을 규시(窺視)ᄒᆞ여 무ᄉᆞ 일을 비져닉려 ᄒᆞᄂᆞᆫ다?"

은낭이 울며 왈,

"어미 믹파 노로술1069) ᄒᆞ여 쇼져 계신 쥴 듯고, 구외1070)의 보치여 고ᄒᆞ여신들 쳔쳡이 무순 죄리오. 구뷔(舅父) 병드러 뉼실(栗實)을 못밧쳐 쳡이 딕힝ᄒᆞ여 밧치더니, 누각(樓閣)이 징영(爭榮)하고 경치 됴흐믈 구경코져 ᄒᆞ미여ᄂᆞᆯ, 날을 의심ᄒᆞ시ᄂᆞ니잇고?"

이 【62】 러틋 지져괼 제, 니쇼졔 놀나 드러오며 무르되,

"무슨 일이 잇셔 이러틋 요란ᄒᆞ뇨?"

뉴쇼졔 놀난 빗치 ᄀᆞ득ᄒᆞ여 골오딕

"쇼믹 앗가 쇼세(梳洗)ᄒᆞ려 청향을 부르노라 문을 여니, 쥬하(廚下)1071)의 ᄒᆞᆫ 계집이 엿보기를 슈상이 ᄒᆞ거ᄂᆞᆯ 문을 다닷노라. 이 일정(一定)1072) 뉵은낭 계집이라. 이 년이 반ᄃᆞ시 무순 일을 져줄니니 이를 엇지 ᄒᆞ리오."

니쇼졔 왈

"그리면 빅시 다려 치○[지] 말고 ᄀᆞ마니 두라 ᄒᆞ라. 져를 친들 【63】 ᄉᆞ오나온 마음을 엇지 막으리오."

쇼졔 뉵슈로 하여곰 은냥을 닉여 보닉고, 삼 쇼졔 딕ᄒᆞ여 안ᄌᆞ 뎡쇼졔 왈,

"ᄉᆞ오나온 동년이 ᄀᆞᆺ가이 잇ᄉᆞ니, 일이 이의 니른 후ᄂᆞᆫ 비록 먼니 닉쳐도 ᄒᆞᆯ 일 업고, 우리 몸이 고단ᄒᆞ고 남직 업ᄉᆞ니 비록 피코ᄌᆞ ᄒᆞᆫ들 엇지 밋ᄎᆞ리오."

니쇼졔 왈,

"우리 둉형(從兄)이 오날ᄂᆞᆯ 오면 이 일이 무ᄉᆞᄒᆞ련마ᄂᆞᆫ, 이 ᄉᆞ이 아모 일이 잇셔도 이리 안ᄌᆞ 엇지 하리오. 현데 길흉(吉凶)을 【64】 졈복(占卜)ᄒᆞ라."

뉴쇼졔 왈,

"졈을 아냐도 분명 슈일 닉 홰(禍) 올 거시니 막을 슐(術)을 헤ᄋᆞ리라."

니쇼졔 왈

"졈ᄉᆞ(占辭)1073)를 본 후 냥쳐(良處)1074)ᄒᆞ미 늣지 아니타."

1068)하라다 : 하리다. 헐뜯다. 참소하다.
1069)노로술 : 노릇올. *노릇: 맡은 바 구실.
1070)구외 : 관청(官廳). 관아(官衙) 관가(官家) 따위를 이르던 옛 우리말.
1071)쥬하(廚下) : 부엌 아래라는 뜻으로, 부엌 또는 부엌 바닥을 이르는 말.
1072)일정(一定) : ①어떤 것의 크기, 모양, 범위, 시간 따위가 하나로 정하여져 있음. ② 반드시. 틀림없이.

뎡쇼제 쇼세ᄒᆞ고 분향츅쳔(焚香祝天)[1075]ᄒᆞ여 ᄒᆞᆫ 과[1076]를 엇고, 이윽이 침음ᄒᆞ다가 ᄀᆞᆯ오ᄃᆡ,

"뎡ᄉᆞ일(丁巳日) 뫼상(뫼上)[1077]의 도젹이 올 거시니, 셧녁(西녁)[1078]흐로 뫼히 변난(變亂)을 면ᄒᆞ라."

ᄒᆞ여시니, 뎡ᄉᆞ일은 우명일(又明日)[1079]이라. 그 날이 긔일(忌日)이니 이를 엇지 ᄒᆞ리오."

니쇼제 왈,

"이ᄂᆞᆫ 은낭이 발셔 【65】 뇐 ᄭᅬ로다. 긔일의 현ᄆᆡ 어ᄃᆡ 가 피ᄒᆞ리오. 졔ᄉᆞ 가온ᄃᆡ 다라드러 잡ᄋᆞ 진위(眞僞)를 알녀 ᄒᆞᄂᆞᆫ 계괴(計巧)니, 일을 발셔 아라시니, 그 날 여ᄎᆞ여ᄎᆞᄒᆞ면 무ᄉᆞᄒᆞᆯ ᄲᅮᆫ아니라, 은낭 모녀와 현위를 쇽이리라."

두 쇼제 크게 깃거 왈,

"일이 ᄀᆞ장 됴흐니 져져ᄂᆞᆫ 진실노 녀즁와룡(女中臥龍)[1080]이로다."

드ᄃᆡ여 냥유랑으로 난혜 츄영 두 ᄉᆞᄅᆞᆷ으로 더부러 밀밀히 약쇽ᄒᆞ고 졔ᄉᆞ를 출이더라.

ᄎᆞ셜, 은낭이 ᄇᆡᆨ유랑의게 【66】 ᄆᆡ를 맛고 노(怒)ᄒᆞ여, 즁즁[1081] ᄉᆞ지지며 밧그로 ᄂᆞ오니, 노왕공이 무러 왈,

"네 아니 쇼져의 보신 ᄇᆡ 되여 유랑의 치믈 닙으냐?"

낭왈,

"노픽 공연이 날을 욕ᄒᆞ고 치니, 노공은 드러보쇼셔. ᄂᆡ 녀인으로셔 안히 드러가신들, 긔 무슨 칠 죄리요."

노왕공이 대경 왈,

"네 져믄 거시라, ᄃᆡ체(大體)를 모로ᄂᆞᆫ도다. 우리 ᄃᆡᆨ 가법이 본ᄃᆡ 잡인을 ᄂᆡ실

1073)졈사(占辭) : 점괘에 나타난 말.
1074)냥쳐(量處) : 어떤 일을 잘 헤아려 처리함.
1075)분향츅쳔(焚香祝天) : 향을 피우고 하늘에 빎.
1076)과 : 괘(卦). ①『민속』 점을 쳐서 나오는 괘. 이 괘를 풀이하여 길흉을 판단한다.=점괘(占卦). ②중국 고대(古代)의 복희씨(伏羲氏)가 지었다는 글자. ≪주역≫의 골자가 되는 것으로, 한 괘에 각각 삼 효(爻)가 있고, 효를 음양(陰陽)으로 나누어서 팔괘(八卦)가 되고 팔괘가 거듭하여 육십사괘(六十四卦)가 된다.
1077)뫼상(뫼上) : 산(山)에.
1078)셧녁(西녁) : 서녘(西녘). 네 방위의 하나. 해가 지는 쪽이다.=서쪽.
1079)우명일(又明日) : 명일(明日)의 다음날. =모레.
1080)녀중와룡(女中臥龍) : 중국 한나라 제갈량처럼 지략이 뛰어난 여자. *와룡(臥龍): 중국 삼국시대 촉한의 정치가 제갈량(諸葛亮 : 181-234)의 별호(別號).
1081)즁즁 : 즁즁거리다. 중중거리다. 몹시 원망하듯 남이 알아들을 수 없는 군소리로 자꾸 중얼거리다.

긋가이 드리지 아니커늘, 무엇ᄒᆞ라 가며, 마즈리오."

낭이 【67】 집의 도라와 머리를 비ᄉᆞ며 한ᄒᆞ여 왈,

"어미 《ᄆᆡᄌᆞ‖ᄆᆞ자》 누어시니 이 간교ᄒᆞᆫ 쇼져의 쇠니, 그 한이 적지 아니커늘, 날을 늙은 암ᄏᆡ를 보ᄂᆡ여 치니, ᄂᆡ 부ᄃᆡ 져 쇼져를 지현의게 고ᄒᆞ여, 큰 욕을 뵈고 잡아다가 쳡 삼게 ᄒᆞ리라."

ᄒᆞ고, 제 장부 다려 니로ᄃᆡ,

"모친이 병드러 죽게 되엿다 ᄒᆞ니, 가 보고 오리라."

ᄒᆞ고, 명신(明晨)의 구파의 집으로 가니, 구픽 상(床)의 누어 알타가 ᄯᆞᆯ을 보고 울며 칙왈(責曰),

"네 보도 못 【68】 ᄒᆞ고 허른ᄒᆞᆫ1082) 말을 ᄒᆞ여 ᄆᆡ를 맛치고 와 보도 아니터니, 이졔야 오뇨?"

은낭이 가슴을 치며 왈,

"모친만 마즌 거시 아니라 쇼녀 됴ᄎᆞ 암ᄏᆡ 년의게 ᄲᅵᆷ을 마즛노라."

ᄒᆞ거늘, 구픽 왈,

"쇼져를 구외의 급다케1083) 뵈셔다가 즉시 보ᄂᆡ엿거든, 치미 무숨 ᄯᅳᆺ고?

낭 왈,

"모친은 모로시ᄂᆞ이다. 진짓 쇼제 관부(官府)의 엇지 가시리오. 쇼제 시비로 ᄃᆡ신 보ᄂᆡ고, 쇼져ᄂᆞᆫ 규즁의 머무러 ᄂᆡ 모친만 ᄆᆡ를 맛치니, 쇼네 마음의 의심 【69】 ᄒᆞ되, '망괴(妄姑)1084) 돔1085) ᄉᆞ롬이 아니라. 쇼져를 일ᄏᆞ라 고운 곳도 쇼져만 못ᄒᆞ다 ᄒᆞ더니, 현위(縣尉) 현마 그런 ᄌᆞᄉᆡᆨ(姿色)을 나모라 ᄒᆞ랴.' ᄂᆡ 눈으로 보려 ᄒᆞ여, 어제 션부인(先夫人) 긔ᄉᆞ(忌祀)1086)의 과실 밧치기로 틈을 어더 드러가니, 과연 진짓 쇼제 무심코 눈을 여니, 쇼네 이목이 현난(絢爛)ᄒᆞ고 졍혼(精魂)을 일허 보다가 들니니1087), 졔 그 간졍이 드러ᄂᆞ믈 노ᄒᆞ여 쇼녀를 쳣나이다."

구픽 ᄃᆡ경ᄒᆞ여 니러 안ᄌᆞ 골오ᄃᆡ,

"네 말이 【70】 진짓 말가? 쇼제 간ᄉᆞᄒᆞ여 너와 ᄂᆡ 슈욕(數辱)을 볼 샏 아냐, 현위 날마다 날을 벼르니, ᄂᆡ 졍히 죽게 되여 너를 원망ᄒᆞ더니, 이 원슈를 갑지

1082)허른ᄒᆞ다 : 허름하다. 사람의 언행이나 차림, 또는 물건의 품질이나 생김새 따위가 표준에 미치지 못하여 모자란 듯하다.

1083)급닷다 : 급히 닿게 하다. 급히 도착하게 하다.

1084)망괴(妄姑) : 늙어 정신이 나간 여자. 망령 난 노파.

1085)돔 : 좀. ①'조금'의 준말. '적은 정도나 분량'. 또는 '짧은 동안'을 나타낸다. ②(주로 부정의 의미를 나타내는 말과 명사 앞에 놓여) '어지간한' '보통의' 따위의 뜻으로 쓰인다.

1086)긔ᄉᆞ(忌祀) : 기제사(忌祭祀). 해마다 사람이 죽은 날에 지내는 제사. =기제(忌祭).

1087)들니다 : 들키다. 숨기려던 것을 남이 알게 되다.

아니리오. 다시 고코져 ᄒᆞ나 쇼졔 ᄯᅩ 숨을 가 ᄒᆞ노라.”

은낭 왈,

“쇼져의 ᄌᆡ용(才容)은 근심치 마르쇼셔. 하늘 우히도 쌍(雙)이 업ᄉᆞ리이다.”

구픠 낭을 다리고 막ᄃᆡ 집고 관부의 드러가 현위긔 ᄉᆞ러 고 왈,

“쳔쳡이 뎡쇼져의 풍문(風聞)을 그릇 알외여 【71】 쇽인 죄를 즁히 닙엇ᄉᆞᆸ더니, 이졔 쇼인의 ᄯᆞᆯ 은낭의 말{ᄉᆞᆷ}을 듯ᄉᆞ오니, 뎡쇼졔 규즁의 드러 간모(奸謀)를 ᄂᆡ여, 반ᄃᆡ[1088]로 명월(明月)을 ᄃᆡ(代)ᄒᆞ고, 쇼화(小花)로 모란(牡丹)을 밧고와, 시비(侍婢)로 ᄃᆡ신ᄒᆞ여 노야(老爺) 안춍(眼聰)을 업슈이 넉이고, 현위를 능멸ᄒᆞ니, 쇼인의 죄 닙으믄 쇼ᄉᆡ(小事)오, 일이 ᄒᆡ연(駭然)ᄒᆞ온지라, 알외ᄂᆞ이다.”

현위 ᄃᆡ경 왈,

“진짓 쇼졔 숨고 시비로 ᄃᆡ신ᄒᆞᆯ 졔, 증참(證參)이 잇ᄂᆞ냐?”

구픠 낭을 ᄀᆞ르쳐 왈, 【72】

“이 졍히 쳔쳡의 ᄯᆞᆯ이오, 뎡쇼져 집 비ᄌᆞ(婢子)라. ᄌᆞ시 아나이다.”

현위(縣尉) 낭다려 왈,

“네 쇼져를 ᄌᆞ로 본다?”

낭이 ᄃᆡ왈,

“쳔쳡이 뎡쇼져를 ᄌᆞ로 보와시면, 이 일이 아니 나시리이다.”

지현(知縣) 왈,

“네 보지 못ᄒᆞ엿시면 엇지 아ᄂᆞ뇨?”

낭이 뎐후 곡졀과 어졔 말을 ᄌᆞ시 알외ᄃᆡ,

“쳔쳡이 ᄆᆡ를 마ᄌᆞ시나 평ᄉᆡᆼ 거록ᄒᆞᆫ ᄉᆡᆨ을 구경ᄒᆞ니 한이 업ᄂᆞ이다. 쇼져의 머리ᄂᆞᆫ 구름 ᄀᆞᆺ고 살빗촌 ᄇᆡᆨ셜(白雪) ᄀᆞᆺ고 쇼담[1089]ᄒᆞ미 【73】 연운(煙雲)[1090] ᄀᆞᆺ고 셤약(纖弱)ᄒᆞ미 미쥬(美珠)[1091] ᄀᆞᆺ고 고으미 도요(桃夭)[1092] ᄀᆞᆺᄒᆞ니, 일노 보옵건ᄃᆡ 공당(公堂)의 왓던 ᄌᆡ 시네 아니오 뉘리오? 노애 만일 관비(官婢) 시비(侍婢)와 아역(衙役)을 보ᄂᆡ여 쇼져를 다려다가 보시거나, 집을 뒤여 ᄎᆞ져보시면 알니이다.”

현위 올히 너겨 즉시 관비(官婢)와 아역(衙役)을 명ᄒᆞ여, 구파 모녀를 압셰워 뎡부 ᄂᆡ외(內外)를 츄탐(追探)ᄒᆞ라 ᄒᆞ니, 관비와 아역이 구파 모녀로 더브러 뎡부

1088)반ᄃᆡ : 반딧불이.

1089)쇼담ᄒᆞ다 : 소담하다. 생김새가 탐스럽다.

1090)연운(煙雲) : 연기와 구름을 아울러 이르는 말.

1091)미쥬(美珠) : 아름다운 구슬.

1092)도요(桃夭) : 복숭아꽃이 필 무렵이란 뜻으로, 혼인을 올리기 좋은 시절을 이르는 말

의 니르러 아역은 문 외의 잇고, 【74】 관비ᄂᆞᆫ 구파 모녀를 ᄯᆞ라 바로 ᄂᆡ당으로 드러가 보니, 뉴·뎡 냥쇼졔 잇시되 임의 관부의 단녀온 쇼졔라. 은낭이 쇼ᄅᆡ질너 왈,

"이ᄂᆞᆫ 쇼졔 얼골을 밧고와시니, 가ᄂᆡ를 뒤여 보라."

하더라. 【75】

화산션계록 권지팔

ᄎᆞ셜 션시(先時)의 니쇼졔 뉴·졍 냥쇼져로 더브러 긔모비계(奇謀秘計)를 운동ᄒᆞ여, 냥ᄀᆡ(兩個) 시비로 복식을 닙워 몸을 ᄃᆡ신 ᄒᆞ고, 긔신일(忌辰日)1093)의 졔물을 풍비(豊備)히 출히고 삼쇼져는 유랑 시ᄋᆞ 등으로 더브러 뒤 뫼흐로 은신(隱身)ᄒᆞ고, 난향 츄영이 뉴·뎡 냥쇼졔 되여 남노녀복(男奴女僕)을 거ᄂᆞ려 졔ᄉᆞ를 지닐 ᄉᆡ, 곡셩(哭聲)이 진동ᄒᆞ더니, 구파 은낭이 관비를 다리고 돌입ᄒᆞ여 보니, 은낭의 본 바 뉴·뎡 냥쇼졔 아니라. 두루 ᄎᆞᄌᆞ니 졔 【1】 인이 곡셩을 긋치고, 안흐로 됴ᄎᆞ 빅시 ᄂᆡ다라 쇼ᄅᆡ 질너 왈,

"구파 모녀는 무ᄉᆞᆷ 원슈 잇관ᄃᆡ 금일 슬픈 날 쇼져를 ᄎᆞᄌᆞ며 밧괴다 ᄒᆞ믄 무ᄉᆞᆷ 닐고?"

은낭 왈,

"아니라. 작일의 본 고은 쇼져를 ᄂᆡ여오라."

빅시 ᄃᆡ로 왈,

"이 밋친년들ᄋᆞ! 이 부즁 두 분 쇼져 외의 ᄯᅩ 뉘 잇ᄉᆞ며 무어ᄉᆞᆯ 뒤려 ᄒᆞᄂᆞᆫ다? 네 말ᄃᆡ로 방ᄉᆞ(房舍)를 다 뒤여 고은 쇼져를 어더 ᄂᆡ면 모로거니와 그러치 아니면 너를 만단(萬斷)의 ᄂᆡ여 이 보슈(報讎)를 ᄒᆞ리라."

ᄒᆞ고, 졔녀로 더브러 【2】 동셔(東西) 누상(樓上)과 좌우(左右) 익낭(翼廊)과 모든 방ᄉᆞ를 낫낫치 여러 뵈니, 혹 긔명(器皿)과 셔칙(書冊) 금긔(金器) 이시되, 빈 그르시 만코 ᄉᆞ름의 그림ᄌᆞ도 업거든, 무ᄉᆞᆷ 쇼졔 이시리오.

구픽 겁ᄂᆡ여 왈,

"밧긔 요란ᄒᆞ니 쇼졔 다라나 원님(園林) 가산(假山)의 나 ᄉᆞᆷ엇ᄂᆞᆫ가 ᄒᆞ니, 다시 어더 보아지라."

ᄒᆞ니, 모든 계집이 후원(後園)으로 갈ᄉᆡ 기시(其時) 날이 임의 볽앗ᄂᆞᆫ지라. 빅시 마음의 황망(慌忙)ᄒᆞ나 계괴 업셔, 오직 발작(發作)ᄒᆞ여 구파를 ᄭᅮ지즈며 두루 ᄯᆞ라 가니, 이는 쇼졔 드레ᄂᆞᆫ1094) 【3】 쇼ᄅᆡ를 듯고 피ᄒᆞ게 ᄒᆞ미라.

층층(層層)ᄒᆞᆫ 안벽과 곡곡(曲曲)ᄒᆞᆫ 장하(墻下)의 엇지 신 ᄌᆞ최나 잇ᄉᆞ리오. 모

1093)긔신일(忌辰日) : '기일(忌日)'을 높여 이르는 말. =기신(氣神).
1094)드레다 : 들레다. 야단스럽게 떠들다.

든 계집이 시벽 것1095) 헤지르니, 빅 골푸고 다리 알픈 딕 니슬이 풀의 가득ᄒᆞ여 의상이 다 물빗치니, 공연이 녀의1096)게 홀니며 독갑이 들닌 모양이니, 홀일업셔1097) 구파를 ᄭᅮ짓고 도라가기를 바야니, 빅시 비로소 즁당의 ᄂᆞ와 모든 ᄉᆞ름으로 계상의 안치고 쥬육과 과실을 먹이고 ᄀᆞᆯ오딕,

“부즁(府中)이 고단ᄒᆞ여 쥬장홀 남ᄌᆞ 업【4】ᄉᆞ니, 쇼져를 위ᄒᆞ여 혼인을 ᄀᆞᆯ힐 길이 업고, 이 궁산의 드러올 ᄉᆞ름이 업ᄉᆞ니, 우리ᄂᆞᆫ 진실노 텬ᄌᆞ의 후궁을 염(厭)홀 ᄌᆞ 아니라. 무슴 일 쇼져를 ᄀᆞᆷ쵸고 시ᄋᆞ를 딕(代)ᄒᆞ며, 이번이야 더욱 녈위 불시(不時)의 돌입ᄒᆞ니 쇼제 무ᄉᆞᆫ 슐노 얼골을 밧고리오마ᄂᆞᆫ, 구픽 어딕 슘엇다 ᄒᆞ며 미리 피ᄒᆞ다 ᄒᆞ여, 녈위 임의 다 슈험(搜驗)1098)ᄒᆞ여시니, 이졔야 구파의 간교ᄒᆞ믈 알쇼냐? 우리 집이 본딕 구파로 은원(恩怨)이 업ᄉᆞ딕, 관가의 무함(誣陷)ᄒᆞ기를【5】이 ᄀᆞᆺ치 ᄒᆞ여, 집을 뒤며 쇼져를 쳠시(瞻視)ᄒᆞ여1099) 못 견딕도록 보칙고, 관부의셔 졀식을 ᄎᆞᆺᄂᆞᆫ 길흘 늣츄고[니], 제 ᄯᆞᆯ 은낭이[은] 뉵낭의 며ᄂᆞ리라. 상전의 고단ᄒᆞ믈 업슈히 넉여, 상젼의 골육을 보칙고 져혀 먼니 보ᄂᆡ고, 쥬인의 젼튁(田宅)을 제 가지고 거리ᄭᅵᆫ 거시 업과져 ᄒᆞ여, 관가를 제 마음으로 ᄋᆞ히 쇽이듯 희롱ᄒᆞ여, 환가(宦家)1100)를 작난(作亂)ᄒᆞ며 상젼(上典)을 욕ᄒᆞ고ᄌᆞ ᄒᆞ미 임의 심ᄒᆞ니, 져와 ᄀᆞᆺ치 제인이 뒤여 증인이 되엿시니,【6】이 년을 엇지 ᄀᆞ마니 두리오. ᄒᆞᆫ 쇼릭로 부르니 밧그로셔 십여 노ᄌᆡ 딕답ᄒᆞ고 드러오니, 빅시 왈,

“너희 은낭을 엇지 ᄒᆞ뇨?”

정장(丁壯)1101)이 딕왈,

“구은낭을 잡ᄋᆞ믹엿나이다.”

빅시 왈,

“구파를 잡아믹라. ᄂᆡ 이졔 관부의 분변(分辯)1102)ᄒᆞ리라.”

ᄒᆞᆫ 쇼릭 호령의 제인이 다라드러 슈리1103) 믹1104) ᄎᆞ드시 구파를 잡ᄋᆞ 결박ᄒᆞ

1095)것 : 껏. (때를 나타내는 몇몇 부사 뒤에 붙어) ‘그때까지 내내’의 뜻을 더하는 접미사.

1096)녀의 : 여우.

1097)할 일없다 : 하릴없다. 달리 어떻게 할 도리가 없다.

1098)수험(搜驗) : 수색하여 검사함.=수검(搜檢).

1099)첨시(瞻視)ᄒᆞ다 : 이리저리 둘러보다.

1100)환가(宦家) : 벼슬아치의 집.

1101)정장(丁壯) : 나이가 젊고 기운이 좋은 남자.=장정.

1102)분변(分辯) : 서로 얽혀 있는 일들을 구별하여 그 까닭을 분명하게 밝혀 말함.

1103)슈리 : 수릿과의 독수리, 참수리, 흰꼬리수리, 검독수리 따위를 통틀어 이르는 말. 몸이 크고 힘이 세며, 크고 끝이 굽은 부리와 굵고 날카로운 발톱이 있다. 들쥐, 토끼 따위를 잡아먹는다.

1104)믹 : 맷과의 새. 편 날개의 길이는 30cm, 부리의 길이는 2.7cm 정도로 독수리보다

니, 빅시 졔인을 딕ᄒᆞ여 닐오딕,

"이 계집이 구외[1105]를 파라 민간을 쇼요ᄒᆞ고 노야(老爺) 졍ᄉᆞ를 어즈러이니, 닉 이 【7】 졔 동평부(府)의 가 졍장(呈狀)[1106]ᄒᆞ여 쳐치ᄒᆞᆯ 거시니, 녈위ᄂᆞᆫ 쇼져를 뫼시고 가나 그져 가나 마음딕로 ᄒᆞ라. 쇼졔 관부(官府)의 ᄒᆞᆫ 번 가나 두 번 가나 어ᄂᆞ 다르리오."

졔인이 ᄒᆞᆯ 말이 업고, ᄉᆞ긔(事機) 졈졈 됴치 아냐, 졔 부됸(府尊)[1107]긔 가려ᄒᆞ믈 보믹, 구파를 한(恨)ᄒᆞ고 다릭여 왈,

"노랑ᄋᆞ! 구파 도젹년이 빅쥬(白晝)의 망녕된 말을 지어 노야를 긔망ᄒᆞ니, 노애 국ᄉᆞ를 쇼리히(率爾히)[1108] 못ᄒᆞ시고, 졔 니로딕, '오ᄂᆞᆯ 불의(不意)예 다라드러 쇼져를 뫼셔 닉즈 ᄒᆞ믹, 우리 무리 왓더 【8】 니, 임의 졔 허언(虛言)이 누셜(漏泄)ᄒᆞ○○[여시]니, 우리 무슴 일 쇼져를 뫼셔 가리오. 노랑이 부존(府尊)긔 《도록‖가도》 아니 가도 구파를 즁치(重治)ᄒᆞ실 거시니, 우리 ᄒᆞᆫ가지로 현(縣)으로 ᄀᆞ자."

빅시 왈,

"녈위(列位) 임의[1109] 말이 《공번‖공변》 되니[1110] 가기를 두루혀[1111] 현(縣)으로 가셔 노야 쳐분을 보미[며] 냥쳐(量處)[1112]ᄒᆞ리라."

모다 '올타!' ᄒᆞ고, 구파 모녀를 압셰오고 현으로 가니, ᄎᆞ시 지현(知縣)이 공쳥(公廳)의셔 기다리다가 급문(急問) 왈,

"뎡가 진짓 미인을 【9】 《보거‖보닉》냐?"

ᄎᆞ뒤(叉頭) 알외딕,

"뎡가의셔 셜졔(設祭)ᄒᆞ여 곡읍(哭泣)ᄒᆞᄂᆞᆫ ᄀᆞ온딕, 두 쇼졔 슬허 익통(哀慟)ᄒᆞ거ᄂᆞᆯ, 그 ᄂᆞᆺ출 본 즉 공당(公堂)의 왓던 쇼졔오, 다른 ᄉᆞᄅᆞᆷ이 업더이다. 구파의 간흉밍낭(奸凶孟浪)ᄒᆞ믈 어이 다 알외리잇가?"

드딕여 빅시와 구파 모녀를 부르니, 빅시 졍하(庭下)의 ᄭᅮ러 고왈,

작으며 등은 회색, 배는 누런 백색이다. 부리와 발톱은 갈고리 모양이며, 작은 새를 잡아먹고 사냥용으로 사육되기도 한다.

1105)구외 : 관청(官廳). 관아(官衙) 관가(官家) 따위를 이르던 옛 우리말.

1106)정장(呈狀) : 소장(訴狀)을 관청에 냄.

1107)부됸(府尊) : 부(府)의 관장(官長)을 높여 이른 말.

1108)쇼리히(率爾히) : 말이나 행동이 신중하지 못하고 가벼이.

1109)임의 : 이미.

1110)공번되다 : 공변되다. 행동이나 일 처리가 사사롭거나 한쪽으로 치우치지 않고 공평하다.

1111)두루혀다 : 돌이키다. 거두다.

1112)양쳐(量處) : 어떤 일을 잘 헤아려 처리함.

“노애, 을[은]낭 모녀의 흉계를 아르시ᄂᆞ니잇가? 늙은 년이 일싱 그즛부리1113)를 ᄒᆞ여 갑술 취ᄒᆞ다가, 이제 관위(官威)를 비러 제 욕심을 ᄎᆡ오려 ᄒᆞ니, 【10】 다른 일은 쳔쳡(賤妾)이 모로거니와, 노애(老爺) 기셰(棄世)ᄒᆞ시고 약녜(弱女) 외로이 치가(治家)ᄒᆞ니, 동이 강ᄒᆞ고 상젼(上典)이 약ᄒᆞ여시ᄃᆡ, 쇼제 툴약(拙弱)ᄒᆞᄉᆞ 규문(閨門) 안히 비복도 부르미 업ᄉᆞ니 원망홀 일이 업거ᄂᆞᆯ, 구을[은]낭 모녜 간계(姦計)를 ᄂᆡ여 관위(官威)를 빙ᄌᆞ(憑藉)ᄒᆞ고 쇼져를 먼니 ᄯᅥ로 ○○[쎄티]려1114)ᄒᆞ여, 《무흔‖무(無)ᄒᆞᆫ》 졀ᄉᆡᆨ(絶色) 쇼제 잇다 ᄒᆞ니, 갑술 가지고 살 그릇도 업ᄉᆞᆫ 거술 ᄂᆡ여라 ᄒᆞ면 답답ᄒᆞ거든, ᄒᆞ믈며 업ᄉᆞᆫ 뎔ᄉᆡᆨ이니잇가? 원ᄂᆡ 졀ᄉᆡᆨ이 흔치 아닐 ᄉᆡ, ‘오왕(吳王)의 【11】 셔ᄌᆞ(西子)’1115)와 ‘한궁(漢宮) 비연(飛燕)’1116)과 ‘당시(唐時) ᄐᆡ진(太眞)’1117)이 ᄉᆞ긔(史記)예 젼ᄒᆞ고, ᄉᆡᆨ(色)이 흔치 아니ᄆᆡ 이 ᄀᆞᆺᄒᆞ미 잇ᄂᆞ니, 구파년이 ᄉᆞ부(私夫)1118) 녀ᄌᆞ로 노야(老爺) 졍ᄉᆞ(政事)를 희롱ᄒᆞ여 제 욕심을 ᄎᆡ오려 ᄒᆞᄂᆞ니, 쳡이 이제 부뎐긔 가 이 일을 《분졍‖정장(呈狀)》{코ᄌᆞ}ᄒᆞ온즉, 노애 관위(官威)로 민간을 쇼요(騷擾)ᄒᆞ여 부녀를 핍박ᄒᆞᆫ 허물을 면치 못ᄒᆞ실지라. 쳔인(賤人)이 야야(爺爺)를 잡지 못ᄒᆞ여, ᄒᆡ연(駭然)ᄒᆞᆫ 뎡ᄉᆞ(情事)를 ᄃᆡ야(大爺)긔 알외여 구파 모녀를 쳐치(處置)ᄒᆞ시믈1119) 바라ᄂᆞ이다.”

현위 듯고 붓그리고 노ᄒᆞ여 【12】 ᄀᆞᆯ오ᄃᆡ,

“네 식견이 잇도다. 부뎐이 아닌들 ᄂᆡ 엇지 다ᄉᆞ리믈 《헐치 아니케‖헐히1120)》 ᄒᆞ리오. 구녜 날을 희롱ᄒᆞᆫ 죄 가ᄇᆡ얍지 아니ᄒᆞ니, 좌우ᄂᆞᆫ 구파를 형판(刑板)의 ᄆᆡ고 즁히 치라.”

도예(徒隸)1121) 일시의 다라드러 구파 모녀를 동혀ᄆᆡ고 {일시의 다라드러} 오십을

1113)그즛부리 : 거짓부리. 거짓말을 속되게 이르는 말. =거짓부렁이.

1114)쎄티다 : 떼어놓다.

1115)오왕(吳王)의 셔ᄌᆞ(西子) : 셔ᄌᆞ(西子)는 중국 춘추시대의 월(越)나라의 미인 서시(西施)를 말한다. 오나라에 패한 월왕(越王) 구천(句踐)은 서시를 오왕(吳王) 부차(夫差)에게 보내오왕을 현혹하게 하고, 부차가 그 미색에 빠져 있는 사이, 오나라를 쳐 멸망시켰다.

1116)한궁(漢宮) 비연(飛燕) : 중국 전한(前漢) 성제(成帝)의 비(妃) 조비연(趙飛燕)을 이른 말. 시호는 효성황후(孝成皇后). 가무(歌舞)에 뛰어났고 빼어난 미모로 성제의 총애를 받아 황후에까지 올랐다.

1117)당시(唐時) ᄐᆡ진(太眞) : 중국 당나라 현종(玄宗)의 비(妃) 양귀비(楊貴妃). 이름은 옥환(玉環). 도교에서는 태진(太眞)이라 부른다. 춤과 음악에 뛰어나고 총명하여 현종의 총애를 받았으나 안녹산의 난 때 죽었다

1118)ᄉᆞ부(私夫) : 남편이 있는 여자가 남편 몰래 관계하는 남자.=샛서방.

1119)쳐치(處置)ᄒᆞ다 : 일을 감당하여 처리하다.

1120)헐ᄒᆞ다 : 대수롭지 아니하거나 만만하다.

1121)도예(徒隸) : 조선시대에 관청에 소속되어 각종 천역(賤役)에 종사하던 노예(奴隸)로 보수가 지급되지 않았다..

듕치(重治)ᄒᆞ니, 현위 비로쇼 ᄇᆡᆨ시를 위로하여 보ᄂᆡ니, ᄇᆡᆨ시 심즁의 웃고 양양(揚揚)ᄒᆞ여 집의 도라오니라.

어시의 삼쇼졔 원즁(園中) 셕실(石室) ᄉᆞ이의 숨어, 인셩(人聲)이 훤갈(喧喝)[1122] ᄒᆞ믈 듯고 뉴쇼졔 왈, 【13】

"우리 만일 네[1123] 아니런들 흉화(凶禍)를 면치 못ᄒᆞ리랏다. 졈ᄉᆡ(占辭)[1124] 아니런들 ᄯᅩ 엇지 아라시리오. 우리 삼인이 ᄒᆞᆫᄃᆡ 잇ᄉᆞᆫ 후야 무어시 무셔오리오."

뎡쇼졔 왈,

"뉴형이 오히려 무셔워 ᄒᆞ며 착ᄒᆞᆫ 체 ᄒᆞᄂᆞᆫ도다."

니쇼졔 웃더라.

삼쇼졔 말홀 ᄉᆞ이의 슈풀 속의셔 신 ᄌᆞ최 나며 낭낭한 쇼ᄅᆡ로 부르되,

"삼위 쇼져야! 우리 동쥬(洞主) 청ᄒᆞ시니, 찬 니슐을 맛고 돌 우희 안ᄌᆞ 옥체 평안치 아닌ᄃᆡ, 젹은덧 암ᄌᆞ의 가 맑은 말ᄉᆞᆷ이나 【14】 ᄒᆞᄉᆞ이다."

쇼져와 시ᄋᆞ 등이 놀나 ᄌᆞ시 보니, 쳐음으로 ᄉᆡᄂᆞᆫ 날의 일위 녀동(女童)이 《별빈‖별빛》 ᄋᆞᄅᆡ 셧시니, 몸의 ᄎᆡ의(彩衣)를 닙고 머리를 ᄡᆞ고 ᄂᆞ른 터럭을 드리오고, 발의 청ᄉᆞ리(青絲履)[1125]를 신어시니, 용뫼 표표(表表)ᄒᆞ여 ᄂᆞᄂᆞᆫ 져비 ᄀᆞᆺ더라.

삼쇼졔 니러 읍ᄒᆞ고 ᄀᆞᆯ오ᄃᆡ,

"그ᄃᆡ로 더브러 알오미 업고, 이 뫼히 집으로 더브러 ᄀᆞᆺᄀᆞ와 한 동산이 격ᄒᆞ나, 일즉 암ᄌᆞ 잇ᄉᆞ믈 듯지 못ᄒᆞ여시니, 그ᄃᆡ 산신(山神) 슈령(水靈)으로셔 아니 희롱ᄒᆞ미냐?"

녀동이 웃고 ᄀᆞᆯ오 【15】 ᄃᆡ,

"뫼히 그윽ᄒᆞᄆᆡ 골이 잇시니, 뫼 셧녁흔 이사부의 집이요, 뫼 동녁흔 낭ᄌᆞ의 집이라. 우리 ᄒᆞᆫ 마을을 격(隔)ᄒᆞ여시되, 《션친‖션진(仙塵)[1126]》 이 길히 다르니 연ᄒᆡ(煙霞)[1127] 가리웟ᄂᆞᆫ지라. 창ᄒᆡ(滄海)와 ᄐᆡ산(太山)의 슈긔(秀氣) {ᄒᆞᆫ} ᄉᆞᄅᆞᆷ을 청ᄒᆞ여시믈 듯지 못하여시니, ᄒᆞ믈며 평진산 암(庵)희[이]랴. 쇼졔 의심 만토다. 우리 ᄉᆞ부 원화진인이 녀ᄌᆞ의 몸으로셔 난셰를 맛나 인셰부귀(人世富貴)를 헌신 벗듯ᄒᆞ고, 지상션(地上仙)이 되어 일홈을 ᄀᆞᆷ쵸고 도(道)를 닷그니, 만일 됴흔 ᄯᅳᆺ이 아 【16】 니면 엇지 청ᄒᆞ리오. 암셕(巖石)이 깁흔 ᄯᆞ히 아니니, 간인(奸人)이 예 오미 머지 아닐가 근심ᄒᆞ노라."

1122)훤갈(喧喝) : 온갖 소리로 시끄럽고 떠들썩함.
1123)네 : 예. '여기'의 준말.
1124)졈ᄉᆡ(占辭) : 점괘에 나타난 말.
1125)청ᄉᆞ리(青絲履) : 푸른 실로 짜서 만든 신발.
1126)션진(仙塵) : 선계(仙界)와 진세(塵世). 곧 신선세계와 인간세계.
1127)연ᄒᆡ(煙霞) : 안개와 노을을 아울러 이르는 말.

니쇼져는 인품이 상낭(爽朗)1128)혼지라. 녀동이 표연(飄然)ᄒᆞ여1129) 신션의 풍ᄎᆡ와 언ᄉᆡ(言辭) 청낭(淸朗)ᄒᆞ여 구ᄎᆞ(苟且)치 아니믈 보ᄆᆡ, 다시 념녀치 아니코, 두 쇼져를 닛그러 니러ᄂᆞ니, 녀동이 길흘 인도ᄒᆞ여 졀벽 사이로 드러가니, 두 편○[의] 놉흔 봉이 잇셔, ᄉᆞ이의 숑ᄇᆡᆨ(松柏)이 울울창창(鬱鬱蒼蒼)ᄒᆞ여 암벽을 ᄀᆞ리왓ᄂᆞᆫᄃᆡ, 등나(藤蘿)와 산과(山果) 너츌1130)이 남글 얽어시니, 【17】 완연이 푸른 장(帳)을 덥흔 듯ᄒᆞ여 하날을 보지 못ᄒᆞ고, 이슬이 ᄉᆞ못ᄎᆞ 좁은 길히 집 속 ᄀᆞᆺ더라.

삼ᄉᆞ 리(里)나 힝ᄒᆞ니 바야흐로 길히 널너, 텬지 명낭ᄒᆞ고 ᄒᆞᆫ 쥴기 폭푀 뫼우흐로 은희(銀河) 기우러진 듯, 층암을 ᄲᅦ쳐 나려 ᄒᆞᆫ 징담(澄潭)이 되어시니, 구슬 갓흔 물이 ᄯᅱ여 벽암(碧巖)의 구으ᄂᆞᆫ지라.

삼쇼졔 다리를 건너며 시ᄂᆡ를 도라 이윽이 가니, 이ᄣᅢ 날이 듕텬(中天)의 놉핫ᄂᆞᆫ지라. 아ᄎᆞᆷ 안ᄀᆡ 쳐음으로 것고, 봉만(峯巒)의 단풍은 오ᄎᆡ(五彩)1131)를 【18】 슈노흔 듯ᄒᆞ고, ᄇᆡᆨ학(白鶴)과 미록(麋鹿)이 쌍쌍이 왕ᄂᆡᄒᆞ니, 경ᄀᆡ(景槪) 청결ᄒᆞ여 진짓 도ᄉᆞ의 집이요, 신션의 동뷔(洞府)러라.

싀문(柴門)을 반만 기우리고 신 ᄭᅳ으ᄂᆞᆫ 쇼ᄅᆡ 나더니, ᄉᆡ비(侍婢) 가의셔 ᄀᆞᆯ오ᄃᆡ,

"삼위 쇼낭ᄌᆞ를 청ᄒᆞ여 오라."

ᄒᆞ거ᄂᆞᆯ, 삼쇼졔 쳐음은 도고(道姑)만 넉엿더니 삼오이팔(三五二八)1132)은 ᄒᆞᆫ 졀ᄉᆡᆨ가인(絶色佳人)이라. 황상ᄌᆞ의(黃裳紫衣)1133)에 별 ᄀᆞᆺ흔 관(冠)을 쓰고 옥ᄃᆡ(玉帶)를 ᄯᅴ여시며 진쥬신(眞珠신)을 신어시니, 도안(桃顔)1134)이 《작약‖자약(自若)》ᄒᆞ고 츄미교요(翠眉皎曜)1135)하여 옥뫼(玉貌) 쇼담ᄒᆞ며 ᄐᆡ되(態度) 유법(有法) 【19】 ᄒᆞ니, 삼쇼졔 놀나 ᄂᆞ으가 녜(禮)ᄒᆞ니 그 녀ᄌᆡ 답녜 ᄒᆞ고, ᄒᆞᆫ가지로 쵸당(草堂)의 올나 좌(坐)를 졍(定)ᄒᆞ니, 당상(堂上)의 버린1136) 거시 업고 향노(香爐)의 ᄆᆞᆰ은 향이 ᄋᆡᄋᆡ(靄靄)ᄒᆞᆯ ᄲᅮᆫ이러라.

쇼졔 ᄀᆞᆯ오ᄃᆡ,

"더러온 집이 ᄌᆞ부(紫府)1137)를 니웃ᄒᆞ여시ᄃᆡ 신션의 그림ᄌᆡ 셰상을 피ᄒᆞ거ᄂᆞᆯ 일즉

1128)상낭(爽朗) : 시원스럽고 밝음.
1129)표연(飄然)ᄒᆞ다 : 훌쩍 나타나거나 떠나는 모양이 거침없다.
1130)너츌 : 넌츌. 덩굴. 넝쿨. 길게 뻗어 나가면서 다른 물건을 감기도 하고 땅바닥에 퍼지기도 하는 식물의 줄기.
1131)오채(五彩) : 파랑, 노랑, 빨강, 하양, 검정의 다섯 가지 색.
1132)삼오이팔(三五二八) : 열다섯 살에서 열여섯 살에 이르는 혼인 적령기에 있는 남녀를 아울러 이르는 말.
1133)황상ᄌᆞ의(黃裳紫衣) : 노란 치마와 자줏빛 저고리를 입은 여자.
1134)도안(桃顔) : 복숭아 꽃처럼 엷은 분홍빛의 아름다운 얼굴.
1135)취미교요(翠眉皎曜) : 비취빛 눈썹은 밝고 빛남.
1136)버리다 : 벌이다. 여러 가지 물건을 늘어놓다.

알오미 업더니, 쳡 등이 명되 긔박ᄒᆞ여 쌍친을 됴별(早別)ᄒᆞ고, 녕졍(零丁)ᄒᆞᆫ[1138] 그림지 뫼 ᄉᆞ름을 벗ᄒᆞ여 여싱을 평안이 맛출가 ᄒᆞ더니, 평지(平地)의 홰(禍) 규즁을 드레니, 【20】 그물의 버슨 고기 암혈(巖穴)의 깃드려거ᄂᆞᆯ, 귀ᄒᆞᆫ 녀동을 보ᄂᆡ여 빗ᄂᆡ 부르시믈 닙으니, 블이 ᄌᆞ부(紫府)를 드ᄃᆡ고 눈이 션안(仙顔)을 《우더니‖우러니[1139]》 박명(薄命)ᄒᆞᆫ 쳡 등의게 지극한 영홰로쇼이다. ᄉᆞ뷔(師父) 츈취(春秋) 놉다와 계시니 무ᄉᆞᆫ 연고로 깁흔 산곡의 도를 닥그시며 항관 셩시를 알니잇가?"

도식 잠쇼 왈

"쇼져 등은 쳡을 몰나도 쳡은 임의 쇼져 등을 아더니라. 일시 ᄌᆡ앙이 풍운(風雲) 지남 ᄀᆞᆺ고, 됴흔 운(運)은 졈졈 ᄀᆞᆺ가오니 【21】 복녹(福祿)을 엇지 근심ᄒᆞ리오. 쳡의 셩명(姓名)을 니르고ᄌᆞ ᄒᆞ면 말이 기나, 쇼져ᄂᆡ 날을 의심ᄒᆞ니 회포를 다ᄒᆞ리라. 쳡의 셩은 양이니 텬보젹 귀비 양옥진(楊玉眞)[1140]의 형이오, 텬ᄌᆞ의 봉ᄒᆞ신 바 괵국부인(虢國夫人)[1141]이라. 양문(楊門)이 귀비로 인ᄒᆞ여 텬ᄌᆞ긔 은춍을 과도히 닙ᄉᆞ와, 구뇩(九族)[1142]이 옥와(玉瓦)를 연ᄒᆞ여 십니(十里)의 연(連)하고 쥬옥(珠玉)이 상ᄌᆞ의 메히니, 됴물(造物)[1143]이 써리지 아니리오 '어양(漁陽) 북쇼ᄅᆡ'[1144] ᄒᆞᆫ번 ᄂᆞ미, '텬ᄌᆡ 쵹도(蜀道)의 파월(播越)ᄒᆞ시니'[1145] 【22】 귀비 동뇩이 어가(御駕)를 됴ᄎᆞ 힝ᄒᆞᆯ 식, 창황(蒼黃)ᄒᆞ미 색른 우레 귀를 밋쳐 ᄀᆞ리오지 못ᄒᆞᆷ ᄀᆞᆺᄒᆞ니, 불의지화(不意之禍)

1137)ᄌᆞ부(紫府) : 도가(道家)에서 전해지는 전설 속에 나오는 천상(天上)의 선부(仙府).

1138)녕졍(零丁)ᄒᆞ다 : 세력이나 살림이 보잘것없이 되어서 의지할 곳이 없다.

1139)우러다 : 우러르다. 위를 향하여 고개를 정중히 쳐들다.

1140)양옥진(楊玉眞) : 중국 당나라 현종(玄宗)의 귀비(貴妃) 양옥환(楊玉環; 719~756). 이름은 옥환(玉環). 옥진(玉眞)은 그의 별호. 도교에서는 태진(太眞)이라 부르는데, 주로 양귀비(楊貴妃)로 호칭된다. 춤과 음악에 뛰어나고 총명하여 현종의 총애를 받았으나 안녹산의 난 때 죽었다.

1141)괵국부인(虢國夫人) : 중국 당(唐)나라 현종(玄宗) 때의 미인(美人). 양귀비 셋째 언니로, 피부가 고와 지분(脂粉)을 바르지 않았다고 한다. 현종의 총애를 받아 괵국부인에 봉해졌다..

1142)구뇩(九族) : 고조・증조・조부・부친・자기・아들・손자・증손・현손까지의 동종(同宗) 친족을 통틀어 이르는 말. 자기를 본위로 직계친은 위로 4대 고조, 아래로 4대 현손에 이르기까지이며, 방계친은 고조의 4대손이 되는 형제・종형제・재종형제・삼종형제를 포함한다.≒구속(九屬).

1143)됴물(造物) : 조물주(造物主). 우주의 만물을 만들고 다스리는 신.

1144)어양(漁陽) 북소ᄅᆡ : 중국 당나라 때의 시인 백낙천(白樂天)의 <장한가(長恨歌)>에 나오는 "어양비고동지래(漁陽鼙鼓動地來; 땅을 흔드는 전고(戰鼓)소리 어양에서 들려오더니)'에서 따온 말로, 안록산이 어양 땅에서 반란을 일으켜 장안으로 쳐들어온 사건을 말한다.

1145)텬ᄌᆡ 쵹도(蜀道)의 파월(播越)ᄒᆞ시니 : 당현종(唐玄宗) 때 '안록산(安祿山)의 난'으로 AD755년(天寶14년) 현종이 촉(蜀)으로 파월(播越: 임금이 도성을 떠나 다른 곳으로 피난함)한 일을 말한다.

를 당ᄒᆞ여 병난(兵難)을 보지 못ᄒᆞ엿다가, 급ᄒᆞ고 황난(遑亂)ᄒᆞ믈 엇지 형용ᄒᆞ리오. 쳡은 ᄌᆡ산과 둉ᄌᆡ(從者) 더옥 부셩(富盛)ᄒᆞ고, 댱뷔 ᄌᆡ물을 앗겨 슈히 가지 못ᄒᆞ며 뒤히 ᄯᅥ러졋더니, 어ᄀᆡ(御駕) 마외역(馬嵬驛)[1146]의 가ᄉᆞ 뉵군(六軍)이 막ᄋᆞ 귀비를 ᄉᆞᄉᆞ(賜死)하시니, 홰(禍) 양가(楊家)로 ᄂᆞ다 ᄒᆞ여 양시 일문이 참화를 맛ᄂᆞ니, 강보유치(繈褓幼稚)도 화를 【23】 면치 못홀지라. 쳡이 밋쳐 아지 못ᄒᆞ고 마외역(馬嵬驛)의 다ᄃᆞ르니, 취련(翠輦)[1147]이 임의 쵹으로 드러가시고, 들의 가득흔 거시 양시의 시톄라. 쳡이 통곡ᄒᆞ고 깁과 비단을 ᄂᆡ여 두 형의 시슈(屍首)를 무드ᄆᆡ, 댱뷔(丈夫)[1148] ᄡᅥ ᄒᆞ되, '양시(楊氏)를 머므러 화락(和樂)지 못하리라' ᄒᆞ여 쳡을 바리ᄆᆡ, ᄌᆡ산(財産)이 탕ᄑᆡ(蕩敗)ᄒᆞ며 쳡의 고독(孤獨) 일신(一身) ᄲᅮᆫ이라. 안하(眼下)의 쳑비(隻婢)[1149]업고, 쳡이 혼ᄌᆞ 쥭님 ᄉᆞ이의 잇더니, 져 시ᄋᆡ(侍兒) 니르니 이ᄂᆞᆫ 옛날 【24】 시비(侍婢)라. 당시의 ᄒᆞᆫ 도ᄉᆡ(道士) 젹은 ᄌᆡᆫ납이를 파ᄃᆡ[1150], 능히 말을 잘 아라듯고 극히 영오ᄒᆞ거늘, 쳡이 약간 돈을 쥬고 ᄉᆞ두엇더니, 홀연 ᄉᆞ름이 되ᄃᆡ 극히 영오춍명ᄒᆞ여, 날다려 니르되, '옛 아비를 됴ᄎᆞ 뫼히 가 ᄎᆡ약(採藥)ᄒᆞ더니, 약풀[1151]을 그릇 먹고 ᄌᆡᆫ납이 되니, 아비 바리고 가거놀, 도ᄉᆞ의 어든 빈 되여 이의 니르럿노라.' ᄒᆞ거늘, 쳡이 어엿비 넉여 압히 두고 셔로 ᄯᅥᄂᆞ지 아니ᄒᆞ더니, 구즁(九重)[1152]의 가 【25】 면 귀비(貴妃) ᄉᆞ랑ᄒᆞ여 눈쥬니, 쳡이 아일가 두려 깁히 두고 일홈을 '비밀'이라 ᄒᆞ여 금즁(禁中)의 드려가지[1153] 아니터니, 두어 ᄒᆡ 후, 비밀이 다시 변ᄒᆞ여 ᄌᆡᆫ납이 되어 다라ᄂᆞ니, 쳡이 괴이히 넉여 ᄉᆞ름 다려 니르지 아녓더니, 이의 니르ᄆᆡ 비밀이 다시 오니, 반기며 놀나 니로ᄃᆡ, '어ᄃᆡ를 갓더냐?' 무르니, ᄃᆡ답ᄒᆞᄃᆡ, '이ᄂᆞᆫ 스싱이 가르치미라. 쥬인이 위란(危亂)ᄒᆞᆫ 곳의 잇ᄉᆞ니 됴ᄎᆞ 단니리라[1154]' ᄒᆞ고, 쳡 【26】 을 인(因)ᄒᆞ여[1155] 셔쵹(西蜀) 아미산(蛾眉山)[1156]으로 드러가 암혈 ᄉᆞ이의 이시니, 깁흔

1146)마외역(馬嵬驛) : 중국 섬서성(陝西省) 흥평(興平) 서쪽에 있는 역명(驛名). 당(唐) 현종(玄宗)이 안녹산(安祿山)의 난(亂) 때, 양귀비와 함께 피난하다가 이 역(驛)에 서 군사들에게 항의를 받고, 양귀비를 목매어 죽게 한 곳.

1147)취련(翠輦) : 취우(翠羽)로 장식한 제왕의 거가(車駕) *취우(翠羽): 비취 새의 깃

1148)장부(丈夫) : ①건장하고 씩씩한 사내. =대장부. ②혼인하여 여자의 짝이 된 남자.=남편 *여기서는 ②의 뜻으로 쓰였다.

1149)쳑비(隻婢) :여종 한 사람.

1150)파ᄃᆞ : 팔다. 값을 받고 물건이나 권리 따위를 남에게 넘기거나 노력 따위를 제공하다.

1151)약풀 : 약으로 쓰는 풀.=약초(藥草).

1152)구즁(九重) : '구중궁궐(九重宮闕)'의 줄임말. *구중궁궐(九重宮闕) : 겹겹이 문으로 막은 깊은 궁궐이라는 뜻으로, 임금이 있는 대궐 안을 이르는 말.≒구중(九重), 구중심처(九重深處).

1153)드려가다 : ᄃᆞ려가다. 데려가다. 함께 거느리고 가다.

1154)-리라 : 마음속으로 다짐하는 뜻을 나타내는 종결 어미.

1155)인(引)ᄒᆞ다 : 어떤 사실로 말미암다. *말미암다: 어떤 현상이나 사물 따위가 원인이

뫼 ᄀᆞ온ᄃᆡ 무ᄉᆞᆫ 밥이 잇ᄉᆞ리오. ᄇᆡ 골푸면 비밀이 연ᄒᆞᆫ 풀과 ᄆᆞᆰ은 물을 ᄡᅥ 쥬니, 풀이 향ᄂᆡ ᄂᆞ고, 물이 단지라. ᄒᆞᆫ 번 먹으ᄆᆡ 두어날 지ᄂᆡ니, 치운 ᄣᅢ도 이 풀은 쥭지 아니 ᄒᆞ니, 쳡이 인ᄒᆞ여 셰렴(世念)이 잇치이고[1157], 한셜(寒雪)이 오나 치우믈[1158] 모로고, 날이 더우나 덥지 아니ᄒᆞ여 ᄒᆞᆫ 옷ᄉᆞ로 두 ᄒᆡ○○○○[ᄅᆞᆯ 지ᄂᆡ미] 되엿더니, 일일은 ᄒᆞᆫ 도ᄉᆡ 와 셕【27】실(石室) 가의셔 날을 불너 ᄀᆞᆯ오ᄃᆡ, '엇지 ᄂᆡ 집의 잇셔 ᄂᆞ의 녕지(靈芝)[1159]와 감노(甘露)[1160]ᄅᆞᆯ 다 업시 ᄒᆞ엿ᄂᆞ뇨? 냥식(糧食)이 갈진(竭盡)ᄒᆞ엿도다.' ᄒᆞ거ᄂᆞᆯ, 쳡이 놀나 ᄒᆡ포[1161]ᄅᆞᆯ 져의게 ᄋᆡ걸ᄒᆞ니 도ᄉᆡ 웃고 니로ᄃᆡ, 'ᄂᆡ 일즉 비밀을 팔 ᄇᆡ 아니로ᄃᆡ, 네 쥭게 되믈 어엿비 넉여 비밀을 진납이ᄅᆞᆯ 민ᄃᆞ라 보ᄂᆡᆷ과 아ᄉᆞ오미[1162] 다 ᄂᆞ의 쇼위(所爲)라. 너ᄅᆞᆯ 구학(溝壑)의 건져 ᄂᆡ여 임의 녕지(靈芝)와 감쳔(甘泉)을 먹여 틋글을 씨셔 ᄂᆡ○○[엿스]니, 날을 됴ᄎᆞ오라.' ᄒᆞ거ᄂᆞᆯ, 쳡이 도ᄉᆞᄅᆞᆯ 됴ᄎᆞ【28】 ᄒᆞᆫ 뫼ᄒᆡ 가니, 그 뫼ᄒᆡ 고쥰웅장(高峻雄壯)[1163]ᄒᆞ고 산형(山形)이 긔이(奇異)ᄒᆞ거날, 무르니 '텬ᄐᆡ산(天台山)'[1164]이라. 도ᄉᆡ 쳡과 비밀을 됴고만 셕실의 두고 가며 니로ᄃᆡ, '오ᄅᆡ지 아냐 네 스싱이 오리라' ᄒᆞ더니, 믄득 슈일이 못ᄒᆞ여 과연 션ᄉᆡᆼ을 맛나 도(道)ᄅᆞᆯ ᄇᆡ혼 후, 이곳의 도라완지 하마 이ᄇᆡᆨ여 년이라. 얼골과 긔뷔(肌膚) 윤ᄐᆡᆨ(潤澤)하여 ᄇᆡᆨ발이 환흑(換黑)[1165]ᄒᆞ며, 낙치부ᄉᆡᆼ(落齒復生)[1166]ᄒᆞ여 긔상이 신션 ᄀᆞᆺ고, 셕일 부귀와 마외역 창황ᄒᆞ미 일장츈몽이라. 작년의 니【29】의 와 산텬의 유슈(幽邃)[1167]ᄒᆞ믈 ○○[보ᄆᆡ], ᄉᆞ랑이 ᄉᆡ롭더니, 삼낭(三娘)을 맛나 회포ᄅᆞᆯ 펴미 ᄯᅩᄒᆞᆫ 연분이로다."

나 이유가 되다.

1156)아미산(蛾眉山) : 『지명』 중국 사천성(四川省) 서남쪽에 있는 산. 대아(大峨)·중아(中峨)·소아(小峨)의 세 봉우리로 이루어져 있으며, 두 봉우리가 마주 보고 있는 것이 아미(蛾眉) 같다고 하여 붙여진 이름이다. 높이는 3,099미터.

1157)잇치이다 : 잊히다. 한번 알았던 것이 기억에서 없어지다. '잊다'의 피동사.

1158)치움 : 추위.

1159)녕지(靈芝) : 『식물』 영지버섯. 불로초과의 버섯. 줄기는 높이가 10cm 정도이고 삿갓은 심장 모양 또는 원형이다. 적갈색 또는 자갈색의 윤이 나며, 말려서 약용한다. 한국, 일본, 북반구의 온대 이북에 분포한다.≒불로초(不老草), 지초(芝草).

1160)감노(甘露) : 천하가 태평할 때에 하늘에서 내린다고 하는 단 이슬.

1161)ᄒᆡ포 : 해포. 한 해가 조금 넘는 동안. ≒세여(歲餘).

1162)아사오다 : 빼앗아오다.

1163)고쥰웅장(高峻雄壯) : 높고 가파르며 웅장함.

1164)텬ᄐᆡ산(天台山) : 『지명』 중국 절강성(浙江省) 천태현(天台縣)에 있는 명산. 수나라 때에 지의(智顗)가 천태종(天台宗)을 개종(開宗)한 곳으로, 불교의 일대 도량(道場)이며, 지금도 국청사 따위의 큰 절이 있다.

1165)환흑(換黑) : 검은 색으로 바뀜.

1166)낙치부ᄉᆡᆼ(落齒復生) : 빠진 이가 다시나옴.

1167)유슈(幽邃) : 깊숙하고 그윽함.=심수(深邃).

삼쇼졔 놀나 ᄀᆞᆯ오ᄃᆡ,

“션인(仙人)이 괵국부인(虢國夫人)이신 쥴 엇지 알니잇고? ᄉᆞ긔(史記)로 됴ᄎᆞ 션자화용(仙姿花容)1168)을 ᄎᆞ탄(嗟歎)ᄒᆞ더니, 부인을 우러러 보오며 션안(仙顏)을 ᄃᆡᄒᆞᄆᆡ, 쳡 등의 평ᄉᆡᆼ이 헛되지 아니믈 깃거 ᄒᆞ나이다. 션도(仙道)1169)를 어드시ᄆᆡ 귀비(貴妃)를 보시니잇가?”

부인이 ᄀᆞᆯ오ᄃᆡ

“쳡이 화미(華美)를 념(厭)ᄒᆞ여 지분(脂粉)을 아니ᄒᆞ니, 그 ᄯᅴ 박ᄒᆞᆫ ᄌᆡ질(才質)이 무【30】어시 《기리이요‖기림 즉(卽)ᄒᆞ리오》.”

뉴쇼져를 ᄀᆞᄅᆞ쳐 왈

“귀비 십오뉵 셰 염미(艷美)ᄒᆞᆫ ᄐᆡ도와 어리로오미1170) 져 쇼랑과 ᄀᆞᆺ더니, 연화(蓮花)와 목난(木蘭)이 향긔 한가지니 방불(彷彿)ᄒᆞᆫ 풍(風)이 반갑도다.”

비밀을 불너 왈,

“졔낭ᄌᆡ(諸娘子) 오신지 오ᄅᆡ니 ᄎᆞ를 나오라.”

비밀이 옥호(玉壺)를 거훌너 ᄎᆞ를 붓고, 푸른 ᄂᆞ물을 쇼져긔 권ᄒᆞ니, 쇼졔 맛보ᄆᆡ ᄎᆞ 맛시 ᄆᆞᆰ고 향ᄂᆡ ᄂᆞ며, ᄂᆞ물을 졉구(接口)ᄒᆞ니 폐뷔(肺腑)1171) 상연(爽然) 쾌활ᄒᆞ여. 삼쇼졔 ᄉᆞ왈(謝曰),

“쳡 등이 용녈(庸劣)ᄒᆞᆫ 자질노 틋글의 뭇치여,【31】 옛 ᄉᆞ긔로 됴ᄎᆞ 남악(南嶽)1172) 위진군(魏眞君)1173) 잇고, 한됴(漢朝)의 뎍숑ᄌᆞ(赤松子)1174) 이시믈 보고 ᄉᆞ모ᄒᆞ더니, 오날 부인의 ᄆᆞᆰ은 말ᄉᆞᆷ을 듯ᄌᆞᆸ고 션가(仙家)의 됴흔 ᄎᆞ를 맛보니, 헛되이 셰상의 ᄂᆞᆺ다 못ᄒᆞᆯ쇼이다.”

부인이 우어 왈,

“ᄂᆡ 무ᄉᆞᆷ 신션이리오. 불과 지상의 오유(遨遊)ᄒᆞ여 늙지 아닌 ᄉᆔᆯ(術)과 양ᄉᆡᆼ(養生)ᄒᆞᄂᆞᆫ 도를 알 ᄯᆞᄅᆞᆷ이라. 우리 《비지‖비쥐(婢主)》 인간의 형벌을 바드나 시ᄒᆡ(尸

1168)션자화용(仙姿花容) : 신선같은 자태와 꽃처럼 아름다운 얼굴.
1169)션도(仙道) : 신선이 되기 위하여 닦는 도.
1170)어리롭다 : 아리땁다. 귀엽다.
1171)폐뷔(肺腑) : 마음의 깊은 속.
1172)남악(南嶽) : 중국 오악(五岳)의 하나인 형산(衡山)을 이르는 말. 호남성(湖南省) 형양시(衡陽市) 북쪽 40km 지점에 있는 산. 옥(玉)의 산지(産地)로 유명하다.
1173)위진군(魏眞君) : 위부인(魏夫人). 중국 남악(南嶽) 형산(衡山)에 산다는 여선(女仙). 도가(道家)의 경문(經文)인 황정경(黃庭經)을 전했다고 한다.
1174)적송자(赤松子) : 중국 고대 신농씨(神農氏) 때 비를 다스렸다는 신선의 이름. 장량(張良)이 한 고조(漢高祖)를 도와 천하를 통일시키고 나서, 스스로 말하기를 “세 치의 혀로 제자(帝者)의 스승이 되어 만호후(萬戶侯)에 봉해졌으니, 나는 이것으로 충분하다. 이제는 인간의 일을 버리고 적송자를 따라 노닐고 싶다”고 한 적이 있다.

解)1175)ᄒᆞ여 운셕(隕石)1176)의 올나시니 이 진짓 신션이라. ᄂᆡ 보니 삼낭ᄌᆡ 용뫼 고을 ᄲᆞᆫ 아냐 긔특ᄒᆞᆫ 총명이 【32】 이시니 그 사상(思想)1177)의 됴화ᄒᆞᄂᆞᆫ1178) ᄇᆡ 무어시뇨?”

니쇼졔 탄왈,

“쳡은 됴상고비(早喪考妣)1179)ᄒᆞ고 방젹(紡績)도 가르치리 업ᄉᆞ니, 녀ᄌᆡ 되어 침션(針線)을 공부ᄒᆞᆯ ᄲᆞᆫ이라. ᄌᆞ고(自古) 현쳘(賢哲)한 부인은 부도(婦道)를 힘쓰고 방외ᄉᆞ(方外士)1180)를 뭇지 아니나 알미 신명ᄒᆞ니, 졔갈승상(諸葛丞相)1181)의 황부인(黃夫人)1182) ᄀᆞᆺᄒᆞ니ᄂᆞᆫ 만고일인(萬古一人)이라. 쳡이 그 시졀의 나 ᄒᆞᆨ(學)지 못 ○○[ᄒᆞ믈] 한(恨)ᄒᆞ나이다.”

부인 왈,

“ᄆᆞᆰ은 말ᄉᆞᆷ을 다 ᄒᆞ기 어렵고 후회 아득ᄒᆞᆫ지라. 몬져 시ᄋᆞ(侍兒)를 도라보ᄂᆡ여 낭ᄌᆞ의 집 ᄉᆞ름이 기다리지 아니케 ᄒᆞ 【33】 고, 오날 밤 머므러 ᄌᆞ미 엇더ᄒᆞ뇨?”

삼쇼졔 시ᄋᆞ 등을 도라 보ᄂᆡ여 ᄀᆞᆯ오ᄃᆡ,

“너희 슈 삼인만 잇고 도라가라.”

졔시ᄋᆡ(諸侍兒) 가의 잇셔 삼쇼졔 진인(眞人)1183)과 말ᄉᆞᆷᄒᆞ믈 듯고, 그 풍용의 긔특ᄒᆞ믈 구경ᄒᆞᆯᄉᆡ, 진인이 옥 ᄀᆞᆺ치 ᄆᆞᆰ고 쳥결쇼담ᄒᆞ미 뎡쇼져의 뇨됴ᄒᆞᆫ 풍뫼 참치(參差)1184)ᄒᆞ여 형뎨 ᄀᆞᆺᄒᆞ니, 시ᄋᆞ 등이 놀ᄂᆞ며 괴이히 넉여 ᄡᅥᄂᆞ기를 잇기나, 쇼져의

1175)시히(尸解) : 도교에서, 몸만 남겨 두고 혼백이 빠져나가서 신선이 됨. 또는 그런 일.≒선화(仙化).

1176)운셕(隕石) : 운성(隕星). 『천문』 지구의 대기권 안으로 들어와 빛을 내며 떨어지는 작은 물체.=유성(流星). 별똥별. *여기서는 단순히 ‘하늘에 떠 있는 별’을 대신 이르는 말로 쓰였다.

1177)사상(思想) : ①어떠한 사물에 대하여 가지고 있는 구체적인 사고나 생각. ②『철학』 논리적 정합성을 가진 통일된 판단 체계.

1178)됴화ᄒᆞ다 : 좋아하다.

1179)됴상고비(早喪考妣) : 어려서 부모를 여읨.

1180)방외사(方外士) : ①세속의 속된 일에서 벗어나 고결하게 사는 사람. ②승려나 산과 들을 방랑하는 사람을 이르는 말.

1181)졔갈승상(諸葛丞相) : 제갈량(諸葛亮). 181~234. 중국 삼국 시대 촉한의 정치가. 별호(別號)는 와룡(臥龍). 자(字)는 공명(孔明). 시호는 충무(忠武)이다. 뛰어난 군사 전략가로, 유비를 도와 오(吳)나라와 연합하여 조조(曹操)의 위(魏)나라 군사를 대파하고 파촉(巴蜀)을 얻어 촉한을 세우고 승상(丞相)에 올랐다. 유비가 죽은 후에 무향후(武鄕侯)로서 남방의 만족(蠻族)을 정벌하고, 위나라 사마의와 대전 중에 병사하였다

1182)황부인(黃夫人) : 중국 촉한의 정치가 제갈량(諸葛亮)의 아내. 얼굴은 박색이었으나 지덕이 뛰어났다고 한다.

1183)진인(眞人) : 도교에서, 도를 깨쳐 깊은 진리를 깨달은 사람을 이르는 말로, 유교적 표현으로는 대유(大儒; 큰선비)에 해당한다 할 수 있다.

1184)참치(參差) : 참치부제(參差不齊). 길고 짧고 들쭉날쭉하여 가지런하지 아니함.

명이 나믹 마지 못ᄒᆞ여 쳥향 녹슈 쇼옥 삼인이 잇고, 기여(其餘)는 도라가니, 진인이 비밀을 불너 【34】 '졔녀를 호숑(護送)ᄒᆞ여 인도ᄒᆞ라' ᄒᆞ고, 다시 니쇼져 다려 ᄀᆞᆯ오ᄃᆡ,

"빈되(貧道)1185) 아는 거시 업ᄉᆞ나, 쇼져의 상(相)을 보니, 긔운이 츄상(秋霜) ᄀᆞᆺᄒᆞ여 구름을 능만(凌慢)ᄒᆞ고, 용뫼(容貌) ᄇᆞᆰ은 ᄃᆞᆯ이 쳔쳑(千尺) 창낭(滄浪)의 빗쵠 듯, 긔상이 아ᄋᆞ라ᄒᆞᆫ1186) 가을 하ᄂᆞᆯ ᄀᆞᆺᄒᆞ니, 텬지간(天地間) 슈츌(秀出)ᄒᆞᆫ 졍믹(精脈)1187)이라. 춍명한 ᄌᆡ뫼 사ᄅᆞᆷ 가온ᄃᆡ ᄲᅧ여ᄂᆞ되, ᄌᆞ궁(子宮)1188)이 젹젹(寂寂)ᄒᆞ고 슈한(愁恨)이 기지 못ᄒᆞ도다. 쇼져의 됴화 ᄒᆞᄂᆞᆫ ᄇᆡ 여긔 잇셔 빈도의게ᄂᆞᆫ 곳 쓸 곳이 업ᄉᆞ니, 쇼졔 맛타 귀ᄒᆞᆫ ᄌᆞ숀의 젼ᄒᆞᆯ 【35】 지어다"

비밀다려 ᄀᆞᆯ오ᄃᆡ,

"셕탑(石塔)의 삼권 ᄎᆡᆨ(冊)을 ᄂᆡ여 오라."

비밀이 바회 밋ᄐᆡ 돌함을 들고 ᄎᆡᆨ을 ᄂᆡ여 오니, 진인이 상면(上面) ᄒᆞᆫ ᄎᆡᆨ을 드러ᄂᆡ니, 방원(方圓)1189)이 네치ᄂᆞᆫ ᄒᆞ고, ᄃᆞᆺ게 두치ᄂᆞᆫ ᄒᆞ더라."

니쇼져를 쥬어 ᄀᆞᆯ오ᄃᆡ,

"오날 밤의 강논(講論)하리라."

니쇼졔 ᄉᆞ러 바드니, 또 뉴쇼져를 향하여 ᄀᆞᆯ오ᄃᆡ,

"향긔로온 풍치 봄긔운이 화창(和暢)ᄒᆞᆫ 듯ᄒᆞ며, 아ᄅᆞᆷ다온 얼골이 ᄀᆞᆺ퓐 연화(蓮花) ᄀᆞᆺᄒᆞ여 완연이 유룡(游龍) ᄀᆞᆺᄒᆞ며, 편편(翩翩)ᄒᆞᆫ 경홍(鷩鴻) ᄀᆞᆺᄒᆞ니, 경국지ᄉᆡᆨ(傾國之色)이라. 쇼 【36】 져를 ᄃᆡᄒᆞ믹 귀비(貴妃)를 본 듯ᄒᆞ도다. 그러나 슈한(壽限)이 니쇼져와 ᄀᆞᆺᄒᆞ와나 ᄌᆞ숀은 만흐리라."

젹은 ᄎᆡᆨ을 드러 쥬니, 쇼졔 ᄇᆡᄉᆞ(拜謝)ᄒᆞ고 밧거ᄂᆞᆯ, 또 뎡쇼져 다려 왈,

"빈되 쇼져를 보니 긔상이 온치(媼雉)1190) 만흐믹 미위(眉宇)1191) 일만셜봉(一萬

1185)빈되(貧道) : '덕(德)이 적다'는 뜻으로, 승려나 도사가 자기를 낮추어 이르는 일인칭 대명사.

1186)아ᄋᆞ라ᄒᆞ다 : 아스라하다. 아득하다. 보기에 아슬아슬할 만큼 높거나 까마득하게 멀다.

1187)졍믹(精脈) : 정기와 혈통을 아울러 이르는 말.

1188)자궁(子宮) : 『민속』 점술에서 쓰는 십이궁의 하나. 자손에 관한 운수를 점치는 별자리이다.≒남녀궁(男女宮).

1189)방원(方圓) : 사방 네모난 둘레의 한 변(邊)의 길이.

1190)온치(媼雉) : '암꿩'이란 말로, 중국 춘추전국시대에 진(秦)나라를 제후의 패자(覇者)가 되게 하였다는 기이한 새. *진(晉) 나라 '지지(地志)'에 다음과 같은 기록이 있다, "진 문공(秦文公) 때에 진창(陳倉) 사람이 사냥 나갔다가 돼지와 같은 짐승을 잡아, 이를 (나라에) 바친 일이 있었다. 뒤에 두 동자(童子)를 만났는데, 동자가 말하기를 "우리 이름은 '온(媼)'인데, 항상 땅속에 있으면서 죽은 사람의 뇌(腦)를 파먹는다.'고 하였다, 이에 바로 죽여 없애버리려고 그 머리를 치자, 온이 말하기를, 자기 두 동자의 이름은 진(陳)과 보(寶)인데, 수컷을 잡으면 왕자(王者)가 되고 암컷을 잡으면 패자(覇者)가 된다.'고 하였다. 진창 사람이 이에 두 동자를 (죽이지 않고) 좇아내자 꿩으로 변하

雪峯)1192)의 동일지이(冬日之愛)1193) ᄎᆞᄋᆞ(嵯峨)1194)ᄒᆞᆫᄃᆡ, 옥(玉)나무 구슬 ᄭᅩᆺ치 ᄌᆡᆼ영(爭榮)ᄒᆞᆫ 듯ᄒᆞ여, 분방아담(芬芳雅淡)1195)ᄒᆞᆫ 격(格)이 만복(萬福)을 기리ᄒᆞᆯ ᄌᆞᄂᆞᆫ 그ᄃᆡ로다. 그ᄃᆡ를 위ᄒᆞ여 두 권 ᄎᆡᆨ을 쥬ᄂᆞ니, 오날 밤의 강논(講論)ᄒᆞ여 평ᄉᆡᆼ 원(願)을 일우라."

삼쇼제 진인(眞人)【37】의 ᄎᆡᆨ(冊)을 밧고 깃브믈 니긔지 못ᄒᆞ여 각각 펴 보ᄆᆡ, 니쇼져의 ᄎᆡᆨ 문서ᄂᆞᆫ '운쥬유악(運籌帷幄)의 결승쳔니(決勝千里)ᄒᆞᄂᆞᆫ'1196) 지략(智略)과 일월셩신(日月星辰)과 음양건곤(陰陽乾坤)의 됴화를 ᄆᆡᆫ든 거시오. 뉴쇼져의 ᄎᆡᆨ은 뉼녀(律呂)1197)의 셩음(聲音)과 만물의 쇼ᄅᆡ를 버러 만국의 음뉼을 의논ᄒᆞᆫ 거시오. 뎡쇼져 ᄎᆡᆨ 상권은 문무(文武) 쥬공(周公) 귀곡(鬼谷)1198) ᄉᆞᆫ빈(孫臏)1199) 곽박(郭璞)1200) 슌풍(淳風)1201)의 미묘ᄒᆞᆫ 니(理)를 ᄒᆡ셕ᄒᆞ며 역니(易理)를 논ᄒᆞ엿고, 하권은

여, 암컷은 진창의 북쪽 언덕으로 올라가 돌이 되므로, 진(秦) 나라에서 제사를 지냈고, 수컷은 남양(南陽)으로 날아갔는데 그 뒤에 광무제(光武帝)가 남양에서 일어나, 모두 그 말과 같이 되었다."(晉地志云 秦文公時陳倉人獵得獸若彘牽以獻之 逢二童子童子曰 此名為媼 常在地中食死人腦 即欲殺之拍捶其首 媼曰二童子名陳寶 得雄者王 得雌者霸. 陳倉人乃逐二童子 化為雉 雌上陳倉北阪為石 秦祠之 其雄者飛至南陽 其後光武起于南陽 皆如其言) 『성호사설(星湖僿說)제27권』 '경사문(經史門), 온치(媼雉)'조(條).

1191)미우(眉宇) : 이마의 눈썹 근처.

1192)일만설봉(一萬雪峯) : '헤아릴 수 없이 많은 눈 봉우리'란 말로, 이마와 눈썹언저리의 '눈처럼 하얀 피부'를 비유적으로 표현한 말.

1193)동일지이(冬日之愛) : 겨울 햇살처럼 따뜻한 사랑.

1194)ᄎᆞᄋᆞ(嵯峨) : 우뚝 솟아 높음.

1195)분방아담(芬芳雅淡) : 향기롭고 우아하며 맑음.

1196)운쥬유악(運籌帷幄)의 결승쳔니(決勝千里)ᄒᆞ다 : 장막(帳幕) 안에서 주판을 놓듯이 이리저리 궁리하고 계획하여, 천리 밖의 먼 곳에서 일어나는 싸움의 승리를 결정짓는다.

1197)뉼녀(律呂) : 『음악』 국악에서, 음악이나 음성의 가락을 이르는 말. 율(律)의 음과 여(呂)의 음이라는 뜻에서 나온 말이다.

1198)귀곡(鬼谷) : 중국 전국 시대 초나라의 종횡가. 은거하던 지방인 귀곡(鬼谷)를 따서 호로 삼았으며, 『귀곡자(鬼谷子)』 3권을 지었다고 한다.

1199)손빈(孫臏) : 전국시대 제(齊)나라 병법가(兵法家). 손무(孫武)의 손자로 알려져 있다. 위(魏)나라 방연(龐涓)과 함께 귀곡자(鬼谷子)에게 병법을 공부하였으나 서로 대립하였다.

1200)곽박(郭璞) : 276~324. 진(晉)나라의 문신이자 학자로 자는 경순(景純)이다. 동진(東晉)의 원제(元帝) 때 상서랑(尙書郞)을 지냈다. 오행(五行)과 천문, 점서(占筮)에 밝아 국가의 운명과 길흉화복을 예언하였으며, 문학과 문자(文字), 훈고학(訓詁學) 등에도 조예가 깊어 『이아(爾雅)』에 주를 달았다.

1201)순풍(淳風) : 이순풍(李淳風). 당(唐)나라 태종(太宗) 때의 역학가. 역학뿐만 아니라 천문 지리 역법(曆法) 복서(卜筮) 등에 모두 정통(精通)하였다. 태사국(太史局)에 있으면서 혼천의(渾天儀)를 만들어 일월성신(日月星辰)의 운행을 관측하여 당시에 사용하던 력(曆)이 천지의 운행도수(運行度數)와 부합하고 있는지를 확인하였다.

화틱(華佗)[1202] 편작(扁鵲)[1203]의 니(理)를 논난ᄒᆞ며, 빅쵸(百草)를 시험ᄒᆞᄂᆞᆫ 의가셰(醫家書)러라.

진인 【38】 이 인하여 삼쇼져 가진 칙을 가지고 의심된 곳을 가르치며, 희미ᄒᆞᆫ 니(理)를 히셕(解釋)ᄒᆞ니, 삼쇼제 마음이 녕(靈)ᄒᆞ고 춍명이 과인ᄒᆞ여 일이지빅(一而識百)[1204]ᄒᆞ니, 흉금(胸襟)이 쾌활ᄒᆞ여 무식(無色)[1205]ᄒᆞᆫ 긔습이 흣터지니, 날이 져믈믈 ᄭᆡ닷지 못ᄒᆞ더니, 동녕(東嶺)의 빅월(白月)이 바ᄋᆡ니, 진인이 명ᄒᆞ여 셕식(夕食)으로 노쥬(奴主)를 ᄃᆡ졉ᄒᆞ고 숀을 닛그러 산쳔 풍경을 완상하며, 혹 암상(巖上)의 안고 노변(路邊)의 봄ᄉᆡ, 풍엽(楓葉)이 쇼슬ᄒᆞ고 쳔ᄋᆡ(天涯)의 기럭이 부르지지니, 진인이 탄 【39】 왈,

"셰간 빅년이 츈몽이니 진짓 거시 어이 잇ᄉᆞ리오. 화청궁(華淸宮)[1206] 잔치의 번화ᄒᆞᆫ 경(景)과 녀산궁(驪山宮) 은틱(恩澤)은 구록(九族)의 영화로오미 양시의 더은 직 업더니, 어양난니(漁陽亂離)[1207] 후 무예(武藝) 터희 풀이 기렷고, 가무(歌舞)ᄒᆞ던 뎐(殿)의 빅양(白楊)이 깃ᄎᆞ러시니, 마외역(馬嵬驛) ᄃᆡ슈풀의셔 아미산(蛾眉山) 셕실의 슘던 날, 슬픈 거ᄉᆞᆫ 오히려 어졔 ᄀᆞᆺ도다. 상황(上皇)이 도라오신 후, 오릿만의 동산의 올낫다가, 우연이 옛 ᄉᆞ롬을 맛나니 날을 보고 반기며 놀나 ᄀᆞᆯ오ᄃᆡ,

"군(君)이 부인을 바리고 【40】 갓더니 후의 당황후의 ᄋᆞ오의게 장가드러, 옛집을 곳치고 살며 ᄒᆡ 오리고, 상황(上皇)이 모든 양시(楊氏)를 다 ᄉᆞ(赦)ᄒᆞ시고, 귀비 ᄉᆞ모ᄒᆞ시미 극ᄒᆞ시니, '혹 옛날 박정ᄒᆞ던 일을 죄 쥬실가 두려 부인을 쵸혼(招魂)ᄒᆞ여 허장(虛葬)ᄒᆞ다.' ᄒᆞ니, 명박(命薄)ᄒᆞ니 쳡 갓흔 직 업ᄂᆞᆫ지라. 상시(常時)의 날 ᄃᆡ졉ᄒᆞ미 보빅 ᄀᆞᆺ더니, 이제 날 바리믈 헌신 ᄀᆞᆺ치 하니, 텬하의 녀ᄌᆞ로 ᄒᆞ여 하늘을 옴기미 두립지 아니리오. ᄉᆡᆨ(色)이 잇고 복(福)이 잇ᄂᆞᆫ 직 젹으니, 화산(華山)의 가 위쳐ᄉᆞ 【41】 부인 셜시를 보니, 그 ᄌᆞᄉᆡᆨ(姿色)이 우리 옥ᄋᆞ(玉兒) 니쇼져 낭군(郎君)을 맛ᄂᆞ미 긔특ᄒᆞ여, 한 당 셩인이 ᄌᆞ궁(紫宮)의 쥬인이 되엿ᄂᆞᆫ지라. 그 복녹을 불워ᄒᆞ더니

1202)화틱(華佗) : 중국 후한(後漢) 말기에서 위나라 초기의 명의(名醫)(?~208). 약제의 조제나 침질, 뜸질에 능하고 외과 수술에 뛰어났으며, 일종의 체조에 의한 양생 요법인 '오금희(五禽戲)'를 창안하였다

1203)편작(扁鵲) : 중국 전국 시대의 의사. 성은 진(秦). 이름은 월인(越人). 임상 경험을 바탕으로 치료하였다. 장상군(長桑君)으로부터 의술을 배워 환자의 오장을 투시하는 경지에까지 이르렀다고 전한다.

1204)일이지빅(一而識百) : 하나를 가르치면 백을 안다.

1205)무식(無色) : 겸연쩍고 부끄러움.

1206)화청궁(華淸宮) : 『역사』 중국 당나라 현종(玄宗)이 양귀비를 위하여 지은 궁전.=여산궁(驪山宮).

1207)어양난리(漁陽亂離) : 중국 당나라 현종 때인 AD.755년 절도사 안록산이 어양 땅에서 반란을 일으켜 장안으로 쳐들어온 사건 *어양(漁陽); 중국 하북성(河北省) 포현(蒲縣)에 있는 지명으로 안록산이 이 곳에서 반란을 일으켜 출병했다.

그 ᄣᅢ 한 ᄉᆞᄅᆞᆷ을 엇ᄂᆞᆫ ᄌᆞᄂᆞᆫ 독히 만복을 일ᄏᆞᄅᆞᆯ ᄇᆡ여날, ᄒᆞ믈며 삼위미쳐(三位美妻)로 ᄒᆡ로(偕老)ᄒᆞᆯ 군ᄌᆡ라! 그ᄃᆡᄂᆡ[1208] 복을 빈되(貧道) 위ᄒᆞ여 하례(賀禮) ᄒᆞ노라. 연이나 지극ᄒᆞᆫ 보ᄇᆡᄅᆞᆯ 가지ᄆᆡ 엇지 ᄌᆡ앙이 업ᄉᆞ며, 삼위 국ᄉᆡᆨ(國色)이 ᄒᆞᆫ 집의 모드ᄆᆡ 됴흔 것만 완젼 ᄒᆞ미 이 밧 업ᄉᆞ니, 금슬의 마장(魔障)이 오ᄅᆡ【42】지 아니려니와, ᄯᅩᄒᆞᆫ ᄒᆡ롭지 아니타. 가진 ᄎᆡᆨ을 모로미 다른 ᄉᆞᄅᆞᆷ의게 누셜치 말고, 그ᄃᆡᄂᆡ ᄌᆡ화(災禍)ᄅᆞᆯ 물니칠 ᄣᅢ ᄂᆞ의 졍을 닛지 말나."

삼쇼졔 ᄃᆡ왈,

"쳡 등이 진군의 ᄀᆞᄅᆞ치믈 바드ᄆᆡ 후은(厚恩)을 니ᄌᆞ리잇고? 아지못게라! 하시(何時)의 션안(仙顔)을 맛ᄂᆞ리잇고?"

진인이 쇼왈,

"ᄂᆞ와 그ᄃᆡ 현격ᄒᆞ니 엇지 스승이 되리오. 벗 됨도 불감토다. 그ᄃᆡ 경쳥(敬淸)ᄒᆞᆫ 법신(法身)[1209]이 션계의 됴회ᄒᆞᆯ 제 날노 더브러 맛날 거시니 엇지 다시 보리오. 쳡이【43】그ᄃᆡ 등을 맛나 ᄎᆡᆨ을 젼ᄒᆞ여시니, 두어 날 후면 쳔ᄐᆡ(天台)[1210]로 갈지라. 금야 맛ᄂᆞ미 심히 암연(黯然)[1211]토다. 명월이 계화 향ᄂᆡᄅᆞᆯ 보ᄂᆡ고 우리 ᄉᆞ인이 못기 어려오니, 각각 글을 지어 니별ᄒᆞ미 엇더ᄒᆞ뇨?"

삼쇼졔 니어 ᄃᆡ답ᄒᆞ니, 쇼옥이 ᄆᆡᆨ[1212]을 갈거ᄂᆞᆯ ᄉᆞ인이 깁ᄉᆞᄆᆡᄅᆞᆯ ᄲᅢ혀 별시(別詩)ᄅᆞᆯ 지으니, 문의(文義) 아름답고 ᄉᆞ에(辭語) 향염(香艶)ᄒᆞ미 진짓 신션이라. 삼쇼졔 글을 맛ᄎᆞᄆᆡ 진인을 쥬고, 진인이 ᄯᅩ 글을 쥬니, 쇼졔 보고 불승탄복(不勝歎服)ᄒᆞ더【44】라.

진인이 ᄯᅩᄒᆞᆫ 쇼져 등의 위ᄌᆞ(慰藉)ᄒᆞ믈 감격ᄒᆞ여 ᄒᆞ고, 셔로 ᄯᅥ나믈 앗겨 쇼져들노 더브러 방즁의 도라오니, 밤이 셔늘ᄒᆞ고 원쇄(元霄)[1213] 쳐창(悽愴)ᄒᆞ니 뎐문을 강논ᄒᆞ다가 날이 ᄇᆞᆰ으ᄆᆡ, 다과(茶果)ᄅᆞᆯ 드려 빈ᄌᆔ 먹은 후, 진인이 ᄉᆞᄆᆡᄅᆞᆯ 드러 두ᄂᆞᆺ 환약을 뎡쇼져ᄅᆞᆯ 쥬어 왈,

"그ᄃᆡᄂᆞᆫ 능히 긔ᄉᆞ회ᄉᆡᆼ(起死回生)ᄒᆞᆯ 슐(術)이 잇ᄉᆞ니, 산님 독쵸(毒草)와 모진[1214]

1208)-ᄂᆡ : -네. (사람을 지칭하는 명사, 대명사 또는 명사구 뒤에 붙어) '그 사람이 속한 가족 따위의 무리'의 뜻을 더하는 접미사.

1209)법신(法身) : 『불교』 삼신(三身)의 하나. 불법의 이치와 일치하는 부처의 몸을 이른다.≒금강신(金剛神), 법계신(法界身), 이불(理佛).

1210)쳔ᄐᆡ(天台) : 천태산(天台山). 『지명』 중국 절강성(浙江省) 천태현(縣)에 있는 명산. 수나라 때에 지의(智顗)가 천태종을 개설한 곳으로, 불교의 일대 도량(道場)이며, 지금도 국청사(國淸寺) 따위의 큰 절이 있다.

1211)암연(黯然) : 슬프고 침울함.

1212)ᄆᆡᆨ : 먹.

1213)원쇄(元霄) : 하늘의 공간.

1214)모질다 : 몹시 사납고 독하다.

싀 깃스로 빅니(白泥)1215)를 곱으1216) 먹으면, '셔셔 쥭는'1217) 병은 곳칠 길 업는지라. 이 약을 쓰면 녹은 장뷔(臟腑) ○[이]닉1218) 술고 【45】 탄 가뚝1219)이 셩호나니1220), 이십년 후면 그딕 가뷔(家夫) 님군의 곤욕(困辱)을 위호여 위급지식(危急之事) 잇실 거시니, 그딕 셜니 시험호여 지우(知遇)훈 은혜를 갑고 댱부(丈夫)를 구호라."

니쇼져 다려 왈

"부귀호미 일시오, 슬픈 것도 일시라. 함양시상(咸陽市上)1221)의 황견(黃犬)을 탄(歎)호미 부귀를 탐연(貪戀)1222)훈 홰(禍) 아니냐? 그딕 씩를 아라 댱즈방(張子房)1223)의 벽곡(辟穀)1224)호기로뻐 부즈(夫子)를 인도호라."

품쇽으로셔 셰치는 훈 칼과 보경(寶鏡)을 닉여 니쇼져를 쥬어 왈,

"이 쏘 몸을 보젼호는 【46】 보빅니, 거울은 소졍(邪正)을 분변호고, 칼은 나라 도젹과 요소(妖邪)를 버히느니, 즈숀의 젼홀 지어다."

삼쇼졔 소례호니, 진인이 비밀 다려 왈,

"길흘 인도호라."

호여, 쇼져로 하여곰 도라가라 호니, 삼인이 니러 진인을 하직호고 년년(戀戀)호여 가지 못호거놀, 진인이 웃고 됴추 《너가∥닛가》 의 다리의 니르러 니별호여 왈,

"인간 셰월이 흐르는 물 굿호여 삼십년이 언마치리오. 옥으로 훈 셩(城)과 구술노 훈 집이 셔로 됴차 놀 거시니, 【47】 졔랑(諸娘)은 보즁호라."

1215)빅니(白泥) : 하얀 진흙과 같은 죽. *중국요리의 하나인 제비 둥지를 고와 만든 '제비집탕(湯)'과 비슷한 방법으로 만든 '죽'이 아닐까 한다.

1216)곱다 : 고다. ①졸아서 진하게 엉기도록 끓이다. ②고기나 뼈 따위를 무르거나 진액이 빠지도록 끓는 물에 푹 삶다.

1217)셔셔 죽다 : 급사(急死)하다.

1218)이내 : 그때에 곧. 또는 지체함이 없이 바로.

1219)가뚝 : 가죽.

1220)셩ᄒᆞ다 : 성하다. 물건이 본디 모습대로 멀쩡하다

1221)함양시상(咸陽市上) : 함양(咸陽)의 저잣거리. *함양(咸陽); 중국 섬서성(陝西省) 장안현(長安縣) 동쪽의 위성(渭城)이라는 옛 성이 있는 땅. 진(秦)나라의 도읍(都邑)이었다.

1222)탐연(貪戀) : 탐내어 연연함.

1223)댱즈방(張子房) : 중국 한(漢)나라 장량(張良). 자방(子房)은 자(字). 한고조 유방의 책사로 홍문연에서 유방을 구하고 한신(韓信)을 천거하는 등, 유방이 한나라를 세우고 천하를 통일할 수 있도록 도왔다. 소하·한신과 함께 한나라 건국 3걸로 불린다. 만년에는 벽곡(辟穀) 도인(導引) 등 도가(道家)의 양생법(養生法)을 행하면서 적송자(赤松子)를 따라 노닐었다.

1224)벽곡(辟穀) ; 곡식은 안 먹고 솔잎, 대추, 밤 따위만 날로 조금씩 먹음. 또는 그런 삶.

삼쇼제 왈,

"셔로 써난 후 모들 긔약이 아득ᄒᆞ니, 아등(我等)이 다시 ᄉᆞ부긔 뵈올 길히 업ᄉᆞ니, 환가(還駕)ᄒᆞ실 날이 머러시면 다시 오리잇가?"

진인 왈,

"닉 불과 슈일 닉, '이월 하상(下上) 중(中)'1225)의 옥져(玉笛)쇼릐 나거든 닉 그듸닉를 하직(下直)ᄂᆞᆫ 쥴 알나."

삼쇼제 진인과 숀을 난화 다리를 지나니, 비밀이 하직고 도라가니, 쇼제 오뉵보(五六步)를 오다가 도라보니, 뫼 안ᄀᆡ 가득ᄒᆞ고 슈풀이 침침ᄒᆞ여 ᄀᆞ던 곳을 모를너【48】라.

집을 도라오니 빅·진 냥뉴뫼(兩乳母) 마ᄌᆞ 쇼져 등의 풍치 더옥 청녀(淸麗)ᄒᆞ고 념틱(艷態) 더옥 자약(自若)ᄒᆞ여, 윤틱ᄒᆞᆫ 거동이 젼ᄌᆞ(前者)의 빅승(倍勝)하믈 긔특이 넉이고, 지난 셜화를 젼ᄒᆞ여 동일토록 담쇠(談笑) 긋○[치]지 아니ᄒᆞ더라.

이후ᄂᆞᆫ 둉용(從容)이 어든 칙을 보고 진인의 아름다온 정을 닛지 못ᄒᆞ더니, 일일은 삼쇼제 져녁의 발을 것고 월하의 풍경을 완상(玩賞)ᄒᆞ더니, 청풍이 공즁의 옥져(玉笛)쇼릐를 보닉니 묽고 가ᄂᆞ라 운쇼(雲霄)의【49】지ᄂᆞᆫ ᄃᆞᆺᄒᆞᆫ지라. 삼쇼제 진인이 텬틱(天台)로 도라가믈 알고, 그윽이 창결(悵缺)ᄒᆞ여 탄왈,

"금화진인이 당시 텬ᄌᆞ의 춍우ᄒᆞ심과 귀비의 은춍을 씌여, 쵸방부귀(椒房富貴) 댱안(長安)의 읏듬이 되니, 옥진공쥬 ᄌᆞ리를 피ᄒᆞᄂᆞᆫ 부귀로 써 지분이 ᄂᆞᆺ출 더러일가 ᄒᆞ여, 담쇼 아미로 됴회ᄒᆞᄂᆞᆫ ᄌᆞ식(姿色)이 박졍(薄情)ᄒᆞᆫ 낭군을 맛나 인뉸을 끈코 도가의 도라가니, 녀ᄌᆞ의 ᄌᆞ식과 부귀 거즛 거시라. 군ᄌᆞ를 맛ᄂᆞ지 못ᄒᆞ면 다 이 ᄀᆞᆺᄒᆞ니, 엇지 가셕(可惜)지【50】아니리오."

뉴쇼제 오릐 침음(沈吟) ᄒᆞ다가 ᄀᆞᆯ오딕,

"하늘이 우리 삼인을 닉시믹 텬졍(天定)이 ᄯᅩᄒᆞᆫ 엇더ᄒᆞᆯ고? 진인이 우리 삼인을 동신을 다 ᄒᆞᆫ가지로 니르니, 진인의 말 갓흘진딕 독히 평싱의 원(願)을 일우리라."

뎡쇼제 왈,

"니형의 셔신이 간지 오릭딕 쇼식이 업ᄉᆞ니, 혹ᄌᆞ 니댱군이 우리 둉슉(從叔)의 거쳐를 ᄎᆞᄌᆞ 긔별을 젼ᄒᆞᆯ가? 둉슉이 만일 오지 아니면 니형을 보닉고 우리 거취를 엇지 하리오?"

니쇼제 왈,

"ᄉᆞ【51】싱존망(死生存亡)을 임의 ᄒᆞᆫ가지로 ᄒᆞᆯ지니, 오날ᄂᆞᆯ 다시 일ᄏᆞ르리오."

이러틋 번뇌(煩惱)ᄒᆞ여 니댱군을 기ᄃᆞ리더니, 슈일 후 쇼제 신장을 다ᄉᆞ리고, 거울을 ᄃᆡᄒᆞ여 아미(蛾眉)를 그리더니, 뎡쇼제 웃고 드러와 ᄀᆞᆯ오딕,

1225)이월 하상(下上) 중(中) : 2월 21일에서 25일 사이.

"져져야! 우리 깃븐 일이 잇다. 일즉 희작(喜鵲)[1226]이 당(堂)의셔 우니, 뉴형이 닐오딕, '뎡·니 두 장군은 아니 동슉(從叔)인가? 현데(賢弟)[1227] '졈(占)ᄒᆞ라' ᄒᆞ거늘, 쇼제 졈ᄒᆞ니, 오늘 오시(午時)면 냥가 희뵈(喜報) 오리이다."【52】

니쇼제 붓슬 더지고 웃고 니러나며 왈,

"만일 맛지 아니면 냥미를 벌ᄒᆞ리라."

두 쇼졔 낭낭(朗朗)이 웃더라.

뉴쇼제 진뉴랑을 불너 밧긔 왕낭을 불너 돗출 다히며 실과를 ᄯᆞ이고, 슐을 거르며 둙을 술무니, 졔시ᄋᆡ ᄀᆞ마니 우어 왈,

"젼일도 보니 쇼제 신명하시던 거시어니와, 즘싱이 무슴 말을 ᄒᆞ며, 졈식 엇지 그리 마ᄌᆞ리오. 허다(許多)ᄒᆞᆫ 쥬반(酒飯)을 반ᄃᆞ시 바릴 거시니, 우리 복이 되리로다."

ᄒᆞ더라.

모든 시비 쥬반(酒飯)을 갓쵸고 즁당(中堂)을【53】쇄쇼(刷掃)ᄒᆞ고 ᄌᆞ리를 포셜(鋪設)ᄒᆞ나, 날이 반오(半午)의 니르되, 오ᄂᆞᆫ ᄉᆞ롬이 업ᄂᆞᆫ지라. 진·빅 냥픽(兩婆) 역쇼 왈,

"쇼제 이 ᄀᆞᆺ흔 쥬찬(酒饌)을 부졀업시 허비ᄒᆞ엿ᄂᆞ이다. 댱군이 오시면 션셩(先聲)이 잇실딕 이 ᄀᆞᆺ치 업ᄉᆞ리잇고?"

언미둉(言未終)[1228]의 왕공이 급보 왈,

"젼촌(前村)의 거마 쇼릭 들니더니, 아역(衙役)이 와 뎡금오 니당군이 동부(洞府) 밧긔 니르셔, 삼위 쇼져긔 알외라 ᄒᆞᄂᆞ이다."

삼쇼제 반기고 깃거 니쇼제 왈,

"형이 비록 오시나 닉 숀이니 뎡쟝군을 본 후야 쳡이【54】형을 보리라."

ᄒᆞ고. 능쇼로 ᄒᆞ여곰 이 ᄯᅳᆺ을 젼ᄒᆞ니, 니쟝군이 올히 넉여 긱청(客廳)의 머물고, 뎡은이 ᄒᆞᆫ가지로 머리를 드러 빅유랑을 부르니, 빅시 ᄂᆞ와 고두(叩頭) 뉴체(流涕) ᄒᆞ고, 닉당 길을 인도ᄒᆞ니, 뎡쟝군이 닙닉(入內)ᄒᆞᆯ싀, 니쇼져ᄂᆞᆫ 밧그로 ᄂᆞ오고 냥쇼제 마ᄌᆞ 읍빅(揖拜)ᄒᆞ며 문후(問候)ᄒᆞ니, 뎡장군이 좌정ᄒᆞ여 역읍(亦泣) 탄식ᄒᆞ며 지닌 말을 ᄒᆞᆯ싀, 두 쇼제 ᄌᆞ쵸(自初) 지닌 닐을 셰셰히 고ᄒᆞ니, 비회(悲懷) 교집(交集)ᄒᆞ더라.

니쇼제 ᄯᅩᄒᆞᆫ 니장군을 청ᄒᆞ여【55】볼싀, 니장군이 시비의 인도ᄒᆞ무로 됴ᄎᆞ 드러와 쇼져로 상견ᄒᆞ니, 피ᄎᆞ(彼此) 비회교집(悲懷交集)ᄒᆞ여 묵묵반향(默默半晌)의 탄식뉴체(歎息流涕)ᄒᆞ믈 마지 아냐 좌졍(坐定)ᄒᆞᄆᆡ, 피ᄎᆞ 안부를 뭇고 지닌 슈말(首末)을 셜파ᄒᆞ니, 니쇼제 탕시의 흉ᄉᆞ(凶事)와 츅싱(畜生)의 귀향가믈 다 말ᄒᆞ니, 댱군 왈,

---

1226)희작(喜鵲) : 까치.
1227)현(賢)- : 「접사」(일부 명사 앞에 붙어) '어진' '착한'의 뜻을 더하는 접두사.
1228)언미둉(言未終) : 말이 다 마치지 못한 때에.

“네 엇지 쇽엿관ᄃᆡ, 탕가 부ᄌᆡ 귀향 간 옥ᄉᆞ를 드르니, 그 곡졀을 모로리로다.”

쇼제 슈말을 ᄌᆞ시 고ᄒᆞ니, 댱군이 크게 쾌(快)ᄒᆞ여 눈셥이 움즉이며 깃브믈 니긔지 못ᄒᆞ더라. 슈 【56】 작(酬酌)이 이윽ᄒᆞᄆᆡ, 뎡장군이 밧그로 ᄂᆞ오고, 니댱군도 ᄂᆞ오니, 냥쇼제 쥬반을 ᄂᆡ여 보ᄂᆡᄆᆡ, 냥인이 쥬식(酒食)의 ᄉᆞ미(奢味)ᄒᆞ믈 보고, 쇼져 등의 민쳡ᄒᆞ믈 칭찬하고, 위공ᄌᆞ긔 쥬찬을 보ᄂᆡ고 통음(痛飮)ᄒᆞᆯᄉᆡ, ᄇᆡᆨ시 ᄉᆞᆯ을 붓거ᄂᆞᆯ 냥인이 돌녀 먹고, ᄇᆡᆨ시 다려 무르ᄃᆡ,

“우리 오믈 엇지 혜ᄋᆞ려 쥬식을 미리 쥰비ᄒᆞ뇨?”

ᄇᆡᆨ시 삼쇼져의 신명한 뎜ᄉᆞ(占辭)를 고ᄒᆞ니, 냥인이 탄상(歎賞)ᄒᆞ여 놀ᄂᆞ고 깃거, 공ᄌᆞ의 복녹을 칭찬ᄒᆞ고 동구(洞口)의 ᄂᆞ오니, 원 【57】 ᄂᆡ 위공ᄌᆞᄂᆞᆫ 동구 밧긔 ᄡᅥ러져 햐쳐(下處)ᄒᆞ고, ᄀᆞᆺᄀᆞ이 ᄂᆞ오믈 혐의(嫌疑)ᄒᆞ무로, 니·졍 냥공이 동구 밧긔 ᄂᆞᄋᆞ와, 공ᄌᆞ다려 드른 말을 젼ᄒᆞ고 왈,

“ᄒᆞᆫ 안히ᄂᆞᆫ ᄌᆞ방(子房) 진평(陳平)의 무리오, 한 안히ᄂᆞᆫ 만물을 지음(知音)ᄒᆞ고, ᄒᆞᆫ 안히ᄂᆞᆫ 니슌풍(李淳風) 곽박(郭璞)의 니(理)를 통ᄒᆞ미 이시니, 너의 유복(有福)ᄒᆞ믄 만고일인(萬古一人)이라. 복이 숀(損)ᄒᆞᆯ가 ᄒᆞ노라.”

공ᄌᆡ 미쇼 왈,

“녀ᄌᆞ의 ᄌᆡ긔(才氣)로오미 명박(命薄)ᄒᆞᆯ 곳이니, 쇼뎨ᄂᆞᆫ ᄆᆡᆼ광(孟光)의 부도(婦道)를 됴히 넉이고, 과도ᄒᆞᆫ 거ᄉᆞᆫ 바라지 아니 【58】 ᄒᆞᄂᆞ이다.”

두 쟝군이 ᄉᆡᆼ의 지략(智略)을 아ᄂᆞᆫ지라. 혜ᄋᆞ리미 능ᄒᆞ믈 항복ᄒᆞ더라.

이ᄯᆡ 삼쇼뎨 셔로 닐오ᄃᆡ,

“우리 ᄆᆡᄌᆞ 형뎨 되어시니, 두 ᄉᆞ름의 친쳑이 엇지 남이리오. 뎡어ᄉᆞ 부인 니시ᄂᆞᆫ 동왕의 표형(表兄) 니셜의 숀녜라. 니댱군과 독친지의(族親之義) 이시니 ᄂᆡ외(內外)ᄒᆞ미 불가토다.” 말은 이러ᄒᆞ나 규즁(閨中) 쇼녜(少女)라. 보기를 쳥치 못ᄒᆞ더니, 뎡금외(金吾)[1229] 왈,

“형과 ᄂᆡ 골육 ᄀᆞᆺᄒᆞᆫ 붕위(朋友)요, 녕ᄆᆡ(令妹) 나의 질ᄋᆞ(姪兒)와 형뎨 되어시니, ᄂᆡ 곳 녕ᄆᆡ의 【59】 형이요, ᄋᆞ질(我姪)이 형의 질녜(姪女)라. 우리 냥인이 쥬혼(主婚)ᄒᆞ니 엇지 ᄂᆡ외(內外)ᄒᆞ리오. 셔로 네를 일워 ᄆᆡᄌᆞ 슉질·형뎨 되미 올토다.”

ᄒᆞ니, 니장군이 이 ᄯᅳᆺ을 쇼져긔 통ᄒᆞ니, 쇼제 즁당의셔 냥인을 쳥ᄒᆞ여 볼ᄉᆡ, 금외(金吾) 질아의 젹쉬(敵手) 셰상의 업살 거시니 질ᄋᆞ만 못ᄒᆞ리라 ᄒᆞ엿더니, 눈을 드러 보ᄆᆡ 뉴·뎡 냥 쇼제 표일(飄逸)ᄒᆞᆫ[1230] 긔질과 상연(爽然)ᄒᆞᆫ ᄐᆡ되, 옥을 다듬고 금을

1229)금외(金吾) : 『역사』 조선 시대에, 임금의 명령을 받들어 중죄인을 신문하는 일을 맡아 하던 관아. 태종 14년(1414)에 의용순금사를 고친 것으로 왕족의 범죄, 반역죄·모역죄 따위의 대죄(大罪), 부조(父祖)에 대한 죄, 강상죄(綱常罪), 사헌부가 논핵(論劾)한 사건, 이(理)·원리(原理)의 조관(朝官)의 죄 따위를 다루었는데, 고종 31년(1894)에 의금사로 고쳤다.=의금부(義禁府).

년(鍊)ᄒᆞ엿시니, 명쥬(明珠) 빗ᄂᆞ고 날빗치 바ᄋᆡ여시니[1231], 건곤의 일【60】졍(一精)이요 강산의 졍신(精神)이라. ᄒᆞᆫᄀᆞᆺ 고으믈 의논ᄒᆞ리오. 니쇼져의 일층 더ᄒᆞ니, 슉녀 미인의 만ᄒᆞ믈 경복ᄒᆞ여 의관을 바로ᄒᆞ고 공경하믈 ᄭᆡᄃᆞᆺ지 못ᄒᆞ더라.

니댱군이 ᄯᅩᄒᆞᆫ 두 쇼졔 ᄆᆡ랑(妹娘)과 ᄀᆞᆺ지 아닐가 ᄒᆞ더니, 녜ᄒᆞ고 눈을 들ᄆᆡ 놀ᄂᆞ고 칭찬ᄒᆞ여 념슬(斂膝)[1232] ᄇᆡᄉᆞ(拜辭) 왈,

"무뷔(武夫) 용녈(庸劣)ᄒᆞ여 공명을 크게 넉여 슉부의 고탁(孤託)[1233]을 닛고 골육을 호혈(虎穴)[1234]의 두어 규즁 쇼네 뉴리분찬(流離奔竄)[1235]ᄒᆞ니, 만일 현쇼져(賢小姐)의 곳이 아니런들 오날놀이【61】잇ᄉᆞ리오. 현ᄆᆡ(賢妹)는 무부의 용녈ᄒᆞ믈 웃지 말나."

니쇼졔 념용(斂容)[1236] ᄃᆡ왈

"형댱(兄丈)의 위ᄌᆞ(慰藉)하시믈 감당ᄒᆞ리잇고? 하놀이 쇼쳡의 고단(孤單)[1237]ᄒᆞ믈 어엿비 넉이ᄉᆞ 져져(姐姐)로ᄡᅧ 맛ᄂᆞ게 ᄒᆞ시미니, 만일 져져를 맛ᄂᆞ지 못ᄒᆞ엿더면 쇼ᄆᆡ 등이 강도의 화를 면ᄒᆞ며 져졔 아니면 슉부를 엇지 맛ᄂᆞ리잇고? 형댱의 은혜로 슉질이 맛나 쳡 등이 의지ᄒᆞᆯ ᄃᆡ를 어드니 형장은 쇼ᄆᆡ 등의 ᄉᆞ례를 바드쇼셔."

댱군이 칭ᄉᆞ(稱謝)ᄒᆞ고,【62】뎡쇼졔 함누(含淚) 왈,

"형댱이 쇼ᄆᆡ로 골육(骨肉)이 난호이믈 모로시ᄂᆞ냐?"

장군 왈

"무뷔 무식ᄒᆞ여 아지 못ᄒᆞ노라."

쇼졔 왈

"션모(先母) 니부인이 노왕(潞王)[1238]의 숀네시니, 대동왕의 지친이 아니시ᄂᆞ니잇가?"

댱군 왈

"일즉 이런 쥴 아랏ᄂᆞ이다."

1230)표일(飄逸)ᄒᆞ다 : 성품이나 기상 따위가 뛰어나게 훌륭하다.
1231)바ᄋᆡ다 : 빛나다. 눈부시다. ≒밤븨다.
1232)념슬(斂膝) : 무릎을 단정히 모아 바르게 앉음.
1233)고탁(孤託) : 탁고(託孤). 고아의 장래를 믿을 만한 사람에게 부탁함.
1234)호혈(虎穴) : 범이 사는 굴.=범굴.
1235)뉴리분찬(流離奔竄) : 일정한 집과 직업이 없이 이곳저곳으로 떠돌아다니거나 달아나 숨거나 함.
1236)염용(斂容) : 자숙하여 몸가짐을 조심하고 용모를 단정히 함.
1237)고단(孤單) : 단출하고 외롭다.
1238)노왕(潞王) : 후당(後唐) 제4대 황제 이종가(李從珂, 885-937). 후당의 마지막 황제로 명종 이사원의 양자였고, 명종의 친아들인 민제 이종후를 축출한 후 제위를 차지하였으나, 그 자신도 후진(後晉) 고조 석경당(石敬瑭)에게 축출당했다. 본명은 왕종가(王從珂). 재위기간 934-937. 노왕은 이종가가 황제에 오르기 전 작위다.

금오 다려 왈

"현ᄆᆡ 날과 삼둉형ᄆᆡ(三從兄妹)여늘 발셔 니르지 아닌다?"

금외 왈

"어려셔 분찬(奔竄)ᄒᆞ여 ᄂᆞ도 오날이야 아랏ᄂᆞ니, 비록 의로 믹지 아냐도 ᄀᆞ장 됴타."

ᄒᆞ고, ᄉᆡ로이 졍홰(情話) 탐탐(耽耽)ᄒᆞ더니, 니 【63】 장군이 졍ᄉᆡᆨ고 삼쇼져를 향ᄒᆞ여 왈,

"현ᄆᆡ 등은 세쇽 범상(凡常)ᄒᆞᆫ 녀지 아니라. 쇼견이 광ᄃᆡ(廣大)ᄒᆞ리니, 일즉 둉신ᄃᆡᄉᆞ(終身大事)를 념녀ᄒᆞ미 업ᄂᆞ냐."

삼쇼졔 유유(儒儒)히[1239] ᄃᆡ왈,

"우흐로 부뫼 아니 계시고, 형과 슉뷔 쳔니(千里)의 계시니 무ᄉᆞᆫ ᄉᆞᄉᆞ(私私) 의논이 잇ᄉᆞ리잇고? 형댱(兄丈)이 쥬댱(主掌)ᄒᆞᄉᆞ 낭핑(狼狽) 업ᄉᆞ믈 {업}원(願)ᄒᆞᄂᆞ이다."

냥인이 탄상 왈,

"어지다. 아ᄆᆡ(我妹)여! ᄯᅳᆺ 잡으미 졍(正)ᄒᆞ고 우리 밋기를 슉부 ᄀᆞᆺ치 하니, 엇지 가련치 아니리오. 【64】 너를 위ᄒᆞ여 부셔(夫壻)[1240]를 골ᄒᆡ미 너와 방블(彷彿)ᄒᆞ니를 만ᄂᆞ지 못ᄒᆞ엿더니, 셔경뉴슈(西京留守) 됴공이 쇼ᄆᆡ ᄂᆞ온 후 탕츈의 옥ᄉᆞ를 결(決)하고, 긔특ᄒᆞᆫ 녀ᄌᆞ라 ᄒᆞ여 ᄂᆡ게 글을 붓쳐 군ᄌᆞ를 쳔거(薦擧)ᄒᆞ여시니, 이는 당실(唐室) 묘예(苗裔)요 쳔고가ᄉᆡ(千古佳士)라. 풍뉴(風流) 혹식(學識)이 금셰일인(今世一人)이니, ᄂᆡ 너의 가긔(佳期)를 뎡ᄒᆞᆫ 후, 뎡형이 너의 글을 보고 냥ᄆᆡ(兩妹)를 위ᄒᆞ여 가랑(佳郞)을 구ᄒᆞ나, 당시의 위랑(위郞)과 방불ᄒᆞ니를 맛ᄂᆞ지 못ᄒᆞᆯ 거시오, 제 일처(一妻)로 늙을 ᄌᆡ 아니라. 우리 【65】 두 ᄉᆞ름이 의논ᄒᆞ고 져를 강박ᄒᆞ며 됴공ᄌᆡ 찬됴(贊助)ᄒᆞ여, 임의 빙녜(聘禮)를 밧고 신낭을 다려와시니, 쇼ᄆᆡ 등의 쥬의(主意)ᄒᆞ여오?"

삼쇼졔 져슈(低首) 참ᄉᆡᆨ(慙色)이라가 ᄃᆡ왈,

"이러틋ᄒᆞ미 쇼ᄆᆡ 등의 원(願)이로쇼이다."

냥공(兩公)이 ᄃᆡ희(大喜)ᄒᆞ여 그 연고를 무른ᄃᆡ, 졈니길흉(占裏吉凶)[1241]으로 ᄃᆡ(對)ᄒᆞ더라.

길일(吉日)이 다ᄃᆞ르ᄆᆡ 포진(鋪陳)[1242]을 졍졔(整齊)ᄒᆞ고 삼쇼졔 웅댱쥬취(雄裝珠翠)[1243]로 신낭을 마즐 ᄉᆡ, 니·뎡 냥인이 혼구(婚具)를 셩비(盛備)ᄒᆞ여 신낭

1239)유유(儒儒)ᄒᆞ다 : 모든 일에 딱 잘라 결정을 내리지 못하고 어물어물한 데가 있다.
1240)부셔(夫壻) : 혼인하여 여자의 짝이 되었거나 될 남자.
1241)졈니길흉(占裏吉凶) : 점사(占辭) 속에 나오는 운수의 좋고 나쁨.
1242)포진(鋪陳) : 자리를 깖. 또는 그 자리.
1243)웅댱쥬취(雄裝珠翠) : 온갖 구슬과 비취 등으로 웅장하고 성대하게 치장을 함.

을 다리고 화촉(華燭)의 녜(禮)를 니룰ᄉᆡ, 이ᄯᆡ ᄉᆞ름○○○○[들이 뎡공]이 【66】 텬ᄌᆞ(天子)의 춍신(寵臣)으로 병위(兵威)를 쪄 위엄이 진동ᄒᆞ니, 뎡쇼졔 져의 질ᄋᆡ(姪兒)련 쥴 알고, 금일 독좌(獨坐)[1244]ᄒᆞ믈 황공ᄒᆞ여 아요쳠녕(阿搖諂佞)[1245]ᄒᆞᄂᆞᆫ지라. 신앙의 의표를 바라보와 놀나며 흠모ᄒᆞ여 졔셩갈ᄎᆡ(齊聲喝采)[1246]러라.

옥상(玉床)의 홍안(鴻雁)을 젼ᄒᆞ고, ᄒᆞᆫ 쎄 홍군(紅裙)이 두 쥴 홍촉(紅燭)을 잡ᄋᆞ 신낭을 인도ᄒᆞ여 ᄂᆡ당의 드러오ᄆᆡ, 삼쇼져로 더브러 교ᄇᆡᄒᆞᆯ ᄉᆡ, 신낭의 호상쥰ᄆᆡ(豪爽俊邁)[1247]ᄒᆞ미 학우신션(鶴羽神仙)이오, 신부의 교용묘질(嬌容妙質)이 요지금모(瑤池金母)[1248] ᄀᆞᆺᄒᆞ니, 빗난 【67】 빗치 서로 쏘이니, ᄂᆡ공과 진·ᄇᆡᆨ 냥유랑이 깃브고 즐겨 고쥬(故主)[1249]의 보지 못ᄒᆞ믈 슬허ᄒᆞ더라.

교ᄇᆡ(交拜)를 파ᄒᆞᄆᆡ 동방(洞房)[1250] ᄂᆞ유(羅帷)[1251]의 ᄌᆞ하상(紫霞觴)[1252]을 ᄂᆞᆫ홀 ᄉᆡ, 위ᄉᆡᆼ이 눈을 드러 보ᄆᆡ 심듕의 ᄃᆡ희ᄒᆞ여 부뫼 먼니셔 보지 못ᄒᆞ시믈 쳑연(慽然)ᄒᆞ고 삼쇼졔 신낭의 표치(標致)[1253]를 ᄀᆞ마니 보ᄆᆡ 경희(慶喜)ᄒᆞ여 평ᄉᆡᆼ이 헛되지 아닐 쥴 깃거ᄒᆞ더라.

쳣날은 니쇼져 침쇼의셔 지ᄂᆡ고, 니튼 날은 뉴쇼져 침쇼의셔 ᄌᆞ고, 명일은 뎡 【68】 쇼져 침쇼의셔 지ᄂᆡ{고}, ᄉᆞᄀᆡ부뷔(四個夫婦) 거믄고 곡되 화(和)ᄒᆞ고[여], 평ᄉᆡᆼ 원이 마ᄌᆞ 삼일을 맛ᄎᆞ니, 니·뎡 냥인이 현위를 죄쥬려 ᄒᆞ거ᄂᆞᆯ, 쇼졔 간(諫)ᄒᆞ여 긋치고 민졍을 소요(騷擾)ᄒᆞᆷ만 졀칙(切責)ᄒᆞ니라.

삼인이 화락ᄒᆞ여 날이 가믈 ᄭᆡᄃᆞᆺ지 못ᄒᆞ더니, 임의 말ᄆᆡ ᄀᆡ한이 당ᄒᆞ니, 금외

1244)독좌(獨坐) : 독좌례(獨坐禮) 혼인례에서 대례(大禮)를 달리 이른 말. 즉 신랑과 신부가 대례를 행할 때 각각의 앞에 음식을 차려 놓은 독좌상(獨坐床)을 놓고 교배(交拜)·합근(合巹) 등의 의례를 행하는 것을 비유하여 쓴 말이다.

1245)아요쳠녕(阿搖諂佞) : 지나치게 아첨하거나 굴종함.

1246)졔셩갈ᄎᆡ(齊聲喝采) : 여러 사람이 일제히 소리를 질러 찬양이나 환영의 뜻을 나타냄.

1247)호상쥰ᄆᆡ(豪爽俊邁) : 호탕하고 시원시원하며. 재주와 지혜가 매우 뛰어남.

1248)요지금모(瑤池金母) : 서왕모(西王母). 중국 신화에 나오는 신녀(神女)의 이름. 불사약을 가진 선녀라고 하며, 음양설에서는 일몰(日沒)의 여신이라고도 한다.

1249)고주(故主) : 옛 주인.

1250)동방(洞房) : 신방(新房). 신랑, 신부가 첫날밤을 치르도록 새로 차린 방.

1251)ᄂᆞ유(羅帷) : 비단으로 만든 장막(帳幕)

1252)ᄌᆞ하상(紫霞觴) : 전설에서, 신선들이 술을 마실 때 쓰는 잔. '자하'는 신선이 사는 곳에 서리는 보랏빛 노을이라는 말로, 신선이 사는 선계(仙界)를 뜻한다. 따라서 선계의 신선이 입는 치마를 자하상(紫霞裳), 그들이 마시는 술을 자하주(紫霞酒), 그들이 사는 곳을 자하동(紫霞洞)이라 이른다.

1253)표치(標致) : ①얼굴이 매우 아름다움. 또는 그러한 미인. ②취지(趣旨)를 드러내 보임.

(金吾) ᄌᆡ촉ᄒᆞ며 위랑이 삼쇼져를 권귀(眷歸)ᄒᆞᆯ[1254] ᄉᆡ, 뉴·졍 양쇼졔 숑츄(松楸)[1255]를 먼니 격(隔)ᄒᆞ믈 슬허ᄒᆞ여, 옥뉘(玉淚) 삼삼(滲滲)ᄒᆞ며[1256] 셜상궁과 시ᄋᆞ 등의 무리로 숑츄를 【69】 직희여 향화(香火)를 밧들게 ᄒᆞ고, 난혜·츄슈영·홍영·뉴란·아시비(兒侍婢)로 더브러 길흘 ᄂᆞ니, 진·ᄇᆡᆨ 냥 뉴뫼 됴ᄎᆞᆺ더라.

공ᄌᆡ 삼위 슉녀로 더브러 집으로 도라오니, 션셩(先聲)[1257]이 몬져 니르ᄆᆡ 됴공이 아역(衙役)을 보ᄂᆡ여 맛고, 부인이 몬져 위궁의 와 졔궁ᄋᆞ를 다리고 누각(樓閣)을 쇄소(灑掃)ᄒᆞ며, 원님(園林)을 슈츅(修築)ᄒᆞ니, 쥬란화각(朱欄華閣)[1258]은 경영(鶊鴒)[1259]ᄒᆞ여 구슬발[1260]을 씌웟고, 분벽ᄉᆞ창(粉壁紗窓)[1261]은 비단발을 거러시니, 셕년(昔年) 번화ᄒᆞ던 ᄂᆞᆺ치[1262] 도 【70】 로 ᄂᆞᆫ지라. 궁비(宮婢) 장확(臧獲)[1263]이 분분(紛紛)ᄒᆞ여 용약ᄒᆞ며 환셩(歡聲)이 진동ᄒᆞ더라.

궁즁의 ᄌᆡ산이 뫼 ᄀᆞᆺ더니, 금일 공ᄌᆡ 입장(入丈)ᄒᆞᄆᆡ 산진희찬(山珍海饌)[1264]의 슈륙진미(水陸珍味)[1265] 업ᄉᆞᆫ 거시 업고, 됴부인이 환낙(歡樂)ᄒᆞ여 공후 부인ᄂᆡ를 쳥ᄒᆞ여시니, 뉴슈 부인이 쳥ᄒᆞ니 뉘 아니 됴ᄎᆞ리오. 닷토와 모드니 이 본ᄃᆡ 옛날 황셩이라. 화가(華家)[1266] ᄌᆞ뎨 가득ᄒᆞ엿더니, 빈ᄀᆡᆨ이 불가승쉬(不可勝數)러라.

됴공이 니르러 외ᄀᆡᆨ(外客)○○[으로] 쥬인(主人)이 되여 향환ᄌᆞ뎨(鄕宦子弟)를 쳥{ᄒᆞ}【71】ᄒᆞ니, ᄯᅩᄒᆞᆫ 이의 다 왓더라.

뎡·니 냥공과 위랑이 이르러시니, 됴공이 반겨 별ᄂᆡ(別來)를 무르며 혼인을 치ᄒᆞᄒᆞ여[ᄆᆡ], 뎡·니 이인이 삼취ᄒᆞᆫ 곡졀을 젼ᄒᆞ니, 긔특ᄒᆞᆫ 인연이믈 칭하(稱賀)ᄒᆞ더라.

1254)권귀(眷歸)ᄒᆞ다 : 한집에 거느리고 사는 식구를 데려가거나 데려오다.
1255)숑츄(松楸) : ①산소 둘레에 심는 나무를 통틀어 이르는 말. 주로 소나무와 가래나무를 심는다. ②조상의 무덤을 비유적으로 이르는 말.
1256)삼삼(滲滲)ᄒᆞ다 : 물이나 눈물 따위가 줄줄 흘러나오다.
1257)션셩(先聲) : ①미리 보내는 기별(奇別). ②진부터 널리 알려져 있는 명성(名聲)
1258)쥬란화각(朱欄華閣) : 단청을 아름답게 하여 매우 화려하게 꾸민 누각
1259)경영(鶊鴒) : 꾀고리와 할미새. 또는 그처럼 날렵한 모양.
1260)구슬발 : 구슬을 꿰어 만든 줄을 여러 개 나란히 늘어뜨려 만든 발.
1261)분벽ᄉᆞ창(粉壁紗窓) : 하얗게 꾸민 벽과 비단으로 바른 창이라는 뜻으로, 여자가 거처하며 아름답게 꾸민 방을 이르는 말.
1262)ᄂᆞᆺ치 : 낯이. *낯 : 얼굴. 또는 체면이나 모습.
1263)장확(臧獲) : 종. 노비(奴婢). 장(臧)은 사내종[奴]을, 획(獲)은 계집종[婢]을 말함. *'獲'의 음은 '획'인데, 고소설에서는 '확'으로 쓰이고 있다.
1264)산진희찬(山珍海饌) : 산과 바다에서 난 산물들로 만든 진귀한 음식들.
1265)슈륙진미(水陸珍味) : 뭍과 바다에서 나는 온갖 진귀한 식재료로 차린, 맛이 아주 좋은 음식들.
1266)화가(華家) : 부귀한 집.

삼신뷔(三新婦) 좌의 ᄂᆞ니, 됴부인이 ᄒᆞᆫ 번 보ᄆᆡ 삼ᄀᆡ 션ᄌᆞ(仙子)요, 삼지연홰(三支蓮花)라. 가ᄂᆞᆫ 허리ᄂᆞᆫ 미앙궁(未央宮)1267) 버들이오, ᄇᆡᆨ셜긔부(白雪肌膚)1268)ᄂᆞᆫ 기름이 엉긘 듯, 아릿ᄯᆞ온 ᄐᆡ되(態度) 텬ᄒᆞ의 하ᄂᆞ히라. 만좨(滿座) 탈ᄉᆡᆨ(脫色)ᄒᆞ고 흠탄(欽歎)ᄒᆞᄂᆞᆫ 쇼ᄅᆡ 귀를 거ᄉᆞ리니, 【72】 됴부인이 깃브고 ᄉᆞ랑ᄒᆞ여 눈을 옴기지 아니터라.

둉일(終日) 진환(盡歡)ᄒᆞ고 파연(罷宴)ᄒᆞᄆᆡ, 니쇼져 슉쇼ᄂᆞᆫ 정침(正寢) ᄌᆞ운뎐의 정ᄒᆞ고, 뉴쇼져ᄂᆞᆫ 션취각의 정ᄒᆞ고, 이 집은 ᄌᆞ운뎐 좌편이니 셕일 셜부인 침쇼더라. 뎡쇼져 침쇼ᄂᆞᆫ 능허각의 뎡ᄒᆞ니, 됴부인이 이 ᄂᆞᆯ 머므러, 삼쇼제 부인긔 문안하고 말ᄉᆞᆷᄒᆞᄆᆡ, 명혜(明慧)ᄒᆞᆫ 부덕(婦德)과 춍명이 여신(如神)ᄒᆞ여 쇽ᄐᆡ(俗態) 업ᄉᆞ믈 ᄋᆡ경(愛敬)ᄒᆞ고, 삼쇼제 부인의 텬일지푀(天日之表)1269) 잇셔 당당이 【73】 국뫼(國母) 될 쥴 알고 공경ᄒᆞ더라.

댱군이 쇼져의 정돈(整頓)ᄒᆞ믈 보고 환희ᄒᆞ여, 뎡공은 됴공을 뫼셔 관부(官府)로 가고, 댱군은 슉모를 보라 갈ᄉᆡ, ᄆᆡ데(妹弟)다려 왈,

“네, 예 와시니 슉모를 보게 ᄒᆞ려니와, 우리 다 가고 위ᄉᆡᆼ이 ᄒᆞᆫ가지로 가면 네 외로오니, 슉뫼 다시 무ᄉᆞᆫ 환(患)을 비즐진ᄃᆡ 냥 표ᄆᆡ(表妹)1270)의게 밋츨가 ᄒᆞ노라.”

쇼제(小姐) 왈,

“탕젹(탕賊) 부ᄌᆞ 업ᄉᆞ니 모친이 그러치 아니시리이다. 쇼ᄆᆡ ᄌᆞ식이 되여 어미를 겻히 두고 엇지 긔(欺)이리 【74】 잇고?”

댱군이 잉분(忍忿)ᄒᆞ고 슉모를 보라 가더라.

쇼제 냥시(양氏)와 궁ᄋᆞ를 ᄃᆡᄒᆞ여 옛 닐을 ᄉᆞ례ᄒᆞ니, 졔궁ᄋᆡ(諸宮兒) 쇼져로 써난 후 ᄉᆞ렴(思念)ᄒᆞ여 닛지 못ᄒᆞ다가, 져의 쥬뫼(主母)되니 경희(慶喜)ᄒᆞ믈 니긔지 못ᄒᆞ고, 양시(양氏) ᄯᅩᄒᆞᆫ 깃거 ᄒᆞ더라. 【75】

1267)미앙궁(未央宮) : 중국 한(漢)나라 때에 만든 궁전. 고조 원년(B.C.202)에 승상인 소하(蕭何)가 장안(長安)의 용수산(龍首山)에 지었다.
1268)ᄇᆡᆨ셜긔부(白雪肌膚) : 하얀 눈처럼 희고 아름다운 피부.
1269)텬일지푀(天日之表) : 온 세상에 군림할 인상(人相). 곧 임금의 인상을 이르는 말이다.
1270)표매(表妹) : 외종 사촌 누이.

화산션계록 권지구

ᄎ셜, 션시의 탕시 ᄉ오나온 질ᄋ(姪兒)와 흉ᄒᆞᆫ 동싱으로 더브러 계계빅츌(計計百出)ᄒᆞ여 녀ᄋ를 도모ᄒᆞ다가, 싱각 밧 일이 드러나 탕가 부ᄌ 듕치(重治)ᄒᆞ여 원젹(遠謫)ᄒᆞ니, 붓그러오며 한(恨)ᄒᆞ여 지부(知府)를 원(怨)ᄒᆞ고, 아문관니(衙門官吏) 니부의 와 징식(徵索)ᄒᆞ니, 반젼(盤纏)[1271]이 다 니부의셔 ᄂᆞᄂᆞᆫ지라.

기리 옥슈를 ᄭᅮ지져 욕ᄒᆞ며, 쇼져 침쇼의 가 의복(衣服) 장염(粧奩)을 셔르져[1272] 환믹(還賣)홀 시, 버린 거시 ᄀᆞ득ᄒᆞ고[ᄃᆡ], 그르슬 열미 니시의 젼【1】닉(傳來) ᄒᆞᄂᆞᆫ 보빅ᄂᆞᆫ 니르도 말고, 셔젹(書籍) 도화(圖畫)의 뉴(類) 하나토 업고 뷘 그릇 ᄲᅮᆫ이라.

탕시 ᄃᆡ경(大驚)ᄒᆞ여 쇼릭질너 왈,

"션군(先君)이 옥슈를 편익ᄒᆞ여 니시의 긔화(奇貨)ᄂᆞᆫ 다 옥슈를 맛지고, 혹 닉아슬가 ᄒᆞ여 옥슈 밧근 《다르지‖다루지》 못ᄒᆞ게 표ᄒᆞ여 맛졋더니, 졔 비록 도망ᄒᆞ나 엇지 다 가져간고? 반ᄃᆞ시 간부를 교통ᄒᆞ여 셔르져 닉엿도다."

ᄲᆞᆯ니 유모를 불너 무르려 ᄒᆞᆫ 즉, 간ᄃᆡ 업고 시녀를 ᄎᆞᄌᆞ되 형영(形影)도 업ᄂᆞᆫ지라. 젹은 상ᄌ 잇셔 봉(封)ᄒᆞᆫ 글이 잇ᄉᆞ니,【2】ᄲᅢ혀 보니 기셔(其書)의 왈,

"불쵸녀(不肖女) 옥슈ᄂᆞᆫ 쳬읍(涕泣) 돈슈(頓首)ᄒᆞ고 ᄌᆞ위(慈闈) 안하(眼下)의 하직ᄒᆞᄂᆞ니, 명되(命途) 긔박(奇薄)ᄒᆞ여 일즉 ᄌᆞ모를 일코 엄친이 기셰ᄒᆞ시니, 영졍(零丁)[1273]ᄒᆞᆫ ᄋᆞ히 ᄌᆞ위 슬하의 무ᄋᆡ(撫愛) ᄒᆞ시믈 밋습더니, 즁간의 투져(投杼)[1274]ᄒᆞᄂᆞᆫ 참쇠(讒訴) 세 번 더으고, ᄉᆞ오ᄂᆞ온 ᄉᆞ롬이 쇼녀를 도모ᄒᆞ니, 가셩(家聲)을 《츄탁‖츄락(墜落)》 홀가 두리고, 또 모친 실덕이 창셜(唱說)홀가 져허ᄒᆞ고 , 세흔 션친 유훈(遺訓)을 져바릴가 두려, 발ᄌᆞ최 둉형(從兄)을 ᄎᆞᄌᆞ 가니, 쳔니(千里) 장졍(長程)의 규【3】리약질(閨裏弱質)[1275]이 득달(得達)키 어려온지

1271)반젼(盤纏) : 노자(路資). 먼 길을 떠나 오가는 데 드는 비용.
1272)셔릊다 : 거두어 치우다. 아주 없애버리다.
1273)영졍(零丁) : 세력이나 살림이 보잘것없이 되어서 의지할 곳이 없다.
1274)투져(投杼) : 증자의 어머니가 증자가 사람을 죽였다는 말을 듣고, 처음에는 이를 믿지 않았으나, 여러 차례 같은 말을 듣자, 마침내 베틀의 북을 내던지고 사건현장으로 달려갔다는 고사. 누구나 여러 번 말을 들으면 곧이듣게 된다는 말.
1275)규리약질(閨裏弱質) : 규방 가운데서만 지낸 약한 여성.

라. 즈위 당즁(堂中)을 바라 함누지비(含淚再拜)ᄒᆞ고 삼가 하직을 고ᄒᆞᄂᆞ이다."
ᄒᆞ엿더라.
탕시 간필(看畢)의 분분ᄃᆡ로(忿憤大怒)[1276]ᄒᆞ여 무슈(無數) 즐욕(叱辱)ᄒᆞ고, 집안 가장(家藏)과 고(庫)를 다 기우려 관치(官差)를 슈응(酬應)ᄒᆞ니, 가지(家財) 공허(空虛)ᄒᆞ고, 잇ᄂᆞᆫ 쏠이나 혼취(婚娶)코ᄌᆞ ᄒᆞ나, 뉘 져집의 결혼코ᄌᆞ ᄒᆞ리오. ᄂᆞᆯ이 오ᄅᆡ미 싱이(生涯)[1277] 궁핍ᄒᆞ더니, 닌읍(隣邑)의 긔특ᄒᆞᆫ 지쥐 잇ᄉᆞ니 셩은 황[왕]문셕이라. 션됴 왕언장(王彦章)[1278]이 양(梁)을 돕다가 오룡진(烏龍津)[1279]의 픽(敗)ᄒᆞ미 【4】 그 ᄌᆞ식이 숨어 ᄉᆞ라 무예를 바리고 장ᄉᆞ질 ᄒᆞ더니, 문셕의게 글 비화 슈지(秀才)[1280] 되엿더라.
쳐 가시(가氏)의게 일지(一子) 잇ᄉᆞ니 ᄂᆞ히 십오셰라. 미부(美婦)를 구ᄒᆞ더니 니혹ᄉᆞ 집 쇼제 미려(美麗)ᄒᆞ믈 듯고 믹파를 보ᄂᆡ여 구혼ᄒᆞ니, 탕시 져의 부요(富饒)ᄒᆞ미 왕공(王公)과 ᄀᆞᆺᄒᆞ믈 듯고 허혼코ᄌᆞ ᄒᆞ거ᄂᆞᆯ, 쇼녀(少女) 쥬옥이 간 왈,
"쇼네(小女) 드르니 왕언장은 당실(唐室) 원쉬(怨讐)라. 양(梁)을 도와 당(唐)을 망케 ᄒᆞ니, 션뎨(先帝)[1281] '진(晉)·당(唐)'[1282]을 보ᄂᆡ여 잡으시다 ᄒᆞ니, 두 집이 원쉬라. 제 구혼ᄒᆞ 【5】 미 무례ᄒᆞ고 모친이 친쳑의게 난쳐ᄒᆞ미 될가 ᄒᆞ나이다."
쥬이 발연 왈,
"쇼미(小妹) 무어슬 《아ᄂᆞ냐‖안ᄃᆞ고》 날을 공쳑(攻斥)ᄒᆞ[1283]고 모친을 협제

1276)분분ᄃᆡ로(忿憤大怒) : 분하고 원통하여 크게 노함.
1277)싱이(生涯) : ①살림을 살아 나갈 방도. 또는 현재 살림을 살아가고 있는 형편.=생계. ②살아 있는 한평생의 기간.
1278)왕언장(王彦章) : 중국 후량(後梁)의 장수. AD.863~923. 호는 '철창(鐵槍)'인데, 그가 군중에서 철창을 사용하는 것이 몹시 빨라 '왕철창(王鐵槍)'이라 불렀으므로 붙여진 호라 한다. 양태조(梁太祖)를 섬기며 여러 차례 군공을 세웠으나, 말제(末帝) 때 후당(後唐)의 군사와 맞서 싸우다 사로잡혀, 귀순을 거부하고 죽임을 당하였다. (『新五代史 卷32』 '王彦章列傳')
1279)오룡진(烏龍津) : 오룡강(烏龍江)에 있는 나루터. *오룡강(烏龍江) : 흑룡강(黑龍江)의 옛 이름. 러시아와 중국의 국경 부근을 흐르는 강. 몽골 북부의 오논강에서 나와 동쪽으로 흘러 타타르 해협으로 들어간다. 길이는 4,352km.≒아무르강, 헤이룽강.
1280)슈지(秀才) : 중국 당나라 때 증설된 과거시험의 하나인 수재과(秀才科)에 급제한 사람을 이르는 말.
1281)션뎨(先帝) : 후당(後唐) 2대 황제 명종(明宗: 926-933) 이사원(李嗣源)을 이른 말. 전편 <천수석>에서 명종은 당(唐)이 오래가지 못할 것을 알고 자신의 적자(嫡子) 복성에게 본인의 본성(本姓)인 위씨 성을 회복시켜 고향인 화주(華州)에 내려가 살게 하였다.
1282)진(晉)·당(唐) : 중국 당(唐)나라 말 진왕(晉王) 이극용의 군대와 이극용에게 투항한 당(唐)의 잔병(殘兵)'을 함께 이른 말. 이 두 나라 군대를 합한 것이 당시 후량(後梁)과 패권을 다투던 후당(後唐)의 전체 병력이다.

(脅制)ᄒᆞᄂᆞ냐?"

쥬옥이 웃고 왈,

"규슈(閨秀) 혼닌(婚姻)을 ᄌᆞ원(自願)ᄒᆞᄂᆞᆫ 법 잇ᄂᆞ뇨? 뎐일 모친으로 더브러 옥슈 형을 괴롭게 ᄒᆞ더니, 이제 날을 ᄯᅩ 괴롭게 ᄒᆞ려ᄂᆞ냐?"

쥬ᄋᆡ와 탕시 ᄃᆡ로ᄒᆞ여 쥬옥을 두다리며 ᄭᅮ짓고 즉시 왕가와 결혼ᄒᆞ니, 쥬옥이 침당의 슘어 형과 어미ᄅᆞᆯ 감히 보지 못ᄒᆞ고, 쥬ᄋᆡ 남은 ᄌᆡ 【6】 보ᄅᆞᆯ 다 아ᄉᆞ 가니, 탕시 쥬ᄋᆡᄅᆞᆯ ᄯᆞ라 왕가의 가 머믈 ᄉᆡ, 쥬ᄋᆡ 혜오ᄃᆡ,

"쥬옥을 원방(遠方)의 혼취(婚娶)ᄒᆞ고 ᄌᆡ물을 모도 취ᄒᆞ리라."

ᄒᆞ고, 댱부(丈夫)ᄅᆞᆯ 속여,

"쳡의 부뫼 남ᄌᆡ 업셔 ᄌᆞᄆᆡ 세 ᄉᆞ름이니, 형은 상부인 ᄉᆡᆼ츌(生出)이라. 모친을 원망ᄒᆞ여 다라나고, 아이 십세 넘어시ᄃᆡ 신질(身疾)이 잇셔 혼취 어려오니, 길히 머러 집의 와 어ᄌᆞ러이지 못ᄒᆞᆯ ᄉᆞ름의 집과 결혼코ᄌᆞ ᄒᆞ니, 낭군은 유심(留心)ᄒᆞ라."

왕ᄉᆡᆼ 왈,

"녕형(令兄)의 쇼문은 당금의 쌍(雙) 업 【7】 ᄉᆞᆫ 슉녀여니와, 녕제(令弟)ᄂᆞᆫ 무ᄉᆞᆷ 병이 잇ᄂᆞᆫ뇨? 젼광(癲狂)[1284]ᄒᆞᆫ 녀ᄌᆞ면 상한(常漢)인들 즐기랴?"

쥬ᄋᆡ 거즛 슬허ᄒᆞᄂᆞᆫ 빗ᄎᆞ로,

"ᄋᆞ이[1285] 아시 듕병을 지ᄂᆡ고 언ᄉᆡ 홀연 ᄌᆞ셔치 못ᄒᆞ되 용뫼 졀세ᄒᆞ니, 져 ᄀᆞᆺ흔 ᄇᆡ필을 구ᄒᆞ노라."

왕ᄉᆡᆼ이 쇼왈,

"긔특ᄒᆞᆫ ᄇᆡ위(配偶) 잇도다. ᄂᆡ 표형(表兄)이 ᄒᆞᆫ ᄋᆞ들이 잇ᄉᆞ니, 용뫼(容貌) 쥰ᄋᆞ(俊雅)ᄒᆞ되 말ᄒᆞᄂᆞᆫ 쥭엄이라. 지금 십구세의 의친(議親)[1286]ᄒᆞ미 업더니, 이 녀ᄌᆡ 희미ᄒᆞ면 뉘 져ᄅᆞᆯ 취(娶)ᄒᆞ리오. 두 ᄉᆞ름이 맛 【8】 나 요ᄒᆡᆼ ᄋᆞ들을 나흐면 셩(姓)을 니으리로다.

쥬ᄋᆡ 쇼왈,

"우리 모친은 ᄋᆞ의 위인을 아르시나, 세상의 남ᄌᆞᄅᆞᆯ 구ᄒᆞᄂᆞ니 바로 고(告)ᄒᆞ면 용납지 아니시리니, 낭군이 모친긔 져의 위인을 바로 고치 말고, 일ᄉᆡᆼ을 안과(安過)케 혼인을 일우라."

왕ᄉᆡᆼ이 쇼왈,

1283)공쳑(攻斥)ᄒᆞ다 : 공격하고 배척(排斥)함.
1284)젼광(癲狂) : 『한의』 정신에 이상이 생겨 일어나는 미친 증세.=광증(狂症).
1285)ᄋᆞ이 : 아우. 동생. 같은 부모에게서 태어난 사이거나, 일가친척 가운데 항렬이 같은 사이에서 손윗사람이 손아랫사람을 이르거나 부르는 말.
1286)의친(議親) : 친사(親事) 즉 혼인을 의논함. *친사(親事): 혼인에 관한 일.

"혼닌을 일운 후 악뫼(岳母) 그듸와 날을 원(怨)홀진듸 엇지리오?"

쥬ᄋᆡ 왈,

"부뫼 그릇 싱각ᄒᆞ시믈 ᄌᆞ식이 간(諫)치 아니리오. 모친이 ᄌᆞᄋᆡ(慈愛)의 닛글녀 군진(君子) 연후야 병인 【9】 을 용납홀가 녁이시니, 정친(定親)ᄒᆞᆫ 후 편당(便當)ᄒᆞ믈 알외리니, 낭군은 모로ᄂᆞᆫ ᄃᆞ시 ᄒᆞ쇼셔."

ᄉᆡᆼ이 부답ᄒᆞ더라.

탕시 슈십일 머므러 도라가니, 쥬ᄋᆡ 일삭(一朔) 후의 믹파를 왕됴봉의 집의 보ᄂᆡ니[어] 구혼홀 식, 됴봉은 왕문셕의 질ᄋᆡ(姪兒)라. 위인이 질박(質朴)ᄒᆞ여 녁○[농](力農)1287)ᄒᆞ믈 위업(爲業)ᄒᆞ니, ᄒᆞᆫ ᄋᆞ들을 두어시나, 인ᄉᆡ(人事) ᄒᆞ려 글도 아지 못ᄒᆞ고, 남이 쥬면 먹고 아니 쥬면 굴무니, 됴봉이 감히 구혼치 못ᄒᆞ여 ᄂᆞ히 임의 이십이로 【10】 듸, 며ᄂᆞ리를 엇지 못ᄒᆞ엿더니, 이날 즁미(仲媒) 와 됴봉을 보고 왈,

"그듸 문호(門戶)의 하날 ᄀᆞᆺ치 됴흔 일이 잇ᄉᆞ니, 젼 니혹ᄉᆞ의 쇼져ᄂᆞᆫ 왕슈ᄌᆡ(王秀才)의 식뷔(息婦)시고, 그 아이 잇셔 ᄂᆞ히 십일세 되어시니, 도요지년(桃夭之年)1288) 이로듸, 댱셩ᄒᆞ미 큰 쇼져도곤 더ᄒᆞ고, 운쉬(運數) 부모를 먼니 써ᄂᆞ면 됴타 ᄒᆞ니, 니부인이 부호(富豪)ᄒᆞᆫ 집 질슌노셩(質純老成)ᄒᆞᆫ 신낭을 어드려 ᄒᆞ니, '쇼낭군이 아니 ᄌᆞ랏ᄂᆞ냐?' 장ᄎᆞ 도모ᄒᆞ미 엇더ᄒᆞ뇨?

됴봉이 듸왈, 【11】

"파ᄌᆞ(婆者)1289)ᄂᆞᆫ 니르지 말나. 우리 슉뷔 금은이 만흔 타스로 상부 쇼져를 취ᄒᆞ엿더니 다 시비(是非)ᄒᆞ거든, ᄒᆞ믈며 ᄂᆡ 집은 농업ᄒᆞᄂᆞᆫ ᄉᆞ름이라, 구혼ᄒᆞ면 남이 웃지 아니리오."

믹픽 쇼왈,

"그듸 모로ᄂᆞᆫ도다. 니가의 남ᄌᆡ 업고 탕시 탐심이 만흐니, 빙폐(聘幣)만 후히 ᄒᆞ고 혼ᄉᆞ를 셸니 ᄒᆞ면 일분 의심○[이] 《업ᄂᆞ니‖업ᄉᆞ리》 라."

됴봉쳐 크게 깃거 왈

"파ᄌᆞ의 말이 ᄀᆞ장 됴흐니 슌히 일이 일면 파ᄌᆞ를 다시 빅금(百金)으로 쥬리라.

됴봉이 요두(搖頭) 왈, 【12】

"어렵고 불가타. 파ᄌᆡ(婆者) 즁ᄉᆞ(重事)를 들녀1290) 우리를 속이ᄂᆞᆫ도다."

1287)녁농(力農) : 힘써 농사를 지음.

1288)도요지년(桃夭之年) : 처녀가 나이로 보아 시집가기에 알맞은 나이. *도요(桃夭); 『시경』 '주남(周南)'에 실려 있는 시의 제목. '복숭아꽃이 필 무렵'이란 뜻으로, 혼례을 올리기 좋은 시절을 이르는 말

1289)파자(婆者) : 노파(老婆). 할멈. 지체가 낮은 늙은 여자를 대접하여 이르는 말.

1290)들리다 : '듣다'의 피동사. 듣게 하다. 들어서 알게 하다.

밋픽 분노 왈,

"닉 일을 일워닉리니 누듕을 보라."

ᄒᆞ고, 바로 니부로 향ᄒᆞ여 탕부인긔 뵈와지라 ᄒᆞ니, 탕시 불너 온 연고를 무른ᄃᆡ, 픽 왈,

"귀 쇼제 왕문의 우귀(于歸)ᄒᆞ시ᄆᆡ 합ᄉᆞ(闔舍)1291)의 보빅되여 구족(九族)이 다 이굿흔 자부(子婦) 엇기를 ᄇᆞ라ᄂᆞᆫ지라. 낭군이[의] 똑친 왕원의 일낭(一郞)이 잇ᄉᆞ니, 용뫼 쥰ᄋᆞ(俊雅)ᄒᆞ고 부(富)ᄂᆞᆫ 왕슈지 집도곤 빅승(倍勝)ᄒᆞ고, 낭군이 진미(珍味)를 념(厭)ᄒᆞ고 복쳡(僕妾)이 【13】 옹위(擁衛)ᄒᆞ여 의관을 셤기며 음식을 권ᄒᆞ니, 부귀가(富貴家) 닷토와 구혼ᄒᆞ되 셩친(成親)ᄒᆞᆫ ᄃᆡ 업더니, 큰 쇼져의 현미(賢美)ᄒᆞ믈 흠모ᄒᆞ여 ᄎᆞ쇼져긔 구혼ᄒᆞ더이다."

탕시 부요(富饒)ᄒᆞ믈 깃거 웃고 왈,

"닉 ᄋᆞᄒᆡᄂᆞᆫ 화신월정(花神月精)1292)이라 큰 쇼져의 뉴 아니여니와, 신낭을 ᄌᆞ시 모르니 엇지 허(許)ᄒᆞ리오"

밋픽 왈

"신낭은 큰 낭군의 뉴(類) 아니니 허혼(許婚)ᄒᆞ시고 뉘웃지 마르쇼셔."

탕시 왈,

"닉 죵용이 사량(思量)ᄒᆞ리니 파ᄌᆞᄂᆞᆫ 물너시라."

ᄒᆞ고, 글월 【14】 을 쥬ᄋᆞ의게 보닉니, 쥬ᄋᆡ 크게 깃거 답ᄒᆞ되,

"신낭은 ᄀᆞ장 아름답다 ᄒᆞ고, 가ᄌᆡ(家財) 부요ᄒᆞ믄 만셕군(萬石君)의게 비기리니, 구가의 신고(身苦)홀 뉴 아니니이다."

ᄒᆞ엿거ᄂᆞᆯ, 탕시 ᄃᆡ희ᄒᆞ여 밋파를 후상(厚賞)ᄒᆞ고 쾌허ᄒᆞ니, 밋픽 됴봉의 집의 가 졍혼ᄒᆞ믈 젼ᄒᆞ니, 됴봉이 ᄃᆡ희ᄒᆞ여 금은옥빅(金銀玉帛)으로 밋파를 ᄉᆞ례하고 빙폐(聘幣)를 후히ᄒᆞ더라.

탕시 쥬옥의 혼닌을 졍ᄒᆞ고 ᄌᆞ랑ᄒᆞ되,

"틱우1293)의 집으로 혼취ᄒᆞᄆᆡ 어렵거ᄂᆞᆯ 냥녀를 【15】 다 부요ᄒᆞᆫ 집의 귀한 ᄋᆞ들과 혼닌ᄒᆞ니 닉 녀ᄋᆞ들은 복이 만토다. 옥슈ᄂᆞᆫ 쇼금오 집 부귀도 마다ᄒᆞ고 다라ᄂᆞ더니, 어ᄃᆡ 가 뉴락(流落)ᄒᆞ여 문호를 욕먹이ᄂᆞᆫ고? 텬되 볽다 ᄒᆞ리로다."

ᄒᆞ며 즐겨 ᄒᆞ더니, 쥬옥의 시ᄋᆞ 일인이 잇ᄉᆞ니 명은 취옥이니, 옥슈쇼져 시ᄋᆞ 능옥의 아이라. 춍명혜일(聰明慧逸)1294)ᄒᆞ고 츙셩이 잇더니, 왕가 빙폐날 모든 동정을 보

1291)합ᄉᆞ(闔舍) : 온 집안. 가족을 구성원으로 하여 살림을 꾸려 나가는 공동체 모두. 또는 가까운 일가 모두.

1292)화신월정(花神月精) : '꽃의 요정(妖精)이요 달의 정령(精靈)이다'는 말로, 꽃이나 달처럼 아름답고 밝다는 말.

1293)틱우 : 태우. '대부(大夫)'의 옛말.

더니 비록 의관을 ᄒᆞ여시나 상뫼(相貌) 츄(醜)ᄒᆞ여 됴금도 ᄃᆡ가(大家) 창두(蒼頭)의 【16】 모양 ᄀᆞᆺ지 아니ᄒᆞ니, ᄎᆔ옥이 의심ᄒᆞ여 쥬ᄋᆞ의 시녀 향월 다려 므러 왈,

“신낭이 너의 낭군의 친쳑이라 ᄒᆞ니 엇던 집이뇨?”

월은 왕가의 집 동이라. 무심 즁 니로ᄃᆡ,

“셔로 보든 못ᄒᆞ여시되 우리 마ᄆᆡ 니르ᄃᆡ, 니가쇼졔 병인(病人)이라 ᄒᆞ거니와, 됴봉의 집 인ᄉᆞ불셩의 ᄂᆞ으리니, 역농(力農)ᄒᆞᄂᆞᆫ 집 며ᄂᆞ리 인ᄉᆞ블셩(人事不省)1295)의 지ᄋᆞ비 엇다 ᄒᆞ더라.”

옥 왈,

“뉘셔 우리 쇼져를 병인(病人)이라 ᄒᆞ더뇨?”

월 왈,

“우리 【17】 쇼졔 그리 하시더라. ᄂᆡ 예 완지 슈일의 병인 쇼져를 보지 못하니, 어ᄃᆡ 곰쵸왓ᄂᆞ냐?”

옥이 답지 아니코 ᄀᆞ마니 ᄉᆡᆼ각ᄒᆞ되,

“일이 만분 의심되니 필연 쇼져를 업시코ᄌᆞ ᄒᆞ미로다.”

ᄒᆞ고, 쌜니 쇼져의 유모 경시 다려 니르니, 경시 ᄃᆡ경ᄒᆞ여 졔 댱부(丈夫)로 듯보라1296) 하니, 이 ᄉᆞ람은 본ᄃᆡ 노셩쥬밀(老成周密)1297)ᄒᆞᆫ지라. 니공 ᄉᆡᆼ시(生時)의 셔동(書童)이러니, ᄃᆡ경 왈,

“우리 ᄃᆡᆨ 문회(門戶)1298) 엇더ᄒᆞ관ᄃᆡ 져 왕됴봉의 집과 결혼 【18】 ᄒᆞ리오. 필연 왕낭ᄌᆞ의 모계(謀計)로다.”

드ᄃᆡ여 왕가ᄉᆞ(王家事)를 너비 듯보니, 뉘 져 왕됴봉의 ᄋᆞᄃᆞᆯ ᄉᆞ롬 ᄀᆞᆺ지 아니믈 모로리오. 금은(金銀)으로 니혹ᄉᆞ 집의 빙폐(聘幣)ᄒᆞ믈 웃고, 혹은 ᄀᆞᆯ오ᄃᆡ,

“금은(金銀)○[의] 형셰(形勢) 즁(重)ᄒᆞ니, 언시(言尸)1299)도 상문녀셰(相門女壻)1300) 되ᄂᆞᆫ도다.”

인인(人人)이 다 실쇼(失笑)ᄒᆞᄂᆞᆫ지라.

신낭(新郎)이 불미(不美)ᄒᆞᆫ 쥴 알고 무러 ᄀᆞᆯ오ᄃᆡ,

1294)춍명혜일(聰明慧逸) : 총명하고 지혜가 뛰어남.
1295)인ᄉᆞ블셩(人事不省) : ①제 몸에 벌어지는 일을 모를 만큼 정신을 잃은 상태. ②사람으로서의 예절을 차릴 줄 모름. .
1296)듯보다 : 듣보다. 듣기도 하고 보기도 하며 알아보거나 살피다
1297)노셩주밀(老成周密) : 많은 경험을 쌓아 세상일에 익숙하고, 허술한 구석이 없이 세밀하다.
1298)문회(門戶) : 대대로 내려오는 그 집안의 사회적 신분이나 지위.=문벌.
1299)언시(言尸) : ‘말하는 주검’이란 말로, 말은 할 수 있지만 몸은 거동을 못할 정도로 매우 불편한 상태에 있음을 비유적으로 이른 말.
1300)상문녀셰(相門女壻) : 재상집안의 사위.

"언시(言尸)란 말이 엇지 니름고?"

셔로 희롱ᄒᆞ여 왈,

"이 ᄉᆞᄅᆞᆷ이 심히 먼 곳 ᄉᆞᄅᆞᆷ이로다. 언시란 말이 쥭엄이 말ᄒᆞᄂᆞᆫ 거시○[니], 블 【19】 과 풍문(風門)1301) ᄉᆞ이의 ᄉᆞ긔(邪氣)○○○○[가 성하여] 번화(飜花)1302) 《ᄒᆞ미니‖하미라》 . 그를 비(比)ᄒᆞ여 니르미로ᄃᆡ, 언시ᄂᆞᆫ 분명이 말이나 ᄒᆞ렷마ᄂᆞᆫ, ○○[이ᄂᆞᆫ] '밥 너흔 부ᄃᆡ요, ᄂᆞ모셩황이니라'1303)."

유뷔(乳父) 드르ᄆᆡ 놀난 가숨이 벌덕여 다시 말 아니ᄒᆞ고, 왕됴봉의 집의 니르러 과ᄀᆡᆨ(過客)인 체 ᄒᆞ고 이 밤을 지ᄂᆡᆯ식, 이 진실노 가업ᄉᆞᆫ 무지농뷔(無知農夫)라. 《마구1304)‖외양1305)》 의 가득ᄒᆞᆫ 쇼ᄂᆞᆫ 녁ᄉᆞ(役使)의 곤ᄒᆞ여 곳비 민 ᄎᆡ1306) 누엇고, 집 뒤희 다닥ᄒᆞᆫ1307) 두험1308)은 ᄂᆡ음식 코흘 거ᄉᆞ리고 홈의1309) 든 동놈 【20】 은 ᄂᆡ당(內堂)가지 드러가니, 혹ᄉᆞ 집 노복(奴僕)이 져 ᄀᆞᆺᄒᆞᆫ 용녈ᄒᆞᆯ 거ᄉᆞᆯ 보와시리오.

통한(痛恨)ᄒᆞ믈 마지 아니터니, 이윽고 됴봉이 안흐로셔 ᄂᆞ와 웨지지며, '압 논의 물을 덜 다혓다.' ᄒᆞ며, '뒷 밧틔 기음 기렷다.' ᄒᆞ여, 남노(男奴)를 호령ᄒᆞ며 녀복(女僕)을 ᄭᅮ지지니, 심히 요란ᄒᆞᄃᆡ, 됴봉의 ᄋᆞᄌᆡ(兒子) 관을 기우로 쓰고, 머리 협슈룩ᄒᆞᆫ1310) 거시 무ᄉᆞᆷ 말을 즁즁ᄒᆞ며1311) ᄂᆞ오ᄃᆡ, 셰 거름의 ᄒᆞᆫ번식 업더지며, 두 아귀의 ᄎᆞᆷ이 ᄒᆞ 【21】 르고, 눈청1312)이 흐리며, 코흘 거두지 못ᄒᆞ니, 그 ᄒᆡ괴ᄒᆞᆫ 모양이 진짓

1301)풍문(風門) : 한의학에서 '인체에 바람이 들어오는 문(門), 곧 혈(穴)자리'로, 제2등뼈와 제3등뼈 사이에서 옆으로 두 치 부위에 있는데, 여기에 침을 놓거나 뜸을 떠, 발열두통·호흡기두통·뇌졸중 등을 치료한다.

1302)번화(飜花) : 한의학에서 간화(肝火)가 성(盛)하여 살이 헐어 곪아 터진 뒤, 군살이 헌데서 비어져 나와 버섯이나 꽃잎이 뒤집힌 것 같은 모양이 되는 병증을 이른다, 아프지도 가렵지도 않으나 조금만 다쳐도 피가 나서 그치지 않는데, 오래되면 몸이 허약해지고, 피부암이 될 수도 있다. =번화창(翻花瘡).

1303)밥 너흔 부ᄃᆡ요, ᄂᆞ모셩황이라 : 밥을 넣어놓은 자루나 나무로 만들어 세워놓은 성황처럼, '말을 하지도 움직이지도 못하는 병신'이라는 사실을 풍자한 말.

1304)마구 : 마굿간(馬廐間). 말을 기르는 곳.

1305)외양 : 외양간(외양間). 소를 기르는 곳.≒우사(牛舍).

1306)ᄎᆡ : 채. 의존명사. 이미 있는 상태 그대로 있다는 뜻을 나타내는 말.

1307)다닥ᄒᆞ다 : 많은 덩어리들이 한데 모여 쌓인 큰 더미가 다른 큰 물체에 맞붙어 있다.

1308)두험 : 두엄. 풀, 짚 또는 가축의 배설물 따위를 썩힌 거름.≒퇴비.

1309)홈의 : 호미. 김을 매거나 감자나 고구마 따위를 캘 때 쓰는 쇠로 만든 농기구. 끝은 뾰족하고 위는 대개 넓적한 삼각형으로 되어 있는데 목을 가늘게 휘어 구부린 뒤 둥근 나무 자루에 박는다.

1310)협슈룩ᄒᆞ다 : 헙수룩하다. 머리털이나 수염이 자라서 텁수룩하다.

1311)즁즁ᄒᆞ다 : 중중거리다. 남이 알아들을 수 없는 군소리로 자꾸 중얼거리다.≒중중대다..

1312)눈청 : 눈청. '눈망울'의 방언(경상).

쥭엄 ᄀᆞᆺᄒᆞ되, 면모ᄂᆞᆫ 흉ᄒᆞᆫ 곳이 업셔 평상(平常)ᄒᆞᆫ ᄉᆞᄅᆞᆷ과 ᄀᆞᆺ더라.

니부 창뒤(蒼頭) 이 거동을 보고 놀ᄂᆞ, 쥬인 노고(老姑)다려 문왈,

"져 낭군이 귀ᄃᆡᆨ ᄌᆞ뎨(子弟)냐?"

노괴 혀 ᄎᆞ ᄀᆞᆯ오ᄃᆡ,

"졍히 쇼쥬인(小主人)이라. 우리 됴봉이 져 ᄀᆞᆺᄒᆞᆫ ᄋᆞᄃᆞᆯ을 두고 며ᄂᆞ리ᄅᆞᆯ 어드려 ᄒᆞ니, 진실노 하날이 두렵도다."

노뢰(老虜) 말을 듯고 십분 함노(含怒)ᄒᆞ여 집으로 도라와 급히 쇼ᄅᆡ 질【22】너 왈,

"우리 쇼낭ᄌᆞ(小娘子)ᄅᆞᆯ 바렷ᄂᆞ이다."

부인이 ᄃᆡ경 문왈

"시하언야(是何言也)오?1313)

노뢰 슘이 ᄀᆞᆺ바 계오 왕가의 집 말을 본 ᄃᆡ로 슈미(首尾)ᄅᆞᆯ 셰셰이 고ᄒᆞ니, 부인이 돈족통곡(頓足慟哭)1314) 왈,

"노뫼(老母) 혼암ᄒᆞ여 ᄃᆡᄉᆞᄅᆞᆯ 아지 못ᄒᆞ고 경이(輕易)히 ᄒᆞ여시니, ᄆᆡ파ᄅᆞᆯ 불너 힐문(詰問)ᄒᆞ고 셜니 물니칠 거시라."

쥬ᄋᆡ ᄂᆞ와 ᄂᆡᆼ쇼(冷笑) 왈,

"모친은 번뇌치 마르쇼셔. 이 말이 만만 무거(無據)ᄒᆞ니, 왕원의 형뎨 격닌(隔隣)ᄒᆞ여시니, 원의 아이 과연 이런【23】ᄋᆞᄃᆞᆯ을 두엇ᄂᆞᆫ지라. 노로(老虜)의 보미 니웃 공ᄌᆡ지 신낭은 그럴 ᄇᆡ 업ᄂᆞ이다."

ᄒᆞ고, ᄇᆡᆨ단(百端)1315)으로 다ᄅᆡ니, 부인이 곳이 듯고 눈물을 거두고 노로의 말을 귀의 머므러 두지 아니ᄒᆞ니, 쇼져의 유모와 ᄎᆡᆨ옥이 가업시1316) 넉여, 쇼져 다려 이 말을 니르고 탄왈

"ᄎᆞ쇼졔 거간(居間)1317)ᄒᆞ여 이런 참혹ᄒᆞᆫ 일을 ᄒᆞ니, ᄃᆡ쇼져와 삼쇼져ᄅᆞᆯ ᄒᆡᄒᆞ고 가ᄌᆡ(家財)ᄅᆞᆯ 뎐탈(全奪)1318)ᄒᆞ려 ᄒᆞ미로다."

쥬옥이 ᄯᅩᄒᆞᆫ 읍읍탄상(泣泣歎傷)1319)ᄒᆞ더니, 믄득 일계(一計)【24】ᄅᆞᆯ ᄉᆡᆼ각고 노쥐(奴主) 의논ᄒᆞ고 피신ᄒᆞ려 ᄒᆞ더라.

1313)시하언야(是何言也)오? : 이것이 무슨 말이냐?
1314)돈족통곡(頓足慟哭) : 발을 구르며 통곡함.
1315)ᄇᆡᆨ단(百端) : 여러 가지 방법. 또는 온갖 수단과 방도.=백방.
1316)가업다 : 가엾다. 마음이 아플 만큼 안 되고 처연하다.
1317)거간(居間) : 사고파는 사람 사이에 들어 흥정을 붙임. 또는 그러한 일을 하는 사람. =거간꾼.
1318)뎐탈(全奪) : 모두 빼앗다.
1319)읍읍탄상(泣泣歎傷) : 서럽게 울며 탄식하고 마음 아파함.

이러구러 혼일(婚日)이 장ᄎᆞ 님ᄒᆞᄆᆡ, 쇼져와 취옥이 ᄀᆞ마니 유모 경시의 집의 숨으니, 경시의 집이 니부와 격장(隔墻)이나, 기ᄌᆞ(其子) 냥인이 가ᄉᆞ를 맛타 구고(舅姑)를 공궤(供饋)ᄒᆞ고, 경시 쇼져 겻히 이시니 뉘 져 집 속의 노쥐 숨엇시믈 알니오.

명일 탕시 밋쳐 니지1320) 아냣더니, 유랑이 급히 와 울며 왈,

"큰일이 낫ᄂᆞ이다."

탕시 ᄃᆡ경 왈,

"무ᄉᆞᆫ 화ᄉᆡ(禍事)뇨?"

유뫼 울며 왈,

"쇼졔 홀연 간 【25】 곳 업ᄂᆞ이다."

부인이 ᄃᆡ경ᄒᆞ여 밧비 쇼져 침쇼의 니르니, 과연 형용도 업ᄂᆞᆫ지라. 어린 듯 황황ᄒᆞ여 왈,

"이 변이 엇지낫ᄂᆞ뇨? ᄂᆡ히 어리니 ᄉᆞ롬을 됴ᄎᆞ 갈 ᄂᆡ히 아니오. 원쉬 업ᄉᆞ니 ᄒᆡ홀 도뎍이 업ᄉᆞᆯ지라. 이를 엇지 ᄒᆞ리오."

쥬ᄋᆡ 분연 왈,

"쥬옥이 졍혼 후 울고 밥을 먹지 아니터니, 어ᄃᆡ ᄉᆞ졍(事情)이 잇셔 도쥬ᄒᆞ미로다."

경시 왈,

"쇼져ᄂᆞᆫ 동긔간(同氣間) ᄋᆡᄆᆡᄒᆞᆫ 말을 마르쇼셔. 쇼졔 옥결빙심(玉潔氷心)으로 음힝 【26】 이 잇ᄉᆞ리오. 왕낭이 불미(不美)ᄒᆞ믈 듯고 피ᄒᆞ민가 ᄒᆞᄂᆞ이다."

부인은 통곡ᄒᆞᆯ ᄲᅮᆫ이러니, 신낭의 도문(到門)ᄒᆞ믈 보ᄒᆞᄂᆞᆫ지라. 탕시 착급 왈,

"쇼녜 업ᄉᆞ니 엇지ᄒᆞ리오."

쥬ᄋᆡ 이ᄯᅢᄂᆞᆫ 아모 말도 업고 어즈러이 ᄭᅮ지즐 ᄲᅮᆫ이라. 경시 우름을 긋치고 부인긔 고왈,

"쇼졔 ᄂᆞ가시미 인가(人家)의 ᄃᆡ변(大變)이라. ᄉᆞ롬을 들녀 즉지 아니코, 져 집이 무류(無聊)ᄒᆞ믈1321) 타, 'ᄯᆞᆯ을 앗고 금을 밧다.' 고관(告官)ᄒᆞ면, 셜상가상(雪上加霜)1322)으로 불 우히 기름을 젹시ᄂᆞᆫ 홰(禍) 【27】 급ᄒᆞ리니, 부인은 별단계교(別段計巧)1323)를 ᄉᆡᆼ각ᄒᆞ쇼셔."

언미(言未)의 ᄯᅩ 보왈,

"신낭이 젼(殿) 안의 드럿ᄂᆞ이다 ."

탕시 망망훌훌즁(茫茫훌훌中)1324)이라도 져 신낭이 엇지 된고? 즁문(中門)의 ᄂᆞ와

1320)니다 : 닐다. 일어나다.

1321)무류(無聊)ᄒᆞ다 : 부끄럽고 열없다.

1322)셜상가상(雪上加霜) : 눈 위에 서리가 덮인다는 뜻으로, 난처한 일이나 불행한 일이 잇따라 일어남을 이르는 말. ≒설상가설(雪上加雪).

1323)별단계교(別段計巧) : 특별한 꾀.

여어 보니, 이 엇지 네스 사름이리오. 면관(面觀)[1325]이 비록 풍영(豐盈)ᄒ나 허연 눈을 흡쓰고[1326] 츔을 가로 흘녀 즁인쳠시(衆人瞻視)[1327]의 히연(駭然)ᄒᆞᆫ 거동을 ᄒ여, 힝보(行步)와 녜슈(禮數)를 젼혀 아지 못ᄒ니, 쥬옥으로 비기미 텬지(天地)ᄂ 앙망(仰望)이나 ᄒᆞᆯ지라. ᄀᆺ득ᄒᆞᆫ 심ᄉ의 ᄎ경(此景)을 보 【28】 니, 젼후(前後) 험될 거시 아니라. 쳔금 녀ᄋ를 공연이 맛쳐노라 ᄒ고, ᄋ호일셩(哀號一聲)[1328]의 혼도(昏倒)ᄒ여 업더지니, 시녀 창황(惝恍)이 붓드러 상의 누이고 약을 쳐 구호ᄒ니, 유랑이 신낭을 셔당의 쉬라 ᄒ고, 두랑을 닛그러 지분(脂粉)을 베풀며 금슈나상(錦繡羅裳)을 닙혀 슈혀(繡鞋)[1329]를 신겨 뎡의 너코, 두양낭을 약속ᄒ여 보ᄂ니, 쥬ᄋᄂ ᄉ긔(事機) 픽루(敗漏)ᄒ니 모르는 드시 겻히 잇더니, 집이 고요ᄒ믈 됴ᄎ 탕시 눈을 써 쥬ᄋ를 보ᄋ 왈,

"츅싱(畜生)[1330]이 그리 【29】 흉괴ᄒ거ᄂᆯ 네 엇지 날을 쇽이뇨?"

쥬ᄋ 왈,

"신낭을 보니 업고 신낭이 져런 인물이라 이향(異鄕)의 가 ᄌ랏다 ᄒ니, 쇼녜 엇지 알니잇고? 남의 뎐언(傳言)을 미드미 모친의 쇽으심과 ᄀᆺᄒ이다."

탕시 왈,

"녀ᄋ 업기의 인뉸을 온젼이 ᄒ엿다. 져 집 빙치(聘采)를 다 쥬어 보ᄂ라."

ᄒ더니, 경시 드러와 웃고 왈,

"부인ᄋ! 쇼졔 아니 계시미 다힝ᄒ이다. 그 귓거시 어ᄃ셔 낫던지, 쇼비 파ᄌ(婆者)를 치려 ᄀᆺ더니 다라ᄂ고 업더이다." 【30】

탕시 왈,

"빙금(聘金)을 쥬어 보ᄂ냐?"

경시 왈,

"금은이○[야] ᄉ려니와, 능나(綾羅)ᄂ ᄐ반(太半)이나 업시 ᄒ여시니, 젼안(奠鴈)ᄒᆞᆫ 신낭을 휘각(揮却)ᄒ리잇고? 비록 바로 닐너도 졔 곳이 듯고 갈 니 업고, 숑변(訟辯)ᄒ여도 쇼져 쳥명(淸名)을 가리오고, 부인 실덕이 창누(唱漏)ᄒ리니, 쇼비 두랑을 단장ᄒ여 보ᄂ엿ᄂ이다."

1324)망망훌훌즁(茫茫훌훌中) : 아득하고 덧없는 가운데. *망망(茫茫): 아득함. 훌훌: 눈이나 낙엽 따위가 가볍게 날려 사라지듯 덧없음.
1325)면관(面觀) : 얼굴의 관상(觀相). 얼굴의 모습이나 생김새.
1326)흡뜨다 : 홉뜨다. 눈알을 위로 굴리고 눈시울을 위로 치뜨다.
1327)즁인쳠시(衆人瞻視) : 많은 사람들이 이리저리 둘러보다.
1328)ᄋ호일셩(哀號一聲) : 한마디 슬프게 내지른 부르짖음.
1329)슈혀(繡鞋) : 수를 놓은 비단으로 만든 신.=수신(繡신).
1330)츅싱(畜生) : 사람답지 못한 짓을 하는 사람을 낮잡아 이르는 말.=축구(畜狗).

부인이 ᄀᆞ장 깃거 묘(妙)타! 됴타! ᄒᆞ더라.

우[1331] 두랑ᄌᆞ(두娘子)ᄂᆞᆫ 니학ᄉᆞ 비쳡(婢妾) 금운의 ᄯᆞᆯ이라. 금운이 용뫼(容貌) 아름다오나, 이 거시 킈 져르 【31】 고, 목이 움츄러지고, 눈셥이 깃출고, 살이 거머 됴곰도 규슈의 모양이 업더니, 어려셔 두역(痘疫)을 즁히 ᄒᆞ여 얽고 ᄆᆡᄌᆞ, 긔괴ᄒᆞᆫ 괴셕(怪石)이로ᄃᆡ, 용둔(庸鈍)ᄒᆞᆫ 가온ᄃᆡ 질슌(質純)ᄒᆞ고, 금운이 쥭은 후 탕시 온ᄀᆞᆺ 쳔역(賤役)을 식이나, 능히 잘 ᄒᆞ되, 녀공(女工)은 무가ᄂᆡ하(無可奈何)[1332]오, 게얼너 밥 먹고 잠ᄌᆞ기를 됴화ᄒᆞ니, 부인이 ᄆᆡ이 넉여 치고 박ᄃᆡ 심ᄒᆞ여, 헌옷과 못쓸 음식은 다 먹이ᄆᆡ 공슌이 먹고 ᄉᆞ후(伺候)ᄒᆞ더니, 블 【32】 의(不意)에 칠보쥬취(七寶珠翠)[1333]로 젼ᄎᆞ후옹(前遮後擁)[1334]ᄒᆞ여 왕가의 니르니, 왕가 부뷔 신부의 형모(形貌)를 보ᄆᆡ 놀ᄂᆞ고 한(恨)ᄒᆞ나, ᄋᆞ직 얼골은 오히려 나으나 볼 것 업ᄂᆞᆫ지라. ᄀᆞᆺ보던 무리 숀퍽[1335]쳐 왈,

"니부 쇼제 져 ᄀᆞᆺ지 아니면 왕됴봉과 혼인ᄒᆞ리오. 원ᄂᆡ 원의 잇다가, 됴봉의 ᄋᆞ직 만일 ᄋᆞ돌을 ᄂᆞ흐면, 니혹ᄉᆞ의 숀이니 가셩(家聲)을 니으고 독히 빗ᄂᆞ리로다."

됴봉 부쳬 그러히 넉여 신부를 극진 후ᄃᆡ(厚待)ᄒᆞ고, 왕언시 신부의 념취(艶醜)를 모로고 【33】 화동(和動)ᄒᆞ니, 두랑이 가음연[1336] 농가 며ᄂᆞ리 되어, 쥬육(酒肉) 음식을 진냥(盡量)ᄒᆞ니, 심즁의 깃거 평안이 지ᄂᆡ여 오ᄌᆞ삼녀를 ᄂᆞ흐니, 얼골은 아비 ᄀᆞᆺ고 속은 어미의 ᄂᆞ으니, 이도 쇼져의 덕이러라.

탕부인이 녀ᄋᆞ의 거처를 몰나 상의 누어 읍읍(悒悒)ᄒᆞᆫ지 슈월(數月)의 홀연(忽然) 문외의 훤갈(喧喝)ᄒᆞᄂᆞᆫ 쇼ᄅᆡ ᄂᆞ며, 시ᄋᆡ 급보 왈,

"경셩 댱군노애(將軍老爺) 오시ᄂᆞ이다."

부인이 비록 싀험(猜險)ᄒᆞ나 이 독하(足下)ᄂᆞᆫ 긔탄(忌憚)ᄒᆞᄂᆞᆫ지라. 붓그려 말을 못 ᄒᆞ더 【34】 니. 댱군이 당의 올나 문왈(問曰),

"슉뫼 어ᄃᆡ 계시뇨?"

경시 황망이 ᄃᆡ왈,

"당즁(堂中)의 계시니이다."

댱군이 드러와 네(禮)ᄒᆞ고 한훤(寒暄) 파(罷)의 도라 시녀다려 닐오ᄃᆡ,

"ᄂᆡ 와시믈 쇼져 등긔 고ᄒᆞ라."

1331)우 : 위. 어떤 기준보다 더 높은 쪽. 또는 사물의 중간 부분보다 더 높은 쪽.

1332)무가ᄂᆡ하(無可奈何) : 달리 어찌할 수 없음.=막무가내.

1333)칠보주취(七寶珠翠) : 금·은·유리·파리·마노·거거·산호의 일곱 가지 보배와 진주(珍珠)·비취(翡翠)를 함께 이른 말.

1334)전ᄎᆞ후옹(前遮後擁) : 여러 사람이 앞뒤에서 에워싸고 보호하여 나아감.

1335)숀퍽 : 손뼉

1336)가으멸다 : 가멸다. 재산이나 자원 따위가 넉넉하고 많다.

경시 유유ᄒᆞ여 응치 못ᄒᆞ니, 부인이 ᄀᆞᆯ오ᄃᆡ,

“옥슈ᄂᆞᆫ 거년(去年)의 현질(賢姪)을 ᄎᆞᄌᆞ 가더니, 현질이 보지 못ᄒᆞ냐?”

댱군이 ᄀᆞᆯ오ᄃᆡ,

“규즁(閨中) 녀ᄌᆡ 무고히 쇼질을 ᄎᆞᄌᆞ라 가며, 슉뫼 눈을 맛져 보ᄂᆡ시니잇고?”

부인이 ᄂᆞᆺ치 벌거ᄒᆞ여 노왈,

“옥ᄉᆔ 나 【35】 히 ᄎᆞᄆᆡ ᄂᆡ 비록 계뫼(繼母)나 인뉸을 완젼치[케] 아니리오. 상적(相敵)ᄒᆞᆫ 가문의 신낭을 어더 셩친(成親)ᄒᆞ려 ᄒᆞ니, 홀연 도망ᄒᆞ여시니 그ᄃᆡ 집의 아니 가고 어ᄃᆡ로 가리오.”

댱군이 정ᄉᆡᆨ 왈,

“슉뫼 그르시이다. 녀ᄌᆞ 혼인ᄒᆞ미 인뉸ᄃᆡᄉᆡ(人倫大事)라. 쇼질이 쳔니(千里)의 잇ᄉᆞ나, 쥬혼(主婚)ᄒᆞᆯ ᄌᆡ 응당 잇거ᄂᆞᆯ, 대ᄉᆞ를 ᄉᆞ결(私結)ᄒᆞ시니, 쇼ᄆᆡ(小妹) 엇지 부모뉴체(父母遺體)1337)를 욕ᄒᆞ리오. 그 일은 임의 아랏거니와, 냥쇼ᄆᆡ(兩小妹)를 보고ᄌᆞ ᄒᆞᄂᆞ이다.”

부인이 쥬ᄋᆞ를 【36】 ᄂᆞ오라 ᄒᆞ고 ᄀᆞᆯ오ᄃᆡ,

“쇼ᄋᆞ(小兒)ᄂᆞᆫ 독질(毒疾)을 어더 상(牀)의 이시니 ᄂᆞ오지 못ᄒᆞ리라.”

댱군이 쥬ᄋᆞ를 보고, ᄃᆡ경(大驚) 왈,

“이 ᄋᆞᄒᆡ 규슈(閨秀)의 모양이 아니니, 뉘 집과 셩친ᄒᆞ니잇고?”

부인 왈

“슈ᄌᆡ(秀才) 왕문셕의 ᄋᆞ들과 혼닌ᄒᆞ니라.”

댱군이 눈을 부릅 쓰고, 호슈(虎鬚)1338)를 거ᄉᆞ려 녀셩(厲聲) 왈,

“슉뫼 엇지 원슈 동놈으로 ᄒᆞ여곰 우리 문호를 더러이시니잇고? 왕문셕은 젹장(敵將) 언장(彦章)의 여얼(餘孽)이라. 이놈의 씨를 ᄀᆞᆺ다가 슉부 ᄉᆞ회를 【37】 ᄆᆡᆫ드시니, 됴동시[신]녕(祖宗神靈)이 반ᄃᆞ시 《헐식 ‖ 혈식(血食)1339)》 지 아니리로쇼이다. 이 혼인을 뉘 즁ᄆᆡ(仲媒)ᄒᆞ니잇고?”

부인이 묵연냥구(默然良久)의 왈.

“과뫼(寡母) 옛일을 아지 못ᄒᆞ고, 망국 ᄐᆡ우의 집과 혼췌ᄒᆞ미 마지 못ᄒᆞ미니, 현질은 식노(息怒)ᄒᆞ라.”

댱군이 노왈(怒曰),

“우리ᄂᆞᆫ 당당ᄒᆞᆫ 대국후예(大國後裔)라 엇지 반적(叛賊) 쥬온(朱溫)1340)의 션봉과

1337)부모뉴체(父母遺體) : 부모가 남긴 몸이라는 뜻으로, 자식이 된 몸을 이르는 말.

1338)호슈(虎鬚) : ‘범의 수염’이란 말로, 거친 수염을 비유적으로 이르는 말.

1339)혈식(血食) : 국전(國典)으로 제사를 지냄.

1340)쥬온(朱溫) : 쥬젼츙(朱全忠: 852~912)의 초명(初名). 오대(五代) 때 후량(後梁)의 태조(太祖: 907-913), 당(唐) 말기에 선무절도사(宣武節度使)로서 황소(黃巢)의 난을

결혼ᄒᆞ리오. 슉뫼 반ᄃᆞ시 금은을 밧고 누의를 파라시니, 쥬ᄋᆞ를 아됴 슷처 더러온 ᄉᆞ롬을 가ᄂᆡ ᄌᆞ숀뉴(子孫類)의 【38】 두지 아니려니와, 슉뫼 무ᄉᆞᆫ ᄂᆞᆺᄎᆞ로 지하의 슉부를 뵈오리오. 아지못게라![1341] 쥬옥이 무ᄉᆞᆫ 질양(疾恙)이 잇ᄂᆞ니잇고? ᄂᆡ 가 보고 오리라."

ᄒᆞ고, 이러나 쥬옥의 유모를 블너 쇼져를 보ᄌᆞ ᄒᆞ니, 부인이 황망ᄒᆞ여 말을 못ᄒᆞ다가 강잉(强仍)ᄒᆞ여[1342] 니ᄅᆞᄃᆡ,

"쥬옥이 ᄯᅩ 집의 업ᄂᆞ니라."

댱군이 쳥파의 노긔 ᄃᆡ발ᄒᆞ여 크게 쇼ᄅᆡᄒᆞ여,

"경시를 잡ᄋᆞ ᄂᆞ리오라."

ᄒᆞ니, 쇼ᄅᆡ 맛지 못ᄒᆞ여 경픽 겁결의 당하의 ᄭᅮ럿더라. 댱 【39】 군이 슉모의 언ᄉᆡ(言辭) 창황(惝怳)ᄒᆞᆷ을 보고, 쥬옥을 반ᄃᆞ시 더러온 ᄃᆡ 판 쥴 알고, 난간을 두다리며 슉부를 부르고 탄식ᄒᆞ며 경파를 져쥬니, 경픽 쇼져의 젼후슈말을 알외ᄃᆡ, 오직 그 잇ᄂᆞᆫ 곳을 고치 아냐 왈,

"쇼졔 연유(年幼)ᄒᆞ시나, 일홈을 왕가의 거들믈 분ᄋᆡ(憤哀)ᄒᆞᄉᆞ, 비록 집을 ᄡᅥ나 계시나 쳔비(賤卑) 다려 니르지 아냐 계시니, 불과 노야를 기다려 잠간 피ᄒᆞ시미니, 노야ᄂᆞᆫ 번뇌치 마르시고 부인을 경ᄉᆞ(京師)로 뫼신 【40】 ᄌᆞᆨ, 반ᄃᆞ시 즉시 도라오시리이다."

댱군이 ᄎᆞ언을 듯고 노긔 잠간 두루혀 경셤을 물니치고, 즉시 아역(衙役)을 명ᄒᆞ여 ᄆᆡ파(媒婆)와 왕됴봉을 잡ᄋᆞ오라 ᄒᆞ니, 부인이 비로쇼 ᄀᆞᆯ오ᄃᆡ,

"과뫼(寡母) 혼암ᄒᆞᆫ 듕 쥬댱(主掌)ᄒᆞ리 업ᄉᆞ므로 ᄉᆞᄅᆞᆷ의 간계(姦計)의 ᄲᅡ져 그릇ᄒᆞ엿다."

ᄒᆞ거ᄂᆞᆯ, 댱군이 드른 쳬 아니ᄒᆞ고 ᄆᆡ파와 됴봉을 잡ᄋᆞ오라 ᄒᆞ니, 슈유(須臾)의 됴봉을 ᄂᆞ입(拿入)[1343]ᄒᆞ엿거ᄂᆞᆯ, 댱군이 엄문(嚴問) 왈,

"네 ᄒᆞᆫ 농민이여ᄂᆞᆯ, 병인 ᄌᆞ 【41】 식을 가지고 ᄉᆞᄅᆞᆷ을 속여 상한가(常漢家)[1344] 결친(結親)키도 ᄉᆞ오납거든, 상문규슈(相門閨秀)[1345]를 업슈이 녁여 금은을 납뇌(納賂)

평정하는데 공을 세워 양왕(梁王)에 봉해졌다. 이후 권력을 전횡하다가 당 소종(昭宗)과 애제(哀帝)를 차례로 시해하고 개봉(開封)을 수도로 하여 907년 후량을 세웠다. 성격이 잔인하여 많은 사람을 죽였으며, 912년 자신도 장자(長子) 주우규(朱友珪)에게 시해 되었다.

1341)아지못게라! : '모르겠도다!' '모를 일이로다! '알지못하겠도다!' 등의 감탄의 뜻을 갖는 독립어로 작품 속에서 관용적으로 쓰이고 있어, 이를 본래말 '아지못게라'에 감탄부호 '!'를 붙여 독립어로 옮겼다.

1342)강잉(强仍)ᄒᆞ다 : 억지로 참다. 또는 마지못하여 그대로 하다.

1343)ᄂᆞ입(拿入) : 죄인을 법정으로 잡아들임.

1344)상한가(常漢家) : 상놈 집.

ᄒᆞ여 ᄆᆡ고(媒姑)[1346]를 다리여 혼인ᄒᆞᆯ 계교를 ᄒᆞ니, 네 죽고 남지 못ᄒᆞ리라.”

됴봉이 쩔며 고왈,

“이는 쇼민(小民)의 계괴 아니라, 파ᄌᆞ(婆者)의 감언의 속ᄋᆞ 불의를 ᄒᆞ엿ᄂᆞ이다.”

댱군 왈,

“《ᄆᆡ귀 ‖ ᄆᆡ괴(媒姑)》 비록 너를 다리나 네 도모치 아니면, ○○[어이] 상문규슈를 다려 ᄀᆞᆺᄂᆞ뇨? 너 ᄒᆞᆫ 농민이 병ᄌᆞ를 위ᄒᆞ여 간계(奸計)를 ᄂᆡ여시니, 너를 요ᄃᆡ(饒貸)[1347]치 아【42】니리라.”

드ᄃᆡ여 ᄆᆡ파를 잡ᄋᆞ드려 형판의 ᄆᆡ고 엄히 치며 바로 알외라 호령ᄒᆞ니, 노발(怒髮)이 충관(衝冠)ᄒᆞ며 분목(憤目)이 진녈(震裂)ᄒᆞ여 뇌정(雷霆)의 위엄이 발ᄒᆞ니, 좌위 진뉼(震慄)[1348]ᄒᆞ고 됴봉은 반이ᄂᆞ 죽어스니, 져 늙은 파ᄌᆞ년(婆者년)이야 니를 거시 잇ᄉᆞ리오. 불하일장(不下一杖)[1349]의 쥬ᄋᆞ의 계괴믈 색진 것 업시 직고(直告)ᄒᆞ니, 댱군이 ᄃᆡ로(大怒)ᄒᆞ여 쇼ᄅᆡ 질너 왈,

“네 말이 더옥 간ᄉᆞᄒᆞ니 좌우는 ᄲᆞᆯ니 져 늙은 년을 마이 치【43】라.”

“ᄉᆞ예(司隸)[1350] 연셩(連聲)ᄒᆞ여 마이[1351] 치기를 웨니, 힘 센 노지 진녁(盡力)ᄒᆞ여 ᄆᆡᄂᆞ리는 곳의 피육이 미란(迷亂)ᄒᆞ니, 노픿 졍히 죽게 되엿더니, 시직(侍者) 보왈(報曰),

“위상공이 니르시ᄂᆞ이다.”

댱군이 명ᄒᆞ여 ‘아직 긋치라’ ᄒᆞ고, 의관을 바로 ᄒᆞ고 니러ᄂᆞ 마ᄌᆞ니, 이ᄯᅢ 댱군을 보라 온 숀이 당(堂)의 ᄀᆞ득ᄒᆞ엿고, ᄌᆞᄉᆞ 현관의 뉘 납명(納名)ᄒᆞ랴 문밧긔 잇는지라.

일위 쇼년이 풍ᄎᆡ(風彩) 편편(翩翩)ᄒᆞ여[1352] 너른 ᄉᆞᄆᆡ와 놉흔 관으로 당의 오르니, 【44】 눈셥은 강산의 아름다온 졍긔(精氣)오, 얼골은 텬지간 됴화로 ‘승난(乘鸞)ᄒᆞ는 ᄌᆞ진(子晉)’[1353]이 아니면, ‘긔경(騎鯨)하던 젹션(謫仙)’[1354]이라.

1345)상문규슈(相門閨秀) : 재상가의 딸.

1346)ᄆᆡ고(媒姑) : 혼인을 중매하는 여자. 매파(媒婆)

1347)요ᄃᆡ(饒貸) : 너그러이 용서함.

1348)진뉼(震慄) : 몹시 두려워 벌벌 떪.

1349)불하일장(不下一杖) : 매를 한 대도 치지 않아서.

1350)ᄉᆞ예(司隸) : 중국 주나라 때 추관(秋官; 형조를 달리 이르던 말)에 소속된 관리. 위 본문에서 사예(司隸)는 사대부가에서 형리(刑吏)의 역할을 맡은 노복(奴僕)을 일컫는 말로 쓰이고 있다.

1351)마이 : 매우. 보통 정도보다 훨씬 더.

1352)편편(翩翩)ᄒᆞ다 : 풍채가 멋스럽고 아름답다.

1353)승난(乘鸞)ᄒᆞ는 ᄌᆞ진(子晉) : 승난ᄌᆞ진(乘鸞子晋) : 난(鸞)새를 타고 구름 속을 나는 왕자진(王子晋)을 말함. *승난(乘鸞); 난(鸞)새를 타고 구름 속을 날아감. 『고문진보(古文眞寶)』 오언고풍단편(五言古風短篇) 강문통(江文通)의 <잡시(雜詩)> 승란향연무(乘鸞向煙霧; 난새를 타고 구름안개 속을 나네)에서 따온 말. *왕자진(王子晋); 중국

좌위(左右) 졔셩ᄎᆞ[찬]탄(齊聲讚嘆)[1355]ᄒᆞᆯ ᄉᆡ, 쇼년이 댱군으로 읍양(揖讓)ᄒᆞ여 오르ᄆᆡ, 녜도(禮道)와 긔질(氣質)이 욱욱(煜煜)ᄒᆞ여 형산(衡山)[1356]의 옥(玉)이 ᄆᆞᆰ고, 녀슈(麗水)[1357]의 금이 빗ᄂᆞ니, 댱군의 포려(暴戾)ᄒᆞᆫ 노긔 쥬려져, 념슬치경(斂膝致敬)ᄒᆞ미 상ᄀᆡᆨ(上客)이믈 알니러라.

좌위 그 미모ᄅᆞᆯ 놀나더니, 녜모의 온즁ᄒᆞᆷ과 댱군의 긔ᄃᆡ(企待)ᄒᆞ믈 ᄃᆡ경(大驚) 앙시(仰視)러라. 쇼년이 문 【45】 왈

“당하의 죄슈 엇던 ᄉᆞᄅᆞᆷ이뇨? 형의 위의로 ᄒᆞᆫ 창승(蒼蠅)[1358]을 위ᄒᆞ여 칼 섀히기의 밋첫ᄂᆞ뇨?”

댱군 왈,

“쇼뎨 무상(無狀)ᄒᆞ여 습ᄀᆡ(濕疥)[1359] ᄀᆞᆺᄒᆞᆫ 공명(功名)의 분쥬ᄒᆞ여 문호ᄅᆞᆯ 그릇 ᄆᆡᆫ드니 ᄉᆞ람을 원(怨)ᄒᆞᆯ ᄇᆡ 업ᄉᆞ나, 져 돗[1360]히 무리 슉모의 고단(孤單)ᄒᆞ믈 업슈히 넉여, 욕되미 쇼ᄆᆡ(小妹)의게 밋쳐 왕문셕이 ᄎᆞᄆᆡ(次妹)ᄅᆞᆯ 취부(取婦)ᄒᆞ고, 됴봉 ᄎᆞᆫ놈이 병ᄌᆞ(病子)ᄅᆞᆯ ᄀᆞ져 어린 누의ᄅᆞᆯ 욕ᄒᆞ랴 ᄒᆞ니, 슉뫼 마ᄎᆞᆷ 누의 어리무로써 쳔ᄆᆡ(賤妹)ᄅᆞᆯ 【46】 빙(聘)ᄒᆞ여시니, 져의 취ᄒᆞᆫ 바ᄂᆞᆫ 쳔ᄆᆡ 어니와 슉부 기셰(棄世)ᄒᆞ시믈 업슈이 넉여 외람ᄒᆞᆫ 의ᄉᆞᄅᆞᆯ ᄂᆡ니, ᄂᆡ 히분(駭憤)[1361]ᄒᆞ믈 니긔지 못ᄒᆞ여[며], 인인(人人)이 다 쇼ᄆᆡ의 혼인이 져 놈의게 ᄆᆡ인가 의심ᄒᆞ니, 이 일을 ᄇᆞᆰ히고져 ᄒᆞ여 ᄆᆡ파년(媒婆년)됴ᄎᆞ 잡ᄋᆞ오니, 간ᄉᆞᄒᆞᆫ 노물(老物)이 상문규슈ᄅᆞᆯ 졔 슈듕(手中) 긔화(奇花)ᄅᆞᆯ 삼고, 죄ᄅᆞᆯ 무르ᄆᆡ, ‘ᄎᆞᄆᆡ 왕가의게 도라보ᄂᆡ여 쇼낭ᄌᆞᄅᆞᆯ 병인의게 셔방 맛치고 가ᄌᆡ(家財)ᄅᆞᆯ 젼탈(全奪)ᄒᆞ려 ᄀᆞ르치더라.’ ᄒᆞ니, ᄆᆡ뎨(妹弟)[1362] 겨오 십여셰라. 이 의ᄉᆞ

주(周)나라 평왕(平王)의 아들, 진(晋)을 말하는데. 구산(緱山)에 들어가서 신선(神仙)이 되었다고 한다.

1354)긔경(騎鯨)ᄒᆞ던 젹션(謫仙) : ‘고래 등을 다고 가는 적선(謫仙)’이라는 말로, 여기서 ‘적선(謫仙)’은 중국 당나라 때의 시인 이백(李白)을 이르는 말이다. 그런데 이 말은 두보(杜甫)의 시에 나오는 ‘이백이 고래를 타고 떠났다[李白騎鯨魚]’이라는 시구와, 당(唐)나라 마존(馬存)의 〈연사정(燕思亭)〉 이란 시에 “이백이 고래를 타고 하늘로 날아올라가니, 강남 땅 풍월이 한가한 지 여러 해라[李白騎鯨飛上天 江南風月閑多年] ”라는 구(句)에서 따온 말이다.

1355)졔셩춘탄(齊聲讚嘆) : 일제히 소리 내어 칭찬하며 감탄함.

1356)형산(衡山) : 중국의 오악(五岳)의 하나인 남악(南岳).으로, 호남성(湖南省) 형양시(衡陽市) 북쪽 40km 지점에 있는 산. 옥(玉)의 산지(産地)로 유명하다.

1357)녀수(麗水) : 중국 양자강(揚子江) 상류인 운남성(雲南省)의 금사강(金砂江)을 이르는 말. <천자문> ‘금생여수(金生麗水)’에서 말한, 금(金)의 산지(産地)로 유명하다.

1358)창승(蒼蠅) : 파리. 『동물』 파리목 털파리 하목의 곤충을 통틀어 이르는 말.

1359)습ᄀᆡ(濕疥) : 『한의』 옴의 일종. 환처(患處)가 열감이 있으면서 가렵고 아픈 피부병. 긁어 상처를 내면 노란 물이 나온다.=진옴.

1360)돗 : 돼지.

1361)히분(駭憤) : 놀랍고 분함.

ᄅᆞᆯ ᄂᆡᆯ가 시브냐? 졔 몸을 쇠ᄒᆞ지 못ᄒᆞ여 쳔인(賤人)의 식뷔(息婦)되여, 져의 일ᄉᆡᆼ이 공연ᄒᆞᆫ 왕쇼군(王昭君)[1363]이 되엿거든, 그 밧 셰상 일을 어린 거시 엇지 알니오. 문견ᄌᆡ 다 쇼ᄆᆡ(小妹)를 괴이히 넉이니, 이 불과 ᄆᆡ를 면코ᄌᆞ ᄒᆞ미라. ᄂᆡ 엇지 다ᄉᆞ리지 아니리오.”

쇼년이 잠간 웃고 봉안(鳳眼)을 흘녀 당하를 보다가 ᄀᆞᆯ오ᄃᆡ,

“증이파의(曾已罷矣)[1364]오, 귀ᄆᆡ(貴妹) 임의 져 집 식뷔 되고 위인(爲人)이 상젹(相敵)다 ᄒᆞ니, 형은 식노(息怒)ᄒᆞ라. 【47】 이 일이 ᄒᆞᆫ갓 져의 탓시 아닌가 ᄒᆞ노라.”

댱군이 숀ᄉᆞ(遜辭) 왈,

“진실노 여ᄎᆞ 불미지ᄉᆞ(不美之事)를 형을 들니믈 븟그리노라. 엇지 형의 지교(指敎)를 듯지 아니리오.”

명(命)ᄒᆞ여 ᄆᆡ파를 ᄭᅳ어 ᄂᆡ치고, 됴봉을 당하(堂下)의 ᄭᅮᆯ니고 ᄎᆡᆨ왈(責曰),

“너 쳔인이 엇지 감히 ᄂᆞ의 문호를 더러이리오. 슉뫼 쳔ᄆᆡ를 네게 허가(許嫁)ᄒᆞ여 계시나, 네 ᄌᆞ식이 병인(病人)이라, 쳔ᄆᆡ를 아됴 바리믈 통한ᄒᆞ여 너를 즁치ᄒᆞᆯ 거시로ᄃᆡ, 오히려 ᄆᆡᄋᆞ(妹兒)의 ᄂᆞᆺ출 보아 ᄉᆞ 【48】 ᄒᆞᄂᆞ니, 혹ᄌᆞ ᄆᆡᄋᆞ를 박ᄃᆡᄒᆞ미 잇시면 그 ᄯᅢ 용ᄉᆞ(容赦)치 아니리라.”

됴봉이 황공 ᄉᆞ왈,

“쇼민(小民)이 무지ᄒᆞ여 귀ᄐᆡᆨ(貴宅)의 ᄉᆞ죄(死罪)를 지어시나, 엇지 귀 쇼져긔 박ᄒᆞ미 잇ᄉᆞ리잇고? 노야의 ᄉᆞᄒᆞ시믈 감격ᄒᆞ여 ᄒᆞᄂᆞ이다.”

이윽고 ᄒᆞᆫ 쇼년이 국츅(跼縮)ᄒᆞ여[1365] 드러와 왕됴봉이 당하의 ᄭᅮ러시믈 보고 감히 당의 오르지 못ᄒᆞ고 우러러 댱군을 보니, 댱군이 괴이히 넉여 문왈,

“하허인(何許人)[1366]이완ᄃᆡ 부르미 업시 니르러 【49】 쳔ᄌᆞ(擅恣)ᄒᆞ여[1367] 드러왓

1362)ᄆᆡ뎨(妹弟) : ①같은 부모에게서 태어난 사이이거나 일가친척 가운데 항렬이 같은 사이에서, 남자의 나이 어린 여자 형제.=누이동생. ②손아래 누이의 남편을 이르거나 부르는 말. *여기서는 ①의 의미로 쓰였다.

1363)왕소군(王昭君). 중국 전한 원제(元帝)의 후궁. 이름은 장(嬙). 자는 소군(昭君). 기원전 33년 흉노와의 화친 정책으로 흉노의 호한야선우(呼韓邪單于)와 정략결혼을 하였으나 자살하였다. 후세의 많은 문학 작품에 애화(哀話)로 윤색되었다.

1364)증이파의(甑以破矣) : '시루가 이미 깨져버렸다'는 말로, '다시 회복할 수 없는 일을 두고 미련을 가져 보아야 쓸데없는 일이다'는 뜻으로 쓰인다. 즉, 후한(後漢) 때 맹민(孟敏)이라는 사람이 태원(太原)에 살 때에, 한번은 시루를 메고 가다가 잘못 땅에 떨어뜨리고는 돌아보지도 않고 가 버리자, 마침 곽태(郭太)가 그 광경을 보고는 '왜 그냥 가느냐?'고 묻자, 맹민이 "시루가 이미 깨져 버렸는데 살펴본들 무슨 소용이 있겠는가.[甑以破矣 視之何益]"라고 대답하였다는 고사에서 나온 말이다 《後漢書 卷68 郭太列傳》

1365)국츅(跼縮)ᄒᆞ다 : 두려워하거나 삼가고 조심하다. 몸을 구부리고 조심조심 걷는다는 뜻에서 나온 말이다.

1366)하허인(何許人) : 어떠한 사람. 또는 그 누구.

ᄂᆞ뇨?"

슈ᄌᆡ(竪子) ᄃᆡ왈

"쇼ᄉᆡᆼ은 졍히 이 집 문셰(門壻)라. 둉형(從兄)을 잡ᄋᆞ오시니 곡졀을 알나 오미로쇼이다. 댱군이 비록 됸(尊)ᄒᆞ시나, ᄂᆡ 집이 ᄯᅩᄒᆞᆫ 샹한(常漢)이 아니오. ᄒᆞ믈며 인ᄋᆞ지의(姻婭之義)[1368]잇거ᄂᆞᆯ, 무슴 닐을 인ᄒᆞ여 당하의 슈되(數罪)ᄒᆞ미 ᄒᆞᆫ 노예 ᄀᆞᆺ치 ᄒᆞ시ᄂᆞ니잇고?"

댱군이 셔ᄉᆡᆼ(書生)의 녹녹(碌碌)ᄒᆞᆫ 뉴(類)의 향암(鄕闇)[1369]된 모양을 눈의 두지 아냐, 왕됴봉 《을 ‖ 으로》 친뎍(親族) 《을 ‖ 되믈》 우이 넉엿더니, 이 말을 드르ᄆᆡ 오히려 【50】 용녈(庸劣)치 아니ᄒᆞ고, 작인(作人)이 명녀(明麗)ᄒᆞ여 괄목(刮目)ᄒᆞ염 즉ᄒᆞ니, 쥬ᄋᆞ의 셔랑이믈 알ᄆᆡ, 도로혀 불ᄒᆡᆼ 듕 다ᄒᆡᆼᄒᆞ난지라. 좌우로 ᄒᆞ여금 됴봉을 ᄂᆡ여 보ᄂᆡ고, 슈ᄌᆡᄅᆞᆯ 명ᄒᆞ여 당의 오르라 ᄒᆞ여, 기리 탄왈,

"그ᄃᆡ 후ᄉᆡᆼ(後生)이나 오히려 글을 알니니, ᄂᆞ의 션됴(先祖) 황하오년대젼(黃河五年大戰)[1370]을 모로ᄂᆞᆫ다? 당실(唐室)이 눌노 인ᄒᆞ여 어즈러웟ᄂᆞ뇨? 그ᄃᆡ와 ᄂᆡ 집이 슈기(讎家)라. 엇지 결연(結緣)ᄒᆞ여 됴둉(祖宗)의 죄인이 되리오. 그ᄃᆡ 【51】 의 션ᄃᆡ 쥬온(朱溫)[1371]의 신ᄒᆡ 아니냐? 쥬온의 ᄌᆞ숀을 다 후셰의 멸ᄒᆞ니 그ᄃᆡ 집이 엇지 ᄂᆡ 집의 우럴[1372] ᄇᆡ 잇ᄉᆞ리오. 그ᄃᆡ 둉형(從兄)이 ᄒᆞ믈며 병인을 ᄀᆞᆺ다가 쇼ᄆᆡ의게 의친(議親)ᄒᆞᆯ 의ᄉᆞᄅᆞᆯ ᄂᆡ니, 슉뫼 마ᄎᆞᆷ 쳔ᄆᆡ(賤妹) 몬져 《댱ᄉᆡᆼ ‖ 댱셩(長成)》 ᄒᆞ무로 져의게 허가(許嫁)케 하시니, 오히려 분한(憤恨)이 셔렷거니와, 만일 쳔ᄆᆡ의 ᄂᆞᆺ촐 보지 아니면 졔 엇지 듕댱(重杖)을 면ᄒᆞ리오."

왕ᄉᆡᆼ이 ᄌᆡᄇᆡ 왈,

"명교(明敎)ᄅᆞᆯ 드르ᄆᆡ 뉵니(忸怩)ᄒᆞ믈[1373] 면치 못ᄒᆞᆯ쇼이다. 【52】 연(然)이나 잔당

1367)쳔ᄌᆞ(擅恣)ᄒᆞ다 : 제 마음대로 하여 조금도 꺼림이 없다.

1368)인ᄋᆞ지의(姻婭之義) : 사위 쪽으로 사돈이 되거나 남자끼리 동서가 되는 인척간의 관계 또는 의리.

1369)향암(鄕闇) : 시골에서 지내 온갖 사리에 어둡고 어리석다.

1370)황하오년대젼(黃河五年大戰) : 중국의 나관중(羅貫中)이 지었다고 하는 역사소설 「잔당오대사연의(殘唐五代史演義)에서, 이극용(李克用) 이존효(李存孝)가 당 희종(僖宗)의 명을 받고 '황소(黃巢)의 난'을 평정하기 위해 장안(長安) 등 황하유역(黃河流域)에서 펼친 전쟁을 말한다. 이 싸움에서 이극용은 의자(義子) 이존효를 선봉으로 삼아 황소군을 대파하고 황소는 자결하는 대승을 거둔다.

1371)쥬온(朱溫) : 주전충(朱全忠)의 초명(初名). 852~912. 당(唐) 말기에 선무절도사(宣武節度使)로서 황소(黃巢)의 난을 평정하는데 공을 세워 양왕(梁王)에 봉해졌다. 이후 권력을 전횡하다가 당 소종(昭宗)과 애제(哀帝)를 차례로 시해하고 개봉(開封)을 수도로 하여 907년 후량을 세웠다. 성격이 잔인하여 많은 사람을 죽였으며, 912년 자신도 장자 주우규(朱友珪)에게 시해 되었다.

1372)우럴다 : 우러르다. 위를 향하여 고개를 정중히 쳐들다.

말셰(殘唐末世)[1374]를 당ᄒᆞ여, 황쇠(黃巢)[1375] 먼져 ᄂᆞ고 냥(梁)[1376]이 두 번지 ᄂᆞ고 진(晉)[1377]이 니어 ᄂᆞ니, 원쉬 엇지 냥(梁) ᄲᅳᆫ이리잇고? 오룡진의 ᄊᆞ히여 션뫼 젼망(戰亡)ᄒᆞ니 쇼싱의 집이 귀부(貴府)를 원망홀 거시로ᄃᆡ, 각각 님군을 위ᄒᆞ미오, 션됴를 쥭이미 당실(唐室)의 원(怨)할 ᄇᆡ 아니라. 쇼싱도 의관지인(衣冠之人)[1378]이여놀 명공이 견마(犬馬) 보 듯 ᄒᆞ시니, 공은 ᄒᆡᄂᆡ(海內)[1379] 명댱(名將)이라. 엇지 '능통(凌統) 감녕(甘寧)의 일'[1380]을 ᄉᆡᆼ각지 못ᄒᆞ시ᄂᆞ뇨? 한광뮈(漢光武)[1381] 잠【53】핑(岑彭)[1382]을 죄치 아니시고, 《고뎨‖고조(高祖)》 옹치(雍齒)[1383]를 봉후(封侯)ᄒᆞ

1373)육니(忸怩)ᄒᆞ다 : 부끄럽고 창피하다.

1374)잔당말셰(殘唐末世) : 중국의 나관중(羅貫中)이 지었다고 하는 역사소설「잔당오대사연의전(殘唐五代史演義傳)의 시대배경이 되고 있는 당나라 말 희종(熙宗: 재위) 즉위 1년(874)부터 오대십국(五代十國)의 시기를 거쳐 조광윤(趙匡胤)이 송을 건국(960년)하기까지 87년 동안의, 잔혹한 전란으로 정치·도덕· 풍속 따위가 아주 쇠퇴하여 끝판이 다 되었던, 세상을 이르는 말.

1375)황쇠(黃巢) : 중국 당나라 말기의 군웅 가운데 한 사람(?~884). 왕선지가 난을 일으키자 그를 따르다가, 그가 죽은 뒤에는 남은 무리를 이끌고 중국 땅 대부분을 공략하였다. 한때 수도 장안을 점령하여 스스로 황제라 일컫고 국호를 '대제(大齊)'라 하였으나, 뒤에 이극용 등의 관군에게 패하여 자살하였다

1376)냥(梁) : 후량(後梁). 중국에서, 907년에 당나라의 절도사 주전충이 당을 멸하고 대량(大梁)에 도읍하여 세운 왕조. 923년에 후당(後唐)에 망하였다.

1377)진(晉) : 후진(後晉). 중국 오대(五代) 가운데 936년에 석경당(石敬塘)이 후당(後唐)을 멸하고 중원(中原)에 세운 나라. 수도는 변경(汴京)이며 946년에 요나라에 망하였다.

1378)의관지인(衣冠之人) : 남자의 관복(冠服)인 도포와 갓을 갖추어 입은 사람이라는 말로, 고귀한 신분의 사람임을 뜻하는 말.

1379)ᄒᆡᄂᆡ(海內) : 바다로 둘러싸인 육지라는 뜻으로, 나라 안을 이르는 말.

1380)능통(凌統) 감녕(甘寧)의 일 : 능통과 감녕 둘 다 삼국 시대(三國時代) 오(吳)나라 손권(孫權)의 장수이다. 감녕이 능통의 아비를 죽였으므로 능통이 원수로 여겼는데, 둘 다 손권의 부하가 된 뒤에, 손권이 두 사람을 화해 시켰던 고사를 말한다. 『三國志 卷55 吳書 甘寧傳』에 나온다.

1381)한광뮈(漢光武) : 중국 후한(後漢)의 제1대 황제. B.C.6-A.D.57. 본명은 유수(劉秀). 왕망(王莽)의 군대를 무찔러 한나라를 다시 일으키고 낙양에 도읍하였다. 재위 기간은 25~57년이다

1382)잠핑(岑彭) : 자 군연(君然). 남양(南陽) 극양(棘陽) 사람으로, 왕망(王莽)에게 벼슬하여 한나라에 대항하다가 한나라에 귀순하여 갱시장군(更始將軍) 유현(劉玄)에 의해 귀덕후(歸德侯)에 봉해졌다. 광무제(光武帝)가 즉위하자 장군이 되어 여러 차례 공을 세워 무음후(舞陰侯)에 봉해졌다. 건무(建武) 11년에 성도(成都)에 웅거하여 반란을 일으킨 공손술(公孫述)을 공격하여 승승장구(乘勝長驅)하였는데, 팽망(彭亡)이란 곳에 주둔하였다가 밤에 자객의 칼에 찔려 죽었다. 『後漢書 卷47 岑彭列傳』에 나온다.

1383)옹치(雍齒) : 한고조(漢高祖) 때 사람으로 유방과 함께 군사를 일으켰는데, 뒤에 배반하여 항우(項羽)에게로 가 여러 번 유방을 곤경에 빠지게 하여, 유방이 극히 미워하였다. 그 후 다시 돌아와 전공(戰功)을 세웠으나 고조가 항상 미워하였다. 항우가 자살한 뒤, 고조가 공신(功臣)을 많이 죽이매, 여러 장수들이 자신에게도 화가 미칠까 겁내

시니, 쇼ᄉᆡᆼ이 능히 금상(今上)을 도와 명공과 셔로 걸화(乞和)[1384]를 상보(相補)치 못ᄒᆞ랴?"

당군이 오직 탄왈,

"이 다 져의 명이니 현마 엇지 ᄒᆞ리오. ᄂᆡ 됴고만 ᄉᆞ업의 분쥬ᄒᆞ여 쇼ᄆᆡ로 ᄒᆞ여금 니토(泥土)의 너흐믈 한ᄒᆞ더니, 그ᄃᆡ 오히려 용쇽(庸俗)지 아니ᄒᆞ니 깃거 ᄒᆞ노라."

왕ᄉᆡᆼ이 ᄉᆞ례ᄒᆞ고, 비로쇼 좌즁의 년쇼(年少) 유인(幽人)[1385]이 잇ᄉᆞ믈 보고 츅쳑(踧惕)[1386]ᄒᆞ여 ᄉᆡᆼ각ᄒᆞ되,

"이 쇼년의 의푀(儀表) 반ᄃᆞ【54】시 범상ᄒᆞᆫ ᄉᆞᄅᆞᆷ이 아니라. 니한승이 어ᄃᆡ가 이 ᄀᆞᆺ흔 ᄉᆞ람을 ᄉᆞ괴엿ᄂᆞᆫ고?"

의심ᄒᆞ더니, 좌즁(座中)이 당군긔 문왈,

"명공은 츈취(春秋) 정셩(正盛)ᄒᆞ시고 영위(榮位) 무젹(無敵)ᄒᆞᄉᆞ 일ᄃᆡ호걸(一代豪傑)이라도 복둉ᄒᆞ거늘, 좌상의 텬상낭(天上郞)은 진짓 왕ᄌᆞ진(王子晋)[1387]이오 공문고뎨(孔門高弟)[1388]라. 평ᄉᆡᆼ 쳐음이니 반ᄃᆞ시 늉듕고현(隆中古賢)[1389] 곳 아니면 관옥승상(冠玉丞相)[1390]인가 ᄒᆞ나이다."

당군이 희희(嘻嘻) 칭ᄉᆞ 왈,

"이ᄂᆞᆫ 정히 셔정공 위쳐ᄉᆞ 영낭(令郞)이오, 명둉황야(明宗皇爺)[1391] 【55】 후숀이니, 뇽둉옥엽(龍種玉葉)[1392]이라. 쥬상(主上)이 미시(微時)의 여형약뎨(如兄若

었는데, 장량(張良)의 말을 좇아 옹치에게 십방후(什方侯)를 봉하자, 이에 인심이 안정되었다 한다. 『자치통감(資治通鑑) 11권 한기(漢紀) 條 』에 나온다.

1384)걸화(乞和) : 화해(和解)하기를 빎.

1385)유인(幽人) : 어지러운 세상을 피하여 조용한 곳에 숨어 사는 사람.

1386)츅쳑(踧惕) : 삼가고 두려워 함.

1387)왕ᄌᆞ진(王子晋) : 중국 주(周)나라 평왕(平王)의 아들 진(晋)을 말함. 구산(緱山)에 들어가서 신선(神仙)이 되었다고 한다.

1388)공문고뎨(孔門高弟) : 공자 문하의 학식과 품행이 뛰어난 제자.

1389)늉듕고현(隆中古賢) : 중국 호북성(湖北省) 양번시(襄樊市) 융중산(隆中山)에 은거하던 옛 현인(賢人)이라는 뜻으로, 삼국시대에 촉한(蜀漢)의 승상 제갈량(諸葛亮)을 달리 이른 말. 촉한(蜀漢)의 유비(劉備)가 이곳 융중산에 초막을 짓고 칩거해 있는 제갈량(諸葛亮)을 초빙하기 위해 삼고초려(三顧草廬)를 한 고사로 유명하다.

1390)관옥승상(冠玉丞相) : 중국 서진(西晉)의 승상 반악(潘岳)의 관옥(冠玉)처럼 아름다운 용모를 이르는 말. *관옥(冠玉); ①관(冠)의 앞을 꾸미는 옥. ②남자의 아름다운 얼굴을 비유적으로 이르는 말. ≒면옥. *승상(丞相); 중국 서진(西晉)의 미남자 반악(潘岳)의 관직명.

1391)명둉황야(明宗皇爺) : 중국 오대십국 시대의 후당(後唐)의 제2대 황제. 이름은 이사원(李嗣源, 867- 933년)이고 이극용(李克用, 856년-908년)의 양자로 본명은 막길렬(邈佶烈), 묘호는 명종(明宗)이다.

1392)뇽둉옥엽(龍種玉葉) : 황손(皇孫) 또는 왕손(王孫)을 달리 이르는 말. *용종(龍種); 고려 시대에, '왕족'을 이르던 말. *옥엽(玉葉); 임금의 가문이나 문중을 존대하여 이르

弟)[1393]ᄒᆞ여 일반붕우(一般朋友)로 ᄒᆞ니 진짓 와룡(臥龍)[1394]이오, 금셰(今世) 호걸이니, ᄂᆞ의 동ᄆᆡ(從妹)로 ᄒᆞ여금 건즐(巾櫛)을 밧드런ᄂᆞᆫ지라. 오늘 슉모긔 ᄇᆡ현(拜見)코ᄌᆞ 니르럿나이다.”

좌위(左右) 비로쇼 치경(致敬)하여 말을 ᄂᆞ와 못밋출 듯ᄒᆞ니, 왕싱이 가의 잇ᄉᆞᄆᆡ ᄐᆡ을진군(太乙眞君)[1395]의 좌(座)의 젹은 귀신이 뫼셧ᄂᆞᆫ 듯ᄒᆞ고, 교룡(蛟龍)[1396]의 겻희 쇼ᄉᆡ(小蛇)[1397] 닷ᄂᆞᆫ[1398] 듯ᄒᆞ니, ᄉᆞᄉᆞ로 붓그려 말을 못ᄒᆞ더라.

이ᄯᅢ 【56】 탕시와 쥬ᄋᆡ 외당을 규시(窺視)ᄒᆞ여 ᄆᆡ파의 복쇼흠과 됴봉의 굴복ᄒᆞᆷ을 보고 낙담상혼(落膽喪魂)ᄒᆞ더니, 일위 쇼년이 승당(升堂)ᄒᆞ여 댱군과 말숨하며 ᄆᆡ파(媒婆)를 ᄉᆞ(赦)ᄒᆞ여 보ᄂᆡ거ᄂᆞᆯ, ᄌᆞ시보니 그 쇼년이 션풍도골(仙風道骨)[1399]이요, 진짓 영걸이라. 뉜지 몰나 다만 칭찬ᄒᆞ며, ‘엇던 ᄉᆞ롬은 져ᄀᆞᆺ흔 ᄉᆞ회를 두엇ᄂᆞᆫ고?’ ᄒᆞ더니, 왕싱이 댱군으로 슈작(酬酌)이 이윽ᄒᆞ더니, 홀연(忽然) 문졍(門庭)이 요란ᄒᆞ며 금옥ᄎᆡ예(金玉彩輿)[1400]의 슈십인이 옹 【57】 위(擁衛)○○[ᄒᆞ여] 드러오니, 탕시 모녜 졍신이 어즐ᄒᆞ더니, 경시 ᄂᆞᄋᆞ가 맛고 급보 왈,

“ᄃᆡ쇼졔(大小姐) 오시ᄂᆞ이다.”

탕시 모녜 마지 못ᄒᆞ여 즁당(中堂)의 ᄂᆞ와 져의 모양을 보니, 머리의 화관(花冠)[1401]을 쓰고 명쥬(明珠)와 보옥(寶玉)이 어ᄅᆡ여 셔광(瑞光)이 현난(絢爛)ᄒᆞ고, 몸의 쵹금금취(蜀錦金翠)[1402] ᄀᆞ득ᄒᆞ엿더라.

달 ᄀᆞᆺ흔 시녜 향노(香爐) 션ᄌᆞ(扇子)와 쥬미(麈尾)[1403]와 여의(如意)[1404]로 뫼셔 ᄂᆞᄋᆞ와 녜ᄇᆡ(禮拜)ᄒᆞ니, 탕시 붓그리나 홀일업ᄂᆞᆫ지라. ᄉᆞᆫ을 잡고 눈물을 흘니며 왈,

---

는 말.

1393)여형약뎨(如兄若弟) : 친하기가 형제와 같음.

1394)와룡(臥龍) : ① 누워 있는 용. ②앞으로 큰일을 할, 초야(草野)에 묻혀 있는 큰 인물을 비유적으로 이르는 말

1395)태을진군(太乙眞君) : 도교의 신 가운데 하나로 북극성을 주관하는 신.

1396)교룡(蛟龍) : 상상 속에 등장하는 동물의 하나. 모양이 뱀과 같고 몸의 길이가 한 길이 넘으며 넓적한 네발이 있고, 가슴은 붉고 등에는 푸른 무늬가 있으며 옆구리와 배는 비단처럼 부드럽고 눈썹으로 교미하여 알을 낳는다고 한다.

1397)쇼ᄉᆡ(小蛇) : 작은 뱀.

1398)닷다 : 달리다.

1399)션풍도골(仙風道骨) : 신선의 풍채와 도인의 골격이란 뜻으로, 남달리 뛰어나고 고아(高雅)한 풍채를 이르는 말.

1400)금옥ᄎᆡ예(金玉彩輿) : 금과 옥으로 치장한 화려한 교자(轎子).

1401)화관(花冠) : 칠보로 꾸민 여자의 관. 예장(禮裝)할 때에 쓴다. ≒화관족두리.

1402)쵹금금취(蜀錦金翠) : 중국 서촉(西蜀)에서 생산 되는 질 좋은 비단과 금 비취 등의 보석.

1403)쥬미(麈尾) : 말총이나 헝겊 따위로 만든 먼지떨이.=총채.

1404)여의(如意) : 예전에 등 따위의 손이 닿지 않는 몸 부위를 긁는 데 쓰는 도구.

"네 어【58】ᄃᆡᄅᆞᆯ ᄎᆞᆽ다가 어룬이 되어 반가이 오뇨? 너의 간 곳을 몰나 침식(寢食)의 맛ᄉᆞᆯ 모로더니, 이졔 보니 ᄉᆞ무여한(死無餘恨)이로다."

쇼졔 뉴쳬(流涕) 왈,

"쇼네 불쵸ᄒᆞ와 ᄌᆞ위 셩의(聖意)ᄅᆞᆯ 밧드지 못ᄒᆞ옵고, 간인(姦人)이 좌우의 잇셔 ᄌᆞ위의 ᄑᆡ덕(悖德)을 니르혀니, 이러무로 잠간 피신ᄒᆞ와 여ᄎᆞ여ᄎᆞ ᄒᆞ여 동형을 맛ᄂᆞ옵고, 이리이리 ᄒᆞ와 위ᄌᆞ와 셩친(成親)ᄒᆞ니이다."

ᄒᆞ고, 뎐후 지ᄂᆡᆫ 말을 세세히 베푸고, 다시 쥬ᄋᆞ로 슈작ᄒᆞᆯ ᄉᆡ 그동안 아ᄒᆡ 변ᄒᆞ【59】여 어룬 되어시믈 무르니, 부인이 어리둥뎔ᄒᆞ여 탄식ᄒᆞ고 쥬ᄋᆞ로 왕부와 셩혼ᄒᆞ믈 니르고, 쥬옥의 뎐후ᄉᆞᄅᆞᆯ 셰셰이 두미(頭尾)[1405]ᄅᆞᆯ 말ᄒᆞ니, 쇼졔 침음반향(沈吟半晌)[1406]의 경시ᄅᆞᆯ 보ᄋᆞ 왈,

"쇼졔(小弟) 심규미ᄋᆡ(深閨迷兒)[1407]라. 먼니 가지 아냐시리니 모친의 ᄯᅳᆺ 두루혀시믈 위ᄒᆞ미라. 아니 네 집의 잇ᄂᆞ냐?"

경시 고두(叩頭) 왈,

"과연 부인을 긔망(欺罔)ᄒᆞᆫ 죄 즁ᄒᆞ오니, 부인이 착념(着念)치 아니실진ᄃᆡ 실고(實告)ᄒᆞ리이다."

부인이 착급(着急) 왈,

"ᄂᆡ 그릇ᄒᆞ엿【60】ᄂᆞᆫ지라. 무숨 죄되리오. 녀ᄋᆞ의 말을 니르라."

경시 비로쇼 뎐후 말을 셰셰이 고ᄒᆞ니, 부인이 깃거

"ᄊᆞᆯ니 쇼져ᄅᆞᆯ 다려오라."

ᄒᆞ고, 비회교극(悲悔交極)[1408]ᄒᆞ더니, 댱군이 드러와,

"위공지 ᄆᆡ뎨(妹弟)로 더부러 가묘(家廟)의 ᄇᆡ알(拜謁)ᄒᆞ랴 ᄒᆞ니, ᄆᆡ뎨ᄂᆞᆫ ᄉᆞ묘(祠廟)의 오르라."

쇼졔 ᄉᆞ묘의 오ᄅᆞᆯ ᄉᆡ, 부인이 됴ᄎᆞ 가거ᄂᆞᆯ, 댱군 왈,

"위랑이 슉모긔 뵈오리니 슉모ᄂᆞᆫ ᄌᆞ리ᄅᆞᆯ 곳쳐 ᄃᆡ졉ᄒᆞ쇼셔."

당시 쳥ᄉᆞ(廳舍)ᄅᆞᆯ 쇄쇼(刷掃)ᄒᆞ며 쥬육(酒肉)을 장만ᄒᆞ【61】더니, 위ᄉᆡᆼ이 쇼져로 더브러 가묘의 현ᄇᆡ(見拜)ᄒᆞ며 위부 양낭(養娘)[1409]이 졔젼(祭奠)[1410]을 ᄃᆡ후(待候)

1405)두미(頭尾) : 처음과 끝.

1406)침음반향(沈吟半晌) : 오래도록 속으로 깊이 생각함. *반향(半晌) : 반나절. '한나절의 반'에 해당하는 시간을 이라는 뜻으로, 여기서는 '꽤 오랜 시간'을 뜻하는 말로 쓰였다.

1407)심규미ᄋᆡ(深閨迷兒) : 깊이 들어앉은 방에서 지내는 세상물정을 모르는 어린아이.

1408)비회교극(悲悔交極) : 슬픔과 후회가 번갈아 일어남이 극함.

1409)양낭(養娘) : 여자 종. 주로 혼인한 여종을 일컫는다.

1410)졔젼(祭奠) : ①의식을 갖춘 제사와 갖추지 아니한 제사를 통틀어 이르는 말. ②제사에 바치는 향·술·음식 따위의 모든 제물을 통틀어 이르는 말.

ᄒᆞᄂᆞᆫ지라. 향을 밧들며 잔을 ᄂᆞ오니, 댱군이 츅문을 닑으ᄆᆡ 쇼져 부뷔 녜를 ᄒᆡᆼᄒᆞ니, 남풍녀뫼(男風女貌) 참치(參差)1411)ᄒᆞ더라.

니부 비ᄌᆡ(婢子) 즐겨 혀를 두루고 손을 쳐 칭찬 ᄒᆞ더라.

부부 냥인이 부인긔 뵈올ᄉᆡ, 탕시 처음 셔당을 규시ᄒᆞᆫ 쇼년이 황홀ᄒᆞ여 인간 ᄉᆞ름 ᄀᆞᆺ지 아냐 놀ᄂᆞᆺ더니, 압히 님ᄒᆞᄆᆡ 놀납고 참괴(慙愧)ᄒᆞ여 실혼(失魂) 【62】 ᄒᆞᆫ ᄉᆞ름 ᄀᆞᆺ치 한훤(寒暄)1412)을 맛ᄎᆞᄆᆡ, 댱군 왈,

"ᄎᆞᄆᆡ(次妹)의 젹인(適人)1413)이 조죵(祖宗)의 혐원(嫌怨)ᄒᆞᆫ 집이라, 가묘의 현알(見謁)치 못ᄒᆞ려니와, ᄎᆞᄆᆡ 잇고 위랑이 잇ᄉᆞ니 두 ᄆᆡᄌᆞ와 서랑이 서로 볼 거시로ᄃᆡ, 왕가(王家) 오문(吾門)의 슈인(讐人)이니 엇지 ᄒᆞ리잇고?"

탕시 만면통홍(滿面通紅)1414) 왈,

"우슉(愚叔)이 쇽ᄋᆞ 자식가지 괴롭게 ᄒᆞ니, 오날 아름답지 아닌 거동을 보ᄆᆡ 한흡지 아니리오. 현질(賢姪)이 션쳐(善處)ᄒᆞᆷ을 바라노라."

댱군이 위ᄉᆡᆼ을 향ᄒᆞ여 쇼왈(笑曰),

"ᄌᆞ현ᄋᆞ 왕언 【63】 장(王彥章)이 황하(黃河)의셔 오년ᄃᆡ젼(五年大戰)ᄒᆞ여 오룡진(烏龍津) 쇽의 젼몰(戰歿)ᄒᆞ니 은원(隱怨)이 뉘 집이 더ᄒᆞ뇨? ᄒᆡ셕지 못ᄒᆞ리로다."

공ᄌᆡ ᄃᆡ왈

"쇼뎨ᄂᆞᆫ 쇼인이라. 쥬인의 가ᄉᆞ를 뉘 간셥ᄒᆞ리오. 언장(彥章)이 용남공 기셰ᄒᆞ시믈 인ᄒᆞ여 하슈(河水) 우흘 막ᄋᆞ 횡ᄒᆡᆼᄒᆞ다가, 황조의 ᄉᆞ방의 근노ᄒᆞ심과 진왕 조뷔 우국(憂國)ᄒᆞ여 홍(薨)ᄒᆞ시미 이 도뎍(盜賊)의 연괴나, 제 숀(孫) 긔망(欺罔)치 아니ᄒᆞ엿고, 제 집이 원슈로 아지 아냐 결혼ᄒᆞ여시니, 우리 비록 【64】 깁히 ᄉᆞ괴지 아니나, 범연이 보기야 무슨 ᄒᆡ 잇ᄉᆞ리오."

부인과 댱군이 도로혀 깃거 왕ᄉᆡᆼ을 부르니, 냥 쇼졔 또 ᄂᆞᄋᆞ와 상견코ᄌᆞ ᄒᆞ더니, 경시 고왈,

"삼쇼졔 와 계시니이다."

ᄃᆡ쇼졔 ᄀᆞᆯ오ᄃᆡ,

"삼ᄆᆡ 비록 규쉬나 외인이 업ᄉᆞ니 ᄒᆞᆫ가지로 형을 보미 무방ᄒᆞᆯ가 ᄒᆞᄂᆞ이다."

댱군이 쾌락(快諾)ᄒᆞ여 ᄀᆞᆯ오ᄃᆡ,

"쇼져를 부르라. 이 일이 도로혀 긔특ᄒᆞ도다."

경시 쇼져를 인도ᄒᆞ여 ᄂᆞ오니, 형과 위랑의게 녜ᄒᆞ고 모친 슬하의 【65】 가 톄읍(涕

1411)참치(參差) : 길고 짧고 들쭉날쭉하여 가지런하지 아니함.=참치부제(參差不齊).
1412)한훤(寒暄) : 날씨의 춥고 더움을 말하는 인사.
1413)적인(適人) : 시집간 여자 또는 그 남편을 이르는 말.
1414)만면통홍(滿面通紅) : 온 얼굴이 온통 붉은 빛을 띰.

泣) 함누(含淚)ᄒᆞ니, 부인이 어루만져 체읍ᄒᆞ니, 위공ᄌᆡ 냥ᄀᆡ 쇼져를 처음 보니 ᄉᆡᆼ츌(生出)이 각각이나, ᄃᆡ쇼져의 츌인(出人)ᄒᆞ믄 의논치 말고, 두 쇼제 다 졀ᄉᆡᆨ(絶色)이로ᄃᆡ, 용모(容貌)의 념취(艷醜)와 미목(眉目)의 션악(善惡)이 다 심졍(心情)의 달녓ᄂᆞᆫ지라. 왕낭ᄌᆞᄂᆞᆫ 용뫼 표독ᄒᆞ여 간험ᄒᆞᆫ ᄐᆡ되 젼혀 탕시요, 삼쇼져ᄂᆞᆫ 슉덕(淑德)ᄒᆞ여 ᄎᆞ쇼져의 고은 빗치 낫고, 뇨됴현슉(窈窕賢淑)ᄒᆞ며 풍영(豐盈) 소담ᄒᆞ미 ᄃᆡ쇼져의 모양이 만터라.

댱군이 삼쇼져 【66】 를 ᄂᆞ호여 집슈 탄식ᄒᆞ며 무ᄋᆡ(撫愛) 왈,

"우형(愚兄)이 분쥬ᄒᆞ여 널노 ᄒᆞ여금 괴롭게 ᄒᆞ엿도다. 우형이 ᄒᆞᆫ가지로 슉모를 뫼셔 경셩(京城)의 가, 네 ᄇᆡᆨ필을 션ᄐᆡᆨᄒᆞ리라."

쇼제 아미를 슉이고 눈물을 흘니더라.

이윽고 금반진취[쉬](金盤珍羞) 압압히 노히니, 이ᄂᆞᆫ 댱군이 분부ᄒᆞᆫ 음식이러라. 빈쥐 즐기더니, 시ᄋᆡ(侍兒) 보왈,

"쥬랑ᄌᆡ(주娘子) 엄귀(嚴舅) 잡혀오무로 미됴ᄎᆞ 와 ᄃᆡ뢰(待罪)ᄒᆞᄂᆞ이다."

댱군과 부인이 드러오라 ᄒᆞ니, 왕개(王家) 【68】 두려 쥬랑(주娘)을 칠보웅장(七寶雄粧)을 무궁히 ᄭᅮ며 빗ᄂᆡ 보ᄂᆡ엿ᄂᆞᆫ지라.

이 툡상1415)읫 거시 일ᄉᆡᆼ 벗고 쥬리다가 농민의 집의 가 포식(飽食)ᄒᆞ고, 지ᄋᆞ비 흐리니 됴심ᄒᆞᆯ 것도 업고, ᄉᆡ집이 져를 두려ᄒᆞ니 업슈이, 녀여 마음을 노코 ᄌᆞ고, 창ᄌᆞ를 한(限)ᄒᆞ여 먹으니, 미련ᄒᆞᆫ 살흔 가독가지 ᄶᅵᄂᆞᆫ지라. 털 ᄉᆞᆺ히 기름이 듯ᄂᆞᆫ1416) 듯, 무긔1417) 삼ᄇᆡᆨ근이 너무니, 완만(頑慢)ᄒᆞ고 툡진1418) 거동이 졀구1419) ᄀᆞᆺ흔ᄃᆡ, 향곡(鄕曲)1420) 단장(丹粧)이 칠보(七寶)를 슈업시 드리워 【69】 혼난(混亂)ᄒᆞᆫ 연지 빗츤 살작1421)을 침노ᄒᆞ고, 드리온 금환(金環)1422)은 츅늉부인(祝融夫人)1423)의 졔도(製圖) ᄀᆞᆺ고, ᄌᆞ른 킈의 녹나삼(綠羅衫)을 붓치고, 큰 허리의 홍금상(紅錦裳)을 둘너시니, 댱군과 일좌(一座) 우읍기를 참지 못ᄒᆞ며, 좌

1415)툡상 : 말이나 행동 따위가 투박하고 상스러움.
1416)듯다 : 듣다. 눈물, 빗물 따위의 액체가 방울져 떨어지다.
1417)무긔 : 무게. 물건의 무거운 정도.≒중량.
1418)툡지다 : 툡상지다. 말이나 행동 따위가 투박하고 상스러워지다.
1419)졀구 : 곡식을 빻거나 찧으며 떡을 치기도 하는 기구. 통나무나 돌, 쇠 따위를 속이 우묵하게 만들어 곡식 따위를 넣고 절굿공이로 빻거나 찧는다.
1420)향곡(鄕曲) : 도시에서 멀리 떨어진 시골의 구석진 곳.=촌구석.
1421)살작 : 살쩍. 관자놀이와 귀 사이에 난 머리털. ≒귀밑털.
1422)금환(金環) : 금으로 만든 귀고리 따위의 고리. 또는 금반지.
1423)츅융부인(祝融夫人) : 중국 삼국시대에 남만왕(南蠻王) 맹획(孟獲)의 부인. 맹획이 제갈량(諸葛亮)과 싸우면서 겁을 내자, 그녀가 직접 싸움터에 나아가 장억(張嶷)·마충(馬忠)을 사로잡았다고 하며. 특히 칼을 잘 사용하여 던지기만 하면 백발백중이었다 한다. 『三國志演義 卷4』 에 나온다.

즁을 ᄀᆞᆯᄋᆞ쳐 녜슈(禮數)[1424]를 맛ᄎᆞ믹, 《말ᄉᆞᆷ ‖ 말석(末席)》의 업듸여 고왈,

"쳔녜(賤女) 부인 은혜를 닙ᄉᆞ와 의식이 뎍(足)ᄒᆞ고 일신이 편ᄒᆞ니, 하날 은덕을 엇지 다 알외리잇고? 도라 댱군긔 고왈,

"댱군 힝ᄎᆞ시(行次時) 즉시 ᄂᆞᄋᆞ와 현알(見謁)코ᄌᆞ ᄒᆞ더니, 【70】문득 구부(舅父)를 착닉(捉來)ᄒᆞ시니, 쳔괴(賤姑)[1425] 놀나 쳔믹(賤妹)를 보닉여 무졍지식(無情之事)오, 우용(愚庸)ᄒᆞᆫ 죄를 ᄉᆞ(赦)ᄒᆞ시믈 비더이다."

부인은 졈두 미쇼ᄒᆞ고 댱군이 완(莞)히 쇼왈,

"네 어룬이 되더니 쳬모(體貌)와 말ᄉᆞᆷ이 제법 ᄉᆞ룸이라."

ᄒᆞ더라.

쇼졔 졔믹와 모친을 딕ᄒᆞ여 슈작 ᄒᆞ더니, 댱군긔 청ᄒᆞ여 왈,

"야애(爺爺) 기세(棄世)ᄒᆞ실 ᄯᅴ 거게(哥哥)[1426] 취쳐(娶妻)도 아녓고, 됸망(存亡)을 몰나시니, 쇼믹를 딕ᄒᆞ여 ᄀᆞᆯ오ᄉᆞ딕,

"한ᄋᆡ(한兒) 무양(無恙)ᄒᆞ여 오거든 ᄂᆞ의 혈식(血食)[1427]을 니어 봉ᄉᆞ(奉祀)【71】를 의탁ᄒᆞ고, 만일 불힝커든 네[1428] 혈식을 니으라."

○[ᄯᅩ] 글을 깃쳐[1429]

"ᄯᅳᆺ을 젼ᄒᆞ라."

ᄒᆞ시고, 탄 왈,

"한ᄋᆡ 부유(蜉蝣)[1430]로 스러질 ᄋᆞ히 아니니, 둉ᄉᆞ(宗事)를 싱각ᄒᆞ여 몸을 됴심(操心)ᄒᆞ라."

ᄒᆞ시더니, 쇼믹(小妹) 형댱(兄丈)을 니별케 되고, 모친과 ᄋᆞ이 됴ᄎᆞ 가시니, 일의 ᄯᅵ의 맛ᄂᆞᆫ지라. 형댱은 ᄉᆞ양치 마르쇼셔."

품쇽으로셔 금낭(錦囊)을 닉니, 혹ᄉᆞ의 유셔(遺書)라. 한승이 글을 보고 통곡ᄒᆞ며 삼쇼져와 부인이 ᄯᅩᄒᆞᆫ 통곡ᄒᆞ더라.

쇼졔 울기를 【72】긋치고 모친긔 고왈,

"유교(遺敎)를 밧ᄌᆞ와 ᄌᆞ위(慈闈)긔 알외지 아닌 거슨 ᄯᅵ를 기다리미오. 탕가의

1424)녜슈(禮數) : ①예수(禮數). 명성이나 지위에 알맞은 예의와 대우. 또는 그에 맞게 예(禮)를 행함. ②예절에서 절을 하는 수.

1425)쳔괴(賤姑) : 천한 시어미.

1426)거거(哥哥) ; 형(兄). 오빠. 중국어 차용어로, 주로 여성이 손위 남자 형제를 이르는 말로 사용된다.

1427)혈식(血食) : 제사. 또는 제사를 지내는 일. 고대에 희생(犧牲)을 죽여서 피를 취하여 제사를 지냈기 때문에 그렇게 말한 것임.

1428)네 : 네가.

1429)깃치다 : 끼치다. 어떠한 일을 후세에 남기다.

1430)부유(蜉蝣) : 하루살이.

부ᄌᆡ(父子) 겻집의 닛셔, 모녀 ᄉᆞ이를 니간(離間)ᄒᆞ며, 니시 ᄌᆡ산을 위ᄒᆞ미니, 형댱이 모친 ᄋᆞ들이 되엿더면, 형이 엇지 몸이 평안ᄒᆞ며, 형이 두려 ᄎᆞᆷ으리오. 사방(四方)의 노라 어진 님군을 ᄎᆞᆺ지 못ᄒᆞ리니, 형이 공명을 일워 가ᄂᆡ 진졍ᄒᆞ무로써 모친이 근심ᄒᆞ시게 ᄒᆞ니, 쇼녀의 죄로소이다.

댱군 왈,

"슉부 유교를 【73】 보니 슬푸미 ᄉᆡ롭고, 둉ᄉᆡ(宗事) 즁ᄒᆞ니 ᄉᆞ양ᄒᆞ리오. 명일 둉독(宗族)을 모호고 가묘(家廟)의 고ᄒᆞᆫ 후 슉모긔 네로 뵈오리라."

쇼져와 탕시 깃거 명일 쥬셕(酒席)을 버려1431) ᄒᆞᆨᄉᆞ의 유셔를 모든 ᄃᆡ 뵈고 제(祭)ᄒᆞᆯ ᄉᆡ, 위공ᄌᆡ 츅문(祝文)을 닑고 댱군이 ᄒᆡᆼ네(行禮)ᄒᆞᆫ 후, 부인긔 ᄌᆞ도(子道)로 뵈고 삼쇼져로 동긔지네(同氣之禮)를 ᄒᆡᆼᄒᆞ니, 니시 기우러진 문회(門戶) ᄉᆡ로 니러나니, 닌읍(隣邑)이 치ᄒᆡ(致賀) 분분(紛紛)ᄒᆞ고, 됴공이 ᄯᅩᄒᆞᆫ 니르러 치하ᄒᆞ니, 댱군이 ᄃᆡ연【74】을 베퍼 빈쥐(賓主) 둉일(終日) 진환(盡歡)ᄒᆞ고 파연(罷宴)ᄒᆞᄆᆡ, 쇼제 모친긔 뎔ᄒᆞ여 하직ᄒᆞ고, 제ᄆᆡ(諸妹)로 분슈(分手)ᄒᆞᄆᆡ 댱군긔 니별ᄒᆞ니, 댱군이 면면이 보듕(保重)ᄒᆞ믈 일ᄏᆞᆺ고, 모친과 ᄆᆡ뎨로 더브러 경ᄉᆞ(京師)로 가니, 위공ᄌᆡ와 됴공의 탐탐(耽耽)ᄒᆞᆫ1432) 니별은 ᄌᆡ기즁(在其中)1433)이러라.

위공ᄌᆡ 됴공을 맛나 쇼져를 거ᄂᆞ려 동창궁(同昌宮)으로 도아오니, 됴부인이 반겨 지ᄂᆡ[ᄂᆞᆫ] 일을 뭇고, 뉴·졍 냥쇼제 ᄂᆞ와 맛더라.

ᄎᆞ후로 위공ᄌᆡ 삼쇼져로 더브러 화락(和樂)ᄒᆞ니 ᄉᆞ【75】긔 군ᄌᆞ슉녀 마장(魔障) 업시 ᄐᆡ평안낙(太平安樂)ᄒᆞᆫ가 하회를 보라. 【76】

1431)버리다 : 벌이다. 차리다. 여러 가지 물건을 늘어놓다. 일을 계획하여 시작하거나 펼쳐 놓다.

1432) 탐탐(耽耽) : ①마음이 들어 몹시 즐거워하거나 즐기는 모양 ②매우 그리워하는 모양.

1433)ᄌᆡ기즁(在其中) : 그 가운데 있다.

화산션계록 권지십

ᄌᆡ셜(再說)[1434] 위공ᄌᆡ 쳔고인걸(千古人傑)이요 ᄀᆡ셰군ᄌᆞ(蓋世君子)[1435]로 ᄇᆡ합(配合)ᄒᆞᄆᆡ 삼ᄀᆡ 슉녀를 두어 ᄌᆡ용(才容)이 만고(萬古)의 독보(獨步)ᄒᆞ니, 이시(李氏)ᄂᆞᆫ 금지옥엽(金枝玉葉)으로 ᄉᆡᆼ장(生長)ᄒᆞ여 옥으로 무으고 ᄭᅩᆺ츠로 살흘 만들고 달노 광ᄎᆡ를 비기며 옥슈(玉手)의 문챵셩(文昌星)[1436]의 붓ᄃᆡ를 쥐여시니, 눈은[을] 읇ᄂᆞᆫ ᄉᆞ녀(謝女)[1437]와 비단을 드리ᄂᆞᆫ 약난(若蘭)[1438]이 엇지 니쇼져의 밋ᄎᆞ리오.

ᄎᆞ비(次妃) 뉴시ᄂᆞᆫ 뇽ᄌᆞ봉츄(龍子鳳雛)[1439]로 어리롭고 어엿분 형상이 만물을 츄졈(推占)ᄒᆞ며 지음(知音)이 신이(神異)ᄒᆞ여 ‘ᄉᆞ광(師曠)의 춍(聰)’[1440]으로 곤이(坤夷)[1441]의 셩인 【1】 이여ᄂᆞᆯ, 삼비 뎡시ᄂᆞᆫ 쇼담 쳥연(靑煙)ᄒᆞ여 쳡여(婕妤)

1434)ᄌᆡ셜(再說) : 고소설에서 새로 이야기를 시작할 때 쓰는 ‘화설(話說)’ ‘화표(話表)’ ‘각설(却說)’ 따위와 같은 화두사(話頭詞).

1435)개셰군ᄌᆞ(蓋世君子) : 기상이나 위력, 재능 따위가 세상을 뒤덮을 만한 인품을 갖춘 인물.

1436)문챵셩(文昌星) : 북두칠성의 여섯째 별인 ‘개양(開陽)’을 달리 이르는 말. 문장(文章)을 맡아 다스린다고 한다.

1437)ᄉᆞ녀(謝女) : 사도온(謝道韞). 진(晉)나라의 왕응지(王凝之)의 아내. 어려서 눈을 버들가지에 비유해 즉흥으로 묘구(妙句)를 지어낸 ‘영설지재(詠雪之才)’로 유명하다. 사도온의 숙부 사안(謝安)이 집안의 여러 아이들을 모아 놓고 문장을 강론하면서, “저 분분히 날리는 눈이 무엇을 닮았느냐?” 고 묻자, 사도온이 “"버드나무 꽃이 바람에 흩날리는 것 같습니다”라고 답하자, 사안이 그 묘재를 탄복했다는 것이다. 이후 이 말, 곧 ‘영설지재(詠雪之才)’는 ‘여자의 뛰어난 글재주’를 이르는 말로 쓰이고 있다. 『진서(晉書)』 <왕응지처 사씨전 (王凝之妻 謝氏傳)에 전한다.

1438)약난(若蘭) : 소혜(蘇惠). 중국 동진 때 진주자사(秦州刺史) 두도(竇滔)의 아내. 자(字)는 약란(若蘭). 남편이 진주자사로 있다가 유사(流沙)라는 곳으로 유배를 갔는데, 남편을 그리워하여 비단을 짜고 그 위에다 840자로 된 회문시(回文詩)를 수놓아 보내, 남편을 감동케 한 이야기로 유명하다. 『진서(晉書)』에 이야기가 전한다. *회문시(回文詩); 머리에서부터 내리읽으나 아래에서부터 올려 읽으나 뜻이 통하고, 평측(平仄)과 운(韻)이 맞는 한시(漢詩).

1439)뇽ᄌᆞ봉츄(龍子鳳雛) : ‘용(龍)과 봉(鳳)의 새끼’라는 뜻으로, 황가자손(皇家子孫)을 이르는 말.

1440)ᄉᆞ광(師曠)의 춍(聰) : =ᄉᆞ광지총(師曠之聰). 사광의 총명이란 뜻으로, 중국 춘추(春秋) 때 사광이란 사람이 소리를 잘 분변하여 길흉을 점쳤다는 고사에서 유래한 말.

의 맑은 ᄐᆡ도로 '편약경홍(翩若驚鴻)이오 안[완]약뉴룡(婉若游龍)이니'[1442], 슈즁(手中)의 편작(扁鵲)[1443]의 슐(術)을 젼쥬(專主)ᄒᆞ여 긔ᄉᆞ회ᄉᆡᆼ(起死回生)[1444]ᄒᆞᄂᆞᆫ ᄌᆡ죄 잇시니, 삼쇼제 ᄒᆞᆫ 당의 모다 부귀(富貴)로 일월을 보ᄂᆡ니, 이 ᄀᆞᆺᄒᆞᆫ 복녹 ᄀᆞ온ᄃᆡ ᄌᆡ앙(災殃)이 업ᄉᆞ리오.

일일은 뉴쇼제 지상(地上)의 오작(烏鵲)이 짓궤ᄂᆞᆫ 양을 보더니, 안ᄉᆡᆨ이 변ᄒᆞ여 뎡쇼져 침소로 가니, 뎡쇼졔 봄잠을 갓 ᄶᆡ여 낫 단장을 곳치고 명경(明鏡)을 ᄃᆡᄒᆞ여 운빈(雲鬢)[1445]을 다시리거ᄂᆞᆯ, 뉴쇼제 뎡쇼져의 보ᄂᆞᆫ 거울을 아ᄉᆞ며, 【2】 우어 왈,

"현ᄆᆡ야 낭군이 오ᄅᆡ지 아냐 츌정(出征)ᄒᆞᆯ 거시니, 그 ᄶᆡ 근심이 아미(蛾眉)를 잠가 홍협(紅頰)을 울 거시니, 이 ᄀᆞᆺ치 괴이ᄒᆞ여 니별이 더 슬푸게 ᄒᆞ려ᄂᆞᆫ다?"

뎡쇼제 놀나 보경(寶鏡)을 더지고 소왈,

"형이 '군ᄌᆡ 어ᄂᆡ ᄶᆡ 어ᄃᆡ 츌정(出征)ᄒᆞ리라' ᄒᆞᄂᆞ뇨? 부ᄌᆞ(夫子)ᄂᆞᆫ 셤약(纖弱)ᄒᆞᆫ 셔ᄉᆡᆼ이라. 궁시창검(弓矢槍劍) 가온ᄃᆡ 무숨 유익ᄒᆞ미 잇셔, 뉘 도적을 치라 보ᄂᆡ리오."

뉴쇼제 미쇼 왈,

"ᄌᆞ방(子房)[1446]이 부인의 얼골노 임군의 스ᄉᆡᆼ이 되고, 와룡(臥龍)[1447]이 옥미쇼년(玉美少年)으로 삼분텬하(三分天下)[1448]ᄒᆞ엿시니, 군ᄌᆡ 츌정치 못ᄒᆞ리오? 그

1441)곤이(坤夷) : '하늘은 맑고 땅은 평탄하다(乾淸坤夷)'에서 온 말로, '곤(坤)'은 땅 또는 여(女)를 뜻하고, 이(夷)는 '평평하다' '온화하다' 등의 뜻으로 쓰인믄데, 여기서는 '여류(女流)' 정도의 의미로 쓰였다.

1442)편약경홍(翩若驚鴻) 완약뉴룡(婉若游龍) : "그 경쾌함은 마치 놀란 기러기 같고, 그 유순함은 마치 헤엄치는 용 같다"는 말로, 중국 삼국시대 위(魏)나라 시인 조식(曹植)의 〈낙신부(洛神賦)〉에 나오는 구절이다.

1443)편작(扁鵲) : 중국 전국 시대의 의사. 성은 진(秦). 이름은 월인(越人). 임상 경험을 바탕으로 치료하였다. 장상군(長桑君)으로부터 의술을 배워 환자의 오장을 투시하는 경지에까지 이르렀다고 전한다.

1444)긔ᄉᆞ회ᄉᆡᆼ(起死回生) : 거의 죽을 뻔하다가 도로 살아남.

1445)운빈(雲鬢) : 구름 같은 귀밑머리.

1446)ᄌᆞ방(子房) : 장량(張良). BC ?-189. 중국 한나라의 정치가, 건국공신. 이름은 량(良). 자는 자방(子房). 유방의 책사로 홍문연(鴻門宴)에서 유방을 구하고 한신을 천거하는 등, 유방이 한나라를 세우고 천하를 통일할 수 있도록 도왔다. 소하·한신과 함께 한나라 건국 3걸로 불린다.

1447)와룡(臥龍) : 제갈량(諸葛亮). 181~234. 중국 삼국 시대 촉한의 정치가. 와룡(臥龍)은 별호(別號).자(字)는 공명(孔明). 시호는 충무(忠武). 뛰어난 군사 전략가로, 유비를 도와 오(吳)나라와 연합하여 조조(曹操)의 위(魏)나라 군사를 대파하고 파촉(巴蜀)을 얻어 촉한을 세웠다. 유비가 죽은 후에 무향후(武鄕侯)로서 남방의 만족(蠻族)을 정벌하고, 위나라 사마의와 대전 중에 병사하였다

1448)삼분텬하(三分天下) : 한 나라를 세 개의 부분(部分)으로 나눔. 즉 한 나라를 세 사

【3】 리면 깁창 아릭셔 현믹와 늙으라 ᄒᆞᄂᆞ냐?"

뎡쇼졔 쇼왈,

"형이 쇼믹를 희롱ᄒᆞ시ᄂᆞ냐? 군지 홀노 쇼믹만 취ᄒᆞ엿관ᄃᆡ 형은 니별이 즐겁고 쇼제만 슬푸리오. 그러나 엇지 미리 아ᄂᆞᆫ체 ᄒᆞ시ᄂᆞ뇨?"

뉴쇼졔 왈,

"현믹ᄂᆞᆫ 니르지 말나. ᄂᆡ 앗가 녹음이 어ᄅᆡ고 바룸이 묽으믈 사랑ᄒᆞ여 난간의 완경(玩景)ᄒᆞ더니, 연작(燕雀)이 짓괴여 분명 츌졍(出征)ᄒᆞ믈 니르미라."

뎡쇼졔 왈,

"형이 시험ᄒᆞ여 명일 츄졈(推占)ᄒᆞ여 길흉(吉凶)을 보미 가(可)토다. 댱뷔 일홈을 쥭빅(竹帛)1449)의 드리오고, 얼 【4】 골이 닌ᄃᆡ(麟臺)1450)의 오룰진ᄃᆡ 조그만 니별을 ᄀᆡ회ᄒᆞ랴?"

뉴쇼졔 왈,

"현믹의 쇼견이 통달토다. 비록 ᄉᆡ외(塞外)의 가나 쳔금듕신(天金重身)이 평안무ᄉᆞ(平安無事)홀진ᄃᆡ 무슴 근심이 잇ᄉᆞ리오마ᄂᆞᆫ 병긔(兵器)ᄂᆞᆫ 흉지(凶地)라. ᄌᆞ연 시름이 닛치지 아니ᄒᆞ도다. ᄂᆡ형이 상공으로 무삼 닐을 ᄒᆞ관ᄃᆡ, 고요ᄒᆞ여 아등을 부르지 아니ᄒᆞᄂᆞᆫ고?"

ᄒᆞ고, 두쇼졔 ᄒᆞᆷᄭᅴ 졍당의 니르니, 위싱이 니쇼져로 더브러 텬문(天文)1451) 둔갑(遁甲)1452)의 묘ᄒᆞᆫ 곳을 의논ᄒᆞ려 잠착(潛着)히 글을 보ᄂᆞᆫ지라.

두 쇼졔 낭낭이 웃고 ᄀᆞᆯ오ᄃᆡ,

"부인ᄋᆞ! 츈풍화 【5】 류(春風花柳)의 풍경이 가려(佳麗)ᄒᆞ니 빅화원(百花軒)의 가 노지 아니코 무ᄉᆞ 일 텬문셔만 보시ᄂᆞ뇨?"

니쇼져와 위싱이 눈을 드러보고, 냥쇼졔 운환(雲鬟)의 화관(花冠)1453)이 단졍ᄒᆞ고 댱속(裝束)이 가ᄇᆡ야오니, 몸이 더옥 표일(飄逸)ᄒᆞ여 아릿다온 ᄐᆡ되 ᄒᆡ변(海邊)의 노ᄂᆞᆫ 공작 ᄀᆞᆺᄒᆞᆫᄃᆡ, 단ᄉᆞ쥬슌(丹砂朱脣)1454)의 호치(皓齒) 아릿다이 빗쵀니, ᄭᅬ고리 처음으로 울고 봄 졔비 교ᄐᆡ(嬌態)ᄒᆞ여 부르지지ᄂᆞᆫ 듯ᄒᆞᆫ지라.

쇼졔 쇼왈,

람의 군주(君主)나 영웅(英雄) 이 나누어 차지함.

1449)쥭빅(竹帛) : 서적(書籍) 특히, 역사를 기록한 책을 이르는 말. 종이가 발명되기 전에 대쪽이나 헝겊에 글을 써서 기록한 데서 생긴 말이다.≒죽소(竹素).

1450)닌ᄃᆡ(麟臺) : 인대(麟臺). 『역사』 중국 한나라의 무제가 장안의 궁중에 세운 전각. 선제 때 곽광 외 공신 11명의 초상을 그려 각상(閣上)에 걸었다고 한다.=기린각.

1451)텬문(天文) : 우주와 천체의 온갖 현상과 그에 내재된 법칙성.

1452)둔갑(遁甲) : 술법을 써서 자기 몸을 감추거나 다른 것으로 바꿈.

1453)화관(花冠) : 칠보로 꾸민 여자의 관. 예장(禮裝)할 때에 쓴다. ≒화관족두리.

1454)단ᄉᆞ쥬슌(丹砂朱脣) : 주사(朱砂)처럼 붉은 입술.

“규즁의 녀교(女教)1455)를 닉이지 아니ᄒᆞ고 남ᄌᆞ의 병셔(兵書)를 보미 부덕(婦德)이 임의 휴숀(虧損)ᄒᆞ엿거ᄂᆞᆯ, 부인이 ᄯᅩ 원님(園林)의 유상(遊賞)ᄒᆞ【6】기를 니르ᄂᆞᆫ냐? 그러나 두 부인의 ᄉᆡᆨᄐᆡ(色態) 더욱 ᄉᆞ랑ᄒᆞ오니, 텬션(天仙)이 하강(下降)ᄒᆞᆫ들 엇지 밋ᄎᆞ리오.”

냥쇼제 왈,

“형이 졍히 쇼ᄆᆡ를 희롱ᄒᆞ시ᄂᆞᆫ냐? 져제 경국ᄒᆞᆯ ᄉᆡᆨ을 가지고 쇼ᄆᆡ를 위ᄌᆞ(慰藉)ᄒᆞᄂᆞ냐?”“

ᄉᆡᆼ이 쇼왈,

“그ᄃᆡ네 셔로 겸양 말나. ᄌᆞ(子) 등 삼인이 만일 ᄒᆞᆫ 집의 못지 아냐시면 ᄌᆞ현이 동시 근심이 업술 거술, 그ᄃᆡ 삼인의 하나만 두어도 ᄌᆡ앙이 잇스려든 ᄒᆞ물며 삼ᄀᆡ 미ᄉᆡᆨ이랴? ᄎᆞ고(此故)로 ᄉᆡᆼ이 깁흔 근심이 잇셔, 부뷔 맛ᄎᆞᆷᄂᆡ 누항(陋巷)의 맛ᄎᆞᆯ가 두려ᄒᆞᄂᆞ니, 삼인이 모다 ᄂᆡ게 【7】혼취(婚娶)ᄒᆞ믈 불ᄒᆡᆼ이 녁이노라.”

삼쇼제 츄연불낙(惆然不樂) 왈,

“쳡 등의 명운(命運)이 ᄎᆞ라ᄒᆞ여1456) 계오 약관(弱冠)의 관고횡난(觀苦橫亂)1457)이 만코 조상고비(早喪考妣)1458)ᄒᆞ여 슬픈 지통(至痛)이 남과 다른지라. 엇지 근심이 업ᄉᆞ리오마ᄂᆞᆫ, 임의 고ᄒᆡᆼ을 ᄇᆡ불니 격거ᄉᆞ니, 다시ᄂᆞᆫ 근심이 업술가 ᄒᆞᄂᆞ이다.”

ᄉᆡᆼ이 쇼왈,

“녀ᄌᆡ ᄌᆡᄉᆡᆨ(才色)이 잇슨 즉(則) 복(福)이 젹고, 복이 잇슨 즉 홰(禍) 잇ᄂᆞ니, 오가(吾家) 션셰의 ○○○○[이런 닐을] 지닌 ᄇᆡ 잇스니, 왕조뫼(王祖母)1459) ᄉᆡᆨ덕(色德)이 무쌍(無雙)ᄒᆞ시무로 조부긔 도라오시ᄆᆡ, 군ᄌᆞ슉녀 ᄇᆡ합(配合)ᄒᆞ시니 무슴 근심이 잇ᄉᆞ리【8】요마ᄂᆞᆫ, 계조모(繼祖母) 양부인이 투긔(妬忌)ᄒᆞ시믈 인ᄒᆞ여 죵죵 참난(慘難)의 ᄉᆡᆼ져 동창옥쥬(同昌玉主)1460) 조뫼(祖母) 《니각‖니강(釐降)1461)》ᄒᆞ시ᄆᆡ, 곽슉비 《흔궤‖호거(虎踞)1462)》의 가도고 화쳥궁(華淸

1455)녀교(女教) : 여자에 대한 가르침.

1456)ᄎᆞ라ᄒᆞ다 : 아득하다. 아득히 멀다.

1457)관고횡난(觀苦橫難) : 뜻밖의 고난을 겪음.

1458)조상고비(早喪考妣) : 일찍 부모를 여읨.

1459)왕조뫼(王祖母) : 다른 사람에게 자기의 증조모(曾祖母)를 높여 이르는 말.

1460)동창옥쥬(同昌玉主) : 동창공주(同昌公主). 당나라 제17대 의종(懿宗) 황제의 장녀. 자수(刺繡)에 능했고, 예쁘고 총명하여 예종의 총애를 받았다. 위보형(韋保衡)에게 시집가 사치한 생활을 하다 혼인 4년만에 죽었다.

1461)니강(釐降) : 왕녀(王女)를 신하에게 시집보냄. 요(堯) 임금이 딸을 순(舜)에게 시집보낸 《서경(書經)》 요전(堯典)의 고사에서 유래하였다. =하가(下嫁).

1462)호거(虎踞) : 호랑이가 웅크리고 앉아 있는 산세(山勢)를 이르는 말로, 제갈량(諸葛

宮)1463)의 계계(繫繫)ᄒᆞᄉᆞ1464) 황됴(皇祖)1465)를 탄싱ᄒᆞ시고, 젹쇼(謫所)의셔 망명(亡命)ᄒᆞ여 은거(隱居)ᄒᆞ시니, 엇지 됴타 ᄒᆞ시리오."

니쇼제 왈,

"셜부인이 화쳥궁의 계계(繫繫)ᄒᆞ시믄 위급지 아니커니와, 궤즁(跪中)1466)의셔 보젼(保全)ᄒᆞ시믄 실노 괴이ᄒᆞ니 후싱(厚生)이 엇지 알니오. 《금쥐∥금쉬(禽獸)》 알미 잇던가?"

싱 왈,

"조뫼 조마경(照魔鏡)1467)을 품고 궤즁(跪中)의 드르시니, 감히 엇지 ᄒᆡ(害)ᄒᆞ리오."

니·졍 냥쇼제 왈,

"군지 이 【9】 런 시졀을 맛나시면 쳡 등을 능히 구ᄒᆞ시릿가? 쳡 등의게 조마경이 업ᄉᆞ니, 엇지 보젼ᄒᆞ리오."

싱이 졍식 왈,

"엇지 불길ᄒᆞᆫ 말을 ᄒᆞᄂᆞ뇨? 우리 위문의 두번 니런 일이 잇ᄉᆞ리오."

니쇼제 쇼왈,

"군ᄌᆞ의 옥면영풍(玉面英風)이 인즁옥쉬(人中玉樹)1468)니 곽슉비 두 번 업기를

亮)이 오(吳)나라 도읍 건강(建康)에 와서 산천의 형세를 살펴본 뒤에 "종산은 용이 서린 듯하고, 석두산은 범이 웅크린 듯하니, 이곳은 제왕이 살 곳이다(鍾山龍盤, 石頭虎踞, 此帝王之宅)."라고 탄식한 고사에서 유래한 말이다. 『古今事文類聚 續集 卷1 吳都形勢』에 나온다. *여기서는 '호랑이가 웅크리고 앉아 있는 곳' 즉 '호랑이 우리' 정도의 의미로 쓰였다.

1463)화청궁(華淸宮) : 당나라 때 궁전 이름으로, 여산(驪山) 기슭에 있다. 당 태종(唐太宗) 연간에 이곳에 처음으로 탕천궁(湯泉宮)을 지었는데, 고종(高宗) 때 온천궁(溫泉宮)이라 개명하였으며, 현종(玄宗) 때에 이르러 증축한 뒤 다시 화청궁이라 개명하였다. 이후 현종은 해마다 10월1일이면 양귀비(楊貴妃)와 함께 이 궁에 행차하여 잔치를 베풀고 목욕하며 즐겼다.

1464)계계(繫繫) : 얽어매다. 얽어 매어 가두다. =

1465)황됴(皇祖) : 황제를 지낸 선조(先祖). 여기서는 후당(後唐) 제2대 황제 명종(明宗)을 말한다. *작중에서 위사원은 작중화자 위현의 증조모 설옥영(위보형의 元妃)이 전편 천수석(泉水石)에서 동창공주의 생모인 곽숙비에게 잡혀가 호거(虎踞)에 갇혔다가 강향원 점등도사로 옮겨졌을 때 낳은 아들로 설정되어 있다, 위사원은 어려서 부모를 실리(失離)하고 여러 곡절 끝에 진왕(晉王) 이극용(李克用)의 양자 이사원(李嗣源)이 되었다가 후당(後唐) 제2대 황제에 오른다.

1466)궤즁(跪中) : 호랑이가 웅크리고 앉아 있는 가운데. '踞'의 음(音)은 '거(웅크릴 거)' 또는 궤(꿇어앉을 궤)'이다.

1467)조마경(照魔鏡) : 마귀의 본성을 비추어서 그의 참된 형상을 드러내 보인다는 신통한 거울. ≒조요경(照妖鏡).

1468)인즁옥수(人中玉樹) : 사람 가운데 옥으로 빚어낸 나무처럼 고결한 풍모를 지니고

바ᄅᆞ리오. 쳡 등의 안ᄉᆡᆨ(顔色)이 근심되지 아냐, 군ᄌᆞ의 풍위(風威) 근심되ᄂᆞ이다."

《부ᄎᆞ‖부자(夫子)[1469]》 ○[와] 이인(二人)이 다 웃더라.

이리ᄒᆞ연 지 슈일이 못ᄒᆞ여 됴공이 급히 공ᄌᆞ를 청ᄒᆞ여, 공지 아즁(衙中)의 가ᄆᆡ, 공이 군ᄉᆞ를 조련ᄒᆞ【10】여 연습ᄒᆞ며 공ᄌᆞ 다려 왈,

"작일 경ᄉᆞ(京師)의셔 됴셰(詔書) 와, 왕졍빈이 북노(北虜)를 졍벌ᄒᆞ다가 오ᄅᆡ니긔지 못ᄒᆞ니, 셩상이 왕은을 보ᄂᆡ여 '도라오라' ᄒᆞ여 계시더니, 셔달(西㺚)[1470]이 도적질ᄒᆞ여 냥셰(兩西) 함몰(陷沒)ᄒᆞ게 되엿시니, 날노써 츌ᄉᆞ(出師)[1471]케 ᄒᆞᄉᆞ 댱영덕(張永德)[1472]이 오나던[1473] 교ᄃᆡᄒᆞ고 셔관(西關)으로 슈히 가게 되니, ᄂᆡ 표(表)를 올녀 너의 와시믈 쥬(奏)ᄒᆞ고 참모를 삼ᄋᆞ 감군(監軍)케 ᄒᆞ○[여]시니, ᄲᆞᆯ니 ᄒᆡᆼ니(行李)를 출히고 츄탁(推託)[1474]지 말나."

공지 왈,

"벼ᄉᆞᆯ을 아냐도 그 나라 신히라. 임의 뫼 밧긔 나왓ᄉᆞ니 견마(犬馬)【11】의 슈고를 엇지 사양ᄒᆞ리잇고? 구샹유취(口尙乳臭)[1475] 화산 쇼ᄋᆡ 군냥(軍糧)을 허비ᄒᆞᆯ ᄯᆞ름이라. 형이 그릇 쳔거ᄒᆞᆫ 죄 잇실가 ᄒᆞᄂᆞ이다."

있으면서, 재주가 뛰어난 사람을 이르는 말.

1469)부자(夫子) : '남편'을 높여 이르는 말.

1470)셔달(西㺚) : 서장(西藏), 즉 티베트 지역의 민족을 가리키는 말.

1471)츌사(出師) : 군대를 싸움터로 내보내는 일.=출병

1472)댱영덕(張永德) : 중국 후주(後周)·송초(宋初)의 정치가. 후주 태조(太祖)의 부마도위(駙馬都尉)로 군직(軍職)인 점검(點檢)을 지냈고, 송 태조 때에는 충무절도사 겸 시중(侍中)에 올랐다. 장영덕과 관련된 다음 두 개의 고사(故事)가 전한다. 즉, "주(周) 세종(世宗)이 사방에서 올라온 문서를 점검하던 중 문서 주머니 안에 '점검이 천자가 된다(點檢作天子)'는 글이 쓰여진 나뭇조각을 발견하고는 이상하게 여겨 당시 점검으로 있던 장영덕(張永德)을 해임하고 대신 조광윤(趙匡胤)을 점검으로 삼았다."(『宋史 卷1 太祖本紀』에 나온다). 또 "후주(後周)의 부마도위(駙馬都尉) 장영덕(張永德)에게 '천하가 장차 태평해질 것이니, 천하의 참 주인이 이미 나왔다(天下將太平 眞主已出)'며, '공이 혹 자흑색(紫黑色)에 돼지띠에 해당하는 사람으로서 잘 싸우고 살벌(殺伐)에 과감한 자를 보면 잘 대우하라(公或覩紫黑色屬豬人善戰果於殺伐者 善待之)' 하였는데, 송나라 태조(太祖) 조광윤(趙匡胤)이 해년(亥年)에 태어났고, 다른 것도 이인의 말에 부합하는 것을 장영덕이 확인하고는 물심양면으로 그를 도와서 마침내 좌명(佐命) 훈척(勳戚)과 동등한 예우를 받게 되었다."(『事實類苑 卷50 占相醫藥 張永德』에 나온다)는 고사들이 그것이다.

1473)오나든 : 오거든. *-나든: -거든. '오다'의 어간 뒤에 붙어 '어떤 일이 사실이면', '어떤 일이 사실로 실현되면'의 뜻을 나타내는 연결 어미.

1474)츄탁(推託) : 다른 일을 핑계로 거절함.

1475)구샹유취(口尙乳臭) : '입에서 아직 젖내가 난다'는 뜻으로, 말이나 행동이 유치함을 이르는 말.

됴공 왈,

"현제 직죄 왕ᄉᆡ(王士)되염즉 ᄒᆞ니, 엇지 겸양ᄒᆞ기를 녹녹(碌碌)히 ᄒᆞ여 영웅의 긔상을 손상ᄒᆞ나뇨?"

공직 왈,

"쇼뎨 만일 늉즁(隆中)1476)의 큰 직됴와 신야(莘野)1477)의 됴흔 직목(材木)이면 무슴 일 ᄉᆞ양ᄒᆞ리잇고마ᄂᆞᆫ, 조고만 셔싱이 붓ᄃᆡ 잡을 녁냥(力量)도 업ᄉᆞ니, 이젹(夷狄)이 형의 용인(用人)을 우술가 ᄒᆞᄂᆞ이다."

됴공 왈,

"네 비록 댱젼(將前) 참모(參謀)를 사양ᄒᆞ나,【12】슈년 ᄂᆡ의 군ᄉᆞ(軍師)1478) 인슈(印綬)를 바드리니, ᄒᆞᆫ갓 날노써 눈 업ᄉᆞᆫ 벗으로 ᄃᆡ졉지 말나."

공직 웃고 사례 ᄒᆞ더라.

두부인긔 뵈옵고 집으로 도라오니, 쇼져 등이 ᄒᆞᆫ당의 모다 ᄉᆡᆼ의 의복을 다ᄉᆞ리며, 모든 시비 궁ᄋᆞ 등이 힝니(行李)를 다ᄉᆞ려 각각 시름을 씌엿시니, 공직 쇼왈,

"ᄉᆡᆼ이 부모를 원별(遠別)ᄒᆞ고 가향(家鄕)을 써나 세상의 ᄂᆞ오미, 사업을 셰워 ᄉᆡᆼ민을 슈화즁(水火中)의 건질 진쥬(眞主)를 맛나1479) 공명(功名)을 쥭ᄇᆡᆨ(竹帛)의 셰우려 ᄒᆞ미니, 조고만 니별을 한ᄒᆞ리오. 댱부(丈夫)의 경뉸(經綸)ᄒᆞᆯ 댱신(將臣)이【13】ᄋᆞ녀ᄌᆞ(兒女子)의 당하(堂下)의 녹녹ᄒᆞᆫ 션비 되리오."

삼쇼졔 아미(蛾眉)를 찡긔고 ᄃᆡ왈,

"쳡 등이 ᄋᆞ녀ᄌᆡ나 군ᄌᆞ의 큰 쓧을 아지못ᄒᆞ고 구구(區區)히 쳑쳑(慽慽)ᄒᆞ리오마ᄂᆞᆫ, 다만 ᄒᆞᆫ 념녜 잇ᄉᆞ니, 군직 이번 가시ᄆᆡ 봉작(封爵)이 후ᄇᆡᆨ(侯伯)의 니르고, ᄃᆡ공(大功)을 셰워 명만ᄉᆞᄒᆡ(名滿四海)1480)ᄒᆞᆯ 거시니 가히 깃부다 ᄒᆞ려니와, 쳡 등으로 더브러, 다시 화락지 못ᄒᆞᆯ가 두리ᄂᆞ이다."

ᄉᆡᆼ이 쇼왈,

"맛츰ᄂᆡ 호호(毫毫)ᄒᆞᆫ1481) 근심이로다. 지아비 영귀ᄒᆞᄆᆡ, 쳐지(妻子) 됴ᄎᆞ 영귀

1476)늉즁(隆中) : 늉즁고현(隆中古賢). 중국 호북성(湖北省) 양번시(襄樊市) 융중산(隆中山)에 은거하던 옛 현인(賢人)이라는 뜻으로, 삼국시대에 촉한(蜀漢)의 승상 제갈량(諸葛亮)을 달리 이른 말. 촉한(蜀漢)의 유비(劉備)가 이곳 융중산에 초막을 짓고 칩거해 있는 제갈량(諸葛亮)을 초빙하기 위해 삼고초려(三顧草廬)를 한 고사로 유명하다.

1477)신야(莘野) : 고대 중국 유신국(有莘國)의 들로, 이윤(伊尹)이 이곳에서 농사짓다가 탕왕(湯王)의 정중한 초빙을 받고 세상에 나가 하(夏)나라 걸왕(桀王)을 추방하고 상(商)나라 왕조를 세웠다(『孟子 萬章 上』에 나온다).

1478)군ᄉᆞ(軍師) : 『역사』 예전에 주장(主將) 밑에서 군기(軍機)를 장악하고 군대를 운용하며 군사 작전을 짜던 사람.

1479)맛나다 : 만나다.

1480)명만ᄉᆞᄒᆡ(名滿四海) : 이름이 온 세상에 가득함.

(榮貴)ᄒᆞᄂᆞ니 부부의 화복(禍福)이 엇지 다르리오. 졈ᄉᆡ(占辭) 미들 것 아니【14】니, 곽박(郭璞)1482)이 '삼픽일(三敗日) 원(愿: 삼가다)'1483)을 면치 못ᄒᆞ엿고, 문왕(文王)이 '유리(羑里)의 익(厄)'1484)을 면치 못ᄒᆞ시니, 범ᄉᆞ(凡事)를 부지어텬(付之於天)1485)ᄒᆞᆯ 거시니 미리 근심ᄒᆞ리오."

삼쇼졔 탄식 부답이러라. 셰둉(世宗)1486) 황애 만승의 귀ᄒᆞ믈 어드시나 만긔(萬騎)1487) ᄀᆞ온ᄃᆡ 옛날의 교의(交誼)를 닛지 못ᄒᆞᄉᆞ, 됴공 ᄃᆡ졉이 군신지의(君臣之義)와 붕우지졍(朋友之情)으로 지극ᄒᆞ시고, 위공ᄌᆞ의 옥모뉴풍(玉貌柔風)이 경눈보필(經綸輔弼)ᄒᆞᆯ 큰 ᄌᆡ됴를 ᄉᆞ모ᄒᆞ사 기다리시미 간졀ᄒᆞ여, 화쥐 쇼식을 ᄌᆞ로 무르시더니, 됴공의 상쇼를 보시고 위현【15】으로 어ᄉᆞ즁승(御史中丞) 간의ᄐᆡ우(諫議大夫) 참모ᄉᆞ(參謀師)를 ᄒᆞ이ᄉᆞ, 됴공 군즁의 감군(監軍)ᄒᆞ게 ᄒᆞ시니, 됴명(朝命)이 니르고 댱영덕(張永德)이 미됴ᄎᆞ 와 벼슬을 ᄃᆡ(代)ᄒᆞ니, 공지 치힝(治行)ᄒᆞ여 갈 ᄉᆡ, 삼쇼졔 ᄇᆡ별(拜別)ᄒᆞ여 ᄉᆡᆼ을 젼숑ᄒᆞ고, 겸ᄒᆞ여 됴공이 셔관(西關)으로 가고 두 부인을 ᄇᆡ힝(陪行)ᄒᆞ라, 공의 삼뎨 광찬이 왕부인을 뫼셔 위부로 오ᄂᆞᆫ지라.

1481)호호(毫毫)ᄒᆞ다 : 머리털처럼 미세하여 하찮고 쓸데없다.

1482)곽박(郭璞) : 276~324. 진(晉)나라의 문신이자 학자로 자는 경순(景純)이다. 동진(東晉)의 원제(元帝) 때 상서랑(尙書郎)을 지냈다. 오행(五行)과 천문, 점서(占筮)에 밝아 국가의 운명과 길흉화복을 예언하였으며, 문학과 문자(文字), 훈고학(訓詁學) 등에도 조예가 깊어 『이아(爾雅)』에 주를 달았다.

1483)삼픽일(三敗日) 원(愿: 삼가다) : 『민속』 우리 민속에서 음력으로 매월 5일, 14일, 23일을 삼패일(三敗日)이라 하는데, 이날은 큰일을 하지 않고 외출이나 여행을 꺼리는 풍습이 있다. 『한국민속대백과사전』(국립민속박물관)에는 "곽박은 그날이 불길한 것을 모르고 외출하려 하다가도 불길하다는 말을 들으면 곧 중지하였으며, 그러면서 이는 세속에 떠돌아다니는 말이라 하였다. 여기서 불길한 날이란 곽박의 삼패일(三敗日)을 지칭하고 있어 삼패일이 곽박에게서 유래하였음을 알 수 있다. 민간에 전승되어 오는 삼패일의 속신은 행동을 삼가고 특히 먼 길을 떠날 때 피해야 했던 기일로 여겼다. 여인들은 이날 바느질하는 일을 삼갔다.≒파일."

1484)유리(羑里)의 익(厄) : 유리지액(羑里之厄). 중국 주나라의 창건자인 문왕이 자신의 봉국(封國)인 주(周)에서 어진 정치를 베풀다가 참소를 받고, 주왕(紂王)에 의해 하남성 탕음현에 있는 유리(羑里)라고 하는 곳의 감옥에 유폐 되었던 일.

1485)부지어텬(付之於天) : 하늘에 부치다. *부치다: 어떤 문제를 다른 곳이나 다른 기회로 넘기어 맡기다.

1486)셰둉(世宗) : 중국 오대 후주(後周)의 제2대 황제(954~959). 이름은 시영(柴榮: 921~959). 후주 태조 곽위(郭威)의 양자가 된 후 곽영(郭榮)으로 불리기도 한다. 34세 때 태조 곽위가 병사하자 세종으로 즉위하여 농업장려 불교혁파 군제개편 등의 내치에 힘썼으나 39세로 병사하였다. 4남 시종훈(柴宗訓)이 7세로 제위를 이었으나, 1년도 못되어 '진교역(陳橋驛)의 변(變)'으로 송태조(宋太祖) 조광윤(趙匡胤)에게 제위를 선양(宣讓)하여 후주(後周)도 소멸하였다.

1487)만긔(萬騎) : 만 명의 말 탄 장수.

이날 삼쇼제 두부인을 뫼셔 니별이 색르믈 한ᄒᆞ고, 다시 못기를 긔필치 못ᄒᆞ믈 앗겨 동일 창연(悵然)ᄒᆞ더니, 위싱이 됴공ᄌᆞ로 더브러 회포【16】를 여러 통음(痛飮)홀 ᄉᆡ, 셕양의 됴공이 잠간 틈을 어더 니르니, 공직 마ᄌᆞ 미찬호쥬(美饌壺酒)로 즐기며 군졍을 의논ᄒᆞ다가, ᄂᆡ당의 와 부인을 잠간 니별ᄒᆞ니, 위싱이 삼쇼져로 됴공긔 뵈옵고 ᄒᆞᆫ가지로 좌상의셔 니별을 베퍼, 가ᄉᆞ를 분부ᄒᆞ고 공을 뫼셔 밧그로 나가ᄆᆡ, 됴곰도 니별의 쳑연(慽然)ᄒᆞᆫ 빗치 업고, 쇼졔 ᄯᅩᄒᆞᆫ 안셔(安舒)ᄒᆞᆫ 화긔로 둉용(從容)이 ᄇᆡ별(拜別)ᄒᆞ여, 녜뫼 엄빈(嚴賓) 상ᄀᆡᆨ(上客) ᄀᆞᆺᄒᆞ니, 공이 광찬다려 왈,

"ᄌᆞ현이 연쇼 신졍(新情)으로 경국ᄉᆡᆨ(傾國色)의 삼쳐를 두고 젼댱(戰場) 니【17】합(離合)이 지속이 업ᄉᆞ되, 타연(泰然)이 거리ᄭᅵ미 업ᄉᆞ니 진짓 ᄃᆡ댱뷔요, 삼위 가인(佳人)이 ᄯᅩᄒᆞᆫ 현쳘(賢哲)ᄒᆞ여 아녀ᄌᆞ의 졍부(征夫)를 늣길 ᄯᅳᆺ이 업셔 녜뫼(禮貌) 지극ᄒᆞ니, ᄌᆞ현의 가졍이 진짓 냥홍(梁鴻)[1488] 각결(郤缺)[1489]의 졔기(齊家)라. 현ᄉᆞ(賢士)를 군듕의 어더 두어시니 셩상의 근심이 업슬 거시오. ᄂᆞ의 우익이 쾌ᄒᆞ니 너의 무리 져 쇼년을 젹게 보지 말나 ᄒᆞ시더이다."

이날 져녁의 군즁의 가 식ᄇᆡ 힝군ᄒᆞ니, 두부인이 두어날 후 경ᄉᆞ로 갈ᄉᆡ, 힝되 밧브나 연쇼 부인ᄂᆡ 모드ᄆᆡ 졍흥(情興)이【18】하번(何蕃)ᄒᆞ여 후원 십ᄃᆡ(十臺)의 쳣 여름이 가려(佳麗)ᄒᆞ믈 완상(玩賞)코ᄌᆞ ᄒᆞ여, 냥시다려 왈,

"어ᄃᆡ 경치 더ᄒᆞ뇨?"

양시 ᄃᆡ왈,

"ᄇᆡᆨ화원(百花園) ᄭᅩᆺ치 쇠잔(衰殘)ᄒᆞ여시나 목난화(木蘭花)의 더딘 풍치 잇고, 각죵 화쵸(花草) 가ᄌᆞ시니, 예도[1490] 됴커니와 쳥취원(淸翠園) 녹음이 바야흐로 셩하고, 화향원(花香園) 연엽(蓮葉)이 돈돈(惇惇)이[1491] ᄯᅥ시니 이 셰 곳을 보쇼셔."

삼쇼졔 두부인을 뫼시고 삼원(三園) 경ᄀᆡ(景槪)를 유람홀ᄉᆡ, 누각(樓閣)이 징영(爭榮)ᄒᆞ고[1492] 산숴(山藪) 그윽ᄒᆞ여 눈 두루ᄂᆞᆫ 곳은 봉ᄂᆡ십이봉(蓬萊十二峰)의

1488)양홍(梁鴻) : 중국 후한(後漢) 때의 은사(隱士). 처 맹광(孟光)의 고사(故事) '거안제미(擧案齊眉)'로 유명하다.

1489)각결(郤缺) : 춘추시대 진(晉)나라의 대부. 기(冀) 땅에서 아내와 함께 농사를 지으며 살았는데, 부부가 서로 공경하기를 손님을 대하듯 하였다. 진(晉)나라 사신 구계(臼季)가 그 부부의 상경여빈(相敬如賓)하는 모습을 보고, 문공에게 그를 천거하여, 대부가 되고, 문공을 도와 당대의 패자가 되게 하였다. 『춘추좌씨전』 희공(僖公)33년조(條)에 나온다.

1490)예도 : 여기도. 이곳도.

1491)돈돈(惇惇)이 : 매우 도탑게. *돈돈(惇惇)하다 : 매우 도탑다.

1492)징영(爭榮)ᄒᆞ다 : 영광(榮光) 다투다.

션경(仙境)을 ᄃᆡ흔 듯 이로 응졉지 못ᄒᆞ니, 【19】 두부인 왈,

“ᄂᆡ 일즉 이궁(離宮)[1493] 십이원(十二園)이[을] 한 당(堂)의 쳐음 ᄇᆡ셜흔 ᄇᆡ라. ‘시황(始皇)의 아방(阿房)’[1494]이 댱(壯)홀 ᄲᅮᆫ이요 ‘《양뎨(煬帝)‖한고조(漢高祖)》의 미앙(未央)’[1495]은 번잡다 드럿더니, 오날 보건ᄃᆡ 금즁(禁中) 화원(花園)도곤 ᄇᆡ승(倍勝)ᄒᆞ니 동창됴모(同昌祖母)와 위왕뷔(위王父) 이를 두고 엇지 향복(享福)ᄒᆞ시리오.”

양ᄌᆞ란이 ᄃᆡ왈,

“병난이 잣기의 남은 거시 업숩ᄂᆞ니 엇지 당젹 ᄀᆞᆺ치 번홰 이시리오. 난간(欄干)과 부문(府門)을 다 금옥(金玉)으로 ᄭᅮ몃더니, ‘황쇼(黃巢)의 난(亂)’[1496] 후 명둉(明宗) 황애 두 번 즁슈(重修)ᄒᆞ시고, 진고죄(晉高祖) 즁창(重創)ᄒᆞ시니, ᄎᆡᄉᆡᆨ(彩色)흔 ᄂᆞ무와 돌도 곳 【20】 쳐ᄂᆞᆫ지라. 옛 상궁ᄂᆡ[1497] 말을 드르니 부마노애 집을 보시고 형뎨다려 니로시되, ‘물(物)이 극진이 ᄉᆞ치(奢侈)ᄒᆞ미 공쥬의 단슈(短壽)ᄒᆞ믈 일위미니, 쇼뎨 이 집을 ᄀᆡᆨᄉᆞ(客舍)로 아나이다.’ ᄒᆞ시고, 조케 보시미 업ᄉᆞ니, 노야 형뎨 니로시ᄃᆡ, ‘동창궁 광하(廣廈) 슈쳔 간과 십이원(十二院) 금옥 장식의 긔진이뵈(奇珍異寶) 구산(丘山) ᄀᆞᆺ기ᄂᆞᆫ, 네 오히려 지닐 긔상이로ᄃᆡ, 셜슈의 만고 무쌍(無雙)흔 ᄉᆡᆨ틱(色態)ᄂᆞᆫ ᄀᆡ텬닙국(蓋天立國) 후 졔일(第一)이니, 진이기[1498] 어려오리라.’ ᄒᆞ시니, 이 궁 부귀의 ᄃᆡ승상을 겸ᄒᆞ여 만둉녹(萬鍾祿)을 두고, 셜부 【21】 인과 옥쥬를 쌍으로 두시고, 복이 과의(過矣)라. 엇지 녕희(領海) ᄋᆡ각(涯角)의 폄젹(貶謫)ᄒᆞ여 월하반야(月下半夜)의 망명(亡命)을 다 니르리잇고?”

두부인이 머리 조아 왈,

1493)이궁(離宮) : 『역사』 임금이 나들이 때에 머물던 별궁.=행궁(行宮).

1494)시황(始皇)의 아방(阿房) : 진시황(秦始皇)의 아방궁(阿房宮). 『역사』 중국 진(秦)나라 시황제가 기원전 212년에 세운 궁전. 유적은 산시성(陝西省) 시안(西安) 서쪽에 있다. 그 규모가 매우 크고 웅장하여, 지나치게 크고 화려한 집을 비유적으로 이르는 말로도 쓰인다.

1495)한고조(漢高祖)의 미앙(未央) : 한고조(漢高祖)의 미앙궁(未央宮). 『역사』 중국 한(漢)나라 때에 지은 궁전. 고조 원년(B.C.202)에 승상인 소하(蕭何)가 장안(長安)의 용수산(龍首山)에 지었다.

1496)황쇼(黃巢)의 난(亂) : 황소는 당나라 말기 희종(僖宗) 때 농민 반란의 우두머리로, 왕선지(王仙芝)가 난을 일으키자 그를 따르다가 그가 죽은 뒤에는 남은 무리를 이끌고 878년에 중국 땅 대부분을 공략하였다. 한때 수도 장안(長安)을 점령하여 스스로 황제라 일컫고 국호를 ‘대제(大齊)’라 하였으나, 그 뒤 884년에 사타족(沙陀族) 이극용(李克用) 등의 관군에게 패하여 자살하였다. 『新唐書 卷225 黃巢列傳』 참조.

1497)-ᄂᆡ : -네. 접사. (몇몇 명사 또는 대명사 뒤에 붙어) ‘그러한 부류 또는 그러한 부류에 속하는 사람’의 뜻을 더하는 접미사.

1498)진이기 : 지니기. *지니다.

“양시 말이 최션(最善)ᄒᆞ다.”

ᄒᆞ더라.

삼쇼제 ᄀᆞᆯ오ᄃᆡ,

“쇼쳡 삼인이 구괴(舅姑) 먼니 계시고 친정이 업ᄉᆞ니, 외로온 셰 ᄂᆞᆾ 그림ᄌᆡ 부인과 슉슉(叔叔)1499)을 우러옵다가 힝되(行途) 총총ᄒᆞ시니 실노 의뢰ᄒᆞᆯ 곳 업고, 상공 됸문(存聞)도 듯기 어렵더니, 작일 츌졍ᄒᆞ여 가시ᄂᆞᆫ 쇼식을 화쥐 알외고, ‘댱공의 질ᄋᆞ를 보ᄂᆡ쇼셔’ ᄒᆞ여시니, 이공ᄌᆡ 오면 의 【22】 지ᄒᆞᆯ가 ᄒᆞᄂᆞ이다. 타일 경ᄉᆞ의 못게 되면 부인과 조부인이 계시니 쳡 등이 구고를 뫼시나 다르지 아닐가 바라ᄂᆞ이다.”

부인이 ᄀᆞᆯ오ᄃᆡ,

“우리 등 삼 표ᄌᆞᄆᆡ(表姊妹)1500) 군ᄌᆞ를 됴ᄎᆞ 셰상의 나오ᄆᆡ, 조가 ᄆᆡᄌᆞ(妹子)ᄂᆞᆫ ᄌᆞ네 션션(詵詵)ᄒᆞ여 복녹이 듯거오니, 친ᄒᆞᆫ 회포도 낫○[토]고1501) 표뎨(表弟) 오무로 더옥 상둉(相從)ᄒᆞ여 쳑녕(鶺鴒)1502)의 노름이 잇거니와, 낭낭(娘娘)이 궁금(宮禁)의 계ᄉᆞ 후궁의 총(寵)이 셩ᄒᆞ고 ᄐᆡ위 붕(崩)ᄒᆞ시고 위ᄐᆡ휘 싀포불인(猜暴不仁)ᄒᆞ여 궁익(宮掖)의 블안ᄒᆞᄃᆡ, 져ᄉᆡ(儲嗣)1503) 업ᄉᆞ시니 시름이 옥안(玉顏)의 잠겨 지 【23】 ᄂᆡ시고, 쳡이 이제야 겨오 슈ᄐᆡ(受胎)ᄒᆞ여 ‘농장(弄璋)의 경ᄉᆡ(慶事)’1504) 더ᄃᆡ고, 군ᄌᆡ ᄆᆡ양 츌졍ᄒᆞ시니 병마(病魔) ᄀᆞ온ᄃᆡ 장ᄋᆡ(腸애)1505) 니운지라1506). 녀ᄌᆞ 신셰 편키 어려오니 현ᄆᆡ 등의 회포를 드르ᄆᆡ 가련하미 일양(一樣)이라. 고락(苦樂)을 엇지 ᄒᆞᆫ가지로 아니ᄒᆞ리요. 표뎨 슈히 셩공ᄒᆞ고 도라오면 그ᄃᆡ ᄌᆞ연 상경ᄒᆞ리니, 피ᄎᆡ 의지ᄒᆞ여 ᄌᆞ됴 상둉ᄒᆞ리라.”

둉일(終日)토록 담쇼ᄒᆞ여 셕양의 도라오니, 모든 궁쳡이 마ᄌᆞ 셕반을 ᄒᆞᆫ 당의셔 파(罷)ᄒᆞ고, 두부인이 삼쇼져로 더브러 ᄒᆞᆫ가지로 【24】 잘ᄉᆡ, 셔로 ᄋᆡ모ᄒᆞ고 공경ᄒᆞ여 닛지 못ᄒᆞᆯ 졍이 잇ᄉᆞ니, 별회(別懷) 의의(依依)ᄒᆞ여1507) ᄎᆞ마 셔로 ᄯᅥ나지

1499)슉슉(叔叔) : 남편의 형제, 특히 ‘시아주버니’를 문어적으로 이르는 말.

1500)표ᄌᆞᄆᆡ(表姊妹) : 외사촌 자매.

1501)낫토다 : 나타내다. 말하다.

1502)쳑녕(鶺鴒) : 할미새, 형제간의 우애를 뜻하는 말로 쓰인다. 『詩經. 常棣』 에 이르기를 “할미새가 언덕에 있으니, 형제가 위급함을 구원하는도다.(鶺鴒在原 兄弟急難)”라고 하였다

1503)져ᄉᆡ(儲嗣) : ①왕세자. ②후사(後嗣). 대(代)를 잇는 자식.

1504)농장(弄璋)의 경ᄉᆡ(慶事) : 농장지경(弄璋之慶). 아들을 낳은 경사. 예전에, 중국에서 아들을 낳으면 구슬을 장난감으로 주었다는 데서 유래한 말.

1505)장ᄋᆡ(腸애) : 애간장(애肝腸). 간장(肝腸)과 애. 초조한 마음속. 애가 타서 녹을 듯한 마음.

1506)니울다 : 이울다. 꽃이나 잎이 시들다.

1507)의의(依依)ᄒᆞ다 : 헤어지기가 서운하다.

못ᄒᆞ더라.

ᄒᆡᆼ미(行馬) 울고, 시(時) 느ᄌᆞ믈 ᄌᆞ로 보ᄒᆞ니, 두부인이 ᄉᆞᆫ을 잡고 반일(半日)을 연연ᄒᆞ다가 뎡의 오르니, 삼쇼제 부인을 보ᄂᆡ고 당ᄉᆡ(堂舍) 젹막ᄒᆞ니, 원별니졍(遠別離情)이 더옥 괴롭더라.

이적의 위어ᄉᆡ 됴공 군즁의 《동ᄒᆡᆼ ‖ 동ᄒᆡᆼ(同行)》ᄒᆞ며 표(表)를 올녀 한마지공(汗馬之功)1508)이 업시 벼슬 ᄒᆞ기를 ᄉᆞ양ᄒᆞ여 ᄉᆞ명(使命)을 도라보ᄂᆡ니, 셰동(世宗)이 맛참ᄂᆡ 듯지 아니시고 위됴(慰詔)를 나리와 권면ᄒᆞ시니, 어ᄉᆡ 【25】 이ᄀᆞᆺ흔 은슈(恩數)를 닙고 더옥 감격ᄒᆞ더라.

화셜, 쥬됴(周朝) ᄐᆡ되(太祖) 미시(微時)의 표탕(飄蕩)하여 호가(扈駕)의 뉴리(流離)ᄒᆞ다가, 등쥐(登州) 위ᄐᆡ공의 두 녀ᄌᆡ 고으믈 듯고 구혼ᄒᆞ니, ᄐᆡ공(太公)1509)이 뇽ᄒᆡᆼ호보(龍行虎步)1510)의 긔위(氣威) 호상(豪爽)ᄒᆞ믈 보고 댱녀로ᄡᅥ 허ᄒᆞ니, ᄐᆡ됴의 벗 용ᄉᆞ(勇士) 부의운이 버금 ᄯᆞᆯ을 취ᄒᆞ여 각각 일녀를 나핫더니, 강보의 ᄐᆡ죄 텬하 도모ᄒᆞ기를 위ᄒᆞ여, 병마(兵馬) 가온ᄃᆡ 구치(驅馳)ᄒᆞ니, 위시 ᄌᆞᄆᆡ 졀을 직희고 난을 피ᄒᆞ여 ᄐᆡ공을 조ᄎᆞ 니향(異鄕)의 뉴락(流落)ᄒᆞ믈 십여 년을 ᄒᆞ니, ᄐᆡ공이 임의 쥭고 두 어[여] 【26】 ᄌᆡ(女子) 더옥 의지 업셔 가부를 ᄎᆞᄌᆞ라, 남복을 닙고 경ᄉᆞ로 오다가 길흘 일허 셤셔(陝西)가지 니르니, 이 ᄣᅢ 난셰라. 용강(勇剛)ᄒᆞᆫ 무리 녹님(綠林)의 웅거ᄒᆞ여 도적질ᄒᆞᄂᆞᆫ지라.

위시 ᄌᆞᄆᆡ 금누산 마원의 젹ᄎᆡ(賊寨)1511)의 잡히니, 마원의 늙은 안ᄒᆡ 등시는 냥댱(梁將) 등쳔왕의 ᄯᆞᆯ이라. 무예 졀눈(絶倫)ᄒᆞ고 여력(膂力)이 과인(過人)ᄒᆞ여 마상(馬上)의 치빙(馳騁)ᄒᆞ여 쌍도(雙刀) 쓰기를 잘하니, 근쳐 녹님(綠林)1512)이 밀위여 웃듬 진을 삼고, 압ᄎᆡ부인(壓寨夫人)1513)이○○○[라 하니] ○○[부뷔] 다 담상ᄒᆞ엿더라1514).

위시 ᄌᆞᄆᆡ 각각 졍묘(精妙)ᄒᆞᆫ 동ᄌᆞ(童子)를 두어시믈 보고 크게 【27】 ᄉᆞ랑ᄒᆞ여 ᄋᆞ들을 삼고, 위시 형ᄆᆡ(兄妹)를 후ᄃᆡᄒᆞ여 형뎨 ᄀᆞᆺ치 ᄒᆞ니, 위시 비록 의식이 유

1508)한마지공(汗馬之功) : '말을 땀 흘리게 한 공'이라는 말로, 전쟁에 이긴 공로를 이르는 말.

1509)ᄐᆡ공(太公)

1510)뇽ᄒᆡᆼ호보(龍行虎步) : 용이나 호랑이의 행보(行步)라는 뜻으로, 빠르고 위풍당당(堂堂)한 걸음걸이를 이르는 말.

1511)적채(賊寨) : 도적들이 산에 돌이나 목책 따위를 둘러 만든 진터.

1512)녹림(綠林) : 화적이나 도둑의 소굴을 이르는 말. 중국 후한 말 왕광(王匡), 왕봉(王鳳) 등 망명자가 녹림산에 숨어 있다가 도둑이 되었다는 데서 유래한다.

1513)압채부인(壓寨夫人) : 도둑의 아내를 아름답게 이르는 말.

1514)담상ᄒᆞ다 : 담상담상하다. 데면데면하다. 드물고 성글다. 사람을 대하는 태도가 친밀감이 없이 예사롭다.

여(裕餘)ᄒᆞ고 뉴리(流離) 분쥬ᄒᆞ기를 면ᄒᆞ나 당부의 쇼식이 아으라ᄒᆞ여[1515] 산님젹뉴(賊類)의 잡히믈 슬허 ᄒᆞ더니, 이젹의 위시 녀ᄋᆞ의 연이 십삼세라. 명은 쇼옥이니 용뫼 곳ᄀᆞᆺ고 ᄌᆡ예춍명(才藝聰明)이 과인(過人)ᄒᆞ여 남의(男衣)를 임의 착(着)ᄒᆞ여 남ᄌᆞ의 ᄉᆞ업이 ᄂᆡᆨ고, 등시의 양ᄌᆡ(養子)되ᄆᆡ 마상의셔 무예만 슈습(修習)ᄒᆞ니, 궁마지ᄌᆡ(弓馬之才) 관슉(寬熟)ᄒᆞ여 ᄇᆡᆨ보쳔양(百步穿楊)[1516]ᄒᆞᄂᆞᆫ ᄌᆡ조와 님진ᄃᆡ젹(臨陣對敵)ᄒᆞᄂᆞᆫ 법이 긔묘ᄒᆞ니, 등 【28】 시 긔특이 넉여 왈,

“ᄂᆡ ᄋᆞ히 독히 산ᄎᆡ(山寨)의 ᄆᆡᆼ쥬(盟主) 되리로다.”

ᄒᆞ더라.

쇼(小) 위시 부의운의 쳐의 ᄉᆡᆼᄋᆞᄂᆞᆫ 명이 옥ᄃᆡ니 연이 십이세라. 효용(驍勇)ᄒᆞ미 일양(一樣)이러니, 일일은 녹님의 젼경(全景)ᄒᆞ다가 ᄒᆞᆫ 무리 됴공(朝貢)ᄒᆞᄂᆞᆫ 관인(官人)을 잡으니, 관인이 닐오ᄃᆡ,

“ᄉᆡ 텬ᄌᆡ 보위의 오르시ᄆᆡ 셔쥬 ᄌᆞᄉᆞ 공헌(貢獻)ᄒᆞᆯ 《방문∥방물(方物)》과 ᄀᆡ국원훈(開國元勳)들의게 하례(賀禮)ᄒᆞᄂᆞᆫ 녜물을 가져 가노라.”

쇼옥과 옥ᄃᆡ ᄌᆞ시 무르ᄃᆡ,

“시ᄉᆡ(時事) 변ᄒᆞᆫ 쥴을 아지 못ᄒᆞ더니, 텬ᄌᆡ 보위의 오르신지 멧ᄒᆡ며 셩명과 국호를 무어시라 ᄒᆞ시며 【29】 공신들은 뉘라 ᄒᆞᄂᆞ뇨?”

관인 왈,

“국호ᄂᆞᆫ 쥬(周)요 텬ᄌᆞ의 셩은 곽시오, 명은 위라 ᄒᆞ시고, 공신 등은 하례 녜물을 보면 알니라.”

ᄒᆞ거ᄂᆞᆯ, 녜물을 ᄂᆡ여보니 쥬상폐하 황후낭낭 춘궁뎐하긔 공헌(貢獻)이라 ᄒᆞ엿고, 공신 셩명 슈십여 원이로ᄃᆡ 부의운은 업더라. 쇼옥 옥ᄃᆡ 모친다려 이 말을 젼ᄒᆞ니, 위시 왈,

“쳔하의 동셩명(同姓名)ᄒᆞ니 만흐니, 분명 곽낭이 텬ᄌᆞ될 쥴 엇지 알니요. 곽낭이 만일 이의 니르러시면, 부낭이 엇지 업ᄉᆞ며 쳐ᄌᆞ를 ᄎᆞᆺ지 아니리오. 다시 ᄃᆞᆺ보【30】아 진젹(眞的)ᄒᆞ믈 알고 경ᄉᆞ로 갈 거시로다.”

쇼옥 왈

“비록 부친이 텬ᄌᆡ되여 계셔도 우리 가향(家鄕)을 써난 지 오ᄅᆡ고, ᄒᆞ믈며 텬하 일이 다ᄉᆞᄒᆞ니 ᄎᆞᄌᆞ 니르기 어려올가 ᄒᆞ나이다.”

위시 왈,

1515)아으라ᄒᆞ다 : 아스라하다. 아득하다. 까마득히 멀다.

1516)백보천양(百步穿楊) : 활 쏘는 솜씨가 매우 뛰어남을 이르는 말. 중국 초나라 때 양유기(養由基)라는 사람이 백 걸음 떨어진 곳에서 활을 쏘아 버들잎을 꿰뚫었다는 데서 유래한다.

"시험ᄒᆞ여 경ᄉᆞ의 ᄉᆞᄅᆞᆷ을 보ᄂᆡ여 ᄌᆞ시 듯보라."

ᄒᆞ고, 녕니ᄒᆞᆫ 두 ᄉᆞᄅᆞᆷ을 경ᄉᆞ의 보ᄂᆡ엿더니, 슈월 만의 도라와 보왈(報曰),

"텬ᄌᆞᄂᆞᆫ 북한 황뎨 ᄃᆡ댱(大將) ᄉᆞ란[1517] ᄉᆞᄅᆞᆷ이라 ᄒᆞ고, 부공은 쥬상 ᄆᆡᆼ장이러니, 뉴요와 ᄊᆞ홀 제 진상(陣上)의셔 쥭으니, 황애 공신녹(功臣錄)의 치부ᄒᆞ시고, 묘(廟)[1518]를 봉(封)ᄒᆞ시며 ᄌᆞ【31】손을 슈용(受容)ᄒᆞ라 ᄒᆞ시되, 쳐지 간ᄃᆡ 업다 ᄒᆞ니 동형(宗兄) 부ᄐᆡᄉᆞ ᄋᆞᄃᆞᆯ을 계후(繼後)ᄒᆞ고 제ᄉᆞ를 맛○[디]다 ᄒᆞ더이다."

위시 왈

"텬ᄌᆡ ᄂᆡ뎐(內殿)을 즉위ᄒᆞ며 드린가, 젼의 잇던가, 네 무른다?"

"그ᄂᆞᆫ 뭇지 아니ᄒᆞ여시되 즉위를 거년(去年)의 ᄒᆞ시되, ᄐᆡᄌᆞᄂᆞᆫ 유쥐의 진ᄒᆞ여 도덕 방비로 나갓다 ᄒᆞ고, 또 니로ᄃᆡ '황후 형ᄌᆡ(兄子)오, 쥬상 ᄉᆡᆼ질(甥姪)이라 ᄒᆞ{ᄒᆞ}니 모를너이다."

위시 문파(聞罷)의 만면 타루(墮淚) 왈,

"이 분명 곽낭이로다. 제 임의 니별ᄒᆞ연 지 십ᄉᆞᆷ년이라. 반ᄃᆞ시 싀 ᄉᆞᄅᆞᆷ을 어더 졍궁【32】을 삼ᄋᆞ시니, ᄎᆞᄌᆞ가도 슬풀 ᄲᅮᆫ이라, 무어시 유익ᄒᆞ리오."

쇼 위시 부공의 쥭으믈 발상통곡(發喪慟哭)ᄒᆞ니, 마원의 부체 귀인이믈 알고 놀나고 깃거 극진이 위로ᄒᆞ더라.

쇼옥이 마원다려 근본을 니르고 부친을 ᄎᆞᄌᆞ 나라흐로 도라가기를 니르니, 마원이 쾌히 됴ᄎᆞ ᄒᆡᆼ장을 출혀 위시 ᄌᆞᄆᆡ 표동(表從)을 도라보ᄂᆡ려 ᄒᆞ더니, 쇼위시 과상(過傷)ᄒᆞ여 병이 드러 신고(辛苦)ᄒᆞ다가 쥭으니, 위시 슬푸믈 니긔지 못ᄒᆞ여 뫼히 후장(厚葬)코ᄌᆞ ᄒᆞ거ᄂᆞᆯ, 옥ᄃᆡ 왈,

"부친 션산이 잇실 거【33】시니 관을 시러 도라갈 거시라."

ᄒᆞ고, 관을 슐위의 시러 길 날ᄉᆡ, 마원다려 왈,

"은졍이 부ᄌᆞ ᄀᆞᆺᄒᆞ니 텬ᄌᆡ 만일 옛졍을 고렴ᄒᆞ실진ᄃᆡ, 갓가온 ᄃᆡ 관작을 어더 은혜를 갑흐리라."

ᄒᆞ고 ᄒᆡᆼᄒᆞ여 경ᄉᆞ의 이르니, 부ᄐᆡᄉᆞᄂᆞᆫ 유명ᄒᆞᆫ ᄌᆡ상이라. 즉시 ᄎᆞᄌᆞ 옥ᄃᆡ 모친 영구를 인ᄒᆞ여 문밧긔 오고, 위부인과 공쥐 와시믈 고ᄒᆞ니, 부공이 놀나고 슬허 셸니 표(表)를 올녀 질녀를 됴위(弔慰)ᄒᆞ려 문외의 니르니, 길가의 흰 댱막을 치고 부쇼제 관을 직희엿ᄂᆞᆫ지라.【34】부공이 녕궤(靈几)의 곡ᄇᆡ(哭拜)ᄒᆞ고 질녀를 마질 ᄉᆡ, 드를 제ᄂᆞᆫ 질녀로 아랏더니 ᄃᆡᄒᆞᄆᆡ 표일(飄逸) 미려(美麗)ᄒᆞᆫ 남ᄋᆡ(男兒)라.

1517)ᄉᆞᆯ다 : 살다. 어떤 직분이나 신분의 생활을 하다. 예)벼슬을 살다.

1518)묘(廟) : 조상·성인·신(神)·신주(神主)·위판(位版)·영정(影幀) 따위를 모신 사당. 종묘·문묘를 통틀어 이른다.

부공이 연망이 집슈(執手) 통곡ᄒᆞ니, 누쉬 동인(動人)ᄒᆞ더라. 울기ᄅᆞᆯ ᄀᆞᆺ치고 피ᄎᆞ(彼此) 지난 바ᄅᆞᆯ 니ᄅᆞᆯᄉᆡ, 분쥬ᄒᆞᆫ 가온ᄃᆡ 목난(木蘭)1519)의 변쳬(變體)ᄒᆞᆫ 의관이 남ᄋᆡ되여시믈 듯고 탄상(歎傷)ᄒᆞ기ᄅᆞᆯ 오ᄅᆡᄒᆞ더라.

이의 셩 밧긔 집을 안돈ᄒᆞ고 잇더니, 쥬쥐(周主) 부공의 쳐ᄌᆡ (妻子) 쥭고 쇼네 쳐ᄌᆞ로 잇셔 녕졍고고(零丁孤孤)ᄒᆞ믈 듯고, 어엿비 넉여 유ᄉᆞ(有司)ᄅᆞᆯ 명ᄒᆞ여 위부인을 녜장(禮葬)ᄒᆞ고 쇼져 【35】 ᄅᆞᆯ 부공 집 겻희 가ᄉᆞ와 노복을 쥬어 졔ᄉᆞᄅᆞᆯ ᄀᆞ음 알게 ᄒᆞ시고, 위시ᄅᆞᆯ 셔궁의 두시고 직명을 쥬어 덕비라 ᄒᆞ니, 위시 이 ᄀᆞᆺ흔 부귀ᄅᆞᆯ 보나 깃거 아니ᄒᆞ니, 쇼옥이 난지 두어 달 만의 써ᄂᆞ니, 그 ᄊᆡ 쇼면옥안(素面玉顔)이 ᄭᅩᆾ ᄀᆞᆺᄒᆞ여, 낭군이 니별을 당ᄒᆞ여 옥슈ᄅᆞᆯ 잡고 유ᄋᆞᄅᆞᆯ 안ᄋᆞ 늣기며, 공명을 일워 슈이 맛나믈 부탁ᄒᆞ더니, 이졔 귀ᄒᆞ미 텬ᄌᆡ(天子)요, 부유ᄉᆞᄒᆡ(富有四海)1520)ᄒᆞ여 삼쳔궁ᄋᆞ(三千宮兒)와 뉵원비빙(六媛妃嬪)1521)을 두고 화안분ᄃᆡ(花顔粉黛) 슈풀 ᄀᆞᆺ고, 졍궁(正宮)이 ᄭᅩᆾ ᄀᆞᆺ흐며 달 ᄀᆞᆺᄒᆞ여 은춍 【36】 의 곤위(坤位) 즁ᄒᆞᆫ 거ᄉᆞᆯ 아올나시니, 옛 ᄌᆞ최ᄅᆞᆯ 쳔신만고(千辛萬苦)ᄒᆞ여 니르ᄆᆡ, 임의 풍진(風塵)의 간ᄋᆡᆨ(艱厄)ᄒᆞ여 귀밋치 여의고 봄빗치 쇠(衰)ᄒᆞ여시니, 장문(長門)1522)의 거울 빗치 젹막(寂寞)ᄒᆞ고 환션(紈扇)1523)이 쓸 ᄃᆡ 업ᄂᆞᆫ지라. 심궁 깁흔 봄의 바리여1524) 진누(秦樓)1525)ᄅᆞᆯ ᄉᆞ양ᄒᆞ며 ᄇᆡᆨ두음(白頭吟)1526)을 읇허 마음을 감동ᄒᆞᆯ 길 업ᄂᆞᆫ지라. 읍읍(泣泣)ᄒᆞ여 댱음(粧飮)1527)을 폐ᄒᆞ고 날을 지ᄂᆡ더니, 쥬쥐(周主) ᄒᆡᆼᄒᆡᆼ(行幸)ᄒᆞ여 쇼옥을 보라 니르러, 녀ᄋᆡ 임의 ᄌᆞ랏고, 텬ᄌᆡ 요지션ᄋᆞ(瑤

1519)목난(木蘭) : 중국 양(梁)나라의 효녀. 남자 옷을 입고 아버지를 대신하여 전장에 나가 싸움에 이기고 열두 해만에 돌아왔다.

1520)부유ᄉᆞᄒᆡ(富有四海) : 온 나라를 소유하여 천자의 부를 누림.

1521)뉵원비빙(六媛妃嬪) : 여섯 사람의 아름다운 왕비와 후궁이라는 말로, 『周禮 天官』에 '황제는 육궁(六宮)을 두어 한 사람의 황후(妃)와 다섯 후궁(嬪)을 거처하게 한다'고 하였다.

1522)장문(長門) : 장문궁(長門宮). 중국 한(漢)나라 무제(武帝)의 비(妃)인 진아교(陳阿嬌)가 유폐되어 지내던 궁의 이름. 당시 그녀는 무제의 총애를 다시 얻기 위해, 당대의 최고시인인 사마상여(司馬相如)에게 자신의 처지를 형상화한 노래를 지어 달라고 하여, 그가 지어준 '장문부(長門賦)'를 이곳에서 노래하여 무제의 마음을 돌이키려 했던 일로 유명하다.

1523)환션(紈扇) : 얇은 비단으로 만든 비단.

1524)바리다 : 부리다. 놓다. 내려놓다. (몸을)눕히다.

1525)진누(秦樓) : 중국 진(秦) 목공(穆公: 재위BC659-621)이 그의 딸 농옥(弄玉)과 사위 소사(蕭史)를 위해 지어 준 누대 이름. 소사와 농옥이 피리를 불면 봉황이 날아오곤 하였는데, 뒤에 두 사람은 봉황을 타고 채운(彩雲) 위로 날아 올라갔다고 한다.

1526)백두음(白頭吟) : 중국 전한(前漢) 때 사마상여(司馬相如)의 처 탁문군(卓文君)이 남편이 첩을 얻으려 하자, 남편의 변심(變心)을 야속해하는 마음을 시로 읊어 남편의 마음을 돌이켰다는 시(詩).

1527)댱음(粧飮) : 단장과 음식.

池仙兒) ᄀᆞᆺᄒᆞ믈 보고, 본ᄃᆡ 일졈 혈쇽(血屬)이 ᄒᆞᆫ 공쥬 ᄲᅮᆫ이라. 【37】

반기며 깃거 셤셤 옥슈를 잡고 누쉬 어리여 험ᄋᆡᆨ(險阨) 간고(艱苦)를 ᄌᆞ시 뭇고, 잔잉ᄒᆞ며 슬허 덕비를 ᄃᆡᄒᆞ여, 옛날 화안이 쇠ᄒᆞ며 풍ᄎᆡ 변ᄒᆞ믈 감동ᄒᆞ여, 궁의 머무러 옛 졍을 니르고, 녀ᄋᆞ로 슉졍 공쥬를 봉ᄒᆞ고, 쥬목(州牧) ᄉᆞ십여 셩(城)을 쥬어 식읍(食邑)을 삼고, 모녀를 ᄌᆞ졍뎐의 드려와 졍궁을 삼고, 궁ᄋᆞ(宮兒)와 위의(威儀)를 싀후(시后)긔 일분을 감(減)ᄒᆞ게 ᄒᆞ니, 위휘(위后) 다ᄒᆡᆼᄒᆞ되, 싀휘 ᄐᆡᄌᆞ를 의로 ᄎᆡᆨ닙(冊立)ᄒᆞ고 녀ᄋᆡ 공쥬로 이시믈 한ᄒᆞ여 앙앙(怏怏)이 불낙ᄒᆞ니, 싀휘 위후의 【38】 불닌(不仁)ᄒᆞ믈 한ᄒᆞ여, ᄐᆡᄌᆞ의게 니(利)치 아닐가 ᄒᆞ더니, 쥬휘 즉위 삼년의 병 즁ᄒᆞ니, ᄐᆡᄌᆡ 단쥐로셔 와 시병ᄒᆞᆯ ᄉᆡ ᄎᆞ도(差度)를 어덧더니, 홀연 몽즁의셔 희룡누의 가 노다가, 홍의ᄃᆡ댱(紅衣大將)의 쏘믈 닙어 도로 병이 즁ᄒᆞ니, 스ᄉᆞ로 ᄉᆞ지 못ᄒᆞᆯ 쥴 알고 ᄐᆡᄌᆞ를 불너 국ᄉᆞ를 부탁ᄒᆞ고, 또

"슉졍공쥬ᄂᆞᆫ 경(卿)으로 의ᄆᆡ(義妹)나 짐의 골육이니 어엿비 녁이라. ᄋᆞ희 부덕이 젹으니 반ᄃᆞ시 영영공쥬의 환이 잇실가 두리ᄂᆞ니, 군ᄌᆞ의 ᄇᆡ필을 어더 가국이 평안케 ᄒᆞ라." 【39】

또 공쥬를 불너 숀을 잡고 슬허 왈,

"너를 맛나 부녀의 졍을 다 못펴 영결을 당ᄒᆞ니 슬푸도다! ᄐᆡᄌᆡ 어지니 날과 ᄀᆞᆺ치 ᄒᆞ고, 네 위인이 ᄉᆞ오납지 아니나, 산젹(山賊\)의게 ᄌᆞ라 녀ᄒᆡᆼ(女行)을 모르니, 부도(婦道)를 닉이고 우ᄋᆡ를 힘 쓰라. 마원이 너를 길너시되 도젹이믈 ᄭᅥ려 쓰지 아냣ᄂᆞ니, 그 죄를 이졔 ᄉᆞᄒᆞ고 금ᄇᆡᆨ(金帛)을 쥬라."

ᄒᆞ고, 붕(崩)ᄒᆞ니, 슬푸믈 마지 아니ᄒᆞ더니, 됴광윤(趙匡胤) 댱영덕(張永德) 뎡은 셕슈신 등 문뮈(文武) 거ᄋᆡ(擧哀)ᄒᆞ고, ᄐᆡᄌᆞ를 붓드러 위에 【40】 올니고 ᄋᆡ됴(哀弔)를 반포ᄒᆞ니, 이 곳 셰둉황뎨(世宗皇帝)[1528]라.

졍시 춍명현능ᄒᆞ니 위휘 셰둉이 즉위ᄒᆞ믈 보고 앙앙불열 왈,

"션뎨 슈고ᄒᆞ여 어든 텬하를 공쥬로ᄡᅥ 닛게 아니ᄒᆞ고 외인을 셰오니 우리 모네 셔의 녹을 먹으리오."

ᄒᆞ고, 폐목잠와(閉目潛臥)ᄒᆞ여 계괴 그윽ᄒᆞ더니, 싀휘 또ᄒᆞᆫ 붕(崩)ᄒᆞ니, 션뎨(先帝)와 합장(合葬)ᄒᆞ고 위후를 ᄉᆡᆼ모 ᄀᆞᆺ치 효봉ᄒᆞ고, 공쥬를 져기 ᄋᆡ즁ᄒᆞ여, 긔진니보(奇珍異寶)로 공쥬의게 ᄉᆞ급ᄒᆞ니, 위휘 죠금 감동ᄒᆞ고 공쥐 또ᄒᆞᆫ 후ᄃᆡᄒᆞ여 궁즁이 무ᄉᆞ하더라. 【41】

1528)셰둉황뎨(世宗皇帝) : 중국 잔당오대 때 후주(後周)의 2대 황제(954-959). 이름은 시영(柴榮: 921-959)이다. 태조 곽위(郭威)의 양자가 되어 태조가 죽자 황위(皇位)를 승계했다. 후촉(後蜀)의 진(秦)·봉(鳳)·성(成)·계(階) 등 4주(州)와 남당(南唐)의 회남(淮南)지방 14주를 병합하고, 거란을 공격하여 영(瀛)·막(莫)·이(易) 등의 3주와 와교(瓦橋)·익진(益津)·어구(淤口) 등의 3관(關)을 수복, 영토를 확장했다.

이러구러 삼년이 지ᄂᆞ니, 위휘 쇼옥과 옥ᄃᆡ를 혼ᄃᆡ 두어 교양ᄒᆞ더니, 냥인이 일일은 보경(寶鏡)을 인ᄒᆞ여 화미(畵眉)를 그리다가, 공줘 희롱 왈,

"현ᄆᆡ(賢妹)야! 우리 냥인이 금두산의셔 궁마(弓馬)만 닉이고, 분면(粉面)을 다ᄉᆞ리지 아냐시ᄃᆡ, 규즁의 도라와 홍분단장(紅粉丹粧)이 쳔연(天然)이 황상(皇上) 춍희(寵姬) 즁(中)도 ᄆᆡᄌᆞ(妹子)와 겯우리 업ᄉᆞ니, 텬ᄉᆡᆼ여질(天生麗質)1529)이요, 인간졀ᄉᆡᆨ(人間絶色)이라. 우리 만흔 녀ᄌᆡ 또 이실가?"

옥ᄃᆡ 한슘지고 ᄃᆡ왈,

"옥쥬는 니르지 마르쇼셔. 여ᄌᆞ 즁의는 우리 만ᄒᆞ니 업ᄉᆞ되 남자의【42】는 더은 ᄌᆡ 잇더이다."

공줘 쇼왈,

"현ᄆᆡ난 우은 말 말나. 분ᄇᆡᆨ녹빙[빈](粉白綠鬢)1530)의 금장옥식(金裝玉飾)1531) ᄀᆞ온ᄃᆡ 졀ᄉᆡᆨ(絶色)이 흔치 아냐, 우리 ᄃᆡ젹(大敵)ᄒᆞᆯ 리 업거든, 어ᄃᆡ 관옥승상(冠玉丞相)1532)이 잇ᄉᆞ리오."

옥ᄃᆡ 왈,

"옥쥬긔 발셔 고코ᄌᆞ ᄒᆞ되, 시졀이 니르지 아니무로 ᄡᅥ 니르거든, 닙을 여러 낭낭(娘娘)과 옥쥐(玉主) 쥬션(周旋)ᄒᆞ시믈 기다려 발코ᄌᆞ ᄒᆞ더니, 옥쥐 밋지 아니시니 고ᄒᆞ리이다. 일즉 부아(府衙)1533)의 잇실 제 우연이 쵸당(草堂)을 여어보니, ᄒᆞᆫ 쇼년이 고은 얼골과 풍신 쌘이리오, 만고의 업ᄉᆞᆫ 인물이니, 셩【43】명을 무른즉 당실(唐室)1534) 후예요 셔졍공의 ᄋᆞ들 위현이라 ᄒᆞ더이다."

공줘 놀나 왈,

"이 ᄉᆞ룸이 나히 몃치나 ᄒᆞ며 취쳐(娶妻)ᄒᆞ엿는가?"

부시 ᄃᆡ왈

"그 나흔 십오뉵은 ᄒᆞ여뵈되, 팔쳑(八尺) 경뉸(徑輪)의 호상(豪爽)ᄒᆞᆫ ᄌᆞ질(資質)이 미진ᄒᆞᆫᄃᆡ 업시 셩댱ᄒᆞ엿고, '삼ᄀᆡ 가인(佳人)을 어더 혼취(婚娶)ᄒᆞ라 가다' ᄒᆞ더이다."

공줘 쇼왈,

1529)텬ᄉᆡᆼ여질(天生麗質) : 타고난 아리따운 자질.
1530)분ᄇᆡᆨ녹빈(粉白綠鬢) : 분을 칠한 하얀 얼굴과 윤이 나는 고운 귀밑머리.
1531)금장옥식(金裝玉飾) : 금과 옥으로 화려하게 꾸밈. 또는 그렇게 꾸민 사람.
1532)관옥승상(冠玉丞相) : 중국 서진(西晉)의 승상 반악(潘岳)의 관옥(冠玉)처럼 아름다운 용모를 이르는 말. *관옥(冠玉); 관(冠)의 앞을 꾸미는 옥. 승상(丞相); 중국 서진(西晉)의 미남자 반악(潘岳)의 관직명.
1533)부아(府衙) : 지방행정구역 단위의 하나인 부(府)의 행정을 맡아 처리하는 관청.
1534)당실(唐室) : 당나라 황실. *여기서는 후당(後唐) 황실을 말한다.

“황상 궁즁의 삼쳔가희(三千佳姬)와 뉵원비빙(六媛妃嬪)이 잇시되, 쇼옥의 우히 업거든 위랑의 삼체 엇지 그리 아름다오리오.”

부쇼졔 다만 함쇼(含笑)ᄒᆞ니, 공줘 왈,

“현ᄆᆡ 뜻이 만히 【44】 기우럿도다. 위랑이 공명을 일우거든 황위(皇威)를 비러 져의 ᄉᆞ취(四娶) 되고ᄌᆞ ᄒᆞᄂᆞ냐?”

옥ᄃᆡ 왈

“쇼ᄆᆡ 이 뜻이 잇셔 구혼ᄒᆞᄆᆞᆯ 밀막ᄋᆞᄂᆞ니, 만일 위랑의게 쇽현(續絃)1535)치 아니ᄒᆞ면 단발은신(斷髮隱身)ᄒᆞ여 뉸의(倫義)를 ᄭᅳᆫᄎᆞ려 결단ᄒᆞ엿ᄂᆞ니, 옥쥬의 숀에 ᄂᆡ 목슘이 잇ᄂᆞ이다.”

공줘 잠쇼(暫笑) 허락ᄒᆞ더라.

부시 공쥬로 상의ᄒᆞ여 이 뜻을 위후긔 고ᄒᆞ니, 휘 난쳐ᄒᆞ여 왈,

“망뎨(亡弟)의 일졈 골육이 하나 ᄲᅮᆫ이여ᄂᆞᆯ, 어ᄃᆡ 군ᄌᆡ 업셔 이 ᄉᆞ룸을 구ᄒᆞ리오.”

옥ᄃᆡ 왈

“쳡이 만일 ᄎᆞ인을 됴【45】지 못ᄒᆞ면 단발(斷髮) 폐륜(廢倫)ᄒᆞᆯ 거시오니, 망모(亡母)를 어엿비 넉여 ᄎᆞ인을 구지1536) 부셔(夫壻)1537)를 ᄉᆞᆷ게 ᄒᆞ쇼셔.”

휘 십분 민망ᄒᆞ여 유유미결(儒儒未決)1538)이러니, 오ᄅᆡ지 아냐 위어ᄉᆡ 됴공으로 더브러 ᄃᆡ쳡(大捷)ᄒᆞ여 도라오니, 텬ᄌᆡ 이인(二人)을 닌ᄃᆡ(引對)1539)ᄒᆞᄉᆞ 젼젼졈검ᄉᆞ(殿前點檢使)를 ᄒᆞ이ᄉᆞ 병권을 다 도라보ᄂᆡ시니, 됴공이 모친 두부인 병환으로 괴로이 사양ᄒᆞ여 잠간 ᄉᆞ직기를 비니, 뎨(帝) 허ᄒᆞᄉᆞ 벼슬을 갈고 부인을 시약(侍藥)게 ᄒᆞ시며, 황금 천냥과 깁빅(깁帛)1540)을 나리오시고 위어ᄉᆞ를 면뉴(面諭)ᄒᆞ여 【46】 ᄀᆞᆯ오ᄉᆞᄃᆡ,

“경은 포의고인(布衣故人)1541)이라. 엇지 ᄎᆞᆺ기를 더ᄃᆡᄒᆞ뇨? 이졔 ᄃᆡ공을 일우고 짐을 보니 아직 권귀(捲歸)1542)ᄒᆞ기랄 늘희고 벼슬의 잇셔 짐의 바라난 거슬 닛지 말나.”

장확(臧獲)과 가동(家僮)1543)을 쥬어 경ᄉᆞ의 잇게 ᄒᆞ시고, 벼슬을 도도와 니부

1535)쇽현(續絃) : 거문고와 비파의 끊어진 줄을 다시 잇는다는 뜻으로, 아내를 여읜 뒤에 다시 새 아내를 맞는 일을 비유적으로 이르는 말.
1536)구지 : 굳이. 단단한 마음으로 굳게.
1537)부셔(夫壻) : 남편.
1538)유유미결(儒儒未決) : 미적미적하여 결정을 내리지 못함.
1539)닌ᄃᆡ(引對) : 임금이 자문하기 위해 신하를 불러 접견함.
1540)깁빅(깁帛) : 비단.
1541)포의고인(布衣故人) : 벼슬이 없던 무명시절부터 사귀어온 오랜 벗.
1542)권귀(捲歸) : 군사나 시설 따위를 거두어 가지고 돌아가거나 돌아옴.=철귀(撤歸).

시랑(吏部侍郎) 문연각학스(文淵閣學士)를 ᄒᆞ이시니, 어ᄉᆡ 고ᄉᆞ 왈,

"신이 견마(犬馬)의 조고만 힘으로 군즁의 동ᄉᆞᄒᆞ오나, 셩상 위덕과 졈검(點檢)의 츙용(忠勇)을 힘입어 됴고만 공을 일우미오니, 봉작(封爵)ᄒᆞ시ᄂᆞᆫ ᄃᆡ 참네(參禮)ᄒᆞ리잇고? 냥노(兩老)의 의려지망(倚閭之望)1544) 【47】 이 ᄒᆡ 지나ᄉᆞ오니, 신이 잠간 말ᄆᆡ를 어더 구로지은(劬勞之恩)1545)을 갑고 다시 도라와 폐하 셩은을 갑ᄉᆞ오리이다."

셰둉이 불윤(不允)ᄒᆞ시니, 졈검이 어젼의셔 다시 혹ᄉᆞ의 신모비계(神謀秘計)로 서이(西夷)를 삭평(削平)ᄒᆞᆫ 곡졀을 다 알외고, 군정ᄉᆞ(軍政使) 일긔(日記)랄 올닌ᄃᆡ, 뎨(帝) 일일이 보시고 ᄃᆡ열(大悅) 칭션(稱善)ᄒᆞ사 왈,

"짐이 옛날 화산의 가, 경(卿)이 아시(兒時)의 졔셰지ᄌᆡ(濟世之才)1546) 잇ᄉᆞ믈 아라, ᄂᆞ히 젹으무로 묘시(藐視)1547)치 못ᄒᆞ고 교우(交友)ᄒᆞ엿ᄂᆞᆫ지라. 텬ᄒᆡ ᄐᆡ평ᄒᆞ기를 기다려 슈년 후 도라가 부모를 보라."

ᄒᆞ시니, 학 【48】 ᄉᆡ 은슈(恩數)를 닙고 텬ᄌᆞ의 권면(勸勉)ᄒᆞ시미 이 ᄀᆞᆺᄒᆞ니 감히 다시 청치 못ᄒᆞ여 물너오ᄆᆡ, ᄉᆞ급(賜給)ᄒᆞ신 집이 광하(廣廈) ᄇᆡᆨ여 간(間)이오, 분ᄃᆡ(粉黛)1548) 슈ᄇᆡᆨ(數百)이니 외람ᄒᆞ믈 니긔지 못ᄒᆞ여 ᄒᆞ더라.

시시(是時)의 공쥐 졔궁ᄋᆞ(諸宮兒)를 다리고 누의 올나 ᄌᆞ졍젼(資政殿)1549)을 바라보니 셰종이 구룡금상(九龍金床)1550)의 어좌(御座)를 베펏고, 상하(床下)의 오뉵 ᄃᆡ신이 닙시(入侍)ᄒᆞ엿ᄂᆞᆫᄃᆡ, 좌우 ᄇᆡ반(杯盤)1551)의 ᄇᆡᆨ관(百官)이 버렷고, 계하의 무ᄉᆡ 시위ᄒᆞ엿시니, 븕은 관복과 ᄌᆞ의궁감(紫衣宮監)이 ᄂᆞ렬(羅列)ᄒᆞ엿시니, 쥬렴은 셕양 그림ᄌᆞ를 ᄡᅴ엿고 【49】 향노의 ᄆᆰ은 안ᄀᆡ 셔려시니, 팔진셩찬(八珍盛饌)은 공신을 ᄃᆡ졉ᄒᆞ난 음식이라. 상방(尙方)1552)의 ᄀᆞᆺ촌 ᄇᆡ요, 금노(金爐)의

1543)가동(家僮) : 예전에, 집안 심부름을 하는 사내아이 종을 이르던 말.

1544)의려지망(倚閭之望) : 집 나간 자녀가 돌아오기를 초조하게 기다리는 부모의 마음.

1545)구로지은(劬勞之恩) : 자식을 낳아서 기른 어버이의 은덕.

1546)졔셰지ᄌᆡ(濟世之才) : 세상을 구제할 재주.

1547)묘시(藐視) : 업신여기어 깔봄

1548)분대(粉黛) : '분을 바른 얼굴과 먹으로 그린 눈썹'이란 뜻으로 '화장한 미인'을 비유적으로 이르는 말.

1549)ᄌᆞ졍젼(資政殿) : 송나라 때 궁중에 있었던 전각 이름. 용도각(龍圖閣)의 동쪽에 있었던 전각으로, 서쪽에는 술고전(述古殿)이 있었다. 각전 안에는 태종(太宗)의 어서(御書), 어제 문집(御製文集), 전적(典籍), 도화(圖畫) 및 종정시(宗正寺)의 세보(世譜) 등을 보관하였으며, 학사(學士), 직학사(直學士) 등의 관원이 있었다.

1550)구룡금상(九龍金牀) : 아홉 마리의 용(龍)을 새긴 금으로 만든 평상(平床).

1551)ᄇᆡ반(杯盤) : 흥취 있게 노는 잔치. 또는 술상에 차려 놓은 그릇과 거기에 담긴 음식.

1552)상방(尙方) : 조선 시대에, 임금의 의복과 궁내의 일용품, 보물 따위의 관리를 맡아보던 관아. 고종 32년(1895)에 상의사(尙衣司)로 고쳤다.=상의원(尙衣院).

푸른 숩은 가을 물결 ᄀᆞᆺ더라.

어원풍뉴(御苑風流)[1553] 삼 곡됴의 다담(茶啖)[1554]을 드리니, 모든 공경(公卿)이 만취(滿醉)ᄒᆞ고 은혜를 ᄉᆞ례ᄒᆞ여 취ᄒᆞ무로 ᄉᆞ양ᄒᆞ난지라. 그 가온ᄃᆡ 고금녁ᄃᆡ(古今歷代)를 기우리ᄂᆞᆫ ᄒᆞᆫ ᄉᆞᄅᆞᆷ이 잇ᄉᆞ니, ᄌᆡ상의 관복을 ᄒᆞ엿시되 연긔(年紀) 최쇼ᄒᆞ고 용뫼 쒸여나, ᄉᆞᄅᆞᆷ 가온ᄃᆡ 셧기지 아니ᄒᆞ니, 강산의 아름다온 졍긔와 호일(豪逸)ᄒᆞᆫ 긔상과 쇄연ᄒᆞᆫ 골격이 일두쥬(一斗酒) 시ᄇᆡᆨ편(詩百篇) 【50】 ᄒᆞ던 니젹션(李謫仙)이 아니면, 진 시절의 니기를 잇그던 사승상이라.

공쥐 ᄂᆞᆺ빗찰 변ᄒᆞ고 탄왈,

"슬푸다 쇼옥아! 너ᄂᆞᆫ 엇지 져 옥ᄃᆡ만 못ᄒᆞ뇨? 옥ᄃᆡ 져 ᄉᆞᄅᆞᆷ의 부실이 될진ᄃᆡ 쇼옥이 왕공의게 니강(釐降)[1555]ᄒᆞᆫ들 인ᄉᆡᆼ이 쾌ᄒᆞ며 너 옥ᄃᆡ만 ᄒᆞᆯ쇼냐?"

겻ᄒᆡ 뎨의 진비 낙난이란 춍희(寵姬) 잇다가 웃고 왈,

"옥쥐 오날 쳐음 져를 보시고 위어ᄉᆡ믈 엇지 아르시ᄂᆞ니잇고."

공쥐 왈,

"부ᄆᆡ 사ᄅᆞᆷ을 그릇볼 니 업고, 셰상의 져 ᄉᆞᄅᆞᆷ 잇기도 괴이커든 둘히 잇ᄉᆞ리오. 셔졍(西征)ᄒᆞᆫ 댱ᄉᆡ(壯士)라 ᄒᆞ니, 위 【51】 현이 아니리오."

진비와 제궁이 ᄎᆡᆨᄎᆡᆨ칭션(嘖嘖稱善)ᄒᆞ니, 공쥐 어린 듯 탄왈,

"녀ᄌᆡ 텬ᄌᆞ의 ᄇᆡ필은 쉽거니와 이러틋 ᄃᆡ마다 ᄂᆞ지 아닐 군ᄌᆞ를 맛나, 공물(空物)[1556]노셔 져를 못셤기고 무엇ᄒᆞ리오"

ᄒᆞ고, 시름ᄒᆞ여 쇼셰(梳洗) 게으르고 날노 슈쳑ᄒᆞ니, ᄐᆡ휘 공쥐 병들믈 듯고 근심ᄒᆞ더라.   원ᄂᆡ 슉졍공쥬 쇼옥은 쥬ᄐᆡ됴(周太祖) 미시(微時)의 ᄉᆡᆼᄒᆞᆫ ᄇᆡ라. 조실부친(早失父親)ᄒᆞ고 산젹의 은양(恩養)ᄒᆞᆫ ᄇᆡ 되어, 나라히 일ᄆᆡ[1557], 계오 도라와 ᄐᆡ되 붕(崩)ᄒᆞ니, 셰동이 명녕(螟蛉)[1558]으로 위를 닛고, 오직 곽시 골육이 공쥬 일 【52】 인이라. ᄋᆡ즁ᄒᆞ미 지극ᄒᆞ니 공쥐 만승지녀(萬乘之女)[1559]와 만승지ᄆᆡ

1553)어원풍뉴(御苑風流) : 궁중음악(宮中音樂). 궁중에서 연주하는 음악. *풍류(風流); 음악을 예스럽게 이르는 말.

1554)다담(茶啖) : 불가에서 손님 앞에 내는 다과 따위.

1555)이강(釐降) : 본래 요(堯) 임금의 딸이 순(舜)에게 시집 간 것을 이르던 말인데, 뒤에 '공주가 시집가는 것'을 뜻하는 말로 쓰였다. 『書經 堯典』의 '요 임금이 두 딸을 규수(嬀水) 북쪽에 시집보내 우순(虞舜)의 아내가 되게 하였다(釐降二女于嬀汭 嬪于虞).'는 말에서 나온 것이다.

1556)공물(空物) : 공것. 주인이 없는 물건.

1557)일다 : ①없던 현상이 생기다. ②일어나다. 약하거나 희미하던 것이 성하여지다.

1558)명녕(螟蛉) : 나비와 나방의 '애벌레'. '나나니'('구멍벌'과에 속한 곤충)가 '명령(螟蛉)'을 업어 기른다는 데서 온 말로, 타성(他姓)에서 맞아들인 양자(養子)를 이르는 말.

1559)만승지녀(萬乘之女) : 천자(天子)의 딸. *만승(萬乘): 만 대의 병거(兵車)라는 뜻으로, 천자 또는 천자의 자리를 이르는 말. 중국 주나라 때에 천자가 병거 일만 대를 직

(萬乘之妹)1560)로 됸영(尊榮)ᄒᆞ미 ᄒᆡᄂᆡ(海內)의 혼ᄌᆡ라. 《교우‖교오(驕傲)》ᄒᆞ미 극진ᄒᆞᆫ ᄀᆞ온ᄃᆡ, 용뫼 ᄇᆡᆨ승셜(白勝雪)1561)이요 빗나며 고으미 뉵궁(六宮)의 하나히니, 텬상 인간의 혼진 듯ᄒᆞ여 젼혀 네의로써 신(信)ᄒᆞ미 업셔, 금누(禁樓)의 올나 옥져(玉笛)를 농(弄)ᄒᆞ며 옥난(玉蘭)의 비겨 명금(鳴琴)1562)을 타 화젼월하(花殿月下)1563)의 쇼유쾌락(逍遊快樂)1564)ᄒᆞ며, 혹 풍뉴진(風流陣)을 여러 슈옷(繡옷)과 비단 니블이 긔치(旗幟)를 상(像)ᄒᆞ고, 눈 ᄀᆞᆺ흔 칼과 셔리 ᄀᆞᆺ흔 창이 무예(武藝)를 징봉(爭鋒)ᄒᆞ니, 셰동이 불쾌ᄒᆞ시【53】나 ᄐᆡ후의 쇼ᄋᆡᄌᆡ(所愛子)요 션뎨(先帝)의 일괴(一孤)라. 일너 듯지 아닌 곳의 다시 말ᄒᆞ지 아니ᄒᆞ시니, 공쥬 눌을 긔탄(忌憚)ᄒᆞ리오. 오직 아시의 ᄒᆞᆫ가지로 길니이고 졍의 ᄌᆞ별ᄒᆞ여 비환을 ᄀᆞᆺ치 ᄒᆞᆫ ᄌᆡ(者), 표ᄆᆡ(表妹) 부쇼져 옥ᄃᆡ로 유희ᄒᆞ며 ᄉᆞ랑ᄒᆞᄂᆞᆫ ᄀᆞ온ᄃᆡ도, 옥ᄃᆡ의 경솔(輕率)ᄒᆞ믈 우이 넉이ᄂᆞᆫ지라.

위랑을 상ᄉᆞᄒᆞ믈 스ᄉᆞ로 우어 왈,

“금셰상의 인ᄌᆡ 만흐나 어ᄃᆡ 옥인군ᄌᆡ(玉人君子) 잇ᄉᆞ리오. 부가 표ᄆᆡ 닙시울이 븕고 눈셥 푸른 ᄋᆞᄒᆡ를 보고 혹ᄒᆞ엿ᄂᆞᆫ가?”

부쇼져의 안광(眼光)을 시험ᄒᆞ려 ᄒᆞ다가, 몬【54】져 넉시 날고 혼이 흣터지니, 기리 슘쉬고 좌불안셕(坐不安席)ᄒᆞ여 손으로 난간을 쳐 탄왈,

“텬여! 텬여! 됴홰(造化) 무궁(無窮)이로다! 졍명지긔(精明之氣)를 ᄎᆞ인의게 다 ᄒᆞ여시니, 이 ᄀᆞᆺ치 ᄂᆡ여 무어슬 위ᄒᆞ엿ᄂᆞᆫᄂᆞᆫ고? 부ᄆᆡ야, 네 마음이 금셕이냐? 엇지 능히 ᄉᆞ랏ᄂᆞᆫ냐? ᄂᆡ 너와 형뎨 ᄀᆞᆺ더니, 이의 다다라ᄂᆞᆫ ᄂᆡ 너를 바려 구쉬(仇讐) 될지연졍, ᄂᆡ 일ᄉᆡᆼ을 다른 ᄉᆞ름의게 가지 아니ᄒᆞ리라.”

ᄒᆞ여 깃분 긔운이 가득ᄒᆞ니 버들 눈셥이 츔츄이더라.

궁ᄋᆡ 보왈,

“부쇼졔 오시ᄂᆞ이다.”

ᄒᆞ거ᄂᆞᆯ 공쥬【55】깃븐 흥이 감ᄒᆞ더니, 부쇼졔 ᄇᆡ현ᄒᆞ고 왈,

“쇼ᄆᆡ ᄉᆞ렴ᄒᆞ미 날노 병드니 긔거(起居)ᄒᆞ미 어려오ᄃᆡ, 쇼ᄆᆡ로 ᄒᆞ여금 셰상의 잇게 ᄒᆞ미 낭낭과 귀쥬(貴主)긔 잇ᄉᆞ니, 목슘을 빌나왓ᄂᆞ이다.”

예(直隷) 지방에서 출동시켰던 데서 유래한다.

1560)만승지ᄆᆡ(萬乘之妹) : 천자(天子)의 누이동생. *만승(萬乘): 만 대의 병거(兵車)라는 뜻으로, 천자 또는 천자의 자리를 이르는 말. 중국 주나라 때에 천자가 병거 일만 대를 직예(直隷) 지방에서 출동시켰던 데서 유래한다.

1561)ᄇᆡᆨ승셜(白勝雪) : (피부 따위가) 희기가 눈보다도 더 흼.

1562)명금(鳴琴) : 거문고를 탐.

1563)화젼월하(花殿月下) : 꽃이 흐드러지게 핀 전각의 달빛 아래.

1564)소유쾌락(逍遊快樂) : 즐겁고 유쾌하게 이곳저곳을 거닐며 놂.

공쥐 닝소 왈,

"현미 닉게 금옥능나(金玉綾羅)도 잇고 미곡(米穀)도 잇고 젼튁(田宅)도 잇스니, 너를 쥬어 부귀케 ᄒ라 ᄒ면 쉽거니와, ᄉ싱연분(死生緣分)이 하날의 이시니, 너를 닉 엇지ᄒ며, 너희 슈요(壽夭)를 텬신(天使)들 곳칠소냐?"

옥딕 쇼왈,

"옥쥐 이 일을 다 아르시며 희롱ᄒ믄 엇지뇨? 보빅 젼튁은 비 쇼원이【56】요, 쳡의 원ᄒᄂᆞᆫ 바ᄂᆞᆫ ᄉ룸의 빗최ᄂᆞᆫ 거울이로소이다."

공쥐 미쇼 왈,

"네 니르라. 텬하를 닷토ᄂᆞᆫ 직 형데를 아더냐? 몸이 한고죄(漢高祖) 되고ᄌ ᄒᄂᆞ니, 닉 맛당이 너를 ᄎ의 봉ᄒ리라."

부시 아연 딕경 왈,

"옥쥐 그르셔이다. 옥딕ᄂᆞᆫ 부모 업순 ᄋ히라. 부셔(夫壻)를 ᄌ튁(自擇)ᄒ미 그르지 아니ᄒ고, ᄉ룸의 여럿직 안히 되어도 오히려 욕되미 업거니와, 옥쥬ᄂᆞᆫ 만승지미라. ᄉ히의 영웅을 구ᄒ여 니강(釐降)홀 거시여ᄂᆞᆯ, 엇지 구ᄎ(苟且)ᄒ리오. 져 군ᄌ 실즁의 삼위 금ᄎ(金釵)1565) 연셩보벽(連城寶璧)1566) 곳【57】다 ᄒ니, 옥딕ᄂᆞᆫ 용납홀 법 잇거니와, 옥쥬ᄂᆞᆫ 고ᄉ(固辭)홀 가 ᄒ나이다."

공쥐 왈,

"하나흘 알고 둘흘 슘기ᄂᆞᆫ도다. 이 셰상의 풍치 긔질이 위랑 말고 뉘 잇ᄂᆞ뇨? 텬지 닉 빅필을 션경(仙境)의 가 구ᄒ나 위랑 곳ᄒ니를 엇기 어려오니, 너의 안면(顔面)을 거릿겨 위랑을 바리고 누를 어드리오. 그 셰낫 인연은 츈풍의 낙홰(落花)니라."

부쇼제 앙면딕쇼(仰面大笑)1567) 왈,

"옥쥬ᄂᆞᆫ 심궁쳐녀라. 방외물졍(房外物情)1568)을 어이 아랏시리오. 됴졈검의 뎨슈(弟嫂)ᄂᆞᆫ 곳 귀비의 아이요, 쇼믹(小妹)의 둉형(從兄)이라. 쇼믹 위【58】랑의게 탁신(託身)코ᄌ ᄒ믈 우어 왈, '네 문을 바라ᄂᆞᆫ 과뷔로다. 위랑의 셰부인 셩친홀 쎠 졈검 부인이 친쳑인 고로 쥬혼(主婚)ᄒ니, 그 쳔미빅틱(千美百態)ᄂᆞᆫ 의논치

1565)금ᄎ(金釵) : ①금비녀. ②첩(妾)을 달리 이르는 말.

1566)연셩보벽(連城寶璧) : 연성지벽(連城之璧). 화씨지벽(和氏之璧)을 달리 이르는 말. 화씨지벽은 전국 때 변화씨(卞和氏)라는 사람이 형산(荊山)에서 돌 위에 봉황이 깃들이는 것을 보고 얻었다는 천하의 이름난 옥을 말하는데, 후대에 진(秦)나라 소양왕(昭襄王)이 이 옥을 탐내, 당시 이 옥을 가지고 있던 조(趙)나라 혜문왕(惠文王)에게 진나라 15개의 성(城)과 바꾸자는 제안을 했다는 데서, '연성지벽(連城之璧)'이라는 이름이 붙게 되었다고 한다.

1567)앙면딕쇼(仰面大笑) : 얼굴을 쳐들고 크게 웃음.

1568)방외물졍(房外物情) : 방 바깥세상의 이러저러한 실정이나 형편

말고, 긔상(氣象)이 호연(浩然)ᄒᆞ여 인간 졀식이 아니라. 셰상의 쇼ᄉᆞ날 ᄉᆞ룸이러라' ᄒᆞ니, 엇지 징투(爭妬)ᄒᆞ리오. 혼인을 허ᄒᆞᆯ 길 업ᄉᆞ니라. 비록 옥쥬의 안식과 부귀라도 져의 마음을 기우리지 못ᄒᆞ리니, 옥계연ᄉᆡ지를 믿들니요. 쇼미 ᄀᆞᆺ흐니는 져의 말셕의 슈를 치올 거시니 요힝 텬위를 빌고 모든 친쳑의게 【59】 청혼ᄒᆞ면 가커니와, 옥쥬는 셰ᄀᆞᆺ 년니지(連理枝)1569)를 낙화잔녑(落花殘葉)1570)을 믿들녀 ᄒᆞ니 위랑은 군지라. 엇지 무신(無信)ᄒᆞ리오. 옥쥬의 부미 (駙馬)되지 아닐가 ᄒᆞ나이다."

공쥬 쇼왈,

"셰ᄀᆞᆺ 요취(夭雛)1571) 뉘집 ᄌᆞ식이라 ᄒᆞ며 어ᄃᆡ 잇ᄂᆞ뇨?"

부시 ᄃᆡ왈,

"져의 원빙(元嬪)은 당실(唐室) 묘예(苗裔)1572)요, 둘ᄌᆡ는 한됴(漢朝) 공쥬요, 셋ᄌᆡ는 쳐ᄉᆞ지녜(處士之女)로ᄃᆡ, 모다 ᄌᆞ미(姉妹) ᄀᆞᆺᄒᆞ여 댱안(長安) 동창궁(同昌宮)의 잇다 ᄒᆞ더이다."

공쥬 ᄀᆞᆯ오ᄃᆡ,

"졔 불과 망국(亡國)ᄒᆞ여 픽국지둉(敗國之種)1573)이니 엇지 나의 위엄을 당ᄒᆞ리요."

부시 묵연냥구(默然良久)1574)의 탄왈,

"쳡이 옥쥬로 동포 【60】 져미(同胞姐妹)1575) ᄀᆞᆺᄒᆞ니, 쇼미(小妹) 뉸긔(倫紀)를 쯧고 고요히 잇셔 타문을 ᄉᆡᆼ각지 아니리라."

언파의 쌍뉘(雙淚) 여우(如雨)ᄒᆞ니 공쥬 침음(沈吟)1576) 왈,

"만일 부마를 어더 부뷔 허명(虛名)만 닛고 실(實)이 업슬진ᄃᆡ ᄡᅥ러지는 닙과 헌 신이 될 거시니, 현미를 부빈(副嬪)1577)을 삼으리니, 져의 지명이 실ᄒᆞ미 잇고 ᄂᆞ의 연분이 ᄎᆞ라ᄒᆞᆯ진ᄃᆡ1578) 너를 함긔 셩녜(成禮)ᄒᆞᆯ지라. 네 날을 위ᄒᆞ여 져를 도모ᄒᆞᆯ진ᄃᆡ 너의 원(願)을 일게 ᄒᆞ리라. ᄂᆡ 본ᄃᆡ 셩(性)이 투협(妬狹)ᄒᆞ미 아니

1569)년니지(連理枝) : 뿌리가 다른 두 나무의 가지가 서로 엉켜 마치 한 나무처럼 자라는 나무.

1570)낙화잔녑(落花殘葉) : 꽃잎을 떨어뜨리고 나뭇잎을 지게 함.

1571)요취(夭雛) : 어린 병아리들.

1572)묘예(苗裔) : 먼 후대의 자손.

1573)픽국지둉(敗國之種) : 망한 나라의 종족.

1574)묵연냥구(默然良久) : 시간이 꽤 오래되도록 말이 없음.

1575)동포져미(同胞姐妹) : 한 부모에게서 태어난 자매(姉妹).

1576)침음(沈吟) : 마음속으로 깊이 생각함.

1577)부빈(副嬪) : 버금 부인.

1578)ᄎᆞ라ᄒᆞ다 : 어긋나다. 아득히 멀다.

라. 셰상의 독보(獨步)ᄒᆞᄂᆞᆫ 남ᄌᆞ의 ᄇᆡ필(配匹)이 되어 텬하일셰(天下一世)의 【61】 ᄃᆡ두(對頭)ᄒᆞ리 업ᄉᆞᆫ 후야 ᄂᆞ의 원이 가ᄌᆞᆨᄒᆞ리니, 이제 위ᄌᆞ의 풍신긔골(風神氣骨)을 보니 만승(萬乘)의 귀ᄒᆞ미라도 쇼ᄒᆡ 갓고, 신션의 댱ᄉᆡᆼ불ᄉᆞ(長生不死)ᄒᆞᄂᆞᆫ 됴홰(造化)라도 불관ᄒᆞ니, 진짓 일셰를 혼일(混一)ᄒᆞᆯ 긔남ᄌᆞ(奇男子) ᄃᆡ댱뷔(大丈夫)로ᄃᆡ, 져의 가실(家室)이 졀노 더브러 상합(相合)ᄒᆞᆯ진ᄃᆡ, 이ᄂᆞᆫ 진실노 인간ᄉᆞ룸이 아니라. 젹국(敵國)을 의논치 말나. ᄂᆞ의 골육(骨肉)이라도 즐겨 머무러 스ᄉᆞ로 져의 아ᄅᆡ되믈 원(怨)치 아니ᄒᆞ리라. 현미 갓흔 ᄉᆞ룸이야 유뮈(有無) ᄂᆡ게 관겨ᄒᆞ리오."

옥ᄃᆡ 낭쇼 왈,

"옥쥐 위랑을 알고 【62】 삼인을 모로시ᄂᆞᆫ 시졀은 써 'ᄂᆞ의 부귀와 ᄂᆞ의 용모로 향곡(鄕谷) 쇼녀와 망국여죵(亡國餘種)을 두려ᄒᆞ랴' ᄒᆞ여 근심치 아니 ᄒᆞ여, 군ᄌᆞ의 됴흔 짝이 되어 져 무리를 금ᄎᆞ항(金釵行)의도 두지 아니코, 옥ᄃᆡ로 ᄒᆞ여금 ᄒᆞᆫ 갓 분면화장(粉面化粧)을 어더 탑(榻) 밧긔 언식(言飾)ᄒᆞᄂᆞᆫ 셩(聲)을 용납지 아니려 ᄒᆞ다가, 옥ᄃᆡ의 이 ᄒᆞᆫ 말을 드르미 허(許)ᄒᆞ여 스ᄉᆞ로 ᄃᆡ쟝이 되고, 쇼ᄆᆡ로 션봉이 되고져 ᄒᆞ시니, 옥쥬의 쇼향(所向)을 모로리오. 황상이 만일 옥쥬로써 위가의 《허가‖하가(下嫁)》 ᄒᆞ시면, 졔 슌히 부ᄆᆡ 된즉, 다만 【63】 삼녀를 허비(虛費)ᄒᆞᆯ 인품이 아니려니와, 졔 신(信)을 직희여 조강을 긔렴(紀念)ᄒᆞᆯ진ᄃᆡ 삼녀의 일홈이 헛되지 아니미니, 그 썩○[ᄂᆞᆫ] 엇지 ᄒᆞ리오?"

공쥐 왈,

"네 쇼통(疏通)ᄒᆞ다. 몬져 혼인을 결단ᄒᆞ고 조초 의논ᄒᆞᄌᆞ."

ᄒᆞ고, 냥인이 양노궁의 니르니, ᄐᆡ휘 냥녀를 사랑ᄒᆞ여 한담(閑談)ᄒᆞ더니, 공쥐 왈,

"션뎨(先帝)를 일즉 여희옵고, 모후를 뫼셔 산촌야졈(山村野店)의 ᄋᆞ시로븟터 뉴락(流落)ᄒᆞ여 이제 궁즁의 깃드리나, 간고(艱苦) 험익(險阨)을 갓쵸 보아 부귀ᄒᆞ니, 녜ᄉᆞ 왕희와 다른지라. 눈으 【64】 로 용ᄉᆞᄆᆡᆼ댱(勇士猛將)과 영웅호걸을 본 ᄇᆡ 젹지 아닌지라. 뜻을 허ᄒᆞ며 마음이 취(醉)ᄒᆞᄂᆞᆫ ᄇᆡ 번연(翻然)이 업더니, ᄋᆞ히 일편된 쇼견이 잇시니, '젹벽(赤壁) 쥬랑(周郎)'[1579]이 엇지 인직 아니리오마ᄂᆞᆫ, 녁냥(力量)을 ᄂᆞᆺ비 넉이고, '뉵츌긔계(六出奇計)ᄒᆞ던 진평(陳平)'[1580]이 인직 아

1579)젹벽(赤壁) 쥬랑(周郎) : 적벽대전(赤壁大戰)을 승리로 이끈 주유(周瑜). *주유(周瑜): 중국 삼국 시대 오나라의 명신(名臣)(175~210). 자는 공근(公瑾). 문무(文武)에 능하였으며, 유비의 청으로 제갈공명과 함께 조조의 위나라 군사를 적벽(赤壁)에서 크게 무찔렀다.

1580)뉵츌긔계(六出奇計)ᄒᆞ던 진평(陳平) : 신기한 꾀를 여섯 번이나 낸 진평(陳平). *진평(陳平); 중국 전한(前漢) 때 정치가. 한 고조 유방(劉邦)를 도와 여섯 번이나 기발

니리오마는, 얼골이 더럽고 힝실이 부졍ᄒᆞ고, ‘읍귀청ᄉᆞ(泣鬼淸詞)ᄒᆞ던 니ᄇᆡᆨ(李白)’[1581]이 인물이 허랑(虛浪)ᄒᆞ니, 쳔고(千古)의 완젼ᄒᆞᆫ ᄌᆞ 업ᄂᆞᆫ지라. 금셰(今世)의 엇지 맛ᄂᆞ미 쉬오리오. 평ᄉᆡᆼ 시름ᄒᆞ더니 ᄒᆞᄂᆞᆯ이 쇼녀의 원가(怨家)[1582]를 보ᄂᆡ여 목 【65】 젼의 맛ᄂᆞ미 잇ᄉᆞ니, 이 ᄉᆞ름은 두목(杜牧)[1583]의 풍치와 쳥년(靑蓮)[1584]의 문장과 ᄌᆞ방(子房)[1585]의 지혜와 관즁(管仲)[1586]의 직됴와 공ᄆᆡᆼ(孔孟)의 도혹이 잇ᄉᆞ니, 진짓 옥얼골의 경눈(經綸)홀 그릇시오, 건곤(乾坤)을 ᄉᆞ ᄆᆡ의 너코 유악(帷幄)의셔 쳔니(千里)의 일을 결(結)ᄒᆞ여, 나면 댱쉬(將帥) 되고 들면 왕ᄉᆞ(王師) 되여 쳥풍고졀(淸風孤節)이 만ᄃᆡ의 흐르ᄂᆞᆫ 영웅이니, 쇼녀의 평ᄉᆡᆼ 원을 허ᄒᆞ엿ᄂᆞ니, 낭낭은 쇼녀의 평ᄉᆡᆼ원(平生願)을 허(許)ᄒᆞ쇼셔.”

ᄐᆡ휘 경희 왈,

“오ᄋᆞ(吾兒)의 ᄌᆡ용이 일셰의 ᄃᆡ젹ᄒᆞ리 업ᄉᆞ니, 그 【66】 ᄇᆡ필 되리를 근심ᄒᆞ여 명쥬(明珠) 니토(泥土)의 바리며, 봉황(鳳凰)이 산계(山鷄)의 ᄶᆞᆨᄒᆞ믈 두려 ᄒᆞ더니, 아지못게라![1587] 군ᄌᆞ 어ᄃᆡ 잇ᄂᆞ뇨?”

공쥐 위어ᄉᆞ믈 고ᄒᆞ니, ᄐᆡ휘 크게 깃거 명신(明晨)의 셰둉긔 ‘공쥬를 위ᄌᆞ의게

한 꾀를 내, 천하를 평정케 하였다.

1581)읍귀청ᄉᆞ(泣鬼淸詞)ᄒᆞ던 니ᄇᆡᆨ(李白) : 맑은 시로 귀신을 울린 이백(李白). 두보(杜甫)의 <기이백(寄李白)>시에서 이백(李白)의 뛰어난 시재(詩才)를 찬탄하여 “붓이 떨어지면 풍우가 놀라고, 시가 이루어지면 귀신이 울었네(落筆驚風雨 詩成泣鬼神)”라고 하였다. 『杜少陵詩集 卷8』

1582)원가(怨家) : 『불교』 자기에게 원한을 품은 사람.

1583)두목(杜牧) : 803~852. 두목지(杜牧之)로도 부른다. 당나라 만당(晩唐)때 시인. 중서사인(中書舍人)에 올랐고, 중국의 대표적 미남자로 꼽힌다. 두보(杜甫)에 상대하여 ‘소두(小杜)’라 칭하며, 두보와 함께 ‘이두(二杜)’로 일컬어지기도 한다.

1584)쳥년(靑蓮) : 청련거사(靑蓮居士) 이백(李白)을 달리 이른 말. *이백(李白) : 701~762. 자는 태백(太白). 호는 청련거사(靑蓮居士). 칠언절구에 특히 뛰어났으며, 이별과 자연을 제재로 한 작품을 많이 남겼다. 현종과 양귀비의 모란연(牧丹宴)에서 취중에 <청평조(淸平調)> 3수를 지은 이야기가 유명하다. 시성(詩聖) 두보(杜甫)에 대하여 시선(詩仙)으로 칭하여진다. 시문집에 『이태백시집』 30권이 있다.

1585)ᄌᆞ방(子房) : 장량(張良). BC ?-189. 중국 한나라의 정치가, 건국공신. 이름은 량(良). 자는 자방(子房). 유방의 책사로 홍문연(鴻門宴)에서 유방을 구하고 한신(韓信)을 천거하는 등, 유방이 한나라를 세우고 천하를 통일할 수 있도록 도왔다. 소하(蕭何)·한신과 함께 한나라 건국 3걸로 불린다.

1586)관즁(管仲) : 중국 춘추 시대 제나라의 재상(?~B.C.645). 이름은 이오(夷吾). 환공(桓公)을 도와 군사력의 강화, 상공업의 육성을 통하여 부국강병을 꾀하였으며, 환공을 중원(中原)의 패자(霸者)로 만들었다. 포숙아와의 우정으로 유명하며, 이들의 우정을 관포지교라고 이른다. 저서에 『관자(管子)』가 있다.

1587)아지못게라! : ‘모르겠도다!’ ‘모를 일이로다! ’알지못하겠도다!’ 등의 감탄의 뜻을 갖는 독립어로 작품 속에서 관용적으로 쓰이고 있어, 이를 본래말 ‘아지못게라’에 감탄부호 ‘!’를 붙여 독립어로 옮겼다.

하가(下嫁) ᄒᆞ라' ᄒᆞ시니, 셰둉이 ᄃᆡ경 왈,

"위현은 실가(室家) 잇ᄂᆞᆫ 신ᄒᆡ요, 국가 즁신이니, 졔 엇지 됴강지쳐(糟糠之妻)를 바리고 황가(皇家) 부셰(夫壻)되리오. 졔 만일 슌둉치 아닐진ᄃᆡ, 신하의 인뉸을 희(戲)지으미요, 신의(信義)를 권장ᄒᆞᄂᆞᆫ 도리 아니라. ᄒᆞ믈며 짐이 포의(布衣) 【67】 젹 벗이니 그 위인을 닉이 아옵고 도덕군ᄌᆡ니, 부귀셩ᄉᆡᆨ(富貴聲色)으로 그 마음을 밧고지 아니ᄒᆞ리이다. 공쥬ᄂᆞᆫ 신(信)의 일ᄆᆡ(一妹)라. 팔방을 기우려 부마를 굴ᄒᆞ미 엇지 위ᄌᆞ 하ᄂᆞ흘 근심ᄒᆞ여 어드리잇고?"

ᄐᆡ휘 왈,

"공쥐 원ᄒᆞ여 부ᄃᆡ 위ᄌᆞ의게 하가코ᄌᆞᄒᆞ니, 그 ᄠᅳᆺ을 옴기미 진실노 어려온지라. 상은 시험(試驗)ᄒᆞ여 션뎨의 은혜를 닛지 마르쇼셔."

뎨(帝) 불열 왈,

"혼닌(婚姻)은 인뉸ᄃᆡᄉᆞ(人倫大事)라. 짐과 낭낭이 그릇 ᄒᆞᆯ ᄇᆡ 아니라. 쳐네 엇지 ᄌᆞᄐᆡᆨ(自擇)ᄒᆞᆯ ᄇᆡ 【68】 리잇고? 신뇨(臣僚)를 들니미 붓그럽고, 위현은 더욱 더러이 넉일 거시니, 져를 구박(驅迫)ᄒᆞ여도 화락기 어려오니, 뉘웃ᄎᆞ나 당쵸 아님만 ᄀᆞᆺ지 못ᄒᆞ리이다. 낭낭은 혜오리ᄉᆞ ᄆᆡᄌᆞ의 평싱을 맛지 마르쇼셔."

ᄐᆡ휘 올히 너겨 도라와 ᄎᆞ언을 셜파ᄒᆞ니, 공쥐 크게 울고 황야를 원망 왈,

"텬ᄒᆞᄂᆞᆫ 션뎨의 텬ᄒᆞ요 ᄂᆞᄂᆞᆫ 션뎨의 골육(骨肉)이라. 진왕이 니셩(李姓)으로셔 ᄃᆡ위를 모림ᄒᆞ미 뉘 덕이완ᄃᆡ, 옛 벗의 안면(顔面)을 거릿겨 션뎨의 텬ᄒᆞ 쥬 【69】 신 공덕을 닛고, 날 ᄃᆡ졉기를 시ᄋᆞ(侍兒) ᄀᆞᆺ치 ᄒᆞ고, 낭낭을 쇽여 날노ᄒᆞ여금 공규(空閨)의 맛게 ᄒᆞ니, ᄂᆡ 엇지 위ᄌᆞ의 안ᄒᆡ 못되고, 타인의 지어미 되리오. 이ᄂᆞᆫ 마음을 두 가지로 ᄒᆞ미니 쥭음만 ᄀᆞᆺ지 못ᄒᆞ○○[니이]다."

ᄒᆞ고, 칠일을 불식(不食)ᄒᆞ고 폐목잠와(閉目潛臥)ᄒᆞ여, ᄐᆡ후와 상이 만단(萬端) ᄀᆡ유(開諭)ᄒᆞ되, 맛ᄎᆞᆷᄂᆡ 듯지 못ᄒᆞᄂᆞᆫ 듯ᄒᆞ니, ᄐᆡ휘 겻ᄒᆡ셔 쥬야 위곡(爲哭)ᄒᆞ니, 상이 ᄒᆡ혹(解惑)지 못ᄒᆞᆯ 쥴 알고, 난쳐(難處) 분ᄒᆡ(憤駭)ᄒᆞ믈 니긔지 못ᄒᆞᄉᆞ, 부득이 위ᄐᆡ우를 명쵸(命招)ᄒᆞ시니, 위어ᄉᆡ 즉 【70】 시 입궐ᄒᆞᄆᆡ, 상이 좌우의 됴공과 셕슈신 왕졍빈 등 ᄃᆡ신을 두시고, 뇽안(龍顔)이 한가ᄒᆞᄉᆞ, '평신ᄒᆞ라' ᄒᆞ시고, 우어 ᄀᆞᆯ오ᄉᆞᄃᆡ,

"경 등이 ᄆᆡ양 국ᄉᆞ의 근노 ᄒᆞ니 짐이 옛날 경 등으로 슐 먹고 ᄒᆞ던 일을 다시 ᄒᆞ고ᄌᆞ ᄒᆞ여도 쉽지 아닌지라. 봄날이 한가ᄒᆞ니 군신이 잠간 놀고ᄌᆞ ᄒᆞ노라."

신뇌(臣僚) 일시의 니러 ᄉᆞ은(謝恩)ᄒᆞᄆᆡ, 다시 좌를 졍ᄒᆞ고 상이 근시로 옥긔(玉器)의 미쥬를 부어 ᄎᆞ례로 상ᄒᆡ(上下) 통음(痛飮)ᄒᆞᆯ ᄉᆡ, 상이 잡으시고 일ᄇᆡ를 부어 위 【71】 어ᄉᆞ를 ᄉᆞ쥬(賜酒)ᄒᆞ시니, 어ᄉᆡ 잔을 밧ᄌᆞ와 ᄉᆞ려 쥬왈,

"셩은(聖恩)을 닙ᄉᆞ와 취ᄒᆞ미 극진ᄒᆞ니, 군신의 즐거오미 쳔고셩ᄉᆞ(千古盛事)

라. 신은 쵸모용지(招募庸才)로 셩은을 밧주와 와람이 틱우의 니르와, 별네(別禮)로 수쥬(賜酒)ᄒᆞ시믄 무숨 연괴니잇고?"

데 왈,

"짐이 경을 수쥬(賜酒)ᄒᆞ믄 뜻이 잇ᄂᆞ니, 경으로 휴쳑(休戚)1588)을 ᄒᆞᆫ가지로 ᄒᆞ려 ᄒᆞ미라."

틱위 돈슈(頓首) 왈,

"졔신이 다 폐하 골경지신(骨鯁之臣)이라. 신 ᄲᅮᆫ이리잇고? 신이 힘을 다ᄒᆞ여 셩우(聖佑)를 갑ᄉᆞ오리니, 이 잔이 국ᄉᆞ 밧 ᄯᅩ 잇ᄂᆞ니 【72】 잇가?"

데(帝) 우으시고 탄왈(嘆曰),

"경은 춍명지인(聰明之人)이라. 짐의 뜻을 아ᄂᆞᆫ도다. 션데(先帝)를 일족 여희고 오직 ᄒᆞᆫ 누의 잇시되 틱휘 춍익ᄒᆞᄉᆞ 그 빅위(配位) 업ᄉᆞᆯ가 근심ᄒᆞ시더니, 이졔 경의게 뜻을 두ᄉᆞ 공쥬를 허코자 ᄒᆞ시니, 짐이 임의 경의게 실개(室家) 잇셔 가치 아니믈 쥬(奏)ᄒᆞ되, 틱휘 견집(堅執)ᄒᆞ사 '회(孝) 업셔 뜻을 슌(順)치 아닛ᄂᆞᆫ다' 노(怒)ᄒᆞ시니, 궁즁 ᄉᆞ긔(辭氣) 불화(不和)ᄒᆞᆫ지라. 일이 난쳐ᄒᆞ니, 경은 츙냥(忠良)ᄒᆞᆫ 군지라. 딤으로 근심을 난홀지여다. 경의 가실(家室) 【73】 은 짐이 보젼(保全)ᄒᆞ리라."

상의 흔연(欣然)ᄒᆞ시나 은위(隱憂) 현현(顯現)ᄒᆞ시니, 좌위(左右) 놀나고 틱위(太尉) 곳쳐 업ᄃᆡ여 쥬왈(奏曰),

"녜법은 풍화(風化)의 죵(終)이오 부부ᄂᆞᆫ 인뉸(人倫)의 큰 빅여ᄂᆞᆯ, 신의 부뫼 잇시니 신이 ᄌᆞ젼(自專)ᄒᆞ미 잇ᄉᆞ오며, 신의 션죄 당실(唐室)의 부믹되여 홰 망신(亡身)키의 니르러 보젼치 못ᄒᆞ오니, 신의 부됴(父祖) 셜워ᄒᆞ와, 아비 피입산즁(避入山中)1589)ᄒᆞ여 셰상의 ᄂᆞ지 《아니코‖아니시니》, 국혼(國婚)은 신을 쥭여 셩됴(聖朝)의 죄를 엇ᄌᆞ와도 듯지 못ᄒᆞᆯ 거시요, 신이 실긔 잇셔 조강(糟糠)의 【74】 폐치 못ᄒᆞᆯ 의(義) 잇ᄉᆞ오니, 귀쥬(貴主)를 굴ᄒᆞ여 위ᄎᆞ(位次) 강등ᄒᆞ리잇가? 이ᄂᆞᆫ 폐히 ᄉᆡᆼ민(生民)의 부뫼 되ᄉᆞ 무죄(無罪)히 신ᄌᆞ(臣子)의 인뉸을 난(亂)치 못ᄒᆞ실 거시오, 신이 ᄯᅩᄒᆞᆫ 인뉸의 죄인이 되리니, 틱낭낭(太娘娘)이 공쥬의 혼인을 위ᄒᆞ여 폐히(陛下) 창업지쵸(創業之初)의 인뉸을 난(亂)케 ᄒᆞ시리잇가?"

ᄒᆞ더라. 【75】

1588)휴쳑(休戚) : 편안함과 근심.

1589)피입산즁(避入山中) : 세상을 피하여 산속으로 들어감

화산션계록 권지십일

ᄎ셜 텬ᄌ 어ᄉ의 쥬ᄉ(奏辭)를 드르시ᄆ 희허(噫噓)ᄒᆞᄉ 왈,

"경은 아지 못ᄒᆞᄂᆞᆫ도다. 이 혼ᄉ 곳치지 못ᄒᆞᆯ 쥴노 짐이 쥬(奏)ᄒᆞ려니와, 셩뇌(盛怒) 진발(震發)ᄒᆞ신 지 여러 날이라. 엇지ᄒᆞ라 ᄒᆞᄂᆞ뇨?"

어ᄉ 정ᄉᆡᆨ 왈,

부뫼 실덕(失德)이면 신ᄒᆡ 간ᄒᆞᄂᆞ니, 신하ᄂᆞᆫ 폐하를 간ᄒᆞ시면 폐하ᄂᆞᆫ 낭낭을 간하시면 니럴니 업ᄉᆞ오리니, 낭낭의 과거(過擧)를 간치 못ᄒᆞ시고 공쥬의 고집을 셰워 신을 맛지실진ᄃᆡ, 신의 집이 난(亂)ᄒᆞ믄 무궁ᄒᆞ고, 폐하 셩위(聖憂) 긋칠날이 업ᄉ 【1】 리이다."

됴공 뎡은이 ᄯᅩᄒᆞᆫ 쥬왈,

"위현의 쥬ᄉ(奏辭) 올흔지라. 폐ᄒᆡ 창업지초(創業之初)의 명쥬(明主)시라. ᄒᆡ니(海內) 앙덕(仰德)ᄒᆞ거ᄂᆞᆯ, 엇지 신ᄌ의 뉸긔(倫紀)를 난(亂)ᄒᆞ사 원치 아닛ᄂᆞᆫ 혼ᄉ를 우김질노 ᄒᆞ시리잇가? 후비(后妃)의 창궐(猖獗)ᄒᆞ미 혼됴(昏朝)의 잇실 ᄇᆡ요, 우리 됴졍의 ᄒᆡᆼᄒᆞᆯ ᄇᆡ 아니니이다. 후비 임의 안ᄒᆡ 잇ᄂᆞᆫ 신하로써 구박(驅迫)ᄒᆞ여 취(娶)코ᄌ ᄒᆞ시니, 공쥐 하가ᄒᆞᄆ 안ᄒᆡ 엇지 둘ᄒᆡ 잇ᄉ리오. 일뷔(一婦) ᄯᅳᆺ을 엇지 못ᄒᆞ여도 지치(至治)의 빗치 감(減)ᄒᆞ거ᄂᆞᆯ, 청년(青年) 삼부(三婦) ᄯᅳ려! ᄒᆞ물 【2】 며 위현의 쳐 니·뉴ᄂᆞᆫ 망국지예(亡國之女)니, 셩쥬(聖主)의 망국ᄃᆡ졉ᄒᆞᄂᆞᆫ 녜(禮) 아니니이다."

뎨 묵연(默然) 참괴(慙愧)ᄒᆞᄉ 왈,

"일이 과연 짐의 ᄯᅳᆺ이 아니라. ᄐᆡ후의 ᄒᆡ로(解怒)[1590] ᄒᆞ시물 엇기 어려우니, 다시 간ᄒᆞ여 보믈 기다리라."

ᄒᆞ시니, 졔공이 파됴(罷朝)ᄒᆞ고 나가거ᄂᆞᆯ, 뎨 심즁의 울울ᄒᆞ여 뎐상의 홀노 ᄇᆡ회 ᄒᆞ시더니, 신쥐 졀도ᄉ 한통이 드러와 쥬왈,

"옥ᄉᆡᆨ(玉色)이 불안ᄒᆞ시니 무ᄉᆞᆫ 은위(隱憂) 계시니잇가?"

뎨왈,

"경은 짐의 고인(故人)이라. 엇지 니르지 아니리오."

1590)ᄒᆡ로(解怒) : 노(怒)를 풀다.

드딕여 공쥬의 혼ᄉᆞ 슈말(首末)을 니르【3】시니, 한통 왈,

“위 쥭기로써 고ᄉᆞ(固辭)ᄒᆞ고, 공쥐 갈망ᄒᆞ미 ᄉᆞ싱을 도라 보닉시니, 폐히 틱후 셩노를 엇지 히혹(解惑) ᄒᆞ시리잇고?”

뎨왈(帝曰),

“닉 다시 간ᄒᆞ여 공쥐의게 칙(責)이 ᄂᆞ리ᄉᆞ 망녕되물 금(禁)하믄 일이 슌편(順便)키를 위ᄒᆞ미니라.”

한통 왈,

“공쥬ᄂᆞᆫ 틱비(太妃)의 녜(女)라. 발셔 위현의 풍치를 보고 쥭기로뻐 허신(許身) 코ᄌᆞᄒᆞ니, 칠일불식(七日不食)이 젹게 시작ᄒᆞ미 아니여ᄂᆞᆯ, 틱비 엇지 폐하의 간언(諫言)을 드러 공쥬를 칙(責)ᄒᆞ시리오. 폐히 위현의게 됴유(詔諭)[1591]ᄒᆞᄉᆞ 셩심(聖心)의 난【4】안(赧顔)ᄒᆞ믈 위ᄌᆞ의게 도라보닉지 아니ᄒᆞ시ᄂᆞ니잇고?”

뎨왈,

“위현의 슈힝(修行)ᄒᆞ미 경광(耿光)[1592]의 녀ᄌᆞ를 반ᄃᆞ시 용납지 아니 ᄒᆞ리니, 필불응(必不應)이면 져를 쥭이든 못ᄒᆞ고 져를 칙지못ᄒᆞ리니, ᄒᆞᆫ갓 공쥬의 누힝(陋行)만 드러나미라.”

한통 왈,

“위지 폐하의 셩닉(性內)를 근심치 아니리잇고? 폐히 틱낭낭 ᄯᅳᆺ을 두루혀지 못ᄒᆞ실진딕 도로혀 불효 일흠을 더으실지니, 신이 계괴 잇ᄉᆞ니 폐히 틱낭낭긔 공쥬로뻐 위가의 ○○[하가(下嫁)]ᄒᆞᆯ ᄯᅳᆺ을 고ᄒᆞ시고, 신ᄌᆞ(身子) 웅의【5】게 하가ᄒᆞ시면, 혼식 셩젼ᄒᆞᆫ 후ᄂᆞᆫ 공쥬와 낭낭이 노ᄒᆞ시나 일이 고요ᄒᆞ리이다.”

뎨(帝) 딕쇼 왈,

“일이 ᄋᆞ히 희롱 ᄀᆞᆺ도다. 공쥐 위현의 풍뉴(風流) 옥질(玉質)이 고으믈 보고, 태휘 아르시니 경의 ᄋᆞᄃᆞᆯ을 엇지 모로리오. 즈레 누셜(漏泄) ᄒᆞ건딕, 짐이 틱후 긔망(欺罔)ᄒᆞᆫ 허물이 잇실가 ᄒᆞ노라.”

한통이 쥬왈,

“신의 ᄋᆞᄃᆞᆯ이 여옥지모(如玉之貌)와 ᄂᆞ이 ᄯᅩ 위자와 ᄀᆞᆺᄒᆞ니, 옥쥐 먼니 관망(觀望)ᄒᆞ여 풍뉴ᄂᆞᆫ 아르실지언졍, 당면(當面)은 아냣ᄂᆞᆫ지라. 쵹하(燭下)의 비록 달니 녁인들 무어시라 【6】ᄒᆞ시며, 낭낭은 공쥬ᄒᆞ시ᄂᆞᆫ 딕로 조ᄎᆞ실 거시니, 셩친 후야 엇지 ᄒᆞ시리잇고?”

1591)됴유(詔諭) : 임금이 조서를 내려 깨우침.

1592)경광(耿光) : ‘밝은 빛’이라는 뜻으로 ‘임금’을 이르는 말로 쓰인다. 주공(周公)이 성왕(成王)에게 “문왕(文王)의 경광(耿光)을 보시고 무왕(武王)의 큰 공렬을 드날리소서.” 한 말에서 유래하였다. 『書經 立政』에 나온다. *여기서는 ‘선왕(先王)’의 의미로 쓰였다.

뎨 우으시며, 궁ᄋᆞ로 공쥬와 ᄐᆡ비긔 위ᄐᆡ우의게 하가ᄒᆞᆷ믈 알외고, 녜부의 혼녜를 ᄐᆡᆨ일ᄒᆞ시니, 이ᄂᆞᆫ ᄉᆞ긔(事機) 누셜홀가 셜니 ᄒᆞ려 ᄒᆞ시○[미]니, ○○[어이] 한퉁이 공쥬를 어더 부ᄃᆡ 며ᄂᆞ리 삼고자 ᄒᆞᄂᆞᆫ고?

원ᄂᆡ 그 ᄯᅳᆺ이 잇ᄉᆞ니 한퉁이 셕년의 됴졈검과 뎡은을 지슈(泜水)[1593]의 ᄲᅢ져 쥭다 임군을 쇽엿시니, 《됴현‖됴뎡》 이공이 한퉁을 뮈이 넉여 간ᄉᆞᄒᆞᆷ믈 질오(嫉惡)ᄒᆞ되, 뎨(帝) 그 졍【7】을 즁히 넉이ᄉᆞ 놉히 쓰시나, 셰 외로와 부ᄐᆡᄉᆞ ᄯᆞᆯ노ᄡᅧ 궁금의 귀비를 삼ᄋᆞ ᄐᆡᄌᆞ 동훈을 나흐니, 권위 됴졍의 읏듬이라. 그 쇼녀 현쳘(賢哲)ᄒᆞᆷ믈 듯고 졔 아오로ᄡᅥ 혼인ᄒᆞ여 우익(右翼)을 숨으려 ᄒᆞ더니, ᄉᆡᆼ각 밧 부쇼졔 졈검(點檢)의 ᄋᆞ오 광의(匡義)[1594]를 보고, 한츙의 혼닌을 원치 아니ᄒᆞ니, ᄐᆡ식 금녕(金鈴)을 ᄎᆡ루(彩樓)의셔 더져 냥가의 닷토ᄂᆞᆫ 환(患)을 제방(制防)ᄒᆞ고, 됴공ᄌᆞ의게 홍승(紅繩)[1595]을 ᄆᆡᄌᆞ니, 한퉁이 혼닌을 마ᄌᆞ 아이고, 됴공의 원을 일운지라. 부【8】쇼져도곤 공쥬 더 놉고 능혜(能慧)ᄒᆞᆷ믈 알ᄆᆡ 셰퉁과 ᄐᆡ비 쇼ᄋᆡ(所愛)○[ᄒᆞ]믈 ᄉᆞ모ᄒᆞ여, 이 됴각의 상을 다ᄅᆡ여 혼녜를 졍ᄒᆞ니, 쾌ᄒᆞ여 ᄋᆞᄌᆞ의 풍용(風容)[1596]을 다듬으며 길긔(吉期)를 기다리니, 공쥬 ᄯᅩᄒᆞᆫ 됴흔 쇼식이 니르ᄆᆡ, 니러나 진미를 ᄂᆞ오며 지분(脂粉)을 다ᄉᆞ려, 위어ᄉᆞ의 관옥(冠玉)·신뉴(新柳) ᄀᆞᆺ흔 풍신을 화촉의 ᄃᆡᄒᆞ여 ᄇᆡᆨ년을 화락ᄒᆞ고, 셰ᄀᆞᆺ 부인을 심규(深閨)의 가도아 죄인을 삼으려 ᄒᆞ니, 한퉁의 며나리 되믈 알니오.

부쇼져 옥ᄃᆡ 궁즁의 잇【9】셔 깃븐 듯 슬픈 듯 쇼셰(梳洗)를 폐ᄒᆞ고 읍읍(悒悒)이[1597] 쵸창(怊悵)ᄒᆞ니, 공쥬 쇼왈,

"ᄆᆡᄌᆞ(妹子)ᄂᆞᆫ 근심 말나. ᄂᆡ 위랑의 부마 ᄉᆞ양치 아니믈 보ᄆᆡ 부귀와 미녀의 ᄯᅳᆺ이 만흔지라. ᄂᆡ 져의 마음을 다 시험ᄒᆞᆫ 후야 너를 쓸 ᄃᆡ 잇시리라. ᄂᆡ 시름ᄒᆞᄂᆞᆫ 바ᄂᆞᆫ 셩명도 통치 못홀 거시니 창연(愴然)ᄒᆞ도다. 녀ᄌᆡ 고락(苦樂)이 타인의게 ᄆᆡ이니, 영웅호걸의 ᄇᆡᆨ필이 되여 화형인각(畵形麟閣)[1598]ᄒᆞ고 뉴명쳔ᄉᆞ(有名千

1593)지슈(泜水) : 중국 하북성(河北省) 남부에 있는 강이름. 한(漢)나라 때에 한신(韓信)이 배수진을 치고 조(趙) 나라와 싸워서 성안군(城安君) 진여(陳餘)를 지수(泜水)에서 베었다.

1594)광의(匡義) : 조광의(趙匡義). 중국 북송의 제2대 황제(939~997). 성은 조(趙). 이름은 광의(匡義/光義)·경(炅). 중국을 통일하고 과거 제도를 확립하였으며, 전매(專賣)·상세(商稅) 제도를 바로잡아 군주의 독재권을 강화하였다. 재위 기간은 976~997년이다.

1595)홍승(紅繩) : 붉은 색 노끈. 전설에서 월로(月老)가 남녀를 붉은 끈으로 묶어 부부의 인연을 맺어준다는 데서, '혼인'을 뜻하는 말로 쓰인다.

1596)풍용(風容) : 풍채(風彩)와 용모(容貌)를 함께 이른 말.

1597)읍읍(悒悒)이 : 마음이 매우 걱정스럽고 답답하여 편하지 아니하게.

1598)화형닌각(畵形麟閣) : 화상(畵像)을 공신(功臣)들을 배향(配享)하는 기린각(麒麟閣)에 걺. *기린각(麒麟閣); 중국 한나라의 무제가 장안의 궁중에 세운 전각. 선제 때 곽광

史)1599)ᄒᆞ여 ᄌᆞ슈금장(刺繡錦帳)1600)ᄒᆞ여 고루거각(高樓巨閣)의 ᄌᆞ네 쌍쌍(雙雙) ᄒᆞ고 금슬우지(琴瑟友之)1601)ᄒᆞ【10】며 영현부모(榮顯父母)홀 거시니, ᄒᆞᆫ갓 ᄉᆞ름의 풍ᄎᆡ(風彩)를 ᄯᆞ라 셔어(齟齬)ᄒᆞᆫ 은춍을 바라고, 구ᄎᆞ히 금ᄎᆞ(金釵)의 슈를 ᄎᆡ와 일싱이 구ᄎᆞ코 셔어(齟齬)ᄒᆞ미 가ᄒᆞ냐? ᄂᆡ 일즉 위랑을 보니 진실노 일월지광(日月之光)이오 쳔고일인(千古一人)이로ᄃᆡ, 그 복을 시험컨ᄃᆡ 표연(飄然) 우화(羽化)1602)ᄒᆞ여 괴학션골(魁鶴仙骨)1603)이요 진셰부귀(塵世富貴)1604)예 골격이 아니라. 님군의 스싱은 될지연정, 길복(吉福)은 ᄂᆞ의 됴랑만 못ᄒᆞ고, 불급(不及) 됴랑형데 ᄲᅮᆫ 아냐, 셕슈신·됴빈·나원위·왕정빈지불급(之不及)이니, ‘위혜왕(魏惠王) 됴야쥬(照夜珠)’1605)를 네 져리【11】상ᄉᆞᄒᆞ미 우읍도다.”

옥ᄃᆡ 뉘웃쳐 마음을 도로혀믄 ᄉᆡ로이 크게 경혹(驚惑)ᄒᆞ여 다른 말은 답지 아니ᄒᆞ고 문왈(問曰),

“됴경의셔 ᄎᆞᆨ을 치라 누고누고 간다 ᄒᆞ더뇨”

부시 왈,

“왕정빈 셕슈신이 가고 위랑이 참모ᄉᆞ로 가ᄂᆞ니라”

“츌경 ᄐᆡᆨ일이 어느날고”

“ᄉᆞ오일이 ᄀᆞ렷거니와 현데 놀나믄 엇지뇨? 위랑의 원별을 놀나ᄂᆞᆫ도다.”

옥ᄃᆡ 어린 듯ᄒᆞ다가 왈,

“쇼ᄆᆡ 위시의 몸을 의탁고ᄌᆞ ᄒᆞᆫ들 남이니 무ᄉᆞ 일 원별을 근심ᄒᆞ리오. 공쥐 하가홀 날이 갓가【12】왓거놀, 위싱이 츌경ᄒᆞ물 의ᄋᆞ(疑訝)ᄒᆞ나이다.”

외 공신 11명의 초상을 그려 각상(閣上)에 걸었다고 한다.

1599)뉴명쳔ᄉᆞ(有名千史) : 이름을 천년의 역사 속에 길이 남김.

1600)ᄌᆞ슈금장(刺繡錦帳) : 화려하게 수(繡)를 놓은 비단 휘장(揮帳).

1601)금슬우지(琴瑟友之) : ‘거문고와 비파를 타며 서로 사귄다.’는 뜻으로 ‘부부가 서로 화락함’을 이르는 말. 『시경』 <국풍> ‘관저(關雎)’편에 나오는 시구.

1602)우화(羽化) : 사람의 몸에 날개가 돋아 하늘로 올라가 신선이 됨. =우화등선(羽化登仙).

1603)괴학션골(魁鶴仙骨) : 학 가운데서도 우두머리 학의 풍채와 신선의 골격과 같은 비범한 골상(骨相)을 갖고 있음.

1604)진셰부귀(塵世富貴) : 인간 세상의 부귀.

1605)위혜왕(魏惠王) 됴야쥬(照夜珠) : ‘위혜왕의 야광주’라는 말로, 전국(戰國) 때 위 혜왕(魏惠王)과 제 위왕(齊威王)이 교외에서 만나 사냥할 때 위왕이 제왕에게 “왕에게도 보배가 있는가? 우리 나라는 작지만 수레 12대의 앞뒤를 비추는 한 치쯤 되는 구슬(야광주夜光珠) 10개가 있다.” 하니, 제왕은 “나는 유능한 신하 네 사람으로 보배를 삼는다.”고 하였다는 고사를 말한 것이다. 『史記 卷46 田敬仲完世家』에 나온다. *위 혜왕(魏 惠王, 기원전 400년-기원전 334년): 중국 전국 시대 위나라의 제3대 군주(재위: 기원전 370년-기원전 334년). 성은 희(姬), 휘는 앵(罃)이다. *됴야쥬(照夜珠): 밤에 빛을 내는 구슬. =야광주(夜光珠).

부시 엄구(淹究)1606) 디쇼 왈,

"공쥐 하가ᄒᆞ여든 부마될 한웅이 당ᄒᆞ지, 위어시 무ᄉᆞ 일 못가리요."

공쥐 쑴ᄀᆞ온디 이실섇 아니라, 현데 또 쑴속이로다. 그러나 공쥬로 인연ᄒᆞ여 ᄉᆞ혼(賜婚)ᄒᆞ시물 청코ᄌᆞ ᄒᆞ더니, 공쥐 도로혀 위랑의게 뜻을 두미 무ᄉᆞᆷ 연괴뇨? 너희 그리 도모ᄒᆞ여, 아니 황영(皇英)1607)이 되려ᄒᆞᄂᆞ냐?

부시 놀나고 붓그리며 괴이히 넉여, 드디여 기리 탄식ᄒᆞ고 당초붓터 곡졀을 다 닐너 ᄀᆞᆯ오디, 【13】

"공쥐 몬져 하가(下嫁)ᄒᆞᆫ 후 도모ᄒᆞ려 ᄒᆞ더니, 한웅의 말은 어인 곡졀인고? 져져ᄂᆞᆫ 쇼ᄆᆡ의 아득ᄒᆞᆫ 쑴을 ᄭᆡ오소셔."

부소졔 문필(聞畢)의 박장디쇼(拍掌大笑) 왈,

"어리다 공쥬와 쇼ᄆᆡ여! 위ᄀᆡ 본디 동창공쥬(同昌公主) 혼인으로 화(禍)를 맛나, ᄋᆞ둘이 오랑케 나라히 가 남의 ᄌᆞ식이 되고, 부쳬(夫妻) 목숨을 산즁의셔 맛ᄎᆞ니, 공쥐 비록 어진들 부뫼 되고져 ᄒᆞ며, 갓 ᄌᆞᆺᄒᆞᆫ 삼부인의 신혼(新婚)이 진(盡)치 못ᄒᆞ여 힝실 업ᄉᆞᆫ 공쥬의 부ᄆᆡ되고ᄌᆞ 하리오. 상이 그 허혼(許婚)ᄒᆞ물 엇지 못ᄒᆞ시고, 도로혀 정 【14】 도로 직간(直諫)ᄒᆞ믈 맛나, ᄒᆞᆫᄀᆞᆺ 틱후의 과거(過擧)를 만됴(滿朝)의 창누(唱漏)ᄒᆞ물 붓그려 ᄒᆞ시더니, 한 졀되(節度) 공쥬의 형셰를 의지코ᄌᆞ, 계교를 드려 거즛 위ᄌᆞ의 일홈을 비러 궁즁을 속이고, 졔 ᄋᆞ돌노 공쥬를 맛나니라1608). 공쥐 위시의게 하가하미 네게 유익ᄒᆞ미 업고, 공쥐 한졀도의 며ᄂᆞ리 되ᄆᆡ 니(利)ᄒᆞ미 네게 잇ᄉᆞ니, 네 만일 공쥬를 맛날진디 금슬이 됴흘 니 업고, 밍셰ᄒᆞ여 그 죠 ᄆᆡᄌᆞ를 취치 아니ᄒᆞ려니와, 공쥐 업ᄉᆞᆫ후야 네 혼인을 부친과 【15】 여러 친위 녁권(力勸)ᄒᆞ면 혹 드를 니 잇실 듯ᄒᆞ니, 공쥐 한통의 며ᄂᆞ리 되여든 네 아랑곳치냐?"

부쇼졔 당부의 녁냥(力量)이 잇셔, 이러틋 ᄉᆞ리 분명ᄒᆞ나, 옥디 먀련ᄒᆞᆫ1609) 쥐무리ᄂᆞᆫ 일공이 아됴 막혀 공쥬를 무릅서야 위랑의 삼부인을 졀졔ᄒᆞ고, 졔 형셰 귀흘가 혜ᄋᆞ려 부인을 졀졔ᄒᆞ고 졔형셰 귀흘가 혜ᄋᆞ려 부인의 말은 고지듯지 아니코, 부인의 도라가물 기다려 글을 닥가 공쥬ᄭᅴ 보ᄂᆡ니, 염통의 쉬ᄉᆞᆫ 공쥐 길ᄭᅴ 졈졈 ᄀᆞᆺ가오물 보고, 깃브물 니긔지 못ᄒᆞ여 날마다 【16】 용모를 다ᄉᆞ려 공교ᄒᆞ기를 극히ᄒᆞ고, 부마의 마음을 다 부귀와 셩식을 ᄀᆞ져 잠가, 젹인(敵人)을 다 물니치려ᄒᆞ니, 조금도 의심치 아닛더니 옥디의 글이 니르ᄆᆡ ᄎᆞ마 못보아 공쥐 미쇼

1606)엄구(淹究) : 널리 깊이 연구함. 오래도록 생각함.

1607)황영(皇英) : 중국 요(堯)임금의 두 딸인 아황(娥皇)과 여영(女英). 자매가 함께 순(舜)임금에게 시집 가, 서로 화목하며 순임금을 잘 섬겼다.

1608)맛나다 : 맞다. 맞이하다. 오는 사람이나 물건을 예의로 받아들이다.

1609)먀련ᄒᆞ다 : 미련하다. 터무니없는 고집을 부릴 정도로 매우 어리석고 둔하다.

왈,
"부믜 길셕(吉席)의 참예ᄒᆞ믈 ᄎᆞ마 못보와 집으로 가더니, 무ᄉᆞᆫ 연고로 글을 부쳣ᄂᆞᆫ고?"
ᄒᆞ며 봉ᄒᆞᆫ 거ᄉᆞᆯ 쪄혀보니, 셔의 왈,
"표믜 부옥ᄃᆡᄂᆞᆫ 직ᄇᆡᄒᆞ고 글을 올니ᄂᆞ니, 일ᄂᆡ(日來)[1610] 옥휘(玉候)[1611] 약ᄒᆞ(若何)[1612]오. 길긔(吉期) 님박(臨迫)ᄒᆞ나, 소ᄆᆡ(小妹) 일질(一疾)노써 ᄃᆡ례(大禮)를 보지 못ᄒᆞ니, 미졍(微情)이 ᄎᆞᄋᆞ(嵯峨)[1613]ᄒᆞ도 【17】 다. 연(然)이나 옥ᄃᆡᄂᆞᆫ 맛춤ᄂᆡ 바라시믈 닙으나 도라갈 곳을 일치 아니ᄒᆞ엿거니와, 옥쥬의 부마ᄂᆞᆫ 뉜고? 쇼믜 니젓시니 알고ᄌᆞ ᄒᆞ나이다."
공쥐 우셔왈
"이 ᄋᆞᄒᆡ 실셩(失性)ᄒᆞ엿도다. 졔 몬져 알고 ᄂᆡ 아랏거ᄂᆞᆯ 날을 됴롱(嘲弄)ᄒᆞ미 심ᄒᆞᆫ지라. 당당이 명일 불너 우으리라."
ᄒᆞ고, 답ᄒᆞ여 보ᄂᆡ고 틱비긔 청ᄒᆞ여 부시를 부르니, 부시 드러오믜 갈 젹 슈우(愁憂)ᄒᆞᆫ 거동이 업셔 단장을 빗ᄂᆡ고 용모를 다듬ᄋᆞ, 희긔 미우의 가득ᄒᆞ엿거ᄂᆞᆯ, 공쥐 소왈,
"아춤의 【18】 네 글을 보니 날을 유감(遺憾)ᄒᆞ여 병드러ᄂᆞᆫ가 ᄒᆞ엿더니, 이졔 도로혀 츈광(春光)이 ᄉᆡ로오니, 병업ᄉᆞ믄 깃부거니와 셔ᄉᆡᆨ(書辭) 모호ᄒᆞ고 《요앙 ‖ 요망(妖妄)》 ᄒᆞ믄 엇지뇨?"
부시 ᄂᆡᆼ쇼(冷笑) 왈,
"쳡은 본ᄃᆡ 병이 업ᄉᆞ니 념녀치 마르시고, 옥쥬의 마음이 병드르신 거ᄉᆞᆯ 곳치소셔"
공쥐 ᄃᆡ쇼 왈,
"이 ᄋᆞᄒᆡ 미쳣ᄂᆞ냐"
옥ᄃᆡ 쇼왈
"옥쥬ᄂᆞᆫ 병이 업ᄉᆞᆯ와 ᄒᆞ시나, 옥쥐 텬ᄌᆞ지녀(天子之女)요, 텬ᄌᆞ지ᄆᆡ(天子之妹)로 젹인(適人)ᄒᆞ믜[1614] ᄉᆞ름이 《밧그 ‖ 밧고》 이고 셩이 다르믈 아지 못ᄒᆞ시ᄂᆞ뇨? 옥쥐 이목(耳目)이 병드르시미오, 【19】 쇼믜로 더브러 미시(微時)의 간고험난(艱苦險難)을 갓초 보아, 동긔 ᄀᆞᆺ거ᄂᆞᆯ, 이졔 소믜의 소망을 아ᄉᆞ시고, 도로혀 말셕(末席)의 둉가(從嫁)[1615]ᄒᆞ믈 허치 아니ᄉᆞ, 《괴공 ‖ 고굉(股肱)[1616]》 을 끈

1610)일ᄂᆡ(日來) : 지난 며칠 동안.
1611)옥휘(玉候) : 임금 또는 존귀한 사람의 건강 상태를 이르던 말.
1612)약하(若何) : 편지글에서, 상대방의 형편, 상태 따위가 어떠한가를 묻는 말..
1613)ᄎᆞ아(嵯峨) : 높이 솟구쳐 아득함.
1614)젹인(適人)ᄒᆞ다 : 시집가다.

허 쓰지 아니시니, 이는 옥쥬 마음이 병드르시미라. 쳡이 비록 옥쥬의 져바리시물 닙으나, 옥쥬의 소원이 어긔여 만 번 비루ᄒᆞ물 보ᄆᆡ 능히 ᄎᆞᆷ지 못ᄒᆞ여 근심ᄒᆞᄂᆞᆫ 졍이 잇ᄉᆞ니, 옥쥬는 쳡의 졍셩이 둣거오물 술피시고 광망(狂妄)ᄒᆞ물 용ᄉᆞ(容赦)ᄒᆞ쇼셔"

공쥬 듯기를 다ᄒᆞ고, ᄉᆡᆨ(色)을 변ᄒᆞ여 왈, 【20】

"ᄂᆡ 아지 못ᄒᆞ엿더니 황애(皇爺) 골육의 졍을 바리고, 이 ᄀᆞᆺ치 쇽이시물 알니요? 날노써 운무(雲霧)를 깃고 ᄭᅮᆷ을 ᄭᆡ게ᄒᆞ라."

부시 졍ᄉᆡᆨ(正色) 왈,

"옥쥐 이 일을 드르시ᄆᆡ 쳐변(處變)을 잘못ᄒᆞ시면, 황상의 셩노(盛怒) 누셜(漏泄)ᄒᆞᆫ 죄○[로] 쇼ᄆᆡ(小妹)의게 죄칙(罪責)이 밋츨 거시오, 쳡이 옥쥬와 ᄀᆞᆺ치 영화를 보지못ᄒᆞ고, 무ᄉᆞ일 화(禍)를 당ᄒᆞ리오."

공쥐 착급(着急) 왈,

"네 니르지 아니코 답답ᄒᆞ여 쥭게 ᄒᆞᄂᆞᆫ다? 만일 네 나를 위ᄒᆞ여 담당(擔當)ᄒᆞᆯ진ᄃᆡ, ᄂᆡ 너를 위ᄒᆞ여 션쳐ᄒᆞ리라."

옥ᄃᆡ왈

"황애 위 【21】 군의게 혼ᄉᆞ(婚事)를 하됴(下詔)ᄒᆞ시니, 위군이 젼교(傳敎)를 봉승(奉承)치 아닐ᄲᅮᆫ 아니라, 면졀졍징(面折廷爭)1617)이 ᄉᆞ리당연(事理當然)ᄒᆞ니, 상이 다시 니르지 못ᄒᆞ시고 ᄐᆡ후 셩노(盛怒)를 두려 유예ᄒᆞ실ᄉᆡ, 한통이 상을 다릐여1618) 위군의게 가(嫁)ᄒᆞᆫ다 ᄒᆞ시고, 낭낭과 옥쥬를 속여 한 졀도의 ᄋᆞ들과 혼닌ᄒᆞ려 ᄒᆞ시니, 낭낭과 옥쥬 밧 뉘 모로리요. 옥화ᄉᆞ담(玉譁私談)1619)이 되어, 인인이 웃지 아니리 업셔, 도로혀 쇼ᄆᆡ의 가망(可望) 업숨만도 못ᄒᆞ니, 참지 못ᄒᆞ여 고(告)ᄒᆞ미라. 옥쥐 즈레 누셜ᄒᆞᆯ진ᄃᆡ, 위랑이 【22】 더옥 드를니 업고, 소ᄆᆡ의게 죄 밋ᄎᆞ리라."

공쥐 쳥필(聽畢)의 눈을 부릅ᄯᅥ 왈,

"혼군(昏君)이 션뎨의 은혜를 모로고 일(一) 골육(骨肉)을 져바리미 만인의 치소(嗤笑)1620)를 니르혀니, ᄂᆡ들 님군을 도라보리오. 한통이 님군을 다릐여 졔몸의

1615)죵가(從嫁) : 뒤 따라 시집감.

1616)고굉(股肱) : 다리와 팔같이 중요한 신하라는 뜻으로, 임금이 가장 신임하는 신하를 이르는 말.=고굉지신(股肱之臣).

1617)면졀졍징(面折廷爭) : 임금의 면전에서 허물을 기탄없이 직간하고 쟁론함. ≒면인정쟁(面引廷爭)

1618)다릐다 : 달래다. 어르거나 타일러 기분을 가라앉히다.

1619)옥화ᄉᆞ담(玉譁私談) : 옥이 부서지는 소리처럼 시끄럽고 비밀스러운 이야기.

1620)치쇼(嗤笑) : 빈정거리며 웃음.

니를 도모ᄒᆞ고 날을 업슈이 넉이니, ᄂᆡ 몬져 이놈을 쥭이리라.”
부시 연망이 말녀 왈,
“옥쥐 너모 셩이 급ᄒᆞ시다. 위가의 연분을 긋ᄎᆞ려 ᄒᆞ시면 옥쥬 마음ᄃᆡ로 ᄒᆞ시려니와, 위군의게 가(嫁)ᄒᆞ려 ᄒᆞ시면 냥계 잇ᄂᆞ니, 【23】 혈긔지분(血氣之憤)을 발ᄒᆞ리오.”
공쥐 왈
“네 다시 니르라. 위랑의 인연이 긋쳐져시니, 무숨 계괴(計巧) 잇ᄂᆞ냐?”
부시 왈,
“위군이 셔촉(西蜀)으로 가미 슈일(數日)이 가려시니, 낭낭긔 고ᄒᆞ여 한웅의 길네(吉禮)를 파(破)ᄒᆞ고 텬ᄌᆞ의 우ᄋᆡ(友愛)치 아니믈 견집(堅執)ᄒᆞ나, 일은 일우지 못ᄒᆞ고 가망(可望) 업슬지라. ᄀᆞ장 됴흔 계괴 잇것마는, 옥쥐 옥ᄃᆡ의 ○[구]박(驅迫)만 심(甚)타 ᄒᆞ니, 쇼ᄆᆡ 힘써 오작교(烏鵲橋)[1621]를 노화 텬손(天孫)을 건네지 아니리오.”
공쥐 노(怒)를 참고 우서 왈
“네 경망(輕妄)ᄒᆞ더니 진즁(鎭重)ᄒᆞᆫ 체ᄒᆞᄂᆞ냐? 【24】 너를 허ᄒᆞ여 부빈(副嬪)을 삼으리니 혐의(嫌疑)롭고 노(怒)호오믈 두로혀 날을 도으라.”
옥ᄃᆡ 나아 안ᄌᆞ 왈,
“텬ᄌᆡ 혼ᄉᆞ(婚事)를 아니랴는 거시 아니라, 위랑이 쥭기로써 고ᄉᆞ(固辭)ᄒᆞ니 혼닌을 엇지 위력으로 ᄒᆞ리오. 공쥬를 속이시미 부득이 ᄒᆞ시미라. 공쥬와 ᄐᆡ휘 마음을 푸지 못ᄒᆞ시고, 식음(食飮)을 나와 ᄉᆞ긔(事機)를 진경케 ᄒᆞ시니미, 실노 옥쥬긔 박ᄒᆞ미 아니엇마는, 후일의 옥쥐 ᄒᆞ시되, ‘골육의 은혜를 ᄉᆡᆼ각지 아니ᄒᆞ고 신을 속여 한웅을 쥬려 【25】 ᄒᆞ시니 허ᄒᆞ여 셤기고져 ᄒᆞ미 위현이라. 마음이 허ᄒᆞ고 다시 긋칠진ᄃᆡ 두 셩을 셤기미니 실절(失節)ᄒᆞ미요, 션데를 욕ᄒᆞ미라. 부득이ᄒᆞ여 됴녀의 회ᄎᆞ(회차)ᄒᆞ물 효측(效則)ᄒᆞ여, 위ᄌᆡ 다시 ᄉᆞ양치 못ᄒᆞ물 위ᄒᆞ미니, 폐하 몬져 신을 속여 인뉸(人倫)을 난(亂)ᄒᆞ시니, 신이 폐하 속이물 칙ᄒᆞ시ᄂᆞ닛가?’ ᄒᆞ시면, 상이 ᄒᆞᆯ말이 업슬 거시니 옥쥐 ᄉᆞ식을 조금도 요동치 마르시고 슈일 후 츌정제신을 불너 ᄉᆞ연ᄒᆞ시는 날, 여ᄎᆞ여ᄎᆞ ᄒᆞ쇼셔. 이런 후야 【26】 위ᄌᆡ ᄉᆞ양치 못ᄒᆞ고 상이 다시 속이지 못ᄒᆞ시리이다.”
공쥐 크게 깃거 옥ᄃᆡ의 계교로 범ᄉᆞ를 쥰비ᄒᆞ니 이일이 엇지 된고?
차셜, 황애 공쥬의 무상(無狀)ᄒᆞᆫ 거동과 ᄐᆡ후의 과거(過擧)를 인ᄒᆞ여, 한통의 계교를 됴ᄎᆞ 궁즁을 진경(鎭靜)ᄒᆞ여 길긔(吉期)를 정ᄒᆞ시ᄆᆡ 마음의 념녀치 아니

1621)오작교(烏鵲橋) : 까마귀와 까치가 은하수에 놓는다는 다리. 칠월칠석날 저녁에, 견우와 직녀를 만나게 하기 위하여 이 다리를 놓는다고 한다.

시고. 위어싀 또훈 싀훤ᄒᆞ여 쵹(蜀)을 졍벌ᄒᆞ미 님군의 지우지은(知遇之恩)1622)을 갑고ᄌᆞ 연무쳥(鍊武廳)의 가 만군을 《보궤‖호궤(犒饋)1623)》 훈 후, ᄌᆞ졍젼(資政殿)의 젼연(餞宴)1624)을 바들ᄉᆡ, 상이 니원풍뉴(梨園風流)1625)를 나와 군신이 둉일진환(終日盡歡)ᄒᆞ시니, 【27】 이 ᄯᅢ 연즁(筵中)의 영웅이 모닷ᄂᆞᆫ지라. 웅장훈 힘과 《크‖큰》 ᄭᅬ로 지모(智謀)를 셔로 찬됴ᄒᆞ니, 깃거ᄒᆞᄉᆞ 금상(金觴) 금귤(金橘)노 제신(諸臣)을 권(勸)ᄒᆞ시고, 군웅이 즐겨 진취(盡醉)토록 통음(痛飮)훌ᄉᆡ, 나원위 진쥬ᄌᆞ홍쥬(眞珠紫紅酒)1626)를 가득 부어 왕셕과 위공을 권ᄒᆞ여 왈,

"형 등이 군은(君恩)을 닙삽고, 촉을 문죄ᄒᆞ미 모진 범이 양을 침 ᄀᆞᆺ거니와 촉지 산쳔이 험ᄒᆞ니 젹을 업슈이 넉이지 못훌지라. 됴심ᄒᆞ여 ᄃᆡ공을 일워 우리 등의 하ᄇᆡ(賀杯)를 바들지어다"

삼인이 ᄉᆞ례ᄒᆞ고 먹으미 냥인이 잔을 【28】 잡고 표연휘·조빈·니한승·뎡은·됴보 등 십여인이 잔을 잡ᄋᆞ 왈 ,

"공 등을 부촉(咐囑)ᄒᆞᄆᆞᆫ 나형의 말의 다ᄒᆞ엿거니와, 셩상(聖上)이 쥬(酒)를 쥬ᄉᆞ 졍을 붓치노라"

삼인이 바다 먹으니 됴졈검(趙點檢)이 댱영덕(張永德)으로 잔을 드러 ᄐᆡ우(大夫)를 쥬어 왈,

"진을 님ᄒᆞ여 ᄊᆞ호기ᄂᆞᆫ ᄃᆡ댱(大將)의게 잇거니와, 댱즁(堂中)의 결승젼(決勝戰)은 군ᄉᆞ참모(軍事參謀)의게 잇ᄉᆞ니, 공을 념녀훌 ᄇᆡ 업거니와 촉(蜀)의 인지 만흐니 됴심ᄒᆞ라"

ᄐᆡ위 졀ᄒᆞ여 왈,

"군형(群兄)의 가르치물 닛지 아니리니 형 등은 셩상을 뫼셔 【29】 무양(無恙)ᄒᆞ라."

ᄒᆞ거ᄂᆞᆯ, 상이 취(醉)ᄒᆞᄉᆞ 보시니 ᄇᆡᆨ뇨(百寮) 다 취ᄒᆞ여 홍광(紅光)이 ᄀᆞ득ᄒᆞ고, 셕양(夕陽)이 금포(錦袍)1627)의 빗최니, 어심이 깃그ᄉᆞ 보시미 참뫼 술이 ᄃᆡ취ᄒᆞ여 의관이 부졍ᄒᆞ고 안ᄎᆡ(眼彩)1628) 푸러져시니, 허랑동탕(虛浪動蕩)훈1629) 긔질

1622)지우지은(知遇之恩) : 자기의 인격이나 학식을 알아 잘 대우하여 준 은혜.

1623)호궤(犒饋) : 군사들에게 음식을 주어 위로함.≒호군(犒軍), 호석(犒錫).

1624)젼연(餞宴) : 석별의 정을 나누며 술을 마심.=전배(餞杯).

1625)니원풍뉴(梨園風流) : 조선시대 장악원(掌樂院)의 관악(管樂)또는 관현악(管絃樂) 연주를 이르는 말. *이원(梨園): ①조선시대 장악원(掌樂院)을 달리 이르던 말. ②중국 당나라 때, 현종이 직접 배우(俳優)의 기술을 가르치던 곳

1626)진쥬ᄌᆞ홍쥬(眞珠紫紅酒) : 술의 이름. 진주처럼 맑고 자홍빛이 도는 술.

1627)금포(錦袍) : 비단으로 만든 도포나 두루마기.

1628)안ᄎᆡ(眼彩) : 눈의 정기.=안광(眼光).

1629)허랑동탕(虛浪動蕩)ᄒᆞ다 : 언행이 허황하고 착실하지 못한 가운데서도 얼굴이 잘생

이 더옥 긔이(奇異) ᄒᆞ여 '니ᄇᆡᆨ(李白)이 금난뎐(金鑾殿)의 탈화(脫靴)ᄒᆞ던 거동'1630)이요 '두목지(杜牧之) 귤 쥽든 얼골'1631)이니, 뎨(帝) 심중의 ᄉᆡᆼ각ᄒᆞ시되,

"ᄎᆞ인의 풍치 져러ᄒᆞ니 가인(佳人)의 ᄋᆡ를 티오ᄂᆞᆫ도다."

ᄋᆡ모(愛慕)ᄒᆞᄉᆞ 어ᄉᆞ 다려 왈,

"경의 풍신미뫼(風神美貌) 고금의 하나히니 당현둉(唐玄宗)의 니ᄇᆡᆨ을 불워아 【30】 닐 거시오, 경은 ᄌᆞ방(子房)1632) 졔갈(諸葛)1633)의 직죄 잇ᄉᆞ니, 짐의 동냥(棟樑)이요 국가의 긔동이라. 짐이 경을 두ᄆᆡ 무슘 근심이 잇ᄉᆞ리오."

ᄒᆞ시고 《어은 ‖ 어온(御醞)1634)》을 ᄉᆞ급(賜給)ᄒᆞ시고, 홍금젼포(紅錦戰袍)1635)와 한의(汗衣)1636) 일습(一襲)을 ᄉᆞ숑(賜送)ᄒᆞᄉᆞ 왈,

"경의 가향(家鄕)이 머러 의복의 군핍(窘乏)ᄒᆞ물 위ᄒᆞ미라. 옷슬 쥬어 화쥐셔 맛난 졍을 표ᄒᆞ노라"

ᄒᆞ시니, 어ᄉᆡ 황감텬은(惶感天恩)1637)ᄒᆞ여 ᄉᆞ은(謝恩)ᄒᆞ고 익취(溺醉)1638)ᄒᆞ여 업더지니, 상이 ᄃᆡ소ᄒᆞ시더라

이에 쵹을 ᄇᆞᆰ히ᄆᆡ 졔신이 ᄃᆡ취ᄒᆞ여 인ᄉᆞ를 모로거ᄂᆞᆯ, 왕졍빈은 무녕각으로 보【31】 ᄂᆡ고, 어ᄉᆞᄂᆞᆫ 취화루로 보ᄂᆡ시니, ᄂᆡ시 각각 붓드러 누이ᄆᆡ 하ᄂᆞᆯ이 문허져도 모롤네라.

어ᄉᆞ 구호(救護)ᄒᆞᄂᆞᆫ ᄌᆞᄂᆞᆫ 환관 고영이라. 어ᄉᆞ의 관복을 벗기고 누엿더니, 시

기고 살집이 있어 누구에게나 호감을 산다.

1630)니ᄇᆡᆨ(李白)이 금난뎐(金鑾殿)의 탈화(脫靴)ᄒᆞ던 거동 : 이백(李白)이 일찍이 금란전(金鑾殿)의 당현종(唐玄宗) 황제 앞에서 술에 잔뜩 취한 나머지 당시 위세 높은 환관 고력사(高力士)를 불러서 자기 신을 벗기게 하자, 고력사가 마지못해 그 신을 벗겨주었던 고사에서 온 말이다

1631)두목지(杜牧之) 귤 쥽든 얼골 : 중국 만당(晩唐)때 시인 두목지(杜牧之)는 용모가 준수하여 중국의 대표적인 미남자의 한 사람으로 꼽히는데, 더욱 글을 잘 지어 부녀자들 사이에 인기가 높았다, 이 때문에 그가 거리에 나타나면 부녀자들이 앞 다투어 귤을 던져 그의 관심을 끌고자 했다고 한다.

1632)ᄌᆞ방(子房) : 중국 한나라의 건국공신 장량(張良)의 자(字). *장량(張良); BC ?-189. 한고조 유방(劉邦)의 책사로 홍문연에서 유방을 구하고 한신을 천거하는 등, 유방이 한나라를 세우고 천하를 통일할 수 있도록 도왔다. 소하·한신과 함께 한나라 건국 3걸로 불린다.

1633)졔갈(諸葛) : 제갈량(諸葛亮). 181-234. 중국 삼국시대 촉한(蜀漢)의 정치가. 자 공명(孔明). 시호 충무(忠武). 뛰어난 군사 전략가로, 유비를 도와 오(吳)나라와 연합하여 조조(曹操)의 위(魏)나라 를 대파하고 파촉(巴蜀)을 얻어 촉한을 세웠다

1634)어온(御醞) : 임금이 마시는 술을 이르던 말.

1635)홍금젼포(紅錦戰袍) : 붉은 비단으로 지은 장수가 입던 긴 웃옷.

1636)한의(汗衣) : 땀을 받아 내려고 입는 속옷.=땀받이.

1637)황감텬은(惶感天恩) : 임금의 은혜를 황송하고 감격스러워 함.

1638)익취(溺醉) : 술에 흠뻑 빠져 지나치게 취함.

셰(時歲) 초ᄒᆡ(初夏)라. 일긔 훈훈ᄒᆞ고 졈풍(點風)1639)이 업ᄉᆞ니, ᄐᆡ감이 어ᄉᆞ의 긔질이 쳥슈(淸秀)ᄒᆞ고 연소ᄒᆞ물 ᄉᆞ랑ᄒᆞ여 흠모 왈,

"옥골셜부(玉骨雪膚)1640)의 쥬셕동냥(柱石棟粱)1641)은 만고(萬古)의 하나히라"

소환(小宦)을 불러 갈분ᄎᆞ(葛粉茶)의 신션불취단(神仙不醉丹)1642)을 타 써너흐며 몸을 편케ᄒᆞ더니, 문득 인셩(人聲)이 훤요(喧擾)1643)ᄒᆞ며, 불빗치 나렬(羅列)ᄒᆞ 【32】 더니, ᄒᆞᆫ 쥴 궁ᄋᆡ(宮兒) 경군취ᄃᆡ(輕裙翠帶)1644)로 혹 향노ᄅᆞᆯ 밧들며, 상탁포진(床卓鋪陳)1645)이며 금침(衾枕)을 잡아, 젼ᄎᆞ후응[옹](前遮後擁)1646)ᄒᆞ여 취화루 난간(欄干)의 ᄀᆞ득ᄒᆞ여, 장(帳)을 지우며1647) 금병(錦屛)을 두루고 포진(鋪陳)과 옥상(玉床)을 버려1648), 금년보쵹(金蓮步燭)1649)을 좌우의 혀니, 공연(公然)이1650) 공ᄌᆞ왕손(公子王孫)의 친영(親迎)ᄒᆞᄂᆞᆫ 위의(威儀)라.

ᄐᆡ감(太監)1651)이 눈이 두렷ᄒᆞ여 ᄒᆞᆫ가지로 슘엇더니 궁녜 ᄭᅮ지져 왈,

"고영ᄋᆞ! 네 쥭고ᄌᆞ ᄒᆞᄂᆞ냐? 옥쥐 ᄂᆞ오시ᄂᆞᆫᄃᆡ 네 엇지 부마의 겻ᄒᆡ 안ᄌᆞᆺᄂᆞ뇨?"

1639)졈풍(點風) : 한 점의 바람. 바람 한 점.

1640)옥골셜부(玉骨雪膚): '옥같이 희고 깨끗한 골격과 눈처럼 하얀 피부'라는 뜻으로, 고결한 풍채를 이르는 말.

1641)쥬셕동냥(柱石棟梁) : '기둥과 주춧돌, 마룻대와 들보'를 아울러 이르는 말로, 집안이나 나라를 떠받치는 가장 중요한 자리에 있거나, 그 일을 맡을만한 인재를 비유적으로 이르는 말.

1642)신션불취단(神仙不醉丹) : 옛 사람들이 음주(飮酒)로 인한 주독(酒毒)을 풀기 위해 복용하던 약으로, 음주 전에 복용하면 술에 덜 취하게 되고, 음주 후에 복용하면 술을 빨리 깨게 되는 효능이 있다고 한다. 칙의 꽃(葛花)과 뿌리(葛根)를 주재료로 하여, 이를 가루를 내 꿀에 반죽하여 환(丸)을 지어 복용한다. 『의림촬요(醫林撮要)』(양예수楊禮壽 찬) 삼간본(三刊本, 1676년 刊)에 신선불취단(神仙不醉丹)이 나온다.

1643)훤요(喧擾) : 시끄럽게 떠듦.

1644)경군취ᄃᆡ(輕裙翠帶) : 치장하지 않은 치마를 입고 푸른 띠를 두른 차림으로 여자 종의 복색을 이르는 말.

1645)상탁포진(床卓鋪陳) : 잔치 따위를 할 때에 음식이나 향·촉 따위를 차려놓을 상이나 탁자, 바닥에 깔아 놓는 방석·요·돗자리 따위를 통틀어 이르는 말.

1646)젼ᄎᆞ후옹(前遮後擁) : 많은 사람이 앞뒤로 보호하며 따름.

1647)지우다 : 아래로 떨어뜨리거나 놓다.

1648)버리다 : 벌이다. 여러 가지 물건을 늘어놓다.

1649)금년보쵹(金蓮步燭) : 촛불을 들고 아름다운 걸음걸이로 누군가를[여기서는 '신부'] 인도하는 미녀. 또는 그 촛불 *금련보(金蓮步) : '미인의 정숙하고 아름다운 걸음걸이'를 비유적으로 이르는 말. 중국 남북조시대 남조(南朝) 제(齊)나라의 폐제(廢帝) 동혼후(東昏侯)가 황금으로 연꽃을 만들어 땅에 심어놓고 그 위로 반비(潘妃)를 걷게 하면서 말하기를 '걸음걸음마다 연꽃이 피는구나.'라고 하였다는 고사에 온 말.

1650)공연이(公然이) : 공연히(公然히). 세상에서 다 알 만큼 뚜렷하고 떳떳하게.

1651)ᄐᆡ감(太監) : 『역사』 ①중국 명나라 · 청나라 때에, 환관의 우두머리. ②'내시'를 달리 이르는 말.

틱감이 황망(慌忙) 왈,

"이 일은 듯지 못ᄒ고, 황애(皇爺) '《틱후‖틱우(大夫)》 를 보호 【33】 ᄒ라' ᄒ시미 이의 잇ᄂ니, 부미 어딕 잇ᄂ냐?"

궁이 왈,

"틱우나 부미나 네 알 빅 아니라. 알고ᄌ ᄒ거든 밧그로 나가라."

고영과 두 소환이 크게 놀나 왈,

"이 일을 상(上)이 무르시면 죄 우리게 밋출지라."

언미필(言未畢)의 일진신향(一陣神香)이 요요(搖搖)ᄒ며, 공쥬 왕희(王姬)의 참복(僭服)1652)으로, 옥픽(玉佩) 징징ᄒ며 모든 궁이 붓드러 오르거ᄂᆯ, 틱감이 딕경ᄒ여 쒸여 닉다라 당하(堂下)의 숨어 보니, 공쥬 모든 궁녀로 ᄒ여금 '틱우를 붓드러 닉라' ᄒ니, 이날 틱위 ᄉᆞᆯ도 【34】 만히 먹엇거니와, 골격이 댱딕(壯大)ᄒᆫ딕 이딕도록 취(醉)ᄒ리오마ᄂᆫ, 공쥬 이쎠를 타 부시로 더브러 금은으로 잔 붓ᄂᆫ 환관을 회뢰(賄賂)ᄒ여, '참모 잔의 약을 타라' ᄒ니, 말을 그릇ᄒ여 츌졍(出征)ᄒᄂᆫ 냥댱(兩將)을 다 취(醉)케 ᄒ여, 셩취만셩단(醒醉晩成丹)1653)을 타니, 이 약 탄 ᄉᆞᆯ이 한 잔이 셰 잔을 당ᄒ고, 맛시 됴흐니, 길 단니ᄂᆫ ᄉᆞ름이 쥬쵀(酒啐)1654) 젹어 어한(禦寒)1655)을 못ᄒ면 타 먹으나, ᄭᅵ기를 슈이 못ᄒ니, 위 참뫼(參謀) 연ᄒ여 약 탄 ᄉᆞᆯ을 만히 먹어시믹, ᄒᆫ 쥭엄이라.

궁네 드러와 【35】 니르혀면 압흐로 업더지고, 니마를 밧치면 뒤흐로 졋바지ᄂᆫ 지라. 공쥬 쵹ᄒ(燭下)의셔 보믹, 운괴(雲고)1656) 삽삽ᄒ여1657) 월익(月額)1658)의 헛트러시니, 계슈(桂樹) 그림ᄌ 파ᄉ(婆娑)ᄒ엿고1659), 봉안(鳳眼)을 그린ᄃ시 감아시니, 만면 취광(醉光)이 붉은 빗출 일웟고, 만좌(滿座) 홍년(紅蓮)이 남풍(南風)의 웃ᄂᆫ 듯ᄒ니, 공쥬며 모든 궁이 넉ᄉᆞᆯ 일허 어즈러이 칭찬ᄒ며, 그 옥골빙뷔(玉骨氷膚)1660) 갓 ᄊᆞ힌 눈과 어름이 엉긘 듯, 보도라온 깁 ᄀᆞᆺ흐니, 져 심궁

1652)참복(僭服) : 분수에 넘는 복색(服色).
1653)셩취만셩단(醒醉晩成丹) : 술에 늦게 취하고 늦게 깨는 약.
1654)쥬쵀(酒啐) : 술을 마심. 또는 마실 술.
1655)어한(禦寒) : 추위에 언 몸을 녹임. 또는 추위를 막음.
1656)운괴(雲고) : 구름 같이 부드럽게 감아올린 고. *고: 상투를 틀 때 머리털을 고리처럼 되도록 감아 넘긴 것. ≒상투.
1657)삽삽ᄒ다 : 태도나 마음 씀씀이가 마음에 들게 부드럽고 사근사근하다.
1658)월액(月額) :달처럼 둥근 이마.
1659)파ᄉ(婆娑)ᄒ다 : 너울거리다. 너울너울 춤을 추다. 한가롭다. 유유자적(悠悠自適)하다.
1660)옥골빙뷔(玉骨氷膚) : '옥같이 희고 깨끗한 골격과 얼음처럼 맑은 피부'라는 뜻으로, 고결한 풍채를 이르는 말.

원정(深宮願情)들1661)이 여ᄎᆞ(如此) 풍뉴남ᄌᆞ(風流男子)를 맛나 엇지 졍혼(精魂)이 아득 【36】 지 아니리오.

거즛 니르혀기를 닷토와 셤총(纖葱)1662) ᄀᆞᆺ흔 쇼슈(素手)1663)를 잡으ᄆᆡ, 응지(凝脂) ᄀᆞᆺ흔 긔부(肌膚)를 달화1664) 벌이 뭉긘1665) 듯ᄒᆞ여시니, 공쥬 마음이 급ᄒᆞ고 졍이 동(動)ᄒᆞᄂᆞᆫ 바의, 궁쳡(宮妾)1666) 등이 여차 완농(玩弄)ᄒᆞ믈1667) 보고 셩ᄂᆡ여 갈오ᄃᆡ,

"녀희 멧 ᄉᆞ룸이 위랑 하나흘 못 니긔여 힐난ᄒᆞᄂᆞ뇨? 졔 비록 셩년남ᄌᆞ나 경화옥슈(瓊花玉樹)1668) ᄀᆞᆺ거늘 모다 니르혀지 못ᄒᆞ랴"

궁인 ᄃᆡ왈,

"옥쥬ᄂᆞᆫ 니르지 마르소셔 ᄐᆡ위 ᄒᆞᆫ ᄃᆡᆼ이 쳘셕(鐵石) ᄀᆞᆺ흘 ᄲᅮᆫ 아니라, 인ᄉᆞ를 모르니 엇지 의관을 갓초리오."

공쥬 미쇼 왈

"ᄂᆡ 【37】 시험ᄒᆞ여 보리라"

ᄒᆞ고, 참모의 몸을 니르혀니, 공쥬의 힘이 구졍(九鼎)1669)을 드더니, 이르혀 안치기1670) 어려오니 엇지 셰오리오. ᄶᅧ안하1671) 니르혀ᄆᆡ 쥬긔(酒氣) 고이 나리지 못ᄒᆞ여, 츄이여1672) 요동ᄒᆞ니, 거ᄉᆞ려 오르ᄂᆞᆫ지라.

ᄐᆡ위 ᄎᆔ산 ᄀᆞᆺ흔 눈셥을 찡긔여 무슈ᄒᆞᆫ 슐을 토ᄒᆞᄆᆡ 공쥬의 머리붓터 발가지 ᄂᆞ리 ᄲᅵ치니, ᄉᆞ룸이 비록 아름다오나 토ᄒᆞᆫ 거시 됴흐리오. 슐과 진찬(珍饌)을 셧거

1661)심궁원졍(深宮願情)들 : 깊은 궁궐 속에서 이성을 바라는 마음들.
1662)셤총(纖葱) : 가는 파의 대공(=대. 줄기).
1663)쇼슈(素手) : 하얀 손.
1664)달호다 : 다루다. 부드럽게 만지거나 쓰다듬다
1665)뭉긔다 : 뭉키다. 여럿이 한데 뭉쳐 한 덩어리가 되다.
1666)궁쳡(宮妾) : 『역사』 고려・조선 시대에, 궁궐 안에서 왕과 왕비를 가까이 모시는 내명부를 통틀어 이르던 말. 엄한 규칙이 있어 환관(宦官) 이외의 남자와 절대로 접촉하지 못하며, 평생을 수절하여야만 하였나.=나인.
1667)완농(玩弄)ᄒᆞ다 : 장난감이나 놀림감처럼 희롱하다.
1668)경화옥슈(瓊花玉樹) : =옥수경화(玉樹瓊花). 옥처럼 아름다운 '나무'와 '꽃'이라는 말로, 재주가 매우 뛰어나고 용모가 아름다운 사람을 이르는 말. 옥(玉)과 경(瓊)은 뜻이 같은 말로 다 같이 '사물의 아름다움'을 나타낼 때 비유로 쓰는 말이다.
1669)구졍(九鼎) : 중국 하(夏)나라의 우왕(禹王) 때에, 전국의 아홉 주(州)에서 쇠붙이를 거두어서 만들었다는 아홉 개의 큰 솥. 주(周)나라 때까지 대대로 천자에게 전해진 보물이었다고 한다.
1670)안치다 : 앉히다. '앉다'의 사역동사.
1671)ᄶᅧ안하 : 껴안아. *껴안다: 두 팔로 감싸서 품에 안다.
1672)츄이다 : 추이다. '추다'의 사동사. *추다 : ①사람이나 동물 따위가 몸을 이리저리 흔들다. ②장단에 맞추거나 흥에 겨워 팔다리와 몸을 율동적으로 움직여 뛰놀다. ③업거나 지거나 한 것을 치밀어서 올리다.

먹은 거시 다 나오니, ᄉᆡ고 ᄆᆡ온 ᄂᆡ 코흘 거ᄉᆞ리고, 공쥬의 금장옥식(金裝玉飾)과 금슈의상(錦繡衣裳)의 ᄂᆞ리씌오 【38】나 공쥐 됴금도 뉘웃지 아니ᄒᆞ고, 정신이 용약ᄒᆞᆫ 바의, 졔 구토(嘔吐)ᄒᆞᆫ 후 긔동(起動)ᄒᆞᆯ가 깃거ᄒᆞ더니, ᄐᆡ위 ᄭᆡ지 아니ᄒᆞ여 도로 누어 비셩(鼻聲)이 우레 《ᄀᆞᆺᄉᆞ니‖ᄀᆞᆺᄒᆞ니》, 공쥐 친히 의상을 드러 입과 턱을 씻고, 궁녀로 ᄒᆞ여금 'ᄐᆡ우를 향ᄒᆞ여 상을 노흐라' ᄒᆞ고, 스ᄉᆞ로 청상(聽上)[1673]의 ᄂᆞᄋᆞ가 녜ᄇᆡ(禮拜)ᄒᆞ여 친히 ᄌᆞᄒᆞ상(紫霞觴)[1674]을 마시고, ᄐᆡ우의 쥬슌(朱脣)의 다힌 후, 부시로 ᄒᆞ여금 이 ᄀᆞᆺ치 ○○[ᄒᆞ게] ᄒᆞ니, 고 ᄐᆡ감이 냥환(兩宦)으로 더브러 어두온 곳의 숨어 보고, ᄎᆞ악(嗟愕)ᄒᆞᆫ 즁 우읍기를 니긔지 못ᄒᆞ여, ᄀᆞ마니 ᄀᆞᆯ오ᄃᆡ,

"옥쥬 【39】 ᄂᆞᆫ 커니와 이 녀ᄌᆞᄂᆞᆫ 엇던 ᄌᆡ 완ᄃᆡ, 조ᄎᆞ와 허무코 우은 거됴(擧措)를 ᄒᆞᄂᆞᆫ고? 뉘 남ᄌᆡ 호ᄉᆡᆨᄒᆞᆫ다 ᄒᆞ더뇨? 녀ᄌᆞ의 ᄉᆡᆨ을 구ᄒᆞ미 염치 업도다."

이윽고 궁녜 상탁(床卓)을 셔릇고 공쥐 단장을 곳쳐 져즌 거ᄉᆞᆯ ᄀᆞᆯ고, 부시로 더브러 문을 다드니, ᄐᆡ감이 놀나 혜오ᄃᆡ,

"태위 죽으리로다. 음난(淫亂)ᄒᆞᆫ 녀ᄌᆡ 반ᄃᆞ시 무ᄉᆞᆫ 일을 져즐이[리]니, 경화옥슈(瓊花玉樹) ᄀᆞᆺᄒᆞᆫ 귀골이 져 술 ᄀᆞ온ᄃᆡ 엇지 보젼ᄒᆞ리오."

ᄒᆞ여 ᄀᆞ마니 ᄂᆞᄋᆞ가 드르니, 태우의 비셩(鼻聲)이 우레 ᄀᆞᆺ고, ᄂᆡᆺ다감 슈족(手足)을 부ᄃᆡ이즈니, 태감이 【40】 냥환ᄃᆞ려 왈,

"이 일이 만고(萬古)의 ᄃᆡ변이요, 쥬상의 붓그러오미 무궁ᄒᆞᆫ지라. 궐문을 열거든 즉시 알욀[욈]만 ᄀᆞᆺ지 못ᄒᆞ다."

ᄒᆞ더니, 경괴(更鼓)[1675] 늉늉ᄒᆞ며[1676] 태위 취몽(醉夢)이 ᄭᆡ여 목이 갈(渴)ᄒᆞ니, 몸을 도로혀 누으며 취안(醉眼)을 드러보니, 쵹홰(燭火) 밝앗ᄂᆞᆫᄃᆡ 분면취슈(粉面翠袖)[1677]의 녀ᄌᆡ며 셩ᄉᆡᆨ미인(盛色美人)[1678]이 겻희 안ᄌᆞᆺ고, 홀난(焜爛)[1679]이 쥬취(珠翠)를 드리온 ᄌᆡ ᄎᆞ(茶)를 드리ᄂᆞᆫ지라.

태위 혼몽즁(昏懜中)[1680] 몸이 아모 곳의 누은 쥴 모로고, 미인이 ᄉᆞ름이며 귀

1673)청상(廳上) : 대청의 마루.
1674)ᄌᆞ하상(紫霞觴) : 자하주(紫霞酒). 자하동(紫霞洞) 신선들이 붉은 노을로 빚어 마신다는 술.
1675)경괴(更鼓) : 『역사』 밤에 시각을 알리려고 치던 북. 밤의 시간을 초경(初更), 이경(二更), 삼경(三更), 사경(四更), 오경(五更)으로 나누어 매 시각마다 관아에서 북을 쳐 알렸다.
1676)늉늉ᄒᆞ다 : 큰 종소리나 큰 북소리처럼 소리가 큰 울림을 갖고 멀리 퍼져나가다.
1677)분면취슈(粉面翠袖) : 얼굴에 분을 바르고 푸른 소매를 단 옷을 입음.
1678)셩ᄉᆡᆨ미인(盛色美人) : 매우 아름답고 고운 얼굴의 미인.
1679)홀란(焜爛) : 어른어른하는 빛이 눈부시게 아름다움.
1680)혼몽즁(昏懜中) : 정신이 흐릿하고 가물가물한 가운데.

미(鬼魅)물 분간치 못ᄒᆞ니, 정신을 슈렴(收斂)ᄒᆞ여 다시 보【41】믹 더옥 놀나고 기이ᄒᆞ여 무러 왈,

"네 엇던 녀ᄌᆡ완ᄃᆡ 감히 군ᄌᆞ(君子)의 침쳐(寢處)의 잇ᄂᆞ뇨?"

슈홍의ᄌᆡ(繡紅衣者)1681) 낭연(朗然) 소지왈(笑之曰),

"부미 엇지 아지 못ᄒᆞᄂᆞ뇨? 쳡은 슉정공쥐니 황명으로 작야(昨夜)의 친영(親迎)ᄒᆞᆫ 빅라."

태위 ᄃᆡ경ᄒᆡ연(大驚駭然)1682)ᄒᆞ여 연망(連忙)이 관을 머리의 언고, 관복과 ᄯᅴ를 손의 들고 문 밧그로 나가며, ᄭᅮ지져 왈,

"네 엇던 음녀완ᄃᆡ, 금궁(禁宮)의 귀쥬(貴主)로라 ᄒᆞ여 무상(無狀)ᄒᆞ뇨? 네 머리를 버혀 풍교(風敎)를 붉히리라."

드ᄃᆡ여 요하(腰下)의 셔리 ᄀᆞᆺ흔 칼을 ᄲᆡ혀 난간을 치며 좌우(左右)【42】를 부르니, 옥모영풍(玉貌英風)이 변ᄒᆞ여 뇽호(龍虎)의 위풍(威風)이 잇ᄉᆞ니, 져마다 젼뉼(戰慄)ᄒᆞ고, 공쥬와 부시 그런 담약(膽略)이로ᄃᆡ, 능히 몸을 움ᄌᆞᆨ이지 못ᄒᆞ더니, 공쥬의 보모(保姆)1683) 빅시 태우의 거동을 보믹 분명이 공쥬를 믜여 상젼(上前)의 ᄀᆞᆯ 쥴 알고, 후창을 ᄀᆞᆯ으쳐 공쥬를 ᄌᆡ촉ᄒᆞ니, 공쥐 황황젼도(遑遑顚倒)1684)ᄒᆞ여 ᄲᅱ여 드러가니, 허다ᄒᆞᆫ 슈식(首飾)이 다 ᄲᅥ러젓고, 신을 버스며 ᄯᅴ 푸러져, 완연이 양귀비(楊貴妃) 마외역(馬嵬驛)의셔 뉵군(六軍)의 ᄭᅳ으닐 적 ᄀᆞᆺ더라.

상궁이 낭하(廊下)의 숨어시나 이【43】곳의 뉘 잇셔 응(應)ᄒᆞ리오. 이러무로 공쥐 몸을 버셔 ᄃᆞ라나니, 태위 픽군지댱(敗軍之將) ᄀᆞᆺᄒᆞ여 분히(憤駭)ᄒᆞ물 니긔지 못ᄒᆞ여, 크게 소ᄅᆡᄒᆞ여 왈,

"ᄂᆡ 음녀를 쥭이지 못ᄒᆞ여 궁녜 반ᄃᆞ시 창궐(猖獗)ᄒᆞᆯ지라. ᄂᆡ 칼날히 피를 더러이리로다. ᄃᆡ당뷔 엇지 이런 난뉸(亂倫)ᄒᆞᄂᆞᆫ 음녀를 요ᄃᆡ(饒貸)ᄒᆞ리오."

드ᄃᆡ여 칼을 갑흘1685)의 ᄭᅩᆺ고 의관을 슈습ᄒᆞ여 앙앙(怏怏) 문 밧그로 나가거ᄂᆞᆯ, 태감이 져를 보믹 붓그러온지라. 황상의 쳐치 아모리 될 쥴 모로니, 혹 제 몸의 죄 잇실가【44】두려ᄒᆞ여, 급히 ᄌᆞ정젼(資政殿)의 가니, 황애 바야흐로 쵸을 붉히고 환시(宦侍) 옷슬 셤기더라.

1681)슈홍의ᄌᆡ(繡紅衣者) : 수(繡)놓은 붉은 옷을 입은 자(者).
1682)ᄃᆡ경ᄒᆡ연(大驚駭然) : 몹시 이상스러워 크게 놀람.
1683)보모(保姆) : =보모상궁(保姆尙宮). 『역사』 조선 시대에, 왕자나 왕녀의 양육을 맡아보던 나인들의 우두머리 상궁.
1684)황황젼도(遑遑顚倒) : 다급한 상황에 처해 갈팡질팡하여 엎어지고 넘어지고 하며 어찌할 줄을 모름.
1685)갑흘 : 칼집.

고영이 침궁 밧긔 업듸여 쥬왈,

"소신 고영이 작일의 어명을 밧ᄌᆞ와, 태우 위현을 맛다 취화루의셔 취후(醉後)를 보옵더니, 위현이 야릭(夜來) 변을 맛나, 앗가 거러 궐문을 나오니, 노비(老卑)[1686] 션보(先報)ᄒᆞᄂᆞ이다."

뎨 딕경 왈,

"궁즁 지엄지쳐(至嚴之處)의 무슴 변이 잇ᄉᆞ리오?"

태감이 고두(叩頭) 왈,

"노비(老卑) 진한(晉漢)[1687] 냥됴(兩朝)를 밧드러 폐하가지 니르럿ᄉᆞ오나, 금일 쳐음 보는 변이로소이다."

뎨 더욱 놀【45】나ᄉᆞ 친히 무르시니, 고영이 시죵(始終)을 녁녁(歷歷)히 진달(陳達)ᄒᆞ니, 상이 아연 딕경ᄒᆞᄉᆞ 붓그러오시며 노ᄒᆞᄉᆞ, 농안(龍顏)이 찬 직(災) ᄀᆞᆺᄒᆞ시더니, 탄왈(嘆曰),

"짐이 무슴 낫ᄎᆞ로 텬하를 부림(俯臨)[1688]ᄒᆞ리오. 위현이 반다시 어믹(御妹)를 쥭여지라 ᄒᆞ리니, 공쥬를 무어싀 쓰리오."

ᄒᆞ시고, 유유(儒儒)[1689]ᄒᆞ시다가 됴회(朝會)를 파(罷)ᄒᆞ실ᄉᆡ, 문무(文武) 반항(班行)이 반녈(班列)을 일워시니, 셩관월픽(星冠月佩)[1690] 믹상(昧爽)[1691]을 ᄡᅵ여 경운(慶雲)[1692]이 어릔 듯 ᄒᆞ고, 금노(金爐)의 향긔(香氣) 욱욱(郁郁)ᄒᆞ고 보쵹(寶燭)[1693]이 휘황(輝煌)ᄒᆞ더라. 힝녜(行禮)ᄒᆞ기를 파ᄒᆞᄆᆡ 황문시랑(黃門侍郎)[1694]이 닉보(內報) 왈,【46】

"위현이 궐문 밧긔셔 딕죄ᄒᆞ고 상셔(上書)ᄒᆞ엿나이다."

좌위(左右) 놀나고 뎨(帝) 침음ᄒᆞᄉᆞ 보시지 아니시니, 좌반(坐班) 승상(丞相) 범질(范質)[1695]이 츄쥬(趨走)ᄒᆞ여, 어탑(御榻) 아릭 쥬(奏)ᄒᆞ여 왈,

---

1686)노비(老卑) : '늙고 천한 사람'이란 뜻으로, 지위가 낮고 천한 사람이 자기를 낮추어 이르던 일인칭 대명사.

1687)진한(晉漢) : 후진(後晉)과 후한(後漢)을 함께 이른 말.

1688)부림(俯臨) : 굽어봄. 아랫사람이나 불우한 사람을 돌보아 주려고 사정을 살핌.

1689)유유(儒儒) : 모든 일에 딱 잘라 결정을 내리지 못하고 어물어물한 데가 있음.

1690)셩관월픽(星冠月佩) : 별모양의 관자(貫子)를 붙인 관모(冠帽)와 달 모양의 옥패(玉佩)를 찬 조복(朝服).

1691)믹상(昧爽) : 새벽 먼동이 틀 무렵. ≒매단(昧旦)

1692)경운(慶雲) : 상서로운 구름. =서운(瑞雲).

1693)보촉(寶燭) : 혼례 제례 조회 등의 의식이나 불당(佛堂) 신전(神殿) 등에서 켜는 촛불.

1694)황문시랑(黃門侍郎) : 황제의 곁에서 시중을 들고 궁궐을 출입하면서 안팎으로 소식을 통보하고 전달하는 일을 맡았다. 여러 왕(王)이 궁전에서 천자(天子)를 알현할 때, 이들을 황제에게 안내하는 역할도 했다.

"츌졍지시(出征之時)의 무숨 연괴 잇숩는지, 위참뫼 딕죄ᄒᆞ여 글을 올녀ᄉᆞ오니 맛당이 보실지니이다."

뎨 기연(慨然) 희허(噫噓)ᄒᆞᄉᆞ 왈,

"이 일이 다 짐의 가ᄉᆡ(家事) 난쳐ᄒᆞ미니 짐이 실노 경 둥 ᄃᆡ(對)ᄒᆞ물 븟그리노라."

범질이 대경 왈,

"폐하는 셩명지치(聖明之治)1696)시여늘 무숨 가ᄉᆞ의 난쳐ᄒᆞ미 잇ᄂᆞ니잇가? 소장(疏狀)을 샐니 ᄂᆡᄉᆞ, ᄇᆡᆨ【47】관의 의심을 풀 거시니이다."

뎨 마지 못ᄒᆞᄉᆞ 한님셔길ᄉᆞ(翰林庶吉士) 진ᄌᆞ방으로 상소를 닑히시니, 표(表)의 갈와시되,

"참모 신 위현은 ᄇᆡᆨᄇᆡ(百拜) 돈슈(頓首)ᄒᆞ여 폐하긔 올니ᄂᆞ이다. 션뎨 창업지초의 붕ᄒᆞ시니 폐히 위(位)를 니어 남으로 당(唐)과 졔(齊)를 쳐 항복 밧고, 문죄(問罪)ᄒᆞ는 군식 촉(蜀)을 가르치니, 간괘(干戈) 긋칠 ᄉᆡ이 업숩고 나라히 평안치 못ᄒᆞ여, 금(今)의 걸안이 북의셔 도젹질ᄒᆞ고, 냥국(梁國)이 남의셔 틈을 《엿고‖엿보아》, 촉의 도덕을 치지 못ᄒᆞ엿는지라. 이 엇지 일통텬히(一統天下)라【48】ᄒᆞ리잇고? 즁원(中原)이 잠간 평안ᄒᆞ니, 폐히 바야흐로 덕화를 널니사 팔방(八方)이 망풍귀순(望風歸順)1697)ᄒᆞ고 ᄉᆞ이ᄂᆡ공(四夷來貢)1698)ᄒᆞᆯ 거시여늘, 폐ᄒᆞ의 궁즁이 몬져 부졍(不正)ᄒᆞ여 광거무륜(狂擧無倫)1699)ᄒᆞᆫ 녀ᄌᆡ 잇셔, '상님(桑林)의 쳔(賤)ᄒᆞ물'1700) 효측(效則)ᄒᆞ니, 신이 비록 미(微)ᄒᆞ오나, 외됴(外朝)1701) 신하로 폐하 셩은을 입ᄉᆞ와 취화루의 취슉(醉宿)ᄒᆞ고, 환ᄌᆡ(宦者) 어명을 니어 겻ᄒᆡ 잇숩거늘, 반야(半夜)의 궁금녀ᄌᆡ(宮禁女子) 공쥬의 명호(名號)를 가탁(假託)ᄒᆞ여, 신의 침쳐(寢處)의 와 더러온 졍틱(情態) 무상(無狀)ᄒᆞ니 이 엇진 겨집이니잇고? 신【49】이 칼을 ᄲᅢ혀 머리를 버혀 청죄(請罪)코ᄌᆞ ᄒᆞ옵더니 도라가오니, 졔

1695)범질(范質) : 911~964. 자는 문소(文素). 후주(後周) 때 지추밀원(知樞密院)에 제수되었고, 송(宋)나라 태조 때에 재상(宰相)이 되어 노국공(魯國公)에 봉해졌다. 저서로 『오대통록(五代通錄)』, 『옹관기(邕管記)』 등이 있다

1696)셩명지치(聖明之治) : 덕이 거룩하고 슬기가 높은 임금이 다스리는 정치.

1697)망풍귀순(望風歸順) : 높은 명망을 듣고 우러러 사모하여 적이었던 사람이 반항심을 버리고 스스로 돌아서서 순종함.

1698)ᄉᆞ이ᄂᆡ공(四夷來貢) : 사방의 오랑캐가 다 나아와 조공(朝貢)을 바침.

1699)광거무륜(狂擧無倫) : 인륜을 저버린 미친 행동.

1700)상님(桑林)의 쳔(賤)ᄒᆞᆷ : '상림(桑林)에서 벌어지는 천한 행실'이라는 말로. 옛날에 중국에서 뽕잎을 따는 아낙들이 뽕밭에서 남자들과 눈이 맞아 음행을 저지르는 일이 많았기 때문에, '남녀간의 음란한 행실'을 빗대어 이르는 말로 두루 쓰인다. =상님쳔ᄒᆡᆼ(桑林賤行).

1701)외됴(外朝) : 왕의 친족이 아닌 조정의 관료를 통칭하는 말.

일시 칼날을 면코ᄌᆞ ᄒᆞ나 궁즁이 지엄(至嚴)ᄒᆞ니 어ᄃᆡ로 가시리오. 반ᄃᆞ시 궁즁의 숩어실 거시니, 폐하 힉ᄉᆞ(覈査)ᄒᆞᄉᆞ1702) 두 여ᄌᆞ를 참(斬)ᄒᆞ여 풍교(風敎)를 맑히실 거시니이다. ᄒᆞ물며 공쥬 왕희(王姬)의 일홈을 일캇고, 외당의 나와 음난(淫亂)ᄒᆞ기를 방ᄌᆞ(放恣)히 ᄒᆞ여 궁금(宮禁)을 구욕(驅辱)ᄒᆞ니, 기죄불용쥬(其罪不容誅)1703)라 신이 용우미ᄌᆡ(庸愚微才)로 셩상의 녜우(禮遇)ᄒᆞ시물 입ᄉᆞ와, 폐하를 보좌치 못ᄒᆞ고, 숩이 미란(迷亂)ᄒᆞ와 슈 【50】 신(修身)을 그릇ᄒᆞ여, 군젼(君前)의셔 무례히 잠ᄌᆞ 쳔ᄃᆡ(千代)의 업순 변을 일으혀니, 신이 무숨 ᄂᆞᆺᄎᆞ로 댱졸(將卒)의 스싱이 되리오. 원컨ᄃᆡ 인(印)을 앗고 신(臣)을 ᄂᆡ쳐, 고향으로 도라가기를 허(許)ᄒᆞ소셔."

ᄒᆞ엿더라.

독필(讀畢)의 뎐상뎐하(殿上殿下) ᄎᆞ악(嗟愕)ᄒᆞ여 면면상고(面面相顧)ᄒᆞ니, 뎨(帝) 묵연(默然) 참괴(慙愧)ᄒᆞᄉᆞ 말을 못ᄒᆞ시더니, 뎐ᄂᆡ(殿內)의셔 은은이 통곡ᄒᆞᄂᆞᆫ ᄌᆡ 잇셔, 문을 열고 상의 탑(榻) ᄋᆞ릐 와 가숨을 두다리며 통곡ᄒᆞ니, 상이 연망(連忙)이 상(牀)의 나려 븟드러 긋칠ᄉᆡ, 조신(朝臣)이 실ᄉᆡᆨ통완(失色痛惋)1704) ᄒᆞ니 【51】 ᄎᆞ하인(此何人)고?

작야(昨夜)의 공쥬 만고무상(萬古無狀)□[흔] 괴거(怪擧)를 져줄고1705), 태우의 엄노(嚴怒)를 맛나 창돌(倉卒)1706)의 계교 업더니, 빅상궁이 ᄭᅳ으러 ᄂᆡ여 가ᄆᆡ, 이 궁이 외뎐(外殿)이라. 길히 닉지 아니ᄒᆞ고 쵹홰(燭火) 업ᄉᆞ니, 층층ᄒᆞᆫ 계젼(階前)의 업더지며 졋바져1707), 명쥬보벽(明珠寶璧)은 산낙(散落)ᄒᆞ여 ᄇᆞᄋᆞ지고1708), 금ᄎᆞ(金釵)1709) 옥결(玉玦)1710)은 ᄯᅳᆺ드러1711) 허여지니1712), 보보젼경(步步顚傾)1713)ᄒᆞ여 ᄂᆡ궁(內宮)의 드러가 쳔식(喘息)1714)을 졍(定)ᄒᆞ고, 빅상궁

1702)힉ᄉᆞ(覈査)ᄒᆞ다 : 실제 사정을 자세히 조사하여 밝히다. =사핵(査覈)하다.

1703)기죄불용쥬(其罪不容誅) : 그 죄가 죽임을 용납지 않는다는 뜻으로, 죄가 너무 커서 목을 베어도 오히려 부족하다는 말.

1704)실ᄉᆡᆨ통완(失色痛惋) : 얼굴빛이 변하도록 놀라 통탄하기를 마지않음.

1705)져줄다 : 저지르다. 죄를 짓거나 잘못이 생겨나게 행동하다.

1706)창돌(倉卒) : 미처 어찌할 사이도 없이 매우 급작스러움.

1707)졋바지다 : 자빠지다. 뒤로 또는 옆으로 넘어지다.

1708)ᄇᆞᄋᆞ지다 : 부서지다. 단단한 물체가 깨어져 여러 조각이 나다.

1709)금차(金釵) : 금비녀.

1710)옥결(玉玦) : 옥으로 만들어 허리에 차는 고리.

1711)ᄯᅳᆺ들다 : 떨어지다. 뚝뚝 떨어지다.

1712)허여지다 : 헤어지다. 살갗이 터져 갈라지다.

1713)보보젼경(步步顚傾) : 걸음마다 엎어지고 자빠짐.

1714)쳔식(喘息) : ①'숨결'을 예스럽게 이르는 말. ②『의학』 기관지에 경련이 일어나는 병. 숨이 가쁘고 기침이 나며 가래가 심하다.

이 탄왈,

“옥쥬(玉主)[1715]는 금지옥엽(金枝玉葉)[1716]으로 만승(萬乘)의 녀ᄌᆡ되여 ᄇᆡ필을 ᄀᆞᆯ희ᄆᆡ, ᄐᆡ을신션(太乙神仙)[1717]은 못어더도 세간(世間) 영쥰(英俊) 【52】 은 ᄐᆡᆨᄒᆞ려면[든], 무삼일 상닙쳔ᄒᆡᆼ(桑林賤行)[1718]으로 월장규벽(越牆窺壁)[1719] ᄀᆞᆺ치 외간신뇨(外間臣僚)를 엿보와 이 욕을 보시ᄂᆞ뇨 요ᄒᆡᆼ이 검인의 화를 면ᄒᆞᆫ들 반다시 황야긔 쥬ᄒᆞ여 법문으로 다ᄉᆡ리이니 엇지ᄒᆞ리오. 이리코 져의게 간들 무슴 안면(顔面)이 잇ᄉᆞ리오. 쳡 등이 즈레 쥭으리로다.”

공쥐 소왈,

“너희 그리 니르려니와 어느 세상의 그런 남ᄌᆡ 잇ᄉᆞ며, 나의 부ᄆᆡ(駙馬) 되리요.”

부시 ᄀᆞᆯ오ᄃᆡ,

“쳣 뜻은 위ᄌᆡ ᄭᆡ여 긔이(奇異)히 넉이다가, 셩친(成親)ᄒᆞ물 니르면, 취듕(醉中) 그리ᄒᆞᆫ가 넉여, 다시 말을 【53】 못ᄒᆞᆯ가 《넉일‖넉인》 거시니, 그ᄃᆡ도록 모질 쥴 알니요. 혼닌(婚姻)은 커니와 다 쥭게 되어시니, 낭낭긔 이리이리 고ᄒᆞᄉᆞ이다.”

공쥐 ᄭᆡ다라 옥ᄃᆡ로 더브러 태후긔 가니, 휘(后) 공쥬의 오물 놀나 불너 보니, 공쥐 크게 울고 왈

“낭낭은 소녀를 구ᄒᆞ소셔”

태비 대경 문왈

“하유사(何有事)오?[1720]”

공쥐 목이 메여 왈,

“소네 만승지녀(萬乘之女)로 션데 아니 게시무로, 쳔(賤)ᄒᆞ미 상한(常漢)의 녀ᄌᆞ만 못ᄒᆞᆫ지라. 위현의 안희 되기를 엇지 못ᄒᆞ여, 도로혀 ᄉᆞ롬을 밧고며 셩명을

1715)옥쥬(玉主) : ‘공주’의 높임말.

1716)금지옥엽(金枝玉葉) : 금으로 된 가지와 옥으로 된 잎이라는 뜻으로, 임금의 가족을 높여 이르는 말.

1717)ᄐᆡ을신션(太乙神仙) : 음양가에서, 북쪽 하늘에 있는 별인 태을성(太乙星)의 성군(星君)이면서, 병란・재화・생사 따위를 맡아 다스린다고 하는 천상선관(天上仙官). ≒태을진군(太乙眞君). 태을성군(太乙星君). 태을선군(太乙仙君) *태을성(太乙星): 『민속』 음양가에서, 북쪽 하늘에 있으면서 병란・재화・생사 따위를 맡아 다스린다고 하는 신령한 별. ≒태을(太乙), 태일(太一), 태일성(太一星).

1718)상님쳔ᄒᆡᆼ(桑林賤行) : ‘상림(桑林)에서 벌어지는 천한 행실’이라는 말로. 옛날에 중국에서 뽕잎을 따는 아낙들이 뽕밭에서 남자들과 눈이 맞아 음행을 저지르는 일이 많았기 때문에, ‘남녀간의 음란한 행실’을 빗대어 이르는 말로 두루 쓰인다.

1719)월장규벽(越牆窺壁) : 담을 넘어가 벽의 틈 사이로 방안을 엿봄.

1720)하유사(何有事)오? : 무슨 일이 있느냐?

곳쳐 우흐로 낭낭【54】과 ᄋᆞ릭로 쇼녀를 속이고, 만됴의 우음을 밧게 ᄒᆞ시니, 소녜 셜우믈 니긔지 못ᄒᆞ여, 또 다시 다른 ᄉᆞ룸의 비필이 되지 못홀지라. 작일 위틱위 ᄉᆞ연(賜宴)을 밧고 취ᄒᆞ여 취화루의셔 ᄌᆞ거늘, 소녜 야릭(夜來)[1721]의 화쵹(華燭)을 혀고 ᄌᆞ승(紫繩)[1722]을 ᄆᆡᄌᆞ, 녜(禮)로써 져 곳의 나아가니, 됴금도 규장찬혈(窺墻鑽穴)[1723]의 더러온 일이 아니라, 신됴(晨朝)의 부뷔 쌍으로 됴회(朝會)ᄒᆞ여 풍뉴호ᄉᆞ(風流好事)의 제목을 삼을가 ᄒᆞ여, 부ᄆᆡ(부妹) 됴ᄎᆞ 부빈(副嬪)을 삼아 ᄒᆞᆫ가지로 셩녜(成禮)ᄒᆞ엿더니, ᄯᅳᆺ밧[1724] 위직 술이 ᄭᆡ【55】며, 취즁(醉中) 일을 아지 못ᄒᆞ고, 다시 고인(古人)의 은정(恩情)이 상(傷)홀가 겁(怯)ᄒᆞ여, 소녀 등을 쥭이고ᄌᆞᄒᆞ여 소댱(疏狀)을 올니고, 죄를 얽어 쥭이려 ᄒᆞ니, 셩노(聖怒)를 맛ᄂᆞ고 만민의 욕ᄒᆞ믈 닙을지라. 낭낭은 친히 ᄌᆞ정젼(資政殿)의 가ᄉᆞ, 시기신 드시 허물을 풀고 부뷔(夫婦) ᄇᆡ합(配合)게 ᄒᆞ소셔."

태비 애달아 ᄭᅮ지져 왈,

"일이 ᄀᆞ장 듕ᄃᆡ(重大)ᄒᆞ거늘, 네 ᄌᆞᄒᆡᆼ(自行)ᄒᆞ여 더러온 계집이 된다?"

급히 궁ᄋᆞ 슈인을 다리고 ᄌᆞ정젼의 니르니, 뎨 경문(驚問) 왈,

"이 곳이 외뎐(外殿)이어늘, 엇지 ᄂᆞ오시니잇고?"【56】

틱비 울며 왈,

"션뎨 골육을 ᄭᅵ치고 풍진(風塵)의 《포락‖표락(飄落)[1725]》ᄒᆞ여 서로 분찬(奔竄)ᄒᆞ니 쳡이 만단간고(萬端艱苦)[1726]를 격고, 녀ᄋᆞ를 깁흔 뫼 속의셔 길너, 졔 ᄌᆡ용(才容)은 실로 아름다오나 규ᄒᆡᆼ(閨行)은 업ᄂᆞᆫ지라. 댱부 ᄀᆞᆺ하여 ᄌᆡ모를 밋고 폐하를 의지ᄒᆞ여 부셔(夫壻)를 갈히미 심상치 아니ᄒᆞ거늘, 위현의 ᄌᆡ명(才名)을 쳡이 우레 ᄀᆞᆺ치 듯고, 녀ᄌᆞ의 ᄇᆡ쳬(配處)[1727]를 평ᄉᆡᆼ이 영화롭고ᄌᆞ ᄒᆞ엿더니, 상이 위틱우의 고ᄉᆞᄒᆞ믈 조ᄎᆞ, 공쥬를 한통【57】의게 졍혼ᄒᆞ고, 쳡의 모녀를 속이시니, 여ᄌᆞ의 마음을 두셰 가지로 못ᄒᆞ믄 쳘부(哲婦)의 경계여늘, 공쥬를 실ᄒᆡᆼ(失行)ᄒᆞ게 ᄒᆞ시니, 골욕의 졍을 ᄉᆡᆼ각지 못ᄒᆞ시미라. 쳡이 간담(肝膽)[1728]을 다토(吐)ᄒᆞ여 위ᄌᆞ의 고집과 셩상 졍ᄒᆞ신 마음을 두루혀기 어렵고, 공쥬를 한통의 며나리 슴기ᄂᆞᆫ ᄎᆞ마 못홀지라. 쳡의 모녜 팔ᄌᆡ 긔박ᄒᆞ믈 슬허ᄒᆞ더니, 션뎨(先帝)

1721)야릭(夜來) : 해가 진 뒤부터 먼동이 트기 전까지의 동안.=야간.
1722)ᄌᆞ승(紫繩) : 붉은 새끼줄. 전설에서 월로(月老)가 남녀를 붉은 끈으로 묶어 부부의 인연을 맺어준다는 데서, '혼인'을 뜻하는 말로 쓰인다. =홍승(紅繩).
1723)규장찬혈(窺墻鑽穴) : 담장에 구멍을 뚫고 안을 엿봄.
1724)ᄯᅳᆺ밧 : 뜻밖에.
1725)표락(飄落) : 신세가 딱하게 되어 안착하지 못하고 이리저리 떠돌아다님. =표령.
1726)만단간고(萬端艱苦) : 온갖 간난(艱難)과 신고(辛苦).
1727)ᄇᆡ쳬(配處) : 배필(配匹)을 맞아오기에 알맞은 자리. =혼처(婚處).
1728)간담(肝膽) : 속마음을 비유적으로 이르는 말.)

의 ᄌᆡ텬지령(在天之靈)을 불너 비읍(悲泣)ᄒᆞᆯ ᄲᅮᆫ이러니, 셩상이 위ᄌᆞ로써 취화루의셔 뉴슉게 ᄒᆞ시믈 듯고 ᄉᆡᆼ각ᄒᆞ니, 【58】 혼닌(婚姻) 일울 긔약이 업고, 공규(空閨)의 늙히지 못ᄒᆞᆯ지라. 화쵹의 네(禮)를 일우미 쳡이 보ᄂᆡ여 ᄌᆞ승(紫繩)을 ᄆᆡᄌᆞ니, 위ᄌᆡ 취몽즁(醉夢中)이나 인뉸(人倫)을 ᄆᆡᆺ고 잔을 먹으며, 부시로써 부빈(副嬪)을 삼ᄋᆞ ᄒᆞᆫ가지로 ᄒᆡᆼ네(行禮)ᄒᆞ니, 황네(皇女)의 젹인(適人)ᄒᆞᄂᆞᆫ 네(禮) 무어시 불가ᄒᆞ리오. 상(上)을 긔(欺)이믄 ○○○○[상이 몬져] 쳡의 모녀를 쇽이미니, 상긔 알외지 아니ᄒᆞ나, ᄎᆡᆨ(責)지 아닐 거시오, 오날 져희 부뷔 쌍으로 ᄉᆞ은(謝恩)ᄒᆞ며 청죄(請罪)ᄒᆞ여, 군신이 웃고 풍뉴의 졔목이 될가 ᄒᆞ엿더니, ᄉᆡᆼ각 밧 위ᄌᆡ 술을 【59】 ᄭᆡ여 과히 놀나고 노(怒)ᄒᆞ여, 소장을 올녀 공쥬를 얽으니, 공쥐 모명(母命)으로 밤이나 화쵹 ᄉᆞ이의 ○○○[잇기ᄂᆞᆫ] ᄀᆞᆺ거ᄂᆞᆯ, 엇지 음난ᄒᆞᆫ 계집이리오. ○○[위ᄌᆡ] 삼개 고인의 졍을 난호일가 공쥬를 거졀ᄒᆞ라 ᄒᆞ고, 셩상이 그릇 넉이시니[나], 만됴신ᄒᆡ(滿朝臣下) 곡졀(曲折)을 알니잇고? 공쥬를 음부(淫婦)로 아니, 슬푸다! 션뎨 계시면 위ᄌᆡ 엇지 방ᄌᆞᄒᆞ리오 셩상은 휼지ᄋᆡ지(恤之愛之)[1729]ᄒᆞᄉᆞ, 무식(無識)ᄒᆞ믈 용셔ᄒᆞ소셔. 공쥬로써 화ᄒᆡ(和諧)케 ᄒᆞ시믈 바라ᄂᆞ이다."

뎨 다만 사죄 왈,

"소ᄌᆡ 무상(無狀)ᄒᆞ고 우ᄋᆡ(友愛) 부족ᄒᆞ 【60】 와 일이 여ᄎᆞ(如此)ᄒᆞ오니, 엇지 낭낭 허물이리잇가? 위현은 입막지빈(入幕之賓)[1730]이니 공쥬를 맛지리이다."

태비(太妃) 크게 깃거 ᄉᆞ례 왈

"위ᄌᆡ 임의 여셰(女壻)니 ᄉᆞ(赦)하고 보고ᄌᆞ ᄒᆞ나이다"

뎨왈

"ᄂᆡ궁으로 드르소셔. 위현을 ᄇᆡ현(拜見)케 ᄒᆞ리이다"

비왈

"위ᄌᆡ 견집(堅執)ᄒᆞᆯ진ᄃᆡ 상이 그 ᄯᅳᆺ을 조ᄎᆞ시면, 공쥬ᄂᆞᆫ 심규의 바리미니 폐하ᄂᆞᆫ ᄋᆡ지연지(愛之憐之)ᄒᆞ시 동긔지졍을 ᄉᆡᆼ각ᄒᆞ소셔"

좌우반항(左右班行)이 국궁(鞠躬)ᄒᆞ여시믈 보고 왈,

"공 등은 션뎨의 신ᄒᆡ라. 고아(孤兒)를 져바리지 말고 위ᄌᆞ의 고집 【61】 을 ᄒᆡ혹(解惑)ᄒᆞ여 션뎨의 골육이 하나히믈 어엿비 넉일지여다."

언파의 ᄯᅥᆯ쳐 드러가니, 만됴공경(滿朝公卿)이 태비의 젼후ᄉᆞ를 드르ᄆᆡ, 텬ᄌᆞ를 압두(壓頭)[1731]ᄒᆞ고 ᄇᆡᆨ관을 겁칙(刼勅)ᄒᆞ여 황상의 허물을 빙ᄌᆞ(憑藉)[1732]ᄒᆞ믈

1729)휼지ᄋᆡ지(恤之愛之) : 가엾게 여겨 사랑을 베풂.

1730)입막지빈(入幕之賓) : 잠자는 휘장 안으로까지 들어오는 손님이라는 뜻으로, 특별히 가까운 손님을 이르는 말.

1731)압두(壓頭) : 상대편을 누르고 첫째 자리를 차지하다.

1732)빙ᄌᆞ(憑藉) : 말막음을 위하여 핑계로 내세움.

불승분이(不勝憤駭)[1733] 졀치(切齒)ᄒᆞ되, 후비(后妃)의 말이라 말ᄒᆞ리 업더니, 좌상(座上)의 두어 ᄃᆡ신이 분연(憤然) 쥬왈,

“한당(漢唐)[1734]으로붓터 진한(晉漢)[1735] 난셰의 니르도록 임군이 유츙(幼沖)ᄒᆞᆫ 후야 태휘 슈렴(垂簾)[1736]ᄒᆞ고 정ᄉᆞ(政事)를 ᄒᆞ거늘, 폐히 츈츄(春秋) 졍셩(正盛)ᄒᆞ시고 낭낭이 존(尊)ᄒᆞ시나 폐하 【62】 졍궁ᄐᆡ후(正宮太后)와 다르거늘, 신뇌(臣僚) 입됴(入朝)ᄒᆞᆫ 젹의 후비 이러틋 ᄒᆞ믄 진실노 듯지 못ᄒᆞᆫ ᄇᆡ라. 옛 글의 빈계사신(牝鷄司晨)[1737]을 경계(警戒) 《ᄒᆞ고‖ᄒᆞ엿으니》, 국개(國家) 상망(喪亡)홀 징죄(徵兆)로쇼이다.”

뎨 보시니 승상 범질과 ᄐᆡᄉᆞ 부쥰경이러라. 뎨 날호여 탄왈,

“도시(都是) 짐의 불효(不孝)○[오], 불힝(不幸)이라. 낭낭의 허물이리오.”

이의 ‘위ᄐᆡ우를 부르라’ ᄒᆞ시니, 졔신(諸臣)이 묵연(默然)이러라.

태위 마지못ᄒᆞ여 계하(階下)의 ᄃᆡ죄(待罪)ᄒᆞ니, 뎨 ᄂᆡ시로 붓드러 계(階)의 올니시고, 위로 왈,

“경의 허믈이 업ᄉᆞ믈 딤이 아ᄂᆞ니, 경이 엇지 【63】 ᄃᆡ죄(待罪)ᄒᆞ리오. 이 다 짐이 잘못ᄒᆞ미라. 태비 한퉁의 쇠로 속이믈 노(怒)ᄒᆞᄉᆞ 공쥬를 권도(權道)로 셩녜코ᄌᆞ ᄒᆞ시미니, 공쥬의 허물이 아니라. 공쥐 본ᄃᆡ ᄌᆞ혜(慈惠)ᄒᆞ여 그 표ᄆᆡ(表妹) 부시로 경의 부빈(副嬪)을 삼아시니, 부시ᄂᆞᆫ ᄐᆡᄉᆞ의 질녀라. 식 ᄉᆞ룸을 나오ᄂᆞᆫ ᄃᆡ[1738] 고인(古人)을 ᄉᆡᄀᆡᄒᆞ리오. 진희(晉姬)[1739]의 덕을 효측(效則)ᄒᆞ여 경의

1733)불승분히(不勝憤駭) : 분하고 놀라움을 이기지 못함.

1734)한당(漢唐) : 중국에서, 기원전 202년에 유방(劉邦)이 세운 한(漢: BC202-AD220)나라와 기원후 618년 이연(李淵)이 세운 당(唐: AD618-907)나라를 함께 이른 말.

1735)진한(晉漢) : 중국 오대(五代: 후량後梁-후당後唐-후진後晉-후한後漢-후주後周) 때에 석경당(石敬瑭)이 936년 세운 ‘후진(936-946)’과 유지원(劉知遠)이 947년 세운 ‘후한(947- 950)’을 함께 이른 말.

1736)슈렴(垂簾) :수렴청정(垂簾聽政)의 준말. *수렴청정: 『역사』 임금이 어린 나이로 즉위하였을 때, 왕대비나 대왕대비가 이를 도와 정사를 돌보던 일. 왕대비가 신하를 접견할 때 그 앞에 발을 늘인 데서 유래한다. ≒수렴, 수렴지정, 염정.

1737)빈계ᄉᆞ신(牝鷄司晨) : 암탉이 새벽을 알리느라고 먼저 운다는 뜻으로, 부인이 남편을 젖혀 놓고 집안일을 마음대로 처리함을 이르는 말.

1738)나오다 : (사람을) 나아오게 하다. 추천하다.

1739)진희(晉姬) : 중국 춘추시대 진(晉)나라 문공(文公)의 누이동생. 문공(文公)은 자신의 패업(霸業) 달성의 1등공신인 조최(趙衰)의 공을 갚기 위해, 자신의 누이동생인 ‘진희(晉姬)’을 그에게 시집보냈다. 그런데 당시 조최는 이미 적(翟)나라의 여인과 혼인을 한 몸이어서, 군왕의 누이동생과 혼인을 한 조최는 어쩔 수 없이 적녀(翟女)와 이혼을 할 수 밖에 없었다. 그러나 진희가 어진 덕으로 적녀와 함께 조최를 섬기기를 원해, 결국 진문공이 적녀를 조최의 부인으로 허락함으로써, 세 사람이 함께 결혼생활을 할 수 있게 되었다.

부인을 예 ᄀᆞᆺ치 ᄒᆞ리라."

ᄒᆞ시니, ᄐᆡ위 분긔 ᄀᆞ득ᄒᆞ나 위유(慰諭)ᄒᆞ시미 간곡ᄒᆞ시니 부복 ᄉᆞ왈(謝曰),

"신으로 인ᄒᆞ와 셩상이 근노ᄒᆞ시니 신의 죄 깁도소이다. 신이 안ᄒᆡ 【64】를 염녀ᄒᆞ여 부마되기ᄅᆞᆯ 사양ᄒᆞ미 아니라, 부부ᄂᆞᆫ 뉸긔지상(倫紀之狀)1740)이여ᄂᆞᆯ, 부뫼 원치 아닛ᄂᆞᆫ 혼인을 불고이취(不告而娶)1741)ᄒᆞ며, 혼닌(婚姻)은 녜도(禮道)의 읏듬이라. 《권되(權道)1742) ∥ 상도(常道)1743)》 잇ᄉᆞ며[니], 공쥐 왕희(王姬)의 돈(尊)ᄒᆞ미니 잇고? 신이 미세(微細)ᄒᆞ나 지위 ᄐᆡ위(大夫)여ᄂᆞᆯ, 폐히 화쵹을 베풀고 공쥬ᄅᆞᆯ 하가(下嫁)ᄒᆞ시미 아니오, 신이 부형의게 고ᄒᆞ여 뉵녜(六禮)1744)ᄅᆞᆯ 구ᄒᆡᆼ(具行)ᄒᆞ미 업셔, 반야무인(半夜無人)1745)의 의관(衣冠)을 그르고 취(醉)ᄒᆞᆫ 쥭엄이 무ᄉᆞᆫ 셩친(成親)이 잇ᄉᆞ리잇고? 공쥐 만승지녀(萬乘之女)로 녜의ᄅᆞᆯ 일흐니, 만일 그 죄 【65】를 정(正)히 아니ᄒᆞ고 신을 맛지시면, ᄐᆡ평텬하(太平天下) 폐하의 규문(閨門)이 부정(不正)ᄒᆞ믈 우을 거시니, 일노써 쇼년진신(少年縉紳)1746)이 입직(入直)ᄒᆞ미 어렵고, 셩상지치(聖上之治)의 큰 허물이 아니오니잇가? 금궁(禁宮)1747)으로됴ᄎᆞ1748) 풍쇽(風俗)이 되어, 음난ᄒᆞᆫ 비례(非禮) 풍화(風化)의 녜의 업고 법을 쓰기 어려오니, 신을 귀향(歸鄉)1749) 보ᄂᆡ시고 공쥬ᄅᆞᆯ 폐ᄒᆞ시며 부녀ᄅᆞᆯ 버히시면, 텬히 항복ᄒᆞ고 풍홰 빗나리이다. 왕ᄌᆞ(王者)ᄂᆞᆫ ᄉᆞ싀(私私) 업고, 셩인(聖人)은 법을 직희ᄂᆞ니, 쥬공(周公)이 관ᄎᆡ(管蔡)ᄅᆞᆯ 버히시니, 그 죄를 용셔 【66】치 못ᄒᆞ미라. 폐히 공쥬 하나흘 위ᄒᆞ여 풍교(風敎)ᄅᆞᆯ 난(亂)하시ᄂᆞ니잇가? 폐히 맛춤ᄂᆡ 공쥬로 신을 맛지시면1750) 신이 인뉸(人倫)을 맛치지1751) 아니리이

1740)뉸긔지상(倫紀之狀) : 윤리와 기강의 실상(實狀).

1741)블고이취(不告而娶) : 부모의 허락을 얻지 않고 장가를 듦.

1742)권도(權道) : 목적 달성을 위하여 그때그때의 형편에 따라 임기응변(臨機應變)으로 일을 처리하는 방도.

1743)상도(常道) : 항상 변하지 않는 떳떳한 도리.

1744)뉵녜(六禮) : 우리나라 전통혼례의 여섯 가지 의례. 납채(納采), 문명(問名), 납길(納吉), 납폐(納幣), 청기(請期), 친영(親迎)을 이른다.

1745)반야무인(半夜無人) : 사람이 없는 한밤중.

1746)쇼년진신(少年縉紳) : 홀(笏)을 띠에 꽂은 소년 벼슬아치. *진신(縉紳/搢紳): '홀을 띠에 꽂는다'는 뜻으로, 모든 벼슬아치를 통틀어 이르는 말.

1747)금궁(禁宮) : 임금이 거처하는 집. =금궐(禁闕).

1748)으로됴ᄎᆞ : 으로부터.

1749)귀향(歸鄉) : '귀양'의 본딧말. *귀양: 『역사』 고려・조선 시대에, 죄인을 먼 시골이나 섬으로 보내어 일정한 기간 동안 제한된 곳에서만 살게 하던 형벌. 초기에는 방축향리의 뜻으로 쓰다가 후세에 와서는 도배(徒配), 유배(流配), 정배(定配)의 뜻으로 쓰게 되었다.

1750)맛지다 : 맡기다. 어떤 일에 대한 책임을 지고 담당하게 하다. '맡다'의 사동사.

1751)맛치다 : 맺다. 묶다.

다."

쥬파(奏罷)의 말ᄉᆞᆷ이 씩씩ᄒᆞ여 상풍녈일(霜風烈日) ᄀᆞᆺᄒᆞ니, 뎐상뎐하(殿上殿下) ᄀᆡ용치경(改容致敬)ᄒᆞ고 상이 말ᄉᆞᆷ을 못ᄒᆞ시더라.

ᄂᆡ시 급보 왈,

"태비낭낭이 결항(結項)ᄒᆞ여 계시이다."

뎨 경ᄒᆡ(驚駭)ᄒᆞᄉᆞ 됴신(朝臣)을 퇴(退)ᄒᆞ시고 ᄂᆡ뎐(內殿)의 드르시니, 태비 깁을 드러 거즛 결항코ᄌᆞ ᄒᆞᄆᆡ, 모든 궁녜 붓드러 호읍ᄒᆞ니, 뎨 막불통ᄒᆡ(莫不痛駭)1752)ᄒᆞ 【67】 시나, ᄂᆞᄋᆞ가 붓드러 ᄀᆞᆺ치고 비러 왈,

"낭낭이 엇진 고로 여ᄎᆞ 망극(罔極)ᄒᆞᆫ 거됴(擧措)를 ᄒᆞ시ᄂᆞ니잇고? 위현을 둉용(從容)이 개유(開諭)ᄒᆞ여 혼ᄉᆡ 될 거시여ᄂᆞᆯ, 여ᄎᆞ 과거(過擧)를 ᄒᆞ시니, 외간 신뇨를 알뇌기1753) 참괴(慙愧)ᄒᆞ이다."

태비 머리와 가ᄉᆞᆷ을 두다려 울며 왈,

"쳡이 션뎨를 여희고 잔쳔(殘喘)1754)을 보젼ᄒᆞ믄 슉졍 일인을 위ᄒᆞ미라. 셩상의 우ᄋᆡᄒᆞᄉᆞ믈 인ᄒᆞ여 져의 둉신(終身)이 빗나믈 바라더니, 셩상의 위ᄌᆞ의 ᄯᅳᆺ을 앗지 못ᄒᆞ시고 간악ᄒᆞᆫ 무리 왕희를 유ᄋᆞ ᄀᆞᆺ치 쇽이려 【68】 ᄒᆞ니, 셩상이 물니치지 못ᄒᆞ시고, 쳡의 모녀를 구확(溝壑)의 너흐믈 괄시(恝視)ᄒᆞ시니1755) 미망잔쳔(未亡殘喘)1756)이 바랄 거시 업ᄉᆞᆸᄂᆞᆫ지라. 부득이 위ᄌᆞ의게 홍승(紅繩)을 ᄆᆡᄌᆞ믄 위ᄌᆞ의 닙을 막고 상의(上意)를 두로혀믈 위ᄒᆞ미러니, 의외(意外) 위현이 《임군‖임금》의 명을 홍모(鴻毛) ᄀᆞᆺ치 녁이고, 만됴신뇌(滿朝臣僚) ᄉᆞ(私)를 위ᄒᆞ여 텬의(天意)를 봉승(奉承)치 아니ᄒᆞ니, 셩상이 능히 위ᄌᆞ의 지개(志槪)를 앗지 못ᄒᆞ시니, 공쥬ᄂᆞᆫ 쇽졀업시 심규(深閨)의 맛출 거시오, 쳡의 의탁이 ᄉᆞᆺ쳐지니, 진실노 살미 【69】 죽음만 못ᄒᆞᆫ지라. 만일 션뎨 계시면 위현이 엇지 감히 방ᄌᆞᄒᆞ리오. 쳡의 셜우미 구곡(九曲)1757)의 ᄎᆞᆫ단(寸斷)ᄒᆞ이니, 죽어 셩상과 위현의 마음을 ᄉᆡ훤케 ᄒᆞ려 ᄒᆞ거ᄂᆞᆯ, 죽으믈 말니시믄 엇진 ᄯᅳᆺ이시니잇고?"

셜파의 통곡ᄒᆞ니, 뎨 진실노 괴롭고 분ᄒᆞ나 엇지 ᄒᆞ리오. 비ᄂᆞᆫ 말ᄉᆞᆷ이 간절ᄒᆞ시니, 태비 울기를 ᄀᆞᆺ치고 다시 유셰(有勢)ᄒᆞ며1758) 위ᄌᆞ의 인연(因緣) ᄂᆡᆺ기를 부

1752)막불통ᄒᆡ(莫不痛駭) :놀라지 않을 수 없음.
1753)알뇌다 : 알리다. 알게 하다. 아뢰다.
1754)잔쳔(殘喘) :① 아주 끊어지지 아니하고 겨우 붙어 있는 숨. ②얼마 남지 아니한 쇠잔한 목숨.=잔명.
1755)괄시(恝視)ᄒᆞ다 : 업신여겨 하찮게 대하다.
1756)미망잔쳔(未亡殘喘) : 죽지 못해 붙어 있는 목숨.
1757)구곡(九曲) : 구곡간장(九曲肝腸). ①굽이굽이 서린 창자. ②'깊은 마음속' 또는 '시름이 쌓인 마음속'을 비유적으로 이르는 말.
1758)유셰(有勢)ᄒᆞ다 : 세력을 부리다.

탁ᄒᆞ니, 상이 위로 ᄒᆞᄉᆞ 침궁(寢宮)의 안돈(安頓)ᄒᆞ고 ᄀᆞᆯᄋᆞᄉᆞᄃᆡ,

“무릇 혼인은 냥가의 뜻이 합ᄒᆞᆫ 후 부뷔 화락ᄒᆞ 【70】 고 ᄌᆞ손이 창셩ᄒᆞᄂᆞ니, 소직 션데 은혜로 ᄉᆞ히(四海)를 모림(冒臨)ᄒᆞ니1759) 어ᄆᆡ(御妹) ᄉᆞ랑ᄒᆞᄂᆞᆫ 뜻이 낭낭긔 간격이 잇ᄉᆞ리잇가? 옥인가랑(玉人佳郎)을 간ᄐᆡᆨ(揀擇)ᄒᆞ여 뉵녜(六禮)를 구ᄒᆡᆼ(具行)ᄒᆞ미 황가 쳬면이[을] 손상치 아니코, 금슬우지(琴瑟友之)1760)ᄒᆞ며 둉고낙지(鐘鼓樂之)1761)ᄒᆞ여 낭낭 셩심(聖心)을 《위로코ᄌᆞ‖위로케 ᄒᆞ고자》 ᄒᆞ옵더니, ᄉᆡᆼ각 밧 어ᄆᆡ 위현을 과ᄋᆡ(過愛)ᄒᆞ여 쥭기를 결(決)ᄒᆞ나, 위ᄌᆡ 쥭으무로 고ᄉᆞ(固辭)ᄒᆞ니, 이ᄣᅢ를 당ᄒᆞ여 위현을 쥭여도 공쥬 평ᄉᆡᆼ을 맛ᄎᆞ미니, ᄎᆞᆯ하리 한웅의 풍뫼(風貌) 위현의 ᄂᆞ리지 【71】 아니물 인ᄒᆞ여, 셩네(成禮)ᄒᆞ여 공쥬 일ᄉᆡᆼ이 평안케 ᄒᆞ미 가(可)ᄒᆞᆯ식 유의ᄒᆞ미러니, 낭낭이 쇽이믈 노ᄒᆞᄉᆞ 의외의 거죄(擧措) 계시니, 위현이 더러이 넉이고, 만죄(滿朝) ᄒᆡ연(駭然)이 넉이ᄂᆞᆫ지라. 짐이 참괴(慙愧)ᄒᆞ여 베풀 말이 업ᄉᆞ니, 동용이 개유ᄒᆞ면 졔신과 위현이 《경집‖견집(堅執)1762)》 ᄒᆞ물 긋칠가 ᄒᆞ미니, 낭낭은 급히 되기를 바라지 마르시고, 슉졍을 교칙(校飭)ᄒᆞᄉᆞ1763) 다시 어즈러오미 업게 ᄒᆞ시면, 짐이 공쥬의 인뉸을 폐ᄒᆞ리잇고? 부네 낭낭 ᄉᆞ친(私親)이나 공쥬의 과 【72】 실(過失)을 도으미 부녀의 죄라. 용ᄉᆞ(容恕)치 못ᄒᆞᆯ 거시로ᄃᆡ, 낭낭이 불안ᄒᆞ실가 죄를 일우지 못ᄒᆞ오니, ᄲᆞᆯ니 ᄂᆡ여 보ᄂᆡᄉᆞ 궁금(宮禁) 츌입을 허치 마르쇼셔.”

태비 ᄃᆡᄒᆞᆯ 말이 업셔, 다만 쳬읍(涕泣) 왈,

“상교(上敎)를 듯ᄌᆞ오니 쳡이 붓그럽고 감ᄉᆞᄒᆞ오나, 위현의 뜻을 두루혀지 못ᄒᆞ올가 하ᄂᆞ니, 쇼녀(所女)의 홍안녹발(紅顔綠髮)1764)이 공쥬를 직희여 텬일 볼 긔약이 아득ᄒᆞ물 ᄉᆡᆼ각ᄒᆞ오니, 완명(頑命) 투ᄉᆡᆼ(偸生)이 유익지 아니코, 션데(先帝)의 일 골육(骨肉)이 만고박명(萬古薄命)을 감심(甘心) 【73】 하물 보지 못ᄒᆞᆯ지연졍, 쳡이 쥭어 모르미 원이로쇼이다. 셩상은 션뎨의 은혜를 ᄉᆡᆼ각ᄒᆞᄉᆞ 녀ᄋᆞ의 인뉸

1759)모림(冒臨)ᄒᆞ다 : 무릅쓰다. 임무나 책임 따위를 맡다. 힘들고 어려운 일을 참고 견디다.

1760)금슬우지(琴瑟友之) : ‘거문고와 비파를 타며 서로 사귄다’는 뜻으로 『시경』 <국풍> ‘관저(關雎)’편에 나오는 시구.

1761)종고낙지(鐘鼓樂之) : 종을 치고 북을 두드리며 즐거워하듯, 부부가 서로 사랑하며 즐거워 함. 시경』 ‘관저(關雎)’ 시의 “요조숙녀 종고낙지(窈窕淑女 鐘鼓樂之)”에서 따온 말.

1762)견집(堅執) : 자신의 의견을 바꾸거나 고치지 않고 버팀.

1763)교칙(校飭) : 흐트러지거나 혼란스러운 상태에 있는 것을 한데 모으거나 치워서 질서 있는 상태가 되게 하다.=정리하다

1764)홍안녹발(紅顔綠髮) : ‘붉고 고운 얼굴과 검고 윤이 나는 아름다운 머리’ 라는 뜻으로 ‘아름다운 여자’를 비유적으로 이르는 말.

을 일우게 ᄒᆞ시물 바라ᄂᆞ이다."

데(帝) 통히(痛駭) ᄒᆞ시나 위로 왈,

"낭낭 말솜이 아니신들 짐이 엇지 무심ᄒᆞ리잇고? 비록 공쥬를 하가ᄒᆞ나 위ᄌᆞ의 삼쳐ᄂᆞᆫ 니의[이](離異)1765)치 못ᄒᆞᆯ지라. 위지 무죄(無罪)ᄒᆞᆫ 삼쳐를 ᄉᆞᆺ고 공쥬를 화락ᄒᆞᆯ 니 업ᄉᆞ니, 규방 은졍(恩情)은 텬ᄌᆞ의 위엄이나 더을 빅 업ᄉᆞ올지라. 아직 위현의 뜻을 어듬만 ᄀᆞᆺ지 못ᄒᆞ오니, 삼인은 믓【74】지 말고 ᄎᆞ후 ᄉᆞ셰를 보와 냥쳐(良處)ᄒᆞ미 맛당ᄒᆞᆯ가 ᄒᆞᄂᆞ이다."

태비 ᄂᆡ심(內心)의 분완(憤惋)ᄒᆞ나 무가ᄂᆡ하(無可奈何)1766)니, 맛당ᄒᆞ시물 일ᄏᆞᆺ더라.【75】

1765)니이(離異) : 이혼(離婚).
1766)무가ᄂᆡ하(無可奈何) : 어찌할 도리가 없음.

화산션계록 권지십이

ᄎᆞ셜 뎨(帝) 드ᄃᆡ여 외뎐(外殿)의 나사 됴신(朝臣)을 다시 명쵸(命招)ᄒᆞ시니, 시시(是時)의 문뮈(文武)다 퇴ᄒᆞ여 문밧긔 ᄂᆞ와 어ᄉᆞ의 ᄋᆡᆨ회(厄會) 긔구(崎嶇)ᄒᆞ믈 치위(致慰)ᄒᆞᆯᄉᆡ, 조빈이 탄왈,

"ᄉᆞ이지ᄎᆞ(事已至此)[1767]ᄒᆞ니 ᄌᆞ현이 능히 면치 못ᄒᆞᆯ지라. 셩상의 졀우(絶憂)를 신ᄌᆡ 엇지 안연(晏然)이 보리오. 군은 쥬우신욕(主憂臣辱)[1768]을 효칙(效則)ᄒᆞ여 셩의(聖意)를 봉승(奉承)ᄒᆞ미 가ᄒᆞᆫ져!"

뎡·니 이공이 니어 탄식 왈,

"위형은 남ᄌᆡ라 그 무ᄉᆞᆫ 욕(辱)되미 잇시리오마ᄂᆞᆫ, ᄆᆡᄌᆞ(妹子)와 질ᄋᆞ(姪兒)의 졍경(情景)이 가 【1】 련ᄒᆞ도다."

됴뵈 쇼왈,

"냥형의 말이 그르다. 삼부인의 위ᄎᆞ(位次)ᄂᆞᆫ 셩상의 밧고지 아니실 거시오. 댱원도로(長遠徒勞)[1769]ᄒᆞ○[리]니, 음악뎡ᄐᆡ(淫樂情態)를 목견(目見)ᄒᆞ미 업ᄉᆞᆯ지라. 위형의 난안(赧顔) ᄒᆡ통(駭痛)ᄒᆞᆫ 심ᄉᆞ(心思)의 비기리오."

위어ᄉᆡ 분긔텰텬(憤氣徹天)[1770]ᄒᆞ여 미위(眉宇) 묵묵(默默)ᄒᆞᄂᆞ, 봉안(鳳眼)이 미미(微微)ᄒᆞ여 옥면(玉面)의 홍운(紅雲)이 취지(聚之)ᄒᆞ니, 엄졍ᄒᆞᆫ 긔운이 좌우를 동(動)ᄒᆞ여 셔리빗치 월하(月下)의 번득이고 한풍(寒風)이 츄강(秋江)을 움ᄌᆞᆨ이ᄂᆞᆫ 듯, 늠녈(凜烈)ᄒᆞᆫ 안ᄉᆡᆨ(顔色)과 쥰위(峻威)ᄒᆞᆫ 긔질이 숑연(悚然)ᄒᆞ니 제인이 【2】 암암(暗暗) 갈ᄎᆡ(喝采)ᄒᆞ더라.

이윽고 탑하(榻下)의 ᄂᆞᄋᆞ가니, 뎨(帝) 그 손을 잡ᄋᆞ ᄒᆞᆫ연 면유(面諭) 왈,

"ᄎᆞᄉᆡ 경의 근심ᄲᆞᆫ이리오. 짐이 참괴(慙愧)ᄒᆞ니 무ᄉᆞᆫ 면목으로 만민의 쥐(主) 되여 풍교(風敎)를 밝히리요. 경은 짐의 지긔(知己)의 신ᄒᆡ(臣下)니 짐의 심ᄉᆞ를 혜ᄋᆞ려 짐으로 ᄒᆞ여금 인뉸의 죄인 되믈 면케 ᄒᆞ지 못ᄒᆞ랴?"

1767)ᄉᆞ이지ᄎᆞ(事已至此) : 일이 이미 이 지경에 이르렀다.

1768)주우신욕(主憂臣辱) : =주욕신ᄉᆡ(主辱臣死) : 임금에게 근심이 있으면 신하는 마땅이 이를 치욕으로 생각하여 근심을 없애야 하고, 또 임금에게 치욕이 있으면 신하는 마땅이 죽음으로써 그 치욕을 씼어야 한다.

1769)당원도로(長遠徒勞) : 길게 가지 못한다. 길게 보면 헛 수고에 불과할 것이다.

1770)분긔텰텬(憤氣徹天) : 분한 마음이 하늘 뚫을 듯하다.

어시 청교(聽教)의 니셕(離席) 빅ᄉ 왈,

"셩괴(聖教) 지ᄎ(至此)ᄒ시니 미신(微臣)이 무ᄉᆞᆷ 말ᄉᆞᆷ을 알외리잇고? 다만 신의 부뫼 잇ᄉ오니 인ᄌ(人子)의 도리 ᄌ젼(自專)치 못ᄒ올지라. 신이 불학무식(不學無識) 【3】 ᄒ와 쳐신ᄒ미 경ᄃ치 못ᄒ와, 우흐로 셩쥬의 근심을 닐위고 아리로 일신의 참덕(慙德)이 동ᄒ슈(東海水)를 기우려○[도] 씻지 못ᄒ올지라. 신의 부뫼 신을 쥭여 텬하의 ᄉ례코ᄌ ᄒ오리니, 슈월 말미를 엇ᄉ와 어버이를 보옵고 허ᄒ물 엇ᄉ온 즉, 폐하 셩교를 밧ᄌ올가 ᄒᄂ이다."

뎨 참식이 ᄀ득ᄒ사 츄연 탄왈,

"짐이 만됴의 붓그러오미 극ᄒ되 경등이 짐심(朕心)[1771]을 혜ᄋ리려니와 오히려 ᄒᄂ인(海內人)의 알물 붓그려ᄒᄂ ᄃ, 무ᄉᆫ 낫ᄎ로 뎡공긔 알외 【4】 리오. 짐은 ᄎ마 못ᄒ리니, 경이 ᄉᄉ로 가 됴이[1772] ᄒ여 경의 몸으로 짐의 은우(隱憂)를 맛다 ᄉ셰(事勢)되여가물 볼지니, 경의 삼부인은 위호를 밧고지 못ᄒᄂ니, 아직 동창궁(同昌宮)의 두어 냥쳐(量處)ᄒ미 가ᄒ도다.

어시 슉연빅ᄉ(肅然拜謝)ᄒ고 드ᄃ여 명일 근친(覲親) 말ᄆ를 알외고 인ᄒ여 하직을 고ᄒ니, 뎨 ᄉ쥬(賜酒)ᄒ시고 왈,

"경이 뫼흘 써난지 삼년의 비로소 도라가니 직품이 심히 나즌지라. 짐의 녜우(禮遇)ᄒᄂ 뜻이 어ᄃ 잇ᄂ뇨?"

특별이 벼슬을 츄밀부ᄉ상셔복야(樞密府司尙書僕射)를 【5】 ᄒ이시고, 영친(榮親)홀 잔치를 쥬실 ᄉ, 금은치단(金銀綵段)으로 부모긔 헌슈(獻壽)ᄒ라 ᄒ시니, 어시 고두 왈,

"셩은이 망극ᄒ시니 분골난망(粉骨難忘)[1773]이로쇼이다. 신이 ᄂ히 졈고 ᄌ학(才學)이 《공슈‖공쇼(空疏)》 ᄒ오니, 즁임을 감당치 못ᄒ리쇼이다."

인ᄒ여 구지 ᄉ양ᄒ니, 뎨 듯지 아니시고, '벼슬을 ᄯᅴ여 도라가 부모긔 영화(榮華)를 뵈고 슈이 오라' ᄒ시니, 상셰 부득이 ᄉ은(謝恩) 퇴됴(退朝)ᄒ니, 뎨 부ᄐ ᄉ를 부르ᄉ 졍식(正色) 왈,

"경은 국가쥬셕(國家主席)이여ᄂᆯ, 질녀를 경계치 못ᄒ고 도로혀 궁금 【6】 츌입을 긔탄(忌憚)업시 ᄒ며, 당금(當今) 어ᄆ(御妹)의 실톄(失體)ᄒ미 부녀의 작ᄉ(作事)라. 그 죄 경치 아니ᄒ나 낭낭의 ᄉ친(私親)이믈 고렴(顧念)ᄒ고 경의 안면을 보와 죄를 뭇지 아니ᄒᄂ니, 경은 ᄎ후 엄칙(嚴責)ᄒ여 다시 작얼(作孽)을 니

1771)짐심(朕心) : '짐(朕)의 마음' 곧 '임금의 마음'.

1772)됴이 : 좋게. *둏다: 좋다.

1773)분골난망(粉骨難忘) : 죽어서 백골이 부서져 가루가 되어도 잊을 수 없다는 뜻으로, 남에게 큰 은덕을 입었을 때 고마움의 뜻으로 이르는 말. =백골난망(白骨難忘).

르혀 짐의 시름을 일워지 말나."

부ᄐᆡᆨᄉᆡ 돈슈ᄉᆞ되(頓首謝罪)ᄒᆞ고 질녀를 다려가니라.

뎨 녜부의 하교(下教)ᄒᆞᄉᆞ 공쥬궁을 지으며 흠텬관(欽天官)1774)의 '길일(吉日)을 츄간(秋間)으로 ᄐᆡᆨᄒᆞ라' ᄒᆞ시다.

상셔(尙書) 물너 조부의 오니, 제붕(諸朋)이 ᄯᆞ라 니르러 위로ᄒᆞᆯ ᄉᆡ, 상셔 【7】 기리 탄왈,

"쇼뎨 ᄋᆡᆨ회(厄會) 괴이ᄒᆞ여 음악발부(淫惡潑婦)ᄅᆞᆯ 버히지 못ᄒᆞ고 댱부의 지긔(志氣)ᄅᆞᆯ 굴ᄒᆞ니, 더러오미 니젹(夷狄)을 겻지음 ᄀᆞᆺ도다."

조빈이 위로 왈,

"ᄃᆡ장뷔(大丈夫) 텬하라도 가어(可御)1775)ᄒᆞ리니, 엇지 ᄒᆞᆫ 음녀ᄅᆞᆯ 독(足)히 니르리오. 져의 모녀(母女) 션뎨(先帝)의 일괴(一孤)믈 유셰(有勢)ᄒᆞ고, 쥬상의 ᄃᆡ통(大統) 니으시믈 빙ᄌᆞ(憑藉)ᄒᆞ여 협박ᄒᆞ고 겁칙(劫勅)1776)ᄒᆞ미 여ᄎᆞ(如此)ᄒᆞ니, 셩상의 괴로오시미 만단(萬端)이라. 신ᄌᆡ(臣子) 엇지 ᄌᆞ의(自意)ᄅᆞᆯ 셰오리요. 이 다 텬쉬(天數)라. 군ᄀᆡ(君家)1777) 두 번 국혼(國婚)이 다 그 ᄒᆡ(害) 무 【8】 궁ᄒᆞ되 ᄌᆞ현은 셩쥬의 녜우(禮遇)ᄒᆞ시미 심상(尋常)치 아니시고, 우리 쥬상(主上)이 의둉(懿宗)1778)의 혼덕(昏德)1779)이 아니시니, 필경 깁흔 염녀ᄂᆞᆫ 업ᄉᆞ나 심위(心憂) 되리라."

모다 '올타' ᄒᆞ더라.

상셔 ᄂᆡ당의 드러와 ᄆᆡ져(妹姐)긔 뵈니, 부인이 분ᄒᆞ믈 니긔지 못ᄒᆞ여, 옥뉘(玉淚) 방방(滂滂)ᄒᆞ여 왈,

"우리 남ᄆᆡ 뫼ᄒᆞᆯ 써ᄂᆞ무로붓터 부모ᄅᆞᆯ ᄉᆞ렴(思念)ᄒᆞ여 즐거오미 업더니, 여ᄎᆞ 괴히지ᄉᆞ(怪駭之事)1780)ᄂᆞᆫ 쳔만녀외(千萬慮外)라. 져 공쥐 음난 ᄑᆡ악ᄒᆞᆯ 분 아냐, 태비ᄅᆞᆯ 씨고 황야ᄅᆞᆯ 졔어(制御)ᄒᆞ니, 우리 집의 【9】 두 번 일이 잇시믄 'ᄉᆡᆼ각지

1774)흠친관(欽天官) : 천문역수(天文曆數)의 관측을 맡은 관아인 흠천감(欽天監)의 관리.

1775)가어(可御) : 상대방을 제어하여 제 의도대로 다루거나 다스릴 수 있음.

1776)겁칙(劫勅) : 겁박(劫迫)하여 훈계를 함.

1777)군가(君家) : 임금의 가문. =왕가(王家)

1778)의종(懿宗) : 833-873, 당나라의 제17대 황제, 재위 859-873. 휘는 최(漼), 연호는 함통(咸通)이다. 선종(宣宗)의 장자. 초명은 온(溫)으로 운왕(鄆王)에 봉해졌다가 뒤에 변왕(汴王)으로 전봉(轉封)되었다. 859년 선종이 죽자 환관 왕종실(王宗實) 등이 주도하여 선종의 고명(顧命)을 받은 기왕(夔王)을 폐하고 그를 황위에 옹립하였다. 무능하여 재위 기간 동안 불사(佛事)로 재정을 탕진하고 환관의 농단과 민란 등으로 국정이 혼란하였다.

1779)혼덕(昏德) : 명덕(明德)의 반의어(反意語)로 본성이 어둡고 바르지 않음.

1780)괴히지ᄉᆞ(怪駭之事) : 괴이하고 놀라운 일.

아닐와'[1781]. 셕일(昔日) 우리 승상 션됴는 동창(同昌)[1782] 조뫼(祖母) 어즈르ᄉᆞ되[1783] 맛참ᄂᆡ 풍파화란(風波禍亂)으로 몸을 맛ᄎᆞ 계시거ᄂᆞᆯ, 공쥬는 ᄃᆡ악발뷔(大惡潑婦)라. 현데의 삼ᄆᆡ(三妹)의 화란이 어느 지경의 밋ᄎᆞᆯ 쥴 알니오."

상셰 왈,

"ᄉᆞ이이의(事而已矣)[1784]니 현마 엇지 ᄒᆞ리잇고? 우리 션됴 《와란 ‖ 화란(禍亂)》은 텬쉬(天數)오, 쇼데 ᄋᆡᆨ운은 횡ᄋᆡᆨ(橫厄)이여니와, 셩쥐 현명ᄒᆞ시고 됴정의 간신(奸臣)이 업ᄉᆞ니, 무셰(無勢)ᄒᆞᆫ 후궁의 발악이 근심ᄒᆞᆯ ᄇᆡ 아니로ᄃᆡ, 일시라도 음악ᄒᆞᆫ 졍ᄐᆡ(情態)를 목견(目見) 【10】 ᄒᆞᆯ ᄇᆡ 통완(痛惋)토쇼이다"

부인 왈

"그러나 삼ᄆᆡ의 옥보[부]방신(玉膚芳身)[1785]이 모진 독슈(毒手)를 능히 면ᄒᆞ랴?"

상셰 소이ᄃᆡ왈(笑而對曰),

"이는 소소(小小)ᄒᆞᆫ 근심이니 음녜 상의(上意)를 협제(脅制)코ᄌᆞ ᄒᆞ나, 셩상이 듯지 아니실거시오 ᄀᆞ마니 독히(毒害)ᄒᆞ나 삼인이 곡졀업시 독슈(毒手)를 아니 바드리니, 음녜 작얼(作孼)[1786]을 일워 스ᄉᆞ로 ᄑᆡ(敗)ᄒᆞ려니와, 쇼데 이젹(夷狄)도곤 더러온 음부를 칭명부부(稱名夫婦)[1787]ᄒᆞᆯ 일이 통한(痛恨)ᄒᆞ니 뫼 밧기 난 쥴 한(恨)이로소이다."

부인 왈

"엇지코ᄌᆞ ᄒᆞᄂᆞ뇨"

상셰 왈

"근친(覲親) 【11】 말ᄆᆡ를 어더시니 명일 장안의 가 실인(室人) 등을 보고 화쥐로 가 부모긔 뵈오려 ᄒᆞ니, 도라오믄 국가 쳐분이니 지속(遲速)을 모ᄅᆞᆯ소이다"

언미(言未)의 외당의 ᄀᆡᆨ 오물 고ᄒᆞ니 상셰 니러 나오니, 됴보 등 십여인이 왓는지라. 됴공지 쇼왈,

"형이 풍ᄎᆡ(風彩) 츌인(出人)ᄒᆞᆫ 고로 '쵸방(椒房)의 아릿다온 ᄀᆡᆨ'[1788]이 되여

1781)ᄉᆡᆼ각지 아닐와 : 생각도 말 일이구나. *-ㄹ와: 「어미」 「옛말」 《동사, 형용사 어간 뒤에 붙어》 -는구나. -이구나.
1782)동창(同昌) : 동창공쥬(同昌公主). 중국 당나라 제17대 황제 의종(懿宗, 833-873)의 공주. 곽숙비 소생. 849- 870. 위국문의공주(衛國文懿公主)에 책봉되었다.
1783)어즈르다 : 어질다. 마음이 너그럽고 착하며 슬기롭고 덕이 높다.
1784)ᄉᆞ이이의(事而已矣) : 이미 끝난 일이다. 어쩔 수 없는 일이다.
1785)옥부방신(玉膚芳身) : 옥같이 고운 살갗과 꽃같이 향기로운 몸.
1786)작얼(作孼): 죄를 지음.
1787)칭명부부(稱名夫婦) : 부부라는 이름으로 부름.
1788)쵸방(椒房)의 아릿다온 ᄀᆡᆨ : '초방가셔(椒房佳壻: 왕실의 아름다운 사위)'를 이른 말.

쵹지(蜀地) 험노(險路)의 위ᄐᆡ(危殆)를 면ᄒᆞ고, 태비의 ᄋᆡ세(愛壻) 되여 봉읍(封邑)이 호귀(豪貴)1789)ᄒᆞ여, 우리 무리 감이 우러러 보지 못ᄒᆞ니, 불워ᄒᆞᆫ들 밋ᄎᆞ랴?"

상셰 어히업셔 【12】 왈,

"형이 취광(醉狂)1790)ᄒᆞ시니 밧비 ᄇᆡᆨ시(伯氏)긔 고ᄒᆞ여 약으로 치료ᄒᆞ리로다."

됴ᄉᆡᆼ이 ᄃᆡ소 왈,

"ᄂᆡ 실셩(失性)ᄒᆞ여시리오. 치하(致賀)ᄒᆞ미 진졍(眞正) 말이러니, ᄃᆡ답이 여ᄎᆞ(如此)ᄒᆞ믄 의외로다."

만좌(滿座) 말을 니어 왈,

"형이 심녜(心慮) 즁ᄒᆞ고 분뇌(忿怒) 만복(滿腹)ᄒᆞᆫᄃᆡ 희롱을 더으리오. 다만 무가ᄂᆡ하(無可奈何)1791)라. 한셜(閑說)이 돕지 아닛ᄂᆞ니 근친슈유(覲親受由)1792)를 바닷시니, 어느날 힝ᄒᆞᄂᆞ뇨?"

상셰 탄왈,

"부졀업시 뫼 밧긔 ᄂᆞ와 불ᄉᆞ(不似)ᄒᆞᆫ1793) 몸의 국은이 호ᄃᆡ(浩大)ᄒᆞ믈 두리더니, 쳔만의외(千萬意外) 쇼뎨의 연고 【13】 로 셩상의 심우(心憂)를 돕ᄉᆞᆸ고, 평지풍파(平地風波)1794)를 맛나 츄회막급(追悔莫及)1795)이라. 명일 산즁의 도라가 암셕 ᄉᆞ이의 슘어 세상의 ᄂᆞ지 말고ᄌᆞ ᄒᆞ되, 뜻 ᄀᆞᆺ지 못ᄒᆞᆯ가 통한(痛恨)ᄒᆞ노라."

모다 탄식위로 왈,

"막비텬슈(莫非天數)1796)라"

ᄒᆞ더라.

쥬ᄇᆡ(酒杯)를 날녀 동용이 담소ᄒᆞᆯᄉᆡ, 명일 니별을 앗기고, 됴뵈(趙普) 왈(曰),

---

*초방(椒房); 산초나무 열매를 가루를 내어 바른 방이라는 뜻으로, 왕비가 거처하는 방이나 궁전, 왕실 따위를 이르는 말. 산초나무는 온기가 있고 열매가 많은 식물로서, 자손이 많이 퍼지라는 뜻에서 왕비의 방 벽에 발랐다.

1789)호귀(豪貴) : 매우 부성(富盛)하고 귀중(貴中)함.

1790)취광(醉狂) : 술에 취하여 정신을 차리지 못함.

1791)무가ᄂᆡ하(無可奈何) : 어찌할 도리가 없음.

1792)근친수유(覲親受由) : 벼슬살이를 하거나 시집을 간 자식이 고향집에 가서 부모를 뵈올 말미를 받음.

1793)불ᄉᆞ(不似)ᄒᆞ다 : '닮지 않았다'는 뜻으로 '못나고 어리석다'는 말로 쓰인다. ≒불초(不肖)하다.

1794)평지풍파(平地風波) : '평온한 자리에서 일어나는 풍파'라는 뜻으로, 뜻밖에 분쟁이 일어남을 비유적으로 이르는 말. 당나라 시인 유우석(劉禹錫)의 <죽지사(竹枝詞)>에 나온다.

1795)츄회막급(追悔莫及) : 이미 잘못된 뒤에 아무리 후회하여도 다시 어찌할 수가 없음.=후회막급(後悔莫及).

1796)막비텬슈(莫非天數) : 모든 일이 하늘이 정한 운수가 아닌 것이 없다.

"한웅이 형의 일홈을 비러 길긔(吉期)를 등딕(等待)ᄒᆞ고 용모를 치레[1797]터니, 한웅이 낭픽(狼狽)ᄒᆞ믹 병드러 누어 형을 원망ᄒᆞᆫ다 ᄒᆞ니, 텬하의 통히뎔도(痛駭絶倒)[1798] ᄒᆞᆫ[ᄒᆞᆯ] 일이 만토다."

상셰 또 야간 【14】 음녀지ᄉᆞ(淫女之事)를 ᄉᆡᆼ각ᄒᆞ니, 분노ᄒᆞ여 옥안(玉顔)의 셜풍(雪風)이 소소(瀟瀟)ᄒᆞ고[1799], 공산(空山)의 파람[1800] ᄀᆞᆺ다가. 이윽고 진정ᄒᆞ여 강잉(强仍)[1801] 잠소왈(暫笑曰),

"ᄒᆞᆫ 무리 돈견(豚犬) ᄀᆞᆺᄒᆞᆫ 니젹(夷狄)의 말을 구두(口頭)의 올니ᄂᆞ뇨? 소데 심홰(心火) 셩(盛)ᄒᆞ여 그 말을 듯고ᄌᆞ 아닛ᄂᆞ니, 다시 번득지 말나."

말을 맛고 졍금(整襟)[1802] 단엄(端嚴)ᄒᆞ여[니], ᄒᆞᆨ우션인(鶴羽仙人)[1803]이라. 즁인이 말을 긋치고 일모도원(日暮途遠)[1804]ᄒᆞ믹, 각각 니별을 앗겨 흣터질ᄉᆡ, 됴공지 가향(家鄕)을 ᄉᆞ모(思慕)ᄒᆞ여 동힝ᄒᆞᆷ을 의논ᄒᆞ고, ᄒᆞᆫ가지로 도라가니라.

상셰 표연(飄然)이 길 【15】 을 날ᄉᆡ, 위ᄎᆡ(位次) 임의 ᄌᆡ상의 올낫는지라. ᄉᆞ마쌍곡(駟馬雙轂)[1805]으로 하리(下吏) 츄종(騶從)이 슈풀 ᄀᆞᆺᄒᆞ여 풍ᄎᆡ를 돕더라.

화표(話表)[1806], 션시(先時)의 댱안(長安) 동창궁(同昌宮)의셔 니·유·뎡 삼부인이 군ᄌᆞ의 경눈ᄃᆡᄌᆡ(經綸大才)를 미드나, 풍진(風塵)을 무릅써 닛브믈[1807] 염녀ᄒᆞ믹, 시름이 뉴미(柳眉)의 믹쳐시니, 뉴소져는 창을 열고 영작(靈鵲)[1808]의 보(報)ᄒᆞᆷ을 참쳥(參聽)ᄒᆞ고, 뎡소져는 쳥신(淸晨)의 소셰(梳洗)를 맛고, 금젼(金錢)을 더져 길ᄒᆞᆫ 과(卦)[1809]를 어드믹 비로소 마음이 평상(平常)ᄒᆞ여 졍당의 모다

1797)치레ᄒᆞ다 : ①잘 손질하여 모양을 내다. ②무슨 일에 실속 이상으로 꾸미어 드러내다.

1798)통히졀도(痛駭絶倒) : 몹시 놀라 까무러쳐 넘어짐.

1799)소소(瀟瀟)ᄒᆞ다 : 비바람 따위가 세차다.

1800)파람 : ①휘파람. ②짐승의 울음소리나 포효하는 소리. *파람ᄒᆞ다: ①휘파람을 불다. ②사나운 짐승이 울부짖다.

1801)강잉(强仍) : ①억지로 참음. ②마지못하여 그대로 함.

1802)졍금(整襟) : 옷깃을 여미어 모양을 바로잡음.

1803)ᄒᆞᆨ우션인(鶴羽仙人) : '학의 날개 위에 올라탄 신선'이라는 뜻으로, '먼 길을 떠날 준비를 마친 사람의 모습'을 비유적으로 표현한 말.

1804)일모도원(日暮途遠) : 날은 저물고 갈 길은 멂.

1805)ᄉᆞ마쌍곡(駟馬雙轂) : 수레를 끄는 말과 그 수레의 바퀴수를 함께 이른 말.

1806)화표(話表) : 고소설에서 새로 이야기를 시작할 때 쓰는 '화설(話說)' '익설(益說)' '각설(却說)' 따위와 같은 화두사(話頭詞).

1807)닛브다 : 수고롭다. 힘들다.

1808)영작(靈鵲) : 신령한 까치.

1809)과(卦) : 괘(卦). 중국 고대(古代)의 복희씨(伏羲氏)가 지었다는 글자. ≪주역≫의 골자가 되는 것으로, 한 괘에 각각 삼 효(爻)가 있어, 효를 음양(陰陽)으로 나누어서 팔괘(八卦)가 되고 팔괘가 거듭하여 육십사괘(六十四卦)가 된다.

날을 보니더니, 쳡음(捷音)1810)이 옥뇽누(玉龍樓) 【16】의 오르미, 소식이 본부의 니르니, 삼부인의 화긔 쳣봄이 도라오고, 궁즁 노복의 환셩(歡聲)이 우레 ᄀᆞᆺ더니, 아이오. 승젼 셩공ᄒᆞ여 벼슬을 도도며, 부인니 봉작ᄒᆞ시ᄂᆞᆫ 직쳡이 니르니, 됴공과 부인이 경ᄉᆞ를 하례ᄒᆞ고, 뉴모(乳母) 시녀(侍女) 등이 쥬인의 봉관화리1811)를 나오고 환열ᄒᆞ믈 니기지 못ᄒᆞ니 삼소제 구고와 부모긔 깃부믈 고치 못ᄒᆞ믈 슬허ᄒᆞ더라.

일일은 니부인 왈,

"셕년(昔年) 괵국부인(虢國夫人)1812)의 ᄀᆞ르치미 어긔지 아니ᄒᆞ니 젼두(前頭)의 염네 업지아닌 【17】 지라. 현ᄆᆡᄂᆞᆫ 명됴의 신명(神明)긔 츅(祝)ᄒᆞ여 길흉을 ᄉᆞᆯ피라."

1810)쳡음(捷音) : 전쟁에 이겼다는 소식.

1811)봉관화리 : '봉관하피(鳳冠霞帔)'의 이표기(異表記). 조선시대 명부(命婦) 복식(服飾)의 하나인 봉관(鳳冠)과 하피(霞帔)를 함께 이른 말. *봉관(鳳冠): 고대로부터 중국이나 우리나라에서 왕실이나 귀족 부녀자가 착용하던 예모(禮帽)로, 윗부분에 금과 옥으로 만든 봉황·꿩 모양의 장식을 붙였다. *하피(霞帔): 조선시대 왕실 비·빈들의 관복인 적의(翟衣)나 내·외명부(內·外命婦)의 예복(禮服)에 부속된 옷가지로, 적의나 예복을 입을 때 어깨의 앞뒤로 늘어뜨려 걸치는 천을 말한다. 긴 한 폭으로 되어 있어 목에 걸치게 되어 있다. 조선 고종조에 김윤식(金允植: 1835-1922. 호 雲養. 갑오개혁 후 외무대신을 지냈다)의 문집 『운양집(雲養集) 운양속집(雲養續集) 제4권』의 <정부인 김해김씨묘갈명(貞夫人金海金氏墓碣銘)에 "기억컨대 옛날 임금께서 남쪽으로 순수(巡狩)하실 때, 나도 임금의 행차를 따라 마산에 이르러 부인 고부(姑婦)가 임금의 부르심을 받아 왔던 것을 보았다. 봉관(鳳冠)과 하피(霞帔)를 갖추고 행재소(行在所)에서 알현(謁見)하는 예를 행하였는데, 용모와 옷차림이 단정하고 정숙하며 거동이 반듯하였다. 좌우에서 모시던 여러 신하들이 김부인을 가리켜 어질다고 칭찬하지 않는 사람이 없었다(記昔南巡 余陪駕至馬山 見夫人姑婦承召而至 具鳳冠霞帔 禮謁于行在所 容儀端肅 擧止修整 左右陪衛諸臣 莫不指示稱金夫人賢)."라고 한 기록이 보이는데, 이를 보면 '하피(霞帔)' 또한 조선말까지 왕실 비·빈들 뿐만 아니라, 외명부(外命婦)들의 예복(禮服)에도 널리 착용되었음을 알 수 있다. *그런데 조선조 고소설들에서는 이상의 봉관(鳳冠)과 하피霞帔)를 '봉관화리'로 표기하고 있다. 그간 필자는 고소설 속에서 과거에 급제한 관원이나 공경대부(公卿大夫)의 부인들과 같은 외명부(外命婦)들이 예장(禮裝)할 때에 머리에 쓰는 '봉관화리'를 '화관족두리(花冠簇頭里)'를 달리 표현한 말로 보고, 본래 족두리가 '겉을 검은 비단으로 싼[封] 여섯 모가 난 모자[冠]로, 위가 넓고 아래로 내려갈수록 좁으며 구슬로 화려하게[華] 장식했기 때문에, 이것 곧 족두리(簇頭里)[里]에 '봉관화리(封冠華里)'라는 이름을 붙인 것으로 추정해, 2022년 이전에 출판한 모든 교주서(校註書)들에 이 같은 주석을 붙여왔다. 그러나 위 『운양집』 속에 나오는 정부인 김해김씨 고부(姑婦)가 착용했던 '봉관하피(鳳冠霞帔)'가 이 복식이 등장하는 모든 작품의 실상과 더 부합한다고 보아, 이후 나타나는 '봉관화리'에 관한 주석들은 본 주석을 원용하기로 한다.

1812)괵국부인(虢國夫人) : 중국 당(唐)나라 현종(玄宗)의 미녀. 양귀비(楊貴妃) 셋째 언니로 현종의 총애를 받아 괵국부인에 봉해졌다. 얼굴 피부가 고와서 언제나 분단장을 하지 않고 맨낯 으로 현종을 대하였다고 한다.

뎡소뎨 왈

“만식 정흔거시 잇시니 안들 유익ᄒᆞ미 이시리잇가?”

뉴소졔 낭소(朗笑) 왈,

“ᄆᆡᄆᆡ(妹妹)의 정논이 여ᄎᆞᄒᆞ니, 져 마음으로 졈ᄉᆞ(占辭)를 빅호믄 엇지뇨?”

인ᄒᆞ여 셔로 웃고 손을 닛그러 졍당의셔 잘식, 홀연 션악(仙樂)이 은은ᄒᆞ거늘, 삼 소졔 ᄉᆞ창(紗窓)을 열고 우러러보니, ᄎᆡ운(彩雲)을 헷치고 일위 션인이 운상무의(雲裳霧衣)1813)로 중당(中堂)의 ᄂᆞ리니, 금화진인이 아니면 괵국부인(虢國夫人)이라.

삼소졔 연망이 ᄆᆞᄌᆞ 【18】 방즁의 니르니, 네필좌정(禮畢坐定)의 삼소뎨 말을 펴 별ᄂᆡ(別來)를 니르고, 의외(意外) 강님(降臨)ᄒᆞ시믈 영힝ᄒᆞᄂᆞᆫ지라. 진인이 삼소져의 손을 잡고 낭연 소왈,

“빈되 소져ᄂᆡ를 니별흔 후 ᄉᆞ모ᄒᆞ미 간졀ᄒᆞ나, 션범(仙凡)1814)이 길히 다르니 ᄌᆞ로 오믈 엇지 못ᄒᆞ더니, 소져ᄂᆡ 큰 ᄋᆡᆨ이 오ᄂᆞᆫ지라. 임시 쳐변(處變)홀 도리로 ᄃᆡ화(大禍)를 버셔○[나] 구고긔 ᄂᆞᄋᆞ가 ᄉᆞ오년 후면 ᄋᆡᆨ이 진ᄒᆞ시리이다.”

드ᄃᆡ여 금낭(錦囊)을 미러 젼ᄒᆞ고 니로ᄃᆡ,

“빈되 거일 거울과 칼을 보ᄂᆡ믄 금번 ᄌᆡᆨ익을 면홀 분 아니라, 타일 【19】 아름다온 ᄌᆞ손 즁 쓸 ᄉᆞ롬이 잇시믈 위ᄒᆞ미러니, ᄯᅩ흔 미믈(微物)이 잇ᄉᆞ니, 독(足)히 흉흔 도젹을 쳐치ᄒᆞ리니, 벽상의 칼과 거러 두소셔.”

ᄒᆞ고, ᄉᆞᄆᆡ로셔 가ᄂᆞᆫ 노흘 ᄂᆡ여 쥬니, 기릐1815) 사오 쳑(尺)이오, 믯그러워 무어신 쥴 모를 네라. 소졔 밧비 밧고 졀ᄒᆞ여 왈,

“젼후 진인(眞人)1816)의 은혜를 닙어시니 쳡 등이 몰신(歿身)토록 ᄀᆡᆨ골명심(刻骨銘心)ᄒᆞ리로소이다. ᄯᅩ 니르시미 의외로ᄃᆡ ᄎᆞ후라도 ᄂᆡ림(來臨)ᄒᆞᄉᆞ 쳡 등의 아득ᄒᆞ믈 ᄀᆞ르치시리잇가?”

진인이 ᄉᆞ왈(謝曰)

“쳡의 ᄌᆞ최 아니 【20】 간 곳이 업ᄉᆞ니 이 곳의 오미 무어시 어려오리오마ᄂᆞᆫ, 텬긔(天機)를 누셜ᄒᆞ미 빈도(貧道)의 죄 되고 부인긔 유익ᄒᆞ미 업ᄉᆞ니, 쳡의 오미 업셔도 소졔ᄂᆡ1817) 지모(智謀)와 긔ᄌᆡ(奇才) 도젹을 두릴 ᄇᆡ 아니나, 지ᄌᆞ(知者)

1813)운상무의(雲裳霧衣) : 구름치마와 안개저고리라는 뜻으로, ‘선녀의 옷’을 이르는 말.

1814)션범(仙凡) : 선인(仙人)과 속인(俗人) 또는 선계와 속계를 아울러 이르는 말.

1815)기릐 : 길이.

1816)진인(眞人) : 『종교 일반』 도교에서, 도를 깨쳐 깊은 진리를 깨달은 사람을 이르는 말.

1817)-ᄂᆡ : -네. 「접사」 ‘그러한 부류 또는 그러한 부류에 속하는 사람’의 뜻을 더하는 접미사.

현녀(賢女)의 필유일실(必有一失)을 념녀ᄒᆞ여 미졍(微情)을 표ᄒᆞ니 보즁ᄒᆞ소셔."

ᄒᆞ고, 니러날 ᄉᆞ이의 진인은 보지 못ᄒᆞ고, 학여셩(鶴唳聲)1818)이 알연창명(戛然唱鳴)1819)ᄒᆞ여 구소(九霄)의 ᄉᆞ못ᄎᆞ니, 삼소졔 놀나 ᄭᆡ치니 ᄒᆞᆫ ᄭᅮᆷ이라. 도라 냥소져를 보니 흠신긔좌거놀 소졔 왈

"현ᄆᆡ 등이 엇지 놀【21】나ᄂᆞ뇨"

냥소졔 왈

"몽즁의 진인을 맛나 ᄒᆞᆨ여셩(鶴唳聲)의 경각(驚覺)ᄒᆞ여이다."

소졔 왈,

"우리 삼인이 함긔 ᄭᅮᆷᄭᅮ니 암합(暗合)ᄒᆞ믈 볼거시라"

ᄒᆞ여 문방(文房)을 ᄎᆔ우려 ᄒᆞᆯ식, 금낭(錦囊)이 침변(枕邊)의 노혓고, 노 한 오리 잇거놀 삼소졔 보니 부드럽고 즐긔여1820) 아모 거신 쥴 모를너라.

소졔 왈,

"진인이 우리 보호ᄒᆞ미 이러틋ᄒᆞ니 감ᄉᆞ치 아니리오. 이 다 텬긔(天機)니 누셜치 말나."

ᄒᆞ고 금낭(錦囊)을 여러 보니 셰 됴각 깁이 잇셔 쓰여시되, 뉵월의 ᄌᆞᄀᆡᆨ이 돌입ᄒᆞ리니, 여ᄎᆞ【22】여ᄎᆞᄒᆞ고, ᄯᅩ 구월의 도뎍(盜賊)의 작얼(作孼)이 니르리니, ᄯᅩ 여ᄎᆞ여ᄎᆞᄒᆞ며, 명년 정월의 ᄃᆡ젹(大敵)의 군병(軍兵)이 집을 ᄊᆞ리니, 가히 여ᄎᆞᄒᆞ여 보신ᄒᆞ라. ᄯᅩ 부작(符作)1821) 세히 드럿더라. 삼인이 급히 감초고 보신(保身)ᄒᆞ믈 근신이 ᄒᆞ더라.

어시의 상셔의 니르믈 고ᄒᆞ니, 노복이 영졉ᄒᆞ고 궁네 분분이 마ᄌᆞ 당의 니르니, 삼소졔 녜필 한훤(寒暄)1822)ᄒᆞᆯ 식, 말숨이 간냑ᄒᆞ고 네되 ᄀᆞ즉ᄒᆞ니, 상셰 화답ᄒᆞ고 궁네 ᄎᆞ를 ᄂᆞ오며 셕반을 올니니, 상셰 먹기를 다【23】ᄒᆞ고, 이윽이 말숨ᄒᆞ다가 안셕(案席)의 비겨 화긔(和氣) ᄉᆞ연(索然)ᄒᆞ니1823), 삼소졔 긔ᄉᆡᆨ을 보ᄆᆡ 일이 잇ᄉᆞ믈 알오되 뭇지 아니터니, 하리 조부인의 셔찰을 드리고, 니·졍 냥가 셔간과 탕부인 셔식 니어 오니, 비로소 ᄒᆡ연(駭然)ᄒᆞᆫ ᄉᆞ의를 보고 경ᄒᆡ(驚駭)ᄒᆞ나, 상셔긔 뭇지 못ᄒᆞ고 셔간을 거두ᄆᆡ, 안ᄉᆡᆨ이 쳔연(天然)ᄒᆞ여 일쳔가지 ᄌᆞ틱를 겸ᄒᆞ여시

1818)학여셩(鶴唳聲) : 학의 울음소리.

1819)알연창명(戛然唱鳴) : 쇳소리처럼 맑고

1820)즐긔다 : 질기다. 물건이 쉽게 해지거나 끊어지지 아니하고 견디는 힘이 세다.

1821)부작(符作) : 『민속』 '부적'의 변한말. *부적(符籍): 잡귀를 쫓고 재앙을 물리치기 위하여 붉은색으로 글씨를 쓰거나 그림을 그려 몸에 지니거나 집에 붙이는 종이.

1822)한훤(寒暄) : 날씨의 춥고 더움을 말하는 인사.

1823)ᄉᆞ연(索然)ᄒᆞ다 : ①흥미가 없다. ②흥미 따위가 싹 가시다. 또는 마음 속에 있던 생각이나 감정이 사라져 전혀 없어지다.

니, 상셰 공경탄복ᄒᆞ고 탄왈,

“ᄉᆞ름의 품쉬(品數) 각각이나 여ᄎᆞ 괴거지ᄉᆡ(怪擧之事) ᄯᅩ 어ᄃᆡ 이시리오. ᄒᆞᆨᄉᆡᆼ이 명되 긔구ᄒᆞ여 음부찰녀(淫婦刹女)를 물니치지 【24】 못ᄒᆞ니, 긴 날의 분히(憤駭)ᄒᆞ믈 ᄎᆞᆷ을 길 업고, 부인ᄂᆡ게 홰(禍) 젹지 아니리니, ᄃᆡ불ᄒᆡᆼ(大不幸)이로다.”

부인이 공경 사왈(謝曰),

“군ᄌᆡ 우환(憂患)을 맛나 계시니 쳡 등이 경ᄒᆡ(驚駭)ᄒᆞ미 업ᄉᆞ리오마ᄂᆞᆫ, 이 ᄯᅩ 텬쉬요, 셩쥐(聖主) 은우(隱憂)ᄒᆞ실제, 신ᄌᆡ(臣子) 《바드미‖밧들미1824)》 당당ᄒᆞ니 엇지 심우(心憂)ᄒᆞ시ᄂᆞ니잇가? 쳡 등이 비록 소네(少女)나 하ᄂᆞᆯ긔 타 ᄂᆞᆺ시니, 속졀업시 몰(歿)치 아니리이다.”

상셰 칭복(稱服) 왈,

“부인의 말을 드리니 ᄉᆡᆼ의 용우(庸愚)ᄒᆞ믈 븟그리ᄂᆞ이다. 이 일이 그만ᄒᆞ지 아니리니, ᄉᆡᆼ 과 ᄒᆞᆫ가지로 【25】 동ᄒᆡᆼᄒᆞ여 부모를 뫼시미 맛당ᄒᆞ되, 져 음뷔 부인ᄂᆡ를 ᄒᆡ(害)ᄒᆞ고 말 거시니, 화쥐가지 작ᄉᆡ(作事) 밋ᄎᆞ면 부모긔 이우(貽憂) 되시리니, 이곳의셔 님시(臨時)ᄒᆞ여 쳐변(處變)ᄒᆞᆯ 거시로ᄃᆡ, 부인의 지개(志概)○[와] ᄉᆞᆨ슈단(熟手段)1825) 《이나‖이라도》 이 도덕은 탕뎍의 뉘(類) 아니라. 혹 소루(疏漏)ᄒᆞ미 이실가 졀우(絶憂)1826)로소이다.”

니부인이 셕일(昔日) 괵국부인 만낫던 바와, 금ᄌᆞ(今者) 몽ᄉᆞ를 가져 일일이 옴기고, 금낭을 ᄂᆡ여 노흐니, 상셰 경왈(驚曰),

“만ᄉᆡ(萬事) 하날이 아니미 업ᄉᆞ니 진즁(鎭重)ᄒᆞ소셔. 금번의 부모긔 알외【26】여 가시게 ᄒᆞ리이다.”

소제 왈,

“이런 비밀지ᄉᆞ를 구고긔 엇지 알외리잇고? 화음의 뎡소져 노복이 만흐니 비ᄌᆞ즁 츙근ᄒᆞᆫ ᄌᆞ를 보ᄂᆡ여, 범ᄉᆞ를 셔의 밋게 ᄒᆞ리니, 명츈(明春)으로 현셩(見成)ᄒᆞᆯ 쥴 알으소셔. 쳡 등의 ᄌᆞ최 비밀ᄒᆞ니, 엄칙(嚴飭)ᄒᆞ시믈 미리 고ᄒᆞ소셔.”

상셰 졈두 칭션ᄒᆞ더라.

명일 상셰 됴졈검과 두부인긔 ᄂᆞ으가 뵈니, 공과 부인이 광의(趙匡義)의 오믈 인ᄒᆞ여 아랏ᄂᆞᆫ지라. 상셔를 향ᄒᆞ여 치위(致慰)ᄒᆞ니, 상셰 왈,

“비례(非禮)의 말 듯기를 원【27】치 아니ᄒᆞ나이다.”

부인 왈,

1824)밧들다 : 받들다. 가르침이나 명령, 의도 따위를 소중히 여기고 마음속으로 따르다.
1825)ᄉᆞᆨ슈단(熟手段) : 능숙한 수단.
1826)졀우(絶憂) : 더할 나위 없이 걱정이 크다.

"어느날 화쥐로 가려ᄒᆞᄂᆞ뇨?"

우명일(又明日) 니발(離發)ᄒᆞ믈 고ᄒᆞ니, 부인이 악연(愕然)ᄒᆞ고, 됴공 왈,

"현데 니리오미 쉽지 아니ᄒᆞ니, 슈십일 머무러 가라."

상세 왈,

"됴고만 공명을 위ᄒᆞ여 부모 슬하를 써ᄂᆞ미 삼년의 밋ᄎᆞ니, 마음이 시워 써난 살 ᄀᆞᆺᄒᆞ니, 오ᄅᆡ 머물미 어렵도소이다."

됴공 왈,

"그러나 슈십일 못머믈냐?"

광의 니로ᄃᆡ,

"네 니리오미 형의 집 풍경을 보려 왓ᄂᆞ니, 형이 날노 더브러 십여일 한유(閒遊)ᄒᆞ고, 한 【28】 가지로 가미 됴흐니라."

상세 소왈

"연죽 그리ᄒᆞ리라."

ᄒᆞ더라.

상세 도라온 후, 됴공과 부인이 위부의 니르러 삼부인을 위로ᄒᆞᆯ ᄉᆡ, 삼소졔 부인을 뫼셔 녜필(禮畢)의 됸후(尊候)를 뭇ᄌᆞ오니, 두부인이 삼부인의 손을 잡고 반기믈 니르더니, 상세 됴공을 뫼셔 드러오니, 삼소졔 녜필좌졍(禮畢坐定)의 됴공이 슬피건ᄃᆡ, 삼인이 봉관화리[1827]로 위의졔졔(威儀齊齊)[1828]ᄒᆞ니, 텬지의 ᄉᆡᆨ혀난 정광(精光)과 일월의 졍명(精明)ᄒᆞᆫ 긔운이 미목(眉目)의 ᄀᆞᆷ초엿고, 부용쌍협(芙蓉雙頰)[1829]의 일쳔ᄌᆞᄐᆡ(一千姿態) 【29】 를 머금고 뉵쳑(六尺) 경눈(經綸)의 니향(異香)이 만신(滿身)ᄒᆞ니 텬상인간(天上人間)의 ᄃᆡ뒤(對頭)[1830] 업거ᄂᆞᆯ, 유한졍졍(幽閑貞靜)ᄒᆞᆫ 셩질이 셩녀쳘부(聖女哲婦)의 ᄌᆞ리를 니엇ᄂᆞᆫ지라.

됴공이 볼ᄉᆞ록 긔이히 넉이고 흠탄경복(欽歎敬服)ᄒᆞ여 슈됴(數條) 《한원 ‖ 한훤(寒暄)》 을 맛고 상셔의 익경을 치위(致慰)ᄒᆞ니, 삼소졔 권념(眷念)ᄒᆞ시믈 ᄉᆞ례ᄒᆞᄆᆡ, 옥음이 뇨됴ᄒᆞ여 금반(金盤)의 진쥐(眞珠) 구으ᄂᆞᆫ지라.

1827)봉관화리 : '봉관하피(鳳冠霞帔)'의 이표기(異表記). 조선시대 명부(命婦) 복식(服飾)의 하나인 봉관(鳳冠)과 하피(霞帔)를 함께 이른 말. *봉관(鳳冠): 고대로부터 중국이나 우리나라에서 왕실이나 귀족 부녀자가 착용하던 예모(禮帽)로, 윗부분에 금과 옥으로 만든 봉황·꿩 모양의 장식을 붙였다. *하피(霞帔): 조선시대 왕실 비·빈들의 관복인 적의(翟衣)나 내·외명부(內·外命婦)의 예복(禮服)에 부속된 옷가지로, 적의나 예복을 입을 때 어깨의 앞뒤로 늘어뜨려 걸치는 천을 말한다. 긴 한 폭으로 되어 있어 목에 걸치게 되어 있다.

1828)위의졔졔(威儀齊齊) : 위엄이 있고 엄숙한 태도가 가지런하고 기품이 있음..

1829)부용쌍협(芙蓉雙頰) : 연꽃처럼 아름다운 두 볼.

1830)ᄃᆡ두(對頭) : 적이나 어떤 세력, 힘 따위와 맞서 겨룸. 또는 그 상대.=대적(對敵).

됴공이 흡흡탄복(洽洽歎服)ᄒᆞ여, '진실노 위상셔로 하늘이 맛지신 빅필이니, 져 무도픽악(無道悖惡) 음녀(淫女) 엇지 발뵈리오' ᄒᆞ더라.

상셰 두부인을 향【30】ᄒᆞ여 신싱 ᄋᆞᄌᆞ롤 달나 ᄒᆞ여, 안고 됴공긔 고왈,

"조형이 거년의 싱ᄌᆞ(生子)ᄒᆞ여 히ᄋᆡ(孩兒) 진짓 장상(將相)의 그룻시로ᄃᆡ, ᄎᆞᄋᆞ의 비흔즉 밋지 못ᄒᆞ미 만흐니, 조ᄋᆞᄂᆞᆫ 웅호(雄虎) ᄀᆞᆺ고, ᄎᆞᄋᆞ(此兒)ᄂᆞᆫ 신뇽(神龍) ᄀᆞᆺᄒᆞ니이다."

됴공이 우셔 '희언(戲言)이 과(過)ᄒᆞᆫ 말이라' ᄒᆞ더라.

이윽고 됴공이 상셔로 더브러 외정의 ᄂᆞ가니, 삼 소졔 두부인을 뫼셔 뎡침(正寢)의 도라와, 한가(閑暇)ᄒᆞᆫ 담소로 화긔 가득ᄒᆞ니, 부인 왈,

"우형(愚兄)이 외오1831) 잇시ᄆᆡ, 현ᄆᆡ 등을 ᄋᆡ모ᄒᆞ여 눈물나믈 씨ᄃᆞᆺ지 못【31】ᄒᆞ더니, ᄃᆡᄒᆞᄆᆡ 그ᄃᆡ 등의 유한(幽閑)ᄒᆞᆫ 덕셩이 됵(足)히 요마(妖魔)1832)롤 술와 바리고, ᄋᆡᆨ(厄)을 물니칠지라. 요ᄉᆞ(妖邪)ᄂᆞᆫ 셩인의게 침학(侵虐)지 못ᄒᆞ려니와, 악착(齷齪)ᄒᆞᆫ 독물(毒物)은 막지 못ᄒᆞ리니 방심치 말나."

소졔 사ᄉᆞ(謝辭) 왈,

"위급ᄒᆞ미 잇거든 고ᄒᆞ리니, 죤슉(尊叔)긔 알외여 구ᄒᆞ소셔."

부인 왈,

"밋출 일이면 엇지 범연ᄒᆞ리오."

이윽고, 다과(茶果)롤 ᄂᆞ오니 소담1833) 향긔롭더라.

외당의 됴공형뎨와 슈삼 친위(親友) 모다 쥬비(酒杯)롤 연음(連飮)ᄒᆞ고, 됴공이 상셰롤 위ᄒᆞ여 잔치롤 베풀고,【32】삼부인이 다시 연셕을 니어 즐기고 공과 부인이 도라가니, 됴공ᄌᆞ 광의(匡義) 이셔 궁(宮) 십원풍경(十院風景)을 완상ᄒᆞᆯ ᄉᆡ, 상셰 ᄉᆞᄆᆡ롤 닛글고 길을 닌도(引導)ᄒᆞ니, 후원을 가는 길히 뎡시 침당 장원 밧기라. 분장(粉墻)이 먼니 둘너 시황(始皇)1834)의 방호(防護)ᄒᆞ던 셩곽(城廓)인가 넉이고, 눈이 결을1835) 업고 마음이 황홀ᄒᆞ여, 상셰 쇼왈,

---

1831)외오 : 외우. *외우: 외따로 떨어져. 멀리.

1832)요마(妖魔) : 요망하고 간사스러운 마귀(魔鬼).

1833)소담 : 음식이 풍족하여 먹음직함.

1834)시황(始皇) : 진시황(秦始皇). 중국 진(秦)나라의 제1대 황제(B.C.259~B.C.210). 이름은 정(政). 기원전 221년에 중국을 통일하고 스스로 시황제라 칭하였다. 중앙 집권을 확립하고, 도량형・화폐의 통일, 만리장성의 증축, 아방궁의 축조, 분서갱유 따위로 위세를 떨쳤다. 신선을 찾아 불로불사약을 구하기 위해 동남동녀(童男童女) 수천 명을 봉래산・방장산・영주산에 보냈으나 얻지 못하였다는 전설이 전한다. 재위 기간은 기원전 247~기원전 210년이다.

1835)결을 : 겨를. 어떤 일을 하다가 생각 따위를 다른 데로 돌릴 수 있는 시간적인 여유. ≒틈.

"경ᄉᆞ(京師) 쥬문갑졔(朱門甲第)1836)를 즛바라고1837) 산(山) ᄀᆞᆺᄒᆞᆫ 쇼견이 구구이 구ᄂᆞ뇨?"

듀ᄉᆡᆼ 왈,

"형의 말이 그르다. 돌연(猝然)이 도읍을 졍ᄒᆞᆫ ᄇᆡ라. 초창(怊悵)ᄒᆞᆫ 형셰 쥬문갑【33】졔를 니르지 말나. 뎐ᄌᆞ 궁뎐도 이의 밋지 못ᄒᆞ리라."

상셰 잠소(潛笑) 완보(緩步)터니, 분장(粉墻) 머리의 젹은 문이 반만 열녓거ᄂᆞᆯ, 듀ᄉᆡᆼ이 기우려보니 ᄯᅳᆯ 알ᄑᆡ 셕가산(石假山)이 졍묘ᄒᆞ고 경치 가려(佳麗)ᄒᆞᆫᄃᆡ, 노괴(老姑) 광쥬리의 나물을 담ᄋᆞ 들고 불너 왈,

"녀ᄋᆡ야! 산즁의셔 먹던 거시니, 반가와 ᄡᅳ덧ᄂᆞ니, 쥬방(廚房) 시녀를 쥬어 아름다이 달와1838) 부인긔 드리라. 부인이 응당 반겨ᄒᆞ시리라."

말노 듀ᄎᆞ ᄒᆞᆫ 미인이 ᄂᆞ오며 낭낭(朗朗)이 우어 왈,

"모친은 노망(老妄)ᄒᆞᆫ 거됴(擧措)를 【34】 마르소셔. 부인이 금옥(金玉)1839)○[의] 진찬(珍饌)이 ᄀᆞ득ᄒᆞ엿거ᄂᆞᆯ, 옛ᄂᆞᆯ 즈즐이 ᄌᆞ시던 쓴 나믈을 무어시라 햐져(下箸)ᄒᆞ시리잇가?"

노ᄑᆡ 왈

"우리 옛ᄂᆞᆯ 이 궁 부귀만 못ᄒᆞ게 지ᄂᆡ여시나, 현마 {ᄆᆡ}ᄆᆡ양 ᄂᆞ물노 ᄉᆞ라시랴? 진미(珍味)도 잇더니라마ᄂᆞᆫ 소졔 ᄎᆡᄀᆡᆼ(菜羹)을 됴히 넉이시더니라"

미인이 웃고 그ᄅᆞᄉᆞᆯ 바다 몸을 두루혈ᄉᆡ, 듀ᄉᆡᆼ으로 눈이 맛초인지라. 듀ᄉᆡᆼ이 보건ᄃᆡ 그 녀ᄌᆡ 안ᄉᆡᆨ(顔色)이 ᄇᆡᆨ승셜(白勝雪)이요, 냥안(兩眼)이 흐로ᄂᆞᆫ 별 ᄀᆞᆺ고, 홍협단슌(紅頰丹脣)1840)이 졀셰무쌍(絶世無雙)ᄒᆞᆯ ᄲᅮᆫ 아니라, 톄【35】지 탈속(脫俗)ᄒᆞ고 격됴(格調) 고극(高極)ᄒᆞ여, 어진 덕은 안ᄉᆡᆨ의 ᄂᆞᆺ타ᄂᆞ고, 호걸의 풍ᄎᆡ와 의ᄉᆞ(義士)의 긔질이라. 운환(雲鬟)은 층층(層層)ᄒᆞ여 흑운(黑雲)이 어린 듯, 미우(眉宇)ᄂᆞᆫ ᄂᆡᆼᄂᆡᆼ(冷冷)ᄒᆞ여 ᄌᆡ긔(才氣) 츌뉴(出類)ᄒᆞ니, ᄇᆡᆨ셜이 ᄊᆞ힌 귀밋ᄐᆡ 복덕(福德)이 완젼ᄒᆞ고, 번슌월ᄋᆡᆨ(反唇月額)1841)은 슈졍(水晶)을 ᄶᅡᆨ근 듯, 셤셤옥슈(纖纖玉手)로 그ᄅᆞᄉᆞᆯ 잡고, 완이(莞爾)히 거름을 옴기니, 낙포(洛浦)1842)의 그림

1836)쥬문갑졔(朱門甲第) : 붉은 대문을 단, 크게 잘 지은 집이란 뜻으로, 높은 벼슬아치가 사는 집을 이르는 말.

1837)즛바라다 : 짓밟다. 함부로 마구 밟다.

1838)달오다 : 달이다. 약재 따위에 물을 부어 우러나도록 끓이다. 음식을 조리하다.

1839)금옥(金玉) : 금이나 옥으로 만든 그릇들.

1840)홍협단슌(紅頰丹脣) 붉은 볼과 붉은 입술을 함께 이른 말.

1841)번슌월ᄋᆡᆨ(反唇月額) : 비죽거려 비웃는 입술과 달처럼 둥근 이마. *번순(反唇) : 입술을 비쭉거리며 비웃음. '反'의 음은 입술 비죽거릴 '번'이다.

1842)낙포(洛浦) : 중국 하남성(河南省) 낙수(洛水) 가에 있는 지명. 복희씨(伏羲氏)의 딸 복비(宓妃)가 이곳에 빠져죽어 수신(水神)이 되었다고 한다.

지 묘연(杳然)ᄒᆞᆫ지라.

어시의 됴ᄉᆡᆼ이 심혼(心魂)이 표탕(飄蕩)ᄒᆞ여 어린 ᄃᆞ시 ᄉᆡᆼ각ᄒᆞ되, 졔 분명 귀가(貴家) 규슈ᄂᆞᆫ 아니요, 궁가(宮家) 시녀도 아니라. ᄒᆞᆫ 【36】 번 보ᄆᆡ 졍혼이 무루녹고 뜻이 취(醉)ᄒᆞ이니, 엇지 슉연(宿緣)1843)이 아니리오. 상셰 이의 니르러 됴ᄉᆡᆼ의 여취여치(如醉如痴)1844)ᄒᆞ믈 보고 긔이(奇異)히 넉여, 문을 열고 보니, 다만 ᄒᆞᆫ 노픽 총망이 뎡부인 당ᄉᆞ(堂舍)를 바라고 거름이 젼도(顚倒)ᄒᆞ되, 오히려 됴ᄉᆡᆼ을 도라보믈 마지 아니ᄒᆞ니, 상셰 연고를 몰나 됴ᄉᆡᆼ을 다리여1845) 왈,

"형이 홀연 무슴 ᄉᆡᆼ각ᄂᆞᆫ 졍이 잇셔, 유유이 실혼(失魂)ᄒᆞ여 발을 옴길 쥴 니졋ᄂᆞ뇨?"

됴공지 손으로 소당(小堂)을 ᄀᆞ르쳐 왈,

"이 엇던 집이뇨?"【37】

상셰 왈,

"불과 시녀비(侍女輩)의 머무ᄂᆞᆫ ᄒᆡᆼ각(行閣)1846)이라. 어이 뭇ᄂᆞ뇨?"

공지 왈,

"져 노고ᄂᆞᆫ 뉘뇨?"

상셰 원ᄂᆡ 홍영의 모녀를 모로ᄂᆞᆫ지라. 답 왈,

"오역부지(吾亦不知)1847)여니와, 하고(何故)로 뭇ᄂᆞ뇨?"

됴공지 바야흐로 몸을 두로혀 하향원의 올나, 셔로 난간의 좌졍ᄒᆞᄆᆡ, 상셔를 ᄃᆡᄒᆞ여 향ᄌᆞ(向者) 미인의 용모를 니르고 왈,

"복ᄉᆡᆨ(服色)이 궁비와 다르니, 냥가(良家) 여ᄌᆡ 혹 잇ᄂᆞ냐?"

상셰 왈,

"쇼뎨(小弟) 집을 써난지 거년(去年)의 도라오니, 가즁ᄉᆞ(家中事)를 아지 못ᄒᆞᄂᆞᆫ지라. 무러보려니와 형의 거동이 홀 【38】 연 실셩(失性)ᄒᆞ여시니 긔이ᄒᆞ도다."

도공지 강쇼(强笑) 왈(曰),

"ᄂᆡ 셩졍(性情)으란 념녀 말고, 다만 미인의 근본을 아라 ᄂᆞ의 병을 곳치라. 셕년(昔年)의 '미인을 ᄉᆞ례ᄒᆞ마' ᄒᆞᆫ 슉약(宿約)이 아니 잇ᄂᆞ냐?"

상셰 ᄃᆡ쇼 왈,

"형이 ᄉᆞᄉᆞ로 미인을 구ᄒᆞ거ᄂᆞᆯ, 소뎨 드를만 ᄒᆞ여시니, 언졔 슉약을 두엇ᄂᆞ뇨?

1843)슉연(宿緣) : 『불교』 지난 세상에서 맺은 인연.
1844)여취여치(如醉如痴) : 취한 듯도 하고 바보가 된듯도 하다는 뜻으로, 이성을 잃은 상태를 비유적으로 이르는 말. ≒여광여치(如狂如痴)
1845)다릐다 : 잡아당기다.
1846)ᄒᆡᆼ각(行閣) : 궁궐, 절 따위의 정당(正堂) 앞이나 좌우에 지은 줄행랑. ≒상방, 월랑.
1847)오역부지(吾亦不知) : 나 또한 알지 못한다.

원간 형이 갈망(渴望)ᄒᆞ미 심ᄒᆞ니, 이 ᄯᅩᄒᆞᆫ 풍뉴호ᄉᆡ(風流好事)라. 무어시 어려오리오마ᄂᆞᆫ 됸슈(尊嫂)의 노(怒)ᄅᆞᆯ 닐위여, ᄀᆞ득 익구즌[1848] 놈이 힝익(行厄)을 맛날가 두려ᄒᆞ노라."

됴공지 역시 ᄃᆡ쇼 왈,

"실 【39】 인(室人)이 투긔ᄂᆞᆫ 업지아닌 위인이로ᄃᆡ, 현마 형의게 무ᄉᆞᆷ ᄒᆡ(害)랄 더으리오. 념네 말고 금야(今夜)의 가연(佳緣)을 일게 ᄒᆞ라."

인ᄒᆞ여 ᄂᆞᄋᆞ 안ᄌᆞ 간졀이 보ᄎᆡ니, 상셰 그윽이 실소(失笑)ᄒᆞ고 쾌이 허(許)코ᄌᆞ ᄒᆞ나, 그 노고의 근본을 몰나, 이의 의논ᄒᆞ여 회보ᄒᆞᆷ믈 ᄃᆡᄒᆞ니, 됴공지 실노 십원(十院) 볼 경(景)이 업셔, 상셔의 ᄉᆞᆫ을 닛그러 니러나며 왈,

"풍경도 물닛거라! ᄂᆡ ᄯᅳᆺ이 엉ᄯᅩᆼᄒᆞᆫᄃᆡ ᄀᆞᆺ노라. 어셔 ᄂᆡ당의 드러가 아라오라."

상셰 우음을 ᄯᅴ여 됴ᄉᆡᆼ을 닛그 【40】 러 도라올ᄉᆡ, 분장 밋ᄒᆡ 니르니, 즁문(中門)을 단단이 다닷ᄂᆞᆫ지라. ᄒᆞᆯ일업셔[1849] 외헌의 니르러 계상의 ᄇᆡ회ᄒᆞ더라.

상셰 바로 뎡부인 당즁의 니르니, 뎡쇼졔 바야흐로 옥반(玉盤)의 금젼(金錢)을 더져 과[괘(卦)]ᄅᆞᆯ 엇고, ᄌᆞ연 져두(低頭)ᄒᆞ여 보니, 뉴쇼져ᄂᆞᆫ 우음을 머금고 졈ᄉᆞ(占辭)ᄅᆞᆯ 보고, 그 노고(老姑)ᄂᆞᆫ 창젼(窓前)의 ᄭᅮ러 턱을 괴오고, 죄오ᄂᆞᆫ 빗치 잇더니, 상셔ᄅᆞᆯ 보고 놀나 물너나고, 뎡부인이 ᄯᅩᄒᆞᆫ 졈ᄉᆞᄅᆞᆯ 거두어 앗고 마ᄌᆞ니, 상셰 잠쇼ᄒᆞ고 왈,

"부인이 한가ᄒᆞᆫ 흥미ᄅᆞᆯ 혹ᄉᆡᆼ 【41】 의 니르믈 인ᄒᆞ여 파(罷)ᄒᆞ믄 엇지뇨?"

뎡소졔 잠쇼(暫笑) 왈,

"쳡 등이 망녕되이 오희(娛嬉)[1850]ᄅᆞᆯ 일ᄉᆞᆷᄋᆞ 부도의 어긔믈 아지 못ᄒᆞ니 참괴(慙愧)로쇼이다"

상셰 쇼왈,

"ᄎᆞᄉᆡ(此事) 비록 부도(婦道)의 어긔나, 바릴 일이 아니요, 아ᄂᆞᆫ 거ᄉᆞᆯ 곰초미 부부ᄉᆞ이 친ᄒᆞ미 아니라. 무ᄉᆞᆷ 허물 되리요. 연이나 무ᄉᆞᆷ 닐을 위ᄒᆞ민고, 보고ᄌᆞ 하나이다."

뎡소졔 우음을 ᄯᅴ여 ᄃᆡ왈,

"앗가 뉴져제 와 닐오ᄃᆡ, '영작(靈鵲)이 노파ᄅᆞᆯ 향ᄒᆞ여 닐오ᄃᆡ, 문 밧긔 온 ᄀᆡᆨ(客)이 너의 녀ᄋᆞ의 텬졍댱뷔(天定丈夫)라. ᄲᆞᆯ니 인연을 【42】 일우면 만ᄉᆡ 길ᄒᆞ리라 ᄒᆞᆫ다' ᄒᆞ니, 노픿 놀나 드러와 '졈ᄒᆞ여 달나' ᄒᆞ거늘, 우연이 그 인연 잇ᄉᆞ믈 보앗나이다."

1848)익곳다 : 애꿎다. 아무런 잘못 없이 억울하다.
1849)ᄒᆞᆯ일업다 : 하릴없다. 하릴없다. 달리 어떻게 할 도리가 없다.
1850)오희(娛嬉) : 놀이. 유희(遊戲).

상셰 ᄃᆡ쇼 왈,

"셰ᄉᆡ(世事) 져러틋 ᄒᆞ도다. 원간 져 노고ᄂᆞᆫ 뉘뇨?"

부인이 비로쇼 홍영의 시둉(始終)을 ᄌᆞ시 베푸고, 쳡이 져의 젼졍(前程)을 졔도(濟度)코ᄌᆞ ᄒᆞᆫ지 오ᄅᆡ되, 말ᄆᆡ암지 못ᄒᆞ엿더니, 외당 ᄀᆡᆨ이 뉘니잇고?"

상셰 이의 됴공ᄌᆞ 광의에 비상ᄒᆞ믈 젼ᄒᆞ고, ᄯᅩ 갈구ᄒᆞ믈 닐너, '쾌히 됴ᄉᆡᆼ을 마ᄌᆞ미 가(可)ᄒᆞ다.' ᄒᆞ니, 부인이 역시 깃거ᄒᆞ고, 노ᄑᆡ ᄃᆡ 【43】 락(大樂)ᄒᆞ여, 상셔와 부인의 쳐분을 바라더라.

상셰 니부인긔 젼ᄒᆞ여 ᄌᆞ장(資粧)을 ᄀᆞᆺ초와 홍영을 됴ᄉᆡᆼ의게 가(嫁)ᄒᆞᆯᄉᆡ, 길일(吉日)이 명일이라, 삼부인이 각각 슈식(繡飾)과 금단(錦緞)을 ᄉᆞ급(賜給)ᄒᆞ고, 모든 궁ᄋᆡ 분분이 혼ᄉᆞᄅᆞᆯ 셩비(盛備)ᄒᆞ니, 어시의 홍영이 노모ᄅᆞᆯ 닛그러 이의 온후, ᄒᆡ 밧고이ᄃᆡ, 심궁(深宮)이 벽원(僻遠)ᄒᆞ여[1851] 세상 멀미 산즁과 다르미 업ᄂᆞᆫ지라. 표ᄆᆡ(表妹)의 긔약이 아득ᄒᆞ니, 츈거츄ᄅᆡ(春去秋來)의 젹요(寂寥)ᄒᆞᆫ 원님(園林)의 심심(深深) 탄식 왈,

"녀ᄌᆞ의 도리 남ᄌᆞᄅᆞᆯ 사모ᄒᆞ믄 【44】 음난(淫亂)ᄒᆞᆫ ᄒᆡᆼ실이요, 부인ᄂᆡ 깁히 궁즁의 거(居)ᄒᆞ여 외ᄉᆞ(外事)ᄅᆞᆯ 아지 못ᄒᆞ시고, 노뫼 연고노망(年高老妄)ᄒᆞ니, ᄂᆞ의 인뉸(人倫)을 일울 긔약이 업ᄂᆞᆫ지라. 임년(臨年)[1852] 노모ᄅᆞᆯ 누ᄅᆞᆯ 의탁ᄒᆞ며, 망친(亡親)의 유유(幽幽)ᄒᆞᆫ 혼ᄇᆡᆨ(魂魄)이 어ᄃᆡ 의지ᄒᆞ리오. 이리 ᄉᆞ량(思量)ᄒᆞ여 울울히 근심을 ᄡᅧ엿더니, 쳔만의외(千萬意外)의 됴ᄉᆡᆼ을 맛ᄂᆞ니, 져의 유졍(有情)ᄒᆞᆫ 쌍광(雙光)이 ᄌᆞ긔 신상의 쏘여시니, ᄀᆞ마니 용모ᄅᆞᆯ ᄉᆞᆯ핀 즉, 늉쥰일각(隆準日角)[1853]이요, 텬일지푀(天日之表)[1854]라. 엇지 속ᄌᆞ의 비기리오. 경희(慶喜)ᄒᆞ 【45】 미 극ᄒᆞ나, 이 실노 여ᄌᆞ의 몬져 발셜(發說)ᄒᆞᆯ ᄇᆡ 아니라."

심회(心懷) 유유(儒儒)ᄒᆞ여 ᄀᆞ마니 탄식ᄒᆞ더니, 노뫼 문의 들며 깃분 우음이 살진 낫출 움즉이고, 오흰(娛嬉)[1855] 닙의 말이 젼도(轉倒)ᄒᆞ여 밧비 녀ᄋᆞᄅᆞᆯ 불너 가거ᄂᆞᆯ, 문기고(問其故)ᄒᆞ니, 밧비 가긔(佳期)ᄅᆞᆯ 젼ᄒᆞ니, 영이 비록 말을 아니나 깃브고 감격ᄒᆞ여 상셔부부의 ᄃᆡ덕을 감골(感骨)ᄒᆞ더라.

상셰 외당의 나와 됴ᄉᆡᆼ을 ᄃᆡᄒᆞ여 깃븐 소식을 젼ᄒᆞ니, 됴ᄉᆡᆼ이 ᄃᆡ락ᄒᆞ여 밧비 근

1851)벽원(邊遠)ᄒᆞ다 : 후미지고 멀다.

1852)임년(臨年) : 노년(老年).

1853)늉쥰일각(隆準日角) : 코가 우뚝하여 높고 이마의 중앙의 뼈가 태양처럼 둥글고 두두룩함. 관상(觀相)에서 귀인의 상(相)을 이르는 말. *일각(日角); 관상에서, 이마 한가운데 뼈가 불거져 있는 일. 귀인이 될 관상(觀相)이라 함.

1854)텬일디푀(天日之表) : 사해(四海)에 군림할 인상(人相). 곧 임금의 인상을 이르는 말이다.

1855)오희(娛嬉)ᄒᆞ다 : 즐거워하고 기뻐하다.

본을 무르믜, '쳔인(賤人)이 아니요, 【46】 '길일(吉日)이 명일이라' ᄒᆞ니, 용약ᄃᆡ열(勇躍大悅)ᄒᆞ여 쾌ᄒᆞ믈 니긔지 못ᄒᆞᄂᆞᆫ지라. 상셰 ᄃᆡ소 왈,

"소뎨 근ᄂᆡ 심홰 셩ᄒᆞ여 우ᄉᆞ온 일이 업더니, 형의 거동을 보믜 우음을 참지 못ᄒᆞ리로다."

인ᄒᆞ여 친신(親信)ᄒᆞᆫ 슈로(首奴)를 불너, '후졍(後庭) 만츈각을 슈리ᄒᆞ고 포진(鋪陳)을 베퍼 부인의 알외라.'ᄒᆞ니, 됴ᄉᆡᆼ이 더옥 깃거 이의 넌지시 니로ᄃᆡ,

"소뎨(小弟) 진실노 형을 속이지 아니리니, 실인(室人)이 투긔의 ᄃᆡ장이라. ᄎᆞᄉᆞ를 안즉 거뢰 됴용치 못ᄒᆞᆯ 거시오, 형장이 아르신즉 ᄂᆞ의 방 【47】 탕ᄒᆞ믈 쥰칙(峻責)ᄒᆞ시리니, ᄎᆞᄉᆞ를 알뇌지 마르소셔."

상셰 응낙ᄒᆞ더라.

명일의 노파와 홍영을 만츈각의 보ᄂᆡ고 약간 연셕(宴席)을 ᄇᆡ셜ᄒᆞ고 진·ᄇᆡᆨ 냥픠(兩婆) 청향 소유를 거나려 니르러, 홍영을 장속(裝束)[1856]ᄒᆞᆯᄉᆡ, 용모의 수려ᄒᆞ믄 텬ᄉᆡᆼ여질(天生麗質)이요, 복식의 화미(華美)ᄒᆞ믄 삼부인 후덕(厚德)이라. ᄒᆞ물며 빗난 침금과 휘황ᄒᆞᆫ 뎐각의 포진긔명(鋪陳器皿)[1857]이 극진치 아니미 업ᄉᆞ니, 홍영 모녜 황감ᄒᆞᆫ 은혜 골슈(骨髓)의 ᄉᆞ못ᄎᆞ 갑흘 바를 아지 못ᄒᆞ더라.

상 【48】 셰 셕양의 됴공ᄌᆞ를 인도ᄒᆞ여 당상의 좌를 일우믜, ᄎᆞ환이 홍영을 닛그러 즁계(中階)의셔 녜를 힝ᄒᆞ고, 상셔긔 직ᄇᆡᄒᆞ니 됴ᄉᆡᆼ이 명ᄒᆞ여 당의 올니믜, 영이 가ᄇᆡ야이 ᄂᆞ아와 다시 직ᄇᆡᄒᆞ고 말셕의 ᄉᆞ러시니, 됴ᄉᆡᆼ의 환열ᄒᆞ믄 비길 곳 업고, 상셰 역시 흔연ᄒᆞ여 눈을 드러보니, 용뫼 미려ᄒᆞ고 긔상이 상활(爽闊)ᄒᆞ여 극히 화길(和吉)ᄒᆞ더라[1858]. 됴공ᄌᆞ의 니상(異常)ᄒᆞᆫ 그르신 쥴 아ᄂᆞᆫ지라. 맛나미 긔이ᄒᆞ물 ᄎᆞ탄ᄒᆞ더라.

됴ᄉᆡᆼ이 미인을 ᄃᆡᄒᆞ여 【49】 셩시와 연치(年齒)를 무르니, 홍영이 슈습(收拾)ᄒᆞ미[1859] 업셔, 곳쳐 《니르며‖니러 안ᄌᆞ》 왈,

"쳡의 셩은 댱이요, 연이 십팔이로소이다."

됴ᄉᆡᆼ이 그 옥셩이 청낭(淸朗)ᄒᆞ고 격되(格調) 완젼ᄒᆞ며, 체뫼(體貌) 유덕ᄒᆞ고 호상(豪爽)ᄒᆞᆫ 골격은 청풍이 쥭님을 헷치고, 윤틱ᄒᆞᆫ 귀밋ᄎᆞᆫ ᄇᆡᆨ년(白蓮)이 녹파(綠波)의 빗견ᄂᆞᆫ 듯, 어리롭고 화열ᄒᆞ며 상쾌ᄒᆞ고 영ᄆᆡ(英邁)ᄒᆞ니[1860], 부덕(婦德)이 가지믈[1861] 알니러라.

1856)장속(裝束) : 입고 매고 하여 몸차림을 든든히 갖추어 꾸밈. 또는 그런 차림새.
1857)포진긔명(鋪陳器皿) : 바닥에 깔아 놓는 방석, 요, 돗자리 따위의 깔개와 살림살이에 쓰는 각종 그릇을 통틀어 이르는 말.
1858)화길(和吉)ᄒᆞ다 : 유순하고 복(福)스럽다.
1859)슈습(收拾)ᄒᆞ다 : 어지러운 마음을 가라앉히어 바로잡다.
1860)영ᄆᆡ(英邁)ᄒᆞ다 : 성질이 영리하고 비범하다.

마음이 희열(喜悅)ᄒᆞ여 인ᄒᆞ여 ᄉᆞ오일 머물ᄆᆡ, 됴공이 괴이히 넉일가 두리고, 군ᄆᆡ(軍馬) 도라갈 날이 다다르【50】니, 홍영모녀를 몬져 보ᄂᆡ기를 의논홀ᄉᆡ, 상셰 빗난 교ᄌᆞ(轎子)를 ᄀᆞ쵸와 경ᄉᆞ로 보ᄂᆡ니, 공ᄌᆡ 가졍(家丁)을 명ᄒᆞ여 호ᄒᆡᆼ(護行)ᄒᆞ여, 그윽흔 경가(京家)를 어더 안돈(安頓)ᄒᆞ고 싀슈(柴羞)[1862]를 공급ᄒᆞ라 ᄒᆞ나, 이 일을 가형(家兄)은 모로게 ᄒᆞ고, ᄀᆡᆨ니(客裏)[1863]의 뎍슈공권(赤手空拳)[1864]으로 ᄌᆡ물이 업ᄉᆞ물 민울(悶鬱)ᄒᆞ더라.

홍영이 가기를 님ᄒᆞ여 삼부인긔 하직홀ᄉᆡ 눈물을 흘니며 은혜를 일ᄏᆞ르니, 삼소졔 위로ᄒᆞ며 능나(綾羅) 슈식(首飾)[1865]을 쥬며 쳔금(千金)으로 니졍(離情)을 표ᄒᆞ니, 홍영이 ᄇᆡᆨᄇᆡ칭은(百拜稱恩)【51】ᄒᆞ고, 모든 시ᄋᆞ(侍兒)의 무리로 작별ᄒᆞ고 술위의 오르니, 됴ᄉᆡᆼ이 친히 간검(看檢)ᄒᆞ고 일용지물(日用之物)의 시름 업ᄉᆞ믈 ᄃᆡ희(大喜)ᄒᆞ더라 .

됴ᄉᆡᆼ이 인ᄒᆞ여 상셔로 니별ᄒᆞ고, 형장긔 하직ᄒᆞ고 경ᄉᆞ로 올나가니라.

상셰 삼부인으로 니별ᄒᆞᄆᆡ 모들 됴만(早晩)을 모로ᄂᆞᆫ지라. 별한(別恨)이 경경(耿耿)[1866] ᄒᆞ여 잠을 일우지 못ᄒᆞ더니, 공즁의 옥져셩(玉저聲)[1867]이 귀를 놀ᄂᆡᄂᆞᆫ지라. 놀나 하날을 우러러보니 명월이 됴요(照耀)ᄒᆞᆫᄃᆡ 향풍(香風)이 진울(震鬱)ᄒᆞ고[1868] 일위 션관이 당의 나【52】리니, ᄇᆡᆨ발소안(白髮素顔)이요 학골봉형(鶴骨鳳形)이라. 월ᄒᆡ 셩관이 찬난ᄒᆞ여 기리 읍ᄒᆞ거ᄂᆞᆯ, 상셰 공경답녜ᄒᆞ니 션관이 세 ᄂᆞᆺ 진쥬를 ᄂᆡ여 쥬어 왈,

"이ᄂᆞᆫ 션신(仙神)이오 인간 귀인(貴人)이니, 그ᄃᆡ를 주믄, 상뎨(上帝) 노인셩(老人星)[1869]의 당실(唐室) 위흔 츙셩을 아름다이 넉이ᄉᆞ, ᄒᆞᆺ ᄌᆞ손의 여음(餘蔭)이 밋게 ᄒᆞ시미라."

상셰 ᄇᆡ샤ᄒᆞ고 바다 보니. 오ᄎᆡ(五彩) 됴요(照耀)ᄒᆞ더니 변ᄒᆞ여 세 ᄂᆞᆺ 뇽(龍)이

1861)가지다 : =가ᄌᆞ다. 온전하다. 고루고루 다 있다. 갖추어져 있다.

1862)싀슈(柴羞) : 땔나무와 음식물을 함께 이른 말.

1863)객니(客裏) : 객지에 있는 동안.=객중(客中).

1864)뎍슈공권(赤手空拳) : 맨손과 맨주먹이라는 뜻으로, 아무것도 가진 것이 없음을 이르는 말. ≒척수공권(隻手空拳).

1865)슈식(首飾) : 여자의 머리에 꽂는 장식품.

1866)경경(耿耿) : 마음에서 사라지지 않고 염려가 됨.

1867)옥져셩(玉저聲) : =옥적성(玉笛聲). 옥피리 소리. *저: '피리'를 달리 이르는 우리말로, 한자로는 '笛'이라 쓰며, 한자음은 '적'이다.

1868)진울(震鬱)ᄒᆞ다 : 진동(震動)하다. 냄새 등이 매우 강렬하게 풍기다.

1869)노인성(老人星) : 『천문』 천구(天球)의 남극 부근에 있어 2월 무렵에 남쪽 지평선 가까이에 잠시 보이는 별. 용골자리의 알파성으로 밝기는 -0.7등급이다. 중국의 고대 천문학에서는 사람의 수명을 맡아보는 별이라 하여 이 별을 보면 오래 산다고 믿었다.=남극노인성.

되어 셰부인 침당으로 드러가고, 쳥뇽은 뉴부인 침당으로 드러가니, 션인이 디쇼왈,

"상뎨긔 명【53】복(冥福)과 슈(壽)를 쳥ᄒᆞ여 니의 니르럿도다."

홀연이 ᄌᆞ금픽(紫金牌)의 쓴 거시 잇셔 ᄀᆞᆯ오디,

"츙셩이 관일(貫一)ᄒᆞ니 당실(唐室)을 븟드도다. 국운이 진(盡)ᄒᆞ니 인녁으로 두로혀기 어렵도다. 분향ᄒᆞ여 진인(眞人)을 빌고 마음의 요슌(堯舜)을 ᄉᆞ모ᄒᆞᄂᆞᆫ도다. 어진 덕을 상뎨 아름다이 넉이ᄉᆞ, ᄌᆞ손의 영화를 쥬시도다. 너희 ᄋᆞ돌 셰히 년급팔슌(年及八旬)이요, 귀위공후(貴爲公侯) ᄒᆞ리라"

ᄒᆞ여더라. 상셰 놀나 뭇고ᄌᆞ ᄒᆞ더니, 쳥학이 날ᄀᆡ를 썰치믹 운소(雲霄)의 ᄌᆞ최 감초이니, ᄒᆞᆫ 쑴이라. 번【54】신(翻身)ᄒᆞ여 안ᄌᆞ니, 이 소졔 씌엿더라.

상셰왈

"부인이 몽ᄉᆡ(夢事)잇던가?"

소졔 디(對)치 못ᄒᆞ니, 상셰 소왈,

"ᄉᆡᆼ이 냥몽(兩夢)을 어드니 셰 부인이 다 잉틱홀지라. 부인도 몽ᄉᆞ 이시리니, 긔(欺)이지 마르소셔."

소졔 슈습ᄒᆞ여 냥구(良久) 후 디왈(對曰),

"벽녁셩(霹靂聲)을 인ᄒᆞ여 황뇽(黃龍)을 보니 여ᄎᆞ여ᄎᆞᄒᆞ엿더이다."

상셰 소왈

"이ᄂᆞᆫ 다 우리 션됴 츙셩여음(忠誠餘蔭)이로다"

ᄒᆞ더라.

뉴·졍 냥부인도 몽ᄉᆡ 일양(一樣)이니, 숨부인의 잉틱ᄒᆞ믈 불문가지(不問可知)러라. 슈일 후 상셰 됴공부부긔 하직ᄒᆞ고,【55】힝니(行李)를 슈습ᄒᆞ여 화산으로 향홀ᄉᆡ, 삼부인을 권연(眷戀)ᄒᆞ미 뎐(前)도곤 더으믄 강젹(强敵)이 당젼(當前)ᄒᆞ고, 유신(有信)ᄒᆞ믈 념(厭)ᄒᆞ미라. 유랑(乳娘) 시ᄋᆞ(侍兒)와 모든 상궁을 분부ᄒᆞ여, '용심(用心)[1870]○○[ᄒᆞ여] 보호(保護)ᄒᆞ라' ᄒᆞ더라.

화셜(話說) 화산 쳥운동 위부의 셔공과 부인이 냥ᄌᆞ부와 손ᄋᆞ를 희롱ᄒᆞ여 즐기미 극ᄒᆞ나, ᄌᆞ녀를 ᄉᆞ렴(思念)ᄒᆞ미 간졀ᄒᆞ더니, 믄득 ᄋᆞᄌᆞ의 근친(覲親)ᄒᆞᄂᆞᆫ 션셩(先聲)이 니르니, 깃븐 뜻이 황홀ᄒᆞ여 손곱ᄋᆞ 날을 기다릴 ᄉᆡ, 냥형(兩兄)이 먼니가 마ᄌᆞ며, 질ᄋᆡ(姪兒) 뚤와 니르러 셔로 맛【56】ᄂᆞ니, 숀을 잡고 반가오믈 니를 ᄉᆡ, 훤당(萱堂)[1871]의 안강(安康)ᄒᆞ시믈 힝녈(行列)ᄒᆞ고, 질ᄋᆡ(姪兒) 장셩슈미(長

1870)용심(用心) : 정성스레 마음을 씀.≒용념(用念).

1871)훤당(萱堂) : 남의 어머니를 높여 이르는 말. 또는 부모(父母)를 함께 이르는 말로도 쓰인다. *훤(萱)은 훤초(萱草) 곧 '원추리'로 어머니를 상징하는 화초(花草)이다.

成秀美)ᄒᆞᆷ을 열지(悅之)ᄒᆞ니, 화(和)한 안식이 동풍을 닛그럿더라.

혁(革)[1872]을 ᄀᆞᆯ와 집 문의 드러 츄진(趨進) 승당(陞堂)ᄒᆞ여 슬하의 졀ᄒᆞ니, 부뫼 보건ᄃᆡ ᄋᆞ직 포의셔싱(布衣書生)[1873]으로 뫼흘 써난 지 삼년의 금포오ᄉᆞ(錦袍烏紗)[1874]로 작위(爵位) 지상(宰相)이니, 풍치(風彩) 언연(偃然)[1875] 됸귀(尊貴)ᄒᆞ니, 통창(通敞)[1876]ᄒᆞᆫ 홍명슈국(鴻明水菊)[1877]이요 쇄락(灑落)ᄒᆞᆫ 광풍졔월(光風霽月)[1878]이라.

밧비 손을 잡고 등을 어루만져 즐기ᄂᆞᆫ 마음이 취(醉)ᄒᆞ이고 두굿기ᄂᆞᆫ 뜻이 무루녹으니, 상세 부【57】모의 츄광(秋光)[1879]이 쇠(衰)치 아니시믈 보믹, 효ᄌᆞ의 셩심이 환열(歡悅)ᄒᆞ여 좌우로 쌍쌍ᄒᆞᆫ 질ᄋᆞ(姪兒)를 가ᄎᆞ(假借)ᄒᆞᆯ시[1880], 풍·범 냥소졔 ᄒᆞᆫ 가지로 좌의 잇ᄉᆞ니, 풍부인은 삼남 일녀(三男一女)요, 범소졔 이자일녀(二子一女)라. 긔긔히 곤산(崑山)[1881]의 옥이오, 히져(海底)의 구슬 ᄀᆞᆺᄒᆞ니, 상셰 어루만져 ᄉᆞ랑이 쳬쳬ᄒᆞ니[1882] 부인이 손ᄋᆞ의 품슈(稟受)[1883]를 뭇고, 여ᄋᆞ를 ᄉᆞ렴(思念)ᄒᆞ여 쳐연하루(悽然下淚)[1884]ᄒᆞᄂᆞᆫ지라.

공이 됴부인 싱ᄌᆞᄒᆞᆷ과 무양(無恙)ᄒᆞᆷ을 깃거, 두 ᄋᆞ히 작인(作人)을 무르니, 상셰 됴ᄋᆞ의 셕ᄃᆡ(碩大)ᄒᆞ미 웅호(雄虎) ᄀᆞᆺ고, 조ᄋᆞ의 비상ᄒᆞ미 닌봉(麟鳳) ᄀᆞᆺᄒᆞᆷ을 고ᄒᆞ고, 황【58】후의 무ᄌᆞ(無子)ᄒᆞᆷ을 근심ᄒᆞ여, 경ᄉᆞ 소식을 간간이 고ᄒᆞ되, ᄌᆞ

1872)혁(革) : 미혁(馬革). 말안장 양쪽에 장식으로 늘어뜨린 고삐.=말혁(말革).

1873)포의셔싱(袍衣書生) : '베로 지은 옷을 입은 선비'라는 말로, 벼슬이 없는 선비를 비유적으로 이르는 말.

1874)금포오ᄉᆞ(錦袍烏蛇) : 조선시대 관원들의 관복차림으로, 금포(錦袍)는 '겉옷으로 입던 비단으로 지은 도포(道袍)'를, 오사(烏紗)는 머리에 쓰던 '검은 사(紗)로 만든 모자'를 말한다.

1875)언연(偃然) : ①거드름을 피우며 거만한 모양. ②우뚝하게 높이 솟은 모양. ③공공연한 모양. =언건(偃蹇).

1876)통창(通敞) : 시원스럽게 넓고 환함.

1877)홍명슈국(鴻明水菊) : 더없이 밝고 환하게 피어난 수국(水菊). *수국(水菊) : 범의귓과 수국속의 식물을 통틀어 이르는 말. 수국, 등수국, 산수국, 바위수국 따위가 있다.

1878)광풍졔월(光風霽月) : '비가 갠 뒤의 맑게 부는 바람과 밝은 달'이란 말로, '마음이 넓고 쾌활하여 아무 거리낌이 없는 인품'을 비유적으로 이르는 말.

1879)츄광(秋光) : 가을 햇빛. 또는 가을철을 느끼게 하는 경치나 분위기.=추색(秋色).

1880)가ᄎᆞ(假借)ᄒᆞ다 : 가차(假借)하다. ①편하고 너그럽게 대하다. ②정하지 않고 잠시만 빌리다.

1881)곤산(崑山) : 곤륜산(崑崙山). 중국 전설상의 산으로, 중국 서쪽에 있으며, 옥(玉)이 난다고 한다. 서왕모(西王母)가 살며, 불사(不死)의 물이 흐른다고도 한다.

1882)쳬쳬ᄒᆞ다 : 체체하다. 행동이나 몸가짐이 너절하지 아니하고 깨끗하며 트인 맛이 있다.

1883)품슈(稟受) : 선천적으로 타고남. 또는 그 타고난 자질(資質) =품부(稟賦).

1884)쳐연하루(悽然下淚) : 슬퍼하며 눈물을 흘림.

가 두통(頭痛)을 더으믄 아직 발셜(發說)치 아니ᄒᆞ니라.

이윽이 담소ᄒᆞ여 셕반을 파(罷)ᄒᆞ믹 금외(金烏)[1885] 셔령(西嶺)의 숨고 옥퇴(玉兎)[1886] 동녕(東嶺)의 소ᄉᆞ니, 촉(燭)을 니어 동용이 말숨홀ᄉᆡ, 문창공지 연긔 십삼이라.

○○○○[상셰 고왈],

"○○○[문창의] 옥모화풍(玉貌華風)이 반악(潘岳)[1887]을 묘시(藐視)[1888]ᄒᆞ고, 언건(偃蹇) 슉셩(夙成)ᄒᆞ미 셩인댱ᄌᆞ(成人壯者) ᄀᆞᆺᄒᆞ여 쳬지엄위(體肢嚴威) 미진ᄒᆞ미 업ᄉᆞ니, 밧비 가우(佳偶)를 틱ᄒᆞ실지라. 《쇼뎨 ‖ 쇼직》이 염네 잇슨지 오릭오되, 맛당흔 곳을 엇지 못ᄒᆞ오니, 져를 다려가면 ᄌᆞ연 쳐ᄌᆞ 【59】 둔 곳이 날 듯ᄒᆞ오니, 져를 다려 경ᄉᆞ로 가고져 ᄒᆞ나이다. 쇼직 혜아리미 잇셔 유유(儒儒)ᄒᆞ고 결(決)치 못ᄒᆞ미로소이다."

공이 답왈,

"닉 쏘 이 뜻이 이시되, 너를 써나무로 마음이 즐겁지 아니ᄒᆞ니, 창ᄋᆞ는 가즁(家中)의 즁흔 ᄋᆞ히니 먼니 써나지 못홀 거시오, 하날이 그 쌍(雙)을 닉시믹 자연 연분(緣分)이 니를 거시니, 슈년을 기다려 보고ᄌᆞᄒᆞ더니라. 너의 삼쳬(三妻) ᄉᆡᆨ덕(色德)이 졀세ᄒᆞ다 ᄒᆞ나, 우리 뫼 밧긔 ᄂᆞ지 아니ᄒᆞ고, 네 임의 몸을 나라ᄒᆡ 허흔 후는 쳐ᄌᆞ를 먼니 두지 못홀 고로, 삼부 【60】 를 보지 못ᄒᆞ니 심히 울울(鬱鬱)흔지라. 금번의 엇지 권솔(眷率)치 못흔다?"

상셰 이의, '공쥬의 히연(駭然)흔 사연 《과 ‖ 을》 ○○○[아뢰고] 여ᄎᆞ여ᄎᆞ흔 연고로 ᄉᆡᆼ각이 깁ᄉᆞ와 다려오지 못ᄒᆞ엿ᄂᆞ이다' 하니, 공이 졈두(點頭) ᄎᆞ탄(嗟歎)ᄒᆞ더라 .

야심ᄒᆞ믹 뫼셔 슉침(宿寢)ᄒᆞ고 명됴의 다시 연즁셜화(筵中說話)를 베퍼 이윽ᄒᆞ더니, 믄득 산문이 요란ᄒᆞ며 동귀(洞口) 드레고, 즁ᄉᆡᆨ(中使) 상명을 밧드러 네단(禮緞)을 드리며 본읍 ᄌᆞᄉᆡᆨ(刺史) 니르러 치하ᄒᆞ니, 공과 상셰 딕연을 빅셜(排設)ᄒᆞ고 즁ᄉᆞ와 ᄌᆞᄉᆞ를 관딕(款待)ᄒᆞ믹 팔진셩찬(八珍盛饌)[1889] 【61】 은 산히(山海)

1885)금오(金烏) : '해'를 달리 이르는 말. 태양 속에 세 개의 발을 가진 금까마귀가 있다는 전설에서 유래하였다. =금까마귀.

1886)옥토(玉兎) : '옥토끼'라는 뜻으로, '달'을 달리 이르는 말. 달 속에는 계수나무 아래 방아를 찧고 있는 토끼가 살고 있다는 전설에서 유래한다.

1887)반악(潘岳) : 247~300. 중국 서진(西晉)의 문인(文人). 자는 안인(安仁). 중국의 대표적 미남자로 흔히 미남의 대명사로 쓰인다. 당대 권세가인 가밀(賈謐)에게 아첨하다 주살(誅殺)되었다.

1888)묘시(藐視) : 업신여기어 깔봄.

1889)팔진셩찬(八珍盛饌) : 팔진지미(八珍之味) 곧 여덟 가지 진귀한 음식을 갖추어 아주 잘 차린 음식상을 이르는 말. *팔진지미는 순모(淳母), 순오(淳熬), 포장(炮牂), 포돈

굿고, 쥬긱(主客)의 슈답(酬答)ᄒᆞᄂᆞᆫ 말솜은 쓷히지 아니ᄒᆞ더라.

둉일(終日) 연낙(宴樂)ᄒᆞ고 연일 ᄒᆞ여 심일을 즐기미, 아역(衙役) 하둉(下從)의 니르히 빅를 두다려 즐기ᄂᆞᆫ 쇼릭 우레 굿더라. 파연(罷宴)ᄒᆞ미 도라갈 식, 상세 문외의 빅별ᄒᆞ더니, 하리(下吏) ᄀᆞ온딕 ᄒᆞᆫ ᄉᆞᄅᆞᆷ이 신장(身長)이 훤훤(喧喧)[1890] ᄒᆞ고 상뫼(相貌) 웅호(雄豪)ᄒᆞᆫ딕, 쑥 굿ᄒᆞᆫ 머리를 춍각(總角)[1891]으로 헛트럿고[1892], 현슌박[빅]결(懸鶉百結)[1893]이 살을 ᄀᆞ리오지 못ᄒᆞ여, 남누(襤褸)ᄒᆞᆫ 형용과 긔ᄋᆞ(飢餓)ᄒᆞᆫ 낫빗출 ᄀᆞ져 짐을 동히거ᄂᆞᆯ, 상셰 불너 왈,

"네 엇【62】던 직뇨?"

하리 딕왈(對曰), 본현 관니(官吏)의 ᄌᆞ식이로쇼이다."

상셰 명ᄒᆞ여, '머무러 명을 드르라' ᄒᆞ고, ᄌᆞᄉᆞ와 즁ᄉᆞ를 숑별(送別)ᄒᆞᆫ 후, 즁당(中堂)의 좌ᄒᆞ고, 기인을 굿ᄀᆞ이 불너 은근이 문 왈,

"너를 보니 결비쇽직(決非俗者)[1894]라. 너의 근본을 슘기지 말고 바로 고ᄒᆞ라."

기인(其人)이 눈을 드러보니 상션(上仙) 굿ᄒᆞᆫ 상공이 화안(和顔)으로 구졔코ᄌᆞ ᄒᆞ믈 보미, 불승경복(不勝敬服)ᄒᆞ여 고두(叩頭) 부복(俯伏) 왈,

"쇼젹은 후진(後晉) 젹 졀도ᄉᆞ 신경의 ᄋᆞ들이니, 걸안이 ᄂᆞ라흘 변(變)ᄒᆞ미 아비 츙분(忠憤)을 니【63】긔지 못ᄒᆞ여 막ᄌᆞ르다[1895]가 뎐망(戰亡)ᄒᆞ니, 그 쎡 쇼젹(小賊)[1896]이 구세라. 계오 아비 시신을 ᄎᆞᄌᆞ 뭇고 어미를 닛그러 슘어시나, 긔ᄋᆞ(飢餓)를 니긔지 못ᄒᆞ여 몸을 파라 관니의 둉[1897]이 되엿ᄂᆞ이다."

상셰 참연(慘然) 왈,

"그딕 긔골이 장셩(壯盛)ᄒᆞ거ᄂᆞᆯ 엇지 닙신셩공(立身成功)[1898]ᄒᆞ여 문호(門戶)를 흥(興)치 못ᄒᆞ고 쳔역(賤役)의 골몰ᄒᆞ리오. 그딕 일홈과 나흘 알고ᄌᆞ ᄒᆞ노라."

(炮豚), 도진(擣珍), 오(熬), 지(漬), 간료(肝膋)를 이르기도 하고, 용간(龍肝), 봉수(鳳髓), 토태(兎胎), 이미(鯉尾), 악적(鶚炙), 웅장(熊掌), 성순(猩脣), 수락(酥酪)을 이르기도 한다.

1890)훤훤(喧喧)ᄒᆞ다 : 의젓하다. 말이나 행동 따위가 점잖고 무게가 있다.

1891)춍각(總角) : 총각머리(總角머리). 땋아서 늘인 남자의 머리. 예전에 총각은 나이가 들어도 머리카락을 땋아 늘어뜨린 데서 유래한다.

1892)헛틀다 : 허틀다. 머리를 틀거나 땋지 않고 풀어 내려뜨리다..

1893)현슌빅결(懸鶉百結) : 옷이 해어져서 백 군데나 기웠다는 뜻으로, 누덕누덕 기워 짧아진 옷을 이르는 말.

1894)결비쇽직(決非俗者) : 결코 세속 사람이 아니다.

1895)막ᄌᆞ르다 : 막다. 어떤 일이나 행동을 못 하게 하다.

1896)쇼젹(小賊) : =소인(小人). 신분이 낮은 사람이 자기보다 신분이 높은 사람을 상대하여 자기를 낮추어 이르던 일인칭 대명사.

1897)둉 : 종. 예전에, 남의 집에 딸려 천한 일을 하던 사람. ≒장획(臧獲), 하례(下隷).

1898)닙신셩공(立身成功) : 출세하여 자신의 지위를 확고하게 세우고 목적하는 바를 이룸.

되왈,

"쇼젹의 쳔명(賤名)은 냥이요, 나흔 십팔이로쇼이다. 쇼젹이 무지(無才)ᄒᆞ오나, 노뫼 의탁 업스믈 보미, 닙신ᄒᆞᆯ 뜻 【64】을 ᄂᆡ여 ᄡᅥᄂᆞ지 못ᄒᆞ고, 남의 은(恩)을 갑지 아니코 ᄇᆡ반치 못ᄒᆞᆯ지라. 이러무로 유유(儒儒)ᄒᆞ이다."

상셰 명ᄒᆞ여 당(堂)의 올니니, 양이 구지 ᄉᆞ양코 감히 오르지 못ᄒᆞ거ᄂᆞᆯ, 상셰 왈,

"ᄂᆡ 비록 어지지 못ᄒᆞ나, 그ᄃᆡ를 발쳔(拔賤)[1899]ᄒᆞ리니, 어이 고집ᄒᆞᄂᆞ뇨? 쥬인의 은을 언마나 바드뇨?"

되왈,

"이십냥이로쇼이다."

상셰 시ᄌᆞ(侍子)를 명ᄒᆞ여 은ᄌᆞ(銀子) ᄇᆡᆨ냥(百兩)을 ᄀᆞ다가 쥬어 왈,

"이를 ᄀᆞ다가 쥬인을 쥬고 명일 모친을 뫼셔 오라. ᄂᆡ 편토록 머무르시게 ᄒᆞ고, 그ᄃᆡᄂᆞᆫ 날과 【65】 함긔 경ᄉᆞ(京師)의 가 공명(功名)을 취ᄒᆞ미 엇더ᄒᆞ뇨?"

냥이 황공감격ᄒᆞ여 고두 칭은ᄒᆞ고, 은ᄌᆞ를 ᄀᆞ져 집의 도라가 노모 님시를 보고 슈말을 고ᄒᆞ니, 님시 못ᄂᆡ 칭은ᄒᆞ더라. 은을 즉시 쥬인을 쥬고 상셔의 분부를 젼ᄒᆞ니 ᄒᆞᆫ 말을 못ᄒᆞ고 문셔를 ᄂᆡ여 주더라.

명일의 냥이 모친을 닛그러 위부의 니르니. 어시의 상셰 공과 부인긔 신냥의 쇼유(所由)[1900]와 ᄌᆞ긔 은을 쥬어 쇽냥(贖良)[1901]ᄒᆞ여 다려오ᄂᆞᆫ 슈말(首末)을 고ᄒᆞ온 ᄃᆡ, 공과 부인이 ᄋᆞᄌᆞ의 의긔(義氣) 현심(賢心)을 두 【66】 굿기고 깃거, 명ᄒᆞ여 후졍 젹은 별당을 슈리ᄒᆞ고 긔용즙말[물](器用咠物)[1902]과 슈ᄀᆡ(數個) ᄎᆞ환(叉鬟)으로 ᄉᆞ환(使喚)ᄒᆞ게 ᄒᆞ니, 상셰 ᄎᆞ환을 엄히 분부ᄒᆞ여 불응ᄒᆞ미 잇시면 엄치(嚴治)ᄒᆞᆯ 줄노 하령(下令)ᄒᆞ고, 일습(一襲)[1903] 건복(巾服)[1904]과 부인의 의상(衣裳)을 보ᄂᆡ여 ᄃᆡ후(待候)ᄒᆞ엿더니, 오물 듯고, 상셰 친히 나ᄋᆞ가 별당을 가르치고 복ᄉᆡᆨ(服色)[1905]을 곳친 후, 부공(父公)긔 뵈오라 ᄒᆞ니, 님시 믄득 상셔를 바

1899)발쳔(拔賤) : 천한 데서 벗어나게 함.
1900)소유(所由) : 말미암은 바의 까닭이나 전말(顚末).
1901)쇽냥(贖良) : 몸값을 받고 노비의 신분을 풀어 주어서 양민이 되게 함. ≒속신(贖身).
1902)긔용즙물(器用咠物) : 긔용집물(器用什物). 그릇이나 도구 등 집안에서 쓰는 온갖 기구.
1903)일습(一襲) : 옷, 그릇, 기구 따위의 한 벌. 또는 그 전부.
1904)건복(巾服) : 웃옷과 갓을 아울러 이르는 말. 흔히 예전에 남자가 정식으로 갖추던 옷차림을 이른다. ≒옷갓. 남복(男服).
1905)복ᄉᆡᆨ(服色) : 예전에, 신분이나 직업에 따라서 다르게 차려 입던 옷의 꾸밈새와 빛깔.

라고 계하(階下)의셔 고두빅복(叩頭拜伏) 왈,

"쳔쳡(賤妾)의 모즈(母子) 《구확‖구학(溝壑)1906)》의셔 골몰(汨沒)ᄒᆞ옵거ᄂᆞᆯ 상공의 여텬딕【67】은(如天大恩)1907)으로 잔명(殘命)을 구활(救活)ᄒᆞ시니, 모즈 쇄신분골(碎身粉骨)ᄒᆞ오나 ᄎᆞ셰(此世)1908)의 엇지 다 갑ᄉᆞ오리잇고?"

말로됴ᄎᆞ 감뉘(感淚) 녕낙(零落)ᄒᆞ니 상셰 신싱을 명ᄒᆞ여 붓드러 긋치게 ᄒᆞ고, 읍(揖)ᄒᆞ여 왈,

"부인은 션됴(先朝)1909) 직상의 부인이시고, 년장(年長)이 닉도ᄒᆞ거ᄂᆞᆯ1910) 엇지 《과려‖과례(過禮)》를 ᄒᆞ시ᄂᆞ니잇고? 녕낭(令郞)이 호쥰상활(豪俊爽闊)1911)ᄒᆞᆫ 인물노 쵸모(草茅)1912)의 뭇쳐시무로, 츄연(惆然)ᄒᆞ여 셔로 사괴고ᄌᆞ1913) ᄒᆞ여 구ᄒᆞ미니, 엇지 은혜를 일ᄏᆞ르시ᄂᆞ니잇가? 이곳이 외헌(外軒)이니 ᄲᆞᆯ니 당의 오르쇼셔."

셜파의【68】 몸을 두루혀니, 신싱이 모친을 붓드러 문을 드러가니, 슈십 간 당ᄉᆡᆨ(堂舍) 뎡묘(精妙) 화려(華麗)ᄒᆞ여, 무듼 눈이 ᄉᆡ롭고 긔용즙물(器用什物)이 풍비(豊備)ᄒᆞ며, ᄎᆞ환이 등딕(等待)ᄒᆞ여 셰슈와 의건(衣巾)을 밧들고, 부인 모ᄌᆞ를 반겨ᄒᆞ니, 싱의 모ᄌᆞ(母子) 다시금 감격ᄒᆞ물 일ᄏᆞᆺ고 묵은 ᄯᅴ를 씨ᄉᆞ며, 면경(面鏡)을 드러 신관1914)을 가다듬고, 션명(鮮明)ᄒᆞᆫ 옷올 닙고 헌옷슬 버셔 후리치믹1915), 어변셩뇽(魚變成龍)1916)ᄒᆞᆫ 듯, 환환(歡歡) 비열(悲咽)ᄒᆞ여 쉽인가 의심된 지라.

모ᄌᆞ(母子) 상고(相顧)러니, 닉당 시네 쥬반(酒飯)【69】을 가져 니르러 진식(盡食)ᄒᆞ물 청ᄒᆞ니, 님시 각골 감은ᄒᆞ여 시녀를 딕ᄒᆞ여 눈물을 ᄂᆞ리와 쳔만(千萬) 황감(惶感)ᄒᆞ물 일ᄏᆞ라 칭은(稱恩)ᄒᆞ더라.

1906)구학(溝壑) : ①움쑥하게 파인 땅.=구렁. ②빠지면 헤어나기 어려운 환경을 비유적으로 이르는 말.

1907)여텬딕은(如天大恩) : 하늘과 같은 큰 은혜.

1908)ᄎᆞ셰(此世) : 지금 살고 있는 세상. =이승.

1909)션됴(先朝) : 바로 전대의 왕조.=전조(前朝).

1910)닉도ᄒᆞ다 : 내도하다. 다르다. 판이(判異)하다.

1911)호쥰상활(豪俊爽闊) : 재주와 지혜가 뛰어나며 느낌이 시원하고 산뜻함. 또는 그런 사람.

1912)쵸모(草茅) : 띠. 잔디. 초야(草野). 풀이 난 들이라는 뜻으로, 궁벽한 시골을 이르는 말

1913)사괴다 : 사귀다. 서로 얼굴을 익히고 친하게 지내다.

1914)신관 : 얼굴'의 높임말.

1915)후리치다 : 후려치다. 내팽개치다. 냅다 던져 버리다.

1916)어변셩뇽(魚變成龍) : 물고기가 변하여서 용이 된다는 뜻으로, 아주 곤궁하던 사람이 부귀를 누리게 되거나 보잘것없던 사람이 큰 인물이 됨을 이르는 말.

신ᄉᆡᆼ이 쇼셰(梳洗)[1917]를 파ᄒᆞ고 ᄂᆞᄋᆞ가 상셔긔 뵈오니, 깃거 ᄒᆞᆫ연이 닛그러 부친긔 뵈오니, 공이 그 영걸의 긔상을 과즁(過重)ᄒᆞ고 ᄋᆞᄌᆞ의 지인(知人)ᄒᆞ믈 두ᄀᆞᆺ기고 은근이 ᄉᆞ랑ᄒᆞ며, 상셔(尙書)의 냥형(兩兄)과 문창공ᄌᆡ 지긔상합(志氣相合)[1918]ᄒᆞ여 친ᄒᆞ며, 뎐일(前日) 아던 바 ᄀᆞᆺᄒᆞ니, 신ᄉᆡᆼ이 일마다 감격ᄒᆞ고 ᄀᆞᆺ마다 황공ᄒᆞ여 상셔의 큰덕 【70】 을 쥭기로써 갑ᄒᆞᆯ ᄯᅳᆺ이 잇더라.

상셰 명일 진션ᄉᆡᆼ긔 ᄂᆞᄋᆞ가 ᄇᆡᆯ ᄉᆡ, ᄎᆞ형(次兄) 희로 더브러 ᄒᆡᆼᄒᆞ니, 신ᄉᆡᆼ이 ᄯᅩ ᄒᆞᆫ ᄯᆞ라 화산상봉의 오르니, 산쳔이 명녀(明麗)ᄒᆞ고 물ᄉᆡᆨ(物色)이 소쇄(掃灑)ᄒᆞ여 창숑취쥭(蒼松翠竹)[1919]은 모옥(茅屋)을 둘넛고, 긔화이쵸(奇花異草)ᄂᆞᆫ 셕경(石徑)[1920]의 덥혀시며 울울 숑님의 학셩(鶴聲)이 쳥원(淸遠)ᄒᆞ여 능히 진셰(塵世)ᄅᆞᆯ 니ᄌᆞᆯ지라.

삼인이 션ᄉᆡᆼ 좌젼(座前)의 ᄂᆞᄋᆞ가 ᄇᆡ현(拜見)ᄒᆞ니 션ᄉᆡᆼ이 크게 반기더라.【71】

1917)쇼셰(梳洗) : 빗질을 하고 세수를 함.
1918)지긔상합(志氣相合) : 두 사람 사이의 의지와 기개가 서로 잘 맞음.≒지기투합.
1919)창숑취쥭(蒼松翠竹) : 푸른 소나무와 푸른 대나무. =창송녹죽.
1920)셕경(石徑) : 돌이 많은 좁은 길.

화산션계록 권지십삼

ᄎᆞ셜 션ᄉᆡᆼ이 상셔ᄅᆞᆯ 보고 크게 반겨 ᄒᆞᆫ연 집슈(執手)ᄒᆞ여 영귀(榮貴)ᄒᆞ믈 치하ᄒᆞ니, ᄇᆡᆨ슈(白首)의 우음이 ᄌᆞ연(自然)ᄒᆞ여, 그 부뫼 아니믈 ᄭᆡ돗지 못ᄒᆞᆯ지라. 상셰 황감ᄒᆞ여 슌슌(順順)이 ᄉᆞ(謝)ᄒᆞ더리.

션ᄉᆡᆼ이 신ᄉᆡᆼ을 보고 찬양 왈,

"ᄎᆞ인이 상뫼(相貌) 비상ᄒᆞ고 긔골이 앙댱표일(昂壯飄逸)[1921]ᄒᆞ니 타일(他日) 큰 그릇시 될지라. 모로미 둉신(終身)토록 ᄌᆞ현을 됴ᄎᆞ 훈업(勳業)을 바든 즉, 국가의 보ᄇᆡ되고 션인(先人)을 니어 문호ᄅᆞᆯ 창셩ᄒᆞ리라."

상셔 다려 왈,

"몬져 검슐(劍術)을 ᄀᆞ르쳐 【1】 일ᄃᆡ명댱(一代名將)을 ᄆᆡᆫ들고져 ᄒᆞᄂᆞ니 엇더ᄒᆞ뇨?"

상셔와 신ᄉᆡᆼ이 깃거 ᄇᆡᄉᆞ(拜謝)ᄒᆞᆫ ᄃᆡ, 이의 텬셔(天書)[1922] 상편(上篇)을 ᄂᆡ여 신ᄉᆡᆼ을 ᄀᆞ르치니, 신ᄉᆡᆼ이 본ᄃᆡ 총명영달(聰明英達)[1923]ᄒᆞᆫ지라. ᄒᆞ물며 정셩이 지극ᄒᆞ미리요. 슈일이 못ᄒᆞ여 검슐을 젼슈(傳受)ᄒᆞ니, 션ᄉᆡᆼ이 크게 깃거 ᄒᆞᆫ 칼을 쥬어 왈,

"일노써 너ᄅᆞᆯ 발신(發身)케 ᄒᆞ고, 또 급ᄒᆞᆫ ᄉᆞ름을 구ᄒᆞ여 홍승(紅繩)[1924]을 ᄆᆡᄌᆞ라."

신ᄉᆡᆼ이 고두ᄇᆡᆨᄇᆡ(叩頭百拜) ᄉᆞ례ᄒᆞ고 밧ᄌᆞ오니, 상셰 역희(亦喜)ᄒᆞ더라.

삼인(三人)이 하직고 화산 부즁의 도라와 부모ᄅᆞᆯ 뫼셔 '반의(斑衣)에 즐기믈'[1925] 일위 【2】 고, 형뎨 휴슈여가(携手餘暇)[1926]의, 신ᄉᆡᆼ을 병셔(兵書)ᄅᆞᆯ ᄀᆞ르

1921)앙장표일(昂壯飄逸) : 외모가 훤칠하고 기상이 씩씩하며, 세속에 얽매이지 않고 태평하다.

1922)텬셔(天書) : 하늘의 계시를 적은 책.

1923)총명영달(聰明英達) : 남달리 슬기롭고 총명함.

1924)홍승(紅繩) : 붉은 색 노끈. 전설에서 월로(月老)가 남녀를 붉은 끈으로 묶어 부부의 인연을 맺어준다는 데서, '혼인'을 뜻하는 말로 쓰인다.

1925)반의(斑衣)의 즐김 : 무채지락(舞彩之樂). 색동옷 입고 춤을 추어 어버이를 즐겁게 해 드림. 중국 춘추 때 초나라 사람 노래자(老萊子)가 70세에 색동옷을 입고 어린애 장난을 하여 늙은 부모를 즐겁게 해드렸다는 고사를 이르는 말.

1926)휴슈여가(携手餘暇) : 손을 잡고 함께 행동하는 때 이외의 시간.

쳐 연슉(鍊熟)ᄒᆞ니, 신ᄉᆡᆼ이 정셩을 다ᄒᆞ여 ᄇᆡ호믈 다ᄒᆞᆫ 후, 칼을 ᄀᆞ져 검술을 닉이니, 져즈음긔 상한(常漢)의 복ᄌᆡ(僕者)되여 ᄉᆞᄅᆞᆷ의 능답(陵踏)을 공슌(恭順)이 밧고 쳔역(賤役)이 ᄒᆞᆫ쎡 쉬믈 엇지 못ᄒᆞ여, 노모의 간고한 ᄉᆡᆼᄋᆡ(生涯) ᄎᆡ식(菜食)으로 긔아(飢餓)를 면ᄒᆞ던 바를 혜아리니, 이제 고루화당(高樓華堂)의 진찬(珍饌)을 념어(厭飫)ᄒᆞ고, 남노녀복(男奴女僕)은 ᄉᆞ환(使喚)이 독(足)ᄒᆞ고, 노뫼 고당(高堂)의 안침(安寢)ᄒᆞ여 시ᄋᆡ(侍兒) 극진이 봉승(奉承)ᄒᆞ니, 젼일을 ᄉᆡᆼ각하ᄆᆡ 마음이 경혹(驚惑)ᄒᆞ여 모ᄌᆡ(母子) ᄃᆡᄒᆞ면 감격 【3】 뉴쳬ᄒᆞ여 ᄭᅮᆷ인가 의심ᄒᆞ니, 님시 감누(感淚)를 ᄲᅮ려 몰신분골(歿身粉骨)ᄒᆞ여 위상셔의 ᄃᆡ덕(大德) 갑기를 긔약ᄒᆞ고, 스ᄉᆞ로 외람ᄒᆞ여 감히 ᄌᆞ존(自尊)치 못ᄒᆞ고, 시시(時時)의 송연(悚然)ᄒᆞ믈 마지아니ᄒᆞ더라.

일일은 상셰 난간을 의지ᄒᆞ여 월ᄉᆡᆨ을 망관(望觀)ᄒᆞ니, 홀연이 삼쇼져의 쇄락(灑落)ᄒᆞᆫ 풍광(風光)을 ᄉᆞ모ᄒᆞ여, 진인(眞人)의 니른 바, ‘뉵월즁슌갑자일(六月中旬甲子日)의 ᄌᆞᄀᆡᆨ(刺客)이 돌입ᄒᆞ리라’ 말을 ᄉᆡᆼ각ᄒᆞ니, 비록 니쇼져의 긔이ᄒᆞᆫ 지모(智謀)를 미드나, 오히려 방심치 못ᄒᆞᆯ지라. 팔ᄌᆞ츈산(八字春山)[1927]의 슈 【4】 운(愁雲)이 니러나고, 츄슈봉졍(秋水鳳睛)이 ᄀᆞᄂᆞ라 유유(幽幽) ᄉᆞ량(思量)ᄒᆞ여 묵연(默然) 불호(不好)ᄒᆞ니, 신ᄉᆡᆼ이 시좌(侍座)러니, ᄂᆞᄌᆞᆨ이 ᄭᅮ러 뭇ᄌᆞ오ᄃᆡ,

“쇼ᄉᆡᆼ이 션ᄉᆡᆼ의 긔ᄉᆡᆨ을 ᄉᆞᆯ피오니, 은우(隱憂)와 심녀(心慮) 계신지라. 쇼ᄉᆡᆼ이 슈(雖) 불쵸(不肖)ᄒᆞ오나 감히 난화[1928] 상확(商確)[1929]지 못ᄒᆞ리잇가?”

상셰 쳥파(聽罷)의 그 영오ᄒᆞ믈 ᄉᆞ랑ᄒᆞ여 좌우를 도라보니, 냥형이 ᄂᆡ당의 가고 오직 문창공ᄌᆡ 뫼셧고, 시동(侍童)의 무리 더우믈 인ᄒᆞ여 다 물러 ᄀᆞᆺᄂᆞᆫ지라. 비로소 심즁 민울(悶鬱)ᄒᆞᆫ 쇼회(所懷)를 젼ᄒᆞ고, ‘ᄎᆞᄉᆡ 비록 방비ᄒᆞᄆᆡ 이ᄉᆞ나, 【5】 변츌불의(變出不意)[1930] ᄒᆞ면 심규(深閨) 부인ᄂᆡ 보신지되(保身之道) 어려올지라. ᄎᆞ고로 염녀ᄒᆞ미니라.’

신ᄉᆡᆼ이 복슈문파(伏首聞罷)의 ᄃᆡ경ᄃᆡ로(大驚大怒) 왈,

“ᄎᆞᄉᆡ(此事) 여ᄎᆞ즉(如此則) 쇼ᄉᆡᆼ이 이제 댱안(長安)의 ᄂᆞᄋᆞ가 ᄉᆞ긔(事機)를 보아 능히 쥬션(周旋)ᄒᆞᆯ 도리 이실진ᄃᆡ, 우츙(愚忠)을 펴고ᄌᆞ ᄒᆞᄋᆞᆸᄂᆞ니, 션ᄉᆡᆼ이 능히 ᄃᆡᄉᆞ로써 쇼ᄉᆡᆼ을 맛지시리잇가?”

상셰 그 츙의를 감동ᄒᆞ여 허락ᄒᆞ고, 이의 좌(座)를 ᄀᆞᆺᄀᆞ이 쥬어 계교(計巧)를 니르고, 명츈(明春)의 부인ᄂᆡ 이리 오기를 당ᄒᆞ여, 《그ᄃᆡ ‖ 그ᄲᅥᆨ》 ᄂᆡ왕(來往)ᄒᆞ여

1927)팔ᄌᆞ츈산(八字春山) : ‘두 눈 위의 화장한 눈썹’을 비유적으로 나타낸 말. ‘팔(八)’자는 ‘두 눈두덩 위에 나 있는 눈썹’의 모양을 나타낸 말.

1928)난호다 : 나누다.

1929)상확(相確) : 서로 의논하여 확실히 정함.

1930)변츌불의(變出不意) : 생각지도 않은 괴상한 일이 뜻밖에 생김.

술피믈 부탁ᄒᆞ니, 싱이 심심 【6】 응ᄃᆡ(心心應對) ᄒᆞ며 그 신명ᄒᆞ믈 탄복ᄒᆞ나, 미리룰 췌탁(揣度)1931)ᄒᆞ여 목젼(目前) 보듯ᄒᆞ믈 도로혀 의ᄋᆞ(疑訝)ᄒᆞ더라.

이의 하직고 그 모친긔 대강을 젼ᄒᆞ여 작별ᄒᆞ고, 비슈룰 허리의 ᄎᆞ고 표연이 댱안으로 향ᄒᆞ니, '삼쇼져의 위홰(危禍) 어ᄃᆡ 밋쳐ᄂᆞᆫ뇨?' 분셕기하(分析其下)ᄒᆞ라.

션셜(先說)1932) 위태비 황애의 동용이 의리로 니르시ᄂᆞᆫ 말숨을 드르니, 답홀 말이 업셔 다만 심하(心下)의 공쥬룰 이달와 ᄒᆞ니, 공쥬룰 도도와 히거(駭擧)룰 닐윈 ᄌᆡ 옥ᄃᆡ라. 분한이 겸발ᄒᆞ니 가기(佳期)룰 님ᄒᆞ여 쾌히 ᄉᆞ 【7】 짓고ᄌᆞ 공쥬 침뎐의 니르니, ᄎᆞ시 공쥐 옥ᄃᆡ로 더브러 황야 말숨을 듯고, 붓그리고 노ᄒᆞ여 울울분분(鬱鬱忿憤)1933)ᄒᆞ더니, 죄목(罪目)이 옥ᄃᆡ의게 이셔 엄지(嚴旨)로 도라가믈 하령(下令)ᄒᆞ니, 옥ᄃᆡ 분ᄒᆞ고 븟그려 눈물이 오월쟝슈(五月長水)1934) ᄀᆞᆺᄒᆞ여, 업듸여 니지 못ᄒᆞᄂᆞᆫ지라.

공쥐 ᄯᅩᄒᆞᆫ 뎡혼(精魂)이 삭막(索莫)ᄒᆞ여 말을 못ᄒᆞ더니, 태비 니로ᄃᆡ,

"우리 모녜 션데룰 여희옵고 빗업시 이시니, 뉘 ᄃᆡᄉᆞ로이1935) 넉이ᄂᆞ냐? 고요히 잇다가 옥인가랑(玉人佳郞)을 간션(揀選)ᄒᆞ여 ᄒᆞ가(下嫁)ᄒᆞᄂᆞᆫ 거시 올커ᄂᆞᆯ, 요녀(妖女) 옥 【8】 ᄃᆡ의 쇠오믈 듯고 부졀업시 위현을 ᄉᆞ모ᄒᆞ여, 맛춤ᄂᆡ 모든 허물이 ᄂᆡ게가지 도라오니, 이 무숨 모양이뇨마ᄂᆞᆫ, 어미된 마음의 ᄎᆞ마 너룰 쥭기의 니르지 못ᄒᆞ여 계교룰 여ᄎᆞ여ᄎᆞᄒᆞ여 상을 격동ᄒᆞ고, 위ᄌᆞ의 마음을 항복 바드니 이졔ᄂᆞᆫ 긔탄(忌憚)업ᄂᆞᆫ지라. 너ᄂᆞᆫ 다른 근심 말고 아미(蛾眉)1936)나 다ᄉᆞ려 아름다온 단장을 빗ᄂᆡ라."

공쥐 드르ᄆᆡ 깃브미 이의 오르지 못홀지라. 흔열(欣悅) 왈,

"ᄉᆞ롬의 원ᄒᆞᄂᆞᆫ 바ᄂᆞᆫ 하날이 좃ᄂᆞ니, ᄂᆡ 일이 일운 즉 부ᄆᆡ(駙馬)의 일도 일 【9】 오리니, ᄎᆞ후ᄂᆞᆫ 침식이 달니로다1937)."

ᄒᆞ더라.

ᄐᆡ비 도라가ᄆᆡ 옥ᄃᆡ 공쥬의 긔식을 술피니 뉴미(柳眉)룰 춈츄어 깃브ᄂᆞᆯ 니긔지 못ᄒᆞ거ᄂᆞᆯ, ᄂᆞᄋᆞ가 문왈(問曰),

"일이 여ᄎᆞᄒᆞ믈 하날이 쥬시미라. 긔틀을 좁아 여ᄎᆞ여ᄎᆞᄒᆞ미 엇더ᄒᆞ뇨?"

1931)췌탁(揣度) : 남의 마음을 미루어서 헤아림.=촌탁.

1932)션셜(先說) : 고소설에서 장면을 바꿔 앞에서 진행되었던 이야기를 이어 시작할 때 쓰는 화두사(話頭詞).

1933)울울분분(鬱鬱忿憤) : 마음이 매우 답답하고 분함..

1934)오월댱슈(五月長水) : 오월의 긴 장맛비.

1935)ᄃᆡ사로이 : 대수롭게. 중요하게 여길 만하게.

1936)아미(蛾眉) : 누에나방의 눈썹이라는 뜻으로, 가늘고 길게 굽어진 아름다운 눈썹을 이르는 말. 미인의 눈썹을 이른다.

1937)달다 : 꿀이나 설탕처럼 단맛이 있다.

공쥐 계교를 듯고 ᄃᆡ희(大喜)ᄒᆞ여 고ᄀᆡ 좃고 응낙 왈,

"너의 혼ᄉᆞᄂᆞᆫ 길녜(吉禮) 후 도모ᄒᆞ리니, ᄂᆡ 츌궁ᄒᆞ거든 궁으로 와 다시 의논ᄒᆞ미 가ᄒᆞ다."

옥ᄃᆡ 왈,

"쇼ᄆᆡ ᄎᆞ혼을 스ᄉᆞ로 취ᄒᆞᆯ 거ᄉᆞᆯ 동형의 ᄀᆞ르치믈 듯지 아니ᄒᆞ고, 옥쥬를 위ᄒᆞ여 【10】 대사를 일워시니 옥쥐 소ᄆᆡ의 지셩(至誠)을 닛지 마르소셔."

공쥐 소왈

"ᄂᆡ 엇지 니즈리오. 나ᄂᆞᆫ 마음이 활발ᄒᆞ여 소소곡졀(小小曲折)[1938]을 ᄉᆡᆼ각지 못ᄒᆞ니 현ᄆᆡ의 긔모(奇謀)를 드러야 일이 묘(妙)ᄒᆞ리니, ᄂᆡ 널노 우익(右翼)을 삼지 아니ᄒᆞ고 엇지ᄒᆞ리오."

아이오, 부가의셔 교ᄌᆞ와 양낭(養娘)[1939]이 밧긔와 부ᄐᆡᄉᆞ 명으로 도라오믈 바야ᄂᆞᆫ지라[1940]. 부시 가기를 님ᄒᆞ여 ᄋᆡ뤼(哀淚) 방방(滂滂)[1941]ᄒᆞ여 공쥬의 ᄉᆞᄆᆡ를 붓들고 후회(後會)를 긔약ᄒᆞ고 도라오니, 부ᄐᆡ식 크게 녀ᄒᆡᆼ(女行) 일흐믈 계ᄎᆡᆨ(戒責)ᄒᆞ여 【11】 심당(深堂)의셔 슈돌(守拙)[1942]ᄒᆞ기를 니르고, 친신(親信)ᄒᆞᆫ 시ᄋᆞ(侍兒)를 다 물니치고, 관슈(管守)[1943]ᄒᆞ기를 엄히ᄒᆞ고, 됴공ᄌᆞ 부인이 니르러 ᄯᅩᄒᆞᆫ ᄎᆡᆨ(責)ᄒᆞ니, 옥ᄃᆡ 무류(無聊)[1944]코 노ᄒᆞ여 눈물을 흘니더라.

ᄎᆞ시 흠텬관(欽天官)이 길긔(吉期)를 ᄐᆡᆨᄒᆞ니, 즁츈 쵸슌이라. 뎨 명ᄒᆞ여 공쥬궁을 각별 《치례‖치레[1945]》ᄒᆞ여 태비 모녀의 마음을 쾌(快)케 ᄒᆞ시니, 태비 모녜 원한이 업고 날노 용모를 《치례‖치레》ᄒᆞ며 의상슈식(衣裳垂飾)을 셤ᄐᆡᆨ(閃擇)[1946]ᄒᆞ여 부마를 미혹ᄒᆞ고, 나·경·뉴 삼소져를 업시ᄒᆞ여 거리ᄭᅵᆫ 거시 업시 화락ᄒᆞ 【12】 고ᄌᆞ ᄒᆞ니, 엇지 우읍지 아니리오.

옥ᄃᆡ의 가르치믈 바다 계교를 ᄒᆡᆼᄒᆞᆯᄉᆡ, 보모(保母)[1947]를 보ᄎᆡ여 쳔금을 흣터 민간의 ᄌᆞᄀᆡᆨ(刺客)을 구ᄒᆞ니, ᄇᆡ시 제 오라비 ᄇᆡ손쳥을 가보고, 공쥬의 ᄯᅳᆺ을 젼ᄒᆞ고 쳔금을 쥰ᄃᆡ, 숀쳥이 ᄌᆞᄀᆡᆨ을 구ᄒᆞ더니, 오라게야 일인을 쳔거ᄒᆞ니 셩명은 호졍

1938)소소곡절(小小曲折) : 순조롭지 아니하게 얽힌 이런저런 복잡한 사정이나 까닭.
1939)양낭(養娘) : 여자 종. 주로 혼인한 여종을 일컫는다.
1940)바야다 : 재촉하다. 서두르다.
1941)방방(滂滂)ᄒᆞ다 : 눈물 나오는 것이 비 오듯 하다.
1942)슈돌(守拙) : 자기 분수를 지켜 조촐히 지냄.
1943)관슈(管守) : 관리하고 지킴.
1944)무류(無聊) : 무료(無聊). ①흥미 있는 일이 없어 심심하고 지루함. ②부끄럽고 열없음. *'聊'의 음은 '료'인데 고소설에서는 '無'와 함께 쓰일 때 '류'로 적고 있다.
1945)치레 : ①잘 손질하여 모양을 냄. ②무슨 일에 실속 이상으로 꾸미어 드러냄.
1946)셤ᄐᆡᆨ(閃擇) : 번쩍거리는 것을 선택함.
1947)보모(保母) : 조선시대에 유모(乳母)를 달리 이르던 말.

이라.

용녁이 졀뉸ᄒᆞ고 검슐이 신긔ᄒᆞ여 공즁으로 왕닉ᄒᆞ기를 풍우 갓치 ᄒᆞ고, ᄉᆞ름 쥭이기를 창승(蒼蠅) ᄀᆞᆺ치 ᄒᆞ니, ᄉᆞ오나온 심슐노 불의지ᄉᆞ(不義之事)를 아니 시험ᄒᆞ미 업더니, 셰둉(世宗)이 【13】 즉위 ᄒᆞ시ᄆᆡ, 됴졍의 쓰이ᄂᆞᆫ 뉴(類) 영웅호걸과 현인 군ᄌᆞ라. 여ᄎᆞ(如此) 요악ᄒᆞᆫ 무리를 다 ᄌᆞᆸᄋᆞ 쥭이며 귀향보ᄂᆡ니, 호졍이 감히 경ᄉᆞ(京師)의 오지 못ᄒᆞ고, 산ᄉᆞ(山寺)의 숨어 무리를 모화 북한(北漢)[1948]과 뇨국(遼國)[1949]으로 가고ᄌᆞ ᄒᆞ더니, 손청의 간졀이 빌물 인ᄒᆞ여 쳔금을 밧고 ᄇᆡ가의 머무더니, 길(吉)ᄒᆞᆫ 날을 ᄀᆞᆯ희여 댱안(長安)으로 향ᄒᆞ니라.

어시의 동창궁의셔 삼소졔 상셔의 ᄒᆡᆼ거(行車) 후, ᄒᆞᆫ 당(堂)의 모다 담소ᄒᆞ며 도젹 방비ᄒᆞᆯ 계교를 의논ᄒᆞᆯ ᄉᆡ, 냥뉴랑(乳娘)이 졔 가부와 기 【14】 ᄌᆞ(其子) 양츙을 불너 비밀이 분부ᄒᆞ여, ᄐᆡ쳥뎐 셤[1950] 우희 지함(地陷)[1951]을 파고, 초인(草人)을 공교히 민ᄃᆞ라 ᄃᆡ변(待變)[1952]ᄒᆞ더니, 믄득 화쥐(華州) ᄉᆞ인(使人)이 니르러 궁감(宮監)으로 셔간을 드리니, 삼소졔 바다보고 탄복ᄒᆞ며 신싱을 외당의 머무럿더니, 이ᄯᆡ ᄌᆞᄀᆡᆨ이 비슈(匕首)를 ᄭᅵ고 ᄒᆞᆫ번 소소ᄆᆡ[1953], 반야(半夜)의 동창궁의 니르러 ᄂᆡ뎐을 ᄉᆞ못ᄎᆞ[1954] 드러가니, 뎐각과 누ᄃᆡ 곳곳이 버럿ᄂᆞᆫᄃᆡ, 뎐(殿)마다 고요ᄒᆞ여 인젹이 업고, 층층ᄒᆞᆫ 곡난(曲欄)과 즁즁(重重)ᄒᆞᆫ 문회(門戶) 겹겹ᄒᆞ여, 어ᄂᆞ 곳을 지향(指向)ᄒᆞᆯ 【15】 쥴 몰나 방황ᄒᆞ더니, 홀연 큰 뎐문(殿門) ᄋᆞ릐 일긔 궁ᄋᆡ 옥계(玉階) 우희 방셕을 놋코 안ᄌᆞ, 옥슈(玉手)의 금션(錦扇)을 들고 바롬을 ᄂᆡ거ᄂᆞᆯ, 협박(脅迫)ᄒᆞ여 뭇고ᄌᆞ ᄒᆞ여 칼을 둘고 가ᄇᆡ야이 미인을 붓드니, 믄득 ᄒᆞᆫ 소ᄅᆡ 방포(放砲)의 몸이 지합 속의 ᄲᅵ지니, 그 속의 《참검‖창검(槍劍)》이 '솜[麻] 셔 듯ᄒᆞ여'[1955], 졔 몸이 창 ᄭᅳᆺ히 걸니여 ᄂᆞ려가도 못ᄒᆞ고 올나올 길도 업ᄉᆞ니, 알푸믈 견ᄃᆡ지 못ᄒᆞ여, 크게 소ᄅᆡ 지르니, 믄득 범 ᄀᆞᆺᄒᆞᆫ 가졍(家丁)이 지함(地陷)을 헷치고 잡ᄋᆞ ᄂᆡ여, 결박ᄒᆞ여 졍젼(正殿)의 ᄭᅮᆯ니니, 젹이 비록

1948)북한(北漢) : 『역사』 중국의 오대십국 가운데 후한이 멸망한 후 951년에 유숭(劉崇)이 태원(太原)에 세운 나라. 거란과 손을 잡고서 송나라에 대항하였으나 979년에 송나라에 멸망하였다.

1949)뇨국(遼國) : 『역사』 916년에 거란족의 야율아보기가 세운 나라. 몽골・만주・하북(河北)의 일부를 지배하였으며, 송나라로부터 연계(燕薊) 16주를 빼앗아 전연(澶淵)의 동맹을 맺어 우위를 차지하였다. 1125년에 금나라와 송나라의 협공을 받아 망하였으나 왕족인 야율대석이 중앙아시아로 도망하여 서요를 세웠다.≒요나라

1950)셤 : 섬. 집채의 앞뒤에 오르내릴 수 있게 놓은 돌층계.=섬돌.

1951)지함(地陷) : 땅을 파서 굴과 같이 만든 큰 구덩이.=땅굴.

1952)ᄃᆡ변(待變) : 변(變)이 나기를 기다림.

1953)소소다 : 솟구치다.

1954)ᄉᆞ못ᄎᆞ다 : 사무치다. 통(通)하다. 꿰뚫다.

1955)솜[麻] 셔 둣ᄒᆞ다 : 삼[麻]대가 벌려 서있는 듯하다.

담(膽)【16】이 말 만ᄒᆞ고, 용녁이 무쌍ᄒᆞ나, ᄎᆞ시를 당ᄒᆞ여ᄂᆞᆫ 무가ᄂᆡ하(無可奈何)1956)라. 창검의 질니인 곳이 무슈ᄒᆞ여 뉴혈(流血)이 ᄯᅳᆨ히 괴이니, 다만 졍혼(精魂)이 아득ᄒᆞ더니, 뎐상(殿上)의 등쵹(燈燭)이 휘황(輝煌)ᄒᆞ며, 노상궁의 소ᄅᆡ로 분부ᄒᆞ여 왈,

"ᄎᆞ젹(此賊)의 흉의(凶意)ᄂᆞᆫ 뭇지 아냐 알니라. ᄂᆡ부인이 분부ᄒᆞᄉᆞ, '냥슈(兩手)를 버혀 먼니 ᄂᆡ치라' ᄒᆞ신다."

ᄒᆞ니, 믄득 소년 댱군이 제노(諸奴)를 지휘ᄒᆞ여 ᄊᆞ어 ᄂᆡ여다가 날ᄂᆡᆫ 칼노 냥슈를 버혀 ᄂᆡ치니, 젹이 긔졀ᄒᆞ엿다가 반일이 지ᄂᆞᄆᆡ ᄭᆡ여보니,【17】제 몸이 산곡의 누엇고, 지셰를 ᄉᆞᆯ피ᄆᆡ 댱안의셔 슈십니를 써ᄂᆞᆺ더라. 경괴(驚怪) 망측(罔測)ᄒᆞ여 ᄎᆞᆫᄎᆞᆫ젼진(寸寸前進)ᄒᆞ여 ᄇᆡᄉᆞᆫ쳥의 집의 니르러, 공연이 병잔인ᄉᆡᆼ(病殘人生)1957)이 되어 ᄉᆡᆼ되(生途) 망연ᄒᆞ믈 탓 삼으니, ᄉᆞᆫ쳥이 황망ᄒᆞ여 급히 제 누의게 통ᄒᆞ니, 공쥐 악연(愕然) ᄃᆡ경ᄒᆞ나 ᄒᆞᆯ일업셔, 금젼(金錢)을 후비(厚備)ᄒᆞ고, ᄎᆞᄉᆞ(此事)를 옥ᄃᆡ의게 통코ᄌᆞ ᄒᆞ나, 부태ᄉᆞ 녕(令)이 엄(嚴)ᄒᆞ여 궁즁쇼식(宮中消息)이 옥ᄃᆡ 침소의 가지 못ᄒᆞ게 ᄒᆞ니, ᄒᆞᆯ일업셔 울울불낙(鬱鬱不樂)ᄒᆞ더니, 비ᄌᆞ 교잉이 연이 십뉵【18】세라. 영오간힐(穎悟奸黠)1958)ᄒᆞ여 공쥬의 ᄯᅳᆺ을 영합(迎合)ᄒᆞ니 공쥐 ᄉᆞ랑ᄒᆞ더니, ᄀᆞ마니 헌계(獻計) 왈(曰),

"소비(小婢)의 아ᄌᆞ미 원방(遠方)의셔 ᄀᆞᆺ 와, 궁박ᄒᆞ미 심ᄒᆞ나, 춍민(聰敏) 소통(疏通)ᄒᆞ여 님시응변(臨時應變)이 능ᄒᆞᆫ지라. 여ᄎᆞ여ᄎᆞᄒᆞ여 부소져긔 통ᄒᆞ미 묘(妙)ᄒᆞᆯ가 ᄒᆞ나이다."

공쥐 깃거 교잉을 즁상(重賞)ᄒᆞ여 보ᄂᆡ니, 교잉이 제 아ᄌᆞ미 츈교를 보고 이 ᄯᅳᆺ을 니르니, 꾀 ᄃᆡ열(大悅)ᄒᆞ여 슉질(叔姪)이 헌 옷슬 닙고 걸인이 되어 부아(府衙)의 니르러, 원방인(遠方人)으로 긔갈(飢渴)이 심ᄒᆞ니, 후문 냥낭의 시ᄋᆡ 밥을 구ᄒᆞ믈【19】ᄋᆡ걸ᄒᆞ니, 일ᄀᆡ(一個) 노ᄑᆡ 불너 머무를 ᄉᆡ, 교잉의 나흘 무르니 십ᄉᆞᆷ세로라 ᄒᆞ고, 언에(言語) 공슌영민(恭順穎敏)ᄒᆞ니 노ᄑᆡ(老婆) ᄉᆞ랑ᄒᆞ여 교의 모녀로 져의 ᄉᆞ환을 ᄉᆞᆷ앗더라.

교잉이 이의 오ᄅᆡ 머므러 후원과 가산(假山)을 구경ᄒᆞ믈 일흠ᄒᆞ고, ᄂᆞ믈 ᄯᅳᆺ기를 위업(爲業)ᄒᆞ여 졈졈 친근ᄒᆞ여 부시 침당의 니르니, 부시 난간을 비겨 아미(蛾眉)를 빈츅(嚬蹙)ᄒᆞ고 옥협(玉頰)의 진쥐(珍珠) 구으ᄂᆞᆫ지라. 교잉이 ᄂᆞᄋᆞ가 우러러 보니, 냥낭이 ᄭᅮ지져 왈,

"엇던 걸인이완ᄃᆡ 감히 규즁을 앙시(仰視)ᄒᆞᄂᆞ뇨?"

1956)무가ᄂᆡ하(無可奈何) : 어찌할 도리가 없음.
1957)병잔인생(病殘人生) : 병만 남은 쇠잔한 몸.
1958)영오간힐(穎悟奸黠) : 영리하고 슬기로우나 간사하고 잔꾀가 많음..

교잉이 되【20】쇼 왈,
"쇼ᄋᆞ는 쥬삼낭 모친의 어더 기른 ᄋᆞ히라. 뎐각이 표묘(縹緲)ᄒᆞ믈1959) 구경ᄒᆞ미로소이다"
부시 ᄎᆞ언을 듯고 누하(樓下)를 슬피니 일ᄀᆡ 소ᄋᆡ(小兒) 의상이 남누(襤褸)ᄒᆞ고 초리(草履)를 신어시나 용모거지(容貌擧止)는 닉은지라. ᄌᆞ시 본즉 슉졍공쥬의 시로쎈 교잉이라. 반갑고 깃브믈 니긔지 못ᄒᆞ여 문왈,
"네 어느 ᄯᆡ ᄉᆞ름으로 엇지ᄒᆞ여 ᄂᆡ집 동이 되엿ᄂᆞ뇨?"
교잉이 ᄃᆡ왈
"원방 ᄉᆞ름으로 아비 군ᄉᆞ의 ᄲᆡ히여 올ᄂᆞ와 히 지ᄂᆞ되 도라오지 아니ᄒᆞ니, 혈혈모녜(孑孑母女) 의지 업셔 걸식(乞食)ᄒᆞ【21】옵더니, 쥬모(主母)의 구ᄒᆞ믈 닙어 이곳의 머무ᄂᆞ이다."
부시 먹든 《엄식∥음식》을 쥬고, 다시 드러오물 니르니, 교잉이 ᄉᆞ례ᄒᆞ고 바들시 ᄀᆞ마니 셔간을 ᄂᆞ리치고 그르슬 바다 믈너ᄂᆞ니, 부시 거두어 협실의 드러가 개간(開看)ᄒᆞ니, '호졍의 픽루(敗漏)ᄒᆞᆫ ᄉᆞ의(詞意)요, 부마의 삼쳐를 히ᄒᆞᆯ 길이 업셔 교잉을 보ᄂᆡ여 계교를 바라노라.' ᄒᆞ엿거늘, 옥ᄃᆡ 간파의 낙담상혼(落膽喪魂)ᄒᆞ여 이윽이 어린 듯ᄒᆞ다가, 냥구(良久) 후(後) 답셔(答書)를 일워 가지고, 난두(欄頭)의 흣거러1960) 마음 업시 당시(唐詩)을 음영(吟詠)【22】ᄒᆞ여 눈을 쏘ᄋᆞ 즁문(中門)을 슬피더니, 교잉이 그르슬 가지고 오거늘, 옥ᄃᆡ 셔간을 더지니, 이ᄯᆡ 그 양낭(養娘)1961)이 맛춤 나가고 좌우(左右) 젹뇨(寂寥)ᄒᆞᆫ지라. 교잉이 거두어 가지고 ᄂᆞ와 츈교를 쥬니, 괴 가지고 집으로 도라와 교잉의 어미로 ᄒᆞ여금 궐ᄂᆡ의 드려 보ᄂᆡ니라.
공쥐 교잉을 보ᄂᆡ고 ᄉᆞ오일이 지ᄂᆞ니, 마음이 답답ᄒᆞ고 염녜 만하 침좌간(寢坐間)의 념념불망(念念不忘)1962)ᄒᆞ더니, 교잉의 어미 드러와 봉셔(封書)를 올니ᄂᆞᆫ지라. 공쥐 ᄃᆡ열(大悅)ᄒᆞ여 바다보니 ᄀᆞᆯ와시ᄃᆡ,
"호졍으로 ᄒᆞ여금【23】후셜(後說)1963)이 무셔오니, 여ᄎᆞ여ᄎᆞᄒᆞ여 호졍을 익살(縊殺)ᄒᆞ고, 다시 비상ᄒᆞᆫ ᄉᆞ름을 구ᄒᆞ여 쓰면, 소ᄆᆡ 당당이 여ᄎᆞ여ᄎᆞ《ᄒᆞ고∥ᄒᆞ리니》, 분을 셜(雪)ᄒᆞ소셔. 옥쥐(玉主) 츌궁(出宮)ᄒᆞ시면, 쇼ᄆᆡ 궁으로 가리이다.

1959)표묘(縹緲)ᄒᆞ다 : 끝없이 넓거나 멀어서 있는지 없는지 알 수 없을 만큼 어렴풋하다.
1960)흣걸다 : 흣걷다. 발길 가는대로 걷다. 산책(散策)하다. *흣걷다: '흣다+걷다'. 흣다: 흩다. 흩어지다.
1961)양낭(養娘) : 여자 종. 시녀(侍女). 주로 혼인한 여종을 일컫는다.
1962)념념불망(念念不忘) : 마음속에 두고두고 생각하여 잊지 않음.
1963)후셜(後說) : 뒷말. 일이 끝난 뒤에 뒷공론으로 하는 말.

망명(亡命) 탈신(脫身)ᄒᆞ기를 쥬야 계교(計巧)ᄒᆞᄂᆞ이다."

ᄒᆞ엿더라.

공쥐 남파(覽罷)의 환희(歡喜)ᄒᆞ여 은ᄌᆞ 슈ᄇᆡᆨ냥을 ᄇᆡ상궁을 쥬어, '숀쳥을 상ᄉᆞ(賞賜)[1964]ᄒᆞ고, 호졍을 쥭이라'ᄒᆞᄂᆞᆫ지라. 숀쳥이 깃거 은ᄌᆞ(銀子)를 호졍을 쥬어 왈,

"그ᄃᆡ 병인(病人) 되믈 옥쥐 참연(慘然)ᄒᆞᄉᆞ 날노 ᄒᆞ여금 그ᄃᆡ를 다려 옥쥬 봉읍(封邑) 【24】 의 가 평안이 일ᄉᆡᆼ을 맛게 ᄒᆞ시니, 금일노 ᄒᆡᆼᄒᆞ리라."

호졍이 깃거 ᄒᆞᆫ가지로 가더니, 심산(深山) 무인쳐(無人處)의 가 ᄒᆞᆫ병 슐을 ᄂᆡ여 호졍을 권ᄒᆞ여 먹이니, 졍이 먹기를 다 못ᄒᆞ여 칠규(七竅)[1965]로 피를 흘니고 폭ᄉᆞ(暴死)[1966]ᄒᆞ니, 숀쳥이 졍의 허리의 은ᄌᆞ를 아ᄉᆞ 가지고, 쥭엄을 굴헝의 밀치니라.

손쳥이 도라와 복명ᄒᆞ니, 공쥐 뎜두ᄒᆞ고 ᄇᆡ상궁 다려 '다시 이인(異人)을 구ᄒᆞ라' ᄒᆞ니, ᄇᆡ시와 손쳥이 공쥬의 작ᄉᆡ(作事) 필경 무ᄉᆞ치 못ᄒᆞᆯ가 염녀(念慮)ᄒᆞ여 즐겨 듯지 아니ᄒᆞ고, 다만 【25】 인ᄌᆡ(人才) 업ᄉᆞ믈 탄ᄒᆞ더니, 츈괴 니르러 ᄀᆞᆯ오ᄃᆡ,

"ᄂᆡ 고향 산동 ᄯᅡ 운향산 즁(中)의 이ᄉᆡ(異師)[1967] 잇ᄉᆞ니, 호ᄂᆞᆫ '금션불'이라. 도슐(道術)이 무쌍ᄒᆞ여, 일향인민(一鄕人民)이 부쳐 밧드 듯ᄒᆞ고, 향화(香火)를 ᄂᆞ와 슈복(壽福)을 빌ᄆᆡ 무불향응(無不饗應)[1968]ᄒᆞ고, ᄯᅩ 일여ᄌᆡ(一女子) 잇ᄉᆞ니 변홰(變化) 신통ᄒᆞᆫ지라. 이 ᄉᆞ름을 쳥ᄒᆞ면 삼녀(三女) 업시ᄒᆞ미 낭즁취물(囊中取物)[1969] ᄀᆞᆺᄒᆞ리이다."

교ᄋᆡᆼ이 ᄃᆡ희ᄒᆞ여 옥ᄃᆡ다려 몬져 니르고, 몸을 색혀 ᄃᆡᄂᆡ로 드러가 공쥬를 보려 ᄒᆞ더라.

ᄎᆞ시 공쥬의 아름답지 아닌 길긔(吉期) 님박ᄒᆞ니, 【26】 뎨 마지 못ᄒᆞᄉᆞ 위상셔를 부르시고 셔뎡공긔 글월을 붓치ᄉᆞ 부득이 공쥐 하가(下嫁)ᄒᆞ믈 베푸시고 만만(萬萬) ᄉᆞ례ᄒᆞ시니, 위공이 불열ᄒᆞ나 ᄒᆞᆯ일 업셔 묵연ᄒᆞ고, 상셰 분한ᄒᆞ나 ᄒᆞᆯ일업셔 치ᄒᆡᆼ(治行)ᄒᆞᆯᄉᆡ, 져즈음긔 신냥이 ᄌᆞᄀᆡᆨ을 ᄡᅳ어 산두(山頭)의 더지고 도라왓ᄂᆞᆫ

1964)상ᄉᆞ(賞賜) : 칭찬하여 상으로 물품을 내려 줌.

1965)칠규(七竅) : 사람의 얼굴에 있는 일곱 개의 구멍. 귀, 눈, 코에 각 두 개씩 있으며 입에 하나가 있다.

1966)폭ᄉᆞ(暴死) : 갑자기 참혹하게 죽음.≒폭졸.

1967)이ᄉᆡ(異師) : 이승(異僧). *사(師)는 '법사(法師)' '대사(大師)' 등의 말에서 볼 수 있는 바와 같이 '승려(僧侶)'를 높여 이르는 말이다.

1968)무불향응(無不饗應) : 융숭하게 대접하지 않는 사람이 없다.

1969)낭즁취물(囊中取物) : 주머니 속에서 물건을 꺼내듯이 손쉽게 얻을 수 있음을 이르는 말.

지라.

상셰 부인의 지모(智謀)를 깃거ᄒᆞ고, 위공이 듯고 놀ᄂᆞ고 긔특이 녁여, 신싱을 불너 곡졀을 ᄌᆞ시 무를 ᄉᆡ, 신냥이 ᄌᆞ긔 가기 젼의 발셔 지함(地陷)을 파고 창검을 ᄭᅩᄌᆞ며, 우흐로 흙을 덥고 【27】 초인(草人)을 ᄆᆡᆫᄃᆞ라 쥴을 속으로 다릐여 ᄉᆞ룸의 운동ᄒᆞᄂᆞᆫ 드시 ᄒᆞ고, ᄒᆞᆫ 쥴을 방포(放砲)의 ᄆᆡ여, 다릐여 포셩이 진동ᄒᆞ게 ᄆᆡᆫᄃᆞ라, 도적 잡은 연유를 고ᄒᆞ고 왈,

“쇼ᄌᆞᄂᆞᆫ 슘어 관망ᄒᆞ고, 뎍슈(賊首)를 버혀 뫼희 바리고 왓ᄂᆞ이다.”

공과 부인과 졔싱과 졔소졔 격졀(擊節) 탄복ᄒᆞ더라.

상셰 슈일 후 부모긔 하직ᄒᆞ고 경ᄉᆞ로 향ᄒᆞᆯ ᄉᆡ, 녁노(驛路)의 호셩(豪盛)ᄒᆞᆫ 위의 뎐ᄌᆞ(前者)의 더으고, ᄒᆞ르ᄂᆞᆫ 녁ᄆᆡ(驛馬) 부졀(不絶)ᄒᆞ여 황됴(皇詔)를 젼ᄒᆞᄂᆞᆫ 지라. 상셰 슈릐의 ᄂᆞ려 셩지(聖旨)를 밧ᄌᆞ오ᄆᆡ, 텬ᄌᆡ 【28】 특은으로 니부총ᄌᆡ(吏部摠裁) 문연각틱ᄒᆞᆨᄉᆞ(文淵閣太學士)를 ᄇᆡ(拜)ᄒᆞ시니, 총ᄌᆡ 텬은을 황감ᄒᆞ여 망궐ᄉᆞ은(望闕謝恩)ᄒᆞ고, ᄃᆡ총ᄌᆡ[ᄌᆡ](大冢宰)[1970] 금닌(金印)을 허리의 더으ᄆᆡ, 호호(浩浩)ᄒᆞᆫ 영광이 도로의 ᄀᆞ득ᄒᆞ고, 권권(眷眷)ᄒᆞᆫ 텬은이 만됴(滿朝)를 기우리더라.

건곤(乾坤)의 별이(別異)ᄒᆞᆫ 용화(容華)와 강산의 ᄲᆡ혀난 정신이 표표(表表)[1971] 츌뉴(出類)ᄒᆞ고, 균텬(鈞天)[1972]을 압두ᄒᆞᆯ 긔상과 츄상(秋霜) ᄀᆞᆺᄒᆞᆫ 긔질이, ‘동일(冬日)이 의의(猗猗)ᄒᆞ고’[1973] ‘하일(夏日)이 념념(炎炎)ᄒᆞ니’[1974] ᄌᆞ고급금(自古及今)[1975]의 ᄃᆡ뒤(對頭)업ᄉᆞᆯ지라. 반눈월익(半輪月額)[1976]의 금관(金冠)이 산졍(山頂)ᄒᆞ고, ᄌᆞ산(赭山)[1977] 냥닉(兩翼)의 금푀(錦袍) 【29】 졉(接)ᄒᆞ여시니, 단산셔봉(丹山棲鳳)[1978]이요 텬지졍홰(天地精華)[1979]라. 부형(父兄)이 바라고 두굿기ᄂᆞᆫ 닙을 쥬리지 못ᄒᆞ더라.

신싱이 모친을 하직고 상셔로 동ᄒᆡᆼ(同行)ᄒᆞᆯᄉᆡ, 션명ᄒᆞᆫ 의건(衣巾)으로 쥰마(駿

1970)ᄃᆡ총ᄌᆡ(大冢宰) : 「역사」 조선 시대에 ‘이조 판서’를 달리 이르던 말. 중국 주(周)나라 때의 총재 벼슬에 해당한다 하여 이르던 말이다

1971)표표(表表) : 사람의 생김새나 풍채, 옷차림 따위가 눈에 띄게 두드러짐.

1972)균텬(鈞天) : 구천(九天)의 하나. 하늘의 중앙으로, 상제(上帝)의 궁(宮)을 이른다.

1973)동일(冬日)이 의의(猗猗)ᄒᆞ다 : 겨울날의 해가 아름답고 성(盛)하게 비추다.

1974)하일(夏日)이 념념(炎炎)ᄒᆞ다 : 여름날의 해가 이글이글 불타고 있다.

1975)ᄌᆞ고급금(自古及今) : 예로부터 오늘에 이르기까지.

1976)반눈월익(半輪月額) : 반달처럼 둥근 이마. *반눈월(半輪月): 둥근 수레바퀴를 반으로 나눈 것 같은 반원형의 달. 곧 반달.

1977)ᄌᆞ산(赭山) : 나무가 없어 바닥이 붉게 드러난 산. =민둥산

1978)단산셔봉(丹山棲鳳) : 단산(丹山)’은 중국의 전설상의 산 이름으로, 이곳의 굴에 봉황(鳳凰)이 사는데, 그 깃털이 오색(五色)을 띠고 있다고 한다. 《山海經》 에 나온다.

1979)텬지졍홰(天地精華) : 천지의 깨끗하고 순수한 기운.

馬)를 모라시니, 표일슈앙(飄逸睟盎)1980)ᄒᆞ여 일ᄃᆡ영걸(一代英傑)이라. 옛 쥬인 김쇼삼이 마하(馬下)의 츄ᄇᆡ(趨拜)1981)ᄒᆞ더라.

화쥬지계(華州地界)를 지나 셤셔(陝西)1982)로 향ᄒᆞᆯᄉᆡ 큰 뫼히 압흘 ᄀᆞ리왓더라.

ᄒᆞ리(下吏) 교ᄌᆞ(轎子)를 옹후(擁後)ᄒᆞ여 녕(嶺)을 너물ᄉᆡ, 먼니셔 검장(檢杖)1983)ᄒᆞᄂᆞᆫ 소ᄅᆡ 산이 움즉이더니, 홀연 원호(怨號)ᄒᆞᄂᆞᆫ1984) 소ᄅᆡ 나,【30】 널오ᄃᆡ

"ᄎᆞ호셕ᄌᆡ(嗟乎惜哉)라!1985) ᄂᆡ 평ᄉᆡᆼ 뎍악(積惡)이 업고, 일ᄀᆡ(一個) 유ᄉᆡᆼ(儒生)으로 욕ᄌᆞ(辱子)의 손의 쥭을 쥴 알니요. 마숑ᄋᆞ! 네 ᄇᆡᆨ일지하(白日之下)1986)의 ᄉᆞ름을 쥭이고 규슈(閨秀)를 겁탈코ᄌᆞ ᄒᆞ나, ᄂᆞ의 소ᄆᆡ(小妹) 욕을 밧지 아니코 쥭으리니, ᄂᆡ 쥭어 모진 귀신이 되어 너를 삼키리라."

ᄒᆞᄂᆞᆫ 소ᄅᆡ 청원웅장(淸遠雄壯)ᄒᆞ여 상쳘운소(上徹雲霄)1987)ᄒᆞ니, 총ᄌᆡ 드르ᄆᆡ ᄃᆡ경(大驚)ᄒᆞ여 신ᄉᆡᆼ을 도라보니, 신ᄉᆡᆼ이 믄득 몸을 소소쳐 운산(雲山)의 오르ᄂᆞᆫ지라. 총ᄌᆡ 완완(緩緩)히 ᄒᆡᆼᄒᆞ여 녕(嶺)을 ᄂᆞ리니, 지방관이 호ᄒᆡᆼ(護行)ᄒᆞ【31】여 산하(山下)의 집을 ᄌᆞᆸ고 뫼시더라.

어시의 신ᄉᆡᆼ이 상봉(上峯)의 올ᄂᆞ오니, 뫼 깁흔 곳의 무슈ᄒᆞᆫ ᄉᆞ름이 벌 뭉긔1988) 듯ᄒᆞ엿거ᄂᆞᆯ 쒸여 ᄂᆞ리니 그 ᄀᆞ온ᄃᆡ 한 ᄉᆞ름을 쳘삭(鐵索)으로 결박ᄒᆞ여 남긔 ᄆᆡ고, 한 무리 한ᄌᆡ(悍者)ᄆᆡ를 드러 어즈러이 치ᄂᆞᆫᄃᆡ, ᄒᆞᆫ 호화공ᄌᆡ(豪華公子) 놉히 언덕의 안ᄌᆞ 소ᄅᆡ 질너 왈,

---

1980)표일슈앙(飄逸睟盎) : 외면에 보이는 풍채나 기상이 뛰어날 뿐 아니라, 내면에 축적된 본성[인의예지(仁義禮智)]이 밖으로 넘쳐 남을 이르는 말. *수앙(睟盎): 군자의 내면에 축적된 것들이 윤택하게 얼굴에 드러나고 등에 가득 넘치는 것을 뜻하는 '수면앙배(睟面盎背)'의 준말이다. 《맹자(孟子)》 〈진심 상(盡心上)〉에 "군자의 본성은 인의예지가 마음속에 뿌리 하여 그 얼굴빛에 나타남이 수연히 얼굴에 나타나고 등에 가득 넘치며, 사체에 베풀어져 사체가 굳이 말하지 않아도 저절로 깨달아 행해진다.[君子所性, 仁義禮智根於心, 其生色也, 睟然見於面、盎於背, 施於四體, 四體不言而喩.]"라고 하였다.

1981)츄ᄇᆡ(趨拜) : 예를 갖추어 허리를 굽히고 나아가 절을 함.

1982)셤셔(陝西) : 섬서성(陝西省), 『지명』 중국 중서부에 있는 성(省). 성도(省都)는 서안(西安)이다.

1983)검장(檢杖) : 예전에 장형(杖刑: 곤장으로 볼기를 치던 형벌)을 가할 때, 형리(刑吏)로 하여금 매질을 하는 장수(杖數)를 큰 소리로 세게 하던 일.

1984)원호(怨號)ᄒᆞ다 : 원통(怨痛)ᄒᆞ여 부르짖다.

1985)ᄎᆞ호셕ᄌᆡ(嗟乎惜哉)라! : 오호, 슬프고 애석하다!

1986)ᄇᆡᆨ일지하(白日之下) : 밝은 해가 떠있는 한낮에.

1987)상쳘운소(上徹雲霄) : 슬픔이나 소리 따위가 위로 하늘에까지 사무침.

1988)뭉긔다 : 뭉치다. 한데 합쳐서 한 덩어리가 되다. 또는 그렇게 되게 하다.

"너를 형체(形體)를 온젼이 죽이고즈 ᄒᆞ더니 네 흉(凶)ᄒᆞᆫ 픽셜(悖說)을 삼가지 아니ᄒᆞ니, 쾌히 혀를 버히고, 머리를 버히리라."

ᄒᆞ니, 좌위(左右) 응셩(應聲)ᄒᆞ여 기즁(其中) 큰 놈이 칼흘 들【32】고 다라드ᄂᆞᆫ지라. 신싱이 ᄃᆡ로(大路)ᄒᆞ여 신검(神劍)을 ᄲᅢ혀 더지니, 칼든 놈이 업더지더라.

모든 한ᄌᆡ(悍者) 불의지변을 보고 놀나, 일시의 신싱의게 다라드니, 신싱이 일시의 ᄉᆞ름을 다 쥭이미 가치 아닌지라. 좌우로 치니 졔인이 일시의 업ᄃᆡ여 고두(叩頭)ᄒᆞ더라.

신싱이 ᄃᆡ호(大呼) 왈,

"여등(汝等)이 쥭고즈 ᄒᆞᄂᆞᆫ다? 살기를 구ᄒᆞᄂᆞᆫ다?"

졔젹이 살기를 빌거ᄂᆞᆯ, 싱이 명ᄒᆞ여,

"미인 쇼년을 구ᄒᆞ라. 불연즉(不然則) 쥭이리라."

즁인이 ᄂᆞᄋᆞ가 쇼년을 글너 누이고 구호ᄒᆞ더라.【33】

이 ᄯᅢ 언덕의 안즌 ᄌᆡ 산곡으로 다라ᄂᆞᆺᄂᆞᆫ지라. 신싱 왈,

"도쥬ᄌᆞ(逃走者) 뉘며, 하고(何故)로 인명을 쳐살(處殺)ᄒᆞᄂᆞ뇨? 직고(直告)ᄒᆞ라."

졔인이 일시의 마공ᄌᆞ 악ᄉᆞ(惡事)를 ᄌᆞ시 고ᄒᆞ니, 싱이 더옥 ᄃᆡ로ᄒᆞ여 마공ᄌᆞ를 ᄎᆞᄌᆞ니, 슈십여 리를 다라나 뫼 슈풀 ᄉᆞ이의 숩엇거ᄂᆞᆯ, 그 머리를 ᄡᅳ어 그 곳의 니르러 결박(結縛)ᄒᆞ여 하쳐(下處)1989)로 보ᄂᆡ고, 건장(健壯)ᄒᆞᆫ 뉴를 골히여 소년을 업어 압셰우고, 길을 ᄎᆞᄌᆞ ᄂᆞ려와 《총ᄌᆡ ‖ 총ᄌᆡ(冢宰)》의 하쳐의 니르니, 원ᄂᆡ 마공ᄌᆞᄂᆞᆫ 동평지부 마삼의 독ᄌᆞ(獨子)니,【34】 명은 송이라.

호협방탕(豪俠放蕩)ᄒᆞ고 잔학불인(殘虐不仁)ᄒᆞ여 미ᄉᆡᆨ(美色)이 잇시믈 드른 즉, 방[반]계곡경(盤溪曲徑)1990)으로 겁탈ᄒᆞ고, ᄌᆡ물을 ᄉᆞ랑ᄒᆞ여 ᄒᆡ인살싱(害人殺生)을 《무불긔탄(無不忌憚) ‖ 긔탄(忌憚) 없이》 ᄒᆞ니, 마공이 깁히 염녀(念慮)ᄒᆞ여 울며 ᄀᆡ유(開諭)ᄒᆞ미 ᄒᆞᆫ 두 번 아니로ᄃᆡ, 감동치 아니ᄒᆞ고 믄득 효우지심(孝友之心)이 업더라.

이 ᄯᅢ히 션ᄇᆡ이시니 셩은 화요, 명은 진이라. 방년 십팔이니 됴실부모(早失父母)ᄒᆞ고, 다만 일ᄆᆡ(一妹) 잇셔 명은 교옥이라. 용뫼 졀셰ᄒᆞ고 ᄌᆡ졍(才情)이 민쳡ᄒᆞ여 유한졍졍(幽閑貞靜)ᄒᆞ니, 화싱이 ᄉᆞ랑ᄒᆞ여 【35】 너비 가랑(佳郎)을 구ᄒᆞ

1989)하쳐(下處) : 사처. 손님이 길을 가다가 묵음. 또는 묵고 있는 그 집. 곧 일시적으로 머물고 있는 집을 말한다.

1990)반계곡경(盤溪曲徑) : 서려 있는 계곡과 구불구불한 길이라는 뜻으로, 일을 순서대로 정당하게 하지 아니하고 그릇된 수단을 써서 억지로 함을 이르는 말.

더니, 마숑이 소져의 졀셰ᄒᆞ믈 듯고 ᄆᆡ파를 보ᄂᆡ여, 권셰로 져히며 다ᄅᆡ여 구혼ᄒᆞ니, 화ᄉᆡᆼ이 분연(奮然) 《구지‖거지(拒止)[1991]》 ᄒᆞ니, 숑이 노(怒)ᄒᆞ여 겁탈코ᄌᆞ ᄒᆞ나, 화ᄉᆡᆼ의 ᄉᆞ름되오미 영호[오]슈발(穎悟秀拔)[1992]ᄒᆞ여, 녀력(膂力)이 과인ᄒᆞ니 경범(輕犯)치 못ᄒᆞᆯ지라.

계교를 졍ᄒᆞ고 ᄉᆞ름을 식여 화ᄉᆡᆼ의 친산(親山)[1993]의 변(變)이 잇ᄉᆞ믈 젼ᄒᆞ니, 화ᄉᆡᆼ이 간계(奸計)를 아지 못ᄒᆞ고 경황ᄒᆞ여 ᄯᅥᆯ니 묘소로 향ᄒᆞᆯᄉᆡ, 상계(相距) ᄇᆡᆨ여리(里)라.

힝ᄒᆞ여 뫼 ᄋᆞᄅᆡ 니르니, 믄득 일셩포향(一聲砲響)의 무【36】슈ᄒᆞᆫ ᄉᆞ름이 잠기[1994]를 들고 ᄂᆡ다르니, 이는 마숑이라. 당션(當先)ᄒᆞ여 졔인을 지휘ᄒᆞ거늘, 화ᄉᆡᆼ이 ᄃᆡ경ᄃᆡ로(大驚大怒)ᄒᆞ여 슈삼인을 쥭이나, ᄇᆡᆨ여인을 엇지 당ᄒᆞ리오. 속졀업시 ᄆᆡ이믈 닙으니, ᄎᆞ시 마숑이 졔인을 지휘ᄒᆞᆫ 후, 즉시 몸을 두루혀 가인(佳人)을 거ᄂᆞ려 화부의 니르러 보니, 화ᄉᆡᆼ 쳐 홍시 ᄯᅩᄒᆞᆫ 졀염(絶艶)이라. ᄃᆡ희(大喜)ᄒᆞ여 두 녀ᄌᆞ를 교ᄌᆞ의 너허 민가의 감초고, 쥰구(俊駒)[1995]를 모라 니르러, 화ᄉᆡᆼ을 쥭이고ᄌᆞ ᄒᆞ다가, 잡혀 《총ᄌᆞ‖총ᄌᆡ(冢宰)》 면젼의 【37】 ᄭᅮᆯ니이니, 총ᄌᆡ 몬져 신ᄉᆡᆼ의 고(告)ᄒᆞᆷ과 졔인의 말을 듯고, ‘화ᄉᆡᆼ을 붓드러 방즁의 드리라’ ᄒᆞ니, ᄎᆞ시 화ᄉᆡᆼ이 다만 쥭기를 자분(自憤)ᄒᆞ더니, 쳔만(千萬) 념외(念外) 하날노셔 신댱(神將)이 ᄂᆞ려와 명을 구할 분 아니라, 마숑을 잡ᄋᆞ 이의 니르니, 바야흐로 경혼(驚魂)을 졍ᄒᆞ여 당상을 우러러 보니, 일위 귀인이 교위(交椅)[1996]의 안ᄌᆞ시니, 츈풍(春風) ᄀᆞᆺᄒᆞᆫ 긔질과 츄쳔(秋天) ᄀᆞᆺᄒᆞᆫ 풍치 학우신션(鶴羽神仙)[1997]이라.

연긔(年紀) 최쇼(最少)ᄒᆞ고 골격이 영위(英偉ᄒᆞ니 수려ᄒᆞᆫ 미우(眉宇)는 강산슈긔(江山秀氣)요, ᄉᆞ일쌍광(斜日雙光)【38】은 요마(妖魔)를 ᄉᆞᆯ을지라. 화ᄉᆡᆼ이 쳠시일견(瞻視一見)[1998]의 복복탄상(復復歎賞)[1999]ᄒᆞ여 머리를 슉이고 눈물을 흘녀 ᄉᆞ례 왈,

“소ᄉᆡᆼ 화진이 죄악이 관영(貫盈)ᄒᆞ와 일즉 쌍망부모(雙亡父母)ᄒᆞ고 둉션형뎨(終鮮兄弟)ᄒᆞ와 ᄒᆞᆫ ᄀᆞᆺ 쇼ᄆᆡ로 의뢰ᄒᆞ옵더니, 마숑 젹ᄌᆡ(賊者) 비례(非禮)로 강취

1991)거지(拒止) : 버티어 막음.
1992)영오슈발(穎悟秀拔) : 영리하고 빼어남.
1993)친산(親山) : 부모의 산소.
1994)잠기 : 연장.
1995)쥰구(俊駒) : 준마(駿馬). 빠르게 잘 달리는 말.
1996)교위(交椅) : 사람이 걸터앉는 데 쓰는 기구. 보통 뒤에 등받이가 있고 종류가 다양하다. =의자(椅子).
1997)학우신션(鶴羽神仙) : 학의 날개처럼 가볍고 하얀 옷을 입은 신선.
1998)쳠시일견(瞻視一見) : 눈을 들어 사방을 휘둘러 한번 봄.
1999)복복탄상(復復歎賞) : 거듭거듭 탄복하여 몹시 칭찬함.

(强娶)코ᄌᆞ ᄒᆞ오니, 불승분히(不勝憤駭)ᄒᆞ와 허(許)치 아녓더니, 간계(奸計)의 속ᄋᆞ 잔쳔(殘喘)2000)을 보젼치 못ᄒᆞ올너니, 상공 ᄃᆡ은으로 일신을 보젼ᄒᆞ니, 셰셰ᄉᆡᆼᄉᆡᆼ(世世生生)의 은혜를 난망이로소이다"

총ᄌᆡ 신ᄉᆡᆼ으로 ᄒᆞ여금 화ᄉᆡᆼ을 븟【39】드러 미쥭(米粥)을 쥬어 놀나믈 진정케 ᄒᆞ고, 상쳐를 ᄊᆞᄆᆡᆫ 후 위로 왈,

"현ᄉᆞ(賢士)의 무망(無妄) 대화(大禍)ᄂᆞᆫ 실노 경참(驚慘)ᄒᆞᆫ지라. 목금(目今) 셩쥬(聖主) ᄌᆡ상(在上)ᄒᆞᄉᆞ 요슌지치(堯舜至治)2001) 잇거ᄂᆞᆯ, 현ᄉᆡ ᄒᆞᆯ노 텬지의 달(達)치 못ᄒᆞᆯ 원(怨)이 잇ᄉᆞ니, ᄒᆞᆨᄉᆡᆼ이 모쳠(冒添)ᄒᆞ여 외람이 됴졍 즁신(重臣)의 참녜ᄒᆞ여, 엇지 붓그럽지 아니ᄒᆞ리오. 졔인을 쾌히 다사리이[리]니, 현ᄉᆞᄂᆞᆫ 안심ᄒᆞ라."

화ᄉᆡᆼ이 ᄇᆡᄉᆞ(拜謝) 뉴체(流滯) 왈,

"쇼ᄉᆡᆼ이 이리온 후 약ᄆᆡ(弱妹)의 됸문(存聞)을 모로오니 노야의 ᄃᆡ은을 바라ᄂᆞ이다."

총ᄌᆡ【40】졈두(點頭)ᄒᆞ고 마송을 엄문ᄒᆞ니, 마송이 이 ᄶᅦ쳐 왈,

"소ᄉᆡᆼ이 화ᄉᆡᆼ의 누의 잇시믈 아지 못ᄒᆞ거ᄂᆞᆯ, 엇지 그 거처를 알니잇고? 화진이 무상ᄒᆞ여 쇼ᄉᆡᆼ의 집의 야간의 돌입ᄒᆞ여 쳐ᄌᆞ를 도젹고ᄌᆞ ᄒᆞ다가 잡히니, 분ᄒᆞ믈 니긔지 못ᄒᆞ여 쥭이고져 ᄒᆞ더니 잡히믈 닙어시니, 상공은 화진을 져쥬어 간경을 뭇지 아니ᄒᆞ고, 간ᄉᆞ(奸邪)를 신쳥(信聽)ᄒᆞᄉᆞ 이ᄆᆡᄒᆞᆫ 소ᄉᆡᆼ을 의심ᄒᆞ시ᄂᆞ니잇가?"

즁인(衆人)이 다 마송 청ᄌᆡ(�)2002)를 바닷ᄂᆞᆫ지라. 일졔히 말을 ᄀᆞᆺ치【41】ᄒᆞ니, 총ᄌᆡ 귀로 드르며 명봉쌍안(明鳳雙眼)2003)을 드러 송을 보니 봉형셔골(峰逈棲鶻)2004)이라. 강악(强惡)ᄒᆞ되 어리기 심ᄒᆞ고, ᄉᆞ오나오되 쥬심(主心)2005)이 업셔, 부귀ᄒᆞ화(富貴豪華)로 ᄉᆡᆼ장(生長)ᄒᆞ여, 텬하의 ᄉᆞ름이 업ᄉᆞᆫ가 ᄒᆞ고 것칠 거시 업ᄉᆞᆫ 듯ᄒᆞ니, 총ᄌᆡ 우음을 머금고, 문 왈,

"화진이 진실노 네 집의 돌입ᄒᆞ여 잡으미 잇시면, 법ᄃᆡ로 다ᄉᆞ리지 못ᄒᆞ고 산곡의 가, ᄉᆞ름이 모로게 쥭이려 ᄒᆞᆷ은 엇지뇨?"

송이 총ᄌᆞ[ᄌᆡ]의 우으믈 보고 져를 가ᄎᆞᄒᆞᄂᆞᆫ가, 어린 의ᄉᆡ 발ᄒᆞ여 고개를【42】ᄭᅥᆺ덕여 고왈,

2000)잔쳔(殘喘) : 아주 끊어지지 아니하고 겨우 붙어 있는 숨.
2001)요순지치(堯舜至治) : 요임금과 순임금이 덕으로 천하를 다스리던 매우 잘 다스려진 정치. 치세(治世)의 모범으로 삼는다.
2002)청ᄌᆡ(�) : 하사금(下賜金). 임금이나 윗사람이 준 돈.
2003)명봉쌍안(明鳳雙眼) : 봉황의 눈과 같은 밝은 두 눈.
2004)봉형셔골(峰逈棲鶻) : 먼 산에 앉아 있는 송골매.
2005)쥬심(主心) : 주(主)가 되는 마음. 또는 일정한 마음.

"화진의 용녁(勇力)이 비상ᄒᆞ여 잡고ᄌᆞ 홀 적, 조ᄎᆞ 산곡의 오미요, 관부의 고코ᄌᆞ ᄒᆞ나 길히셔 실포(失捕)홀가 두리미니, 졔 죄악이 관영(貫盈)ᄒᆞ니, ᄉᆞᄉᆞ로이 쥭여도 텬신이 쇼싱을 그르다 아닐 고로, 쥭이려 ᄒᆞ더니이다."

상셰 좌우를 엄호(嚴號)[2006]ᄒᆞ여 송을 올녀 ᄆᆡ고 엄형츄문(嚴刑推問)[2007]ᄒᆞ기를 명ᄒᆞᄆᆡ, 건장ᄒᆞᆫ 사예(司隸)[2008]ᄂᆞᆫ 힘을 다ᄒᆞ고 영니(怜悧)ᄒᆞᆫ 하리(下吏)ᄂᆞᆫ 쵸ᄉᆞ(招辭)[2009]를 ᄌᆡ촉ᄒᆞ니 불하십장(不下十杖)의 피육(皮肉)이 후란(朽爛)ᄒᆞ고 뼈 드러ᄂᆞ니, 송 【43】 이 엇지 ᄆᆡ를 보아시리오. 크게 쇼ᄅᆡᄒᆞ여 왈,

"화시 아냐 양귀비(楊貴妃)라도 귀치 아니타. 소싱이 두 여ᄌᆞ를 댱 파(婆)의 집의 두엇시니 글너 노흐시면 다려오리이다."

총ᄌᆡ 아역을 명ᄒᆞ여 두ᄂᆞᆺ 교ᄌᆞ를 ᄀᆞᆺ쵸와 신싱 다려 왈,

"그ᄃᆡ가 호송(護送)ᄒᆞ여오미 됴토다."

ᄒᆞ고, 소ᄅᆡ를 엄히ᄒᆞ여 왈,

"너의 간흉한 죄 머리를 버힐 거시로ᄃᆡ, 부형의 안면(顔面)을 고렴ᄒᆞ여 ᄉᆞ(赦)ᄒᆞ나, 장칙을 바드라."

언파의 ᄉᆞ예를 호령ᄒᆞ여 오십 장을 즁 【44】 타(重打)ᄒᆞ니, 송이 긔졀ᄒᆞ거ᄂᆞᆯ ᄂᆡ치고, 하리를 명ᄒᆞ여 동평지부 마공긔 글월ᄒᆞ여 ᄎᆞᄉᆞ(此事)를 베풀고, 'ᄎᆞ후 깁히 가도와 악ᄉᆞ를 다시 못ᄒᆞ게ᄒᆞ라' ᄒᆞ엿더라.

하리 셔간을 ᄀᆞ져 동평부로 향홀ᄉᆡ, 송의 노복이 송을 시러 가니라.

이윽고 신싱이 화·홍 냥소져를 구ᄒᆞ여 도라오니, 총ᄌᆡ '별당을 슈소(修掃)[2010]ᄒᆞ여 뫼시라' ᄒᆞ고, 화싱을 붓드러 보ᄂᆡ니, ᄉᆡᆼ이 감은각골(感恩刻骨)ᄒᆞ믈 언어로 다 못홀지라.

총ᄌᆞ[ᄌᆡ] ○[ᄂᆞ]의 ᄃᆡ은으란 니르지 【45】 말고, 신싱의 슬온 은혜를 각골(刻骨)○○[ᄒᆞ라] ᄒᆞ더라.

원ᄂᆡ 화싱의 집이 극히 빈한ᄒᆞ고 노복이 업ᄂᆞᆫ 고로, 돌연이 마송의 돌입ᄒᆞ믈 닙어, 니소졔 밋처 쥭지 못ᄒᆞ고, 모든 차환의게 붓들녀 깁히 너허 문을 잠으고, 슈기(數個) 녀인이 직희여 쥭지 못ᄒᆞ게 ᄒᆞ니, 냥인이 호곡(號哭) 운졀(殞絶)ᄒᆞ여 머리를 부듸이져 쥭고ᄌᆞ ᄒᆞ나, 《힘세 ‖ 힘셴》 ᄎᆞ환이 ᄡᅧ 붓드러 홀일업ᄂᆞᆫ지라.

냥소졔 망극 즁이러니, 믄득 문졍(門庭)이 드레며 쥬인이 경황(驚惶) 【46】 ᄒᆞ

2006)엄호(嚴號) : 엄히 호령(號令)함.
2007)엄형츄문(嚴刑推問) : 엄한 형벌을 가해 죄인을 문초함.
2008)ᄉᆞ예(司隸) : 집댱ᄉᆞ예(執杖司隸). 형장(刑杖)을 잡고 죄인에게 장형(杖刑)을 가하는 형리(刑吏).
2009)초ᄉᆞ(招辭) ; 공초(供招). 조선 시대에, 죄인이 범죄 사실을 진술하던 일.
2010)슈소(修掃) : 수리하여 깨끗이 치워 놓음.

여 아모리 홀 쥴 모로더니, 일위 소년 댱군이 쥬인 여ᄌ를 불너 냥소졔긔 화싱의 셔간을 젼ᄒ니, 셔간의 ᄌ긔 보명(保命)홈과 위총ᄌ[ᄌ]]의 구ᄒ믈 ᄌ시[2011]ᄒ엿거ᄂᆯ, 냥소졔 ᄎ경ᄎ희(且警且喜)ᄒ여 아모리 홀 쥴 모로더니, 지촉ᄒ믈 인ᄒ여 교ᄌ의 오르니, 반일(半日)이 못ᄒ여 화싱으로 맛ᄂ니, 남ᄆ 셔로 붓드러 쥭엇던 ᄉ름을 맛난 듯, 울기를 마지 아니ᄒ더라.

화싱이 그 사이 변고를 무르며, ᄌ긔 상셔의 덕과 신싱의 【47】 구ᄒ믈 니르니, 냥 소졔 그 상쳐를 ᄎ마 보지 못ᄒ여, 오오열열(嗚嗚咽咽)[2012]ᄒ며 텬우신됴(天佑神助)ᄒ무로 총ᄌ[ᄌ]]의 힝ᄎ를 맛ᄂ, 신싱의 구ᄒ믈 영힘ᄒ니, 심신이 당황ᄒ여 아모리 홀 쥴 모로ᄂᆞᆫ지라. 화싱이 알프믈 견ᄃ여 총ᄌ[ᄌ]]긔 와 뵈고, 은혜를 사례ᄒ니, 총ᄌ 깃거 아냐 왈,

"현우(賢友)의 급화 구ᄒ믄 인졍(人情)의 예ᄉ(例事)여ᄂᆯ, 엇지 일ᄏ라 ᄂ의 붓그러오믈 더으ᄂ뇨? 혹싱(學生)이 혜건ᄃ, 그ᄃ 옛집의 도라가면 마송이 그만ᄒ지 아니리니, 잠간 니 【48】 향(離鄕)ᄒ여 병을 됴리(調理)ᄒ고, 공명(功名)을 일워 닙신(立身)ᄒᆫ 후 고틱을 ᄎᄌ 제가(齊家)ᄒ라."

화싱이 머리 됴와 ᄃ왈,

"대인의 지교(指敎)ᄒ시미 곡진(曲盡)ᄒ시니, 황감(惶感)ᄒ믈 결을치[2013] 못ᄒ나, 소싱의 형셰 진실노 됴교(弔橋)[2014] ᄀᆺᄉ와 집이 빈곤ᄒ고 쳑동(隻종)이 업ᄉ니 어ᄃ로 향ᄒ여 안둔(安屯)ᄒ리오."

총ᄌ 쇼왈(笑曰),

"ᄂ 말이 ᄃ쳬(大體)를 의논ᄒ고 밋쳐 곡졀(曲折)을 ᄉ못지 못ᄒ미라. ᄂ 어지지 못ᄒ나 ᄉ름을 구하ᄆ 슷치 잇게 ᄒ리니, 그ᄃ 권솔(眷率)ᄒ여 ᄂ 집으로 가셔 안둔(安頓)ᄒ 【49】 고, 그ᄃ 몸이 소셩(蘇成)ᄒ믈 기ᄃ려 경ᄉ로 오면, 지금 됴졍이 용인ᄒᄂᆞᆫ 쎠라. 그ᄃ 입신ᄒ기를 근심ᄒ리오. 연(然)이나 쏘ᄒᆫ 일이 잇ᄉ니 신냥이 젼됴 직상의 ᄌ(子)요, 표치(標致) 위인(爲人)이 그ᄃ 본 ᄇ라. 녕ᄆ 소져로 욕되미 업ᄉ리니, 약혼(約婚)ᄒ미 엇더ᄒ뇨?"

화싱이 부복(俯伏) 청교(聽敎)의 돈슈(頓首) ᄉ례(謝禮) 왈,

2011)ᄌ시 : ᄌ세(仔細)히. 사소한 부분까지 아주 구체적이고 분명히.

2012)오오열열(嗚嗚悅悅) : 몹시 목메어 욺.

2013)결을ᄒ다 : 겨를하다. ①틈을 내다. ②주체하다. 감당하다. 억제하다.

2014)됴교(弔橋) : 달아맨 다리. 중국에서는 대개 평야에 성을 쌓았으므로, 성 밖의 둘레에 깊은 못을 파고 오직 성문 있는 곳만 다리를 놓았는데, 그 다리는 들었다 내렸다 하게 만들었으므로 이 다리를 '조교(弔橋)' '적교(吊橋)' '현수교(懸垂橋)' 등으로 부른다. *위 본문에서 화생이 자신의 집을 '조교(弔橋)와 같다'고 한 것은 성루(城樓)에 매달아 놓은 '조교'처럼 자신의 집이 경제적으로 안정된 생활을 할 수 없는 곳이라는 사실을 말한 것이다.

“대인이 하ᄂᆞᆯ ᄀᆞᆺ치 놉고 바다 ᄀᆞᆺ치 깁흔 은혜 가지록 여ᄎᆞᄒᆞ시니, 쇼ᄉᆡᆼ이 분골쇄신(粉骨碎身)ᄒᆞ오나, 난보혜ᄐᆡᆨ(난보혜택)이라. 쇼ᄆᆡ 약혼은 불가망(不可望)이언정 엇【50】지 불봉(不奉)ᄒᆞ리잇가?”

총ᄌᆡ 신ᄉᆡᆼ을 도라보아 왈,

“녕ᄌᆞ당이 외로이 계시ᄆᆡ ᄂᆡ 마음이 불안ᄒᆞᆫ지라. ᄂᆡ 당당이 부모긔 상셔(上書)ᄒᆞ여 화형의 가ᄉᆞ(家事)ᄅᆞᆯ 안둔(安頓)ᄒᆞ리니, 그ᄃᆡ 명신(明晨)의 동ᄒᆡᆼᄒᆞ여 셩혼ᄒᆞ고 경ᄉᆞ로 오미 둊토다”

신ᄉᆡᆼ이 ᄃᆡ열(大悅)ᄒᆞ여 슈명(受命)ᄒᆞ더라.

화ᄉᆡᆼ이 신ᄉᆡᆼ다려 왈,

“그ᄃᆡ 임의 아ᄆᆡ(我妹)와 뎡혼(定婚)ᄒᆞ여시 우리 부모긔 반ᄌᆞ지명(半子之名)이 잇ᄂᆞᆫ지라. ᄂᆡ 운신(運身)ᄒᆞ여 가묘(家廟)ᄅᆞᆯ 뫼셔 올 길 업ᄉᆞ니, 그ᄃᆡ 슈고ᄅᆞᆯ 빌고ᄌᆞ ᄒᆞ노라.”

신ᄉᆡᆼ이 웃【51】고 허락ᄒᆞ더라.

총ᄌᆡ 슐을 ᄀᆞ져 통음(痛飮)ᄒᆞ고, 신·화 냥ᄉᆡᆼ의게 하례ᄒᆞᄂᆞᆫ 잔을 보ᄂᆡ니, 냥인이 불승황공ᄒᆞ여 ᄇᆡ사(拜謝)ᄒᆞ더라.

총ᄌᆡ 아역(衙役)2015)을 분분이 명을 ᄂᆞ려 신ᄉᆡᆼ으로 화부의 가기ᄅᆞᆯ ᄌᆡ촉ᄒᆞ니, ᄉᆡᆼ이 상마(上馬)ᄒᆞ여 반야(半夜)의 화부의 니르러 화공 부부의 목쥬(木主)ᄅᆞᆯ 교ᄌᆞ(轎子)의 담ᄋᆞ 도라오니, 날이 ᄉᆡ고ᄌᆞ ᄒᆞ엿더라.

총ᄌᆡ 평안ᄒᆞᆫ 교ᄌᆞ의 화ᄉᆡᆼ을 ᄐᆡ오고, 화·홍 냥쇼져ᄅᆞᆯ {다} 다 교ᄌᆞ(轎子)와 ᄎᆞ환(叉鬟)을 ᄀᆞᆺ초와 부모긔 상셔ᄒᆞ여 고렴(顧念)ᄒᆞ시믈【52】청ᄒᆞ고, ‘신냥의 혼닌을 일워 쥬쇼셔’ ᄒᆞ니라.

총ᄌᆡ 일노(一路)의 무ᄉᆞ이 ᄒᆡᆼᄒᆞ여 경ᄉᆞ의 니르러, 궐하의 ᄂᆞᄋᆞ가 복명(復命) ᄉᆞ은(謝恩)ᄒᆞ니, 뎨(帝) 인견(引見)ᄒᆞ시고, 팔ᄎᆡ용미(八彩龍眉)2016)의 희긔(喜氣) 온ᄌᆞ(溫慈)ᄒᆞ여2017) 반기ᄉᆞ, 향온(香醞)을 ᄉᆞ급(賜給)ᄒᆞ시고, 말ᄉᆞᆷᄒᆞ실ᄉᆡ 믄득 탄(歎)ᄒᆞᄉᆞ 왈,

“짐이 셕년(昔年)의 경을 보고 ᄋᆡ즁(愛重)ᄒᆞ미 깁더니, 경이 뫼 밧긔 ᄂᆞ오믈 듯고 갈구(渴求)ᄒᆞ여 닐위여 쓰ᄆᆡ, 경의 제세안민(濟世安民)2018)ᄒᆞᆯ 덕(德)과 안방정국(安邦定國)2019)ᄒᆞᆯ ᄌᆡ됴ᄅᆞᆯ 아름다이 녁일 ᄲᅮᆫ 아니라, 션ᄉᆡᆼ이 짐을 ᄉᆞ랑ᄒᆞ시【53】미 뉴리표박(流離漂泊)2020)ᄒᆞᆫ ᄌᆞ최ᄅᆞᆯ 거두어 동상(東床)2021)의 마ᄌᆞ시고,

---

2015)아역(衙役) : 『역사』 수령이 지방 관아에서 사사롭게 부리던 사내종.=아노(衙奴).
2016)팔ᄎᆡ용미(八彩龍眉) : 임금의 아름다운 눈썹.
2017)온자(溫慈)ᄒᆞ다 : 온화하고 인자하다.
2018)제세안민(濟世安民) : 세상을 구제하고 백성을 편안하게 함.
2019)안방정국(安邦定國) : 국가를 안정시키고 공고하게 함.

ᄌᆞ질(子姪) ᄀᆞᆺ치 ᄒᆞ시던 은혜를 갑고ᄌᆞ ᄒᆞ미러니, 짐이 박덕(薄德)ᄒᆞ여 은혜를 더바려, 경으로 ᄒᆞ여금 시름 ᄀᆞ온ᄃᆡ 쳐ᄒᆞ게 ᄒᆞ니, 불안 참괴ᄒᆞᆷ믈 니긔지 못ᄒᆞ리로다. 션싱이 미안(未安)이 넉이시믈 싱각ᄒᆞ니, 짐이 침식(寢食)의 맛슬 모로노라."

상셰 부복쳥교(俯伏聽敎)의 돈슈ᄇᆡᆨᄇᆡ(頓首百拜) 왈,

"셩괴(聖敎) 이의 미ᄎᆞ시니 쳔신(賤臣)이 분골쇄신ᄒᆞ오나, 능히 우러러 갑흘 바를 모로나이다. 신의 아비 슈유불열지심(雖有不悅之心)[2022] 【54】 이오나, 셩명(聖明)이 일월(日月) ᄀᆞᆺᄒᆞ시니, 엇지 일호(一毫)나 원망ᄒᆞ리잇가? 복원(伏願) 셩명은 여ᄎᆞ(如此) 셩교(聖敎)를 마르ᄉᆞ 신의 부ᄌᆞ(父子)로써 분(分)[2023]을 평안이 ᄒᆞ시믈 바라ᄂᆞ이다."

뎨(帝) 츄연 탄식ᄒᆞ시더라.

총ᄌᆡ(冢宰) 이의 물너 됴부의 도라오니, 남ᄆᆡ 반기믈 니긔지 못ᄒᆞ여, 부모의 평셔(平書)를 반기며 슬허ᄒᆞ더라.

이러틋 ᄒᆞ여 공쥬 길긔 다ᄃᆞ르니, 총ᄌᆡ 실노 괴롭고 분ᄒᆞ나 ᄒᆞᆯ 일 업서, 위의(威儀)를 거ᄂᆞ려 공쥬를 마ᄌᆞ 궁으로 도라와 교ᄇᆡ(交拜)[2024]ᄒᆞ니, 공쥬의 깃브미 ᄇᆡᆨ일등 【55】 쳔(白日登天)[2025]ᄒᆞᆫ 듯ᄒᆞᆫ지라. ᄒᆞᆫᄒᆞᆫ이 ᄌᆞ하상(紫霞觴)을 난호고, 침뎐(寢殿)의 드러와 부마를 ᄃᆡᄒᆞ니, 즐거온 흥과 ᄉᆞ랑ᄒᆞ온 졍이 취ᄒᆞ이여, 삼인가 의심ᄒᆞ고 좌불안셕(坐不安席)ᄒᆞᄂᆞᆫ지라.

총ᄌᆡ 봉안(鳳眼)을 ᄂᆞᆺ쵸고 념슬단좌(斂膝端坐)ᄒᆞ니, 녕녕(玲玲)[2026]ᄒᆞᆫ 미우(眉宇)의 츄상(秋霜)이 어른기고, 엄졍ᄒᆞᆫ 긔운이 셜상(雪上)의 녈풍(烈風)이 니러ᄂᆞ며, 동쳔한월(冬天寒月)이 소상(瀟湘)[2027]의 빗쵬 ᄀᆞᆺᄒᆞ니, 믄득 번신(翻身)ᄒᆞ여 외당으로 향ᄒᆞ더라.

2020)유리표박(流離漂泊)일정(一定)한 직업(職業)을 가지지 아니하고 정처 없이 이리저리 떠돌아다니는 일

2021)동상(東床) : '동쪽 평상'이라는 뜻으로, '사위'를 달리 이르는 말. 중국 진(晉)나라의 극감(郄鑒)이 사위를 고르는데, 왕도(王導)의 아들 가운데 동쪽 평상 위에서 배를 드러내고 누워 있는 왕희지를 골랐다는 고사에서 유래한다.

2022)슈유불열지심(雖有不悅之心) : 비록 기쁘지 않은 마음이 있다 할지라도.

2023)분(分) : 분수. 자기 신분에 맞는 한도.

2024)교ᄇᆡ(交拜) : 교배례(交拜禮). 전통 혼인례에서, 신랑과 신부가 서로 맞절을 하는 예절절차.

2025)ᄇᆡᆨ일등쳔(白日登天) : 환히 밝은 낮에 하늘에 오름.

2026)녕녕(玲玲) : 영령(玲玲). 옥처럼 곱고 맑음.

2027)쇼상(瀟湘) : 소상강(瀟湘江). 중국 호남성(湖南省)에서 발원한 소수(瀟水)와 광서성(廣西省)에서 발원한 상강(湘江)이 호남성에 있는 동정호(洞庭湖)에서 만나 이루어진 강. 주로 호남성 동정호 지역을 일컫는 말로 경치가 아름답고 물이 맑기로 유명하다. 또 소상반죽(瀟湘班竹)과 황릉묘(黃陵廟) 등 아황(娥皇) 여영(女英)의 이비전설(二妃傳說)이 전하는 곳으로도 유명하다.

됴장군 부인이 니르러 공쥬를 보니 머리의 구봉ᄎᆞ휘관을 쓰고 몸의 직금젹【56】의(織錦翟衣)2028)를 닙엇고, 긔진이보(奇珍異寶)는 일신을 장식ᄒᆞ엿고, 진쥬녕낙(珍珠瓔珞)2029)은 옥안(玉顔)의 어른기니, 홀난ᄒᆞᆫ 광치 요요(耀耀)ᄒᆞ고 ᄉᆞ려ᄒᆞᆫ 단장이 옥모화용(玉貌花容)을 도으니, 일ᄃᆡ미ᄉᆡᆨ(一代美色)이로ᄃᆡ, 맑은 눈의 음악(淫惡)ᄒᆞᆫ 긔운이 어릐고, 눈셥의 살긔등등(殺氣騰騰)2030)ᄒᆞ여, 은(殷)나라 달긔(妲己)2031) 젹셩누의 오르고, 셔ᄌᆞ(西子)2032) 오국(吳國)의 듬 ᄀᆞᆺᄒᆞ니, 부인이 악연(愕然) 경ᄒᆡ(驚駭)ᄒᆞ여 묵연(默然)이러니, 날호여 은근이 말슴ᄒᆞᆯ ᄉᆡ, 공쥐 보건ᄃᆡ 부인의 봉관(鳳冠)이 ᄉᆞ민 거시 업시, 녜복(禮服)이 빗난 거시 업셔 굴근 깁이라.【57】

장속(裝束)이 ᄐᆡ연(泰然)ᄒᆞ여 유한(幽閑)ᄒᆞᆫ2033) 덕셩과 쇄락ᄒᆞᆫ 긔질이 츄공명월(秋空明月)2034)과 츈풍호일(春風好日)2035) ᄀᆞᆺᄒᆞ여, 일월졍화(日月精華)2036)를 픔슈(稟受)2037)ᄒᆞ여시니, ᄐᆡ산(泰山)이 암암(巖巖)2038)ᄒᆞ고 ᄃᆡᄒᆡ(大海) 양양(洋洋)홈 ᄀᆞᆺᄒᆞ니, 공쥐 ᄃᆡ경ᄒᆞ여 숨을 ᄂᆡ쉬고 마음이 츅쳑(蹙惕)2039)ᄒᆞ더라.

일모창산(日暮蒼山)2040)의 됴부인이 후회(後會)를 니르고 도라가니, 공쥐 홀노 뎐상(殿上)의 ᄇᆡ회(徘徊)ᄒᆞ여 원근을 유람ᄒᆞ며, 누ᄃᆡ(樓臺) 뎐각(殿閣)의 뎨익(題額)을 슬펴, 요양(擾攘)2041)ᄒᆞᆫ 심회를 지박(止泊)ᄒᆞᆯ2042) 곳이 업더니, 궁ᄋᆡ(宮兒)

2028)직금적의(織金翟衣) : 『복식』 조선 시대에, 나라의 중요한 의식 때 왕비가 입던 예복으로, 붉은 비단에 청색의 꿩을 수놓아 만든 적의(翟衣: 저고리)와 금실로 봉황과 꽃무늬를 섞어 짠 직금의(織金衣: 치마)를 함께 이른 말이다.

2029)진주영낙(珍珠瓔珞) : 『공예』 진주로 만든 영락. *영락(瓔珞): 금관 따위에 매달아 반짝거리도록 한 얇은 쇠붙이 장식. =달개.

2030)살기등등(殺氣騰騰) : 살기가 표정이나 행동 따위에 잔뜩 나타나 있다.

2031)달긔(妲己) : 중국 은나라 주왕의 비(妃). 왕의 총애를 믿어 음탕하고 포악하게 행동하였는데, 뒤에 주나라 무왕에게 살해되었다. 하걸(夏桀)의 비 매희(妹喜)와 함께 망국의 악녀로 불린다.

2032)셔ᄌᆞ(西子) : 중국 춘추시대의 월(越)나라의 미인 서시(西施). 오(吳)나라에 패한 월나라 왕 구천(句踐)이 서시를 부차(夫差)에게 보내어, 부차가 그 용모에 빠져 있는 사이에 오나라를 멸망시켰다.

2033)유한(幽閑)ᄒᆞ다 : 여자의 인품이 조용하고 그윽하다.

2034)츄공명월(秋空明月) : 높고 맑게 갠 가을 하늘에 떠 있는 밝은 달.

2035)츈풍호일(春風好日) : 봄바람이 부는 맑고 좋은 날.

2036)일월졍화(日月精華) : 해와 달의 깨끗하고 순수한 기운.

2037)픔슈(稟受) : 품부(稟賦). 선천적으로 타고남.

2038)암암(巖巖) : 산이 높은 모양.

2039)츅쳑(蹙惕) : 위엄이나 지위 따위에 눌려, 움츠려들고 두려워함.

2040)일모창산(日暮蒼山) : 푸른 산에 해가 저무는 때.

2041)요양(擾攘) : 시끄럽고 어수선함.

2042)지박(止泊)ᄒᆞ다 : 어떤 곳에 머무르다. 또는 머무르게 하다.

촉을 붉히고 장을 지우 【58】 도록 부마의 그림지 묘연(杳然)ᄒᆞ니[2043], 궁거음과 답답ᄒᆞᆷ믈 니긔지 못ᄒᆞ여 궁녀로 ᄒᆞ여금 틱감의게 젼어(傳語)ᄒᆞ여 부마의 동졍을 무르니, 부믹 됴부인을 빅힝(陪行)ᄒᆞ여 도라오지 아녀계시믈 알외ᄂᆞᆫ지라.

공줘 악연ᄒᆞ나 요힝을 바라고 침뎐의 안자시나, 됴부의셔 ᄌᆞᄂᆞᆫ 부믹 엇지 오리오. 둉각(鐘閣)의 쳘괴(鐵鼓) 울고, 옥누(玉樓)의 계셩(鷄聲)이 낭ᄌᆞ(狼藉)ᄒᆞ니, 공줘 길게 한숨지고 앙텬(仰天) 탄왈,

"위랑아! 그듸 진실노 이러틋 믹몰홀 【59】 진듸, ᄂᆡ 엇지 고요이 원(怨)을 머금고 살니요. 당당이 삭발ᄒᆞ여 칼늘을 다듬ᄋᆞ 히ᄒᆞ미 잇ᄉᆞ리라."

보뫼(保母) 연망이 말녀 왈,

"옥줘 이 엇진 말슴이뇨? 부마의 금셕(金石) ᄀᆞᆺ흔 마음이 반이나 두루혀시니, ᄎᆞ후 옥줘 덕을 힘쓰고 부도를 잡으신즉, 은ᄋᆡ(恩愛) 흔연ᄒᆞ실지라. 옥쥬ᄂᆞᆫ 삼가고 삼가소셔."

공줘 묵연(默然) 타루(墮漏)하더라.

명일 위총지 궐하의 됴회ᄒᆞ니 뎨 흔연 후듸하시고, '틱비긔 됴회ᄒᆞ라' ᄒᆞ시니, 부득이 양노궁의 나 【60】 아가니, 틱비 부마의 화풍경운(和風慶雲)[2044] ᄀᆞᆺ흔 긔질과 츄쳔상노(秋天霜露)[2045] ᄀᆞᆺ흔 풍치(風彩)를 흠툰ᄋᆡ경(欽歎愛敬)[2046]ᄒᆞ여 귀즁ᄒᆞᆷ믈 니긔지 못ᄒᆞ나, 녀ᄋᆞ의 무힝(無行)을 붓그려 희허뉴쳬(噫嘘流滯)[2047] 왈,

"쳡이 명되(命途) 긔험(崎險)ᄒᆞ여 션뎨를 여희고, 다만 일녀를 의지ᄒᆞ여 녀싱을 맛기를 긔약홀 시, 군이 금옥 ᄀᆞᆺ흔 군ᄌᆞ믈 흠앙ᄒᆞ여 비례(非禮)를 감심ᄒᆞ고 곡경(曲徑)을 불피(不避)ᄒᆞ니, 부마의 더러이 넉이믈 넙으니, 참괴(慙愧)ᄒᆞ미 치신무지(置身無地)라. 바라ᄂᆞ니 부마ᄂᆞᆫ 관홍듸도(寬弘大度)ᄒᆞ여, 우 【61】 리 모녀의 고혈(孤孑)ᄒᆞᆷ믈 긍념(矜念)ᄒᆞ면 쳡이 구쳔타일(九泉他日)의 결초(結草)[2048]를 긔약ᄒᆞ리라."

총지 흠신ᄉᆞ사(欠身謝辭)[2049] ᄉᆡᆼ이러라.

2043)묘연(杳然)ᄒᆞ다 : 소식이나 행방 따위를 알 길이 없다.
2044)화풍경운(和風慶雲) : 화창한 바람과 상서로운 구름을 함께 이른 말..
2045)츄텬상노(秋天霜露) : 가을의 서리와 이슬을 함께 이른 말.
2046)흠툰ᄋᆡ경(欽歎愛敬) : 감탄하고 사랑함.
2047)희허유체(噫嘘流涕) : 길게 한숨 쉬고 눈물을 흘림.
2048)결초(結草) : 결초보은(結草報恩)의 줄임말. 죽은 뒤에라도 은혜를 잊지 않고 갚음을 이르는 말. 중국 춘추 시대에, 진나라의 위과(魏顆)가 아버지가 세상을 떠난 후에 서모를 개가시켜 순사(殉死)하지 않게 하였더니, 그 뒤 싸움터에서 그 서모 아버지의 혼이 적군의 앞길에 풀을 묶어 적을 넘어뜨려 위과가 공을 세울 수 있도록 하였다는 고사에서 유래한다.
2049)흠신ᄉᆞ사(欠身謝辭) : 몸을 굽혀 공경하는 뜻을 나타내어 사례의 말을 함.

총ᄌᆡ 물너 올ᄉᆡ ᄐᆡ비의 흉휼(凶譎)ᄒᆞ믈 불열(不悅)ᄒᆞ여 됴부로 도라오니, 부인이 ᄌᆞ시 뭇고 묵연(默然) 탄식ᄒᆞ다가 왈,

"공쥬의 상이 불길(不吉)ᄒᆞ니 불ᄒᆡᆼᄒᆞ나 임의 아ᄂᆞᆫ 일이요, 초례(醮禮)2050) 후 ᄒᆞᆫ 번 고문ᄒᆞ미 업ᄉᆞᆫ즉, 황명을 역(逆)ᄒᆞ미니, 강잉(降孕)ᄒᆞ여 가보미 엇더ᄒᆞ뇨?"

총ᄌᆡ 미우를 찡그려 유유(儒儒)러니, 부인이 ᄌᆡ삼 권ᄒᆞ무로 궁의 【62】 니르니, 궁즁이 진경영접(盡慶迎接)ᄒᆞ고, 공쥬 쌜니 이러 마ᄌᆞ니, 총ᄌᆡ 먼니 좌(坐)ᄒᆞ고 츄슈(秋水)2051)를 흘녀 처음으로 공쥬를 보니, 홀난(混亂)ᄒᆞᆫ 단장 속의 여의 ᄆᆡ골(埋骨)을 써시며, 슈방석(繡方席) 우희 셩닌 일희2052) 안ᄌᆞᆺᄂᆞᆫ 듯, ᄂᆞᆺ치 희고 닙이 붉으니 두눈 《정ᄉᆡ‖정ᄎᆡ(睛彩)2053)》 푸르고 ᄉᆞ오나와 션둉지상(善終之相)2054)이 아니니, 음악(淫惡)ᄒᆞ믄 도로혀 예ᄉᆞ(例事)라.

총ᄌᆡ 일견의 흉악ᄒᆞ여 엇지 ᄃᆡ면ᄒᆞᆯ 니(理) 잇ᄉᆞ리오. 믄득 번신ᄒᆞ여 밧그로 ᄂᆞ가 조부로 향ᄒᆞᄂᆞᆫ지라. 공쥬 눈물이 여우(如雨)ᄒᆞ여 돌 【63】 돌분한(咄咄憤恨)2055)ᄒᆞ니 궁ᄋᆞ 보모 등이 묵묵무언(默默無言)이러라.

화셜 션시의 왕졍빈 셕슈신 등이 셔촉을 졍벌ᄒᆞᆯᄉᆡ, 산천이 험악ᄒᆞ고 인물이 강셩ᄒᆞ여 구지 막ᄌᆞ르니, 왕·셕 냥댱(兩將)이 비록 한ᄑᆡᆼ(韓彭)2056)의 용(勇)과 위곽(魏郭)2057)의 유복(有福)ᄒᆞ미 잇시나, 능히 파(破)치 못ᄒᆞᄂᆞᆫ지라. 상지(相持)2058)ᄒᆞᆫ 반년의 한 고을 도 파치 못ᄒᆞ고, ᄒᆞᆯ일업셔 됴졍의 표를 올녀 ᄉᆞ되(謝罪)ᄒᆞ고, 지모냥장(智謀良將)을 ᄐᆡᆨ송(擇送)ᄒᆞ시믈 청ᄒᆞ엿ᄂᆞᆫ지라.

상이 근심ᄒᆞᄉᆞ 문무를 모화 의논ᄒᆞ시니, 믄득 니부 【64】 총ᄌᆞ[ᄌᆡ] 부마도위 위

2050)초례(醮禮) : 전통적으로 치르는 혼인례(婚姻禮)를 달리 이르는 말.

2051)츄슈(秋水) : '가을 물'이라는 뜻으로, 여기서는 '맑은 눈길'을 나타낸 말.

2052)일희 : 이리. 『동물』 갯과의 포유류. 몸의 길이는 120cm, 꼬리는 35cm, 어깨높이는 64cm 정도로. 육식성이며 10여 마리가 떼 지어 생활한다.

2053)정ᄎᆡ(睛彩) : 눈빛. 눈에서 비치는 빛. 또는 그런 기운. ≒목광(目光).

2054)션둉지상(善終之相) : 행복한 죽음을 맞을 관상(觀相).

2055)돌돌분한(咄咄憤恨) : 툴툴대며 분하고 한스러워 함. *돌돌(咄咄): 뜻밖의 일을 당해 애달파하거나 탄식하며 내는, 툴툴거리거나 혀를 차는 따위의 소리.

2056)한ᄑᆡᆼ(韓彭) : 중국 한(漢) 나라의 명장인 회음후(淮陰侯) 한신(韓信)과 건성후(建成侯) 팽월(彭越)을 함께 이른 말.

2057)위곽(魏郭) : 중국 당나라의 명신(名臣)인 위징(魏徵)과 명장(名將) 곽분양(郭汾陽)을 함께 이른 말. *위징(魏徵) : 580-643. 중국 당나라 초기의 공신·학자. 자는 현성(玄成). 현무문의 변(變) 이후, 태종을 모시고 간의대부가 되었다. ≪양서≫, ≪진서≫, ≪북제서≫, ≪주서≫, ≪수서≫의 편찬에 관여하였다. *곽분양(郭汾陽) : 곽자의(郭子儀). 697~781. 중국 당(唐)나라 중기의 무장(武將). 안녹산 사사명의 반란을 평정하고 토번을 쳐 큰 공을 세워 분양왕(汾陽王)에 올랐다. 수(壽)·부(富)·귀(貴)·다남자(多男子)의 인간적 복(福)을 다 누려, 오복(五福) 두루 누린 사람으로 유명하다.

2058)상지(相持) : 서로 자기의 생각만을 고집하여 버팀.

현이 ᄌᆞ원츌젼(自願出戰)ᄒᆞ니, 상이 ᄯᅩᄒᆞᆫ 깃거ᄒᆞᄉᆞ 이의 ᄃᆡ원슈(大元帥)를 ᄒᆞ이시고, 상방검(尙方劍)[2059]을 쥬시고 셩은이 ᄌᆞ못 은근ᄒᆞ시니, 원슈 슉ᄉᆞ(肅謝)ᄒᆞ고 퇴ᄒᆞ여 됴부의 니르러 작별ᄒᆞᆯᄉᆡ, 부인이 옥면봉안(玉面鳳眼)의 쥬뤼(珠淚) 가득ᄒᆞ여, 상셔의 쳥슈약질(淸瘦弱質)노 만니 흉봉(凶鋒)을 당ᄒᆞ믈 염녀ᄒᆞ니, 원슈 우어 왈,

"소뎨 근ᄂᆡ 울홰(鬱火) 셩(盛)ᄒᆞ여 두통이 되었더니, 이졔야 흉금(胸襟)이 상연(爽然)ᄒᆞ거ᄂᆞᆯ, 져져의 근심ᄒᆞ시믄 ᄂᆡ도ᄒᆞ이다[2060]"

인ᄒᆞ여 하직고 연무【65】쳥(鍊武廳)의 ᄂᆞᄋᆞ가 군ᄉᆞ를 됴련ᄒᆞᆯ ᄉᆡ, 시셰 즁츄긔망(仲秋旣望)이라. 원슈 ᄉᆞ인(使人)을 ᄎᆡ졍(採定)ᄒᆞ여 화쥐○[의] 보ᄂᆡ여 츌ᄉᆞ(出師)ᄒᆞ믈 고ᄒᆞ고, 신낭으로 군즁(軍中)으로 오라 ᄒᆞ고, 화진이 병이 ᄂᆞᆺ거든 함긔 오라 ᄒᆞ니라.

시(時)의 공쥐 ᄎᆞᄉᆞ를 알고 셔간을 니뤄 가졍(家丁)을 쥬어 원슈긔 드리니, 원슈 힉연(駭然) ᄃᆡ로(大怒)ᄒᆞ여 보지 아니코, 좌우를 호령ᄒᆞ여 군즁 긔률(紀律)이 불엄(不嚴)ᄒᆞ믈 슈죄(數罪)ᄒᆞ여 엄히 장칙(杖責)ᄒᆞ니, 궁뇌 ᄃᆡ황(大惶)ᄒᆞ여 쥐 숨듯 도라가니라.

발ᄒᆡᆼ일이 다ᄃᆞ르미, 원슈 예궐(詣闕)【66】하직ᄒᆞ고 ᄃᆡᄃᆡ(大大) 인마(人馬)를 거ᄂᆞ려 ᄂᆞᄋᆞ갈 ᄉᆡ, 뎨 ᄇᆡᆨ관을 거ᄂᆞ려 교외에 ᄒᆡᆼᄒᆞᄉᆞ 친히 향온(香醞)을 권ᄒᆞ시며, 만니젼진(萬里戰陣)의 슈이 셩공ᄒᆞ믈 니르시고 권연(眷然)ᄒᆞ시니, 원슈 황감(惶感) ᄉᆞ은(謝恩)ᄒᆞ고, 졔붕(諸朋)으로 분슈(分手)ᄒᆞᄆᆡ, 군즁의 ᄒᆡᆼ거(行車) 움즉이니, 원슈 거상(車上)의 오르ᄆᆡ, 뇽ᄉᆡ(龍蛇) 비등(飛騰)ᄒᆞ여 신긔(神氣)를 비양(飛揚)ᄒᆞᄂᆞᆫ 듯, ᄇᆡᆨ일(白日)이 상텬의 놉ᄒᆞ시며, 츄풍(秋風)이 댱강(長江)을 쎨치ᄂᆞᆫ 듯, 뇽미(龍眉) 봉안(鳳眼)은 텬창(天窓)[2061]을 쎨쳐[쳣]고 월익텬졍(月額天庭)[2062]의 봉시투고(鳳翅투구)[2063]를 써시니, 금광(金光)이 션【67】풍(仙風)을 도으며, 비봉냥익(飛鳳兩翼)[2064]의 홍금쇄ᄌᆞ갑(紅錦鎖子甲)[2065]은 져녁노을이 창

2059)상방검(尙方劍) : 전장에 나가는 최고지휘관(大元帥)에게 임금이 하사하던 칼. 임금의 권위를 상징하는 역할을 하여 부하나 군졸 등이 명을 거역하였을 때 굳이 임금에게 보고하지 않고 대원수 임의로 그들의 생사를 결정할 수 있는 권한이 부여 되었다.

2060)ᄂᆡ도ᄒᆞ다 : 전혀 다르다. 판이(判異)하다.

2061)텬창(天窓) : '눈'을 달리 표현한 말.

2062)월익텬졍(月額天庭) : 달처럼 둥글고 아름다운 이마. *천정(天庭)은 관상에서 두 눈썹의 사이 또는 이마의 복판을 이르는 말.

2063)봉시투고(鳳翅투구) : 봉황의 깃으로 꾸민 투구. 봉시(鳳翅)는 봉의 깃. 투구는 예전에 군인들이 전투할 때에 적의 화살이나 칼날로부터 머리를 보호하기 위하여 쓰던 쇠로 만든 모자.

2064)비봉냥익(飛鳳兩翼) : 날고 있는 봉황의 두 날개.

텬(蒼天)을 덥헛ᄂᆞᆫ ᄃᆞᆺ, 셤셤뉴요(纖纖柳腰)2066)의 냥지ᄇᆡᆨ옥ᄃᆡ(兩枝白玉帶)2067)ᄂᆞᆫ ᄇᆡᆨ셜(白雪)이 교교(皎皎)ᄒᆞ며, 말만ᄒᆞᆫ ᄃᆡ장인(大將印)은 요ᄒᆞ(腰下)의 빗겻고, 표표슈앙(表表睟盎)2068)ᄒᆞ며 씩씩 웅호(雄豪)2069)ᄒᆞ여 '편약경홍(翩若驚鴻)이요 《뉴양호호 ‖ 완약뉴룡(婉若游龍》 '2070)ᄒᆞᆫ지라.

삼군(三軍) 쟝ᄌᆞᆯ(將卒)이 갈ᄎᆡ(喝采)ᄒᆞ고 만됴쳔관(滿朝千官)이 탄복ᄒᆞ며, 뎨 탄상ᄒᆞᄉᆞ 왈,

"ᄂᆞ의 《괴공 ‖ 고굉(股肱)2071)》 이라."

ᄒᆞ시고 환궁ᄒᆞ시니, ᄃᆡᄃᆡ(大隊)2072) 인ᄆᆡ(人馬) 물미듯 토번(吐蕃)2073)을 향ᄒᆞ니라.

ᄎᆞ셜, 신싱이 화싱의 일ᄒᆡᆼ을 거ᄂᆞ려 ᄉᆞ오일 **【68】** 을 ᄒᆡᆼᄒᆞ여 녀졈(旅店)의셔 잘ᄉᆡ, 화싱이 일몽을 어드니 부친이 니르러 집슈(執手) 탄왈,

"오ᄋᆡ(吾兒) 운ᄋᆡᆨ이 ᄉᆞ오나와 하마 셩명이 위ᄐᆡ(危殆)ᄒᆞ니, 우리 구원(九原)2074)의셔 창황(蒼黃)ᄒᆞ나 구ᄒᆞᆯ 길 업더니, 위공의 ᄃᆡ은과 신냥의 용녁으로 무ᄉᆞᄒᆞ니, 엇지 함호결쵸(銜環結草)2075)치 아니리오. 연이나 마젹이 우리 ᄇᆡᆨ골을 분

2065)홍금쇄ᄌᆞ갑(紅錦鎖子甲) : 갑옷의 일종. 붉은 명주옷에 사방 두 치 정도 되는 돼지가죽으로 된 미늘을 작은 고리로 꿰어 붙여서 만들었다.

2066)셤셤뉴요(纖纖柳腰) : 버들가지처럼 가냘프고 여린 허리.

2067)냥지ᄇᆡᆨ옥대(兩枝白玉帶) : 백옥을 장식하여 만든, 두 가닥으로 된 허리띠.

2068)표표슈앙(表表睟盎) : 외면에 보이는 풍채나 기상이 뛰어날 뿐 아니라, 내면에 축적된 본성[인의예지(仁義禮智)]이 밖으로 넘쳐 남을 이르는 말. *수앙(睟盎): 군자의 내면에 축적된 것들이 윤택하게 얼굴에 드러나고 등에 가득 넘치는 것을 뜻하는 '수면앙배(睟面盎背)'의 준말이다.

2069)웅호(雄豪) : 씩씩하고 호걸스러움.

2070)편약경홍(翩若驚鴻) 완약뉴룡(婉若游龍) : "그 경쾌함은 마치 놀란 기러기 같고, 그 부드러움은 마치 헤엄치는 용 같다"는 말로, 중국 삼국시대 위(魏)나라 시인 조식(曹植)의 〈낙신부(洛神賦)〉에 나오는 구절이다.

2071)고굉(股肱) : 다리와 팔같이 중요한 신하라는 뜻으로, 임금이 가장 신임하는 신하를 이르는 말. =고굉지신(股肱之臣).

2072)ᄃᆡᄃᆡ(大隊) : 많은 사람으로 조직한 집단.

2073)토번(吐蕃) : 중국의 서남에 있었던 나라 이름. 오늘날 서장(西藏) 곧 티벳을 이르는 말이다. 그 계통은 서강(西羌)에서 나왔는데, 당(唐)나라 때 국왕 섭종롱찬(葉宗弄贊)은 인도(印度)와 교통하고, 또 당(唐)나라 태종(太宗)과 화호(和好)하여 양국의 문물을 받아들여서 크게 번창하였으나, 그 후 세력이 떨치지 못하였다.

2074)구원(九原) : 사람이 죽은 뒤에 그 혼이 가서 산다고 하는 세상. 저승·구천(九泉)·황천(黃泉) 등과 같은 말이다. 구원(九原)은 춘추 시대 진(晉)나라 경대부(卿大夫)들의 묘지가 있던 곳으로, 일반적으로 '무덤' '땅속' '저승'을 뜻한다. 『예기(禮記)』 '단궁 하(檀弓下)'에 "조문자가 숙예와 더불어 구원을 구경하였는데, 문자가 말하기를 '죽은 이들을 만약 일으켜 세울 수 있다면 나는 누구를 따라 돌아갈까.'(趙文子與叔譽觀乎九原, 文子曰: 死者如可作也, 吾誰與歸)"라고 하였다.

쇄코ᄌᆞ ᄒᆞ니 섈니 구ᄒᆞ라."

ᄉᆡᆼ이 반갑고 놀ᄂᆞ ᄊᆡ니 계셩(鷄聲)이 '악악'ᄒᆞᄂᆞᆫ지라. 신ᄉᆡᆼ을 ᄊᆡ여 몽ᄉᆞ(夢事)ᄅᆞᆯ 니르고 구ᄒᆞᄆᆞᆯ 닐너, 누【69】쉬여우(淚水如雨)ᄒᆞ니, 신ᄉᆡᆼ이 위로ᄒᆞ며 신검(神劍)을 ᄎᆞ고 풍우 ᄀᆞᆺ치 숑졀산의 니르니, 과연 마숑이 슈십 건한(健漢)을 호령ᄒᆞ여 큰 도ᄎᆡ와 넙은 칼을 ᄀᆞ져 무덤을 향ᄒᆞᄂᆞᆫ지라.

ᄉᆡᆼ이 ᄃᆡ로(大怒)ᄒᆞ여 신검법(神劍法)으로 숑을 버히니, 션시(先時)의 마송이 반ᄉᆡᆼ반ᄉᆞ(半生半死)ᄒᆞ여 도라오니, 마공이 ᄃᆡ경ᄒᆞ여 연고ᄅᆞᆯ 무른ᄃᆡ, 송이 능히 ᄃᆡ치 못ᄒᆞ더니, 둉ᄌᆡ(從者) 위상셔의 셔간을 드리니, 공이 막불히연(莫不駭然)ᄒᆞ여 ᄭᆞ짓고 구완(救完)ᄒᆞ더니, 슈일 후 져기 ᄂᆞ으니 【70】원(怨)이 화ᄉᆡᆼ의게 도라가, 그 부모의 무덤을 파고 썌ᄅᆞᆯ 마으고ᄌᆞ ᄒᆞ여 무뢰(無賴) 강도(强盜)ᄅᆞᆯ 다리고 니르럿더니, 홀연 ᄂᆡᆼ풍(冷風)이 머리ᄅᆞᆯ 두루고 흰 긔운이 니러ᄂᆞ며, 마송의 머리 두됴각의 ᄂᆞ니, 졔인이 경황ᄒᆞ여 각각 도망ᄒᆞ더니, 마공이 기ᄌᆞ(其子)의 업ᄉᆞᄆᆞᆯ 보고 놀나, 츄죵(追從)ᄒᆞ여 이곳의 오ᄆᆡ 송이 죽엇ᄂᆞᆫ지라.

통곡ᄒᆞ고 죽엄을 거두어 도라가니, 인인이 일오ᄃᆡ, '마송의 죄악을 하늘이 노ᄒᆞᄉᆞ 텬신(天神)을 보ᄂᆡ여 죽이다.' ᄒᆞ더 【71】 라.

신ᄉᆡᆼ이 송을 죽이고 도라오니, 화ᄉᆡᆼ이 쳐ᄆᆡ(妻妹)로 더브러 몽ᄉᆞ(夢事)ᄅᆞᆯ 니르고 눈물을 흘니더니, 신ᄉᆡᆼ이 도라와 마젹 죽이ᄆᆞᆯ 니르고, 분산(墳山)[2076]이 무ᄉᆞ(無事)ᄒᆞᄆᆞᆯ 젼하니, 화ᄉᆡᆼ이 쳬루ᄇᆡᆨᄉᆞ(涕淚拜謝)ᄒᆞ여 황감무지(惶感無地)[2077]ᄒᆞ니, ᄉᆡᆼ이 겸양(謙讓)ᄒᆞ더라.

ᄒᆡᆼᄒᆞ여 쳥운동 위부의 니르러 상셔의 봉셔(封書)ᄅᆞᆯ 드리니, 공이 반겨 보기를 다ᄒᆞᄆᆡ, ᄋᆞᄌᆞ(兒子)의 의긔현심(義氣賢心)을 가지(可知)ᄒᆞ고, 화ᄉᆡᆼ의 궁측(窮惻)ᄒᆞᄆᆞᆯ 연지(憐之)ᄒᆞ여, 후원 별당을 쇄소(灑掃)ᄒᆞ고 긔용(器用)[2078] 복쳡(僕妾)을

2075)함환결초(銜環結草) : '남에게 입은 은혜를 꼭 갚는다'는 의미를 가진 '함환이보(銜環以報)'와 '결초보은(結草報恩)'이라는 두 개의 보은담(報恩譚)을 아울러 이르는 말로, '남에게 받은 은혜를 살아서는 물론 죽어서까지도 꼭 갚겠다'는 보다 강조된 의미가 담긴 뜻으로 쓰인다. 두 보은담의 유래를 보면, '함환이보'는 중국 후한 때 양보(楊寶)라는 소년이 다친 꾀꼬리 한 마리를 잘 치료하여 살려 보낸 일이 있었는데, 후에 이 꾀꼬리가 양보에게 백옥환(白玉環)을 물어다 주어 보은했다는 이야기로, 남북조 시기 양(梁)나라 사람 오균(吳均)이 지은 『속제해기(續齊諧記)』의 고사에서 유래하였다. 또 '결초보은'은 중국 춘추 시대에, 진나라의 위과(魏顆)가 아버지가 세상을 떠난 후에 서모를 개가시켜 순사(殉死)하지 않게 하였더니, 그 뒤 싸움터에서 그 서모 아버지의 혼이 적군의 앞길에 풀을 묶어 적을 넘어뜨려 위과가 공을 세울 수 있도록 하였다는 『춘추좌전』 <선공(宣公)>15년 조(條))의 고사에서 유래한 말이다

2076)분산(墳山) : 묘를 쓴 산.

2077)황감무지(惶感無地) : 황송하고 감격스러워 몸둘 곳을 모름.

2078)긔용(器用) : '기용집물(器用什物)'의 줄임말. 그릇이나 도구 등 집안에서 쓰는 온갖

【72】 궃초와 딕졉ᄒᆞ니, 신싱의 집으로 상게(相距) 지근(至近)ᄒᆞ더라.

신싱이 모친긔 뵈옵고 경혼(定婚)ᄒᆞ믈 고ᄒᆞ니, 님시 딕열(大悅)ᄒᆞ여 《춍ᄌᆞ∥총지(總裁)》의 덕음(德蔭)을 숑츅(頌祝)ᄒᆞ더라.

화싱이 쳐미(妻妹)를 안둔(安屯)ᄒᆞ고, 신싱이 극진 구호ᄒᆞᆯ ᄉᆡ, 위공이 의복 음식과 약물을 연ᄒᆞ여 공급ᄒᆞ니, 상체(傷處) 완합(完合)ᄒᆞ고 마음이 평안ᄒᆞ믈 인ᄒᆞ여 신긔(身氣) 날노 소셩(蘇成)ᄒᆞ니, 드듸여 관소(盥梳)[2079]ᄒᆞ고 위공긔 뵈올ᄉᆡ, 돈슈(頓首) 뉴체(流涕)ᄒᆞ여 빅비(百拜) 칭은(稱恩)ᄒᆞ니, 공이 불감(不堪)ᄒᆞ믈 일【73】콧고, 화싱의 관옥지모(冠玉之貌)[2080]와 영호개세(英豪蓋世)[2081]ᄒᆞ믈 과ᄋᆡ(過愛)ᄒᆞ여 신싱과 일양(一樣) ᄋᆡ딕(愛待)ᄒᆞ고, 턱일(擇日)ᄒᆞ여 신낭으로 셩혼(成婚)ᄒᆞᆯ ᄉᆡ, 셜부인이 신낭신부의 의복을 궃추고 ᄌᆞ장범ᄉᆞ(資粧凡事)[2082]를 셩비(盛備)ᄒᆞ여 약간 잔치를 빅셜(排設)ᄒᆞ여 셩혼(成婚)케 ᄒᆞ니, 신싱이 웅호(雄豪)ᄒᆞᆫ 복ᄉᆡᆨ(服色)으로 신부를 마ᄌᆞ 셩혼ᄒᆞ니, 남풍녀뫼(男風女貌) 진짓 빅필(配匹)이러라.

신싱이 모친긔 고왈(告曰),

“위 딕인(大人)의 은혜 쇄골분신(碎骨粉身)ᄒᆞ여도 다 갑지 못ᄒᆞ올지라. 모친이 부인【74】긔 누ᄋᆞ가 딕은(大恩)을 일ᄏᆞ라, 우리 모ᄌᆞ의 혈심감은(血心感恩)ᄒᆞ믈 알외소셔.”

ᄒᆞ더라.【75】

기구.

2079)관소(盥梳) : 관세(盥洗)와 소세(梳洗)를 아울러서 이르는 말. 관세는 손을 씻는 것, 소세는 머리를 빗고 얼굴을 씻는 것을 말함.

2080)관옥지모(冠玉之貌) : 관옥처럼 아름다운 모습. 관옥은 관(冠)을 꾸미는 옥.

2081)영호개세(英豪蓋世) : 기상이나 위력, 재능 따위가 세상을 뒤덮을 만큼 훌륭하고 걸출함.

2082)ᄌᆞ장범ᄉᆞ(資粧凡事) : 신부단장에 따른 모든 일.

화산션계록 권지십ᄉᆞ

ᄎᆞ셜 님시 깃거 왈,

“ᄂᆡ 이 뜻이 잇시나 감히 ᄒᆡᆼ(行)치 못ᄒᆞ엿더니, 당당이 신부를 다리고 ᄂᆞᄋᆞ가 졍셩(精誠)을 다 알외리라.”

이의 ᄎᆞ환(叉鬟)2083)을 인ᄒᆞ여 부인긔 알외니 셜부인이 흔연이 쳥ᄒᆞᄉᆡ, 화ᄉᆡᆼ의 쳐 홍시 한가지로 드러가니, 즁즁(重重)ᄒᆞᆫ 문호를 드러 층층(層層)ᄒᆞᆫ 옥계(玉階)를 말미암ᄋᆞ 졍당 졍운뎐 ᄋᆞᄅᆡ 니르니, 부인이 시ᄋᆞ(侍兒)로 ᄒᆞ여금 쳥ᄒᆞ여 당의 오를ᄉᆡ, ᄇᆡᆨ쳑고루(百尺高樓)2084)의 쳔문만회(千門萬戶)2085) 아로삭인 들【1】보2086)와 그림 그린 기동이 눈의 바ᄋᆡ고2087), 슈졍념(水晶簾)2088)을 산호구(珊瑚勾)2089)의 거럿ᄂᆞᆫ ᄃᆡ, 운무병(雲霧屛)2090)과 비취장(翡翠欌)2091)이 금옥난간(金玉欄干)2092)의 둘너시니, 졍혼(精魂)이 현난ᄒᆞ고 심신이 황홀ᄒᆞ여 아모ᄃᆡ로 말미암을 바를 모를너라. 쇼상궁이 길흘 인도ᄒᆞ여 뎐상(殿上)의 올나 공슌이 ᄇᆡ례ᄒᆞ니, 부인이 답녜ᄒᆞ고 방셕을 노화 좌를 졍ᄒᆞ니, 님시 황감(惶感)ᄒᆞ여 ᄌᆡᄇᆡ(再拜)ᄉᆞ례(謝禮) 왈,

“노쳡(老妾)의 모지 구확(溝壑)의 잠겻습거ᄂᆞᆯ, 상공이 구활(救活)ᄒᆞ시물 닙ᄉᆞ와 고당(高堂)의 안거(安居)【2】케 ᄒᆞ시고, 의식(衣食)과 시비(侍婢)를 ᄉᆞ급(賜給)ᄒᆞᄉᆞ 사사(事事)의 외람(猥濫) 황송(惶悚)ᄒᆞ미 일신의 져겻습거ᄂᆞᆯ, ᄃᆡ은(大恩)이 가지록 더으ᄉᆞ 아름다온 식부(息婦)를 쥬시고, 부인이 셩혼(成婚)케 ᄒᆞ시니, 쳡의 모지 셰셰ᄉᆡᆼᄉᆡᆼ(世世生生)2093)의 견마(犬馬)2094) 되여도 갑습지 못ᄒᆞ리로소이다.”

2083)ᄎᆞ환(叉鬟) : 주인 가까이서 잔심부름을 하는, 머리를 얹은 여자 종.
2084)ᄇᆡᆨ쳑고루(百尺高樓) : 백 자나 되는 높은 누각.
2085)쳔문만회(千門萬戶) : 대궐(大闕)이나 대가(大家)의 문과 집이 많음을 일컫는 말.
2086)들보 : 『건설』 칸과 칸 사이의 두 기둥을 건너질러 도리와는 ‘ㄴ’ 자 모양, 마룻대와는 ‘十’ 자 모양을 이루는 나무. =보
2087)바ᄋᆡ다 : =밤븨다. 빛나다. (눈이) 부시다.
2088)슈졍념(水晶簾) : 수정을 꿰어 만든 구슬발.
2089)산호구(珊瑚勾) : 산호(珊瑚)로 만든 갈고리.
2090)운무병(雲霧屛) : 안개처럼 둘러 있는 병풍.
2091)비취장(翡翠欌) : 비취로 장식한 농장.
2092)금옥난간(金玉欄干) : 금과 옥으로 꾸민 난간.

부인이 츈충화기(春風和氣) 어릭여 겸양 왈,

"녕낭의 츌인(出人)ᄒ미라. 과도히 일ᄏ르시ᄂ뇨? 하늘이 어진 ᄉ롬을 도으미 명명(明明)ᄒ니, 녕낭(令郞)의 당당ᄒ 상뫼 비속(非俗)ᄒ니 신명(神明)이 도으미라. 엇지 칭은(稱恩) 【3】 ᄒ여 불안ᄒ물 더으시ᄂ뇨?"

이의 님시를 보니 슌박ᄒ고 어진 거시 ᄂ타ᄂ고, 화시의 졀미(絶美)ᄒ믄 경국지틱(傾國之態)[2095] 잇ᄂ지라. 심이 아름답고, 화싱쳐 홍시 가부의 위급ᄒ 셩명이 상공 덕음(德蔭)으로 싱도(生道)를 엇고, 구버 무휼(撫恤)ᄒ시믈 감은각골(感恩刻骨)ᄒ지라.

"부인의 무휼(撫恤)ᄒ시믈 더욱 황감(惶感)ᄒ믈 니긔여 아뢰리잇가?"

부인 왈,

"그딕 운익(運厄)이 진(盡)홀 썩요, 우리와 연분이 잇셔 이리 모다시니, ᄉ례홀 빅리요."

홍시의 안상(安詳) 소담ᄒ[2096] 【4】 쳬지(體肢) 또ᄒ 일딕미식(一代美色)이요. 공근(恭勤)[2097] 아담ᄒ여 가히 ᄉ랑ᄒ온지라. 부인이 면면이 관졉(款接)ᄒ고 다과로 딕졉ᄒ니, 금반옥긔(金盤玉器)[2098]의 산진히찬(山珍海饌)[2099]이 일싱 보지 못홀빅라.

더욱 황감ᄒ여 부인을 보니, 연긔(年紀) 오십여 셰로되 빅년(白蓮) ᄀᄐ 안식(顔色)이 쇼년을 묘시(藐視)[2100]ᄒ고, 윤틱쇄락(潤澤灑落)ᄒ여 츄월(秋月) ᄀᄐ 긔도(氣度)와 츈풍(春風) ᄀᄐ 긔상(氣像)이라.

존즁(尊重)ᄒ 쳬모(體貌)의 엄숙ᄒ 위의 ᄀ쵸 긔이ᄒ고, 풍부인의 쳔연(天然)ᄒ 용식(容色)과 유한(幽閑)ᄒ 덕되(德度) 츈화슈국(春華水國)[2101] 【5】 ᄀ고, 범부인의 뇨됴(窈窕)ᄒ ᄌ질(資質)과 표표(表表)ᄒ 골격이 졀세ᄒ니, 황홀긔이(恍惚奇異)ᄒ여 텬상직녀(天上織女)[2102]를 구경홈 ᄀ더라.

2093)셰셰싱싱(世世生生) : 『불교』 몇 번이든지 다시 환생하는 일. 또는 그런 때. 중생이 나서 죽고 죽어서 다시 태어나는 윤회의 형태이다. ≒생생세세.

2094)견미(犬馬) : 개와 말을 아울러 이르는 말. *여기서는 견마의 충성을 다 하겠다는 뜻으로 쓰임.

2095)경국지틱(傾國之態) : 기울어져도 모를 정도로 아름다운 자태라는 뜻으로, 뛰어나게 아름다운 자태(姿態)를 이르는 말.

2096)소담ᄒ다 : 생김새가 탐스럽다.

2097)공근(恭勤) : 공손하고 부지런함.

2098)금반옥긔(金盤玉器) : 금으로 만든 쟁반과 옥으로 만든 그릇들.

2099)산진해찬(山珍海饌) : 산과 바다에서 나는 온갖 진귀한 물건으로 차린, 맛이 좋은 음식.=산해진미(山海珍味).

2100)묘시(藐視) : 업신여기어 깔봄.

2101)츈화슈국(春華水國) : 아름다운 봄 경치 속의 물나라.

날이 져믈미 도라올 식, 부인이 은근(慇懃) 작별ᄒᆞ고 ᄌᆞ로 왕닉ᄒᆞ믈 니르며, 홍·화 냥인을 칠보슈식(七寶繡飾)으로 정표(情表)ᄒᆞ니, 냥인이 황망이 밧고 ᄉᆞ례ᄒᆞ더라.

신·화 냥인이 각각 뭇고 하ᄂᆞᆯ 쇼문 ᄀᆞᆺ치 드러 관곡히 ᄃᆡ졉ᄒᆞ던 일을 더욱 감ᄉᆞᄒᆞ더라.

화쇼제 존고를 뫼셔 감지(甘旨)를 맛보고, 좌와(坐臥)의 븟드러 경셩이 동쵹(洞屬)2103)ᄒᆞ니, 님시 【6】 ᄉᆞ랑ᄒᆞ고 귀듕ᄒᆞ미 비길ᄃᆡ 업ᄉᆞ니, 신싱이 임의 가실(家室)을 정ᄒᆞ여 노모를 봉양ᄒᆞ미, 념(念)2104)이 푸러져 날마다 화싱으로 더브러 뫼밧긔 와 궁시(弓矢)를 희롱ᄒᆞ고 무예를 익이더니, 월여(月餘)의 상셔의 가인(家人)이 니르러 토번(吐蕃)을 정벌ᄒᆞ믈 니르고, 냥인 오기를 기다렷ᄂᆞᆫ지라. 위공이 ᄋᆞᄌᆞ의 직략(才略)을 미드나 군즁 승픽를 예탁(豫度)2105)지 못ᄒᆞ여 근심ᄒᆞᄂᆞᆫ 념녜 간졀ᄒᆞ여, 신·화 냥인을 젼별(餞別)ᄒᆞᆯ 식, 쇼연(小宴)을 베퍼 잔을 잡ᄋᆞ ᄌᆞ로 【7】 권ᄒᆞ고 부탁 왈,

"돈ᄋᆞ(豚兒) 연소 유싱으로 외람이 즁임을 맛타 식외(塞外)의 츌ᄉᆞ(出師)ᄒᆞ니, 병긔ᄂᆞᆫ 흉지라. 다만 그ᄃᆡ 등의 진심 보호ᄒᆞ믈 밋노라."

냥인이 직빅 왈,

"우리 원슈 상공의 경텬위지지직(經天緯地之才)2106)로써 엇지 됴고만 도젹을 두려ᄒᆞ시리고? 쇼싱 등의 잔명(殘命) 보존(保存)ᄒᆞ오미 상공의 ᄃᆡ은이오니, 엇지 부탁ᄒᆞ시믈 기다리잇고?"

공이 흔연 작별ᄒᆞ니, 신싱이 믈너 모친긔 하직ᄒᆞᆫᄃᆡ 님시 【8】 됴금도 쳑비(慽悲)ᄒᆞ미 업셔 닐오ᄃᆡ,

"셕일 네 몸이 하쳔(下賤)ᄒᆞ여 풍우한셔(風雨寒暑)를 피치 못ᄒᆞᆯ 젹도 네 감당(堪當) 《이‖ᄒᆞ여》 견ᄃᆡ여시니, 이제 상공 휘하 장ᄉᆞ를[로] 쥰마(駿馬)와 츄둉(追從)이 몸을 편히ᄒᆞ고 위엄이 진동ᄒᆞ니, 닉 무ᄉᆞ[슨] 일을 념녀ᄒᆞ리오. 현부의 지셩이 닉 몸을 편히ᄒᆞ니, 날노써 념녀말고 진츙갈녁(盡忠竭力)ᄒᆞ여 상공을 셤겨 은덕을 만분지일(萬分之一)이나 갑게 ᄒᆞ라."

2102)천상직녀(天上織女) : 하늘에서 베를 짜면서 일 년에 한 번 견우를 만난다는 선녀.

2103)동촉(洞屬) : '동동촉촉(洞洞屬屬)'의 준말. 공경하고 조심함. 부모를 섬기고 공경하는 마음이 지극함. 『예기(禮記)』 <제의(祭義)>편의 "洞洞乎屬屬乎如弗勝 如將失之. 其孝敬之心至也與(공경하고 조심하는 태도가 마치 이기지 못하는 것 같고 잃지 않을까 조심하는 것 같아, 그 효경하는 마음이 지극하기 그지없다.)"에서 온 말.

2104)념(念) : 무엇을 하려고 하는 생각이나 마음. 생각. 걱정.

2105)예탁(豫度) : 미리 헤아려 짐작함.=예측(豫測).

2106)경텬위지지직(經天緯地之才) : 온 천하를 조직적으로 잘 계획하여 다스릴 수 있는 재주.

신싱이 직빅슈명(再拜受命)ᄒᆞ고 화시를 당부ᄒᆞ여 '봉양을 게얼니 말【9】나' ᄒᆞ고, 문을 나니, 화싱이 ᄯᅩᄒᆞᆫ 홍시를 보와 '님부인 셤기믈 슉당 ᄀᆞᆺ치 ᄒᆞ고, 쇼미로 더브러 써ᄂᆞ지 말나' ᄒᆞ고, ᄒᆞᆫ가지로 힝ᄒᆞ여 동평부를 지날ᄉᆡ, 화싱이 부모 분상(墳上)의 올나 울며 하직ᄒᆞᆯ ᄉᆡ, ᄉᆡ로이 신싱의 대은을 ᄉᆞ례ᄒᆞ고 촌졈의 들ᄆᆡ, 젼일 아던 사ᄅᆞᆷ이 보고 마송이 텬신의 진노(震怒)ᄒᆞ여 쥭이믈 ᄒᆞ례ᄒᆞᄂᆞᆫ지라. 냥인이 상고(相顧) 쇼지(笑之)러라.

일일은 신싱이 화싱 다려 닐오ᄃᆡ,

"ᄂᆡ 상공 명을 밧ᄌᆞ온 일이 잇ᄉᆞ니, ᄂᆡ 댱안(長安)【10】의 가ᄂᆞ니 우명일(又明日) 모드리니, 형이 홀노 힝ᄒᆞ여 신쥐 부(府)의 밋ᄎᆞ라. 내 ᄎᆞᄌᆞ 가리라."

ᄒᆞ고, 안마(鞍馬)와 힝니(行李)를 다 화진을 맛지고, 칼을 ᄎᆞ고 표연(飄然)이 문을 나니 간바를 모를네라.

셜화(說話)[2107] 시(時)의 슉경공쥬 소옥이 일년을 갈망ᄒᆞ고 젼젼ᄉᆞ상(輾轉思相)[2108]ᄒᆞ여 부마로 쌍을 일우니, 즐거온 의ᄉᆡ 요양(搖揚)ᄒᆞ여[2109] 두 엇기 스ᄉᆞ로 으쓱기고[2110], 깃분 흥이 발연(勃然)ᄒᆞ니 뉴미(柳眉)를 ᄌᆞ로[2111] 춤추며, 동방화촉(洞房華燭)의 상ᄃᆡᄒᆞ여 ᄌᆞ하상(紫霞觴)[2112]을 난ᄒᆞᆯ ᄡᅥ의 두 눈을 놉【11】히 ᄡᅥ 염치업시 바라보니, 부마의 일월 ᄀᆞᆺᄒᆞᆫ 광ᄎᆡ와 닌봉 ᄀᆞᆺᄒᆞᆫ ᄌᆞ질이 갓가이 ᄃᆡᄒᆞᄆᆡ 더옥 ᄉᆡ롭고, 사일(斜日) ᄀᆞᆺᄒᆞᆫ 안ᄎᆡ(眼彩)와 동작이 더욱 긔이(奇異)ᄒᆞ니, 엇지 젼일 먼니 관망ᄒᆞᆯ ᄡᅥ와 취ᄒᆞᆫ 잠이 몽농ᄒᆞᆯ 젹의 비기리오. 일견(一見)의 심혼이 표탕(飄蕩)ᄒᆞ고, ᄌᆡ견(再見)의 쾌락ᄒᆞᆫ 의ᄉᆡ 젼도ᄒᆞ되, 다만 져의 긔ᄉᆡᆨ이 엄슉ᄒᆞ여 잠미(蠶眉)[2113]를 괴로이 찡긔고 봉안(鳳眼)을 미미(微微)히 ᄂᆞᆺ초와시니, 쥰엄ᄒᆞᆫ 빗치 셜상가상(雪上加霜)이라.

불감앙시(不敢仰視)ᄒᆞ여 한츌쳠의(汗出沾衣)【12】ᄒᆞ고, 공쥐 ᄯᅩᄒᆞᆫ 저상(沮喪)ᄒᆞ되, ᄇᆡᆨ셜안모(白雪顔貌)와 도쥬홍슌(桃朱紅脣)[2114]의 일쳔ᄌᆞᄐᆡ(一千姿態) 져

2107)셜화(說話) : 고소설에서 새로 이야기를 시작할 때 쓰는 '화설(話說)' '익설(益說)' '각설(却說)' 따위와 같은 화두사(話頭詞).

2108)젼젼ᄉᆞ상(輾轉思相) : 상대방을 생각하고 그리워하여 잠을 못 이루고 이리저리 몸을 뒤척임. *전전(輾轉): =전전반측(輾轉反側). 누워서 몸을 이리저리 뒤척이며 잠을 이루지 못함. *사상(思相): 서로 생각하고 그리워함. =상사(相思)

2109)요양(搖揚)ᄒᆞ다 : 마음이 들떠 오르다.

2110)으쓱기다 : 으쓱하다. 어깨를 들먹이며 우쭐해 하다.

2111)ᄌᆞ로 : 자주. 같은 일을 잇따라 잦게.

2112)ᄌᆞ하상(紫霞觴) : 전설에서, 신선들이 술을 마실 때 쓰는 잔. '자하'는 신선이 사는 곳에 서리는 보랏빛 노을이라는 말로, 신선이 사는 선계(仙界)를 뜻한다. 따라서 선계의 신선들이 마시는 술을 자하주(紫霞酒), 그들이 사는 곳을 자하동(紫霞洞)이라 이른다.

2113)잠미(蠶眉) : '누에 같은 눈썹'이라는 말로, 길고 굽은 눈썹을 이르는 말

ᄀᆞᆺ흔 미인은 바라지 못ᄒᆞᆯ지라. ᄉᆞ랑홉고 반가오믈 니긔지 못ᄒᆞ여 눈을 옴길 줄 모로더니, 완완(緩緩)이 썰쳐 ᄂᆞ간 후 다시 드러오지 아니하고, 명일의 강잉(强仍) ᄒᆞ여 드러와 ᄒᆞᆫ 번 눈을 드러 보더니, 믄득 ᄉᆞᄆᆡ를 썰쳐 됴부로 향ᄒᆞ니, 날이 오ᄅᆡ되 발ᄌᆞ최 다시 궁의 님치 아니ᄒᆞᄂᆞᆫ지라. 앗츰 소셰(梳洗)를 일울 ᄯᅢ, 오날이나 부ᄆᆡ 도라볼가 바라고 지분(脂粉)을 낭ᄌᆞ히 【13】 칠ᄒᆞ고, 금슈쥬취(錦繡珠翠)를 ᄭᅳ려 단장을 맛ᄎᆞᄆᆡ, 면경(面鏡)을 드러 보고 탄왈,

"어ᄂᆞ날 원을 풀니!"

ᄒᆞ며, 황혼을 당ᄒᆞᄆᆡ 금병수막(錦屛繡幕)[2115]의 비취금(翡翠衾)[2116]과 원앙침(鴛鴦枕)[2117]을 쌍으로 ᄀᆞ죽이 비셜(排設)ᄒᆞ고, 금야(今夜)의나 요힝 ᄎᆞᄌᆞᆯ가 바라다가, 삼경북(三更북)[2118]이 동(動)ᄒᆞ면 부마의 옥모영풍(玉貌英風)이 눈 ᄀᆞ온ᄃᆡ 삼삼ᄒᆞ니[2119] 어ᄌᆞ러이 오읍(嗚泣)ᄒᆞᄂᆞᆫ지라.

보뫼(保母) 만단개유(萬端改諭)[2120]ᄒᆞ여, {져즈음긔 상잉을 ᄉᆡᆨ혀 살명을 바야던 바로 비기ᄆᆡ 만히 용셔ᄒᆞ니}[2121] 온슌(溫順) 안정(安靜)이 부도(婦道)를 닥근즉, ᄎᆞᄎᆞ 일월(日月)이 【14】 오ᄅᆡ면 진즁화락(鎭重和樂)[2122]ᄒᆞ리라 ᄒᆞ니, 공쥐 그 말을 미드미 아니로ᄃᆡ, '진즁화락ᄒᆞ리라' ᄒᆞᄂᆞᆫ 말이 영화로와 잠간 위로ᄒᆞ나, '일일(一日)이 여숨추(如三秋)'[2123]ᄒᆞ여 쵹쳐상감(觸處傷感)[2124]ᄒᆞ니, 댱신궁(長信宮)[2125]이 아니로ᄃᆡ 옥계(玉溪)의 반쵸(畔草)[2126] 푸르고, 환션(紈扇)[2127]이

2114)도쥬홍슌(桃朱紅脣) : 붉은 복숭아꽃처럼 붉은 입술.
2115)금병슈막(錦屛繡幕) : 비단으로 만든 병풍과 수를 놓아 장식한 장막.
2116)비취금(翡翠衾) : '비취색의 비단 이불'이라는 뜻으로, 신혼부부가 덮는 화려한 이불을 이르는 말
2117)원앙침(鴛鴦枕) : '원앙을 수놓은 베개'라는 뜻으로, 신혼부부가 함께 베는 베개를 이르는 말.
2118)삼경북(三更북) : 『역사』 조선시대에 삼경 곧 밤11시의 시각을 알리려고 치던 북. *조선시대에 밤에 시각을 알리려고 밤의 시간을 초경(初更), 이경(二更), 삼경(三更), 사경(四更), 오경(五更)으로 나누어 매 시각마다 관아에서 북을 쳐 알렸는데 이를 '경고(更鼓)'라고 한다.
2119)삼삼ᄒᆞ다 : 잊히지 않고 눈앞에 보이는 듯 또렷하다.
2120)만단개유(萬端改諭) : 여러 가지로 타이름.
2121){ }안의 말은 문맥상 뜻이 서로 호응되지 않는 표현으로 삭제한다.
2122)진즁화락(鎭重和樂) : 무게 있고 점잖으면서 화평하게 즐김.
2123)일일(一日)이 여숨추(如三秋) : 일일여삼추(一日如三秋). 하루가 삼 년 같다는 뜻으로, 몹시 애태우며 기다림을 이르는 말. =일일삼추(一日三秋).
2124)쵹쳐상감(觸處傷感) : 눈길이나 손길 따위가 닿는 것마다 마음이 저상하여 우울해 함.
2125)댱신궁(長信宮) : 중국 한(漢)나라 때 장락궁 안에 있던 궁전. 한(漢) 성제(成帝)의 후궁 반첩여(班婕妤; 班妃)가 조비연(趙飛燕)의 참소를 받고 이곳으로 물너나 시부(詩賦)로 마음을 달랬던 곳이다.

가을 바룸을 맛나시니, 스스로 장문부(長門賦)2128)를 외오고 기리2129) 방황ᄒᆞ더니, 일일은 아춤 장소(粧梳)를 일우미 거울을 더지고 눈물이 화협(花頰)의 교류(交流)ᄒᆞ더니, 홀연 궁감이 부마의 츌졍ᄒᆞ믈 고ᄒᆞᄂᆞᆫ지라. 공쥐 악연(愕然) ᄃᆡ경(大驚)ᄒᆞ여 【15】 면여토ᄉᆡᆨ(面如土色)이러니, 다시 ᄉᆡᆼ각ᄒᆞ되, '졔 만니젼진(萬里戰陣)을 향ᄒᆞ니 현마 아니와 보고 가랴.' ᄒᆞ여, 다시 면경(面鏡)을 드러 누흔(淚痕)을 거두고 지분(脂粉)을 취ᄉᆡᆨ(取色)2130)ᄒᆞ더니, 궁뇌 급보 왈,

"부마노애 궐하로셔 됴부만 단녀 바로 교외로 향ᄒᆞ시나이다."

공쥐 이 말을 드르미 담(膽)이 ᄯᅥ러지고 슈됵(手足)이 져려 냥구히 말을 못ᄒᆞ더니, 믄득 어린 의ᄉᆞ ᄂᆞᄂᆞᆫ지라. 졔 만군즁(萬軍中)의 ᄃᆡᄒᆞ면 혹은 졍이 ᄂᆞ올가 ᄒᆞ여, 지필(紙筆)을 취ᄒᆞ여 부마의게 글을 부쳐 왈,

"군지 만니의 흉봉(凶鋒) 【16】을 무릅ᄡᅥ 젹진으로 향ᄒᆞ시니, 쳡의 간담이 ᄯᅥ러지ᄂᆞᆫ지라. 쳡이 비록 일기 여ᄌᆡ나 ᄌᆞ쇼(自少)로 궁마(弓馬)의 닉으미 십년 둉군(從軍)ᄒᆞ든 목난(木蘭)2131)의 지ᄂᆞ고, 일죽 창검궁시(槍劍弓矢)를 희롱ᄒᆞ여 무예뎡슉(精熟)ᄒᆞᆫ지라. 원컨ᄃᆡ 둉ᄉᆞ(從事)ᄒᆞ여 하나흔 국가를 위ᄒᆞ고 둘흔 군ᄌᆞ 신상의 유익하믈 위ᄒᆞ고, 세흔 쳡의 구구ᄒᆞᆫ 염녜 장위(腸胃) 니울믈2132) 면코ᄌᆞᄒᆞ미니, 쳡에 당당이 ᄒᆡᆼ장을 쥰비ᄒᆞ여 ᄯᆞ로리니, ᄒᆡᆼ군ᄒᆞ믈 잠간 머무러 ᄒᆞᆫ 가지로 가게 ᄒᆞ소셔."

【17】 ᄒᆞ여, 궁노를 쥬어 보ᄂᆡ니, 보뫼 간졀이 말니나 듯지 아니ᄒᆞ고, 분분이 장쇽(裝束)을 곳칠ᄉᆡ, 머리의 봉시투고(鳳翅투구)를 쓰고 황금쇄ᄌᆞ갑(黃金鎖子甲)의 직금슈젼포(織錦繡戰袍)를 ᄡᅧ닙고, 발의 명쥬ᄎᆡ봉혜(明紬彩鳳鞋)2133)를 신고, 창검궁시를 슈습ᄒᆞ여 시험ᄒᆞ고, 건장(健壯)2134)을 ᄉᆡᆨ 쳔니마를 ᄂᆡ여 안장○[을] 지

2126)반최(畔草) : 밭두둑이나 시냇가 등의 경계지역에 난 잡초.

2127)환션(紈扇) : 흰 비단에 살을 붙여 만든 부채.

2128)장문부(長門賦) : 중국 한(漢)나라 무제(武帝) 때의 시인 사마상여(司馬相如)가, 당시 장문궁(長門宮)에 유폐되어 있던 무제의 비(妃) 진아교(陳阿嬌)로부터, 그녀가 다시 무제의 총애를 얻을 수 있도록, 자신의 처지를 형상화한 노래를 지어 무제의 마음을 돌이키게 해 달라는 청을 받고, 지어주었다는 시.

2129)기리 : 길이. 오랜 시간이 지나도록.

2130)취식(取色) : 낡은 세간 따위를 닦고 손질하여 윤을 냄. *여기서는 분이나 연지 따위를 발라 곱게 단장함.

2131)목란(木蘭) : 중국 양(梁)나라의 효녀. 남자 옷을 입고 아버지를 대신하여 전장에 나가 싸움에 이기고 열두 해만에 돌아왔다.

2132)니울다 : 이울다. ①몸이 점점 쇠약하여지다. ②꽃이나 잎이 시들다. ③해나 달의 빛이 약해지거나 스러지다.

2133)명쥬채봉혜(明紬彩鳳鞋) : 명주실로 봉황을 수놓은 가죽신.

2134)건장(健臧) : 튼튼하고 기운이 센 장획(臧獲) *장획(臧獲): 예전에, 남의 집에 딸려 천한 일을 하던 사람.=종.

이더니, 봉셔(封書) 가져ᄀᆞᆺ던 궁뇌(宮奴) ᄀᆡ여[2135] 도라와, 원쉬 셔간을 보도 아니코 ᄂᆡ치며, 져를 진문(陣門)의 드렷다 군졸(軍卒)을 회시(回示)[2136]ᄒᆞ고, 져도 즁히 맛고 오믈 알외니, 공쥐 무류(無聊)코 분ᄒᆞ믈 【18】 어ᄃᆡ 비ᄒᆞ리오 칼을 ᄲᆡ혀 난간을 쳐 분쇄ᄒᆞ며 고셩ᄃᆡᄆᆡ(高聲大罵) 왈,

“필뷔(匹夫) 교앙(驕昂)[2137]ᄒᆞ여 만승황녀(萬乘皇女)를 쵸ᄀᆡ(草介)보듯ᄒᆞ고, 쵸방부귀(椒房富貴)를 헌신 ᄀᆞᆺ치 넉이니, ᄂᆡ 당당히 분(憤)을 셜(雪)하리라.”

분분즐욕(紛紛叱辱)ᄒᆞ더니, 궁녀 교잉이 ᄂᆞᄋᆞ와 ᄀᆞ마니 고왈,

“운향산 도인(道人)의게 녜단(禮緞)을 보ᄂᆡ엿더니, ᄉᆞ인(使人)이 도라왓ᄂᆞ이다.”

공쥐 ᄃᆡ희(大喜)ᄒᆞ여 교잉을 닛그러 협실(夾室)노 가 무를ᄉᆡ, 향ᄌᆞ(向者)[2138] 교잉이 도ᄉᆞ○[를] 청ᄒᆞᆯ ○○[ᄉᆡᆨ의] 말을 공쥬다려 니르고, 츈교의 가부(家夫) 평경으로 ᄒᆞ여금 금은 【19】 옥ᄇᆡᆨ(金銀玉帛)을 가져 요도(妖道)를 청ᄒᆞ○○[엿더]니, 요되(妖道) 날을 긔별ᄒᆞ엿더라.

공쥐 ᄃᆡ열ᄒᆞ여 목욕ᄌᆡ계(沐浴齋戒)ᄒᆞ고 요도를 마ᄌᆞ려 망션누를 슈리ᄒᆞ고, 일홈ᄒᆞ되, ‘부마를 위ᄒᆞ여 젼진의 무ᄉᆞᄒᆞ믈 츅원ᄒᆞᆫ다’ ᄒᆞ고, 궁즁 ᄃᆡᄉᆞ를 다 ᄇᆡᆨ상궁을 맛지고, 심복궁녀 십여인을 거ᄂᆞ려 드러갈 ᄉᆡ, 교잉 왈,

“부소졔 ᄯᅩ 여ᄎᆞ여ᄎᆞᄒᆞ시더이다.”

공쥐 희왈(喜曰),

“부ᄆᆡ(駙馬)를 먼니 두어 답답ᄒᆞᆫ지라. 밧비 ᄒᆡᆼ계(行計)ᄒᆞ라.”

교잉이 도라가 옥ᄃᆡ 다려 슈말(首末)을 젼ᄒᆞ니, 부시 탄 【20】 왈(嘆曰),

“옥쥐 미혹(迷惑)ᄒᆞ시다. 위ᄌᆡᆨ 엇지 된 위인이라, 가기를 청ᄒᆞ여 욕을 보리오. ᄂᆡ 먼니 잇셔 옥쥬를 간(諫)치 못ᄒᆞ니, 당당이 일쳐(一處)의 모다 평ᄉᆡᆼ을 도모ᄒᆞ려니와, 쥬ᄉᆞ야탁(晝思夜度)[2139]ᄒᆞ나, 위군의 ᄯᅳᆺ을 엇기 어려울가 ᄒᆞ노라.”

인ᄒᆞ여 가기를 긔약ᄒᆞ고, 밤을 타 슉졍궁으로 오고ᄌᆞᄒᆞ더니, 부ᄐᆡᄉᆡ 옥ᄃᆡ를 위ᄒᆞ여 여러 곳 구혼ᄒᆞ되, 공쥬와 옥ᄃᆡ의 ᄒᆡ연(駭然)ᄒᆞᆫ ᄉᆞ의(事意)를 모로리 업ᄉᆞ니, 뉘 음녀를 취(娶)코ᄌᆞᄒᆞ리오.

ᄎᆞ시 한웅이 일심(一心)이 앙앙(怏怏)ᄒᆞ 【21】 여 병드럿더니, 부소져의 혼닌을 너비 구ᄒᆞ믈 듯고, 아비를 ᄃᆡ(對)하여 부시 취(娶)ᄒᆞ믈 원ᄒᆞ니, 통이 부가의 구혼

2135)ᄀᆡ여 : 기어. *기다: 가슴과 배를 바닥으로 향하고 손이나 팔다리 따위를 놀려 앞으로 나아가다.
2136)회시(回示) : 예전에, 죄인을 끌고 다니며 뭇사람에게 보이던 일.
2137)교앙(驕昂) : 잘난 체하며 뽐내고 건방짐.=교만(驕慢).
2138)향ᄌᆞ(向者) : 오래지 아니한 과거의 어느 때를 이르는 말. =접때.
2139)쥬ᄉᆞ야탁(晝思夜度) : ‘낮에 생각하고 밤에 헤아린다’는 뜻으로, 밤낮을 가리지 않고 깊이 생각함을 이르는 말.

ᄒᆞᆫᄃᆡ, ᄐᆡᄉᆡ 깃거 아니ᄒᆞ나 질ᄋᆞ의 작용이 아름답지 아니니 혼쳐를 ᄀᆞᆯ힐 길 업고, 또 작변을 ᄒᆞᆯ가 밧비 셩녜ᄒᆞ여 구가로 보ᄂᆡ려, 쾌히 허락ᄒᆞ고 ᄐᆡᆨ일ᄒᆞ니, 부시 듯고 일봉셔를 닥가 셔안(書案)의 놋코 야심 후 교잉으로 더브러 후원 연지(蓮池)의 슈혀(繡鞋)를 버셔 놋코 가산(假山)을 말ᄆᆡ암아 슉정궁으로 가니, 알니 업더라.

명 【22】 일(明日) 차환이 잠을 ᄭᆡ어 보니, 쇼제 간ᄃᆡ 업ᄂᆞᆫ지라. 크게 소동ᄒᆞ니, ᄐᆡᄉᆡ ᄃᆡ경(大驚)ᄒᆞ여 노복으로 ᄎᆞᆺ더니, 못가의 신을 어더 오고, 장ᄃᆡ(粧臺) ᄉᆞ이의 봉셔를 어드니, ᄀᆞᆯ와시ᄃᆡ,

"위ᄉᆡᆼ을 위ᄒᆞ여 늙으믈 ᄆᆡᆼ셰ᄒᆞ엿거ᄂᆞᆯ, 타셩(他姓)의 결혼ᄒᆞ시니, 부득이 목숨을 ᄭᆞᆫ허 ᄂᆡ세(來世)나 도모코ᄌᆞ ᄒᆞ나이다."

ᄒᆞ엿더라.

ᄐᆡᄉᆡ 간파(看罷)의 통곡ᄒᆞ고, 못슬 치고 시체를 어드나 엇지 못ᄒᆞ니, 모다 괴이히 넉이나 ᄒᆞᆯ일업셔, 의금(衣衿)을 ○○○[ᄀᆞ초아2140)] 념습(殮襲)2141)ᄒᆞ여 허장(虛葬)2142)ᄒᆞ니, 됴부인이 니의2143) 【23】 와 무러2144) 보고, 부모긔 고왈(告曰),

"ᄆᆡᄌᆞ(妹子) 비록 죽엇시나 제 장염(粧奩)2145)이 다 업ᄉᆞ니 탈신(脫身)ᄒᆞ여 슉정궁으로 ᄀᆞᆺᄂᆞᆫ가 ᄒᆞᄂᆞ이다."

ᄐᆡᄉᆡ ᄃᆡ경ᄃᆡ로(大驚大怒)ᄒᆞ여 영니(怜悧)ᄒᆞᆫ 비ᄌᆞ로 듯보라 ᄒᆞ되, 둉시(終是) 엇지 못ᄒᆞ니라.

츈괴 일일은 쥬모(主母)다려 닐오ᄃᆡ,

"가뷔(家夫) 둉군(從軍)ᄒᆞ엿더니, 병드러 즁노(中路)의 ᄯᅥ러졋다 ᄒᆞ니, 녀ᄋᆞ로 더브러 가보려 ᄒᆞ나이다."

ᄒᆞ고, 교잉을 다려 ᄂᆞ가니, 아지 못ᄒᆞᆯ너라.

2140)ᄀᆞ초다 : 갖추다. 있어야 할 것을 준비하거나 차리다. 필요한 자세나 태도 따위를 취하다.

2141)념습(殮襲) : =습염(襲殮). 죽은 이의 몸을 씻은 다음에 수의(壽衣)를 갈아입히고 염포(殮布)로 묶는 일.

2142)허장(虛葬) : 『민속』 오랫동안 생사를 모르거나 시체를 찾지 못하는 경우에 시체 없이 그 사람의 옷가지나 유품으로써 장례를 치름. 또는 그 장례. ≒영장(靈葬).

2143)니의 : 여기에. 이곳에. *여기: 말하는 이에게 가까운 곳을 가리키는 지시 대명사. *이곳: '여기'를 문어적으로 이르는 말. 바로 앞에서 이야기한 장소를 가리키는 지시 대명사.

2144)무러 : 물어. *묻다: 무엇을 밝히거나 알아내기 위하여 상대편의 대답이나 설명을 요구하는 내용으로 말하다.

2145)장염(粧奩) : ①경대(鏡臺) ②몸을 치장하는 데 쓰는 삿가지 물건.

공쥐 옥듸를 맛나 반기고, 묘흔 쇠를 셔로 칭ᄉᄒ고, 삼부인의 셩명(性命)을 히(害)ᄒ여 부마 【24】의 셜워ᄒ믈 보면 칭쾌(稱快)2146)ᄒ리니, 부마의 은의(恩愛)ᄂ 낙글2147) 길히 업ᄉ나, 현마 아니 도라지랴2148)? ᄒ고 요도 올 날을 기다리더니, 황혼 월식(月色)을 인ᄒ여 구름 ᄉ이로셔 두낫2149) 도ᄉ 운상무의(雲裳霧衣)2150)와 월피셩관(月帔星冠)2151)으로 정젼(庭前)의 ᄂ리니, 일기ᄂ 남ᄌ요 일기ᄂ 녀ᄌ라.

공쥬와 옥듸 놉히 안치고 공슌이 ᄌ비ᄒ니 도ᄉ 웃고 니로듸

"우리ᄂ 산즁의 피셰(避世)흔 ᄉ롬이라. 인간 물욕이 업ᄉ지 오릭되, 젹션(積善)ᄒ기를 위ᄒ여 왕왕이 ᄉ롬의 급 【25】 화(急禍)를 구ᄒ더니, 옥쥐 나지 무르시고 녜폐(禮幣)로 신근(信謹)이 부르시니 지우(知遇)를 감격ᄒ여 오과이다2152)"

공쥬 등이 빅복ᄉ례(拜伏謝禮)ᄒ고 면젼(面前)의 ᄉ러 청원(請願)을 니르니, 요되 왈,

"이ᄂ 아됴 쉬온 일이니, 금야의 당당이 삼녀의 머리를 ᄀ져 탑하(榻下)의 헌(獻)ᄒ리이다."

공쥐 깃브믈 니긔지 못ᄒ여 아름다온 ᄎ과(茶果)를 정셩으로 헌ᄒ고, 공경ᄒ믈 텬상션(天上仙)이 하강흔 듯 녁이라.

요도(妖道) 금션불과 녀도(女道) 호션낭이 공쥬의 쳔금즁보(千金重寶)와 명쥬옥빅(明珠玉帛)을 밧고, 또 이러 【26】 틋 츄존(推尊)ᄒ믈 닙으니, 의긔양양(意氣揚揚)ᄒ여 신긔흔 ᄌ되2153) 만군 즁의 가, 쥬댱(主將)의 머리 버히기를 낭즁취물(囊中取物) ᄀ치 ᄒ믈 ᄌ랑ᄒ고, 졔 슈하(手下) 졸(卒) 무당(巫堂)을 부르니, 일듸 흉흔 귓거시2154) 금갑투고(金甲투구)2155)의 장창듸검(長槍大劍)을 잡고 뎐하

2146)칭쾌(稱快) : 쾌(快)함을 일컬음.
2147)낙다 : 낚다. 낚시로 물고기를 잡다.
2148)도라지다 : 돌아서다. 생각이나 태도가 다른 쪽으로 바뀌다.
2149)두낫 : 두 낱. *낱: =명(名). 의존명사. 사람을 세는 단위.
2150)운상무의(雲裳霧衣) : '구름과 안개로 지은 옷'이라는 말로 신선(神仙) 또는 도사(道士)의 옷차림을 이르는 말.
2151)월픠셩관(月帔星冠) : 도교에서 도사(道士)가 머리에 쓰는 칠성관(七星冠)과 선자(仙子)가 겉옷으로 입는 월픠(月帔)를 함께 이른 말. *칠성관(七星冠): 도교에서 도사가 쓰는 모자(帽子)를 이르는 말. 줄여서 '성관(星冠)'이라고도 한다. *월피(月帔): 도교에서 선자(仙子)가 저고리 위에 덧입는 겉옷을 이르는 말.
2152)오과이다 : 왔습니다. *-과이다: (주로 동사, 형용사의 어간이나 어미 뒤에 붙어) '-었습니다'의 뜻을 나타낸다.
2153)ᄌ되 : 재주. 무엇을 잘할 수 있는 타고난 능력과 슬기.
2154)귓것 : 귀신. 사람이 죽은 뒤에 남는다는 넋.늑신, 신귀.
2155)금갑투고(金甲투구) : 군인이 전투할 때에 적의 화살이나 칼날로부터 몸과 머리를 보호하기 위하여 쓰던 쇠로 만든 갑옷과 모자를 함께 이른 말.

(殿下)의 ᄉᆞ니, 요되 왈,

"이제 동창궁의 가 셰 녀ᄌᆞ의 머리를 버히거든, 너는 만궁(滿宮) 가득ᄒᆞᆫ 시녀를 임의로 참식(慘食)ᄒᆞ라"

기인(其人)이 고두(叩頭) 청녕(聽令)ᄒᆞ고 다시 구름 ᄉᆞ이로 숨ᄂᆞᆫ지라. 공쥬 등 졔인이 더옥 신긔이 넉이고, '져러틋 무셔온 신댱(神將) 【27】을 임의로 부리니, 도ᄉᆞ의 신긔ᄒᆞ믄 뭇지 아냐 알지라. 이번이야 삼네 졔 엇지 버셔ᄂᆞ리오.' ᄒᆞ고, 옥디로 더브러 셔로 하례(賀禮)ᄒᆞ더라.

밤이 깁흐ᄆᆡ 두 요되 장속을 가ᄇᆡ야이 ᄒᆞ고, 각각 보검을 잡고 진언(眞言)을 념(念)ᄒᆞ며 구름 우히 올나 표표(漂漂)이 힝ᄒᆞ니, 공쥬 하당(下堂) ᄇᆡ례(拜禮)ᄒᆞ여 보ᄂᆡ고, 쥬찬(酒饌)을 셩비(盛備)ᄒᆞ여 도라오거든 ᄃᆡ졉ᄒᆞ려 ᄒᆞ더라.

요젹(妖賊)이 풍운(風雲)을 모라 댱안(長安)의 니르러 동창궁을 ᄎᆞᄌᆞ 가니, 누ᄃᆡ(樓臺) 표묘(縹緲)[2156]ᄒᆞ고 뎐각이 광활(廣闊)ᄒᆞᆫᄃᆡ, 당젼(當前)ᄒᆞ 【28】 여 큰 집이 잇셔 ᄇᆡᆨ운(白雲)이 쳠하(檐下)의 어ᄅᆡ고, 샹셔(祥瑞)의 빗치 둘넛ᄂᆞᆫᄃᆡ, ᄉᆞ창(紗窓)의 촉영(燭影)이 명휘ᄒᆞ고, 낭낭ᄒᆞᆫ 어음(語音)이 들니ᄂᆞᆫ지라. 요젹이 셔로 의논ᄒᆞ되,

"ᄎᆞ인(此人) 등이 비상ᄒᆞᆫ ᄉᆞ름인가 시브거니와, 우리 도슐노 혐마 ᄑᆡ(敗)ᄒᆞᆯ니 업ᄉᆞ니, 져를 ᄒᆡᄒᆞᆫ 후 그 졍혈(精血)을 마시면, 우리 득도(得道)ᄒᆞ미 더을 거시오, 또 만흔 ᄌᆡ물을 바다실 ᄲᅮᆫ 아니라, 져 공쥬 우리를 텬신 ᄀᆞᆺ치 알거ᄂᆞᆯ, 엇지 헛도이 도라가리오."

ᄒᆞ고, 문틈으로 됴ᄎᆞ 홀너 드러가니, 방즁(房中)의 슈 【29】 십 여ᄌᆡ 안ᄌᆞᆺᄂᆞᆫᄃᆡ, 벽샹(壁上)의 됴마경(照魔鏡)[2157]이 눈의 쏘이니, 경황ᄒᆞ여 눈을 ᄀᆞᆷ고 문을 박ᄎᆞ고 ᄂᆡ닷더니, 홀연 ᄆᆡ이물 님어 뎐하(殿下)의 업더지ᄂᆞᆫ지라.

화셜, 당안 동창궁의셔 니·뉴·뎡 삼부인이 자ᄀᆡᆨ(刺客)을 쳐치ᄒᆞ여 ᄂᆡ치고, 신냥을 화쥐로 보닌 후, 셔로 담소ᄒᆞ여 소일(消日)ᄒᆞᆯ ᄉᆡ, 니부인 뉴모(乳母) 냥유랑이 일일은 면젼(面前)의 ᄂᆞ으와 고왈,

"쳡의 가뷔(家夫) 《원방의 셕년의 잇셔 ‖ 원방의 잇셔 셕년의》 그 아비 ᄀᆡᆨᄉᆞ(客死)ᄒᆞ니, ᄂᆞ라히 셔로 밧고이고 병홰(兵禍) 긋칠 ᄉᆞ이 업ᄂᆞᆫ지라. 지금 고토(故土)의 【30】 귀장(歸葬)치 못ᄒᆞ여시니 근심이러니, 근간 국ᄀᆞ 져기[2158] 평안ᄒᆞ고 몸이 한가ᄒᆞ믈 인ᄒᆞ여, ᄋᆞᄌᆞ로 더브러 아뷔 ᄲᅧ를 영장(永葬)[2159]코ᄌᆞ ᄒᆞ오니, 쳡

2156)표묘(縹緲) : 아득히 멀어 희미한 모양.

2157)됴마경(照魔鏡) : 마귀의 본성을 비추어서 그의 참된 형상을 드러내 보인다는 신통한 거울. ≒조요경(照妖鏡).

2158)져기 : 적이. 저의기. 꽤 어지간한 정도로.

2159)영장(永葬) : 편안하게 장사 지냄. =안장(安葬).

이 ᄯᆞ라가 친척을 ᄎᆞᄌᆞ 보고ᄌᆞ ᄒᆞᄂᆞ이다."

부인이 빈미(嚬眉) 답왈(答曰),

"그ᄃᆡ ᄂᆞ히 하마 쇠년(衰年)이오, 녀ᄌᆞ의 ᄒᆡᆼ되(行途) 남ᄌᆞ와 다르니, 굿ᄒᆞ여 친히 가 무엇ᄒᆞ리오."

뉴랑 왈,

"쳡이 부인 좌하(座下)를 ᄯᅥᄂᆞ오미 즁난(重難)ᄒᆞ오나, 쳡의 ᄒᆡᆼᄒᆞ미야 무어시 어려오리 잇가? 가부와 ᄌᆞ식을 다리고 가오니 무방토소이다."

부인이 비 【31】 로소 허(許)ᄒᆞ고, 원노의 보즁ᄒᆞ여 슈히 도라오믈 당부ᄒᆞ더라.

믄득 ᄇᆡᆨ유랑이 하직(下直)ᄒᆞ여 ᄀᆞᆯ오ᄃᆡ,

"쳡은 션상공 긔ᄉᆞ(忌祀)2160)의 부인이 먼니 계ᄉᆞ 참ᄉᆞ(參祀)치 못ᄒᆞ시고, 연소 비ᄌᆞ(婢子)를 다만 두시믈 통박(痛迫)ᄒᆞ실ᄉᆡ, 쳡이 부인 명(命)으로 가옵ᄂᆞ니, 슈월 후 도라오리로소이다."

부인이 졈두ᄒᆞ고 무ᄉᆞ이 왕반(往返)ᄒᆞ믈 니르더라.

능소와 쳥향이 각각 어미를 ᄯᆞ라 ᄒᆡᆼᄒᆞ니, 은ᄌᆞ와 필ᄇᆡᆨ으로 냥·ᄇᆡᆨ 이파(二婆)를 후히 쥬어, 슈이 도라오믈 니르더라.

슈월 【32】 이 지난 후, 조부 창뒤(蒼頭)2161) 니르러 부인 슈셔(手書)를 올니니, 그 가온ᄃᆡ 상세 츌졍(出征)ᄒᆞ믈 통(通)ᄒᆞ고, 슈월 두통(頭痛)을 면ᄒᆞᄆᆡ 심히 쾌활ᄒᆞ던 ᄉᆞ의(辭意)를 긔별ᄒᆞ여시니, 삼부인이 셔로 도라보아 웃기를 마지아니ᄒᆞ더라.

조부 가동(家童)을 답간(答簡)을 일워 보ᄂᆡ고, 오ᄅᆡ지 아냐 츄구월(秋九月) 을츅일(乙丑日)이 다ᄃᆞ르니, 삼부인이 요젹(妖賊)의 변을 방비코ᄌᆞᄒᆞ여, ᄐᆡ을젼의 모다, 상궁·시비 즁 담ᄃᆡ(膽大)ᄒᆞ니2162) 슈십인을 거나려 밤을 지닐ᄉᆡ, 이 ᄐᆡ쳥젼 압히요, ᄌᆞ운뎐 【33】 녑히니, 셕일 공쥬 세 뎐각(殿閣)의 거쳐ᄒᆞ던 곳이라.

ᄒᆞᆫ갈ᄀᆞᆺ치 광활심슈(廣闊深邃)2163)ᄒᆞ여 벽와쥬ᄆᆡᆼ(碧瓦朱甍)2164)은 운소(雲霄)의 은영(隱映)ᄒᆞ고, 옥계(玉階) 층층ᄒᆞ고, 옥난금병(玉欄錦屛)2165)의 진쥬발(眞珠발)2166)을 지웟고, 분벽ᄉᆞ창(粉壁紗窓)2167)의 촉영(燭映)이 휘황(輝煌)ᄒᆞᆫᄃᆡ, 벽상

2160)긔사(忌祀) : 기제사(忌祭祀). 해마다 사람이 죽은 날에 지내는 제사.≒기신제(忌晨祭), 기일제(忌日祭), 기제(忌祭).
2161)창뒤(蒼頭) : 종살이를 하는 남자.=사내종.
2162)담ᄃᆡ(膽大)ᄒᆞ니 : 담대(膽大)한 이. 담대한 사람.
2163)광활심슈(廣闊深邃) : 막힌 데가 없이 탁 트이고 넓으며 깊숙하고 그윽함.
2164)벽와주맹(碧瓦朱甍) : '푸른 기와'와 '붉은 용마루'를 함께 이른 말.
2165)옥난금병(玉欄錦屛) : 옥으로 장식한 난간에 둘러놓은 비단 병풍.
2166)진쥬발(眞珠발) : 진주로 꾸민 발. *발: 가늘고 긴 대를 줄로 엮거나, 줄 따위를 여러 개 나란히 늘어뜨려 만든 물건. 주로 무엇을 가리는 데 쓴다.

(壁上)의 셰가지 보ᄇᆡ를 거러시니, 광휘 셤삭(閃爍)2168)ᄒᆞ고, 상운(祥雲)이 네 녁흐로 둘너시니, ᄀᆡ이ᄒᆞᆫ ᄀᆡ운과 향취 의상(衣裳)의 ᄉᆞ못더라.

니ᄋᆞᆨ고 비린 바ᄅᆞᆷ이 촉영(燭映)을 부니 제 궁ᄋᆡ(宮兒) 머리털이 숫그러ᄒᆞ여 송연공구(悚然恐懼)ᄒᆞ더니, 홀연이 오ᄂᆞᆫ 바 업시 남녀 【34】 냥인이 ᄇᆡᆨ잉(白刃)을 들고 돌연(突然)이 셧ᄂᆞᆫ지라.

방인(傍人)이 경황(驚惶)ᄒᆞᆯ ᄉᆞ이의 문을 밀치고 창황(蒼黃)이 피ᄒᆞ니, 능옥이 임의 부인의 분부를 드른지라. 담을 크게ᄒᆞ고 급히 니러나 벽상(壁上)의 홍금삭(紅錦索)을 가지고 젹(賊)을 향ᄒᆞ여 더지니, 그 노히 스ᄉᆞ로 젹을 긴긴이 결박ᄒᆞ여, 닷고ᄌᆞ ᄒᆞ나 노히 몸의 박혀 버슬 길이 업ᄉᆞ니, 더옥 황망(慌忙)ᄒᆞ여 평ᄉᆡᆼ 요법(妖法)을 다ᄒᆞ여 ᄯᆞ흐로 ᄉᆞ못ᄂᆞᆫ2169) 진언(眞言)을 념(念)ᄒᆞ더니, 믄득 우레 은은ᄒᆞ며 신검(神劍)이 스ᄉᆞ로 ᄂᆞ려와 냥적 【35】 을 버히니, 소위 금션불은 큰 ᄉᆞ슴이되고 호션낭은 큰 여이2170) 되어, 머리 ᄲᅥ러져 죽으니, 냥뇨(兩妖)의 하돌(下卒)은 공즁의셔 동졍(動靜)을 보다가, 동히 ᄀᆞᆺᄒᆞᆫ 닙을 버리고 ᄉᆞ름을 ᄒᆡ코ᄌᆞᄒᆞ니, 그 셰(勢) 풍우 ᄀᆞᆺᄒᆞᆫ지라.

능옥이 됴마경을 드러 마됴2171) 빗최니, 젹이 쇼ᄅᆡ지르고 크게 변ᄒᆞ여 ᄇᆡ얌2172)이 되어, ᄯᅳᆯ희 업치고2173) 요동치 못ᄒᆞᄂᆞᆫ지라.

이ᄯᆡ 궁인의 무리 다 실ᄉᆡᆨᄒᆞ여 면무인ᄉᆡᆨ(面無人色)2174)ᄒᆞ고, 능옥이 담ᄃᆡᄒᆞ여 거울을 들고 셧시나, 놀난 눈이 현황(炫煌)ᄒᆞ고 송구ᄒᆞ 【36】 여 ᄒᆞ거ᄂᆞᆯ, 뉴·졍 냥부인은 두리온 ᄯᅳᆺ이 잇ᄉᆞ나, 홀노 니부인이 안ᄉᆡᆨ이 여젼(如前)ᄒᆞ고, 동지(動止) 안상단엄(安詳端嚴)2175)ᄒᆞ여 됴금도 요동치 아니터라.

모다2176) 보니, 슈ᄇᆡᆨ쳑(數百尺)이나 ᄒᆞᆫ ᄇᆡ암이 ᄯᅳᆯ ᄀᆞ온ᄃᆡ셔 죽도 아니ᄒᆞ고 닷도2177) 못ᄒᆞᄂᆞᆫᄃᆡ, 신검(神劍)이 갑(甲) 속의 들고 용2178)을 발치 아니ᄒᆞ니, 부인

2167)분벽ᄉᆞ창(粉壁紗窓) : 하얗게 꾸민 벽과 비단으로 바른 창이라는 뜻으로, 여자가 거처하며 아름답게 꾸민 방을 이르는 말.
2168)셤삭(閃爍) : 번쩍번쩍 빛나는 모양.
2169)ᄉᆞ못다 : 사무치다. 깊이 스며들거나 멀리까지 미치다.
2170)여이 : 여우. 갯과의 포유류. 개와 비슷한데 몸의 길이는 70cm 정도이고 홀쭉하며, 대개 누런 갈색 또는 붉은 갈색이다.
2171)마됴 : 마주. 서로 똑바로 향하여.
2172)ᄇᆡ얌 : 뱀. 파충강 뱀과의 동물을 통틀어 이르는 말. 몸은 원통형으로 가늘고 길며, 다리와 눈꺼풀, 귓구멍이 없다. 피부는 비늘로 덮여 있고 오래되면 탈피한다.
2173)업치다 : 엎치다. 배를 바닥 쪽으로 깔다.
2174)면무인ᄉᆡᆨ(面無人色) : 얼굴에 살아있는 사람의 기색(氣色)이 없음.
2175)안상단엄(安詳端嚴) : 성질이 찬찬하고 자세하며 단정하고 엄숙하다.
2176)모다 : 모두. 일정한 수효나 양을 기준으로 하여 빠짐이나 넘침이 없는 전체.
2177)닷다 : 닫다. 빨리 뛰어가다.

이 냥부인을 도라보아 골오딕,
"추물(此物)의 흉흉미 여추흐니, 겹 만흔 궁노의 능히 쳐살(處殺)치 못흐리니, 쳐치 난감흐도다."
뎡부인 왈,
"됴마경을 감초면 제 스스로 다라날 거 【37】 시니, 딕물(大物)을 쥭이미 부졀업도소이다."
뉴부인 왈,
"여추 흉물을 쥭이지 아니면 후환이 될가 흐느니, 엇지 거울을 곰초와 져의 히를 바드리오."
니부인이 잠소(暫笑) 왈,
"비록 거울을 곰초나 제 감히 스름을 히(害)치 못흐려니와, 신양이 하마2179) 오리니 기다리라."
흐더니, 궁감이 보왈(報曰),
"신댱군이 와 부인씌 알외라 흐느이다."
삼부인이 깃거 청흐여 뵈라 흐니, 어시의 신냥이 힝장을 화진을 맛지고 동창궁의 니르니, 궁감 등이 호흡 【38】 이 쳔촉(喘促)흐여 요젹(妖賊)의 쥭엄과 대망(大蟒)2180)의 무셔오믈 고흐는지라. 신냥이 놀나고 그 작변(作變)흐믈 분앙(憤怏)흐더니, 부인 명을 듯고 드러가니, 큰 스습과 여이 쥭어 머리 쌔러졋고, 빅암이 머리를 숙이고 눈을 곰으 셔려시니2181), 신싱이 느으가 두 즘싱 미인 노흘 글너 빅얌을 미고 꾸지져 골오딕,
"너 업츅이 귀인을 침범흐는다?"
그 빅얌이 머리를 두다려 스름의 말노 고흐되,
"쇼축은 운향산의 천년 슈도(修道)흔 대망으로 암혈(巖穴)의 숩어더니 【39】 스습과 여이 오릭 스라 변화흐여 쇼츅(小畜)을 부리니, 슈하(手下)의셔 녕(令)을 듯더니, 이의 왓느이다."
신싱이 엄문(嚴問) 왈,
"요젹의 무리 멧치나 잇느뇨?"
딕왈(對曰),
"져의 뜰이 잇고, 스회를 곳 어덧더니, 늙은 곰이라 용녁(勇力)이 비상흐니이

2178)용 : 용. 한꺼번에 모아서 내는 센 힘.
2179)하마 : 바라건대. 또는 행여나 어찌하면.
2180)대망(大蟒) : 왕뱀(王뱀). 몸이 큰 뱀.
2181)셔려시니 : 서려있으니. *서리다: 뱀 따위가 몸을 똬리처럼 둥그렇게 감다.

다.”

신싱이 ᄎᆞ환으로 ᄒᆞ여금 부인긔 알외여 ᄀᆞᆯ오ᄃᆡ,

“됴마경을 쥬시면 굴혈(窟穴)을 분탕(焚蕩)ᄒᆞ리이다.”

부인이 됴마경과 노흘 쥬니, 신싱이 좌슈(左手)의 거울과 홍금삭을 잡고, 우슈(右手)의 신검(神劍)을 잡ᄋᆞ ᄃᆡ망(大蟒)을 풍우 ᄀᆞᆺ치 【40】 모라 운향산의 가니, 뇨적(妖賊)의 굴혈을 ᄎᆞᄌᆞᄆᆡ 일좌(一座) 도관(道觀)[2182]이라. 삼청뎐(三淸殿)[2183]을 ᄇᆡ셜(排設)ᄒᆞ고 옥허궁을 지어시니, ᄉᆞᄅᆞᆷ을 쇽이고 ᄌᆡ물을 모흔 쥴 알니러라.

신싱이 깁히 드러가니 일위 미인이 웅장셩식(雄粧盛飾)[2184]으로 남ᄌᆞ로 더브러 슐 먹다가, 됴마경을 보고 놀나 닷고ᄌᆞ ᄒᆞ되, 능히 못ᄒᆞ거ᄂᆞᆯ, 신검을 드러 두 됴각이 ᄂᆡ니, 과연 곰과 여이라.

싱이 졍셩(正聲)왈,

“ᄒᆞᆫ 무리 업츅(業畜)[2185]이 하ᄂᆞᆯ을 긔(欺)이고[2186] ᄉᆞᄅᆞᆷ을 속여 인간의 ᄌᆡ화(災禍)를 지으니, 【41】 셩쳔ᄌᆞ 텬명을 바다 너의 무리의 소혈(巢穴)을 ᄂᆡ 탕멸(蕩滅)ᄒᆞᄂᆞ니, 네 ᄯᅩᄒᆞᆫ 쥭기를 면치 못ᄒᆞ리라.”

대망이 머리를 두다려 감히 ᄃᆡ치 못ᄒᆞ니, 신싱 왈,

“네 죄 쥭엄 ᄌᆞᆨ(卽)ᄒᆞ나, 협둉(脅從)[2187]이ᄆᆡ 관ᄉᆞ(寬赦)ᄒᆞᄂᆞ니, 니곳의셔 됴심ᄒᆞ여 요얼의[이] 인심을 미혹게 ᄒᆞᆯ ᄌᆡ물을 직희라. ᄂᆡ ᄎᆞᄌᆞᆯ ᄯᆡ 잇ᄉᆞ리라.”

ᄒᆞ고, 칼을 갑풀[2188]의 ᄭᅩᆺ고 거울을 ᄀᆞᆷ초니, ᄇᆡ얌이 비로소 ᄉᆞᄅᆞᆷ이 되어 ᄇᆡᆨᄇᆡ(百拜) ᄉᆞ례ᄒᆞ더라.

신싱이 도라오니 날이 반오(半午)[2189]의 밋쳐ᄂᆞᆫ지라. 그 【42】 왕반이 칠쳔여리(里)니, 원ᄂᆡ 신검법(神劍法)[2190]이 몸을 ᄂᆞ라[2191] 풍운(風雲)을 어(御)ᄒᆞ

2182)도관(道觀) : 도교의 사원. 중국 동진(東晉) 때 처음 세웠다고 하나 사원의 성격을 띤 것은 북위(北魏)의 구겸지(寇謙之)가 도교를 발전시키면서부터이다. 우리나라에서는 고구려 때 절을 폐지하고 설치하였다고 하며, 고려 예종 때도 개성에 세웠다고 한다.

2183)삼청뎐(三淸殿) : 『역사』 ‘소격전’을 달리 이르는 말. 제단이 서울특별시 삼청동에 있었다. *소격서(昭格署): 『역사』 조선 시대에, 하늘과 땅, 별에 지내는 도교의 초제(醮祭)를 맡아보던 관아. 세조 12년(1466)에 소격전을 고친 것으로, 임진왜란 이후에 완전히 폐지되었으며, 그 제단은 서울 삼청동에 있었다.

2184)웅장셩식(雄粧盛飾) : 매우 성대하게 화장을 하고 잘 차려 입음.

2185)업츅(業畜) : 『불교』 전생에 지은 죄로 인하여 이승에 태어난 짐승.

2186)긔(欺)이다 : 기(欺)이다. 어떤 일을 숨기고 바른대로 말하지 않다.

2187)협둉(脅從) : 협종(脅從). 남의 위협에 못 이겨 복종함.

2188)갑풀 : ①=갑(匣). 물건을 담는 작은 상자. ②=집. 칼, 벼루, 총 따위를 끼거나 담아 둘 수 있게 만든 것.

2189)반오(半午) : 하룻낮의 반(半).=한나절.

여[2192] 섀르기 살 굿흔지라. 만일 검슐(劍術)이 아니면 엇지 경긱(頃刻)[2193]의 쳔니를 ㄱ리오

진션싱이 신냥의 영직(英才)를 보고 신긔훈 법을 젼슈(傳授)ㅎ여 타일 큰 공을 일우고즈 ㅎ미러라. 신양이 도라와 됴마경을 드리고 하직ㅎ미, 군즁으로 가믈 고ㅎ니, 부인이 치스(致謝)ㅎ여 보닉나, 셔간을 붓치지 아니미 녀즈의 셔간이 군즁의 가믈 혐의(嫌疑)ㅎ미러라.

신싱이 도라와 화【43】싱을 ㅊ즈니 일세 황혼이라. ㅎ 가지로 ㅈ고 명일 니발(離發)[2194]ㅎ여 영즁(營中)의 니르니, 상셰 토번을 딕진(對陣)ㅎ여시되 뎍셰(敵勢) 강셩ㅎ니, 졔장(諸將)이 용밍ㅎ나 신·화 이인(二人)을 밋지[2195] 못ㅎ는 고로, 번국(蕃國)[2196] 예긔(銳氣) 풀니기를 기다리노라 안병(按兵)[2197]ㅎ엿더니, 신·화 이인이 와 현알(見謁)ㅎ니, 원슈 흔연이 깃거 냥인으로 션봉을 삼으니라.

명일 번댱(蕃將)이 격셔를 보닉여 ㅆ홈을 쳥ㅎ니, 원슈 졔장을 보닉여 '즁국 위풍을 일치 말나' ㅎ고, 진문(陣門)이 열【44】니는 곳의, 각각 휘하 장식(將士) 딕장을 쪄 ㄴ오니, 토번 딕장 댱만위 큰 상(象)[2198]을 타고, 진쥬영낭(珍珠玲琅)[2199]을 드리워 손의 보검을 잡앗는지라. 부장(副將) 십원과 ㄴ오니 용뫼 흉악ㅎ고 눈과 머리털이 붉어 흉ㅎ더라.

소릭 질너 ㅆ호자 ㅎ니, 원슈 왈,

"뉘 반젹(叛賊)을 싱금(生擒)홀고?"

션봉 ○[숑]환이 댱창(長槍)을 빗겨 취(取)ㅎ니, 번댱(蕃將) 일인이 츌마(出馬)홀시, 숑환의 창법이 어즈러온지라. 부션봉 교혁이 협공ㅎ니, 번장 스오인이 닉다라 쪄 치니, 교·숑 냥장이【45】딕젹지 못ㅎ여 픽ㅎ니, 번장의 예긔(銳氣)를 뉘

2190)신검법(神劍法) : 신검(神劍)을 쓰는 기술이나 방법.

2191)ㄴ라 : 날아. *날다 : 공중에 떠서 어떤 위치에서 다른 위치로 움직이다.

2192)어(馭)ㅎ다 : 어거(馭車)하다. ①수레를 메운 소나 말을 부리어 몰다. ②거느리어 바른길로 나가게 하다.

2193)경각(頃刻) : 눈 깜빡할 사이. 또는 아주 짧은 시간. ≒경각간(頃刻間).

2194)니발(離發) : 이발(離發). 길을 떠남.

2195)밋다 : 및다. '미치다'의 준말. *미치다: 공간적 거리나 수준 따위가 일정한 선에 닿다.

2196)번국(蕃國) : 오랑캐 나라. ≒번방(藩邦).

2197)안병(按兵) : 진군하던 군대를 한곳에 멈추어 둠.

2198)상(象) : 코끼리. 포유류 동물로 뭍에 사는 동물 가운데 가장 몸집이 크다. 살가죽은 두껍고 털이 거의 없으며 자유로이 움직일 수 있는 긴 코와 상아라고 하는 긴 앞니가 두 개 있다.

2199)진쥬영랑(珍珠玲琅) : 진주를 재료의 하나로 사용해 방울처럼 만들어서 흔들면 쟁그랑거리며 영롱한 소리가 나도록 만든 물건. *방울: 얇은 쇠붙이를 속이 비도록 동그랗게 만들어 그 속에 단단한 물건을 넣어서 흔들면 소리가 나는 물건.

당ᄒᆞ리오.

신·화 이인이 원슈긔 고왈,

"소장 등이 둉군(從軍)ᄒᆞ와 일홈이 업ᄉᆞ오나, ᄊᆞ화지이다."

원슈 졈두ᄒᆞ니, 냥인이 칼과 창을 들고 크게 불너 왈,

"밋친 오랑ᄏᆡ 창궐(猖獗)ᄒᆞ여 즁국 인ᄌᆡ를 업슈이 넉이ᄂᆞ냐?"

ᄒᆞ고, 젹당을 취ᄒᆞ여 일합(一合)의 션봉을 몬져 버히니, 화진이 창을 드러 댱슈를 질너 쥭이ᄂᆞᆫ지라. 젹장이 ᄃᆡ로ᄒᆞ여 십여 장(將)이 ᄂᆡ다라 고함이 진동ᄒᆞ고 살긔연텬(殺氣連天)2200)ᄒᆞ더라. 【46】

신·화 냥인이 좌츙우돌(左衝右突)ᄒᆞ여 창검이 번ᄀᆡ ᄀᆞᆺ흐니, ᄉᆞᄅᆞᆷ을 맛난 ᄌᆞᆨ, 버히ᄂᆞᆫ지라. 번장이 ᄃᆡ경ᄒᆞ여 도라○[가] 진문(鎭門)을 다드니, 졔장이 도라와 공(功)을 드릴ᄉᆡ, 신냥·화진의 공의 오를 ᄌᆡ 업ᄉᆞ니, 뎍장(賊將) 버힌 ᄇᆡ 다ᄉᆞᆺ시오, 군ᄉᆞᄂᆞᆫ 부지기슈(不知其數)라.

원슈 ᄃᆡ열(大悅)ᄒᆞ여, '명일은 힘써 ᄊᆞ화 크게 파(破)ᄒᆞ라' ᄒᆞ고, 화진으로 부장을 거ᄂᆞ려 삼쳔군을 쥬어 북산 소로(小路)의 ᄆᆡ복(埋伏)ᄒᆞ엿다가, 젹이 ᄑᆡ쥬(敗走)ᄒᆞᆯ ᄯᆡ 잡으라 ᄒᆞ다.

명일 ᄊᆞ홀ᄉᆡ, 번국 명장 ᄉᆞ십여 인이 【47】 용녁을 비양(飛揚)2201)ᄒᆞ고 정신을 ᄆᆞᆰ혀 기다리ᄂᆞᆫ지라. 신냥이 필마(匹馬)로 ᄂᆞ으가 ᄊᆞ홈을 도도니, 번국 ᄆᆡᆼ댱(猛將)과 용ᄉᆞ(勇士) 오뉵인이 함긔 나와 ᄃᆡ젹ᄒᆞ니, 신냥의 용녁과 검슐이 신긔ᄒᆞ여, 군즁의 ᄉᆞᄅᆞᆷ 버히기를 풀 ᄀᆞᆺ치 ᄒᆞ니, 번장이 ᄃᆡ로ᄒᆞ여 슈십 댱(將)이 함긔 나와 치ᄂᆞᆫ지라.

신냥이 겁(怯)ᄒᆞ미 업셔 좌츙우돌ᄒᆞ니, 검슐의 신긔ᄒᆞ미 일신의 둘너, 찬 바ᄅᆞᆷ이 삽삽(颯颯)ᄒᆞ고2202) 흰 긔운이 둘너, ᄉᆞᄅᆞᆷ과 말을 분간치 못ᄒᆞ고, 다닷ᄂᆞᆫ2203) 곳마 【48】 다 뎍장(賊將)의 머리 분분(紛紛)이 써러지니, 뎍(賊)이 ᄃᆡ경황망(大驚慌忙)ᄒᆞ여 급히 회군ᄒᆞᄂᆞᆫ지라.

신냥이 승승댱구(乘勝長驅)ᄒᆞ여 ᄯᆞ라가며 버히니, 원슈 ᄃᆡ군을 모라 ᄯᆞ로니 함셩이 ᄃᆡ진ᄒᆞᄂᆞᆫ지라. 번국 ᄃᆡ장이 슈만 군졸(軍卒)을 다 쥭이고 단긔(單騎)로 다라ᄂᆞ더니, 좌우 복병이 가ᄂᆞᆫ 길을 막으니, 젹이 혼불부체(魂不附體)ᄒᆞ여 조슈불급(措手不及)2204)이러니, 소년 댱군이 원비(猿臂)2205)를 늘히여 ᄉᆡᆼ금ᄒᆞ여 도라오니,

---

2200)살긔연텬(殺氣連天) : 독살스러운 기운이 하늘에 닿을 정도로 거셈.
2201)비양(飛揚) : 잘난 체하고 거드럭거림.
2202)삽삽(颯颯)ᄒᆞ다 : 바람이 몸으로 느끼기에 쌀쌀하다.
2203)다닷다 : 다닫다. 다다르다. 목적한 곳에 이르다
2204)조슈블급(措手不及) : 일이 매우 급하여 미처 손을 댈 겨를이 없음
2205)원비(猿臂) : 원숭이의 팔이라는 뜻으로, 길고 힘이 있어 활쏘기에 좋은 팔을 이르

원슈 셩을 아ᄉᆞ 빅셩을 안무(按撫)ᄒᆞ고 창고의 ᄌᆡ물을 ᄂᆡ여 진제(賑濟)[2206]ᄒᆞ니 【49】 군민(群民)[2207]의 즐기ᄂᆞᆫ 소ᄅᆡ 우레 ᄀᆞᆺ더라.

원슈 졔장의 공을 바들 ᄉᆡ, 신양이 명장 슈십여 원(員)을 버히고, 댱ᄉᆡ(將士)[2208] 각각 슈급(首級)을 헌(獻)ᄒᆞ니 공(功)을 치부(置簿)ᄒᆞ더니, 화진이 장만지를 잡으 쓸니이니, 원슈 명ᄒᆞ여 ᄆᆡᆫ 거슬 그르고[2209], 슐을 쥬고 무러 왈

"네 ᄂᆞ라히 무고히 즁국을 침범ᄒᆞ고, 남을 위ᄒᆞ여 쥭기를 감심ᄒᆞ믄 엇지뇨?"

장만지 이말을 듯고 원슈를 쳠망(瞻望)ᄒᆞ니, 소년지풍(少年之風)의 늉복(戎服)을 ᄀᆞᆺ초고, 일월 ᄀᆞᆺᄒᆞᆫ 광ᄎᆡ와 닌봉(麟鳳) ᄀᆞᆺᄒᆞᆫ ᄌᆞ질(資質)노, 위덕(威德)이 병 【50】 힝ᄒᆞ믈 놀나, 머리를 두다려 왈,

"셔번(西蕃)[2210] 오랑ᄏᆡ 네의를 모로고, ᄉᆞ름의 다리믈 고지 드러 ᄉᆞ죄(死罪)를 범ᄒᆞ엿거놀, 원슈 ᄃᆡ야(大爺)[2211]의 하날 ᄀᆞᆺᄒᆞᆫ 은덕으로 쥭이지 아니시니 도라가 님군을 권ᄒᆞ고 귀슌(歸順)ᄒᆞ여 됴공(朝貢)ᄒᆞ리이다."

원슈 왈,

"ᄂᆡ 병강냥됵(兵強糧足)[2212]ᄒᆞ니 너희 소혈(巢穴)을 분탕(粉湯)할 거시로ᄃᆡ, 네 임의 혈심(血心)으로 ᄂᆔ웃ᄎᆞ니, 네 도라가 ᄉᆞ표(謝表)[2213]와 됴공(朝貢)을 ᄀᆞᆺ쵸와 네 국왕이 친히 와 ᄉᆞ죄(謝罪)ᄒᆞ면 회군(回軍)ᄒᆞ려니와, 블연즉(不然則) 옥셕(玉石)이 구분ᄒᆞ리라."

댱졸을 다 도라보ᄂᆡ 【51】 니, 댱만지 고두ᄒᆞ고 쥐 슘듯 도라가니라.

원슈 머무러 장졸을 쉬오며 됴졍의 쳡음(捷音)을 쥬ᄒᆞ고 국가 쳐분을 기다리더라.

셔촉 졍벌ᄒᆞ던 왕·셕 냥장이 글을 븟쳐 셩공ᄒᆞ믈 하례ᄒᆞ고, ᄌᆞ긔 등이 ᄌᆡ되 업셔 촉을 능히 파치 못ᄒᆞ믈 일ㅋ라, '신·화 냥장의 일홈이 진동ᄒᆞ니, 하나흘 빌녀든[2214], 일비지녁(一臂之力)을 도으라' ᄒᆞ엿ᄂᆞᆫ지라.

ᄂᆞᆫ 말

2206)진졔(賑濟) : 진휼(賑恤). 흉년이나 재난을 당하여 피해를 입은 백성들에게 금품을 주어 구제함.

2207)군민(群民) : 많은 백성.

2208)댱ᄉᆡ(將士) : 예전에, 장수(將帥)와 사졸(士卒)을 아울러 이르던 말. =장졸(將卒).

2209)그르다 : 끄르다. ①맺은 것이나 맨 것을 풀다. ②잠긴 것이나 채워져 있는 것을 열다.

2210)셔번(西蕃) : 서번국(西蕃國). 중국 서쪽에 있는 오랑캐 나라. 주로 토번(吐蕃) 즉 티베트 국가를 킨다.

2211)ᄃᆡ야(大爺) : '조부'라는 뜻으로, 예전에 듣는 이가 높은 관직에 있을 때, 그 사람을 높여 이르던 이인칭 대명사.

2212)병강냥됵(兵強糧足) : 병력(兵力)이 강성하고 식량이 넉넉함.

2213)ᄉᆞ표(謝表) : 임금의 은혜에 감사하는 뜻을 표하여 올리던 글.≒사장(謝章).

원슈 졔장을 모화 의논ᄒᆞ고, 신냥을 명ᄒᆞ여 보닐ᄉᆡ, ᄀᆞᆺ가이 불너 슈어(數語)로 계칙(戒飭)ᄒᆞ고 ᄯᅩ 부탁ᄒᆞ미 잇【52】더라.

신냥이 쳔니마를 모라 슈유(須臾)의 왕원슈 영즁(營中)의 니르러 뵐ᄉᆡ, 원쉬 신양의 영풍(英風)을 놀나고 깃거, 잔ᄎᆡᄒᆞ여 관ᄃᆡ(款待)ᄒᆞ고, 군즁승ᄑᆡ(軍中勝敗)를 의논ᄒᆞ니, 신ᄉᆡᆼ이 공경응ᄃᆡ(恭敬應對)ᄒᆞᆯᄉᆡ 말ᄉᆞᆷ이 뉴슈(流水) ᄀᆞᆺ고 녜뫼 진슉(盡肅)[2215]ᄒᆞ니, 왕·셕 이공이 칭찬불니(稱讚不已)[2216]러라.

신양이 온 후 세번 싸화 촉군(蜀軍)을 크게 파(破)ᄒᆞ여, 댱슈(將帥) 이십여 인과 군졸을 무슈이 버히고, 셩지(城地)를 아ᄉᆞ며 인민을 무휼(撫恤)ᄒᆞ니[2217], 촉쥐(蜀主) 견벽불츌(堅壁不出)[2218]ᄒᆞᄂᆞᆫ지라.

길히 험ᄒᆞ고 【53】 셩(城)이 구더[2219] 나아가지 못ᄒᆞ니, 월여의 니르ᄆᆡ 신냥이 도라가기를 청ᄒᆞ거ᄂᆞᆯ, 냥원쉬 허치 아니ᄒᆞ고 다시 원슈의게 글을 븟쳐 신양의 머믈믈 청ᄒᆞ거ᄂᆞᆯ, 신양이 황혼의 두 원슈 면젼(面前)의 ᄂᆞᄋᆞ가 위 원슈의 헌ᄎᆡᆨ(獻策)을 고ᄒᆞ니, 냥인이 ᄃᆡ희 왈,

"그ᄃᆡ 능히 이ᄌᆡ죄 잇시면 무어ᄉᆞᆯ 근심ᄒᆞ리오. 어느날 이 일을 ᄒᆡᆼᄒᆞᆯ고?"

신양이 ᄃᆡ왈,

"당당이 금야(今夜)의 ᄒᆡᆼᄒᆞ리이다."

ᄒᆞ고, 장속(裝束)을 맛초ᄆᆡ, ᄒᆞᆫ쌍 신검(神劍)을 들고 몸을 소소ᄆᆡ 간 바를 【54】 아지 못ᄒᆞᆯ너라. 냥인이 놀ᄂᆞ고 긔특이 너겨 ᄉᆞᆯ울 ᄂᆞ와 통음(痛飮)ᄒᆞ며 도라오믈 기다리더니, 조두셩(刁斗聲)[2220]이 ᄉᆞ경(四更)의 니르ᄆᆡ, 일진ᄂᆡᆼ풍(一陣冷風)이 일며, 신냥이 댱젼(將前)의 ᄂᆞ려 고두(叩頭)하니, 원쉬 밧비 청ᄒᆞ여 댱ᄃᆡ(將臺)의 올니고 셩공ᄒᆞ믈 하례ᄒᆞ니, 신양이 낭즁(囊中)으로 촉쥬(蜀主) 머리의 ᄭᆞᆺ친 옥잠(玉簪)을 ᄂᆡ여 드리고, 촉영(蜀營)의 가 ᄒᆞ던 일을 고(告)ᄒᆞᆯᄉᆡ,

"문셔 ᄒᆞᆫ 장을 가져와시니, 이 두 가지를 도로 보ᄂᆡ시고 니히로 항복바드소셔"

냥 원쉬 ᄃᆡ희ᄒᆞ여 격셔(檄書)를 지어 ᄉᆞ 【55】 ᄌᆞ로 쳔니마(千里馬)를 모라 보

2214)-든 : 든지. 어느 것이 선택되어도 차이가 없는 둘 이상의 일을 나열함을 나타내는 보조사. ≒든가.

2215)진슉(盡肅) : 시종(始終) 숙연하여 정중함을 잃지 않음.

2216)칭찬불니(稱讚不已) : 칭찬함을 그치지 아니함.

2217)무휼(撫恤)ᄒᆞ다 : 어려운 처지에 있는 사람을 불쌍히 여겨 위로하고 물질로 돕다.

2218)견벽불츌(堅壁不出) : 굳건한 벽으로 둘러싸인 곳에서 나오지 않는다는 뜻으로, 안전한 곳에 들어앉아서 남의 침범으로부터 몸을 지킴을 이르는 말.

2219)굳다 : 단단하다.

2220)조두셩(刁斗聲) : 『군사』 옛날에 군대에서 조두(刁斗)를 두드려 내던 경보(警報) 소리를 이르는 말. *조두(刁斗): 옛날에 군에서 냄비와 징의 겸용으로 쓰던 기구인데. 낮에는 취사할 때, 밤에는 진지의 경보(警報)를 위하여 두드리는 데 썼다.

ᄂᆡ고, 크게 셜연(設宴)ᄒᆞ여 신냥을 ᄃᆡ졉ᄒᆞ니, 잇ᄃᆡ 신양의 일홈이 셔방의 진동ᄒᆞ여 촌가 ᄋᆞ희 운즉, '신양이 온다' ᄒᆞ면, 두려 긋치ᄂᆞᆫ지라. 냥 원슈의 ᄃᆡ졉이 관곡(款曲)ᄒᆞ고 졔당이 공경츄복(恭敬推服)[2221]ᄒᆞ미 신명(神明) ᄀᆞᆺᄒᆞᆫ지라.

신양이 공을 ᄉᆞ양ᄒᆞ고 덕을 감초와 몸이 영화로울ᄉᆞ록 옛날 빈쳔(貧賤)을 ᄉᆡᆼ각ᄒᆞ고 상셔의 은덕을 일시도 닛지 아니○[ᄒᆞ]ᄂᆞᆫ지라. 모다 칭찬ᄒᆞ더라.

ᄉᆞᄌᆡ(使者) 촉의 니르니, 촉쥐 야간의 문셔와 【56】 옥잠을 일코, 셔안(書案) 머리의 보검을 깃구로 ᄭᅩᄌᆞᆺ시믈 경황ᄃᆡ겁(驚惶大怯)[2222]ᄒᆞ더니, ᄉᆞᄌᆡ(使者) 오믈 듯고, 격셔를 보ᄆᆡ 안ᄉᆡᆨ이 여토(如土)ᄒᆞ여, 급히 항긔(降旗)를 세우고, ᄉᆞᄌᆞ(使者)를 관ᄃᆡ(款待)ᄒᆞ여 보ᄂᆡ고 ᄐᆡᆨ일 츌항(出降)ᄒᆞᆯᄉᆡ, 열읍의 분부ᄒᆞ여 일시의 항긔○[를] 셰우니, 냥원쉬 ᄃᆡ열ᄒᆞ여 날마다 잔ᄎᆡᄒᆞ여 하례ᄒᆞ고, 쳡셔(捷書)를 뇽젼(龍前)의 쥬(奏)ᄒᆞ니, 슈일 후 신양이 하직ᄒᆞ거ᄂᆞᆯ, 냥원쉬 다시 쳥뉴(請留)코자 ᄒᆞ니, 신양 왈,

"소댱이 댱녕(將令)을 밧ᄌᆞ와 화쥐 본부의 고 【57】 ᄒᆞᆯ 일이 잇ᄉᆞ오ᄆᆡ, 바로 가나이다."

니공이 마지 못ᄒᆞ여 셜연 송별ᄒᆞ고 금슈(錦繡)로 뎡표(情表)ᄒᆞ니, 신양이 ᄉᆞ양ᄒᆞ여 물니치고, 간권(懇勸)ᄒᆞ믈 인ᄒᆞ여 약간 ᄒᆡᆼ즁냥ᄌᆞ(行中糧資)[2223]를 바다 도라올ᄉᆡ, 다려간 군돌 십여 인으로 말을 모라, 몬져 화쥐 ᄂᆞᄋᆞ가 위공긔 뵈오니, 공이 반겨 비록 승젼ᄒᆞᆫ 소식을 드러시나, 신양을 보ᄆᆡ 군즁ᄉᆞ(軍中事)를 ᄌᆞ시 뭇고, 상셔의 셩공ᄒᆞ믈 깃거ᄒᆞ니, 신양이 ᄌᆞ긔 공을 슘기고 덕을 ᄀᆞᆷ초나, 공이 엇지 모로리오. 크 【58】 게 잔ᄎᆡᄒᆞ여 하례ᄒᆞ니, 신양이 슌슌ᄉᆞ양ᄒᆞ고 퇴(退)ᄒᆞ여 모친긔 뵈오니, 님시 ᄋᆞᄌᆞ(兒子)의 풍ᄎᆡ 언건(偃蹇)ᄒᆞ며[2224] 의푀(儀表) 션명ᄒᆞ니, 반갑고 깃브믈 니긔지 못ᄒᆞ여 손을 잡고 원슈의 돈후(尊候)를 무러 흐무시 반기믈 층냥치 못ᄒᆞ더니, 군돌이 가져온 금ᄇᆡᆨ(金帛)을 드리니, 님시 어루만져 ᄀᆞᆯ오ᄃᆡ,

"셕일(昔日) 이십냥 은(銀)을 쓰고 너를 남의 동[2225]으로 ᄆᆡᆫ드라 쳔역(賤役)을 식일젹 가슴의 칼을 ᄭᅩᆺ고, 공명(功名) 일울 긔약이 업ᄉᆞ믈 셜워ᄒᆞ더니, 오ᄂᆞᆯ날 이 【59】 ᄌᆡ물이 다 상공의 쥬신 ᄇᆡ라. 상공의 쳔금즁신(天金重身)이 만슈무강ᄒᆞ시믈 원ᄒᆞ노라."

신양이 노모의 즐겨ᄒᆞ믈 깃거ᄒᆞ고, 우러러 모친 긔ᄉᆡᆨ이 풍화(豐華)ᄒᆞ며 살진 귀

2221)공경츄복(恭敬推服) : 공경하여 높이 받들고 복종함. *추복(推服): 높이 받들고 복종함.

2222)경황ᄃᆡ겁(驚惶大怯) : 매우 놀라고 크게 겁을 먹음.

2223)ᄒᆡᆼ즁냥ᄌᆞ(行中糧資) : 행군 중에 쓸 양식과 비용.

2224)언건(偃蹇)ᄒᆞ다 : 거드름을 피우며 거만하다. 의젓하다.

2225)동 : 종. 예전에, 남의 집에 딸려 천한 일을 하던 사람.

밋치 윤퇵ᄒᆞ믈 보고, 효부의 봉양이 지극ᄒᆞ믈 알너라. 근본인즉 상셔의 쥬미요, 위공의 덕음(德蔭)이니, 능히 갑흘 빈 업슨지라. 다만 모친 손을 밧드러 환연(歡然)이 즐겨ᄒᆞ더니, 공이 다시 청ᄒᆞ믈 넙어 은근 관딕ᄒᆞ미 더은지라. 황감불승ᄒᆞ여 돈슈직 【60】 빈(頓首再拜) 왈,

"쇼직 셕년 노모의 긔ᄋᆞ(飢餓)를 두려 몸을 파라 금을 바드믹, 관니의 둉이 되니, 소ᄌᆞ의 몸이 괴로오믄 기회(介懷)치 아니ᄒᆞ오나, 노뫼 님년(臨年)[2226]ᄒᆞ여 궁곤(窮困)ᄒᆞ미 ᄉᆞ름의 멸딕(蔑待)를 밧고, 긔황(饑荒)[2227]을 니긔지 못ᄒᆞ오나 진긔홀 긔약이 업거늘, 원슈의 구활ᄒᆞ시믈 넙ᄉᆞᆸ고, 노야의 관혜(寬惠) 후덕(厚德)으로 노모를 고당(高堂)의 두시고, 은혜로이 쥬시는 거시 몸이 평안ᄒᆞ오니, 소직 《마졍방지[2228]ᄂᆞ ‖ 마졍방종(摩頂放踵)[2229]이ᄂᆞ》 다 갑ᄉᆞᆸ지 못ᄒᆞ올지라. 셰셰싱싱(世世生生)[2230]의 견미(犬馬) 되믈 바라ᄂᆞ이 【61】 다."

공이 흔연(欣然) 칭ᄉᆞ(稱謝) 왈,

"젼일 궁곤(窮困)ᄒᆞ믄 일시 익회(厄會)요, 이제 발현(發顯)ᄒᆞ믄 녕돈(令尊)의 츙졀을 하날이 감동ᄒᆞ시미라. 우리 부직 무슨 공이 잇ᄉᆞ리오. 그딕는 돈ᄋᆞ(豚兒)를 도와 위틱훈 거솔 평안케 ᄒᆞ니, 군의 은혜를 심곡(心曲)의 삭이노라."

신양이 돈슈빅빈(頓首百拜)[2231]ᄒᆞ고 감히 당치 못ᄒᆞ더라.

신싱이 됴용이[2232] 고왈,

"소직 댱안의 가 삼부인 힝ᄎᆞ를 뫼셔 뎡쳐ᄉᆞ 틱상(宅相)[2233]으로 뫼시고, 군즁의 가 알외려 ᄒᆞ오니, 틱일(擇日)ᄒᆞ여 마자시믄 노야(老爺)의 명을 봉승(奉承) 【62】 코ᄌᆞ ᄒᆞᄂᆞ이다."

공이 졈두(點頭) 왈,

"ᄋᆞ직 님힝의 딕강을 드럿거니와 십분(十分) 상심(詳審)ᄒᆞ여 소루(疏漏)ᄒᆞ미

2226)님년(臨年) : 노년(老年)에 이름.

2227)긔황(饑荒) : 먹을 것이 없어 배를 곪음.=굶주림.

2228)'마졍방지'의 '방지'는 사자성어(四字成語) '원로방지(圓顱方趾: 머리는 둥글고 발은 네모졌다)'의 뒷말 '방지(方趾)'의 지(趾: 발 지)와 '마졍방종(摩頂放踵)'의 뒷말 '방종(放踵)'의 종(踵: 발꿈치 종)을 혼동한데서 생긴 것으로 보인다.

2229)마졍방종(摩頂放踵) : '정수리(頂)로부터 발꿈치(踵)에 이르기까지 모두 갈려서 닳아 없어지는 한이 있더라도'의 뜻으로, '온몸을 바쳐서 남을 위하여 희생하겠다는' 의지를 이를 때 쓰는 말. *정종(頂踵): 머리 꼭대기에서 발끝까지.

2230)셰셰싱싱(世世生生) : 『불교』 몇 번이든지 다시 환생하는 일. 또는 그런 때. 중생이 나서 죽고 죽어서 다시 태어나는 윤회의 형태이다. ≒생생세세(生生世世).

2231)돈슈빅빈(頓首百拜) : '머리를 조아려 백번 절한다.'는 뜻으로, 임금께 올리는 표문 등에 '경의를 표하는 말'로 상투적으로 쓰는 표현이다.

2232)됴용이 : 조용히. 말이나 행동, 성격 따위가 수선스럽지 않고 매우 얌전히.

2233)틱상(宅相) : ①'집' 또는 '집터'를 달리 이르는 말. ②'외손'을 달리 이르는 말.

업게 ᄒᆞ라. 화음의 온 후 그ᄃᆡ 다시 오지 못ᄒᆞ거든, 노ᄌᆞ(奴子)를 보ᄂᆞ여 알게 ᄒᆞ라."

신ᄉᆡᆼ 왈,

"엇지 오지 못ᄒᆞ리잇고? 노야 슈셔(手書)를 밧ᄌᆞ와, 원슈긔 복명ᄒᆞ리로소이다."

공이 흔연이 치쥬젼숑(置酒餞送)2234)ᄒᆞ니 신양이 노모를 ᄇᆡ별(拜別)ᄒᆞ고 화음현의 니를ᄉᆡ, 다려온 군돌은 위공의 평셔(平書)2235)를 쥬어 군즁으로 보ᄂᆡ니라.

ᄌᆡ셜(再說)2236), 공쥐 두 낫 요도(妖道)를 보【63】ᄂᆡ고 밤이 진(盡)토록 기다리더니, 형영(形影)2237)이 업ᄉᆞ니, 쵸됴(焦燥)ᄒᆞ믈 마지 아냐, 머리를 맛쵸고 속졀업시 의논만 ᄒᆞ여, 간장이 니울고2238) ᄋᆡ 말나, 교잉으로 평경을 불너 댱안의가 아라오라 ᄒᆞ고, 금ᄇᆡᆨ(金帛)을 후히 쥬어 보ᄂᆡ니, 경이 동창궁 근쳐의 쥬인ᄒᆞ여, 병드러 됴리ᄒᆞ믈 일캇고 여러 날 머물며 은을 물 쓰듯ᄒᆞ여 ᄉᆞ름을 ᄉᆞ괴고, 병즁 울젹ᄒᆞ믈 닐ᄏᆞ라 ᄯᅩ 풍속 인물을 다 뭇고, '무ᄉᆞᆫ 긔이ᄒᆞᆫ 일이 잇거든 드러지라'【64】ᄒᆞ니, 일인이 잡기(雜技)로 은젼(銀錢)을 ᄉᆞ랑ᄒᆞᄂᆞᆫ지라.

경이 'ᄌᆡ물을 쳔(賤)히 넉여, 지심(知心)ᄒᆞᄂᆞᆫ ᄉᆞ름을 귀(貴)히 넉이 노라' ᄒᆞ물 ᄃᆡ락(大諾)2239)ᄒᆞ여 친ᄒᆞ미 간담(肝膽)을 거후를ᄉᆡ, ᄉᆞ연(事緣)을 젼ᄒᆞᄂᆞᆫ ᄉᆞ이의 위상셔 삼부인의 용ᄉᆡᆨ(容色) 덕ᄒᆡᆼ(德行)을 탄상(歎賞)ᄒᆞ고, 긔이ᄒᆞᆫ 지혜와 신명ᄒᆞᆫ 슐이 잇셔 져젹 ᄌᆞᄀᆡᆨ을 ᄌᆞᆸ고, 요젹(妖賊)을 쥭여 ᄂᆡ믈 니르ᄂᆞᆫ지라.

경이 것ᄎᆞ로 칭찬ᄒᆞ나 낙담상혼(落膽喪魂)ᄒᆞ여, 즉시 도라와 ᄉᆞ연을 고ᄒᆞ니, 공쥬와 옥ᄃᆡ 심신이 져상(沮喪)ᄒᆞ여 공【65】쥐 분연 왈,

"ᄎᆞ(此) 삼녀ᄂᆞᆫ 극ᄒᆞᆫ 요물이라. 황상긔 알외고 잡ᄋᆞ 쥭이리라."

옥ᄃᆡ 탄왈,

"옥쥬ᄂᆞᆫ 말이 몬져 쾌ᄒᆞ시뇨? 져 삼인이 요인(妖人)이라 ᄒᆞ나, 우리 일을 ᄂᆞᆺ트ᄂᆡ지 못ᄒᆞᆯ 거시니, 무ᄉᆞᆫ 곡졀노 요슐(妖術)이 잇다 ᄒᆞ며, 황애 위랑을 춍우(寵遇)ᄒᆞ시ᄂᆞᆫᄃᆡ, 무단이 져의 삼쳐(三妻)를 공쥐 쥭일 듯 시부니잇가? 쇽졀업시 우리 ᄌᆞᄆᆡ 늙을 ᄯᆞ름이로쇼이다."

공쥐 노분(怒忿)이 돌돌ᄒᆞ여2240) 눈물을 흘니니, 교잉 츈교의 무리 삼부인 쥭

2234)치쥬젼숑(置酒餞送) : 술자리을 베풀어 작별함.
2235)평셔(平書) : 무사함을 알리는 편지.
2236)ᄌᆡ셜(再說) : 고소설에서 새로 이야기를 시작할 때 쓰는 '화설(話說)' '화표(話表)' '각설(却說)' 따위와 같은 화두사(話頭詞).
2237)형영(形影) : 형체와 그림자를 아울러 이르는 말.
2238)니울다 : 이울다. ①꽃이나 잎이 시들다. ②점점 쇠약하여지다.
2239)대락(大諾) : 마음속으로 크게 허락함.
2240)돌돌ᄒᆞ다 : 애달아하다. 안타까워하다.

일 방냑(方略)을 【66】 ᄉᆡᆼ각ᄒᆞ나 묘ᄎᆡᆨ(妙策)이 업더니, 옥ᄃᆡ 왈,

"ᄌᆞᄀᆡᆨ은 혼ᄌᆞ 잡히미 되고 도ᄉᆞᄂᆞᆫ ᄉᆞ불범정(邪不犯正)[2241]이ᄆᆡ 쥭여시나, 쳔병만군(千兵萬軍)이 집을 싸면 항우(項羽)[2242]의 용(勇)과 ᄌᆞ방(子房)[2243]의 ᄭᅬ라도 ᄒᆡ(害)오미 업ᄉᆞᆯ지라. 우리 ᄌᆞ라던 곳의 군병을 쳥ᄒᆞ여 볼 거시 올커ᄂᆞᆯ, ᄉᆞ방의 흣터져시니, 산젹이 만타ᄒᆞ나 인진(引進)ᄒᆞᆯ ᄉᆞ름이 업ᄉᆞ니, 말 잘ᄒᆞᄂᆞᆫ 셰ᄀᆡᆨ(說客)을 어더 쳔금(千金) 녜폐(禮幣)ᄅᆞᆯ 드리고, 삼위 국ᄉᆡᆨ(國色)을 쳔거(薦擧)ᄒᆞ면 듯지 아닐 ᄇᆡ 업ᄉᆞᆯ 거시니, 동창궁 만흔 ᄌᆡ물을 노략(擄掠)ᄒᆞ면, 【67】 일ᄉᆡᆼ을 누리이[리]니, 인진ᄒᆞᆯ ᄉᆞ름을 엇지 ○[못] 어드리오."

교ᄋᆡᆼ 왈,

"동창궁 만흔 가졍(家丁) 복뷔(僕夫) 나○[와] ᄃᆡ젹(對敵)ᄒᆞ면, 능히 ᄊᆞ화 니긔리잇가?"

옥ᄃᆡ 왈,

"궁뇌(宮奴) 만흐나 슈ᄇᆡᆨ은 넘지 못ᄒᆞ리니, 다만 ᄉᆞ름이 업ᄉᆞ니, 뉘 능히 우리 복심(腹心)으로 젹도(敵徒)ᄅᆞᆯ 츙격ᄒᆞᆯ고?"

츈괴 왈,

"ᄎᆞᄉᆞ(此事)ᄂᆞᆫ 쳡의 가뷔 능히 ᄒᆞ리이다. 쇼비 옥쥐 쳥츈의 한(恨)을 ᄆᆡᄌᆞ시믈 ᄎᆞ마 보옵지 못ᄒᆞ와, 가부(家夫)로 더브러 묘ᄎᆡᆨ(妙策)을 ᄉᆡᆼ각ᄒᆞ옵더니, 쇼져의 신명(神明)[2244]ᄒᆞ시미 이 ᄀᆞᆺᄒᆞ시니, 이 일이야 【68】 엇지 니지[2245] 못ᄒᆞ리잇고? 평경이 쇼시의 산젹의게 잡혀 젹뉴(賊類)의 드럿다가, 노부뫼 ᄋᆡ걸ᄒᆞ여 도라오나, ᄌᆞ로 왕ᄂᆡᄒᆞ여 금젼(金錢)을 어더 오니, 져ᄅᆞᆯ 불너 무르시면 아르시리이다."

공쥐 어린 ᄃᆞ시 안ᄌᆞ 문답을 듯고 깃브믈 니긔지 못ᄒᆞ여 옥ᄃᆡ긔 졀ᄒᆞ여 왈,

"현ᄆᆡ(賢妹)의 지혜ᄂᆞᆫ ᄌᆞ방(子房)의 지난지라. 셰ᄂᆞᆺ 강젹(强敵)을 업시코 부마의 은춍을 젼ᄌᆞ(專恣)[2246]ᄒᆞ면 현ᄆᆡ의 공덕을 갑흐리라."

2241)ᄉᆞ블범졍(邪不犯正) : '사악(邪惡)한 것이 정대(正大)한 것을 범하지 못한다.'는 뜻으로, 정의가 반드시 이김을 이르는 말이다.

2242)항우(項羽) : B.C.232~B.C.202. 중국 진(秦)나라 말기의 무장. 이름은 적(籍). 우(羽)는 자(字)이다. 숙부 항량(項梁)과 함께 군사를 일으켜 유방(劉邦)과 협력하여 진나라를 멸망시키고 스스로 서초(西楚)의 패왕(霸王)이 되었다. 그 후 유방과 패권을 다투다가 해하(垓下)에서 포위되어 자살하였다

2243)ᄌᆞ방(子房) : 중국 한나라의 건국공신 장량(張良)의 자(字). *장량(張良); BC ?-189. 중국 한나라의 정치가, 건국공신. 자는 자방(子房). 유방의 책사로 홍문연에서 유방을 구하고 한신을 천거하는 등, 유방이 한나라를 세우고 천하를 통일할 수 있도록 도왔다. 소하・한신과 함께 한나라 건국 3걸로 불린다.

2244)신명(神明) : 신령스럽고 이치에 밝음.

2245)니다 : 이루다. 뜻한 대로 되게 하다.

2246)젼ᄌᆞ(專恣) : 거리낌 없이 제멋대로 함부로 함

옥ᄃᆡ 왈,

“옥쥬ᄂᆞᆫ 죤즁(尊重)ᄒᆞ소셔. 소ᄆᆡ 옥쥬의 강뎍만 【69】 싱각ᄒᆞ리오. 소ᄆᆡ 쏘 바라미 잇ᄉᆞ니, ᄯᅳᆺ이 옥쥬와 ᄀᆞᆺᄒᆞ미니이다.”

공쥐 왈,

“현ᄆᆡ 공덕이 여ᄎᆞᄒᆞ니 부빈(副嬪)으로 마ᄌᆞ믈 다시 의논ᄒᆞᆯ ᄇᆡ리오.”

평경을 불너 명쥬ᄇᆡᆨ벽(明珠白璧)을 맛질 ᄉᆡ, 고두(叩頭) 왈,

“쇼적(小賊)이 산뎍(山賊)의게 잡혀 ᄀᆞᆺ습다가 말을 잘ᄒᆞ여 노혀왓ᄉᆞ오니, 져의 잇ᄂᆞᆫ 곳은 하람 무셩현 흑뇽산이요, ᄃᆡ왕의 셩명은 셕용이니, 냥ᄐᆡ됴(梁太祖)[2247]의 싱질(甥姪)이라. 냥(梁)이 망ᄒᆞᆫ 후 흑뇽산의 거(居)ᄒᆞ고 풍우(風雨)를 부르고 귀신을 【70】 부리ᄆᆡ, 명장(名將)이 슈ᄇᆡᆨ이라. ᄃᆡ적ᄒᆞ리 업고 관군이 침범치 못ᄒᆞ니 왕이 강(强)ᄒᆞ믈 미더, 외방(外方)의 여당(餘黨)을 모화 《됴국[2248]‖뇨국(遼國)》으로 가고ᄌᆞ ᄒᆞ여 노략(擄掠)ᄒᆞᆫ 바 미인이 만ᄒᆞ나, 하ᄂᆞ토 경국지ᄉᆡᆨ(傾國之色)이 업ᄉᆞ니 민민(憫憫)ᄒᆞᄂᆞ니, 소젹(小賊)이 가 니른즉 낙둉(諾從)ᄒᆞ리이다.”

공쥐 ᄃᆡ희(大喜)ᄒᆞ여 녜물과 상급을 ᄂᆡ여주고 닐오ᄃᆡ,

“동창궁 궁ᄂᆡ의 무궁ᄒᆞᆫ ᄌᆡ뵈(財寶) 잇ᄉᆞ니 다 노략(擄掠)케 ᄒᆞ라.”

ᄒᆞ고, 쥬찬을 먹여 슈고ᄒᆞ물 칭ᄉᆞ(稱辭)ᄒᆞ니, 경이 쾌락ᄒᆞ여 하직고 제 집의 【71】 와 ᄌᆡ물을 ᄐᆡ반(殆半)을 가지고 약간 보ᄇᆡ를 가져, 쥬야(晝夜) ᄇᆡ도(倍道)[2249]ᄒᆞ여 흑뇽산의 니르니, 셕용이 연고를 뭇고 녜물을 바다 ᄃᆡ락(大樂)ᄒᆞ여 잔치ᄒᆞ더라.

경이 공쥬의 쇼청(所請)을 젼ᄒᆞ니 젹이 크게 깃거 무ᄉᆞ(武士) 장만을 불러 의논ᄒᆞᄆᆡ,

“긔회(機會) 묘ᄒᆞ니 ᄃᆡᄉᆡ(大事) 닐니로쇼이다. 미인을 다려와 뇨국(遼國)[2250]으로 가려ᄒᆞ면 혹ᄌᆞ 실포(失捕) ᄌᆞ결ᄒᆞᆯ가 넘녀롭고, 그 가부 위현이 토번(吐蕃)을

2247)냥ᄐᆡ됴(梁太祖) : 후량(後梁)의 태조 주전충(朱全忠). *주전충(朱全忠) : 오대(五代) 때 후량(後梁)의 태조(太祖: 907-913), 초명(初名)은 주온(朱溫: 852~912). 당(唐) 말기에 선무절도사(宣武節度使)로서 황소(黃巢)의 난을 평정하는데 공을 세워 양왕(梁王)에 봉해졌다. 이후 권력을 전횡하다가 당 소종(昭宗)과 애제(哀帝)를 차례로 시해하고 개봉(開封)을 수도로 하여 907년 후량을 세웠다. 성격이 잔인하여 많은 사람을 죽였으며, 912년 자신도 장자 주우규(朱友珪)에게 시해 되었다.

2248)아래 72쪽과 73쪽에 ‘뇨국(遼國)’으로 나온다.

2249)ᄇᆡ도(倍道) : 이틀에 갈 길을 하루에 걸음.

2250)뇨국(遼國) : 『역사』 916년에 거란족의 야율아보기가 세운 나라. 몽골·만주·화베이의 일부를 지배하였으며, 송나라로부터 연계(燕薊) 16주를 빼앗아 전연(澶淵)의 동맹을 맺어 우위를 차지하였다. 1125년에 금나라와 송나라의 협공을 받아 망하였으나 왕족인 야율대석이 중앙아시아로 도망하여 서요를 세웠다. ≒요나라.

쳐 위엄이 진동ᄒᆞ니, 긔찰(譏察)[2251]ᄒᆞ여 ᄎᆞᄌᆞᆫ 즉 극히 두리온지라.【72】 딕왕이 친히 가시미 됴흐되 번폐(煩弊)롭고, 가빈야이 동(動)치 못ᄒᆞ시리니, 션봉(先鋒)을 슈쳔 군을 죽어 여ᄎᆞ여ᄎᆞ ᄒᆞ시고, 딕왕은 군ᄉᆞ를 거ᄂᆞ려 쥬원슈 산치(山寨)[2252]의 머무시면, 미인을 잡ᄋᆞ 한가지로 뇨국(遼國)으로 가미 묘(妙)ᄒᆞ여이다 ᄒᆞ더라.【73】

2251)긔찰(譏察) : 행동 따위를 넌지시 살핌.
2252)산치(山寨) : 산에 돌이나 목책 따위를 둘러 만든 진터

화산션계록 권지십오

추셜 셕용이 딕희 왈,

"그딕○[는] 나의 동냥(棟梁)이라."

댱만이 ᄉᆞᄉᆞ(謝辭)ᄒᆞ고 왈,

"동창궁의 궁노(宮奴) 장확(臧獲)이 만코 인물이 번셩ᄒᆞ니, 쇼댱이 녕군(領軍)ᄒᆞ여 가리이다."

ᄒᆞ고, 턱일(擇日)ᄒᆞ고 군즁(軍中)의 하령(下令)ᄒᆞ여, 'ᄯᆞ르고ᄌᆞ ᄒᆞᄂᆞ니ᄂᆞᆫ 좃고 ᄲᅥ러지고ᄌᆞ ᄒᆞᄂᆞ니ᄂᆞᆫ 모드라'ᄒᆞ니, 그 즁 망명(亡命)ᄒᆞ여 용녁(勇力) 잇ᄂᆞ니ᄂᆞᆫ ᄯᆞ르고 협둉(脅從)은 흣터지니, 군ᄉᆡ(軍士) 오륙쳔(五六千)이라.

션봉댱 셕츅은 셕용의 둉데(從弟)라. 계교를 바다 가ᄇᆡ야온 금은을 ᄡᅥ며, 금교(錦轎)[2253] 셰흘 【1】 ᄭᅮ미고 힘셴 녀ᄌᆞ 셰흘 너허, '미인이 쥭고ᄌᆞ ᄒᆞ거든 못 쥭게ᄒᆞ라' ᄒᆞ고, 딕딕(大大) 인마(人馬) 일시의 ᄯᅥ날ᄉᆡ, 혹 상괴(商賈) 쳬ᄒᆞ여 ᄇᆡᆨ셩의 무리의 셕겨 가고, 혹 협킥(俠客)의 거동도 ᄒᆞ고, 도ᄉᆞ의 딥시도 ᄒᆞ여, 일시의 긔약을 맛쵸고 ᄂᆞ으가니, 경이 이를 보고 하직고 도라가니라.

화셜 공쥐 신연(新年) 됴하(朝賀)를 인ᄒᆞ여 입궐ᄒᆞ엿더라. 츈교로 ᄒᆞ여금 옥딕긔 알외니, 옥딕 깃브믈 니기지 못ᄒᆞ여 교잉으로 공쥬긔 통ᄒᆞᆫ딕, 공쥐 희열ᄒᆞ여 마음이 급ᄒᆞ니 계오 삼ᄉᆞ일 【2】 됴ᄒᆞ를 파ᄒᆞ고 도라가믈 고ᄒᆞ니, 티비 결연ᄒᆞ물 니긔지 못ᄒᆞ여 ᄀᆞᆯ오딕,

"내 젹막 궁즁의 시녀ᄇᆡ로 벗이 되여 잇ᄉᆞ미 무익ᄒᆞ니, ᄂᆡ ᄯᅩ 너를 보ᄂᆡ미 좌위젹뇨(寂廖)ᄒᆞ여 ᄉᆡᆼ각ᄒᆞ미 간졀ᄒᆞᆫ지라. 드러오미 오ᄅᆡ지 아니커ᄂᆞᆯ 어느덧 가기를 니르ᄂᆞ뇨? 아직 머므러 부마의 상경ᄒᆞᄂᆞᆫ 션셩(先聲)을 듯고 나가미 됴토다."

공쥐 딕왈,

"쇼녜 임의 츌궁(出宮)ᄒᆞᆫ 궐ᄂᆡ○[의] 엄뉴(淹留)ᄒᆞ미 미안ᄒᆞ고, 부ᄆᆡ 비록 쇼녀의게 박ᄒᆞ나 쇼녀ᄂᆞᆫ 소텬(所天)을 앙망ᄒᆞ미 예ᄉᆞ오니, 제 【3】 만니 젼진의 시셕(矢石)을 무릅ᄡᅥ 그 몸이 위틱ᄒᆞ니, 쇼녜 져를 위ᄒᆞ여 정심치지(淨心致齋)[2254]ᄒᆞ

2253)금교(錦轎) : 비단으로 꾸민 교자(轎子).

2254)정심치지(淨心致齋) : 마음을 깨끗이 하고 몸을 깨끗이 하여 부정(不淨)한 일을 삼감.

여 긔도(祈禱)ᄒᆞ미 오ᄅᆡ오니, 도라오기 젼 긋치지 못ᄒᆞ올지라. 이러무로 가고ᄌᆞ ᄒᆞ나이다.”

태비 묵묵불열(默默不悅)2255)ᄒᆞ나 이 ᄯᆞᆯ의 ᄯᅳᆺ을 거ᄉᆞ리지 못ᄒᆞᄂᆞᆫ지라. 뎨(帝) ᄭᅴ 하직ᄒᆞ니, 뎨 보시ᄆᆡ 공쥬의 냥안(兩眼)이 더욱 ᄉᆞ오납고, 망망(茫茫)이 ᄉᆡᆼ각 ᄂᆞᆫ ᄇᆡ 잇ᄂᆞᆫ 듯ᄒᆞ여 거지(擧止) 훌훌급급(欻欻急急)2256)ᄒᆞ니, 무숨 괴ᄉᆞ(怪事)를 경영ᄒᆞᆷ을 알지라.

한심ᄒᆞᆷ을 니긔지 못ᄒᆞᄉᆞ 집슈(執手) 경계 왈,

“여ᄌᆞ의 부덕이 【4】 온슌ᄒᆞ리니, 경이 젼과(前過)를 바리고, 슈신양덕(修身養德)2257)ᄒᆞᆫ즉 부ᄆᆡ ᄌᆞ연 감동ᄒᆞ리니, 경은 부마의 박졍을 한치 말고 단졍유슌(端正柔順)ᄒᆞ여 도리를 직희라. 짐이 너를 ᄉᆞ랑ᄒᆞ미 낭낭(娘娘) 셩의(聖意)라[와] 다르미 업ᄉᆞ리니, 경은 짐의 말을 헛되이 넉이지 말지여라.”

인ᄒᆞ여 누누이 경계ᄒᆞ시니, 공쥐 홀연 두 쥴 눈물이 난낙(亂落)2258)ᄒᆞ여 계오 ᄇᆡᄉᆞ(拜辭)ᄒᆞ니, 뎨 탄식ᄒᆞ시고 상ᄉᆞ(賞賜)를 후히ᄒᆞ여 보ᄂᆡ시다.

공쥐 도라와 옥ᄃᆡ와 츈교의 말을 듯고 ᄯᅩ 평경을 【5】 불너 ᄌᆞ시 무른ᄃᆡ, 경이 일일히 고ᄒᆞ여 젹의 졍졔ᄒᆞᆫ 약쇽과 군녕이 긔회의 밋출 바를 졍녕(丁寧)이 고ᄒᆞ니, 공쥐 앗가 상의 지극ᄒᆞ신 은교(恩敎)를 다 닛고, 환텬희지(歡天喜地)2259)ᄒᆞ여 서로 ᄀᆞᄅᆞ쳐 ᄭᅮ지져 ᄀᆞᆯ오ᄃᆡ,

“동창궁 세ᄀᆞᆺ 요녀야! 네 비록 냥평(良平)2260)의 긔모(奇謀)와 귀곡(鬼谷)2261)의 슐(術)이 잇셔도 이 번은 면치 못ᄒᆞ리라. ᄂᆡ 비록 부마로 화락을 엇지 못ᄒᆞ나, 삼기 요동(妖種)을 쥭이면 안즁졍(眼中釘)2262)을 ᄲᅢ히리라.”

옥ᄃᆡ 왈,

2255)묵묵불열(默默不悅) : 말을 하지 않고 기뻐하지 아니함.
2256)훌훌급급(欻欻急急) : 말이나 행동이 신중하지 못하고 경솔하고 조급함.
2257)슈신양덕(修身養德) : 마음과 행실을 바르게 닦아 수양하며 덕성을 기름.
2258)난락(亂落) : 눈물이나 꽃잎 따위가 어지럽게 떨어짐.
2259)환텬희지(歡天喜地) : 아주 즐거워하고 기뻐하다. 하늘도 즐거워하고 땅도 기뻐한다는 뜻에서 나온 말이다.
2260)냥평(良平) : 중국 한(漢)나라 때의 책사(策士) 장량(張良)과 진평(陳平)을 함께 이르는 말. *장량(張良); BC ?-189. 중국 한나라의 정치가, 건국공신. 자는 자방(子房). 유방의 책사로 홍문연에서 유방을 구하고 한신을 천거하는 등, 유방이 한나라를 세우고 천하를 통일할 수 있도록 도왔다. 소하·한신과 함께 한나라 건국 3걸로 불린다. *진평(陳平); 중국 전한(前漢) 때 정치가. 한 고조 유방(劉邦)를 도와 여섯 번이나 기발한 꾀를 내, 천하를 평정케 하였다.
2261)귀곡(鬼谷) : 귀곡자(鬼谷子). 중국 전국 시대 초나라의 종횡가(縱橫家). 은신하던 지방인 귀곡(鬼谷)을 따서 호로 삼았으며, 도술에 능통하여 따르는 제자가 많았고, 『귀곡자(鬼谷子)』 3권을 지었다고 한다.
2262)안즁졍(眼中釘) ; 눈엣가시. 몹시 밉거나 싫어 늘 눈에 거슬리는 사람.

“옥쥬ᄂᆞᆫ 쾌ᄒᆞ믈 니르지 마르시고 【6】 우리 계교를 니어 도모ᄒᆞ리니, 삼녜(三女) 범연(凡然)ᄒᆞᆫ ᄉᆞ롬이 아니니, 혹 미리 아ᄂᆞᆫ 슐긔 잇셔 피ᄒᆞᄂᆞᆫ가 젹실이 아라야 ᄒᆞ리이다.”

공쥐 왈,

“엇지면 ᄌᆞ시 알니오.”

옥ᄃᆡ 왈,

“옥쥬와 쇼ᄆᆡ 남복을 ᄒᆞ고 쳔니마(千里馬)를 모라 댱안의 가, 쵼가 여인의 의복을 닙으며, 혹 궁ᄋᆞ의 ᄆᆡᆫ도리2263)○[를] ᄒᆞ여, 궁즁의 드러가 삼녀의 잡혀가믈 친히 보ᄂᆞᆫ 거시 올흐니이다.”

공쥐 왈,

“현ᄆᆡ의 지혜 진실노 ᄌᆞ상신밀(仔詳愼密)2264)ᄒᆞ도다. 원간 삼개 요물이 잇던고? ᄒᆞᆫ 번 쾌히 【7】 보미 됴토다. 범ᄉᆞ(凡事)를 다 현ᄆᆡ와 교잉을 밋ᄂᆞ니, 쇠를 베풀고 계교를 신밀이 ᄒᆞ믈 바라노라.”

ᄒᆞ더라. 공쥬와 옥ᄃᆡ의 작용이 어ᄃᆡ 밋츤고?

ᄎᆞ셜 슉졍공쥬 쇼옥이 옥ᄃᆡ의 계교로 남복을 닙고 여러 벌 ᄀᆡ복(改服)ᄒᆞᆯ 의복을 ᄀᆞᆺ쵸고 쥰마(駿馬) 셰2265)흘 ᄂᆡ여 미쇼년이 되여 치를 더으니, 십여 일이 못ᄒᆞ여셔 장안의 니르러, 유협ᄀᆡᆨ(遊俠客)이로라 ᄒᆞ고, 깁흔 집의 안둔(安頓)2266)ᄒᆞ고, 몬져 교잉으로 쵼가녀의 복식을 ᄒᆞ고 동창궁의 나아가 ᄉᆞ롬을 ᄉᆞ 【8】 괴고 문호를 ᄉᆞᆯ펴 길흘 알고 오라 ᄒᆞ엿더니, 이윽고 《도라가‖도라와》 보(報)ᄒᆞ되,

“쇼비 임의 ᄌᆞ시 아라시니 상원일(上元日)2267)의 가ᄉᆞ이다.”

ᄒᆞ고, 쵼가 녀인의 복식을 ᄒᆞ고 몬져 궁문 알ᄑᆡ ᄂᆞ아가니, 셔역(西域) 장ᄉᆡ2268) 큰 ᄆᆡ화장(梅花欌)2269) 둘흘 슈위의 시러, 십여개 장ᄉᆡ 슈ᄅᆡ를 모라 문 밧긔 와 ᄉᆞ리2270)를 청ᄒᆞᄂᆞᆫ지라.

궁뇌 굼감의게 보ᄒᆞ니, 궁감이 ᄂᆞ와 보려ᄒᆞ니, 장ᄉᆡ 겹겹이 덥흔 장을 헷치고 문을 여러 뵈ᄂᆞᆫ지라. 공쥐 옥ᄃᆡ 등을 다리고 모든 ᄉᆞ롬의게 셧겨 보니, 금 【9】 옥

2263)ᄆᆡᆫ도리 : 맨드리. 모양새, 차림새. 옷을 입고 매만진 맵시.
2264)ᄌᆞ상신밀(仔詳愼密) : 찬찬하고 자세하며 신중하고 빈틈이 없음.
2265)셰 : 셋.
2266)안둔(安頓) : 안돈(安頓). 사물이나 주변 따위가 잘 정돈됨. 또는 마음이 정리되어 안정됨.
2267)상원일(上元日) : 정월대보름날 곧 1월 15일을 달리 이르는 말. 신라 때부터 명절로 여겨 제사를 지냈으며, 민간에는 다리밟기 풍습이 있었다.
2268)장ᄉᆞ : 장사. 장수. 장사하는 사람. ≒고인(賈人), 상고(商賈).
2269)ᄆᆡ화장(梅花欌) : 매화를 그려 넣거나 자개로 매화 장식을 하여 만든 장롱.
2270)ᄉᆞ리 : ᄉᆞᆯ+이. 살 이. 살 사람.

(金玉)으로 ᄭᅩᆺ분을 ᄒᆞ고 각ᄉᆡᆨ ᄆᆡ홰 만발ᄒᆞ여 화향(花香)이 습인(襲人)ᄒᆞᆫᄃᆡ[2271] ᄂᆞ무가지 마다 년니지(連理枝)[2272] 되고 긔이(奇異)ᄒᆞᆫ ᄉᆡ 쌍쌍이 비익(比翼)[2273] ᄒᆞ여 안ᄌᆞ시며, 댱(欌)을 비단으로 ᄊᆞ며 금옥으며 장식ᄒᆞ여 보ᄇᆡ의 구슬과 향난(香蘭)으로 다라시니, 오ᄉᆡᆨ(五色) 고은 빗치 눈의 바ᄋᆡ니[2274] 영농긔묘(玲瓏奇妙)ᄒᆞ미 궁즁의셔도 못본 ᄇᆡ라.

궁감이 ᄂᆡ문 밧긔셔 양낭(養娘)으로 ᄒᆞ여금 시위궁녀(侍衛宮女)의게 통ᄒᆞ여, 'ᄉᆞ실 가 알외라' ᄒᆞᆫᄃᆡ, 이윽고 '드려오라' ᄒᆞᄂᆞᆫ지라.

모든 궁뇌(宮奴) 장(欌)을 드러 ᄂᆡ졍(內庭)의 가니, 이 ᄯᆡ 굿보ᄂᆞᆫ 【10】 ᄉᆞᄅᆞᆷ이 져ᄌᆡᄀᆞᆺᄒᆞᆫ지라. 닷토아 보기를 구ᄒᆞ다가 안흐로 드러가니, 남ᄌᆞᄂᆞᆫ 비록 문 밧긔 쳐져시나, 녀인 슈십이 장을 ᄯᆞ라 드러가ᄂᆞᆫ지라.

공쥐 옥ᄃᆡ 교ᄋᆡᆼ을 ᄂᆡᆺ그러 ᄯᆞ라 ᄂᆡ문(內門)을 들ᄉᆡ, 됴각[2275]이 묘ᄒᆞ여 삼부인 볼 바를 깃거 드러가니, 큰 문 일곱을 지나 비로소 큰 뎐각 압히 노흐니, 삼인이 눈을 드러 뎐상을 바라보더라.

어시의 슉졍 옥ᄃᆡ 등이 ᄆᆡ화장을 ᄯᆞ라 닌가(人家) 여인을 됴ᄎᆞ ᄒᆞᆫ가지로 큰 문을 연ᄒᆞ여 들ᄆᆡ, 비로 【11】 쇼 놉흔 뎐각이 운간(雲間)의 소ᄉᆞ시니, 벽와쥬ᄆᆡᆼ(碧瓦朱甍)[2276]의 ᄎᆡᄉᆡᆨ단쳥(彩色丹靑)이 오운(五雲)이 어린 듯, 황금들보와 산호기동이 굉녀슝심(宏麗崇深)[2277]ᄒᆞ고 금옥난간의 진쥬발(眞珠발)[2278]을 지워시니, 일ᄉᆡᆨ(日色)의 바ᄋᆡᄂᆞᆫ지라.

그 댱녀(壯麗)ᄒᆞ미 변경(汴京)[2279] 궁궐의 더으더라. ᄒᆞᆫ쌍 노상궁을 졈은 궁이

2271)습인(襲人)ᄒᆞ다 : 습인(襲人)ᄒᆞ다. 사람에게 끼쳐오다.

2272)년니지(連理枝) : 뿌리가 다른 나뭇가지가 서로 엉켜 마치 한 나무처럼 자라는 것으로 화목한 부부나 남녀 사이를 비유적으로 이르는 말. 당(唐)나라 시인 백거이(白居易)의 현종과 양귀비의 애달픈 사랑을 노래한 <장한가(長恨歌)>에서 "하늘에서는 비익조가 되기를 원하고 땅에서는 연리지가 되기를 원했네(在天願作飛翼鳥, 在地願爲連理枝)"라는 구절에서 나온 말임.

2273)비익(比翼) : 두 마리의 새가 서로 날개를 가지런히 함. *비익조(比翼鳥) : 전설상의 새로, 암컷과 수컷이 눈과 날개가 각각 하나씩만 달려있어 짝을 지어야만 날 수 있다고 한다. 당(唐)나라 시인 백거이(白居易)의 현종과 양귀비의 애달픈 사랑을 노래한 시 <장한가(長恨歌)>에서 "하늘에서는 비익조가 되기를 원하고 땅에서는 연리지가 되기를 원했네(在天願作飛翼鳥, 在地願爲連理枝)"라는 구절에서 나온 말임

2274)바ᄋᆡ다 : 빛나다. 부시다. 빛이나 색채가 강렬하여 마주 보기 어려운 상태에 있다.

2275)됴각 : 조각. 기회(機會).

2276)벽와쥬ᄆᆡᆼ(碧瓦朱甍) : 푸른 기와와 붉은 용마루를 함께 이른 말.

2277)굉녀슝심(宏麗崇深) : 굉장하고 장려하며 높고 깊음.

2278)진쥬발(眞珠발) : 진주로 꾸민 발. *발: 가늘고 긴 대를 줄로 엮거나, 줄 따위를 여러 개 나란히 늘어뜨려 만든 물건. 주로 무엇을 가리는 데 쓴다.

2279)변경(汴京) : 『지명』 중국 오대의 후량, 후진, 후한, 후주 및 북송의 도읍지. 현재의

시위ᄒᆞ여 쥬렴(珠簾)을 산호구(珊瑚勾)[2280]의 걸고 금슈셕(錦繡席)[2281]을 난간(欄干)의 깔고, 슈장(繡帳)을 두루고 공작병(孔雀屛)을 치더니, 이윽고 쌍쌍ᄒᆞᆫ 시ᄋᆡ(侍兒) 향을 잡고 길흘 인도ᄒᆞ여, 삼위 부인이 션삼닌ᄃᆡ(蟬衫璘帶)[2282]와 우ᄉᆞ【12】ᄂᆞ군(羽紗羅裙)[2283]으로 연보(蓮步)[2284]를 옴겨 ᄂᆞ오니, ᄑᆡ옥(佩玉)이 장장(鏘鏘)ᄒᆞ고[2285] 긔이(奇異)ᄒᆞᆫ 향취(香臭) 먼니 젼ᄒᆞ더라.

난간(欄干)의 좌(坐)를 정ᄒᆞ고, 당하 ᄎᆞ두(叉頭)로 ᄒᆞ여금 장문(樴門)[2286]을 열나ᄒᆞ여 보며, 셔로 도라보와 찬연이 웃고 ᄆᆞᆰ은 소ᄅᆡ로 아름다오믈 일ᄏᆞ르니, 낭낭ᄒᆞᆫ 옥셩(玉聲)이 쥬(珠)[2287]와 옥(玉)을 뉴리반(琉璃盤)[2288]의 구을니고, 뉴지(柳枝)[2289]○[의] 잉셩(鶯聲) ᄀᆞᆺ거ᄂᆞᆯ, ᄀᆞ마니 그 용광(容光)을 ᄉᆞᆯ피건ᄃᆡ, 광휘ᄋᆡᄋᆡ(光輝靄靄)[2290]ᄒᆞ여 일월(日月)이 폐ᄉᆡᆨ(閉塞)ᄒᆞ고 이목(耳目)이 현난(眩亂)ᄒᆞ며 정혼(精魂)이 아득ᄒᆞᆫ지라.

계오[2291] 심신을 정ᄒᆞ고 놀난 긔ᄉᆡᆨ(氣色)을 감【13】초와 다시 우러러 보니, 셰 부인이 머리의 쌍봉관(雙鳳冠)[2292]을 써시니, ᄇᆡᆨ옥구란ᄎᆞ(白玉句欄釵)[2293]와 셕금쌍농잠(石金雙龍簪)[2294]을 눌너시며, 화시벽(和氏璧)[2295]과 야명쥬(夜明珠)[2296]를 드리워 '구름귀밋'[2297]히 어른기니, 상셔(祥瑞)의 빗치 셔로 바ᄋᆡ고,

---

하남성(河南省) 개봉시(開封市)에 해당한다.

2280)산호구(珊瑚勾) : 산호(珊瑚)로 만든 갈고리.

2281)금슈셕(錦繡席) : 비단에 수(繡)를 놓아 만든 방석 따위의 깔개.

2282)션삼닌ᄃᆡ(蟬衫璘帶) : '매미 날개 같은 옷과 옥색 띠'라는 말로, 아름답고 화려한 복장을 이르는 말.

2283)우ᄉᆞ나군(羽紗羅裙) : 선녀(仙女)의 날개옷처럼 아름다운 비단 저고리와 비단 치마.

2284)연보(蓮步) : =금련보(金蓮步). 미인의 정숙하고 아름다운 걸음걸이를 비유적으로 이르는 말.

2285)장장(鏘鏘)ᄒᆞ다 : 옥이나 쇠붙이 따위의 울리는 소리가 맑다.

2286)장문(樴門) : 농장(籠樴)에 달린 문.

2287)쥬(珠) : 주(珠). 진주(眞珠) 또는 구슬.

2288)유리반(琉璃盤) : 유리(琉璃)로 만든 쟁반(錚盤).

2289)뉴지(柳枝) : 버들가지.

2290)광휘애애(光輝靄靄) : 빛이 안개나 아지랑이 따위에 반사되어 자욱하게 끼어 있음.

2291)계오 : 겨우. 어렵게 힘들여.

2292)쌍봉관(雙鳳冠) : 예전에 황후나 고관부인(高官婦人)들이 쓰던, 두 마리 봉황(鳳凰)을 장식한 예관(禮冠).

2293)백옥구란ᄎᆞ(白玉句欄釵) : 머리 부분을 '句'자 난간 모양으로 만든 백옥비녀.

2294)셕금쌍농잠(石金雙龍簪) : 석금(石金)에다 쌍룡(雙龍)을 새겨 만든 비녀.

2295)화씨벽(和氏璧) : 중국 전국시대에 변화씨(卞和氏)라는 사람이 형산(荊山)에서 돌 위에 봉황이 깃들이는 것을 보고 얻었다는 천하의 이름난 옥. 후대에 진(秦)나라 소양왕(昭襄王)이 이 옥을 탐내, 당시 이 옥을 가지고 있던 조(趙)나라 혜문왕(惠文王)에게 진나라 15개의 성(城)과 바꾸자는 제안을 하였다고 하여, '연성지벽(連城之璧)'으로 불리기도 한다.

ᄎᆡ봉냥닉(彩鳳兩翼)[2298]의 직금슈원삼(織錦繡圓衫)[2299]을 닙어시니, 셔촉(西蜀) 뇽금(龍錦)[2300]○[은] 오ᄉᆡᆨ(五色) 실노 난봉(鸞鳳)과 공작(孔雀)을 슈(繡)노핫고, 월나직홍금상(越羅織紅錦裳)[2301]은 븕은 구름이 엉긔여 슈졍(水晶)기동과 구슬발의 홍광(紅光)이 됴요(照耀)ᄒᆞ고, 셤셤옥슈(纖纖玉手)의 명쥬보옥지환(明珠寶玉指環)[2302]을 씨고, ᄌᆞ금(紫錦){쌍난}팔쇠[2303]를 써 【14】 시니, 그 단장(丹粧)의 녕농(玲瓏)ᄒᆞ미 ᄀᆡᄀᆡ(個個)히 쳔고(千古)의 업ᄂᆞᆫ 보ᄇᆡ요, 미려(美麗)ᄒᆞᆫ 시ᄋᆡ(侍兒) 경군취ᄃᆡ(輕裙翠帶)[2304]를 ᄭᅳ을고, ᄇᆡᆨ옥쥬미(白玉麈尾)[2305]와 황금여의(黃金如意)[2306]와 보광션(寶光扇)[2307]과 뉴리둉(琉璃鍾)[2308]을 밧들고, ᄌᆞ금향노(紫金香爐)의 향을 퓌워, 쌍쌍이 쥴지어 ○○○[셧시니], 녜법의 정슉(正肅)ᄒᆞ미 됴졍(朝廷) 반항(班行)의 풍ᄎᆡ 잇ᄂᆞᆫ지라.

반항이 슉목(淑穆)ᄒᆞ고, 위의(威儀) 황연(恍然)ᄒᆞᆫᄃᆡ, 향연(香煙)이 안ᄀᆡ ᄀᆞᆺᄒᆞ여, ᄇᆡᆨ운(白雲)이 쳠하(檐下)의 어ᄅᆡ고, 셔광(瑞光)이 실벽(室壁)의 둘너시니, 엄엄(嚴嚴)ᄒᆞᆫ 긔세(氣勢)와 호호(浩浩)ᄒᆞᆫ 부귀(富貴), 져 ᄀᆞᆺᄒᆞᆫ 왕희(王姬)ᄂᆞᆫ 감히 바라지 못ᄒᆞᆯ지라.【15】

악연(愕然) 져상(沮喪)ᄒᆞ여 《예긔최찰 ‖ 예긔최졀(銳氣摧折)[2309]》 ᄒᆞ거ᄂᆞᆯ, 그

2296)야명주(夜明珠) : 어두운 데서 빛을 내는 구슬. =야광주(夜光珠).

2297)구름귀밋 : 구름 같은 귀밑머리. =운빈(雲鬢).

2298)ᄎᆡ봉양닉(彩鳳兩翼) : 봉황의 날개처럼 아름다운 두 어깨.

2299)직금슈원삼(織錦繡圓衫) : 직금(織金)에 수를 놓아 지은 원삼(圓衫). *원삼(元蔘): 부녀 예복의 하나. 흔히 비단이나 명주로 지으며 연두색 길에 자주색 깃과 색동 소매를 달고 옆을 튼 것으로 홑옷, 겹옷 두 가지가 있다. 주로 신부나 궁중에서 내명부들이 입었다

2300)뇽금(龍錦) : '망룡금(蟒龍錦)'을 줄여 이른 말. *망룡금(蟒龍錦): 중국에서 생산하던 비단으로 용(龍)의 무늬를 넣었기 때문에 붙여진 이름이다. 명(明)·청(淸) 시대에 고위 관리들의 관복(官服)을 짓는데 사용되었다.

2301)월나직홍금상(越羅織紅錦裳) : 월(越)나라 비단으로 짠 붉은 비단치마.

2302)명쥬보옥지환(明珠寶玉指環) : 명주(明珠)와 보옥(寶玉)으로 만든 지환(指環: 가락지).

2303)ᄌᆞ금(紫金)팔쇠 : 자줏빛 금팔쇠. *팔쇠: 팔목에 끼는, 금·은·옥·백금·구리 따위로 만든 고리 모양의 장식품.=팔찌

2304)경군취ᄃᆡ(輕裙翠帶) : 치장하지 않은 치마에 푸른 띠를 두른 차림.

2305)백옥주미(白玉麈尾) : 백옥으로 장식한 긴 막대기에 말총이나 사슴꼬리, 헝겊조각 따위를 묶어서 만든 먼지떨이.

2306)황금여의(黃金如意) : 황금으로 만든 여의(如意). *여의(如意) : 예전에 등 따위를 긁기 위해 만든 물건. 대·뿔·쇠 따위로 만들었는데, 한 자쯤 되는 길이의 자루에 고사리 모양의 머리가 붙어 있다.

2307)보광션(寶光扇) : 화려하게 채색(彩色)한 부채.

2308)뉴리둉(琉璃鍾) : 유리로 만든 잔.

2309)예긔최졀(銳氣摧折) : 날카롭고 굳센 기세가 꺾임.

위의(威儀) 호셩(豪盛)ᄒᆞᆯ 분 아니라, 삼부인의 용ᄉᆡᆨ(容色)이 ᄒᆞᆫ갈 ᄀᆞᆺ하니, 의연(毅然)2310)이 놉흔 격됴(格調)ᄂᆞᆫ 소월(素月)2311)이 텬즁(天中)2312)의 오르고, 교연(巧然)이 고운 ᄐᆡ도ᄂᆞᆫ 션원(仙苑)2313)의 긔홰(奇花) 작작(灼灼)2314)ᄒᆞ니, 영영(盈盈)ᄒᆞᆫ2315) ᄉᆡᆨᄐᆡ(色態)와 염염(艶艶)ᄒᆞᆫ 광ᄎᆡ 실벽(室壁)의 됴요(照耀)ᄒᆞ여, 옥셜긔부(玉雪肌膚)2316)ᄂᆞᆫ ᄇᆡᆨ셜이 희지 못ᄒᆞ고, 보ᄇᆡ로온 귀밋2317)ᄎᆞᆫ 무릉(武陵)2318)의 봄이 도라온 듯, 운환(雲鬟)이 층층(層層)ᄒᆞ여, 창오(蒼梧)2319)의 구르미 《머흘고2320) ‖ 머믈고》, 월ᄋᆡᆨ(月額)2321)이 교연(皎然)ᄒᆞ여 셔광(瑞光)이 둘너시니, 쇄락(灑落) 긔려(奇麗)ᄒᆞ믄 옥계(玉階) 금분(金盆)의 【16】 화왕(花王)이 셩ᄀᆡ(盛開)ᄒᆞ고, ᄐᆡᄋᆡᆨ츄파(太液秋波)2322)의 부용(芙蓉)이 만발(滿發)ᄒᆞᆫ 듯, 휘황(輝煌)ᄒᆞᆫ ᄉᆡᆨ광(色光)이 일신을 둘너시니, 됸즁(尊重)ᄒᆞᆫ 체뫼(體貌) 져 ᄀᆞᆺᄒᆞᆫ 왕희(王姬) 몸을 경텬(輕賤)이 넉이고, 동용(動容)2323)을 체(體)업시 ᄒᆞᄆᆡ 비기리오.

심혼(心魂)이 진탕(盡蕩)ᄒᆞ고 싀심(猜心)이 삭막(索莫)ᄒᆞ여 어린 듯 바라더니, 교잉이 혹 긔ᄉᆡᆨ(氣色)이 낫타날가 두려 다리혀 ᄉᆞ롬 ᄉᆞ이의 숨으니, 공쥬 옥ᄃᆡ 등이 숨을 ᄂᆞ죽이 ᄒᆞ고 머리를 숙여, 졍신을 계오 슈습ᄒᆞ여 ᄀᆞ마니 다시 보니, 읏듬 안즌 부인이 냥 부인을 도라 【17】 보아 왈,

"ᄆᆡ화(梅花)의 긔이홈과 장(欌)의 뎔묘(絶妙)ᄒᆞ미 극ᄒᆞᆫ 보ᄇᆡ니 가히 ᄉᆞ랑ᄒᆞ오

2310)의연(毅然) : 의지가 굳세어서 끄떡없음.
2311)소월(素月) : 밝고 흰 달.=백월(白月).
2312)텬즁(天中) : 하늘의 한가운데 =중천(中天).
2313)션원(仙苑) : 선인(仙人)의 화원.
2314)작작(灼灼) : 꽃이 핀 모양이 몹시 화려하고 찬란함.
2315)영영(盈盈)ᄒᆞ다 : 용모가 곱고 아름답다.
2316)옥셜긔부(玉雪肌膚) : 옥이나 눈처럼 하얀 피부.
2317)귀밋 : 귀밑머리. 이마 한가운데를 중심으로 좌우로 갈라 귀 뒤로 넘겨 땋은 머리.
2318)무릉(武陵) : 무릉도원(武陵桃源)의 줄이말. *무릉도원(武陵桃源); 도연명의 <도화원기>에 나오는 말로, '이상향', '별천지'를 비유적으로 이르는 말. 중국 진(晉)나라 때 호남(湖南) 무릉의 한 어부가 배를 저어 복숭아꽃이 아름답게 핀 수원지로 올라가 굴 속에서 진(秦)나라의 난리를 피하여 온 사람들을 만났는데, 그들은 하도 살기 좋아 그동안 바깥세상의 변천과 많은 세월이 지난 줄도 몰랐다고 한다.
2319)창오(蒼梧) : 창오산(蒼梧山). 중국 광서성(廣西省) 창오현(蒼梧縣)에 있는 산 이름. 순(舜)임금이 죽었다고 전해지는 곳.
2320)머흘다 : 험하고 사납다.
2321)월ᄋᆡᆨ(月額) : 달처럼 둥근 얼굴(이마).
2322)ᄐᆡᄋᆡᆨ츄파(太液秋波) : ᄐᆡᄋᆡᆨ지(太液池)의 맑은 가을 물결. *ᄐᆡᄋᆡᆨ지(太液池) : 중국 한(漢)나라 때 무제(武帝)가 궁궐 정원에 조성했던 연못의 이름으로, 뒤에 '궁중연못' 또는 '궁궐' 또는 '조정'을 뜻하는 말로 쓰였다.
2323)동용(動容) : 행동과 차림새를 통틀어 이르는 말.

딕, 고즈(古者)[2324] 현숙흔 부인이 의복(衣服)과 즙물(什物)[2325]의 니르히 검박(儉朴)흐니, 우리 등은 묘연(杳然)[2326]흔 일녀즈(一女子)로 거쳐 의식이 극히 외람흐거늘, 쏘 장을 더으미 부졀업슨지라. 도로 닉여쥬미 가흐도다."

셋직 안즌 부인이 낭연(朗然) 소왈,

"져져의 말숨이 맛당흐시나, 우리 임의 텬싱이 검박치 못흐여시니, 이제 흔 믹화장(梅花粧)을 더으미 무슨 히로오미 잇시로오. 져져는 슨지 마 【18】 르소셔. 소믹 뉴져로 더브러 흐나식 스가지리니, 고즁(庫中)의 쏫힌 은즈(銀子)를 닉여 갑술 무러 쥰슈(準數)이[2327] 쥬라 흐소셔."

그 부인 왈,

"은직 비록 고즁의 메여시나 각각 쓸 곳이 잇느니, 은즈를 앗기미 아니라 불긴(不緊)흔 곳의 쓰면 됴물(造物)[2328]이 반드시 뮈이 녁이리니, 현믹 등을 위흐여 말과자 흐미니라."

뎡부인이 지숨 사기를 닷토되, 니부인이 즐겨 허치 아니코, 명흐여 '도로 닉여쥬라' 흐고 니로딕,

"처음붓터 나는 불관이 녁이되 【19】 믹믹(妹妹) 등이 힘써 들여오라. 흐여 무슈흔 잡인을 드려와, 누상(樓上)을 규시(窺視)흐니 일이 극히 통히(痛駭)흔지라. 슈문노직(守門奴子) 불엄(不嚴)흐여 외인을 금(禁)치 아니흐니, 궁감의게 분부흐여 '오십장을 즁치(重治)흐라' 니르라."

당상(堂上) 시녀 당하(堂下) 양낭(養娘)의게 젼흐여, 밧긔 가 젼흐는지라. 니부인이 몸을 니러 입실(入室)흐니 뉴·졍 냥부인이 믄득 함쇼(含笑)흐고 각각 침소로 도라갈시, 시이 향을 잡오 좌우로 호위흐여 위의 졔졔(齊齊)흐고, 궁뇌 【20】 드러와 잡인을 모라닉고 장을 장슨를 쥬어 '도라가라' 흐는지라.

공쥬 등이 니부인의 단엄흔 말숨을 듯고, 슨룸의게 셧겨 급히 문을 느, 외당(外堂) 월앙하(月廊下)[2329]의 잇더니, 믄득 노틱감이 청상(廳上)의 안즈 궁노를 호령흐여, 슈문노를 잡오드려 두건을 벗기고 쓰어 업지르니, 틱감이 고셩흐여 부인 분부를 니르고 슈죄(數罪)흐니, 기인이 황공(惶恐) 돈슈(頓首)흐거늘, 궁뇌 븕은

2324)고즈(古者) : 옛적. 옛날. 옛적에. 옛날에.
2325)즙물(什物) : 집물(什物). 집 안이나 사무실에서 쓰는 온갖 기구. ≒집기(什器)
2326)묘연(杳然) : 소식이나 행방 따위를 알 길이 없다.
2327)쥰슈(準數)이 : 수(數)에 맞게 헤아리어.
2328)됴물(造物) : 조물주(造物主)를 줄여 쓴 말. 조물주: 우주의 만물을 만들고 다스리는 신.
2329)월앙하(月廊下) : 월랑(月廊). 예전에, 대문 안에 죽 벌여서 지어 주로 하인이 거저하던 방房). =행랑(行廊).

믹를 단단이 헷치고 결박ᄒᆞ여 형장을 더으려 ᄒᆞ니, 기인(其人)의 쳐지(妻子) 가슴 【21】을 두다려 ᄀᆞ마니 울며, 졔인을 밀쳐 왈,

"엇던 ᄉᆞᄅᆞᆷ이 부졀업시 드러와 우리 부인의 엄졍(嚴正)ᄒᆞ신 가법(家法)을 어즈러이고 가부(家夫)의 몸을 즁장(重杖)을 밧게 ᄒᆞᄂᆞ뇨?"

ᄒᆞ고, 믹를 드러 치며 쏘ᄎᆞ니, 공쥬 등이 한번 모질게 치믈 닙고 셰번 독히 밀치믈 바다, 쇼치여2330) 문을 ᄂᆞ니, 셔촉(西蜀) 장ᄉᆡ 장을 가지고 쳥포장(靑布帳)을 두르고 우흘 긴긴이 덥혀, 슈릭 우희 시르니, 원ᄂᆡ 그 장이 크기 ᄉᆞ오 인이 용납흘 만ᄒᆞ고, 틀을 교ᄌᆞ(轎子)쳐로2331) ᄒᆞ여 싯【22】게 ᄒᆞ엿더라.

홀연, 노양낭(老養娘)이 ᄂᆞ와 ᄀᆞ마니 궁노를 불너 닐오ᄃᆡ,

"우리 냥소졔 ᄉᆞᄉᆞ로이 사려ᄒᆞ시니, 장을 뒤문으로 드러오라"

장ᄉᆡ 불열(不悅) 왈,

"싯고 ᄂᆞ리미 극히 폐(弊)롭고 만일 갑슬 잘 쥬지 아니신즉, 파지 못ᄒᆞ리니 ᄌᆞ시 알고 ᄂᆞ리오리라."

양낭 왈,

"언마나 밧고ᄌᆞ ᄒᆞᄂᆞ뇨?"

장ᄉᆡ 왈,

"ᄒᆞᆫ 장(欌)의 쳔금(千金)식2332) 드러시니, 만일 이쳔오ᄇᆡᆨ냥 은ᄌᆞ를 쥬면 팔고ᄌᆞ ᄒᆞ노라."

양낭 왈

"우리 부인이 임의 ᄉᆞ려 ᄒᆞ시니 슈쳔냥(數千兩) 은ᄌᆡ 무어시 어려오리오."【23】

ᄒᆞ고 드러가더니, 다시 ᄂᆞ와 니로ᄃᆡ,

"니르ᄂᆞᆫ 바를 다 쥬리니 드려오라."

ᄒᆞᆫᄃᆡ, 궁뇌 댱시2333) 한 슈릭를 닛그러 후면(後面) 창하(窓下)의 다히니, 이곳은 후원 안히요, 겹겹ᄒᆞᆫ 담과 즁즁(重重)ᄒᆞᆫ 문이 밀밀층층(密密層層)ᄒᆞ니 길흘 모를너라.

공쥬 등이 믹이 속ᄋᆞ시믈 닛고, 또 ᄯᆞ라 보고ᄌᆞ ᄒᆞ여 ᄒᆞᆫ 큰 문을 든ᄃᆡ, 궁뇌(宮奴) 믄득 도라보고 ᄭᆞ지져 왈,

"앗가 잡인(雜人) 금치 못ᄒᆞᆫ 죄로 슈문ᄌᆡ(守門者) 즁장을 닙엇거든, 엇던 복 업

2330)쇼치다 : 쫏기다. 쫓기다. '쫓다'의 피동사. *쫓다: 어떤 자리에서 떠나도록 몰다.
2331)쳐로 : 처럼. 모양이 서로 비슷하거나 같음을 나타내는 격조사(格調詞)
2332)-식 : -씩. 《수량을 나타내는 말 뒤에 붙어》 '그 수량이나 크기로 나뉘거나 되풀이됨'의 뜻을 더하는 접미사.
2333)댱시 : 장사. 장수. 장사하는 사람. ≒고인(賈人), 상고(商賈).

슨 여인이 또 ᄯᅳ라ᄂᆞ뇨?"

말이 맛지 못ᄒᆞ여셔, 【24】 후면 문직이 가슴을 헷치고, 큰 ᄆᆡ를 들고 ᄉᆞ롬을 휘쪼ᄎᆞ[2334] 니로ᄃᆡ,

"졍문 직흰 노ᄌᆞᄂᆞᆫ ᄂᆡ 형이라. 아ᄌᆞ(俄者)의[2335] 용ᄒᆞᆫ 뜻으로 거록ᄒᆞᆫ 장을 보고ᄌᆞ ᄒᆞ믈 금치 안 여러 ᄉᆞ롬을 드려 보ᄂᆡᆫ 죄로 오십장 즁칙을 닙어시니 여등(汝等)이 보지 못ᄒᆞ엿ᄂᆞ냐? ᄲᆞᆯ니 도라가지 아닌죽, ᄆᆡ이 쳐 분(憤)을 풀니라."

공쥐 ᄃᆡ경ᄒᆞ여 셔로 닛그러 문을 나니, ᄉᆞ면(四面)의 가산(假山)과 님목(林木)이 잇고 ᄉᆞ롬이 업더라.

공쥬와 옥ᄃᆡ 가산의 슘어 보니, 그 장을 슈ᄅᆡ의 ᄂᆞ리와 【25】 드려가더니, 이윽고 궁감이 눈을 부릅ᄯᅳ고, 궁노를 불너 'ᄆᆡ화장을 밧비 쥬라' ᄒᆞ니, 궁뇌 넌ᄌᆞ시 ᄃᆡ왈,

"뎡부인이 ᄀᆞ마니 ᄉᆞ려ᄒᆞ시니 태감은 소ᄅᆡ를 마르소셔."

궁감이 더옥 여셩(厲聲)[2336] 왈,

"니부인의 녕이 계ᄉᆞ, 뎡부인이 비록 ᄉᆞ고ᄌᆞ도, 도로 ᄂᆡ여쥬라 ᄒᆞ시니, 뉘 감히 니부인 명을 위월(違越)[2337]ᄒᆞ리오."

언미(言未)의 양낭이 ᄂᆞ와 니로ᄃᆡ,

"냥위 부인이 ᄉᆞ고ᄌᆞ ᄒᆞ시더니, 이부인이 쥰칙(峻責)ᄒᆞ시ᄆᆡ ᄉᆞ지 못ᄒᆞ시니, ᄲᆞᆯ니 ᄂᆡ여쥬라."

ᄒᆞ니, 궁뇌 경황 【26】 ᄒᆞ여 장을 ᄂᆡ여 슈ᄅᆡ의 올니니, 장ᄉᆡ ᄲᆞᆯ니 문을 ᄂᆞ갈ᄉᆡ, 궁감이 직촉 왈,

"괴이(怪異)ᄒᆞᆫ 장을 가져와 우리 삼위 부인화긔를 상히오고 일장 요란을 짓ᄂᆞ뇨? 급히 도라가라"

ᄒᆞ니, 모든 장ᄉᆡ 황겁ᄒᆞ여 황망이 술위를 모라가니 슈유(須臾)의 간 바를 아지 못ᄒᆞᆯ너라.

옥ᄃᆡ 공쥬와 교잉을 닛그러 졈졈 깁히 드러가니, 후원 문이 잇셔 열녓고 가산을 인하여 또 담을 넘으니, 졈졈 ᄂᆡ화원(內花園)이니 깁고 그윽ᄒᆞ여 인젹(人迹)이 업더라.

공쥐 왈, 【27】

"이리 깁히 드러와 엇지ᄒᆞ리오."

2334)휘쪼ᄎᆞ다 : 휘-좇아내다. 마구 어떤 곳에서 밖으로 몰아내다.
2335)아ᄌᆞ(俄者)의 : 조금 전에. *아ᄌᆞ(俄者) : 이전. 지난번. 조금 전. 갑자기.
2336)여셩(厲聲) : 성이 나서 큰 소리를 지름. 또는 그 소리.
2337)위월(違越) : 법률, 명령, 약속 따위를 지키시 않고 어김.=위반(違反).

옥ᄃᆡ 왈,

"이 곳이 깁흐나 졍당을 통ᄒᆞᆫ 문이 잇ᄉᆞ니, 예 숨엇다가 젹의 드러오믈 보아, 쥭으며 잡혀가믈 알고 도라가리라."

ᄒᆞ고, 닛그러 그윽ᄒᆞᆫ 가산을 등져 안ᄌᆞᄆᆡ, 옥ᄃᆡ 믄득 탄왈,

"아등이 속졀업시 심녀를 허비ᄒᆞ고, 몸을 욕되이 ᄒᆞ여 무궁ᄒᆞᆫ 욕을 보고, 방[반]계곡경(盤溪曲徑)2338)으로 부마의 은뎡(恩情)을 바라더니 가히 망단(妄斷)ᄒᆞ더이다."

공쥐 왈,

"엇지 ᄉᆡ로이 탄ᄒᆞᄂᆞᆫ뇨?"

옥ᄃᆡ 왈,

"져 삼인의 용모를 보니, ᄉᆡᆨᄐᆡ염 【28】 광(色態艷光)이 위랑이 두어 층 더ᄒᆞ거ᄂᆞᆯ, 그 위의(威儀)와 호ᄉᆞ(豪奢)ᄒᆞᆫ 단장이 옥쥬의 바랄 ᄇᆡ 아니니, 저런 삼쳐를 두고 져 ᄀᆞᆺ흔 부귀를 ᄀᆞ져시니, 옥쥬 안ᄉᆡᆨ을 엇지 마음의 두리잇고?"

공쥐 믄득 분연 왈,

"금야의 삼쳑비슈(三尺匕首)로 시험치 아니면, 속졀업시 젹혈(賊穴)의 색지리니, 요괴로온 빗치 츄풍낙엽(秋風落葉)이 될지라. 위랑이 어ᄃᆡ 가 삼녀의 ᄉᆡᆨᄐᆡ(色態)를 구경ᄒᆞ리오. 계궁(計窮)2339)ᄒᆞᄆᆡ ᄂᆞ의 ᄌᆡ용(才容)이 하등이 아니니, 남ᄋᆞ(男兒)의 츈졍(春情)이 《ᄉᆡ롤‖ᄉᆡᆨ을》 ᄯᆞ로리니, 위랑의 【29】 즁졍(重情)이 도라올 거시오, 황애 비록 고인(古人)을 용납ᄒᆞ시나, 다시 신취(新娶)ᄂᆞᆫ 못ᄒᆞ리니, 위랑이 어ᄃᆡ 가리오."

옥ᄃᆡ 탄왈

"쇼ᄆᆡᄂᆞᆫ 마음이 찬 ᄌᆡ ᄀᆞᆺᄒᆞ니, 다시 위랑 바랄 ᄯᅳᆺ이 ᄉᆞ라지ᄂᆞ이다."

교ᄋᆡᆼ왈

"이러나 져러나 이곳이 말ᄒᆞᆯ 곳이 아니니, 숨어 잇다가 황혼(黃昏)을 보리로소이다."

이의 미시2340)를 ᄂᆡ여 요긔(療飢)2341)ᄒᆞ고, 촌녀의 복ᄉᆡᆨ(服色)을 벗고, 궁인(宮人)의 장속(裝束)○[을] ᄒᆞ여, 가ᄉᆞᆫ(假山) ᄉᆞ이의셔 기다리더니, 치우미 심ᄒᆞ고, ᄒᆡ 셔잠(西岑)2342)의 들ᄆᆡ, 한긔(旱氣) ᄆᆡᆼ녈(猛烈)ᄒᆞ니, 삼네 【30】 뫼흘 의지

2338)반계곡경(盤溪曲徑) : 서려 있는 계곡과 구불구불한 길이라는 뜻으로, 일을 순서대로 정당하게 하지 아니하고 그릇된 수단을 써서 억지로 함을 이르는 말.≒방기곡경(旁岐曲徑).旁岐

2339)계궁(階窮) : 더 쓸 계책(計策)이 없음.

2340)미시 : 미수. 설탕물이나 꿀물에 미숫가루를 탄 여름철 음료.≒미식(糜食).

2341)요긔(療飢) : 시장기를 겨우 면할 정도로 조금 먹음.

ᄒᆞ여 한풍(寒風)이 니러나 골졀(骨節)을 부니, 속의 더운 밥을 너치 못ᄒᆞ고 썰기를 면치 못ᄒᆞ되, 죄오ᄂᆞᆫ 마음이 치우물 견ᄃᆡ더니, 황혼을 님ᄒᆞ여 쳐쳐(處處)의 인셩이 ᄌᆞᄌᆞᄒᆞ고, 등을 달고 풍뉴를 쥬(奏)ᄒᆞ니, 굿보ᄂᆞᆫ ᄌᆡ 쎄지어 슐병을 ᄎᆞ고 ᄋᆞ히를 닛그러 왕ᄂᆡᄒᆞ니, 삼네 놉흔 ᄃᆡ 올나 구경ᄒᆞ며 공쥐 손을 두다려 왈,

"흑뇽산 도젹이 상원일(上元日)[2343]노 힝ᄉᆞᄒᆞ미 진실노 잘 ᄉᆡᆼ각ᄒᆞ미라. 슈천 군식 등보기를 핑계ᄒᆞ여 됴히 【31】 종젹(蹤迹)을 감초와 오리니, 져 ᄀᆞ온ᄃᆡ 임의 와실지라. 잠간 ᄉᆞ룸이 흣터지면 돌입ᄒᆞ리니, ᄂᆡ 남복(男服)을 ᄒᆞ고 보검(寶劍)을 가져 ᄒᆞᆫ가지로 츙살(衝殺)코ᄌᆞ ᄒᆞ노라."

옥ᄃᆡ 말녀 왈,

"젹이 알면 근본이 낫타날 거시니, 옥쥐 ᄯᅩᄒᆞᆫ 졀염미ᄉᆡᆨ(絶艶美色)이시니 젹목(敵目)[2344]의 가ᄇᆡ야이 뵈리잇고?"

인(因)ᄒᆞ여 두루 단니며 구경ᄒᆞ더니, 삼경(三更)이 지ᄂᆞᄆᆡ 인젹이 드믈고, 등(燈)이 써지ᄂᆞᆫ지라. 삼네 나려 큰 뎐각 쳠하(檐下)[2345]의 셧더니, 일셩포향(一聲砲響)의 함셩(喊聲)이 니러ᄂᆞ며 무슈 뎍병(賊兵) 【32】 이 장창ᄃᆡ검(長槍大劍)을 들고 풍우(風雨) ᄀᆞᆺ치 달녀드니, 궁노(宮奴) 장확(臧獲)[2346]이 등 보기를 위ᄒᆞ여 각각 허여지니, 일인도 막으리 업더라. 젹이 ᄉᆞ못ᄎᆞ[2347] 여러 겹 문을 드러 ᄂᆡ뎐(內殿)의 밋ᄎᆞ니, 뎐각(殿閣)이 밀밀(密密)ᄒᆞ고 누ᄃᆡ(樓臺) 층층(層層)ᄒᆞ여 어느 곳이 부인 쳐쇠(處所)믈 몰나, 곳곳이 헷쳐 ᄎᆞᄌᆞ니 황연(荒然)[2348]이 뷘 집이라.

놀나 급히 후면(後面)으로 다르니, ᄒᆞᆫ 쎄 궁이 통곡ᄒᆞ며 바롬 ᄀᆞᆺ치 날니여 연지로 향ᄒᆞᄂᆞᆫ지라. 젹이 크게 소리 질너 당뉴(黨類)를 불너,

"예 잇고 예 잇ᄉᆞ 【33】 니 쌜니 모드라."

ᄒᆞ니, 제젹(諸賊)이 일시의 급히 쏘ᄎᆞ니, 그 셰 풍우 ᄀᆞᆺᄒᆞᆫ지라. 모든 시네 물가의 몰니여 통곡 왈,

"삼위(三位) 부인이 ᄒᆞᆫ 가지로 닉슈(溺水)ᄒᆞ시니 우리 등이 엇지 살니요."

ᄒᆞᄂᆞᆫ지라. 젹이 급히 건지고ᄌᆞ ᄒᆞ더니, 홀연 일원(一員) 소년댱군이 쌍검(雙劍)을 츔츄어 젹즁(賊中)의 츙돌ᄒᆞ니, 날ᄂᆡ미 ᄆᆡᆼ호(猛虎) ᄀᆞᆺ고, ᄲᆞ르미 비호(飛虎)

2342)셔잠(西岑) : 서쪽 산의 봉우리.
2343)상원일(上元日) : 정월대보름날 곧 1월 15일을 달리 이르는 말.
2344)젹목(敵目) : 적의 눈.
2345)쳠하(檐下) : 처마 밑. 처마의 아래.
2346)장확(臧獲) : 장획(臧獲). 종. 장(臧)은 사내종을, 획(獲)은 계집종을 말함. =비복(婢僕).
2347)ᄉᆞ못다 : 사무치다. 깊이 스며들거나 멀리까지 미치다.
2348)황연(荒然) : 텅 비어 인기척이 없음.

ᄀᆞᆺ더라.

몬져 적장(賊將) 셕츅을 버히고, 졔적을 풀 버히 듯ᄒᆞ니, 적이 ᄃᆡ경ᄒᆞ여 허여져 다라ᄂᆞ니, 군병이 담을 둘너 쳘통(鐵桶) ᄀᆞᆺ치 에워싸고 【34】 ᄂᆞᆺᄂᆞᆺ치 잡으ᄆᆡ니, 쥭으며 잡히며 ᄒᆞ나토 버셔ᄂᆞ지 못ᄒᆞ니, 이 엇진 닐인고?

그 소장(小將)이 졔적을 츄종(追從)ᄒᆞ여 군병을 지휘ᄒᆞ며 잡을 ᄉᆡ, 만흔 궁뇌 일시의 모혀, 궁즁 원즁(園中)의 불을 밝히고 곳곳이[을] 뒤니, 공쥐 옥ᄃᆡ ᄎᆞ경을 보고 심혼이 젼뉼(戰慄)ᄒᆞ더니, 옥ᄃᆡ 왈,

“우리 예 슘엇다가 궁노의게 잡히면 쥭기를 면치 못ᄒᆞ리니, 져 궁녀의 셧겨 면홈만 ᄀᆞᆺ지 못ᄒᆞ고, 삼네 진실노 쥭엇ᄂᆞᆫ가 보리라.”

공쥐 과연(果然)[2349]ᄒᆞ여 급히 연지(蓮池)로 다르니, 궁네 통곡 왈, 【35】

“우리 부인ᄂᆡ 옥보[부]향신(玉膚香身)[2350]을 물 ᄀᆞ온ᄃᆡ 넛코 엇지 살니오.”

ᄒᆞ니 노파 일인과 소시ᄋᆞ 십여인이 물의 ᄲᅱ여 들녀 ᄒᆞ니, 졔네 울며 말뉴(挽留) 왈,

“파파와 상궁이 부인을 ᄯᆞ르시고, 부인 신체도 ᄎᆞᆺ지 아니려 ᄒᆞ시ᄂᆞ니잇가?”

ᄒᆞ며 붓들고 통곡ᄒᆞ니, 쥭으려 ᄒᆞ던 ᄌᆡ 가슴을 두다려 통곡 왈,

“도적을 쥭이던 ᄌᆞᄂᆞᆫ 어ᄃᆡ로셔 왓던고? 잠간 급히 왓던들 부인이 어이 쥭으시리오.”

호곡(號哭)ᄒᆞ며 셔로 븟드니, 공쥬 등 삼인이 ᄒᆞᆫᄃᆡ 셧겨 부인을 부르며 통곡 【36】 홀ᄉᆡ, 악써 울며 왈

“원슈 도적이 우리 부인을 히ᄒᆞ뇨? 앗가올ᄉᆞ! 금옥 ᄀᆞᆺ흔 ᄌᆞ질이 ᄉᆞ라지도다.”

ᄒᆞ고 우더니, ᄆᆞ득 화광(火光)이 츙쳔(衝天)ᄒᆞ며 인셩(人聲)이 훤ᄌᆞ(喧藉)ᄒᆞ며 셔경뉴슈 됴공이 친히 군병을 거ᄂᆞ려, 밧그로 슈문통(水門筒)[2351]을 ᄊᆡᆨ히고 물을 흘녀ᄂᆡ며, 안흐로 결진(結陣)ᄒᆞ고 물가의 와 볼ᄉᆡ, 물이 졈졈 마르고 속이 비ᄂᆞᆫ지라.

삼부인이 셔로 손을 잡고 ᄊᆡᆨ진 형상이 뵈니, 됴공이 급히 근실(勤實)ᄒᆞᆫ 궁녀 십여 인을 물의 드려,

“시신을 뫼셔 ᄂᆡ라. ᄂᆡᆨ슈(溺水)ᄒᆞ연지 오 【37】 ᄅᆡ지 아니면, 혹 회ᄉᆡᆼᄒᆞᆯ 법 잇ᄂᆞ니라.”

졔녀 울기를 긋치고 물의 드러 붓드러 ᄂᆡ니, 노궁인이 울어 왈,

2349)과연(果然) : 아닌 게 아니라 정말로. 주로 생각과 실제가 같음을 확인할 때에 쓴다. ≒과시, 과약, 짐짓.

2350)옥부향신(玉膚香身) : 옥 같은 살결과 향긋한 몸 냄새를 함께 이른 말.

2351)슈문통(水門筒) : 성(城)이나 방죽 따위의 수문에서 물이 빠져나오는 통.

"부인닉 물의 색져 계션지 오릭니, 연연약질(軟軟弱質)[2352]이 엇지 직싱(再生) 호시믈 바라리오. 유유창천(悠悠蒼天)으! 삼부인 금옥도힝(金玉道行)으로 비명원 ᄉ(非命冤死)호시미 엇지 원통치 아니리오."

부르지져 호읍(號泣)호니, 됴공이 명호여 '시상(屍牀)[2353]과 의금(衣衾)[2354]을 ᄂ오라.' 호여 시신을 붓드러 상의 누이고, 금침(衾枕)을 덥허 뎡뎐(正殿)의 뫼시라 호니, 무슈호 궁익 모혀 삼부인 시상을 붓드러 【38】 태운뎐의 오니, 공쥬는 그리[2355] 닷고ᄌ 호나, 길히 업ᄉ니, 문외(門外)의 쳔병만믹(千兵萬馬) 호위호엿고, 도젹을 오히려 ᄎ 잡지 못호엿는지라. 됴공이 일변 댱됼을 엄호(嚴號)[2356]호여 뒤기를 심셰(審細)히 호니, 어느 길노 도라가리오.

가슴의 진납이 쒸놀며 낫빗치 ᄌ로 변호거놀, 일일을 굴머시니 허리의 힘이 업ᄉ되, 거즛 우름을 일삼으 머리를 두루혀 낫출 ᄀ리와, 모든 궁녀를 ᄯ라 침뎐(寢殿)의 드러오니, 됴공이 쳥심(淸心)호는 약을 드려보닉 【39】 여 시험호라 호니, 노파와 상궁이 옥둉(玉鍾)[2357]의 약을 ᄀ라 삼ᄎ(蔘茶)의 화(和)호여[2358] 덥흔 거술 열고 흘닐ᄉ, 옥딕 등이 진실노 죽은가 알고져 호여 ᄉ룸의 겻흐로 됴ᄎ 여어보니, 삼부인이 임의 죽언지 오릭니, 명경쌍안(明鏡雙眼)[2359]을 그린 드시 곰앗고, 도쥬(桃朱)[2360]깃흔 잉슌(櫻脣)이 혈ᄉ이 업는지라.

화안(花顔)이 담담호여 옥으로 삭이고 깁으로 바른 듯호여, 약을 연호여 쓰나 진실노 싱되 업는지라. ᄀ마니 깃거호나 혹 긔식을 알믹 이실가호여, 부인을 붓들고 익통 【40】 호기를 남도곤 더호더라.

상궁 시녀 됴공긔 알외여 싱되 업ᄉ믈 고호딕, 됴공이 참담(慘憺)호여 궁녀를 지휘호여 시상(屍牀)을 바로호고, 쵸혼(招魂)[2361] 발상(發喪)[2362]홀ᄉ, 노파는 시체를 안고 노치아니며, 소시으 등은 각각 쥬인의 발을 붓들고 호곡(號哭)호더라.

2352)연연약질(軟軟弱質) : 매우 연약한 체질.
2353)시상(屍牀) : 입관하기 전에 시체를 얹어 놓는 긴 널.=시상판(屍床板).
2354)의금(衣衾) : 옷과 이부자리를 아울러 이르는 말.
2355)그리 : 그곳으로. 또는 그쪽으로. *여기서는 '왔던 쪽으로'.
2356)엄호(嚴號) : 엄히 호령(號令)함.
2357)옥둉(玉鍾) : 옥으로 만든 종발.
2358)화(和)호다 : 무엇을 타거나 섞다.
2359)명경쌍안(明鏡雙眼) : 밝은 거울 같은 두 눈.
2360)도쥬(桃朱) : 복숭아꽃의 붉은 빛.
2361)쵸혼(招魂) : 사람이 죽었을 때에, 그 혼을 소리쳐 부르는 일. 죽은 사람이 생시에 입던 저고리를 왼손에 들고 오른손은 허리에 대고는 지붕에 올라서거나 마당에 서서, 북쪽을 향하여 '아무 동네 아무개 복(復)'이라고 세 번 부른다.
2362)발상(發喪) : 사람이 죽었을 때, 상제가 머리를 풀고 슬피 울어 초상난 것을 알림. 또는 그런 절차

됴공이 분부 왈,

"이제 의외의 변이 나시믹, 상셰 시외(塞外)[2363]의 잇셔 아지 못ᄒᆞ고, 화산이 도뢰(道路)요원ᄒᆞ니 염습(殮襲)ᄒᆞᆯ 지친이 업ᄉᆞ니, 치상(治喪)ᄒᆞ미 닉 당ᄒᆞ엿시되, 제적을 다ᄉᆞ리미 급ᄒᆞ고, 소임이 【41】 즁ᄒᆞ여 다시 오지 못ᄒᆞᆯ 거시오, 부인의 지란(芝蘭) ᄀᆞᄐᆞᆫ 긔질노 슈파(水波)의 상(傷)ᄒᆞ여시니 밧비 습념(襲殮)[2364]을 가히 지류치 못ᄒᆞᆯ지니, 밧비 습념, 닙관(入官)ᄒᆞ라."

ᄒᆞ고, 관곽(棺槨)을 ᄀᆞ초와 다 물니치고 십여인이 드러 금슈의상(錦繡衣裳)을 가져 소렴(小殮)[2365]ᄒᆞ여 입관(入棺)[2366]ᄒᆞ믹, 됴공이 문밧긔 와 됴상(弔喪)ᄒᆞ고 아즁(衙中)의 도라오니, 씩 임의 평명(平明)이라.

군병이 다 풀니여 도라가니, 공쥐 옥딕로 더브러 졈(店)의 도라와 ᄀᆞ마니 【42】 옷슬 밧고아 남복(男服)으로 아문의 ᄂᆞᄋᆞ가 도뎍 다ᄉᆞ리믈 슬피니, 어시의 됴공이 참연 분히ᄒᆞ여 제적을 ᄎᆞ례로 올녀 엄형츄문(嚴刑推問)ᄒᆞ니, 적뉴(賊類) 슈쳔으로셔 태반이나 죽고, 기여ᄂᆞᆫ 일인도 도망치 못ᄒᆞ엿ᄂᆞᆫ지라. 적이 초ᄉᆞ(招辭) 왈,

"소인 등은 무셩현 흑농산 쵸적(草賊)[2367]이니, 쳐음 냥민으로 도뎍의 핍박ᄒᆞ믈 닙어 마지 못ᄒᆞ미요, 곡졀(曲折[2368])은 모로오나 댱슈 셕츙이 죽습고, 모ᄉᆞ(謀士) 댱만이 잡혀ᄉᆞ오니 무르쇼셔."

됴공이 댱만을 올녀 엄 【43】 문(嚴問) 왈,

"무셩현이 예셔 오쳔니라. 무ᄉᆞᆫ 연고로 이곳의 직물을 구치 아니코, ᄉᆞ름을 핍박하고 직상명부(宰相命婦)를 히ᄒᆞ여 ᄉᆞ죄(死罪)를 짓ᄂᆞ뇨?"

댱만이 고두 왈,

"소인도 역시 평민이라. 경셩의셔 슉경공쥬 가인(家人)이[의] 평경이란 직 쳔금(千金) 네폐(禮幣)[2369]를 가져 니르러, '동창궁의 삼위(三位) 국식(國色)이 잇ᄉᆞ니 착탈(捉奪)[2370]ᄒᆞ라 ᄒᆞ옵ᄂᆞᆫ지라. 적장 셕용은 냥태됴(梁太祖)[2371]의 외손이라.

2363)식외(塞外) : 변방(邊方). 요새의 밖. 중국에서는 북방의 만리장성 밖.

2364)습염(襲殮); 시신을 씻긴 뒤 수의(壽衣)로 갈아입히고 염포(殮布)로 묶는 일. =염습(殮襲)

2365)쇼렴(小殮) : 상례에서 운명한 다음 날, 시신에 수의를 갈아입히고 이불로 싸는 일.

2366)입관(入棺) : 상례에서 시신을 관 속에 넣넣는 일.

2367)쵸적(草賊) : 자질구레한 물건을 훔치는 도둑.=좀도둑.

2368)곡졀(曲折) : 순조롭지 아니하게 얽힌 이런저런 복잡한 사정이나 까닭.

2369)녜폐(禮幣) : 고마움과 공경의 뜻으로 보내는 물건.

2370)착탈(捉奪) : 사람을 억지로 붙잡아 빼앗아 옴.

2371)냥태됴(梁太祖) : 중국 오대(五代) 때 후량(後梁)의 태조(太祖: 907-913) 주전충(朱全忠), 초명(初名)은 주온(朱溫: 852~912). 당(唐) 말기에 선무절도사(宣武節度使)

냥이 망ᄒᆞᄆᆡ 도젹이 되어 뫼흘 웅거ᄒᆞ니, 군ᄉᆡ 슈만이라. 각쳐의 난화 잇서 【44】 셰말(歲末)의 모혀 셕용의게 뵈더니, 됴정(朝廷)의셔 여러 곳 도젹을 잡ᄋᆞ 쥭이니 셰 졈졈 외로온지라. 결안의게 투항코ᄌᆞ ᄒᆞ되,경국(傾國)ᄒᆞᆯ 미인을 어더 폐빅(幣帛)을 삼으려 ᄒᆞ되 엇지 못ᄒᆞᄂᆞᆫ 고로, 평경이 미인을 쳔거ᄒᆞ믈 듯고, 깃거 불원만니(不遠萬里)하여 왓ᄂᆞ이다.”

공이 불승ᄃᆡ로(不勝大怒)하여 댱만 등 ᄇᆡ여 인을 버히고, 기여(其餘)ᄂᆞᆫ 다 형육(刑戮)을 더어 ᄂᆡ치고, ᄎᆞᄉᆞ(此事)로ᄡᅧ 쥬문(奏聞)ᄒᆞᆯᄉᆡ, 몬져 평경을 엄문ᄒᆞ실 바를 알외다.

공쥐 악연(愕然) 상담(喪膽)ᄒᆞ 【45】 여 급히 쳔니마(千里馬)를 치쳐[2372] 경ᄉᆞ(京師)로 도라와 교잉으로 ᄒᆞ여금 ‘바로 평경을 도망ᄒᆞ라’ ᄒᆞ니, 경이 혼불니체(魂不裏體)[2373]ᄒᆞ여 다라ᄂᆞ다.

공쥐 겁(怯)ᄒᆞ믈 마지 아니ᄒᆞ니, 옥ᄃᆡ 왈,

“됴공이 비록 쥬문(奏聞)ᄒᆞ여시나 젹을 보ᄂᆡ지 아냐 게셔 쥭여시니, 옥쥬와 낭낭이 모로ᄂᆞᆫ 체 ᄒᆞ고 발명(發明)ᄒᆞᆫ즉, 상이 엇지 죄 쥬시며 누를 빙거(憑據)ᄒᆞ리오. 삼인이 임의 쥭어시니 마음이 쾌ᄒᆞ여 무슨 영화를 본 듯 ᄒᆞ이다.”

ᄒᆞ더라.

슈일 후 됴공의 쥬문이 오르 【46】 ᄆᆡ 텬안이 ᄃᆡ경(大驚)ᄒᆞ시고, 평경을 엄초(嚴招)○○[ᄒᆞ라] ᄒᆞ시니, 임의 슈일 젼 도망ᄒᆞ여시니 ᄒᆞᆯ일업고, 공쥬의 악ᄉᆡ(惡事) 가지록 한심(寒心) 막칙(莫則)[2374]ᄒᆞ믈 히연(駭然)ᄒᆞ시나, 차마 션뎨(先帝) 일괴(一孤)를 죄를 일우지 못ᄒᆞᄉᆞ, 물시(勿視)ᄒᆞ시니, 뎡·니 이공이 닷토와 평경 잡기를 구쥐(九州)[2375]의 힝니(行移)ᄒᆞ고, 말ᄆᆡᄒᆞ여 상측(喪側)의 ᄒᆞᆫ 번 울고ᄌᆞ ᄒᆞ여 댱안(長安)으로 향ᄒᆞᆯᄉᆡ, 텬ᄌᆡ 삼부인(三夫人)긔 치졔(致祭)[2376]ᄒᆞ시고 졍녈부인(貞烈婦人)을 츄증(追贈)ᄒᆞᄉᆞ, 위상셔게 하됴(下詔)ᄒᆞ여 치위(致慰)ᄒᆞ시다.

뎡·니 양공이 【47】 집의 도라와 부음(訃音)을 일가의 젼ᄒᆞ니, 탕부인이 됴히

로서 황소(黃巢)의 난을 평정하는데 공을 세워 양왕(梁王)에 봉해졌다. 이후 권력을 전횡하다가 당 소종(昭宗)과 애제(哀帝)를 차례로 시해하고 개봉(開封)을 수도로 하여 907년 후량을 세웠다. 성격이 잔인하여 많은 사람을 죽였으며, 912년 자신도 장자 주우규(朱友珪)에게 시해 되었다.

2372)치치다 : 채치다. 채찍 따위로 휘둘러 세게 치다.

2373)혼불니체(魂不裏體) : 혼이 몸 안에 있지 못함. 넋이 나감.

2374)막칙(莫則) : 본받을 만한 것이 없음.

2375)구쥐(九州) : 중국 고대에 전국을 나눈 9개의 주. 요순시대(堯舜時代)와 하(夏)나라 때에는 기(冀)·연(兗)·청(靑)·서(徐)·형(荊)·양(揚)·예(豫)·양(梁)·옹(雍)이었다.

2376)치제(致祭) : 임금이 제물과 제문을 보내어 죽은 신하를 제사 지냄.

장군의 효봉을 밧고, ᄎᆞ녀를 졀도ᄉᆞ 오효의 ᄌᆞ부를 삼ᄋᆞ, 오ᄉᆡᆼ이 또 벼ᄉᆞᆯᄒᆞ니 깃부고 즐겨ᄒᆞ나, 쥬ᄋᆡ 오히려 올ᄂᆞ오지 못ᄒᆞ엿고, 스ᄉᆞ로 뉘웃고 셜워ᄒᆞ더니, 상셔부인의 비명원ᄉᆞ(非命冤死)ᄒᆞ믈 듯고, 참연비통(慘然悲痛)ᄒᆞ여 ᄋᆡ뤼연연(哀淚漣漣)2377)ᄒᆞ고 동일 통곡ᄒᆞ더라.

뎡·니 냥공이 니르러 ᄆᆡᄌᆞ(妹子)와 질녀의 관을 븟드러 실셩통곡ᄒᆞᆯᄉᆡ, 거믄 관과 ᄇᆞᆰ은 명졍(銘旌)2378)이 【48】 슬푸믈 돕거ᄂᆞᆯ, ᄆᆡᄌᆞ(妹子)와 질ᄋᆞ(姪兒)의 옥모션질(玉貌善質)을 관 속의 너허시믈 ᄉᆡᆼ각건ᄃᆡ, 온유ᄒᆞᆫ 덕ᄒᆡᆼ으로 이십을 넘지 못ᄒᆞ고, ᄒᆞᆫᄂᆞᆺ 골육(骨肉)이 업시 간인(姦人)의 독슈(毒手)를 바다시믈 통도(痛悼)ᄒᆞ여 호통(號慟)ᄒᆞ기를 니윽이 ᄒᆞ니, 모든 궁ᄋᆞ(宮兒) 소복(小僕)이 ᄋᆡᄋᆡ(哀哀)히 통곡ᄒᆞ여 슬푸믈 돕더라.

냥공이 울기를 긋치고 됴공긔 뵐ᄉᆡ, 됴공이 츄연역ᄉᆡᆨ(惆然易色)2379)ᄒᆞ고 치위(致慰)ᄒᆞ니, 냥공이 비읍(悲泣) 왈,

"소ᄆᆡ와 질ᄋᆡ 조실쌍친(早失雙親)ᄒᆞ고 혈혈(孑孑)이 ᄌᆞ【49】라, ᄒᆡᆼ혀 위ᄌᆞ현의 군ᄌᆞ지질(君子之質)노 비(比)ᄒᆞ오니, 예붓터 텬졍가연(天定佳緣)이라. 네ᄂᆞᆺ 부뷔 금현(琴絃)2380)이 화(和)ᄒᆞ고 규문(閨門)의 화긔(和氣) 봄이 일워시니, 고금의 드믄 셩질(性質)을 하ᄂᆞᆯ이 ᄉᆞᆯ피ᄉᆞ 영복(榮福)을 누릴가 바라옵더니, 시운(時運)이 불ᄒᆡᆼᄒᆞ여 간인(奸人)의 독슈를 면치 못ᄒᆞ니, 참달(慘怛)2381)ᄒᆞ믈 참지 못ᄒᆞᆯ소이다. 더옥 ᄌᆞ현이 만니 ᄉᆡ외(塞外)의셔 쇼식도 모로믈 참통(慘痛)ᄒᆞ거ᄂᆞᆯ, 명공이 졔젹(諸賊)을 경ᄉᆞ로 보ᄂᆡ여 명졍(明正)이 다ᄉᆞ리던들 【50】 져의 원슈나 쾌히 갑ᄒᆞᆯ낫다소이다."

됴공 왈,

"ᄂᆡ 엇지 그 의ᄉᆡ 업ᄉᆞ리오마는, 젹당이 쳐쳐의 버러시니 길히셔 실포ᄒᆞ미 쉽고, ᄒᆞ믈며 셩상이 엇지 션뎨 일 골육(骨肉)을 죄쥬시리오. ᄒᆞᆫ갓 제신의 닷토믈 인ᄒᆞ여 셩심이 난쳐ᄒᆞ실 ᄲᅮᆫ이니, ᄎᆞ라리 젹뉴를 쾌히 버혀 분을 풀미니, ᄎᆞ후 ᄎᆞ녀 등의 죄악을 다ᄉᆞ릴 날이 잇시리라. 공 등이 삼부인을 안장(安葬)ᄒᆞ미 올흐니, ᄌᆞ현이 도라오미 머럿고 【51】 텬하(天下) 분분(紛紛)ᄒᆞ니, 무고(無故)한 ᄯᅢ의 안장ᄒᆞ미 올흘가 ᄒᆞ나니라."

2377)ᄋᆡ뤼연연(哀淚漣漣) : 눈물이 그렁그렁하여 슬피 우는 모양.

2378)명졍(銘旌) : 죽은 사람의 관직과 성씨 따위를 적은 기. 일정한 크기의 긴 천에 보통 다홍 바탕에 흰 글씨로 쓰며, 장사 지낼 때 상여 앞에서 들고 간 뒤에, 널 위에 펴 묻는다.

2379)츄연역ᄉᆡᆨ(추연역색) : 슬프고 처연하여 얼굴빛이 변함.

2380)금현(琴絃) : 거문고의 줄. *여기서는 '부부의 금슬'을 비유적으로 일컬은 말이다.

2381)참달(慘怛) : 참혹하고 끔찍하여 놀랍기 이를 데 없음.

냥인이 션지ᄇᆡᄉᆞ(善知拜謝)[2382]ᄒᆞ고 물너와 ᄂᆞ라히 치제(致祭)ᄒᆞ시ᄂᆞᆫ 제ᄉᆞᄅᆞᆯ 지ᄂᆡ고, 봉작(封爵)ᄒᆞ시ᄂᆞᆫ 텬은을 고ᄒᆞ여 제문 지어 제(祭)ᄒᆞ니, 삼부인 유령이 알오미 잇셔도 셩상이 만분(萬分) 민면(憫面)ᄒᆞ여 공쥬ᄅᆞᆯ 죄치 못ᄒᆞ시믈 아니, 다만 텬은을 감격히 넉일너라.

이공의 참통ᄒᆞ미 비ᄒᆞᆯ ᄇᆡ 업셔 ᄐᆡᆨ일 안장ᄒᆞᆯᄉᆡ, 동창공쥬 묘측(墓側)의 장(葬)ᄒᆞ니, 비풍(悲風)[2383]이 ᄉᆞ 【52】 긔(四起)[2384]ᄒᆞ고 시름ᄒᆞᄂᆞᆫ 구름이 녕궤(靈几)ᄅᆞᆯ 둘너시니, 됴공이 친히 호상(護喪)[2385]ᄒᆞ고, 부인이 님ᄒᆞ여 잔을 드러 니별ᄒᆞ니, 인인(人人)이 감탄ᄒᆞ고 부인의 셩덕ᄌᆡ모(聖德才貌)ᄅᆞᆯ 앗기고 슬허ᄒᆞ니, 쇼금오 쳐양시 ᄯᅩᄒᆞᆫ 이 소식을 듯고 크게 슬허ᄒᆞ니, 금외 위로ᄒᆞ더라.

원ᄂᆡ 동창궁의셔 요츅(妖畜)을 ᄉᆡᆼ금(生擒)ᄒᆞ무로붓터 삼부인이 크게 근심ᄒᆞ여, 몬져 유랑(乳娘) 시ᄋᆞ(侍兒)로 뎡부의 보ᄂᆡ고, ᄒᆡ 밧괴ᄆᆡ 신양이 긔약(期約)의 군을 거ᄂᆞ려 화음현으로 【53】 몬져 가셔, 작년의 미리 경영(經營)ᄒᆞᆫ 바 ᄆᆡ화장(梅花欌)을 뎡가 복부즁(僕夫中) 근실(勤實)ᄒᆞ니로 영거(領去)ᄒᆞ여 와, 안ᄒᆡ 통ᄒᆞ고 장을 팔기ᄅᆞᆯ 일흠ᄒᆞ여 드러가니, 짐즛[2386] 요인의 길흘 여러쥬어, 부즁(府中) 법젼(法殿)과 위의(威儀) 슉엄(肅嚴)ᄒᆞ믈 뵈려ᄒᆞ고, 삼부인 황홀ᄒᆞᆫ 용ᄉᆡᆨ 단장의 넉시 날고 담을 ᄭᅥ르치게 ᄒᆞᆫ 후, 믄득 졍ᄃᆡ(正大)ᄒᆞᆫ 말ᄉᆞᆷ으로 장을 물니치며, 요녀(妖女)의 한음(閑淫)[2387]ᄒᆞᆫ 안졍(眼睛)으로 방ᄌᆞ히 관쳠(觀瞻)ᄒᆞ미 오ᄅᆡ믈 통한ᄒᆞ니, 은은히 【54】 빗치여 언간(言間)의 져ᄅᆞᆯ 놀ᄂᆡ나, 요둉(妖種)이 엇지 물너ᄀᆞ리오.

다시 궁감(宮監)을 지휘ᄒᆞ여 뎡·뉴 냥부인이 니부인을 긔탄(忌憚)ᄒᆞ여 ᄂᆡ여보ᄂᆡ고, ᄀᆞ마니 다시 ᄉᆞ고ᄌᆞ ᄒᆞᄂᆞᆫ ᄃᆞ시 유랑을 명ᄒᆞ여 넌ᄌᆞ시 분부ᄒᆞ여, 뉴·졍 냥부인 명으로 비밀이 젼ᄒᆞ여 ᄆᆡ화장 당ᄉᆞᄅᆞᆯ 불너 갑ᄉᆞᆯ 무르며, 뒤흐로 드려오니, 졔인이 조ᄎᆞ가 졍문(正門) 노ᄌᆞ의 결장(決杖)ᄒᆞ믈[2388] ᄉᆞ(赦)하고, 후문(後門) 슈직(守直)[2389]이 혼동(混動)ᄒᆞ여 잡인을 금(禁)ᄒᆞ며 장(欌) 사기ᄅᆞᆯ 【55】 일ᄏᆞ라 후문으로 장을 드려가며, ᄯᅩ ᄯᆞ라 오ᄂᆞᆫ 거ᄉᆞᆯ ᄭᆞ며 물니치고, 뎡부인 침당(寢堂) 알ᄑᆡ 장을 놋코, ᄆᆡ화분을 ᄂᆡ여 감쵸고, ᄒᆞᆫ 장의 삼부인이 들고, ᄒᆞᆫ 장의ᄂᆞᆫ 냥상

2382)션지ᄇᆡᄉᆞ(善知拜謝) : 뜻을 잘 깨달아 알고 절하여 사례함.
2383)비풍(悲風) : 몹시 쓸쓸하고 구슬픈 느낌을 주는 바람.
2384)ᄉᆞ긔(四起) : 사방(四方)에서 일어남.
2385)호상(護喪) : 초상 치르는 데에 관한 온갖 일을 책임지고 맡아 보살핌.
2386)짐즛 : 짐짓. 마음으로는 그렇지 않으나 일부러 그렇게.
2387)한음(閑淫) : 한가하고 음탕함.
2388)결장(決杖)ᄒᆞ다 : 『역사』 죄인에게 곤장을 치는 형벌을 집행하다.
2389)슈직(守直) : 건물이나 물건 따위를 맡아서 지킴. 또는 그런 사람.

궁이 진유랑과 능옥·즈란으로 더브러 들고, 궁감이 니부인 녕(令)으로 직촉ᄒᆞ여 ᄂᆞ가니, 신양이 삼부인 드르신 후 장을 뫼셔 슈위의 올니믹, 궁감이 거즛 쑤즈지며 급히 모라가니, 셕양의 졈을 잡고 셰롤 후히 쥬어, 장을 즁쳥(中廳)의 노흐니, 믄득 딕 【56】 로(大路)로 됴ᄎᆞ 녕농(玲瓏)ᄒᆞᆫ 셰ᄀᆞᆺ 금교(錦轎)와 슈십 시ᄋᆡ(侍兒) 호셩(豪盛)ᄒᆞᆫ 긔구와 거록ᄒᆞᆫ 위의로, 졈(店)의 니르니, 졈쥐 능히 막지 못ᄒᆞ여 급히 긱관(客官)2390)을 불너 장을 치우라ᄒᆞᄂᆞᆫ지라.

신양이 나아가 관인(官人)의게 비러 왈,

“믹화장이 크고 움즉이기 어려오니 우리 무리ᄂᆞᆫ 밧긔셔 금야(今夜)를 지ᄂᆡ리니 원컨딕 장을 노화두믈 바라노라.”

관인이 허(許)ᄒᆞ거늘 ᄉᆞ례ᄒᆞ고 물너나니, 화교(華轎)를 붓드러 졈방(店房)의 ᄂᆞ리오고, 장을 밧그로 두루고 문을 다든 후, 【57】 교ᄌᆞ의 온 ᄎᆞ환(叉鬟) 양낭(養娘)이 교ᄌᆞ를 바리고 믹화장을 열고, 삼부인을 붓들어 방즁의 드린 후, 문 밧긔ᄂᆞ, 고두(叩頭)ᄒᆞ여 뵈니, 냥유랑과 능쇼 쳥향 소옥 등이라.

노쥐 셔로 깃브믈 먹음으니 이 교ᄌᆞ를 마됴 가져오미 ᄯᅩᄒᆞᆫ 니부인 명이라.

신양이 냥 노관을 딕ᄒᆞ여 ‘도적 잡으라 가믈 알외라’ ᄒᆞ고, 의복을 곳쳐 칼을 ᄎᆞ고 댱안의 니르러, 몬져 아문(衙門)의 가 됴공긔 고왈,

“쇼장은 위원슈 휘하옵더니, 원슈의 명으로 【58】 이곳의 오온즉, 녹님딕젹(綠林大賊)이 군을 모라 들 형상이 급ᄒᆞ오니, 노야ᄂᆞᆫ 군을 빌니ᄉᆞ 위궁으로 둘너 믹복(埋伏)ᄒᆞ옵고, 쇼장은 안흐로 됴ᄎᆞ 도뎍을 잡ᄋᆞ지이다.”

공이 딕경ᄒᆞ여 급히 군ᄉᆞ를 모라 오쳔인으로 신양을 쥬고, 친히 삼쳔군을 거ᄂᆞ려 나아가 볼 ᄉᆡ, 신양이 군돌을 약속ᄒᆞ여 ᄀᆞ마니 ᄂᆞᄋᆞ가, 장원(牆垣) 밧글 쳘통ᄀᆞᆺ치 에워쓰고 ‘쒸여나○[오]ᄂᆞᆫ 도젹을 결박ᄒᆞ라’ ᄒᆞ고, 궁노(宮奴) 장확(臧獲)을 다 슘겨, 부르기를 기다리라 ᄒᆞ고, 【59】 집 우히 안ᄌᆞ 보더니, 아이오(俄而오)2391) 젹도(賊盜) 슈쳔(數千)이 돌입ᄒᆞ니, 신양이 바라보다가 연지(蓮池)의 밋쳐, 궁인이 ‘부인이 닉슈(溺水)ᄒᆞ다’ ᄒᆞ여, 통곡ᄒᆞ믈 보고 칼을 들고 쒸여 ᄂᆞ려 젹을 쥭이고, 일변으로 됴공이 슈문(水門)을 트고 물을 흘녀 ᄂᆡ며, 도젹을 즙아 됴공의 녕을 기다리던 젹을 다 쳐치ᄒᆞ믹 하직고 가니, 원ᄂᆡ 쳐음의 ᄌᆞ긱을 잡은 후, 빅유랑 등을 보ᄂᆡ여 장을 쑤며 보ᄂᆡ며, ‘교ᄌᆞ를 ᄀᆞᆺ초와 마ᄌᆞ라’ ᄒᆞ고, 다시 요젹(妖賊) 【60】 을 쳐치ᄒᆞᆫ 후, 상원일(上元日)의 밋쳐ᄂᆞᆫ, 풀노 셰 부인 댱단체형(長短體型)을 맛초와 ᄉᆞ롬을 민들고, 속의 삼부인 ᄉᆡᆼ월일시(生月日時)를 써 각각 녀코, 부작(符作)2392)을 너허 깁2393)으로 얼골과 몸을 싸고, 지분으로 ᄎᆡ식(彩色)ᄒᆞᆫ

2390)긱관(客官) : 관아의 사무에 직접적인 책임이 없던 벼슬아치.
2391)아이오(俄而오) : 얼마 안 있다가. 이윽고.

후, 삼부인 의상을 닙혀 화형뎐의 두엇더니, 상원일의 연지(蓮池)의 너코, 부인이 길 난[2394] 후 궁녀의 무리 후원의 잇다○[가] 연지의 가 통곡ᄒᆞ게 ᄒᆞ니, 이거시 다 니부인 계칙(計策)이라.

촌졈(村店)의셔 밤을 지닐ᄉᆡ, 궁즁 경ᄉᆡᆨ(景色)을 ᄉᆡᆼ각ᄒᆞᄆᆡ 【61】 경경불ᄆᆡ(耿耿不寐)[2395]러니, 평명(平明)의 신양이 도라와 낭파를 ᄃᆡᄒᆞ여 넌지시 고ᄒᆞ니, 이부인이 비록 경영ᄒᆞᆫ 일이나 궁인(宮人)의 《창환‖창황(愴恍)》 턴 일을 불상이 넉이더라.

힝ᄒᆞ여 동평지경을 니를 ᄉᆡ, 니부인이 니[이] 길로 두 번 피화(被禍)[2396]ᄒᆞ믈 닐너 탄식ᄒᆞ더라.

ᄎᆞ야(此夜)의 졈방(店房)의셔 쉴ᄉᆡ, 슬푼 곡셩이 은은ᄒᆞᆫ지라. 부인이 경ᄋᆞ(驚訝)ᄒᆞ여 후창을 열고 드르니, 뒤 뫼 밋히 쳐ᄉᆞ의 집이 잇셔 그 속으로 됴ᄎᆞ 통곡ᄒᆞ니, 다만 비원(悲願)이 ᄋᆡᄋᆡ졀졀(哀哀節節)ᄒᆞ여[2397] 텬지를 【62】 부앙(俯仰)ᄒᆞ나 헐 곳이 업ᄉᆞ니, 다만 무궁ᄒᆞᆫ 지통(至痛)이라.

니부인이 참연(慘然) ᄌᆞ상(自傷) 왈,

"이 소ᄅᆡ ○○○○[뉘 이리도] 무ᄋᆡ궁텬지통(無涯窮天之痛)[2398]을 품엇ᄂᆞᆫ고 알고 시브다."

능쇠 ᄃᆡ왈,

"쇼비 아라오리이다"

몸을 니러 ᄂᆞ가 몬져 쥬인다려 문왈,

"져집이 엇지 져리 외로이 잇시며 무ᄉᆞ일 우ᄂᆞ뇨?"

쥬인 왈,

"쇼쳐ᄉᆞ 집이니 쳐ᄉᆡ 갓 망(亡)ᄒᆞ시고 부인이 ᄌᆞ녀를 거ᄂᆞ려 잇시되, 집이 빈곤ᄒᆞ여 시시(時時)의 통곡(痛哭)ᄒᆞᄂᆞ이다."

능쇠 듯고 뫼흘 올나 그 집의 니르니, 집이 기울고 시비(柴扉)[2399]산낙(散落)

2392)부작(符作) : 『민속』 '부적(符籍)'의 변한 말. *부적(符籍): 잡귀를 쫓고 재앙을 물리치기 위하여 붉은색으로 글씨를 쓰거나 그림을 그려 몸에 지니거나 집에 붙이는 종이.

2393)깁 : 명주실로 바탕을 조금 거칠게 짠 비단. ≒사라. *비단(緋緞): 명주실로 짠 광택이 나는 피륙을 통틀어 이르는 말. 가볍고 빛깔이 우아하며 촉감이 부드럽다.≒견포(絹布), 단(緞).

2394)나다 : 밖으로 나오거나 나가다.

2395)경경불ᄆᆡ(耿耿不寐) : 염려되고 잊히지 않아 잠을 이루지 못함.

2396)피화(被禍) : 화(禍)를 입음.

2397)ᄋᆡᄋᆡ졀졀(哀哀節節)ᄒᆞ다 : 몹시 애처롭고 슬프다.

2398)무ᄋᆡ궁텬지통(無涯窮天之痛) : 하늘에 사무칠 만큼 한없는 고통이나 설움.

ᄒᆞ 【63】 니, 가히 그간 영낙(零落)[2400]ᄒᆞ믈 알니러라.

머리를 기우려 보니 방문을 닷고 부인이 곡셩(哭聲)을 긋치지 아니코,, 연소 공ᄌᆞ의 소릐로 부르지져 우ᄂᆞᆫ듸, 부엌의 노양낭(老養娘)이 머리를 슈기고 눈물을 흘녀 틋글을 쓰러 모화 불 너흐니, 솟치[2401] 음식을 닉이ᄂᆞᆫ 거시 업고, 불과(不過) 방즁의 닝긔(冷氣)를 업과져ᄒᆞᄂᆞᆫ 쥴 알니러라.

능쇄 ᄂᆞᄋᆞ가 노고(老姑)를 다릐여[2402] 왈,

"쇼쳡이 쥬인을 뫼셔 이 ᄯᅡ흘 지ᄂᆞ더니 부인의 ᄋᆡ곡(哀哭)이 방인(傍人)을 감동허이시니, 우리 부 【64】 인이 참연ᄒᆞᄉᆞ 아라오라 ᄒᆞ시니, 노파ᄂᆞᆫ 외ᄃᆡ(外待)치 마르소셔."

노픿 우던 눈을 ᄯᅳ고 도라보니, 일기 녀인이 용뫼 도화일지 ᄀᆞᆺ고 쌍셩(雙星)[2403]의 영긔(靈氣) 과인(過人)ᄒᆞ더라. 경혹(驚惑)ᄒᆞ여 냥구슉시(良久熟視)[2404] 왈,

"노쳡의 쥬인의 망극ᄒᆞᆫ 졍ᄉᆞᄂᆞᆫ 실노 쥭기를 엇지 못ᄒᆞ시거니와, 낭ᄌᆞᄂᆞᆫ 엇던 ᄉᆞ름이뇨?"

능쇄 ᄃᆡ왈,

"쳡은 ᄌᆡ상가(宰相家) 쳥의(靑衣)[2405]라 부인의 친당(親堂)의 귀령(歸寧)ᄒᆞ시거니와, 결연이 셔로 도으미 이시리니 의심치 마르쇼셔."

노픿 경희ᄒᆞ여 연망(連忙) 【65】 이 드러가 부인의게 ᄎᆞᄉᆞ를 고ᄒᆞ니, 부인이 울기를 긋치고 ᄌᆞ져(趑趄)ᄒᆞ거ᄂᆞᆯ[2406], 겻히 일위 쇼졔 부인긔 고왈,

"방금의 우리 형셰(形勢) 궤상육(机上肉)이니, 유모로 ᄒᆞ여금 친히 가 졍ᄉᆞ(情事)를 고○○[ᄒᆞ라] ᄒᆞ쇼셔."

부인이 졈두(店頭)ᄒᆞ니 노픿 몸을 두루혀 ᄂᆞ와 능쇼를 ᄯᆞ라 졈(店)의 니르니, 이 부인이 노파(老婆)를 보고 근파(根派)를 ○○[무러]볼ᄉᆡ, 노픿 우러러 부인을 향ᄒᆞ여 눈물을 흘녀 고두 왈,

"쳡의 쥬인은 당나라 어ᄉᆞᄐᆡ우 쇼공의 독ᄌᆡ(獨子)시니, 【66】 명둉(明宗)[2407]

2399)시비(柴扉) : 사립문. 나뭇가지를 엮어서 만든 문짝을 달아서 만든 문.
2400)영낙(零落) : 세력이나 살림이 줄어들어 보잘것없이 됨.
2401)솟치 : 솥에.
2402)다릐다 : 잡아당기다.
2403)쌍셩(雙星) : 『천문』 서로 끌어당기는 힘의 작용으로 공동의 무게 중심 주위를 일정한 주기로 공전하는 두 개의 항성. *여기서는 '두 눈'을 비유적으로 이른 말.
2404)냥구슉시(良久熟視) : 오래도록 눈여겨 바라 봄.
2405)쳥의(靑衣) : 천한 사람을 이르는 말. 예전에 천한 사람이 푸른 옷을 입었던 데서 유래한 말이다.
2406)ᄌᆞ져(趑趄)ᄒᆞ다 : 머뭇거리며 망설이다.=주저(躊躇)하다.

황애(皇爺) 붕(崩)ᄒᆞ신 후, 민뎨(閔帝)[2408] 혼암ᄒᆞ고 노왕(潞王)[2409]이 방ᄌᆞ(放恣)ᄒᆞ거늘, 상쇼ᄒᆞ여 노왕을 뮈이여 이곳의 귀향[2410] 와 계시더니, 오라지 아녀 망ᄒᆞ시니, 우리 상공이 틱부인을 뫼셔 타향의 싱계 곤곤(困困)[2411]ᄒᆞ시되, 고향의 가지 못ᄒᆞ시고 노애 청검(淸儉)ᄒᆞ사 일향(一鄕)의 츄됸(追尊)ᄒᆞ미 되시더니, 거년(去年) 츈(春)의 태부인 상ᄉᆞ를 맛나시니, 슈ᄀᆡ 노복을 파라 안장(安葬)ᄒᆞ시고, 노애 ᄋᆡ훼(哀毁)ᄒᆞᄉᆞ 작동(昨冬)[2412]의 망(亡)ᄒᆞ시니, 이곳이 타향이라. 친쳑이 업고 뉘 구ᄒᆞ리【67】잇가? 맛촘 인가(隣家) 노괴(老姑) 은ᄌᆞ 이십냥을 쥬는 고로 계오 념빙(殮殯)[2413]ᄒᆞ고 장ᄉᆞ를 지닐 길히 업더니, 그 노괴 다시 와 은ᄌᆞ를 쥬고 됴흔 말노 다리여 쇼져를 구혼ᄒᆞ니, 그 ᄌᆡ취(再娶) 냥(梁)ᄂᆞ라 원됵(遠族)으로 이 ᄯᅡ히 와시니, 가ᄌᆡ(家財) 누거만(累巨萬)이요, 가동(家僮)[2414]이 ᄉᆞ오ᄇᆡᆨ이라. 교만발호(驕慢跋扈)[2415]ᄒᆞ여 힝악(行惡)이 {무}불긔탄(不忌憚)[2416]이라. 쥬온(朱溫)[2417] 역적 됵친(族親)인 고로, 노애(老爺) 통히(痛駭)ᄒᆞ사 음신(音信)을

2407)명둉(明宗) : 중국 잔당오대 때의 후당(後唐)의 제2대 황제. 이름 이사원(李嗣源, 867- 933년). 이극용(李克用, 856년-908년)의 양자로 본명은 막길렬(邈佶烈)이며, 재위기간은 926-933. 묘호는 명종(明宗)이다. 선황(先皇) 장종(莊宗)이 난정 끝에 피살되는 국변을 당해 그 후임으로 제위(帝位)에 올랐으나, 국난을 잘 수습하고, 내치에 힘써 잔당오대의 임금들 가운데 재위기간이 가장 길었던 현군(賢君)으로 꼽힌다.

2408)민뎨(閔帝) : 중국 잔당오대 때의 후당(後唐)의 제3대 황제. 이름 이종후(李從厚, 914- 934년). 명종 이사원의 3남. 933년 명종의 사망으로 황제에 즉위하였으나 국권을 장악하지 못하고 이듬해인 934년 명종의 양자 이종가(李宗珂:885-937)에게 살해되었다. 시호는 민제(閔帝)이다. 이종가 또한 제위를 3년도 누리지 못한 채 937년 후당의 창업주 석경당(石敬瑭)에게 패해 자결하였다. 사가(史家)들은 그를 후당의 말제(末帝) 또는 폐제(廢帝)로 기록하고 있다.

2409)노왕(潞王) : 후당(後唐) 제4대 황제 이종가(李從珂, 885-937). 후당의 마지막 황제로 명종 이사원의 양자였고, 명종의 친아들인 민제 이종후를 축출한 후 제위를 차지하였으나, 그 자신도 후진(後晉) 고조 석경당(石敬瑭)에게 축출당했다. 본명은 왕종가(王從珂). 재위기간 934-937. 노왕은 이종가가 황제에 오르기 전 작위다.

2410)귀향 : 귀양. 『역사』 고려·조선 시대에, 죄인을 먼 시골이나 섬으로 보내어 일정한 기간 동안 제한된 곳에서만 살게 하던 형벌. 초기에는 방축향리의 뜻으로 쓰다가 후세에 와서는 도배(徒配), 유배(流配), 정배(定配)의 뜻으로 쓰게 되었다.

2411)곤곤(困困) : 생계가 몹시 곤란하거나 빈곤함.

2412)작동(昨冬) : 바로 전에 지나간 겨울. =지난겨울.

2413)념빙(殮殯) : 염빈(殮殯). 시체를 염습하여 관에 넣어 안치함.

2414)가동(家僮) : 예전에, 한집안에 매인 종을 이르던 말.

2415)교만발호(驕慢跋扈) : 건방지고 잘난 체하며 제멋대로 행패를 부려 함부로 날뜀.

2416)불긔탄(不忌憚) : 기탄없음. 싫거나 거리낌이 없음.

2417)쥬온(朱溫) : 주전충(朱全忠: 852~912)의 초명(初名). *주전충: 오대(五代) 때 후량(後梁)의 태조(太祖: 907-912), 초명(初名)은 주온(朱溫). 당(唐) 말기에 선무절도사(宣武節度使)로서 황소(黃巢)의 난을 평정하는데 공을 세워 양왕(梁王)에 봉해졌다. 이후 권력을 전횡하다가 당 소종(昭宗)과 애제(哀帝)를 차례로 시해하고 개봉(開封)을

통치 아니시니, 감히 구혼치 못ᄒᆞ다가, '어진 ᄉᆞᄅᆞᆷ이 구급(救急)ᄒᆞ미라' ᄒᆞ고, 셩명을 【68】 밧고와 은ᄌᆞ(銀子)를 쥬고 쇽여, 쓴 후 다시 은을 쥬어 유셰(有勢)ᄒᆞ고2418) 협박ᄒᆞ니, 부인이 ᄃᆡ로(大怒)ᄒᆞ여 츄탁(推託)2419)ᄒᆞ니, 젹ᄌᆡ(賊者) 노(怒)ᄒᆞ여 몬져 쓴 은ᄌᆞ를 금시(今時)2420)로셔 징식(徵索)2421)ᄒᆞ니, 욕(辱)이 쳔냥의 밋쳐ᄂᆞᆫ지라. 우리 공ᄌᆡ 연긔(年紀) 유츙(幼沖)ᄒᆞ시나, 비분(悲憤)ᄒᆞ여 엄졀(嚴切)이 졀퇴(絶退)ᄒᆞ시니, 츈젹이 ᄃᆡ로ᄒᆞ여 노복을 거ᄂᆞ려 집을 싸고, 빙소(殯所)를 ᄭᅢ치고 합문(閤門)을 멸ᄒᆞ려 ᄒᆞᄂᆞᆫ지라. 쇼제 친히 ᄂᆞ○[오]사 몸을 슘기지 못ᄒᆞ여 ᄃᆡ화(大禍)를 풀녀 ᄒᆞ시니, 스ᄉᆞ로 말ᄉᆞᆷ 【69】 이 셕목(石木)을 눅이ᄂᆞᆫ지라2422). 젹ᄌᆡ(賊者) 비로쇼 물너나 다시 혼ᄉᆞ를 청ᄒᆞ니, 쇼제 그 무도ᄒᆞᆷ믈 칙ᄒᆞ시고, '삼년 결복(闋服)2423) 후 다시 의논ᄒᆞ리라' ᄒᆞ시니, 젹이 불열 왈, '셩혼(成婚)을 ᄒᆞ라ᄂᆞᆫ ᄃᆡ로 ᄒᆞ려니와, 허혼(許婚)은 무방ᄒᆞ니 혼ᄉᆞ를 허락ᄒᆞ여 ᄆᆡᆼ셰(盟誓)를 두라.' ᄒᆞ니, 쇼제 발검ᄌᆞ결(拔劍自決)코ᄌᆞ ᄒᆞ니, 젹이 쇼져의 ᄌᆡ모(才貌)를 보고 탄지(歎之)ᄒᆞ여 힝혀 ᄌᆞ결(自決)ᄒᆞᆯ가 겁ᄒᆞ여 물너갓더니, 명일(明日) 졔 ᄌᆡ물과 힘을 ᄂᆡ여 상구(喪柩)2424)를 안장(安葬)ᄒᆞ고 다시 구혼ᄒᆞ려 ᄒᆞ니, 【70】 부인과 공ᄌᆡ 그 셰를 막을 길히 업ᄉᆞ니, 젹의 ᄌᆡ물을 ᄒᆞᆫ번 쓴 쥴도 각골비분(刻骨悲憤)ᄒᆞ시거ᄂᆞᆯ 다시 젹ᄌᆞ의 ᄌᆡ물노 귀장(歸葬)ᄒᆞᆫ 즉, 노야의 신녕(神靈)이 ᄂᆞᆯ나실 거시나, 말기(末期)2425)를 능히 엇지 못ᄒᆞ니, 공ᄌᆡ 동평부의 고코ᄌᆞ ᄒᆞ시나, 져 무리○[를] 쳐쳐의 슘겨 길흘 막ᄋᆞ시니, 공ᄌᆡ 유츙○[ᄒᆞᆫ] 뎍신(赤身)으로 당ᄒᆞᆯ 길이 업고, 인인(人人)이 다 두려 일인도 고ᄌᆞ(顧藉)2426)ᄒᆞ리 업ᄉᆞ니, 다만 하날을 불너 호통(號痛)ᄒᆞ실 ᄲᅮᆫ이라. 장ᄎᆞ 쥭고ᄌᆞ ᄒᆞ시나, 노야의 녕연(靈筵)2427)을 지즁(地中)의 뫼시지 못ᄒᆞ여 【71】 시니, 텬고지통(千古之痛)2428)이요, 공ᄌᆡ 호구(虎口)2429)의 ᄲᅢ

수도로 하여 907년 후량을 세웠다. 성격이 잔인하여 많은 사람을 죽였으며, 912년 자신도 장자 주우규(朱友珪)에게 시해 되었다.
2418)유셰(有勢)ᄒᆞ다 : 자랑삼아 세력을 부리다.
2419)츄탁(推託) : 다른 일을 핑계로 거절함.
2420)금시(今時) : 지금 당장. 바로 지금.
2421)징색(徵索) : 돈이나 곡식·물품 따위를 내놓으라고 요구함.
2422)눅이다 : 분위기나 기세 따위를 부드럽게 하다. '눅다'의 사동사.
2423)결복(闋服) : 어버이의 삼년상을 마침.=해상(解喪). 탈상(脫喪).
2424)상구(喪柩) : 사람의 시신(屍身)을 넣은 널. *널: 시체를 넣는 관이나 곽 따위를 통틀어 이르는 말.
2425)말기 : 정해진 기간이나 일의 끝이 되는 때나 시기.
2426)고ᄌᆞ(顧藉) : 돌아보다. 돌보다. 돌보아주다. 보살피다. 보살펴주다.
2427)영연(靈筵) : 죽은 사람의 영궤(靈几)와 그에 딸린 모든 것을 차려 놓는 곳.=궤연(几筵).
2428)텬고지통(千古之痛) : 천고의 슬픔. 오랜 세월을 통하여 그 유례가 드문 슬픔.
2429)호구(戶口) : 범의 아가리라는 뜻으로, 매우 위태로운 처지나 형편을 이르는 말.

져 쇼시를 졀ᄉᆞ(絶祀)ᄒᆞ실지니, ᄇᆡᆨ가지로 궁구ᄒᆞ여도 살 도리 업ᄂᆞᆫ지라. 일만 가지 셜우미 하날의 ᄉᆞ뭇고, ᄯᅥ히 젹젹(寂寂)ᄒᆞ여 알오미 업더니, 부인이 구버 무르시니 노신(老身)의 쥬인이 쳔단비원(千端悲怨)2430)을 ᄀᆞ져 고ᄒᆞ옵ᄂᆞ니, 감히 구졔ᄒᆞ시믈 바라지 못ᄒᆞ나, 궁측(窮惻)ᄒᆞᆫ 정경(情景)을 알외니, 져기 원(寃)이 풀니 듯ᄒᆞ이다."

삼부인이 문파(聞罷)의 참연(慘然)이 옥누(玉淚)를 ᄲᅳ리고, 니부인이 뉴·졍 냥부인을 도라보아 왈,

"우리 ᄌᆞ【72】최 번거ᄒᆞ고2431) 밤이 깁흐니, ᄂᆡ 져 곳의 ᄂᆞᄋᆞ가 의논코ᄌᆞ ᄒᆞᄂᆞ니, 냥 현ᄆᆡ의 쇼견이 엇더ᄒᆞ뇨?"

냥부인이 ᄃᆡ왈,

"져져의 지위 됸즁(尊重)ᄒᆞ시니 가비야이 굴(屈)ᄒᆞ시미 불가ᄒᆞ이다."

니부인 왈,

"그러치 아니타. 나ᄂᆞᆫ 호화(豪華)ᄒᆞᆫ 몸이요, 져 부인은 최마즁(衰麻中)2432)이니 가히 청(請)치 못ᄒᆞᆯ 거시요, 날이 ᄉᆡ면 ᄃᆡ식 그릇 될지라. 우리 삼인이 당년의 녕졍혈혈(零丁孑孑)2433)ᄒᆞ여 의탁이 업던 일을 혜ᄋᆞ리ᄆᆡ, 엇지 쇼가의 망극ᄒᆞᆫ 정경을 지류(遲留)ᄒᆞ리오."

즉시, 유랑의【73】타고 온 소교(小轎)를 타고 시녀로 붓드러 쇼가의 ᄂᆞᄋᆞ갈ᄉᆡ, 노픽 당황ᄒᆞ여 몬져 가 부인의 친님(親臨)ᄒᆞ믈 고ᄒᆞ니, 소공ᄌᆞᄂᆞᆫ 후창(後窓)의 ᄂᆞ 셔고 부인이 ᄯᅳᆯ의 ᄂᆞ려 마ᄌᆞ니, 부인이 교ᄌᆞ의 ᄂᆞ려 셔로 츄양(推讓)2434)ᄒᆞ여 방즁의 드러가 녜필좌졍(禮畢坐定)ᄒᆞ니, 소소졔 ᄂᆞᄋᆞ와 ᄌᆡᄇᆡᆨᄒᆞᄂᆞᆫ지라.

부인이 밧비 답녜(答禮)ᄒᆞ고 눈을 드러보니, 그 부인이 운발(雲髮)을 오ᄅᆡ 쇼ᄋᆞ2435)치 아녀시니 틧글이 가득ᄒᆞ고, 남누ᄒᆞᆫ 소복(素服)과 초췌(憔悴)ᄒᆞᆫ 형용이 ᄎᆞ마 보지못ᄒᆞᆯ지라. 그러나 안정(安靜)ᄒᆞᆫ【74】 녜모(禮貌)와 동지(動止) 유법(有法)ᄒᆞ니 ᄌᆞ못 공경ᄒᆞ고, 쇼져를 보니 운환(雲鬟)2436)이 어즈러워 옥안(玉顔)을 가리와시며, 공신(恭愼)2437) 져두(低頭)ᄒᆞ여 면목을 아라보지 못ᄒᆞ되, 비봉(飛鳳) ᄀᆞᆺᄒᆞᆫ 엇ᄀᆡ와 셤셤셰외(纖纖細腰)2438) ○○○○[ᄲᅡ혀나며], 능셤(能贍)2439)이

2430)쳔단비원(千端悲怨) : 천 가지를 헤아릴 만큼 한없는 슬픔과 원망.
2431)번거ᄒᆞ다 : 조용하지 못하고 자리가 어수선하다.
2432)최마즁(衰麻中) : 상을 당해 상복을 입고 있는 중. *최마(衰麻) : 부모, 증조부모, 고조부모의 상중에 자식들이 입는 상복인 베옷.
2433)녕졍혈혈(零丁孑孑) : 세력이나 살림이 보잘것없이 되어서 의지할 곳이 없는 홀몸.
2434)츄양(推讓) : 남을 추천하고 스스로는 사양함.
2435)쇼ᄋᆞᄒᆞ다 : 빗질하다. 머리를 빗다.
2436)운환(雲鬟) : 여자의 탐스러운 쪽 찐 머리.
2437)공신(恭愼) : 공손히 하고 삼감.

득즁(得中)ᄒᆞ고 슈단(手段)[2440]이 합도(合道)ᄒᆞ더라.

니부인이 말을 펴 왈,

“쳡은 지ᄂᆞᆫ 숀이라. 노파의 말숨을 듯ᄉᆞ오니 경참(驚慘)ᄒᆞ믈 니긔지 못ᄒᆞ과이다.”

ᄒᆞ니 쇼부인 ᄃᆡ답이 엇지ᄒᆞ며, 지낸 슈말(首末)을[이] 엇지ᄒᆞᆫ[된] 곡졀인지 ᄎᆞ청하회분셕(次聽下回分釋)[2441]ᄒᆞ라. 【75】

2438)셤셤세외(纖纖細腰) : 여리고 가느다란 허리.
2439)능셤(能贍) : 재능이 풍부함.
2440)슈단(手段) : 일을 처리하여 나가는 솜씨와 꾀.
2441)ᄎᆞ청하회분셕(次聽下回分釋) : 다음 회(回)의 이야기를 들어보라.

화산션계록 권지십뉵

화표(話表)2442), 어시의 쇼부인이 쳔만비원(千萬悲怨)2443)을 품어 쥭고져 ᄒᆞ여도 쥭지 못ᄒᆞ고 ᄌᆞ녀를 븟들고 죵일달야(終日達夜)2444)토록 울어 진(盡)ᄒᆞ기를 긔약ᄒᆞ니, 녀ᄋᆞ의 빙옥방신(氷玉芳身)2445)이 반다시 명(命)을 바릴 거시오, 아ᄌᆞ의 쥰위늠녈(峻威凜烈)2446)ᄒᆞ미 능히 보젼치 못ᄒᆞᆯ지라.

날이 ᄉᆡᆨ즉 쥬젹의 무리 쳐ᄉᆞ(處士)의 관(棺)을 아ᄉᆞ다가 욱임질2447)노 영장(永葬)2448)ᄒᆞᆯ지니, 아ᄌᆡ 필연 분개ᄒᆞ여 셩명(性命)을 맛츠리니, 출하리 ᄌᆞ녀로 더브러 ᄌᆞ결(自決)ᄒᆞ여 욕(辱)을 보지 말고져 ᄒᆞᆫ 즉, 【1】 가부(家夫)의 관(官)이 텃글 ᄀᆞ온ᄃᆡ 구을니니, 진실노 쳔고(千古)의 업ᄉᆞᆫ 셜우미라. 명일 젹ᄌᆞ(賊者)로 더브러 크게 닷토아 ᄭᅮ짓고 쥭으미 그르리니2449), 다만 명(命)이 금야(今夜) ᄲᅮᆫ이라.

쳐ᄉᆞ ᄉᆡᆼ시(生時)의 녀ᄋᆞ를 어루만저 왈,

"단엄ᄒᆞ고 온화ᄒᆞ며 향염(香艶)ᄒᆞᆫ ᄐᆡ되()態度 씩씩ᄒᆞ니 복이 무궁ᄒᆞ리라."

ᄒᆞ고, ᄋᆞᄌᆞ를 귀즁ᄒᆞ믄,

"입신양명(立身揚名)ᄒᆞ여 이현부모(以顯父母) ᄒᆞ리니 문호를 니르혀리라."

ᄒᆞ던 말숨을 ᄉᆡᆼ각ᄒᆞᄆᆡ, 오ᄂᆡ붕졀(五內崩切)2450)ᄒᆞ여 각골ᄋᆡ호(刻骨哀號)ᄒᆞ나 무가ᄂᆡ하(無可奈何)라. 쳔만 의외의 셩인이 말셰의 강님(降臨)ᄒᆞ여 됸귀(尊貴) 【2】 ᄒᆞᆫ 몸을 가ᄇᆡ야이 니르리오.

은근ᄒᆞᆫ 말숨이 지극ᄒᆞ니 황홀이 의심되고 어린 듯 ᄭᆡ닷지 못ᄒᆞ다가, 그 말을 긋치믈 보고 몸을 니러 ᄌᆡᄇᆡᄒᆞ고 졍ᄉᆞ(情事)를 고ᄒᆞᆯᄉᆡ, 마ᄃᆡ마다 소ᄅᆡ 긋쳐지고 오

2442)화표(話表) : 고소설에서 새로 이야기를 시작할 때 쓰는 '화설(話說)' '설표(說表)' '각설(却說)' 따위와 같은 화두사(話頭詞).
2443)쳔만비원(千萬悲怨) : 헬 수 없을 만큼 많은 원망.
2444)죵일달야(終日達夜) : 하루 해가 다하고 밤이 꼬박 새도록.
2445)빙옥방신(氷玉芳身) : 얼음과 옥처럼 맑고 아름다운 몸.
2446)쥰위늠녈(峻威凜烈) : 위엄이 높고 추상 같이 매서움.
2447)욱임질 : 우김질. 우기는 짓.
2448)영장(永葬) : 편안하게 장사 지냄.=안장(安葬).
2449)그르다 : 어떤 일이 사리에 맞지 아니한 면이 있다.
2450)오ᄂᆡ붕졀(五內崩切) : 오장이 무너나고 끊어짐.

열(嗚咽)ᄒᆞ여 흉금(胸襟)이 엄쉭(掩塞)ᄒᆞ니, 부인이 불승참연(不勝慘然)ᄒᆞ여 홍협(紅頰)의 쥬뤼(珠淚) 구으ᄂᆞᆫ지라.

소소제 ᄯᅩᄒᆞᆫ 오열(嗚咽)ᄒᆞ여 탄셩읍체(歎聲泣涕)ᄒᆞ니, 니부인이 청누(淸淚)를 거두고 ᄀᆞᆯ오ᄃᆡ,

"쳡이 이리오믄 됴고만 계교로 부인의 급화(急禍)를 구코ᄌᆞ ᄒᆞ미니, 상ᄃᆡ(相對) 오읍(嗚泣)ᄒᆞ여 무익(無益)ᄒᆞᆫ지라. 【3】 쳡이 ᄯᅩᄒᆞᆫ 화를 피ᄒᆞ여 집을 ᄯᅥ나 여ᄎᆞ 여ᄎᆞ 장(欌)의 숨어 나오고, 도로의 ᄒᆡᆼ젹이 괴이(怪異)ᄒᆞ여 교부(轎夫)를 즁노(中路)의 와 맛게 ᄒᆞ여시니, 두 ᄂᆞᆺ 빈 장이 ᄒᆡᆼ즁(行中)의 ᄯᆞ로ᄂᆞᆫ지라. 비록 미안ᄒᆞ나 일이 경권(經權)2451)이 잇시니, 영구(靈柩)를 ᄒᆞᆫ 장의 드러 몬져 ᄒᆡᆼᄒᆞ고, 여ᄎᆞ여ᄎᆞ 니목(耳目)을 ᄀᆞ리워 쥬가 도젹을 속여, 둉용(從容)이 삼상을 맛ᄎᆞᆫ 후, 공ᄌᆡ 나히 ᄌᆞ라믈 가다려 원슈를 갑고, 고토(古土)의 도라가시미 올흘가 ᄒᆞ나이다. 가실 곳이 【4】 여ᄎᆞ여ᄎᆞᄒᆞᆫ ᄯᅡ히요, 쳡의 ᄌᆞᄆᆡ 삼인 밧 ᄉᆞ름이 업고, 노복(奴僕) 젼장(田莊)이 죡(足)히 부인의 근심이 업ᄉᆞ리이다. 쳡의 말숨이 진졍소발(眞正所發)2452)이니 의려(疑慮)치 마르시고 밧비 결(決)ᄒᆞ쇼셔."

쇼부인과 쇼제 이 말을 드르ᄆᆡ 영ᄒᆡᆼ(倖幸)ᄒᆞ미 일만 장(杖) 굴헝2453)의 ᄲᆡ진 몸이 돌연이 구소(九霄)2454)의 오른 듯 감격ᄒᆞ여, 마졍방지[종](摩頂放踵)의 갑지 못ᄒᆞᆯ지라.

연망(連忙)이 머리 됴아 은덕을 ᄉᆞ례ᄒᆞᆯᄉᆡ, 이 ᄯᅢ 쇼공ᄌᆡ 창외의셔 드르ᄆᆡ 감은뉴체(感恩流涕)ᄒᆞ여 몸을 《열닙‖기립(起立)》 ᄒᆞ여 드러와 ᄌᆡᄇᆡ(再拜) 복지(伏地) 왈,

"쇼ᄌᆞ 쇼계 【5】 광은 감히 됸부인(尊婦人) 좌젼(座前)의 졀ᄒᆞ옵ᄂᆞ니, 남네 비록 유별ᄒᆞ오나, 쇼ᄌᆡ 바야흐로 팔셰 ᄒᆡ동(孩童)2455)이오니, 밋쳐 녜법을 아지 못ᄒᆞ옵고, 부인의셩덕(盛德)이 모ᄌᆞ(母子) 남ᄆᆡ(男妹)의 목숨을 술오실 ᄲᅮᆫ 아니라, 망친(亡親)의 영궤(靈几)2456)를 보젼(保全)ᄒᆞ고 쇼시 졀ᄉᆞ(絶祀)를 면케 ᄒᆞ시니, 이 은덕은 셰셰ᄉᆡᆼᄉᆡᆼ(世世生生)의 다 갑지 못ᄒᆞ올지라. 쇼ᄌᆡ 비록 외람 황공ᄒᆞ오나, 졀ᄒᆞ여 ᄃᆡ은을 ᄉᆞ례ᄒᆞ나이다."

부인이 경ᄒᆞ(慶賀)ᄒᆞ여 몸을 니러 ᄀᆞᆯ오ᄃᆡ,

"공ᄌᆡ 문외의 계시믈 ᄎᆡ 몰나 청치 못 【6】 ᄒᆞ이다. 쳡의 ᄂᆞ히 공ᄌᆞ긔 십여연이

2451)경권(經權) : 경법(經法)과 권도(權道)를 아울러 이르는 말.
2452)진졍소발(眞正所發) : 참된 속마음에서 우러나오는 바.
2453)굴헝 : 구렁. 움쑥하게 파인 땅. ≒구학(溝壑).
2454)구소(九霄) : ≒층소(層宵). 구천(九天). 가장 높은 하늘.
2455)ᄒᆡ동(孩童) : 어린아이.
2456)영궤(靈几) : 영위(靈位)를 모시어 놓은 자리.=영좌(靈坐).

더으니 무순 혐의 잇ᄉᆞ리오. 원컨ᄃᆡ 결약(結約)ᄒᆞ여 남ᄆᆡ(男妹)의 친친(親親)[2457]ᄒᆞ믈 ᄆᆡᆺ고ᄌᆞ ᄒᆞ나이다."

쇼공ᄌᆡ 머리를 두다리고 눈물을 흘녀 두번 절ᄒᆞ니, 부인 왈,

"ᄯᅥᆨ 임의 반애(半夜) 되여시니 긴 말숨을 못ᄒᆞ오니, 쳡이 몬져 도라가 가졍복부(家丁僕夫)를 보ᄂᆡ리니, 명일(名日) 졈ᄉᆞ(店舍)의 가 말숨ᄒᆞᄉᆞ이다."

이의 니러 교ᄌᆞ의 드러 도라가니, 냥(兩) 부인이 밧비 뭇거늘, 부인 왈,

"조ᄎᆞ 니르리라."

냥파를 불너 '신싱의게 여ᄎᆞ여ᄎᆞ 말을 젼ᄒᆞ【7】라'

ᄒᆞ니, 냥픽 밧긔 ᄂᆞ와 신당군을 ᄎᆞᄌᆞ니, 신양이 쇼부인 비졀(悲絶)ᄒᆞᆫ 곡셩(哭聲)을 듯고 스스로 참연ᄒᆞ여, 닌니(隣里) 다려 대강 곡졀을 무러 드르니, 강개비분(慷慨悲憤)ᄒᆞ여 명일을 이의 머무러 쥬젹(朱賊)을 버혀 급화(急禍)를 구코ᄌᆞ ᄒᆞ되, 부인 힝도를 연고 업시 ᄶᅥ러지미 즁난(重難)ᄒᆞ여 ᄌᆞ져(赼趄)[2458]ᄒᆞ더니, 냥픽 청(請)ᄒᆞ여 무인쳐(無人處)의 가 부인의 말숨을 젼ᄒᆞ니, 신싱이 격졀(激切) 감읍(感泣)ᄒᆞ여 ᄀᆞᆯ오ᄃᆡ,

"쥬공과 부인의 셩심ᄃᆡ덕(聖心大德)이 여ᄎᆞ(如此)ᄒᆞ시니, 상텬이 엇지 슬피지 아니시리오. 삼가 【8】 존명을 밧드러 진심(盡心)ᄒᆞ리이다."

《이제‖이의》 ᄆᆡ화장 시른 슈위를 ᄀᆞ마니 ᄡᅳ어 쵸옥(草屋)의 니르니, 냥픽 몬져 가 고ᄒᆞᄂᆞᆫ지라."

쇼부인 모ᄌᆡ 니부인의 비상ᄒᆞᆫ 긔질과 긔이ᄒᆞᆫ 동지(動止)를 보와, 홀연 상텬진인(上天眞人)이 하강(下降)ᄒᆞ여 구졔(救濟)ᄒᆞ민가 넉이더니, 장이 임의 와시믈 드르ᄆᆡ, 부인이 몬져 구고(舅姑) 가묘(家廟)를 품고 녀ᄋᆞ와 양낭을 거ᄂᆞ려 장의 든 후, 공ᄌᆡ 친히 녕구(靈柩)를 븟드러 장(檣)의 뫼시고 스ᄉᆞ로 그 장의 들ᄉᆡ, 신양이 쇼ᄌᆞ의 비상ᄒᆞ믈 보고 놀나며, ᄉᆞ랑ᄒᆞ여 극진이 【9】 됴심ᄒᆞ여 슈ᄅᆡ를 모라 밧비 힝ᄒᆞ니, ᄯᅥᆨ 졍히 반애(半夜)라.

만뇌구젹(萬籟俱寂)[2459]ᄒᆞ고 미월(微月)[2460]이 몽농(朦朧)ᄒᆞ니, 뉘 잠 아니 ᄌᆞ고 직희리오. ᄉᆞ름이 능히 알니 업더라.

아이(俄而)오, 계셩(鷄聲)이 식ᄇᆡ를 보ᄒᆞ니, 졈즁(店中) 힝인이 다 니러[2461] 각각 길흘 출히더니, 문득 슈삼(數三) ᄃᆡ한(大漢)이 일승교ᄌᆞ(一乘轎子)를 메고 나ᄂᆞᆫ 드시 쇼가의 돌입ᄒᆞ여 크게 들네더니, ᄒᆞᆫ ᄌᆞ로 모진 불노 쵸옥(草屋)을 쇼화

2457)친친(親親) : 마땅히 친하여야 할 사람과 친함.
2458)ᄌᆞ져(赼趄) : 머뭇거리며 망설임.=주저(躊躇).
2459)만뇌구적(萬籟俱寂) : 밤이 깊어 아무 소리도 없이 아주 고요함.
2460)미월(微月) : 초생달.
2461)니러 : 일어나.

(燒火)ᄒᆞ고 교ᄌᆞ(轎子)를 메고 산곡으로 향ᄒᆞ니, 각각 큰 칼과 도치를 잡앗ᄂᆞᆫ지라.

위부 노ᄌᆞ(奴者)와 ᄒᆡᆼ인과 졈쥐(店主), 혹 졈(店) 【10】을 칠가 두려, 병긔를 가지고 분분이 ᄒᆡᆼ도를 바야니, 삼부인이 각각 금교(錦轎)의 오르ᄆᆡ, 일ᄒᆡᆼ이 졍졔(整齊)ᄒᆞ여 길나니, 닌니(隣里)와 졈쥬(店主)ᄂᆞᆫ 쥬젹이 쇼쇼져를 겁탈ᄒᆞᆷ인가 넉엿더니, 날이 느즌 후 쥬가 복뷔 쇼쳐ᄉᆞ 영장(永葬)ᄒᆞᆯ 긔구를 츌혀 왓다가, 집이 소화(消火)ᄒᆞ여 ᄒᆞᆫ 우흠2462) 직 ᄉᆡᆫ이라.

ᄃᆡ경(大驚)ᄒᆞ여 인니(隣里)2463)를 잡ᄋᆞ 무르니, 강도의 작얼(作孼)2464)인 쥴 알고 분노ᄒᆞ나 ᄒᆞᆯ일업셔 도라가니라.

부인 ᄒᆡᆼ게(行車) 완완이 ᄒᆡᆼᄒᆞ여 쥬졈(酒店)의 니르니, 신양이 ᄆᆡ화장을 졈즁(店中)의 뫼 【11】시고 슈십 노ᄌᆞ(奴子)로 더브러 마됴2465) 왓ᄂᆞᆫ지라. 일ᄒᆡᆼ이 졈의 드러 장을 ᄀᆞ리오고 부인과 소져를 븟드러 방즁으로 쳥ᄒᆞᆯᄉᆡ, 부인이 《명년‖영년(靈筵)》 뫼신 장을 열고 공ᄌᆞ를 닛그러 ᄒᆞᆫ가지로 드러오니, 삼부인이 ᄒᆞᆫ가지로 니러 마즌ᄃᆡ, 쇼부인 모녜 눈을 드러보건ᄃᆡ, 셰부인이 신장이 참치(參差)2466)ᄒᆞ고 복식이 졍졔(整齊)2467)ᄒᆞ니, 영요(榮耀)ᄒᆞᆫ ᄉᆡᆨ광이 태양으로 빗츨 닷토ᄂᆞᆫ지라. 졍졍(正正)ᄒᆞᆫ 법도와 양츈(陽春)의 혜ᄐᆡᆨ이 진실노 쳔고의 다시 업ᄂᆞᆫ지라. ᄀᆡ이(奇異)ᄒᆞ미 지란(芝蘭) ᄀᆞᆺ고 상셔로오 【12】미 봉황ᄀᆞᆺᄒᆞ니, ᄉᆡ로이 놀ᄂᆞ고 감은각골(感恩刻骨)ᄒᆞ니, 고두(叩頭) 읍혈(泣血)ᄒᆞ여 은덕을 ᄉᆞ례ᄒᆞᆯᄉᆡ, 삼부인이 일시의 븟드러 긋치게 ᄒᆞ고 불감ᄉᆞᄉᆞ(不堪謝辭)ᄒᆞ여2468), '도즁(道中) 이목(耳目)이 《번긔‖번거)》 ᄒᆞ니2469) 다시 언두(言頭)의 올니지 마르소셔' ᄒᆞᄂᆞᆫ지라.

츄양좌졍(推讓坐定)2470)ᄒᆞ고 소부인을 보건ᄃᆡ, 연긔(年紀)ᄂᆞᆫ 삼십여 셰ᄂᆞᆫ ᄒᆞ고 뇽ᄉᆡᆨ(容色)이 쳥고ᄒᆞ여 초셰(超世) ᄋᆡ용(愛容)이 경국지ᄉᆡᆨ(傾國之色)이라. 부인이 져 모ᄌᆞ의 여러 날 폐식(廢食)ᄒᆞ믈 짐쟉고, 소과향다(蔬果香茶)2471)를 ᄂᆞ오고, 니

2462)우흠 : 움큼. 손으로 한 줌 움켜쥘 만한 분량을 세는 단위.
2463)인니(隣里) : 이웃집과 마을. 또는 그 곳에서 함께 사는 사람들.
2464)작얼(作孼) : 죄를 짓거나 훼방을 놓음.
2465)마됴 : 마주. 서로 똑바로 향하여.
2466)참치(參差) : '참치부제(參差不齊)'의 줄임말. 길고 짧고 들쭉날쭉하여 가지런하지 아니함.
2467)졍졔(整齊) : 정돈하여 가지런히 함.
2468)불감ᄉᆞᄉᆞ(不堪謝辭) : 상대방의 말이나 행동을 차마 감당하지 못해 예를 갖추어 사양함.
2469)번거ᄒᆞ다 : 조용하지 못하고 자리가 어수선하다.
2470)츄양좌졍(推讓坐定) : 서로 상대방에게 권하고 스스로는 사양하여 자리를 잡아 앉음.
2471)소과향다(蔬果香茶) : 채소와 과일과 향기로운 차를 아울러 이르는 말.

어 미쥭(糜粥)과 소찬(素饌)[2472]을 ᄀ져 권ᄒ니, 소부인이 ᄌ녀를 권ᄒ고 스ᄉ로 마셔 쳡쳡(疊疊)[2473] 【12】 감은(感恩)ᄒᆫ 누싊(漏水) 연낙(連落)ᄒ더라,

쇼쇼제 비로소 헛튼 운환(雲鬟)을 즘간 헷쓰니[2474], 옥안혜질(玉顔慧質)[2475]이 교연(皎然)ᄒ여, 초월(初月)이 밋쳐 둥글지 못ᄒ고, 금봉(金鳳)[2476]이 미기(未開)ᄒ여시니, ᄌ약정정(自若貞靜)ᄒ여 어엿분 틱되 졍혼(精魂)이 무루녹으니, 초최(楚楚)ᄒ믹 더옥 소아(素雅)ᄒ고 교연ᄒ며 단엄온즁(端嚴穩重)ᄒ니, 놀납고 ᄉ랑ᄒ오며, 소공ᄌ의 긔위(氣威) 쥰슈(俊秀)ᄒ고 영긔(靈氣) 발월(拔越)ᄒ여, 긴 눈은 단봉(丹鳳)[2477]을 향ᄒ고, ᄂ뷔 눈셥은 텬창(天窓)[2478]을 썰쳐시니, 비원(悲願)을 품어 긔운이 쇠잔(衰殘)ᄒ여시나, 강기격녈(慷慨激烈)ᄒ고 호상엄슉(豪爽嚴肅)ᄒ니 긔이(奇愛)ᄒ믈 【14】 마지아니ᄒ더라.

니부인이 말ᄉᆷᄒ여 각각 셩시를 니를 ᄉᆡ, 쇼부인이 셩은 진시니 그 부친이 명동됴(明宗朝) 예부상셔로 민데(閔帝) 시(時)의 치ᄉ(致仕)ᄒ여 향니로 도라가고, 부인은 구가(舅家)로 ᄯᆞ라 이곳의 와시니, 시년이 삼십ᄉ세요, ᄋᄌ 셰광은 팔셰요 녀ᄋ의 방년이 십이셰라.

유·졍 냥부인이 각각 셩시(姓氏)와 진외뇩파(陳外族派)[2479]를 가져 니를 ᄉᆡ, 진부인이 놀나 왈,

"쳡의 ᄌ뫼 뎡틱ᄉ 손녜시니, 뉴·졍 냥부인이 쳡(妾)[2480]으로 뉵촌형데(六寸兄弟) 되시나이다."

삼부인이 한가지로 경희(慶喜)ᄒ여 긔특이 【15】 골육이 셔로 맛ᄂ믈 깃거ᄒᆯ ᄉᆡ, 니부인이 하례(賀禮) 왈,

"만분 부득이 쳡의 권ᄒ믈 됴ᄎ 이의 오시나, 이리오시미[믈] 방하(放下)[2481]치

2472)소찬(素饌) : 고기나 생선이 들어 있지 아니한 반찬. ≒소선(素膳).

2473)쳡쳡(疊疊) : 근심, 걱정 따위가 많이 쌓여 있음.

2474)헷쓸다 : 헤쳐 쓸다. 묶여 있던 것을 풀어 헤쳐 쓰다듬어 가지런히 하다. *쓸다: 쓰다듬다. 손으로 살살 쓸어 어루만지다.

2475)옥안혜질(玉顔慧質) : 옥처럼 아름다운 얼굴과 슬기로운 자질을 함께 이른 말.

2476)금봉(金鳳) : 금봉화(金鳳花). 봉숭아꽃. *봉숭아: 『식물』 봉선화과의 한해살이풀. 7~10월에 잎겨드랑이에서 나온 2~3개의 가는 꽃자루 끝에 붉은색, 흰색, 분홍색, 누런색 따위의 꽃이 아래로 늘어져서 핀다. 꽃잎을 따서 백반, 소금 따위와 함께 찧어 손톱에 붉게 물을 들이기도 한다. 인도, 동남아시아가 원산지로 전 세계에서 관상용으로 재배한다.=봉선화.

2477)단봉(丹鳳) : ①목과 날개가 붉은 봉황. ②'궁궐'을 달리 이르는 말.

2478)텬창(天窓) : '눈'을 달리 표현한 말.

2479)진외뇩파(陳外族派) : 아버지의 외가 종족.

2480)쳡(妾) : 예전에, 결혼한 여자가 윗사람을 상대하여 자기를 낮추어 이르던 일인칭 대명사.

2481)방하(放下) : 방심(放心). 마음을 다잡지 아니하고 풀어 놓아 버림.

못ᄒᆞ시다가, 의외 귀친(貴親)을 상봉ᄒᆞ시니, 셔어(齟齬)ᄒᆞ미2482) 업ᄉᆞᆫ지라. 쳡이 위ᄒᆞ여 깃거ᄒᆞ나이다. 쳡은 냥ᄆᆡ로 더브러 일신(一身) ᄀᆞᆺᄒᆞ니, 원컨ᄃᆡ 의(義)로 형ᄆᆡ(兄妹)를 ᄆᆡᄌᆞ 소져와 공ᄌᆞ로 더브러 숙질(叔姪)의 졍을 니룬즉, 불안치 아닐 거시오, 쳡이 친쳑이 희쇼(稀少)ᄒᆞ오니 ᄉᆞ심(私心)이[의] 영힝ᄒᆞ미 그윽ᄒᆞ니이다."

쇼부인이 심위[의](心意) 진실노 니부인 말솜 ᄀᆞᆺᄒᆞᆫ【16】지라. ᄉᆞᄉᆞ로 불안ᄒᆞ고 녀ᄋᆡ 졈졈 ᄌᆞ라 타문의 의탁(依託)ᄒᆞᆷ을 깁히 은우(隱憂)를 삼더니, 냥부인이 친쳑의 ○[의(義)] 닛고, 니부인의 여ᄎᆞ(如此) 관곡(款曲)ᄒᆞᆷ을 보니, 깃부고 감격ᄒᆞ여 쳔슈만한(千愁萬恨)을 다 ᄯᅥᆯ쳐 바야흐로 우음을 머금고,

"목젼(目前) 듕화(重禍)를 당ᄒᆞ여 망극ᄒᆞ미 간장(肝腸)의 불이 니러, 통곡으로 날을 맛더니, 우름이 공이 잇셔 부인의 셩심(誠心)을 요동(搖動)ᄒᆞ여, 구원망부(九原亡夫)2483)의게 욕급(辱及)2484)지 아니ᄒᆞ니, ᄌᆞ녀의 목숨을 보젼ᄒᆞ미 여텬희열(如天喜悅)2485)이러니, 이부인이 간담(肝膽)2486)을 본다시 아【17】르시고 냥ᄆᆡ(兩妹)로 지친(至親)의 졍을 펴오니 쉿쉿치 부인 덕음이라. 결의(結義)ᄒᆞᆷ을 니르시니 '불감쳥(不敢請)이연졍 고소원(固所願)이라'2487) 엇지 고ᄉᆞ(固辭)2488)ᄒᆞ리잇고?"

니부인이 ᄃᆡ희(大喜)ᄒᆞ여 진부인긔 졀ᄒᆞ여 형을 삼고, 쇼쇼져와 동ᄌᆡ(童子) ᄌᆡ빅ᄒᆞ여 숙모라 일ᄏᆞ르니, 진부인은 불감ᄉᆞᄉᆞ(不堪謝辭)ᄒᆞ고, 공ᄌᆞ 남ᄆᆡᄂᆞᆫ 환열ᄒᆞ미 극ᄒᆞ더라.

언미진(言未盡)의 힝도(行途)를 바야ᄂᆞᆫ지라. 이의 다시 장(欌)의 들ᄉᆡ, 니부인 왈,

"노파ᄂᆞᆫ 시ᄋᆞ(侍兒)의 무리라. 한가지로 가게 ᄒᆞ고, 져제(姐姐) ᄌᆞ녀를 거ᄂᆞ려 드르쇼셔"

진부인이 과연ᄒᆞ여,【18】ᄋᆞᄌᆞ를 불너 ᄒᆞᆫ가지로 드러 슈일을 힝ᄒᆞ니, 한풍(寒風)이 골졀(骨節)을 불고, 셰셜(細雪)이 비비(霏霏)ᄒᆞ여 일작이2489) 졈의 드니,

2482)셔어(齟齬)ᄒᆞ다 : 틀어져서 어긋나다. 뜻이 맞지 아니하여 서먹하다. ≒저어(齟齬)하다.

2483)구원망부(九原亡夫) : 저승에 있는 죽은 남편. *구원(九原): 저승.

2484)욕급(辱及) : 욕이 미침.

2485)여텬희열(如天喜悅) : 하늘만큼 큰 기쁨.

2486)간담(肝膽) : '간과 쓸개'라는 뜻으로 사람의 '속마음'을 이르는 말.

2487)블감쳥(不敢請)이연졍 고쇼원(固所願)이라 : (마음속으로는 간절하지만) 감히 청하지는 못하나, 진실로 바라는 바이다.

2488)고사(固辭) : 제의나 권유 따위를 굳이 사양함.

2489)일작이 : 일찍이. 일정한 시간보다 이르게.≒일찍.

이부인 일힝을 청ᄒᆞ여 더운ᄃᆡ를 ᄎᆞᄌᆞ 인도ᄒᆞ고, 모ᄌᆞ 삼부인의 의박(衣薄)[2490]ᄒᆞᄆᆞᆯ 염네ᄒᆞ여, 제(諸) 시ᄋᆞ로 ᄒᆞ여금 촉하(燭下)의셔 쇼의(素衣)를 지이더니, 믄득 문밧긔 밥 비ᄂᆞᆫ 소ᄅᆡ 심히 슬푸나, 셩음(聲音)이 호양(浩穰)[2491]여 속ᄌᆡ(俗子) 아닌 쥴 알고, 니부인이 능쇼로 ᄒᆞ여금 밧비 ᄂᆞ아가 보라 ᄒᆞ니, 아이오[2492] 고(告)ᄒᆞ되,

"칠팔세(七八歲) 동ᄌᆡ(童子) 병든 녀ᄌᆞ를 닛그러 쳠하(檐下)【19】의 안ᄌᆞ시니, 헌옷시 살을 가리오지 못ᄒᆞ고, 셜한(雪寒)을 무릅써시니 참연(慘然)ᄒᆞ더이다."

부인이 츄연(惆然)ᄒᆞ여, '밧비 불너오라' ᄒᆞ니, 이윽고 ᄒᆞᆫ 남ᄋᆡ 십여 세 여ᄌᆞ를 닛그러 니로니, 그 녀ᄌᆡ 한 다리를 져러[2493] 촌촌(寸寸)이[2494] ᄂᆞ아오니, 부인이 참연(慘然)ᄒᆞ여 갓ᄀᆞ이 오라 ᄒᆞ여, '더운 음식을 쥬라' ᄒᆞᆫᄃᆡ, 기ᄋᆡ(其兒) 공슈(拱手)[2495] 왈,

"쇼ᄋᆡ 비록 유츙(幼沖)ᄒᆞ나 엇지 ᄂᆡ졍(內庭)의 ᄀᆞᆺᄀᆞ이 가리잇고? 물너 가고ᄌᆞ ᄒᆞᄂᆞ이다"

니부인 왈 ,

"네 비록 남ᄌᆞ나 뉵칠세 유ᄋᆡ(幼兒)니, 무ᄉᆞᆫ 녜(禮)를 《알니‖알미[2496]》 잇다 ᄒᆞᄂᆞᆫ다?"

기【20】ᄋᆡ(其兒) 유유(儒儒)ᄒᆞ여 ᄀᆞᆺᄀᆞ이 ᄂᆞ아오지 아니ᄒᆞ고, 쥬ᄂᆞᆫ 거ᄉᆞᆯ 바다 먹고 하직ᄒᆞ거ᄂᆞᆯ, 부인 왈,

"네 비록 갈지라도 ᄂᆡ 뭇고ᄌᆞ ᄒᆞ미니 이로ᄆᆞᆯ 앗기지 말나. 네 엇던 집 ᄋᆞ히로 도로의 걸식(乞食)ᄒᆞᄂᆞᆫ다?"

기ᄋᆡ 공슈 ᄃᆡ왈,

"부인이 궁측(窮惻)ᄒᆞᆫ 졍ᄉᆞ를 무르시니 엇지 알외지 아니리잇고? 소ᄌᆞ의 셩(姓)은 양이니 조뷔(祖父) 당됴(唐朝) 어ᄉᆞ(御史)로 쥬온(朱溫)의 역텬무도(逆天無道)ᄒᆞᄆᆞᆯ 통한(痛恨)ᄒᆞ여 상소ᄒᆞ여 쇼둉황뎨(昭宗皇帝)[2497] 익쥐의 귀향보ᄂᆡ시

2490)의박(衣薄) : 옷이 두껍지 않고 얇음.
2491)호양(浩穰) : 소리가 크고 우렁참.
2492)아이오(俄而오) : 얼마 안 있다가. 이윽고.
2493)절다 : 한쪽 다리가 짧거나 다쳐서 걸을 때에 몸을 한쪽으로 기우뚱거리다.
2494)촌촌(寸寸)이 : 한 치 한 치 매우 짧은 보폭으로 힘들게.
2495)공슈(拱手) : 절을 하거나 웃어른을 모실 때, 두 손을 앞으로 모아 포개어 잡음. 또는 그런 자세. 남자는 왼손을 오른손 위에 놓고, 여자는 오른손을 왼손 위에 놓는다. 흉사(凶事)가 있을 때에는 반대로 한다.
2496)알미 : 앎이. 아는 것이.
2497)쇼둉황뎨(昭宗黃帝) : 중국 당나라 제19대 황제(재위:888-904) 소종 이엽(昭宗 李曄:867-904). 의종의 일곱째 아들이자 18대 희종의 이복동생. 초명은 걸(傑)이었는데,

니, 쳐즈를 닛그러 가셔 오릭지 아냐 당이 망ᄒᆞ니, 됴뷔 쥬야로 통곡ᄒᆞ 【21】 여인ᄒᆞ여 망(亡)ᄒᆞ시니, 부뫼 이 ᄯᅳᆨ히 와 고향 친쳑의 됸문(存聞)을 알고져 ᄒᆞ다가, 쇼ᄌᆞ의 남미 죄악이 호ᄃᆡ(浩大)ᄒᆞ와, 부모를 여희고 일신이 의뢰무탁(依賴無託)ᄒᆞ온ᄃᆡ, 누의 ᄋᆡ통(哀痛)ᄒᆞ여 병잔인ᄉᆡᆼ(病殘人生)이 되오니 두 눈은 청ᄆᆡᆼ(靑盲)[2498]이 되어 보지 못ᄒᆞ고, 두 팔을 못 쓰고 한 다리 져러 먼니 것지 못ᄒᆞ니, 남ᄆᆡ 닛그러 업더지미 됴셕(朝夕)의 잇ᄂᆞ이다."

부인이 참연타루(慘然墮淚)[2499]ᄒᆞ고 뉴·졍 냥부인과 진부인이 다 쳑연함누(慽然含淚)[2500]ᄒᆞ니, 이부인이 무러 왈,

"네 조부 명ᄌᆞ(名字)를 아ᄂᆞᆫ다?"

기ᄋᆡ 왈

"어이 모 【22】 로리잇고? 됴휘(祖諱)ᄂᆞᆫ 션경이요 부휘(父諱)ᄂᆞᆫ 현ᄌᆞ요 외죠(外祖)ᄂᆞᆫ 공부시랑 진공이니 명ᄌᆞᄂᆞᆫ 영이니이다."

진부인이 ᄃᆡ경(大驚) 왈,

"쳡의 ᄇᆡᆨ부공(伯父公)이 쇼종(昭宗) ᄯᅢ 공부시랑으로 치ᄉᆞ(致仕)ᄒᆞ고 그 필네(畢女) 양가의 젹(籍)ᄒᆞ엿다가 각각 타향의 잇셔 됸망(存亡)을 몰낫더니, ᄎᆞᄋᆞ의 말을 드르니 의희(依俙)[2501]ᄒᆞᆫ지라. 텬하의 혹 동셩명(同姓名)이 잇거니와, 어이 뎍실(的實)이 알니잇가?"

니부인이 경ᄋᆞ(驚訝)ᄒᆞ여 다시 문왈,

"네 연소유ᄋᆞ(年少幼兒)로셔 엇지 뎍보(族譜)를 아ᄂᆞᆫ다?"

기ᄋᆡ ᄃᆡ왈,

"가친(家親)이 소ᄌᆡ(小子) 연유(年幼)ᄒᆞ여 모룰가 념 【23】 녀ᄒᆞ여 써쥬니, 품속의 감초앗ᄂᆞ이다."

부인 왈,

"이 ᄀᆞ온ᄃᆡ 네 친쳑을 ᄎᆞ즐 일이 잇ᄉᆞ니, 가히 보기를 어드랴?"

기ᄋᆞ 품쇽으로셔 비단보히 쓴 ᄎᆡᆨ을 밧드러 드리니, ᄉᆞ부인(四夫人)이 ᄒᆞᆫ가지로 볼ᄉᆡ, 진부인이 본부셰계(本府世系) 녁녁(歷歷)ᄒᆞ니, 슬푸고 깃부믈 니긔지 못ᄒᆞ

즉위 후 엽(曄)으로 개명하였다. 재위 당시 당나라는 지방 절도사들에 의해 사실상 분열된 상태에 있었고, 환관 세력의 발호로 900년에는 소종이 환관 유계술에 의해 감금 당했다가 탈출하는 일이 벌어지기도 했다. 이 때 소종은 절도사 주전충(朱全忠)의 강압으로 수도를 장안(長安)에서 낙양(洛陽)으로 옮겼다가 904년 주전충에게 시해되었다.

2498)청ᄆᆡᆼ(靑盲) : 겉으로 보기에는 눈이 멀쩡하나 앞을 보지 못하는 눈. 또는 그런 사람.=청맹과니(靑盲과니).

2499)참연타루(慘然墮淚) : 슬프고 참혹하여 눈물을 흘림.

2500)쳑연함누(慽然含淚) : 근심스럽고 슬퍼 눈물을 머금음.

2501)의희(依俙) : 기억 따위가 희미하고 어슴푸레하게 떠오름.

여, 친히 문을 ᄂᆞ와 불너 왈,

“너의 외됴 진공은 ᄂᆡ의 ᄇᆡᆨ뷔(伯父)시니, 지친(至親)이 텬ᄋᆡ(天涯)의 흣터져 돈망을 모로다가, 오날 부인 덕음(德蔭)으로 ᄂᆡ와 네 쥭게 된 인ᄉᆡᆼ이 ᄉᆞ라나고, 셔로 맛ᄂᆞ니 엇【24】지 슬푸지 아니리오.”

기ᄋᆡ 이 말을 드르ᄆᆡ 소ᄅᆡ나믈 �センス지 못ᄒᆞ여 우러러 부인을 보고 통곡 왈,

“쇼질의 망극ᄒᆞᆫ 변고(變故)ᄂᆞᆫ 텬지를 부앙(俯仰)[2502]ᄒᆞ나 ᄒᆞᆯ 곳이 업습더니 부모 신령이 도으ᄉᆞ 슉모를 맛나오니 소질 남ᄆᆡ 셕시나 무한이로쇼이다”

진부인 왈

“피ᄎᆞ(彼此) 말이 길고 일긔 엄한(嚴寒)ᄒᆞ니 드러오라.”

쇼공ᄌᆞ를 명ᄒᆞ여 방즁의 드릴ᄉᆡ, 그 녀ᄌᆡ 경희(慶喜)ᄒᆞ여 오라비를 ᄯᆞᆯ와 드러오니, 진부인과 소져 남ᄆᆡ 회포(懷抱)를 펴 슬푸믈 진정치 못ᄒᆞ니, 문흥의 됴부(祖父) 어ᄉᆞ【25】공이 익쥐 젹거ᄒᆞ엿다가, 쇼동(昭宗)이 오계산의 가 쥬온(朱溫)의 핍박ᄒᆞ믈 바다 붕(崩)ᄒᆞ신 쥴 듯고, 쥬야 통곡ᄒᆞ여 병드러 쥭으니, 기ᄌᆞ(其子) 형ᄌᆡ(兄弟) 진(晉)·한(漢)의 벼술ᄒᆞ지 아니코 은거(隱居)ᄒᆞ더니, 부인 진시ᄂᆞᆫ 공부시랑 진영의 네(女)라. 만ᄂᆡ(晩來) 일녀를 ᄉᆡᆼᄒᆞ고, ᄯᅩ ᄋᆞᄌᆞ를 ᄉᆡᆼᄒᆞ니, 녀의 명은 월희요, ᄋᆞᄌᆞ의 명은 문흥이니, 귀즁ᄒᆞ믈 연셩보벽(連城寶璧)[2503]ᄀᆞᆺ치 ᄒᆞ더니, 진부인이 홀연 침질(寢疾) 기셰(棄世)ᄒᆞ니, 쳐ᄉᆡ(處士) 통곡ᄒᆞ고, 녀ᄋᆞᄂᆞᆫ 뉵셰오, 아ᄌᆞᄂᆞᆫ ᄉᆞ세라. 부르지져 ᄋᆡ곡(哀哭)ᄒᆞ니, 양쳐ᄉᆡ ᄌᆞ모【26】를 겸ᄒᆞ여 무휼(撫恤)ᄒᆞ나, 집이 빈한ᄒᆞ고 일ᄀᆡ(一個) 쇼동(小童)이 싀슈(柴水)[2504]를 공급ᄒᆞ니, 쳐ᄉᆡ 후산(後山)의 고ᄉᆞ리를 ᄯᅳᆺ고, 압 밧히 모ᄆᆡᆨ(麰麥)[2505]을 거둘 ᄲᅮᆫ이라.

쳐ᄉᆡ(處士) 고쵸(苦楚)ᄒᆞ믈 ᄎᆞᆷ지 못ᄒᆞ더니, ᄉᆞᄅᆞᆷ이 인진(引進)ᄒᆞ여 시쳡(侍妾)을 어드니, 셩명은 염츈ᄋᆡ라. 인가(人家) ᄎᆞ환(叉鬟)으로 망명(亡命)ᄒᆞᆫ ᄌᆡ(者)라. 간교쳠ᄉᆞ(奸巧諂邪)ᄒᆞ니, 쳐ᄉᆡ 불힝ᄒᆞ나 마지 못ᄒᆞ여 가ᄉᆞ(家事)를 맛지고, ᄌᆞ녀 보양(保養)을 엄치(嚴治)ᄒᆞ니, 츈ᄋᆡ 거즛 ᄉᆞ랑ᄒᆞᄂᆞᆫ 체ᄒᆞ나 엇지 모로리오

쳐ᄉᆡ 일념이 방하(放下)치 못ᄒᆞ더니, 슈년 후 쳐ᄉᆡ 홀연 병셰 ᄎᆞ악(嗟愕)【27】ᄒᆞ니, 스ᄉᆞ로 니지 못ᄒᆞᆯ 쥴 알고 ᄌᆞ녀를 불너 경계 왈,

---

2502)부앙(俯仰) : 아래를 굽어보고 위를 우러러봄. ≒면앙(俛仰), 앙부(仰俯).

2503)연성보벽(連城寶璧) : 연성지벽(連城之璧). 화씨지벽(和氏之璧)을 달리 이르는 말. 화씨지벽은 전국 때 변화씨(卞和氏)라는 사람이 형산(荊山)에서 돌 위에 봉황이 깃들이는 것을 보고 얻었다는 천하의 이름난 옥을 말하는데, 후대에 진(秦)나라 소양왕(昭襄王)이 이 옥을 탐내, 당시 이 옥을 가지고 있던 조(趙)나라 혜문왕(惠文王)에게 진나라 15개의 성(城)과 바꾸자는 제안을 했다는 데서, ‘연성지벽(連城之璧)’이라는 이름이 붙게 되었다고 한다.

2504)싀슈(柴水) : 땔나무와 식수.

2505)모ᄆᆡᆨ(麰麥) : 보리.

“ᄋᆞ녀(我女)ᄂᆞᆫ 쇼소ᄋᆞ네(小小兒女) 아니라. 문홍을 보호ᄒᆞ여 양시 혈ᄉᆞ(血嗣)를 닛고, 남ᄆᆡ 보즁ᄒᆞᆯ지어다.”

쇼져 남ᄆᆡ 일시의 슈명(受命) 혈읍(血泣)이러니, 쳐시 ᄌᆞ녀의 옥슈(玉手)를 잡고 늣기다가 명이 진(盡)ᄒᆞ니, 소져 남ᄆᆡ 호텬벽용(呼天擗踊)[2506]ᄒᆞ여 운졀(殞絶)ᄒᆞ나, 뉘 잇셔 구호ᄒᆞ리오. 츈ᄋᆡ 쳐ᄉᆞ의 빈한ᄒᆞ믈 염(厭)ᄒᆞ여 닌가(隣家) 호남ᄌᆞ(豪男子)를 ᄉᆞ랑ᄒᆞ더니, 왕ᄂᆡ 빈빈(頻頻)ᄒᆞ나 쳐ᄉᆞ를 거리ᄶᅵ더니, 쳐시 망ᄒᆞᆫ 쥴 깃거 ᄒᆞᆫ가지로 도망코ᄌᆞ ᄒᆞ니, 거즛 울 【28】 며 쇼져 남ᄆᆡ를 쥭물도 먹이지 아니코 ᄭᅮ지져 왈,

“박복(薄福)ᄒᆞᆫ 것들이 잇기로 부친을 마ᄌᆞ 여희다.”

ᄒᆞ니, 쇼제 슬푸믈 참ᄋᆞ 소동(小童)과 양낭(養娘)을 파라 부친을 계오 안장(安葬)ᄒᆞ니, 쳐ᄉᆞ의 ᄉᆞ룸되오미 관후슉묵(寬厚肅默)ᄒᆞ고 청고(淸高) 썩썩ᄒᆞ니, 평ᄉᆡᆼ ᄠᅳᆺ이 놉하 벗 ᄉᆞ괴니 업ᄉᆞ니, 쥰쥰무지(蠢蠢無知)[2507]ᄒᆞᆫ 것들이 난니(亂離)를 자로 맛ᄂᆞ니, 무ᄉᆞᆫ 의긔(義氣)로 구ᄒᆞ리오.”

츈ᄋᆡ 간부를 ᄯᅩᆺ츠 도망키를 ᄭᅬᄒᆞᆯ ᄉᆡ, 쇼져를 파라 ᄌᆡ물을 쥐코ᄌᆞᄒᆞ니, 쇼제 연보(年譜) 구셰라. 텬ᄌᆡ(天才) 특츌ᄒᆞ고 도량(度量)이 홍 【29】 원(弘遠)ᄒᆞ니, 그ᄋᆞᆨ이 ᄭᅬ를 알고 ᄉᆞ오일 ᄃᆡ통(大痛)ᄒᆞ여 쥬야혼혼(晝夜昏昏)ᄒᆞ니, 츈ᄋᆡ 갑슐 일흘가 두려 구완ᄒᆞ니, 쇼제 공ᄌᆞ다려 ᄀᆞ마니 ᄠᅳᆺ을 니르고, 인(因)ᄒᆞ여 비각(臂脚)을 ᄌᆞ통(自痛)ᄒᆞ여 ᄒᆞᆫ편을 쓰지 못ᄒᆞ고, 눈을 폐ᄆᆡᆼ(廢盲)ᄒᆞ여 ᄒᆞᆯ일업시 병인(病人)이 되니, 츈ᄋᆡ 악연(愕然) 다라날ᄉᆡ, 쵸옥(草屋)을 불질너 쇼화(燒火)ᄒᆞ니, 공ᄌᆡ 놀나 ᄆᆡ져(妹姐)를 ᄭᅳ어ᄂᆡ고, 가묘(家廟)를 뫼시려 ᄒᆞ나 목쥬(木主) 발셔 불 ᄀᆞ온ᄃᆡ 드럿ᄂᆞᆫ지라.

공ᄌᆡ 호곡(號哭)ᄒᆞ여 불의 들녀 ᄒᆞ니, 쇼제 븟잡고 통곡ᄒᆞ여 왈,

“네 몸 【30】 이 보젼ᄒᆞ면 가묘(家廟)를 다시 밧들니니, 쳔금지신(千金之身)을 홍모(鴻毛)[2508]ᄀᆞᆺ치 바리려ᄒᆞᄂᆞ뇨”

공ᄌᆡ 올히너겨 쥭기를 긋치나 쳔지 망망(茫茫)ᄒᆞ여 남ᄆᆡ 붓드러 통곡ᄒᆞ니, 인인(人人)이 불상이 넉여 다려가 쥭물이나 먹이니, 촌인의 힘이 엇지 ᄉᆞ룸 구제ᄒᆞᆯ ᄌᆡ물(財物)이 잇시며, 뉘 능히 호ᄉᆡᆼ지덕(好生之德)[2509]이 잇ᄉᆞ리오.

쇼져 남ᄆᆡ 살 ᄠᅳᆺ이 업ᄉᆞ나, 야야(爺爺) 님죵유교(臨終遺敎)[2510]를 ᄉᆡᆼ각고 셜우

2506)호텬벽용(呼天擗踊) : 어버이의 상사(喪事)에 상제가 하늘을 우러러 부르짖으며 가슴을 치고 발을 굴러 몹시 애통함.
2507)쥰쥰무지(蠢蠢無知) : 어리석고 미련하며 아는 것이 없음.
2508)홍모(鴻毛) : 기러기의 털이라는 뜻으로, 매우 가벼운 사물을 이르는 말.
2509)호ᄉᆡᆼ지덕(好生之德) : 사형에 처할 죄인을 사면하여 살려 주는 제왕(帝王)의 덕.
2510)님죵유교(臨終遺敎) : 죽음을 맞아 남긴 유언.

믈 츔으나, 의탁홀 곳이 업ᄉᆞ니, 만일 탁병(託病)을 긋치고 ᄉᆞ름의 【31】 게 의지 ᄒᆞ죽, 거의 의식을 니어 ᄌᆞᄉᆡᆼ(自生)홀 도리 《로셔‖를》 ○○○○○[어드려니와], 무뢰방탕ᄒᆞᆫ ᄉᆞ름을 맛날가 두려 일양(一樣) 눈을 감고 다리를 져니, 머리를 푸러 낫출 ᄀᆞ리오고 문흥의게 븟들녀 촌촌이 걸식(乞食)ᄒᆞ니, ᄉᆞ름이 불상이 녁여 밥 숣[2511]이ᄂᆞ 먹이니, 동가(東家)의 밥을 빌고 셔가(西家)의 쳠하(檐下)를 의지ᄒᆞ여 잠ᄌᆞ니, 고쵸(苦楚)ᄒᆞ미 《맛시 잇ᄂᆞᆫ지라.‖몸의 익은지라.》

쇼졔 우도 [2512]아니ᄒᆞ고 말도 아니ᄒᆞ여, ᄭᅳ이여[2513] 걸식ᄒᆞ여 살기를 구ᄒᆞ니, 졈졈 ᄒᆡᆼᄒᆞ여 이 ᄯᅡ히 오미 【32】 러니, '몽미(夢寐) 밧○[긔]'[2514] 니부인 의긔현심(義氣賢心)을 맛나[2515] 슉질(叔姪)이 상봉ᄒᆞ니, 양공ᄌᆞ 남ᄆᆡ 뎌은을 ᄉᆞ례ᄒᆞ니, 삼부인이 참연슈루(慘然垂淚)[2516]ᄒᆞ여, 진부인긔 하례 왈,

"골육이 각각 쳔ᄋᆡ(天涯)의 홋터져 ᄉᆞᄉᆡᆼ을 모로다가, 우연이 상봉ᄒᆞ니 ᄎᆞ(此)ᄂᆞᆫ 다 져져 경ᄉᆡ여ᄂᆞᆯ, 엇지 심ᄉᆞ(心思)를 진졍ᄒᆞ여 냥질을 무휼(撫恤)치 아니ᄒᆞ시ᄂᆞ뇨? 원(願) 져져ᄂᆞᆫ 과상(過傷)[2517]치 마르ᄉᆞ, 냥ᄋᆞ(兩兒)를 관회(寬懷)[2518]ᄒᆞ소셔"

진부인이 쌍뉘여우(雙淚如雨)[2519]ᄒᆞ여 ᄉᆞ례ᄒᆞ고, 쇼공ᄌᆞ 남ᄆᆡ 양쇼져 남ᄆᆡ를 븟드러 【33】 실셩뉴톄(失性流涕)ᄒᆞ니, 삼부인이 위로ᄒᆞ고 시ᄋᆞ(侍兒) 등으로 의상(衣裳)을 다ᄉᆞ려 양공ᄌᆞ 남ᄆᆡ와 진부인 모ᄌᆞ녀를 닙히니, 쇼쇼져와 양공ᄌᆞ 남ᄆᆡ 각골감ᄉᆞ(刻骨感謝)ᄒᆞ여 ᄉᆞ례(謝禮) 쳔만(千萬)이러라.

아이오(俄而오), ᄒᆡᆼ장을 쥰비ᄒᆞ여 길 날ᄉᆡ[2520], 양소져를 니부인 뎡의 넛코, 쇼쇼져ᄂᆞᆫ 뉴부인 《이‖의》 뎡의 넛코, 진부인이 양공ᄌᆞ와 ᄋᆞᄌᆞ(兒子)를 거ᄂᆞ려 장(欌)의 드니, 명일은 화음현을[의] 《등달‖도달》 케 되니, 일ᄒᆡᆼ이 환희ᄒᆞ여 슈월(數月) 광○[음](光陰)[2521]을 도로의 허송ᄒᆞ믈 일킷더라.

ᄎᆞ야(此夜)의 ᄉᆞ위(四位) 부인이 녀질(女姪)을 【34】 거ᄂᆞ려 말ᄉᆞᆷᄒᆞ더니, 격벽(隔壁)[2522]의셔 ᄉᆞ지져 왈,

---

2511)밥숣 : '밥숟가락'이란 뜻으로, '얼마 되지 않는 밥'을 비유적으로 이르는 말.
2512)우다 : 울다. 눈물을 흘리거나 눈물을 흘리면서 소리를 내다.
2513)ᄭᅳ이다 : 끌리다. '끌다'의 피동사. 이끌려 따라가게 되다. *ᄭᅳ다: 끌다.
2514)몽미(夢寐) 밧긔 : 몽매 밖에. 꿈에도 생각지 못하였을 만큼 뜻밖에.
2515)맛나 : 만나. *만나다: 가거나 오거나 해서 둘 이상이 서로 마주 보다.
2516)참연슈루(慘然垂淚) : 슬프고 참혹하여 눈물을 흘림.
2517)과상(過傷) : 지나치게 상심(傷心)함.
2518)관회(寬懷) : 회포를 풀거나 풀게 하다.
2519)쌍뉘여우(雙淚如雨) : 두 눈에서 눈물이 비오듯 흐름.
2520)나다 : 떠나다. 길을 떠나다.
2521)광음(光陰) : 햇빛과 그늘, 즉 낮과 밤이라는 뜻으로, 시간이나 세월을 이르는 말.

“그딕 비록 나히 늙으나 밥먹기를 감(減)치 아냐거놀, 그만[2523] 일을 늙으믈 뉴셰(有勢)[2524]ᄒᆞ고 괴로이 넉이니, 우리 간신(艱辛)이[2525] 경영ᄒᆞ여 공연이 남을 안쳐두고 먹이리오. 명일 타쳐(他處)의 가 됴히 먹으라.”

노파의 소릭 《로 ‖ 이어》 딕(對)ᄒᆞ되,

“쳡(妾)이 ᄌᆞ소(自少)로[2526] 쳔역(賤役)이 닉지 못ᄒᆞ니 이제 노병(老病)이 겸(兼)ᄒᆞ거놀 엇지 셰찬 일을 감당ᄒᆞ리오. 팔ᄌᆡ(八字)[2527] 박복(薄福)ᄒᆞ여 일녀를 강도 놈긔 아이고[2528], 혈혈무탁(孑孑無託)[2529]ᄒᆞ여 낭ᄌᆞ의 집의셔 어더 【35】 먹고 ᄎᆞ환의 소임을 감심(甘心)ᄒᆞ거놀, 노력(老力)이 밋지 못ᄒᆞᆯ 일을 아닛ᄂᆞᆫ다 노(怒)ᄒᆞ니, 엇지 셟지 아니리오.”

기녀 닝쇼 왈

“직상부인 뜻이 놉흐니 무셥도다. 그딕 ᄯᆞᆯ을 닉 강도를 쳥(請)ᄒᆞ여 쥬지 아냣고, 그딕 됸귀(尊貴)히 잇ᄂᆞᆫ 거술 닉 잡ᄋᆞ 오지 아냐시니, 닉 집의 잇기 괴롭거든 가라!”

노파 울며,

“닉 임이 이 집 밥을 먹고 사니 힘의 맛ᄂᆞᆫ 일 아니ᄒᆞᆫ 빅 업거놀, 츅긱(逐客)[2530]ᄒᆞ니 내 힘의 당ᄒᆞᆫ 일 식이고 슈 년만 기다리라.”

기녀 닝쇼 왈,

“슈년 후면 그딕 ᄯᆞᆯ 【36】 이 그덧[2531] 금덩[2532]으로 뫼시라 오ᄂᆞᆫ다? 내 집이 빈궁(貧窮)ᄒᆞ여 쥬야(晝夜) 버으러[2533] 긱관(客官)[2534]을 딕졉ᄒᆞ고 ᄌᆞ싱(自生)ᄒᆞᄂᆞ니, 그딕를 머무르미 어려오니, 식빅ᄂᆞᆫ 다시 ᄒᆞᆫ 슐 쥭도 달난 말 말고 귀ᄒᆞᆫ 녕녀쇼져(令女小姐)[2535]를 ᄎᆞᄌᆞ갈지여다”

2522)격벽(隔壁) : 벽을 사이에 둠.
2523)그만 : 상태, 모양, 성질 따위의 정도가 그만한.
2524)뉴셰(有勢) : 자랑삼아 세력을 부림.
2525)간신(艱辛)이 : 겨우 또는 가까스로.
2526)ᄌᆞ소(自少)로 : 어려서부터. 어렸을 때로부터.
2527)팔ᄌᆡ(八字) : 사람의 한평생의 운수. 사주팔자에서 유래한 말로, 사람이 태어난 해와 달과 날과 시간을 간지(干支)로 나타내면 여덟 글자가 되는데, 이 속에 일생의 운명이 정해져 있다고 본다.
2528)아이다 : 빼앗기다. 잃다.
2529)혈혈무탁(孑孑無託) ; 의지(依支)할 곳 없는 외로운 처지.
2530)츅긱(逐客) : 손님을 푸대접하여 쫓아냄.
2531)그덧 : 그닥. 그러한 정도로. 그렇게까지.
2532)금덩(金덩): 황금으로 호화롭게 장식한 가마.
2533)버으러 : 벌려. 벌려고 하여. *벌다: 일을 하여 돈 따위를 얻거나 모으다.
2534)긱관(客官) : 임시직 벼슬아치. *여기서는 객관(客館)에 묵는 ‘손님’을 달리 이른 말.
2535)녕녀쇼져(令女小姐) : 높으신 분의 귀한 따님. 윗사람의 딸을 높여 이르는 말. =영

노핑, 탄셩읍지(歎聲泣之)[2536] 왈,

"녀९ 어느 곳의셔 어미를 그리고 슬허ᄒᆞᄂᆞᆫ다. 쥭엇거든 금야(今夜)로 어미를 ᄎᆞᄌᆞ가라. 쥭지 못ᄒᆞ고 셜우믈 참ᄋᆞ 견ᄃᆡ믄 녀ᄋᆞ를 다시 맛날가 ᄒᆞ○[미]더니, 쥬인이 핍박ᄒᆞ니 밝ᄂᆞᆫ 날 어ᄃᆡ로 가리오. 출하리 쥭어 모로 【37】 미 올토다."

언파(言罷)의 체읍(涕泣)ᄒᆞ니, 기네 ᄭᅮ지져 왈,

"집의 ᄌᆡ상부인 힝ᄎᆡ 니르러 계시거ᄂᆞᆯ, 소ᄅᆡ를 놉혀 울고 부르지지니, 가부(家夫)의게 죄칙이 오게 ᄒᆞ○[려]ᄂᆞᆫ다? 울고ᄌᆞ ᄒᆞ거든 쾌히 ᄂᆞ가 울나! "

노핑 문밧긔 ᄂᆞ가 부르지져 곡왈(哭曰),

"칠ᄋᆞ야! 네 어미 만상간고(萬狀艱苦)를 겻그믄 혹ᄌᆞ 서로 맛날가 ᄒᆞ미여ᄂᆞᆯ, 하일하시(何日何時)[2537]의 셔로 맛ᄂᆞ리오."

ᄒᆞᄂᆞᆫ지라. 니부인이 의ᄋᆞ(疑訝) 왈,

"능쇼야 져 소ᄅᆡ를 듯ᄂᆞ냐?"

능쇠 소이고왈(笑而告曰)

"소비 드럿ᄂᆞ이다."

니부인 왈

"의심이 가ᄂᆞᆫ 【38】 ᄃᆡ 잇시니 네 ᄯᅩ ᄉᆡᆼ각ᄒᆞᄂᆞ냐?"

쇠 ᄃᆡ왈.

"쇼비 천견(淺見)은 양낭ᄌᆞ 모친인 듯ᄒᆞ이다."

니부인 왈,

"네 ᄂᆞ가 언ᄉᆞ(言辭)를 드러 젹실(的實)ᄒᆞᆫ 쥴 알고 양시 잇ᄂᆞᆫ ᄃᆡ를 ᄀᆞ르쳐 쥬라."

능쇠 웃고 《ᄂᆞ오니‖ᄂᆞ가니》, 뉴·정 냥부인이 문왈,

"져져야! 양칠아ᄂᆞᆫ 뉘니잇고?"

니부인 왈,

"현ᄆᆡ 니젓ᄂᆞ냐? 셕ᄌᆞ(昔者)의 능쇠 아니이르더냐?"

냥부인 왈,

"쇼제 등은 니젓더니 이제야 ᄭᆡ닷과이다[2538]. 져져ᄂᆞᆫ 총명ᄒᆞ시미 니루지명(離婁之明)[2539]이로쇼이다"

애(令愛). *여기서는 '아랫사람의 딸'을 비꼬는 말로 쓰였다.

2536)탄셩읍지(歎聲泣之) : 소리 내어 탄식하며 서럽게 욺.

2537)하일하시(何日何時) : 어느 날 어느 때.

2538)-과이다 : (주로 동사, 형용사의 어간이나 어미 뒤에 붙어)(주로 1인칭 주어와 함께 쓰여) -았/었습니다.

2539)니루지명(離婁之明) : '눈이 매우 밝음'을 비유적으로 이르는 말. 중국 황제(黃帝)

니부인이 츄연(惆然) 탄왈,
“양시 만일 닉 몸을 【39】 딕(代)ᄒᆞ미 업던들, 엇지 ᄉᆞ라 금일 니르러 완연(完然) 평셕(平昔)2540)ᄒᆞ리오.”
냥부인 왈,
“연이나 져 양시 부귀ᄒᆞ미 무궁ᄒᆞ니, 져져를 도로혀 감ᄉᆞ(感謝)ᄒᆞ리이다.”
니부인이 쏘ᄒᆞᆫ 웃고 탄식ᄒᆞ더니, 능쇄 드러와 고왈,
“과연 양시 모친이니, 장ᄎᆞ 쳐치를 엇지 ᄒᆞ리잇고?”
부인 왈,
“엇지 ᄌᆞ시2541) ㅇᆞᄂᆞ뇨?”
쇄 왈,
“근파를 무르니 숨길 것 업ᄉᆞ니, 셩명이 양칠ㅇᆞ요, 귀속의 붉은 ᄉᆞ마귀 이시믈 보왓더니, 표험(標驗)2542)을 니르더이다.”
부인 왈,
“연즉(然卽) 노마(奴馬)2543)를 【40】 쥬어 명일 쇼가로 보닉려니와, 나는 피셰(避世)ᄒᆞᆫ ᄉᆞᄅᆞᆷ이니 근본을 니르지 말고, 다시 여ᄎᆞ여ᄎᆞ(如此如此)ᄒᆞ여 명신(明晨)의 가게 ᄒᆞ라.”
능쇄 슈명ᄒᆞ여 밧긔 나오니, 노픽 월ᄒᆞ(月下)의 안ᄌᆞ 슬피 울거늘, 쇄 알픽 ᄂᆞㅇᆞ가 닐오딕,
“쳡이 《ᄒᆞᆫ‖ᄒᆞᆯ》 말이 잇ᄉᆞ니, 파파(婆婆)ᄂᆞᆫ 우름을 긋치소셔.”
노괴(老姑) 눈물을 거두고 니로딕,
“낭ᄌᆞᄂᆞᆫ 귀인의 시ᄋᆡ(侍兒)라. 쳡 ᄀᆞᄐᆞᆫ 궁인(窮人)을 보고 권권(眷眷)ᄒᆞ니 감은(感恩)ᄒᆞᆫ지라. 무슨 지괴(指教) 잇ᄂᆞ뇨?”
능쇄 왈,
“쳡이 셕년(昔年)의 댱안 동창궁 겻히 니혹ᄉᆞ 노야의 댱소져(長小姐) 시ᄋᆡ(侍兒) 【41】 러니, 녕ᄋᆡ(令愛) 우리 태부인 질ᄋᆞ(姪兒) 탕츈의 아ᄉᆞ가믈 닙어, 곤욕을 겻거 일야체읍(一夜涕泣)ᄒᆞ거늘, 우리 소제 권(勸)ᄒᆞ여 숨겨 쇼승상 ㅇᆞᄌᆞ 소금오 노야의 부인을 삼ㅇᆞ시니, 이제 댱안(長安)셔 평안이 부귀를 누리ᄂᆞᆫ지라. 낭지(娘子) 일야(日夜)2544) 노모를 ᄉᆞ렴(思念)ᄒᆞ여 슬허ᄒᆞ믈 보왓더니, 파파(婆婆)의

때 사람인 이루가 눈이 밝았다는 데서 나온 말이다.
2540)평셕(平昔) : 모든 시간에 걸쳐 계속하여 달라짐이 없이 온전함.
2541)자시 : 자세(仔細)히.
2542)표험(標驗) : 징표(徵標). 어떤 것과 다른 것을 드러내 보이는 뚜렷한 점.=표징(標徵).
2543)노마(奴馬) : ‘노비(奴婢)’와 ‘말’을 함께 이른 말.

아ᄌᆞ(俄者)2545) 비ᄉᆞ고어(悲辭苦語)2546)를 드르니, 과연 그러ᄒᆞᆫ지라. 우리 주인긔 고(告)ᄒᆞ고 일승(一乘) 교ᄌᆞ(轎子)와 안마(鞍馬)를 어덧시니, 명일(明日)의 쳡의 셔간을 가져 몬져 동창궁으로 가셔, 소가의 통ᄒᆞ여 녕ᄋᆡ(令愛) 뫼셔 【42】 가리니 틱부인(太夫人)의 됸즁(尊重)ᄒᆞ믈 바다 여싱(餘生)을 안과(安過)ᄒᆞ리이다."

노괴 이 말을 드르니 황홀난측(恍惚難測)ᄒᆞ여, 능쇼를 드립써 붓들고 닐오ᄃᆡ,

"이거시 실노 니르미냐? 노인을 희롱ᄒᆞ미냐?"

능쇄 우어 왈,

"쳡이 엇지 노ᄌᆞ(老者)를 속이리오. 녕ᄋᆞ(令兒)의 의형을 니르미니 드르쇼셔."

인ᄒᆞ여 칠ᄋᆞ의 용모(容貌) 톄지(體肢)와 그 모친 ᄉᆞ렴(思念)ᄒᆞ던 비ᄉᆞ고어(悲辭苦語)를 다 옴기니, 노픽(老婆) 비로쇼 희열(喜悅) 쾌락(快樂)ᄒᆞ여 손을 묵거 능쇼의게 졀ᄒᆞ고, 칭은(稱恩)ᄒᆞ미 불가셩언(不可成言)이라.

명일(明日) 부인이 냥노관의게 분 【43】 부ᄒᆞ여, 노ᄌᆞ 일인과 일승 교ᄌᆞ를 쥬어 반젼(盤纏)2547)을 ᄀᆞ쵸와 쥬고, 그 의복이 남누(襤褸)ᄒᆞ믈 념녀ᄒᆞ여, ᄉᆡ 의상(衣裳)을 쥬어 닙혀 보ᄂᆡ니, 노파의 환희ᄒᆞ믄 니로 긔록지 못ᄒᆞ고, 쥬인 녀ᄌᆡ 놀나고 붓그려 쥬식을 먹이고 ᄉᆞ례(謝禮)ᄒᆞᄃᆡ, 노픽 흔연 왈,

"낭ᄌᆞ의 쥬지ᄌᆞ믈 인ᄒᆞ여 귀인의 드르시믈 닙어, 녀ᄋᆞ를 ᄎᆞᄌᆞ 보게 되니, 쏘ᄒᆞᆫ 낭ᄌᆞ의 덕이라"

닙엇던 옷슬 버셔 쥬고 다른 옷슬 닙고 소교를 타 도라가니, 능쇼의 의긔(義氣)를 칭춘ᄒᆞ고, 부인이 능쇼의 【44】 게 ᄉᆞ급(賜給)ᄒᆞ시ᄂᆞᆫ 셩덕을 일ᄏᆞ르니, 신싱이 부인의 대덕셩심(大德聖心)을 감탄ᄒᆞ고, 부인이 냥파(양婆)로 미쥬(美酒)를 신싱의게 보ᄂᆡ니, 싱이 황공감은ᄒᆞ더라.

진부인과 소·양 등 졔ᄋᆡ 니부인의 관곡ᄒᆞᆫ 뜻을 감동ᄒᆞ고, 만일 니부인을 맛ᄂᆞ지 못ᄒᆞ엿던들, 셩명이 진(盡)ᄒᆞ여실지라.

니부인이 진부인을 극진히 형으로 ᄃᆡ졉ᄒᆞ나 진부인이 불감(不敢) ᄉᆞ양(辭讓)ᄒᆞ니, 이부인이 그러치 아니믈 희셕ᄒᆞ더라.

힝ᄒᆞ여 텬진산 뎡부의 드러가니, 【45】 노복이 먼니 와 맛고, ᄇᆡᆨ유랑이 모든 시ᄋᆞ를 거ᄂᆞ려 ᄂᆞ와 마ᄌᆞ, 냥부인이 몬져 ᄉᆞ묘(四廟)의 올나 녜ᄇᆡ(禮拜)ᄒᆞᆯ ᄉᆡ, 슬허 톄읍(涕泣)ᄒᆞ더니, 묘각(墓閣)의 정결ᄒᆞ미 셕년으로 다르미 업ᄉᆞ니, 노복의 츙근노셩(忠勤老成)2548)ᄒᆞ믈 깃거 후상(厚賞)ᄒᆞ고, 당ᄉᆞ를 쇄소(灑掃)ᄒᆞ고[여] 진부

2544)일야(日夜) : 밤과 낮을 아울러 이르는 말.=밤낮.
2545)아ᄌᆞ(俄者) : 이전, 지난번, 조금 전, 갑자기.
2546)비ᄉᆞ고어(悲辭苦語) : 슬프고 괴로운 말.
2547)반젼(盤纏) : 노자(路資). 먼 길을 떠나 오가는 데 드는 비용.
2548)츙근노셩(忠勤老成) : 충성스럽고 부지런하며, 경험이 많아 세상일에 익숙함.

인 거쳐를 삼고, 그 겻히 소쳐ᄉᆞ 녕궤(靈几)를 뫼시게 ᄒᆞ며, 일용즙물(日用什物)을 ᄀᆞ초와 ᄎᆞ환(叉鬟) 복부(僕婦) 시ᄋᆞ(侍兒)를 정ᄒᆞ여 복ᄉᆞ(服事)케ᄒᆞ니, 진부인의 삼모녜 감ᄉᆞᄀᆞ골(感謝刻骨)ᄒᆞ더라.

신싱이 하직고 화산으로 향ᄒᆞ니, 삼부인이 지 【46】 삼 칭ᄉᆞ하고, 구고긔 ○○[올린] 슈셔(手書)를 밧드러 화쥐 니르니, ᄎᆞ시(此時) 즁츈긔망(仲春既望)2549)이라.

공이 일ᄌᆞ(日子)2550)를 혜여 회보를 기다리미 ○[간]졀ᄒᆞ더니, 신싱을 보고 대희ᄒᆞ여 셜연관ᄃᆡ(設宴款待)ᄒᆞ고, 그날 변고를 무르니, 신양이 젼후ᄉᆞ를 일일이 고ᄒᆞ니, 위공부뷔 경심ᄎᆞ악(驚心嗟愕)ᄒᆞ더라.

신싱이 슈일 후 하직고 군즁(軍中)으로 향할ᄉᆡ, 공이 ᄋᆞᄌᆞ(兒子)의게 셔신을 붓쳐, '슈히 다려올 바를 니르고, 반ᄉᆞ(班師)2551)홀 ᄯᅢ 말ᄆᆡ암ᄋᆞ2552) 오믈 기다리노라' ᄒᆞ엿더라.

위공이 가졍(家丁) 복부(僕婦)를 【47】 화음의 보ᄂᆡ니, 삼부인의 안부(安否)를 뭇고 츈삼월(春三月)노 ᄐᆡᆨ일ᄒᆞ여 오기를 닐너시니, 삼부인이 구고 셔찰을 밧드러 상(床) 우히 노코, ᄌᆡ빅ᄒᆞᆫ 후 ᄡᅮ러 보기를 맛고, 존교(尊敎)를 봉승ᄒᆞ여 현알ᄒᆞ믈 알외여 노ᄌᆞ를 보ᄂᆡ고, ᄐᆡᆨ일ᄒᆞ여 쇼쳐ᄉᆞ를 안장(安葬)홀 ᄉᆡ, ᄀᆡ구(器具)의 호셩(豪盛)흠과 졔젼(祭奠)의 풍비(豊備)ᄒᆞ미 극진ᄒᆞ니, 진부인과 쇼쇼져 남ᄆᆡ 망극즁(罔極中)이나 대은(大恩)을 명심각골(銘心刻骨)ᄒᆞ더라.

양공ᄌᆞ 남ᄆᆡ 이에 온 후 진부인이 골육의 졍으로 각별 무ᄋᆡ(撫愛) ᄒᆞ고, 【48】 삼부인이 ᄒᆞᆫ갈ᄀᆞᆺ치 ᄉᆞ랑 후ᄃᆡ(厚待)ᄒᆞ나, ᄌᆞᄀᆡ(自己) 지통(至痛)이 《ᄌᆡ심‖ᄌᆞ심(滋甚)》 ᄒᆞ니, 소ᄋᆞ 냥인은 모친을 뫼셔시며, 부친의 됴셕향ᄉᆞ(朝夕享祀)를 밧드러시나, ᄌᆞᄀᆡ 등은 혈혈고고(孑孑孤孤)ᄒᆞ니 구쳔망부모(九天亡父母)를 추모ᄒᆞ여 연연간장(軟軟肝腸)이 ᄭᅳᆺ쳐지니, 목쥬(木主)를 마ᄌᆞ 화즁(火中)의 ᄉᆞᆯ와바리고, 분묘를 님ᄌᆞ 업시 공산심쳐(空山深處)의 더지고, 타향(他鄕)의 뉴락(流落)ᄒᆞ여 도라갈 긔약이 망연ᄒᆞ니, 망친(亡親)의 외로온 혼빅이 유유(儒儒)ᄒᆞ여 어ᄃᆡ를 의탁(依託)ᄒᆞ시ᄂᆞᆫ고? 념네 이에 밋ᄎᆞᄆᆡ 약ᄒᆞᆫ 간담이 바아지ᄂᆞᆫ지라.

병(病)을 【49】 ○[칭]탁(稱託)ᄒᆞ고 머리를 드지 아니코 즘연이 인셰지심(人世之心)이 업ᄉᆞᆫ지라. 문흥공ᄌᆡ 심ᄉᆡ ᄯᅩᄒᆞᆫ 일양(一樣)이라. 두문불츌(杜門不出)ᄒᆞ여 져져(姐姐)를 ᄃᆡᄒᆞ여 쳬읍(涕泣)ᄒᆞ니, 날노 싀훼골닙(柴毀骨立)2553)ᄒᆞ니[여] 도

2549)즁츈긔망(仲春既望) : 음력 2월 16일.
2550)일자(日子) : 날수. 날의 개수,
2551)반ᄉᆞ(班師) : 군사를 이끌고 돌아옴.
2552)말ᄆᆡ암다 : 말미암다. 어떤 현상이나 사물 따위가 원인이나 이유가 되다.
2553)싀훼골닙(柴毀骨立) : 나무토막처럼 심하게 말라 뼈만 앙상하게 서있음.

로혀 동셔걸식(東西乞食)[2554]ᄒᆞᆯ 젹만도 못ᄒᆞ니, 진부인이 만단ᄀᆡ유(萬端改諭)[2555]ᄒᆞ고 소공ᄌᆡ ᄃᆡ의(大義)로 칙ᄒᆞ나, 소져ᄂᆞᆫ 폐식잠와(廢食涔臥)[2556]ᄒᆞ고, 공ᄌᆞᄂᆞᆫ 져져를 붓드러 엄읍(掩泣)ᄒᆞ니, 니부인이 친히 ᄂᆞᄋᆞ가 양쇼져를 볼ᄉᆡ, 양공ᄌᆡ 놀나 니러 맛고, 소져ᄂᆞᆫ 잠연(潛然)[2557]ᄒᆞ여 아지 못ᄒᆞ더라.

부인이 나아가 금침(衾枕)을 【50】 헷치고, 운발(雲髮)을 거두어 니로ᄃᆡ,

"현질이 ᄋᆡ훼(哀毁)[2558]○[를] 더ᄒᆞ여 엇지 이리 환탈(換脫)[2559]ᄒᆞ엿ᄂᆞ뇨?"

양쇼제 비로소 몸을 움즉여 닐고ᄌᆞ ᄒᆞ다가 도로 업더지니, 부인이 ᄃᆡ경ᄒᆞ여 급히 붓드러 누이고, 보미[2560]를 ᄂᆞ와[2561] 흘니니, 냥구(良久) 후(後) 바야흐로 《젼신‖졍신》을 출히거ᄂᆞᆯ, 부인이 연ᄒᆞ여 불너 ᄀᆞᆯ오ᄃᆡ,

"현질의 뜻을 아ᄂᆞ니 쳡쳡지통(疊疊之痛)은 궁텬(窮天)[2562]의 ᄉᆞ못ᄎᆞ나, 스ᄉᆞ로 방신(芳身)을 상(傷)히 와 유훈(遺訓)을 닛고ᄌᆞ ᄒᆞ니, 엇지 쳐음이 잇고 ᄂᆞ동[2563]이 업ᄉᆞ미 아니리오. 쇼회(所懷)를 듯고ᄌᆞ 【51】 ᄒᆞ노라."

소제 오열읍체(嗚咽泣涕)ᄒᆞ여 계오 ᄃᆡ왈(對曰),

"소쳡(小妾)의 심곡을 부인이 임의 ᄇᆞᆰ히 아르시리니 다시 알욀 ᄇᆡ 업ᄂᆞ이다. 쳐음은 문홍을 보젼코ᄌᆞ 만ᄉᆞ쳔ᄉᆡᆼ(萬死千生)ᄒᆞ여 망극ᄒᆞᆫ 지통(至痛)을 닛고, 무궁ᄒᆞᆫ 욕을 감심ᄒᆞ여 도로의 걸식ᄒᆞ비요, 이졔ᄂᆞᆫ 삼위 슉모와 소슉뫼 민지긍지(憫之矜之)[2564]ᄒᆞᄉᆞ 지극히 문홍을 ᄋᆡ휼(愛恤)ᄒᆞ시니, ᄐᆡ산(泰山)의 셰(勢)를 어덧ᄉᆞᆸᄂᆞᆫ지라. 소질(小姪)의 유뮈불관(有無不關)[2565]ᄒᆞ오니 션친(先親)의 고혼(孤魂)을 ᄡᆞ라 뫼시고ᄌᆞ ᄒᆞ미로소이다."

니부인이 졍ᄉᆡᆨ 왈, 【52】

"ᄂᆡ 발셔[2566] 현질을 ᄃᆡᄒᆞ여 니르고ᄌᆞ ᄒᆞ나, ᄉᆞ괴(事故) 연쳡(連疊)ᄒᆞ고 또 현

2554)동셔걸식(東西乞食) : 이집 저집 정처 없이 다니며 음식 따위를 빌어먹음.
2555)만단ᄀᆡ유(萬端改諭) : 여러 가지로 타이름.
2556)폐식잠와(廢食涔臥) : 식음을 끊고 눈물을 흘리며 누워 있음.
2557)잠연(潛然) : 요란하거나 시끄럽지 않고 아무 소리도 없이 조용함.
2558)ᄋᆡ훼(哀毁) : 부모의 죽음을 슬퍼하여 몸이 몹시 여윔.=애훼골립(哀毁骨立).
2559)환탈(換脫) : 사람이 살이 빠져 몰라 볼 정도로 모습이 변함.
2560)보미 : 입쌀이나 좁쌀에 물을 충분히 붓고 푹 끓여 체에 걸러 낸 걸쭉한 음식. 흔히 환자나 어린아이들이 먹는다.=미음
2561)나오다 : (음식을) 내오다.
2562)궁텬(窮天) : 하늘의 끝.
2563)나동 : 나중. 다른 일을 먼저 한 뒤의 차례. ≒내종.
2564)민지긍지(憫之矜之) : 가엾게 여기고 불쌍히 여김.
2565)유뮈불관(有無不關) : 어떤 것의 '있고 없음'이 다른 것의 그것과 아무런 관계가 없음.
2566)발셔 : 벌써. 이미 오래전에.

질이 녹녹(碌碌)ᄒᆞᆫ2567) 소ᄋᆡ 아니니 심지(心志)를 보아 니르고ᄌᆞ ᄒᆞ엿더니, 엇지 여ᄎᆞ(如此) 협ᄋᆡᆨ(狹隘)ᄒᆞᆯ ᄌᆞᆯ 알니오. 쳐음 망극지변(罔極之變)2568)을 맛나, 동셔 표박(東西飄泊)2569)ᄒᆞ니, 병톄(病體)ᄒᆞ여 인인(人人)의 니목(耳目)을 ᄀᆞ리오미 과인(過人)ᄒᆞᆫ 슬긔로ᄃᆡ, 의지(依支)를 어더 안신(安身)ᄒᆞᄆᆡ 또 지친(至親)을 상봉 ᄒᆞ니, 현질이 눈을 ᄯᅳ고 힝보를 평상(平常)이 하미 올커ᄂᆞᆯ, 일양(一樣) 칭병불츌(稱病不出)ᄒᆞ니, 비록 지식이 고상(高爽)ᄒᆞ나, 엇지 외ᄃᆡ(外待)ᄒᆞ미 심(甚)치 아니리오. 진져져와 냥ᄆᆡ 다 【53】 지친(至親)이오, 우슉(愚叔)이 비록 ᄎᆞᆫ회지쉬(寸孝之數)2570) 업ᄉᆞ나, 결의슉질(結義叔姪)ᄒᆞ여 졍의(情誼) 친질(親姪)노 다르미 업거ᄂᆞᆯ, 현질이 엇지 타의(他意)를 두ᄂᆞ뇨? 우슉이 아ᄂᆞ니 현질이 일신의 비원(悲怨)이 ᄆᆡᆺ쳐 다시 ᄉᆡᆼ각지 못ᄒᆞ미로다. 현질 등의 지통(至痛)이 셰간(世間)의 업ᄉᆞᆫ ᄇᆡ나 '신쳬발부(身體髮膚)ᄂᆞᆫ 슈지부뫼(受之父母)라'2571). 네 만일 쥭어 고혼(孤魂)이 명명(冥冥)이2572) 부모를 뫼시나, 녕션부모(令先父母)2573) 유령(幽靈)이 긴 명을 ᄌᆞ레 ᄭᅳᆺᄎᆞ믈 통셕(痛惜)ᄒᆞᄉᆞ 용납지 아니실 거시오. 알오미 업슬진ᄃᆡ 속졀업시 부모의 ᄉᆡᆼ휵지은(生慉之恩)2574)과 구로지은(劬勞之恩)2575)을 져 【54】 바려 만고불회(萬古不孝)되고, 문흥의 셜우믈 ᄭᅵ칠 분이라. 현질이 소ᄋᆞ의 편모(偏母) 시봉(侍奉)ᄒᆞ믈 불워ᄒᆞ고, 지통(至痛)이 더으나, 문흥은 일ᄆᆡ를 마ᄌᆞ 일코쇼 셰광의 남ᄆᆡ 우공(友恭)ᄒᆞ믈 본 즉, 그 지통을 더으게 ᄒᆞ미라. 부모의 《ᄌᆡ익∥ᄌᆞ익(慈愛)》 ᄒᆞ믄 남녀의 ᄒᆞᆫ 가지라. 위인ᄌᆡ(爲人子)2576) 효뎨(孝悌)2577)ᄒᆞ여 현양부모(顯揚父母)2578)ᄒᆞ여 하ᄂᆞᆯ ᄀᆞᆺᄒᆞᆫ ᄃᆡ은을 만분지일(萬分之一)이나 갑흘 거시여

2567)녹녹(碌碌)ᄒᆞ다 : 평범하고 보잘것없다.

2568)망극지변(罔極之變) : 어버이나 임금의 상(喪)을 당함.

2569)동셔표박(東西飄泊) : 고향을 떠나 정처 없이 떠돌아다님.

2570)ᄎᆞᆫ회지쉬(寸孝之數) : =촌복지수(寸服之數). 상례(喪禮)에서 상인(喪人)이 저마다 입는 상복(喪服=孝服)의 복제(服制)를 정하는 기준이 되는 촌수(寸數), *복제(服制): 상례(喪禮)에서 정한 오복(五服)의 복제. 즉 참최(斬衰), 재최(齋衰), 대공(大功), 소공(小功), 시마(緦麻)를 이른다.≒복(服). *촌수(寸數): 친족 사이의 멀고 가까운 정도를 나타내는 수(數). 또는 그런 관계.

2571)신쳬발부(身體髮膚)ᄂᆞᆫ 슈지부뫼(受之父母)라 : '내 몸과 터럭과 살갗은 다 부모에게서 받은 것이다' 뜻으로, 부모에게서 물려받은 몸을 소중히 여겨야 한다는 말. 『효경(孝經)』 <개종명의(開宗明義) 장에 나온다.

2572)명명(冥冥)이 : 명명(冥冥)히. 겉으로 나타남이 없이 아득하고 그윽하게.

2573)녕션부모(令先父母) : '남의 돌아가신 부모'를 높여 이르는 말.

2574)ᄉᆡᆼ휵지은(生慉之恩) : 낳아서 길러주신 은혜.

2575)구로지은(劬勞之恩) : 자식을 기르느라 수고하신 어버이의 은덕.

2576)위인자(爲人子) : 어떤 사람의 자식으로 태어남. 또는 그 자식.

2577)효제(孝悌) : 효우(孝友). 부모에 대한 효도와 형제에 대한 우애를 통틀어 이르는 말.

늘, 이제 현질 남미 정스는 타인과 다른지라. 문흥의 셩장호미 일일(日日) 밧분지라. 집을 일우고 스(嗣)[2579]를 창(昌)호미 문흥 【55】 의 신상(身上)의 잇거늘, 폐식잠와(廢食涔臥)호여 날을 맛고 밤을 니으니, 연연약장(軟軟弱腸)[2580]이 언마호여 상(傷)호리오. 《텬상 ‖ 신상(身上)》 의 골졀(骨節)이 녹앗느니, 긔한(飢寒)[2581]이 극(極)호여 폐부의 병이 드럿느냐? 현질이 십세 넘지 못호여시나, 견식이 홍원(弘遠)호니 규중의 스군지(士君子)[2582]라. 마음을 억제호고 평상이 쳐신호여 문으의 지통(至痛)을 져기 위로호라."

양공지 시좌(侍坐)호여시니 엇지 니부인 말을 듯지 못호리오. 감읍뉴쳬(感泣流涕)호고 지빈 왈,

"소질이 연유미거(年幼未學)[2583]호와 득죄어명교(得罪於名教)[2584]러니, 슉모 【56】 의 붉으신 셩교(聖教)를 듯스오니, 쇼질(小姪)의 불민(不敏)호믈 씨듯지 못호리잇가? 슉뫼 쇼질을 두 번 술오시미니[라]. 민지 《니르디 ‖ 이미》 위틱훈 쓰히 능히 스라시니, '이제 됴고만 질양(疾恙)이 잇시나 쥭을니 업스니, 경동치 말나' 호오나, 고고히 촉뇌(髑髏)[2585]되여 금니(衾裏)의 쓰혀시믈 츰으 보옵지 못호옵고, 소형의 남민 모친을 뫼셧는 것 곳 보오면, 셜우미 흉억(胸臆)의 믹쳐, 일민(一妹)의 병을 인(因)호와 지통(至痛)이 익심(益甚)호오니, 식음(食飮)을 쥬시나 먹지 못호고, 밤을 당호나 즈지 못 【57】 호옵더니, 원닉 민져(妹姐)는 쥭기를 즈분(自憤)호여 소질을 쇽여시니, 엇지 노(怒)홉고 셟지 아니리잇고?"

언파(言罷)의 쌍뉘(雙淚) 의슈(衣袖)[2586]를 덕시니, 양쇼졔 냥슈(兩手)로 쓰흘 집허 부인 명교(名教)를 고요이 드르니, 바야흐로 츈몽(春夢)[2587]이 씸 굿고, 아[2588]의 소회(所懷)를 드르니 즈긔 소집(所執)[2589]이 협익(狹隘)훈 쥴 쾌히 씨드라, 몸을 니러 지빈(再拜) 스죄(謝罪) 왈,

---

2578)현양부모(顯揚父母) : 부모의 이름, 지위 따위를 세상에 높이 드러냄.
2579)스(嗣) : 후사(後嗣). 대(代)를 잇는 자식.≒후승(後承).
2580)연연약장(軟軟弱腸) : 여리고 약한 마음. *약장(弱腸): 약한 '창자' 또는 '마음'.
2581)긔한(飢寒) : 굶주리고 헐벗어 배고프고 추움.
2582)스군지(士君子) : 덕행이 높고 학문이 뛰어난 사람.
2583)연유미거(年幼未學) : 아직 나이 어려 철이 없고 사리에 어둡다.
2584)득죄어명교(得罪於名教) : 사람이 마땅히 지켜야 할 가르침을 지키지 못해 죄를 얻음. *명교(名教): ①사람이 마땅히 지켜야 할 바를 밝힌 가르침. ② '유교'를 달리 이르는 말.
2585)촉뇌(髑髏) : 촉루(髑髏). 살이 전부 썩은 죽은 사람의 머리뼈.=해골.
2586)의슈(衣袖) : 옷의 소매.
2587)츈몽(春夢) : 봄에 꾸는 꿈이라는 뜻으로, 덧없는 인생을 비유적으로 이르는 말.
2588)아 : 아우. 동생.
2589)소집(所執) : 마음속에 잡고 있는 생각. 또는 어떤 일에 종사하여 잡고 있는 일.

"소질이 연유미렬(年幼迷劣)ᄒᆞ와 쇼견(所見)이 협칙(狹窄[2590])ᄒᆞ오니, 오직 일명을 ᄭᅳᆺ쳐 셜우믈 모로옵고ᄌᆞ ᄒᆞ옵더니, 슉모 명훈(明訓)을 듯ᄌᆞ오니, 쇼질의 아득ᄒᆞᆫ 흉치(胸次)[2591] 상【58】연(爽然)ᄒᆞ온지라. ᄎᆞ후ᄂᆞᆫ 삼가 됸교(尊敎)ᄅᆞᆯ 봉승(奉承)ᄒᆞ오리니, ᄎᆞ후 일월(日月)은 다 슉모의 쥬신 일월이로쇼이다."

《언ᄎᆞ‖언ᄑᆡ(言罷)》의 금니(衾裏)ᄅᆞᆯ 물니치고, 쇼두(蕭頭)[2592]ᄅᆞᆯ 헷ᄡᅳ러[2593] 니부인을 우러러 보더니, 낭셩츄파(朗星秋波)[2594]의 츄쉬(秋水)[2595] 동(動)ᄒᆞ여 옥안화험(玉顔花臉)[2596]의 구으ᄂᆞᆫ지라. 부인이 셤슈(纖手)[2597]ᄅᆞᆯ 잡고 운빈(雲鬢)을 어루만져 닐오ᄃᆡ,

"현질이 앗가 말을 쾌히 ᄒᆞ더니 엇지 여ᄎᆞ 상회(傷懷)[2598]ᄒᆞᄂᆞ뇨?"

소졔 오열(嗚咽) 냥구후(良久後) ᄃᆡ왈,

"슉모 됸안을 유의ᄒᆞ미 업숩더니, 금일 앙쳠(仰瞻)ᄒᆞ오니 의희(依俙)[2599]이 망모(亡母) ᄀᆞᆺᄒᆞ신 곳이 만ᄒᆞ【59】시니 슬픈 회푀 더으도소이다."

니부인이 다시 보건ᄃᆡ 월익무빈(月額霧鬢)[2600]과 셜부화틱(雪膚花態)[2601] ᄌᆞ가와 방불(彷彿)ᄒᆞᆫ지라. 의ᄋᆞ(疑訝) 왈,

"녀ᄌᆞ 용뫼 방불ᄒᆞ나 골육이 난호이지 아냐신즉 엇지 여ᄎᆞᄒᆞ리오. 현질의 됵파(族派)ᄅᆞᆯ 아랏ᄂᆞ니 외가됵파(外家族派)ᄂᆞᆫ 뉘시뇨?"

쇼졔 ᄃᆡ왈,

"외조모 상부인은 승상 상유한의 ᄎᆞ녜(次女)니이다"

언미진(言未盡)의 니부인이 소져ᄅᆞᆯ 븟들고 쳬루(涕淚) 왈,

"ᄂᆞ의 모친은 상 승상(丞相) 뎨(弟) 삼녜(三女)시니, 너의 모친이 ᄂᆞ의 표형(表兄)[2602]이시니 엇지 괴이ᄒᆞ리오"

2590)협칙(狹窄) : 협착(狹窄). 차지하고 있는 자리가 매우 좁음.
2591)흉치(胸次) : 마음속 깊이 품은 생각.=흉금(胸襟).
2592)쇼두(蕭頭) : 쑥대머리. 머리털이 마구 흐트러져 어지럽게 된 머리. =봉두(蓬頭).
2593)쓸다 : 헤쳐 쓸다. 묶여 있던 것을 풀어 헤쳐 쓰다듬어 가지런히 하다. *쓸다: 쓰다듬다. 손으로 살살 쓸어 어루만지다.
2594)낭성추파(狼星秋波) : 낭성(狼星; 늑대별)처럼 빛나고 가을 물결처럼 맑은 눈빛.
2595)츄수(秋水) : 가을철의 맑은 물. *여기서는 가을 물처럼 맑은 '눈물'을 비유적으로 표현한 말.
2596)옥면화험(玉面花臉) : 옥처럼 맑은 얼굴의 꽃처럼 아름다운 뺨. *'臉'(뺨 검)의 음은 '검'이다. 그러나 '조선조소설'에서 이 글자의 음은 모두 '험'으로 표기하고 있다.
2597)셤슈(纖手) : 가냘프고 여린 손.
2598)상회(傷懷) : 마음속으로 애통히 여김.
2599)의희(依俙) : ①거의 비슷하다. ②물체 따위가 희미하고 흐릿하다.
2600)월익무빈(月額霧鬢) : 달처럼 둥근 이마와 안개가 서린 듯한 하얀 귀밑털.
2601)셜부화틱(雪膚花態) : 눈처럼 흰 살결과 꽃처럼 고운 맵시.
2602)표형(表兄) : 외종사촌 형.

양공ᄌ 남ᄆ ᄎ언을 드【60】르ᄆ 망모(亡母)를 ᄉ각ᄒ여 슬푸고 반겨, 부인 슬상의 업ᄃ여 냥구(良久)체읍(涕泣)ᄒ니, 부인이 냥질(兩姪)을 어루만져 옥뉘(玉淚) 방방(滂滂)ᄒ니, 진부인 이르러 와 니부인을 보고 경ᄋ(驚訝) 문왈,

"부인이 ᄒ고(何故)로 상회ᄒ여 병ᄋ(病兒)의 심ᄉ를 돕ᄂ뇨?"

니부인이 청누(淸淚)를 념엄(斂掩)2603)ᄒ여 왈,

"냥질 남ᄆ를 의로 ᄆ잣더니, ᄉ각 밧 혈육이 난호엿던 쥴 알니오."

드ᄃ여 셜파ᄒ니 진부인이 놀나고 깃거ᄒ더라. 니부인이 진부인을 향ᄒ여 왈,

"져져(姐姐)를 우럴미 타별(他別)2604)ᄒ【61】거놀, 쇼ᄆ(小妹)를 외ᄃ(外待)2605)ᄒᄉ 아오2606)로 일카르시지 아니시니, 쇼ᄆ 깁히 유감(遺憾)ᄒ이다."

진부인이 잠쇼 왈,

"외ᄃ(外待)ᄒ미 아니라 외람(猥濫)ᄒ여 그러ᄒ이다."

니부인 왈,

"우리 무리 녀ᄌ의 결의ᄒ미 비록 도원(桃園)의 향을 픠오고, 하늘긔 고ᄒ미 업ᄉ나, 마음인죽 엇지 고인을 ᄯ로지 못ᄒ리오. 져제(姐姐) 일양(一樣) 쇼ᄆ를 아오로 일캇지 아니시면, 쇼ᄆ 붓그려 다시 뵈올 ᄂ치 업ᄂ이다."

진부인이 처연(悽然) 슈루(垂淚) 왈,

"쳡이 부인의 산히(山海) ᄀ흔 은덕을 입어시니, 슈【62】화(水火)의 ᄉ양치 아니려든, ᄒ믈며 결약형데(結約兄弟)ᄒ여 감은ᄒ미 쳡쳡(疊疊)ᄒ니, 엇지 거ᄉ리고ᄌ ᄒ리오. 황연(惶然)ᄒ여 언ᄉ(言辭) 거오(倨傲)치 못ᄒ오미러니, 현ᄆ(賢妹) 셩의(聖意) 여ᄎᄒ니 엇지 후의(厚誼)를 어긔오리오."

니부인이 대희ᄒ여 우음을 먹음어 왈,

"져제 바야흐로 ᄆᄆ(妹妹)라 ᄒ시니, 쇼ᄆ ᄯ이 흔연(欣然)ᄒ여이다."

양쇼졔 비로쇼 화긔(和氣)를 여러시니, 아연(峩然)이2607) 츄공텬(秋空天)2608)이오 의의[희](依俙)히 ᄐ허만니(太虛萬里)2609) ○○○[써잇ᄂ] 일뉸은셤(一輪銀蟾)2610)이라.

2603)념엄(斂掩) : 눈물 따위를 옷깃으로 가리거나 닦음

2604)타별(他別) : 보통과 구별되게 다름. =특별(特別)

2605)외ᄃ(外待) : 푸대접. 정성을 들이지 않고 아무렇게나 하는 대접. ≒냉대(冷待),

2606)아오 : 아우. ①같은 부모에게서 태어난 사이거나 일가친척 가운데 항렬이 같은 남자들 사이에서 손아랫사람을 이르는 말. 주로 남동생을 이를 때 쓴다. ②나이가 든 친한 여자들 사이에서 나이가 많은 사람이 나이가 적은 사람을 이르거나 부르는 말.

2607)아연(峩然)이 : 높이 뜬 구름처럼 높고 높은 모양.

2608)츄공텬(秋空天) : 공활(空豁)한 가을 하늘.

2609)ᄐ허만니(太虛萬里) : 끝없이 넓고 먼 하늘.

2610)일뉸은셤(一輪銀蟾) : 수레바퀴처럼 둥근 달. *은섬(銀纖): '은빛 두꺼비'라는 뜻으

정졍(貞靜)훈 긔상은 슈국(水國)2611)의 옥뉘(玉淚) 싸리고, 난혜(蘭蕙)2612)훈 풍도(風濤)는 【63】 겸금(兼金)2613)을 녀슈(麗水)2614)의 씨셔스니, 아아(峨峨)2615)훈 운빙(雲鬢)2616)은 동졍파릉(洞庭巴陵)2617)의 물결이 닌닌(粼粼)2618)ᄒᆞ고, 염염(艷艷)훈 보험(酺臉)2619)은 부용(芙蓉)이 징담(澄潭)2620)의 쇼ᄉᆞ나니, 좌즁이 깃브며 두굿기고, 문흥공지 깃거ᄒᆞ믈 니로 긔록지 못홀지라.

양공ᄌᆞ의 ᄉᆞ름되오미 효위(孝友) 츌뉴(出類)ᄒᆞ니, '뉵ᄋᆞ(蓼莪)의 슬푸믈'2621) 먹음어 입을 여러 웃는 일이 업ᄉᆞ니, 니부인이 골오ᄃᆡ,

"이곳이 타향 긱지요, 가뫼(家母) 아니 계시나, 현질 등이 심ᄉᆞ(心思)를 우러러 붓칠 곳이 업ᄉᆞ니, 돈슉(尊叔)의 허위(虛位)를 빅셜ᄒᆞ고, 여등(汝等)의 지통(至痛)을 풀미 엇더ᄒᆞ뇨? ᄂᆡ 【64】 당당이 집을 슈리ᄒᆞ고, 복쳡(僕妾)2622)과 긔용(器用)을 ᄀᆞ쵸와 졍셩을 일위게 ᄒᆞ○[리]라."

쇼져 남미 읍왈(泣曰),

"션친이 셩(性)이 고결(高潔)ᄒᆞᄉᆞ 비례(非禮)를 원슈 ᄀᆞᆺ치 너기니, 비록 네(禮) 아닐 빅 업ᄉᆞ되, 명명지즁(冥冥之中)의 불안ᄒᆞ실지라. 감히 밧드지 못ᄒᆞ오니, 다만 동(東)을 바라 아춤 져녁으로써 곡빅(哭拜)ᄒᆞ오미 ᄉᆞ시(四時)의 통졀(痛切)ᄒᆞ

로, '달'을 달리 이르는 말.

2611)슈국(水國) : 바다의 세계.

2612)난혜(蘭蕙) : 난초(蘭草)와 혜초(蕙草)를 함께 이른 말. 둘 다 여러해살이풀로 꽃이 아름답고 향이 있어 관상용으로 재배한다.

2613)겸금(兼金) : 품질이 뛰어나 값이 보통 금보다 갑절이 되는 좋은 황금.

2614)녀슈(麗水) : 중국 양자강(揚子江) 상류인 운남성(雲南省)의 금사강(金砂江)을 이름. <천자문> '금생여수(金生麗水)'에서 말한 금(金)의 산지(産地)로 유명하다.

2615)아아(峨峨) : 끝없이 높아 위엄이 있고 성(盛)하다.

2616)운빙(雲鬢) : 운빈(雲鬢). 여자의 탐스러운 귀밑머리를 구름에 비유하여 이르는 말.

2617)동졍파릉(洞庭巴陵) : 동정호(洞庭湖)와 악양루(岳陽樓)를 함께 이른 말. *동정호(洞庭湖) : 중국 호남성(湖南省) 동북부에 있는 중국에서 가장 큰 민물 호수. 상강(湘江), 자수(資水), 원강(沅江) 따위가 흘러 들며 호수 연안에는 악양루(岳陽樓) 따위가 있어 경치가 아름답기로 유명하다. *파릉(巴陵): 중국 악양(岳陽)의 옛 이름. *악양루(岳陽樓): 호남성(湖南省) 악양현(縣) 동정호(洞庭湖)의 동쪽 연안에 있는 누각, 동정호를 굽어보고 있어 경관이 아름다울 뿐 아니라 순임금과 아황·여영 이비(二妃)에 얽힌 전설들이 전하고 있어, 역대 많은 문인들의 시문이 전하고 있다.

2618)닌닌(粼粼) : (물결이) 맑고 푸름.

2619)보험(酺臉) : 보검(酺臉). 뺨.

2620)징담(澄潭) : 맑은 못.

2621)뉵아지통(蓼莪之痛) : 어버이가 이미 돌아가시어 봉양할 길이 없는 효자의 슬픔. 『시경(詩經)』 《소아(小雅)》 편 <곡풍(谷風)>장 가운데 있는 '륙아(蓼莪)'시에서 온 말.

2622)복쳡(僕妾) : 남자종(僕)과 여자종(妾)을 함께 이른 말. =복비(僕婢).

믈 져기 풀니로소이다."

부인이 응낙ᄒᆞ고, 후창을 여러 남녁 장하(墻下)의 놉흔 언덕을 ᄀᆞ르쳐 터흘 졍ᄒᆞ니, 양쇼져 남ᄆᆡ 됴셕으로 혈읍통곡(血泣慟哭)2623)ᄒᆞ나, ᄡᅧ로 진·니·뉴·졍 졔 【65】 부인을 우러러 ᄌᆞ모 ᄀᆞᆺ치 ᄒᆞ니, 니·유·졍·진 ᄉᆞ위(四位) 부인이 무ᄋᆡ(撫愛)ᄒᆞ고, 지통(至痛)을 위로ᄒᆞ더라.

츈삼월 슌간(旬間)2624)의 삼위 부인이 현구고 ᄒᆞᆯ 위의를 쥰비 ᄒᆞ더니, 화쥐 위부의셔 궁감 삼인과 궁노 ᄇᆡᆨ여인이 진쥬금뎡(眞珠錦뎡)2625)을 밧드러 니르니, 진부인과 쇼져 남ᄆᆡ 결훌2626)ᄒᆞ믈 니긔지 못ᄒᆞ고, 양공ᄌᆞ 남ᄆᆡ 악연(愕然) 상심(傷心)ᄒᆞ여 붓드러 오읍(嗚泣)ᄒᆞ니, 삼부인이 면면(面面) 무ᄋᆡ(撫愛)ᄒᆞ여 됴히 잇ᄉᆞ믈 당부ᄒᆞ고, 뎡부인이 노복을 분부ᄒᆞ여 진부인을 뫼셔 의식을 셤기라 【66】 니르고, 분슈작별(分手作別)ᄒᆞ고 금교(錦轎)의 오르니, 쥬렴(朱簾) ᄑᆡ향(佩香)2627)이 일광(日光)의 ᄇᆡ이고, 향연(香煙)이 ᄇᆡᆨ운(白雲)을 니러시니, 녕녕찬난(昤昤燦爛)2628)ᄒᆞ고 댱유랑과 진·ᄇᆡᆨ 냥ᄑᆡ(兩婆), 능쇼·능옥·청향·쇼옥·ᄌᆞ란·홍ᄆᆡ 등으로 더브러 슈십 시녀를 거ᄂᆞ려 쇼교(小嬌)를 타 됴ᄎᆞ시니, 위의(威儀) 《호송‖호셩(豪盛)》 ᄒᆞ고 긔구(器具)의 장녀(壯麗)ᄒᆞ미 도로의[를] 덥허ᄂᆞᆫ지라.

일노(一路)의 무ᄉᆞ이 힝ᄒᆞ여 화쥐 니르니, 위공이 어룬 노ᄌᆞ(奴者) 십여 인을 보ᄂᆡ여 삼부인을 마ᄌᆞ니, ᄀᆡᄀᆡ(個個)히 의건(衣巾)이 션명(鮮明)ᄒᆞ고 풍ᄎᆡ(風采) 언건(偃蹇)2629)ᄒᆞ더라.

노상(路上)의 국궁고두(鞠躬叩頭)2630)ᄒᆞ고 납명 【67】 현알(納名見謁)2631)ᄒᆞ니 금교(錦轎)를 호위ᄒᆞ여 청운동 위부의 밋ᄎᆞ니, 삼부인이 일시의 쥬렴 ᄉᆞ이로 산ᄉᆡᆨ을 유완(遊玩)ᄒᆞᆯ ᄉᆡ, 푸른 봉만(峯巒)이 운쇼(雲宵)의 쇼삿고, 늙은 숄과 《ᄀᆞᆺ은‖죽은》 잣남기 울호창창(鬱乎蒼蒼)2632)ᄒᆞ고 산셰 웅장ᄒᆞ여 일ᄉᆡᆨ(日色)이 명낭ᄒᆞ니 별유건곤(別有乾坤)2633)이라.

2623)혈읍통곡(血泣慟哭) : 피눈물을 흘리며 몹시 서럽게 욺. *피눈물: 몹시 슬프고 분하여 나는 눈물.
2624)슌간(旬間) : 음력 초열흘께.
2625)진쥬금뎡(眞珠錦뎡) : 진주와 비단으로 꾸민 뎡. *뎡: 조선시대 공주나 옹주, 귀한 집의 아녀자들이 타던 가마.
2626)결훌 : 마음에 아쉽거나 답답한 데가 있어 후련하지 못함.
2627)ᄑᆡ향(佩香) : 몸에 지니거나 차고 다니는 향(香).
2628)녕녕찬난(昤昤燦爛) : 광채가 눈이 부시도록 영롱하고 아름답게 빛남.
2629)언건(偃蹇) : ①여럿 가운데서 두드러지게 뛰어남. ②거드름을 피우며 거만함.
2630)국궁고두(鞠躬叩頭) : 몸을 굽히고 머리를 땅에 조아려 예(禮)를 표함.
2631)납명현알(納名見謁) : 윗사람에게 왔다는 뜻으로 이름을 적은 것을 바치고 나아가 뵘.
2632)울호창창(鬱乎蒼蒼) : 울창하게 우거져 있음.

먼니 바라보니 청운동 밧긔 무슈훈 어룬 양낭(養娘)과 쇼동하됼(小童下卒)의 무리 길가의 국궁(鞠躬)ᄒᆞ여 고두녜빅(叩頭禮拜)ᄒᆞᄂᆞᆫ 뉘(類) 슈쳔여인(數千餘人)리라.

일시의 화교(華轎)를 옹위ᄒᆞ여 동구를 드니, 뫼히 더옥 색혀나고 지세(地勢) 광활ᄒᆞ【68】니, 창암취쥭(蒼巖翠竹)의 홍운(紅雲)이 씨엿고 청숑녹쥭(青松綠竹)의 빅운(白雲)이 둘너시니, 향긔로온 난쵸와 긔이훈 쏫치 향긔 분방(芬芳)ᄒᆞ니[2634], 흰 모릭ᄂᆞᆫ 진쥬(眞珠)를 편 듯, 묽은 물은 잔완(孱緩)ᄒᆞ여 싱황(笙篁)[2635]을 쥬(奏)ᄒᆞᄂᆞᆫ 듯, 청풍이 날호여 부러 뉴지(柳枝)를 춉츄이니, 물식(物色)이 승졀(勝絶)ᄒᆞ고 풍경이 긔이ᄒᆞ여, 쌍쌍훈 미록난학(麋鹿鸞鶴)[2636]이 쏫출 무어[2637] 희롱ᄒᆞ니, 말ᄒᆞᄂᆞᆫ 잉모와 아릿짜온 쇠고리 녹님(綠林)의 쌍거(雙居)ᄒᆞ니, 삼부인이 청진산 밝은 경기(景槪)와 동창궁 십이원(十二苑) 풍경을 보아시나. 이 ᄀᆞᆺ흔 【69】 경치ᄂᆞᆫ 처음이라.

눈이 결을 업고 흉금이 할연(豁然)ᄒᆞ더니, 슈십니를 힝ᄒᆞ여 쥬문(朱門)이 아아(峨峨)ᄒᆞ여[2638] 도셩(都城) ᄉᆞ문(四門) ᄀᆞᆺ고, 셩곽이 먼니 둘너시니 장(壯)ᄒᆞ미 댱안(長安)의 감치 아니터라.

문을 들미 네거리 여ᄉᆞᆺ 길히 너르고 인물(人物)[2639]이 번화ᄒᆞ니, 거리마다 ᄀᆞᆺ보다가 뎡이 지난 후 복지고두(伏地叩頭)ᄒᆞ니, 이ᄂᆞᆫ 위공 노복의 쇼속이라.

아이오(俄而오), 훈 쎄 분면홍장(粉面紅粧)의 시녀 두 쥴노 갈나셔 나오니, 취삼(翠衫)이 향풍(香風)의 ᄂᆞ붓기고 금ᄎᆞ(金釵)와 픽향(佩香)이 일광의 바이ᄂᆞᆫ 듯, 어룬 양낭(養娘)이 머리지 【70】 어 셜부인 명으로 삼부(三婦)의 긔거(起居)를 문후(問候)훈 후, 일시의 고두(叩頭)ᄒᆞ여 빅알(拜謁)ᄒᆞ고, 좌우의 갈나 길흘 인도ᄒᆞ고, 경물(景物)이 번화ᄒᆞ니 이윽이 드러가미 쥬궁픽궐(珠宮貝闕)[2640]이 운간(雲間)의 다핫시니, 화동쥬란(畵棟朱欄)[2641]이 일광을 바이고, 놉흔 문졍(門正)[2642]

2633)별유건곤(別有乾坤) : 특별히 경치가 좋거나 분위기가 좋은 곳.=별유천지(別有天地).
2634)분방(芬芳)ᄒᆞ다 : 꽃다운 향기를 풍기다.
2635)싱황(笙篁) : 『음악』 아악(雅樂)에 쓰는 관악기의 하나. 큰 대로 판 통에 많은 죽관(竹管)을 돌려 세우고, 주전자 귀때 비슷한 부리로 불게 되어 있다.≒생(笙).
2636)미록난학(麋鹿鸞鶴) : 고라니와 사슴, 난(鸞)새와 학을 함께 이른 말.
2637)무다 : 물다. 윗니나 아랫니 또는 양 입술 사이에 끼운 상태로 떨어지거나 빠져나가지 않도록 다소 세게 누르다.
2638)아아(峨峨)ᄒᆞ다 : 위엄이 있고 성(盛)하다. 또는 우뚝 솟아 있다.
2639)인물(人物) : 사람과 물건을 아울러 이르는 말.
2640)쥬궁픽궐(珠宮貝闕) : 진주나 조개 따위의 보물로 호화찬란하게 꾸민 대궐.
2641)화동쥬란(畵棟朱欄) : 채색한 마룻대와 붉은 칠을 한 난간.
2642)문졍(門正) : 정문(正門)의 상부(上部) 한가운데.

을 금ᄌᆞ(金字)로 졔익(題額)2643)ᄒᆞ고 굿은2644) 담이 옥(玉)으로 무은 듯, 쳐쳐(處處)의 창송취쥭(蒼松翠竹)이 무셩(茂盛)ᄒᆞ고 향취(香臭) 습인(襲人)ᄒᆞ니 눈이 황홀ᄒᆞ더라.

양낭과 쇼년 궁ᄋᆞ(宮兒) ᄇᆡᆨ여 인이 ᄌᆞ의황상(紫衣黃裳)2645)과 경군취ᄃᆡ(輕裙翠帶)2646)로 마ᄌᆞ 막ᄎᆞ(幕次)의 뫼시니, 뎐각(殿閣)이 댱녀(壯麗)ᄒᆞ고 문달(門闥)2647)이 【71】 심슈(深邃)ᄒᆞ니 옥난쥬함(玉欄珠檻)2648)의 운무병(雲霧屛)2649)을 두루고, 금슈포진(錦繡鋪陳)2650)을 ᄽᅡ라시니, 금노(金爐)의 향연(香煙)이 안기 ᄌᆞᆺ고, 신향(神香)이 보욱ᄒᆞ더라.

삼신뷔 장장(粧裝)2651)을 곳쳐 구고긔 현알ᄒᆞᆯᄉᆡ, 공과 부인이 ᄃᆡ연(大宴)을 개장ᄒᆞ며, 닌니(隣里) 향당(鄕黨)을 다 청ᄒᆞ니, 명둉됴(明宗朝) ᄌᆡ상과 당됴(唐朝) 옛 신히 피세(避世)ᄒᆞ여 예 와 ᄉᆞᄂᆞᆫ 니 만터라.

삼부인이 녜복을 ᄀᆞ어 됴률(棗栗)을 밧들ᄉᆡ, 금년(金蓮)2652)을 안셔(安徐)히 옴기니, 향운(香雲)이 암암(暗暗)ᄒᆞ고 광휘(光輝) 아라ᄒᆞ여 일뉸홍일(一輪紅日)2653)이 부상(扶桑)2654)의 쇼ᄉᆞ며 명광(明光)이 만국의 통연(洞然)ᄒᆞᆫ 듯, 츄【72】월(秋月)이 텬공(天空)의 흐르ᄆᆡ 상노(霜露) 은하(銀河)의 가업슨 듯ᄒᆞ고, 션삼닌ᄃᆡ(蟬衫璘帶)2655)의 슈치(繡緻)를 더으지 아냣고, 면모(面貌)의 지분(脂粉)을 물니쳐시나 옥면홍협(玉面紅頰)은 부용(芙蓉)이 징슈(澄水)의 취ᄉᆡᆨ(取色)2656)ᄒᆞᆫ듯, 가ᄇᆡ야온 션메(仙袂)2657) 표표(飄飄)ᄒᆞ고 월픠(月佩) 징징(錚錚)ᄒᆞ

2643)졔익(題額) : 액자에 그림을 그리거나 글씨를 씀.
2644)굿다 : 굳다. 단단하다.
2645)ᄌᆞ의황상(紫衣黃裳) : 자줏빛 저고리와 노란 치마.
2646)경군취ᄃᆡ(輕裙翠帶) : 치장하지 않은 치마차림과 푸른 띠를 두른 차림.
2647)문달(門闥) : 궁궐의 문을 이르는 말.
2648)옥난쥬함(玉欄珠檻) : 옥(玉)과 구슬로 꾸민 난간(欄干). *난함(欄檻): =난간(欄干). 欄; 난간 난, 檻; 난간 함.
2649)운무병(雲霧屛) : 안개처럼 둘러 있는 병풍.
2650)금슈포진(錦繡鋪陳) : 수놓은 비단으로 화려하게 만든 방석·요 따위의 깔개를 통틀어 이르는 말
2651)장장(粧裝) : 화장(化粧)과 장식(裝飾)을 함께 이른 말.
2652)금년(金蓮) : '금으로 만든 연꽃'이라는 뜻으로, 미인의 예쁜 걸음걸이를 비유적으로 이르는 말. 중국 남조(南朝) 때 동혼후(東昏侯)가 금으로 만든 연꽃을 땅에 깔아 놓고 반비(潘妃)에게 그 위를 걷게 하였다는 고사에서 유래한다.
2653)일뉸홍일(一輪紅日) : 둥글고 붉은 해.
2654)부상(扶桑) : ①중국 전설에서 해가 뜨는 동쪽 바닷속에 있다고 하는 상상의 나무. ②해가 뜨는 동쪽 바다.
2655)션삼닌ᄃᆡ(蟬衫璘帶) : 매미 날개 같은 옷과 옥색 띠라는 말로, 아름답고 화려한 복장을 말함.
2656)취ᄉᆡᆨ(取色) : 낡은 세간 따위를 닦고 손질해서 윤을 냄.

니, 진퇴쥬션(進退周旋)이 ᄌ유법도(自有法度)2658)ᄒ여 경운(慶雲)이 츈쇼(春宵)의 니러나고, 신향(新香)이 욱욱ᄒ니 지ᄌ(智者)를 뭇지 아냐 슉덕명행(淑德名行)을 알지라.

공이 만면의 화긔(火氣) 무로녹ᄋ 좌(坐)를 명ᄒ니 부인이 ᄯ혼 운환(雲鬟)을 쓸고 옥슈(玉手)를 무마(撫摩)ᄒ여 아연(雅然)혼 화긔(和氣) 츈양(春陽) ᄀᄒ니, 냥슉(兩叔)과 제 【73】 식(娣姒)2659) 깃브믈 니기지 못하여 복복흠탄(復復欽歎)2660)ᄒ고 혈육지신(血肉之身)으로 져 ᄀ치 긔이ᄒ믈 암암칭찬(暗暗稱讚)2661)ᄒᄂ지라.

공이 웃고 쾌혼 흥이 놉하 삼쇼져를 명ᄒ여 잔을 나오라 ᄒ니, 승명ᄒ고 향온(香醞)을 ᄎ례로 헌작(獻爵)ᄒ니, 정정(貞正)혼 긔질과 ᄋᄋ(靄靄)2662)혼 틱되 긔묘한지라. 공이 ᄋ련(哀憐)ᄒ여 그 옥슈(玉手)를 잡고 잔을 거후르니, 삼쇼제 엄구ᄃ인(嚴舅大人)의 권권(眷眷)ᄒ신 ᄌᄋ를 황감(惶感)ᄒ여 국궁진췌(鞠躬盡瘁)2663)ᄒ더라.

공이 외당으로 나가 좌정ᄒ니, 셔암션ᄉᆡᆼ과 숑계션ᄉᆡᆼ이 아2664)의 쳐궁(妻宮)이 복(福) 【74】 되믈 깃거, 부모 좌젼의 ᄉ러 하례(賀禮)ᄒ니, 공이 《좌슈우면‖좌고우면(左顧右眄)2665)》의 환열(歡悅)ᄒ믈 니긔지 못ᄒ고, 만좌제빈(滿座諸賓)이 말솜을 니어 칭셩(稱聲)이 요요(嘹嘹)ᄒ더라 【75】

2657)션몌(仙袂) : : 신선의 옷소매. 또는 가벼운 옷소매. 중국 당나라 때 시인 백거이(白居易)의 <장한가(長恨歌)> 風吹仙袂飄飄擧(바람이 일어 신선의 소매 표표히 흔들리네)에 나온다.

2658)ᄌ유법도(自有法度) : 스스로 법도가 있음.

2659)제식(娣姒) : 형제의 아내 가운데 손아래 동서와 손위 동서.

2660)복복흠탄(復復欽歎) : 거듭거듭 감탄함

2661)암암칭찬(暗暗稱讚) : 그윽이 칭찬함

2662)애애(靄靄) : 분위기가 부드럽고 포근하여 평화롭다.

2663)국궁진췌(鞠躬盡瘁) : 공경하고 조심하며 몸과 마음을 다하여 힘씀. 제갈량의 「출사표(出師表)」에 나오는 말이다.

2664)아 : 아우.

2665)좌고우면(左顧右眄) : '이쪽저쪽을 돌아본다'는 뜻으로, 앞뒤를 재고 망설임을 이르는 말.

화산션계록 권지십칠

ᄎᆞ셜 시시(時時)의 신양의 모친 님시 ᄉᆡᆨ부와 홍시로 더불어 좌즁의 잇ᄂᆞᆫ지라. 삼부인 용광ᄌᆡ화(容光才華)[2666]를 분분탄상(紛紛歎賞)[2667]ᄒᆞ여 텬상신인(天上神人)이 하강(下降)ᄒᆞᆷ ᄀᆞᆺ치 넉이고, 앙망(仰望)ᄒᆞ미 젹ᄌᆞ(赤子) ᄌᆞ모(慈母) 맛남 ᄀᆞᆺ치 ᄒᆞ니, 이곳 상셔부인인 고로 각별ᄒᆞ미라.

츈일(春日)이 괴로이 기니 셜부인이 삼부의 약질이 ᄒᆡᆼ역지여(行役之餘)의 ᄃᆡ례(大禮)를 지ᄂᆡᄆᆡ 상(傷)ᄒᆞᆯ가 념녀ᄒᆞ여 각각 물너가 쉬믈 니르니, 상궁 삼인이 시ᄋᆞ 등을 거ᄂᆞ려【1】 쇼져를 인도ᄒᆞ여, 니쇼져ᄂᆞᆫ 취셜누의 머무르고, 뉴쇼져ᄂᆞᆫ 취운각의 머무르고, 뎡쇼져ᄂᆞᆫ 취향각의 머무니, 뎐각(殿閣)이 휘황(輝煌)ᄒᆞ여 십이쥬렴(珠簾)은 산ᄒᆞ구(珊瑚勾)의 반권(半捲)[2668]ᄒᆞ니 누각이 표묘광활(縹緲廣闊)[2669]ᄒᆞ더라.

뎡공이 촉을니어 혼졍(昏定)ᄒᆞ믈 인ᄒᆞ여 집슈무ᄋᆡ(執手撫愛) 왈,

"현부 등을 나의 슬하를 ᄉᆞᆷ안[은] 지 오ᄅᆡ나, 노부(老父)의 ᄌᆞ최 뫼 밧긔 ᄂᆞ지 아니ᄒᆞ고, ᄋᆞᄌᆡ(兒子) 공명의 분쥬(奔走)ᄒᆞ여 권솔(眷率)치 못ᄒᆞ엿더니, 의외, 풍ᄑᆡ(風波) 상ᄉᆡᆼ(相生)ᄒᆞ니 노뷔 일양(一樣) 우려러니 현부 등의【2】 방신(芳身)이 무양(撫養)ᄒᆞ여 이의 니르니, ᄒᆡᆼ희(幸喜)ᄒᆞ믈 니긔지 못ᄒᆞ리로다."

삼쇼졔 냥슈(兩手)로 ᄉᆞᆨ흘 집고 듯ᄌᆞ오ᄆᆡ 계슈ᄌᆡᄇᆡ(稽首再拜) ᄉᆞ례ᄒᆞ더라.

명일(明日)의 위공이 친히 ᄌᆞ부를 거ᄂᆞ려 둉묘(宗廟)의 현ᄇᆡ(見拜)[2670]ᄒᆞᆯᄉᆡ, 공의 츄원영모(追遠永慕)ᄒᆞ미 ᄉᆡ롭고, 냥슉(兩叔) 셔암·숑계 냥션ᄉᆡᆼ이 츄연감회(惆然感懷)ᄒᆞ여 야야(爺爺)를 뫼셔 묘(廟)의 나리니, 삼쇼졔 둉묘(宗廟)의 휘황찬난(輝煌燦爛)ᄒᆞᆷ과 존구(尊舅)의 슬허ᄒᆞ시믈 보오ᄆᆡ, 명둉(明宗)과 됴후(조后) 셩덕을 탄복ᄒᆞ여 묘의 ᄂᆞ리니, 구괴(舅姑) 삼부를 슬하의 안쳐 너모 츌범(出凡)ᄒᆞ믈【3】 긔이히 넉여 픔슈(稟受)를 ᄉᆞᆯ피건ᄃᆡ, 니쇼져ᄂᆞᆫ 텬ᄉᆡᆼ(天生)이 쇄락ᄒᆞ여 명

2666)용광ᄌᆡ화(容光才華) : 아름다운 얼굴과 뛰어난 재주.
2667)분분탄상(紛紛歎賞) : 여럿이 분분하게 칭찬하다.
2668)반권(半捲) : 반쯤 걷어 올려져 있음
2669)표묘광활(縹緲廣闊) : 아득히 높고 막힌 데가 없이 탁 트여 넓다.
2670)현배(見拜) : 직접 절할 상대방에게 나아가 절함.

홍슈국(明紅水菊)2671)이 금노(金露)2672)를 쎨치고2673) 츄공(秋空)2674) 계슈(桂樹)ᄂᆞ뮈 은상(銀霜)2675)을 씌엿ᄂᆞᆫ 듯, 고상(高尙)ᄒᆞᆫ 녈졀(烈節)과 졍졍(貞正)ᄒᆞᆫ 《금희 ‖ 금회(襟懷)》 옥이 됴흐믈 ᄉᆞ양ᄒᆞ고, 녈졀과결(烈節果決)2676)ᄒᆞ며, 텬향(天香)이 몽몽(濛濛)ᄒᆞ고2677) 션염(鮮艶)이 ᄌᆞ약(自若)ᄒᆞ여 덕긔(德氣) 진(津)ᄒᆞ고 즁긔(中氣)2678) 셩(盛)ᄒᆞ니, 복즁(腹中)의 경눈대ᄌᆡ(經綸大才)를 품어 무쌍슉녀(無雙淑女)라.

뉴·졍 《댱 ‖ 냥》 쇼져(兩小姐)의 윤염(潤艶)ᄒᆞᆫ 안모(顔貌)ᄂᆞᆫ 츈원(春園)의 만홰방창(萬化方暢)2679)ᄒᆞ고, 뇨됴(窈窕)ᄒᆞᆫ 덕힝이 번월(樊越)2680)의 풍(風)2681)을 니어시니, 녕니(怜悧)ᄒᆞ고 신명(神明)ᄒᆞ 【4】 미 만고(萬古) 음뉼(音律)을 졍통ᄒᆞ고, 온슌ᄌᆞ약(溫順自若)2682)ᄒᆞ여 츈공(春空)이 아연(峨然)ᄒᆞᆫᄃᆡ 혜풍(惠風)이 한가ᄒᆞᆫ듯, 농슈ᄉᆞ져(龍鬚蛇蹄)2683)의 팔ᄎᆡ녕녕(八彩昤昤)2684)ᄒᆞ니 셩젼 《웅빙 ‖ 운빈》 (盛鬋雲鬢)2685)의 ᄎᆡ운(彩雲)이 어릐엿고, 옥골션질(玉骨善質)2686)이 표묘쳥낭(縹緲淸朗)2687)ᄒᆞ니, 교혐 《교혐 ‖ 교협(嬌頰)2688)》 이 ᄌᆞ약ᄒᆞ여. ᄐᆡ익부용(太液

2671)명홍슈국(明紅水菊) : 밝은 홍색빛깔의 수국.
2672)금로(金露) : '금반(金盤)'과 '감로(甘露)'의 합성어로 '감로(甘露)'를 달리 이른 말. *감로(甘露): 천하가 태평할 때에 하늘에서 내린다고 하는 단 이슬. *금반(金盤): 한나라 무제가 감로를 받기 위해 건장궁(建章宮)에 만들어 놓았다는 금으로 만든 쟁반. 무제는 이 감로에 옥가루를 섞어 불로장생약(不老長生藥)을 만들어 마셨다고 한다.
2673)쎨치다 : 떨치다. 떨구다.
2674)츄공(秋空) : 높고 맑게 갠 가을 하늘.
2675)은상(銀霜) : 하얀 서리. 또는 백영사(白靈沙). *백영사(白靈沙): 『한의』 수은을 고아서 얻은 하얀 결정. 수렴(收斂)의 효과가 있어 외과약으로 쓴다.
2676)녈졀과결(烈節果決) : 세찬 절개로 과감히 결단함.
2677)몽몽(濛濛)ᄒᆞ다 : 안개, 연기, 향기 따위가 자욱하다.
2678)즁긔(中氣) : 『한의』 사람의 속 기운.
2679)만홰방창(萬化方暢) : 따뜻한 봄날에 온갖 생물이 나서 자라 흐드러지다.
2680)번월(樊越) : 중국 초나라 장왕(莊王)의 비(妃)인 번희(樊姬)와 소왕(昭王)의 비 월희(越姬). 둘 다 어진 마음으로 남편의 정사를 간(諫)해 덕행으로 유명하다. 유향(劉向)의 『열녀전』에 나온다.
2681)풍(風) : 사람이 풍기는 분위기나 멋.
2682)온슌ᄌᆞ약(溫順自若) : 온화하고 침착함,
2683)농슈ᄉᆞ졔(龍鬚蛇蹄) : '용의 수염과 뱀의 발굽'이란 뜻으로, 그림을 그릴 때 있지도 않은 불필요한 것까지를 그리는 것을 말함. *여기서는 '화장을 하면서 그려 넣은 눈썹'을 비유적으로 표현한 말로 쓰였다.
2684)팔ᄎᆡ녕녕(八彩昤昤) : '여덟팔자(八字)' 모양의 눈썹이 밝고 선명함.
2685)셩젼운빈(盛鬋雲鬢) : 잘 꾸민 구름 같은 귀밑머리. (盛鬋如雲。鬋 鬢也 홍경모(洪敬謨), 『관암전서(冠巖全書)』 冊一.
2686)옥골선질(玉骨仙質) : 살빛이 희고 고결하여 신선과 같은 품격.
2687)표묘청랑(縹緲淸朗) : 아득히 높고 맑고 밝음.

芙蓉)2689)이 됴로(朝露)를 썰쳐 온ᄌᆞ(溫慈)ᄒᆞ미2690) 난최(蘭草) 향긔를 쑴고, 안안(晏晏)ᄒᆞ여2691) 옥누(玉樓)2692)의 츈양(春陽)이 다ᄉᆞᄒᆞ니2693), 빅힝(百行)이 겸비ᄒᆞ여 진션진미(盡善盡美)ᄒᆞ니, 공의 부뷔 안목(眼目)이 현황(炫煌)ᄒᆞ고 심식(心思) 환열ᄒᆞ여 집슈(執手) 문왈,

"현부 등이 급화(急禍)를 면ᄒᆞ고 방신(芳身)을 보호하【5】여, 노부(老父)의 념녀를 덜고 슬하(膝下)의 니르니, 아지못게라! 무숨 지혜로 미리 아ᄂᆞᆫ 신긔ᄒᆞ미 잇ᄂᆞ뇨? 닐너 노부의 심ᄉᆞ를 쾌(快)히 ᄒᆞ라."

삼쇼졔 복슈(伏首) 유유(儒儒)ᄒᆞ여 감히 ᄃᆡ(對)치 못ᄒᆞᄂᆞᆫ지라.

부인이 쇼왈,

"군휘(君侯) ᄌᆞ부(子婦)를 ᄉᆞ랑ᄒᆞ시나, 어려온 바를 무르시니, 삼식뷔 엇지 ᄃᆡ(對)ᄒᆞ리잇고? 사랑ᄒᆞ시ᄂᆞᆫ 뜻이 아니로쇼이다."

공이 ᄃᆡ쇼 왈,

"구식지간(舅息之間)의 쇼회 잇슨즉 고ᄒᆞ미 무숨 어려오미 잇ᄉᆞ리오. 과히 슈습(收拾)지 말나!"

인ᄒᆞ여 탄왈,

"천고(千古) 슉녀쳘뷔(淑女哲婦) 아닌즉, 투긔 업슨【6】ᄌᆡ 업거ᄂᆞᆯ, 여등 삼인은 일쳐(一處)의 화우(和友)ᄒᆞ여 동긔 ᄀᆞᆺᄒᆞ니, 임ᄉᆞ(任姒)·번월(樊越)의 풍치라. 노뷔 무ᄉᆞᆫ 덕으로 삼현부(三賢婦)를 두어 슬하를 빗ᄂᆡᄂᆞ뇨? 도시(都是) 황야(皇爺) 셩덕여음(聖德餘蔭)이니, 감은ᄒᆞ믈 니긔지 못ᄒᆞ리로다. 노뷔 드르니 녀ᄌᆡ 규시(窺視)ᄒᆞ고 적(敵)을 유인ᄒᆞ여 화(禍)를 져ᄌᆞ다2694) ᄒᆞ니, 올흔작2695)가?"

뉴·졍 냥쇼졔 황공(惶恐) ᄉᆞᄉᆞ(謝辭)ᄒᆞ고, 니쇼졔 ᄃᆡ왈,

2688)교협(嬌頰) : 뺨. 얼굴의 양쪽 관자놀이에서 턱 위까지의 살이 많은 부분.

2689)틱익부용(太液芙蓉) : 태액지(太液池)에 피어난 아름다운 연꽃. *태액지(太液池) : 한 무제(漢武帝)가 건장궁(建章宮)을 짓고 그 북쪽에 '큰 못[大池]'과 점대(漸臺)를 만들고 이름을 태액지라 했는데, 그 가운데에 봉래(蓬萊)·방장(方丈)·영주(瀛洲)의 세 산을 쌓아 해중 삼신산을 형상하였다. 당(唐)나라 현종(玄宗)도 장안(長安) 대명궁(大明宮) 안에 태액지를 조성하고 양귀비(楊貴妃)와 함께 지냈다, 청나라도 지금의 북경시 자금성(紫禁城) 서쪽에 대규모 호수인 북해(北海)와 중남해(中南海)를 조성해 '태액지'라 하고, 황궁의 정원으로 사용하였다.

2690)온자(溫慈)ᄒᆞ다 : 성격이 온화하고 인자하다.

2691)안안(晏晏)하다 : 즐겁고 화평하다.

2692)옥루(玉樓) : 옥으로 장식한 화려한 누각.

2693)다ᄉᆞᄒᆞ다 : 다사하다. 따뜻한 기운이 조금 있다. =다사롭다.

2694)져ᄌᆞ다 : 저지르다. 죄를 짓거나 잘못이 생겨나게 행동하다.

2695)작 : =잯. 것·꼴·때문·까닭·사물·일·현상 따위를 추상적으로 이르거나, 그 모양·이유·원인 따위를 이르는 말.

"공쥐 촌녀(村女)를 모ᄉᆞ(模寫)2696)ᄒᆞ여 궁즁의 드러옵[오]믈 보고 슐피온즉, 도라가지 아니코 후원의 숨어, 궁ᄂᆡ[녀](宮女)의 장쇽(裝束)을 ᄒᆞ다 ᄒᆞ오니, 오미 진뎍(眞的) 【7】 던가 ᄒᆞ나이다."

공이 비록 신양의게 드러시나, 즉시 알고ᄌᆞ 양상궁을 부르니, 상궁이 니부인을 뫼셔 니르믄 쇼임(所任)이 춍제집ᄉᆞ(總制執事)를 맛다시니, 써ᄂᆞ지 못홀 거시요, 삼부인을 ᄯᆞ라 위공 부부를 다시 보고져 ᄒᆞ미라.

공과 부인이 화쥐 올 ᄯᅥᆨ 츈ᄉᆡᆨ(春色)이 방셩(方盛)ᄒᆞ더니, 이졔 하마 오슌(五旬)이 지ᄂᆞ고, 쇼공ᄌᆞ(小公子) 등이 풍치 언건(偃蹇)ᄒᆞ고 ᄌᆞ네 쌍쌍ᄒᆞ니, 반갑고 감회(感懷)ᄒᆞ믈 니긔니 못ᄒᆞ니, 공과 셜부인이 상궁을 반겨 셕ᄉᆞ를 닐너 ᄎᆞ탄ᄒᆞ더라.

상궁이 명을 【8】 응ᄒᆞ니, 공이 'ᄌᆞᄀᆡᆨ지변(刺客之變)과 금번 요젹(妖賊)을 엇지 쳐치ᄒᆞᆫ고' 무르니, 양상궁이 젼후ᄉᆞ를 고홀 ᄉᆡ, 고두 왈,

"쳐음 슉졍공쥐 상공을 ᄉᆞ모ᄒᆞ여 취(醉)ᄒᆞᆫ ᄯᅥᆨ를 타, 야간의 음난지ᄉᆞ(淫亂之事)를 슈창(首唱)ᄒᆞ니, 됴부인이 셔ᄉᆞ로 긔별ᄒᆞ신지라. ᄎᆞ혼(此婚)이 부득이 된 쥴 아르시고, 뎡부인이 졈ᄉᆞ(占辭)를 ᄒᆡ득(解得)ᄒᆞ시며, 뉴부인이 오됴(烏鳥)의 고ᄒᆞ믈 드르ᄉᆞ, 세 번 도뎍(盜賊)을 보닐 쥴 아르ᄉᆞ, 쳡 등을 분부ᄒᆞ여 노복을 식여 지함(地陷)을 파고 창검을 ᄭᅩᄌᆞ나, 뎐각(殿閣)이 너르 【9】 니 어ᄃᆡ를 향할 쥴 몰나 홀지라. 풀노 궁인(宮人)을 민드러 지함 우히 안쳣더니, 과연(果然) 뎍(賊)이 ᄲᅡ진지라. 그 후 요젹을 잡고 공쥬 심복이 와셔 규시(窺視)ᄒᆞᆫ 쥴 아르시고, 궁노(宮奴) 즁 영오○[ᄒᆞᆫ] ᄌᆞ를 보ᄂᆡ여 탐지ᄒᆞ시니 과연ᄒᆞᆫ지라. 녹님 산젹이 돌입홀 쥴 아르시고, 유랑 시녀를 탁ᄉᆞ(託事)ᄒᆞ여 화음의 보ᄂᆡ여, ᄆᆡ화장(梅花欌)을 드려오고 ᄂᆡ여가, 여ᄎᆞ여ᄎᆞ 공쥬를 쇽이고, 쵸인(草人) 셰흘 민드러 삼부인 의상을 닙혀 【10】 화향졍의 두고, 밧그로 궁감과 안흐로 왕상궁 등 슈십여인을 여ᄎᆞ여ᄎᆞ 계칙(計策)을 부탁(付託)ᄒᆞ시니, 됴각의 어긋나지 아니ᄒᆞ와 여ᄎᆞ여ᄎᆞ 속이오니, 공쥬 등이 일장(一場) 슈고ᄒᆞ와2697), 궁노의게 ᄶᅩᆺ치여 분쥬(奔走)ᄒᆞ여, 궁녀의 셧기여 일야를 통곡ᄒᆞ여 도라가다 ᄒᆞ니이다. 부인은 ᄆᆡ화장의 숨어 교ᄌᆞ와 복뷔 마ᄌᆞ 쳥진산의 밋ᄎᆞ니, 뉴·졍 냥부인은 지음(知音)2698)과 츄ᄉᆞ(推事)2699)를 본ᄃᆞ시 맛초시고, 니부인은 원녀(遠慮)를 ᄉᆡᆼ각ᄒᆞᄉᆞ 일을 그으고2700) 계교(計巧)를 베푸

2696)모ᄉᆞ(模寫) : 사물을 형체 그대로 그림. 또는 그런 그림. ≒사도(寫圖). *여기서는 '흉내내다' '본뜨다'의 의미로 쓰임.
2697)슈고 : 수고. 일을 하느라고 힘을 들이고 애를 씀. 또는 그런 어려움.
2698)지음(知音) : 새나 짐승의 울음소리로 장차 일어날 일의 길흉(吉凶) 따위를 예측함.
2699)츄ᄉᆞ(推事) : 앞으로 닥칠 일을 미리 헤아려 짐작함.
2700)그으다 : 긋다. ①일의 경계나 한계 따위를 분명하게 짓다. 일을 꾀하여 계획하다.

시니, ᄉᆞᄉᆡᆨ(事事) 어긔 【11】 미 업셔 금번 힝도의 다ᄉᆞᆺ ᄉᆞᄅᆞᆷ을 구ᄒᆞ시니, 쇼소져 남ᄆᆡ 비상ᄒᆞ더이다."

위공부뷔 ᄃᆡ희 칭션ᄒᆞ고, 셔암 송계 냥공과 풍·범 냥부인이 ᄎᆡᆨᄎᆡᆨ(嘖嘖) 흠션(欽羨)ᄒᆞ고, 공이 냥구 후 탄왈,

"삼뷔 ᄉᆡᆨ모화질(色貌華質)이 쳔고(千古) 독등(獨登)ᄒᆞ니, 엇지 두렵지 아니리오. 냥안(兩眼)의 광ᄎᆡ ᄉᆞ일(斜日) ᄀᆞᆺᄒᆞ니, 슈한(壽限)2701)의 ᄂᆞᆺ분 염녜 업지 아니커ᄂᆞᆯ, ᄌᆡ죄 경뉸(經綸)ᄒᆞ기의 이시니, 됴물(造物)의 ᄉᆡ오믈 두리노라."

부인 왈,

"군후의 념녜 맛당ᄒᆞ시나, 쇼부(小婦) 등이 뎍국(敵國)2702)을 화우(和友)ᄒᆞ여 동긔(同氣) ᄀᆞᆺᄒᆞ니 어진 덕 【12】 이 죡(足)히 ᄌᆡ앙을 진복(鎭服)ᄒᆞ리이다."

셔암공이 부젼(父前)의 고왈,

"니슈(嫂)의 위인이 고상(高尙) 츌뉴(出類)ᄒᆞ여 신명혜식(神明慧識)이 안방졍국(安邦定國)기의 넉넉ᄒᆞ오니, 어진 덕과 놉흔 의긔 고ᄌᆞ(古者)2703) 셩녀(聖女)의 ᄌᆞ최ᄅᆞᆯ 니으니, ᄉᆞ뎨(舍弟)의 일쌍가위(一雙佳偶)라. 엇지 복녹(福祿)이 장원(長遠)치 못ᄒᆞᆯ가 념○[녜](念慮)ᄒᆞ리잇고?"

공이 졈두(點頭) 왈,

"니 쇼뷔(小婦) 남ᄌᆞ로 닐너도 칠둉칠검[금](七縱七擒)2704)ᄒᆞ던 제갈무후(諸葛武侯) ᄀᆞᆺᄒᆞ니, 현의 부뷔 의긔현심(義氣賢心)이 여ᄎᆞᄒᆞ니 무ᄉᆞᆫ 근심이 잇ᄉᆞ리오. 승상 션되(先祖) 일셰ᄅᆞᆯ 기우리ᄂᆞᆫ 션힝 도덕으로 말셰(末世)의 【13】 ᄂᆞ사, ᄌᆡ덕을 다 펴지 못ᄒᆞ시고 조모 셜부인이 ᄒᆞᆫ가지로 화란(禍亂)을 겻그사 피셰도은(避世逃隱)ᄒᆞ시고, 부황(父皇)이 요슌셩덕(堯舜聖德)으로 오ᄅᆡ 누리지 못ᄒᆞ시믈, 텬되(天道) ᄎᆞ셕(嗟惜)ᄒᆞᄉᆞ, 현ᄋᆡ 부형의 지난 긔질이 잇고, 문창 완창의 풍뉴션질(風流仙質)이 각각 아비으셔 ᄂᆞᆺ고, 삼부(三婦)의 쵸츌(超出)ᄒᆞ미 여ᄎᆞᄒᆞ니, ᄎᆞᄂᆞᆫ 다 션됴 젹덕여음(積德餘蔭)이로다. 문ᄋᆞ의 ᄇᆡ우(配偶)ᄂᆞᆫ 어ᄃᆡ 잇ᄂᆞᆫ고? 슉녀둔 곳을 몰나 우민(憂悶)토다."

셔암공이 ᄭᅮ러 고왈

"문ᄋᆡ 비록 신장 거지ᄂᆞᆫ 슉셩ᄒᆞ오나, 쇼학(所學)이 불민(不憫)ᄒᆞ오니 밧브지

2701)슈한(壽限) : 타고난 수명. 또는 목숨의 한도.

2702)젹국(敵國) : 한 남편과 혼인관계를 맺고 있는 처처(妻妻) 또는 처첩(妻妾)이 서로 상대방에 대해 적대감을 이르는 말.

2703)고ᄌᆞ(古者) : 옛적, 옛날에.

2704)칠종칠금(七縱七擒) : 마음대로 잡았다 놓아주었다 함을 이르는 말. 중국 촉나라의 제갈량이 맹획(孟獲)을 일곱 번이나 사로잡았다가 일곱 번 놓아주었다는 데서 유래한다.

【14】 아니토소이다"

공이 쇼왈,

"우리 부뷔 년노ᄒᆞ니 엇지 밧브지 아니리오. 문창은 ᄂᆡ집 즁ᄒᆞᆫ ᄋᆞ히니, 현부(賢婦) 구ᄒᆞ미 더옥 밧부도다. 현의 오믈 기다려 경ᄉᆞ(京師)의○[셔] 구ᄒᆞ믈 니르리라."

문창공ᄌᆞ 시좌(侍坐)ᄒᆞ여시니, 시년(是年) 십ᄉᆞ 셰라. 풍ᄎᆡ 언건ᄒᆞ고 체형이 댱ᄃᆡᄒᆞ여, 뇽닌(龍鱗) ᄀᆞᆺᄒᆞᆫ 체격이 표표(表表) ᄡᅥᆨᄡᅥᆨᄒᆞ여 ᄃᆡ인군ᄌᆞ(大人君子)의 미진(未盡)ᄒᆞ미 업ᄉᆞ니, 쇼시의 방낭호일(放浪豪逸)ᄒᆞᆫ 습(習)이 업ᄉᆞ믄, 부친 셔암공이 엄히 경계ᄒᆞ고, 모부인 풍시 'ᄆᆡᆼ모(孟母)의 삼쳔지교(三遷之敎)'2705)를 법(法)ᄒᆞ여 ᄋᆞ 【15】 ᄌᆞ(兒子)의 일보(一步)2706)를 계칙(戒飭) ᄒᆞ미라."

조부공이 두굿겨 ᄀᆞᆯ오ᄃᆡ,

"ᄎᆞᄂᆞᆫ 승어뷔(勝於父)라. 당당이 위문을 창셩ᄒᆞ리라."

ᄒᆞ더니, ᄎᆞ일 공슈시좌(拱手侍坐)2707)ᄒᆞ여 화열(和悅)ᄒᆞᆫ 안모(顔貌)ᄂᆞᆫ 츈원(春園)의 일만 화신(花信)이 닷토와 퓌엿ᄂᆞᆫ 듯, 됸젼(尊前)을 님ᄒᆞ여 승안양지(承顔養志)2708)ᄒᆞ여시니, 공이 숀ᄋᆞ의 츌인(出人)ᄒᆞ믈 긔ᄋᆡ(奇愛)ᄒᆞ여 슬하의 ᄂᆞ호여 집수(執手) 무ᄋᆡ(撫愛) 왈,

"문창은 오가(吾家) 긔린이라 ᄡᅡᆼ을 구ᄒᆞᄆᆡ 너의 셰 아ᄌᆞ미 ᄀᆞᆺᄒᆞᆫ 슉녀를 구ᄒᆞ리니, 네 아비 셰상을 모르니 하쳐(何處) 슉인(淑人)을 ᄐᆡᆨᄒᆞ리오."

공ᄌᆞ 슌슌(順順) 【16】 궤복(跪伏)2709)ᄒᆞ여 듯ᄌᆞ오니, 셔암공 ᄎᆞᄌᆞ(次子) 슌창은 십일셰니, 쇼ᄋᆞ 단졍ᄒᆞ며 쳥고호상(淸高豪爽)ᄒᆞ니, 즁부(仲父) 송계공을 젼습(全襲)ᄒᆞ엿고, 댱녀 명염은 칠셰요, 송계공 ᄎᆞᄌᆞ 완창은 십이셰니, 동탕(動蕩)ᄒᆞᆫ 풍신과 긔이ᄒᆞᆫ ᄌᆞ질이 계부 상셔공으로 흡ᄉᆞᄒᆞ니, 능녀(凌厲)ᄒᆞᆫ 지혜와 쇄락ᄒᆞᆫ 긔질이 산즁의 늙을 ᄌᆡ 아니라.

됴부공이 문창과 완창을 긔ᄋᆡᄒᆞᄂᆞᆫ ᄇᆡ러라. 송계공 장녀 명ᄋᆞᄂᆞᆫ 팔셰니, 위쇼져 냥인이 용뫼 텬화(天華)2710) ᄀᆞᆺ고 긔질이 난초 ᄀᆞᆺᄒᆞ니, 【17】 삼슉모를 ᄯᆞ라 일

2705)ᄆᆡᆼ모(孟母)의 삼쳔지교(三遷之敎) : 맹자의 어머니가 아들을 가르치기 위하여 세 번이나 이사를 하였던 고사(古事)를 이르는 말.

2706)일보(一步) : 한 걸음 한 걸음. 또는 첫걸음.

2707)공슈시좌(拱手侍坐) : 두 손을 앞으로 모아 포개어 잡고 공경하는 몸가짐으로 윗사람을 모셔 앉음. *공수(拱手): 절을 하거나 웃어른을 모실 때, 두 손을 앞으로 모아 포개어 잡음. 또는 그런 자세. 남자는 왼손을 오른손 위에 놓고, 여자는 오른손을 왼손 위에 놓는다. 흉사(凶事)가 있을 때에는 반대로 한다.

2708)승안양지(承顔養志) : 부모를 봉양함에 있어 얼굴빛을 살피고 뜻을 받들어 섬김.

2709)궤복(跪伏) : 무릎을 꿇고 엎드림.

2710)텬화(天華) : 『불교』 천상계에 핀다는 영묘한 꽃. 또는 천상계의 꽃에 비길 만한

시도 써ᄂᆞ지 아니ᄒᆞ더라.

셜부인이 양상궁 다려 문왈,

"식부 등이 동용(動容) 체지(體肢) 유신(有娠)ᄒᆞᆫ 듯 ᄒᆞ니 올흔작가[2711]?"

양시 ᄃᆡ왈,

"삼부인이 ᄐᆡ신(胎娠)의 경ᄉᆡ(慶事)이셔 금월이 십삭(十朔)이니이다."

부인이 희동안ᄉᆡᆨ(喜動顏色)ᄒᆞ고 풍범 냥부인이 ᄯᅩᄒᆞᆫ 깃거ᄒᆞ더라.

ᄎᆞ일(此日) 야(夜)의 니쇼졔 신긔불평(身氣不平)ᄒᆞ더니 슌산ᄉᆡᆼ남ᄒᆞ니, 부인이 듯고 깃거 샐니 ᄂᆞᄋᆞ가 신ᄋᆞ(新兒)를 보니, 믄득 남뎐미옥(藍田美玉)[2712]이요, 화시벽(和氏璧)[2713]이라. 쇼져를 구호ᄒᆞ며 왈,

"현뷔 청슈약질(淸瘦弱質)[2714]노 【18】 잉ᄐᆡ 만삭(滿朔)ᄒᆞ엿거ᄂᆞᆯ, 화란(禍亂)을 ᄃᆡ(對)ᄒᆞ여 슈월 도로의 ᄒᆡᆼ역(行役)을 짓고, 능히 슌산ᄒᆞᄆᆡ ᄋᆞ손의 긔이ᄒᆞ미 여ᄎᆞ(如此)ᄒᆞ니 오문(吾門) 경ᄉᆡ(慶事)요, 현부의 ᄐᆡ교지공(胎教之功)이 호ᄃᆡ(浩大)ᄒᆞ도다."

소졔 붓그림과 황공ᄒᆞ믈 ᄯᅴ여 복슈(伏首儒儒)ᄒᆞ니, 부인이 사랑ᄒᆞ여 ᄀᆡᆼ반(羹飯)을 먹이고, 식부의 편히 누어시믈 니르고, 제 시녀를 당부ᄒᆞ여 됴심(操心) 보호ᄒᆞ믈 니르고 몸을 두루혀니, 뉴·정 냥소졔 됸고(尊姑)를 뫼셔 가고ᄌᆞ ᄒᆞᄂᆞᆫ지라. 부인이 쇼왈,

"현부 등이 ᄯᅩᄒᆞᆫ 져 ᄀᆞᄐᆞᆫ ᄋᆞᄌᆞ를 나 【19】 흐리니, 엇지 ᄯᅩ 야심ᄒᆞᆫᄃᆡ ᄊᆞ로리오."

언파의 시ᄋᆞ(侍兒) 등을 거ᄂᆞ려 도라가니, 냥쇼졔 하당(下堂) ᄇᆡ송(拜送)ᄒᆞ더라.

공이 부인의 말노 됴ᄎᆞ 신ᄋᆞ의 긔이ᄒᆞ믈 듯고 깃거ᄒᆞ믈 마지 아니코, 셔암 송계 냥공과 풍범 냥부인이 환희ᄒᆞ더라.

명됴의 산실(産室)의 니르니 쇼졔 단의홍군(單衣紅裙)으로, 셔안(書案)의 비겻다가 됸고의 님ᄒᆞ시믈 황공ᄒᆞ여 니러 마ᄌᆞ니, 부인이 경왈(驚曰),

---

영묘한 꽃. 늑천화.

2711)-ㄴ작가 : (주로 '이다'의 어간, 용언의 어간 뒤에 붙어) '-냐' -ㄴ다'처럼, 물음을 나타내는 종결어미로 쓰인다.

2712)남뎐미옥(藍田美玉) : 남전(藍田)에서 나는 아름다운 옥(玉)이라는 말. 남전(藍田)은 중국(中國) 섬서성(陜西省)에 있는 산 이름으로 옥의 명산지다.

2713)화시벽(和氏璧) : 중국 전국시대에 변화씨(卞和氏)라는 사람이 형산(荊山)에서 돌 위에 봉황이 깃들이는 것을 보고 얻었다는 천하의 이름난 옥, 후대에 진(秦)나라 소양왕(昭襄王)이 이 옥을 탐내, 당시 이 옥을 가지고 있던 조(趙)나라 혜문왕(惠文王)에게 진나라 15개의 성(城)과 바꾸자는 제안을 하였다고 하여, '연성지벽(連城之璧)'으로 불리기도 한다.

2714)청슈약질(淸瘦弱質) : 맑고 야위고 약한 체질.

"산뫼 삼일 젼 침셕(寢席)을 물니치고 엇지 히(害) 업ᄉᆞ리오."

도라 제 궁ᄋᆞ 등을 칙왈(責曰),

"ᄋᆞ뷔(我婦) 【20】 비록 슈치(羞恥)ᄒᆞ나 여등(汝等)이 엇지 됴심ᄒᆞ믈 니르지 아니ᄒᆞᆫ뇨?"

제인이 ᄃᆡ왈,

"쳡 등이 권ᄒᆞ오나 쇼졔 듯지 아니ᄒᆞ시미니이다."

부인이 셤슈(纖手)를 잡고 운환을 어루만져 니르ᄃᆡ,

"ᄋᆞ뷔 만일 친당의 쌍친이 ᄀᆞ족2715)ᄒᆞ실진ᄃᆡ 약질의 분산ᄒᆞᆫ 후 엇지 실셥(失攝)2716)ᄒᆞ리오마ᄂᆞᆫ, ᄋᆞ부ᄂᆞᆫ ᄉᆡ어믜 뜻을 몰나 심히 슈습ᄒᆞ여 발셔 금침을 물녀 방즁을 쇄쇼ᄒᆞ니, 만일 실셥ᄒᆞᆫ 병이 날진ᄃᆡ 엇지 놀납지 아니리오."

소졔 복슈(伏首) 쳥교(聽敎)의 직ᄇᆡ ᄉᆞ죄ᄒᆞ니, 옥안(玉顔) 【21】 의 홍광(紅光)이 취지(聚之)ᄒᆞ여 일ᄇᆡ(一倍) 승졀(勝絶)이라.

부인이 어엿비 녁여 금니(衾裏)를 엇ᄀᆞ의 두루고 ᄀᆡᆼ반(羹飯)으로 먹이니, 쇼졔 감황(感惶) 뉵니(忸怩)ᄒᆞ미2717) 쌔의 ᄉᆞ못ᄎᆞ 슈명ᄒᆞ여 ᄀᆡᆼ반을 먹더니, 공이 난두(欄頭)의 와 시ᄋᆞ를 불너 ᄋᆞ부와 손ᄋᆞ의 ᄀᆡ거를 무르니, 부인이 ᄀᆞᆯ오ᄃᆡ,

"현뷔 의상을 정돈ᄒᆞ여시니 군휘 드러와 보시미 무방토쇼이다"

공이 경왈,

"산뷔(産婦) 어느 ᄉᆞ이 금니(衾裏)를 물녓ᄂᆞ뇨?"

이의 개호입실(開戶入室)ᄒᆞ니 쇼졔 불승황공(不勝惶恐)ᄒᆞ여 몸을 니러 마ᄌᆞ나, 머리의 관(冠)이 【22】 업고, 운환(雲鬟)2718)이 어즈러 녜복(禮服)을 츌히지 못ᄒᆞ엿ᄂᆞᆫᄃᆡ, 됸구(尊舅)의 님ᄒᆞ시믈 황공츅쳑(惶恐蹙惕)ᄒᆞ니, 공이 옥슈를 닛그러 슬하의 안치고 무익 왈,

"현뷔 심규(深閨) 약질(弱質)이여ᄂᆞᆯ 노부의 근심을 끼치지 아니코, 또 슌산ᄉᆡᆼᄌᆞ(順産生子)ᄒᆞ니 엇지 효뷔(孝婦) 아니리오."

뉴·뎡 냥부(兩婦)를 보아 왈,

"현부 등의 친당(親堂)이 업고 부모 ᄌᆞ익 모로믈 참연(慘然)ᄒᆞ여 노부ᄂᆞᆫ 여등(如等) 알믈 친녀로 ᄒᆞ거ᄂᆞᆯ, 여등은 마춤ᄂᆡ 외ᄃᆡ(外待)ᄒᆞᄂᆞᆫ도다. 님산(臨産)ᄒᆞ거든 미리 닐너 ᄂᆡ ᄋᆞ(兒) ᄀᆞᆺ치 일즉 ᄀᆡ동치 말나. ᄂᆡ 현뷔(賢婦) 【23】 쳥쉬(淸瘦)ᄒᆞ나 견강(堅剛)ᄒᆞ믄 현부 등의 바랄 ᄇᆡ 아니니 됴심(操心)ᄒᆞᆯ지여다."

2715)ᄀᆞ족ᄒᆞ다 ; ①가지런하다. 나란하다. ②가깝다.
2716)실섭(失攝) : 몸조리를 잘 하지 못함.
2717)육니(忸怩)ᄒᆞ다 : 부끄럽고 창피하다.
2718)운환(雲鬟) : 여자의 구름처럼 탐스러운 쪽 찐 머리.

삼뷔 감은(感恩)ᄒᆞ여 일시의 계슈(稽首) ᄇᆡᄉᆞ(拜謝)ᄒᆞ여 셩은을 ᄉᆞ례ᄒᆞ고, 부인 왈,

"군휘 신ᄋᆞ(新兒) 보믈 위ᄒᆞ여 드러오시더니, 지금 ᄎᆞᆺ지 아니시니 숀ᄋᆡ(孫兒) 노(怒)ᄒᆞ리로쇼이다"

공이 ᄃᆡ쇼ᄒᆞ고 신숀을 볼ᄉᆡ, 난지 냥일(兩日)이로ᄃᆡ, 녕형셕ᄃᆡ(英形碩大)ᄒᆞ여 명경쌍안(明鏡雙眼)을 드러 ᄉᆞ름을 보니, 셔ᄇᆡᆨ(西伯)[2719]을 위ᄒᆞᆫ 닌(麟)[2720]이 셔기(西岐)[2721]의 나리고, 뇽닌(龍麟)[2722] ᄀᆞᆺᄒᆞᆫ 쳬격(體格)이 일월(日月)의 광휘(光輝)라.

공이 대희ᄒᆞ여 부인을 보와 니로ᄃᆡ,

"차ᄋᆞ(此兒)ᄂᆞᆫ 【24】승어부(勝於父)ᄒᆞ니 오문(吾門)이 창(昌)ᄒᆞ믈 긔여필득(期於必得)[2723]이로쇼이다"

언파(言罷)의 ᄋᆞ손(兒孫)을 어로만져 졉면교구(接面交口)[2724]ᄒᆞ여 쳬쳬(棣棣)ᄒᆞᆫ[2725] ᄉᆞ랑이 약ᄉᆞ쳬지무골(若似體肢無骨)[2726]ᄒᆞ더니, 공의 슈염의 눈이 다쳐 신ᄋᆡ(新兒) 고고(呱呱)[2727]히 우니, 소ᄅᆡ 쳥상홍냥(淸爽洪亮)[2728]ᄒᆞ야 단혈(丹穴)[2729]의 봉황지음(鳳凰之音) ᄀᆞᆺ고, 구소(九霄)[2730]의 ᄒᆞᆨ여셩(鶴唳聲)[2731]이라.

공이 대경대희(大驚大喜)ᄒᆞ여 우으며 무ᄋᆡ(撫愛) 왈,

"노조(老祖) 노망(老妄)ᄒᆞ여 ᄋᆞ손을 놀ᄂᆡ도다."

다시곰 어로만져 츌뉴비상(出類非常)[2732]ᄒᆞ믈 일ᄏᆞᆺ더니, 오ᄅᆡ 머므러 산부의게

2719)셔ᄇᆡᆨ(西伯) : BC 12세기 중국 주(周 : BC 1111~255)의 창건자인 무왕(武王)의 아버지 문왕(文王). 이름은 창(昌)이다. 은나라 말기에 태공망(太公望) 등을 발탁하여 국정을 바로잡고 융적(戎狄)을 토벌하여 주나라를 세울 수 있는 기반을 닦은 인물로, 이상적인 성인 군주의 전형으로 꼽힌다.

2720)닌(麟) : 기린(騏驎). 『민속』 성인이 이 세상에 나올 징조로 나타난다고 하는 상상 속의 짐승. 몸은 사슴 같고 꼬리는 소 같고, 발굽과 갈기는 말과 같으며 빛깔은 오색이라고 한다. ≒인수(仁獸). 기린

2721)셔기(西岐) : 중국 주(周)나라의 발상지.

2722)뇽닌(龍麟) : 용(龍)관 기린(麒麟)을 함께 이른 말.

2723)긔여필득(期於必得) : 반드시 얻고야 말 것이다. 또는 반드시 이루고야 말 것이다.

2724)졉면교구(接面交口) : 얼굴을 마주대고 입을 맞춤.

2725)쳬쳬(棣棣)ᄒᆞ다 : 행동이나 몸가짐이 너절하지 아니하고 깨끗하며 트인 맛이 있다.

2726)약ᄉᆞ쳬지무골(若似體肢無骨) : 마치 몸과 팔다리에 뼈가 없는 듯 부드럽기만 하다는 뜻.

2727)고고(呱呱) : 젖먹이의 우는 소리.

2728)쳥상홍냥(淸爽洪亮) : 소리가 맑고 시원스러우며 크다.

2729)단혈(丹穴) : 전설상의 산 이름으로, 이곳에 오색 영롱한 봉황새가 산다고 한다. 『山海經 南山經』에 나온다.

2730)구소(九霄) : 높은 하늘. ≒층소(層霄).

2731)ᄒᆞᆨ려셩(鶴唳聲) : 학의 큰 울음소리.

히로울가 두려 니러ᄂᆞ니, 삼뷔 니러 【25】 보ᄂᆡ고, 삼일이 지ᄂᆞᄆᆡ 니쇼졔 니러ᄂᆞ 쇼셰(梳洗)ᄒᆞ니, 구괴 깃거ᄒᆞ더니, 뉴쇼졔 문안(問安)의 불참ᄒᆞ거놀, 공의 부뷔 경ᄋᆞ(驚訝)ᄒᆞ더니, 당상궁이 고왈,

"소졔 작야(昨夜)부터 산졈(産漸)이 계시더니, 시방 급(急)ᄒᆞ시이다."

공의 부뷔 놀나 취운각의 니르니, 쇼졔 벼개의 업ᄃᆞ여 옥안이 푸르고 ᄉᆞ지(四肢) 궐닝(厥冷)2733)ᄒᆞ니 진유모와 졔시ᄋᆡ 경황(驚惶) 호읍(號泣)ᄒᆞᄂᆞᆫ지라.

부인이 졔녀의 우름을 금ᄒᆞ고 어루만져 구호홀 식, 소졔 긔질이 약ᄒᆞ여 능히 니긔지 못ᄒᆞᄂᆞᆫ지라. 삼다(蔘茶)를 【26】 나오고 뎡쇼졔 침(針)을 잡ᄋᆞ 긔운을 통(通)케ᄒᆞ니, 뉴쇼졔 정신을 출혀 셩안(聖顔)을 써, 쇼져를 보고 쌍뉘(雙淚) 여우(如雨)ᄒᆞ니, 니·졍 냥쇼졔 관겨치 아니믈2734) 니르고, 부인이 어루만져 산뷔(産婦) 녜ᄉᆞ(例事) 그러ᄒᆞ믈 니르다.

쇼졔 죽을 듯ᄒᆞ여 됸고(尊姑)의 숀을 밧드러 뉴쉬(淚水) 진진(津津)2735)ᄒᆞ니, 아이오(俄而오)2736) ᄉᆡᆼᄋᆞ(生兒)의 우름소ᄅᆡ 웅건활낭[냥](雄健豁亮)2737)ᄒᆞ여 쇠북2738)이 마치2739)를 응(應)ᄒᆞ며 쳘젹(鐵笛)2740)을 길게 부러 구쇼(九霄)의 ᄉᆞ못즘2741) ᄀᆺ흐니, 공이 난두(欄頭)의 좌(坐)ᄒᆞ여 남ᄋᆡ믈 희츌망외(喜出望外)2742) ᄒᆞ여 산부의 긔운 【27】 을 무르니, 무방ᄒᆞᆫ 쥴 고ᄒᆞᄂᆞᆫ지라.

부인이 제상궁 등으로 더브러 신ᄋᆞ를 강보(襁褓)의 ᄡᆞ고, 쇼져를 보고ᄌᆞ ᄒᆞ더니 뎡쇼졔 업ᄂᆞᆫ지라. 부인이 놀나 시ᄋᆞ로 보라ᄒᆞ니, 쳥향이 취향각의 니르니, 과연 쇼졔 쵸월아미(初月蛾眉)를 괴로이 찡긔고, 츄파쌍셩(秋波雙星)을 미미히 ᄂᆞᆺ초와 산긔(産氣) 급ᄒᆞ믈 알지라.

보보젼경(步步顚傾)ᄒᆞ여 고ᄒᆞ니, 니쇼졔 풍·범 냥부인을 뫼셔 취향각의 니르고, 부인이 미 됴ᄎᆞ 유ᄋᆞ를 누이고, 식부 보호ᄒᆞ믈 니른 후 취향각의 니 【28】 르니, 미처 난함(欄檻)의 오르지 못ᄒᆞ여셔 당즁(堂中)의 환셩(歡聲)이 요요(搖搖)ᄒᆞ고,

---

2732)츌뉴비상(出類非常) : 같은 무리 가운데에서 평범하지 아니하고 뛰어남.
2733)궐닝(厥冷) : 『한의』 체온이 내려가며 손발 끝에서부터 차가워지는 증상.
2734)관겨치 아니ᄒᆞ다 : 관계치 않다. 괜찮다. 탈이나 문제, 걱정이 되거나 꺼릴 것이 없다.
2735)진진(津津) : 눈물 따위가 굵은 물줄기를 이뤄 흘러내림.
2736)아이(俄而)오 : 얼마 안 있다가. 이윽고.
2737)웅건활낭(雄健豁朗) : 소리가 웅장하여 탁 트이고 명랑함.
2738)쇠북 : '종(鐘)'의 옛말.
2739)마치 : 망치. 못을 박거나 무엇을 두드리는 데 쓰는 연장.
2740)쳘젹(鐵笛) : 쇠로 만든 저. *저: 가로로 불게 되어 있는 관악기를 통틀어 이르는 말.
2741)ᄉᆞ못치다 : 사무치다. 깊이 스며들거나 멀리까지 미치다.
2742)희츌망외(喜出望外) : 기대하지 아니하던 기쁜 일이 뜻밖에 생김.

유ᄌᆞ(乳子)의 우름소릭 쇄락(灑落) 쳥신(淸新)ᄒᆞ여 홍둉(洪鐘)을 울니ᄂᆞᆫ 듯ᄒᆞ니, 부인이 대열ᄒᆞ여 지게를 열고 실(室)의 드니, 뎡쇼졔 긔운이 안상(安常)ᄒᆞ고, 금니(衾裏)를 두루고 셩안(星眼)을 드러 졔인(諸人)의 유ᄋᆞ(乳兒)를 거두어 강보(襁褓)의 싸믈 보ᄂᆞᆫ지라.

부인이 연망(連忙)이 개호입실(開戶入室)ᄒᆞ니, 뎡쇼졔 존고를 맛ᄂᆞᆫ지라. 부인이 식부의 운환(雲鬟)을 어루만져 긔이(奇異)히 슌산싱ᄌᆞ(順産生子)ᄒᆞ믈 칭찬익경(稱讚愛敬)ᄒᆞ니, 공이 난두(欄頭)의 올나 식부(息婦) 【29】 의 안부를 뭇고, 싱ᄌᆞ(生子)의 긔질(氣質)을 무르니, 셜부인이 칭하 왈,

"삼ᄉᆞ일 ᄉᆞ이 삼ᄉᆞᆫ(三孫)을 어드니, 댱ᄋᆞ(長兒)ᄂᆞᆫ 신뇽(神龍) ᄀᆞᆺ고, ᄎᆞᄋᆞ(次兒)ᄂᆞᆫ 비웅(羆熊)[2743]과 밍호(猛虎) ᄀᆞᆺ고, 삼ᄋᆞᄂᆞᆫ 단봉(丹鳳)[2744]과 난학(鸞鶴)[2745] ᄀᆞᆺᄒᆞ니, 엇지 긔특지 아니리잇고?"

공이 쳡쳡(疊疊)ᄒᆞᆫ 경ᄉᆞ(慶事)를 어드니 환열ᄒᆞ여 냥ᄌᆞ(兩子)로 더브러 닉뎐(內殿)의 님ᄒᆞ여, 션됴츙신여음(先祖忠信餘蔭)[2746]과 부황(父皇)의 셩심대덕(聖心大德)을 힘닙어 문회(門戶) 창셩(昌盛)ᄒᆞ믈 닐너 호상(壺觴)[2747]을 ᄌᆞ작(自酌)[2748]ᄒᆞ니, 냥ᄌᆞ(兩子)와 냥뷔(兩婦) ᄉᆞ러 하례ᄒᆞ더라.

님시 삼부인 슌산ᄒᆞ믈 듯고 환희ᄒᆞ 【30】 여 드러와 하례ᄒᆞᆯ ᄉᆡ, 상셔와 부인 의긔현심(義氣賢心)을 샹텬(上天)이 감오(感悟)ᄒᆞᄉᆞ, 늉셩(隆盛)ᄒᆞᆫ 복녹(福祿) 바드믈 일ᄏᆞ라, 깃거ᄒᆞ미 진졍쇼발(眞正所發)이니, 삼부인이 흔연 답ᄉᆞ(答謝)ᄒᆞ여 ᄌᆞ로 모다 말솜ᄒᆞ니, 님시의 유덕(有德) 슌박(淳朴)ᄒᆞ믈 ᄎᆞ탄(嗟歎)ᄒᆞ여, 화시의 졀셰온슌(絶世溫順)ᄒᆞᆷ과 홍시의 표묘아담(縹緲雅淡)ᄒᆞ믈 극진(極盡) 관ᄃᆡ(款待)ᄒᆞ니, 삼인의 우럴미 더으더라.

하오월(夏五月)의 상셔의 ᄉᆞ인(使人)이 니르러 승젼셩공(勝戰成功)ᄒᆞ믈 알외고, 말미ᄒᆞ여 현알(見謁)ᄒᆞ믈 고ᄒᆞ여시니, 궁듕닉외(宮中內外) 환셩(歡聲)이 물 끌틋ᄒᆞ 【31】 고, 위공부부와 냥형의 환희ᄒᆞ믄 일필난긔(一筆難記)라.

ᄎᆞ셜, 션시의 위원쉬 대식셩의셔 됴졍 쳐분을 기다리고 댱졸(將卒)을 쉬오더니, 신싱이 도라와 복명(復命)ᄒᆞ니, 원쉬 ᄃᆡ열ᄒᆞ여 젼후 쵹병(蜀兵) 파(破)ᄒᆞ던 일을 뭇고, 슐을 《두어‖주어》 하례ᄒᆞ니, 신싱이 사례(謝禮)ᄒᆞ고 좌위 (左右) 둉용(從容)ᄒᆞ믈 타, 궁듕(宮中) 젹변(賊變)과 삼부인이 무ᄉᆞ이 피화(避禍)ᄒᆞ여 쳥진산의

2743)비웅(羆熊) : 큰곰.
2744)단봉(丹鳳) : 목과 날개가 붉은 봉황.
2745)난학(鸞鶴) : 난(鸞)새와 학을 함께 이르는 말.
2746)션됴츙신여음(先祖忠信餘蔭) : 선조의 충성과 신의의 공덕으로 자손이 받는 복.
2747)호상(壺觴) : 술병과 술잔을 아울러 이르는 말.
2748)자작(自酌) : 자기 스스로 술을 따라 마심.=자작자음(自酌自飮).

와시믈 고ᄒᆞ니, 원쉬 ᄃᆡ희(大喜)ᄒᆞ여 신ᄉᆡᆼ의게 분쥬(奔走) 슈고ᄒᆞ믈 ᄉᆞ례ᄒᆞ더라.

십여일 후, 텬ᄌᆡ 하됴(下詔)ᄒᆞᄉᆞ 쵹쥬(蜀主)와 번장(蕃將)의게 【32】 항복을 밧고 반ᄉᆞ(班師)ᄒᆞ믈 니르시고, 위로(慰勞)를 나리오ᄉᆞ 삼부인 비명참ᄉᆞ(非命慙死)를 위로ᄒᆞᄉᆞ, 옥음(玉音)이 권권(眷眷)ᄒᆞ시니, 위원쉬 변경(汴京)을 바라 ᄉᆞᄇᆡ(四拜) ᄉᆞ은(謝恩)ᄒᆞ니, 졔장(諸將)이 ᄉᆞ러 치위(致慰)어ᄂᆞᆯ, 원쉬 다만 쵸쵸(草草)히 답ᄒᆞ고, 군즁(軍中) 졍ᄉᆡ(政事) 잇고 감히 ᄉᆞᄉᆞ복졔(私事服制)를 ᄀᆞᆺ쵸지 못ᄒᆞ믈 닐너, 셜셜(屑屑)[2749]ᄒᆞᆫ 안ᄉᆡᆨ(顏色)과 셩복(成服)ᄒᆞ미 업ᄉᆞ니, 군즁(軍中)이 감읍(感泣) ᄎᆞ탄(嗟歎)ᄒᆞ고, 원슈의 마음을 어려이 넉이더라. 토번국 당슈(將帥) 당만ᄌᆡ 도라가 토번왕을 보고 위원슈 셩덕긔질(聖德氣質)과 텬됴(天朝) 위뮈(威武) 씍씍 【33】 ᄒᆞ믈 ᄀᆞᆺ초 젼ᄒᆞ고, 항(降)ᄒᆞ믈 권(卷)ᄒᆞ니, 번국 신뇌 막불대경(幕不大驚)ᄒᆞ여 이의 항표(降表)와 됴공(朝貢)을 ᄀᆞᆺ쵸와 원슈 당젼(帳前)의 니르러 항긔(降旗)를 셰우니, 위원쉬 왕을 마ᄌᆞ 관ᄃᆡ(寬待)ᄒᆞ고, 텬됴의 귀복(歸服)ᄒᆞ믈 깃거, 셩언현어(聖言賢語)[2750]로 위무(慰撫)ᄒᆞ니, 토번 국왕이 위원슈 뇽봉ᄌᆞ질(龍鳳資質)[2751]과 셩덕ᄃᆡ현(盛德大賢)[2752]을 복복흠찬(服服欽讚)[2753]ᄒᆞ고, 그릇 간신의 ᄭᅬ의 속아 ᄃᆡ됴(大朝)[2754] 위엄을 항거(抗拒)ᄒᆞ믈 청죄(請罪)ᄒᆞ여, 호ᄉᆡᆼ지덕(好生之德)을 드리워 쥭이지 아니시믈 감은(感恩)ᄒᆞ니, 셰셰(歲歲)로 대됴의 됴공ᄒᆞ믈 고ᄒᆞ여 말솜이 슌후(醇厚) 【34】 ᄒᆞ니, 원쉬 대희ᄒᆞ여 ᄐᆡᆨ일(擇一) 반ᄉᆞ(班師)ᄒᆞᆯᄉᆡ, 위원쉬 왕을 향ᄒᆞ여 니로ᄃᆡ,

"대국 텬위(天威) 망망(茫茫)[2755]ᄒᆞ무로 셩텬ᄌᆞ(聖天子) 치홰(治化)[2756] 만방의 밋ᄎᆞ니, 셔번(西藩) 졔휘 됴공ᄒᆞ여 ᄯᆡ를 일치 아닛ᄂᆞ니, 왕은 근신ᄒᆞ여 대국을 지셩(至誠) ᄉᆞ대(事大)ᄒᆞ면 '슌텬ᄌᆡ(順天者) 창(昌)'[2757]ᄒᆞ믄 ᄌᆞ고(自古) 상ᄉᆡ(常事)라. 셩텬ᄌᆡ(聖天子) 무ᄋᆡ(撫愛)ᄒᆞ시미 근근(勤勤)ᄒᆞ리니, 과실(過失)을 엇지 허물ᄒᆞ시리오."

왕이 슌슌사례(順順謝禮)ᄒᆞ고 셰ᄌᆞ와 병부상셔 김우로 항표와 됴공을 밧드러 텬됴의 보ᄂᆡᆯᄉᆡ, 누슈(淚水)를 ᄲᅮ려 원슈 대덕을 사례ᄒᆞ고, ᄯᅥ나믈 연 【35】 연(戀

2749)셜셜(屑屑) : 자잘함. 구구함. 자질구레함.
2750)셩언현어(聖言賢語) : '성인(聖人)의 말'과 '현인(賢人)의 말'을 함께 이른 말.
2751)뇽봉자질(龍鳳資質) : 용과 봉황처럼, 또는 황제나 제왕처럼, 뛰어난 성품과 소질.
2752)셩덕ᄃᆡ현(盛德大賢) : '크고 훌륭한 덕'과 '매우 어질고 큰 지혜'를 함께 이른 말. 또는 그러한 덕과 지혜를 갖춘 사람.
2753)복복흠찬(服服欽讚) : 마음속으로 깊이 복종하고 공경하여 찬양함.
2754)대조(大朝) : '큰 조정(朝廷)'이란 뜻으로, 큰 나라 곧 '대국(大國)'을 달리 이른 말.
2755)망망(茫茫) : 넓고 멂.
2756)치화(治化) : 어진 정치로 백성을 다스려 인도함.
2757)슌텬ᄌᆡ(順天者) 창(昌) : 천리(天理)를 따르는 자는 흥함.

戀)ᄒᆞ니, 위원슈 고금치란(古今治亂)과 풍늉(豊隆)ᄒᆞᆫ 말솜이 현하(懸河)2758)를 드리워 옥치단슌(玉齒丹脣) ᄉᆞ이 니음치니2759) 토번 국왕과 신뇌(臣僚) 우러러 쇼년 아망(雅望)2760)을 경동ᄒᆞ니, 위원슈 별시(別詩)를 붓쳐 텬됴(天朝)의 귀슌ᄒᆞ믈 칭션(稱善)ᄒᆞ니, 왕이 ᄃᆡ희ᄒᆞ여 시를 바다 보니, 웅건청상(雄健淸爽)ᄒᆞ여 강하(江河)를 드리워시며, 《시셕‖시격(詩格)》의 놉흐미 태ᄉᆞ쳔(太史遷)2761)의 문장을 우을 거시오, 찬난휘휘(燦爛輝輝)ᄒᆞ여 셩덕문질이 글 우히 버러, 유명만셰(有名萬歲)ᄒᆞ고, 치군요슌(致君堯舜)2762)ᄒᆞᆯ 도량대보(度量大輔)2763)요 셩인군ᄌᆞ(聖人君子)니, 왕이 【36】 일견(一見)의 황공 감ᄉᆞᄒᆞ여 누슈를 ᄲᆞ려 셩덕을 ᄉᆞ례ᄒᆞ고, 잔ᄎᆡ를 빈셜ᄒᆞ여 원슈와 댱됼(將卒)을 관ᄃᆡ(寬待)ᄒᆞ고 ᄯᅥ나믈 결울(結鬱)2764)ᄒᆞ니, 원슈 호언(好言) 관위(寬慰)ᄒᆞ고, 삼군이 개가(凱歌)를 불너 도라올ᄉᆡ, 왕이 십니졍(十里程)2765)의 와 니별ᄒᆞ니, 원슈 거슈(擧手) 칭ᄉᆞ(稱謝)ᄒᆞ고 니별ᄒᆞᆯᄉᆡ, 니민(吏民)2766)이 슐위를 븟드러 젹ᄌᆞ(赤子)2767) ᄌᆞ모(慈母) ᄯᅥ남 ᄀᆞᆺ흐니, 원슈 흔연(欣然)이 농업을 부즈러니 ᄒᆞ여 죄를 범치 말믈 경계ᄒᆞ고, 대군이 물미듯ᄒᆞ여 도라 올ᄉᆡ, 군장ᄉᆞ됼(軍將士卒)이 한마지역(汗馬之力)2768)을 허비치아 【37】 녀, 원슈 위무(威武)로 슈삼월ᄂᆡ(數三月內) 승젼긔가(勝戰凱歌)로 도라오니, 흔흔(欣欣)ᄒᆞᆫ 뜻과 즐기는 소ᄅᆡ 요요(搖搖)ᄒᆞ니, 됴궁(操弓)2769) ᄯᅥ난 살 ᄀᆞᆺᄒᆞ여, 군친(君親)을 ᄉᆞ모ᄒᆞ는 심ᄉᆡ 일반이라.

대대인마(大隊人馬)를 거ᄂᆞ려 경ᄉᆞ(京師)로 ᄂᆞ아오니, 션셩(先聲)이 셩ᄂᆡ(城內)

2758)현하(懸河) : 급한 경사를 세게 흐르는 하천. 또는 그처럼 말이나 생각을 거침이 없이 쏟아 냄.

2759)니음치다 : 이음치다. 줄줄이 이어지다.

2760)아망(雅望) : 훌륭한 인망. 또는 그 인망을 가진 사람.

2761)태샤쳔(太史遷) : 사마천(司馬遷). BC.145-86. 중국 전한(前漢)의 역사가. 태사(太史)는 태사령(太史令)을 지낸 그의 관직명. 자는 자장(子長). 기원전 104년에 공손경(公孫卿)과 함께 태초력(太初曆)을 제정하여 후세 역법의 기초를 세웠으며, 역사책 ≪사기≫를 완성하였다.

2762)군요슌(致君堯舜) : 임금이 요(堯)·순(舜)과 같은 성군(聖君)이 되도록 충성을 다해 보필함.

2763)도량대보(度量臺輔) : 세상사를 너그럽게 용납하여 처리할 수 있는 넓은 마음과 깊은 생각을 가진 큰 벼슬아치. *대보(臺輔): 중국에서, 삼공(三公)으로 천자(天子)를 돕던 사람.

2764)결울(結鬱) : 울결(鬱結). 가슴이 답답하여 막힌 데가 있음. 섭섭한 마음이 가득함.

2765)십니졍(十里程) : 십리길. 십리쯤 되는 거리.

2766)니민(吏民) : 아전(衙前: 관아에 속한 구실아치)과 백성을 함께 이르는 말.

2767)젹ᄌᆞ(赤子) : 갓난아이.

2768)한마지역(汗馬之力) : 말이 땀을 흘리도록 전장을 누비며 싸우는 노력.

2769)됴궁(操弓) : 잡아당긴 활시위.

의 니르믹, 일가 똑친(族親)이 십니 밧긔 나 맛고, 텬직(天子) 난가(鑾駕)를 휘동(麾動)ᄒᆞᄉᆞ 교외의 마ᄌᆞ실ᄉᆡ, 위원슈 댱막(帳幕)을 빅셜ᄒᆞ고 똑친(族親)을 반기며 텬은을 일ᄏᆞᆺ고, 한훤(寒暄)을 맛지 못ᄒᆞ여셔, ᄒᆡᆼ군 북소ᄅᆡ 늉연(隆然)ᄒᆞ여 농봉일월긔(龍鳳日月旗) 붓치이ᄂᆞᆫ지라.

어 【38】 개 친님(親臨)ᄒᆞ신 쥴 알고, 대경ᄒᆞ여 대군을 거ᄂᆞ려 어젼(御前)의 나아가 산호빅무(山呼拜舞)2770)ᄒᆞ기를 맛ᄎᆞᄆᆡ, 셰둉(世宗)2771) 텬ᄌᆡ(天子) 누상(樓上)의 젼좌(前座)ᄒᆞᄉᆞ 긔률(紀律)의 엄졍(嚴正)ᄒᆞ미 착난(錯亂)치 아니믈 칭찬ᄒᆞ더니, 산호무도(山呼舞蹈)ᄒᆞ믈 당ᄒᆞᄉᆞᄂᆞᆫ, 흔연 위유(慰諭) 왈,

"짐이 탕무(湯武)2772)의 덕(德)이 업셔 여러 번 젹병을 맛나, 위틱흔 심ᄉᆡ 침쇄(寢座) 경경(耿耿)이러니, 경이 《빅만‖빅면》 셔싱(白面書生)2773)으로 능히 원늉(元戎)이 되어 번왕(藩王)의 오만ᄒᆞ믈 항복밧고, 허다댱졸(許多將卒)의 슈고를 허비치 아냐, 빅만호병(百萬胡兵)을 파(破)ᄒᆞ여 개가(凱歌)로 【39】 도라오니, 짐이 농탑(龍榻)의 근심을 닛고, 둉ᄉᆞ(宗社)를 안보(安保)ᄒᆞ리니, ᄉᆡᆼ민(生民)이 탕화(湯火)의 드럿다가 금일 븟터 가국(家國)이 화평ᄒᆞ리니, 경의 공을 장ᄎᆞ 무어ᄉᆞ로 갑흐리오."

원슈 황공ᄒᆞ여 계슈빅빅(稽首百拜)ᄒᆞ여 셩텬ᄌᆞ(聖天子) 《늉봉‖늉복(隆福)》이 졔텬(齊天)ᄒᆞ시믈 쥬ᄒᆞ니, 뎨(帝) 환희ᄒᆞᄉᆞ ᄃᆡ원슈 위현으로 본직 니부상셔 겸 홍문관 틱혹ᄉᆞ 무양후를 봉ᄒᆞ시고, 군졍녹(軍政錄)을 보시고 신양은 쵹(蜀)을 파흔 공이 잇ᄂᆞᆫ 고로, 표긔장군을 ᄒᆞ이시며, 화진으로 농양장군(龍驤將軍)을 ᄒᆞ 【40】 이ᄉᆞ, 부됴(父祖)를 츄증(追贈)케 ᄒᆞ시며, 기여(其餘) 장졸(將卒)을 ᄎᆞ례로 봉작(封爵)ᄒᆞ시니, 삼군이 용약환희(勇躍歡喜)ᄒᆞ여 고무(鼓舞)ᄒᆞ고, 원슈 텬은(天恩)을 황망(遑忙)ᄒᆞ여 계수혈읍(稽首血泣)ᄒᆞ여 ᄉᆞ양(辭讓)ᄒᆞ오나, 뎨(帝) 불윤(不允)ᄒᆞ시니, 신·화 냥인이 고두쥬왈(叩頭奏曰).

"쇼신(小臣) 화진과 신양은 한쳔(寒賤)ᄒᆞ오미 능히 발신(發身)ᄒᆞ올 길히 업습

2770)산호빅무(山呼拜舞) : 나라의 중요 의식에서 신하들이 임금의 만수무강을 축원하여 두 손을 치켜들고 만세를 부르고 절하던 일.

2771)셰둉(世宗) : 주세종(周世宗). 중국 잔당오대(殘唐五代) 후주(後周)의 2대 황제(재위:954- 959). 이름은 시영(柴榮: 921-959)이다. 태조 곽위(郭威)의 양자가 되어 태조가 죽자 황위(皇位)를 승계했다. 후촉(後蜀)의 진(秦)·봉(鳳)·성(成)·계(階) 등 4주(州)와 남당(南唐)의 회남(淮南)지방 14주를 병합하고, 거란을 공격하여 영(瀛)·막(莫)·이(易) 등의 3주와 와교(瓦橋)·익진(益津)·어구(淤口) 등의 3관(關)을 수복, 영토를 확장했다.

2772)탕무(湯武) : 중국 은나라를 건국한 탕왕(湯王)과 주나라를 건국한 무왕(武王). 둘 다 현군(賢君)으로 이름이 높다.

2773)빅면셔싱(白面書生) : 한갓 글만 읽고 세상일에는 전혀 경험이 없는 사람.

거ᄂᆞᆯ, 대원슈 위현이 의긔로 거두어 노모와 누의를 구ᄒᆞ와, 《구확 ‖ 구학(溝壑)》의 ᄉᆡᆨ진 거ᄉᆞᆯ 건져 발쳔(發闡)ᄒᆞ미 다 위현의 호ᄃᆡ(浩大)ᄒᆞᆫ 은혜라. 신 등이 ᄆᆡᆼ약(盟約)ᄒᆞ와 쥬창(朱倉)2774)이 관공(關公)2775)셤기듯 【41】 몰신(歿身)토록 셤기고ᄌᆞ ᄒᆞ옵ᄂᆞ니, 셩은이 늉셩(隆盛)ᄒᆞᄉᆞ 외람ᄒᆞ온 작ᄎᆞ(爵次)2776)를 ᄂᆞ리오시니 이 엇지 신등의 공(功)이리잇고? 츌ᄉᆞ지공(出師之功)은 ᄃᆡ원슈 위무(威武)를 힘닙ᄉᆞ오미오, 폐하 홍복(弘福)이 졔텬(齊天)ᄒᆞ오ᄉᆞ, 셔졀구토[투](鼠竊狗偸)2777)의 광구(狂狗)를 삭평(削平)ᄒᆞ오○[미]니 복원(伏願) 폐하ᄂᆞᆫ 관작(官爵)을 환슈ᄒᆞᄉᆞ, ᄇᆡ은망덕(背恩忘德)ᄒᆞᄂᆞᆫ 무리 되지 아니케 ᄒᆞ쇼셔."

데(帝) 놀나고 신긔이 넉이ᄉᆞ 의긔(義氣)를 칭찬ᄒᆞᄉᆞ 왈,

"위경의 지인(知人)ᄒᆞᄂᆞᆫ 안총(眼聰)과 의협(義俠)이 신양·화진의 영웅쥰걸을 거두어 국 【42】 가 보익ᄒᆞ미 되니 엇지 경의 공이 아니리오."

원슈 ᄇᆡ쥬(拜奏) 왈(曰),

"이 도시(都是)2778) 신·화 냥인의 비상ᄒᆞ오미니 엇지 신의 공이리잇고?"

데(帝) 격졀(擊節) 감탄ᄒᆞᄉᆞ 냥인을 면유(面諭)ᄒᆞ시고, 마죵의 무상(無常)ᄒᆞ믈 통히(痛駭)ᄒᆞᄉᆞ 마삼을 불너 니로ᄉᆞᄃᆡ,

"경ᄌᆞ(卿子)의 풍화를 어ᄌᆞ러인 죄 즁ᄒᆞ니 엄칙(嚴飭)ᄒᆞ리라."

마공이 ᄎᆞ시ᄂᆞᆫ 동평지부를 갈고 ᄂᆡ직(內職)의 잇더니, 상교를 듯즙고 돈슈ᄉᆞ죄(頓首謝罪)2779)ᄒᆞ여 제 죄ᄂᆞᆫ 모로고 화진의 부모 무덤을 파고ᄌᆞ ᄒᆞ다가 홀연 죽음을 알외니, 상이 신·화 냥인 【43】 의 원(願)을 됴ᄎᆞ 신양으로 화쥐ᄌᆞᄉᆞ를 ᄒᆞ이ᄉᆞ 노모를 영양(榮養)케 ᄒᆞ시고, 화진은 동평지부를 ᄒᆞ이ᄉᆞ 고향을 반기고 부모 묘측(墓側)을 슈리케 ᄒᆞ시니, 냥인이 텬의 권권(眷眷)2780)ᄒᆞ시믈 감은(感恩)ᄒᆞ여

2774)쥬창(朱倉) : 삼국시대 촉한(蜀漢)의 명장 관우(關羽)의 부하장수. 나관중(나관중)의 『삼국지연의(三國志演義』 에 의하면 관우의 양자 관평(關平)과 함께 좌우에서 관우를 보좌하여 많은 공을 세웠는데, 오(吳)나라 여몽(呂蒙)이 형주(荊州)를 습격했을 때 관평은 관우와 함께 참수되었고, 이 소식을 들은 주창은 뒤따라 자결하였다. 관우를 봉사(奉祠)하는 관왕묘(東關王廟)에는 관평와 주창의 상이 관우의 상 좌우에 함께 배향(配享)되어 있다.

2775)관공(關公) : 중국 삼국 때에 촉한(蜀漢)의 명장 관우(關羽)를 말함. *관우(關羽); 중국 삼국 시대 촉한의 무장(?~219). 자는 운장(雲長). 장비 · 유비와 의형제를 맺고 적벽전에서 조조의 군대를 격파하는 등 많은 공을 세웠다. 뒤에 위나라와 오나라의 동맹군에게 패한 뒤 살해되었다.

2776)작차(爵次) : 벼슬과 지위를 함께 이른 말. ≒작위(爵位).

2777)셔졀구투(鼠竊狗偸) : 쥐나 개처럼 몰래 물건을 훔친다는 뜻으로, '좀도둑'을 이르는 말.

2778)도시(都是) : 모두가 다. 아무리 해도. 도무지.

2779)돈슈ᄉᆞ죄(頓首叩胸) : 머리를 조아리며 지은 죄를 용서해 주기를 빔.

2780)권권(眷眷) : 가엾게 여겨 돌보아 주는 모양.

ᄇᆡᆨᄇᆡ ᄉᆞ은ᄒᆞ더라.

토번국 ᄉᆞ신과 세ᄌᆞᄅᆞᆯ 불너 공헌(貢獻)을 밧고, 텬됴의 위무ᄅᆞᆯ 모로고 반역ᄒᆞ믈 ᄎᆡᆨ(責)ᄒᆞ시고, 광녹시(光祿寺)의 셜연(設宴)ᄒᆞᄉᆞ 본국으로 도라 보ᄂᆡ시니, 번국세ᄌᆞ(蕃國世子)와 ᄉᆞ신이 대됴(大朝) 위엄과 제신(諸臣)의 문무젼ᄌᆡ(文武全才) 가ᄌᆞ믈 보ᄆᆡ, 황황젼뉼(遑遑戰慄)ᄒᆞ여 청죄ᄒᆞ니, 상이 【44】 슈됴(手詔)로ᄡᅥ '대국 위엄을 범치 말고 공헌(貢獻)을 폐치 말나' ᄒᆞ시니, 번국 세ᄌᆞ와 《김위‖ᄉᆞ신이》 뎐폐(殿陛)의 고두ᄉᆞ은(叩頭謝恩)ᄒᆞ고 위원슈 대덕을 감ᄉᆞᄒᆞ더라.

텬ᄉᆡᆨ(天色)이 져물ᄆᆡ 환궁ᄒᆞ실ᄉᆡ, 위원쉬 삼군을 거ᄂᆞ려 궐문의 다ᄃᆞ라, 상이 드르신 후 뮈 퇴됴(退朝)ᄒᆞ고, 삼군 당ᄉᆡ 각각 부모쳐ᄌᆞᄅᆞᆯ 보려ᄒᆞ니, 원쉬 뉸거(輪車)ᄅᆞᆯ 됴부로 두루혀 ᄆᆡ져ᄅᆞᆯ 볼ᄉᆡ, 위부인이 반가옴과 깃브믈 니긔지 못ᄒᆞ여, 아의 늉복(戎服) ᄉᆞᄆᆡᄅᆞᆯ 붓들고 옥누(玉淚)ᄅᆞᆯ ᄲᅳ려, 삼뎨(三弟)의 참ᄉᆞ(慘死)ᄒᆞ믈 【45】 니르고 승젼환가(勝戰還家)ᄒᆞ믈 치하ᄒᆞ여 셜홰(說話) 탐탐(耽耽)[2781]ᄒᆞ니, 원쉬 져져(姐姐)ᄅᆞᆯ 위로ᄒᆞ고 훤당쌍친(萱堂雙親)[2782]의 긔게(起居) 안강(安康)ᄒᆞ시믈 깃거ᄒᆞ니, 조부인이 삼부인 됴ᄉᆞ(早死)ᄒᆞ믈 닐너 안ᄉᆡᆨ(顔色)이 쳐긔(悽氣)ᄒᆞ니 원쉬 이셩낙ᄉᆡᆨ(怡聲樂色)으로 삼부인이 피화(避禍)ᄒᆞ여 화쥐가시믈 고ᄒᆞ니, 부인이 냥구후(良久後) 탄왈,

"신긔코 긔이ᄒᆞ다. 삼뎨 총명지혜 능히 보신(保身)ᄒᆞ믈 여ᄎᆞ히 ᄒᆞ여 부모ᄅᆞᆯ 뫼셧거늘, 우형(愚兄)은 삼현뎨(三賢弟) 참ᄉᆞ(慘死)ᄒᆞ믈 각골통상(刻骨痛傷)ᄒᆞ여 현뎨 젼진(戰陣) ᄉᆡ외(塞外)의셔 보지 못ᄒᆞ믈 슬허 【46】 ᄒᆞ고, 원슈 갑지 못ᄒᆞ믈 분한ᄒᆞ더니, 여ᄎᆞ 경ᄉᆡ 잇시믈 엇지 알니오."

언파의 제문무(諸文武) 외당의 모다 셩공ᄒᆞ믈 치하ᄒᆞ고, 삼부인 참ᄉᆞ(慘死)ᄅᆞᆯ 치위(致慰)ᄒᆞᆯᄉᆡ, 총지 슌슌답ᄉᆞ(順順答辭)ᄒᆞ여 비ᄉᆡᆨ(悲色)이 업ᄉᆞ니, 제ᄀᆡᆨ이 긔상을 탄복ᄒᆞ고, 뎡·니 냥공이 악슈(握手) 뉴톄(流涕) 왈,

"ᄃᆡ장뷔 엇지 셜셜(屑屑)ᄒᆞ리오마ᄂᆞᆫ 아ᄆᆡ(我妹)와 질녜 조실쌍친(早失雙親)ᄒᆞ고 혈혈무의(孑孑無依)히 셩댱(成長)ᄒᆞᄆᆡ 뉵ᄋᆞ지통(蓼莪之痛)이 극ᄒᆞᆫ지라 힝혀 ᄌᆞ현의 풍치ᄅᆞᆯ 맛나 ᄃᆡ군ᄌᆞ로ᄡᅥ 비필ᄒᆞ니, 져의 덕을 텬되(天道) 《목우‖묵우(默

2781)탐탐(耽耽) : ①마음이 들어 몹시 즐거워하거나 즐기는 모양 ②매우 그리워하는 모양.

2782)훤당쌍친(萱堂雙親) : 고향집에 계신 부모님. 훤(萱)은 훤초(萱草) 곧 '원추리'로 어머니를 상징하는 화초(花草)이다, 따라서 훤당(萱堂)은 '어머니가 계신 처소' 또는 '어머니'를 이르는 말로 쓰여 왔는데, 어머니의 처소에는 아버지도 함께 계시므로 '부모님의 처소' 또는 '부모님'을 이르는 말로 쓰이기도 한다. 여기서는 타향에 있는 자식이 고향에 계신 부모님의 안부를 듣고 기쁨을 표현한 말이므로, '훤당'을 부모님이 계시는 '고향집'으로 풀이하였다.

祐)》 【47】 ᄒᆞ시민 즁 환희(歡喜)ᄒᆞ더니, 원억(冤抑)히 비명참ᄉᆞ(非命慘死)ᄒᆞᆯ 쥴 알니오. 관(棺)을 두어 군의 도라오믈 기다릴 거시로ᄃᆡ, 됴형이 우기시ᄂᆞᆫ 고로, 임의 안장(安葬)ᄒᆞ여시니, 군의 참통(慘痛)ᄒᆞ믄 더으리로다"

상셰 니르고ᄌᆞᄒᆞ나 져 무뷔(武夫) 취후(醉後) 경셜(經說)ᄒᆞᆯ가 념ᄒᆞ고, 좌우 니목(耳目)을 두려 다만 탄식고 닐오ᄃᆡ,

"실인(室人) 등이 명이 박(薄)ᄒᆞ여 참ᄉᆞ(慘死)ᄒᆞ니, 이 도시(都是) 소뎨 명운이오, 실인 등의 운쉬 불니(不利)ᄒᆞ미니 슈한슈원(誰恨誰怨)2783)이리오."

냥공이 심하(心下)의 박정(薄情)ᄒᆞ믈 노(怒)ᄒᆞ여 냥구묵묵(良久默默)이러니, 몬져 【48】 도라가니 총지 그윽이 실소(失笑)ᄒᆞ더라.

명됴(明朝)의 문뷔 궐하의 됴알(朝謁)ᄒᆞᆯᄉᆡ, 셰둉황애 니부(吏部)를 ᄀᆞᆺ초이 좌(坐)ᄒᆞ믈 니르시고, 삼인(三人)의 비명참ᄉᆞ(非命慘死)를 치위(致慰)ᄒᆞ실ᄉᆡ, 옥음(玉音)이 권권(眷眷)ᄒᆞ시고 뇽안(龍顔)의 참ᄉᆡᆨ(慙色)이 만연(漫然)ᄒᆞᄉᆞ 니로ᄉᆞᄃᆡ,

"경은 짐을 도와 동졍셔벌(東征西伐)의 공이 만커늘, 짐은 경의 가실(家室)을 보젼치 못ᄒᆞ게ᄒᆞ니, ᄎᆞᄂᆞᆫ 짐의 허물이라. 엇지 참괴치 아니리오."

상셰 황공(惶恐) 돈슈(頓首) 왈,

"폐ᄒᆡ 신의 가ᄉᆞ를 과도히 긔렴(紀念)ᄒᆞᄉᆞ 셩심을 번득2784)ᄒᆞ오니 신의 죄로쇼이다. 【49】 신이 비록 ᄉᆞ졍(事情)의 통박(痛迫)2785)ᄒᆞ오니, 도도(滔滔)ᄒᆞᆫ 텬쉬(天數)니 엇지 황야(皇爺) 허물이리잇고? 복원 황야ᄂᆞᆫ 여ᄎᆞ 하교(下敎)를 마르ᄉᆞ 신의 마음을 불안케 마르쇼셔."

상이 져 부부의 견권지졍(繾綣之情)2786)을 아르시ᄂᆞᆫ 고로, 각골(刻骨) ᄋᆡ상(哀傷)ᄒᆞᆯ 쥴 이르시더니, 주ᄉᆞ(奏事) 씩씩ᄒᆞ여 반호(半毫)2787) 비ᄉᆡᆨ(悲色)이 업ᄉᆞ니, 츙심을 가지(可知)ᄒᆞᄉᆞ 텬어(天語) 슌슌(諄諄)ᄒᆞ시고 토번(土蕃) 진공(進貢)ᄒᆞᆫ 바 보화(寶貨)를 상ᄉᆞ(賞賜)ᄒᆞ시니, 총ᄌᆡ(冢宰)2788) 고두 ᄉᆞ양ᄒᆞ니, 상이 츙직념결(忠直廉潔)ᄒᆞ믈 긔ᄃᆡ(期待)ᄒᆞᄉᆞ 기슈 ᄇᆡᆨ셔징(白書鎭)2789)과 순금팔쇠(純金팔

2783)슈한슈원(誰恨誰怨) : 누구를 탓하고 누구를 원망하겠냐는 뜻으로, 남을 탓하거나 원망할 것이 없음을 이르는 말.
2784)번득 : 물체 따위에 반사된 큰 빛이 잠깐 나타나는 모양.
2785)통박(痛迫) : 마음이 몹시 절박하다.
2786)견권지정(繾綣之情) : 마음속에 굳게 맺혀 잊히지 않는 정.
2787)반호(半毫) : '작고 가는 털의 반절'이란 뜻으로, 아주 작은 것을 비유적으로 이르는 말.
2788)총재(冢宰) : 이부총재(吏部摠裁). 『역사』 이조(吏曹)의 으뜸 벼슬. 정이품의 문관 벼슬이다. =이조 판서
2789)빅셔징(白書鎭) ; 백옥으로 만든 서진(書鎭) *서진: 책장이나 종이쪽이 바람에 날리지 아니하도록 눌러두는 물건. 쇠나 돌로 만든다.≒문진(文鎭).

쇠) 셰흘 쥬어 니로ᄉᆞᄃᆡ,

"ᄎᆞ 【50】 ᄂᆞᆫ 즁뵈(重寶)라. 경의 금옥지심(金玉之心)과 상칭(相稱)ᄒᆞᆫ 고로 쥬ᄂᆞ니, ᄉᆞ양치 말나."

총ᄌᆡ 밧ᄌᆞᆸ고 계슈ᄉᆞ은(稽首謝恩)[2790]ᄒᆞ오니 상이 깃그ᄉᆞ 기여(其餘) 보화(寶貨)ᄂᆞᆫ 신·화냥인과 졔장을 난화쥬시니, 졔인이 고두ᄉᆞ은(叩頭賜恩)ᄒᆞ더라.

ᄂᆡ시(內侍) 쥬왈,

"황후낭낭이 위총ᄌᆡ를 인견(引見)ᄒᆞᄉᆞ 치위(致慰)코ᄌᆞ 폐하긔 알외시나이다."

상이 흔연이 ᄂᆡ뎐(內殿) 현알(見謁)을 명ᄒᆞ시니, 위총ᄌᆡ 납됴 ᄉᆞ년의 황후긔 됴알치 못ᄒᆞ고, ᄋᆞ시의 일ᄐᆡᆨ(一宅)의 ᄌᆞ라 지친지졍(至親之情)이 심상치 아니턴지라.

우러러 창연(愴然)ᄒᆞ더니 명을 니 【51】 어 됴알ᄒᆞᆯᄉᆡ, 상이 파됴ᄒᆞ시고 ᄂᆡ뎐의 드르ᄉᆞ 명ᄑᆡ(命牌)ᄒᆞ시니, 총ᄌᆡ 츄진(趨進)ᄒᆞ여{ᄒᆞ여} 산호무도(山號舞蹈)[2791]ᄒᆞ니, 휘 쥬렴을 것고 농안의 희긔를 씌이ᄉᆞ 뎡공부부의 긔거(起居)를 무르시고, 승젼환가(勝戰還家)ᄒᆞ믈 치하ᄒᆞ시며, 삼인의 비명참ᄉᆞ(非命慘死)를 니르ᄉᆞ 옥ᄉᆡᆨ이 쳐연(悽然)ᄒᆞ시니, 총ᄌᆡ 계슈국궁(稽首鞠躬)[2792]ᄒᆞ여 셩은을 ᄉᆞ례ᄒᆞ나, ᄉᆞ친의 정을 펴지 못 ᄒᆞᆯ지라.

삼쳐(三妻)의 보명(保命)ᄒᆞ믈 쥬코ᄌᆞ ᄒᆞ나, 좌우 이목을 써려 복슈 유유ᄒᆞ니, 쇄락ᄒᆞ여 일광이 탈휘(奪輝)ᄒᆞ니, 【52】 반월(半月) 텬졍(天庭)[2793]의 각모(角帽)를 슉이고 봉익(鳳翼)의 금포(錦袍)를 가(加)ᄒᆞ여시며, 일요(逸腰)[2794]의 보ᄃᆡ(寶帶) 느져시니[2795], 슈려(秀麗) 호상(豪爽)ᄒᆞ여 쳔고미남(千古美男)이오 옥인군ᄌᆞ(玉人君子)라. 구부며[2796] 펴 ᄉᆞ은(謝恩)ᄒᆞᆯᄉᆡ, 옥결(玉玦)[2797]이 낭낭이 우

2790)계수사은(稽首謝恩) : 머리가 땅에 닿도록 몸을 굽혀 절하고 받은 은혜에 감사하여 사례함. *계수(稽首); 중국의 <주례>에 나오는 아홉 가지 절의 하나. 머리가 땅에 닿도록 몸을 굽혀 하는 절로, 우리의 '큰절'에 해당하는 절이다.

2791)산호무도(山呼舞蹈) : =산호ᄇᆡ무(山呼拜舞). 나라의 중요 의식에서 신하들이 임금의 만수무강을 축원하여 두 손을 치켜들고 만세를 부르고 절하던 일. 산호(山呼) : ≒산호만세(山呼萬歲). 나라의 중요 의식에서 신하들이 임금의 만수무강을 축원하여 두 손을 치켜들고 만세를 부르던 일. 중국 한나라 무제가 숭산(嵩山)에서 제사 지낼 때 신민(臣民)들이 만세를 삼창한 데서 유래한다.

2792)계슈국궁(稽首鞠躬) : 임금 앞에 계수배(稽首拜)를 올린 후 공경의 표시로 다시 무릎을 꿇고 몸을 굽힘.

2793)반월텬졍(半月天庭) : 반달 모양의 이마. 천정(天庭): 관상(觀相)에서 양 눈썹의 사이, 또는 이마의 복판을 이른다.

2794)일요(逸腰) : 늘씬한 허리.

2795)느져시니 : 늦춰져 있으니. *늦추다: 바싹 하지 아니하고 느슨하게 하다.

2796)구부며 : 구부리며. *구부다: 구부리다. 한쪽으로 구붓하게 굽히다.

2797)옥결(玉玦) : 옥으로 만들어 허리에 차는 고리. 장신구(裝身具)의 일종이다.

러 졀ᄎᆞ를 맛쵸니, 단엄ᄒᆞ여 공밍도덕(孔孟道德)[2798]을 흉즁(胸中)의 장(藏)ᄒᆞ고 안방보국(安邦保國)[2799]ᄒᆞ여 니음양슌ᄉᆞ시(理陰陽順四時)[2800] ᄒᆞᆯ 보필(輔弼) 동냥(棟梁)이라.

뎨휘(帝后) 볼ᄉᆞ록 신이ᄒᆞᄉᆞ 명ᄒᆞ여 좌ᄅᆞᆯ 용탑하(龍榻下)의 쥬시니, 춍지 둉용(從容)[2801]ᄒᆞ믈 타 ᄇᆡ쥬왈(拜奏曰), 폐월수화지태

"쇼신 위현은 포의지ᄉᆞ(布衣之士)[2802]로 텬은이 늉셩(隆盛)ᄒᆞᄉᆞ 작위 늉셩【53】ᄒᆞ오니 늉늉췌췌(慄慄惴惴)[2803]ᄒᆞ오믄 조물(造物)의 ᄶᅥ림과 묘복(眇福)의 과(過)의믈 심연츈빙(深淵春氷)[2804]이올너니, 신의 삼쳬(三妻) 됴고만 계칙(計策)으로 면ᄉᆞ(免死)ᄒᆞ와 화쥐 ᄀᆞᆺᄉᆞ오니, 복원(伏願) 황상과 낭낭은 여ᄎᆞ 미셰지ᄉᆞ(微細之事)의 셩심을 번거롭게 마르소셔. 신이 외뎐(外殿) 이목(耳目)을 두려 쥬(奏)치 못ᄒᆞ오니, 신의 불민ᄒᆞ오미로소이다."

뎨와 휘 ᄃᆡ경ᄃᆡ희(大驚大喜)ᄒᆞ사 급문(急問) 왈,

"경언이 진짓 말가? 쳔고미ᄉᆡ(千古美事)오, 가국(家國)의 영홰라. 엇지 신이(神異)치 아니리오. 짐이 ᄆᆡ양(每樣) 탄돌(嘆咄)ᄒᆞ여 신ᄌᆞ(臣子)의 인눈 희(戲)지으믈【54】 탄ᄒᆞ더니, ᄎᆞ후 심시 평안ᄒᆞ리로다."

향온(香醞)을 ᄉᆞ쥬(賜酒)ᄒᆞᄉᆞ 복합(伏閤)ᄒᆞ믈 치하(致賀)ᄒᆞ시고, 뇽안(龍顏)의 희ᄉᆡᆨ(喜色)이 ᄀᆞ득ᄒᆞ시니, 춍ᄌᆡ(冢宰) 근친(覲親) 말ᄆᆡ[2805]ᄅᆞᆯ 쳥ᄒᆞ오니, 상이 허ᄒᆞᄉᆞ 뎡공긔 슈셔(手書)ᄅᆞᆯ 밧비 ᄂᆞ리ᄉᆞ 영친회합(榮親會合)ᄒᆞᄂᆞᆫ 잔치ᄅᆞᆯ 쥬시니, 춍지 계슈ᄇᆡᆨᄇᆡ(稽首百拜) ᄉᆞ은ᄒᆞ여 뎐폐(殿陛)의 고두 하직ᄒᆞ오니, 휘(后) 셔경공 부부긔 글월을 ᄶᅵ치시고 무ᄉᆞ왕반(無事往返)ᄒᆞ믈 니르시더라.

춍지 퇴ᄒᆞ여 됴부의 니르러 ᄆᆡ져긔 명일 화쥐 가믈 고ᄒᆞ니, 위부인이 결연ᄒᆞ여 부모긔 【55】상셔(上書)ᄅᆞᆯ 올니니, 춍지 ᄎᆞ야(此夜)ᄅᆞᆯ 조부의셔 지ᄂᆡ고 명됴의 발힝ᄒᆞ니, 신양과 화진이 텬ᄌᆞ긔 하직고 즁작(重爵)을 밧ᄌᆞ와 길히 오르니, 춍지

2798)공밍도덕(孔孟道德) : 유학(儒學)의 성현인 공자와 맹자의 도덕관념.

2799)안방보국(安邦保國) : 국가를 안정시키고 지킴.안방정국

2800)니음양(理陰陽) 슌ᄉᆞ시(順四時) : 음양(陰陽)을 다스리고 사시(四時; 春夏秋冬)의 변화에 순응함.

2801)둉용(從容) : 종용(從容). 말이나 행동, 성격 따위가 수선스럽지 않고 매우 얌전함.

2802)포의지사(布衣之士) : '베옷 입은 선비'라는 말로, 벼슬이 없는 선비를 비유적으로 이르는 말.

2803)늉늉췌췌(慄慄惴惴) : 몹시 두려워 몸을 벌벌 떪.

2804)심연츈빙(深淵春氷) : '여림심연(如臨深淵) 여림춘빙(如臨春氷)'의 줄임말. 불안하고 조심스럽기가 깊은 못에 다다름 같고 봄날에 얼음을 밟듯 하다는 말.

2805)말ᄆᆡ : 말미. 일정한 직업이나 일 따위에 매인 사람이 다른 일로 말미암아 얻는 겨를.

의 하관(下官) ᄇᆡ리(陪吏) 슈풀 ᄀᆞᆺ고, 신·화 냥인이 ᄌᆞᄉᆞ(刺史)와 지부(知府)2806)의 위의(威儀) 부셩(富盛)ᄒᆞ여 진퇴(塵土) ᄎᆞ텬(遮天)ᄒᆞ니, 도로 관ᄌᆡ(觀者) 냥인의 쇼년아망(少年雅望)을 놀ᄂᆞ고, 《총ᄌᆞ‖총ᄌᆡ(冢宰)》의 옥골풍모(玉骨風貌)와 작위(爵位) 봉후(封侯)2807)ᄒᆞ믈 경동(驚動) 칭션(稱善)ᄒᆞ더라.

신양이 친히 섭2808)흘 지고 잠기를 잡ᄋᆞ 모ᄌᆡ(母子) 니웃집 의상(衣裳)과 동닌(洞隣)의 물을 파라 긔ᄋᆞ(飢餓)를 면ᄒᆞ고, 만단고쵸(萬端苦楚)2809)와 【56】 쳔단곤욕(千端困辱)2810)을 감심(甘心)ᄒᆞ여 아ᄎᆞᆷ의 밧 갈고 나됴히 ᄂᆞ무 져온즉, 관가 구실이 급다 ᄒᆞ니, ᄆᆡᆨ반소ᄎᆡ(麥飯蔬菜)도 ᄆᆡᆺ쳐 먹지 못ᄒᆞ여 쥬인의 포려(暴戾)ᄒᆞᆫ 소ᄅᆡ로 ᄌᆡ촉이 급어셩화(及於成火)2811)ᄒᆞ니, 무거온 짐을 메고 길 원근(遠近)을 헤지 못ᄒᆞ여 쥬야 다르ᄆᆡ2812), 더위ᄂᆞᆫ 핫웃슬 ᄡᅳ으고, 겨울은 살을 ᄀᆞ리오지 못ᄒᆞ여 고쵸(苦楚)ᄒᆞ미 만단이나, 부모의게 무지(無知)ᄒᆞᆫ2813) 욕이 ᄆᆡᆺ출가 두려, 모질이 치ᄂᆞᆫ 거ᄉᆞᆯ 밧고 독ᄒᆞᆫ 호령을 드러 원한(怨恨)치 아니되, 모친을 보ᄆᆡ 폐의(敝衣) 단갈(短褐)2814)ᄒᆞ여 아ᄎᆞᆷ의 【57】 물을 ᄀᆞ져 동닌(東鄰)2815)의 팔ᄌᆞ ᄒᆞ며, 져녁의 셔가(西家)의 밥을 지어 긔ᄋᆞ를 면ᄒᆞ니, 의상이 남누(襤褸)ᄒᆞ고 안ᄉᆡᆨ이 초고(憔枯)2816)ᄒᆞ여시니, 효ᄌᆞ의 간담이 바아지거ᄂᆞᆯ, 엇지 구확(溝壑)의 ᄉᆡᆼ진 목숨이 문허진 가셰(家勢)를 발쳔(發闡)2817)ᄒᆞ여 션친(先親)의 목묘(木廟)를 밧드러 제ᄉᆞ(祭祀)를 일우고 편모(偏母)를 영양(榮養)2818)ᄒᆞ리오.

념급ᄎᆞᄉᆞ(念及此事)2819)의 심붕담녈(心崩膽裂)2820)이러니, 위 총ᄌᆡ(冢宰)의 셩심신의(聖心信義)로 더브러 츌ᄉᆞ지공(出師之功)2821)을 일우ᄆᆡ, 텬ᄌᆞ의 봉작(封

2806)지부(知府) : 예전의 지방행정구역 단위의 하나인 부(府)의 행정책임을 맡은 으뜸 관리.
2807)봉후(封侯) : 제후(諸侯)에 봉작(封爵)됨.
2808)셥 : 섭. 잎나무나 풋나무 따위의 땔나무를 통틀어 이르는 말.
2809)만단고초(萬端苦楚) : 만 가지 또는 온갖 고난.
2810)쳔단곤욕(千端困辱) : 천 가지 또는 온갖 모욕.
2811)급어성화(及於成火) : 몹시 귀찮게 굴기에 이름.
2812)다르다 : 달음질하다. 급히 뛰어 달려가다.
2813)무지(無知)ᄒᆞ다 : 미련하고 우악스럽다.
2814)단갈(短褐) : 『복식』 고려 시대에, 천민들이 입던 옷. 거친 헝겊으로 짧게 만들었다.
2815)동닌(東鄰) : 동쪽에 있는 이웃.
2816)초고(憔枯) : 수척(瘦瘠)하고 야윔.
2817)발쳔(發闡) : 싸이거나 가려져 있던 것이 열리어 드러나다.
2818)영양(榮養) : 지위가 높아지고 명망을 얻어 부모를 영화롭게 잘 모심.
2819)념급ᄎᆞᄉᆞ(念及此事) : 생각이 이 일에 미침.
2820)심붕담녈(心崩膽裂) : 마음이 무너지고 찢어지는 듯함.
2821)츌ᄉᆞ지공(出師之功) : 군사를 이끌고 싸움터로 나가 세운 공.

爵)을 밧ᄌᆞ와 금의환향(錦衣還鄕)ᄒᆞ니 츄죵하리(追從下吏)2822)ᄂᆞᆫ ᄃᆡ로(大路)ᄅᆞᆯ 덥고 금안 【58】 ᄇᆡᆨ마(金鞍白馬)2823)의 위의(威儀) 부셩(富盛)ᄒᆞ니, 마상의셔 셕ᄉᆞᄅᆞᆯ ᄉᆡᆼ각고 감회ᄒᆞ더라.

힝ᄒᆞ여 동평지계의 밋처ᄂᆞᆫ, 화 지뷔(知府) 하직고 동평부의 도임(到任)ᄒᆞ여 상셔 영졉ᄒᆞᆯ 위의ᄅᆞᆯ 십분 셩비ᄒᆞ여 지경의 마ᄌᆞᆯᄉᆡ, 양휘2824) 슈일 ᄉᆞ이나 반기믈 니긔지 못ᄒᆞ더라.

신ᄌᆞᄉᆡ ᄯᅩ 하직고 화쥐 도임ᄒᆞ니 ᄌᆞᄉᆞ(刺史)의 긔구ᄂᆞᆫ 십ᄇᆡ나 더으더라.

본도의 밋ᄎᆞ니 김소삼 부뷔 경구황황(驚懼惶惶)ᄒᆞ여 쥭기ᄅᆞᆯ 기다리고, 스ᄉᆞ로 ᄆᆡ이여 ᄌᆞᄉᆞ 안젼(眼前)의 ᄂᆞ으가 쥭기ᄅᆞᆯ 쳥ᄒᆞ고, 고두(叩頭) 읍혈(泣血)ᄒᆞ 【59】 {ᄒᆞ}니 신ᄌᆞᄉᆡ 명ᄒᆞ여 ᄆᆡᆫ거ᄉᆞᆯ 그르고 탄왈,

"ᄂᆡ 명운이 험혼(險釁)ᄒᆞ여 뉴리잔ᄑᆡ(流離殘敗)2825)ᄒᆞ여 너의 둉이 되니, 너의 은(銀)을 바다 양친(養親)ᄒᆞ여시니 엇지 젹은 허물노써 죄ᄅᆞᆯ ᄉᆞᆷ으리오."

언파의 상급을 후히ᄒᆞ니, 소삼이 고두ᄇᆡᆨᄇᆡᆨᄒᆞ여 혈읍뉴쳬ᄒᆞ고 상급을 바다 도라가니, ᄌᆞᄉᆡ 츄연탄식ᄒᆞ더라.

명일 위의ᄅᆞᆯ ᄀᆞᆺ초와 양후ᄅᆞᆯ 영졉ᄒᆞ니, 누른 틋글이 ᄒᆡᄅᆞᆯ ᄀᆞ리오고, 거마(拒馬) 츄둉(騶從)2826)이 십니의 니어 양후ᄅᆞᆯ 호위ᄒᆞ여시며, 동평지부 화진이 뫼셔시니 긔둑졀월(旗纛節鉞)2827) 【60】 이 일ᄉᆡᆨ(日色)을 ᄀᆞ리오고, 검극(劍戟)이 삼ᄂᆞ(森羅)ᄒᆞ여 호위ᄒᆞᆫ 군ᄉᆞ들흘 덥허시니 도로 관ᄌᆡ(觀者) 칙칙(嘖嘖) 탄상(歎賞)ᄒᆞ여 왈,

"남ᄋᆞ의 ᄉᆞ업이오, 댱부의 쾌ᄉᆡ(快事)라. 김소삼의 복동(僕童)2828) 신일낭이 쑥ᄀᆞᆺᄒᆞᆫ 머리의 헌거ᄉᆞᆯ 입고 삿씌2829)ᄅᆞᆯ 씌여 짐을 지고 ᄯᆞ르거ᄂᆞᆯ, 위상세 거두어 의관이 션명ᄒᆞ고 쥰마ᄅᆞᆯ 타시믈 신긔이 넉엿더니, 잇ᄃᆡ 토쥐(土主) 될 쥴 알니오. 격졀(擊節) ᄎᆞ탄ᄒᆞ여 긋치지 아니터라."

2822)츄둉하리(追從下吏) : 뒤를 따르는 말단 구실아치
2823)금안ᄇᆡᆨ마(金鞍白馬) : 금으로 꾸민 안장(鞍裝)을 두른 흰말.
2824)양휘 : 양후. '무양후' 위현의 작위를 줄여 이른 말.
2825)뉴리잔ᄑᆡ(流離殘敗) : 일정한 거처가 없이 이곳저곳으로 떠돌아다녀 힘이 다하고 살림이 거덜이 나 망함.
2826)츄둉(騶從) : 윗사람을 따라다니는 종.
2827)긔둑졀월(旗纛節鉞) : 군대의 행진에 따르는 여러 깃발들과 절월(節鉞). *절월(節鉞): 절부월(節斧鉞). 조선 시대에, 관찰사 · 유수(留守) · 병사(兵使) · 수사(水使) · 대장(大將) · 통제사 들이 지방에 부임할 때에 임금이 내어 주던 물건. 절은 수기(手旗)와 같이 만들고 부월은 도끼와 같이 만든 것으로, 군령을 어긴 자에 대한 생살권(生殺權)을 상징하였다.
2828)복동(僕童) : 어린 종. 종아이.
2829)삿씌 : 새끼나 갈대를 엮어서 만든 띠. *삿 : 새끼 또는 갈대를 이르는 말.

양휘 집을 바라보믹, 심ᄉ 최급(最急)ᄒ여 숍위를 밧비 모라 힝ᄒ더니, 오눅기 노 【61】 직 고두 왈

“냥위 상공이 동구의 님ᄒᄉ 노야를 기다리ᄂ이다”

양휘 반겨 졈두(點頭)ᄒ고 힝ᄒ더니, 문·완 냥공지 쳥녀(青驢)를 모라 긔하(旗下)의 졀ᄒ고, 승젼(勝戰)ᄒ시믈 하례ᄒ니, 양휘 냥질을 반겨 부모 됸후를 뭇줍고 냥형을 맛ᄂ니, 양휘 거륜(車輪)의 나려 졀ᄒ고 반기믈 니긔지 못ᄒ니, 셔암 송계 냥형이 집슈 환열ᄒ여 승쳡ᄒ믈 치하ᄒ고, 삼질(三姪)의 비상ᄒ믈 니르니, 양휘 환열ᄒ여 곤계 삼인이 ᄒᆫ가지로 힝ᄒ여 부문의 니르니, 복부(臧獲) 【62】 장확(臧獲)이 고두빅알(叩頭拜謁)ᄒ더라.

양휘 부젼의 빅알홀식 효ᄌ의 심회로써 엄위(嚴位) 셩체(聖體) 녕안(寧安)ᄒ시믈 힝심(幸心) 만열(滿悅)ᄒ니, 위공이 ᄋᄌ의 금포(錦袍)를 붓드러 좌의 안치고, 환희ᄒ여 만니의 광구(狂寇)를 삭평ᄒ고, 봉후ᄒ믈 두긋겨 별닉를 니르지 못ᄒ여셔, 화·신 냥인이 위공 면젼의 직빅ᄒ니, 위공이 반겨 셩공ᄒ믈 일킷고, 즁작(重爵) 밧ᄌ오믈 치하ᄒ니 냥인이 사례ᄒ더라. 위공이 삼ᄌ를 거나려 닉뎐의 드러오니, 무양휘 츄진(趨進) 빅알(拜謁) 【63】 홀식, 셜부인이 환열ᄒ여 어로만져 니로딕,

“우리 부뷔 너를 만닉(晚來) 필ᄌ(畢子)로 귀즁(貴重) 닉ᄋ(溺愛)ᄒ더니, 오ᄋ(吾兒) 능히 벌젹졍토(伐敵征討)ᄒ여 위거후빅(位居侯伯)ᄒ니, 엇지 긔특지 아니리오. 삼현뷔 삼ᄌ를 싱ᄒ여 비상츌뉴(非常出類)ᄒ니, 오ᄋ 엇지 부모의 효ᄌ 아니리오.”

양휘 니친(離親) 일년의 훤당쌍친(萱堂雙親)의 셩체 안강ᄒ시믈 환희ᄒ여, 옥면셩모(玉面星眸)의 우음을 씌여, 존젼의 승안양지(承顔養志)ᄒ여 모부인 손을 밧드러 반기믈 니긔지 못ᄒ더니, 모친 말숨을 ᄶᅮ러 듯줍 【64】 고 빅ᄉ(拜謝)ᄒ여, 셩덕(聖德)을 힘닙ᄉ오믈 일ᄏᆞ라 별회를 쥬(奏)홀식, 양후의 년긔 십팔셰니, 푸른 슈염이 바야흐로 길고ᄌ ᄒ니, 옥계(玉階) 난최(蘭草) 츈우(春雨)를 마ᄌ 쳥녑(青葉)이 닉왓고, 빅년(白蓮) 귀 밋티 직상의 관ᄌ(貫子)ᄂᆞᆫ 작ᄎ(爵次)를 빗닉여시니, 쇄락(灑落)ᄒ여 남젼미옥(藍田美玉)이오, 츈화양일(春和陽日) ᄀᆞᆺ흔 화긔(和氣) 신신(新新)ᄒ며 비상ᄒ여 셩덕문질(盛德文質)[2830]이 숙숙(肅肅)ᄒ니, 위공부뷔 만심환열(滿心歡悅)ᄒ고 냥형이 사랑ᄒ고 깃거ᄒ며, 냥슈(兩嫂) 풍·범 냥부인이 슉슉(叔叔)의 승쳡(勝捷) 봉후(封侯)ᄒ믈 하례ᄒ니, 양 【65】 휘 슌슌 ᄉ례ᄒ더라.

공이 명ᄒ여 삼부를 부르니, 아이오! 일진 향풍이 진울(震鬱)ᄒ고[2831] 픽옥(佩

2830)셩덕문질(盛德文質) : 크고 훌륭한 덕과 그 바탕의 아름다움.

玉)이 낭낭ᄒᆞ며, 삼쇼졔 우ᄉᆞ나군(羽紗羅裙)[2832]으로 면젼(面前)의 ᄂᆞ러 부르시믈 응ᄒᆞ니, 공이 우음을 ᄯᅴ여 부뷔 셔로 보믈 니르니, 삼쇼졔 슈명(受命)ᄒᆞ여 양후를 ᄃᆡᄒᆞ여 녜(禮)ᄒᆞ니, 양휘 답녜ᄒᆞ고 좌의 드니, 삼부인이 옥셩(玉聲)을 ᄂᆞᆺ쵸와 젼진(戰陣)의 귀체 보즁ᄒᆞ심과, 승젼(勝戰) 봉후(封侯)ᄒᆞ시믈 치하(致賀)ᄒᆞ니, 양휘 흔연이 숀ᄉᆞ(遜辭)ᄒᆞ고 젹변을 물니쳐 방신이 무양(無恙)ᄒᆞ믈 일ᄏᆞ라, 안【66】뫼(顔貌) 졍슉ᄒᆞ니, 좌위 거안시지(擧眼視之)ᄒᆞ여 남풍녀뫼(男風女貌) 참치(參差)ᄒᆞ여 쇼년 부부의 상ᄋᆡ지졍(相愛之情)으로ᄡᅥ, 삼슌(三巡)[2833] 젹화(賊禍)를 피ᄒᆞ고 슌산ᄉᆡᆼᄌᆞ(順産生子)ᄒᆞ여 니별ᄒᆞ연지 일년의 맛ᄂᆞ시니, 반가오미 넘질[칠] ᄇᆡ로되, 일호(一毫) 부박(浮薄)ᄒᆞ미 업셔 무심무려(無心無慮)ᄒᆞ니, ᄐᆡ공(太空)의 젹뇨(寂寥)ᄒᆞᆷ과 ᄀᆞᆺᄒᆞ여, 존젼(尊前)의 경근(敬謹)ᄒᆞ믈 다ᄒᆞ여, ᄉᆞ위(四位) 부뷔 공슈시좌(恭順侍座)ᄒᆞ여시니, 공과 부인이 좌시우면(左視右眄)[2834]의 화긔 가득ᄒᆞ여 두굿기믈 니긔지 못ᄒᆞ더니, 보모와 상궁 등이 각각 유ᄌᆞ(乳子)를 안ᄋᆞ 니【67】르니, 공과 부인이 ᄃᆡ희ᄒᆞ여 슬하의 누이니, ᄒᆡᄋᆡ(孩兒) ᄉᆡᆼ지(生之) 슈삭(數朔)이라.

별 ᄀᆞᆺ흔 눈을 써 교연(皎然)이 웃ᄂᆞᆫ 거동이 지각이 분명ᄒᆞ니, 공이 ᄋᆞᄌᆞ(兒子)를 명ᄒᆞ여 삼숀을 보라ᄒᆞ니, 양휘 쌍슈로 밧ᄌᆞ와 슬하의 누이고 쇼ᄉᆡᆨ(笑色)이 영ᄌᆞ(盈滋)[2835]ᄒᆞ여 ᄋᆞᄌᆞ를 교무(交撫)ᄒᆞᆯᄉᆡ, 댱ᄋᆞ(長兒)ᄂᆞᆫ 뇽닌(龍麟)[2836] 체격(體格)과 일월(日月) 광휘(光輝) 잇시니, 텬졍(天庭)[2837]이 두렷ᄒᆞ고 잠미(蠶眉)[2838] 봉안(鳳眼)과 놉흔 코히 텬지졍ᄆᆡᆨ(天地精脈)을 거두어, 찬난ᄒᆞ믄 상운셔일(祥雲瑞日) ᄀᆞᆺᄒᆞ니, 명슈쥭ᄇᆡᆨ(名垂竹帛)ᄒᆞ고 위진ᄒᆡᄂᆡ(威振海內)ᄒᆞᆯ 쥴 알지라.【68】

과망(過望) 환열(歡悅)ᄒᆞ여 ᄎᆞᄋᆞ(次兒)를 ᄉᆞᆯ피건ᄃᆡ, 일체(一體) 쇼ᄋᆡ(小兒)요 동긔(同氣) 혈ᄆᆡᆨ(血脈)이나, 웅위(雄偉) 장슉(壯肅)ᄒᆞ여 ᄐᆡ산(泰山)이 슈(壽)ᄒᆞ고 ᄃᆡ(對)ᄒᆞ니 비록 ᄒᆡ졔치ᄌᆞ(孩提稚子)[2839]나 영무(英武)와 강용(剛勇)이 무쌍(無

2831)진울(震鬱)ᄒᆞ다 : 진동(震動)하다. 냄새 등이 매우 강렬하게 풍기다.
2832)우ᄉᆞ나군(羽紗羅裙) : 선녀의 날개옷처럼 가볍고 아름다운 비단 저고리와 비단 치마.
2833)삼슌(三巡) : 세 차례. 또는 초순(初巡)·재순·삼순, 세 번 순찰하는 것을 이르는 말.
2834)좌시우면(左視右眄) : 이쪽저쪽을 바라 봄. 또는 이쪽저쪽을 비교하며, 재고 망설임을 이르는 말. ≒좌고우면(左顧右眄)
2835)영ᄌᆞ(盈滋)ᄒᆞ다 : 가득하다.
2836)뇽닌(龍麟) : 용(龍)과 기린(麟)을 함께 이른 말.
2837)텬졍(天庭) : 관상에서, 두 눈썹의 사이 또는 이마의 복판을 이르는 말.
2838)영ᄌᆞ(盈滋)ᄒᆞ다 : 가득하다.
2839)ᄒᆡ졔치자(孩提稚子) : '해제(孩提)'나 '치자(稚子)'는 다 같이 '갓난아이' 또는 '어린

雙)홀 듯, 북히남명(北海南冥)2840)의 딕붕(大鵬)이 날기를 즁지ᄒᆞ니, 호호(浩浩)ᄒᆞ여 신뇽(神龍)이 됴화(造化)를 발ᄒᆞᄂᆞᆫ 듯, 쇄연엄웅(灑然嚴雄)ᄒᆞ니, 양휘 딕열ᄒᆞ여 삼ᄋᆞ(三兒)를 보건딕 부풍모습(父風母襲)ᄒᆞ여 옥셜긔부(玉雪肌膚)2841)ᄂᆞᆫ 텬지의 무궁ᄒᆞᆫ 됴화를 거두어 무궁히 맑고 됴화2842) 강산슈기(江山秀氣)2843)를 씌여 문질(文質) 도학(道學)이 일체(一切)를 혼일(混一)홀 【69】 대현(大賢)이라.

히학(海鶴)2844)이 텬변(天邊)의 놀고, ᄎᆡ봉(彩鳳)이 운간(雲間)의 ᄇᆡ회(徘徊)ᄒᆞᄂᆞᆫ 듯ᄒᆞ니, 양휘 딕경(大驚) 환열(歡悅)ᄒᆞ여 부모긔 고 왈,

“ᄎᆞ(此) 삼ᄋᆡ 용속(庸俗)지 아니ᄒᆞ오믄 황됴(皇祖) 셩심인덕(聖心仁德)이 ᄌᆞ숀의 밋ᄎᆞ리[미]오, 엄위(嚴位)2845)와 틱틱(太太)2846)의 셩덕여음(聖德餘蔭)이로쇼이다.”

위공과 부인이 환열(歡悅)ᄒᆞ믈 니긔지 못ᄒᆞ여, ᄋᆞᄌᆞ의 등을 어루만ᄌᆞ 왈,

“오ᄋᆡ(吾兒) 강보(襁褓)의 싸혓던 거동이 안젼(眼底)의 버렷거ᄂᆞᆯ, ᄂᆞᆼ히 삼ᄋᆞ(三兒)의 ᄋᆞ비 되여 져러틋 ᄌᆞᄋᆡ(慈愛)ᄒᆞᄂᆞᆫ다?”

양휘 모부인 말ᄉᆞᆷ을 듯ᄌᆞᆸ고 우러러 【70】 딕왈,

“소ᄌᆡ(小子) 임의 십팔세를 지ᄂᆡᄋᆞᆸ고 풍진(風塵)의 분쥬ᄒᆞ오니, 세월이 오린 듯ᄒᆞᄋᆞᆸ더니, 틱틱 무ᄋᆡ(撫愛)ᄒᆞ시믈 밧ᄌᆞ오ᄆᆡ, 비로소 ‘노ᄅᆡᄌᆡ(老萊子) 칠십의 ᄎᆡ의(彩衣)를 닙고 《반의(班衣)를‖츔츄믈》 효측(效則)《ᄒᆞ오믈‖ᄒᆞ기를》 《ᄭᆡᄃᆞ르리로‖ᄭᆡ돗도》 쇼이다.”

공이 쇼왈,

“돈ᄋᆞ(豚兒) 등의 명ᄌᆞ를 오ᄋᆞ 오기를 기다리고 잇ᄂᆞ니, 금일 삼숀(三孫)의 일홈을 쥬믈 니르노라. 댱ᄋᆞ로써 닌창이라 ᄒᆞ고, ᄎᆞᄋᆞ로 웅창이라 ᄒᆞ고, 삼ᄋᆞ로 현창이라 ᄒᆞ노라.”

양휘 ᄇᆡᄉᆞ(拜謝)ᄒᆞ고 삼ᄋᆞ의[를] 유모를 맛져 보ᄂᆡ고, 동용이 【71】 부모를 뫼셔 토번(吐蕃) 졉젼ᄒᆞ던 바를 고ᄒᆞ고, 신양의 영뮈(英武) 무쌍(無雙)ᄒᆞ여 쵹왕(蜀

아이’를 뜻하는 말임.

2840)북히남명(北海南冥) : 중국의 북쪽바다와 남쪽바다를 함께 이르는 말. 다 같이 현실계가 아닌 상상 속에 존재하는 바다로, ‘북해(北海)’는 중국의 북쪽에, ‘남명(南溟)’은 그 남쪽에 있다고 하는 가없이 넓고 큰 바다를 각각 이르는 말이다.

2841)옥셜긔부(玉雪肌膚) : 옥이나 눈처럼 하얀 피부.

2842)됴화 : 좋아. *좋다: 대상의 성질이나 내용 따위가 보통 이상의 수준이어서 만족할 만하다.

2843)강산슈긔(江山秀氣) : 강과 산의 빼어난 기운.

2844)히학(海鶴) : 바닷가 사는 ‘학’이나 갈매기. 또는 ‘두루미’를 달리 이르는 말.

2845)엄위(嚴位) : 남에게 자기 아버지를 높여 이르는 말.=엄친(嚴親).

2846)틱틱(太太) : 어머니 또는 부인에 대한 존칭. 중국어 직접차용어.

王)을 놀ᄂᆡ여 항복 바든 ᄉᆞ의(事意)[2847]를 고ᄒᆞ니, 공이 탄왈,

"신아의 현심(賢心)을 힘닙고 진션ᄉᆡᆼ 검ᄉᆞᆯ(劍術) 곳 아니 ᄇᆡ화시면, 비록 무젹지용(無敵之勇)이니 엇지ᄒᆞ리오. 연(然)이나 신ᄉᆞᆯ(神術) 츙근(忠勤)ᄒᆞ여 금번 삼부를 호ᄒᆡᆼᄒᆞ미 신양의 공이 만흐니라.

양휘 ᄇᆡ쥬(拜奏) 왈(曰),

"신양이 닙신(立身)ᄒᆞᆯ ᄯᆡ라, 쇼ᄌᆞ(小子)를 맛나옵고, 작셩(作性)이 비속(非俗)ᄒᆞ온지라, 상(上)이 즁작(重爵)을 쥬시나 밧지 아니코 쇼ᄌᆞ를 ᄯᆞᆯ오니, 신·화【72】 냥인은 골경폐부(骨骾肺腑)[2848]의 붕위(朋友)니이다."

부형이 졈두(點頭)ᄒᆞ더라. 어ᄉᆞ(御賜)ᄒᆞ신 셔징(書鎭)과 팔쇠를 부모긔 드려, '제질(諸姪)을 쥬소셔' ᄒᆞᆫᄃᆡ, 위공이 일오ᄃᆡ,

"금쳔(金釧)[2849]○[은] 텬하졀뵈(天下絶寶)니 제ᄋᆞ(諸兒)의 《지∥긔》 ᄎᆞ뉴(此類) 업ᄉᆞ미 아니로ᄃᆡ, 네 삼ᄌᆞ를 두어시니, 상의 우연이 쥬시미 각별 텬의 유의(有意)ᄒᆞ미라. 타일 삼손(三孫)의 취쳐(娶妻) ᄒᆞᆯ ᄯᆡ 빙폐(聘幣) ᄒᆞ리로다."

이의 니부인을 쥬어 '타일 ᄌᆞ부(子婦)를 쥬라' ᄒᆞ니, 이소졔 쌍슈(雙手)로 밧줍고 ᄇᆡᄉᆞ(拜謝)ᄒᆞ니, 옥안(玉顔)의 홍광(紅光)이 취지(聚之)ᄒᆞ여 붓그리믈【73】 ᄯᆡ엿시니, 공이 쇼왈(笑曰),

"현뷔 임의 ᄋᆞᄌᆞ를 나핫거ᄂᆞᆯ 며ᄂᆞ리 말을 그리 슈괴(羞愧)ᄒᆞᄂᆞ뇨?"

좌위(左右) 웃더라.

삼쇼졔 퇴귀ᄉᆞ실(退歸私室)[2850]ᄒᆞ니, 공이 ᄋᆞᄌᆞ(兒子) 다려 왈,

"쇼부 등이 쇼쳐ᄉᆞ 일가와 양ᄋᆞ 남ᄆᆡ를 구활(救活)ᄒᆞ다 ᄒᆞ니 의긔 현심이 엇지 긔이치 아니리오."

양휘 ᄃᆡ쥬(對奏) 왈,

"신양이 니르옵거ᄂᆞᆯ 드럿ᄉᆞᆸᄂᆞ니, 필연(必然) 비상(非常)ᄒᆞᆫ 인물이로소이다. 엇지 삼인의 현심(賢心) ᄲᅮᆫ이리잇고? 텬되(天道) 길인(吉人)을 도으시미로소이다."

위공이 '션(善)타' ᄒᆞ더라.

양휘 혼졍(昏定)[2851] 후 취셜누의 니【74】르니, 니부인이 안셔(安徐)이 니러 마ᄌᆞ 동셔분좌(東西分坐)ᄒᆞᄆᆡ, 양휘 광미ᄃᆡ상(廣眉大顙)[2852]의 화긔 어ᄅᆡ여 지난

2847)ᄉᆞ의(事意) : 일의 내용.

2848)골경폐부(骨骾肺腑) : 뼛속 깊이, 또 마음속 깊이 서로를 신뢰하며 사귀는 진정한 친구

2849)금천(金釧) : 팔목에 끼는, 금·은·옥·백금·구리 따위로 만든 고리 모양의 장식품.≒금팔쇠. 금팔찌.

2850)퇴귀ᄉᆞ실(退歸私室) : 물러나 사실로 돌아감.

2851)혼정(昏定) : 자식이 밤에 부모의 잠자리를 보살펴 드리는 예절.

적환(賊患)과 ᄋᆞᄌᆞ의 슈발(秀拔)ᄒᆞ믈 닐너 한화(閑話)ᄒᆞ니, 옥골풍뫼(玉骨風貌) 쇄락ᄒᆞ여 일월(日月)이 병닙(竝立)ᄒᆞᆫ 듯, 부뷔 상경여빈(相敬如賓)[2853]ᄒᆞ니, 공의 부뷔 상궁(尙宮) 닉시(內侍)로 규시(窺視)ᄒᆞ여 알고 두굿겨[2854] 후일 뉴·뎡 냥식부(兩息婦)의 곳을 ᄎᆞ례로 규시(窺視)ᄒᆞᄆᆡ, 양후의 뎡ᄃᆡ슉연(正大肅然)ᄒᆞᆷ과 뉴·졍 냥인의 화슌겸공(和順謙恭)ᄒᆞ미 일양(一樣)이니, 공의 부뷔 ᄃᆡ열(大悅)ᄒᆞ더라. 【75】

2852)광미ᄃᆡ상(廣眉大顙) : '넓은 눈썹'과 '큰 이마'를 함께 이른 말.
2853)상경여빈(相敬如賓) : 부부가 서로 공경하기를 마치 손님을 공경하듯 함.
2854)두굿기다 : 대견해하다. 자랑스러워하다. 흐뭇해하다. 기뻐하다.

화산션계록 권지십팔

각셜(却說))[2855] 어시의 신·화 냥인이 위공긔 ᄇᆡ알(拜謁)ᄒᆞᆫ 후 화지부ᄂᆞᆫ 가묘(家廟)의 현ᄇᆡ(見拜)ᄒᆞ고, 신ᄌᆞᄉᆞᄂᆞᆫ 모친긔 알현(謁見)ᄒᆞᆯ ᄉᆡ, ᄎᆞ시(此時) 님시 ᄋᆞᄌᆞ의 본쥐(本州) ᄌᆞᄉᆞ(刺史)ᄒᆞ여 오믈 듯고 환희ᄒᆞ미 망외(望外)라.

여실여광(如失如狂)이러니 문졍(門庭)이 요요(擾擾)ᄒᆞ고 ᄎᆞ뒤(叉頭) 분쥬ᄒᆞ여 노야(老爺)의 님문(入門)ᄒᆞ시믈 고ᄒᆞ니, 님시 놀나 문틈을 보니, ᄋᆞ직 머리의 오ᄉᆞ(烏紗)[2856]를 쓰고 몸의 금포(錦袍))를 닙고 허리의 녕능보옥ᄃᆡ를 둘너시니, 동탕(動蕩)ᄒᆞᆫ 풍신(風神)이 젼ᄌᆞ(前者)의 ᄇᆡ 【1】 승(倍勝)ᄒᆞ거ᄂᆞᆯ, 하관ᄇᆡ리(下官陪吏)와 아역(衙役)이 젼ᄎᆞ후옹(前遮後擁)ᄒᆞ여시니, 심신이 요양미졍(擾攘未定)[2857]ᄒᆞ여 ᄭᅮᆷ인가 의심터니, ᄌᆞᄉᆡ(刺史) 승당젼셕(陞堂前席)의 모친 상하(床下)의 ᄌᆡᄇᆡᄒᆞ니, 님시 밧비 ᄋᆞᄌᆞ의 ᄉᆞᆫ을 ᄌᆞᆸ고 금포(錦袍)를 어루만져 체읍(涕泣) 왈,

"나의 잔명(殘命)이 금일 니르믄 오ᄋᆞ의 지효(至孝)로 말미암으미요, 모ᄌᆡ 쳔ᄉᆞ만상(千死萬傷)[2858]을 격거 곤욕즁(困辱中) 양후 노야의 텬지대덕(天地大德)으로써 구확(溝壑)의 버셔나, 《발원 ‖ 발신(發身)[2859]》 ᄒᆞ여 우흐로 구원망녕(九原亡靈)[2860]을 위로ᄒᆞ고, 아ᄅᆡ로 노모의게 영효(榮孝)를 일위니, ᄎᆞ은(此恩)이 다 위노야 【2】 대덕이니, 오ᄋᆞᄂᆞᆫ 영귀(榮貴)ᄒᆞ무로써 셕일(昔日) 빈쳔(貧賤) 턴 바를 닛지 말고, 위 노야 대덕을 일일시시(日日時時)의 명심불망(銘心不忘)ᄒᆞ라."

ᄌᆞᄉᆡ 뉴체(流涕) ᄌᆡᄇᆡ슈명(再拜受命)ᄒᆞ고 모친을 위안(慰安)ᄒᆞᆯ ᄉᆡ, ᄎᆞ환양낭(叉鬟養娘)[2861]이 분분(紛紛)이 드러와 ᄐᆡ부인긔 하리(下吏)의 납명(納名)을 고ᄒᆞ고, 어ᄉᆞ(御賜)ᄒᆞ신 ᄎᆡ단금ᄇᆡᆨ(綵緞金帛)을 구산(丘山) ᄀᆞᆺ치 ᄊᆞ흐니, 님시 황홀ᄒᆞ믈 결을치 못ᄒᆞ더라.

2855)각셜(却說) : 고소설에서 새로 이야기를 시작하거나 장면을 전환 할 때에 쓰는 '익설(益說)' '화표(話表)' '화설(話說)' 따위와 같은 화두사(話頭詞).

2856)오사(烏紗) : 오사모(烏紗帽). 고려 말기에서 조선 시대에 걸쳐 벼슬아치들이 관복을 입을 때에 쓰던 모자. 검은 사(紗: 비단)로 만들었는데 지금은 흔히 전통 혼례식에서 신랑이 쓴다.

2857)요양미졍(擾攘未定) : 마음이 들떠서 어수선함.

2858)쳔ᄉᆞ만상(千死萬傷) : 천 번 죽을 고비를 겪고 만 번 상함을 입음.

2859)발신(發身) : 천하거나 가난한 처지를 벗어나 앞길이 훤히 트임.

2860)구원망녕(九原亡靈) : 저승에 가 있는 죽은 영혼들.

2861)ᄎᆞ환양낭(叉鬟養娘) : 시집가지 않은 계집종과 혼인한 여자종.

화지뷔 집의 도라와 가묘(家廟)의 현셩(現成)[2862]홀ᄉᆡ, 슬픈 안쉬(眼水) ᄇᆡᆨ여항(百餘行)이라. 화쇼제 가부(家夫)의 영귀(榮貴)ᄒᆞ믈 보고 잠간 물너와 거거(哥哥)를 볼【3】ᄉᆡ, 남ᄆᆡ 누슈를 ᄲᅳ려 위공 ᄃᆡᆨ은을 일ᄏᆞᆺ고 영화를 치하ᄒᆞ니, 홍시 ᄯᅩᄒᆞᆫ 쇼고(小姑)를 ᄃᆡᄒᆞ여 치하ᄒᆞ고 ᄐᆡᆨ일(擇日)ᄒᆞ여 임소(任所)로 향홀ᄉᆡ, 위공과 셜부인이 ᄃᆡ연(大宴)을 ᄀᆡ장(開場)ᄒᆞ여 ᄂᆡ별ᄒᆞ니, 님시 ᄌᆞ부를 거나려 ᄂᆡ뎐의 니르러 셩ᄐᆡᆨ(聖澤)을 ᄉᆞ례홀ᄉᆡ, 화·홍 냥쇼제 ᄯᅩᄒᆞᆫ 가부(家夫)의 작위(爵位)로 됴ᄎᆞ 봉관화리[2863]와 두 쥴 픠옥(佩玉)을 울너 ᄃᆡ은을 ᄉᆞ례ᄒᆞ니, 옥안(玉顔) 션ᄐᆡ(鮮態) 묘묘아담(妙妙雅淡)[2864]ᄒᆞᆫ지라.

위부 졔부인ᄂᆡ 은근 치하ᄒᆞ고 니·뉴·졍 삼부인이 하례ᄒᆞ니【4】화·홍 냥쇼제 피셕(避席) ᄉᆞ례(謝禮)ᄒᆞ고, 님부인이 셜부인을 향ᄒᆞ여 ᄉᆞ례 왈,

“노쳡(老妾)이 됸부(尊府) 여텬ᄃᆡ은(如天大恩)을 무릅ᄡᅥ 노쳡의 잔명이 니이오고[2865] 미쳔ᄒᆞᆫ ᄋᆞᄒᆡ 닙신양명(立身揚名)ᄒᆞ여 가부의 혼ᄇᆡᆨ(魂魄)을 위로ᄒᆞ옵고, 가도(家道)를 일우게 ᄒᆞ오니, 노쳡의 모ᄌᆡ 결초보은(結草報恩) ᄒᆞ오나, 엇지 만분지일(萬分之一)을 당ᄒᆞ리잇고? 이제 《시칙 ‖ 시측(侍側)》을 �노오ᄆᆡ, ᄌᆞ못 심회(心懷) 쳐창(悽愴)ᄒᆞ여이다.”

부인이 숀ᄉᆞ(遜辭) 왈,

“칭은(稱恩) 말솜은 다시 마옵쇼셔. 이는 다 됸부(尊府) 복경(福慶)이니, 엇지 과ᄉᆞ(過謝)[2866]ᄒᆞ니잇고? 이제【5】상둉(相從)ᄒᆞ여 폐부(肺腑)의 친이 잇더니, ᄂᆡ별을 당ᄒᆞ니 결연ᄒᆞ믈 금억(禁抑)기 어렵도쇼이다.”

님시 체루(涕淚) ᄉᆞ례ᄒᆞ고 둉일 말솜홀ᄉᆡ, 빈쥐 ᄡᅥ나믈 결울ᄒᆞ니 위부 졔인이 은근(慇懃) 관ᄃᆡ(款待)ᄒᆞ더라.

ᄎᆞ일 신ᄌᆞᄉᆞ와 화지뷔 위공과 양후의 권ᄒᆞ무로 됴ᄎᆞ 쥬ᄇᆡ(酒杯)를 날너 둉일 진환(盡歡)ᄒᆞ니, 셕양의 물너 올ᄉᆡ, 화지뷔 ᄌᆞᄉᆞ의 숀을 잡고 니로ᄃᆡ,

“아등 냥인이 《구확 ‖ 구학(溝壑)》의 ᄲᅢ져 쳥운(靑雲)의 오르 지속(遲速)이 묘연

2862)현셩(現成) : 죽은 사람의 신위 앞에 나아가 예(禮)를 표함. ≒현신(現身). *현신(現身): 다른 사람에게 자신을 보임. 흔히, 아랫사람이 윗사람에게 예를 갖추어 자신을 보이는 일을 이른다.

2863)봉관화리 : ‘봉관하피(鳳冠霞帔)’의 이표기(異表記). 조선시대 명부(命婦) 복식(服飾)의 하나인 봉관(鳳冠)과 하피(霞帔)를 함께 이른 말. *봉관(鳳冠): 고대로부터 중국이나 우리나라에서 왕실이나 귀족 부녀자가 착용하던 예모(禮帽)로, 윗부분에 금과 옥으로 만든 봉황·꿩 모양의 장식을 붙였다. *하피(霞帔): 조선시대 왕실 비·빈들의 관복인 적의(翟衣)나 내·외명부(內·外命婦)의 예복(禮服)에 부속된 옷가지로, 적의나 예복을 입을 때 어깨의 앞뒤로 늘어뜨려 걸치는 천을 말한다. 긴 한 폭으로 되어 있어 목에 걸치게 되어 있다.

2864)묘묘아담(妙妙雅淡) : 매우 묘하고 고상하면서도 담백하다.

2865)니이다 : 잇다. *니이오다: 이어오다.

2866)과사(過辭) : 지나치게 사양함. 또는 그런 사양.

(杳然)커늘, 양후 딕인 현심딕덕(賢心大德)을 힘닙어 쳔 【6】 흔 몸이 영귀호고, 초로잔찬[쳔]지명(草露殘喘之命)2867)이 슈유(須臾)의 잇거놀, 군의 신슐(神術)노 보젼호고 션친분묘의 망극훈 화란을 면호니, 쳡쳡(疊疊)훈 은혜를 무어스로 갑흐리오. 느와 군이 비록 타인이나 간담(肝膽)을 빗최여 군후를 셤기리니, 국은이 비록 미공(微功)을 표호시나, 아등이 먼니 작별(作別) 분슈(分手)호니, 닉 군으로 결의형뎨(結義兄弟)호여 녕돈당(令尊堂) 틱부인긔 현알(見謁)호여 미셩(微誠)을 위로호고즈 호노라."

신즈식 딕희 왈,

"닉 이 뜻이 잇션지 오릭나 스괴 연 【7】 면(連綿)2868)호여 모드미 쉽지 아니터니, 형의 뜻이 졍합오의(正合吾意)라."

언파(言罷)의 잇그러 닉헌(內軒)의 니르러 모친긔 고호니, 님시 흔연이 쳥호여 볼식, 화지뷔 직빈 왈,

"쇼즈 화진이 됴상부모(早喪父母)호고 혈혈고고(孑孑孤孤)호와 텬지간 궁민(窮民)이라. 가세 녕빈(零貧)2869)호니 무지뎍즈(無知賊者)의 겁박(劫迫)호는 욕이 셩명을 보젼치 못홀 거시여놀, 신형의 구호믈 닙어 잔쳔(殘喘)을 보젼호옵고, 쳐미(妻妹)의 급화를 구호오니, 츠은(此恩)이 난망(難忘)이여놀, 호믈며 션친의 쳬빅(體魄)이 놀나지 아니케 호오 【8】 믄 다 신형의 덕이라. 쇼직 은모(恩母)의 상하(床下)의 현셩(現成)호와 딕은을 스례호올 거시나, 쇼직 혼용(昏庸)호와 금(今)의 니르오니, 죄당만식(罪當萬死)로 쇼이다."

님시 스례 왈,

"노쳡 모직 만상간고(萬狀艱苦)를 격고 쳔호미 노예하쳔(奴隷下賤)만 못호여 쥭으미 됴셕의 잇거놀, 양후 상공 후히지덕(河海之德)과 돈의 딕은을 숑츅호느니, 돈의 상공 구호미 노야(老爺) 명을 밧들미요, 져의 능호미 아니어놀 과도히 칭은호시니, 슈괴(羞愧) 불안(不安) 【9】 호도쇼이다. 쳡의 모직 비록 구확[학](溝壑)을 면호고 위부의 몽혜(蒙惠)호오나 으직(兒子) 연장십구(年將十九)의 실가(室家)를 둘 긔약이 업고, 노신이 홀노 쳐호여 좌우의 다른 즈네 업거놀, 현부의 뇨됴(窈窕)호미 노쳡 일신 좌와(坐臥)를 편토록 밧드니, 노신의 궁박미쳔(窮迫微賤)훈 즈최2870) 현부의 효셩을 힘닙어 존귀호니, 이 도시 상공 딕은리라. 노쳡이 감스 각골호더니, 금일 셩덕을 드리오스 돈위(尊位) 강님(降臨)호여 노쳡을 보시고 말숨이 관곡(款曲)2871)호시니, 노신 모직 엇지 감당 【10】 호리잇고?"

2867)초로잔쳔지명(草露殘喘之命) : 풀잎에 맺힌 이슬이나 헐떡이며 겨우 붙어 있는 숨과 같이 언제 마르고 끊길지 모를 위태로운 목숨.
2868)연면(連綿) : 산맥 따위가 끊어지지 않고 계속 잇닿아 있음.
2869)녕빈(零貧) : 세력이나 살림이 줄고 보잘것없이 되어 가난하고 살기가 어려움.
2870)자최 : 자취. 어떤 것이 남긴 표시나 자리.
2871)관곡(款曲) : 정성스럽고 곡진(曲盡)함.

화지뷔 부복ᄒᆞ여 듯고 다시 졀ᄒᆞ여 왈,

“은모는 쳥컨ᄃᆡ 돈즁(尊重)ᄒᆞ쇼셔. 쇼ᄌᆞ 신형으로 결약(結約)ᄒᆞ여 형데 되엿더니, 이 다 소ᄆᆡ로ᄡᅥ 존문의 의탁ᄒᆞ믄 위상공의 지교(指敎)ᄒᆞ시미니 쇼ᄌᆞ의게 칭ᄉᆞᄒᆞ실 ᄇᆡ 아니옵고, ᄒᆞ믈며 쇼ᄆᆡ 조실쌍친(早失雙親)ᄒᆞ와 ᄇᆡ혼 ᄇᆡ 업삽거늘, 은모의 ᄋᆡ지휼지(愛之恤之)2872)ᄒᆞ시믈 닙ᄉᆞ오니, 소ᄌᆞ 분골쇄신(粉骨碎身)ᄒᆞ온들 엇지 은모와 신형의 ᄃᆡ은을 닛ᄉᆞ오리잇가?”

말노 됴ᄎᆞ 감읍(感泣) 뉴쳬(流涕)ᄒᆞ니 신ᄌᆞᄉᆡ 모친긔 고왈,

“화형 【11】 이 쇼ᄌᆞ와 결약형데(結約兄弟)ᄒᆞ엿ᄉᆞ오니, 모친을 과도히 돈경(尊敬)치 마르쇼셔.”

인ᄒᆞ여, 화지부 다려 왈,

“옛날 조고만 공덕(功德)을 ᄆᆡ양 일ᄏᆞ룰 ᄇᆡ 아니니 긋치고 됴용이 회포룰 니르미 가ᄒᆞ도다.”

지뷔 쇼왈,

“우리 비록 결약ᄒᆞ여시나 오히려 형이 소데룰 아오로 일캇지 아니ᄒᆞ고, 은모(恩母)의 말솜이 심히 공경ᄒᆞ시니 황공ᄒᆞ온지라. 이제 다시 하늘긔 졀ᄒᆞ여 모ᄌᆞ(母子) 형데(兄弟)룰 분명이 ᄒᆞ리라.”

ᄒᆞ고, 향을 픠오고 하날긔 졀ᄒᆞ여, 【12】 신양이 일년이 더ᄒᆞᆫ 고로 형이 되고, 화진이 뎨되ᄆᆡ, 다시 님부인 좌룰 놉히고 팔ᄇᆡ(八拜)ᄒᆞ여 모ᄌᆞ의 졍의(情誼)룰 졍ᄒᆞ니, 홍시 ᄯᅩᄒᆞᆫ 졀ᄒᆞ여 ᄌᆞ부의 도리룰 ᄎᆞᆯ히니, 신·화 냥인이 환열ᄒᆞ미 더으고, 님부인이 ᄒᆞᆫ가지로 어로만져 ᄉᆞ랑ᄒᆞ더라.

명일의 신·화 냥인이 다시 위부의 하직ᄒᆞ고 모친을 뫼셔 길 날ᄉᆡ, 화쥐와 동평 두 고을 긔구룰 합ᄒᆞ여 ᄃᆡ부인을 호힝ᄒᆞ니, 금교(錦轎)2873) ᄎᆡ뎡(彩뎡)2874)이 녕농(玲瓏)ᄒᆞ고 양낭 시위 좌우의 버러시며, 거마 【13】 츄둉(追從)이 도로의 덥혀시니, 님부인이 보니 화지부와 ᄋᆞᄌᆞ 놉흔 교ᄌᆞ의 언건이 안ᄌᆞ시니, 풍ᄎᆡ ᄉᆡ로이 동탕(動蕩)ᄒᆞ거늘, 하리(下吏) 츄둉이 좌우로 옹호(擁護)ᄒᆞ고 군병댱졸(軍兵將卒)이 긔번(旗幡)2875)을 잡ᄋᆞ 시위ᄒᆞ니, ᄉᆡᆼ쇼고악(笙簫鼓樂)2876)이 진텬(震天)ᄒᆞ고 위의(威儀) ᄃᆡ로의 니어시니, 님시 황홀(恍惚) 츄연(惆然)ᄒᆞ여 혼ᄌᆞ말ᄒᆞ여 ᄀᆞᆯ오ᄃᆡ,

“ᄂᆡ몸이 엇지 됸귀ᄒᆞ고 ᄋᆞᄌᆞ 엇지 영귀ᄒᆞ엿ᄂᆞ뇨? 이 도시(都是) 위양후 ᄃᆡ덕 셩심을 힘닙으미니, 명명(明明) 상데(上帝)는 위공 ᄃᆡ인의 셩슈무강(聖壽無疆)2877) 【1

2872)ᄋᆡ지휼지(愛之恤之) : 사랑하고 구제함.

2873)금교(錦轎) : 비단으로 꾸민 교자(轎子).

2874)ᄎᆡ(彩뎡) : 예전에 공주나 귀부인들이 타던 여러 색깔의 장식품들로 화려하게 꾸민 가마.

2875)긔번(旗幡) : 위엄을 갖추려고 사용하는 갖가지 깃발.

2876)ᄉᆡᆼ쇼고악(笙簫鼓樂) : 생황, 퉁소, 북 등으로 연주하는 음악.

4】을 졈지2878)ᄒᆞ쇼셔"

ᄒᆞ더니, 아문(衙門)의 다ᄃᆞ르니 믄득 ᄒᆞᆫ 계집을 ᄆᆡ여 쑬녓고, ᄒᆞᆫ 남ᄌᆡ 겻희 ᄭᅮ러시니, 놀나 ᄌᆞ시 본즉, ○○[댱삼 부체라].

셕년(昔年)의 ᄌᆞ개(自家) 댱삼의 물 기러 쥬다가, 노력(老力)이 밋지 못ᄒᆞ여 업더져 그르술 ᄭᆡ이니, 댱삼 체 ᄃᆡ로ᄒᆞ여 모질이 곤욕ᄒᆞ고 '무러2879) 달나' ᄒᆞ나, 슈즁(手中)의 일푼 은ᄌᆡ(銀子) 업ᄉᆞ니, 무어ᄉᆞ로 무러 쥬리오. 곤욕을 듯고 울며 도라오니, ᄋᆞᄌᆡ 알고 셜워 둉야(終夜) 통곡ᄒᆞ고, 댱삼의 집의 가 빌며 일일 세 번 나【15】모ᄒᆞ여 쥬니, 김쇼삼 체 알고 노ᄒᆞ여 쇼삼의게 하리ᄒᆞ여2880) ᄋᆞᄌᆞ를 ᄆᆡ맛ᄎᆞ니, ᄋᆞᄌᆡ ᄆᆡ마ᄌᆞ 두골이 ᄭᆡ려지니2881) 모ᄌᆡ 붓드러 우럿던지라. ᄌᆞ식 이 곳의 도임ᄒᆞ믈 알고 댱삼부체 ᄃᆡ경창황ᄒᆞ여 먼니 도쥬(逃走)ᄒᆞ여시니, 졔 겨릭들이 죄 연누(連累)홀가 두려 ᄎᆞᄌᆞ 잡ᄋᆞ와시니, 쥭기를 ᄃᆡ령ᄒᆞ미라.

ᄂᆡ쳥(內廳)의 니르러 ᄌᆞ식 모친을 붓드러 졍침(正寢)의 안헐(安歇)ᄒᆞ니, ᄌᆞ식 외헌(外軒)의 ᄂᆞ와 좌긔(坐起)2882)ᄒᆞᄆᆡ 댱삼 부뷔 ᄃᆡ죄(待罪)ᄒᆞ니, ᄌᆞ식 니【16】로ᄃᆡ,

"여등의 죄 쥭엄 즉ᄒᆞᄃᆡ ᄐᆡ부인 녕이 계ᄉᆞ 관ᄉᆞ(寬赦)ᄒᆞ믈 니르시니, ᄐᆡ부인 명으로 사(赦)ᄒᆞ노라."

댱삼이 뉴체(流涕)ᄒᆞ고 죄를 쳥ᄒᆞ니, ᄐᆡ부인이 댱삼 쳐를 ᄂᆡ쳥으로 부르니, 기녜 혼비ᄇᆡᆨ산(魂飛魄散)ᄒᆞ여 고두읍혈(叩頭泣血)ᄒᆞ고 쥭기를 쳥ᄒᆞ니, 님시 탄식고 골오ᄃᆡ,

"너의 곤욕이 통한(痛恨)ᄒᆞ나 ᄂᆡ 이졔 귀(貴)ᄒᆞ무로써 셕원(昔怨)을 갑흐미 올치 아닐ᄉᆡ ᄉᆞ(赦)ᄒᆞᄂᆞ니, ᄎᆞ후나 빈궁ᄌᆞ(貧窮者)를 업슈이 녁이지 말나. 그릇 갑술 쥬ᄂᆞ니 바다 가라"

언파의 【17】 시녀로 은ᄌᆞ(銀子) 슈십 냥을 쥬니, 댱삼체 돈슈ᄇᆡᆨᄇᆡ(頓首百拜)ᄒᆞ고 울며 바다 도라가며, 붓그러믈 니긔지 못ᄒᆞ더라.

ᄐᆡ부인이 명ᄒᆞ여 관기(官妓) 홍ᄃᆡ션을 부르니 이 계집어[이] 어지러 급ᄒᆞᆫ 거술 보면 구ᄒᆞ고, 님시 졍ᄉᆞ(情事)2883)를 츄연(惆然)ᄒᆞ여 쥬찬(酒饌)을 ᄌᆞ로 먹엿ᄂᆞᆫ 고로, ᄎᆞ일 불너 금은치단(金銀綵段)을 상ᄉᆞ(賞賜)ᄒᆞ고, 쥬식(酒食)을 ᄆᆡ여 셕ᄉᆞ(昔事)를 칭ᄉᆞ(稱謝)ᄒᆞ니, 대션이 고두ᄇᆡᆨᄇᆡ(叩頭百拜)ᄒᆞ고 물너나니, ᄌᆞ식 관기(官妓)의 일홈을 졔혀 일싱을 안과(安過)케 ᄒᆞ니, 졔인이 흠찬(欽讚)【18】ᄒᆞ여 그리 못ᄒᆞᆫ 쥴 ᄋᆡ달나

2877)셩수무강(聖壽無疆) : '임금의 나이가 끝이 없기를 빈다.'는 뜻으로, 임금이 오래 살기를 기원하는 말

2878)졈지 : 불(神佛)이 사람에게 자식을 갖게 하여 줌.

2879)물다 : 남에게 입힌 손해를 돈으로 갚아 주거나 본래의 상태로 해 주다.

2880)하리ᄒᆞ다 : 참소(讒疏)하다. 남을 헐뜯어서 죄가 있는 것처럼 꾸며 윗사람에게 고하여 바치다.

2881)ᄭᆡ려지다 : 깨어지다. 쪼개지다. 부서지다.

2882)좌긔(坐起) : 관아의 으뜸 벼슬에 있던 이가 출근하여 업무를 시작함.

2883)졍ᄉᆞ(情事) : =사정(事情).

ᄒᆞ더라.

명일 자식 부친 분묘(墳墓)를 즁슈(重修)ᄒᆞ고 의금관곽(衣衾棺槨)2884)을 ᄀᆞᆺ쵸와 빙념안장(殯殮安葬)2885)ᄒᆞ고 셕비(石碑)를 셰워 공젹(功績)을 긔록(記錄)ᄒᆞ고 졔문(祭文)지어 영화(榮華)를 고ᄒᆞ니, ᄌᆞᄉᆞ의 슬픈 곡셩과 장(莊)ᄒᆞᆫ 위의(威儀)를 인민이 감동(感動) ᄎᆞ셕(嗟惜)하더라.

목쥬(木主)를 일워 도라오니, 님부인이 마ᄌᆞ 슬허ᄒᆞ고 셕ᄉᆞ(夕死)를 널너 쉼인가 의심ᄒᆞ더라. 화지뷔 부모 션산을 슈리ᄒᆞ고 님부인긔 문안ᄒᆞ여 ᄌᆞ도(子道)를 다ᄒᆞ더니, 츄팔월(秋八月)은 양【19】후 싱월(生月)이라. 신·화 냥인이 연셕을 풍비(豐備)히 출혀 위부의 나아갈ᄉᆡ, 신·화 냥인이 쳥념공검(淸廉恭儉)ᄒᆞ여 교홰(敎化) 대힝(大行)ᄒᆞ니, ᄇᆡᆨ셩이 고무ᄃᆡ열(鼓舞大悅)2886)ᄒᆞ여 숑셩(頌聲)이 양양(揚揚)ᄒᆞ더라.

시ᄎᆞ(時差)의 위부의셔 셔경공이 ᄌᆞ부 숀ᄋᆞ를 ᄀᆞᄎᆞ(假借)2887)ᄒᆞ여 셰월을 보ᄂᆡ니, 만궁화긔(滿宮和氣)ᄂᆞᆫ 츈풍이 무루녹고, ᄌᆞ부의 효ᄂᆞᆫ 증·민(曾·閔)2888)을 법바드니, 하쳔비복(下賤婢僕)의 니르히 어버이ᄂᆞᆫ 사랑ᄒᆞ고 ᄌᆞ식은 효슌(孝順)ᄒᆞ여 가도(家道)의 맑으미 징슈(澄水) ᄀᆞᆺ고, 공번되미2889) 명경(明鏡) ᄀᆞᆺ【20】ᄒᆞ니, 삼쳑 소ᄋᆞ도 원(怨) 품으니 업ᄂᆞᆫ지라.

화(和)ᄒᆞᆫ 긔운은 틱상(宅上)의 어릐고 현심 의긔ᄂᆞᆫ 상텬의 ᄉᆞ못ᄎᆞ니, 엇지 문회(門戶) 창흥(昌興)치 아니리오.

양휘 오륙삭 말믜를 쳥ᄒᆞ엿ᄂᆞᆫ 고로, 삼곤계 광금장침(廣衾長枕)의 힐지항지(頡之頏之)2890)ᄒᆞ여 무치지낙(舞彩之樂)2891)을 다ᄒᆞ고, 부모긔 신혼셩졍(晨昏省定)2892)의

2884)의금관곽(衣衾棺槨) : 장례(葬禮)에 쓰는 옷과 이부자리와 속 널과 겉 널을 함께 이르는 말.

2885)빙념안장(殯殮安葬) : =염빈안장(殮殯安葬). 상례절차 중 '염빈(殮殯)'과 '안장(安葬)'을 함께 이른 말. *염빈(殮殯): 시체를 염습하여 관에 넣어 안치함. *안장(安葬): 편안하게 장사 지냄. =영장(永葬).

2886)고무ᄃᆡ열(鼓舞大悅) : 북을 치고 춤을 추며 크게 기뻐함.

2887)ᄀᆞᄎᆞ(假借) : 잠시 정을 나눔. 편하고 너그럽게 대함.

2888)증·민(曾·閔) : 중국 춘추시대 노나라의 효자인 증자(曾子)와 민자건(閔子騫)을 함께 이르는 말. *증ᄌᆞ(曾子) : 증삼(曾參). 중국 춘추 때 노나라의 유학자. 자는 자여(子輿). 공자의 덕행과 사상을 조술(祖述)하여 공자의 손자인 자사(子思)에게 전하였다. 후세 사람이 높여 증자(曾子)라고 일컬었으며, 유가에서 내세우는 대표적인 효자로, 효(孝)가 양구체(養口體; 음식과 몸을 섬기는 것)에 머물지 않고 양지(養志; 뜻을 섬기는 것)에 이르러야 함을 몸소 보여주었다. 저서에 ≪증자≫, ≪효경≫ 이 있다.*민자건(閔子騫); 중국 춘추시대 노나라의 현인. 공자의 제자. 이름은 손(損). 자는 자건. 공문십철의 한 사람으로, 효행이 뛰어났다.

2889)공번되다 : 공변되다. 행동이나 일 처리가 사사롭거나 한쪽으로 치우치지 않고 공평하다.

2890)힐지항지(頡之頏之) : 힐항(頡頏). 새가 날면서 오르락 내리락 하는 모양. 형제가 서로 장난치며 올라타고 내려뜨리고 하며 노는 모양.

'반의(斑衣)의 효(孝)[2893]를 다ᄒᆞ여 무우환낙(無憂歡樂)ᄒᆞ더니, 일일은 부모긔 문안ᄒᆞ고 취셜누의 니르니, 삼부인이 모다 말숨ᄒᆞ고 삼ᄋᆡ 이에 잇더니, 임의 ᄒᆡ【21】ᄌᆡ(孩子) ᄉᆡᆼ지 오륙삭이니, 부모를 부르며 ᄒᆡᆼ쥬(行走)ᄒᆞᄂᆞᆫ지라.

일시의 부공을 보고 안기려 ᄒᆞ니 양휘 소ᄉᆡᆨ(笑色)이 영농(玲瓏)ᄒᆞ여 거두어 안을ᄉᆡ ᄋᆞᄌᆞ의 웃ᄂᆞᆫ 거동이며 낭낭이 부르ᄂᆞᆫ 소ᄅᆡ 긔묘ᄒᆞ니, 양휘 졉면교구(接面交口)[2894] 왈,

"하쳐(何處) 슉녜(淑女) 오ᄋᆞ(吾兒) 등의 �이 되리오. 만일 알진ᄃᆡ ᄒᆞᆫ가지로 노화유희ᄒᆞᄂᆞᆫ 거동을 보고 시브도다."

삼부인이 우음을 ᄯᅴ여시니 양휘 ᄀᆞᆯ오ᄃᆡ,

"부인이 소ᄌᆞ 남ᄆᆡ와 냥ᄋᆞ 남ᄆᆡ를 구ᄒᆞ다 ᄒᆞ시니【22】ᄎᆞᄋᆞ 등이 엇던 인물이니잇고?"

니부인이 ᄃᆡ왈

"쇼ᄌᆞ의 비상ᄒᆞ믄 뇽닌체격(龍驎體格)[2895]이요, 냥ᄌᆞᄂᆞᆫ ᄃᆡ현(大賢)이니, 셩문(聖門)의 나아가리이다."

양휘 우문(又問) 왈,

"두 집 규슈ᄂᆞᆫ 엇더ᄒᆞ니잇고?"

부인이 ᄃᆡ왈,

"쇼시ᄂᆞᆫ 십일세오, 단엄정정(端嚴貞正)ᄒᆞ여 텬ᄌᆞ(天姿)[2896] 국ᄉᆡᆨ(國色)이오, 여ᄎᆞ여ᄎᆞ 쥬젹을 물니쳐 강기온슌(慷慨溫順)ᄒᆞᆫ 슉녜(淑女)니이다. ○○○○[또 냥시ᄂᆞᆫ] 쳡의 종질녜(從姪女)니 여ᄎᆞ여ᄎᆞᄒᆞ고 ᄉᆞ롬의 니목(耳目)을 속여 도로의 ᄒᆡᆼ걸(行乞)ᄒᆞ여 오라비를 보젼ᄒᆞ고, 반월(半月)을 칭병ᄒᆞ여 쥭기를 긔약(期約)거【23】ᄂᆞᆯ 쳡이 졀ᄎᆡᆨ(切責) ᄀᆡ유(開諭)ᄒᆞ니, 연보 구세로ᄃᆡ 식냥(識量)[2897]이 화홍(和弘)ᄒᆞ고 지기(志概) 고결ᄒᆞ여 효위(孝友) 츌뉴(出類)ᄒᆞ니 용뫼 졀염(絶艶)이니이다."

2891)무ᄎᆡ지낙(舞彩之樂) : 색동옷 입고 춤을 추어 어버이를 즐겁게 해 드림. 중국 춘추 때 초나라 사람 노래자(老萊子)가 70세에 색동옷을 입고 어린애 장난을 하여 늙은 부모를 즐겁게 해드렸다는 고사에서 유래한 말.

2892)신혼셩졍(晨昏省定) : 신성(晨省)과 혼정(昏定)을 함께 이른 말. *신성(晨省): 자식이 아침 일찍 부모의 침소에 가서 밤사이의 안부를 살피는 일.≒신성지례(晨省之禮). *혼정(昏定): 밤에 잠자리에 들 때에 자식이 부모의 침소에 가서 잠자리를 보살펴 드리고 안녕히 주무시기를 여쭙는 일.≒혼정지례(昏定之禮).

2893)반의(斑衣)의 효 : =무채지락(舞彩之樂). 색동옷을 입고 춤을 추어 어버이를 즐겁게 해 드린 효성. 중국 춘추 때 초나라 사람 노래자(老萊子)가 70세에 색동옷을 입고 어린애 장난을 하여 늙은 부모를 즐겁게 해드려 효성을 다했다는 고사를 이르는 말.

2894)졉면교구(接面交口) : 얼굴을 마주대고 입을 맞춤.

2895)뇽닌체격(龍驎體格) : 용과 천리마의 골격.

2896)텬ᄌᆞ(天姿) : 천자(天姿). 타고난 자태.

2897)식량(識量) : 식견(識見)과 도량(度量).

양휘 감동(感動) 《찬연‖참연(慘然)》 ᄒᆞ고 친히 소·양 냥ᄌᆞ를 보려ᄒᆞ더라.

양휘 ᄂᆞ간 후 뉴부인이 낭소 왈,

"져제 소·양 냥ᄋᆞ를 셩히 위ᄌᆞ(慰藉)ᄒᆞᄉᆞ 질ᄋᆞ 등의 호구(好逑)를 졈복(占卜) 고ᄌᆞ ᄒᆞ시니, ᄌᆡ모ᄂᆞᆫ 다 가합(可合)거니와 풍·범 냥져져 돈의(尊意) 뉴리걸식(遊離乞食)ᄒᆞ던 쥴 혐의치 아니ᄒᆞ시리잇가?"

니부인 왈,

"범연(泛然)이 의논ᄒᆞᆫ즉 한미(寒微) 【24】 쇼ᄋᆞ(小兒)를 '거두소셔' 못ᄒᆞ려니와, '현ᄆᆡ ᄉᆡᆼ각ᄒᆞ여 보라' 작셩(作性) 품슈(稟受) ᄀᆡ이ᄒᆞ니 금셰(今世)의 져런 영쥰(英俊) 현ᄌᆞ(賢者)와 슉녀(淑女) 졀뷔(節婦) 흔치 아닐가 ᄒᆞ미로다."

뉴부인 왈,

"져져 말숨이 비록 유리(有利)ᄒᆞ시나 인원이 엇지 다 아름답게 넉이리잇고?"

니부인이 잠쇼 왈,

"현ᄆᆡ ᄀᆞᆺ치 박(薄)ᄒᆞᆫ ᄌᆞ도 구괴 ᄋᆡ즁ᄒᆞ시고 일ᄀᆡ(一家) 칭송ᄒᆞ니, 엇지 져 소·양 냥ᄌᆞ의 졀츌이긔(絶出異氣)[2898]를 ᄉᆞ랑치 아니시며, 냥 져제(姐姐) 한미(寒微)ᄒᆞ믈 혐의(嫌疑)ᄒᆞ실 ᄇᆡ리오."

뉴쇼제 ᄃᆡ쇼 왈,

"져 【25】 져ᄂᆞᆫ 구괴 무ᄋᆡ(撫愛)ᄒᆞ시니 슈괴(羞愧)ᄒᆞ여 ᄂᆞᆾ출 드지 아니시고, 홀노 소ᄆᆡ를 미거(未擧)타 ᄒᆞ시ᄂᆞᆫ니잇가?"

니부인이 답쇼 왈,

"형ᄆᆡ 님산ᄒᆞ여 쥭을가 겁ᄒᆞ여 쌍뉘 냥빈의 져져시니, 돈괴 어로만져 잉부(孕婦)의 님산(臨産)이 예ᄉᆞ 그런 쥴 니르시나, 오히려 체읍(涕泣)ᄒᆞ니 엇지 미거치 아니리오. 연쇼지심의 슈괴키ᄂᆞᆫ 상ᄉᆡ(常事)여니와 울기ᄂᆞᆫ 현ᄆᆡ 밧 ᄯᅩ 뉘이시리오. ᄂᆡ 발셔 우은 말 ᄒᆞ려 ᄒᆞ더니 금일이야 니르니 현ᄆᆡ 등이 ᄂᆞ의 이완(弛緩)ᄒᆞ믈 우 【26】 으리로다."

뉴쇼제 냥연 ᄃᆡ쇼 왈,

"져져 ᄀᆞᆺ치 견고ᄒᆞ시며 뎡ᄆᆡ ᄀᆞᆺ치 모질미 쉬오리잇가? 그ᄢᅴᄂᆞᆫ 과연 쥭을 듯ᄒᆞ니 존괴 친님ᄒᆞ시나 니러날 길히 업셔 누어 뵈옵고, 어루만져 위로ᄒᆞ시니 바야흐로 살 듯 시부더이다."

언파의 가가ᄃᆡ소(呵呵大笑)[2899]ᄒᆞ니, 유랑·상궁 등이 좌우로 쇼ᄋᆞ를 완농(玩弄)ᄒᆞ여 희학(諧謔)이 낭ᄌᆞᄒᆞ니, 취셜각 즁의 츈풍이 니럿더라.

양휘 뎐의 드러가 부모를 뫼셔 말숨홀ᄉᆡ, 소·양 냥ᄌᆞ의 비상홈과 양·소 이녀(二女)의 비 【27】 범졀츌(非凡絶出)ᄒᆞ믈 드른 ᄃᆡ로 고ᄒᆞ여 왈,

"그 션셰(先世) 당됴(唐朝) 명신이오, 부뫼 현명청고(賢明淸高)[2900]ᄒᆞ니, 소·양 ᄉᆞ

2898)졀츌이긔(絶出異氣) : 세상에 다시없을 만큼 빼어나고 기이한 기질(氣質).
2899)가가ᄃᆡ소(呵呵大笑) : 소리를 내어 크게 웃음.
2900)현명청고(賢明淸高) : 사람의 품성이 어질고 밝으며 맑고 높음.

남ᄆᆡ(四男妹) 작인(作人)이 비상(非常)타 ᄒᆞ옵ᄂᆞᆫ지라. 소ᄌᆡ 화음의 가 ᄒᆞᆫ 번 양·쇼 등 냥ᄌᆞ를 보ᄋᆞ 결(決)코ᄌᆞ ᄒᆞ옵ᄂᆞ니, 만일 긔이(奇異)ᄒᆞ올진ᄃᆡ, 일시 고쵸(苦楚)와 ᄒᆡᆼ걸(行乞)을 혐의치 아니시면, 질ᄋᆞ 등의 ᄇᆡ우(配偶)를 졍ᄒᆞ시미 엇더ᄒᆞ니잇고?"

공이 졈두(點頭) 왈,

"노부(老父) 이 ᄯᅳᆺ이 잇션지 오ᄅᆡ나 최마즁(衰麻中) 잇다 ᄒᆞ니, 급(急)지 아닌 고로 발셜(發說)치 아닐와[2901]."

ᄒᆞ더라.

화표(話表)[2902] 시시(時時)의 황애(皇爺) 텬연(天緣) 【28】 이 진(盡)ᄒᆞᄉᆞ ᄌᆞ못 뇽체(龍體) 위즁ᄒᆞ시니 문무(文武) ᄂᆡ외신민(內外臣民)이 황황(遑遑)ᄒᆞ고 화쉬 무양후 위공이 경황실ᄉᆡᆨ(驚惶失色)ᄒᆞ여 부모긔 하직ᄒᆞ고, 즉일 발ᄒᆡᆼᄒᆞ여 경ᄉᆞ의 니르러 궐하의 ᄂᆞᄋᆞ가니, 됴공이 문무로 더브러 시위(侍衛)ᄒᆞ엿고, 뇽체 위름(危懍)ᄒᆞ시더라.

양후를 보시고 ᄀᆞᆺ가이 좌(坐)를 쥬시고 ᄯᅩ 됴공을 ᄀᆞᆺ가이 좌를 쥬시고 탄(嘆)ᄒᆞᄉᆞ 왈,

"짐이 박덕무ᄌᆡ(薄德無才)ᄒᆞ거ᄂᆞᆯ 션뎨의 지우(知友)와 경 등의 츙의를 닙어 《곤위‖건위(乾位)[2903]》의 즉(卽)ᄒᆞ여 기리 션뎨의 업을 니 【29】 어 뎡ᄉᆞ(政事)를 밝힐가 ᄒᆞ더니, 즈레 병이 실니여 도라가기를 ᄌᆡ촉ᄒᆞ니, 짐은 쥭으미 셟지 아니나 고고(孤孤)ᄒᆞᆫ 진왕의 졍세(情勢) 가긍(可矜)ᄒᆞᆫ지라. ᄐᆡᄌᆡ(太子) 혼암ᄒᆞ니 됴공과 위공은 진왕을 친ᄉᆡᆼ으로 알고 극진보호ᄒᆞ여, 무모(無母)ᄒᆞᆫ 고ᄋᆞ(孤兒)를 보젼ᄒᆞᆯ 진ᄃᆡ, 짐이 구텬(九天)의 도라가나 감심명목(甘心瞑目)[2904]ᄒᆞ리로다."

됴·위 이공이 뉴체(流涕) 감읍(感泣)ᄒᆞ니, 원ᄂᆡ 셰둉(世宗)[2905]이 두황후[2906]긔 무ᄌᆞ(無子)ᄒᆞ고 부귀비긔 일ᄌᆡ(一子) 잇셔 연이 십셰(十歲)의 칙봉 ᄐᆡᄌᆞ(太子)러니 두황휘 일ᄌᆞ를 ᄉᆡᆼᄒᆞ고 승하(昇遐)ᄒᆞ시 【30】 니 이곳 진왕을 봉ᄒᆞ고, 일즉 ᄉᆡᆼ(生)치 못ᄒᆞ시믈 탄ᄒᆞ시나 ᄒᆞᆯ일 업ᄂᆞᆫ지라. 방년(方年)이 슈삼셰의 뇽봉지ᄌᆡ(龍鳳之材) 만승(萬乘)의 긔틀이니, 부귀비 비록 긔탄(忌憚)ᄒᆞ나, ᄌᆞ긔 ᄋᆞᄌᆡ ᄐᆡᄌᆡ 되미 아직 ᄒᆡᄒᆞᆯ 의ᄉᆞ를

2901)아닐와 : 아니하였다. *-ㄹ와: 「어미」 「옛말」 《동사, 형용사 어간 뒤에 붙어》 -(하)였다. -도다. -는구나. -이구나. 등의 뜻을 나타내는 종결어미.

2902)화표(話表) : 고소설에서 새로 이야기를 시작할 때 쓰는 '화설(話說)' '익설(益說)' '각설(却說)' 따위와 같은 화두사(話頭詞).

2903)건위(乾位) : 임금의 지위.

2904)감심명목(甘心瞑目) : 기꺼운 마음으로 눈을 감음.

2905)셰둉(世宗) : 중국 오대 후주(後周)의 제2대 황제(954~959). 이름은 시영(柴榮: 921~959). 후주 태조 곽위(郭威)의 양자가 된 후 곽영(郭榮)으로 불리기도 한다. 34세 때 태조 곽위가 병사하자 세종으로 즉위하여 농업장려 불교혁파 군제개편 등의 내치에 힘썼으나 39세로 병사하였다. 4남 시종훈(柴宗訓)이 7세로 제위를 이었으나, 1년도 못되어 '진교역(陳橋驛)의 변(變)'으로 송태조(宋太祖) 조광윤(趙匡胤)에게 제위를 선양(宣讓)하여 후주(後周)도 소멸하였다.

2906)두황후 : 역사적 인물이 아닌 가공인물이다.

두지 못ᄒᆞ나, 공쥬 모녀와 옥ᄃᆡ 만악천간(萬惡天姦)[2907]을 발(發)코ᄌᆞ ᄒᆞ니, 셰둉은 명쥬(明主)라. 반ᄃᆞ시 진왕이 지텡치 못 ᄒᆞᆯ 쥴 헤ᄋᆞ려 됴·위 냥공의게 탁고(託孤)ᄒᆞ시니[2908] 이공이 고두뉴톄(叩頭流涕)ᄒᆞ온ᄃᆡ,

상이 근시로 진왕을 ᄂᆞᄋᆞ오라 ᄒᆞᄆᆡ, 한상궁이 진왕을 밧드러 ᄂᆞᄋᆞ오니, 【31】 상이 진왕으로 위공을 쥬ᄉᆞ 왈,

"ᄎᆞᄋᆞᄂᆞᆫ 곳 경의 ᄋᆞ돌이니 범연이 아지말나."

ᄒᆞ시고 진왕 다려 니르시ᄃᆡ,

"져 위션싱은 ᄂᆞ의 쥭마고위(竹馬故友)니 너ᄂᆞᆫ 날과 ᄀᆞᆺ치 셤기라."

진왕이 비록 히졔(孩提)나 총명ᄒᆞᆫ지라. 슌슌승명(順順承命)ᄒᆞ거ᄂᆞᆯ, 상이 다시 됴공을 향ᄒᆞ사 왈,

"ᄎᆞᄋᆞ(此兒)로ᄡᅥ 혈혈(孑孑)이 둘 ᄇᆡ 아니라. 션싱의 부뷔 보호ᄒᆞ여 쥬야의 무릅밧긔 ᄂᆞ리오지 말나"

냥공이 뉴톄(流涕) 감읍(感泣)ᄒᆞ고 돈슈(頓首) 뉴혈(流血) 왈,

"신 등이 간뇌도지(肝腦塗地)[2909]ᄒᆞ오나 엇지 금일 하교를 져바리잇고?"

【32】 상이 다시 진왕다려 왈,

"너ᄂᆞᆫ 됴션싱부인을 ᄡᅥᄂᆞ지 말고 ᄂᆡ 쥭은 후 ᄉᆡᆼ심(生心)코[2910] ᄂᆞ오지 말라."

양후의 손을 잡으시고 신신(申申) 탁고(託孤)하ᄉᆞ 왈,

"텬하ᄃᆡᄉᆞ(天下大事)를 경의게 맛지ᄂᆞ니 진왕을 다시 념녀아닛노라."

ᄒᆞ시고, 말을 맛ᄎᆞ시ᄆᆡ 뇽톄(龍體) 엄엄(奄奄)ᄒᆞ시니[2911], 됴·위 냥공이 눈물을 흘니고 진왕을 도로 드려 보ᄂᆡ고 뇽톄를 밧드니, 만됴신뇌 황황망극(遑遑罔極)[2912]ᄒᆞ더라.

ᄊᆡ의 양후와 신·화 냥인이[의] 위쥬츙심(爲主忠心)은 하늘이 아시ᄂᆞᆫ ᄇᆡ라. 신·화 냥인이며 양휘 다 벼슬을 ᄉᆞ양ᄒᆞ니, 【33】 이ᄂᆞᆫ 뇽톄 위즁(危重)ᄒᆞ시ᄆᆡ 신군(新君)의 혼암ᄒᆞ믈 셤기지 아니려 ᄒᆞ미러라.

이러틋 슈삼일이 지ᄂᆞᄆᆡ, 됴부인은 궐ᄂᆡ의 잇셔 진왕을 보호ᄒᆞ더니, 시ᄎᆞ(時此)의 쥬(周) 셰종(世宗) 황뎨 붕어(崩御)ᄒᆞ시니, 직위 뉵년이요, 쉬(壽) 삼십구셰라.

ᄇᆡᆨ관(百官)이 거ᄋᆡ(擧哀)ᄒᆞ고 ᄉᆞ민(士民)이 통곡ᄒᆞ여 고비(考妣)[2913]를 상(喪)ᄒᆞᆷ

2907)만악천간(萬惡天姦) : 온갖 악하고 간사한 일들.
2908)탁고(託孤) : 임금이 죽기 전에 대신들에게 남기는 유언, 즉 어린 황태자를 부탁하고 국정을 맡기는 일을 말함.
2909)간뇌도지(肝腦塗地) : 참혹한 죽임을 당하여 간장(肝臟)과 뇌수(腦髓)가 땅에 널려 있다는 뜻으로, 나라를 위하여 목숨을 돌보지 않고 애를 씀을 이르는 말.
2910)ᄉᆡᆼ심(生心)코 : 감히 마음대로.
2911)엄엄(奄奄)ᄒᆞ다 : 숨이 곧 끊어지려 하거나 매우 약한 상태에 있다.
2912)황황망극(遑遑罔極) : 급박한 일을 만나 당황하여 어찌할 바를 모름.
2913)고비(考妣) : 돌아가신 아버지와 어머니.

ᄀᆞᆺ더라. 문무ᄃᆡ신(文武大臣)이 션뎨(先帝)ᄅᆞᆯ 염빙(殮殯)ᄒᆞ고, ᄐᆡᄌᆞ 종훈(宗訓)2914)을 붓드러 뎨위(帝位)의 즉ᄒᆞ니, 이 공뎨(恭帝)2915)라. 연긔(年紀) 유츙(幼沖)ᄒᆞ고 혼암(昏暗) 용우(庸愚)ᄒᆞ니 뎨(帝) ᄆᆡ양 낫비 녁여 명훈(明訓)의 늣게ᄂᆞ믈 ᄒᆞᆫ 【34】 ᄒᆞ시던 ᄇᆡ니, 국되(國祚)2916) 망ᄒᆞᆯ 쥴 알으시미더라.

됴공이 '승상 풍도(馮道)'2917)와 '노공(魯公) 범질(范質)'2918)노 더브러 군국(軍國)2919) ᄃᆡ소ᄉᆞ(大小事)ᄅᆞᆯ 잡ᄋᆞ 신군(新君)을 보정(輔政)ᄒᆞᆯ ᄉᆡ, 무양휘 진왕을 위ᄒᆞ여 혼뎐(魂殿)2920)의 곡ᄇᆡ(哭拜)ᄒᆞ고 물너 올ᄉᆡ, 슬픈 누쉬 ᄇᆡᆨ포(白袍)ᄅᆞᆯ 뎍시고, 비졀(悲絶)ᄒᆞᆫ 곡셩이 인심을 감동ᄒᆞ더라.

왕이 잇ᄃᆡ 삼세니 황야ᄅᆞᆯ 불으지져 ᄋᆡ통ᄒᆞ여 동일토록 우ᄂᆞᆫ지라. 조부인과 상궁 등이 간담이 바아지ᄂᆞᆫ 듯ᄒᆞ여 ᄇᆡᆨ단(百端)으로 다ᄅᆡᄃᆡ 듯지 아니ᄒᆞ더니, 양휘 누슈(淚水)ᄅᆞᆯ 거두고 안으며 과도히 비ᄋᆡ(悲哀)ᄒᆞ여 【35】 약질이 보젼치 못ᄒᆞᆫ 즉, 션제(先帝)의 유교(遺敎)ᄅᆞᆯ 니즈미니 불충불효(不忠不孝)ᄅᆞᆯ 면치 못ᄒᆞᆯ지라. 누누히 ᄒᆡ셕ᄒᆞ니 울기ᄅᆞᆯ 긋치고 양후의 낫출 접(接)ᄒᆞ여 왈,

"황애 니로ᄉᆞᄃᆡ 'ᄃᆡ인을 아비로 알나' ᄒᆞ시니, 쇼ᄌᆡ 마음이 져기 의지 잇ᄂᆞᆫ 듯ᄒᆞ와 ᄃᆡ인이 안으시ᄆᆡ 셜우미 ᄂᆞ으니이다."

양휘 어엿브믈 ᄎᆞᆷ지 못ᄒᆞ여 등을 어루만져 간졀ᄒᆞᆫ ᄉᆞ랑이 비ᄒᆞᆯ ᄃᆡ 업더라. 왕이 다시 니로ᄃᆡ

"쇼ᄌᆡ 비록 유충(幼沖)ᄒᆞ오나 군부(君父) 상측(喪側)의 물너 잇셔 상녜(喪禮)ᄅᆞᆯ 어긔오니 더옥 【36】 셜운 한이 깁도쇼이다. 궁즁의 가지 못ᄒᆞ리잇가?"

2914)종훈(宗訓) : 오대(五代) 후주(後周)의 마지막 임금 공제(恭帝) 시종훈(柴宗訓: 郭宗訓으로 불리기도 한다)을 말한다. 2대 세종(世宗)의 뒤를 이어 겨우 일곱 살의 나이로 즉위하여 주 공제(周恭帝)에 올랐으나, 즉위한 다음 해에 송 태조 조광윤(趙匡胤)이 진교역(陳橋驛)의 변을 일으켜, 후주를 멸망시키고 송나라를 세웠다. 이로써 후주는 3대 9년간(951~960) 통치한 단명한 왕조가 되었다.

2915)공뎨(恭帝) : 오대(五代) 후주(後周)의 마지막 임금 시종훈(柴宗訓: 郭宗訓으로 불리기도 한다)의 묘호(廟號)

2916)국되(國祚) : 국조(國祚). 나라의 복록. ≒국운(國運)

2917)승상 풍도(馮道) : 오대(五代) 시대에 후당(後唐), 후진(後晉), 거란(契丹), 후한(後漢), 후주(後周) 등의 조정에서 승상을 지낸 사람으로, 장락로(長樂老)라고 자호(自號)하며 스스로 매우 영화롭게 여겼으나, 임금이 죽고 나라가 망하는 것을 개의치 않았고 간쟁(諫爭)을 한 적이 없었으므로 지조 없이 시류에 편승하여 관직을 유지하였다는 비판을 받았다. 《舊五代史 卷126 馮道列傳》

2918)노공(魯公) 범질(范質) : 911~964. 자는 문소(文素). 후주(後周) 때 지추밀원(知樞密院)에 제수되었고, 송(宋)나라 태조 때에 재상(宰相)이 되어 노국공(魯國公)에 봉해졌다. 저서로 『오대통록(五代通錄)』, 『옹관기(邕管記)』 등이 있다

2919)군국(軍國) : 군무(軍務)와 국정(國政)을 아울러 이르는 말.

2920)혼전(魂殿) : 임금이나 왕비의 국장(國葬) 뒤 삼 년 동안 신위(神位)를 모시던 전각.

양휘 슬푸믈 참고 다릐여 왈,

"왕이 아직 상녜롤 출힐쩍 아니라. 션데 명ᄒᆞᄉᆞ '드러오지 말나' ᄒᆞ여계시니 가지 못ᄒᆞ려니와, 뉘 져런 말을 ᄒᆞ더니잇가?"

왕왈

"태비낭낭이 그리 ᄒᆞ시고, 'ᄂᆞ가지 말나' ᄒᆞ시더이다"

양휘 분연(忿然)ᄒᆞᄃᆡ ᄉᆞ식지 아니ᄒᆞ고, 조부인으로 의논ᄒᆞ고 턱일ᄒᆞ여 화쥐로 가랴 ᄒᆞ더라.

셩복(成服)을 지ᄂᆡ고 슈일 후 상긔 물너가믈 고ᄒᆞ니, 뎨 왈,

"짐이 유충ᄒᆞᆫᄃᆡ 대위(大位) 【37】 롤 님ᄒᆞᄆᆡ, 쥬야(晝夜) 송연(悚然)ᄒᆞ거ᄂᆞᆯ, 태부와 태ᄉᆡ 좌우의 잇시나, 션데 일즉 션싱을 녜ᄃᆡ(禮待)ᄒᆞ시고, ᄒᆞ믈며 짐의 ᄒᆞᆫᄂᆞᆺ ᄋᆞ오[2921]롤 ᄎᆞ마 먼니 보ᄂᆡ지 못ᄒᆞ여[니], 션데 유괴 계시나 슈년을 머무지 못ᄒᆞ랴?"

양휘 빅ᄉᆞ 왈,

"셩괴 여ᄎᆞᄒᆞ시니 신이 엇지 감히 위월(違越)ᄒᆞ리잇고?"

가기롤 긋쳐시나, 대홰(大禍) 오릐지 아닐 줄 알고, 남ᄆᆡ 상ᄃᆡᄒᆞ여 묵연탄식 ᄒᆞ더니, 시ᄋᆡ(侍兒) 보왈,

"신장군이 니르럿ᄂᆞ이다."

양휘 ᄀᆡ창(開窓)ᄒᆞ고 몸을 니러 ᄂᆞ오니, 신양이 협문(夾門)[2922] 밧긔 공슈(拱手) 【38】 ᄒᆞ고 셧거ᄂᆞᆯ 문왈,

"그ᄃᆡ 어이 뜰의 셧ᄂᆞ뇨?"

신양이 ᄃᆡ왈

"후창(後窓)으로 가ᄉᆞ이다."

공이 그 뜻을 알고 후원 ᄆᆡ셜졍의 올나 좌ᄒᆞ니, 냥인이 금낭(錦囊)으로 됴ᄎᆞ 서봉(書封)을 ᄂᆡ여 ᄉᆞ러 드려 왈,

"부인이 여ᄎᆞ여ᄎᆞ 하교(下敎)ᄒᆞ시무로 금일 쥬공긔 알외ᄂᆞ이다."

공이 탁봉(坼封) ᄀᆡ열(開裂)ᄒᆞ니, 부인의 친필이요 일ᄌᆞ(日子)롤 혜여 연ᄒᆞ여 묘계(妙計)롤 니어 쓰고, 두낫 환약과 쓸 방문(方文)을 일일이 썻더라.

공이 셔간을 펴 냥인을 뵈여 왈,

"그ᄃᆡ는 ᄂᆞ의 골경폐부(骨鯁肺腑)[2923]의 벗이니 무숨 혐 【39】 의 잇ᄉᆞ리오. 이 거슬 보와야 ᄃᆡᄉᆡ 그릇되지 아니리라."

2921)ᄋᆞ오 : 아우. 같은 부모에게서 태어난 사이거나 일가친척 가운데 항렬이 같은 남자들 사이에서 손아랫사람을 이르는 말. 주로 남동생을 이를 때 쓴다.

2922)협문(夾門) : 삼문(三門)의 좌우에 있는 문

2923)골경폐부(骨鯁肺腑) : 골경(骨鯁)은 '뼈'를 폐부(肺腑)는 '마음속'을 뜻하는 말로, 바르게 말하고 행동하는 강직한 사람이면서 마음속으로 깊이 신뢰하는 사람을 비유적으로 이르는 말.

이인(二人)이 간필(看畢)의 뉴체만면(流涕滿面) 왈,

"부인 하교ᄅᆞᆯ 듯ᄌᆞ와 ᄃᆡ강을 아랏ᄉᆞ오ᄃᆡ, ᄃᆡ식 소루(疏漏)ᄒᆞ미 잇실가 외람ᄒᆞ믈 닛ᄌᆞᆸ고[2924] 부인 슈셔(手書)ᄅᆞᆯ 보오니 ᄉᆞ체(事體) 미안ᄒᆞ옵고, 대인이 쇼댱(小將) 등을 골육 ᄀᆞᆺ치 ᄒᆞ시니 황공감격ᄒᆞ와 엇지 쥬그무로 갑지 아니리잇고? 됴건됴건(條件條件)[2925] ᄀᆞ르치시믈 폐부(肺腑)의 삭이와 어긔미 업게 ᄒᆞ리이다. ᄃᆞ만 비록 말둉(末終)[2926]은 무ᄉᆞᄒᆞᆯ 쥴 아오나, ᄃᆡ인의 쳔금지구(千金之軀)[2927]ᄅᆞᆯ 경ᄀᆡᆨ(頃刻) 【40】 이라도 위ᄐᆡ(危殆)ᄒᆞ실 일이 경황망극(驚惶罔極)ᄒᆞ오니, 흉금(胸襟)이 엄ᄉᆡᆨ(奄塞)ᄒᆞ믈 니긔지 못ᄒᆞ리로쇼이다."

공이 묵연(默然) 탄식(歎息)ᄒᆞ여 약환(藥丸)을 도로 쥬고 셔간을 거두어 낭즁의 너코 셔로 답논(答論)ᄒᆞᆯ 즈음의 임의 황혼(黃昏)이 되어 벽텬(碧天)이 파ᄉᆞ(破邪)ᄒᆞ고[2928] 졈운(點雲)이 업셔, 모든 별이 광치ᄅᆞᆯ 흘니이니, ᄡᅥ 정히 듕츈(仲春) 회간(晦間)이라.

츈셜(春雪)이 오히려 지상의 가득ᄒᆞ엿고 찬 바ᄅᆞᆷ이 ᄂᆞ의(羅衣)ᄅᆞᆯ 뒤이ᄌᆞ니, 경물(景物)이 심히 쳐초(淒楚)ᄒᆞ여 시름ᄒᆞᄂᆞᆫ ᄉᆞᄅᆞᆷ의 회포ᄅᆞᆯ 더옥 어즈러이더라. 【41】

공이 정즁(庭中)의 산보ᄒᆞ여 우러러 건상(乾象)을 보ᄆᆡ ᄌᆞ긔 쥬셩(主星)[2929] 문곡셩(文曲星)[2930]이 흑긔(黑氣) 미만(彌滿)ᄒᆞ여 임의 ᄃᆡ화(大禍)ᄅᆞᆯ 바들 증죄(徵兆)요 신양의 쥬셩 각목교(角木蛟)[2931]와 화진의 쥬셩 규목낭(奎木狼)[2932]이 광치 당당ᄒᆞ여 문곡셩을 호위ᄒᆞ여시니 심ᄂᆡ의 깃거 숀을 드러 ᄀᆞ르쳐 왈,

---

2924)닛잡고 : 잊사옵고. 잊다: 한번 알았던 것을 기억하지 못하거나 기억해 내지 못하다.
2925)됴건됴건(條件條件) : 건건(件件)이. 건(件)마다. 또는 일마다.
2926)말둉(末終) : 말종(末終). 끝.
2927)쳔금지구(千金之軀) : 귀하디귀한 몸.
2928)파ᄉᆞ(破邪) : 나쁘고 그릇된 것을 깨뜨림. *여기서는 '어둠을 뚫고 별빛이 비추기 시작함'을 뜻하는 말로 쓰임.
2929)쥬셩(主星) : 점성술(占星術)에서, 어떤 사람의 운명을 맡고 있다고 생각하는 별.
2930)문곡셩(文曲星) : 북두칠성 또는 구성(九星) 가운데 넷째 별로, 녹존성(祿存星)의 다음이며 염정성(廉貞星)의 위에 있는 별. 문운(文運)을 맡은 별이라고 한다. ≒문창성(文昌星).
2931)각목교(角木蛟) : 이십팔수의 첫째 별자리에 있는 별들인 각성(角星)을 달리 이른 말이다. 각성은 오행(五行: 水·木·火·土·金)은 목(木)에 속하고 별을 상징하는 동물은 교룡(蛟)인 데, 이러한 속성을 별자리 이름에 드러내어 '각목교(角木蛟)'라 한 것이다. (『選擇紀要』 관상감제조 南秉吉 撰(1867. 고종4) 참조) 만물의 조화를 주관하고 임금의 위엄과 신임을 펼친다고 하며, 밝으면 나라가 태평하고 망각(芒角)이 생기고 흔들리면 나라가 평안하지 못하다고 한다.
2932)규목낭(奎木狼) : 이십팔수(二十八宿)의 열다섯째 별자리에 있는 별들인 규성(奎星)울 달리 이른 말이다. 이 별은 오행(五行: 水·木·火·土·金)은 목(木)에 속하고 별을 상징하는 동물은 늑대(狼)인 데, 이러한 속성을 별자리 이름에 드러내어 '규목랑(奎木狼)'라 한 것이다.(『選擇紀要』 관상감제조 南秉吉 撰(1867. 고종4) 참조) 문운(文運)을 맡은 별로서 이것이 밝으면 천하가 태평하다고 한다.

"그ᄃᆡ 냥인의 구ᄒᆞᆯ 츈을 님의 텬문의 낫타나시니 엇지 인력으로 ᄒᆞ리오."

냥인이 ᄃᆡ경(大驚)ᄒᆞ여 그 신긔를 암탄(暗歎)ᄒᆞ더라.

이의 도라와 조부인을 ᄃᆡᄒᆞ여 니쇼져 글을 드리고,

"ᄀᆞ르친 계교를 조ᄎᆞ【42】쇼셔"

ᄒᆞ더라. 처음의 두황휘 궁녀 십인을 ᄲᆡ 보ᄂᆡᄉᆞ 왕을 보호케 ᄒᆞ시고, 셰종이 근신ᄒᆞᆫ ᄐᆡ감과 쇼황문(小黃門)[2933] 십인을 ᄲᆡ 맛지시니, 다 관일(貫一)ᄒᆞᆫ 츙셩을 가졋ᄂᆞᆫ지라.

ᄐᆡ비 모녜 부 귀비(貴妃)와 ᄆᆡᆼ 쳡여(婕妤)로 더브러 일심이 되엿고, 옥ᄃᆡ 바야흐로 궁즁의 드러가 동셔(東西)의 것칠 거시 업ᄉᆞ니, 양양ᄌᆞ득(揚揚自得)ᄒᆞ여 공뎨(恭帝)를 핍박ᄒᆞ여 위공과 진왕의[긔] 가기를 금ᄒᆞ고, 쇼황문 이인과 궁녀 이인을 더 보ᄂᆡ여 왕을 보호ᄒᆞ라 ᄒᆞ니, 이 곳 숙경 등의 심복이라.【43】

ᄀᆞ마니 진왕을 죽이고 죄를 얽어 위공과 조부인을 ᄒᆡ(害)코ᄌᆞ ᄒᆞ니, 위공과 부인이 임의 아ᄂᆞᆫ 일이라. 한상궁 등을 분부ᄒᆞ여 쥬야 됴심(操心)ᄒᆞ니, 밤인즉 조부인이 친히 회즁(懷中)[2934]의 《아회‖안회(安懷)》ᄒᆞ고[2935] 낫인 즉 위공과 부인이 셔로 안ᄋᆞ 술상의 나리오지 아니ᄒᆞ니, 한상궁이 쇼궁ᄋᆞ 소난혜 등을 거ᄂᆞ려 왕의 먹ᄂᆞᆫ 진미를 ᄆᆡᆫᄃᆞ라 친히 ᄂᆞ오니, ᄐᆡ비의 보ᄂᆡᆫ바 안교랑 등이 틈을 엇지 못ᄒᆞ여 민민(憫憫)[2936]ᄒᆞ더라.

조부인이 진왕의 가지 못ᄒᆞ믈【44】보고 ᄌᆞ긔 ᄒᆞᆯ노 화산의 근친(覲親)ᄒᆞᆯᄉᆡ, 조장군이 쇼임이 중ᄒᆞ여 가지 못ᄒᆞ고, 위공이 상명을 인ᄒᆞ여 가기를 즁지ᄒᆞ니, 댱군의 셔뎨(庶弟) 조진이 호ᄒᆡᆼ(護行)ᄒᆞᄂᆞᆫ지라. 한상궁 등이 악연(愕然) 체읍(涕泣)ᄒᆞ여, 부인긔 고왈,

"션뎨와 낭낭이 우리 뎐하를 이곳의 두시믄 부인이 보호ᄒᆞ시믈 미드시미여ᄂᆞᆯ, 부인이 엇지 여ᄎᆞ지시(如此之時)의 근친ᄒᆞᆯ 한가를 지으시ᄂᆞ니잇가? 됴만(早晚)의 상명이 ᄂᆞ리시면, 뎐ᄒᆡ(殿下) 화쥐로 향ᄒᆞ리니, 그 ᄶᆡ ᄒᆞᆫ 가지로 ᄒᆡᆼᄒᆞ시미 올【45】ᄒᆞᆯ가 ᄒᆞ나이다."

부인이 답왈,

"쳡이 부모를 원별(遠別)ᄒᆞᆫ지 셰ᄌᆡ(歲在) 칠년이라. 노뫼 ᄉᆞ렴(思念)ᄒᆞᄉᆞ 질(疾)이 일웟더니, 져즈음긔 왕을 뫼셔 가믈 고ᄒᆞ니, 황상이 왕의 가믈 불허ᄒᆞ시니, ᄉᆞ뎨(舍弟) ᄯᅩ 감히 연곡(輦轂)[2937]을 ᄯᅥ나지 못ᄒᆞᆯ지라. 이러무로 쳡이 잠간 근친(覲親)ᄒᆞ여

2933)쇼황문(小黃門) : 나이 어린 환관(宦官). 황문(黃門)은 중국 후한(後漢) 시대에 금문(禁門)을 맡아보는 관리였는데 이를 내시(內侍)가 맡아보면서 환관의 칭호로 바뀌었다.

2934)회즁(懷中) : 품 가운데.

2935)안회(安懷)ᄒᆞ다 : 편안하게 품어 안다.

2936)민민(憫憫)ᄒᆞ다 : 매우 딱하다.

병친을 위로ᄒᆞ고 슈이 도라오고져 ᄒᆞ노라."

ᄒᆞ고, 힝게(行車) 슈일은 ᄀᆞ렷더니, ᄎᆞ야(此夜)의 진왕의 유모 상운낭이 ᄋᆞ보(阿保)[2938] 강쇼ᄋᆞ로 더브러 도쥬(逃走)ᄒᆞ니, 졔궁녀(諸宮女) 경괴황황(驚怪遑遑)ᄒᆞ고 【46】 왕이 슬허 왈,

"유뫼마ᄌᆞ[2939] 날을 바리니 ᄂᆞ의 명되 엇지 니러틋 궁박ᄒᆞ뇨?"

맑은 눈물이 쌍쌍ᄒᆞ니, 위공이 안고 위로 왈,

"유모란 거슨 본ᄃᆡ 쳔(賤)ᄒᆞ니 다시 유즙(乳汁) 잇ᄂᆞᆫ 시녀를 ᄲᅢ 졋 먹으면 이 유뫼라. 무어시 슬푸리오."

조부인이 친히 와 졋먹이고, 시녀 즁 유되(乳道)[2940] 풍죡(豐足)ᄒᆞᆫ ᄌᆞ를 ᄀᆞᆯ히여 뫼시게 ᄒᆞ나, 왕이 쳑쳑(慽慽)히 슬허ᄒᆞ니, ᄃᆡ익이 당젼ᄒᆞᄆᆡ 쇼ᄋᆡ 마음이 녕(靈)ᄒᆞ미러라.

됴정의 고ᄒᆞ여 상운낭 등을 잡으믈 고ᄒᆞ니, 뎨 ᄃᆡ경ᄒᆞ 【47】 여 '그 부모를 잡으라' ᄒᆞ니, 다 도망ᄒᆞ고 업ᄉᆞ니 방 붓쳐 잡으라 ᄒᆞ다.

슈일 후 조부인이 가기를 님ᄒᆞ여 한상궁을 ᄃᆡᄒᆞ여 니르ᄃᆡ,

"ᄂᆡ 부득이 근친(覲親)ᄒᆞ나 그 사이라도 왕을 ᄯᅥᄂᆞ미 창연ᄒᆞᆫ지라. 상궁 등은 진심 보호ᄒᆞ여 그르미 업게 ᄒᆞ라."

한상궁이 슈루(垂淚) 쳥명(聽命)ᄒᆞ고 왕이 부인의 상을 ᄌᆞᆸ고 울며 왈,

"소ᄌᆡ 슉모를 마ᄌᆞ ᄯᅥᄂᆞ오니 의지ᄒᆞᆯ ᄃᆡ 업ᄉᆞᆸᄂᆞᆫ지라. ᄒᆞᆫ 가지로 가ᄉᆞ이다."

부인이 어루만져 위로 왈,

"ᄂᆡ 슈이 도라올 거 【48】 시오. ᄯᅩ 상명을 어든 후 ᄉᆞ뎨(舍弟) 왕을 뫼셔 화산으로 오리니, 그 사이 슬허ᄒᆞ여 약장(弱腸)을 ᄉᆞᆯ오지[2941] 말고, 몸을 편이 ᄒᆞ쇼셔."

ᄒᆞ니, 왕이 오히려 노치 아니ᄒᆞ고 ᄋᆡᄋᆡ(哀哀)히 우ᄂᆞᆫ지라. 위공이 안고 다ᄅᆡ여 슈이 모들 바를 니르고, 부인의 힝게 발(發)ᄒᆞ니 공이 문외(門外)의 빈별ᄒᆞ고 도라와, 왕을 진심 보호ᄒᆞ더라.

어시의 교랑 등이 ᄭᅬ를 여어 왕을 히ᄒᆞ려ᄒᆞ나 틈을 엇지못ᄒᆞ더니, 일일은 진미(珍味)를 ᄀᆞ져와 닐오ᄃᆡ,

"쇼뎐히(小殿下) 유즙(乳汁)이 【49】 부됵ᄒᆞ여 울기를 긋치지 아니시니, 진어(進御)ᄒᆞ시게 ᄒᆞ라."

2937)연곡(輦轂) : '황제의 수레'를 뜻하는 말로, 비유적으로 '황성(皇城)'이나 '궁궐'을 이른다.

2938)ᄋᆞ보(牙保) : 귀족의 자녀를 돌보고 교육하는 결혼한 여성.

2939)마저 : 조사. 이미 어떤 것이 포함되고 그 위에 더함의 뜻을 나타내는 보조사. 하나 남은 마지막임을 나타낸다.

2940)유도(乳道) : 젖이 나는 분량.

2941)ᄉᆞᆯ오다 : 사르다. 불에 태우다.

유뫼 바다 먹이고ᄌᆞ ᄒᆞ거ᄂᆞᆯ 공이 급히 ᄭᅮ지져 왈,
"왕의 ᄌᆞ시ᄂᆞᆫ 미음은 한상궁이 나오리니, 네 엇지 ᄉᆞᄉᆞ로이 가져오리오?"
교랑이 발연 작식 왈,
"아ᄌᆞ의 궁ᄂᆡ 낭낭이 보ᄂᆡ신 ᄇᆡ니, 상공 말ᄉᆞᆷ이 엇지 박졀ᄒᆞ시니잇고?"
공이 미위 엄슉ᄒᆞ여 한상궁을 밧비 부르라 ᄒᆞ니, 쇼환이 젼도히 한상궁을 쳥ᄒᆞ여 미음을 ᄀᆞ져오라 ᄒᆞ니, 교랑이 홀일업셔 그【50】르ᄉᆞᆯ 거두어 가지고 드러가거ᄂᆞᆯ, 공이 신양을 눈쥰ᄃᆡ 신양이 급히 지나쳐 다르며 밀쳐 ᄂᆞ리치니, 그릇시 ᄂᆞ려져 옥완(玉腕)이 산산이 바아지며 푸른 불ᄭᅩᆺ치 니ᄂᆞᆫ지라. 공이 크게 소ᄅᆡᄒᆞ여 좌우를 엄호ᄒᆞ여 교랑을 결박ᄒᆞ니, 교랑이 ᄂᆡᆼ연(冷然) ᄃᆡ왈,
"아ᄌᆞ 츄셤이 그르ᄉᆞᆯ 바다 무어ᄉᆞᆯ 너흐믈 보왓더니, 이ᄂᆞᆫ 츄셤의 작ᄉᆡ라. 낭낭이 보ᄂᆡ신 미음이 남아시니 상공은 ᄉᆞᆯ피쇼셔."
공이 드른 쳬 아니ᄒᆞ고 시ᄌᆞ(侍子)로 그 몸을 뒤니 낭듕(囊中)의 독긔 【51】 어ᄅᆡ고 약뭉치 잇ᄂᆞᆫ지라. ᄐᆡ감(太監)[2942] 녕슈를 맛져 뎨(帝)긔 고ᄒᆞ라 ᄒᆞ니, 뎨 ᄃᆡ경ᄒᆞ여 ᄉᆞ옥(舍獄)의 가 도라ᄒᆞ니, 태비 일이 ᄑᆡ루(敗漏)ᄒᆞ믈 몰나 뎨긔 고왈,
"위현이 감히 ᄆᆡᆼ낭ᄒᆞᆫ 말노 상의 보ᄂᆡ신 궁녀를 죄를 일우고ᄌᆞ ᄒᆞ니, 불엄불경(不嚴不敬)ᄒᆞᆫ 죄 쥭기의 남은지라. 엇지 졔 ᄯᅳᆺ을 바다 무죄ᄒᆞᆫ 궁녀를 쥭이리잇고? 쳥컨ᄃᆡ 물시(勿施)ᄒᆞ소셔."
뎨 마지못ᄒᆞ여 노흐니, 됴졍이 ᄒᆡ연(駭然) 분ᄀᆡ(憤慨)ᄒᆞ나, 바야흐로 국장(國葬)을 인ᄒᆞ여 망극비ᄋᆡ즁(罔極悲哀中)이라. 닷토【52】지 못ᄒᆞ더라.
교랑이 노히여 ᄂᆡ궁의 드러와 위공의 ᄒᆡᆼᄉᆞ를 일일이 고ᄒᆞ고, ᄒᆡ홀 길 업ᄉᆞ믈 쥬ᄒᆞ니, 공쥐 왈,
"션뎨 위현을 춍우(寵遇)ᄒᆞ여시나 금상(今上)긔ᄂᆞᆫ 권권(眷眷)홀 묘리 업ᄉᆞ니, 낭낭이 뎨를 보치여 위현을 잡ᄋᆞ, 왕희를 박ᄃᆡᄒᆞ고 진왕을 ᄡᅧ 블궤(不軌)[2943]를 도모ᄒᆞ믈 슈뫼(數罪)ᄒᆞ여 궁ᄂᆡ의셔 버히면 뉘 감히 말ᄒᆞ리오"
ᄐᆡ비 왈
"불연ᄒᆞ다. 위현이 만됴문무의 친(親)치아니니 업ᄉᆞᆫ지라. 붕위(朋友) 아니면 인친(姻親)이니 션됴ᄃᆡ신 【53】을 궁ᄂᆡ의셔 쳐살(處殺)케ᄒᆞ리오."
옥ᄃᆡ 왈,
"옥쥬ᄂᆞᆫ ᄆᆡ양 못될 말ᄉᆞᆷ을 잘ᄒᆞ시ᄂᆞ이다. 명일이 망일(望日)이니 션뎨 녕연(靈筵)의 곡ᄇᆡ(哭拜)ᄒᆞ라 드러오리니, ᄂᆞ가기를 님ᄒᆞ여 여ᄎᆞ여ᄎᆞᄒᆞ여 궁ᄂᆡ의셔 아오로 쥭이면 엇더ᄒᆞ리잇고?"
ᄐᆡ비 왈

2942)ᄐᆡ감(太監) : ① 『역사』 '내시'를 달리 이르는 말. ②중국 명나라·청나라 때에, 환관의 우두머리를 이르던 말.
2943)불궤(不軌) : 반역을 꾀함.

"질ᄋᆞ의 말이 묘ᄒᆞ니 이ᄃᆡ로 ᄒᆡᆼᄒᆞ리라."

ᄒᆞ고 명일 위공이 곡반(哭班)[2944]의 참녜(參禮)ᄒᆞᆯᄉᆡ, ᄐᆡ비 즉시 환시와 상궁을 보ᄂᆡ여 진왕을 다려오니, 시시(時時)의 위공이 금일지ᄉᆞᄅᆞᆯ 임의 아라시니, 텬【54】명을 슌슈(順受)ᄒᆞ여 피셰도은(避世逃隱)[2945]ᄒᆞ믈 뎡(定)ᄒᆞ고 묵연이 간인의 계교ᄅᆞᆯ 맛치니, 신·화 냥인이 심ᄂᆡ(心內)의 쵸됴우황(焦燥憂惶)ᄒᆞ여 식음을 젼폐ᄒᆞ니, 공이 도로혀 우어 왈,

"막비텬명(莫非天命)이니 가히 근심ᄒᆞ여 면ᄒᆞᆯ ᄇᆡ 아니라. 그ᄃᆡ 등이 져리 쵸젼(焦煎)ᄒᆞ니 능히 보젼ᄒᆞ랴?"

ᄒᆞ고, 식찬(食饌)과 호쥬(好酒)ᄅᆞᆯ 권ᄒᆞ니, 냥인이 체읍 왈,

"쇼ᄉᆡᆼ 등이 부인 비계(祕計)ᄅᆞᆯ 밧ᄌᆞ와 미드미 잇ᄉᆞ오ᄂᆞ, 오히려 심담(心膽)이 붕녈(崩裂)ᄒᆞ믈 면치 못ᄒᆞ오니, 능히 식음을 삼키지 못ᄒᆞ【55】ᄂᆞ이다."

양휘 탄식고 다만 강잉ᄒᆞ여 삼키라 ᄒᆞ니, 마지 못ᄒᆞ여 삼키며, 공이 입실ᄒᆞᄆᆡ 신양은 머리ᄅᆞᆯ 푸러 ᄂᆞᆺ출 덥고, 각ᄉᆡᆨ(各色) 즘ᄉᆡᆼ의 털노 옷술ᄒᆞ여 몸을 ᄆᆞ리와 귀신의 형상을 ᄒᆞ고, 궁 속의 슘고, 화진은 약환을 낭즁의 녀코 옥병(玉甁)을 ᄎᆞ고 변하(汴河)[2946] 가의 가, 장뉴슈(長流水)[2947]ᄅᆞᆯ 너허 가지고 셩외 ᄇᆡ운동의 니르니, 이곳은 셕일 '됴공ᄌᆞ 광의(匡義)'[2948]의 총희 댱유인의 집이니, 됴공이 쳐음 신·화 냥인의 말노 됴ᄎᆞ 위공【56】이 횡ᄋᆡᆨ(橫厄)이 급ᄒᆞ믈 알고, 니부인 획계(劃計)로 됴ᄎᆞ 그 아의 쳡(妾)이 위부의 몽혜(蒙惠) ᄒᆞᆫ 쥴 알고, 광의로 더부러 ᄎᆞᄉᆞᄅᆞᆯ 니르고, 신·화 냥인으로 더브러 홍영의 집을 ᄎᆞᄌᆞ가니, 벽운산 즁의 송ᄇᆡᆨ 슈풀이 구름을 ᄉᆞ이ᄒᆞ여시니, 듁니모옥(竹籬茅屋)[2949]이 극히 쇼쇄(瀟灑)[2950]ᄒᆞ더라. 됴공ᄌᆡ 형당을 뫼셔 ᄉᆡ문(柴門)을 열고 드러가니, 션시의 홍영의 모녜 이곳의 니르러 집을 ᄉᆞ고 ᄉᆡᆼ계ᄅᆞᆯ 요리ᄒᆞ여 평안이 머믈ᄆᆡ, 신세 안한(安閑)ᄒᆞ고 됴ᄉᆡᆼ이 ᄯᆡ로【57】 ᄎᆞᄌᆞ 니르러 슈일식 묵어 도라가니, 뇽ᄒᆡᆼ호보(龍行虎步)[2951]와 ᄐᆡ평긔상(太平氣像)이 큰 귀인이믈 아ᄂᆞᆫ지라. 이

2944)곡반(哭班) : 『역사』 국상(國喪) 때 곡을 하던 벼슬아치의 반열.

2945)피셰도은(避世逃隱) : 세상을 피하여 달아나 숨음.

2946)변하(汴河) : 중국 하남성(河南省)에 있는 강 이름. 수양제(隋煬帝)가 황하(黃河)와 회수(淮水)를 연결시켜 개통시킨 운하(運河)로, 수양제는 이곳에다 행궁(行宮)을 짓고 강변에 버들을 심어, 주색에 잠겨 뱃놀이를 즐겼는데, '강도(江都)의 변(變)' 때 이곳에서 반장(叛將) 우문화급(宇文化及)에게 피살됨으로써 몸도 나라도 다 잃었다.

2947)장뉴슈(長流水) : 쉼 없이 늘 흘러가는 물. ≒천리수.

2948)됴공ᄌᆞ 광의(匡義) : 조광의(趙匡義). 북송의 2대 황제(939-997) 태종(太宗). 태조(太祖) 조광윤(趙匡胤)의 아우로 중국의 통일을 완성하여 태조 조광윤과 함께 개국 초 송나라의 기틀을 세웠다. 재위 중 과거제도를 확립하고 전매(專賣)·상세(商稅) 제도를 바로잡아 군주의 통치권을 강화하였다. 재위 기간은 976~997년이다.

2949)듁니모옥(竹籬茅屋) : 대나무 울타리 안에 있는, 띠나 이엉 따위로 지붕을 인 초라한 집.

2950)쇼쇄(瀟灑) : 기운이 맑고 깨끗함.

도시(都是) 위공의 딕은이라. 감은각골(感恩刻骨)ᄒᆞ더니, 홀연 됴공지 빅시(伯氏)를 뫼셔 니르니, 경황ᄒᆞ여 급히 하당영지(下堂迎之)ᄒᆞ니, 공이 쳐음은 ᄉᆞ뎨(舍弟)의 작쳡(作妾)ᄒᆞ믈 미안ᄒᆞ더니, 이의 보믹 ᄒᆞᆫ낫 녈협(烈俠)의 풍치라.

풍영윤틱(豐盈潤澤)ᄒᆞ여 복녹이 구젼(俱全)ᄒᆞᆯ 쥴 알지니, 미안ᄒᆞᆫ 뜻이 도로혀 깃브믈 삼더라. 홍영이 됴공을 보니 텬일지표(天日之表)2952)와 뇽봉ᄌᆞ질(龍鳳資質) 【58】을 우러러 탄복ᄒᆞ더라.

공이 좌우를 술피고, "위공이 이리 피화(避禍)ᄒᆞ여 오리니 유벽(幽僻)ᄒᆞᆫ 당ᄉᆞ(堂舍)를 골히여 슈리(修理)ᄒᆞ여 기다리라."

홍영이 복지쳥명(伏地聽命)ᄒᆞ고 한한(寒汗)이 쳠의(沾衣)ᄒᆞ여 빅이슈명(拜而受命)ᄒᆞ더라. 됴공이 도라가고 됴공ᄌᆞ는 머므러 볼 ᄉᆡ, 홍영이 ᄎᆞᄉᆞ를 알고 가슴의 녕원(鴒原)2953)이 뛰노라 쵸황(焦遑) 쳬읍(涕泣)ᄒᆞ고 구병(救病)ᄒᆞᆯ 거술 ᄀᆞ초와 드리고, 명텬(明天)의 츅(祝)ᄒᆞ여 공의 명(命)을 비더니, ᄎᆞ일 화진이 니르러 물 담은 병과 옥완(玉椀)을 너여 금【59】낭(錦囊)의 환약(丸藥)을 아오로2954) 공ᄌᆞ긔 드리고 도라가니라.

어시의 한상궁이 틱비의 부르믈 인ᄒᆞ여 왕을 안고 입궐ᄒᆞ니, 틱비 거즛 ᄉᆞ랑ᄒᆞ는 쳬ᄒᆞ고 과실을 쥬며 일긔 미음을 쥬니, 한상궁이 임의 아는 일이라. 은은(隱隱)이2955) 그릇술 아ᄉᆞ 바리고ᄌᆞ ᄒᆞ니, 틱비 노왈(怒曰).

"너 진왕을 안고 음식을 먹이니 네 감히 의심ᄒᆞᄂᆞ냐?"

좌우로,

"ᄎᆞ녀를 ᄂᆞ리와 옥의 가도라."

한시 연망이 ᄉᆞ러 비러 왈,

"뎐하(殿下) 금일 홀연 불평(不平)ᄒᆞ시니, 비지 쵸【60】황(焦遑)ᄒᆞ미니, 엇지 감히 낭낭을 의심ᄒᆞ리잇가?"

틱비 노를 두루혀 칭찬 왈,

"너의 츙심이 여ᄎᆞᄒᆞ니 션휘(先后) 너를 ᄉᆡ 왕의 보모(保姆)를 삼으미 명견(明見)

2951)뇽힝호보(龍行虎步) : 용이나 호랑이의 행보(行步)라는 뜻으로, 빠르고 위풍당당(堂堂)한 걸음걸이를 이르는 말.

2952)텬일지표(天日之表) : 사해(四海)에 군림할 인상(人相). 곧 임금의 인상을 이르는 말이다.

2953)녕원(鴒原) : 척령재원(鶺鴒在原)의 준말, '할미새들이 뛰노는 벌판'이라는 말로, '우애 있는 형제'를 뜻하는 말이다. 『시경』 〈소아(小雅)〉 '상체(常棣)'편의 "저 할미새들 벌판에서 뛰노니, 급할 때는 형제들이 서로 돕는구나. 좋은 벗은 항상 곁이 있다고 해도, 그저 길게 탄식만을 늘어놓을 뿐이라네. [鶺鴒在原 兄弟急難 每有良朋 況也永歎] "라는 말에서 유래한 것이다.

2954)아오로 : 아울러. 동시에 함께.

2955)은은(殷殷)이 : 은은(隱隱)히. 겉으로 뚜렷하게 드러나지 아니하고 어슴푸레하며 흐릿하게.

이 이시믈 탄복ᄒᆞ노라.”

언필의 한 궁인이 일긔(一器) 진미(珍味)와 슈긔(數器) 과실(果實)을 가져와 ᄭᅮ러 드려 왈,

“부낭낭이 이를 왕긔 드리고 됴ᄎᆞ 다려오라 ᄒᆞ시더이다.”

틱비 흔연이 바다 왕을 먹이니, 왕이 두어 번 마시더니 믄득 ᄒᆞᆫ 마ᄃᆡ 급ᄒᆞᆫ 쇼ᄅᆡ의 것구러지며 ᄂᆞᆺ치 유혈(流血)이 ᄀᆞ득ᄒᆞ니, 한 【61】 상궁이 망극(罔極) 호통(號慟)ᄒᆞ여 왕을 븟들고 혼도(昏倒)ᄒᆞ니, 모다 거즛 경황ᄒᆞᄂᆞᆫ 체ᄒᆞ고, 왕의 쥭엄을 아ᄉᆞ 뭇지르려 ᄒᆞ나, 한상궁이 구지 븟들고 호텬(呼天) 통곡(慟哭)ᄒᆞ더니, 믄득 하늘노 됴ᄎᆞ ᄒᆞᆫ 귀신이 나려와 ᄀᆞ득ᄒᆞᆫ ᄉᆞ름을 ᄎᆞ 것구로 치고, 한계란의 안은 아히를 아ᄉᆞ 가지고 구름의 ᄊᆞ여 오르니, ᄐᆡ비와 공쥬며 옥ᄃᆡ 다 미치고 ᄎᆞ이여 잣바지고, 궁녀 ᄉᆞ오인이 ᄃᆡ하(臺下)의 ᄂᆞ려지니, 한상궁이 ᄯᅩᄒᆞᆫ 긔절ᄒᆞ여 업더지니, 이윽고 틱비 계오 정 【62】 신을 출혀 니러ᄂᆞ니, 두골(頭骨)이 아득ᄒᆞ고 허리 알푸고, 공쥐 ᄒᆞᆫ 가지로 듕히 닷쳐 알프믈 니긔지 못ᄒᆞ되, 옥ᄃᆡ 왈,

“한계란을 두지 못ᄒᆞ리니, 밧비 쳐치ᄒᆞ쇼셔.”

틱비 명ᄒᆞ여 ᄭᅳ어ᄂᆡ여 연지(蓮池)의 너흐라 ᄒᆞ니, 모든 궁녜 ᄭᅳ어 연지의 님ᄒᆞ여, 한상궁이 울며 왈,

“쳡이 왕을 일코 ᄉᆞ라 부절업ᄉᆞᄃᆡ, 왕의 신체나 ᄎᆞᄌᆞ 장(葬)ᄒᆞ고ᄌᆞ ᄒᆞᄂᆞ니, 그ᄃᆡ 등은 엣날 동뉴의 정으로 날을 노흐라.”

인ᄒᆞ여 품쇽으로서, 은ᄌᆞ 세 봉을 【63】 ᄂᆡ여 쥬니, 졔네 비록 강잉ᄒᆞ여 틱비의 심복이 되어시나, 그 모녀의 불인(不仁) 잔혹(殘酷)ᄒᆞ믈 모로리오. 은을 밧고 ᄀᆞ마니 그윽ᄒᆞᆫ 곳의 슘기며, 밤을 타 다라ᄂᆞ라 ᄒᆞ더라.

옥ᄃᆡ ᄯᅩ 니로ᄃᆡ, 진왕의 쥭엄을 비록 일허시나, 다시 ᄉᆞ든 못ᄒᆞᆯ 거시오, 임의 시작ᄒᆞ여시니 위현을 마ᄌᆞ 쥭이리라.

틱비 됴ᄎᆞ 환시(宦侍)로 밧비 양후긔 고ᄒᆞ되,

“진왕을 궁즁의 다려 왓더니, 불평ᄒᆞ미 심ᄒᆞ니, 상공은 급히 드러와 보쇼셔.”

ᄒᆞ니, 위 【64】 공이 데의 머무러시믈 인ᄒᆞ여 상젼의셔 말숨ᄒᆞ더니, 침음 왈,

“비록 그러나 ᄂᆡ뎐의 엇지 드러가리오.”

데(帝) 왈,

“유ᄋᆡ 불안ᄒᆞ면 션ᄉᆡᆼ이 친히 보아 의약ᄒᆞ리니, 엇지 유유(儒儒)ᄒᆞ시ᄂᆞ뇨?”

황문(黃門)[2956]이 고왈,

“외뎐 빅운누의 ᄌᆞ리를 베퍼시니, 상공이 님ᄒᆞ시면 한상궁이 왕을 안고 ᄂᆞ오리이다.”

위공이 부득이 환시로 길흘 닌도(引導)ᄒᆞ라 ᄒᆞ고, 뵥용(足容)이 완완ᄒᆞ니, 맑고 놉

2956)황문(黃門) : ‘내시(內侍)’를 달리 이르는 말.

흔 긔상이 쇼의로 됴츠 더욱 색혀나니, 뎨와 문뮈 츠 【65】 탄 ᄒᆞ더라.

뎨(帝) 또흔 파됴(罷朝)ᄒᆞ여 닉궁으로 드른지라. 졔신이 다 퇴(退)ᄒᆞ여 ᄂᆞ올 시, 화진이 뎐문(殿門) 밧긔 셧다가 공이 나오지 아니믈 보고 뭇ᄌᆞ온딕, 됴공이 답 왈,

"진왕이 불안ᄒᆞ믹 닉뎐의 가니라."

화진이 쳥왈,

"쇼장이 우리 상공을 ᄯᆞ라 뫼시고ᄌᆞ ᄒᆞ오니, 노야의 쥬션(周旋)ᄒᆞ시믈 비ᄂᆞ이다."

됴공이 친히 후문의 니르러 슈문장을 불너 화진을 벽운누로 인도ᄒᆞ라 ᄒᆞ니, 됴공이 평일 위덕(威德)이 병힝(竝行)ᄒᆞ니, 지금의 【66】 위권(威權)이 틱즁(泰重)흔지라. 감히 녁명(逆命)치 못ᄒᆞ여 문을 열고 길흘 인도흘 식, 됴장군이 승상 풍도(馮道)와 노공(魯公) 범질(范質)을 쳥ᄒᆞ여시니, 니한승·뎡은이 ᄯᆞᆯ와 니르니, 즁인이 감히 막지 못ᄒᆞ더라.

시의 위공이 뎐의 올나 왕을 ᄎᆞᄌᆞ니, 좌위 보ᄒᆞ되,

"왕이 바야흐로 부낭낭긔 안기여 긔운을 즘간 진졍ᄒᆞ시니, 져기 더 낫기를 기다려 보닉마 ᄒᆞ시더이다."

공 왈,

"만일 ᄂᆞ으미 잇신 즉 ᄂᆞᆫ 도라가ᄂᆞ니, 한계란으로 ᄒᆞ여금 왕 【67】 을 안고 ᄂᆞ오라 니르라."

쇼환(小宦)이 경황(驚惶)이 고왈(告曰),

"쳔직 친히 ᄂᆞ오시니 노애 엇지 급히 나가시리잇고?"

공이 잠간 유유(儒儒)ᄒᆞ더니, 쇼황문(小黃門)[2957] 냥인이 일호쥬(一壺酒)와 슈긔(數器) 쇼찬(素饌)을 가져와 ᄭᅮ러 드려 왈,

"일셰(日勢) 느즈니 텬직 노야의 허핍(虛乏)ᄒᆞ시믈 념녀ᄒᆞᄉᆞ 몬져 보닉시고, 됴쵸 ᄂᆞ오려 ᄒᆞᄉᆞ 쇼환(小宦)을 보닉시더이다."

공이 완이(緩而)히 눈을 드러보니, 일인은 슉졍공쥐오 일인은 셕일 취화루의셔 본 빅니 분명 부시라. 불승통완(不勝痛惋)ᄒᆞ여 졍식ᄒᆞ 【68】 니, 냥환(兩宦)이 다시 ᄭᅮ러고 왈,

"텬직 ᄉᆞ송(賜送)ᄒᆞ신 바를 엇지 경시ᄒᆞ시ᄂᆞ니잇고?"

공이 부답(不答)이러니 과연 뎨(帝) 오ᄂᆞᆫ지라.

공이 하당(下堂) 복지(卜地)ᄒᆞ니, 뎨 숀을 닛그러 올녀 왈,

"일식이 임의 느져시니 션싱이 실시(失時)흘가 미물(微物)노ᄡᅧ 보닉엿더니 그져 노화 두엇ᄂᆞ뇨?

공이 고두빅ᄉᆞ 왈,

2957)쇼황문(小黃門) : 나이 어린 환관(宦官). 황문(黃門)은 중국 후한(後漢) 시대에 금문(禁門)을 맡아보는 관리였는데 이를 내시(內侍)가 맡아보면서 환관의 칭호로 바뀌었음.

“셩은이 여ᄎᆞᄒᆞ시니 신이 황송ᄒᆞ와 열운 복이 숀(損)ᄒᆞᆯ가 ᄒᆞᄂᆞ이다.”

언미(言未)의 조빈(曺彬)2958)이 믄득 드러오고 풍·범 냥공이 뎡·니 냥공으로 더브러 드러오니, 냥환【69】이 황망(慌忙)이 난함(欄檻)의 셧더니, 영웅이 모드물 보고 다시고 왈,

“일한(日寒)이 오히려 심ᄒᆞ고 양후 노애 오신지 오릭오니, 온탕(溫湯)이 식지 아냐 ᄂᆞ오시믈 청ᄒᆞ나이다.”

공뎨(恭帝) 또 권ᄒᆞ니 공이 ᄌᆡᄇᆡ(再拜) ᄉᆞ은(謝恩)ᄒᆞ고 마시기를 다 못ᄒᆞ여, 믄득 좌셕의 것구러지니, 모다 ᄃᆡ경(大驚)ᄒᆞ여 급히 붓드러 니르혀니, 옥면(玉面)이 푸르고 아관(牙關)2959)이 긴급(緊急)ᄒᆞ여, ᄉᆡᆼ되(生道) 업ᄉᆞ니, 조빈이 급히 남은 거슬 업치니, 푸른 불이 니러나ᄂᆞᆫ지라. 뎨 또 ᄃᆡ경ᄒᆞ여 어린 듯ᄒᆞ니,【70】원ᄂᆡ(原來) ᄐᆡ비(太妃) 뎨(帝)다려 왈,

“위현의게 슈긔(數器) 미찬(美饌)을 보ᄂᆡ여 요긔(療飢)ᄒᆞ고ᄌᆞ ᄒᆞ나, 쳡이 보ᄂᆡᆫ 쥴 알면 먹지 아니리니, 상명(上命)을 청ᄒᆞ나이다.”

뎨(帝) 지이부지(知而不知)2960)ᄒᆞ여 허(許)ᄒᆞ니, 근ᄂᆡ(近來) ᄐᆡ비 연(連)ᄒᆞ여 뎨를 혼동(混同)ᄒᆞ여, 위현이 션뎨 밀지(密旨)를 바다, 진왕을 보호ᄒᆞ여 영웅을 써 뎨위를 찬탈ᄒᆞ리라 ᄒᆞ니, ᄀᆞ마니 왕을 쥭이고 위현을 셩죄(成罪)ᄒᆞ여 쥭이미 올흐니라 ᄒᆞ여시니, 금일의 진왕이 쥭은 쥴은 모르나, 엇지 그 쇠를 바히2961) 모【71】르리오.

공쥬와 옥ᄃᆡ 변복ᄒᆞ고 ᄂᆞ오믄 진실노 쥭은가 보고ᄌᆞ ᄒᆞ미요, 또 화풍셩모(華風聲貌)2962)를 반기고ᄌᆞ ᄒᆞ미라.

됴공이 음식의 불이 이러나믈 보고 급히 뎨(帝)긔 고왈,

“금일 변은 다 음식 가져온 환시(宦侍)의 작얼(作孼)이니 잡ᄋᆞ 뭇ᄌᆞ이다.”

뎨(帝) 이 ᄯᅢ 놀나고 두리믈 겸ᄒᆞ여 졔신의 닷톨 바를 ᄉᆡᆼ각ᄒᆞ니 심ᄉᆡ(心思) 삭막ᄒᆞ더니, 됴공의 쥬ᄉᆞ(奏辭)를 듯고 고ᄀᆡ 됴으니, 됴공이 냥환(兩宦)을 엄호(嚴護)ᄒᆞ라 ᄒᆞ니, ᄯᅢ의 뎐하(殿下)의 ᄉᆞ름이 업고, 화진이 홀노 누하(樓下)의【72】셔셔 누상(樓上) 경ᄉᆡᆨ(景色)을 드르ᄆᆡ, 망극ᄒᆞ고 또 ᄃᆡ로(大怒) ᄒᆞ더니, 시(時)의 공쥬와 옥ᄃᆡ 위공의 금시(今時)로셔 즉ᄉᆞ(卽死)ᄒᆞ믈 보고, 그 긔질(氣質)을 앗겨 눈물을 먹음더니, 잡으라 ᄒᆞ믈 듯고, 놀나 창황(蒼黃)이 도망ᄒᆞᄂᆞᆫ지라.

화진이 급히 잡ᄋᆞ 엄히 결박(結縛)ᄒᆞ여 ᄭᅮᆯ니고 왈,

2958)조빈(曺彬) : 후주(後周)·송초(宋初)의 무장(武將)·정치가. 송나라 때 태사(太師)를 지냈고 노국공(魯國公)에 봉해졌다. 시호(諡號)는 무혜(武惠), 제양군왕(濟陽郡王)에 추봉(追封)되었다.

2959)아관(牙關) : 입속 양쪽 구석의 윗잇몸과 아랫잇몸이 맞닿는 부분.

2960)지이부지(知而不知) : 알면서도 모른 체 함.

2961)바히 : 바이. 아주 전혀

2962)화풍셩모(華風聲貌) : 아름다운 풍채와 음성과 얼굴모습.

"신(臣)의 댱슈(將帥) 위공이 평ᄉᆡᆼ의 인의도덕(仁義道德)을 힝ᄒᆞ여 원쉬 업ᄉᆞᆸ거ᄂᆞᆯ, 셩상의 보ᄂᆡ신 음식의 독(毒)을 두어, ᄇᆡᆨ일지하(白日之下)의 ᄌᆡ상(宰相)을 죽이니, 셩상은 이 원슈를 갑하 쥬쇼서."

ᄒᆞ더라. 【73】

화산션계록 권지십구

ᄎᆞ셜 시시(時時)의 화진은 머리를 두다려 '원슈(怨讎)를 갑하지이다' ᄒᆞ고, 풍·범 냥공은 죄인 다ᄉᆞ리믈 알외니, 뎨(帝) 놀ᄂᆞ고 두려 아무리 ᄒᆞᆯ 쥴 모로ᄂᆞᆫ지라. 니·뎡 냥공(兩公)이 됴공으로 더브러 위공을 구호ᄒᆞ며 ᄒᆡ독졔(解毒劑)를 연ᄒᆞ여 쓰되, 졈졈 ᄉᆡᆼ되(生道) 업ᄂᆞᆫ지라. 옥 ᄀᆞᆺ치 희고 눈 ᄀᆞᆺ치 됴ᄒᆞᆫ 몸이 검고 푸르러 ᄎᆞ마 보지 못ᄒᆞᆯ지라.

삼인이 눈물을 ᄒᆞᆯ니더니, 화진이 머리를 계(階)의 두다려,

"무익(無益)ᄒᆞᆫ 약이 공효(功效) 업ᄉᆞ니, 원컨ᄃᆡ 신쳬(身體) 【1】를 쥬시면 거두어 도라가지이다."

ᄒᆞᆫᄃᆡ, 제공이 양후의 ᄉᆡᆼ되 업ᄉᆞ믈 보고, ᄒᆞᆯ 일 업셔, 시상(屍牀)[2963]을 드려 공을 붓드러 상(牀)의 누이고, 제공의 옷슬 버셔 덥흐며 군ᄉᆞ를 불너 뫼시라 ᄒᆞ더니, 홀연 일ᄀᆡ 건장(健壯)ᄒᆞᆫ 궁네 ᄂᆞ와 ᄉᆞ러 고ᄒᆞ되,

"ᄐᆡ비 낭낭이 위상셰 거즛 쥭은 쳬ᄒᆞ고 궁ᄂᆡ(宮內)를 쇼요(騷擾)ᄒᆞ믈 노(怒)ᄒᆞᄉᆞ 친히 보게 아사오라 ᄒᆞ시ᄂᆞ이다."

ᄒᆞ고, 언파(言罷)의 공을 거두쳐 업고 표연(飄然)[2964]이 드러가니, 제인이 ᄃᆡ경(大驚)ᄒᆞ여 급히 잡으라 ᄒᆞ나, 일셰(日勢) 임의 져므러 어【2】두온 빗치 침침(沈沈)ᄒᆞ니, 기인의 거름이 ᄲᆞᆯ나 간 바를 아지 못ᄒᆞᆯ너라.

뎨(帝) 놀납고 두려 제신(諸臣)으로 더브러 창황(蒼黃)이 누(樓)의 ᄂᆞ리니, ᄐᆡ비 임의 발을 벗고 가ᄉᆞᆷ을 두다려 울며 소ᄅᆡ치고 ᄂᆡ다라 결박(結縛)ᄒᆞᆫ 냥인을 글너 노흐니, 쥐 슘 듯 다라ᄂᆞᄂᆞᆫ지라.

화진이 ᄃᆡ호(大呼) 왈,

"황명(皇命)을 가탁(假託)ᄒᆞ고 ᄃᆡ신을 짐살(鴆殺)ᄒᆞᄂᆞᆫ 죄인을 노화 바리니 이 엇던 녀ᄌᆞ뇨?"

ᄐᆡ비 ᄃᆡ로 왈,

"위현이 요악(妖惡)ᄒᆞ여 거즛 쥭은 쳬ᄒᆞ고 인심을 현혹(眩惑)게 ᄒᆞ며, 상(上)의 불명(不明)을 ᄂᆞᆺ타ᄂᆡ려 【3】 ᄒᆞ니 엇지 쥭어시리오. 네 엇던 놈이 완ᄃᆡ, 날을 업

2963)시상(屍牀) : 입관하기 전에 시체를 얹어 놓는 긴 널.=시상판.
2964)표연(飄然) : 훌쩍 나타나거나 떠나는 모양이 거침없디

슈이 넉여 말숨이 무례ᄒᆞᆫ다? 나ᄂᆞᆫ 위틱비로소니 네 날을 엇지 ᄒᆞᆯ다?"

ᄯᅮ짓기를 분분(紛紛)이 ᄒᆞ며 ᄂᆡ궁으로 드러가니, 졔신이 뎨(帝)를 븟드러 외뎐(外殿)의 ᄂᆞ와, 국가의 한심ᄒᆞ믈 고ᄒᆞ고 다ᄉᆞ릴 닐을 의논ᄒᆞ나, 뎨 심혼이 미졍(未定)ᄒᆞ여 묵묵(默默) 무언(無言)ᄒᆞ니, 화진이 궐문 밧긔 ᄂᆞ와 머리를 부듸잇고 양후의 뎡츙ᄃᆡ졀(精忠大節)노 간인(奸人)이 궁흉극악(窮凶極惡)ᄒᆞ여 상명(上命)을 가탁(假託)ᄒᆞ여 짐독(鴆毒)으로 쥭이 【4】 고, 신톄도 쥬지 아니믈 부르지져 통곡ᄒᆞ니, 웅장ᄒᆞᆫ 쇼ᄅᆡ 뎐폐(殿陛)의 ᄉᆞ못ᄂᆞᆫ지라.

뎨(帝) 민망ᄒᆞ여 ᄂᆡ시(內侍)로 뎐어 왈,

"위공의 시신을 ᄎᆞᄌᆞ쥬리니 울기를 긋치라."

ᄒᆞ니, 화진이 비록 쇼ᄅᆡ를 ᄂᆞᆺ쵸나 흉즁(胸中)의 니검(利劍)을 ᄭᅩ자 촌장(寸腸)2965)을 ᄭᅳᆺᄂᆞᆫ 듯, 진실노 회두(回頭)2966)ᄒᆞ기 만무ᄒᆞᆯ 듯, 통박(痛迫)ᄒᆞᆫ 셜우미 흉금(胸襟)의 막히ᄂᆞᆫ지라. 부듸잇고2967) 통곡ᄒᆞ니 양후의 하리(下吏) 노복(奴僕)이 ᄒᆞᆫ가지로 호곡(號哭)ᄒᆞ고, 인친제붕(姻親諸朋)이 일시의 모다 크게 닷토와 '원슈를 갑하 【5】 지라' ᄒᆞ고, 신쳬ᄂᆞ ᄂᆡ여 쥬시믈 쳥ᄒᆞ니, 제신(諸臣)이 엄졀(嚴切)ᄒᆞᆫ 쥬ᄉᆞ(奏辭)와 모든 ᄉᆞ롬의 상쇼(上疏)를 바다, 마지 못ᄒᆞ여 ᄂᆡ시로 틱비긔 젼어(傳語)ᄒᆞ여, '위공의 신쳬를 ᄂᆡ여 쥬고, 두 ᄂᆞᆺ 쇼환(小宦)을 ᄂᆡ여 주어 국법을 졍히 ᄒᆞ쇼셔.' ᄒᆞ니, 틱비 ᄃᆡ로 왈,

'냥환(兩宦)은 도망ᄒᆞ여시니 ᄒᆞᆯ일 업고, 위현의 쥭엄은 모로노라' 발악ᄒᆞ니, 진실노 드려온 닐 업ᄂᆞᆫ지라. 어ᄃᆡ가 어드리오.

환시(宦侍)2968) 이ᄃᆡ로 보ᄒᆞ더니, 믄득 틱감(太監) 녕슈 쇼환(小宦) 십여인과 궁녀 십여인 【6】 을 거ᄂᆞ려 뎐하의 업ᄃᆡ여 슬피 울고 왈,

"신 등이 션뎨 유교를 밧ᄌᆞ와 진왕 뎐하를 보호ᄒᆞ오니, 작일의 ᄂᆡ궁낭낭 명으로 부르시ᄂᆞᆫ 고로, 한계란이 왕을 뫼시고 드러오ᄆᆡ, 신 등은 뎐문 밧긔셔 ᄃᆡ후(待候)ᄒᆞ와 ᄂᆞ오시기를 기다리옵더니, 밤이 진(盡)ᄒᆞ오ᄆᆡ 마춤ᄂᆡ 동졍이 업ᄉᆞ오니, 궁으로 드러가 알외온즉, 부낭낭은 바히 모로시ᄂᆞᆫ지라. 다시 듯보오니 양노궁으로 가시다 ᄒᆞ오ᄃᆡ, 태비 낭낭 셩뇌(盛怒) 진발(震發)2969)ᄒᆞᄉᆞ 작일 【7】 한계란이 도로

2965)촌장(寸腸) : 마디마디의 창자.

2966)회두(回頭) : '머리를 돌이키다.'는 뜻으로, 여기서는 '머리를 돌이켜 일어나다.' '회생(回生)하다'의 의미로 쓰였다.

2967)부듸잇다 : 부딪다. 부딪치다. *부딪다: 무엇과 무엇이 힘 있게 마주 닿거나 마주 대다. 또는 닿거나 대게 하다. *부딪치다: '부딪다'를 강조하여 이르는 말.

2968)환시(宦侍) : 환관(宦官). 조선 시대에, 내시부에 속하여 임금의 시중을 들거나 숙직 따위의 일을 맡아보던 남자. 모두 거세된 사람이었다. =내시(內侍)

2969)진발(震發) : 몹시 크게 발동함.

안고 ᄂᆞ갓다 ᄒᆞ시니, ᄂᆞ온 닐 업ᄉᆞ오니 황상은 슬피쇼셔."

ᄒᆞ니, 원ᄂᆡ ᄐᆡ감이 환시 궁ᄋᆞ(宮兒)로 더브러 왕을 뫼셔 니르러 ᄂᆡ시 ᄂᆞ와, 여러 궁녀ᄂᆞᆫ 물니치고 다만 한계란 일인으로 왕을 안고 들나 ᄒᆞᄂᆞᆫ 고로, 뎐문 밧긔 ᄃᆡ후ᄒᆞ엿더니, 믄득 날이 져물고 위공의 신체를 일타ᄒᆞᄂᆞᆫ지라. 창황망극ᄒᆞ여 궁녀 등을 드려 보ᄂᆡ여 아라오라 ᄒᆞ니, 상궁 쇼난혜ᄂᆞᆫ 영오민쳡(穎悟敏捷)ᄒᆞᆫ지라. 한상궁 밀계(密計)를 맛【8】타 ᄌᆞ최를 ᄀᆞ마니 ᄒᆞ여, 부귀비 침궁 명광뎐의 드러가 고두 뉴체ᄒᆞ며, 왕이 짐독을 먹어 신체 됴ᄎᆞ 일허심과, 위공을 상명(上命)으로 ᄉᆞ쥬(賜酒)ᄒᆞ신다 ᄒᆞ고 짐살ᄒᆞ여 쥭엄을 아ᄉᆞ 쥬지 아니믈 고ᄒᆞ고, 왕을 불너 독을 먹이미 다 부낭낭 명이라 ᄒᆞ믈 고ᄒᆞ여 오열 쳬읍ᄒᆞ니, 부귀비ᄂᆞᆫ 텬셩이 거오(倨傲) 긔승(氣勝)ᄒᆞᆯ지언졍 그리 지악(至惡)ᄒᆞᆫ 뉘 아니라.

놀ᄂᆞ 왈,

"ᄂᆡ 쳔붕지통(天崩之痛)을 맛나 셰렴(世念)이 업셔 외ᄉᆞ(外事)를 모로더니, 엇지 【9】이런 참혹ᄒᆞᆫ 악명(惡名)이 ᄂᆡ게 올 쥴 알니오."

난혜 고두 왈,

"낭낭이 ᄇᆞ야흐로 망극ᄒᆞ시ᄂᆞᆫ 즁의 져무리 낭낭을 가탁(假託)ᄒᆞ오니 비직 망극ᄒᆞᆫ 즁 불승분한(不勝憤恨)ᄒᆞ여이다."

슈어(數語)[2970]로 ᄐᆡ비(太妃)와 공쥬(公主) 상을 유ᄋᆞ(乳兒) 보듯 ᄒᆞ고, 귀비(貴妃)를 언침(言侵)[2971]ᄒᆞ믈 고ᄒᆞ니, 귀비 ᄃᆡ로 왈,

"여ᄎᆞ 즉 황상과 ᄂᆞ의 부덕이 만됴(滿朝)의 ᄒᆡ연(駭然)ᄒᆞ리로다. 이 분(憤)을 엇지 풀고?

난혜 ᄃᆡ왈,

"ᄐᆡ비 지위 놉흐믈 ᄌᆞ긍(自矜)ᄒᆞ고, 낭낭과 황애(皇爺)를 업누르니 아직 결우【10】기 어려온지라. 미구(未久)의 ᄐᆡ낭낭(太娘娘) 존위(尊位)를 바드신 후 처치(處置)ᄒᆞ쇼셔"

귀비 졈두(點頭)ᄒᆞ고 그 말이 영니ᄒᆞ믈 ᄉᆞ랑ᄒᆞ더라.

난혜 ᄂᆞ와 ᄐᆡ감 다려 왈,

"쳡이 궁즁의 슈어 뎐하 원슈를 갑고ᄌᆞ ᄒᆞᄂᆞ니 ᄐᆡ감은 밧긔ᄂᆞ가 상긔 쥬달ᄒᆞ여 우리 뎐하 신체나 ᄎᆞᆺ게 ᄒᆞ쇼셔."

ᄒᆞ고 다시 귀비긔 고왈,

"몸이 의탁ᄒᆞᆯ ᄃᆡ 업ᄉᆞ니 낭낭 좌하(座下)의 잇셔 여년(餘年)을 맛ᄎᆞ지이다."

귀비 허(許)ᄒᆞ고 그 ᄇᆞᆰ은 소견을 됴더라.

2970)슈어(數語) : 두어 마디의 말.

2971)언침(言侵) : 말로써 누군가에게 해를 끼치거나, 해로운 말을 함.

틱감 삼인과 【11】 궁ᄋᆞ 소환 등이 뎨(帝)긔 슬피 고ᄒᆞ고[여], '왕의 독(毒)을 먹어심과 한상궁을 연지의 너허 잠으고2972), 왕의 시신도 간 곳이 업ᄉᆞ믈'○○○[쥬ᄒᆞ고], "ᄀᆞᆨ골통원(刻骨痛冤)ᄒᆞ여 쥭고ᄌᆞ ᄒᆞᄂᆞ이다." ᄒᆞ니, 뎨 쳘야토록 졔신의 간졍을 듯고 ᄯᅩ 이 말을 드르니, 참혹ᄒᆞ고 난쳐ᄒᆞ여, 다만 니르ᄃᆡ,

"짐이 ᄂᆡ던의 드러가 궁녀를 져쥬어 간졍(奸情)을 ᄎᆞᄌᆞ 왕과 위공의 시신을 어드리라."

ᄒᆞ고, 파됴(罷朝)ᄒᆞ니 만되 분앙(憤怏) 탄식(歎息)ᄒᆞ더라.

뎨(帝) 그 모비(母妃)를 보니 귀비 노분(怒忿)이 가 【12】 득ᄒᆞ여 틱비 모녀의 궁흉(窮凶)2973)ᄒᆞ믈 니르니, 뎨 근심ᄒᆞ고 울울불낙ᄒᆞ더라.

명일 졔신이 상쇼ᄒᆞ고, 'ᄃᆡ신이 말ᄉᆞᆷ을 올녀지라' ᄒᆞ니, 뎨(帝) ᄂᆡ시로 젼어 왈,

"짐이 텬상(天喪) 이후로 망극ᄒᆞᆫ 심ᄉᆡ 타렴(他念)이 업셔, 침식을 젼폐ᄒᆞ고 긔력이 쇼진(消盡)ᄒᆞᆫ지라. 경 등은 아모 말도 말나. 듯기 괴롭다."

ᄒᆞ니, 모다 물너ᄂᆞ 탄식ᄒᆞ더라.

ᄎᆞ셜 됴공이 궐문을 나 바로 빅운동의 니르니, 왕의 연연(軟軟)2974)ᄒᆞᆫ 장위(腸胃) 임의 녹앗고ᄌᆞ ᄒᆞᄂᆞᆫ지라. 신양 【13】 이 약환을 ᄀᆞ져 장뉴슈(長流水)의 화ᄒᆞ여 연ᄒᆞ여 흘니오니, 이윽고 푸른 빗치 졈졈 두루혀 ᄉᆡᆼ긔 잇더니, 희미ᄒᆞᆫ 슘쇼ᄅᆡ 들니ᄂᆞᆫ지라. 긔ᄒᆡᆼ(奇幸)ᄒᆞ미 극ᄒᆞ니 회양(回陽)ᄒᆞ믈 깃거ᄒᆞᆯ 분 아니라, 양후의 회슈(回壽)2975)ᄒᆞ미 당당ᄒᆞ믈 깃거, ᄀᆞ마니 앙텬(仰天) ᄉᆞ례ᄒᆞ고 됴공긔 고왈,

"쇼장은 상공을 뫼시라 가오니, 왕을 보호ᄒᆞ시믈 바라ᄂᆞ이다."

ᄒᆞ고, 몸을 쇼쇼와 궁즁의 니르니 낙일(落日)이 셔잠(西岑)2976)의 걸녓더라.

궁즁심쳐(宮中深處)의 가 웃옷슬 버셔 속 【14】 의 닙고, 궁비의 옷슬 것ᄎᆞ로 닙고 머리를 ᄡᅱ오고 허리를 묵글ᄉᆡ, 심즁의 틱비 모녀를 뎔치(切齒)ᄒᆞ여 원슈 갑기를 ᄉᆡᆼ각더라.

거름을 ᄲᆞᆯ니ᄒᆞ여 벽운누의 니르러 양후를 거두쳐 업고 틱비를 가탁(假託)ᄒᆞ여 ᄂᆡ궁으로 됴ᄎᆞ 몸을 쇼쇼와 도라올ᄉᆡ, 양휘 쥭으미 오ᄅᆡ니 ᄡᅥ 어길가 망극황황(罔極惶惶)ᄒᆞ여 급히 약을 너흐니, 어시의 됴공이 진왕을 구호ᄒᆞ미 졈졈 회ᄉᆡᆼᄒᆞ믈 보고 긔이히 녁이ᄃᆡ, 왕이 ᄂᆞ히 어리고 【15】 장위 연ᄒᆞᆫ 고로 슈히 회슈(回壽)치 못ᄒᆞ여 눈을 ᄀᆞᆷ고 지각(知覺)이 업ᄉᆞ니, 잔잉ᄒᆞ믈2977) 니긔지 못ᄒᆞ더니, 공은 약

2972)잠으다 : 담그다. 물속에 물체를 넣거나 가라앉게 하다.
2973)궁흉(窮凶)ᄒᆞ다 : 몹시 흉악하다.
2974)연연(軟軟) : 마음이 여리거나 힘이 약하다.=무르다.
2975)회슈(回壽) : 수명(壽命)을 회복함. 장수를 누리게 됨.
2976)셔잠(西岑) : 서쪽 산의 봉우리.
2977)잔잉ᄒᆞ다 ; 자닝하다. 애처롭고 불쌍하여 차마 보기 어렵다.

을 다 쓰ᄆᆡ 완연(完然) 회슈(回壽)ᄒᆞ여 눈을 쾌히 쓰니 모다 ᄃᆡ열ᄒᆞ고, 신양의 즐거오믄 어ᄃᆡ 비ᄒᆞ리오. 깃부미 극ᄒᆞᄆᆡ 슬푸미 발(發)ᄒᆞ니 아ᄌᆞ의2978) 살기롤 죄오ᄆᆡ 간장이 타되 눈물이 ᄂᆞ지 아니터니, 이ᄊᆡ롤 당ᄒᆞ여 숀을 붓들고 긔운을 뭇ᄌᆞ올ᄉᆡ, 오열(嗚咽)ᄒᆞ여 말ᄉᆞᆷ을 일우지 못ᄒᆞ니, 공이 이윽이 보다가 탄식 왈, 【16】

"ᄃᆡ장뷔 닙어셰(立於世)ᄒᆞᄆᆡ 광명졍ᄃᆡ(光明正大)ᄒᆞ리니 ᄂᆞ의 명도의 구ᄎᆞᄒᆞ미 통ᄒᆡ(痛㥏)2979)ᄒᆞ도다. 그ᄃᆡ 금일의 날을 위ᄒᆞ여 심녁이 쵸갈(焦渴)ᄒᆞ고 의형(儀形)이 환탈(換奪)ᄒᆞ엿도다. 밧비 복식을 ᄀᆞ라 괴이ᄒᆞᆫ 의복을 곳치라."

신양이 비로쇼 옷ᄉᆞᆯ 벗고 쒸온 머리롤 푸러 운고(雲고)2980)롤 ᄶᆞ고 두건을 쓰더라.

됴공의 형뎨 양후의 회운(回運)ᄒᆞ믈 보고 깃부고 긔이ᄒᆞ믈 니긔지 못ᄒᆞ여 숀을 잡고 머리롤 집허 무궁ᄒᆞᆫ 복녹을 하례ᄒᆞ니, 공이 【17】 탄왈

"쇼뎨 시운이 건둔(蹇屯)ᄒᆞ여2981) 음녀(淫女)의 슈즁(手中)의 목숨을 맛ᄎᆞ니, 학발쌍친(鶴髮雙親)긔 블효비경(不孝非輕)ᄒᆞ거ᄂᆞᆯ, 졔형의 구ᄒᆞ시믈 닙어 다시 회ᄉᆡᆼ(回生)ᄒᆞ니 감ᄉᆞᄒᆞ믈 엇지 다 형용ᄒᆞ리오. 즉금은 신긔 무방토소이다"

인(因)ᄒᆞ여 번신(翻身)ᄒᆞ여 니러 안ᄌᆞ니, 됴공이 환연(歡然) ᄃᆡ열(大悅)ᄒᆞ여 좌우로 보미2982)와 삼다(蔘茶)롤 ᄀᆞ져와 양후와 진왕을 먹이니, 왕이 비로쇼 눈을 드러 양후롤 보고 신긔 날연(苶然)ᄒᆞ여2983) 능히 움죽이지 못ᄒᆞᄂᆞᆫ지 【18】 라.

어루만져 잔잉ᄒᆞ믈 니긔지 못ᄒᆞ더니, 믄득 화진의 와시믈 고ᄒᆞ니, 화진이 궐문 밧긔셔 통도비읍(痛悼悲泣)ᄒᆞ다가, 밤이 깁흔 후 월셩(越城)ᄒᆞ여 비록 니부인 신긔(神技)롤 미드나 작셕(昨夕) 양후의 경상이 간담이 바아지니, 신약(神藥)의 공회(功效) 분명ᄒᆞᆯ 쥴 밋지 못ᄒᆞ니, 만일 회슈(回壽)치 못ᄒᆞ면, 신양으로 더브러 ᄌᆞ결ᄒᆞ여 구원(九原)의 뫼시믈 언약ᄒᆞ여시니, 간격(間隔)2984)이 타고 장위(腸胃) 긋쳐질 듯ᄒᆞ여 거름이 황망ᄒᆞ여 니르러ᄂᆞᆫ, 【19】 인ᄒᆞ여 문을 열ᄆᆡ 쌜니 양후롤 바라보니 완연이 안잣ᄂᆞᆫ지라.

깃브미 극ᄒᆞ니 우름을 ᄌᆞᄋᆞ닐지라. 급히 ᄂᆞᄋᆞ가 업ᄃᆡ여 발을 붓들고 ᄂᆞᆺ출 우러러 반갑기 형상치 못ᄒᆞ여 ᄒᆞᄂᆞᆫ지라.

2978)아ᄌᆞ의 : 「부사」 아까. 조금 전에. *아ᄌᆞ: 「명사」 아까. 조금전.

2979)통ᄒᆡ(痛㥏) : 몹시 분통하고 마음이 편치 않음.

2980)운고(雲고) : 구름처럼 감아 넘긴 '고'. *고: 상투를 틀 때 머리털을 고리처럼 되도록 감아 넘긴 것. ≒상투.

2981)건둔(蹇屯)ᄒᆞ다 : 운수가 꽉 막혀 있다.

2982)보미 : 입쌀이나 좁쌀에 물을 충분히 붓고 푹 끓여 체에 걸러 낸 걸쭉한 음식. 흔히 환자나 어린아이들이 먹는다.=미음.

2983)날연(苶然)ᄒᆞ다 : 피곤하여 기운이 없다. ≒나른하다.

2984)간격(肝膈) : 간(肝)과 흉격(胸膈)을 함께 이르는 말로 마음속을 뜻한다.

위공이 탄식고 됴공이 감동ᄒᆞ더라. 위공이 됴공ᄃᆞ려 왈,

"나의 두 벗이 작일노붓터 지금의 니르히 식음을 폐하여시니, 형이 맛당이 아ᄌᆞ미 다려 닐너 긔갈을 구케ᄒᆞ라."

됴싱이 응낙고 드러가더니, 【20】 시ᄋᆡ(侍兒) 쥬찬(酒饌)과 식상(式床)을 ᄂᆞ올ᄉᆡ, 금반옥긔(金盤玉器)의 찬물(饌物)이 극히 풍셩ᄒᆞ더라.

공이 신·화 이인을 권ᄒᆞ여 먹이니, 이인이 감격ᄒᆞ여 눈물을 흘니고 먹기를 파ᄒᆞᄆᆡ, 고왈,

"이 곳이 비록 유벽(幽僻)ᄒᆞ오나 오ᄅᆡ 뉴(留)ᄒᆞ실 ᄯᆞ히 아니오니, 하마 계명(雞鳴)이 되어시니 ᄒᆡᆼᄒᆞ실지니이다."

공이 졈두ᄒᆞ니, 이인이 임의 ᄀᆞᆺ촌 ᄇᆡ라. 슐위를 닛그러 니를 ᄉᆡ,

장(帳) 두른 교ᄌᆞ를 시러시니, 안흐로 병장(屛帳)을 겹겹이 둘넛더라. 양휘 됴공 형 【21】 뎨로 니별ᄒᆞ고, 연연(戀戀)ᄒᆞ여 슈이 ᄉᆞ(辭)치 못ᄒᆞᄂᆞᆫ지라 됴공이 손을 잡고 쳔만 보즁ᄒᆞ믈 니르니 양휘 ᄇᆡ왈,

"쇼뎨 뫼히 도라가오나 엇지 됸형(尊兄)의 덕음(德蔭)을 니ᄌᆞ리잇가? 만일 음픽(淫悖)한 무리를 버힌 즉 다시 ᄂᆞ오미 어렵지 아니ᄒᆞ나, 쇼뎨 팔쳑 댱부로 음녀(淫女)를 두려 머리를 움치고 슘으니, 통완(痛惋)ᄒᆞ고 참괴(慙愧)치 아니리오."

됴공이 역탄(亦嘆) 왈,

"이 다 쳔명이니 엇지 ᄒᆞᆫ ᄀᆞᆺ 음녀의 작ᄒᆡ(作害) ᄯᆞ름이리오 신양과 화진이 다 의건을 버 【22】 셔 바리고 창두(蒼頭)의 모양으로 가니, ᄂᆡ심의 불안ᄒᆞᆫ지라. 됴형의 가인(家人)을 어더 슐위를 몰미 됴토다."

냥인이 앙면(仰面) 쇼왈(笑曰),

"ᄃᆡ인이 당당ᄒᆞᆫ 텬승지위(千乘之位)[2985]로 위명(威名)이 화이(華夷)의 진동ᄒᆞ시거ᄂᆞᆯ, 믄득 손위(遜位)[2986]ᄒᆞᄉᆞ 부인 ᄒᆡᆼ거(行車)를 타시니, 쇼싱 등의 이 복ᄉᆡᆨ이 무어시 욕되리잇고?"

공이 탄식고 거륜(車輪)의 오르니, 됴싱이 진왕을 안ᄋᆞ 거즁(車中)의 너허 보ᄂᆡ더라. 이인(二人)이 장(帳)을 지우고[2987] 호송(護送)ᄒᆞ여 가ᄂᆞᆫ지라.

됴공이 활연(豁然) 장탄(長歎) 왈,

"위ᄌᆞ 【23】 현이 ᄉᆞ롬 되오미 빙쳥옥질(氷淸玉質)[2988] ᄀᆞᆺ고, 강ᄀᆡ(慷慨) 격녈

2985)쳔승지위(千乘之位) : 천승(千乘)은 '천 대의 병거(兵車)'라는 뜻으로, 천 대의 병거를 운용할 수 있는 나라, 곧 '천승지국(千乘之國)'의 제후를 이르는 말.

2986)손위(遜位) : 임금의 자리를 내어놓음.

2987)지우다 : 천으로 된 물건을 아래로 늘어뜨려 가리다.

2988)빙청옥질(氷淸玉質) : 얼음같이 맑고 옥같이 깨끗한 자질(資質)을 비유적으로 이르는 말. =빙청옥결(氷淸玉潔).

(激烈)ᄒᆞ거ᄂᆞᆯ, 됸젼ᄋᆡᄉᆞ(存典愛士)2989)ᄒᆞᄂᆞᆫ 셩심(誠心)과 지인지감(知人之鑑)이 ᄉᆞᄅᆞᆷ의 밋출 ᄇᆡ 아니오, 신·화 냥인의 지극ᄒᆞᆫ 졍셩이 일월을 �센고, 신통ᄒᆞᆫ ᄌᆡ되 됴화ᄅᆞᆯ 아ᄉᆞ니 텬지간(天地間)의 다시 업ᄉᆞᆯ지라. 뉘 능히 당ᄒᆞ리오. ᄒᆞ믈며 부인의 계ᄎᆡᆨ이 쳔니 밧긔 댱부의 급화(急禍)랄 면케ᄒᆞ니, 이러틋 신이(神異)ᄒᆞ고 님군의 골육(骨肉)을 보호ᄒᆞ여 츙졀(忠節)이 늠연(凜然)ᄒᆞ니, ᄂᆡ 이리 올 제 여ᄎᆞ여ᄎᆞ 도젹을 맛날 줄 【24】 아라, 져 냥인이 구ᄒᆞ게 ᄒᆞ니, 그 부뷔 진실로 상득(相得)ᄒᆞ도다."

ᄒᆞ더라.

화셜. 무양후 위공의 위인이 효뎨츙신(孝弟忠信)2990)ᄒᆞ며 강ᄀᆡ졍직(慷慨正直)ᄒᆞ고 상통뎐문(上通天文)2991)ᄒᆞ며 하찰지리(下察地理)2992)ᄒᆞ니, 엇지 용용(庸庸)히2993) 음녀(淫女)의 독슈(毒手)ᄅᆞᆯ[의] 맛ᄎᆞ2994)리오마ᄂᆞᆫ, 능히 텬의(天意)ᄅᆞᆯ 인력으로 두루혀지 못ᄒᆞ고, 군상(君上)의 지우(知遇)ᄅᆞᆯ 감격ᄒᆞ여 그 일고(一孤)2995)ᄅᆞᆯ 보젼ᄒᆞ여 쳔금지구(千金之軀)2996)ᄅᆞᆯ 홍모(鴻毛)2997)의 비겨시니2998), 먼니 부인의 신긔(神技)ᄅᆞᆯ 힘닙고, 갓ᄀᆞ이 됴화(造化)2999)의 졍긔(精氣)ᄅᆞᆯ 말ᄆᆡ암ᄋᆞ 【25】 망나(網羅)ᄅᆞᆯ 버셔나니, 슈위박회3000) 밧비 구을ᄆᆡ 임의 슈ᄇᆡ니ᄅᆞᆯ 왓ᄂᆞᆫ지라.

됴부인이 슈일 젼의 와 병을 탁(託)ᄒᆞ여 졈(店)의 뉴ᄒᆞ여 양후ᄅᆞᆯ 기다릴ᄉᆡ, 쵸황ᄒᆞᆫ 시름은 아미(蛾眉)ᄅᆞᆯ 두루고, 간졀ᄒᆞᆫ 념녀ᄂᆞᆫ 옥장을 녹이ᄂᆞᆫ지라. 침식(寢息)을 구폐(俱廢)ᄒᆞ고 강쇼ᄋᆞ 상운낭으로 더브러 쵸됴우황(焦燥憂惶)ᄒᆞ여 잠ᄌᆞ고 밥먹을 의식 업고, 둉일 쳘야의 쳥뉘(淸淚) 마ᄅᆞᆯ ᄉᆞ이 업셔, 합슈츅원(合手祝願)ᄒᆞ고, 고두ᄇᆡᆨᄇᆡ(叩頭百拜)ᄒᆞ여 왕의 명(命)을 빌고, 남(南)을 향ᄒᆞ여 거지(擧止) 실됴(失調)ᄒᆞ니, 【26】 부인과 모든 시ᄋᆡ(侍兒) 더옥 감동ᄒᆞ여 일ᄒᆡᆼ이 냥삼일(兩三

2989)됸젼ᄋᆡᄉᆞ(存典愛士) : '신비사랑'을 처세의 법으로 삼음.
2990)효뎨츙신(孝弟忠信) : 어버이에 대한 효도, 형제끼리의 우애, 임금에 대한 충성과 벗 사이의 믿음을 통틀어 이르는 말.
2991)상통쳔문(上通天文) : 천문(天文)에 대하여 잘 앎.
2992)하찰지리(下察地理) : 지리(地理)를 잘 살펴 앎.
2993)용용(庸庸)히 : 평범하게. 보통사람들처럼. =범범(凡凡)히
2994)맛ᄎᆞ다 : 마치다. 끝맺다.
2995)일고(一孤) ; 한 고아(孤兒).
2996)쳔금지구(千金之軀) : 천금같이 귀중한 몸.
2997)홍모(鴻毛) : 기러기의 털이라는 뜻으로, 매우 가벼운 사물을 이르는 말.
2998)비기다 : 서로 견주어 보다. 또는 어떤 사물을 다른 사물에 빗대다.
2999)됴화(造化) : 만물을 창조하고 기르는 대자연의 이치. 또는 그런 이치에 따라 만들어진 우주 만물
3000)슈위박회 : 수레바퀴. 수레 밑에 댄 바퀴.

日)을 눈물노 보ᄂᆡ고, 금일의 밋쳐ᄂᆞᆫ 냥네(兩弟) 남긔 올나 길흘 바라더니, 셕양의 방쵸(芳草) ᄉᆞ이로셔 구으ᄂᆞᆫ 슐위 은은ᄒᆞ고, 두ᄂᆞᆺ 창뒤(蒼頭) 됴ᄎᆞ시니 교ᄌᆞ(轎子)의 흰 장(帳)을 둘너 셔로 알게ᄒᆞ엿ᄂᆞᆫ지라.

경희(慶喜)ᄒᆞ고 황망(慌忙)ᄒᆞ여 급히 나려와 부인긔 고ᄒᆞ니, 부인이 밧비 노ᄌᆞ를 보ᄂᆡ여 마ᄌᆞ라 ᄒᆞ고, 일변 보드라온 미쥭(米粥)과 보원(補元)3001)ᄒᆞᆯ 다탕(茶湯)을 ᄃᆡ후(待候)ᄒᆞ더니, 거륜(車輪)이 졈의 니르러 바로 ᄂᆡ문(內門)을 들ᄆᆡ, 【27】 장을 두루고 문을 다든 후, 교ᄌᆞ를 헤치니 상운낭이 급히 졋슬 만지며 나아들ᄉᆡ, 경ᄀᆡᆨ(頃刻)의 녕원(鴒原)3002)이 ᄯᅱ노ᄂᆞᆫ지라.

공이 왕을 안ᄋᆞ 쥬니, 바다 안을ᄉᆡ 눈물이 압흘 ᄀᆞ리오니, ᄎᆞ시 진왕이 동일토록 유즙(乳汁)을 먹지 못ᄒᆞ고 셜니 달녀오니, 눈을 감고 호흡이 평상치 못ᄒᆞᆫ지라.

운낭이 졋슬 다히며 불너 쉬여 먹일ᄉᆡ, 탄셩뉴쳬(歎聲流涕)ᄒᆞ더라.

양휘 당의 올나 ᄆᆡ져(妹姐)긔 네ᄒᆞᆫᄃᆡ, 부인이 밧비 붓드러 방즁의 드러가 신긔(身氣)를 ᄉᆞᆯ피니, 【28】 일월 ᄀᆞᆺᄒᆞᆫ 광ᄎᆡ 감(減)ᄒᆞ미 업고, 관옥(冠玉)3003) ᄀᆞᆺᄒᆞᆫ 용뫼 평일과 ᄀᆞᆺᄒᆞᆫ지라.

영ᄒᆡᆼᄒᆞ고 반가오미 넘져 옥뉘(玉淚) 연ᄒᆞ여 쌍협(雙頰)이 구으ᄂᆞᆫ지라. 양휘 탄식고 위로ᄒᆞ여 남ᄋᆞ(男兒)의 지ᄀᆡ(志概) 곤곤(困困)ᄒᆞ고 장부의 긔상(氣像)이 구구(區區)ᄒᆞ믈 면치 못ᄒᆞ나, 막비명(莫非命)3004)이라. 한(恨)ᄒᆞ여 무숨ᄒᆞ리오.

인ᄒᆞ여 신·화 이인(二人)의게 쥬찬을 보ᄂᆡ고, 또ᄒᆞᆫ ᄎᆞ를 마셔 ᄒᆡ갈(解渴)ᄒᆞ더라.

부인이 왕을 보니 이윽이 졋슬 먹은 후 비로쇼 눈을 ᄯᅳ고, 숀으로 부인의 ᄂᆞᆺ출 만져 낭낭이 일【29】 오ᄃᆡ,

“슉뫼 언제 와계시며 유뫼 날을 바리고 도망ᄒᆞ엿더니, 엇지 도로 왓ᄂᆞ니잇고?”

부인이 쳥뉘(淸淚) 삼삼(滲滲)ᄒᆞ여 졉면(接面) 교ᄋᆡ(嬌愛) 왈,

“닛지 못ᄒᆞ여 슈이 왓ᄂᆞ이다”

간간(懇懇)ᄒᆞᆫ ᄉᆞ랑과 긔ᄒᆡᆼ(奇行)ᄒᆞᆫ 심ᄉᆞ를 능히 졍(定)치 못ᄒᆞ더라. ᄎᆞ야(此夜)를 평안이 헐슉(歇宿)ᄒᆞ고, 능신(凌晨)3005)의 니발(離發)ᄒᆞᆯᄉᆡ, 상운낭이 왕을 안

3001)보원(補元) : 약을 먹어서 허약한 원기를 돕는 일.=보기(補氣)

3002)녕원(鴒原) : 척령재원(鶺鴒在原)의 준말, '할미새들이 뛰노는 벌판'이라는 말로, '우애 있는 형제'를 뜻하는 말이다. 『시경』 〈소아(小雅)〉 '상체(常棣)'편의 "저 할미새들 벌판에서 뛰노니, 급할 때는 형제들이 서로 돕는구나. 좋은 벗은 항상 같이 있다고 해도, 그저 길게 탄식만을 늘어놓을 뿐이라네. [鶺鴒在原 兄弟急難 每有良朋 況也永歎] "라는 말에서 유래한 것이다. *여기서는 '형제를 떠나 홀로된 할미새' 정도의 의미이다.

3003)관옥(冠玉) : 관의 앞을 꾸미는 옥.

3004)막비명(莫非命) : 모든 것이 다 운명에 달려 있음.

고 교주 타 힝ᄒᆞ고, 양휘 다시 쇼거(素車)를 타 힝ᄒᆞ여 무ᄉᆞ이 화산의 밋ᄎᆞ니, 신·화 냥인이 비로쇼 의관을 ᄀᆞ쵸고, 안마(鞍馬)를 출혀 양후의 슈위를 【30】 뫼셔 힝ᄒᆞ니, 길히 연ᄒᆞ여 창두의 복식으로 슈위를 미니, 공이 불안ᄒᆞ여 의복갈기를 권ᄒᆞᄆᆡ, 홀연 참연(慘然) ᄃᆡ왈,

“상공 귀체로 하마 보젼치 못ᄒᆞ실 번ᄒᆞ니, 쇼ᄉᆡᆼ이 그ᄯᅢ ᄃᆡ인을 보호코ᄌᆞ 죽지 못ᄒᆞ여시나 통박(痛迫)ᄒᆞ미 골슈(骨髓)의 박혀ᄉᆞ오니 엇지 닛브믈 니르리잇고?”

ᄒᆞ고, 밤을 당ᄒᆞᆫ즉 좌우의 뫼셔 호흡을 술피고 음식을 맛보니, 공이 크게 감동ᄒᆞ더라.

ᄎᆞ셜(且說), 화산 위부으셔 상셔를 경ᄉᆞ로 보ᄂᆡ 【31】 ᄆᆡ 일가(一家)의 창연(愴然)ᄒᆞ미 젼일(前日)의 ᄇᆡ(倍)ᄒᆞ니, 공의 부뷔 쵸젼(焦煎)ᄒᆞ여 ᄌᆞ연 슈미(愁眉)를 펴지 못ᄒᆞ니, 셔암 곤계와 다ᄉᆞᆺ 부인이 쥬야 일시도 니측(離側)지 아니ᄒᆞ고, 쌍쌍ᄒᆞᆫ 숀ᄋᆡ(孫兒) 학낭(謔浪)[3006] 아희(兒戱)[3007]로 우음을 요구ᄒᆞ니, ᄀᆡᄀᆡ히 옥슈경지(玉樹瓊枝)[3008]라.

닌창 등 삼ᄋᆡ 임의 십여 삭이라. 지각이 뇨연(瞭然)ᄒᆞ고 영긔(英氣) 특츌ᄒᆞ여 부공의 풍치와 모비의 념티(艶態)를 습ᄒᆞ여시니[3009], 공이 각각 어루만져 ᄋᆡ지즁지(愛之重之)ᄒᆞ여 슬상(膝上)의 교무(交撫)ᄒᆞ며 우어 왈,

“졔ᄋᆞᄂᆞᆫ 졔 ᄋᆞ비 이 【32】 의 잇거니와 현ᄋᆡ 부득이 슬하를 ᄯᅥ나ᄆᆡ ᄂᆡ 심ᄉᆡ ᄌᆞ못 결연ᄒᆞ니, 졔 아비 ᄃᆡ신 ᄎᆞᄋᆞ 등을 최ᄋᆡ(最愛)ᄒᆞᄂᆞᆫ지라. 졔숀은 노됴(老祖)[3010]의 편벽되믈 웃지 말나.”

완창 슌창 등이 쥰슌(遵順)[3011]ᄒᆞ여 웃더라.

월여(月餘)의 두후의 부음이 니르니 공과 부인이 크게 통곡 왈,

“부모 업ᄉᆞᆫ 질ᄋᆞ를 무양(撫養)ᄒᆞ여 각각 먼니 보ᄂᆡ엿더니, 쳥츈이 져무지 아냐 늣거이[3012] 도라가니 참통(慘痛)ᄒᆞ믈 참으랴.”

그 유고(遺孤)를 양후 남ᄇᆡ를 맛쳣다ᄒᆞ믈 듯고, 더옥 【33】 참연ᄒᆞ고 일변 불안ᄒᆞ더니, 명년 츈의 뎨 붕ᄒᆞ시믈 듯고 공이 앗기고 슬허 국ᄀᆞ(國家) 기지 못ᄒᆞ믈 탄식ᄒᆞ나, 양휘 진왕을 거ᄂᆞ려 됴부인과 오믈 고ᄒᆞ여시니, 반갑고 깃브믈 니긔지

3005)능신(凌晨) : 새벽.
3006)학낭(謔浪) : 실없는 말로 희롱하고 익살을 부림.
3007)아희(兒戱) : 아이들이 즐겁게 놀며 장난함. 또는 그런 행위.
3008)옥슈경지(玉樹瓊枝) : 옥처럼 아름다운 나뭇가지라는 뜻으로, 번성하는 집안의 귀한 자손들을 이르는 말. ≒경지옥엽(瓊枝玉葉).
3009)습ᄒᆞ다 : 닮다. 사람 또는 사물이 서로 비슷한 생김새나 성질을 지니다.
3010)노됴(老祖) : 늙은 할아버지.
3011)쥰슌(遵順) : 순순히 따름.
3012)늣겁다 : 느껍다. 어떤 느낌이 마음에 북받쳐서 서럽다.

못ᄒᆞ더니, 긔약(期約[3013]))의 오ᄂᆞᆫ 일이 업고, 근간의 공과 부인의 마음이 ᄉᆞᄉᆞ로 경동ᄒᆞ고 불안ᄒᆞᆫ지라.

셔암공 등이 민망ᄒᆞ여 심녀(心慮)ᄒᆞ시ᄆᆡ 자연 심동(心動)ᄒᆞ믈 알외여, 은우(隱憂)를 푸르시게ᄒᆞ되 각각 념녀 깁흐니, 하믈며 삼부인의 초려(焦慮)를 어ᄃᆡ 【34】 비ᄒᆞ리오.

니쇼졔 비록 미리 아ᄂᆞᆫ 신긔 이셔 말둉(末終)이 무ᄉᆞᄒᆞ믈 미드나, 망극ᄒᆞᆫ 경상을 ᄉᆡᆼ각건ᄃᆡ 심담이 경녈(硬咽)ᄒᆞ고, 뉴·졍 냥부인이 쵸톄(憔悴)○○[ᄒᆞ여] 간장(肝腸)을 ᄉᆞᆯ오니, 밤이 깁고 구름이 ᄆᆞᆰ은 즉, 니쇼졔 우러러 건상(乾象[3014])을 보아 양후의 쥬셩(主星)을 ᄉᆞᆯ피고, ᄉᆡᆨ벽를 당ᄒᆞᆫ즉 뎡쇼졔 금젼(金錢)을 옥반의 더져 길흉을 ᄒᆡ득ᄒᆞ며, 뉴쇼졔 후창을 여러 오됴(烏鳥)의 쇼ᄅᆡ를 유의(留意)ᄒᆞ니, ᄒᆞᆫ갈ᄀᆞᆺ치 흉(凶)ᄒᆞ미 업ᄉᆞ나, 십오일 ᄃᆡ익(大厄)은 임의 박두ᄒᆞ니, 【35】 가ᄉᆞᆷ의 녕원(鴒原[3015])이 ᄯᅱ놀고 아미(蛾眉)의 근심이 둘너시니, 구괴 아르실가 안ᄉᆡᆨ을 더옥 화이ᄒᆞ고 쇼ᄅᆡ 더옥 유열(愉悅)ᄒᆞ여 좌우의 뫼셔 졀당(切當)ᄒᆞᆫ 말ᄉᆞᆷ과 온유ᄒᆞᆫ 환쇼(歡笑)로 시름을 푸르시게ᄒᆞ여, 츈 이월 망일(望日)은 셔암션ᄉᆡᆼ 탄일이라. 풍부인이 쥬찬을 ᄀᆞᆺ쵸와 구고긔 헌ᄒᆞ고 공이 츄연 왈,

"현ᄋᆡ 오거든 ᄒᆞᆫ 가지로 즐기고ᄌᆞ ᄒᆞ엿더니, 큰 연괴 잇ᄂᆞᆫ가 지금 쇼식도 듯지 못ᄒᆞ니 심회 울울ᄒᆞ여, 쥬찬이 마시 업도다."

좌위 감오(感悟)ᄒᆞ여 【36】 인ᄒᆞ여 쥬찬을 물니치ᄆᆡ, 셜부인이 이쇼져를 ᄂᆞᄋᆞ오라ᄒᆞ여 문왈,

"노뫼 근ᄂᆡ 심동ᄒᆞ여 일시도 평안치 못ᄒᆞ니, 현부ᄂᆞᆫ 신명ᄒᆞᆫ 쇼견이 잇ᄉᆞ니, 오ᄋᆡ 능히 무양(無恙)ᄒᆞ여, 부모를 속이지 아니랴?"

니쇼졔 안셔히 ᄃᆡ왈,

"군ᄌᆞ의 신상이 과연 유익(有厄)ᄒᆞ미 잇ᄉᆞ오ᄃᆡ 필경은 무방ᄒᆞ오니, 원컨ᄃᆡ 셩녀를 허비치 마르쇼셔."

부인이 더옥 놀나 왈,

"현뷔 ᄉᆡᆼ각건ᄃᆡ 무ᄉᆞᆫ 익(厄)인 듯 시부뇨?"

소졔 ᄃᆡ왈

3013)긔약(期約) : 기약(期約). 때를 정하여 약속함. 또는 그런 약속.

3014)건상(乾象) : 하늘의 현상이나 일월성신이 돌아가는 이치.

3015)녕원(鴒原) : 척령재원(鶺鴒在原)의 준말, '할미새들이 뛰노는 벌판'이라는 말로, '우애 있는 형제'를 뜻하는 말이다. 『시경』 〈소아(小雅)〉 '상체(常棣)'편의 "저 할미새들 벌판에서 뛰노니, 급할 때는 형제들이 서로 돕는구나. 좋은 벗은 항상 같이 있다고 해도, 그저 길게 탄식만을 늘어놓을 뿐이라네. [鶺鴒在原 兄弟急難 每有良朋 況也永歎] "라는 말에서 유래한 것이다.

"뎡미 신셩(晨省) ○[의] 츄졈(推占)ᄒᆞ오미 금일 【37】의 큰 익이 잇셔, 슐히(戌亥)3016)의 회슈(回壽)ᄒᆞ리라 ᄒᆞ오니, 무숨 익이온지 모로오ᄃᆡ, 졈스를 미드미로쇼이다."

부인이 뎡쇼져를 ᄃᆡᄒᆞ여 왈,

"만일 그러ᄒᆞ면 현뷔 날을 위ᄒᆞ여 졈ᄒᆞ여오라."

뎡쇼제 수명ᄒᆞ여 옥슈(玉手)의 금젼을 ᄀᆞ져 암츅(暗祝)ᄒᆞ기를 맛고, 괘(卦)를 어드니 밧드러 졍당(正堂)의 드러와 ᄌᆞᄌᆞ히 히셕ᄒᆞ여 고ᄒᆞᆯ식,

"오미(午未)3017) 시의 간인이 《농슈∥농슐(弄術)3018)》ᄒᆞ여 크게 위틱ᄒᆞ고, 신유(辛酉)3019)시의 셩인이 구ᄒᆞ믈 닙어 슐히(戌亥) 시의 회양(回陽)ᄒᆞ리라." 《ᄒᆞ여시니∥ᄒᆞ다 하니》, 부인이 【38】 악연(愕然) 경히(驚駭)ᄒᆞ여 흉금(胸襟)이 편식(偏塞)ᄒᆞ니 좌셕(坐席)을 평안이 못ᄒᆞᄂᆞᆫ지라, 니쇼제 직삼 무방ᄒᆞᆯ 바를 고ᄒᆞ여 긔식이 안연(晏然)ᄒᆞ니, 부인이 잠간 미드미 이시나, 방촌(方寸)3020)이 요요(擾擾)ᄒᆞ니[여] 촌장(寸腸)을 슬오더니, 밤의 니부인이 혼졍(昏定)을 파(罷)ᄒᆞ고 물너와 텬상(天象)을 볼 ᄉᆡ 냥부인이 됴ᄎᆞᄂᆞᆫ지라.

틱부인이 그 사이를 듯고ᄌᆞ ᄒᆞ여 ᄌᆞ최를 ᄀᆞ마니 ᄒᆞ여 취셜각의 니르니, 삼뷔(三婦) 가족이3021) 원즁(園中)의 이셔, ᄀᆞᄅᆞ쳐 왈,

"문곡셩(文曲星)3022)이 연(連)ᄒᆞ여 흑긔(黑氣) 미만(彌滿)ᄒᆞ여더니, 【39】 광치 비로쇼 당당ᄒᆞ고 각목교(角木蛟)3023)와 규목낭(奎木狼)3024)이 좌우의 둘너시

3016)슐히(戌亥) : 『민속』 십이시(十二時)의 열한째 시[戌時:오후 일곱 시부터 아홉 시까지]와 열두째 시[오후 아홉 시부터 열한 시까지]를 함께 이른 말.

3017)오미(午未) : 『민속』 십이시(十二時)의 일곱째 시[午時:오전 열한 시부터 오후 한 시까지]와 여덟째 시[오후 한 시부터 세 시까지]를 함께 이른 말.

3018)농슐(弄術) : 술책(術策)을 부림. *술책(術策): 어떤 일을 꾸미는 꾀나 방법. ≒술수(術數).

3019)신유(辛酉) : 『민속』 십이시(十二時)의 아홉째 시[辛時: 오후 세 시부터 오후 다섯 시까지]와 열째 시[오후 다섯 시부터 일곱 시까지]를 함께 이른 말.

3020)방촌(方寸) : 사람의 마음은 가슴속의 한 치 사방의 넓이에 깃들어 있다는 뜻으로, '마음'을 달리 이르는 말.

3021)가족이 : 가지런히. 나란히.

3022)문곡셩(文曲星) : : 구성(九星: 탐랑성, 거문성, 녹존성, 문곡성, 염정성, 무곡성, 파군성, 좌보성, 우필성) 가운데 넷째 별. 문운(文運)을 맡은 별이라고 한다.

3023)각목교(角木蛟) : 이십팔수의 첫째 별자리에 있는 별들인 각성(角星)을 달리 이른 말이다. 각성은 오행(五行: 水 · 木 · 火 · 土 · 金)은 목(木)에 속하고 별을 상징하는 동물은 교룡(蛟)인 데, 이러한 속성을 별자리 이름에 드러내어 '각목교(角木蛟)'라 한 것이다. (『選擇紀要』 관상감제조 南秉吉 撰(1867. 고종4) 참조) *각성(角星): 『천문』 이십팔수의 첫째 별자리에 있는 별들.

3024)규목랑(奎木狼) : 이십팔수(二十八宿)의 열다섯째 별자리에 있는 별들인 규성(奎星)을 달리 이른 말이다. 규성은 오행(五行: 水 · 木 · 火 · 土 · 金)은 목(木)에 속하고 별을

니, 군즈의 쾌쇼(快蘇)ᄒᆞ믈 알거시오, 맑은 빗치 셔(西)흘 ᄀᆞ르치니 효신(曉晨)의 니발(離發)홀 ᄯᅢ라. 거의 념녀(念慮)ᄒᆞᆫ 바의 어긋ᄂᆞ미 업ᄉᆞ니 비로쇼 방심(放心)홀지라. 당당(堂堂)이 됸고(尊姑)긔 고ᄒᆞ여 셩녀(聖慮)를 푸르시게 홀 거시라. 연(然)이ᄂᆞ 신긔(神技)를 ᄌᆞ랑홈 ᄀᆞᆺᄒᆞ니 엇지ᄒᆞ리오?"

뎡쇼졔 왈

"져져(姐姐)의 신긔롤 ᄌᆞ랑ᄒᆞ믄 쇼ᄉᆡ(小事)오, 됸괴(尊姑) 과도이 쵸됴(焦燥)ᄒᆞ시니, 쇼ᄆᆡ(小妹) 드러가 고ᄒᆞ리이다."

부인이 드르ᄆᆡ 신긔코 깃브니 【40】 믄득 문을 열고 불너 왈,

"노뫼 임의 너희 등의 말을 드러시니, 곳쳐3025) ᄌᆞ시 니르라. 니현부의 신이ᄒᆞ믄 아란지 오릭니, 오날놀 숢기고ᄌᆞ ᄒᆞᄂᆞ냐?"

삼쇼졔 ᄃᆡ경(大驚) 뎐도(顚倒)3026)ᄒᆞ여 몸을 두루혀더니3027), 부인 왈,

"현뷔 ᄀᆞ르치라. ᄂᆡ ᄋᆞᄌᆞ의 쥬셩(主星)을 보고ᄌᆞ ᄒᆞ노라."

삼인이 연망(連忙)이 븟드러 정즁(庭中)의 니르ᄆᆡ, 부인이 우러러 왈,

"모든 별이 맑읏맑읏ᄒᆞ여3028) 아모란 쥴 모로리로다. 어ᄂᆡ 거시 ᄂᆡ ᄋᆞᄒᆡ 쥬셩고?"

니쇼졔 ᄀᆞ르쳐 고ᄒᆞᄃᆡ,

"여러 【41】 별 ᄉᆞ이의 빗치 맑고 큰 ᄌᆡ(者) 가부(家夫) 쥬셩(主星) 문곡셩(文曲星)이오, 각목교(角木蛟)ᄂᆞᆫ 신양을 응(應)ᄒᆞᆫ 별이오, 규목낭(奎木狼)은 화진을 직힌 별이오니, 두 별이 다 문곡셩(文曲星)을 둘너 광치 셔로 ᄀᆞ르치니, 이러무로 군지 냥인을 거ᄂᆞ려 오ᄂᆞᆫ가 ᄒᆞ나이다."

부인이 ᄌᆡ숨(再三) 뭇고, 깃븐 듯 념녀로온 듯, 반신반의(半信半疑) 왈,

"ᄌᆡ작야(再昨夜)3029)ᄂᆞᆫ 엇더터뇨?"

쇼졔 ᄃᆡ왈,

"작야ᄂᆞᆫ 문곡셩의 흑긔(黑氣) ᄣᅵ이고 요괴(妖怪)의 기운이 둘너시니, 진실노 위

상징하는 동물은 늑대(狼)인데, 이러한 속성을 별자리 이름에 드러내어 '규목랑(奎木狼)'이라 한 것이다. 입하절(立夏節)의 중성(中星)으로 서쪽에 위치한다. 문운(文運)을 맡은 별로서 이것이 밝으면 천하가 태평하다고 한다.(『選擇紀要』 관상감제조 南秉吉 撰(1867. 고종4) 참조)

3025)곳쳐 : 고쳐. 잘못되거나 틀린 것을 바로잡아. *고치다: 잘못되거나 틀린 것을 바로잡다.

3026)뎐도(顚倒) : 차례, 위치, 이치, 가치관 따위가 뒤바뀌어 원래와 달리 거꾸로 됨. 또는 그렇게 만듦.

3027)두루혀다 : 돌이키다.

3028)맑읏맑읏ᄒᆞ다 : 말긋말긋하다. 생기 있게 맑고 환하다.

3029)ᄌᆡ작야(再昨夜) : 지지난밤. 그저께의 밤.

틱ᄒᆞ옵더니, 금야ᄂᆞᆫ 쾌히 버셧ᄂᆞ이다.”

부인 왈,

“문【42】곡셩(文曲星) 겻ᄒᆡ ᄆᆡ이3030) 큰 별이오 ᄎᆡ 어린 듯ᄒᆞ니 이 무슴 별이뇨?”

니쇼졔 잠간 쥬져ᄒᆞ다가 왈

“이ᄂᆞᆫ 쥬셩(主星)3031)이오니 됴졈검 상공 쥬셩인가 ᄒᆞᄂᆞ이다”

부인이 경ᄋᆞ(驚訝) 왈,

“됴랑(趙郎)의 비상ᄒᆞ믄 알거니와, 오ᄎᆡ(五彩) 어릐여시니 발양(發揚)ᄒᆞ미 쉬올 듯ᄒᆞ도다.”

쇼뎨 ᄃᆡ왈,

“명년이 니(利)ᄒᆞᆫ 듯ᄒᆞ이다.”

부인이 졈두ᄒᆞ고 닛그러 누의 올나 닌ᄋᆞ롤 어로만져 이윽도록 도라가기를 ᄉᆡᆼ각지 아니ᄒᆞ니, 쇼졔 고왈,

“야긔(夜氣) 한ᄂᆡᆼ(寒冷)ᄒᆞ오니, 쳥컨ᄃᆡ 졍당의 슉침(宿寢)ᄒᆞ【43】시믈 바라ᄂᆞ이다.”

부인이 비로쇼 밤이 깁흐믈 �センᄃᆞ라 침소로 도라오니라.

명됴(明朝)의 공이 희연(喜然)이 깃브믈 ᄯᅴ여 냥ᄌᆞ(兩子)로 더브러 드러와 좌(坐)ᄒᆞ여 왈,

“작야(昨夜)의 일몽(一夢)을 어드니 두 황휘(皇后) 운상무의(雲裳霧衣)3032)로 압ᄒᆡ 와 졀ᄒᆞ거ᄂᆞᆯ, ᄂᆡ 놀나고 반겨 어ᄃᆡ로 와시믈 무르니 ᄃᆡᄒᆞᄃᆡ,

“쇼질(小姪)의 부부ᄂᆞᆫ 인셰의 인연이 젹고 젼셰 젹덕(積德)이 미(微)ᄒᆞ여 잔당말셰(殘唐末世)3033)의 난민을 일시 구ᄒᆞ여시나, 옥뎨(玉帝) 진인(眞人)3034)을 ᄒᆞᆫ가지로 강ᄉᆡᆼ(降生)ᄒᆞ시니 이 곳 됴광윤(趙匡胤)이라. ‘명동(明宗) 션【44】됴(先祖)’3035)의 지셩(至誠)을 감동ᄒᆞ스 ᄉᆡᆼ민을 구ᄒᆞ게 ᄒᆞ시니, 표뎨(表弟) 본ᄃᆡ 됴공

3030)ᄆᆡ이 : 매우. 보통 정도보다 훨씬 더.

3031)쥬셩(主星) : 『천문』 쌍성(雙星)에서 동반성(同伴星)보다 밝은 별. *고소설 가운데서 주성(主星)은 주로 ‘작중인물을 상징하는 별’의 의미로 쓰인다.

3032)운상무의(雲裳霧衣) : 구름치마와 안개저고리라는 뜻으로, ‘선녀의 옷’을 이르는 말.

3033)잔당말셰(殘唐末世) : 중국의 나관중(羅貫中)이 지었다고 하는 역사소설 「잔당오대사연의전(殘唐五代史演義傳)의 시대배경이 되고 있는 당나라 말 희종(熙宗: 재위) 즉위 1년(874)부터 오대십국(五代十國)의 시기를 거쳐 조광윤(趙匡胤)이 송을 건국(960년)하기까지 87년 동안의, 잔혹한 전란으로 정치·도덕· 풍속 따위가 아주 쇠퇴하여 끝판이 다 되었던, 세상을 이르는 말.

3034)진인(眞人) : 도교(道教)에서 참된 도를 체득한 사람을 일컫는 말.

을 위ᄒᆞ여 ᄂᆞ시니, 쇼질의 가뷔 몬져 쓰기를 닷토와 낙이3036)ᄒᆞ여 니긘 고로, 닙됴(立朝) 오년의 춍우(寵遇)ᄒᆞ미 비상ᄒᆞ옵더니, 유고(遺孤)를 긔탁(寄託)ᄒᆞ오니, 이는 골육(骨肉)의 졍을 밋고, 표뎨 본ᄃᆡ 발원ᄒᆞ여 님군의 골육을 보젼ᄒᆞ믈 ᄌᆞ당(自當)ᄒᆞ여 몸이 피셰도은(避世逃隱)3037)ᄒᆞ기를 긔약ᄒᆞ여더니, 신셩3038)과 《화영‖화셩3039)》 이 상뎨(上帝)긔 고ᄒᆞ여, '어진 덕을 갑하지라' ᄒᆞ고, 상뎨 졔신의게 슉의(熟議) 【45】 ᄒᆞ시니, 남뒤(南斗)3040)고ᄒᆞ되, '위현의 부뷔 열 ᄉᆞ름의 셩명(性命)3041)을 구ᄒᆞ니 ᄀᆡᄀᆡ이 하날 셩신(星辰)3042)이라. 위현과 니시의 슈(壽)를 니어 ᄌᆞ숀의 무궁ᄒᆞᆫ 영효를 보게ᄒᆞ고, ᄒᆞᆫ가지로 텬당(天堂)의 오르게 ᄒᆞ니, 그 발원(發願)과 ᄌᆡ앙(災殃)을 번뒤쳐3043) 감(感)ᄒᆞ게 ᄒᆞ여지이다.' ᄒᆞᆫᄃᆡ, 상뎨 드르신지라. 금일의 비록 일시 급ᄒᆞ믈 보나 슈년 후 영광이 무궁ᄒᆞ고, 쇼질이 표뎨 부부의 어진 덕을 힘닙어 홋 ᄌᆞ손이 니이게 되오니 감ᄉᆞᄒᆞ오믈 니긔지 못ᄒᆞ 【46】 여 몬져와 고ᄒᆞ나이다."

ᄒᆞ거놀, ᄂᆡ 니로ᄃᆡ,

"ᄋᆞ직 음픽(淫悖)한 공쥬를 맛나 심위(心憂) 되여시니 엇더ᄒᆞ뇨'

휘(后) ᄃᆡ왈,

"일시 악긔(惡氣)로 모혓시니, 잠간 마얼(魔孼)이 되어시나 츄풍낙엽(秋風落葉)이니, 표뎨(表弟) 숀으로 업시ᄒᆞ리이다."

3035)명종(明宗) 선조(先祖) : 작중인물 위복성의 생부(生父)이자, 중국 오대십국 시대의 후당(後唐)의 제2대 황제를 이른 말이다. 이름은 이사원(李嗣源, 867- 933년)이고 이극용(李克用, 856년-908년)의 양자로 본명은 막길렬 (邈佶烈), 묘호는 명종(明宗)이다.

3036)낙이 : 내기. 금품을 거는 등 일정한 약속 아래에서 승부를 다툼. 이긴 사람이 걸어놓은 물품이나 돈을 차지한다.

3037)피셰도은(避世逃隱) : 세상을 피하여 달아나 숨음.

3038)신셩 : 신성(신星) 또는 신성(晨星)을 달리 이른 말. *신성(신星): 작중인물 신양의 주성(主星)인 '각목교(角木蛟)'를 이른 말. *신성(晨星): '샛별' 즉 '금성(金星)'을 일상적으로 이르는 말.

3039)화셩 : 화성(화星) 또는 화성(火星)을 달리 이른 말. *신성(신星): 작중인물 화진의 주성인 규목랑(奎木狼)을 이른 말. *화성(火星): 태양에서 넷째로 가까운 행성. 공전 주기는 1.88년, 자전 주기는 24시간 37분 23초, 지름은 지구의 0.532배이다.

3040)남뒤(南斗) : 남두성(南斗星). 남방에 있는 여섯 별로 구성된 별자리. 그 모양이 '말(斗)'과 비슷하게 생겼다 하여 붙여진 이름임. 도교에서 남두성은 사람의 수명을 관장한다고 한다.

3041)셩명(性命) : '목숨'이나 '생명'을 달리 이르는 말.

3042)셩신(星辰) : 『천문』 빛을 관측할 수 있는 천체 가운데 성운처럼 퍼지는 모양을 가진 천체를 제외한 모든 천체. 천문학적으로는 태양이 포함되나 일상적으로는 포함되지 않는다. 밝기는 등급으로 표시한다.=별.

3043)번뒤치다 : 번드치다. 마음 따위를 변하게 하여 바꾸다

닉 또 무르듸,

“닉 근닉 홀연 심동즈경(心動自驚)3044)ᄒᆞ니 오ᄋᆡ(吾兒) 능히 무ᄉᆞᄒᆞ냐?”

듸왈,

“금일 힝ᄋᆡᆨ(行厄)은 니른바 발원(發願)과 ᄌᆡ앙(災殃)이니 임의 회양(回陽)ᄒᆞ엿ᄂᆞᆫ지라. 현미 명명(明明)이 아ᄂᆞ니 무르쇼셔.”

ᄒᆞ고, 도라가ᄂᆞᆫ 학여셩(鶴唳聲)3045)의 경각(驚覺)ᄒᆞ니, 이 우연 【47】 ᄒᆞᆫ 몽ᄉᆡ(夢事) 아닌가 ᄒᆞ노라.”

부인이 경희(慶喜)ᄒᆞ여 작일 졈ᄉᆞ(占辭)와 니쇼져의 텬문(天文) 보던 말솜을 젼ᄒᆞ고 왈,

“오ᄋᆞ와 현부 등의 어진 덕을 상텬이 슬피고, ᄌᆡ앙을 멸ᄒᆞ고 비로쇼 ᄐᆡ평ᄒᆞ리로쇼이다.”

셔로 환열ᄒᆞ믈 니긔지 못ᄒᆞ니, 셔암공 곤계 긔이(奇異)코 탄복ᄒᆞ믈 결을치 못ᄒᆞ여, 진젼(進前) 고왈,

“ᄉᆞ뎨(舍弟)의 비상ᄒᆞ믄 유시(幼時)로 짐즉ᄒᆞ옵거니와, 니슈의 특이ᄒᆞ미 무불통지(無不通知)3046)ᄒᆞ오니, 텬의(天意) 유의ᄒᆞ시미 아닌즉 엇지 규합부인(閨閤婦人)의 여ᄎᆞᄒᆞᆫ 혜 【48】 식(慧識)이 잇ᄉᆞ리잇가?”

공이 졈두 탄상(歎賞)ᄒᆞ더니, 졔뷔(諸婦) 드러와 뫼시니, 공이 흔연이 두굿겨 삼쇼져를 명ᄒᆞ여 슬하의 ᄉᆞ좌(賜座)ᄒᆞ고 어루만져 왈,

“여등의 현혜(賢慧)ᄒᆞ미 우흐로 신기(神祇)3047)를 격감(格感)3048)ᄒᆞ여 오ᄋᆡ(吾兒) ᄌᆡ앙을 면ᄒᆞ니, 이ᄂᆞᆫ 다 현부 등의 공이라. 노뷔 깁히 치ᄉᆞ(致謝)ᄒᆞ노라.”

삼인이 불승황공(不勝惶恐)ᄒᆞ여 ᄇᆡᄉᆞ(拜謝)ᄒᆞ여 블감당(不堪當)ᄒᆞ니, 일쌍아환(一雙鴉鬟)3049)은 졔연인착(齊然引着)3050)ᄒᆞ고 여라긔화(濾羅奇花)3051)ᄂᆞᆫ 보험(黼臉)3052)의 ᄌᆞ약(自若)3053)ᄒᆞ니 숑연(悚然)이 호흡을 ᄂᆞ즉이 ᄒᆞ고, 아연(雅然)이 화긔(和氣)를 지 【49】 어 국궁(鞠躬) 복지(伏地)ᄒᆞ니, 슈연(粹然)ᄒᆞᆫ 긔질이

3044)심동ᄌᆞ경(心動自驚) : 마음이 움직여 스스로 놀람.
3045)학여셩(鶴唳聲) : 학의 울음소리.
3046)무불통지(無不通知) : 무엇이든지 환히 통(通)하여 모르는 것이 없음.
3047)신기(神祇) : 천신(天神)과 지기(地祇)를 아울러 이르는 말. 곧 하늘의 신령과 땅의 신령을 이른다.
3048)격감(格感) : 감동(感動)에 이르게 함.
3049)일쌍아환(一雙鴉鬟) : 두 줄로 땋아서 틀어 올려 비녀를 꽂은 검은머리.
3050)졔연인착(齊然引着) : 가지런하게 쓰다듬어 붙임.
3051)여라긔화(濾羅奇花) : 깨끗한 비단 위에 그려진 기이한 꽃
3052)보험(黼臉) : 보검(黼臉). 뺨. *'臉'의 음은 '검'이다.
3053)ᄌᆞ약(自若) : 큰일을 당해서도 놀라지 아니하고 보통 때처럼 침착함. ≒자여(自如).

더옥 승졀(勝絕)ᄒᆞᆫ지라.

공이 희연(喜然)이 우음을 ᄯᅴ여더니, 불안ᄒᆞ믈 념녀ᄒᆞ여 물너가믈 명ᄒᆞ더라.

십여일 후 됴부인과 양후의 상셰(上書) ᄂᆞ르니, 일가의 환열ᄒᆞ미 하날노셔 ᄂᆞ린 듯ᄒᆞᆫ지라. 양후의 상셔를 쥐고 ᄎᆞ마 노치 못ᄒᆞ여, 부인은 눈물 ᄂᆞ리믈 면치 못ᄒᆞ고, 삼쇼져의 환ᄒᆡᆼ(歡幸)ᄒᆞ믄 이로 형용치 못ᄒᆞ더라.

ᄉᆞ오일 후 셔경○○[공이] 형뎨 ᄌᆞ질을 거ᄂᆞ려 ᄇᆡᆨ니졍(百里亭)3054)의 마즐ᄉᆡ, 【50】 형뎨 남ᄆᆡ 반겨 ᄒᆞᆫ 가지로 부즁(府中)의 니르니, 부인과 휘(侯) 승당(昇堂)ᄒᆞ여 부모긔 졀ᄒᆞ니, 부인이 칠년만의 비로쇼 니르러 친젼(親前) 졀ᄒᆞ니 반가오미 넘질3055) ᄇᆡ로ᄃᆡ, 공의 부뷔 밧비 양후의 숀을 잡고 머리를 어루만져 냥구(良久)히 말을 못ᄒᆞ니, 양휘 슬젼(膝前)의 국궁ᄒᆞ여 감동ᄒᆞ고, 만일 ᄌᆞ긔(自己) 회슈(回壽)치 못ᄒᆞ던들, 노년 부모긔 무궁ᄒᆞᆫ 불회될지라. ᄉᆡ로이 슬푸고 한심ᄒᆞ여 이셩화ᄉᆡᆨ(怡聲和色)으로 됸후(尊候)를 뭇줍고, 인ᄒᆞ여 우음 【51】 을 ᄯᅴ여 쥬왈(奏曰).

"ᄐᆡᄐᆡ(太太)ᄂᆞᆫ 져져(姐姐)를 원별ᄒᆞ션지 셰ᄌᆡ(歲在) 칠팔ᄌᆡ(七八載)옵고, 쇼ᄌᆞᄂᆞᆫ ᄉᆞ오삭이옵거놀 엇지 져져를 보지 아니시ᄂᆞ니잇고?"

공이 비로쇼 마음을 졍ᄒᆞ여 녀ᄋᆞ를 도라보니, 풍용(豊容)이 슈려(秀麗)ᄒᆞ고 덕긔(德氣) 완젼ᄒᆞ여 쳐음 ᄯᅥ날ᄯᅴ 쳥슈쇼ᄋᆞ(淸秀素雅)홈과 달나시니 두굿기고 반겨ᄒᆞ여[며], 부인이 부모의 ᄉᆡᆨᄐᆡᆨ(色澤)이 광요(光耀)ᄒᆞ고 안뫼(顔貌) 풍화(豊華)ᄒᆞ시믈 즐겨, 화열ᄒᆞᆫ 긔운이 츈풍이 만물을 붓침 ᄀᆞᆺᄒᆞ니, 셜부인이 ᄋᆞᄌᆞ의 숀을 노치아니 【52】 ᄒᆞ고, 쌍뉘 연낙ᄒᆞ여 능히 참지 못ᄒᆞ니, 양휘 민망ᄒᆞ여 이셩낙ᄉᆡᆨ(怡聲樂色)으로 신긔(身氣) 여젼ᄒᆞ믈 고ᄒᆞ고, 부모슬하의 뫼셔 무ᄎᆡ(舞彩)3056)의 졍셩(精誠)을 다ᄒᆞᆯ 바를 알욀ᄉᆡ, 화풍감우(和風甘雨)3057)의 긔상(氣象)과 츈양신뉴(春陽新柳)3058)의 풍ᄎᆡ(風彩) 더옥 ᄉᆡ로온지라.

부인이 냥구후(良久後) 졍신을 졍ᄒᆞ여 누흔(淚痕)을 졔어(制御)ᄒᆞ고 녀ᄋᆞ를 도라보와 반기믈 머음고, 됴ᄋᆞ의 쥰ᄆᆡ(俊邁)3059)ᄒᆞ믈 어로만져 비로쇼 화긔(和氣)를 여니, 조부인 ᄋᆞᄌᆞ 위ᄂᆞᆫ 오셰(五歲)요, 녀ᄋᆡ 이셰(二歲)니, 형영(形影)3060)○

3054)ᄇᆡᆨ니졍(百里亭) : 백리장정(百里長亭). 백리쯤 되는 거리에 세운 정자로, 예전에, 먼 길을 떠나는 사람을 전송하거나, 먼 길을 오는 사람을 맞이하던 곳.

3055)넘지다 : 넘치다. 가득 차서 밖으로 흘러나오거나 밀려나다.

3056)무채(舞彩) : 색동옷 입고 춤을 추어 어버이를 즐겁게 해 드림. 중국 춘추 때 초나라 사람 노래자(老萊子)가 70세에 색동옷을 입고 어린애 장난을 하여 늙은 부모를 즐겁게 해드렸다는 고사에서 유래한 말.

3057)화풍감우(和風甘雨) : 솔솔 부는 화창한 바람과 제 때에 알맞게 내린 비.

3058)츈양신뉴(春陽新柳) : 봄볕을 받고 있는 새 버들.

3059)쥰ᄆᆡ(俊邁) : 재주와 지혜가 매우 뛰어남.

[이] 비범ᄒᆞ며 교염(嬌艶) 【53】 졀묘ᄒᆞᆫ지라. 좌우로 어루만져 눈이 결을[3061] 업고 흔흔(欣欣)ᄒᆞ미[3062] 취(醉)ᄒᆞ이니, 어ᄂᆡ를 더 반기고 어ᄂᆡ를 더 ᄉᆞ랑할 쥴 ᄭᆡ닷지 못ᄒᆞᄂᆞᆫ지라.

됴부인이 ᄯᅩ 부모 슬하의 환환낙낙(歡歡樂樂)ᄒᆞ여 제형(弟兄)을 반기지 못ᄒᆞ니, 양후의 삼부인이 쵸면(初面)이로ᄃᆡ, 됸당이 바야흐로 비회교집(悲懷交集)[3063]ᄒᆞ시고, 쇼괴(小姑) ᄯᅩ 우러러 눈이 다른ᄃᆡ 옴지 아니ᄒᆞ니, 공슈(拱手)[3064]ᄒᆞ고 셧더니, ᄎᆞ시 상운낭이 진왕을 안고 먼니 셧시ᄃᆡ, 안면(顔面)이 셜고 반겨ᄒᆞ리 업ᄉᆞ니, 가 【54】 마니 슬허 당년(當年) 궁즁의 이실 제 만세 황애와 ᄌᆞ궁낭낭(慈宮娘娘)[3065]의 장상구술(掌上구술)[3066]노 텬ᄒᆞ의 비홀 곳 업더니, 망명(亡命)[3067]ᄒᆞ여 타문(他門)의 드러오미 빗업고 무류ᄒᆞ미[3068] 심ᄒᆞᆫ지라, 가마니 슬허 강소ᄋᆞ로 셔로 도라보와 셜우믈 니긔지 못ᄒᆞ더니, 양휘 믄득 져져를 도라보와 진왕을 ᄎᆞᄌᆞ니, 조부인이 ᄲᆞᆯ니 이러 나아가 왕을 안고 부모긔 고왈,

"이ᄂᆞᆫ 진왕이니 낭낭과 션뎨의 부탁ᄒᆞ신 ᄇᆡ라. 뇽ᄌᆞ봉질(龍資鳳質)[3069]이 범ᄋᆞ(凡兒)의 바랄 ᄇᆡ 아니니다."

부인 【55】 이 밧비 눈을 드러 보니, 기ᄋᆞ(其兒) 옥골셜뷔(玉骨雪膚) 교연쇼ᄋᆞ(嬌然素雅)ᄒᆞ고 청고아담(淸高雅淡)ᄒᆞ여 젼혀 모후(母后)를 습ᄒᆞ엿더라[3070].

공이 바다 슬상의 언ᄌᆞᄆᆡ 쳔연이 두 쥴 눈물이 슈염의 연(連)ᄒᆞ여 왈,

"왕은 금지옥엽(金枝玉葉)으로 션뎨(先帝)와 션후(先后)의 ᄋᆡ즁ᄒᆞ시던 ᄇᆡ여놀,

3060)형영(形影) : 어떤 것의 형체와 그 그림자를 함께 이른 말로, '본질'과 '겉모습'처럼 서로 떨어질 수 없는 불가분의 관계에 있는 것에 대한 비유적 표현으로 쓰인다.

3061)결을 : 겨를. 어떤 일을 하다가 생각 따위를 다른 데로 돌릴 수 있는 시간적인 여유. =틈.

3062)흔흔(欣欣)ᄒᆞ다 : 매우 기쁘고 만족스럽다.

3063)비회교집(悲懷交集) : 슬픈 시름이나 회포가 뒤얽히어 서림.

3064)공슈(拱手) : 절을 하거나 웃어른을 모실 때, 두 손을 앞으로 모아 포개어 잡음. 또는 그런 자세. 남자는 왼손을 오른손 위에 놓고, 여자는 오른손을 왼손 위에 놓는다. 흉사(凶事)가 있을 때에는 반대로 한다.

3065)ᄌᆞ궁낭낭(慈宮娘娘) : 임금의 어머니를 이르는 말. =모후(母后)

3066)장상구술(掌上구술) : (어린 시절 부황과 모후가) 손바닥 위에 올려놓고 어르던 자식. *농장(弄杖) : 아들을 낳은 즐거움. 예전에, 중국에서 아들을 낳으면 규옥(圭玉)으로 된 구슬의 덕을 본받으라는 뜻으로 구슬을 장난감으로 주었다는 데서 유래한다.=농장지경.

3067)망명(亡命) : 혁명 또는 그 밖의 정치적인 이유로 자기 나라에서 박해를 받고 있거나 박해를 받을 위험이 있는 사람이 이를 피하기 위하여 외국으로 몸을 옮김.

3068)무류ᄒᆞ다 : 무료(無聊)하다. ①흥미 있는 일이 없어 심심하고 지루하다. ②부끄럽고 열없다.

3069)용자봉질(龍資鳳質) : 용과 봉황의 자질(資質). *자질(資質). 나고난 성품이나 소질.

3070)습ᄒᆞ다 : 닮다. 사람 또는 사물이 서로 비슷한 생김새나 성질을 지니다.

유시(幼時)의 부모 은익를 모로니 엇지 잔잉치 아니리오."

부인이 쏘흔 옥슈(玉手)를 잡고 눗출 다혀 쳐연 감상(感傷)흐더라.

부인 왈,

"네 셰 아이 형의게 뵈고즈 셧느니, 초면(初面)이니 셔로 보는 네(禮)를 흐라."

조 【56】 부인이 씩드라 몸을 두루혀 피추 녜를 파흐미, 명모(明眸)3071)를 경히 흐여 슬피니, 니쇼져의 놉흔 격됴(格調)와 맑은 금회(襟懷)3072) 옥이 됴흐믈 수양흐고 금이 구르믈 븟그릴지라. 츄파쌍셩(秋波雙星)3073)의는 텬지됴화를 아오라, 신명(神明) 상냥(爽涼)흐여 텬향(天香)이 표표(表表)흐고, 계슈(桂樹) 한으(閑雅)흔 듯, 뉴쇼져의 온슌화열흐미 유란(柔蘭)이 쳣 봄을 맛낫고, 혜쵸(蕙草) 향긔를 쁨는 듯, 뎡쇼져의 온슌 즈연흐미 츈일이 취원(菜園)의 바익고3074) 요지(瑤池)3075)의 봄이 도라온 듯 흐니, 부인 【57】 이 암암(暗暗) 츠탄(嗟歎)흐여 스뎨(舍弟)의 쌍이 ㄱ즉흐믈 깃거흐고, 금번 화익의 니쇼제 아닌즉 엇지 오늘날 즐기믈 어드리오.

복복경탄(復復驚歎)3076)홀 시 동긔(同氣)의 친(親)으로 도뢰(道路) 요원(遼遠)흐여 늣게야 보믈 한흐미, 삼쇼제 부인의 슈례쇄락(秀麗灑落)흐며 호연츌뉴(浩然出類)흐믈 항복흐여, 원노(遠路)의 귀쳬 무양(無恙)흐스 모드믈 하례흐더라.

이의 비회를 졍(停)흐미3077) 공이 다시금 슬하의 안치고 젼후스를 다시 무를식, 상셰 부모의 놀나시믈 두려 딕강을 【58】 고흐나, 경참(驚慘)흔 거동을 어이 숨기리오.

부인이 심담(心膽)이 구졀(俱絶)흐여 쌍뉘 즈로 써러지니, 상셰 돈슈스죄(頓首謝罪)3078) 왈(曰),

"불초익(不肖兒) 셩회(誠孝) 쳔박(淺薄)흐여 몸을 가빅야이 뫼 밧긔 누온 고로, 부모긔 불회 막딕(莫大)흐오니 감청(敢請) 스죄(謝罪)로쇼이다. 쇼지 요힝(僥倖) 무스(無事) 회양(回陽)흐여 슬하의 뫼시니, 딕인과 즈위는 셩녀를 허비치 마르쇼셔."

공이 숀을 잡고 등을 어루만져 왈,

3071)명모(明眸) : 맑고 아름다운 눈동자.
3072)금회(襟懷) : 마음속에 깊이 품은 회포. =금기(襟期).
3073)츄파쌍셩(秋波雙星) : 가을 물결처럼 맑고 고운 두 눈.
3074)바익다 : 빛나다. 눈부시다. ≒밤븨다.
3075)요지(瑤池) : 곤륜산에 있다고 하는 연못으로, 서왕모(西王母)가 살고 있다고 하며, 주(周) 목왕(穆王)이 이곳에서 서왕모(西王母)를 만났다는 전설이 전하고 있다.
3076)복복경탄(復復驚歎) : 거듭거듭 놀라고 탄복하여 몹시 칭찬함.
3077)졍(停)흐다 : 멈추다. 그치다.
3078)돈슈스죄(頓首叩胸) : 머리를 조아리며 지은 죄를 용서해 주기를 빔.

"'막비명(莫非命)이오 텬애(天也)라'3079). 엇지 인력으로 홀 빅며, 네 엇지 청되(請罪)ᄒᆞ리오. 오ᄋᆞ의 【59】 의긔현심은 상텬을 감오(感悟)ᄒᆞ니, ᄎᆞ후ᄂᆞᆫ 복녹이 무궁ᄒᆞᆯ지라. 노뷔 무ᄉᆞᆫ 거ᄉᆞᆯ 슬허ᄒᆞ리오."

부인은 오열(嗚咽) 왈,

"그리ᄒᆞ여 엇지 회소(回蘇)ᄒᆞ뇨?"

상셰 신양의 신녁으로 ᄌᆞ긔를 아ᄉᆞ ᄂᆡ여 와 약환(藥丸)의 공효(功效)로 회쇼(回蘇)홈과 금번 신·화 이인의 지셩(至誠)을 ᄀᆞᆺ쵸 고ᄒᆞ니, 공이 탄지칭션(歎之稱善)ᄒᆞ여 결초(結草)3080)의 갑흠믈 긔약ᄒᆞ고, 부인은 각골감은(刻骨感恩)ᄒᆞ여 왈,

"긔이ᄒᆞᆫ 약을 신양이 어더왓ᄂᆞ냐?"

상셰 ᄃᆡ(對)치 못ᄒᆞ여셔 조부인이 고왈,

"원ᄂᆡ 부뫼 바히 【60】 모로지 못ᄒᆞᆯ쇼이다. 드ᄃᆡ여 니쇼져의 금낭셔(錦囊書)3081)를 드려 ᄉᆞ데의 회싱ᄒᆞ믄 젼혀 니 ᄆᆡ(妹)의 신이ᄒᆞ믈 힘닙엇ᄉᆞ오니, 쳐음의 신·화 냥인으로 밀계(密計)를 맛지미니이다."

공이 ᄃᆡ경ᄒᆞ여 그 셔간을 보ᄆᆡ 눈이 두렷ᄒᆞ고 혀를 둘너 그 젼후를 목젼(目前) 보듯ᄒᆞᄂᆞᆫ지라. 그 신긔를 놀ᄂᆞ고 항복ᄒᆞ여 니쇼져를 ᄂᆞᄋᆞ오라ᄒᆞ여 손을 잡고 머리를 ᄉᆞ다듬ᄋᆞ 아ᄌᆞ를 ᄌᆡ싱(再生)ᄒᆞᆫ 덕을 칭ᄉᆞᄒᆞᆯ ᄉᆡ, 졔ᄌᆞ제뷔(諸子諸婦) 도로혀 우음 【61】 을 참지 못ᄒᆞᄂᆞᆫ지라.

조부인이 낭낭이 우셔 왈,

"니ᄆᆡ의 ᄉᆞ데를 구ᄒᆞᆫ 뜻이 도로혀 구고긔 치ᄉᆞ를 밧고져 ᄒᆞ오미 되오니 야야와 ᄐᆡᄐᆡ 말솜이 너모 과ᄒᆞ이다."

좌즁(座中)이 ᄀᆡ쇼(皆笑)ᄒᆞ더라. 모든 말이 졍(停)ᄒᆞᄆᆡ, 풍부인이 쥬찬을 드려 경ᄉᆞ를 하례ᄒᆞ니, 공이 흔연이 술을 ᄂᆞ와 왈,

"셕일의 쥬식의 맛ᄉᆞᆯ 몰나 파ᄒᆞ엿더니, 금일은 즐거오미 극ᄒᆞ니 쥬ᄇᆡ(酒杯)의 향긔로오미 평일의 더으도다. 여등이 각 【62】 각 일ᄇᆡ를 헌(獻)ᄒᆞ여 ᄂᆞ의 즐거오믈 도으라."

ᄌᆞ뷔(子婦) 깃브믈 니긔지 못ᄒᆞ여 각각 파려ᄇᆡ(玻璃杯)3082)와 뉴리둉(琉璃鍾)

3079)막비명(莫非命)이오 텬애(天也)라 : 모든 것이 다 운수요 하늘의 뜻이 아닌 것이 없다.

3080)결초(結草) : 결초보은(結草報恩)의 줄임말. 죽은 뒤에라도 은혜를 잊지 않고 갚음을 이르는 말. 중국 춘추 시대에, 진나라의 위과(魏顆)가 아버지가 세상을 떠난 후에 서모를 개가시켜 순사(殉死)하지 않게 하였더니, 그 뒤 싸움터에서 그 서모 아버지의 혼이 적군의 앞길에 풀을 묶어 적을 넘어뜨려 위과가 공을 세울 수 있도록 하였다는 고사에서 유래한다.

3081)금낭셔(錦囊書) : 비단주머니 속에 넣은 글.

3082)파리배(玻璃杯) : 수정으로 만든 술잔. *파리(玻璃): 무색투명한 석영의 하나. 육방

을 밧드러 ᄂᆞᄋᆞ가니, 셔암공의 ᄲᅢ혀난 긔질과 온듕ᄒᆞᆫ 덕되며 풍부인의 텬연숙려(天然淑麗)ᄒᆞᆫ 용ᄉᆡᆨ이 텬졍가위(天定佳偶)요 숑계공의 ᄆᆞᆰ은 골격이 임의 도ᄅᆞᆯ 어더 진ᄋᆡ(塵埃)의 ᄲᅱ여ᄂᆞ고, 범부인의 ᄌᆞ약ᄒᆞᆫ ᄐᆡ도와 표연(表然)ᄒᆞᆫ 긔질이 진짓 쌍이니, 부모의 두굿기미 극ᄒᆞ거ᄂᆞᆯ, 양휘 소건ᄇᆡᆨ포(素巾白袍)로 옥ᄇᆡᄅᆞᆯ 밧드러 츄이 【63】 진젼(趨而進前)ᄒᆞ니, 츄텬ᄇᆡᆨ노(秋天白鷺)의 월광이 됴요(照耀)ᄒᆞ{ᄒᆞ}믄, 그 긔질이요, 츈양(春陽)이 빙셜(氷雪)을 녹이고, 향풍(香風)이 만물을 부휵(扶慉)ᄒᆞ믄 그 덕음(德蔭)이니, 금일의 효ᄅᆞᆯ 완젼ᄒᆞ여 부모의 즐기시믈 감회(感懷)ᄒᆞ여, 옥안(玉顔)의 화긔(和氣)와 즁심의 유ᄉᆡᆨ(愉色)은 효ᄌᆞ의 깁흔 ᄉᆞ랑을 두엇ᄂᆞᆫ지라.

완슌(婉順)ᄒᆞᆫ 얼골과 동동(洞洞)3083)ᄒᆞᆫ 셩회(誠孝) 츌연(怵然)3084)이 ᄂᆞᆺ타ᄂᆞ니, 공이 희허ᄎᆞ탄(噫噓嗟歎)3085)ᄒᆞ여 잔을 바다 마시니, 좌슈로 ᄋᆞᄌᆞ의 숀을 잡ᄋᆞ 냥구히 노치 아니ᄒᆞ고, 등을 어루만져 말ᄉᆞᆷ을 못ᄒᆞ니, 상셰 좌하 【64】 의 업ᄃᆞ여 더옥 감동ᄒᆞ여 불효ᄅᆞᆯ ᄌᆞ칙ᄒᆞ더니, 냥구후(良久後) 공이 ᄀᆡ작화긔(改作和氣)3086)ᄒᆞ여 잡은 숀을 노흐니, 휘 ᄌᆡᄇᆡ(再拜)ᄒᆞ고 좌(座)의 ᄂᆞᄋᆞ가니, 부인ᄂᆡ 형뎨 ᄎᆞ례로 ○○[잔을] 드릴ᄉᆡ, 공이 풍범 냥부인의 숀을 잡고 왈

“현부 등이 ᄂᆡ집의 니르러 ᄉᆞ덕(四德)이 흡연(翕然)ᄒᆞ고 셩회 동쵹(洞屬)ᄒᆞ여 노년의 힘닙으미 극진ᄒᆞ고, ᄌᆞ녀ᄅᆞᆯ ᄀᆞᆺ쵸 두어 복녹이 졔미(齊美)ᄒᆞ니, 엇지 깃부고 긔특지 아니리오.”

냥인이 황공(惶恐) ᄌᆡᄇᆡᄒᆞ니, 조부인이 잔을 드러 ᄂᆞᄋᆞ가니, 공이 무ᄋᆡ(撫愛) 왈,

“녀ᄋᆡ 유츙(幼沖)의 【65】 부모ᄅᆞᆯ ᄂᆡ별ᄒᆞ고 능히 부덕을 잡ᄋᆞ 어버○[이]의게 욕이 밋지 아니코, 아ᄅᆞᆷ다온 일홈이 들니고 ᄌᆞ녀ᄅᆞᆯ ᄂᆞ하 돌아와 즐기게 ᄒᆞ니, 두굿거오믈 니긔지 못ᄒᆞ리로다.”

조부인이 졀ᄒᆞ여 ᄉᆞ례ᄒᆞ더라. ᄎᆞ례 니부인긔 니르ᄆᆡ 공이 ᄉᆞ례 왈,

“노부의 일ᄏᆞ르믈 불안ᄒᆞ여 ᄒᆞ거니와, ᄂᆡ ᄋᆞ히 옥슈경지(玉樹瓊枝) ᄀᆞᆺ흔 긔질노 악인의 짐독(鴆毒)3087)이 장부(臟腑)ᄅᆞᆯ 녹이ᄂᆞᆫᄃᆡ, 현부의 신긔(神技)ᄅᆞᆯ 맛ᄂᆞ지

주상(六方柱狀)의 결정체이며, 주성분은 이산화 규소이다. 불순물의 혼합 정도에 따라 자색·흑색·황색·홍색 따위의 빛을 띠며, 도장·장식품·광학 기계 따위에 쓴다.=수정.

3083)동동(洞洞) : ①질박하고 성실함. ②매우 효성스러움.

3084)출연(怵然) : 무슨 일을 함에 있어 자신의 정성을 다하지 못할까 두려운 마음이 듦.

3085)희허ᄎᆞ탄(噫噓嗟歎) : 마음속으로 깊이 감동하여 탄식함.

3086)ᄀᆡ작화기(改作和氣) : 얼굴빛을 고쳐 온화한 표정을 지음.

3087)짐독(鴆毒) : 짐새의 깃에 있는 맹렬한 독. 또는 그 기운.

못ᄒᆞ여실진ᄃᆡ, 엇지 오날놀 어버이 슬ᄒᆞ의 도라와시리오. 【66】 노뷔 긔운이 어둡고 말이 졸(拙)ᄒᆞ여 능히 다 니르지 못ᄒᆞ나, ᄀᆞ득이 깃부고 감ᄉᆞᄒᆞ믈 니긔지 못ᄒᆞᄂᆞ니, 조션 젹덕(積德)을 힘닙ᄉᆞ와 현부를 널위여 슬ᄒᆞ(膝下)를 숨아 금일 경ᄉᆞ를 보ᄂᆞᆫ지라. 바라ᄂᆞ니, 네 ᄂᆞᆺ 부뷔 ᄇᆡᆨ슈동낙(白首同樂)ᄒᆞ여 무궁ᄒᆞᆫ 영화를 보믈 바라노라."

니쇼제 돈슈ᄇᆡᆨᄉᆞᄒᆞ여 불감승당(不堪承當)이라.

뉴·정 냥쇼제의 잔을 밧고 두굿겨 왈,

"현부 등이 오ᄋᆞ의 가뫼(家母) 되니 쥬람(周南)3088)을 ᄯᆞᆯ와 화긔(和氣) 옹목(雍睦)ᄒᆞ고 각각 신긔ᄒᆞᆫ ᄌᆡ됴로 가부와 동 【67】 녈을 도와 ᄃᆡ화를 면케 ᄒᆞ고, 옥ᄀᆞᆺᄐᆞᆫ ᄋᆞᄌᆞ를 두어 노부(老父)의 흥을 도으니, 엇지 긔특지 아니리오."

냥쇼제 복슈(伏首) ᄌᆡᄇᆡᆨᄒᆞ더라.

공이 삼ᄋᆞ를 ᄂᆞ호여 졉면무마(接面撫摩)ᄒᆞ여 왈,

"여등의 복녹이 둑거워 네 아비 위틱ᄒᆞᆫ ᄉᆞᆨ흘 버셔ᄂᆞ니, 더옥 긔특ᄒᆞᆫ지라. 네 츔츄어 흥을 도으라."

삼ᄋᆡ 우음을 먹음고 일시의 졀ᄒᆞ여 명을 바다 ᄎᆡ의(彩衣)를 나붓겨 셧도라3089) 츔츄니, 양휘 ᄯᅩᄒᆞᆫ 우음을 ᄯᅴ여 보건ᄃᆡ, 그 ᄉᆞ이 《녕졍‖녕형(英形)》 셕ᄃᆡ(碩大)ᄒᆞ여 영긔(英氣) 특츌 【68】 ᄒᆞ니, 닌ᄋᆞ의 웅쥰(雄俊)ᄒᆞᆫ 긔질과 신명ᄒᆞᆫ 품격이 부모를 젼습(傳襲)3090)ᄒᆞ여시니, 맑으되 완젼ᄒᆞ고 동탕(動蕩)ᄒᆞ되3091) 긔묘ᄒᆞ니, 어엿부미 모시(母氏)를 습ᄒᆞ엿고, 쳔ᄋᆞ의 뎔묘(絶妙)ᄒᆞ미 긔화(奇花) ᄀᆞᆺ고, 명쥬(明珠) ᄀᆞᆺ흐며, 웅ᄋᆡ 홀노 영풍(英風)과 쥰골(俊骨)이 호일(豪逸) 왕양(汪洋)ᄒᆞ니, 진짓 영웅이로다.

각각 두굿기고 ᄉᆞ랑ᄒᆞ나 슬상(膝上)의 교무(交撫)ᄒᆞ미 업고, 오직 진왕이 상운낭의게 안겨 제ᄋᆞ의 희쇼(戲笑)ᄒᆞ믈 보ᄃᆡ, 한가지로 노지 아니코 뉴미(柳眉)를 찡긔여 쳑쳑(慽慽)히 슬허ᄒᆞ니, 그 나 【69】 히 ᄀᆞᆺᄒᆞ여 상네(喪禮)를 츌히미 아니로ᄃᆡ, ᄌᆞ연ᄒᆞᆫ 니(理)로 ᄆᆡᆨᄆᆡᆨ히 즐겨 아니니, 양휘 손을 드러 부르니 왕이 연망(連忙)이 ᄂᆞ려 츄쥬(趨走)ᄒᆞ여 슬하의 ᄭᅮ니, 삼세 ᄒᆡᄋᆞ(孩兒)의 네모(禮貌) 동작이 진실노 긔이ᄒᆞ니, 텬가(天家)3092)의 ᄉᆡᆼ장ᄒᆞᄆᆡ 유시(幼時)의 보고 자라믈 능히 범

3088)쥬람(周南) : 『시경』의 편명. 주로 주(周)나라 문왕과 문왕의 비(妃) 태사(太姒)의 덕을 칭송하는 노래들로 이루어져 있다.

3089)셧돌다 : 섞여 돌다.

3090)젼습(傳襲) : 전하여 물려받음. 또는 전하여 내려오는 것을 그대로 따름.

3091)동탕(動蕩)ᄒᆞ다 : 얼굴이 잘생기고 살집이 있다.

3092)텬가(天家) : 천하를 집으로 삼는 사람 또는 그런 집안이라는 뜻으로, '천자' 또는 '황족'을 이르는 말.

ᄋᆞ(凡兒)와 《다르고‖달리 ᄒᆞ여》 능히 존젼(尊前)의 공경ᄒᆞ여 시립ᄒᆞ미 능히 녜문(禮文)을 입닉닉니[3093], 왕의 일이 또 엇지 니상(異常)ᄒᆞ리오.

상셰 우음을 먹음고 왕을 거두어 슬상의 안고 ᄉᆞ랑ᄒᆞ믈 니긔지 못【70】ᄒᆞ니, 삼ᄋᆞᄂᆞᆫ 츄츄기를 긋치고 부친 겻히 공슈ᄒᆞ고 셧ᄂᆞᆫ지라.

진왕 왈,

"넌ᄋᆞ 등이 ᄃᆡ인을 니측(離側)ᄒᆞ엿습다가 맛ᄂᆞ오니 각각 무ᄋᆡ(撫愛)ᄒᆞ시물 넙습고ᄌᆞᄒᆞ오리니, 엇지 홀노 소ᄌᆞ를 안으시고 져를 ᄉᆞ랑치 아니시ᄂᆞ니잇가?"

휘 왈,

"ᄋᆞᄌᆞ(我子)ᄂᆞᆫ 젼일의 임의 ᄉᆞ랑ᄒᆞ여시니 굿ᄒᆞ여 ᄂᆞᆺ부지 아니ᄒᆞ고, ᄒᆞ믈며 졔 어미를 ᄯᅥ라 유시(幼時)의 졍이 어믜게 더으ᄂᆞ니 불상치 아니지라."

왕이 홀연이 쳥뉘(淸淚) 삼삼(滲滲)ᄒᆞ니, ᄯᅳᆺ이 부황(父皇)과 모【71】후(母后)를 ᄉᆞ렴(思念)ᄒᆞ미라.

양휘 더욱 ᄋᆡ련(哀憐)ᄒᆞ여 ᄂᆞᆺ출 다히고 넙을 졉(接)ᄒᆞ여 누흔(淚痕)을 씻고 간졀ᄒᆞᆫ ᄉᆞ랑이 비ᄒᆞᆯᄃᆡ 업더라.

공이 외당의 ᄂᆞ와 신·화 냥인을 청ᄒᆞ여 안치고 졀ᄒᆞ여 왈,

"현ᄉᆡ(賢士) 능히 ᄂᆡ ᄋᆞ히 쥭엄을 구ᄒᆞ여 회싱케 ᄒᆞ여, 금일 부ᄌᆡ 셔로 만ᄂᆞ게 ᄒᆞ니 ᄃᆡ은(大恩)을 엇지 다 갑흐리오."

냥인이 ᄃᆡ경(大驚) 황망(慌忙)ᄒᆞ여 ᄲᆞᆯ히 업ᄃᆡ여 말숨을 날ᄂᆡ[3094] ᄃᆡ치 못ᄒᆞ다가 왈,

"노야(老爺) 셩언(盛言)이 이의 밋ᄎᆞ시니 쇼ᄌᆞ 등의 쳔(賤)ᄒᆞᆫ 몸이 엇【72】지 당ᄒᆞ리잇고? 우리 상공의 망극ᄒᆞᆫ 화란을 맛나시믄 다시 알외고ᄌᆞ ᄒᆞ오ᄆᆡ 마음을 버히ᄂᆞᆫ 듯ᄒᆞ옵고, ᄉᆡᆼ각ᄒᆞ오ᄆᆡ 간장이 녹ᄂᆞᆫ 듯ᄒᆞ오니 ᄎᆞ마 엇지 알외리잇고? 쇼ᄌᆞ 등이 상공을 위ᄒᆞ와 쥭기로 셤기고ᄌᆞ ᄒᆞ오니, 조고만 슈고[3095]로써 공이라 니르시리잇고?"

공이 은근이 평신(平身)ᄒᆞ믈 니르고, 다시금 은덕을 ᄉᆞ례ᄒᆞᆯ ᄉᆡ, 슐을 ᄀᆞ져 친히 부어 젼ᄒᆞ니, 냥인이 감격 불승ᄒᆞ여 황망이 밧ᄌᆞ와 마시고, 황감ᄒᆞᆫ 눈물이【73】잔의 ᄯᅥ러져 ᄇᆡᆨ번 졀ᄒᆞ고 쳔번 머리 됴아 능히 감당치 못ᄒᆞᄂᆞᆫ지라.

쳐ᄉᆞ 형뎨 좌를 ᄯᅥ나, 고왈,

"신ᄌᆞ상과 화셩양의 ᄉᆞ뎨(舍弟)를 구ᄒᆞ믄 골육의 넘은 졍(情)과 폐부(肺腑)의 깁흔 친(親)으로 노심초ᄉᆞ(勞心焦思)ᄒᆞ고 갈녁진심(竭力眞心)ᄒᆞ여, 그 은덕이 머

3093)입닉닉다 : 흉내 내다.
3094)날ᄂᆞ다 : 날래다. 사람이나 동물의 움직임이 나는 듯이 빠르다.
3095)슈고 : 수고. 일을 하느라고 힘을 들이고 애를 씀. 또는 그런 어려움.

리털을 쏍아도 다 갑지 못ᄒᆞ려니와, ᄃᆡ인의 셩톄(聖體)를 굴ᄒᆞᄉᆞ 과례(過禮)를 힝ᄒᆞ시니, ᄌᆞ상 등이 도로혀 황공ᄒᆞ여 감히 당치 못ᄒᆞ오니, 그 은혜 《골ᄉᆞ록∥골수록》 그 마음을 편케 ᄒᆞ미 가(可)ᄒᆞ니이다."

냥【74】인이 말ᄉᆞᆷ을 니어 돈슈ᄇᆡᄉᆞ(頓首拜辭)ᄒᆞ여 불감(不敢) 고ᄉᆞ(固辭)ᄒᆞ니, 공이 믄득 츄연(惆然) 타루(墮淚) 왈,

"오ᄋᆡ(吾兒) 청슈(淸秀) 약질(弱質)노 독약이 일신을 상히오니, 그ᄃᆡ 등이 혈심갈녁(血心竭力)ᄒᆞ여 쥭기를 닛고 깁흔 궁즁의 드러가, 능히 구ᄒᆞ여 부ᄌᆞ 셔로 보게 ᄒᆞ니, 만일 지지(遲遲)ᄒᆞ여 경긱(頃刻)을 더ᄃᆡ던들, 노뷔(老父) 상명지통(喪明之痛)3096)을 당ᄒᆞ○○[엿으]리니, 오늘을 당ᄒᆞᄆᆡ 군 등의 은혜 ᄉᆡ로이 각골(刻骨)ᄒᆞ노라."

하더라.【75】

3096)상명지통(喪明之痛) : 눈이 멀 정도로 슬프다는 뜻으로, 아들이 죽은 슬픔을 비유적으로 이르는 말. 옛날 중국의 자하(子夏)가 아들을 잃고 슬피 운 끝에 눈이 멀었다는 데서 유래한다

화산션계록 권지이십

ᄎ셜 시시의 신·화 이인이 공의 슬픈 말을 듯고 복지쳬읍(伏地涕泣)ᄒᆞ고 긔이ᄌᆡᄇᆡ(起而再拜) 왈,

“셕일ᄉᆞ(昔日事)ᄂᆞᆫ ᄎᆞ마 다시 일ᄏᆞᆺ지 마르소셔. 소ᄌᆞ(小子) 등이 비록 노야(老爺)를 위ᄒᆞ와 목숨을 ᄉᆞᆺ쳐 셜우믈 니즐지언졍, 지죄 둔ᄒᆞ고 미리 아ᄂᆞᆫ 신긔 업ᄉᆞ오니 엇지 능히 회양(回陽)[3097]ᄒᆞᄂᆞᆫ 경ᄉᆞ를 어드리잇고?”

공이 졈두(點頭) 왈,

“이일은 녀ᄋᆡ 니르무로 아랏거니와 비록 ᄋᆞ뷔 소견(所見)이 잇고 신약(神藥)이 잇시나 군 등이 업ᄉᆞ면 약ᄒᆞᆫ 녀ᄌᆡ 【1】 만니 밧 닐을 뉘게 긔탁(寄託)ᄒᆞ리오. ᄋᆞ부(兒婦)의 신모(神謀)와 군 등이 신긔(神機) ᄒᆞᆫ가지로 �의 어긔지 아니ᄒᆞ니 엇지 감격지 아니랴.”

이인이 ᄇᆡᄉᆞ 왈,

“이도 우리 상공 무궁ᄒᆞᆫ 셩덕(盛德) 현심(賢心)을 상텬(霜天)이 감동ᄒᆞ시미니이다.”

공이 희왈(喜曰),

“ᄂᆡ 긔일(其日)의 신몽(神夢)을 어드니 엇지 졔군(諸君)을 긔이리오[3098].”

드듸여 뎐일(前日) 몽ᄉᆞ를 니르니, 이인이 ᄉᆡ로온 비회(悲懷)를 졍(定)치 못ᄒᆞ더라.

양휘 ᄂᆡ셔헌 경심당의 쳐ᄒᆞ여 진왕과 삼ᄌᆞ를 글 가르치고, 밤인 즉 부공긔 시침(侍寢) 【2】 ᄒᆞ며, ᄂᆞᆺ인 즉 ᄂᆡ당(內堂)의셔 모친을 뫼셔 형데 남ᄆᆡ 담소ᄒᆞ여 부모를 위열(慰悅)ᄒᆞ니, 상운낭을 니부인 침소 겻히 상ᄉᆞ(上舍)[3099]를 쇄소(刷掃)ᄒᆞ여 거ᄒᆞ게 ᄒᆞ고, ᄎᆞ환과 일용 범ᄉᆞ를 ᄀᆞ호(加護)[3100]ᄒᆞ여 극진치 아니미 업고, 밤인 즉 상운낭이 왕을 뫼셔 니부인 침상 ᄋᆞ릐셔 ᄌᆞ니, 니부인이 닌ᄋᆞ 등과 ᄀᆞᆺ치 품어 �(慉養)ᄒᆞ고, 상·강 냥인(兩人)을 혈심(血心)으로 ᄃᆡ졉ᄒᆞ니, 냥네 감은각골

3097)회양(回陽) : 『한의』 양기(陽氣)를 회복하는 일.
3098)긔이다 : 기이다. 어떤 일을 숨기고 바른대로 말하지 않다.
3099)상사(上舍) : 퇴락하여 허름하지 않은 좋은 집.
3100)ᄀᆞ호(加護) : 보호하여 줌.

(感恩刻骨)ᄒᆞ고, 니부인 은혜와 신양의 덕으로 왕이 회싱(回生)ᄒᆞ믈 감격ᄒᆞ여, 님【3】시를 ᄎᆞᄌᆞ 보와 말ᄉᆞᆷ을 펴 만만(萬萬) 칭은(稱恩)ᄒᆞ니, 님시 ᄉᆞᄉᆞ(謝辭)ᄒᆞ고 셜부인이 님시를 보와 관곡(款曲)히 은혜를 일캇더라.

왕이 이의 온 월여(月餘)의 영풍(英風)이 날노 긔이ᄒᆞ고, 삼ᄋᆞ로 더브러 ᄉᆞ랑ᄒᆞ여 ᄭᆞᆺ가지 닷토ᄂᆞᆫ 닐이 업고, 삼ᄋᆡ 어룬의 ᄀᆞ르치믈 인ᄒᆞ여 왕을 공경ᄒᆞ고 ᄉᆞ랑ᄒᆞ여, 고은 ᄭᆞᆺ과 긔이ᄒᆞᆫ ᄉᆡ를 어더도 왕을 쥬어 그 부모를 닐코 고혈(孤孑)ᄒᆞ믈 불상이 넉이고, 님군의 ᄌᆞ식을 공경ᄒᆞᆯ 쥴 아라 ᄃᆡ졉ᄒᆞ미 극진ᄒᆞ니, 그【4】부됴(父祖) 슉당(叔黨)이 긔ᄋᆡ(奇愛)3101)ᄒᆞ더라.

일일은 닌ᄋᆞ 등이 조모 당즁(當中)의셔 진왕과 졔군둉(諸群從)으로 놀 ᄉᆡ, 풍부인 소녀 이 ᄯᅥᆨ 오세요, 범부인 ᄋᆞ직 삼세라. 기기히 긔화명쥬(奇花明主) ᄀᆞᆺᄒᆞ니, 부인이 안셕(安席)의 지혀 ᄋᆞ손을 완농(玩弄)ᄒᆞᆯ ᄉᆡ, 좌우로 ᄌᆞ부 숀ᄋᆞ를 도라보ᄋᆞ 희긔(喜氣) 녕농(玲瓏)ᄒᆞ더니, 홀연 탄식고 양후를 ᄃᆡᄒᆞ여 왈,

“금번 너의 급화(急禍)를 ᄉᆡᆼ각ᄒᆞᆫ즉, 시시로 마음이 놀나온지라. 비록 신약(神藥)을 두어시나 구즁심쳐(九重深處)3102)의 드러가 독약을 알고 먹던 ᄯᅳᆺ이 닉【5】마음이 알푸고 ᄲᅧ 져린지라. 네 능히 어버의 슬젼의 다시 오기를 긔필(期必)ᄒᆞ더냐?”

양휘 우러러 고왈,

“실인 등은 삼쳑(三尺) 약녀(弱女)로ᄃᆡ 쇼ᄌᆞ의 회ᄉᆡᆼᄒᆞᆯ 쥴을 아랏ᄉᆞ오니, 쇼직 당당ᄒᆞᆫ 팔쳑 장부로 능히 회쇼(回蘇)ᄒᆞᆯ 쥴 몰ᄂᆞ시리잇가? 만일 모로올진ᄃᆡ, 상젼(上前)3103)의셔 업치고 먹지 아냐실너이다.”

부인이 도로혀 웃고 왈,

“원간3104) 업치고 농간(弄奸)3105)ᄒᆞᆫ 요인을 잡지 못ᄒᆞ여 짐즛 독슈(毒手)를 바드뇨? 져 무리 너희 부부 ᄉᆞ인을 쥭엿노라. 양양ᄒᆞᆯ 일이【6】뎔통(切痛)ᄒᆞ도다.”

양휘 ᄃᆡ왈,

“틱틱(太太)3106) 말ᄉᆞᆷ○[이] 광명(光明)ᄒᆞ시나 시셰(時世) 글넛ᄂᆞᆫ지라. 만일 션뎨 직시면 져 뉘 힝악지 못ᄒᆞᆯ 분 아니라, ᄒᆡᄋᆡ ᄯᅩ 젹발ᄒᆞ미 쉬오되, 유군(幼君)이

3101)긔ᄋᆡ(奇愛) : 특별히 사랑함.

3102)구즁심쳐(九重深處) : 겹겹이 문으로 막은 깊은 궁궐이라는 뜻으로, 임금이 있는 대궐 안을 이르는 말. =구중궁궐(九重宮闕).

3103)상젼(上前) : 임금의 앞.

3104)원간 : 본디(本디). 처음부터.

3105)농간(弄奸) : 남을 속이거나 남의 일을 그르치게 하려는 간사한 꾀.

3106)틱틱(太太) : 예전에 '어머니'를 이르는 말. 또는 ‘부인’에 대한 존칭. 중국어 긴접차용어.

즉위ᄒᆞ시무로 뎌 무리를 휘오지[3107] 못ᄒᆞ시고, 도로혀 장즁(掌中)의 농낙(籠絡)ᄒᆞ니, 쇼ᄌᆞ 만일 그 죄를 ᄂᆞᆺ타ᄂᆡ면 쥭이도 못ᄒᆞ고 도로혀 불측ᄒᆞᆫ 악명을 무릅쓰오리니, 변ᄇᆡᆨ(辨白)이 무익ᄒᆞ고, 이리 올 긔약이 업술지라. ᄃᆡ식 거의니, 미구(未久)의 ᄌᆞ즁지난(自中之亂)이 일지라. 그 어즈러오믈 【7】 보지 말고ᄌᆞ ᄒᆞ미요, 히ᄋᆡ 당당이 그 음악(淫惡)ᄒᆞᆫ ᄌᆞ최들을 버히리이다."

부인이 깃거 왈,

"ᄂᆡ ᄋᆞ히 신명(神明)ᄒᆞ믈 노뫼 엇지 알니오. ᄂᆡ 부ᄌᆡ박덕(不才薄德)[3108]으로 능히 너 ᄀᆞᆺᄐᆞᆫ 긔ᄌᆞ(奇子)[3109]를 ᄉᆡᆼᄒᆞ뇨? 숀ᄋᆞ 등의 츌뉴(出類)ᄒᆞ믈 ᄆᆡ양 ᄋᆞ부(我婦)의 ᄐᆡ괴(胎敎)라 ᄒᆞ더니, ᄂᆡ ᄋᆞ히 신명ᄒᆞ미 여ᄎᆞᄒᆞ니 시고(是故)로 삼ᄋᆡ 부모를 품슈(稟受)ᄒᆞ여 비상(非常)ᄒᆞ미로다."

양휘 웃고 ᄃᆡ왈,

"삼ᄋᆡ 그 어믜 용잔(庸孱)ᄒᆞ믈 달마 무어싀 쓰리잇고? 원간 ᄉᆞ름이 아비 졍긔(精氣)를 타 삼기고, 어미ᄂᆞᆫ 다만 보휵 【8】 ᄒᆞᆯ ᄯᆞ름이니, 유ᄋᆞ 등이 쇼ᄌᆞ를 달무므로 아르시고, 어믜 공을 니르지 마르쇼셔. ᄃᆡ인이 ᄆᆡ양 언어간(言語間)의 어믜 십삭 ᄐᆡ교(胎敎)의 비로ᄉᆞ미라. ᄒᆞ시니, 히ᄋᆡ 원통ᄒᆞ여이다."

부인이 쾌히 ᄃᆡ쇼 왈,

"연즉(然則) ᄂᆞ의 부릉누질(不能陋質)[3110]노 너를 ᄉᆡᆼ휵(生慉)ᄒᆞ미 ᄂᆞ의 공이 아니라 ᄒᆞ미로다."

조부인이 낭낭이 웃고 냥형과 졔슈와 삼부인이 다 함쇼(含笑)ᄒᆞ니, 양휘 ᄯᅩᄒᆞᆫ 웃고 ᄃᆡ왈,

"이 말숨은 ᄐᆡᄐᆡ 히ᄋᆞ(孩兒)[3111]를 보ᄎᆡ시미로쇼이다. 엇지 감히 ᄐᆡᄐᆡ긔 니른 말숨이리 【9】 잇고?"

좌위(左右) 다 우ᄉᆞ니, 공이 므득 막ᄃᆡ 집고 드러오며 문 왈,

"근간(近間)의 집안 경화(慶華)를 인ᄒᆞ여 화긔 잇ᄉᆞ믄 올커니와, 엇지 모다 이 ᄀᆞᆺ치 웃ᄂᆞ뇨? 노뷔 혼ᄌᆞ 심심ᄒᆞ여 드러오괘라."

삼ᄌᆞ와 제뷔 연망이 하당(下堂) 영졉(迎接)ᄒᆞ여 붓드러 뫼시니, 공이 부인 다려 왈, "숀ᄋᆞ들의 긔이ᄒᆞᆫ ᄌᆞ미를 부인이 엇지 혼ᄌᆞ 보고 복(僕)[3112]을 쳥치 아닛

3107)휘다 : 남의 의지를 꺾어 뜻을 굽히게 하다.
3108)부ᄌᆡ박덕(不才薄德) : 재주가 없고 덕이 모자람.
3109)긔ᄌᆞ(奇子) : 보통과 다른 훌륭한 아들.
3110)부릉누질(不能陋質) : 능력이 부족하고 타고난 성품이나 소질이 비루함.
3111)히아(孩兒) : '어린아이'라는 말로, 직계 존속 앞에서 자신을 낮추어 이르는 말. ᄋᆞ아히(兒孩).
3112)복(僕) : 1인칭대명사 '저'를 문어적으로 이르는 말.

ᄂᆞ뇨?"

부인이 잠쇼(潛笑) ᄃᆡ왈,

"쳡이 비록 ᄇᆡᆨ슈지년(白首之年)3113)이나, 엇지 감히 명공(明公)3114)을 청(請)ᄒᆞ리잇고?"

공이 쇼왈,

"노년 부뷔 서로 청 【10】 ᄒᆞ미 무ᄉᆞᆷ 슈치ᄉᆡ(羞恥事)라, 부인은 뜻 업시 념치(廉恥)를 출히시ᄂᆞ뇨? 원간3115) 각별ᄒᆞᆫ 희ᄉᆞ(喜事)를 듯고ᄌᆞ ᄒᆞᄂᆞ이다."

부인이 ᄃᆡ왈

"아ᄌᆞ의3116) 현ᄋᆡ 여ᄎᆞ여ᄎᆞ 어미를 위열(慰悅)ᄒᆞᆯᄉᆡ 우ᄉᆞ미니, '노ᄅᆡᄌᆞ(老萊子)의 아롱옷'3117)ᄉᆞ로 다르미 업ᄂᆞ이다."

공이 ᄯᅩᄒᆞᆫ 우어 왈,

"네 모친이 원통(怨痛)이 넉이ᄂᆞᆫ도다. 그러나 니현뷔 텬문을 ᄉᆞᆯ펴 길흉을 ᄒᆡ득ᄒᆞ여 네 모친다려 니르미 여ᄎᆞᄒᆞ니, 과연 어긔미 업ᄂᆞᆫ지라. 노부도 밋지 못ᄒᆞ니, 네 능히 아ᄂᆞᆫ다?"

양휘 화열ᄒᆞᆫ 우음 【11】 을 ᄯᅴ여 흠신궤고(欠身跪告)3118) 왈,

"ᄐᆡᄐᆡ ᄆᆡ양 심ᄉᆡ(心思) 울젹ᄒᆞ시니 잠간 우ᄉᆞ시믈 인ᄒᆞ미니이다."

공이 인ᄒᆞ여 셕일(昔日) 몽ᄉᆞ(夢事)로써 닐너 왈,

"츈몽(春夢)을 미드미 군ᄌᆞ의 정ᄃᆡᄒᆞᆫ ᄇᆡ 아니로ᄃᆡ, 몽ᄉᆡ 십분 정녕(丁寧)3119)ᄒᆞ고, 두후(后) 의용(儀容)이 지금의 삼삼ᄒᆞ니3120) 엇지 허망타 ᄒᆞ리오. 너의 부뷔 어진 덕이 스ᄉᆞ로 복을 구ᄒᆞ민가 ᄒᆞ노라."

양휘 ᄇᆡᄉᆞ(拜謝)ᄒᆞ여 셩교(聖敎)를 감히 당치 못ᄒᆞ믈 일ᄏᆞᆺ더라,

양휘 슈일 후 진션ᄉᆡᆼ긔 ᄂᆞᄋᆞ가 뵈니, 션ᄉᆡᆼ이 대 【12】 쇼(大笑) 왈,

"ᄌᆞ현이 풍진(風塵)을 영ᄉᆞ(永辭)3121)ᄒᆞ고 션계(仙界)의 도라와시나, 너의 ᄌᆡ덕

3113)ᄇᆡᆨ수지년(白首之年) : 머리가 허옇게 센 늙은 나이.
3114)명공(明公) : 듣는 이가 높은 벼슬아치일 때, 그 사람을 높여 이르던 2인칭 대명사.
3115)원간 : 원(願)컨대. 바라건대.
3116)아ᄌᆞ의 : 「부사」 아까. 조금 전에. *아ᄌᆞ: 「명사」 아까. 조금전.
3117)노ᄅᆡᄌᆞ(老萊子)의 아롱옷 : 중국 춘추 때 초나라 사람 노래자가 70세에 색동옷을 입고 어린애 장난을 하여 늙은 부모님을 즐겁게 해드렸다는 고사를 이른 말. *아롱옷: 색동옷.
3118)흠신궤고(欠身跪告) : 공경하는 뜻을 나타내기 위하여 무릎을 꿇고 몸을 굽혀 고(告)함.
3119)정녕(丁寧) : 조금도 틀림없이 꼭. 또는 더 이를 데 없이 정말로.≒정녕(丁寧)히.
3120)삼삼ᄒᆞ다 : 잊히지 않고 눈앞에 보이는 듯 또렷하다.
3121)영사(永辭) : 길이 사절함.

을 다 펴지 못ᄒᆞ여시니, 다시 ᄂᆞ가믈 면치 못ᄒᆞᆯ지라. 슈십년 후야 비로쇼 한가ᄒᆞᆫ 몸이 되리라."

양휘 흔연 ᄇᆡᄉᆞ(拜謝)ᄒᆞ고 이윽이 뫼셔 담화ᄒᆞ더니, 션ᄉᆡᆼ 왈,

"셰둉(世宗)이 비록 영명(英明)ᄒᆞᆫ 님군이나 명이 박ᄒᆞ여 누리지 못ᄒᆞ니, 금텬하(今天下) 다시 난(亂)ᄒᆞᆯ지라. 네 맛당이 뫼ᄒᆡ ᄂᆞ려가 산하(山下)의 쥬(主)ᄅᆞᆯ ᄎᆞᄌᆞ 보리라. 너희 세 ᄋᆞᄒᆡ 슈일지ᄂᆡ(數日之內)의 강ᄉᆡᆼ(降生)ᄒᆞ다 ᄒᆞ니, ᄒᆞᆫ 번 【13】 보고ᄌᆞ ᄒᆞ되, 몸이 게얼너 능히 못ᄒᆞ엿더니, 명일의 당당이 ᄂᆞᄋᆞ가 녕돈(令尊)긔 경ᄉᆞ(慶事)ᄅᆞᆯ 하례ᄒᆞ고 너희 세 ᄋᆞᄃᆞᆯ을 보리라"

양휘 깃거 ᄇᆡᄉᆞ(拜謝)ᄒᆞ더라.

신·화 냥인이 면젼의 ᄇᆡ알(拜謁)ᄒᆞ니 션ᄉᆡᆼ이 칭지(稱之) 왈,

"ᄉᆞᄅᆞᆷ을 셤기ᄆᆡ 졍이 골육 ᄀᆞᆺ고 의(義) 휴쳑(休戚)을 ᄒᆞᆫ 가지로 ᄒᆞᄂᆞᆫ도다. 갈녁진셩(竭力盡誠)3122)ᄒᆞ니, 영명(榮名)이 후셰의 ᄂᆞᆺᄐᆞᄂᆞ리로다."

냥인이 ᄇᆡᄉᆞᄒᆞ더라.

셕양의 도라와 부젼의 뫼옵고 진션ᄉᆡᆼ이 명일 님(臨)ᄒᆞ믈 알외니, 공이 【14】 반겨 기다리더라.

날이 ᄇᆞᆰ으ᄆᆡ 양휘 즁시(仲氏)3123) 숑계공을 뫼셔 셕실(石室)의 가 션ᄉᆡᆼ을 뫼셔 도라오니, 션ᄉᆡᆼ의 ᄂᆞ히 임의 ᄇᆡᆨ여셰로ᄃᆡ, 일발(一髮)이 불ᄇᆡᆨ(不白)ᄒᆞ고 ᄒᆡᆼ뵈(行步) 나ᄂᆞᆫ 듯ᄒᆞ더라.

위공이 마자 우어 왈,

"쇼뎨 근ᄂᆡ 노병(老病)이 심ᄒᆞ고 게얼너 형을 ᄎᆞᆺ지 못ᄒᆞ엿더니, 형이 신신(申申)이3124) ᄎᆞᄌᆞ니 다감(多感)ᄒᆞ여라."

션ᄉᆡᆼ이 쇼왈,

"형이 날을 ᄃᆡᄒᆞ여 ᄂᆞ3125) 만흐믈 ᄌᆞ랑ᄒᆞᄂᆞ냐? 복녹(福祿)이 듕거온 직 ᄌᆞ손이 번창ᄒᆞ니, ᄌᆞ연 지위 놉고 몸이 돈(尊)ᄒᆞ미라. 우리 【15】 무리 한쳔(寒賤)3126)ᄒᆞ믈 엇지 당ᄒᆞ리오."

공이 ᄃᆡ쇼ᄒᆞ고 숀을 닛그러 당의 올나 좌졍(坐定)ᄒᆞ고, 션ᄉᆡᆼ이 양후의 무ᄉᆞ이 탈신ᄒᆞ여 한가ᄒᆞ믈 어드믈 하례ᄒᆞ니, 공이 답왈,

"쇼뎨 임의 산즁의 거ᄒᆞ여 진셰고락(塵世苦樂)을 부운(浮雲) ᄀᆞᆺ치 넉이거ᄂᆞᆯ, 현ᄋᆞᄂᆞᆫ 불관ᄒᆞᆫ 공명(功名)을 인ᄒᆞ여 ᄒᆞ마 목숨을 일흘 번ᄒᆞ니, 놀ᄂᆞ오믈 엇지 니긔

3122)갈력진성(竭力盡誠) : 힘과 정성을 다함.
3123)중시(仲氏) : 중형(仲兄). 둘째 형.
3124)신신(申申)이 : 거듭하여. 거듭거듭.
3125)ᄂᆞ : 나. '나이'의 준말.
3126)한천(寒賤) : 가난하고 신분이 천함.

여 니르리오. ᄎᆞ후ᄂᆞᆫ 부ᄌᆡ(父子) 셔로 숀을 닛그러 여ᄉᆡᆼ을 맛ᄎᆞ려 ᄒᆞ노라."

션ᄉᆡᆼ이 ᄃᆡ쇼(大笑) 왈,

"텬ᄌᆡ 엇지 ᄌᆞ현을 산즁【16】의 공노(空老)케 ᄒᆞ리오. 져의 운쉬(運數) 우명년(又明年)의 위명(威命)이 화이(華夷)의 진동(震動)ᄒᆞ리니, 화산(華山)3127) ᄀᆞ온ᄃᆡ 머물 ᄇᆡ 아니라."

공이 묵연 탄식ᄒᆞ더라. 명ᄒᆞ여 삼ᄋᆞ와 진왕을 다려오라 ᄒᆞ니, 니부인이 션ᄉᆡᆼ의 신긔(神奇)를 알고ᄌᆞ ᄒᆞ여 진왕의 의복을 ᄋᆞᄌᆞ와 ᄀᆞᆺ치 ᄒᆞ여 시ᄋᆞ로 안겨 보ᄂᆡ니, 상운낭이 ᄀᆞ마니 후면 난함(欄檻)의 슘어 션ᄉᆡᆼ의 왕을 의논ᄒᆞᄂᆞᆫ 말을 듯고ᄌᆞ ᄂᆞ가니, ᄉᆞ기(四個) ᄎᆞ환이 각각 ᄋᆞ히를 안아 면젼의 니르니, 신장(身長)이 참【17】치(參差)3128)ᄒᆞ고 옥뫼(玉貌) 방불(彷彿)ᄒᆞ여 분변키 어려온 지라. 공이 잠쇼(暫笑) 왈,

"션ᄉᆡᆼ이 각각 소ᄉᆡᆼ(所生)을 분변ᄒᆞ고 젼두(前頭)3129)를 의논ᄒᆞ시리잇가?"

션ᄉᆡᆼ이 우음을 ᄯᅴ여 몬져 진왕을 ᄀᆞᆯ으쳐 왈,

"가히 어엿부다 뇽ᄌᆞ봉숀(龍子鳳孫)3130)이 '금지(金枝)와 옥엽(玉葉)'3131)이여ᄂᆞᆯ, 명되(命途) 긔궁(奇窮)3132)ᄒᆞ여 ᄂᆞ라ᄒᆞᆯ 바리고 산즁의 도라오니, 진실노 셔뎡공이 다시 잇도다. ᄆᆞᆰ으되 견고ᄒᆞ고 약ᄒᆞ되 강ᄒᆞ니, 타일 일방(一邦)을 진슈(鎭守)ᄒᆞ여 현명(賢明)이 ᄂᆞ타ᄂᆞ고 슈복(壽福)이 완젼ᄒᆞ여 세둉【18】의 어진 덕을 갑흐리로다."

ᄯᅩ 닌ᄋᆞ를 나호여 어루만져 왈,

"텬졍(天庭)3133)이 두렷ᄒᆞ고 일월각(日月角)3134)이 분명ᄒᆞ며, 귀ᄡᆞᆯ3135)이 진쥬(珍珠) ᄀᆞᆺᄒᆞ니 명만ᄉᆞ이(名滿四夷)3136) ᄒᆞᆯ거시오. 잠미(蠶眉)3137)의 산쳔영긔(山

3127)화산(華山) : 『지명』 중국 오악(五嶽) 가운데 하나. 섬서성(陝西省) 화음시(華陰市) 경내(境內)에 있으며 높이는 2,160미터.=서악(西岳).

3128)참치(參差) : 길고 짧고 들쭉날쭉하여 가지런하지 아니함.=참치부제(參差不齊).

3129)전두(前頭) : 지금부터 다가오게 될 앞날.=내두(來頭).

3130)뇽ᄌᆞ봉숀(龍子鳳孫) : 용봉(龍鳳)의 자손. 즉 임금의 자손. =금지옥엽(金枝玉葉).

3131)금지옥엽(金枝玉葉) : 임금의 자손. =용자봉손(龍子鳳孫)

3132)긔궁(奇窮) : 몹시 곤궁함.

3133)텬졍(天庭) : 관상에서, 두 눈썹의 사이 또는 이마의 복판을 이르는 말.

3134)일월각(日月角) : 관상법(觀相法)에서 부모운(父母運)을 나타내는 일각(日角)과 월각(月角)을 함께 이르는 말. 일각은 왼쪽 눈 위 약 3㎝ 부분, 월각은 오른쪽 눈 위 약 3㎝ 부분의 이마를 말하는데, 일월각이 뚜렷하면 높은 관직에 오를 상(相)이라 한다.

3135)귀ᄡᆞᆯ : 귓불. 귓바퀴의 아래쪽에 붙어 있는 살.

3136)명만ᄉᆞ이(名滿四夷) : 명성이 사이(四夷)에 가득함. *사이(四夷): 예전에, 중국의 사방에 있던 동이, 서융, 남만, 북적을 통틀어 이르던 말.

3137)잠미(蠶眉) : 누에와 같은 눈썹.

川靈氣)를 아올나시니 문장이 팔두(八斗)3138)를 기우릴 거시오, 봉안(鳳眼)이 일월(日月)의 광치를 가져시니, 흉즁(胸中)의 ᄉᆞ힉(四海)3139)를 건질 녁냥(力量)이 잇도다. 맑고 영발(英發)ᄒᆞ되3140) 완비(完備)ᄒᆞ고 슈려(秀麗)ᄒᆞ니, 텬지졍화(天地精華)3141)를 거두어 졔셰안민지칙(濟世安民之策)3142)을 품엇도다. 호연(浩然)ᄒᆞ고 활【19】낭(豁朗)3143)ᄒᆞ니, 흡흡(洽洽)히 아셩(亞聖)3144)의 뒤흘 ᄯᆞ르며, 관후(寬厚)ᄒᆞ고 온즁(溫中)ᄒᆞ니 누ᄉᆞ덕(婁師德)3145)의 엇기를 비길지라. 움즉이믹 긔린(麒麟)3146)이 교야(郊野)의 나리고 쥬위 산즁의 빅회(徘徊)홈 ᄀᆞᆺᄒᆞ니, 어진 덕과 놉흔 ᄯᅳᆺ이 션됴(先祖) 승상(丞相)을 계젹(繼蹟)3147)ᄒᆞ엿시되, 오복(五福)3148)이 구젼(俱全)ᄒᆞ니, 연지팔십(年至八十)이오 지위(地位) 쳔승(千乘)이로다.”

ᄯᅩ 웅ᄋᆞ를 기려 왈

“그 머리 고고(高高)ᄒᆞ여 하늘을 밧들 듯ᄒᆞ고, 엇기 놉하 늘닌 슈리3149) ᄀᆞᆺᄒᆞ니, 용녁(勇力)이 졀눈(絶倫)홀 거시오, 닙양(立揚)3150)이 틱산교악(泰山喬

3138)팔두(八斗) : 중국 위(魏)나라 시인 조식(曹植: 192~232)의 재주가 뛰어남을 비유적으로 이른 말. 즉 동진(東晋)의 시인 사령운(謝靈運 : 385~433년)이 ‘천하의 재주를 한 섬으로 볼 때 조식의 재주가 팔두(八斗)를 차지한다’고 한데서 유래했다.

3139)ᄉᆞ힉(四海) : ‘온 세상’을 달리 이르는 말.

3140)영발(英發)하다 : 재기(才氣)가 두드러지게 드러나다.

3141)텬지졍화(天地精華) : 하늘과 땅의 깨끗하고 순수한 정수(精髓).

3142)졔셰안민지칙(濟世安民之策) : 세상을 구제하고 백성을 편안하게 할 방책.

3143)활낭(豁朗) : 활달하며 명랑함.

3144)아셩(亞聖) : 유학에서 공자 다음가는 성인(聖人)이라고 하여 ‘맹자’를 이르는 말.

3145)누ᄉᆞ덕(婁師德) : 당(唐)나라 측천무후(則天武后) 때의 정치가. 성품이 온후하고 관대하며 인자하여 아무리 무례한 일을 당해도 조금도 흔들림이 없이 표정이 똑같았다고 한다. 동생에게 ‘남이 얼굴에 침을 뱉으면 어떻게 해야 하느냐’고 묻고, 동생이 ‘잠자코 침을 닦으면 된다’고 하자, 그는 ‘닦을 것도 없이 침이 마를 때가지 기다려야 한다’고 충고하였다고 한다. 즉 처세에는 인내심이 필요한 것을 이른 말로, 이와 관련하여 ‘타면자건(唾面自乾; 얼굴에 침을 뱉으면 저절로 마를 때까지 기다린다)’이란 고사성어가 전한다.

3146)긔린(麒麟) : 『민속』 성인이 이 세상에 나올 징조로 나타난다고 하는 상상 속의 짐승. 몸은 사슴 같고 꼬리는 소 같고, 발굽과 갈기는 말과 같으며 빛깔은 오색이라고 한다. ≒인수(仁獸).

3147)계젹(繼蹟) : 조상이나 부형의 훌륭한 업적이나 행적을 본받아 이음.

3148)오복(五福) : 유교에서 이르는 다섯 가지의 복. 보통 수(壽), 부(富), 강녕(康寧), 유호덕(攸好德), 고종명(考終命)을 이른다.

3149)슈리 : 수리. 『동물』 수릿과의 독수리, 참수리, 흰꼬리수리, 검독수리 따위를 통틀어 이르는 말. 몸이 크고 힘이 세며, 크고 끝이 굽은 부리와 굵고 날카로운 발톱이 있다.

3150)닙양 : 입양(立揚). 입신양명(立身揚名)의 줄임말. *입신양명: 출세하여 이름을 세상

嶽)3151) 굿고 회두(回頭)ᄒᆞ미 【20】 밍호(猛虎) 위풍(威風)을 닉고ᄌᆞ 홈 굿ᄒᆞ니, ᄉᆞ일(斜日)3152)은 '흉(胸)의 만갑(萬甲)을 장(藏)ᄒᆞ엿고'3153) 쇼안(素顔)이 녕농(玲瓏)ᄒᆞ니 신뇽(神龍)이 됴화(造化)를 ᄀᆞ졋도다. 영호쥰녈(令號峻烈)3154)ᄒᆞ믄 회음후(淮陰侯)3155)와 방불(彷彿)ᄒᆞ되, 관인후덕(寬仁厚德)ᄒᆞ여 곽녕공(郭令公)3156)의 복녹(福祿)을 ᄀᆞ져시니 남면왕낙(南面王樂)을 누리이니, ᄉᆡᆼ각건ᄃᆡ 후한ᄐᆡ[고]죄(後漢高祖)3157) 풍진(風塵)의 분쥬ᄒᆞ여 일만 번 고쵸(苦楚)ᄒᆞ믈 지닉고 뎨위(帝位)를 오ᄅᆡ 누리지 못ᄒᆞ믈 상뎨(上帝) ᄎᆞ상(嗟傷)ᄒᆞᄉᆞ ᄎᆞᄋᆞ(此兒)로뻐 그 혈식(血食)을 니어 후ᄉᆞ(後嗣)를 빗닉시니민가 ᄒᆞᄂᆞ니, 닌ᄋᆞᄂᆞᆫ 형 【21】 이요 ᄎᆞᄋᆞᄂᆞᆫ 뎨(弟)로쇼이다"

공이 잠쇼(暫笑) 왈,

"션ᄉᆡᆼ 말솜이 신녕ᄒᆞ시되 너모 외람ᄒᆞ이다. 삼ᄋᆞ를 마ᄌᆞ보쇼셔."

션ᄉᆡᆼ이 삼ᄋᆞ를 니윽이 보다가 활연ᄃᆡ탄(豁然大嘆) 왈,

"셰ᄃᆡ 멀고 인민이 강쇠(强衰)3158)ᄒᆞ여 공밍(孔孟)3159)의 도통(道統)이 끈히엿더니, ᄎᆞᄋᆞ(此兒)의 비로ᄉᆞ3160) 사문(斯文)3161)을 다시 니르혀리로다. 맑고 안정

에 떨침.

3151)산교악(泰山喬嶽) : 태산처럼 높고 큰 산.

3152)ᄉᆞ일(斜日) : 비스듬히 비추는 햇빛. 여기서는 '내리 뜬 눈빛'을 이른 말이다. *사일쌍광(斜日雙光) : 내리뜬 두 눈빛.

3153)흉(胸)의 만갑(萬甲)을 장(藏)ᄒᆞ엿고 : '가슴 속에는 만군(萬軍)을 감추었다'는 말로, 송(宋)나라 범중엄(范仲淹)이 수년 동안 변방을 지킬 때 서하(西夏) 사람들이 감히 국경을 넘보지 못하고 말하기를 "범중엄의 가슴 속엔 수만의 갑병(甲兵)이 들어 있다."(『名臣傳』 范仲淹)고 하였다는 고사를 차용하여, 웅창이 병략(兵略)이 뛰어날 것임을 이른 말이다.

3154)영호쥰녈(令號峻烈) : 호령(號令)이 매우 엄하고 매섭다.

3155)회음후(淮陰侯) : 중국 한(漢)나라 개국공신 한신(韓信)의 작위(爵位). *한신(韓信): ? - BC196. 중국 한(漢)나라 때의 무장(武將). 한 고조를 도와 조(趙)・위(魏)・연(燕)・제(齊)나라를 멸망시키고 항우를 공격하여 큰 공을 세웠다.

3156)곽영공(郭令公) : 곽분양(郭汾陽)을 말함. 이름은 자의(子儀)로, 당(唐) 나라 현종(玄宗)·숙종(肅宗) 때 명장. 한 몸으로 천하의 안위를 맡게 됨이 20여 년이었으며 벼슬이 태위(太尉)중서령(中書令)에 이르렀고 분양군왕(汾陽郡王)에 봉왕되어 '곽분양(郭汾陽)'이라 불린다.

3157)후한고죄(後漢高祖) : 유지원(劉知遠). 재위 947-948. 후당 명종(明宗)의 신하였으나, 후당이 멸망한 후, 후진(後晉) 황제 석경당(石敬瑭)의 신하가 되어. 후진 건국에 공을 세워 군부의 요직을 역임했다. 947년 개봉(開封)에서 스스로 즉위 하여 후한(後漢)을 건국하였고, 다음해인 948년 연호를 건우(乾祐)로 개원을 하였는데 이 해에 사망하였다. *작중인물 위웅창의 생모 유부인은 후한(後漢) 고조(高祖)의 딸로 설정되어 있다.

3158)강쇠(强衰) : 강하던 것이 쇠(衰)하여짐.

3159)공밍(孔孟) : 공자(孔子)와 맹자(孟子)

ᄒᆞ여 셩문(聖門)의 뎨ᄌᆞ(弟子)라. 미목(眉目) ᄉᆞ이의 도ᄒᆞᆨ(道學)이 임의 ᄂᆞᆺ타ᄂᆞ시니, 안증(顔曾)3162)의 ᄌᆞ최를 닛고3163), ᄉᆞ류(士類)의 말이 되리로다. 견고ᄒᆞ미 황금을 열 번 붓ᄎᆞ며3164) 【22】 빅옥을 다시 교탁(巧琢)ᄒᆞ니, 진짓 금옥군ᄌᆞ(金玉君子)3165)요 일셰ᄃᆡ현(一世大賢)이라. 부됴(父祖)를 만히 품슈(稟受)ᄒᆞ여 총명영긔(聰明靈氣) 과인(過人)ᄒᆞ여 직뫼 ᄉᆞ름을 놀ᄂᆡᄂᆞᆫ지라.

동일지ᄋᆡ(冬日之愛)3166)ᄂᆞᆫ 그 긔상(氣像)이요, 화풍경운(和風慶雲)3167)은 그 품질(稟質)이니, 온용(溫容)ᄒᆞ고 안상(安常)ᄒᆞᆫ 격뫼(格調) 슈복(壽福)이 죡(足)ᄒᆞ리니, 니러틋ᄒᆞᆫ 삼ᄌᆞ를 일시의 어드니 됸문의 복경이 무궁ᄒᆞ고, 국가의 경상(慶祥)이라. 창ᄉᆡᆼ(蒼生)이 힘닙어 국틱민안(國泰民安)ᄒᆞ고 유ᄌᆞ(儒者)와 현ᄉᆡ(賢士) 니러ᄂᆞ리로다."

공이 희희(喜喜)ᄒᆞᆫ 우 【23】 음이 안모(顔貌)를 둘너 다만 외람ᄒᆞ믈 일ᄏᆞᆺ고, 냥슉(兩叔)이 두굿기고, 양휘 ᄯᅩᄒᆞᆫ 긔운이 화열(和悅)ᄒᆞ고, 녜뫼(禮貌) 엄슉ᄒᆞ여 부공과 ᄉᆞ부를 뫼셔 공경시좌(恭敬侍坐)ᄒᆞ여시니, 션ᄉᆡᆼ의 말ᄉᆞᆷ을 드르나 ᄋᆞᄌᆞ를 도라보미 업고, 언단(言端)을 인ᄒᆞ여 잠간도 웃ᄂᆞᆫ 거동이 업ᄉᆞ니, 만니(萬里) 청쳔(晴天)의 ᄒᆞᆫ 졈 구름이 업고, 빙호(氷湖) 츄월(秋月)이 광치를 닷토ᄂᆞᆫ 그 풍신(風神)이라. 은은ᄒᆞᆫ 도학은 미우(眉宇)의 ᄡᅧ엿고, 겸공(謙恭)ᄒᆞᆫ 덕냥(德量)은 안모(顔貌)의 ᄂᆞᆺ타ᄂᆞ니, 션ᄉᆡᆼ이 【24】 우어 왈,

"진짓 ᄉᆡᆼ텰(生鐵)3168) ᄀᆞᆺᄒᆞᆫ 간장(肝腸)이로다. 노부의 말을 밋지 아니ᄒᆞᆷ가? 엇지 못 듯ᄂᆞᆫ ᄉᆞ름 ᄀᆞᆺᄒᆞ뇨?"

양휘 황망이 빅ᄉᆞ 왈,

"엇지 감히 ᄉᆞ부(師父) 말ᄉᆞᆷ을 밋지 아니리잇고? 다만 강보(襁褓) 히제(孩提)3169)오니, 밋쳐 상셕(床席)3170)이[의] 니지3171) 못ᄒᆞ엿ᄉᆞ오니, ᄉᆞ부의 셩(盛)

3160)비로ᄉᆞ : 비로소. 어느 한 시점을 기준으로 그 전까지 이루어지지 아니하였던 사건이나 사태가 이루어지거나 변화하기 시작함을 나타내는 말.
3161)사문(斯文) : 이 학문, 이 도(道)라는 뜻으로, 유학의 도의나 문화를 이르는 말.
3162)안증(顔曾) : 공자(孔子)의 제자인 안회(顔回)와 증삼(曾參)을 아울러 이르는 말.
3163)닛다 : 잇다. 두 끝을 맞대어 붙이다.
3164)붓치다 : 붙이다. (남의 뺨이나 볼기 따위를) 세게 때리다. *여기서는 '황금을 세게 두드려 단단하게 한다'는 뜻.
3165)금옥군ᄌᆞ(金玉君子) : 몸가짐이 단정하고 점잖으며 지조가 굳은 사람을 이르는 말.
3166)동일디ᄋᆡ(冬日之愛) : 겨울 햇살의 다사로움.
3167)화풍경운(和風慶雲) : 화창한 바람과 상서로운 구름.
3168)ᄉᆡᆼ텰(生鐵) : 무쇠. 1.7% 이상의 탄소를 함유하는 철의 합금(合金). 단단하기는 하나 강철에 비하여 쉽게 녹이 슨다. 주조(鑄造)하기가 쉬워 공업 재료로 널리 쓴다.=주철.
3169)히졔(孩提) : 해제(孩提). 나이가 적은 아이.=어린아이.

ᄒᆞᆫ 말ᄉᆞᆷ을 감히 당치 못ᄒᆞ미로쇼이다.”

션ᄉᆡᆼ이 ᄎᆞ탄 왈,

“진짓 ᄀᆡ셰군ᄌᆞ(蓋世君子)[3172]요 금옥심장(金玉心腸)이니, 져 아비 잇ᄂᆞᆫ 고로 이 ᄋᆞᄃᆞᆯ이 잇도다.”

ᄒᆞ더라.

셕양의 션ᄉᆡᆼ이 도라간 후, 공이 ᄂᆡ당의 드러와 진쳐ᄉᆞ의 말【25】을 부인과 녀부다려 니르고 깃브믈 니긔지 못ᄒᆞ니, ᄎᆞ시 상운낭이 여어듯고 크게 깃거 왕을 안고 드러와 니부인긔 고ᄒᆞ니, 니부인이 왕을 바다 안으며 어로만져 다힝ᄒᆞ고 깃거ᄒᆞ니, ᄉᆞ랑ᄒᆞᄂᆞᆫ 정이 간간절절(懇懇切切)ᄒᆞ더라.[3173] 왕이 역시 친ᄋᆡᄒᆞ믈 ᄌᆞ모 ᄀᆞᆺ치 ᄒᆞ더라.

시(時)의 양휘 부모를 뫼셔 ‘반의(斑衣)의 정’[3174]을 다ᄒᆞᆯᄉᆡ, 간간(懇懇)ᄒᆞᆫ 담쇼로 우으시믈 요구ᄒᆞ고, 완슌(婉順)ᄒᆞᆫ 얼골노 ‘승안(承顔)ᄒᆞᄂᆞᆫ 화긔(和氣)’[3175] 극진ᄒᆞ니, ᄌᆞ쇼(自少)로 즐타(叱打)ᄒᆞᄂᆞᆫ 쇼ᄅᆡ【26】와 분노ᄒᆞᄂᆞᆫ 긔ᄉᆡᆨ을 부모긔 뵈오미 없ᄂᆞᆫ지라. 텬셩대효(天性大孝)ᄂᆞᆫ 일일삼성(一日三省)[3176]과 문침시션(問寢視膳)[3177]을 효측(效則)ᄒᆞ니, 닙신(立身)을 위ᄒᆞ여 슬하 써ᄂᆞ믈 뉘웃더니, 금ᄌᆞ(今者)[3178]의 부뫼 ᄋᆡ셕ᄒᆞ고 참연ᄒᆞ미 ᄉᆡ로와, 강보영ᄋᆞ(襁褓嬰兒)[3179] ᄀᆞᆺ치 아르ᄉᆞ, 부공이 야간의 회리(懷裏)[3180]의 너흐ᄉᆞ 몸을 어루만져 츄연이 탄식ᄒᆞ시믈 당ᄒᆞᆫ즉, 감동ᄒᆞ고 황공ᄒᆞᆫ ᄠᅳᆮ이 일신의 져져, 부공의 가슴의 ᄂᆞᆺ출 다히고 업ᄃᆞ여

3170)상석(床席) : 침석(寢席). 누운 자리.

3171)니다 : 일다. 일어나다. 누웠다가 앉거나 앉았다가 서다.

3172)개셰군ᄌᆞ(蓋世君子) : 인품이나 학문, 덕행 따위가 세상을 뒤덮을 만큼 뛰어난 인물.

3173)간간절절(懇懇切切)ᄒᆞ다 : 뼈에 사무치게 매우 간절하다.

3174)반의(斑衣)의 정(情) : 색동옷을 입고 춤을 추는 효성. 중국 춘추 때 초나라 사람 노래자(老萊子)가 70세에 색동옷을 입고 어린애 장난을 하여 늙은 부모를 즐겁게 해드렸다는 고사를 이른 말이다.

3175)승안화긔(承顔和氣) : 웃어른을 대하는 화(和)한 기색.

3176)일일삼성(一日三省) : 증자가 “나는 하루에 세 가지로 자신을 반성하였다. ‘남을 위해 도모한 일에 충성을 다하지 않았는가? 벗과 사귐에 신의를 다하지 않았는가? 전수받은 것을 복습하여 다 익히지 않았는가?’(吾日三省吾身 爲人謀而不忠乎 與朋友交而不信乎 傳不習乎)”라고 한 것을 이르는 말이다. 『論語 學而』 에 나온다.

3177)문침시선(問寢視膳) : 주문왕(周文王)이 세자로 있을 적에 아침과 점심과 저녁 등 하루에 세 차례씩 아버지 왕계(王季)에게 문안을 올리고 수라상을 살폈던 고사로, 황태자가 부황(父皇)을, 또는 효자가 부모를, 효성을 다해 섬기는 것을 이르는 말이다. 『禮記 文王世子』 에 나오는 말이다.

3178)금ᄌᆞ(今者) : 요사이. 지금.

3179)강보영아(襁褓嬰兒) : 포대기에 싸여 있는 갓난아이.

3180)회리(懷裏) : 품속

ᄀᆞ마니 눈물을 흘니고, 과히 심약(心弱)ᄒᆞ시믈 【27】 두려 일시도 좌측을 ᄯᅥᄂᆞ지 아니ᄒᆞ니, 타일(他日)의 건곤(乾坤)이 ᄉᆡ로 붉으나 ᄂᆞᄋᆞ갈 ᄯᅳᆺ이 업ᄂᆞᆫ지라.

오직 효ᄉᆞ(孝事)3181)를 부즈러니 ᄒᆞ여 운동긔거(運動起居)의 븟드러 니측(離側)지 아니ᄒᆞ나, 다만 진왕을 닛지 못ᄒᆞ여 외당(外堂)과 ᄂᆡ졍(內庭)의 왕을 안고 힝ᄒᆞ여, 부모 안젼(眼前)의 님ᄒᆞᆫ즉 ᄂᆞ리와 닛글고, 츄창(趨蹌)3182)ᄒᆞ여 슬하(膝下)의 ᄇᆡ이궤복(拜而跪伏)3183)ᄒᆞᄆᆡ, 왕이 ᄯᅩ 뫼셔 겻히 안ᄌᆞ니 일즉 잠간 유모의 졋슬 먹은 후ᄂᆞᆫ 닌ᄋᆞ 등으로 휴슈(携手)ᄒᆞ여 상셔를 ᄯᅥᄂᆞ지 아 【28】 니코, 혹 졍심당의 물너온즉 왕과 ᄋᆞᄌᆞ를 한 가지로 글 ᄀᆞᄅᆞ치고 신·화 이인으로 말ᄉᆞᆷᄒᆞᆯᄉᆡ, 냥인이 ᄒᆞᆫ 곳의 쳐ᄒᆞ여 모친긔 뵈고 도라와 양후를 뫼시니, 휘 ᄂᆡ헌(內軒)의 드러간즉 병셔(兵書)와 ᄉᆞ긔(史記)를 논난(論難)ᄒᆞ여 쥬야의 ᄯᅥᄂᆞ지 아니니, 노공과 셔암 곤계 그 지셩을 감탄ᄒᆞ더라.

이러구러 여름이 진(盡)ᄒᆞ고 가을을 맛ᄂᆞ니, 연당(蓮塘)의 향긔 ᄉᆞ라지고 쥭님(竹林)의 츄셩(秋聲)3184)이 니러ᄂᆞ며, ᄇᆡᆨ뇌위상(白露爲霜)3185)ᄒᆞ고 금풍(金風)3186)이 쳐량ᄒᆞ여 찬 긔운 【29】 은 오동(梧桐)을 둘닛고, 낙엽이 쇼쇼(蕭蕭)ᄒᆞ여 지당(池塘)의 ᄧᆞᆯ녀시니3187) 경물(景物)이 더옥 소됴(蕭條)ᄒᆞ여3188) 회푀(懷抱) 감창(感愴)ᄒᆞᆫ지라.

ᄎᆞ야의 양휘 부공의 취침ᄒᆞ시믈 기다려 물너 졍즁(庭中)의 ᄇᆡ회(徘徊)ᄒᆞᆯᄉᆡ 츄상(秋霜)이 늠늠ᄒᆞ여 국화의 ᄂᆞ렷고, 쳥풍이 놀호여 니러나 ᄇᆡᆨ포(白袍)를 뒤이ᄌᆞ니3189) 텬공(天空) 은하(銀河)ᄂᆞᆫ ᄇᆡᆨ깁을 편 듯ᄒᆞ고, 셔령(西嶺)의 반월(半月)은 낙시를 휘워시니3190) 모든 별이 방위를 안(安)ᄒᆞ여 빗촐 토ᄒᆞᄂᆞᆫ지라.

우러러 건상(乾象)3191)을 ᄉᆞᆯ피건ᄃᆡ, ᄌᆞ미셩(紫微星)3192)이 당 【30】 당(堂堂)ᄒᆞ

3181)효사(孝事) : 효성을 다하여 섬김.
3182)츄창(趨蹌) : 예도(禮度)에 맞게 허리를 굽히고 빨리 걸어감.
3183)ᄇᆡ이궤복(拜而跪伏) : 절을 하고 무릎을 꿇고 엎드려 어른을 맞이하거나 명(命)을 들음.
3184)츄셩(秋聲) : 가을바람 소리. 또는 가을날의 벌레 울음소리.
3185)ᄇᆡᆨ뇌위상(白露爲霜) : 흰 이슬이 서리가 되어 내림.
3186)금풍(金風) : '가을바람'을 달리 이르는 말. 오행에 따르면 가을은 금(金)에 해당한다는 데서 나온 말이다.
3187)ᄧᆞᆯ니다 : 깔리다. 바닥에 펼쳐져 놓이다.
3188)소됴(蕭條)ᄒᆞ다 : 고요하고 쓸쓸하다.
3189)뒤이ᄌᆞ다 : ①뒤집다: 안과 겉을 뒤바꾸다. ②뒤치다: 엎어진 것을 젖혀 놓거나 자빠진 것을 엎어 놓다.
3190)휘우다 : 휘다. 엎어진 것을 젖혀 놓거나 자빠진 것을 엎어 놓다.
3191)건상(乾象) : 하늘의 현상이나 일월성신이 돌아가는 이치.
3192)ᄌᆞ미셩(紫微星) : 하늘의 현상이나 일월성신(日月星辰)이 돌아가는 이치.

여 오치(五彩) 임의 셩뇽(成龍)3193)ᄒᆞ여 길게 둘너시니, 텬의를 임의 알오미 오린니 식로이 놀날빅 아니로딕, 션데(先帝)의 근노ᄒᆞ시던 텬히 임의 홀일업ᄉᆞ니, 기리 탄왈,

"금황(今皇)이 또 션데지ᄌᆞ(先帝之子)여놀 그른 곳을 《보젼‖보정(補正)》치 못ᄒᆞ고 망명(亡命)ᄒᆞ여 ᄉᆞᆷ으니, 이 또ᄒᆞᆫ 션데를 더바릿ᄂᆞᆫ지라."

스ᄉᆞ로 슬허 잠연(潛然) 타루(墮淚)ᄒᆞ고 회두탄식(回頭歎息)ᄒᆞ더니, 공이 씨여 ᄋᆞᄌᆞ를 어루만져 보미 업ᄂᆞᆫ지○[라]. 놀나 문을 열고 보니 양휘 져두(低頭)ᄒᆞ여 【31】 졍하(庭下)의셔 탄식ᄒᆞ며 산보(散步)ᄒᆞᄂᆞᆫ지라.

불너 왈,

"오ᄋᆞ(吾兒) ᄌᆞ지 아니코 홀노 읍읍(悒悒)히 슬허ᄒᆞᄂᆞ뇨?"

상셰 딕경ᄒᆞ여 젼도(轉倒)히 놀나 ᄉᆞ러 딕왈,

"마춤 잠이 업셔 우연이 산보ᄒᆞ여 딕인이 놀나시게ᄒᆞ오니, 황공ᄒᆞ오믈 니긔지 못ᄒᆞ리로쇼이다."

공이 또ᄒᆞᆫ 탄식고 겻히 누이믹, 숀을 잡고 이윽ᄒᆞ여 다시 잠들ᄉᆡ, 양휘 심ᄉᆡ 변난ᄒᆞ여 능히 ᄌᆞ지 못ᄒᆞ고, 숀을 쌔히면 야애 씨실가 두리고, ᄌᆞ익를 감동ᄒᆞ니, 회푀 【32】 디옥 ᄉᆞ오ᄂᆞ온지라. 실벽(室壁)의 쵸츙(草蟲)은 슬슬(瑟瑟)이3194) 우러 시름을 더옥 어즈러이고, 츄풍은 졈졈놉하 ᄂᆞ의(羅衣)를 ᄉᆞ뭇ᄂᆞᆫ지라.

야야(爺爺)3195)의 연긔 임의 뉵슌이 거의시니, 효ᄌᆞ의 익일지셩(愛日之誠)3196)이 더으거놀 됴공의 지심지긔(知心知己)를 임의 밧ᄌᆞ와시니, 심복(心服)ᄒᆞ며 경탄(敬歎)ᄒᆞ미 폐부의 삭엿ᄂᆞᆫ지라. 그 정을 능히 긋기3197) 어렵고, 의(義)를 가히 져바리지 못ᄒᆞᆯ지라. 스ᄉᆞ로 도라보건딕 ᄂᆞ히 젹고 혬이 결너3198) 몸을 ᄀᆞ져 써 데도(帝都)【33】의 더지믹 감히 션데(先帝)의 불ᄎᆞ(不次)3199)로 탁용(擢用)ᄒᆞ시믈 닙ᄉᆞ와 권권(眷眷)ᄒᆞ신 은춍(恩寵)○[이] 이의 분(分)의 넘은지라.

농안(龍顔)이 의의(依依)ᄒᆞ여3200) 몽혼(夢魂)이 ᄌᆞ로 놀납고, 텬에(天語)3201)

3193)셩룡(成龍) : 용이 됨. 또는 용의 형상으로 변함.
3194)슬슬(瑟瑟)이 : 쓸쓸히. *슬슬(瑟瑟)하다 : 바람 소리 따위가 매우 쓸쓸하다.
3195)야야(爺爺) : 예전에, '아버지'를 높여 이르던 말.
3196)애일지성(愛日之誠) : '날을 아끼는 마음' 이란 뜻으로, 부모를 섬길 수 있는 날이 적음을 안타까워하여 하루라도 더 정성껏 봉양하려고 노력하는 아들의 효성을 이르는 말.
3197)긋다 : 끊다.
3198)결너 : 적어. *적다: 수효나 분량, 정도가 일정한 기준에 미치지 못하다.
3199)불ᄎᆞ(不次) : 순서를 따르지 않는 인사 행정의 특례.
3200)의의(依依)ᄒᆞ다 : 기억이 어렴풋하다.
3201)천에(天語) : 임금의 말씀.

졀졀ᄒᆞᄉᆞ 이변(耳邊)의 머무러시니, ᄒᆞᆯ연이 넉시 ᄉᆞ라지고 흉격(胸膈)이 막히여 ᄀᆞ마니 눈물을 흘니더니, 졍신이 ᄒᆞᆯᄒᆞᆯᄒᆞ여 잠간 졉목(接目)ᄒᆞᄆᆡ, 션악(仙樂)이 표표(漂漂)ᄒᆞ여 귀ᄅᆞᆯ 놀ᄂᆡ고, 우ᄀᆡ(羽駕) 은은ᄒᆞ여 운쇼(雲霄)의 ᄂᆞ붓기며, 봉년(鳳輦) 난가(鸞駕)의 뉵뇽(六龍)이 멍에ᄒᆞ고, 신병귀졸(神兵鬼卒)이 긔(旗)ᄅᆞᆯ 밧드러 【34】 뎐(殿)의 님ᄒᆞ시니, 양휘 창황(蒼黃)이 계의 ᄂᆞ려 마ᄌᆞᄆᆡ, 셰둉(世宗)이 금관황포(金冠黃袍)로 ᄂᆞᆯ호여 연(輦)의 ᄂᆞ리시니, 양휘 반가오미 넘져 고두복지(叩頭伏地)ᄒᆞ여 오열뉴쳬(嗚咽流涕)ᄒᆞ니, 셰둉이 친히 붓드러 니르혀ᄉᆞ 닛그러 뎐의 오르시ᄆᆡ, 우러러 뵈오니 뇽미(龍眉)의 쳐연(悽然)ᄒᆞ미 두루고, 텬안의 비ᄉᆡᆨ이 ᄀᆞ득ᄒᆞᄉᆞ 우연(憂然) 탄식 왈,

"짐이 셰연(世緣)이 박(薄)ᄒᆞ여 일ᄌᆞᆨ이 텬당의 도라가니, 도시 하날 명이라. 한(恨)ᄒᆞᆯ ᄇᆡ 업ᄉᆞᄃᆡ, 경이[의] 튱심이 일월(日月) 【35】 을 ᄉᆞ못ᄎᆞ 오ᄅᆡ도록 닛지 못ᄒᆞ여 슬허ᄒᆞ미 간졀ᄒᆞ니, 엇지 감동ᄒᆞ미 업ᄉᆞ리오. 경은 본ᄃᆡ 숑됴(宋朝)ᄅᆞᆯ 위ᄒᆞ여 강ᄉᆡᆼ(降生)ᄒᆞ니, 짐이 경의 풍신ᄌᆡ화(風神才華)[3202]ᄅᆞᆯ ᄉᆞ랑ᄒᆞ여 잠간 비러, 오년을 근시(近侍)ᄅᆞᆯ 삼ᄋᆞ 긔특ᄒᆞᆫ 모ᄎᆡᆨ(謨策)을 다ᄒᆞ여 ᄂᆞ라흘 평안케 ᄒᆞ고, 어진 말ᄉᆞᆷ을 드려[3203] ᄇᆡᆨ셩을 어루만져 후셰 ᄉᆞᄎᆡᆨ(史冊)의 짐의 영명(英名)을 일ᄏᆞᆺ게 ᄒᆞ미 젼혀 경의 덕이여ᄂᆞᆯ, 토번과 셔쵹을 평졍ᄒᆞ여 짐의 근심을 덜고, 《공쳑‖공젹(功績)》 이 쳥ᄉᆞ(靑史) 【36】 의 빗ᄂᆞ되, 경이 고집히 상(賞)을 ᄉᆞ양ᄒᆞᄆᆡ, 능히 덕을 갑지 못ᄒᆞ여셔 짐으로 인ᄒᆞ여 ᄃᆡ화(大禍)의 빌미ᄅᆞᆯ 어덧거ᄂᆞᆯ, ᄂᆡ ᄋᆞ히로 경을 맛지니 화ᄉᆞ(禍事) 불 우히 기름 ᄀᆞᆺᄒᆞ여 경의 몸이 위ᄐᆡᄒᆞ니, 오ᄋᆞ(吾兒)의 쵸로(草露)ᄀᆞᆺᄒᆞᆫ 잔명이 경의 어지르미 아니면 엇지 보젼ᄒᆞ믈 어드리오. 경의 부부의 현심셩덕(賢心聖德)으로 ᄂᆡ ᄋᆞ히 명(命)이 니이고[3204] ᄌᆞ숀이 번셩ᄒᆞᆯ지라. 감ᄉᆞᄒᆞ믈 니긔지 못ᄒᆞ거ᄂᆞᆯ, 츄모(追慕) 비읍(悲泣)ᄒᆞ믈 보니 더옥 감동ᄒᆞ여 잠간 니 【37】 르래라."

양휘 고두뉴쳬(叩頭流涕) 왈,

"쇼신이 폐하의 지우지은(知遇之恩)을 닙ᄉᆞ와 능히 일만(一萬)의 하ᄂᆞ흘 갑ᄉᆞᆸ지 못ᄒᆞ옵고, 역신(逆臣)의 작얼(作孼)이 뇽체(龍體)ᄅᆞᆯ 범ᄒᆞ오되, 간졍(奸情)을 ᄭᆡᄃᆞᆺ지 못ᄒᆞ와 텬안을 영결(永訣)ᄒᆞ오니, 스ᄉᆞ로 불튱을 혜ᄋᆞ리오ᄆᆡ 만ᄉᆞ(萬死)라도 쇽(贖)지 못ᄒᆞ올지라. ᄒᆞ믈며 국은을 닙ᄉᆞᆸ고 망명도은(亡命逃隱)[3205]ᄒᆞ와 구

3202)풍신ᄌᆡ화(風神才華) : 풍채와 재주. 사람의 겉으로 드러나 보이는 모습과 타고난 재주.

3203)드려 : 들여. *들이다 : 밖에서 속이나 안으로 무엇을 들여놓다.

3204)니이다 : 이어지다. 끊어졌거나 본래 따로 있던 것이 서로 잇대어지다

3205)망명도은(亡命逃隱) : 정치적인 이유로 박해를 받거나 그러할 위험이 있는 사람이, 이를 피하기 위하여, 몰래 외국으로 달아나 숨는 일.

산(丘山)[3206] ᄀᆞᆽᄒᆞᆫ 죄를 무릅쓰와, 오직 폐하의 다ᄉᆞ리이시믈 원ᄒᆞ옵더니, 셩은이 여ᄎᆞᄒᆞ와 신의 죄를 ᄉᆞ(赦)ᄒᆞ시고 은슈(恩數)를 다시 닙 【38】 ᄉᆞ오니, 신이 간뇌도지(肝腦塗地)[3207]ᄒᆞ오나 셩은을 갑흘 길히 업ᄂᆞ이다."

ᄒᆞ여, 복지체읍(伏地涕泣)ᄒᆞ니 세동이 잇그러 니르혀시고, 다시금 위로 왈,

"ᄂᆡ ᄋᆞᄒᆡ 긔질이 약ᄒᆞ고 ᄂᆞ히 어리거ᄂᆞᆯ, 경이 극진이 보호ᄒᆞ고 ᄋᆡ휼(愛恤)ᄒᆞ믈 바다, 쥭은 목슘을 도로 평안케 ᄒᆞ니, 짐이 엇지 경의 은덕을 모로리오. 이 다 텬의니 경은 슬허 말나. 진쥬(眞主)를 맛나 츙셩을 다ᄒᆞ고, 짐으로써 ᄀᆡ회(介懷)치 말나. 경이 당당ᄒᆞᆫ 장부의 금회(襟懷)[3208]로 임의 텬슈를 명명(明明)이 알거ᄂᆞᆯ, 엇 【39】 지 읍읍(悒悒)히 ᄋᆞ녀의 ᄐᆡ(態)를 ᄒᆞᄂᆞ뇨? 쾌히 회포를 펴 텬명을 슌슈(順受)ᄒᆞ라. 짐이 비록 유명(幽明)을 격(隔)ᄒᆞ여시나 경(卿)과 오ᄋᆞ를 엇지 니ᄌᆞ리오."

인(因)ᄒᆞ여 몸을 니러 뎐의 ᄂᆞ리시니, 운무(雲霧) 어둡고 ᄃᆞᆯ빗치 희미ᄒᆞᆫᄃᆡ, 다만 요량(嘹喨)ᄒᆞᆫ ᄉᆡᆼ가(笙歌)[3209]와 가ᄂᆞᆫ 경필(警蹕)[3210] 쇼ᄅᆡ 구텬(九天)의 들닐 ᄯᆞ름이라.

양휘 정신이 황홀ᄒᆞ고 심담이 붕삭(崩削)ᄒᆞ니 실셩체읍ᄒᆞ여 누쉬 만면(滿面)ᄒᆞ더니, 공이 ᄭᆡ여 왈,

"오ᄋᆡ 엇지 슬허ᄒᆞᄂᆞ뇨? ᄂᆡ 몽즁(夢中)의 세동을 보니, 명 【40】 년의 건곤이 혁정(革正)[3211]ᄒᆞᄂᆞ니, 우명년(又明年)은 네 신쉬(身數) 발양(發揚)ᄒᆞ니, 텬의(天意)를 역(逆)지 말고 ᄂᆡ여 보ᄂᆡ라."

ᄒᆞ니, 심히 감창ᄒᆞ도다."

양휘 ᄯᅩ 몽ᄉᆞ로써 고ᄒᆞ고, 더옥 슬허ᄒᆞ더라.

ᄂᆞ조ᄒᆡ 공이 쥬침(晝寢)을 일워시니, 문호를 닷고 형당이 뫼시믈 인ᄒᆞ여 ᄂᆡ당의 드러가니, 모부인이 냥슈(兩嫂)와 삼부인으로 더브러 야야의 츄의(秋衣)를 식이고 보시ᄂᆞᆫ지라.

진왕이 맛츰 유모의게 안기여 잠드러시니, 한가ᄒᆞ믈 인ᄒᆞ여 삼질과 신·화 이인으로 더 【41】 브러 뒷 뫼히 오르니, 단풍은 졈졈ᄒᆞ여 푸른 닙흘 물드렸고, 상국(霜菊)은 향긔를 토ᄒᆞ여 아릿다이 븕어시니, 만산(滿山)의 븕은 빗치 취벽(翠壁)

3206)구산(丘山) : 물건이 많이 쌓인 모양을 비유적으로 이르는 말.
3207)간뇌도지(肝腦塗地) : 참혹한 죽임을 당하여 간장(肝臟)과 뇌수(腦髓)가 땅에 널려 있다는 뜻으로, 나라를 위하여 목숨을 돌보지 않고 애를 씀을 이르는 말.
3208)금회(襟懷) : 마음속에 깊이 품은 회포.
3209)ᄉᆡᆼ가(笙歌) : 생황과 노래를 아울러 이르는 말.
3210)경필(警蹕) : 임금이 거둥할 때에 경호하기 위하여 통행을 금하던 일.
3211)혁정(革正) : 바르게 고침.

을 둘넛거늘, 묽은 물이 잔완(孱緩)ᄒᆞ여 싱황(笙篁)을 쥬(奏)ᄒᆞᄂᆞᆫ 듯, 진납이 파람ᄒᆞ여 바회 틈의 왕닉ᄒᆞ고, 학이 숑님(松林)의 됴으ᄂᆞᆫ지라.

이 집이 화순(華山) 쥬봉(主峯)을 등져시니, 져기 오르미 안계(眼界)의 너르미 쳔니(千里)를 구버보니, 놉흔 뫼와 큰 녕(嶺)이 다 안하(眼下)의 버럿고, 빅운이 망망ᄒᆞ여 진익(塵埃)를 덥허시니, 【42】 머리를 두루혀 변경을 바라보미, 오산(五山)[3212]이 쳔쳡(千疊)[3213]이오, 쵸쉬(草獸) 만즁(萬衆)이라.

슬픈 바람이 니러나 시름ᄒᆞᄂᆞᆫ 구름을 헷치니, 우러러 창공을 바라 기리 탄식ᄒᆞ여, 인셰 만ᄉᆡ 다 일시 ᄲᅮᆫ이라. 슈요댱단(壽夭長短)을 긔필치 못ᄒᆞ니, 만승의 부귀ᄂᆞᆫ 늣거오미 하로 아ᄎᆞᆷ 니슬 ᄀᆞᆺ거늘, 작야(昨夜)의 션뎨의 졍녕지교(丁寧之敎)를 밧ᄌᆞ오니, 뇽음(龍音)이 ᄉᆡ로이 니변(耳邊)의 낭낭ᄒᆞ고, 텬안이 더옥 안져(眼底)의 삼삼ᄒᆞ니, 슬푸미 즁심의 밋쳐ᄂᆞᆫ지라. 욕곡즉불가(欲哭則不可)[3214]요, 【43】 욕읍즉근어부인(欲泣則近於婦人)[3215]이니, 장탄일셩(長歎一聲)의 강ᄀᆡ(慷慨)왈,

“셕(昔)의 제갈무휘(諸葛武侯) 뉴션쥐(劉先主)[3216] 셰번 초려(草廬)의 ᄎᆞᄌᆞ믈 감격ᄒᆞ여, 텬슈(天數)를 알오ᄃᆡ, 후쥬(後主)[3217]를 셤겨 밍확(孟獲)[3218]을 칠금(七擒)[3219]ᄒᆞ고 ‘긔산(祁山)의 뉵츌(六出)’[3220]ᄒᆞ여 피를 토ᄒᆞ고 죽은 후, 일홈이

3212)오산(五山) : 중국에 있는 다섯 개의 명산. 화산(華山), 수산(首山), 태실(太室), 대산(垈山), 동래(東萊)를 이른다.

3213)쳔쳡(千疊) : 여러 겹으로 겹침.

3214)욕곡즉불가(欲哭則不可) : 곡을 하고자 하나 할 수가 없다.

3215)욕읍즉근어부인(欲泣則近於婦人) : 울고자 하여도 부인네들의 일 같아서 하지 못함.

3216)뉴션쥐(劉先主) : 중국 삼국시대 촉(蜀)의 임금인 소열제(昭烈帝) 유비(劉備)를 달리 이른 말. 유비가 형주(荊州) 신야(新野)에 있을 적에, 서서(徐庶)가 “제갈공명은 사람 중의 와룡이다.[諸葛孔明者 臥龍也]”라고 추천하였으므로, 유비가 삼고초려(三顧草廬)한 끝에 제갈량을 얻어서 서촉(西蜀) 성도에 도읍을 정하고 제위(帝位)에 올라 조조(曹操)와 자웅을 겨루었다. 《三國志 卷35 蜀書 諸葛亮傳》

3217)후쥬(後主) : 중국 삼국시대 촉한의 제1대 황제유비(劉備)의 장자 유선(劉禪: 207-271)을 달리 이르는 말. 221년 유비가 황제가 되면서 그를 태자로 삼았다. 그 3년 뒤인 224년에 유비가 죽자 제위를 계승하여 승상 제갈량이 정사를 보필하였으나, 제갈량이 죽은 후는 점차 주색에 빠져들어 정치가 부패 했다. 263년 위나라에 항복하여 나라를 잃었다.

3218)밍확(孟獲) : 맹획(孟獲). 제갈량(諸葛亮)의 칠종칠금(七縱七擒) 고사(故事)에 등장하는 남만(南蠻)의 장수. 제갈량에게 일곱 번을 사로잡히고 풀려나기를 반복한 끝에, 마침내 승복하고 더 이상 대항하지 않았다. *‘獲’의 음(音)은 ‘획’이다.

3219)칠금(七擒) : 칠종칠금(七縱七擒)의 줄임말. 마음대로 잡았다 놓아주었다 함을 이르는 말. 중국 촉나라의 제갈량이 맹획(孟獲)을 일곱 번이나 사로잡았다가 일곱 번 놓아주었다는 데서 유래한다.

3220)긔산(祁山)의 뉵츌(六出) : 중국 삼국시대 촉한(蜀漢)의 소열제(昭烈帝) 유비(劉備)

만딕의 젼ᄒᆞ거ᄂᆞᆯ, ᄂᆞᄂᆞᆫ 션데의 큰 은혜를 닛고 금황(今皇)을 져바리니, 구텬타일(九泉他日)[3221]의 하면목(何面目)[3222]으로 무후(武侯)를 보리오.”

인(因)ᄒᆞ여 츌ᄉᆞ표(出師表)[3223]를 외오니 셩음이 쳐완(悽惋)ᄒᆞ고 쇄락ᄒᆞ여 금셕(金石)이 ᄂᆞᄂᆞᆫ 둣, ᄒᆡᆼ운(行雲)이 위ᄒᆞ여 머믈 【44】 고, 됴으던[3224] 학이 놀나 길게 소ᄅᆡᄒᆞ여 곡됴를 맛초니, 좌우 졔인이 돈연(頓然)이[3225] ᄀᆡ용(改容)ᄒᆞ여 심신이 쳐창ᄒᆞ고, 또 쳑연함누ᄒᆞ여 슬프믈 니긔지 못ᄒᆞ더니, 믄득 금풍(金風)이 놉히 부러 오동닙히 분분이 써러지고, 가ᄇᆡ야온 구름이 편편이 날니믈 보리러라.

홀연 일진 쳥풍이 ᄒᆞᆫ 됴각 ᄇᆡᆨ운을 부러 졈졈 ᄂᆞ려오니 양휘 심즁의 의ᄋᆞ(疑訝)ᄒᆞ여 눈을 드러 보건ᄃᆡ, 구름 우ᄒᆡ 한 ᄉᆞ룸이 머리의 눈건(綸巾)을 쓰고 몸의 학창의(鶴氅衣)[3226]를 닙 【45】 고, 손의 우션(羽扇)[3227]을 드러시니, 긔운이 표표(表表)ᄒᆞ고 졍신이 상낭(爽朗)ᄒᆞ여 미목(眉目)은 강산의 맑은 졍긔를 씌엿고, ᄇᆡ[3228]의ᄂᆞᆫ 텬지됴화를 품엇ᄂᆞᆫ지라. 의연(依然)이 남양(南陽)[3229] 녀리(閭里)의 와룡션ᄉᆡᆼ(臥龍先生)이오, 쵹한(蜀漢) ᄉᆞ칙(史冊)의 졔갈무휘(諸葛武侯)라.

양휘 일견(一見)의 ᄃᆡ경(大驚)ᄒᆞ여 연망이 몸을 ᄂᆞ려 거슈ᄌᆡᄇᆡ(擧手再拜)ᄒᆞᆫᄃᆡ, 기인이 팔흘 드러 답녜 왈,

---

가 죽은 후에, 제갈량(諸葛亮)이 위(魏)를 정벌하기 위해 전후 여섯 차례나 기산(祁山)을 넘어 출정하였던 고사를 이른 말이다. 기산은 중국 감숙성(甘肅省) 서화현(西和縣)의 서북쪽에 있는 산 이름이다.

3221)구텬타일(九泉他日) : 죽어 저승에 간 날. *구천(九泉): 사람이 죽은 뒤에 그 혼이 가서 산다고 하는 세상. 저승·구원(九原)·황천(黃泉) 등과 같은 말이다. 구원(九原)은 춘추 시대 진(晉)나라 경대부(卿大夫)들의 묘지가 있던 곳으로, 일반적으로 '무덤' '땅속' '저승'을 뜻한다.

3222)하면목(何面目) : '무슨 면목으로'. '무슨 면목(面目)이 있으랴. 면목(面目)이 없음'을 이르는 자문자답(自問自答)의 말.

3223)출사표(出師表) : 중국 삼국 시대에, 촉나라의 재상 제갈량이 출병하면서 뒤를 이을 왕에게 적어 올린 글. 우국(憂國)의 내용이 담긴 명문장으로 유명하다.

3224)됴으다 : 졸다. 잠을 자려고 하지 않으나 저절로 잠이 드는 상태로 자꾸 접어들다.

3225)돈연(頓然)이 ; 돈연(頓然)히. 갑자기. 조금도, 문득, 어찌할 겨를도 없이.

3226)학창의(鶴氅衣) : 『복식』 '소매가 넓고 뒤 솔기가 갈라진 흰옷의 가를 검은 천으로 넓게 댄 웃옷'을 말하는데, 그 옷 선을 검은 헝겊으로 둘러 그 모양이 마치 학의 깃과 같았기 때문에, '학창의'라는 이름으로 불리게 되었다고 한다. 또 진무제(晉武帝) 정황후(定皇后)의 오빠인 왕공(王恭)이 언젠가 학창의(鶴氅衣)를 입고 눈 속을 거닐자, 맹창(孟昶)이라는 이가 이를 엿보다가 '이분은 참으로 신선 속의 사람이다(此眞神仙中人)'라고 찬탄한 데서, 이 옷이 '신선이 입는 옷' 또는 '신선의 풍모'를 이르는 말로 쓰이게 되었다고 한다. 『세설신어 기선(世說新語 企羨)』에 나온다.

3227)우션(羽扇) : 새의 깃으로 만든 부채.

3228)ᄇᆡ : 배. 뱃속. 마음 속.

3229)남양(南陽) : 제갈량(諸葛亮)이 포의(布衣)로 있을 때, 몸소 밭을 갈며 살았던 지명인 남양(南陽) 등현(鄧縣)을 이르는 말.

"그듸는 인셰의 복녹이 즁훈 亽름이여늘 엇지 날 깃치 명박훈 자를 亽무ᄒᆞᄂᆞ뇨"
말을 맛차미 인ᄒᆞ여 亽미를 닛그러 【46】 희허 탄왈
"ᄂᆞ는 다르니 아니라 삼국젹 졔갈무휘라. ᄂᆡ 불힝이 난셰의 나미 스亽로 몸을 감쵸와 문달을 구치 아니ᄒᆞ고, 산슈간(山水間)의 오유(遨遊)ᄒᆞ여 ᄌᆞ락(自樂)고ᄌᆞ ᄒᆞ더니, 우리 쥬상(主上)이 ᄃᆡ한(大漢)[3230] 후예(後裔)로 국운이 불힝ᄒᆞ여 나라히 간젹(奸賊)의 숀의 ᄶᅥ러지믈 ᄎᆞ마 보지 못ᄒᆞᄉᆞ, 풍셜(風雪)을 무릅써 세 번 욕(辱)되이 굴(屈)ᄒᆞ시니[3231] 지우(知遇)를 감격ᄒᆞ여 쥭기로써 갑흐믈 ᄆᆡᆼ세ᄒᆞ여, 텬하를 졍됵(鼎足)[3232]의 셰(勢)로 난호고, '도원(桃園)의 ᄆᆡ즌 향불'[3233]이 한화(漢華)[3234]를 ᄂᆡ으믈 바 【47】 라, 직됴를 혜ᄋᆞ리지 아니ᄒᆞ고, 힘을 다ᄒᆞ고ᄌᆞ ᄒᆞ엿더니, 시운(時運)이 부졔(不齊)ᄒᆞ고, 명되(命途) 다쳔(多舛)ᄒᆞ여[3235] ᄉᆞ름이 미(微)ᄒᆞ고 긔뫼(奇謀) 쳔단(淺短)ᄒᆞ여, 맛ᄎᆞᆷᄂᆡ 산하(山河)를 일통(一統)치 못ᄒᆞ고 역신을 쥬멸(誅滅)치 못ᄒᆞ여, 긔산(祁山)의 여ᄉᆞᆺ번 ᄊᆞ호ᄃᆡ 쇽졀업시 ᄉᆞ됼(士卒)의 힘만 허비ᄒᆞ고, 쵼공(寸功)을 엇지 못ᄒᆞᄂᆞᆫ지라.
다만 익쥐(益州)[3236] 탄ᄌᆞ(彈子)만훈 ᄯᅡ흘 의지ᄒᆞ여 ᄉᆞ력을 진갈(盡竭)코ᄌᆞᄒᆞ더니, 츙심이 하날을 ᄉᆞ못지 못ᄒᆞ여 오장원(五丈原)[3237] 츄풍(秋風)의 댱셩(長城)이 ᄶᅥ러지니, 검각(劍閣)[3238]의 담을 ᄊᆞ 넉시 【48】 난 군병을 엇지 막ᄌᆞ르리오. ᄂᆞ라히 망ᄒᆞ고 집이 파ᄒᆞ미 유유훈 넉시 원을 품어 운쇼간(雲霄間)[3239]의 방

3230)대한(大漢) : 중국에서, 기원전 202년에 유방(劉邦)이 세운 '한(漢)'나라를, 이후 동한(東漢)·촉한(蜀漢)·후한(後漢) 등의 "한(漢)'을 칭한 단명(短命)한 소국(小國)들과 구별하여 이른 말.
3231)굴(屈)ᄒᆞ다 : 왕굴(枉屈)하다. '남이 자기 있는 곳으로 찾아옴'을 높여 이르는 말.=왕림(枉臨)하다. *위 본문의 '셰 번 욕(辱)되이 굴(屈)ᄒᆞ시니'는 '유비(劉備)의 삼고초려(三顧草廬)'를 이른 말이다.
3232)졍됵(鼎足) : 옛날 솥 밑에 달린 '세 개의 발'을 뜻하는 말로, 세 사람 또는 세 세력이 솥발과 같이 벌여 섬을 이르는 말.=정립(鼎立).
3233)도원(桃園)의 ᄆᆡ즌 향불 : =도원결의(桃園結義). 중국 삼국시대 유비(劉備)·관우(關羽)·장비(張飛) 세 사람이 복숭아나무 아래서 의형제를 맺고 죽을 때까지 형제의 의리를 지킬 것을 맹서한 고사(故事)를 이르는 말.
3234)한화(漢華) : 한나라의 문화(文化). 또는 한나라의 학문(學問).
3235)다쳔(多舛)ᄒᆞ다 : 운명 따위가 기구(崎嶇)하다. 세상살이가 순탄하지 못하고 까탈이 많다.
3236)익쥐(益州) : 중국 삼국시대 때 유비(劉備)가 한나라 황실의 회복을 기치로 내걸고 촉(蜀)나라를 건국하였던 곳으로, 지금의 사천성(四川省) 지역을 말한다.
3237)장원(五丈原) : 중국 산서성(陝西省) 서안시(西安市) 서부, 기산현(岐山縣) 서남쪽에 있는 삼국 시대의 전쟁터. 촉나라의 제갈량이 위나라 사마의와 싸우다가 병들어 죽은 곳임.
3238)검각(劍閣) : 중국 사천성에 있는 현(縣) 이름. 특히 검각현의 대검산 소검산 사이에 난 잔도(棧道)는 험하기로 유명하다.

황ᄒᆞ니, 하날이 것출고 ᄯᅡ히 늙어도 이 한은 명명(明明)ᄒᆞ여 졀(絶)치아니ᄒᆞ리러니, 그ᄃᆡ의 간졀ᄒᆞᆫ ᄯᅳᆺ이 깁히 감ᄉᆞᄒᆞᆯ ᄉᆡ, 번거ᄒᆞᆷ믈 피치아냐 잠간 니르괘라. 그ᄃᆡ의 ᄌᆡ되 넉넉이 텬하를 일광(一匡)ᄒᆞ고 그ᄃᆡ의 복녹이 늉늉(隆隆)ᄒᆞ여 ᄌᆞ숀의 길게 밋ᄎᆞ리니, 엇지 슬허ᄒᆞᆷ믈 이ᄀᆞᆺ치 ᄒᆞᄂᆞ뇨?"

양휘 쳥파의 츄연 ᄇᆡᄉᆞ 왈,

"쇼ᄌᆞᄂᆞᆫ 진토(塵土)【49】의 더러온 ᄌᆞ최요, 산간의 우ᄆᆡᄒᆞᆫ ᄋᆞᄒᆡ라. 학문이 향방을 아지 못ᄒᆞ고, ᄌᆡ력(才力)이 허(虛)흘 엿보미 업ᄂᆞᆫ지라. 문을 닷고 머리를 움쳐 고인의 ᄒᆡᆼ젹을 함복ᄒᆞᆯ ᄯᆞ름이러니, 일즉 ᄉᆞ긔로 됴ᄎᆞ 션ᄉᆡᆼ의 졍튱ᄃᆡ졀(精忠大節)이 텬지의 질졍(質正)ᄒᆞ며 뉵츌긔산(六出祁山)의 ᄃᆡ의(大義)를 구지 잡고, 칠금ᄆᆡᆼ학[획](七擒孟獲)의 ᄌᆡ됴를 낫타ᄂᆡ여, 팔진(八鎭)3240) 풍운(風雲)은 귀신을 놀ᄂᆡ고, 냥표튱언(兩表忠言)3241)은 일월노 ᄌᆡᆼ광(爭光)ᄒᆞᆯ지라. 쇼ᄉᆡᆼ이 앙망ᄒᆞ여 우물 쇽 ᄀᆡ고리 하날【50】을 바롬 ᄀᆞᆺ더니, 의외(意外) 다시 님ᄒᆞᄉᆞ 빗ᄂᆡ 도라보시믈 닙으니 감ᄉᆞᄒᆞ고 영ᄒᆡᆼ(榮幸)ᄒᆞᆷ믈 니긔지 못ᄒᆞᄂᆞ이다."

무휘(武侯) 잠쇼 왈,

"그ᄃᆡ 젼셰 일을 망연(茫然)이 닛고, 고인(古人)을 맛ᄂᆞᄆᆡ 과도이 됸경(尊敬)ᄒᆞᄂᆞᆫ도다. 그ᄃᆡ의 도덕현ᄒᆡᆼ(道德賢行)이 상뎨(上帝) ᄋᆡ즁ᄒᆞ던 ᄇᆡ요, 동뉴(同類) 우럴미 극ᄒᆞ더니, 그ᄃᆡ 션됴의 지극ᄒᆞᆫ 공심(公心)을 상뎨 감동ᄒᆞ시고, 텬하의 난을 진졍ᄒᆞᆯ 진인(眞人)을 강셰(降世)ᄒᆞᆯ ᄉᆡ, 그ᄃᆡ를 다려가믈 쳥ᄒᆞ여, 상뎨 그ᄃᆡ 션됴의 텬하로【51】서 ᄉᆞᄉᆞ 거술 삼지 아니믈 아름다이 녁이ᄉᆞ, 그ᄃᆡ를 《의문‖위문(門)》의 강ᄉᆡᆼ(降生)ᄒᆞ니, 쥬셰둉이 그ᄃᆡ를 ᄉᆞ랑ᄒᆞ여 상뎨긔 알외고 몬져 거두어 쓴지라. 이졔 진짓3242) 산하(山河)의 님ᄌᆡ ᄐᆡ평을 긔약ᄒᆞᄆᆡ, 그ᄃᆡ를 오ᄆᆡ(寤寐)의 닛지 아니ᄒᆞᄂᆞ니, 엇지 셜셜이3243) ᄋᆞ녀의 ᄐᆡ(態)를 ᄒᆞ여 회포를 상히오ᄂᆞ뇨? 관듕(管仲)3244)이 환공(桓公)3245)을 셤기ᄆᆡ 후셰의 불튱(不忠)이라 니르지 아니커

3239)운쇼간(雲霄間) : 구름 낀 하늘 사이.

3240)팔진(八鎭) : 사방(四方)과 사우(四隅)의 여덟 방위. 동, 서, 남, 북, 동북, 동남, 서북, 서남을 이른다.=팔방(八方).

3241)냥표튱언(兩表忠言) : 제갈량(諸葛亮)이 전후로 올린 두 편의 출사표(出師表)에 담긴 충성스러운 말.

3242)진짓 : 정말. 과연.

3243)셜셜이 : 구구(區區)히. 구차(苟且)히. 말이나 행동이 떳떳하거나 버젓하지 못하게.

3244)관듕(管仲) : 중국 춘추 시대 제나라의 재상(?~B.C.645). 이름은 이오(夷吾). 환공(桓公)을 도와 군사력의 강화, 상공업의 육성을 통하여 부국강병을 꾀하였으며, 환공을 중원(中原)의 패자(霸者)로 만들었다. 포숙아와의 우정으로 유명하며, 이들의 우정을 관포지교라고 이른다. 저서에 ≪관자(管子)≫가 있다.

3245)환공(桓公) : 제환공(齊桓公). 중국 춘추 시대 제(齊)나라의 왕(?~B.C.643). 성은 강(姜). 이름은 소백(小白). 츈추오패(春秋五霸)의 한 사람으로 관중(管仲)을 등용하여

늘, ᄒᆞ믈며 셰동이 ᄌᆞ규(子規)3246)의 비명(悲鳴)이 아니오, 그ᄃᆡ 션됴 졍국공이 광츙어 【52】 당됴(廣忠於唐朝)3247)ᄒᆞ되 후셰 텬츄의 말ᄒᆞ리 업ᄉᆞ니, 그ᄃᆡ의 명달ᄒᆞ무로 엇지 ᄉᆡᆼ각이 업ᄂᆞ뇨?"

휘 ᄌᆡᄇᆡ(再拜) 사례 왈,

"션ᄉᆡᆼ의 지교(指敎)ᄒᆞ시미 쇼ᄌᆞ의 ᄋᆞ득ᄒᆞᆫ 길을 ᄀᆞᄅᆞ치시니, 감ᄉᆞᄒᆞ믈 니긔지 못ᄒᆞ리로쇼이다. 다만 쇼ᄉᆡᆼ이 션뎨(先帝)의 권ᄋᆡ(眷愛)ᄒᆞ시믈 깁히 밧ᄌᆞ와거ᄂᆞᆯ, 나라흘 밧드지 못ᄒᆞ고, ᄌᆞ최를 ᄀᆞᆷ쵸와 그 망ᄒᆞ믈 안ᄌᆞ○[서] 보니, 이는 불츙불의(不忠不義)라. 일노ᄡᅥ ᄉᆞ심(私心)의 통졀(痛切)ᄒᆞ미로쇼이다."

무휘 왈,

"이는 텬의(天意)라. 엇지 텬명을 거ᄉᆞᆯ니요. 【53】 그ᄃᆡ 지우(知遇)를 감격ᄒᆞ미 유고(遺孤)를 보휵(保慉)ᄒᆞ니 거의 ᄃᆡ은을 갑흘지라. 타일(他日) 진명텬ᄌᆞ(眞命天子)를 셤겨 지긔군신(知己君臣)이 어쉬상합(魚水相合)3248)ᄒᆞ여 ᄐᆡ평을 누리미 거의 슈십ᄌᆡ(數十載)의 밋ᄎᆞ리니, 엇지 나의 쳔신만고(千辛萬苦)ᄒᆞ여 겨오 삼년을 셤기미 비ᄒᆞ리오. 말이 업ᄉᆞ미 아니로ᄃᆡ 닙담간(立談間)의 다 못ᄒᆞ리니, 회포를 펴미 쵸쵸(草草)ᄒᆞ나 ᄉᆞ십년이 지ᄂᆞ면 셔로 보리니, 군의 날 ᄉᆞ모ᄒᆞ는 졍을 감격ᄒᆞ여 미물(微物)노ᄡᅥ 젼ᄒᆞᄂᆞ니, 타일 쓸ᄃᆡ 잇ᄉᆞ리라."

ᄉᆞ 【54】 ᄆᆡ 쇽으로셔 쓴 거ᄉᆞᆯ ᄂᆡ여쥬니, 양휘 밧고 졀ᄒᆞ여 사례ᄒᆞᆫᄃᆡ, 팔흘 드러 읍ᄒᆞ고 간 바를 모를너라.

양휘 ᄭᆞᆷ인가 의심ᄒᆞ되, ᄇᆡᆨ쥬(白晝)의 셔로 맛ᄂᆞ시니, 다만 좌우를 둘너보와 삼질(三姪)과 신·쇄 잇시되 망연이 아지 못ᄒᆞ는지라. 양휘 허탄ᄒᆞ믈 ᄶᅥ려 발셜치 아니ᄒᆞ고, 졔질과 신·화냥인을 거ᄂᆞ려 외헌(外軒)으로 도라오니라.

이러구러 셰월이 ᄌᆞ로 밧괴여, 셰동의 장ᄉᆞ(葬事)를 임의 지는지라. 양후의 《망북‖망극(罔極)》 비통ᄒᆞ믄 일 【55】 필난긔(一筆難記)러라.

ᄎᆞ셜 슉졍공쥐 쇼옥이 부옥ᄃᆡ로 더브러 쳔흉만악(千凶萬惡)을 《비르져‖비져3249)》 양후와 니·유·졍 삼부인을 업시ᄒᆞ고 깃브미 양양ᄒᆞ나, 공쥬의 ᄃᆡ음(大

부국강병에 힘썼으며, 제후를 규합하여 맹주가 되고 패업(霸業)을 완성하였다.

3246)ᄌᆞ규(子規) : '자규(子規)'는 두견새의 별칭으로, 망제혼(望帝魂), 불여귀(不如歸)라고도 한다. 촉나라 망제(望帝) 두우(杜宇)가 재상인 별령(鱉令)에게 운하 공사를 맡겨 멀리 보내고 그의 아내와 간통을 하였다가 뒤에 그에게 왕위를 빼앗기고 달아나서는 타향에서 원통함을 품고 죽었다. 그 뒤에 그의 혼이 두견새가 되어 밤새 원통하게 피를 토하며 우는데, 그 소리가 마치 "촉도로 돌아가자, 돌아감만 못하다(歸蜀道 不如歸)"라는 것처럼 들린다고 한다.

3247)광츙어당됴(廣忠於唐朝) : 당나라를 위해 크게 충성함.

3248)어쉬상합(魚水相合) : 고기와 물의 관계처럼 신하와 어진 임금, 또는 아내와 남편이 서로 뜻이 맞아 화합함.

涇)으로 일시도 부마(駙馬) 업지 못홀지라.

혼암(昏暗)훈 공뎨(恭帝)[3250]를 다리여 한웅으로 부마를 숨으니, 공쥬의 음힝은 일구난셜(一口難說)[3251]이나, 마음이 교결(皎潔)[3252]훈 ᄌᆞ는 츈 밧타 ᄯᅮ지지믈 마지 아니ᄒᆞ고, 됴공이 반ᄃᆞ시 ᄂᆞ라히 오릭지 아닐 바를 혜ᄋᆞ려 벼술을 바리고 필마단긔(匹馬單騎)로 화산의 니르러 【56】 셔로 반기고, 졔공이 한 가지로 국사를 탄(嘆)홀 분이라.

오릭지 아냐 슉졍공쥐 큰 ᄯᅳ슬 너여 틱후로 더브러 흉계를 발ᄒᆞ여 짐독(鴆毒)으로 부귀비를 쥭이고, 다시 흉계를 그어[3253] 공뎨를 쥭이고 한웅이 스ᄉᆞ로 셔셔 황뎨로라ᄒᆞ며, 공쥬는 뎡궁낭낭(正宮娘娘)이라 ᄒᆞ고 부옥ᄃᆡ는 쳡여(婕妤)라 ᄒᆞ고, 틱후로 황틱후라 ᄒᆞ여 일반간신(一般奸臣)을 모화 국졍을 난(亂)ᄒᆞ니, 츙직지ᄉᆡ(忠直之士) 다 도라가고 문무신뇌(文武臣僚) 분(憤)ᄒᆞ믈 층냥치 못ᄒᆞ는지라.

됴공이 【57】 ᄎᆞᄉᆞ를 알고 강ᄀᆡ 분한ᄒᆞ믈 니긔지 못ᄒᆞ여, 양후로 더브러 《결졀‖격졀(激切)》 탄돌(嘆咄)[3254]ᄒᆞ더니, 히 밧고이믜 양휘 부모긔 하직ᄒᆞ고, 하늘 ᄯᅳᆺ을 밧드러 신·화 냥인으로 더브러 됴공을 보호ᄒᆞ여, 장돌(將卒)을 쵸모(招募)ᄒᆞ여 군ᄉᆞ를 크게 니르혀, 경셩(京城)을 돗마듯[3255] 드러가, 일반 간당을 쥬멸(誅滅)ᄒᆞ고, 바로 궐닉(闕內)를 츙돌홀 ᄉᆡ, 문뮈신뇌 간뎍(奸賊) 한웅 등을 뎔치(切齒)[3256]ᄒᆞ다가, 됴공과 위공의 긔병(起兵)ᄒᆞ믈 당ᄒᆞ여 슈무독도(手舞足蹈)ᄒᆞ여 합세ᄒᆞ니, 한웅 쥐 무리 【58】 엇지 당ᄒᆞ리오.

슈미(首尾)를 도라보지 못ᄒᆞ고 도망ᄒᆞ니, 됴공의 병(兵)이 바로 궐문을 즛쳐 드러가 간당을 ᄎᆞ즐 ᄉᆡ, 한웅과 쇼옥과 옥ᄃᆡ 츈교 ᄉᆞ인은 발셔 도망ᄒᆞ엿고, 다만 황틱후란 요물과 밍쳡여 등을 잡은지라.

일시의 익살ᄒᆞ고 국난(國亂)을 졍(定)ᄒᆞ믹 문무신뇌 다 모혀 ᄂᆞ라히 하로도 님군이 업지 못홀지라. 뉴덕ᄌᆞ(有德子)를 골힐ᄉᆡ, 의논이 분분(紛紛)ᄒᆞ더니, 모든

3249)비져 : 빗어. *빗다. 흙 따위의 재료를 이겨서 어떤 형태를 만들다.

3250)공뎨(恭帝) : 중국 오대(五代) 때 후주(後周)의 3대 황제. 2대 세종(世宗)의 뒤를 이어 겨우 일곱 살의 나이로 황제에 올라 공제(恭帝)에 즉위하였으나, 즉위한 다음 해에 송 태조 조광윤(趙匡胤)이 진교역(陳橋驛)의 변을 일으켜, 후주를 멸망시키고 송나라를 세웠다.

3251)일구난셜(一口難說) : 한 입으로 말하기 어려움.

3252)교결(皎潔) : 마음씨가 깨끗하고 맑음.

3253)긋다 : 일의 시작이나 결말, 한계 따위를 분명하게 짓다.

3254)탄돌(嘆咄) : =돌탄(咄嘆). 혀를 차며 탄식함.

3255)돗마듯 : 돗마('돗마다'의 어간)+듯(어미 '듯이'의 준말). 돗자리를 말듯이. *돗마다: 돗자리를 말다. 돗자리: 왕골이나 골풀의 줄기를 재료로 하여 만든 자리.

3256)뎔치(切齒) : 몹시 분하여 이를 갊.

의논이 됴공의게 도라오니, 됴공이 경황(驚惶)ᄒᆞ여 구지 ᄉᆞ양ᄒᆞᆫᄃᆡ, 양휘 하 【59】 늘 뜻을 밝혀 《슌균‖슌수(順守)3257)》 쳔명(天命)ᄒᆞ믈 쳥ᄒᆞᆫᄃᆡ, 됴공이 여러번 ᄉᆞ양ᄒᆞ다기 마지 못ᄒᆞ여 뎨위(帝威)의 오르니, 이 곳 남숑황뎨(南宋皇帝)3258)라.

졔신(諸臣)의 벼술을 《ᄎᆞ려‖ᄎᆞ례》로 맛질식, 양후ᄂᆞᆫ 부득이 참지졍ᄉᆞ(參知政事) 단명뎐틱흑식(端明殿太學士)3259) 되었더라. 십습싱(十三省)3260)의 반포(頒布)ᄒᆞ고 화산의 상셔(上書)ᄒᆞ여 후(后)를 마ᄌᆞ오며 삼부인이 다 상경케 ᄒᆞ니라.

남숑황뎨 됴광윤의 텬하 엇든 뎐·후 ᄉᆞ뎍(史蹟)이 남숑연의(南宋演義)3261)에 셰셰히 긔록ᄒᆞᆫ[된] 고로 ᄎᆞ젼(此傳)의 지리ᄒᆞ여 ᄉᆡᆨ히다.

이 말숨이 화산의 【60】 니르ᄆᆡ, 위공부부의 환열ᄒᆞ믄 ᄌᆡ기즁(在其中)이러라.

됴부인이 인ᄒᆞ여 하직고 삼부인이 삼ᄌᆞ와 진왕을 거ᄂᆞ려 위공부부와 쳐ᄉᆞ 형뎨

3257)순슈(順受) : 순순히 받음.

3258)남숑황뎨(南宋皇帝) : 남송(南宋)을 건국한 황제. 또는 남송시대에 송나라를 통치한 황제. *그러나 위 본문에서 조광윤(趙匡胤)을 '남송황제'로 칭한 표현은 현대 역사가들의 송사(宋史) 기술과는 매우 다르다. 즉 조광윤은 960년 3월 개봉(開封: 현 하남성 개봉시)에서 후주(後周)의 마지막 황제 공제(恭帝)를 폐하고 송(宋)을 건국하여 황제(太祖)에 오르는데, 현대 사가(史家)들은 이 송나라를 여진족이 세운 금(金)나라의 침공을 받아 개봉을 빼앗기고(1126년 9월) 강남(江南: 양자강 이남)으로 패퇴하여, 1127년 5월 고종(高宗: 재위1127-1155)이 임안(臨安: 南京이라 칭함)에 수도를 정해 황제에 오른 때를 기준으로, 그 이전시대(960-1126)를 '북송(北宋)'이라 하고, 그 이후로부터 1279년 남송이 몽골족이 세운 원나라에 멸망한 때까지의 시대(1127-1279)를 '남송(南宋)'이라 칭한다. 따라서 현대 사가들이 기술한 '송사'를 따른다면 조광윤은 '송황제(宋皇帝)' 또는 '북송황제(北宋皇帝)'로 칭해야 옳다. 그러나 본 작품은 중국 소설 번역본 고소설인 <남송연의>에서 그 인물과 시대적 배경을 취(取)하고 있어서, '남송' 또는 '남송황제' 등의 칭호가 쓰이고 있다.

3259)단명뎐틱흑식(端明殿太學士) : 단명전(端明殿)에서 집무하는 학사[端明殿學士]들 가운데 최고위급 학사로 품계는 정1품이다. *단명전(端明殿): 중국 후당(後唐)·송(宋) 등에서 궁중에 두었던 전각(殿閣) 이름. 학사들이 집무하는 학사원(學士院)으로 사용되었다.

3260)십습싱(十三省) : 중국 명나라 때에 전국을 13개 성(省)으로 나눈 행정구역을 일괄하여 이르는 말. 전국을 산동, 산서, 하남, 협서, 호광, 강서, 절강, 복건, 광동, 광서, 귀주, 사천, 운남 등 13성으로 나누었다.

3261)남숑연의(南宋演義) : 중국 명나라 가정연간(1522-1566)에 건양(建陽) 웅종곡(熊鐘谷)이 지은 <남북양송지전(南北兩宋志傳)>(20권) 중 <남송지전(南宋志傳)>(10권)을 한글로 완역한 것으로 현재 '선문대학교 중한번역문헌연구소'에 소장되어 있다. "주요 줄거리는 動亂의 시대인 五代 後唐, 後晉, 後漢, 後周 등의 나라가 전쟁을 통해 멸망하고 건국이 지속되다가, 마침내는 趙匡胤이 혼란기를 마감하고 後周 恭帝로부터 제위를 선양받아 송왕조를 세우고, 태조 開寶八年(975) 曹彬이 江南을 평정하기까지의 이야기이다. 제목은 <南宋志傳>이지만 대부분의 이야기는 宋 건국 이전의 五代史 이야기가 주를 이루고 있다."(박재연·김영 교주. <남송연의>, 도서출판 학고방, 2006, '머리말' 중에서)

긔 하직고 경ᄉᆞ로 올ᄉᆡ, 풍·범 냥부인이 시졀이 ᄐᆡ평ᄒᆞᆷ을 인ᄒᆞ여, 귀령을 쳥ᄒᆞ여 일시의 위의를 거ᄂᆞ려 여러 날 만의 경ᄉᆞ의 니르러, 됴부인은 ᄃᆡᄂᆡ(大內)로 들고 삼부인은 동창궁(同昌宮)[3262]으로 와, 옛 침쇼의 거(居)ᄒᆞ고 풍·범 냥부인은 본부로 가니라.

남숑텬ᄌᆡ 보위의 오르ᄆᆡ 오ᄎᆡ상운(五彩祥雲)이 니러ᄂᆞ고, 신 【61】 민이 고무열복(鼓舞悅服)ᄒᆞ더라.

상이 한옹 등 잡지 못ᄒᆞᆷ을 분한(憤恨)ᄒᆞᄉᆞ, 사인의 화상을 그려 십ᄉᆞᆷᄉᆡᆼ의 반포ᄒᆞ여, '잡ᄋᆞ드리ᄂᆞᆫ ᄌᆞᄂᆞᆫ 쳔금상(千金賞)의 만호후(萬戶侯)[3263]를 봉ᄒᆞ리라' ᄒᆞ여, 방(榜) 붓치게 ᄒᆞ니라.

이러구러 여러 ᄂᆞᆯ이 지ᄂᆡᄆᆡ, 상이 풍부인의 ᄋᆞᄌᆞ 문창의 와시믈 드르시고, 진왕과 닌창 등을 ᄋᆡ휼(愛恤)ᄒᆞ시며, 문창으로 됴현케 ᄒᆞᄉᆞ 흔연 ᄋᆡ지(愛之) 왈,

"석년의 너의 쥰ᄋᆞ(俊雅)ᄒᆞ믈 ᄉᆞ랑ᄒᆞ더니, 댱셩ᄒᆞᄆᆡ ᄃᆡ유의 틀이 잇ᄉᆞ니, 짐이 바야흐로 【62】 인ᄌᆡ를 구ᄒᆞᄂᆞᆫ지라. ᄉᆞ양치 말나."

ᄒᆞ시고, 한님원 시독(侍讀)을 ᄒᆞ이시니, ᄉᆡᆼ이 ᄃᆡ경ᄒᆞ여 돈슈(頓首) 고ᄉᆞ(固辭) 왈,

"신은 쵸야한ᄉᆡ(草野寒士)요 황구쇼ᄋᆡ(黃口小兒)[3264]오니, 능히 ᄉᆞ군지도(事君之道)를 아지 못ᄒᆞ옵ᄂᆞᆫ지라. 감히 ᄉᆞ군지도를 아지 못ᄒᆞ옵ᄂᆞᆫ지라. 감히 놉흔 벼슬을 감당ᄒᆞ오며, 조뷔(祖父) 연노ᄒᆞ옵고 부뫼 산즁의 잇ᄉᆞ오니 엇지 작녹(爵祿)을 바드리잇고?"

상이 우으ᄉᆞ 왈,

"국ᄀᆡ 용인(用人)ᄒᆞᄆᆡ 인ᄌᆡ를 쵸야의 구ᄒᆞᄂᆞ니, 님하(林下)의 풍ᄎᆡᄂᆞᆫ 구ᄒᆞ여 엇지 못ᄒᆞᄂᆞᆫ지라. 엇지 너를 노화 보ᄂᆡ리오."

ᄌᆡ쵹ᄒᆞ여 관복(官服)을 【63】 쥬어 슉ᄉᆞ(肅謝)케 ᄒᆞ시니, 참졍과 공ᄌᆡ 다시 ᄉᆞ양치 못ᄒᆞ여 고두ᄉᆞ은(叩頭謝恩)ᄒᆞ고, 퇴됴(退朝)ᄒᆞ며 모부인긔 뵐ᄉᆡ, 참졍이 한가지로 니르럿ᄂᆞᆫ지라.

풍공이 마ᄌᆞ ᄀᆡᆨ좌(客座)의 츄양(推讓)[3265]ᄒᆞ여 공경ᄒᆞ기를 극진이 ᄒᆞ니, 참졍이 불감(不堪)ᄒᆞ여 ᄌᆞ질녜(子姪禮)로 뵈고, 슈시(嫂氏)긔 뵐 ᄉᆡ, 풍부인이 ᄋᆞᄌᆞ의

3262)동창궁(同昌宮) : 전편 <천수석>에서 당나라 의종황제가 딸 동창공주(同昌公主)와 부마 위보형(韋保衡)을 위해 수도 장안(長安)에 지어준 궁전.

3263)만호후(萬戶侯) : 일만 호의 백성이 사는 영지(領地)를 가진 제후라는 뜻으로, 세력이 큰 제후를 이르는 말.

3264)황구쇼ᄋᆡ(黃口小兒) : ≒황구유아(黃口幼兒). 젖내 나는 어린아이라는 뜻으로, 철없이 미숙한 사람을 낮잡아 이르는 말.

3265)츄양(推讓) : 남을 추천하고 스스로는 사양함.

홍포오ᄉᆞ(紅袍烏紗)[3266]로 보ᄃᆡ(寶帶)[3267]ᄅᆞᆯ 둘너 긔이(奇異)ᄒᆞᆫ 풍치 ᄉᆡ로온지라.

두긋기믈 마지 아니ᄒᆞ되, 일노 됴ᄎᆞ 슬하ᄅᆞᆯ ᄌᆞ로 써날 바ᄅᆞᆯ 아연(啞然)ᄒᆞ고[3268], 일ᄀᆡ 모다 치하ᄒᆞ되, 한님이 유유(儒儒)ᄒᆞ여 【64】 깃거ᄒᆞ미 업고, 참졍이 ᄯᅩᄒᆞᆫ 셩만(盛滿)ᄒᆞ믈 두려 화긔 《ᄉᆞ연‖ᄉᆞᆨ연(索然)[3269]》 ᄒᆞ더라.

냥구후(良久後) 하직고 도라가니, 풍시 독당(族黨)이 참졍의 녜뫼 슉슉(肅肅)ᄒᆞ고 긔상이 엄연(儼然)ᄒᆞ믈[3270] 탄복ᄒᆞ더라.

풍공이 참졍의 츙효ᄃᆡ졀을 보고 드르ᄆᆡ, 풍 문(門)은 세ᄃᆡ(世代)○[로] 션데(先帝)의 슈은(受恩) ᄒᆞᆫ ᄇᆡ나, 집의ᄃᆡ졀(執義大節)[3271]이 업ᄉᆞᄆᆡ, 이의 쇼(疏)ᄅᆞᆯ 올녀 벼슬을 ᄉᆞ양ᄒᆞ니, 상이 그 나히 놉고 텬하ᄅᆞᆯ 위ᄒᆞ여 공이 크믈 염녀ᄒᆞᄉᆞ, 궤장(几杖)[3272]을 쥬어 영춍(榮寵)을 더으시다.

츄구월의 홀연 참졍이 미 【65】 양(微恙)으로 됴회치 못ᄒᆞ엿더니, 승상부의 비밀ᄒᆞᆫ 공ᄉᆡ(供辭)[3273] 이셔 상이 졔신을 명쵸ᄒᆞ시니, 참졍이 경황이 입궐 됴현ᄒᆞ온ᄃᆡ, 상이 텬안(天顔)의 분긔ᄅᆞᆯ 씌이ᄉᆞ 뎐하의 두 군졸(軍卒)을 ᄀᆞ르쳐 ᄀᆞᆯ오ᄉᆞᄃᆡ,

"짐의 분ᄀᆡ(憤慨)ᄒᆞ믈 ᄉᆞᆯ피라. 셕일 청농산 도젹을 잡지 못ᄒᆞ여더니, 냥ᄀᆡ(兩個) 졸되(卒徒) 신근(愼謹)이 와 고ᄒᆞᄂᆞᆫ지라. 역괴(逆魁) 곽·부 냥네 망명(亡命)ᄒᆞ여 산젹을 씨고 결안의게 투항ᄒᆞ여, 발군(發軍) 작난(作亂)ᄒᆞ기ᄅᆞᆯ 긔약ᄒᆞᆫ다 ᄒᆞ니, 뉘 가히 오랑키ᄅᆞᆯ 치고 역신을 멸 【66】 ᄒᆞᆯ고?"

농음(龍音)이 미장필(未將畢)[3274]의 일위 ᄃᆡ신이 금관ᄌᆞ포(金冠紫袍)로 아홀(牙笏)[3275]을 밧드러 뎐하의 복지ᄒᆞ니, 연긔(年紀) 바야흐로 삼십이 ᄎᆞ지 못ᄒᆞ엿

3266)홍포오ᄉᆞ(紅袍烏紗) : 벼슬아치가 입는 붉은 도포와 검정 비단 모자.
3267)보대(寶帶) : 보옥(寶玉)으로 장식한 띠.
3268)아연(啞然)ᄒᆞ다 : 너무 놀라거나 어이가 없어서 입을 딱 벌리고 말을 못 하는 모양.
3269)ᄉᆞᆨ연(索然) : 외롭고 쓸쓸함. 아무런 흥미가 없음.
3270)엄연(儼然)ᄒᆞ다 : 사람의 겉모양이나 언행이 의젓하고 점잖다. 또는 어떠한 사실이나 현상이 부인할 수 없을 만큼 뚜렷하다.
3271)집의ᄃᆡ졀(執義大節) : 대의를 굳게 잡아 목숨을 바쳐 절개를 지킴. 또는 그렇게 행한 사람.
3272)궤장(几杖) : 방석과 지팡이를 함께 이르는 말. *궤(几): 안석(案席). 벽에 세워 놓고 앉을 때 몸을 기대는 방석. 『역사』 늙어서 벼슬을 그만두는 대신이나 중신(重臣)에게 임금이 주던 물건. 앉아서 팔을 기대어 몸을 편하게 하는 것으로, 양편 끝은 조금 높고 가운데는 둥글게 우묵하고 모가 없으며, 구멍이 있어 제면(綈綿)을 잡아매었다
3273)공ᄉᆡ(供辭) : 『역사』 조선 시대에, 죄인이 범죄 사실을 진술하던 일. 또는 그 진술.= 공초.
3274)미장필(未將畢) : 어떤 일을 다 마치지 못하여서.
3275)아홀(牙笏) : 무소뿔이나 상아로 만든 홀(笏)로써, 조선 시대에, 벼슬아치가 임금을

시니 골격이 빙셜(氷雪) ᄀᆞᆺ고 풍ᄎᆡ 계슈(桂樹)[3276] ᄀᆞᆺᄒᆞ니, 이 곳 참지졍ᄉᆞ 위현이라.

뎐폐의 ᄇᆡ복(拜伏) 왈,

"걸안의 창궐ᄒᆞ믄 역신(逆臣)의 도도미요, 역신의 극악ᄃᆡ죄를 범ᄒᆞ오믄 불츙 소신의 빌미오니, 션됴의 역젹이 금일의 난을 짓ᄉᆞ오니[미], 이 곳 소신의 죄라. 일지병(一枝兵)을 빌니신ᄌᆞᆨ, 당당이 오랑ᄏᆡ를 치고 【67】 악역음녀(惡逆淫女)의 머리를 뎐폐(殿陛)의 헌(獻)ᄒᆞ리이다."

텬안(天顔)이 ᄃᆡ열(大悅)ᄒᆞᄉᆞ 참졍으로 평북ᄃᆡ원슈(平北大元帥)를 ᄇᆡ(拜)ᄒᆞ시고, 신양·화진으로 좌·우션봉을 ᄒᆞ이ᄉᆞ 군즁의 둉ᄉᆞ(從事)케 ᄒᆞ시다.

참졍이 ᄉᆞ은(謝恩)ᄒᆞ고 도라오니, 진왕이 함누(含淚) 왈,

"역(逆)의 무리 다시 작난(作亂)ᄒᆞ니 ᄃᆡ인이 다시 흉봉(凶鋒)을 무릅쓰시ᄂᆞᆫ지라. 소ᄌᆞ의 심ᄉᆡ(心思) 황황(惶惶)ᄒᆞ이다."

공이 집슈(執手) 왈,

"복(僕)이 비록 ᄌᆡ죄 업ᄉᆞ나 밋친 오랑ᄏᆡ와 더러온 계집을 버히미 어렵지 아니리니, 왕은 마음 【68】 을 평안이 ᄒᆞ여 ᄯᆡ를 기다려 음녀(淫女)를 버히믈 보소셔."

왕이 ᄇᆡᄉᆞ(拜謝)ᄒᆞ나 니별을 쳑쳑(慽慽)ᄒᆞ여 ᄒᆞ더라.

참졍이 가인(家人)을 화쥐○[로] 보ᄂᆡ여 츌졍(出征)ᄒᆞ믈 고ᄒᆞ여 도라온 후, 현알(見謁)ᄒᆞ믈 고하다.

진왕이 소연(小宴)을 ᄇᆡ셜ᄒᆞ여 친히 잔을 부어 위공긔 헌(獻)ᄒᆞ니, 공이 희연이 우음을 ᄯᅴ여 흔연 감동ᄒᆞ여, 왕의 손을 잡고 쳐연(悽然)이 미우(眉宇)의 비운(悲運)이 둘너시니, 왕이 져두(低頭) 복지(伏地)ᄒᆞ여 ᄉᆞ긔(辭氣) 더욱 화열(和悅)ᄒᆞ더니, 공이 냥구(良久)의 화긔(和氣)를 지어 어루 【69】 만져 왈,

"왕의 주시ᄂᆞᆫ 슐이 별(別)노[3277] 향긔로온지라. 이ᄂᆞᆫ 뎐하(殿下)의 지극ᄒᆞᆫ 졍으로 말ᄆᆡ아모미로다[3278]."

왕이 슌슌ᄇᆡᄉᆞ(順順拜辭)ᄒᆞ니 공의 간졀ᄒᆞᆫ ᄉᆞ랑은 삼ᄌᆡ 밋지 못ᄒᆞ고, 왕의 지극ᄒᆞᆫ 졍ᄋᆡ(情愛)ᄂᆞᆫ 부ᄌᆞ의 더으더라.

ᄂᆡ창 등 삼ᄋᆡ 좌우의 시립(侍立)ᄒᆞ여 야야(爺爺)의 만니젼진(萬里戰陣)을 근심

만날 때에 손에 쥐던 물건이다. 조복(朝服), 제복(祭服), 공복(公服) 따위의 부대품(附帶品)으로, 1품부터 4품까지는 상아홀, 오품 이하는 목홀(木笏)을 썼다.≒수판(手板).

3276)계슈(桂樹) : '달'을 달리 표현한 말. 달 속에 계수나무가 있다는 전설에서 유래하였다.

3277)별(別)노 : 별(別)로. 특별하게.

3278)말ᄆᆡ아모미로다 : 말미암음이로다. *말미암다: 어떤 현상이나 사물 따위가 원인이나 이유가 되다.

ᄒᆞ되, 집슈연이(執手戀愛)ᄒᆞ믈 넙지 못ᄒᆞ여 공경ᄒᆞ믈 지극히 ᄒᆞᆯ분이라.

니부상셔 쳘영진과 병부상셔 양계홍이 닌·웅 냥ᄋᆞ를 ᄌᆞ로 유심히 슬피되, 발셜ᄒᆞ【70】믄 업더라. 슐이 셰번 힝ᄒᆞᄆᆡ 좌셕의 연공이 ᄯᅩᄒᆞᆫ 니르러 진왕을 ᄌᆞ로 보와 흠이(欽愛) 탄복(歎服)ᄒᆞ믈 마지아니ᄒᆞ니, 위공이 그윽이 함쇼(含笑)ᄒᆞ나, 져의 형세 난연(赧然)ᄒᆞ믈 아라시니, 묵연(默然)ᄒᆞ여 발(發)치 아니ᄒᆞ더라.【71】

최 길 용

문학박사

전북대학교 겸임교수

◉ 논 문

〈연작형고소설연구〉외 50여편

◉ 저 서

『조선조연작소설연구』 등 22종 51권

교주본 화산선계록 1

초판 인쇄 2022년 4월 8일
초판 발행 2022년 4월 18일

교　　주 | 최길용
펴 낸 이 | 하운근
펴 낸 곳 | 學古房

주　　소 | 경기도 고양시 덕양구 통일로 140 삼송테크노밸리 A동 B224
전　　화 | (02)353-9908　편집부(02)356-9903
팩　　스 | (02)6959-8234
홈페이지 | http://hakgobang.co.kr/
전자우편 | hakgobang@naver.com, hakgobang@chol.com
등록번호 | 제311-1994-000001호

ISBN 979-11-6586-448-4 94810
979-11-6586-447-7 (세트)

값 : 50,000원(전4권)